U0022545

劉慶雲 注譯

新譯宋詞三百首

三民書局 印行

國家圖書館出版品預行編目資料

新譯宋詞三百首／劉慶雲注譯.——初版二刷.——臺北市：三民，2020
面；　公分.——(古籍今注新譯叢書)

ISBN 978-957-14-6292-9（平裝）

833.5　　106007921

古籍今注新譯叢書

新譯宋詞三百首

注譯者　劉慶雲
責任編輯　莊婷雅
美術編輯　李唯綸

發行人　劉振強
出版者　三民書局股份有限公司
地址　臺北市復興北路 386 號 (復北門市)
臺北市重慶南路一段 61 號 (重南門市)
電話　(02)25006600
網址　三民網路書店 https://www.sanmin.com.tw

出版日期　初版一刷 2017 年 6 月
初版二刷 2020 年 5 月
書籍編號　S033840
ISBN　978-957-14-6292-9

著作權所有，侵害必究
※ 本書如有缺頁、破損或裝訂錯誤，請寄回敝局更換。

三民書局

刊印古籍今注新譯叢書緣起

劉振強

人類歷史發展，每至偏執一端，往而不返的關頭，總有一股新興的反本運動繼起，要求回顧過往的源頭，從中汲取新生的創造力量。孔子所謂的述而不作，溫故知新，以及西方文藝復興所強調的再生精神，都體現了創造源頭這股日新不竭的力量。古典之所以重要，古籍之所以不可不讀，正在這層尋本與啟示的意義上。處於現代世界而倡言讀古書，並不是迷信傳統，更不是故步自封；而是當我們愈懂得聆聽來自根源的聲音，我們就愈懂得如何向歷史追問，也就愈能夠清醒正對當世的苦厄。要擴大心量，冥契古今心靈，會通宇宙精神，不能不由學會讀古書這一層根本的工夫做起。

基於這樣的想法，本局自草創以來，即懷著注譯傳統重要典籍的理想，由第一部的四書做起，希望藉由文字障礙的掃除，幫助有心的讀者，打開禁錮於古老話語中的豐沛寶藏。我們工作的原則是「兼取諸家，直注明解」。一方面熔鑄眾說，擇善而從；一方面也力求明白可喻，達到學術普及化的要求。叢書自陸續出刊以來，頗受各界的喜愛，使我們得到很大的鼓勵，也有信心繼續推廣這項工作。隨著海峽兩岸的交流，我們注譯的成員，也由臺灣各大學的教授，擴及大陸各有專長的學者。陣容的充實，使我們有更多的資源，整理更多樣化的古籍。兼採經、史、子、集四部的要典，重拾對通才器識的重視，將是我們進一步工作的目標。

古籍的注譯，固然是一件繁難的工作，但其實也只是整個工作的開端而已，最後的完成與意義的賦予，全賴讀者的閱讀與自得自證。我們期望這項工作能有助於為世界文化的未來匯流，注入一股源頭活水；也希望各界博雅君子不吝指正，讓我們的步伐能夠更堅穩地走下去。

自序

《詩經》三百零五首，古人取其成數稱「詩三百」。清代乾隆年間，蘅塘退士（孫洙）仿「詩三百」編有《唐詩三百首》。至上世紀三十年代初，又有朱祖謀編選之《宋詞三百首》（所選八十五家，三百一十首）問世，影響較大。後來《宋詞三百首》又有多種版本。本書選錄詞作，對朱氏選本多有參考。

宋詞兩萬零三百餘首，所選三百之數不到百分之一點五，幾乎是百裡挑一了。本書所選原則，一是選取各大家、名家的代表作；二是具有某種特色的作品；三是兼顧各種題材、不同風格的篇什。有個別名篇為眾人所熟知又易理解的作品，未予選錄；又有極為著名、但對作者尚有爭議的作品，如岳飛的〈滿江紅〉（怒髮衝冠），亦未予選錄。

所錄詞作，除對作家生平、詞牌等作出簡介外，並對原文用現代語言略加疏通，疏通時仍希望盡可能在某種程度上保持詞的韻味。

對所選錄詞作，除聯繫作者所處時代特點及個人經歷，盡可能開掘其思想情感內涵及蘊寓的特殊意義外，並對其取何種藝術方式加以表達作了較為細緻的研析，以期展示其美學特徵，使讀者對其創作的獨異之處有初步的把握。

詞作為音樂文學，樂曲基本失傳，但其詞語組合所具有的抑揚亢墜的音樂美，如認真體察，仍能令人有所感受，因此，對其文辭音樂性特點，有時亦會加以涉及。對其通過音樂在歷史的各個階段的傳播也依據相關記載，為讀者提供某些線索。

在選錄詞作過程中，自然也會摻入個人的藝術趣味與審美取向，由於水平所限，遺珠之憾，在所難免。

本書中的作品「研析」部分，乃作者用力最勤之處，除注意吸取前賢和今人的研究成果之外，更多地是融入了自己的讀詞心得。亦因水平限制，難免多有謬誤與不足之處，尚祈讀者多加指正！

劉慶雲於福州雙柳居

新譯宋詞三百首 目次

導讀

一、宋詞的發展脈絡

詞，即配樂可歌的歌詞的簡稱。這種歌詞的創作方法，在唐五代、北宋時期基本上是依曲調以填詞，在樂譜失傳後，則依詞牌文字聲律以填詞。故「詞」之名稱能較準確地表達它與音樂、與聲律的關係，成為一種通行的既與古近體詩有別、又與後來的「曲」有異的文體名稱。

詞，濫觴於隋朝。至唐代，民間詞興起，有晚清在敦煌發現的《雲謠集雜曲子》等可證。至中唐，文人漸亦染指，韋應物、劉禹錫、白居易等均有所作。至晚唐溫庭筠出，以知音識律之特長，創作了數量可觀的令詞，以香豔、柔婉詞風，奠定了「花間鼻祖」之地位。其後五代十國，又出現了以西蜀詞人為主體的花間詞派（因後蜀趙崇祚編有《花間集》而得名）和以金陵為中心的南唐詞人群體。宋代文人在前人積累了約兩百年創作經驗的基礎上，進一步發揚光大，不斷開拓，不斷創新，致使詞成為「一代之文學」，與楚辭、漢賦齊名，與唐詩、元曲並列。

現存宋詞有二萬零三百餘首（據唐圭璋《全宋詞》、孔凡禮《全宋詞補輯》），另有殘篇五百餘首。詞在北宋時期，尚被排斥於「正統」文學之外，因而一般不收入文集，故散佚頗多。宋詞雖遠不及唐詩數量之多，更不及宋詩之多，但它作為一種音樂文學，自有其獨特之處。詩言志，詞緣情，詩詞之間似有一種約定俗成的分工。民生疾苦、社會矛盾的反映，政治主張及事功理想的直接表達，多屬詩文的任務，有的內容詞只在特定時期才有所涉及。詞更重在寫人的心靈感受與靈魂的震顫與悸動，它往往通過歡樂與痛苦、激昂與悲慨，透露出時代的脈息。在承平時期，更偏重於抒發對男女情愛的強烈感受、對生命意識的深刻體悟，以及宦遊羈旅的苦痛與宦海浮沉的感慨，還有對市民生活與心理的描寫；而在民族矛盾尖銳之時，民族憂患意識的高漲，報國壯志的昂揚，請纓無路的憤懣，以及被迫退隱江湖而心仍繫恢復大業，又成為詞唱的主旋律；在國家徹底覆亡之際，對故國的追悼緬懷，對亡國哀痛的宣洩，對民族氣節的堅守，對漂泊天涯的感歎，便成為詞作的主要內容。

有宋三百年時間，詞的創作有一個發展變化的過程，大體來說可分為下面幾個階段：

(一)第一時期

為建國後的百年間，即宋太祖、太宗、真宗、仁宗朝（約西元九六〇—一〇六〇年），北宋由開國而逐漸轉向繁榮，此係令詞發展的極盛期，慢詞的開拓期，也是詞境逐漸開拓、詞風開始轉變的時期。其代表人物為柳永、張先、晏殊、歐陽脩等。

歐、晏均係當朝高官，身居要職，其詞作以令詞為主要形式，仍大體繼承南唐馮延巳「娛賓遣興」的傳統，在詞中表達的，除了傳統的男女戀情外，大多是物質生活滿足之餘留連光景的閒情逸趣，是對宇宙無窮、人事有憾的悲感，其詞風則具有風流閒雅的特點。所謂風流，一方面指才子式的風流自賞，另方面也指縱情詩酒的灑脫；所謂閒雅，指其偏重於感情的內斂、凝聚，表現為從容不迫。有的詞作還能將個人的感悟上升到理性，從而使其富含哲理意味。由於擺脫了狹隘的政教功利目的，故能擺脫岸然之道貌，還原人的本來面目。歐、晏之後，還有晏幾道，被陳匪石稱為北宋令詞的「中流砥柱」（《聲執》卷下）。其詞抒寫對往昔繁盛時期杯酒間閒情的回味，對歌兒舞女的真切情感，雅致、沉著、悠遠，特別是體現出對身分低下的女性的平等與久長的摯愛，實為難得。吳梅認為「豔詞自以小山為最，以曲折深婉，淺處皆深也」（《詞學通論》）。由於他們都是江西人，藝術風格大體相近，故有的論者稱其為「江西詞派」。

在歐、晏等人精心結撰令詞之時，柳永以其流連市井坊曲與市伎樂工打成一片的特殊經歷，以其精通音律、擅長文辭的特殊才情，從教坊音樂和民間曲調中吸取養分，「變舊聲，作新聲」（李清照〈詞論〉），大量製作慢詞。擴展詞的體式，打破令詞的狹小格局，並根據音樂需要，在句式組合、語音節奏、平仄運用方面突破近體詩的規範，凸顯出某些新的特色，從而大大拓展了詞的容量與表現力。其詞在題材上也有突破，一類仍是傳統的男女情愛，但描寫對象已由以閨中思婦為主，變而為以市井婦女、歌舞樂伎為主；另一類是抒寫宦遊羈旅的失意之情，還有一些詞作描繪都市的繁華與風氣。其戀情詞寫市井女性對愛情的追求，顯得熱烈、大膽、潑辣；有的係從男性角度出發，抒寫離別相思，打破了往昔重在抒寫女性單相思的傳統；其羈旅之詞具有鮮明的自我抒情傾向，融進了個人的獨特經歷與感受，如對仕宦的追求，追求過程中的失意與潦倒，以及對功名的鄙薄、厭倦，失意中對溫柔之鄉的追戀，等等。因此可以說，柳詞已打破美人歌酒的類型化寫作，而向自我宣洩的抒情化過渡。從柳永之後，詞人的個性化逐漸鮮明。柳永之詞，以風格言，又可分雅與俗兩大類。其俗詞帶有世俗化、平民化的特點，更貼近大眾生活，符合市民審美情趣的要求，因而有更廣大的接受群體，「凡有井水飲處，即能歌柳詞」（葉夢得《避暑錄話》），使文人詞從宮廷、貴族廳堂走向市井，走向更廣闊的天地，發揮更大的娛樂社會效用。其時、其後的文人雖然對柳永詞的俚俗、過分香豔多有貶斥之意，但對他的創調、對他「以賦為詞」的表現方法以及大開大闔的結構方式等，則多所繼承與運用，並發揚光大之。柳永之後，慢詞（因字數較多，後人亦稱「長調」）漸趨發展而臻於繁榮，他的創作開啟了一個新時期的到來。

這一期還需提及的是略早於歐、晏的范仲淹，詞作數量雖然很少，但其描寫邊塞生活之作，於詞壇別開新面，另有作品譏評歷史，詼諧成趣，對後世詞的創作都有一定程度的影響。還有張先，獨標清綺，自成一體，既創作有大量的小令，也有相當數量的慢詞。從某種意義上來說，在慢詞的開拓上是柳永的同盟軍。

(二)第二時期

為北宋後期的前五十年，即英宗、神宗、哲宗朝（約西元一〇六一—一一一〇年），社會矛盾日益顯露，政壇黨爭日趨激烈，但對於宋詞發展而言，卻出現了第一個高峰時期。這是傳統的婉約詞發展臻於頂峰的時期，是慢詞的成熟時期，也是多種風格並存的時期。這一時期詞人與詞作的數量，遠遠超過前一階段，較著名的有王安石、黃庭堅、晁補之、李之儀、杜安世、毛滂等（按生活年代晏幾道亦屬此期詞人），代表詞人有蘇軾、秦觀、賀鑄、周邦彥等。

這一時期的創作，慢詞漸變為主要形式。慢詞由於體制擴大，有利於內容的開拓以及更充分、細緻的描摹，也便於縱橫開闔，在結構上帶來更多變化。在寫作上，慢詞較令詞難度更大，須思路開闊，善於在結構上作巧妙安排，或波瀾起伏，或柳暗花明，或氣勢磅礴，或潛氣內轉。慢詞的繁榮，標誌著詞人對詞這種音樂文學形式駕馭的成熟，這也是詞的創作藝術成熟的一個重要標誌。

相對於第一個時期，此期的題材有更大的拓展，舉凡人生理想、報國志向、弔古傷時、仕途坎壈、農村風物、友朋情誼、情愛追求、調笑戲說，均攬以入詞，且內涵獲得進一步深化。這一時期的作家或政治上不得志（如晏幾道、賀鑄），或仕途偃蹇，被捲入黨爭的漩渦之中（如蘇軾、秦觀、黃庭堅、晁補之、李之儀、周邦彥等），因而他們的創作有的帶有比較明顯的政治背景。

這一時期，詞樂的結合一方面達到了更加和諧的地步，詞得到了進一步的規範化，文辭創作更注重講求語言的音樂性，李清照〈詞論〉所言：「歌詞分五音，又分五聲，又分六律，又分清濁輕重。」正是對當時詞作追求音樂性的理論總結。另一方面，隨著抒情個性化的發展，已有人不為應歌唱而作，只是按前人作品的格律填詞，又常根據抒情需要打破聲律的拘限，故此期已出現詞樂分離的現象，使詞變化為一種單純的抒情詩，如王安石、蘇軾、黃庭堅等人的部分作品即是如此。

此期的詞人創作，大約可分為兩種類型。一是以秦觀、周邦彥為代表的「詞人之詞」。其創作既承受前代及柳永部分詞作的影響，抒寫豔情，並融入身世之感，又受自身政治遭遇的影響，不時抒發失意的抑鬱憤懣情懷。在藝術表現上顯得更為成熟、精美。結構上的回環往復、時空的順逆縱橫交錯、敘事寫景的虛實相生，更複雜多變，搖曳生姿；鋪敘情事，更加細膩；表情偏重內心的沉思與感受，並出之以蘊蓄、婉雅；語言精工、音律諧美。這類詞受到時人的高度評價，也為當時的歌者廣為傳唱，被認為是真正的本色詞。其中秦觀尤善以婉曲之筆、精麗之辭，抒寫種種幽思曲想，歷來被人稱為詞中婉約之正宗，陳廷焯謂其詞「遠祖溫（庭筠）、韋（莊），取其神不襲其貌」，「近開美成（周邦彥），導其先路」（《白雨齋詞話》）。周邦彥詞典麗精雅，思致沉著，既承柳、秦一脈，又變柳、秦「自然之感發」為「以思力之安排為主」，「不似柳詞之多用直筆而好用曲筆」（葉嘉瑩〈論周邦彥詞〉，見《靈谿詞說》）。故有的慢詞初讀時會感到隔膜。他在音樂整理、詞的規範及創作方法、藝術技巧等方面多有貢獻，在詞史上，是集大成的作家，具有總結北宋婉約詞、開啟南宋風雅詞的作用。

另一些詞人如王安石、蘇軾、黃庭堅、晁補之等，所作詞漸向詩歌靠攏，引進詩之題材、用語、法度及蒼茫雄闊氣象，使詞突破「豔科」藩籬，其詞風或豪放、或沉雄、或高古、或老蒼，在柳永之後，又另開一代新的風氣。這類詞作屬「詩人之詞」，其中又以蘇軾最為傑出。他一方面吸取柳詞的形式及符合其審美情趣的成分，另方面又自覺地與柳永分庭抗禮，別開新面，自具機杼。相對於音樂生命而言，他更重視文學生命，更重視自我情感的抒發。所謂「性情之外，不知有文字」（元好問〈稼軒樂府引〉）。他在詞中引入「致君堯舜」的理想、建立軍功的志向，引進農村風物以及親情、友情；他人生的失意、苦悶以及疏狂、曠放、詼諧的情性，以至於佛道等思想，亦無一不呈露於詞中。其創作大多一反傳統的婉媚詞風，開創豪邁、清疏、曠逸一路，大筆淋漓，氣象閎肆，對南宋豪壯雄放一派詞作的出現，具有導夫先路的開拓之功，也為文人詞的抒情言志，開闢了更為廣闊的道路。

而此期的賀鑄，婉約詞多具楚〈騷〉遺韻，寄託遙深，故南宋王灼謂「世間有〈離騷〉」，「惟賀方回、周美成時時得之」（《碧雞漫志》）。其豪放之作受蘇軾詞風影響，充滿豪俠之氣，慷慨之情，對辛棄疾的豪壯之詞，更有直接的啟發作用。

三第三時期

為靖康之難前後的半個世紀，即北宋徽宗與南宋高宗朝（約西元一一一一—一一六〇年），廣大北方領土逐漸淪為女真貴族統治的地盤，趙宋王朝退守江南，只剩得半壁江山，史稱「南渡時期」。以詞的創作而言，這是一個由北宋婉約精麗詞的高峰至南宋豪壯雄放詞高峰間的過渡時期，是愛國英雄詞高漲的準備時期。主要詞人有葉夢得、李剛、李清照、向子諲、張元幹、朱敦儒、趙鼎、陳與義等，被後人稱為南渡詞人群。

這批詞人有共同的生活遭遇與政治遭遇，南渡前除李清照、朱敦儒外，都曾在北宋朝廷擔任官職，南渡後，均流落江南。其詞作共同點是：充滿民族憂患意識與國家生存的危機感，作為個人又有「天地一沙鷗」的孤淒漂泊感。而其詞風前後期也有很大變化：前期享受著安定的物質生活，流連於詩酒自娛、風流自賞的精神生活，並寫有相當數量的沉醉歌舞、縱情山水、吟風弄月一類的作品；南渡後，面對破碎的山河、中原的淪陷，內心升騰的是民族意識的覺醒，是愛國情感的噴發，是歷史使命感的振起。以李剛、張元幹為代表的愛國詞人，一方面以「整頓乾坤，廓清宇宙」為己任，慷慨高歌自己的理想，激昂雄壯；另一方面，面對最高統治者採取妥協投降政策及自己遭受的打擊，痛感報國無門，又悲憤難禁，所作詞多抑塞磊落之氣。由於時代的感召，急切地要表現自己的滿腔愛國熱忱，無暇在藝術上進行精雕細刻，因此這時期的某些詞作在藝術表現方面難免顯得較為粗疏。但其昂揚的激情卻影響著後一階段的詞人，故接踵而來的是豪壯的愛國詞作潮流的高漲。

此期自北南來的詞人如李清照、朱敦儒等，更多地表現了對故國的緬懷，對被金統治者蹂躪的中原父老的關切，用另外一種方式表達了他們深沉的愛國感情。李清照是詞乃「別是一家」理論的倡導者，這也是她自身創作遵循的理念。她前期的詞風以清新婉約為特色，後期的詞風隨著時代變化及個人身世孤獨、飄零的際遇，變而為悲鬱、悽愴，但藝術表現方面仍然保有自己獨特的個性，以細膩之筆觸、層轉之方法、時空之對照、清淺之語言，透過一己之感受，曲折反映時代的巨變，又有異於發揚蹈厲一路，獨立於南渡詞人的群體之中。

(四)第四時期

為南宋孝宗、光宗、寧宗朝前期（約西元一一六一—一二一〇年），是南宋抗戰情緒相對高漲的時期，在詞壇上則是大變革時期，英雄詞人輩出，昂揚的愛國詞作達致頂峰，是被人稱之為「豪放派」的形成時期。這一時期的主要詞人有：張孝祥、韓元吉、陸游、范成大、辛棄疾、陳亮、劉過、石孝友、袁去華等。

此期的變革，首先表現為詞學觀念的變化，即由言情轉向言志，由音樂文學變為純粹的抒情文學，曾在北宋後期遭到某些人嘲諷的蘇軾詞風，這時受到高度評價，詞人們承繼蘇軾攬詩入詞的作法，將詞作為陶寫志節之具。其次是變兒女之情為風雲之氣，在詞中抒寫民族憂患意識與危機感，表達強烈的事功意願與歷史使命感，愛國情緒空前高漲，民族英雄主義重新得到張揚。由於投降派的掣肘，愛國詞人理想的實現遭遇重重阻力，又往往在詞中表現出年光如流的遲暮感，英雄失志的悲劇感。再次是審美情趣的變化，詞人的主流心態已由閨房回到了馬上，一些人由遁世、避世轉而為積極入世，由對內心意緒的精細審視轉向對社會現實的密切關注。其創作風貌大異於北宋的溫婉、細膩、輕倩與柔媚，而重在直抒、粗獷、豪雄、痛快，變傳統的陰柔之美為陽剛之美。

詞本來不重政教功能，但發展到這一時期，詞和政治的關係空前密切，詞對現實的干預達到了空前的高度，詞的文學價值、政治功用得到了最為充分的體現。如張孝祥在建康留守席上作〈六州歌頭〉（長淮望斷），「張魏公（抗金統帥張浚）讀之，罷席而入」。辛棄疾〈摸魚兒〉（更能消）詞，宋孝宗見後「頗為不悅」，等等，這在詞史上都是前所未有的與時政密切相關的例證。

這一時期最傑出的詞人是辛棄疾。他存詞六百多首，為有宋一代詞作最多的作家，並以其特有的英雄豪壯之詞而成為詞壇巨擘。其詞抒發愛國情志，意氣縱橫，用筆恣肆，格調高朗，境界闊闊，即使表現失志之悲，也無頹喪之音，而多慷慨沉鬱之氣，具有震撼人心的非凡力度。其詞又帶有強烈的主觀色彩，尤善以主觀之情驅遣客觀之物，筆下的一草一木、一山一水，無不富有活躍的生命力。他胸藏萬卷，在詞的語彙使用方面亦具開拓之功，經、史、子、集，無不驅遣運用自如，這一方面，在唐宋詞家中達到了最高成就。還需提及的是，他不僅善於抒發豪壯之情，亦能譜寫柔婉之調，被劉克莊稱譽為「所作大聲鞺鞳，小聲鏗鍧，橫絕六合，掃空萬古，自有蒼生以來所無。其穠芊綿密者亦不在小晏、秦郎之下」（〈辛稼軒集序〉）他堪稱宋詞高峰中之高峰。

而先後與之交往的韓元吉、陳亮、陸游、劉過等，由於時代的感召，都懷有共同的歷史使命感，以英雄自勉，心存掃清河洛、整頓乾坤之壯志。他們無論在人格精神方面還是詞學審美觀念方面，都聲氣相通，故詞風上或比較接近，或有意向辛詞學習、受其薰染，使振聾發聵的英雄豪傑之詞，匯聚成一股澎湃的巨流，因而在詞史上出現了從未有過的壯觀局面。

㈤第五時期

即南宋寧宗、理宗朝（約西元一二一一—一二六〇年）。從政治形勢來說，是宋、金南北對峙相對穩定的時期，此期間蒙元雖已消滅金國（西元一二三四年），但尚未大舉南侵。從詞的發展言，是在某種程度上向北宋後期詞風回歸的時期，同時又是承繼周邦彥一路開創清空、風雅詞派的時期。代表詞人有姜夔（從生卒時間言，應歸屬前一時期，但其影響主要在這一時期）、張輯、劉克莊、高觀國、史達祖、吳潛、吳文英等，其身分多為清客幕僚。

這一時期，辛棄疾一派詞風仍有一定影響，劉克莊、吳潛、方岳等仍有愛國主義的雄詞高唱，其中尤以劉克莊為突出。但從總體來說，此期已由對追求事功社會價值的實現，轉向對內心意緒、心理感受的深婉表達，由藝術上的粗獷、奔放轉向工雅、溫麗，由對音律的忽視轉向對音律的講究。如果說此期愛國情感的力度有所削弱的話，則對藝術的精心錘煉有所加強。其中卓有成就與影響者為姜夔與吳文英。

姜夔的貢獻一是在音樂方面，最可貴的是他流傳下來的《白石道人歌曲十七首》，以及部分詞作小序中對詞樂配合的記載。他一方面倚舊曲填新詞，另一方面又製作新詞譜新曲，稱「自度曲」。在北宋歌譜零落、失傳，詞樂已然分離的情況下，力圖使詞與樂重新結合，恢復其音樂文學的特質，南宋史達祖、吳文英、張炎等人均受其影響。二是創立一種清勁的詞風。「所謂『清』者，即洗淨鉛華，摒棄肥醲；所謂『勁』者，即用筆瘦折，氣格緊健」（繆鉞〈論姜夔詞〉，見《靈谿詞說》），既不同於婉約的柔媚，又不同於豪放的雄肆，於二者之外，另樹「清勁」或曰「清剛」一幟。三是對詠物詞的內涵有進一步開拓，此前的蘇軾詠孤雁、陸游的詠梅等作，均有人生失意與堅持高潔操守的寄意，而姜夔則於詠物中更蘊含某種時事、政治的託喻。

稍晚的吳文英也重視詞樂的結合、強調詞的婉雅，但在藝術風格的追求上卻有所不同，其創作偏重於追求密緻、穠麗、精工、典雅，講究思致的幽邃、結構的錯綜、體物的細膩、辭藻的瑰美，以致有時帶來晦澀的缺點，使讀者感覺隔了一層。

㈥第六時期

為宋理宗、度宗朝至元代初（約西元一二六一—一三〇〇年）。南宋滅亡，元朝崛起。這次的改朝換代不同於以往，其特點是一個民族被另一個民族所戰勝、所吞併，而勝利者、統治者又恰恰是一個文明程度比較落後的民族。這種變化帶來的震撼是空前的，導致的精神痛苦是最為沉重的。這時期的主要詞人有劉辰翁、周密、文天祥、鄧剡、汪元量、王沂孫、蔣捷、張炎等，身分多為宋室遺民，他們的詞作以不同的形式與風格為宋代的愛國詞章譜寫了一個光輝的結尾。

這些詞人主要分布於兩個地域：江西、江浙。江西文天祥、鄧剡、趙文、劉辰翁等詞人的創作，高張愛國主義旗幟，表現凜然不可侵犯的民族氣節、威武不屈的浩然正氣，其雄放悲壯之詞光耀詞壇，朗照千古。江浙的詞人同樣堅持民族氣節，寧可天涯淪落，亦義不仕元，作品則更偏重於抒發對故國的無限緬懷與沉痛哀悼。鑑於元蒙統治的黑暗與殘暴，採用的方法多比興寄託，意旨遙深，詠物詞尤其如此；詞風上則崇尚清空、雅煉，致後人目周密、王沂孫、張炎與之前的姜夔為「清空詞派」。

以上僅就宋詞的發展脈絡述其大略，以使讀者有一粗略印象。

二、詞的主要特色

我們對每一個詞人的每一首詞作的領悟，還需掌握其他相關的知識與要領，從總體上把握其審美特徵。

詞乃音樂文學，在唐五代、北宋時期是配樂可歌的，一般為先有曲調，再倚聲填詞，不僅知音識律者如柳永、周邦彥的詞作可以歌唱，廣為流傳，即張先、晏殊、歐陽脩、晏幾道、秦觀等人的詞作也都是可歌的，故北宋乃詞歌唱的黃金時代。即使至蘇軾等清曠、豪放詞人之手，有的詞作依舊可合樂歌唱，但同時有的詞作已漸與音樂脫離，成為單純的抒情詩歌。經過靖康之難，北宋滅亡，樂譜基本亡佚，因此後人只能依據前人詞牌之格律以填詞。後來雖有姜夔的《白石道人歌曲十七首》，但多為自度曲，明顯帶有雅樂成分，未必是北宋歌曲之原貌。其後清代乾隆年間的《九宮大成譜》收有部分詞曲，其中或有宋詞歌唱的遺留成分；道光年間謝元淮等編有《碎金詞譜》，為數百首宋詞配曲，但多依當時流行的曲調相配，有的曲調帶有崑曲風味，亦頗有美聽者，但非宋詞原調。據說北宋周邦彥的「〈蘭陵王〉的曲譜，現仍留於日本，灌有留聲機片」（近人龍榆生《詞學十講》第四講）但無緣賞聽。因此，我們現在已無法欣賞當年宋詞的歌唱美。

但詞既係配樂之歌辭，它的聲律必定隨音樂旋律的高低、疾徐、強弱，而有某種相應的形式體現。因此，我們今天仍能從現存的宋詞格律、句式、組詞等方面去探尋其音樂美及其特殊的藝術美。

據《康熙欽定詞譜》載，詞有八百多調（實際上不止此數），每調字數、句式、格律、用韻均有不同。因此相對於近體詩，它具有更為豐富、複雜的形式。一般來說，對於詞的空間形式即視覺特徵，如句式的長短參差、對句與散行的錯雜、韻腳的安排以及分段等，是顯而易見的。至於詞的時間形式與音樂特徵，則與漢字的特點有極為密切的關係，正如今人周汝昌所言：「我國詩詞是中華民族的漢字文學的高級形式，它們的一切特點特色，都必須溯源於漢語文的極大特點特色。」（《唐宋詞鑒賞辭典・序》）我們必須從其用字的音節、韻律及四聲、陰陽、五音的組合等，於諷誦中細加體味，方能逐漸得其奧祕。

歌詞之音樂性，無疑與句式的音節有關。這裡所言音節，即音頓，指句中略微停頓處。雖然詞的句式有的受了近體詩的影響，如五言的二、三或二、二、一的節奏（如「缺月、挂疏桐」、「落日、繡簾、捲」），如七言的四、三或二、二、三節奏（如「無可奈何、花落去」、「彩袖、殷勤、捧玉鍾」等）。但詞的五言卻有一、四節奏（如「有、黃鸝千百」、「寫、春風數聲」），有三、二節奏（如「更那堪、酒醒」、「楚峰煙、數點」）；七言有三、四節奏（如「正船艤、流水孤村」、「歎玉樓、幾時重上」）。至於近體詩所無之四言，有一、二、一的節奏（如「對、長亭、晚」、「為、先生、壽」），八言多三、五節奏（如「更那堪、冷落清秋節」、「歎客裡、經春又三年」），等等。這種相對於近體詩，在音節上所發生的變異，乃是配合音樂曲調的需要。這種特殊的節奏因打破了近體詩的規範，而更帶生動活潑之趣，其句式聲調的重音多半靠前，有的帶領字性質，或與歌唱時的「大率重起輕殺」（耐得翁《都城紀勝》）有關，故從中能大略領味其頓挫、輕重、緩急之感。

詞之音樂性又與格律相關，宋代並無詞律、詞譜之著作，後人除自製新調外，其餘均依前人曲調要求填詞。詞之格律，多半吸取近體詩平仄相間的律化規則，在抑揚高下的矛盾、差異中求韻律的和諧。但同時又依音樂要求，生發出某些新變，於是出現了拗律或似律非律、似拗非拗的特殊句式。前者如仄平仄（「時見疏星」渡河漢）、平仄平（「山深」聞鷓鴣）、平仄平仄（天氣初肅）、仄平仄平（綠陰自斜）、平平仄平（眉長鬢青）、仄仄平仄（一箭風快）、仄平仄仄（尚能飯否）、平平平平（因誰淹留）、仄仄仄仄（幾兩謝屐）；後者如作為定則之仄平平仄（綠肥紅瘦、夕陽疏柳）、平仄仄平（芳草有情、斜日半山），說其似律非拗，因第二、四字平仄相間，說其似拗非律，因第一字之仄聲、第三字之平聲不能用他聲替代。這種格律，對於近體詩而言係「拗」，而對於與之相配的音樂而言，恰恰為「順」，正如萬樹《詞律・發凡》所云：「其拗處乃其順處。」不可隨意移易。因此，詞之音律往往呈現和諧與拗峭相結合之美。

詞的音樂性尤與四聲（平、上、去、入）、五音（脣、齒、喉、舌、鼻）之合理安排密切相關。宋時的四聲調值（音節高低升降曲直長短變化形式）已難知曉，只能從文字記載中作大體揣測。唐釋處忠《元和韻譜》云：「平聲者哀而安，上聲者厲而舉，去聲者清而遠，入聲者直而促。」平聲「哀而安」：哀，可釋為愛憐，此處帶柔婉意，安，為平和意，因此平聲當屬一種柔和的、聲長的中平調；上聲「厲而舉」：厲，猛也，舉，上升意，上聲係較有力的、由低而高的上升調；去聲「清而遠」：清，高也，遠，當指其由高而低，下降音時略長，屬於高降調；入聲「直而促」：指其短促而無升降變化。四聲之合理配置，具抑揚高下、徐疾頓挫之美。其中上、去、入雖均歸入仄聲，但它的運用卻大有講究。南宋末的沈義父《樂府指迷》已明確指出：「不可以上、去、入，盡道是側聲，便用得，更須調停參訂用之。」至清代萬樹，於《詞律・發凡》中更有具體解說：「蓋上聲舒徐和軟，其腔低，去聲激勵勁遠，其腔高，相配用之，方能抑揚有致。大抵兩上兩去，在所當避。」萬氏所言，既為其對詞體音韻美之感悟，亦係對宋代詞人創作經驗之總結。上、去相連，形成抑揚音調，去、上相連，形成揚抑音調，高下相須，抗墜有致。宋代詞人已然深諳此理，特別在慢詞中它們是構成旋律美的一個重要因素。如柳永〈雨霖鈴〉（寒蟬淒切），便大量使用了「驟雨」、「帳飲」、「淚眼」、「暮靄」、「自古」、「柳岸」、「此去」、「縱有」、「更與」等抑揚音調與揚抑音調，使聲音跌宕起伏，與其他聲調的詞語組合，將人帶入一個臨別依依、萬般無奈的傷感情境。秦觀的〈滿庭芳〉（山抹微雲）詞，用「共引」、「萬點」、「此際」、「暗解」、「此去」、「見也」，均為去上或上去，本身即具抑揚高下之美，與其他字句連綴，音調極為和諧。還有要特別提及的是，去聲字在詞中的運用特別緊要。去聲字音調高昂，用於起處，入響即顯清越；用作領字，起著提挈、籠罩的作用；用於詞的轉折處，則另出新意或遞進一層；用於詞的結尾，以高調引領收音。此等處我們在閱讀宋詞時，都會有一種獨特的體驗。至若五音，所言乃為發音之部位，尤與歌唱密切相關，宜恰當配置，這方面詞壇作手多能運用自如，絕無「故國觀光君未歸」（除

「未」字外，均屬「見」聲母，即相當於今注音符號的「ㄍ」）一類詰屈聱牙、拗折嗓子之病。此外，同韻部的字亦忌過多連用，如「喜讀於湖盧主書」（除「喜」字外，其餘韻母均為合口、撮口呼），亦難以上口，唱來含糊不清。

此外，用何種詞調，又關乎用韻，如〈沁園春〉、〈滿庭芳〉、〈水調歌頭〉等用平聲韻，〈永遇樂〉、〈水龍吟〉等用仄韻中的上去聲，〈念奴嬌〉、〈滿江紅〉等一般用仄韻中的入聲，由於用韻不同，有時會呈現不同的音樂特徵與感情色彩。因此，通過韻部的使用，探求其情感表達方式與音樂特徵，亦屬研讀前人詞作的一個重要環節。明人王驥德云：「各韻為聲，亦各不同，『東鍾』之洪，『江陽』、『皆來』、『蕭豪』之響，『歌戈』之和，韻之最美聽者。『寒山』、『桓歡』、『先天』之雅，『庚青』之清，『尤侯』之幽，次之。『齊微』之弱，『魚模』之混，『真文』之緩，『車遮』之用雜入聲，又次之。『支思』之萎而不振，聽之令人不爽。」（《方諸館曲律》）自然，這主要是從唱曲的角度、從聽覺感受的角度而言，但也未嘗不是詞唱的音樂感受。清人周濟《宋四家詞選目錄序論》談詞之用韻則云：「東真韻寬平，支先韻細膩，魚歌韻纏綿，蕭尤韻感慨，各具聲響，莫草草亂用。」即說明不同韻部的音聲在表達感情方面，各有所宜。因此，研讀古人之詞，對此也不可忽視。

上面所言詞之特殊形式與音樂性的關係，均屬「文學中之精微而艱深者」（王易《詞曲史》），讀者正宜細加體味。

以上主要就詞的形式特點及其音樂性言之。詞，作為一種獨立的抒情詩體，又有其獨特的內質與藝術風貌。北宋李之儀謂詞「自有一種風格」（〈跋吳思道小詞〉），李清照稱詞「別是一家」（〈詞論〉）。由於詞在早期合樂可歌，又以言情（多為男女豔情）為主，且係由鶯吭燕舌，淺斟低唱，故以柔媚婉曲為本色。後來的詞雖引入了言志的內容，但仍要求保留詞的傳統特色，不可流於粗豪、直率，須「寄勁於婉，寄直於曲」，寓剛於柔，寓議論於形象，如此，方能蘊藉，無一瀉無餘之感，而富有餘不盡之意。

具體說來，約略有以下幾個方面須加提及。

㈠情思細美內斂

詞不以敘事見長，體制所限也，也不以議論見長，體性要求使然也。詞以抒情見長。王國維云：「詞之為體，要眇宜修（精微而帶修飾性的美），能言詩之所不能言，而不能盡言詩之所能言。」（《人間詞話》）今人繆鉞認為：詞適宜表現「人生情思、意境之尤細美者」（《論詞》）。這種細美幽深的情思，包括閨幃中的旖旎柔情，臨歧把酒的依依別情，被外物偶然觸發的一縷幽思單緒，以及對內心活動的精細審視、對時空無限的沉思、對生命短促的思慮，等等，故有人認為詞之一體開闢了抒情領域的微觀世界。由於長時間以來，詞重在寫一種幽微的心緒，似大體形成了一種創作思維定勢，故即使抒寫政治風波中的宦海浮沉、個人失志的憤激悲慨，以致俯仰治亂的掩抑零亂之感、江山易代的沉痛幽咽之情，都側重於刻畫一種內心活動的流程，抒發一己內心之深刻感受。故詞被人認為屬於一種「內傾型的心緒文學」。當然這並不等於說，詞不能抒發萬丈豪情、凌雲壯志，表現情思之壯美者。在特殊的歷史時期，特別是民族矛盾尖銳、愛國情緒高漲的時期，也會出現雄壯磊落之詞，發出人聲鞺鞳之音。但即使是這類詞作，一般也不作劍拔弩張之態，不顯飛揚跋扈之姿。

㈡體性偏重陰柔

清姚鼐在〈復魯絜非書〉中將文風分成陽剛與陰柔二類，為陽剛者「其文如霆，如電，如長風之出谷，如崇山峻崖，如決大川，如奔騏驥」；陰柔者「其文如升初日，如清風，如雲，如霞，如煙，如幽林曲澗，如淪，如漾，如珠玉之輝，如鴻鵠之鳴而入於寥廓」。詞之體性即偏屬陰柔一類。具體表現為：

1. **女性美** 詞在初起，可以說是一個女性的王國，女性的美麗、溫柔、多情、傷感、荏弱，她們的閨思閨怨，對愛情的渴慕、嚮往以及失望與痛苦，被表現得淋漓盡致，旖旎情深。雖然後來的詞作漸變為士大夫之詞甚而為英雄豪傑之詞，然男女情愛的描寫仍占有相當的比重。士大夫、豪傑之士的其他詞作，又或多或少地帶有女性的色彩，或深或淺地烙上了女性化的印痕。一些詞人或借豔情抒寫打并入自己的身世之感，或借男女之情，表現君臣的遇合與疏離，像辛棄疾這樣掃空六合、橫絕萬古的英雄詞人也會將對國勢的憂患、政治上的失意，寄寓於美人的傷春與失寵。

2. **傷感美** 前人有愁苦之言易好，歡愉之詞難工的話，以詞而言，更是如此。歡愉之情易逝，感傷之意難排，愁苦更易引起人的創作衝動，也最真切感人，動人心魄，使人低徊，令人回味。宋詞創作中的歡愉之情，僅在描寫優美小景或農村風物時偶有流露，雖然有的詞作也會涉及歡樂的場景、愉悅的心情和高揚的情緒，但詞人多半將其留給「回憶」，卻把悲愁留給了「現實」，美好的事物呈現為過去時態，哀怨的情思則為現在時態。且在詞中，快意之事、歡忭之情，往往是作為「愁」的對照物出現的。即使是志意昂揚的英雄壯士，其詞稱得上樂觀雄放的數量極少，而往往是悲抑與豪壯相隨。他們的詩作也許多壯烈之音、昂揚之態，但詞作透露的卻是人生的失意與憾恨（最典型者如陸游）。這種傷感之所以能給人以美感，是因為它從深層反映了人們正當合理的要求與美好願望，並揭示出造成人們不幸的社會醜惡，美好的令人珍愛，醜惡的令人憎恨。葉嘉瑩將這種美質稱為「弱德之美」（其形雖弱，卻蘊含著一種「德」之操守），認為「這種美感所具含的，乃是在強大的外勢壓力下，所表現的不得不採取約束和收斂的屬於隱曲之姿態的一種美」（〈從豔詞發展之歷史看朱彝尊愛情詞之美學特質〉）。

3. **輕靈美** 詞以輕倩、靈動為特色，小令尤其如此。胡殿臣曾將詩詞作一比較：「莊雅固詩人首推，清俊實詞家至寶。蓋詩不莊雅，必無風格；詞不輕俊，必無神韻。」（《詞苑萃編》）寫豔情、旖旎小景及詠物，以至於抒發人生感慨、生命意識等，都往往出之以輕靈之筆。

這種特點表現在意象的擇用上則偏於輕柔。朱光潛《詩論》曾對中西詩歌特點作比較云：「中國詩自身已分剛柔。西方詩人所愛好的自然是大海，是狂風暴雨，是峭崖荒谷，是日景；中國詩人所愛好的自然是明溪疏柳，是微風細雨，是湖光山色，是月景。」如果將這段話移之於詞，尤恰當不過。詞人所鍾情者是風、花、月、露、雲、雨、煙、霞、路柳清溪、篠叢曲徑等輕柔細微之景，以其作為表達那份精細幽微情感的載體。詞之情思既精細，敘寫既輕靈，則其唱歎多為悱惻芳菲之調，而少大聲鞺鞳之音。戴熙《習苦齋畫絮》云：「高山大河，長松怪石，詩人之筆也。煙波雲岫，路柳垣花，詞人之筆也。」頗能道出詞體陰柔之特色。

(三)重視比興婉曲

中國的抒情詩素重含蓄蘊藉，詞尤其如此。宋代提出的「本色」論，即包含有強調婉曲而有餘韻之意，李之儀〈跋吳思道小詞〉謂詞須「語盡而意不盡，意盡而情不盡」。清代葉燮談「詩之至處，妙在含蓄無垠，思致微渺，其寄託在可言不可言之間，其旨歸在可解不可解之會，言在此而意在彼」（《原詩》）其實這段話更道著了詞的特點。清代俞樾更有具體發揮：「詞之體大率婉媚深窈，雖或言出處大節，以至君臣朋友遇合之間，亦必以微言託意，借美人香草寄其纏綿悱惻之思，非如詩家之有時放筆為直幹耳。」（〈顧子山眉綠樓詞序〉）更明確表述了詞貴委婉曲折及其慣常使用之比興方法。

此處所言比興，與詩論中將「比」與「興」分開來說是有區別的，而是指「以一首詞的形象的全體或部分來暗喻作者所要寄託的意思的」（沈祖棻《宋詞賞析·附錄》），言在此而意在彼，深層意包蘊在表層意中。此法在北宋詞家中，已常運用，南宋詞家自覺運用者尤多，至宋末尤甚。運用比興，則詞顯空靈，帶有某種不確定性，因而具有多義性，讀之者覺其事淺而情深，言盡而旨遠。蘇軾的〈卜算子〉（缺月挂疏桐）、賀鑄的〈芳心苦〉（楊柳回塘）、辛棄疾的〈摸魚兒〉（更能消）、姜夔的〈疏影〉（苔枝綴玉）以及宋末元初遺民的大量詠物詞，等等，皆屬此類。這是摧剛為柔、寄勁於婉的重要一法，也是政治黑暗時期遠禍避害的一種藝術手段。詞人所用的象徵物，有動物，也有植物，亦有美人、節候，其中美人、春日尤所多用。其所以多用美人者，不僅是因為受屈原〈離騷〉香草美人傳統的影響，更是因為詞的傳統極大程度地提供了這種可能性。詞一開始即以描寫男女愛情為主要內容，對愛的熱烈追求，所懷情意的真摯，未能獲得這種愛的悵惘以及失去這種愛的痛苦，又與其他種種人事間的關係，如君臣聚散、個人得失、友朋離合、對政治理想追求的成敗，等等，在情緒感受上有共同之處。至於「春」，本代表著活躍的、旺盛的生命力，春之歸去表示韶華的流逝，在北宋時期多表現為美人遲暮之感、人生失意之情，或引發詞人對生命意識的沉思。但到南宋，春，往往成了國運的象徵，宋亡後又演化成故國的象徵。清代田同之曾將詞的這一特點與詩作了比較：「余謂詩人之詞真多而假少，詞人之詞假多而真少。如〈邶風〉之〈燕燕〉、〈日月〉、〈終風〉等篇，實有其別離，實有其摒棄，所謂文生於情也。若詞則男子作閨音，其寫景也，忽發離別之悲；詠物也，全寓棄捐之恨。無其事，有其情。令讀者魂絕色飛，所謂情生於文也。此詩詞之辨也。」（《西圃詞說》）頗能道著其中的奧妙。

當然這只是就其主要藝術傾向言，詞中亦有直抒胸臆令人覺其痛快淋漓者，如蘇軾、賀鑄、張元幹、辛棄疾、張孝祥、文天祥等人的某些詞作，即是如此。

(四)詞境偏於朦朧

前面述及，詞貴空靈，以可解不可解、煙水迷離之致為無上乘，詞又多運用比興寄託之法，故這類詞作的內涵往往帶有不確定性、含糊性、多義性，意境帶有迷濛的特色。南唐的馮延巳詞作已呈現此一特性，宋代有的詞人受其影響，如晏殊之〈鵲踏枝〉（檻菊愁煙蘭泣露），從「燕子雙飛去」看，暗示出是一位孤獨的女性，所表現的應是閨情。但這類詞中往往寄託了詞人自己的情思。因此，這首詞看似寫閨人念遠，但又融匯了自己懷人之情，故視其寫閨情可，視其寫懷友亦可。晏殊、歐陽脩及賀鑄的某些小令、周邦彥的某些慢詞，甚至於辛棄疾的一些傷春之作，後人往往各有解會，以為另有政治託喻，原是詞境的朦朧，提供了多種解讀的可能。至於姜夔及宋末四大家周密、王沂孫、蔣捷、張炎之詞尤多迷離惝怳之境，所作詠物詞更是如此。宋詞的這種特色對後世創作具有深遠影響，特別是對明清易代之際與清末詞壇，影響尤深。

以上所述，僅就其大體傾向言之，並未能涵蓋一切。每一作品的審美特點還需具體斟酌，細加研味。

三、宋詞的風格與派別

宋詞的流派，係後人所劃分，其中以婉約、豪放分派者最為常見（今人對此提法或小有異議，或以為大謬不然），後有人又於兩派之外劃分出風雅一派或清空一派（本文前面談及宋詞的發展進程時，多採此說）；還有人將宋詞細分為真率明朗、高曠清雄、婉約清新、奇豔俊秀、典麗精工、豪邁奔放、騷雅清勁、迷離險澀八派，等等，此多係依風格為劃派標準；亦有以雅、俗作為劃派標準者，有通俗、典雅詞派之分；還有以地域劃派者，有北宋江西詞派、南宋江西詞派之說。宋詞流派之分，頗為複雜，當有專書論述。此處僅就本書中涉及的若干風格，約略言之。

㈠婉約

「婉約」一詞語出《國語‧吳語》：「夫故知君王之蓋威以好勝也，故婉約其詞，以從逸王志。」婉約，即和順婉轉之意，與直言勁切相對，最早以「婉約」評詞之風格者，為南北宋之交的許顗，其

《彥周詩話》讚僧洪覺範詞「善作小詞，情思婉約，似（秦）少游」。秦觀的作品，在宋代即被視為婉約詞的代表。到明代張綖《詩餘圖譜》出，將豪放與婉約對舉，謂「詞體大略有二：一體婉約，一體豪放。婉約者欲其蘊藉，豪放者欲其氣象恢弘。蓋亦存乎其人，如秦少游之作，多是婉約，蘇子瞻之作，多是豪放」。張綖不僅承許氏之說，並對婉約的特色作了說明。意為表情須出之以含蓄蘊藉，當融情入景，寓情於事，不直質，不發露，清新柔麗，雅淡輕靈，意境優美。這種詞風發軔於晚唐、五代的花間詞派，經過南唐馮延巳及中主、後主的提升，再發展至北宋的歐陽脩、張先、大小晏，在小令這種形式中，將柔婉、清麗的特色發揮到極致。在柳永大量製作慢詞之後，婉約之作更有進一步拓展，秦觀以深細善感之文心，以輕倩靈動之筆觸，以精緻雅淡的語言與諧婉優美的音律，表達男女情愛的幽微衷曲和宦海浮沉中的身世感受，如況周頤所形容：「直是初日芙蓉，曉風楊柳。」（《蕙風詞話》卷二）被視為婉約詞之正宗。其後的李清照更以女性特有的細膩、深切的感觸，在詞中以清新之語，寫柔婉之情。其長調尤善以時空流轉的結構變化，以轉折抑揚的藝術手法，抒寫南渡後的痛切、悲苦情懷，使婉約之詞達至高峰。

(二)豪放

「豪放」一詞，最初是用來形容人的不拘小節、無所顧忌的性情的。如《魏書・張彝傳》：「彝少而豪放，出入殿庭，步眄高上，無所顧忌。」《新唐書・李邕傳》：「邕資豪放，不能治細行。」後引之入詩評，唐司空圖《二十四詩品》「豪放」一格云：「天風浪浪，海山蒼蒼。真力彌滿，萬象在旁。」歐陽脩《六一詩話》謂「唐之晚年，詩人無復李、杜豪放之格」。內涵已有所變化，指一種大氣磅礴、蘊意深廣、境界恢弘的詩風。在宋代，用「豪放」一詞品評詞作，內涵不盡相同，或指作品風貌，如蘇軾〈答陳季常書〉：「又惠新詞，句句警拔，詩人之雄，非小詞也。但豪放太過，恐造物者不容人如此快活。」或指不受音律束縛，如陸游《老學庵筆記》說蘇軾「但豪放不喜剪裁以就聲律」。蘇軾的主導詞風為清超曠逸，但同時作有一定數量的豪放詞，特別是他的〈念奴嬌〉（大江東去）極為有名，宋代俞文豹《吹劍錄》曾載：「柳郎中（柳永）詞，只合十七八女郎，執紅牙板，歌『楊柳岸、曉風殘月』；學士（蘇軾）詞，須關西大漢，銅琵琶、鐵綽板，唱『大江東去』。」（《歷代詩餘》引）故明代張綖將其作為豪放代表，並非無據，且定義其內涵為「氣象恢弘」，相對前人來說，做了進一步明確的界定。豪放詞作者，多顯視野開闊，指點江山，俯仰今古，譏評時政，或豪邁不羈，或淋漓痛快，或慷慨激越，或悲壯蒼涼，情思沉厚，境界闊大。而有宋一代詞壇，最能充分體現這一特色的代表人物，當推辛棄疾。

如將婉約與豪放對照，約略有幾點不同：

1. 豪放詞重言志，婉約詞主言情，二者在表現內容、題材擇用方面有所不同。但隨著時代與詞的發展變化，二者有時並非界若鴻溝，而是帶有互相滲透之勢：婉約引入豪放的題材，委曲中透露出陽剛之氣；豪放吸取婉約的手法，變陽剛之氣為「陰剛」之美。

2. 豪放詞更重文學，婉約詞則文學與音律並重。豪放詞因以抒寫性靈、襟抱為主，強調不以詞害意，不以音律束縛情感，故常會打破音律的要求，或改變句式，或增減字數，或變更平仄，不盡依原調填詞。婉約詞人重視音樂生命，強調可歌合律，故音律諧婉，多可合諸管絃，付雪兒之歌喉。

3. 體物意象不同，境界有別。豪放詞的取材，多為大景物，創造出大境界，往往具有悠遠的時空感與歷史的縱深感，氣勢流走，氣象宏大，以氣取勝。婉約詞則多閨幃之景、庭院中景及旖旎的江南之景，情感細膩，體性輕柔，境界優美，以情韻取勝。在處理主觀之情與客觀之物的關係方面，婉約詞多借景抒情，寓情於景；豪放詞多以情馭景，移情於物。前者主觀色彩較淡，後者有較強的「我」之色彩。

4.運筆有輕重之異。豪放詞多用重筆。所謂重筆，係指一種剛健勁直、睥睨萬物、橫掃千軍之筆力，如「詩情將略，一時才氣超然。……君記取、封侯事在，功名不信由天」（陸游〈漢宮春〉）、「算平戎萬里，功名本是，真儒事、君知否」（辛棄疾〈水龍吟〉）之類是也。婉約詞多以輕靈取勝，妙在含蓄而情思邈遠，如周濟評婉約之宗秦觀所云：「意在含蓄，如花初胎，故少重筆。」（《介存齋論詞雜著》）

5.語言風格有異。婉約詞多寫眼前景，道心中事，故語言清麗自然，用典很少。豪放詞往往熔經、史、子、集、詩語於一爐，語彙豐富，大大增強了詞語的表現力，但有時也會出現不計工拙、損害詞的形象性與音樂性的弊端。

總而言之，婉約、豪放，各有特點，各有所長，各有攸宜，不可任意軒輊。慷慨激越，雄健壯闊，婉約不能為；柔情旖旎，幽隱曲折，豪放不能到。從讀者接受角度來說，能各自滿足不同的審美要求。

㈢清曠

「清」本是我國古代文論中的一個審美範疇，有時指創作主體的一種胸襟、內在精神，有時又指一種文風或詩風。後者如劉勰《文心雕龍・風骨》云：「意氣駿爽，則文風清焉。」但當它作為一種文風或詩風，又往往與別的詞相連，如「清發」、「清奇」、「清苦」、「清潤」等等，以指不盡相同的特色。作為詞的風格的一種，「清曠」，乃是指胸襟懷抱的清超、曠逸體現於作品中形成的一種風格。最典型的如蘇軾的〈定風波〉（莫聽穿林打葉聲）、〈水調歌頭〉（明月幾時有），以及〈八聲甘州〉（有情風）、〈鷓鴣天〉（林斷山明竹隱牆）等一系列作品，均屬此類。這種詞風的形成，往往與社會面臨深刻危機、與政治的黑暗形勢相關，有抱負、有才智的文人，面對政局的波詭雲譎或遭受政敵的殘酷打擊，在《莊子・齊物論》觀念的影響下，對榮辱死生等，懷抱一種達觀自適的從容，顯示出參透人生世事、超然物外的風度。在蘇軾之後，其門徒黃庭堅、晁補之，南北宋之交的詞人葉夢得、向子諲、朱敦儒，以至後來的陸游等均有清曠之詞作。

㈣清空

清空，係由宋末張炎提出，與質實相對的一種審美範疇。其《詞源》云：「詞要清空，不要質實。清空則古雅峭拔，質實則凝澀晦昧。姜白石詞如野雲孤飛，去留無跡。吳夢窗詞如七寶樓臺，炫人眼目，碎拆下來，不成片段。此清空質實之說。」以清空作為詞中高境，評騭作品，除認為姜夔詞具此特點外，又謂蘇軾〈水調歌頭〉（明月幾時有）、〈洞仙歌〉（冰肌玉骨）、王安石〈桂枝香〉（登臨送目）「皆清空中有意趣」。何謂清空？沈祥龍《論詞隨筆》云：「清者，不染塵埃之謂；空者，不著色相之謂。」近人夏承燾更有較為具體的解說：「大抵張炎所謂清空的詞，是要能攝取事物的神理而遺其外貌；質實的詞是寫得典雅奧博，但過於膠著於所寫的對象，顯得板滯。」（《詞源注》）故清空之作不以對事物的細緻描摹與鋪敘取勝，而重在攝取事物的神理，鎔鑄自己的主觀感受與神妙想像於客觀景物中。行文疏蕩，往往造成一種高曠空靈的境界，而表達的意趣則清遠超妙，無塵俗之氣，格高調逸。因其清虛靈動，不可指實，給人留下想像的空間，而顯得意蘊無窮，因小可以見大，即近可以明遠。北宋的張先、蘇軾、王安石都有清空之作，至南宋中期的姜夔，尤為突出，其描繪邊城戰後的荒涼、抒發對合肥妓的愛情、慨歎自身的懷才不遇以及詠物之詞，都具有這種特點，故被張炎視為清空的典範。至宋末，張炎、王沂孫等多沿此蹊徑，進行詞的創作，被認為能得白石意度。後人將這些詞人目為「清空」一派。

㈤風雅

原指《詩經》中之國風與大小雅，後指詩文詞章，梁昭明太子《文選》序云：「風雅之道，粲然可觀。」唐孟浩然〈陪盧明府泛舟回作〉詩云：「文章推後輩，風雅激頹波。」以「風雅」命名詞派，似起於薛礪若《宋詞通論》，其中第六編第一章為「風雅派（或古典派）的三大導師　姜夔、史達祖、吳文英」，並謂姜夔詞「集古今風雅派詞人之大成」，宋末的周密、王沂孫、張炎亦屬這一派別。認為此派詞作既不同於婉約的軟媚，又有別於豪放的剛健。實則這些詞人的風格不盡一致，姜夔、張炎的清空，不同於吳文英的深曲麗密，也不同於史達祖的輕盈婉妍。但從傳承關係言，這些詞人都曾感染著周邦彥工麗、典雅詞風的影響，在崇尚清雅，反對俗豔，追求語言的雋美、結構的錯綜、音律的和諧等方面具有共同性。故「風雅派」之說，後人亦常沿用。

㈥通俗（含滑稽）

通俗，係與高雅相對而言。在宋詞的發展過程中，對於雅化的追求始終占著主導的傾向，特別是詞由伶工之手轉入士大夫之手後，又特別是在詞脫離音樂成為案頭文學之後，更是如此。故柳永的通俗之詞，曾遭到一些人的鄙棄，晏殊對其「針綫閒拈伴伊坐」之類的描寫表示輕蔑，蘇軾不以「柳七風味」為然，李清照稱其「詞語塵下」，都表現出一種尚雅輕俗的傾向。李之儀賞愛歐、晏的「風流閒雅」，黃庭堅稱讚晏幾道之詞乃「狎邪之大雅」；南宋詞之選本或稱《樂府雅詞》，或稱《復雅歌詞》，宋末詞論家明確提出以「雅正」為歸。在一片崇雅的聲浪中，通俗詞並未得到長足的發展。但通俗作為風格的一種，仍不可置而勿論。通俗詞的創作，自唐五代已開始湧現，至北宋中期，發展成為高峰，出現了柳永、王觀等一批通俗詞人，蘇軾、黃庭堅、秦觀等亦曾染指。通俗詞係為歌唱而作，聽眾為廣大市民，故係依市民的審美情趣而創作，其特點：一是感情的世俗化，主要表現為對愛情的渴慕與追求，對愛求而不得的失望與怨恨，側重追求的是靈與肉的結合，有時更偏重於對肉欲的追求。二是語言的通俗化，用語淺白易懂，並常以俚語、口語入詞。三是表情直率、發露，表情方式屬於外向型，不忌直言，不講究含蓄婉轉，往往鋪敘展衍，備足無餘。因此，這類詞作特別為廣大市民階層所歡迎，所謂「凡有井水飲處，即能歌柳詞」，與此大有關係。

在通俗詞中，除了豔情外，還有戲謔滑稽一類。其中有的是單純調笑，發人一噱，並無深意；有的則表現出人生的豁達、壯浪的襟懷，由於寫得妙趣橫生，往往能博人一粲，又引人深思。這類詞作原來盛於北宋元祐、宣和年間，但既是謔浪遊戲，隨亦自掃其跡，故所存甚少。主要作家有王延齡、曹組等，今曹氏詞集中尚存若干首。劉永濟先生在《唐五代兩宋詞簡析》中，對這類詞人稱之為「滑稽一派」。南宋的康與之、辛棄疾、劉過、劉克莊、石孝友等人均有滑稽戲謔之詞，但多半已帶士大夫的情致與雅趣，與通俗詞已有一定距離。

1

踏莎行

寇準

春色將闌❶，鶯聲漸老。紅英落盡青梅小。畫堂人靜雨濛濛，屏山❷半掩餘香裊。

密約沉沉，離情杳杳。菱花❸塵滿慵將照。倚樓無語欲銷魂，長空黯淡連芳草。

【作　者】寇準（西元九六一—一〇二三年），字平仲，華州下邽（今陝西渭南北）人。太平興國五年（西元九八〇年）進士。累遷樞密院直學士，判吏部東銓。景德初，同中書門下平章事，後罷知陝州。天禧三年（西元一〇一九年）再相，復罷，封萊國公。後貶道州司馬，再貶雷州司戶參軍，卒於貶所，追諡忠愍。著有《寇萊公集》七卷。《全宋詞》錄其詞四首，《全宋詞補輯》錄一首。

【詞　牌】〈踏莎行〉，明楊慎《詞品》卷一引韓翃詩句「踏莎行草過春溪」，謂調名本此。又名〈芳心苦〉、〈踏雪行〉、〈喜朝天〉、〈瀟瀟雨〉、〈惜餘春〉、〈柳長春〉等，添字者名〈轉調踏莎行〉。雙調，五十八字，上下闋各五句，三仄韻，句式、格律均同，為仄韻格。其中兩四言句相連者，平仄相對，一般用為對仗。另有六十四字、六十六字體。參見《詞律》卷八、《詞譜》卷十三。

【注　釋】❶將闌　將盡。❷屏山　畫有山水的屏風。❸菱花　指六角形的鏡子。一說鏡的背面鐫有菱花者。

【語　譯】春色即將凋殘，鶯聲漸顯衰澀。紅花枝頭落盡，樹上青梅小小。畫堂悄無人聲，窗外細雨霏霏，山水屏風半掩，爐煙餘香裊裊。

私訂的約會佳期，音信渺茫，別後的刻骨相思，悠長綿邈。菱花鏡上滿布灰塵，無心對鏡相照。依倚樓臺默默無語，黯然銷魂，惟見黯淡長空，遠連萋萋芳草。

【研　析】此詞寫閨怨。上闋重在寫景。起首即以「春色將闌」總寫春之將逝，以下兩句分寫聲、色。聞鶯之聲而覺其不似從前圓囀，感歎鶯也老了，其實，這是女主人公帶有感情色彩的主觀感受；再看庭院春花，已然落盡，惟是滿地殘紅，而梅花更是早謝，已是「綠葉成陰子滿枝」了。這兩句寫景，一動物，一植物，有動有靜，有聲有色，突出了自然界的春意闌珊，也營造出了一個靜寂的環境。景語實乃情語，體現的是美人遲暮之感，象徵著人生最寶貴、最美好年華的日漸流逝；同時，室外的寂靜又與室內的靜謐相映襯。「畫堂」兩句側重寫居室的空寂。「屏山半掩」，似有所待，而竟無人來往，這裡只有裊裊爐煙，相對著窗外的濛濛細雨。這種空寂迷濛的境界，也正是女主人公淒迷寂寞心境的外化。

詞之下闋重在抒情。她在尋思、怨恨：兩人曾經山盟海誓，暗裡訂下幽期密約，而今竟然泥牛入海，沒有回音；打從離別之後，自己的刻骨相思，是何等深廣！既然深閨獨處，哪還有心思對鏡梳妝，「女為悅己者容」，梳妝給誰欣賞？況且，如今憔悴，神采黯然，也不願在鏡子裡看到自己的可憐形象，就一任那菱花鏡面蒙上厚厚的灰塵吧。詞的結尾方始點出女主人公獨倚樓臺及失魂落魄情狀，以明前面所寫，都是其所見所聞所感。此為宋代詞人習用之手法，即將與人物相關之種種情事置之於前，而將人物的出場安排於後，以顯章法的變化。這首詞的末句再度轉入寫景。女主人公的倚樓並非為觀景，她的登眺是有所想望的，然而她看到的只是闊遠的灰暗天空，連著無邊無際的芳草。以寫景而言，前後呼應，「長空黯淡」與前面的「雨濛濛」相映照，「芳草」與「春色將闌」相聯繫。同樣，這裡不是單純的寫景，而是融情入景。「長空黯淡」，與心境的無比淒黯相關；而「芳草」則暗用淮南王〈招隱士〉：「王孫遊兮不歸，春草生兮萋萋」典故，既懷有期盼，又含有怨懟。以景結情，情繫乎景，含蘊無盡。沈義父《樂府指迷》云：「結句須要放開，含有餘不盡之意，以景結尾最好。」正指此類詞作。

此詞寫閨情，含蓄、凝煉、雅潔，因而可以引發其他的聯想，如黃蘇云：「鬱紆之思，無所發洩，惟借閨情以抒寫。」（《蓼園詞評》）謂其中寄寓了某種士大夫的情懷。如此理解，以男女之情，通乎君臣之義，當亦可通。另外，〈踏莎行〉詞牌上下闋有對偶，有散句，具整飭與流利結合之美，寇詞可謂能臻於此境。

2 酒泉子

潘閬

長憶觀潮，滿郭❶人爭江上望。來疑滄海盡成空，萬面鼓聲中。

弄濤兒向濤頭立，手把紅旗旗不溼❷。別來幾向夢中看，夢覺❸尚心寒。

【作　者】潘閬（西元九六〇？—一〇〇九年），字夢空，又字逍遙，大名（今河北境內）人，或云廣陵（今江蘇揚州）人，長居錢塘（今浙江杭州）。太宗至道元年（西元九九五年）賜進士及第，授國子四門助教。未幾，以狂妄追還詔命。真宗時為滁州參軍。工詩，與王禹偁、寇準、林逋諸人互有贈答。有《逍遙集》一卷，《逍遙詞》一卷。

【詞　牌】〈酒泉子〉，教坊曲名，用作詞調。體式甚多，有四十字、四十一字、四十二字、四十五字、四十九字、五十二字等數種。本詞為四十九字體，上闋四句兩平韻，下闋四句兩仄韻、兩平韻，為平仄韻轉換格。詳見《詞律》卷三、《詞譜》卷三。

【注　釋】❶滿郭　滿城。❷弄濤兒向濤頭立二句　周密《武林舊事・觀潮》載：「吳兒善泅者數百，皆披髮文身，手持十幅大彩旗，爭先鼓勇，泝迎而上，出沒於鯨波萬仞中，騰身百變，而旗尾略不沾溼。」弄濤兒，指在潮中戲水的人。❸夢覺　夢醒。

【語　譯】長時回憶錢塘觀潮情景，滿城人出動，爭先恐後到江堤上眺望。潮水湧來，令人懷疑滄海都已空竭，聽聲音如萬面鼓響。　弄潮高手立於濤頭，手舉紅旗而沒被海水沾溼。別後幾回夢中觀看，醒來猶覺心驚膽寒。

【研　析】作者填十首〈酒泉子〉，分別吟詠錢塘（今杭州）都市、寺廟、西湖、孤山、龍山、吳山等處。崇寧五年（西元一一〇六年），黃靜仕杭，將潘閬所作〈酒泉子〉十首鑱刻於石，為之跋云：「放懷湖山，隨意吟詠，詞翰飄然，非俗士所可仰，潘閬謫仙人也。」（《咸淳臨安志》卷六五）本書所錄為其中之一。

此首詠觀潮的宏大壯闊景象。觀潮，對錢塘人來說，是一個盛大節日。吳自牧《夢粱錄・觀潮》載：「每歲八月內，潮怒勝於常時，都人自十一日起，便有觀者，至十六、十八日傾城而出，車馬紛紛，十八日最為繁盛，二十日則稍稀矣。」詞以「長憶」二字引領前面六句，虛寫昔時觀潮景象，然虛中有實。又可分三層：首先通過萬人空巷，人潮奔湧，極寫觀潮興致之高漲，中間著一「爭」字，尤為傳神。其次從視、聽兩方面著筆，對海潮的壯觀及洶湧之勢作正面描寫。那海潮的鋪天蓋地令人懷疑整個海水已傾瀉一空，那震耳欲聾的聲響如同萬鼓齊擂，氣勢磅礴，令人如聞如睹。第三層為觀潮中出現的特異景觀，一些勇敢的青壯健兒手執紅旗，戲弄於潮頭之上，令人聯想令人衝浪之驚險鏡頭，更令人驚異的是，紅旗居然沒被海水沾溼。其非凡之勇氣，其泅技之高超，直教人歎為觀止！

至「別來」二句一轉。雖然未再親臨其境，但那種驚險、那種氣勢、那種刺激，銘刻在心，深印腦海，故夢中又曾幾回臨海觀潮，醒來時仍然驚心動魄。進一步通過夢境、夢醒心態，將錢塘江潮的雷霆萬鈞之勢與給予人的視聽、心理的衝擊力寫透。「別來」、「幾向」，也有一個時間跨度，更凸顯出印象的不可磨滅，也是對前面「長憶」的一種照應。所謂「夢」，也可說是「憶」的具象化。

此詞風格遒勁，對宋代豪放詞風的形成，當有某種啟迪的作用。

3 點絳脣

林 逋

金谷❶年年，亂生春色誰為主？餘花落處，滿地和❷煙雨。

又是離歌，一闋❸長亭❹暮。王孫去❺。萋萋無數，南北東西路。

【作　者】林逋（西元九六八—一〇二八年），字君復，錢塘（今杭州）人。少孤力學，恬淡好古，隱居西湖之孤山二十年。終身布衣，未婚娶，以賞梅養鶴自娛，有「梅妻鶴子」之稱。足不及城市。真宗聞其名，詔長吏歲時勞問。卒後，仁宗賜謚和靖先生。逋善行書，喜為詩，其〈山園小梅〉詩有「疏影橫斜水清淺，暗香浮動月黃昏」句，尤為有名。有《林和靖先生集》四卷，補遺一卷。《全宋詞》錄詞作三首。

【詞　牌】〈點絳脣〉，江淹〈詠美人春遊〉詩有「白雪凝瓊貌，明珠點絳脣」語，調名取此。又名〈南浦月〉、〈點櫻桃〉、〈沙頭雨〉、〈尋瑤草〉等，始見南唐馮延巳《陽春集》。雙調，四十一字，上闋四句，三仄韻，下闋五句，四仄韻。此調又有四十三字一體。參見《詞律》卷三、《詞譜》卷四。

【注　釋】❶金谷　地名，在今河南洛陽境內。晉石崇構園於此，稱金谷園，中植樹木、花草之屬。❷和　帶。❸一闋　古代音樂演奏終止稱「樂闋」，此處指一曲離歌。❹長亭　古道途十里一長亭，五里一短亭，為行人休憩之所，亦為送別之地。❺王孫去　語出漢淮南王〈招隱士〉：「王孫遊兮不歸，春草生兮萋萋。」王孫，指貴族公子。

【語　譯】金谷年年草長，豐茂雜亂，一派春色，有誰為它作主？殘花飄落處，滿地籠罩如煙細雨。　又是在暮色來臨的長亭，唱罷離歌一曲。王孫遠去。到處綠草萋萋，充塞南北東西道路。

【研　析】此詞詠春草，中含別情。自西漢淮南王〈招隱士〉「王孫遊兮不歸，春草生兮萋萋」語出，後代的詩人便常將春草與離情相聯繫，如漢樂府〈飲馬長城窟行〉：「青青河畔草，綿綿思遠道。」顧況〈春草謠〉：「春草不解行，隨人上東城。正月二月色綿綿，千里萬里傷人情。」白居易〈賦得古草原送別〉：「遠芳侵古道，晴翠接荒城。又送王孫去，萋萋滿別情。」春草，與暮春這一敏感的時節相關，與無處不在的地理空間相關，其時空便與人和人的別離暗生出某種不謀而合的關係；尤其是它的生生不息，更與人的「剪不斷，理還亂」的離愁具有相通之處。

以詞專詠春草，林逋此詞為首唱。作品寫春草先突出一個點：金谷園。金谷園自晉以來即為一處有名的園林，其主人石崇曾在金谷澗為赴長安的征西將軍祭酒王詡餞行，故南朝江淹的〈別賦〉有「送客金谷」之說，遂成典故。曾經送別的金谷園年年草長，荒蕪雜亂，雖春色自碧，卻寂寞無主，映入眼簾的，唯有煙雨籠罩、殘花點綴的大片春草。上闋四句已然營造出別離後暮春時節的荒涼景象。雖只寫景，別意已寓其中；同時，還能令人從中體驗到一種人事無常、繁華轉瞬的滄桑之感。

至下闋「又是離歌，一闋長亭暮」，則具寫餞別時地、情景。「又是」，表明非止一次，而是多次，從而加重傷感情懷。「王孫」遠去，去向何方？「萋萋無數，南北東西路」，「南北東西」四字，將「金谷」萋萋春草更進一步拓展至於無限。芳草連天，前路遙遙，正是「離恨恰如春草，更行更遠還生」（李煜〈清平樂〉）。

此詞寫景，由點而面，述情，由往而今，既述離情，又超出離情，短幅之中能層進，而無局促之嫌，故深得時人稱美。稍微晚出的梅堯臣、歐陽脩聞之，均分別作有詠春草之詞，欲與林詞一較短長，茲錄於下：

露堤平，煙墅杳。亂碧萋萋，雨後江天曉。獨有庾郎年最少。窣地春袍，嫩色宜相照。　接長亭，迷遠道。堪怨王孫，不記歸期早。落盡梨花春又了。滿地殘陽，翠色和煙老。（梅堯臣〈蘇幕遮〉）

闌干十二獨凭春。晴碧遠連雲。千里萬里，二月三月，行色苦愁人。　謝家池上，江淹浦畔，吟魄與離魂。那堪疏雨滴黃昏。更特地、憶王孫。（歐陽脩〈少年游〉）

二詞均就「王孫遊兮不歸，春草生兮萋萋」加以發揮，梅詞側重在春日季候、景物變化的背景下刻畫春草的蓬勃與色澤及其由「嫩」至「老」的過程，隱約透露自己踏入仕途後由得意轉為意興蕭索的心情；歐詞則通過憑闌者所見所感，由已見推知未見，由當今而及於往古，時空綿遠，境界闊大，復由「行色」而及於「吟魄」、「離魂」，運筆靈動。林詞與梅、歐詞，各有特色，被王國維認為是「詠春草絕調」，「能攝取春草之魂者」。（《人間詞話》）

4 蘇幕遮　懷舊

范仲淹

碧❶雲天，黃葉地。秋色連波，波上寒煙翠。山映斜陽天接水，芳草無情，更在斜陽外。

黯❷鄉魂，追旅思。夜夜除非，好夢留人睡。明月樓高休獨倚，酒入愁腸，化作相思淚。

【作　者】范仲淹（西元九八九－一〇五二年），字希文，吳縣（今江蘇蘇州）人。大中祥符八年（西元一〇一五年）進士。仁宗朝，官吏部員外郎，權知開封府。康定元年（西元一〇四〇年）以龍圖閣直學士為陝西經略安撫副使，兼知延州。慶曆三年（西元一〇四三年）召拜樞密副使、參知政事。次年出為河東陝西宣撫使，歷知鄧州、杭州、青州。卒後諡文正。有《范文正公集》二十卷。《全宋詞》錄存詞五首。譚獻《譚評詞辨》謂其詞「大筆振迅」。《歷代詩餘》引《詞苑》語，以為能「情語入妙」。

【詞　牌】〈蘇幕遮〉，唐教坊曲名，用作詞調，又名〈鬢雲鬆〉。據《宋史・高昌傳》載，高昌語稱所戴油帽為「蘇幕遮」。雙調，六十二字，上下闋各七句，四仄韻，句式、格律均同，為仄韻格。參見《詞律》卷九、《詞譜》卷十四。

【注　釋】❶碧　青白色。❷黯　淒然失色。

【語　譯】碧雲滿布天穹，金黃樹林裝飾大地。無邊秋色連著江波，波上寒煙帶蒼翠顏色。斜陽映照山巒，雲天遙接流水。萋萋芳草無情，遠伸至斜陽之外。

因思鄉而致心魂淒黯，追憶羈旅愁思連續不斷。夜夜難以成寐，除非好夢可留人睡。明月照映高樓時，不要獨自憑欄遠眺，把盞消愁，酒入迴腸，化成了相思淚水。

【研　析】范仲淹存詞雖不多，但每首都具特色。其〈漁家傲〉（塞下秋來風景異）寫戍邊辛苦，蒼涼悲壯。此詞寫羈旅相思，卻又瑰麗柔婉，另具面目。

詞作先從寫景入手。秋日登樓，俯仰天地之間，極目四方之景，無邊秋色，盡收眼底。碧雲、黃葉、翠煙、綠草、粼粼波光、西斜紅日，真是色彩斑斕，畫圖難足！天、地、江流、遠山、無邊芳草所構成的境界，又何其疏朗寥廓！它既不同於「金風細細，葉葉梧桐墜」、「紫薇朱槿花殘，斜陽卻照闌干」（晏殊〈清平樂〉）那種小巧有致的庭院秋景，也不同於「漸霜風淒慘，關河冷落，殘照當樓。是處紅衰翠減，苒苒物華休」（柳永〈八聲甘州〉）那種雖然闊大但帶衰瑟的清秋景觀，而呈現出一種壯麗的特色。這種審美情趣，體現了作者觀察事物所持的傾向於樂觀的心態。而在寫法上又能環環相扣，累累如貫珠。先分寫碧雲天、黃葉地，下以「秋色」二字總之。「秋色連波，波上寒煙翠」，用頂針格，承「地」轉寫江波。江流伸向遙遠的天地之間，波光澄靜，上籠暮靄輕煙，遠看顯得深濃，故有青綠的色彩感；又因時在涼秋，作者將自己主觀感受之「寒」，移於客觀之物翠煙上，將視覺與觸覺融合於一處。「山映斜陽天接水」，則將天、地之間的景物組合在一起，境界闊遠，且色彩偏於明麗。這裡的「山」，呼應「黃葉地」，「斜陽」呼應「碧雲天」。試設想一下，一片斜陽映照著色彩斑斕的迤邐秋山，那景象該是何等的絢爛！以上為景語，沒有特別明顯地流露出作者的感情。至「芳草無情」二句始將情景合寫。芳草闊遠無垠，以至於伸展至斜陽之外。斜陽以外，本非目力所能及，此係由已知推想未知，屬推進一層的寫法。歐陽脩〈踏莎行〉詞有「平蕪盡處是春山，行人更在春山外」之句，寫法亦同。詞人此處實暗用淮南王〈招隱士〉：「王孫遊兮不歸，春草生兮萋萋」語意，表明自己漂泊已久，因而萌生思歸之念。芳草本無情之物，而作者視其為有情，責之以「無情」，是亦移情於物之手法。這兩句可說是由寫景到下闋抒情的一個過渡。

下闋抒情，一路說去。「黯鄉魂，追旅思」是互文，追憶鄉魂與旅思，旅思鄉魂俱淒黯，二者互相糾結，縈繞於懷，真是「剪不斷，理還亂」，攪得人難以安寧。除非做著團圓的美夢，才能入睡。由此可見相思之苦、懷念之深。「明月樓高休獨倚」，一則點明以上所見所思皆高樓獨倚發生之情事，在結構上屬於倒敘，俞平伯評云：「逆挽，承接前文，知上片皆憑高所見」（《唐宋詞選釋》）；二則說明詞人登樓遠眺時間之久，從傍晚直至明月東升，以明念遠情長；三是以否定語氣出之，休要在明月照高樓時獨自倚欄，因為這種時刻，這種處所，最易引起懷人思鄉之情。李白是「舉頭望明月，低頭思故鄉」（〈靜夜思〉），杜甫在月夜也會感歎：

「今夜鄜州月，閨中只獨看」（〈月夜〉），人同此心，詞人也不例外。一個「休」字，似在奉勸別人，實為自己一種極深的情感體驗。詞之末尾，再把愁情推進一層，以酒消愁，而「酒入愁腸，化作相思淚」不僅形象，且想像甚奇，酒水經過愁腸過濾竟然變成淚水，於理未合，而於情可通，此正所謂無理而妙者。

清彭孫遹《金粟詞話》評云：「前段多入麗語，後段純寫柔情，遂成絕唱。」所評甚當。前段意境壯麗而略帶淒美，其影響及於現代歌詞的創作，如李叔同〈送別〉：「長亭外，古道邊，芳草碧連天。晚風拂柳笛聲殘，夕陽山外山。」境界頗似之。

清道光年間謝元淮等所編《碎金詞譜》為此詞譜曲，今人蕭淑嫻及程懋筠均度曲相配。

5 漁家傲

秋思

范仲淹

塞下❶秋來風景異，衡陽雁去❷無留意。四面邊聲❸連角❹起。千嶂裡，長煙落日孤城❺閉。

濁酒❻一杯家萬里，燕然未勒❼歸無計。羌管❽悠悠霜滿地。人不寐，將軍白髮征夫淚。

【詞牌】〈漁家傲〉，此調始自晏殊，因有「神仙一曲漁家傲」句，取為調名。又名〈吳門柳〉、〈荊溪詠〉、〈漁父詠〉、〈水鼓子〉、〈神仙詠〉等。雙調，六十二字，上下闋各五句，五仄韻，句式、格律相同，為上去聲通押之仄韻格。亦有字數相同而用韻不盡相同者。又有六十六字體。參見《詞律》卷九、《詞譜》卷十四。

【注釋】❶塞下　指西北邊防要塞之地。❷衡陽雁去　衡陽在湖南境內，城南有回雁峰。相傳北雁至此即不再南飛。❸邊聲　邊塞的各種聲音，如牛鳴馬嘶聲、人的呼應聲等。❹角　軍中號角，發聲嗚嗚然，吹奏以警昏晨。❺孤城　指詞人鎮守的延州城。❻濁酒　淡酒；劣質的酒。❼燕然未勒　尚未建功銘刻於石。《後漢書・和帝紀》載，竇憲大破北匈奴，登燕然山，「刻石勒功而還」。燕然，燕然山，即今杭愛山，在今蒙古人民共和國境內。❽羌管　羌笛。出自羌地，故名。

【語　譯】秋季來臨，邊塞風景與南方迥異，北雁飛向衡陽，毫無留戀之意。隨著軍中號角的吹奏，邊地的人呼馬叫之聲錯雜盈耳。重巒疊嶂環抱的孤城，日落時在長空煙靄中關閉。　喝上一杯淡酒，難釋對萬里外家人的惦記，還未刻石記功於燕然山，故無回歸好計。在寒霜滿地的深夜，靜聽幽怨羌笛之聲，難以入睡。守邊將軍頭髮已白，士兵因思鄉而垂淚。

【研　析】范仲淹於康定元年（西元一〇四〇年）至慶曆三年（西元一〇四三年）與韓琦並為陝西經略安撫副使，兼知延州，抵禦西北地區由党項羌族建立的西夏國的侵犯，卓有成就，從而穩定了局勢，使漢、羌各族得以和平共處，深得人民愛戴和士兵擁護。

此詞即作於守邊之時。守衛邊疆乃將士的神聖職責，但邊塞多荒涼苦寒，又遠隔故園千里萬里，誰能不生思家之念！於是衛國與思家成了一對突出的矛盾。范仲淹這首詞不僅不迴避這一矛盾，反而對這一矛盾作了充分的展示。所以它是現實主義的，但它同時又是理想主義的、英雄主義的。這就是把保衛國家的大局置於一己的願望之上，把為國立功作為自己的首選奮鬥目標。

詞的上闋側重寫邊塞的苦寒。作者係吳縣人，慣看江南風物有如杜牧所寫「青山隱隱水迢迢，秋盡江南草未凋」（〈寄揚州韓綽判官〉）而在北方邊地，則大不相同，恰如李陵〈答蘇武書〉所描述：「涼秋九月，塞外草衰。夜不能寐，側耳遠聽，胡笳互動，牧馬悲鳴，吟嘯成群，邊聲四起。」兩相對照，感觸良深，故詞即以「風景異」為發端。以下就所「異」者從感覺、聽覺、視覺數方面加以描述。「衡陽雁去」一句，既是寫景，亦含感歎。大雁隨季候變化南飛，本屬自然現象，但在作者的感覺中，牠們是因這裡過分苦寒，因而不再有任何留戀。雁猶如此，人何以堪？「四面邊聲」一句，從聽覺寫。「四面」，形容其無所不在，充塞於整個空間。傍晚的軍中號角，預示著城門即將關閉。人喊馬嘶，牛羊雜沓，隨號角聲而起，荒涼之中，雜以悲壯。「千嶂裡」二句，從視覺寫「孤城」地理形勢與軍事形勢，它處於萬山叢中，正所謂「一片孤城萬仞山」

（王之渙〈涼州詞〉），若發生緊急情況，外援不易急至，為防止外敵襲擊，城門在日落黃昏之時便已關閉。一方面以「千嶂」、「長煙」的闊大之景，映襯出孤城的荒涼，同時又以城門早閉、戒備森嚴，暗示出軍事面臨的緊張形勢。先著對此二句極為稱賞，謂「一幅絕塞圖，已包括於『長煙落日』十字中。唐人塞下詩最工、最多，不意詞中復有此奇境」（《詞潔輯評》卷二）。

上闋寫景，景中含情。下闋抒情為主，情中帶景。守邊將士長年緊張生活於此荒寒環境中，深深思念故鄉與親人，是很自然的。「濁酒一杯家萬里」，他們喝上一杯淡酒，希望忘卻遠在萬里外的家人，但是「抽刀斷水水更流，舉杯銷愁愁更愁」（李白〈宣州謝朓樓餞別校書叔雲〉）這裡將「一杯」與「萬里」對舉，乃是為了突出其矛盾，形成一種強烈的對照。而「濁酒」二字又從側面反映出士兵生活的艱苦。下面接著又出現了另外一對矛盾：主觀上強烈思歸，客觀上又不能歸去。其所以形成這一矛盾，是因為「燕然未勒」。勒石燕然，是國家要求，也是自己的神聖職責，故小我暫時要服從大我。守邊將士的精神境界在這裡得到了凸顯。傍晚時分飲酒澆愁，愁未能消，至夜深時，霜寒襲人，不知何處傳來嗚嗚咽咽的悠悠羌笛聲，更使思鄉之念揮之不去。這羌笛吹奏的是何曲調，作者沒有交代，但羌笛往往和〈折楊柳〉曲之類相關，如「羌笛何須怨〈楊柳〉」（王之渙〈涼州詞〉）、「此夜曲中聞〈折柳〉」（李白〈春夜洛城聞笛〉）。〈折柳〉的曲調又和一種離別的習俗與情感密切相關，因此聞之更令人動情。中唐詩人李益有一首〈夜上受降城聞笛〉詩：「回樂峰前沙似雪，受降城外月如霜。不知何處吹蘆管，一夜征人盡望鄉。」此詞與其所繪情景極為相似。這首詞在寫景抒情的基礎上，最後以將士的群體露面作為結束。白髮的將軍、流淚的士卒，愁苦中透出堅韌，悲壯中透著崇高。

此詞運用寫實手法，展現了一幅戍邊將士艱苦生活的圖景。清賀裳在《皺水軒詞筌》中說：「宋以小詞為樂府，被之管絃，往往傳於宮掖。范詞如『長煙落日孤城閉』、『羌管悠悠霜滿地』、『將軍白髮征夫淚』，令『綠樹碧煙相掩映，無人知道外邊寒』者聽之，知邊庭之苦如是，庶有所警觸。」在唐五代詞中，已有描寫邊塞景物和士卒戍邊的作品。較著名的有戴叔倫的〈調笑令〉詞：「邊草，邊草，邊草盡來兵老。山南山北雪晴，千里萬里月明。明月，明月，胡笳一聲愁絕。」詞中也展現了邊地的荒涼闊遠，也寫到了士卒長期遠戍而「老」的現象，極為凝煉，應該說是范仲淹邊塞詞的先聲。但范仲淹作為邊帥，更富有邊塞生活的切身感受，作為具有「先天下之憂而憂，後天下之樂而樂」的政治家，更具有一種非凡的思想高度。因此，其詞大大超越前人，在詞的發展中開闢出了一條新的途徑。它的意義不僅體現於題材的拓展上，也體現於詞的創作手法與詞風的變化上。這些方面對後人的詞作都產生過某種程度的影響。

在清初所編《曲譜大成》中收有為〈漁家傲〉詞所配曲譜，清乾隆年間所編《九宮大成譜》亦為轉載並稍作修訂，說明該詞流傳甚為廣遠。

6 御街行

秋日懷舊

范仲淹

紛紛墮葉飄香砌❶。夜寂靜、寒聲碎。真珠❷簾捲玉樓空，天淡銀河垂地。年年今夜，月華如練❸，長是人千里。

愁腸已斷無由醉。酒未到、先成淚。殘燈明滅枕頭攲❹，諳盡❺孤眠滋味。都來❻此事，眉間心上，無計相迴避。

【詞牌】〈御街行〉，又名〈孤雁兒〉。調式較多，此處所選為雙調，七十八字，上下闋各七句，四仄韻，句式、格律相同，為仄韻格。此調韻腳字除上下闋第三句為平聲外，其餘均為仄聲，故聲律顯拗峭。此調尚有七十六字、七十七字、八十字、八十一字者數種。詳見《詞律》卷十一、《詞譜》卷十八。

【注釋】❶香砌　有落花香味的臺階。❷真珠　即珍珠。❸如練　如潔白的絲絹。❹攲　傾斜。❺諳盡　嘗夠。❻都來　都來算來。

【語　譯】樹葉紛紛飄向帶有落花香味的臺階。寂靜夜晚，寒風疾吹，瑟瑟聲碎。珍珠簾幕捲起，玉樓空寂，天色清淡，銀河垂向遠地。年年的今夜，月光如絲綢潔白，可是人卻長期遙隔千里。　愁腸已斷，無法飲酒沉醉，酒還沒入口，便先化成眼淚。油燈將盡，閃爍不定，斜歪於枕，嘗盡孤眠的滋味。算來相思念遠，無論是在眉間還是在心上，都無法迴避。

【研　析】這是一首秋夜相思懷遠之作。詞之上闋描寫秋夜景色。「紛紛墮葉飄香砌」，一開始從白天的印象寫起。古人云：一葉落而知天下秋。況詞人眼中所見是落葉紛紛，且飄落於凋零的花瓣散發著芳香的臺階，可知涼風緊疾。秋日落葉呈露黃色，臺階的花瓣色彩雜陳，這一富有動感的組圖可說是很淒美的，已暗示出詞人心境的悲涼。及至夜晚，群動皆息，靜寂中惟聞風吹落葉的颯颯之聲，正如歐陽脩〈秋聲賦〉所描繪的「四無人聲，聲在樹間」。前面「墮葉飄香砌」乃從視覺言，「寒聲碎」則從聽覺言。又所謂「寒」者，實乃作者對氣溫之感受，故聽落葉之聲，亦覺其帶有寒意。「夜寂靜、寒聲碎」二者之間互相映襯，後者對前者而言，是以動寫靜；前者對後者而言，更突出聽覺感受，倍增淒涼意緒。以上從色彩、聲音、動態、靜態多方渲染環境氛圍，為下面人物出場作了鋪墊。「真珠簾捲玉樓空」，誰捲珍珠簾帷？誰覺得玉樓空寂？當然是人，是羈旅在外的人。因為是在樓臺，又珠簾高捲，故視野極為廣闊。下面寫所見亦即〈秋聲賦〉描繪的「星月皎潔，明河在天」情景。因為所見空曠，故有「天淡銀河垂地」之感，有類於孟浩然〈宿建德江〉詩「野曠天低樹」、杜甫〈旅夜抒懷〉詩「星垂平野闊」的景象，我們去到茫茫無際的大草原，在夜晚也會產生天似穹廬，手可捫星摘月的感覺。「年年今夜」三句轉入懷遠。南朝宋謝莊〈月賦〉云：「美人邁兮音塵闕，隔千里兮共明月。」唐張若虛〈春江花月夜〉詩云：「誰家今夜扁舟子，何處相思明月樓？可憐樓上月徘徊，應照離人妝鏡臺。」普照大地的月光最能引發念遠懷人之情，詞人登樓望月，也不禁感歎「月華如練，長是人千里」，這裡須特別留意的是「年年」和「長是」的字樣，表明這種千里乖隔，時間相當長，非一年兩年，故思念比一般人更來得深切綿邈。這三句從全詞結構言，係由寫景到下闋抒情的過渡。

下闋「愁腸已斷」三句抒發愁情，謂愁無可排解，亦即「舉杯銷愁愁更愁」之意。但作者並不如此直說，而是先說愁腸已斷。要以酒解愁，必先讓酒下肚，以麻醉神經，忘卻痛苦。腸既已斷，酒如何飲？酒還未入脣，已釀成了淚。這種寫法比他在〈蘇幕遮〉中所寫「酒入愁腸，化作相思淚」又更進一層，設想更為奇巧。愁既無可解，夜更難以成寐，故接寫愁態：「殘燈明滅枕頭攲，諳盡孤眠滋味。」殘燈，寓示夜已深沉，與自己相伴的只有搖曳的、閃爍不定的燈光，真是煢煢獨處，形影相弔啊！詞人沒說自己輾轉反側，而只說「枕頭攲」。攲枕，是一種靜思的狀態，是在靜思默想中承受著獨臥孤眠痛苦的煎熬。這種愁苦不僅壓印在眉間，也聚集在自己的心上。故詞之結拍進一步寫愁心、愁容：「都來此事，眉間心上，無計相迴避。」後來李清照〈一翦梅〉詞中亦有「此情無計可消除，才下眉頭，卻上心頭」之語當脫胎於此詞。

上闋寫景，下闋抒情，結構均衡、緊湊。其夜景描寫，除了景中含情外，那「天淡銀河垂地」、「月華如練，長是人千里」所構成的意境極顯闊大，與溫庭筠〈菩薩蠻〉的「玉樓明月長相憶，柳絲裊娜春無力」、晏殊〈鵲踏枝〉的「明月不諳離恨苦，斜光到曉穿朱戶」的小巧有致相比照，可說是大異其趣。此等處似亦能體現出作者的寬廣胸次與審美情趣。下闋抒情，依次寫出愁情、愁態、愁容、愁心，脈絡井然，層層推進，設想甚奇，刻畫入微，表情細膩。故清許昂霄《詞綜偶評》稱許范仲淹「鐵石心腸人亦作此銷魂語」。

7 曲玉管

柳永

隴首❶雲飛，江邊日晚，煙波滿目凭闌久。立望關河蕭索，千里清秋。忍❷凝眸。

杳杳神京❸，盈盈仙子❹，別來錦字❺終難偶❻。斷雁❼無凭，冉冉❽飛下汀洲。思悠悠。

暗想當初，有多少、幽歡佳會，豈知聚散難期❾，翻成雨恨雲愁⑩。阻追遊。每登山臨水，惹起平生心事，一場消黯⑪，永日⑫無言，卻⑬下層樓。

【作者】柳永（西元九八七？—一〇五五年？），初名三變，字景莊，後更名永，字耆卿。排行第七，故人稱「柳七」。崇安（今屬福建）人。青年時期流連於汴京，遊宴於秦樓楚館。後曾西遊成都、長安，遍歷荊湖、吳越。景祐元年（西元一〇三四年）登進士第，歷任睦州團練推官、餘杭令、定海曉峰鹽場監官、泗州判官、太常博士，終屯田員外郎，世稱「柳屯田」。精通音律，善製新聲，所著《樂章集》二百餘首，十之七八為慢詞長調。其詞多寫男女戀情、羈旅行役，善於鋪敘展衍，且通俗美聽，宋葉夢得《避暑錄話》曾記西夏歸朝官語：「凡有井水飲處，即能歌柳詞。」可見是當時傳唱最廣的流行歌曲。近人鄭文焯讚其長調「尤能以沉雄之魄，清勁之氣，寫奇麗之情，作揮綽（傳送廣遠）之聲」（《大鶴山人詞話附錄》）蔡嵩雲指出柳詞「得失參半」，而對其長處與影響尤大加肯定：「柳詞勝處，在氣骨，不在字面。其寫景處，遠勝其抒情處。而章法大開大闔，為後起清真（周邦彥）、夢窗（吳文英）諸家所取法，信為創調名家。」（《柯亭詞論》）其詞作不僅對後世詞家影響巨大，且對金元戲曲、明清小說均有重大影響。

【詞牌】〈曲玉管〉，唐教坊曲名，用作詞調。始見柳永《樂章集》。此詞為孤調，前人分段有歧異。《詞律》卷十八、《詞譜》卷三十三均列本詞。《詞譜》謂「此詞前段截然兩對，即〈瑞龍吟〉調所謂雙拽頭也。」《全宋詞》亦依此分為三疊。第一、二疊均六句，一仄韻，兩平韻，第三疊十句三平韻，屬平仄韻轉換格。

【注釋】❶隴首　隴山之頂。隴山在今陝西隴縣西邊。亦可泛指高山之巔。如南朝梁柳惲〈搗衣詩〉：「亭皋木葉下，隴首秋雲飛。」❷忍　怎能忍心。❸神京　京城。❹盈盈仙子　指美麗的歌舞妓。盈盈，神態美好的樣子。仙子，即仙女，此借指妓女。❺錦字　織於錦上的字。《晉書・竇滔妻蘇氏傳》載，竇滔被流徙在外，其妻蘇氏織錦為〈回文璇璣圖〉詩以贈滔，可往返循環而讀。後指妻贈夫或情人之間的書信。❻偶　遇合。❼斷雁　孤雁。❽冉冉　漸進的樣子。❾期　約定相會。❿雨恨雲愁　男女之情引惹的愁恨。其語源於宋玉〈高唐賦序〉：「妾在巫山之陽，高丘之阻，旦為朝雲，暮為行雨，朝朝暮暮，陽臺之下。」⓫消黯　即銷黯。江淹〈別賦〉云：「黯然銷魂者，惟別而已矣。」⓬永日　整日。⓭卻　再。

【語　譯】山頭雲絮飄飛，江濱夕暉漸散，憑欄良久，滿目所見惟是煙波。佇立樓頭，眺望蕭索關河，面對千里清秋，我怎忍注目遠方。　遙遠的京都，姣美的仙子，別後情書未達，終是難以相遇。天邊孤雁沒有捎來信息，目送牠漸漸飛下汀洲。情思悠遠難收。　暗地懷想當初，有多少次佳會，享盡幽歡，哪知聚散沒有定準，反釀成不能歡會的濃愁。遙被阻隔，無法陪遊。每當登山臨水，便引發平生心事，一場黯然銷魂，整日無語，再步下層樓。

【研　析】柳永由於仕途不順，常宦遊奔走於外，曾南遊江蘇、浙江、湖南、湖北，西遊長安、渭水一帶，故作品中多羈旅行役之詞。他的這類詞作大多有兩個特點：一是秋日登高臨遠，滿懷悲秋情緒；二是懷戀女性的溫馨，襯托孤淒心境。此詞亦然。

第一疊寫登高極目所見。首先用一對句「隴首雲飛，江邊日晚」，展示一遼闊空間，前句仰視，後句俯瞰，目力所及，可謂俯仰天地之間。前句富於視覺的動感，有山色與白雲的映襯，也暗示有晚風的吹拂；後句包含時間的推移，引人產生冉冉夕陽西下的聯想。「晚」字與「飛」字相對，帶有動詞的性質。而時間的推移又暗示眺望非止一時半刻。故下面以「煙波滿目凭闌久」緊相承接，一方面具寫「江邊日晚」，暮靄籠江景象，即所謂「煙波江上使人愁」，作者雖不直接言愁，愁自寓景中；同時明點前面所寫景物為長久憑欄所見，故「凭闌久」，係倒敘。「立望關河蕭索，千里清秋」，加以總寫。「立望」呼應「凭闌」，「關河」呼應「隴首」、「江邊」，而以「蕭索」寫其觀感，再以「千里清秋」概寫秋日景觀的無限清空、寥廓。柳永筆下的秋景已突破庭院的範圍，面向的是闊遠的山崗原野，故氣象宏大。其筆下宏大的景觀又往往是個人孤獨的反襯，這首詞亦復如是，「千里清秋」與「凭闌」「立望」的個人，便是一種大與小的鮮明對照，且一望無極的秋空把自己的思緒引向了遠方，故以「忍凝眸」作為此疊的收束。

第二疊承「忍凝眸」轉寫思緒。詞人昔在京城，於歌舞場中馳騁縱橫才氣，被多少美麗的歌兒舞女傾慕，就中當有特別相好者，在離開京城之際，曾有某種約定。然而現在「杳杳神京，盈盈仙子，別來錦字終難偶」從對方著筆，感歎音書寂寥，會合難期。側重以事述情。至「斷雁無凭，冉冉飛下汀洲」，回到眼前，借景抒情。正當悵惘之時，空中飛來孤雁。古有雁足傳書之說，故尋思著或許雁兒會捎帶書信，然而雁無定準，自顧自地飛落遠處的汀洲。無論是以事述情，還是借景抒情，中間都包含了一種由希望到失望的轉折。寫雁，不寫群雁，只寫「斷雁」，似也含有自己處境的象徵意。因落寞、失望之情縈繞於懷，揮之不去，故以「思悠悠」收束此疊。

第三疊承接「思悠悠」，可分為兩層。一是寫別後心思：「暗想當初，有多少、幽歡佳會，豈知聚散難期，翻成雨恨雲愁。」以「暗想」領起，充滿對過去兩情繾綣的美好回憶；又用「豈知」轉折，飽含對不能團圓相聚的悵恨（所謂「聚散」難期，重點在「聚」字）。此二者之間，實有一種因果的關係，因愛之深，故恨之極。「阻追遊」再進一步強調空間的阻隔，抒發不能共享遊樂的遺憾，同時又暗含有對昔時追遊之樂的懷戀。二是將別後與眼前銷黯情懷綰合一處：「每登山臨水，惹起平生心事，一場消黯，永日無言，卻下層樓。」用「每」字領起，既是說眼前，也是說從前，從前也非止一回、兩回，而是無數次。「平生心事」字樣，頗值得玩味，它不僅僅是難偶的別情，更包含釀成這別情的深層原因：仕途的坎壈，人生的失意。因心事重重，故情緒黯淡，默然無語，獨自步下層樓。此五句寫心思、寫表情、寫行動，一氣流走。且「層樓」與前面「凭闌」相呼應。「登山臨水」與前面寫景相呼應，首尾應照，細密妥溜。

柳永善鋪敘展衍，順逆層進，於大開大闔中寫幽思曲想，此詞可證。前人將柳詞分為雅、俚二類，此詞偏於雅，但近雅而不遠俗。

此詞清代謝元淮等所編《碎金詞譜》收有曲譜。

8 雨霖鈴

柳永

寒蟬❶淒切。對長亭❷晚，驟雨初歇。都門❸帳飲❹無緒，留戀處、蘭舟❺催發。執手相看淚眼，竟無語凝噎❻。念去去、千里煙波，暮靄❼沉沉楚天闊。

多情自古傷離別。更那堪、冷落清秋節。今宵酒醒何處？楊柳岸、曉風殘月。此去經年❽，應是良辰、好景虛設。便縱有、千種風情❾，更與何人說？

【詞牌】〈雨霖鈴〉，唐教坊曲名，用作詞調。《明皇雜錄》載：「明皇既幸蜀，西南行初入斜谷，屬霖雨涉旬，於棧道雨中聞鈴，音與山相應。上既悼念貴妃，採其聲為〈雨霖鈴〉曲，以寄恨焉。」宋詞借舊曲名另倚新聲，又名〈雨霖鈴慢〉，見柳永《樂章集》。雙調，一百零二字，上下闋均五仄韻（或押入聲，或上去聲同押），為仄韻格。參見《詞律》卷十八、《詞譜》卷三十一。

【注釋】❶寒蟬　秋蟬。《禮記．月令》：「孟秋之月，寒蟬鳴。」❷長亭　古道途十里一長亭，五里一短亭，為行人休憩之所，亦為送別之處。❸都門　即京門。❹帳飲　設帳幕宴飲餞別。❺蘭舟　木蘭舟。《述異記》載，魯班曾刻木蘭舟。此處為對船之美稱。❻凝噎　因傷心而氣塞說不出話來。❼暮靄　傍晚時的霧氣。❽經年　年復一年。❾風情　指男女間的相愛情懷。

【語譯】耳聽秋蟬淒切聲，面對傍晚時分的長亭，一陣驟雨剛剛停歇。在京門帳幕中餞別，沒有暢飲心緒。正當留戀之時，木蘭舟上船夫又催人出發。牽手互相對看淚眼，竟然哽咽，有話無法言說。思慮你此去一程又一程，經歷千里煙波，在沉沉暮靄中，駛向那遼闊的江南地域。

自古以來多情的人感傷離別，更何況

正值冷落清秋時節。今夜酒醒時身在何處？應是曉風吹拂的楊柳岸，天空一鉤殘月。此番離別將是年復一年，良辰好景應是虛設。便縱然有無限旖旎柔情，又能向何人訴說？

【研　析】這首宦遊離別之詞，是柳永著名的詞作之一，也是宋金時代流行的十大名曲之一。它之所以流傳廣遠，與其情感的世俗化、層次的明晰化、表情的形象藝術化，以及語言的雅俗共賞有密切的關係。柳永的詞不像後來的周邦彥那樣講究思力安排，意思的推進轉折一般都用相關詞語明白提示，故脈絡極其清晰。

這首詞依時間次序鋪展，可將其分為三層。第一層，為詞的上闋，係寫眼前。詞一開始即渲染離別的環境氛圍：「寒蟬淒切。對長亭晚，驟雨初歇」，點出季節、地點、時間，從聽覺、視覺描繪所處境地，所謂「淒切」實乃人物主觀之感受，「驟雨」句不僅渲染環境的淒清，也是為以下的「蘭舟催發」作勢，在急雨瀟瀟時不便啟航，而「初歇」之際即不能不出發。這三句係以景寫情。「都門帳飲」三句，先說在淒涼秋色中面臨離別，即使筵席再豐盛，也提不起任何興致，接著敘寫在難捨難分之際，船夫又發出了啟航的信號，這樣便把主觀的留戀之情，和不得不發的客觀之勢的矛盾，把一種百般無奈的心情展示出來，真是「去也終須去，住也如何住」（嚴蕊〈卜算子〉）此係敘事以寫情。「執手相看」二句，極旖旎溫柔，細膩生動，含有兩個特寫鏡頭，一個是手牽手，再將鏡頭上移，則是兩人的面部表情，四目相對，淚水漣漣，唯有斷斷續續的抽咽，竟然說不出話來。縱有千言萬語，從何說起，互相了然於心，也不必說，真乃「此時無聲勝有聲」！此係以動作細節表達感情。「念去去」二句，係送行者的內心活動，設想行者將獨自經歷萬水千山去到遙遠的江南，那兒暮靄沉沉，楚天遼闊，江波浩淼。以「念」字領起，雖是虛寫，但虛中有實。空間闊大，色彩暗淡，以闊大之景反襯人的渺小、孤獨，以暗淡之色映襯行人情緒的低沉。此係以想像之境寫情，且點明行者之去向。眼前之一切，經多方鋪敘，可謂「備足無餘」矣。

下闋的開頭，「多情自古傷離別」，先從眼前推開一層說，即將個別上升到一般，由眼前拓展至古往今來，如同蘇軾〈水調歌頭〉中「人有悲歡離合，月有陰晴圓缺，此事古難全」一樣，帶有人生哲理的意趣，此為形象化的議論。從詞的結撰來說，叫做「宕開一筆」。下面一句「更那堪、冷落清秋節」是推進一層的寫法，謂此別更異於平常，復又回到眼前，且節氣與前面之「寒蟬」相呼應，此謂之「闔」。故此種寫法頗能盡開闔之妙。

以下進入詞之第二層，即「今宵酒醒」二句，乃設想今宵情景。「今宵」與前面的「晚」相呼應，「酒醒」與前面「帳飲」相呼應。雖然帳飲無緒，可是為了在沉醉中忘卻離愁，還是喝了很多的酒，酒醒時已是次晨，恰是「楊柳岸、曉風殘月」。舟傍岸柳蕭疏，曉風習習，殘月一鉤，斜掛遙天，描繪的是一幅十分闊遠淒清的圖畫，人的孤寂冷落情懷全從畫境中流露出來。從換頭至此數句的寫法，劉熙載曾在〈詞概〉中用繪畫的技法「有點有染」形容之，謂「多情」句是「點」，「更那堪……曉風殘月」數句是「染」。此說對我們了解柳永詞的創作法，頗有啟發。柳永此詞中的「楊柳岸、曉風殘月」是最受人稱道的名句之一，甚至成了柔婉詞境的代表。如俞文豹《吹劍錄》載，東坡在玉堂（翰林院）日，有幕士善歌，因問：「我詞何如柳七？」對曰：「柳郎中詞只合十七八女郎，執紅牙板，歌『楊柳岸、曉風殘月』；學士詞須關西大漢，銅琵琶、鐵綽板，唱『大江東去』。」可見，它在當時被視為詞境之正宗，因為詞在那時是要由十七八女郎演唱的。

第三層，設想「經年」的離別，那將是「良辰、好景虛設」，那將是獨自品嘗寂寞，滿腹柔情無可訴說。放筆直抒，一片神行，令人迴腸盪氣。

這首詞不僅層層鋪敘，脈絡分明，且又虛實相生，情景交煉，語淺情深，故黃蘇《蓼園詞評》稱其「清和朗暢，語不求奇，而意致綿密，自爾穩愜」。從表面看，它寫的是京都與戀人的一次別離，但聯繫作者的宦遊經歷看，實寄寓了一種身世飄零之感。周濟《宋四家詞選目錄序論》謂秦觀詞「將身世之感打并入豔情」，柳永詞又何嘗不是如此！

柳永係精通音律、能製作新曲之專門詞家，其詞以音律和諧著稱，〈雨霖鈴〉詞尤能體現這一特色。此詞押入聲韻。入聲韻短促，它既適於表現豪宕感激之情（如蘇軾〈念奴嬌・赤壁懷古〉等），也宜於表現幽咽愁苦之情（如李清照〈聲聲慢〉等）。柳詞屬於後者，其入聲韻腳所帶來的短促停頓，再加上較多地運用了合口呼與撮口呼的字（如：雨、初、都、無緒、處、無語、去去、暮、楚等），能造成一種抽泣低訴、時斷時續的表情效果。又該詞運用了不少雙聲字（如：淒切、留戀、冷落、清秋）和發聲部位相同的字（如：今宵、酒醒），在兩仄聲的搭配上，多用去上或上去（如：驟雨、帳飲、淚眼、暮靄、自古、柳岸、此去、縱有、更與），使歌者唱來抑揚有致，諧於脣吻。在緊要處，又用三仄聲（特別多用去聲），如「念去去」、「便縱有」，以使聲音響亮，情緒振起。這些對於今之歌詞創作者，仍有借鑑作用。

該詞清道光年間謝元淮等所編《碎金詞譜》配有曲調，今人亦多有為之譜曲者。

9 鳳棲梧

柳永

佇倚危樓❶風細細。望極春愁，黯黯❷生天際。草色煙光殘照裡，無言誰會憑闌意？

擬把疏狂❸圖一醉。對酒當歌，強樂還無味。衣帶漸寬終不悔，為伊❹消得❺人憔悴。

【詞牌】〈鳳棲梧〉，本名〈鵲踏枝〉，唐教坊曲名，用作詞調。入宋後，有人據唐杜甫〈秋興〉八首中「碧梧棲老鳳凰枝」句改名〈鳳棲梧〉，首見丁謂詞；晏殊據梁簡文帝〈東飛伯勞歌〉詩句「翻階蛺蝶戀花情」改名〈蝶戀花〉。此外還有〈黃金縷〉、〈卷珠簾〉、〈一籮金〉等名稱。原有齊言單調（如敦煌曲）、雜言雙調之分。至五代，通用者為雜言雙調，六十字，上下闋各五句，四仄韻，為仄韻格。亦有平仄韻互叶者。參見《詞譜》卷十三。

【注釋】❶危樓　高樓。❷黯黯　昏昧不明的樣子。❸疏狂　狂放不羈。❹伊　她；他。此處指她。❺消得　受得。

【語　譯】佇立憑倚高樓，拂面春風細細。極目遠望，春色引惹愁情，黯黯生發於天際。草色青青，嵐煙淡淡，籠罩在夕陽裡，有誰能解會我憑欄無語的心意？　打算狂放不羈地喝個爛醉。飲酒唱歌，勉強尋求快樂，還是感到索然無味。人因日漸消瘦而衣帶漸寬，但我終究不悔，情願為她禁受形容憔悴。

【研　析】此係懷人之作。與其他詞寫秋感不同，此詞卻是寫春愁，但在以闊遠之境抒情方面，則有共同處。詞用「順入」法，先敘「竚倚危樓」之行動，表明自己是在登高，而登高即暗含有懷遠之意，說「竚倚」，在於強調站立倚欄時間之久。同時又以「風細細」捎帶寫出此時景物。「風細細」，當然不是疾風、涼風，而是柔和的春風，暗示出登高的季節。以下情景融會，逐層生發。「望極春愁，黯黯生天際」極目遠眺，春色無邊，遠達天際；情隨景生，愁思黯緒也隱然隨著春色在延伸，直到天的盡頭。這兩句雖涉及春景，但係由春愁的綿遠帶出，還未涉及到具體的物象。究竟是何種景象引惹「春愁」呢？至「草色煙光殘照裡」，才加以展示。此句境界頗似周邦彥〈蘭陵王〉詞語：「斜陽冉冉春無極」，但更具象化。一是寫及「草色」，春草的意象，含有多種意義，引發人許多的聯想。漢淮南王〈招隱士〉有「王孫遊兮不歸，春草生兮萋萋」之語，此處有暗示自己遠遊未歸之意；「青青河畔草，綿綿思遠道。」（漢樂府〈飲馬長城窟行〉）「離恨恰如春草，更行更遠還生。」（李煜〈清平樂〉）春草的延伸無盡，尤易引發人的傷離懷遠之情；「記得綠羅裙，處處憐芳草。」（牛希濟〈生查子〉）見草色而想到心愛之人所著的綠色羅裙。二是寫到「煙光」，這煙光是籠罩於草上、彌漫於空中的晴嵐，由於正值夕陽西下，便帶上了煙靄紛紛的特色，更映襯出詞人空落、迷惘的心情。草色也好，煙光也好，都在「殘照裡」，使整個景物增添了一種淒哀色彩。而「殘照」、夕暉，對於漂泊在外的人來說，最易牽動懷人念遠之思，且這種景觀也暗示主人公危樓登眺多時，從而透露出一片痴情。故此句草色、煙光、殘照的意象組合，含情特別豐厚，但終不直說，故極含蓄蘊藉。自己既有無限春愁，便希望有所宣洩，有人理解，但又有誰可共語，有誰可排解？「無言誰會凭闌意？」看來惟有獨自品嘗這份孤獨與痛苦。此句「無言誰會」，係「誰會無言」的倒裝，用的是反詰語，情緒愈顯激動，真個是愁上加愁，苦上添苦！

既然春愁無法排解，便打算借酒麻醉心靈，在醉中尋求解脫，找回快樂，故詞的下闋開頭即說：「擬把疏狂圖一醉。」但隨即陡然一轉：「對酒當歌，強樂還無味。」飲酒也好，唱歌也好，都化解不開濃郁的愁思，那就只好讓痛苦繼續折磨自己。這種無法排解、揮之不去的春愁，究竟從何而來？前面一直未曾說破，直到詞末才予揭示：「衣帶漸寬終不悔，為伊消得人憔悴。」為了她，為了我的心上人，即使忍受痛苦的折磨，即使為折磨而消瘦，即使因消瘦而憔悴，我也心甘情願，無怨無悔。這一結尾，何等激盪，何等有力，從而寫出了對愛的無比堅貞，無比執著，至情至語，動人心魄。清人賀裳稱其為「作決絕語而妙者」（《皺水軒詞筌》），近人王國維亦激賞此二句（誤作歐陽脩詞），認為係「專作情語而絕妙者」，「求之古今人詞中，曾不多見」（《人間詞話刪稿》），在《人間詞話》中，還將這兩句詞語的意義加以演繹，以為古今之成大事業、大學問者必經之境界有三，其第二境即是「衣帶漸寬終不悔，為伊消得人憔悴」，要求有一種為實現既定目標而全力獻身的精神，賦予它以某種哲理的意味。

此詞由景而情，由深婉而率直，由沉痛至極而勇敢擔待，雖不出男女綺怨，卻能引人遐思異想，誠為令詞中之佳品。

10 定風波

柳永

自春來、慘綠愁紅，芳心是事可可❶。日上花梢，鶯穿柳帶，猶壓香衾臥。暖酥❷消，膩雲❸嚲❹。終日厭厭倦梳裹。無那❺。恨薄情一去，音書無箇❻。

早知恁麼❼。悔當初、不把雕鞍鎖。向雞窗❽、只與蠻牋象管❾，拘束教吟課❿。鎮⓫相隨，莫拋躲。針線閒拈伴伊坐。和我。免使年少，光陰虛過。

【詞　牌】〈定風波〉，唐教坊曲名，用作詞調。雙調，有令詞、慢詞兩體。柳永本詞名為〈定風波慢〉，使用時省卻了一個「慢」字。近人龍榆生《唐宋詞格律》謂此調由唐教坊曲〈定風波〉翻演之新聲。本詞九十九字（一本作一百字），上闋六仄韻，下闋七仄韻，上去聲通押，為仄韻格。另有一百一字、一百五字之體式。參見《詞譜》卷二十八。

【注　釋】❶可可　不在意；漫不經心。五代薛昭蘊〈浣溪沙〉詞：「瞥地見時猶可可，卻來閒處暗思量。」❷暖酥　指豐滿的面容。一曰指豐滿的肌膚。酥，原指牛羊奶酪，這裡用以形容肌膚的白嫩細膩。❸膩雲　塗抹油膏的頭髮。❹嚲　下垂的樣子。❺無那　無可奈何。❻無箇　無一個的省略。❼恁麼　如此；這樣。❽雞窗　書窗；書房。《幽明錄》載，晉兗州刺史宋處宗購得一長鳴雞，籠於窗間，雞遂作人語，與處宗談論，極有玄致，處宗因之言巧大進。後因以雞窗代書房。唐羅隱〈題袁溪張逸人所居〉詩有「雞窗夜靜開書卷」之語。❾蠻牋象管　蜀地所產詩箋與象牙為桿的毛筆。羅隱〈清溪江令公宅〉詩：「蠻牋象管夜深時，曾賦陳宮第一詩。」此處代指文房四寶：紙、筆、墨、硯。❿吟課　吟詩作賦的應試功課。⓫鎮　整日。

【語　譯】自入春以來，看紅花綠葉，淒慘愁戚，美人之心對事事都不在意。陽光移上花梢，黃鶯穿過柳條，我還蓋著香被在睡。面容日益消瘦，頭髮散亂下垂。終日情緒抑鬱，懶於妝扮收拾。無可奈何。恨薄情郎一去，連個音信都無。

早知如此，懊悔當初，沒有將雕飾華美的馬鞍緊鎖。留在書房，只給他蜀地詩箋、象牙桿毛筆，拘束他，只讓他研習應試的詩課。兩人整日相隨，不要拋棄、躲避。我隨意地拈著針線，陪他一起坐。他和我相依相戀，免使年少光陰白白度過。

【研　析】此係代言詞，以女性口吻道自己心事。詞以通俗、口語化取勝，真實而又活脫。上闋結合春景重點寫其心態與神態。從時間言，可分兩層：一是入春以來心態：春天萬紫千紅，景色絢爛，本是眩目搖神、令人心情舒展的時刻，但在女主人公眼中，春花春樹卻是「慘綠愁紅」，且是「自春來」即感到呈此「愁」「慘」之象。愁與慘，是人的主觀心態，投射於外物，故外物亦帶主觀色彩，此即屬王國維所說之「有我之境」。因主人公懷此心態，故對任何事情都提不起興趣，正所謂「芳心是事可可」。二是一天的神態：「日上花梢，鶯穿柳帶，猶壓香衾臥」數句，以自然景物的變化作為映襯，寫早晨懶起。「花梢」、「柳帶」，與前面「紅」、「綠」的色彩相呼應；「日上」，表明時間推移，「鶯穿」，顯示自然界的活躍，而主人公對這一切，無動於衷，繼續懶洋洋地躺臥於香衾之中。但她最後還是遲遲起來了，詞中省略了這一過程。起來之後，形態與神態則是：「暖酥消，膩雲嚲。終日厭厭倦梳裹。」一方面以面容消瘦寫愁情之深，人之消瘦非一日之事，與「自春來」的情緒有關，另一方面，由形容憔悴、頭髮散亂，終日懶於梳裹打扮，其鬱鬱寡歡之情可知。當然，這裡的「倦梳裹」也暗含有「女為悅己者容」的意思，既然所愛不在眼前，打扮也就失去了意義。

從歇拍「無那」開始，直至詞之結尾，打破上下闋界限，一氣直下，均係女主人公的內心獨白。「無那」，是面對現實萬般不得已的心態。「恨薄情一去，音書無箇。」再推進一層。人之離開，已是極大的憾事，離開之後，如能捎書問候或報道自己行蹤影跡，也是一種精神的安慰，但連這一點可憐的補償也沒有，能不令人忿恨！「早知恁麼」以下，寫一種懊悔，不該如何；寫一種擬想，應該如何。懊悔的是，不該讓他騎馬絕塵而去，但這裡只說沒有鎖住「雕鞍」，便顯得婉曲、蘊蓄。而應該做的是，把他留在書房，吟詩作賦，讀書寫字。由此可知，女主人公所戀者是一介書生，由「雞窗」的所在，由「蠻牋象管」的精美文具，暗示他是一位頗富文藻的才子。宋代重文，宋代平民女子的戀愛觀，看重的、追求的是才子佳人的模式，此詞似也透露出個中消息。但文人要進入仕途，謀得一官半職，又必須外出應試，奔波四方，因此又不可避免地造成愛侶的分離。下面女主人公再進而設想，把他留在書房「拘束教吟課」時，自己便在一旁做做針線活，整天陪著他。「針綫閑拈伴伊坐」，真是一幅和諧、寧靜、美滿的家庭生活圖畫。詞的結尾明白揭示，我之所以應該這樣做，目的是為了「免使年少，光陰虛過」，是為了讓人生最美好的年華，享受最實在的幸福。

此詞真切地反映了宋代市井平民女子的人生追求與愛情觀念，當也折射出作者某方面的人生期待與體驗。

其特點之一是「俗」，表現的是世俗的情感，追求的是世俗的生活，與宋代某些詞人的莊雅之作，大異其趣，故曾遭到晏殊的譏諷。宋張舜民《畫墁錄》載，柳永因官場失利，曾見晏殊。晏問：「賢俊作曲子麼？」柳答曰：「只如相公亦作曲子。」晏曰：「殊雖作曲子，不曾道『彩線慵拈伴伊坐』。」（引自龍榆生《唐宋名家詞選》）可知在當時尚雅的詞人眼中，對這種俗詞是不屑一顧而加以貶斥的。但它無疑受到市民階層的歡迎，宋王灼《碧雞漫志》說柳詞「淺近卑俗，自成一體，不知書者尤好之」當即指此類作品。其次是它的開放性，這位女性對愛情生活的追求，大膽潑辣，毫不掩飾，快言快語，痛快淋漓，突破了傳統封建禮教的束縛與溫柔敦厚的規範，在一定程度上，反映了宋代平民階層對張揚個性、生命質素的追求。此外，詞人在寫作上也注意前後的變化。上闋表現女主人公的情緒厭厭，運筆較密，刻畫細膩，有兩處使用對仗，用「日上花梢，鶯穿柳帶」寫景，用「暖酥消，膩雲嚲」描其形容，節奏相對較慢；至下闋則放筆直抒，聲口畢肖，略無滯礙，一片神行。讀之，其人直如在眉睫之前。

11 少年遊

柳永

長安古道馬遲遲❶。高柳亂蟬棲。夕陽島❷外，秋風原上，目斷四天垂。

歸雲❸一去無蹤迹，何處是前期❹？狎興❺生疏，酒徒蕭索，不似去年時。

【詞牌】〈少年遊〉，《詞譜》謂調名取自晏殊《珠玉詞》〈少年遊〉詞「長似少年時」句。又名〈少年遊令〉、〈小闌干〉、〈玉臘梅枝〉。雙調，有四十八字、五十字、五十一字、五十二字數體，為平韻格；另有四十九字體之仄韻格。本詞五十字，上闋五句三平韻，下闋五句二平韻。詳見《詞律》卷五、《詞譜》卷八。

【注釋】❶遲遲　徐行的樣子。❷島　本指水中陸地，此處疑指平原地帶突起的山巒。一本作「鳥」，或作「亭」。❸歸

雲　行雲。杜甫〈返照〉詩云：「返照入江翻石壁，歸雲擁樹失山村。」此處當借指心愛者的飄然遠去。❹前期　指從前的期待。❺狎興　冶遊的興致。

【語　譯】在長安古道上，騎馬緩行。棲息在高柳枝上的秋蟬雜亂鳴叫。山外的夕陽，原上的秋風，極目遠眺，惟見四圍天穹下垂。　心上人恰似行雲一去無跡，何時能達致從前的期待？冶遊的興致已漸淡薄，昔日共飲的酒友已經零落，都已不似去年的光景。

【研　析】此係自抒情懷之作。從詞的發端「長安古道馬遲遲」看，無疑寫於遊歷長安之時。柳永涉及長安的詞作有多首，有的顯係早年遊歷之作，如寫於蘇州的〈瑞鷓鴣〉詞即有「渭南往歲憶來遊」的追憶之語；又如〈臨江仙引〉詞：「長安古道綿綿。見岸花啼露，對堤柳愁煙。」〈引駕行〉詞：「紅塵紫陌，斜陽暮草長安道，是離人、斷魂處，迢迢匹馬西征。新晴。韶光明媚，輕煙淡薄和氣暖，望花村、路隱映，搖鞭時過長亭。愁生。傷鳳城仙子，別來千里重行行。」所寫為春日遊歷長安情景及牽情「鳳城仙子」等離別苦況。柳永入仕後，曾作過西京（今河南洛陽）雲臺令（據葉嘉瑩《唐宋名家詞論稿》），此時已過「知天命」之年，此首〈少年遊〉寫秋遊長安，可能即作於任雲臺縣令期間或其前後，故聲口有異於少年之時。

詞從敘事入手「長安古道馬遲遲」，但敘事中含情。按轡徐行，是在回味，是在思索。「長安古道」，當年該是何等繁華，何等氣派，達官顯貴，車水馬龍，衣香鬢影，紫陌紅塵。而今幾百年過去，往事都已成為陳跡，成為遠古，不禁生出一種世事滄桑之感。接著以「高柳亂蟬棲」寫徐行古道所見所聞。高柳，寓示柳條柳葉稀疏，已非春風楊柳萬千條情景，時節已屆深秋，而入耳者是柳樹上傳來的雜亂蟬鳴。蟬，體積甚小，棲息在樹，肉眼很難看到，所謂「亂蟬棲」，係由聲音推斷出來。「亂蟬」，既有聽覺上的單調感，又有一種心緒上的凄涼感。以下「夕陽島外，秋風原上，目斷四天垂」隨著時間推移，地點變化，極目遠望，見夕陽冉冉西下，漸墜山外，郊原（有人謂「原」指長安樂遊原）寒風遍起，樹木搖動，天如穹廬，邊垂四野。寥寥幾筆，便勾畫出一空曠遼闊而又蕭瑟寂寥的境界。

心本淒涼，而又面對夕陽西下，寥廓秋風，故感慨叢生。回首生平，為追求功名利祿，遭遇過多少次與心上人的離別，感受過多少落寞與辛酸，故下闋開頭即感歎：「歸雲一去無蹤迹。」柳永既出生於官宦之家，無論其家庭，還是本人，在名、祿方面都持有一定的期待，並被促其不斷地追求；而他的多才多藝、精通音律及浪漫不羈的性格，又使他對音樂藝術懷有一份特殊的執著，對狂放不羈、與異性親昵的生活有一種特別的留戀。這兩個方面都是他畢生的追求，可這兩者之間常常發生不可調和的矛盾，這矛盾糾纏了他的一生。「何處是前期？」什麼時候可以使我以往的期待得以實現呢？詞人提出疑問，沒有作答，但答案正在不言中。正因為難以實現，故如今「狎興生疏，酒徒蕭索」，無論是與歌兒舞女的昵狎追歡，還是與狂朋怪侶的狂呼痛飲，興味都已日漸淡薄，更何況酒友逐漸零落。這一切都已「不似去年時」。「去年時」一本作「少年時」，更說明此詞所寫係晚年衰瑟蒼涼的心態，帶有人生悲劇的性質。

他的另一首〈少年遊〉：「參差煙樹灞陵橋，風物盡前朝。衰楊古柳，幾經攀折，憔悴楚宮腰。夕陽閒淡秋光老，離思滿蘅皋。一曲〈陽關〉，斷腸聲盡，獨自凭蘭橈。」所寫節候、景物、心情及詞之風調與此詞均極相似，當係同時之作，可互相參閱。

12 戚氏

柳永

晚秋天，一霎微雨灑庭軒❶。檻菊蕭疏，井梧零亂，惹殘煙。淒然。望江關，飛雲黯淡夕陽間。當時宋玉悲感，向此臨水與登山❷。遠道迢遞，行人淒楚，倦聽隴水❸潺湲。正蟬吟敗葉，蛩❹響衰草，相應喧喧。孤館，度日如年。風露漸變，悄悄至更闌❺。長天淨，絳河❻清淺，皓月嬋娟❼。思綿綿。夜永對景，那堪屈指，暗想從前。未名未祿，綺陌❽紅樓，往往經歲遷延❾。帝里❿風光好，當年少日，暮宴朝歡。況有狂朋怪侶，遇當歌、對酒競留連。別來迅景⓫如梭，舊遊似夢，煙水程何限。念利名、憔悴長縈絆。追往事、空慘愁顏。漏箭⓬移、稍覺輕寒。漸嗚咽、畫角⓭數聲殘。對閒窗畔，停燈向曉，抱影無眠。

【詞牌】〈戚氏〉，始見柳永《樂章集》，為柳永創調。全詞分三疊，二百一十二字。首疊九平韻、一仄韻，次疊六平韻、三仄韻，末疊六平韻、三仄韻，為平仄韻通叶格。參見龍榆生《唐宋詞格律》。《詞律》卷二十、《詞譜》卷三十九均以本詞為正體，但首疊、次疊僅標平韻，末疊標平韻的同時，標二仄韻，另列有二百一十三字、二百一十字兩種為「又一體」。

【注釋】❶庭軒　庭院裡的長廊。❷當時宋玉悲感二句　用楚宋玉〈九辯〉辭意：「悲哉秋之為氣也，蕭瑟兮草木搖落而變衰。憀慄兮若在遠行，登山臨水兮送將歸。」❸隴水　水名。發源於甘肅渭源。此處係暗用南北朝橫吹曲辭〈隴頭歌辭〉「隴頭流水，鳴聲嗚咽……」詩意。❹蛩　蟋蟀。❺更闌　指夜已深沉。更，舊時夜間計時的單位，一夜分為五更，每更約兩小時。闌，殘；晚。❻絳河　銀河的別稱。杜審言〈七夕〉詩：「白露含明月，青霞斷絳河。」❼嬋娟　美好的樣子。❽綺陌　華美的街衢。唐王涯〈遊春詞〉：「纔見春光生綺陌，已聞清樂動雲韶。」❾遷延　徜徉；徘徊。❿帝里　指京城。⓫迅景　迅飛的光陰。⓬漏箭　古以滴漏計時，水壺中插以有刻度的漏箭。⓭畫角　古以吹角報時，此指角有彩繪者。

【語譯】深秋時節，短暫一霎微雨，灑落庭院廊邊。欄邊秋菊稀疏，井旁梧葉零亂，引惹傍晚輕煙。心緒淒然。瞭望江河關山，飛雲漸變黯淡，飄浮在夕陽間。當時宋玉於此登山臨水，生發悲秋之感。京城道路相距遙遠，行旅之人滿心淒楚，聽著隴水潺湲，已感厭倦。又正值秋蟬在枯葉中鳴叫，蟋蟀在衰草中唧唧，聲音應和喧鬧。　獨自居於驛館，度日如年。風露漸漸變冷，悄悄到了深夜。長空明淨，銀河清淺，皓月美好。滿懷情思綿遠。夜長對此清景，哪禁得屈指細數，暗想從前。尚未獲取功名祿位，想回到似錦街衢、紅色樓閣，而往往年復一年地遲延。　京城風光美好，在年少時節，朝朝暮暮宴飲多歡。更何況有狂朋怪侶，每遇高歌，飲酒爭競流連。自從別後，光陰飛逝如梭，往日遊宴歡樂恍如一夢，遙相阻隔，煙水路程無限。回想追名逐利，而使憔悴長時縈絆。追懷往事，只是徒留淒慘愁顏。漏箭不斷移動，微覺輕寒。聽畫角嗚咽報曉，聲音漸小漸遠。對著靜寂軒窗，熄滅燈焰，等待天亮，抱著孤單形影而無眠。

【研　析】此係羈旅行役之詞。據詞中「當時宋玉悲感，向此臨水與登山」句意，當作於湖北江陵，外放荊南之時。詞分三疊，主要以時間為線索，從晚秋天的夕陽西下寫起，進而寫到夜深，直至天曉，敘寫一夜無眠之所見所聞所思。

首疊重在寫臨晚登眺情景。一開始以「晚秋天」點明時令，然後進入一天傍晚的描寫。始寫氣候：「一霎微雨灑庭軒」，一陣微雨過後，增添了幾分寒涼。此時詞人正在樓頭登眺，目光由近而遠，先是一個庭院的近鏡頭：檻菊井梧，凋零枯萎，了無生氣，在微雨後引惹幾縷殘煙。蕭瑟之景引發淒黯之情，故接以「淒然」二字，承上啟下。接著是一個遠鏡頭：「望江關，飛雲黯淡夕陽間。」以「望」字領起，寫此時微雨停歇，天氣變化，黃昏將臨，夕陽淡淡映照關河，又漸漸西下，飛雲變得黯淡。俯仰關山雲幕之間，天高地迥，境極闊大、蒼涼。

繼而於蒼涼闊遠的空間，插入遠古史跡，由感今而念古。眼前所見所感，正與當年楚國宋玉登山臨水所產生的悲秋意緒相同，悵望千秋，不免有「蕭條異代不同時」（杜甫〈詠懷古跡〉五首之二）之感。以寫法而言，「當時宋玉悲感，向此臨水與登山」，係從眼前宕開一筆，實亦以古寫今，表古今同慨。至「遠道迢遞，行人淒楚，倦聽隴水潺湲」，再將筆墨折回自身。因有感於自己與京城空間的遙遠阻隔而生孤獨之感、淒楚之情，連水的潺湲聲聽起來都令人感到厭倦。此三句一方面承宋玉悲感，用其〈九辯〉「憀慄兮若在遠行」之意，同時又暗用南北朝橫吹曲辭〈隴頭歌辭〉有關段落的意境：「隴頭流水，流離山下。念吾一身，飄然曠野。」「隴頭流水，鳴聲嗚咽。遙望秦川，心肝斷絕。」而「倦聽」二字，還包含有一種時間的觀念在內，不是乍聽，而是聽久了，生出「倦」意，說明漂泊流離非止一時。「隴水潺湲」，從聽覺具寫「江」景，並與「臨水」行為相應，但係從「倦聽」中帶出，屬於實景虛寫。故此數句，可說內涵極為豐富。

至此疊歇拍，復轉寫庭院之景：「正蟬吟敗葉，蛩響衰草，相應喧喧。」以「正」字領起，側重寫聽覺感受，蟬吟蛩響，彼此呼應，淒淒切切，不絕於耳，在「淒楚」中更添愁戚。同時又以敗葉、衰草，對前面庭院的衰瑟景物作補充描寫，前後呼應。

次疊寫入夜情景。開端與首疊略異，乃先以「孤館」點明自己的具體所在，可知前面所寫皆係孤館發生之情事，係逆挽一筆。接以「度日如年」總寫心情。以下通過「風露漸變，悄悄至更闌」的時間推移與寒涼感覺，映襯淒清心境，又以「長天淨，絳河清淺，皓月嬋娟」的美好景物反襯自己的孤苦情懷。絳河，引發情人相會的聯想；皓月輝映千里，朗照兩地離人，引發懷人思緒。故下面接以「思綿綿」。思綿綿，又分兩層，一是面對秋夜清景無眠，陷入了對往事的追憶，但詞中只以「暗想從前」提點，不作具體描述。二是沉思眼前苦況：「未名未祿，綺陌紅樓，往往經歲遷延。」對自己的現實處境，感到很是無奈，即使心中嚮往重蹈京都綺陌、再會紅樓情侶，也長年無法實現。總之，思緒翻騰，難以遏止，把「度日如年」之感寫得力透紙背。

前面兩疊的寫法，都是以實寫為發端，末疊則以虛寫為起始。「帝里風光好」五句，一氣直下，敘寫少年時期在京都放浪不羈的生活，與狂朋怪侶朝歡暮宴，歌酒流連，將前疊的「暗想從前」具象化。雖用虛筆，但虛中有實。以下「別來」數句又轉寫眼前感慨：「舊遊似夢」，愜意的往事已經很遙遠了，連空間都覺得阻隔無限；再反思原因，回顧自己的人生歷程，多半是為「名利」所羈絆，為「名利」而奔波中，人也日顯憔悴。但如今追懷往事，還有何益？不過是徒增傷感罷了。以上抒寫內心活動，有回憶，有遺憾，有悔恨，極為細膩；寫法有層次，有推進，有轉折，在鋪寫中可謂善於騰挪跳盪。在反覆回憶、思索中，時間已在暗中流動。先是通過「稍覺輕寒」，寫出「漏箭移」時觸覺的寒涼感，表明已近凌晨。此刻是夜間氣溫最低的時刻，故李煜曾有「羅衾不耐五更寒」（〈浪淘沙〉）的體驗。然後從聽覺寫角聲報曉：「漸嗚咽、畫角數聲殘」，用一「漸」字，一「殘」字，表現聲音的流動過程，亦即時間流動的過程。夜晚過去，曙色將臨，遂熄滅燈焰，而此時殘月在天，猶照孤影。最後以「抱影無眠」點醒全篇。

〈戚氏〉乃柳永創調，二百一十二字，在所有詞調中，篇幅僅次於二百四十字的〈鶯啼序〉。在這首詞中，作者極盡鋪排之能事，伴隨一夜的景物變化，生發出無窮的感慨，從追憶少年時代的浪漫無羈，到反思青壯年時期的奔名競利，到歎息眼前「未名未祿」的落拓、心力交瘁，可說是對自己人生一次形象化的總結。這首詞篇幅較長，充分發揮了它「鋪敘展衍」的特點。詞分三疊，每疊寫法又注意變化。首疊描寫景物的成分較多，在散句中雜有「檻菊蕭疏，井梧零亂」、「蟬吟敗葉，蛩響衰草」、「遠道迢遞，行人淒楚」的偶句，注意整飭與流動的結合；次疊抒情成分較多，僅用「絳河清淺，皓月嬋娟」一聯寫景，其餘均為單行，使情之抒發頗顯流利；至末疊重在抒情，則放筆直抒，一氣貫注。故清蔡嵩雲《柯亭詞論》謂此詞「用筆極有層次。初學詞，細玩此章，可悟謀篇布局之法」從整個格調來說，此詞在《樂章集》中，當屬雅詞一類，但雅不遠俗，雅俗共賞。該詞一出，頗受時人青睞，曾有「〈離騷〉寂寞千載後，〈戚氏〉淒涼一曲終」的評語。（宋王灼《碧雞漫志》卷二）

13 夜半樂

柳 永

凍雲❶黯淡天氣，扁舟一葉，乘興離江渚❷。渡萬壑千巖，越溪❸深處。怒濤❹漸息，樵風❺乍起，更聞商旅相呼，片帆高舉，泛畫鷁❻、翩翩過南浦❼。

望中酒旆❽閃閃，一簇煙村，數行霜樹。殘日下，漁人鳴榔❾歸去。敗荷零落，衰楊掩映，岸邊兩兩三三，浣沙遊女。避行客、含羞笑相語。 到此因念，繡閣輕拋，浪萍難駐。歎後約、丁寧❿竟何據。慘離懷、空恨歲晚歸期阻。凝淚眼、杳杳神京路。斷鴻聲遠長天暮。

【詞牌】〈夜半樂〉，唐教坊曲名，用作詞調。宋王灼《碧雞漫志》云調名緣起：「《唐史》云，民間以明皇自潞州還京師，夜半舉兵誅韋皇后，製〈夜半樂〉、〈還京樂〉二曲。」本詞一百四十四字，凡三疊，首疊十句四仄韻，次疊十句四仄韻，末疊七句五仄韻，為仄韻格。參見龍榆生《唐宋詞格律》。《詞律》卷二十、《詞譜》卷三十八，均以本詞為正體，另列一百四十六字體（一作一百四十五字）為「又一體」。

【注釋】❶凍雲　將下雪時的凝雲。方干〈冬日〉詩：「凍雲愁暮色，寒日淡斜暉。」❷江渚　江中小洲，亦指江邊。❸越溪　即若耶溪。出紹興若耶山下，向北流入錢塘江。傳說吳國西施曾於此溪浣紗。❹怒濤　形容濤之奔湧，突怒無畏。❺樵風　指順風。南朝宋孔靈符《會稽記》載，射的山南有白鶴山，此鶴為仙人取箭。漢太尉鄭弘嘗採薪，得一遺箭，頃有人覓，弘還之。問何所欲？弘識其神人也，曰：「常患若耶溪載薪為難，願旦南風，暮北風。」後果然（《後漢書・鄭弘傳》）。因稱若耶溪之風為「樵風」或「鄭公風」。❻畫鷁　船之美稱。鷁為水鳥，古人常畫其像於船首。❼南浦　南邊之水濱。❽酒旆　酒旗。❾鳴榔　漁人以長木棒敲擊船舷，使魚受驚而入網。❿丁寧　即叮嚀。

【語譯】天氣欲雪，凍雲黯淡，如葉的小舟，乘興離開江岸。渡過千萬山壑巉巖，到達若耶溪的深處。突怒的江濤漸息，順風剛剛吹起，更聽到商人、旅客互相呼喚。一片船帆高高升舉，划著畫有鷁首的船隻，輕快地經過南浦。

映入眼簾的，是一閃一閃的酒旗，一座煙雲籠罩的村莊，幾行經霜的秋樹。天色將晚，打魚的人鳴榔捕魚，正在歸去。萎謝的荷花已經零落，堤上衰殘的楊柳掩映，岸邊三三兩兩，是浣紗嬉遊的少女。她們躲避行人，面帶羞澀，互相笑語。　面對此情此景，因而想到，當時輕易地離開繡閣，以致浪跡萍蹤，居無定所。歎息當時叮嚀的期約，終究沒有定準。離懷淒慘，只能空恨已屆歲暮，歸期受阻。淚眼凝望，通往京城的遙遠道路。孤鴻漸飛漸遠，遼闊的天空已黯淡將暮。

【研　析】此詞寫漂泊江南越地時的羈旅之愁。全詞分三疊，首疊寫乘舟若耶溪情景。一開始即以「凍雲黯淡天氣」，點明此行時屆深秋。雖然氣候欠佳，但興致未減，畢竟若耶溪是個風景佳勝的地方，況此處還曾有西施浣紗的傳說，無論是自然景觀還是人文景觀，都有吸引人之處，因此接著說：「扁舟一葉，乘興離江渚。」「乘興」，語出《世說新語·任誕》，王子猷雪夜乘舟訪戴安道，未見戴而返，說「吾本乘興而行，興盡而返」。用於此處，十分貼切。一路舟行，渡至越溪深處，果然秀美異常。景物之秀美，只用「萬壑千巖」四字點出。《世說新語·言語》載顧長康讚會稽山川之美云：「千巖競秀，萬壑爭流。草木蒙籠其上，若雲興霞蔚。」柳詞實用其意，以偏概全。以下「怒濤漸息」二句寫途中所遇氣候變化，始而怒濤湧起，船隻顛簸，待「樵風」乍至，又變得風平浪靜。接著以「商旅相呼」，寫船上人聲鼎沸，熱鬧非凡，此時扯起順風船帆，齊力搖槳，船隻飛快地到達南浦。這一段寫得極為流動、輕快，透露出一種歡欣喜悅之情。當然，我們從「南浦」的字樣，聯繫到江淹〈別賦〉：「送君南浦，傷如之何！」的抒寫，又能體察到詞人內心隱約潛藏的怨別之情。以上「怒濤漸息」數語，顯得大氣磅礴，清陳銳極為稱賞，謂「此種長調，不能不有此大開大闔之筆」（《袌碧齋詞話》）。

次疊以「望中」二字貫串，寫舟行所見景觀。「酒旆」三句，為岸上之景，「酒旆閃閃」，與前面「樵風乍起」相應；「數行霜樹」，顯示此時「草木搖落而變衰」；「一簇煙村」，為下面人物的出場作鋪墊。「殘日下」二句轉寫水中，「漁人鳴榔歸去」的動態描寫，正帶江南水鄉特色，而「殘日」，則寓示時間由白天轉移至傍晚，暗伏下面懷人之動因。至「敗荷零落，衰楊掩映」二句，則分別寫水中與岸上，進一步具現秋景的蕭疏，「衰楊」與前面「霜樹」呼應。總之，水陸交替，動靜兼融，一個鏡頭接著一個鏡頭，將「望中」所見越溪深秋景物呈現於人前。最後，詞人將目光集中於「岸邊兩兩三三」的「浣紗遊女」。少女浣紗，正是本地風光。她們天真活潑，勞作之餘，嬉笑、遊樂，見到生人，帶有幾分羞澀。她們的無憂無慮，令人羨慕；她們的嬌羞、柔美，不免引發對遠方「小唇秀靨」（周邦彥詞語）的懷念。

前面兩疊寫景，末疊轉而抒情，承接前面暗中逗起的意緒，以「到此因念」領起，明白宣示自己的相思情懷，有許多的懊悔，也有殷切的期盼。「繡閣輕拋，浪萍難駐。歎後約、丁寧竟何據」寫眼前境遇與心情，當時輕率地就和心愛的人分手了，如今自己只落得漂泊無定。不禁感歎臨別叮嚀，相約後會，已變得遙遙無期。以下寫其所懷念的對象，沈祖棻《宋詞賞析》有很精細的分析，認為：「『慘離懷』句懷鄉里之愛妻，『凝淚眼』句憶汴京之仙子分承（分別與迎迓）。古代詩詞中的歸期、歸舟等歸字，都是指歸回家鄉。……故知『慘離懷』與『凝淚眼』乃是各懷一人。」大凡宋代的浪漫文人，都以家室為溫馨的港灣，而以與「仙子」（年輕貌美的歌兒舞女）的纏綿為婚外的情感補充。柳永更是如此，所謂輕拋繡閣，後約無據，實兼及兩方。詞末「斷鴻聲遠長天暮」，承上「殘日」，以景結情。斷鴻的孤獨、日暮的黯淡，對其處境、情懷，具有一種象徵意。而斷鴻淒厲之聲漸遠，長天暮色之益濃，更將愁慘情懷引向悠遠深長。

此詞前兩疊寫景，鋪排有序，前疊迤邐寫來，以縱向為主，次疊江、岸交錯，以橫向為主，敘事、寫景、摹人，均細密平緩，為末疊的抒情蓄勢。末疊抒情一氣直下，恣肆奔突，情轉激盪。一首詞中，兩種手法，詞人運筆，得心應手。柳詞多用線性結構，少騰挪跳盪，此詞亦然。故段落與段落之間承接緊密，每段首起均用相關詞語承接，故脈絡井然，易令讀者了然於心。

14 望海潮

柳永

東南形勝，三吳❶都會，錢塘❷自古繁華。煙柳畫橋，風簾翠幕，參差十萬人家。雲樹❸繞堤沙。怒濤卷霜雪，天塹❹無涯。市列珠璣，戶盈羅綺競豪奢。
重湖❺疊巘清嘉。有三秋❻桂子，十里荷花。羌管❼弄晴，菱歌泛夜，嬉嬉釣叟蓮娃。千騎擁高牙❽。乘醉聽簫鼓，吟賞煙霞❾。異日圖將好景，歸去鳳池❿誇。

【詞牌】〈望海潮〉，始見柳永《樂章集》。因詞詠錢塘勝景，而錢塘又以觀秋潮為有名，調名當取其意。雙調，一百零七字，上闋五平韻，下闋六平韻，為平韻格。由於兩四字句相連處較多，一般多用為對偶。宋元人所作，句式、用韻略有小異，故《詞譜》卷三十四以柳永詞（東南形勝）為正體，復列秦觀、鄧千江詞為「又一體」。《詞律》卷十九則以秦觀詞（梅英疏淡）為正體，以其另一首（秦峰蒼翠）為「又一體」。

【注釋】❶三吳　指吳興郡、吳郡、會稽郡。❷錢塘　今浙江杭州。❸雲樹　高樹。❹天塹　天然的壕溝。此指錢塘江。❺重湖　西湖以白堤為界，分為裡湖與外湖，故曰「重湖」。❻三秋　指季秋。唐王勃〈滕王閣序〉：「時維九月，序屬三秋。」❼羌管　羌笛。因出自羌地，故名。❽高牙　高大的牙旗，將帥出行時用之。牙，竿上以象牙為飾。❾煙霞　山光水色。南朝齊謝朓〈擬宋玉風賦〉云：「煙霞潤色，荃荑結芳。」❿鳳池　鳳凰池的簡稱。古時中書省掌管機要，又接近皇帝，故稱鳳凰池。宋李昉〈賀呂蒙正詩〉云：「一舉首登龍虎榜，十年身到鳳凰池。」

【語譯】東南形勢優勝之地，三吳的重要都會，錢塘自古以來分外繁華。煙籠楊柳，彩繪橋橫，擋風簾子，翠色帷幕，房屋參差，有十萬人家。高大的樹木圍繞沙堤，奔湧的怒濤捲起雪浪，錢塘江如天然壕塹，無際無涯。街市中，鋪列珠璣珍寶，戶滿綾羅綢緞，競爭比賽豪奢。

裡外的西湖，重疊的山峰，景物清佳。深秋有桂花飄香，夏季有十里荷花。羌笛清音在晴空中盪漾，採菱歌聲在夜風裡飛揚，快樂嬉遊的是垂釣漁翁、採蓮女娃。地方長官出行，成千的馬隊跟隨，牙旗前頭高舉。乘著醉意，聆聽軍樂，欣賞山光水色，吟詩作賦。待到他日，將美景繪成圖畫，回到京城鳳凰池，向人誇耀。

【研　析】俗語云：「上有天堂，下有蘇杭。」此詞即描繪北宋時期杭州之勝境與繁華。關於此詞的創作本事，宋人筆記、詞話中都謂係為杭州守孫何而作：柳永與孫何為布衣交，欲見而不得入，遂作〈望海潮〉令名妓於中秋歌之，孫即迎柳永預坐。今人考證，則謂這些記載與事實不合。不管創作緣起如何，僅從詞作本身而言，對錢塘的繁華、西湖的秀美的描繪是極為成功的。

詞以「東南形勝，三吳都會」為發端，從其空間的地理位置，形勢優勝，在吳越的重要地位寫起，大處落墨，氣勢不凡。總以「錢塘自古繁華」，則又從時間的遠古延續至今，寫出其悠久的繁華歷史。此種寫法，真可謂是能「思接千載，視通萬里」。以下從三個方面分寫。「煙柳畫橋，風簾翠幕，參差十萬人家」承「都會」，具寫城市的美麗、人口的稠密。據宋吳自牧《夢粱錄》載，錢塘多河道，大小橋比比皆是，詞中所寫道旁如煙似霧的楊柳，橫跨於河上的彩飾畫橋，確是杭州城中的特色風物。而城市房屋櫛比鱗次，門窗簾幕飄舉，居住著十萬人家。當時的杭州，即使用現在的眼光來看，也相當於當今的一個中等城市的規模，在北宋時期的重要地位，也就可想而知了。「雲樹繞堤沙，怒濤卷霜雪，天塹無涯」三句承「形勝」，以江堤樹木的高聳入雲，潮水的突怒奔湧，江面的遼闊無邊，渲染出錢塘江的雄偉氣勢，將「形勝」進一步具象化。至「市列珠璣，戶盈羅綺競豪奢」則承「繁華」，寫出了這個消費城市的特點，也反映出這個城市人們競相購物、追求物質享受的風尚，表明它是江南的一個經濟中心。

詞的上闋在將錢塘的形勝、繁華寫足之後，便轉寫其周邊的自然景觀。「重湖疊巘清嘉」，係就湖山總寫。「三秋桂子，十里荷花」，上句承「疊巘」，下句承「重湖」。西湖周圍山上的香桂極為有名，常出現於文人筆端，如白居易〈憶江南〉詞：「江南憶，最憶是杭州。山寺月中尋桂子，郡亭枕上看潮頭。」西湖六月的荷花，尤令人愛賞，南宋楊萬里曾有「接天蓮葉無窮碧，映日荷花別樣紅」（〈曉出淨慈寺送林子方〉）的描寫。重湖疊巘，荷豔桂香，寥寥數字，便將錢塘湖光山色之美加以籠括，展示於人前。以下轉寫湖上人事，白天有羌笛盪漾晴空，臨晚有菱歌舟上傳唱，可謂是晝夜笙歌，漁翁、蓮娃這些普通百姓都面帶笑容，心情愉快。平民百姓尚且如此，達官貴人的縱情逸樂，更可想而知。下闋的後半段轉向對杭州地方長官的歌頌，以「千騎」、「高牙」極力渲染他出遊的盛況，聲勢的烜赫，以醉餘聽樂、吟賞煙霞，表現其風流儒雅。地方長官出行，也應是錢塘的一景，而且表明錢塘之繁華，正是其政績的一個方面。最後是對地方官的祝願，希望他將來得到升擢，歸去鳳池時，繪成圖畫，向同僚們誇耀錢塘的勝境。在禱祝之中，仍緊扣錢塘「好景」，使全詞前後呼應，渾然一體。大體同時的張先有一首寫錢塘的〈破陣樂〉，其結尾云：「同民樂，芳菲有主。自此歸從泥詔，去指沙堤，南屏水石，西湖風月，好作千騎行春，畫圖寫取。」其意大略相同，可供參考。

這首詞寫的雖是錢塘，卻反映了北宋立國近百年來經濟的發展給城市帶來的繁榮和相對的安定。同時還要肯定，詞由寫男女豔情，到詞人的自抒情懷，是一大進步，而用詞體表現都市的繁華，更是詞人對題材的一種開拓。這種開拓所提供的藝術形象，甚至帶有某種「史」的價值。宋黃裳曾說：「予觀柳氏樂章，喜其能道嘉祐間太平氣象。……是時予方為兒，猶想見其風俗，歡聲和氣，洋溢道路之間，動植咸若。令人歌柳詞，聞其聲，聽其詞，如丁斯時，使人慨然有感。」（《演山集・書樂章集後》）正是指這類作品。從詞作本身來說，除了它大開大闔、氣勢恢宏的特點外，還反映了柳永在藝術構思上的刻意經營。在這首自創的新調中，他用了大量兩兩相連的四言句，用了五組對仗：「東南形勝，三吳都會」（同聲對）、「煙柳畫橋，風簾翠幕」（每四言又含自對）、「市列珠璣，戶盈羅綺」、「三秋桂子，十里荷花」、「羌管弄晴，菱歌泛夜」，如果加上「雲樹繞堤沙。怒濤卷霜雪」（寬對），應是六組，讀來深覺有工麗整飭之美。而與這些對仗相連的散句，又力求有所變化，或先用對仗分述，接以散句總括，或先用散句總述，接以對仗分言。大體三句一轉，一轉一境，用賦體手法，鋪敘渲染，於一百零幾字的篇幅內，濃縮了極為豐富的內容。此詞一出，即廣為流播。據說其描述的西湖之美、錢塘之富，甚至牽動了金主完顏亮的貪婪之心，「欣然有慕於三秋桂子，十里荷花，遂起投鞭渡江之志」（羅大經《鶴林玉露》卷一）。

該詞清道光年間謝元淮等所編《碎金詞譜》配有曲譜。

15 玉蝴蝶

柳永

望處雨收雲斷，憑闌悄悄❶，目送秋光。晚景蕭疏，堪動宋玉悲涼❷。水風輕、蘋花❸漸老，月露冷、梧葉飄黃。遣情傷。故人何在，煙水茫茫。

難忘，文期酒會❹，幾孤❺風月，屢變星霜❻。海闊山遙，未知何處是瀟湘❼。念雙燕❽、難憑遠信，指暮天、空識歸航❾。黯相望。斷鴻聲裡，立盡斜陽。

【詞牌】〈玉蝴蝶〉，有令詞、慢詞兩類。令詞見《花間集》唐五代溫庭筠、孫光憲詞，雙調，或四十一字，或四十二字，為平韻格。慢詞見柳永《樂章集》，九十九字，上闋十句五平韻，下闋十一句六平韻，為平韻格。另有九十八字體。參見《詞律》卷三、《詞譜》卷四。

【注釋】❶悄悄　憂心的樣子。《詩經‧邶風‧柏舟》：「憂心悄悄」。❷宋玉悲涼　指悲秋情緒。宋玉〈九辯〉云：「悲哉秋之為氣也，蕭瑟兮草木搖落而變衰。」❸蘋花　蘋屬淺水草本，夏秋間開小白花，又稱白蘋。❹文期酒會　指與朋友相約賦詩、飲酒。❺孤　同「辜」。辜負。❻星霜　星之位置因地球運轉而遞變，以一年為一循環，霜每年遇寒而降，因以星霜喻年歲。❼瀟湘　湘江、瀟水的合稱。指今湖南境內。❽雙燕　五代王仁裕《開元天寶遺事》載，長安女子紹蘭，因丈夫行商湘中，長久未歸，見雙燕戲於梁間，遂託燕傳書，其夫得燕足書，感而於次年歸家。❾歸航　歸舟。

【語譯】所望之處已是雨收雲散，憑欄憂心悄悄，目送無際秋光。臨晚景物蕭疏，能引發宋玉悲涼。水上風輕，白色蘋花漸近萎謝，月下露冷，梧桐枯黃樹葉飄零。使人情緒淒傷。往昔的朋友何在，遙相阻隔，煙水茫茫。

難以忘懷，與朋友相約飲酒賦詩的往事，而今幾回辜負清風明月，屢屢遭遇歲月遷移。海闊山遙，不知何處是瀟湘之地。感歎雙燕，難以憑藉牠們傳遞遠信，遙指暮天，誤認歸鄉的航船。黯然相望。在孤雁哀鳴聲中，久久站立，直到日落西山。

【研析】此係秋日懷念遠方朋友之詞。詞由憑欄登眺所見入手，此時雨收雲斷，展現於眼前的是一派寥廓秋光，於此順帶點明季節，而以「悄悄」二字點出此時心情。從音調來說，起始用「望處」二去聲字，高亢響亮，作用於人的聽覺，有一種震醒的力量。至「晚景蕭疏」二句，則點明一天的具體時刻，景物只以「蕭疏」二字概寫。寥廓的秋光、蕭疏的晚景，觸發的是宋玉式的悲秋情緒，因遠離朋友而深感孤寂。宋玉〈九辯〉云：「悲哉秋之為氣也，蕭瑟兮草木搖落而變衰。」「坎廩兮貧士失職而志不平，廓落兮羈旅而無友生（貧士坎坷失位心中不平，留滯異鄉落寞而無知音）。」此處用其意。「宋玉悲涼」，應是一篇之詞眼。以下承此二句意加以生發，「水風輕、蘋花漸老，月露冷、梧葉飄黃。」承「晚景蕭疏」，用一聯對仗分寫水中與陸地之景，寫法上又有白天與夜晚之分，有視覺與聽覺之別，其中還包含了詞人對氣候的觸覺感受，不獨工穩，尤覺細膩。「遣情傷」，用一情語概括，承上啟下。「故人何在，煙水茫茫。」承「宋玉悲涼」，直抒良朋契闊、漂流孤獨之感。上闋寫景，由遠而近，由闊而細；抒情由暗而明，由抽象而具體，所用為層層剝繭之法。

上闋由景入情，逐層寫來，節奏相對緩慢；下闋抒情，則放筆直書，節奏轉急。先以「難忘」領起，一方面追憶昔日「文期酒會」的風雅、歡樂，另方面嗟歎別後的寥落、空虛，不獨辜負了清風明月的美景，更一年一年地空度了寶貴時光。「幾孤風月，屢變星霜」這聯對仗，一說空間，一說時間，描寫分手後的遺憾，可謂言簡意賅。但這些朋友在何處呢？「海闊山遙，未知何處是瀟湘」原來是在遙遠的湘中。所謂「未知何處」，並非不知瀟湘之方位，而是在強調空間阻隔之遙遠。作者曾有湘中之行，如他的〈輪臺子〉詞寫道：「九疑山畔才雨過，斑竹作、血痕添色。」此行或許曾結識過一些交誼甚厚的朋友，令人難忘、珍惜。故下面「念雙燕、難凭遠信，指暮天、空識歸航」連用兩典，表思念之深，盼晤面之切。前面用紹蘭託雙燕寄書湘中夫君之事典，與朋友所在地十分切合；後面用南朝齊謝朓〈之宣城郡出新林浦向板橋〉詩「天際識歸舟」

語典，著一「空」字，反其意用之。前者用虛筆，後者係實寫，善能變化。「黯相望」，明示望中所懷黯淡心情。最後「斷鴻聲裡，立盡斜陽」以景結情，令人回味無盡。失群孤雁，不也正是自身的象徵？耳聽孤雁哀鳴，眼看夕陽盡失，置身於此淒涼暮景，心靈能不更添一層黯淡！「立盡」二字尤堪回味，一是與發端的「凭闌」相呼應，二是表明站立之久，懷念之深。近人陳匪石《宋詞舉》謂「『盡』字極辣、極厚、極樸，較少游（秦觀）『杜鵑聲裡斜陽暮』，尤覺力透紙背。蓋彼在前結，故蘊蓄；此在後結，故沉雄也」。

由此詞看來，柳永不僅深於情，亦且篤於友。在唐五代詞中，亦偶有送別懷友之作，如馮延巳〈歸自謠〉詞：「寒山碧，江上何人吹玉笛？扁舟遠送瀟湘客。蘆花千里霜月白。傷行色，來朝便是關山隔。」與柳永大體同時的張先亦有贈別念友之詞，如〈熙州慢・贈述古〉即有「瀟湘故人未歸，但目送游雲孤鳥。際天杪，離情盡寄芳草」的抒寫，但細膩、深厚、蘊蓄，都無法與柳詞比肩。又，本詞係柳永創調，以四言為骨幹，格律規整，音韻和諧；詞中上下闋之七言對仗，均為上三下四節奏，具有一種特殊的美感，當係柳永據樂調需要首創，為後世詞人的創作，提供了不同於近體七律詩的一種對仗方式。因此，近人蔡嵩雲評價此詞，「寫羈旅行役中秋景」，「窮極工巧」（《柯亭詞論》）。

此詞明末《魏氏樂譜》存有曲調。

16 八聲甘州

柳　永

對瀟瀟❶、暮雨灑江天，一番洗清秋。漸霜風淒慘，關河冷落，殘照當樓。
是處❷紅衰翠減❸，苒苒❹物華休。惟有長江水，無語東流。不忍登高臨遠，
望故鄉渺邈，歸思難收。歎年來蹤迹，何事苦淹留❺？想佳人、妝樓顒望❻，誤

幾回、天際識歸舟。爭❼知我、倚闌干處，正恁❽凝愁。

【詞牌】〈八聲甘州〉，又名〈甘州〉、〈瀟瀟雨〉、〈宴瑤池〉。首見柳永《樂章集》。唐教坊曲有大曲名〈甘州〉，〈八聲甘州〉或即由〈甘州〉大曲摘遍翻演。《詞譜》謂「此調前、後段八韻，故名八聲，乃慢詞也」。雙調，九十七字，上下闋均九句四平韻，為平韻格。另有九十五字、九十六字、九十八字數體。參見《詞律》卷一、《詞譜》卷二十五。

【注釋】❶瀟瀟　形容風雨急驟。❷是處　處處。❸紅衰翠減　形容花木凋零。❹苒苒　同「冉冉」。漸漸。❺淹留　久留。屈原〈離騷〉云：「時繽紛其變易兮，又何可以淹留。」❻顒望　專注地觀望。❼爭　怎。❽恁　這般。

【語譯】面對傍晚急驟的風雨飛灑江天，一番洗淨清秋。漸漸地，秋風變得淒慘，山河益顯冷落，夕陽照射樓頭。處處紅花衰落、翠葉凋殘，美好景物都已消歇。只有長江水，默默地向東奔流。　不忍心登高遠眺，因為望故園過於遙遠，歸鄉之情難以斂收。感歎年來漂泊蹤跡，為何苦苦在外滯留？想佳人，在閨樓凝神觀望，有幾回誤認、由天際駛來的歸舟。你怎知我，在倚欄杆時，這般凝結憂愁。

【研析】此係宦遊羈旅江南之作。此詞大開大闔，入手即寫出一種淒清的大境界。起筆寫暮雨秋光，是柳永常用的手法，如前所列〈雨霖鈴〉詞：「寒蟬淒切。對長亭晚，驟雨初歇。」〈戚氏〉詞：「晚秋天，一霎微雨灑庭軒。」〈玉蝴蝶〉詞：「望處雨收雲斷，凭闌悄悄，目送秋光。」等等，均是，大約所遇實景如此，雨後秋光更加明淨，故所望愈遠；又值薄暮時分，尤易引惹懷人之情。此詞亦不例外：「對瀟瀟、暮雨灑江天，一番洗清秋。」以「對」字領起，發調甚高而所見極遠，暮雨瀟瀟，灑向長江天空，這場驟雨把「清秋」洗得更加明淨，顯得格外寥廓。下面三句用「漸」字領起，顯出時間移動中的氣候變化。「霜風淒慘」（「淒慘」一作「淒緊」）一句，一則透露出自己的主觀感受，再則與前後的景觀密切相關。「瀟瀟暮雨」飛灑，即含有「霜風」的疾吹在內；由於風緊，更添「關河冷落」之感，而風吹雲散，「一番」雨過之後，「殘照當樓」。「殘照當樓」，突出「樓」這一個點，暗示出詞人所在之處，由這個點，又可以推想及面，殘照應是遍及廣大空間。故此三句所構成的意境，極闊大，極蒼涼。蘇軾曾激賞之，云：「世言柳耆卿曲俗，非也。如〈八聲甘州〉云：『霜風淒緊，關河冷落，殘照當樓。』此語於詩句不減唐人高處。」（趙令畤《侯鯖錄》卷七）「是處紅衰翠減，苒苒物華休」二句，由遠景而轉向近景，又由眼前所見花葉凋殘，推知未見處之葉落花謝，故以「是處」二字總寫。「紅衰翠減」，語出唐李商隱〈贈荷花〉詩：「此荷此葉常相映，翠減紅衰愁殺人。」詞中所寫包括荷花荷葉，但不限於荷花荷葉，自然界的美好景物在逐漸消逝，故有「苒苒物華休」的感歎，亦即宋玉「秋之為氣也，蕭瑟兮草木搖落而變衰」（〈九辯〉）的悲感。氣候在變，景物在變，下面似作一轉折，不變的「惟有長江水，無語東流。」此二句語本唐高蟾〈秋日北固晚望〉詩：「何事滿江惆悵水，年年無語向東流。」細加思量，長江日夜向東流，固是不變，而流水本身，又是動盪無止息的，故古人有「逝者如斯」之歎，此中不也潛藏有年光如流的感觸！謂江流「無語」，係用擬人手法，反襯出人之有情。周汝昌認為「著此二字，方覺十倍深沉，百端交集」（《唐宋詞鑒賞辭典》）。

以闊大之景反襯人之孤獨，是詞人常用手法，此詞亦然。故上闋所寫即是為下闋的抒情蓄勢。換頭「不忍登高臨遠，望故鄉渺邈，歸思難收」先以一否定句式點出前面所寫乃登高臨遠所見，化實為虛。其所以「不忍」，是因為看到故鄉過於遙遠，無法驅除鄉愁。再反思自己長久羈留在外，究竟意欲何為？「歎年來蹤迹，何事苦淹留？」以「歎」字領起發問，詞中未直接作答，但心裡明白，只不過是因為「未名未祿」（〈戚氏〉），「利名牽役」（〈輪臺子〉）。對於「名韁利鎖」，有很多的惱恨，卻又無可奈何。以下具寫「歸思」，先從對面著筆：「想佳人、妝樓顒望，誤幾回、天際識歸舟。」以「想」字領起，設想對方因盼望夫君從遠方歸來，而多次錯認江中的船隻。「誤幾回」句反用南朝齊謝朓「雲中辨江樹，天際識歸舟」（〈之宣城郡出新林浦向板橋〉）語意，其情境頗似溫庭筠〈夢江南〉詞：「梳洗罷，獨倚望江樓。過盡千帆皆不是，斜暉脈脈水悠悠。」本為自己思念對方，卻說對方在想念自己，便多了一層曲折。詞之結拍，轉寫自己，但從對方的角度設想，以（你）「爭知」二字領起，「我」「倚闌干處，正恁凝愁」。點明自己正依倚欄杆，止被凝結於心的愁思所困擾。對這種知君憶我，我亦憶君的寫法，近人梁啟超評其妙處曰：「飛卿（溫庭筠）詞『照花前後鏡，花面交相映』，此詞境頗似之。」（《飲冰室評詞》）這種表現方法也可能受到杜甫〈月夜〉詩的影響：「今夜鄜州月，閨中只獨看。遙憐小兒女，未解憶長安。香霧雲鬟溼，清輝玉臂寒。」所用即君正思我、我亦念君之法。

〈八聲甘州〉為柳永在舊曲基礎上翻演的新調，所填詞在宋詞中堪稱經典。陳廷焯稱其「情境兼到，骨韻俱高」（《白雨齋詞話》卷五），王國維亦給予很高的評價，認為係「佇興之作，格高千古，不能以常調論也」（《人間詞話刪稿》），從許多方面看，這是他精心結撰的成果。除了大開大闔，境界蒼涼，格調高古外，還有兩點值得特別提出，一是結構安排，一反常用之順敘方式，而用逆挽之法。所謂「逆挽」，係將主人公的出場放在最後，如白居易的〈長相思〉（汴水流），前面寫種種相思之苦，最後方點出主人公所在時地：「月明人倚樓」。柳永此詞手法相類，上闋所寫，皆登眺所見，然未說明於何處登眺，下闋開頭點明「登高臨遠」，未說明於何處登臨，至詞末方點明處所與動作，則前面所見所思皆係「倚闌干」時情事，倚欄杆又與前面「殘照當樓」暗中呼應。二是上下闋寫法講求變化，上闋描繪清秋闊遠景物，用寫實的手法，下闋抒情則運用虛筆，用「不忍」、「歎」、「想」、「爭知」等一系列虛詞領起，處處化實為虛，而又虛中有實，不獨形象令人如見，尤能傳達出臨遠的孤獨、淹留的苦悶、相思的深切。

此詞清代乾隆年間所編《九宮大成譜》收有曲譜，謝元淮等所編《碎金詞譜》加以轉錄。

17 安公子

柳永

遠岸收殘雨。雨殘稍覺江天暮。拾翠❶汀洲人寂靜，立雙雙鷗鷺。望幾點、漁燈隱映蒹葭❷浦。停畫橈❸、兩兩舟人語。道去程今夜，遙指前村煙樹。

遊宦成羈旅。短檣吟倚閒凝竚。萬水千山迷遠近，想鄉關何處。自別後、風亭月榭❹孤歡聚。剛斷腸、惹得離情苦。聽杜宇❺聲聲，勸人不如歸去。

【詞牌】〈安公子〉，隋唐教坊曲名，用作詞調。首見柳永《樂章集》。崔令欽《教坊記》載，隋煬帝幸揚州時，樂人王令言以年老不去。其子彈奏琵琶，令言驚問：「此曲何名？」其子曰：「內裡新翻曲子，名〈安公子〉。」但隋唐時曲調在宋代已不傳，此當係宋代所創新聲。本詞一百六字，上下闋各八句、六仄韻，為仄韻格。另有八十字、一百二字、一百四字等體式。參見《詞律》卷十二、《詞譜》卷十九。

【注釋】❶拾翠　春遊採拾花草。杜甫〈秋興八首〉之八云：「佳人拾翠春相問。」❷蒹葭　未長穗之蘆葦。《詩經・秦風・蒹葭》：「蒹葭蒼蒼，白露為霜。」❸畫橈　有彩繪之船槳。❹榭　建在高臺上的敞屋。❺杜宇　杜鵑鳥。啼聲似「不如歸去」。

【語譯】遠岸殘雨已停，殘雨過後，漸覺江天日暮。採摘花草的佳人已散，沙渚一片寂靜，惟見站立著雙雙鷗鷺。望中有幾點漁燈，隱映在蒹葭水邊。畫槳暫停，兩個船夫在言語。他們在說今夜去程，遙指前村煙樹之處。

離鄉做官在外，如同漂泊羈旅。倚靠矮檣吟詠，靜靜凝神佇立。眼前萬水千山，迷茫難辨遠近，想故鄉究竟在何處。自從分別後，辜負了風清月白亭榭中的歡聚。剛斷腸，引發離情苦。又聽見杜鵑一聲聲，勸人不如歸去。

【研析】此詞抒發「遊宦成羈旅」的感慨。柳永做著地方小官，又時常變動地點，大概沒有條件帶著家眷同行，故孤身羈旅在外。這次又奉命到一個新的地方，所以詞的上闋即寫赴任途中情景。古時陸路交通不發達，出行多半坐船，故途中情景為舟行過程中所見所聞。先從春日天氣寫起，老天下了一段時間的雨，要是在韋莊的筆下，就會出現「春水碧於天，畫船聽雨眠」（〈菩薩蠻〉）的充滿詩情畫意的描寫，但柳永沒有這種心情與興致，只能在孤篷內獨自枯坐。他在舟中望遠，看到遠岸的殘雨終於停了，而這時江天漸暮，又是一個令人難堪的黃昏將臨。「遠岸收殘雨。雨殘稍覺江天暮」，其間用的是頂針格，但「殘雨」係偏正結構，「雨殘」係主謂結構，詞語的運用，帶有活潑之趣。以下從汀洲與江濱兩方面寫望中所見。「拾翠汀洲人寂靜，立雙雙鷗鷺」寫水中沙洲，前一句從背面寫出汀洲花草的繁茂和人聲的喧鬧，因為天色漸晚，那些採摘花草的佳人紛紛離開，才顯示出安靜，正是「笑漸不聞聲漸悄」（蘇軾〈蝶戀花〉），從不見不聞暗示出所見所聞；後一句從正面寫，有雙雙鷗鷺立於淺水中。「立雙雙鷗鷺」是「雙雙鷗鷺立」的倒裝，為詞中常用的一種句式。目睹拾翠佳人和雙飛雙宿的鷗鷺，遊宦之人內心能不有所觸動，激起感情的漣漪？詞中沒有說，此正是其含蓄處。「望幾點、漁燈隱映蒹葭浦」寫遠處水邊情景。此時漁燈初上，表明時間由暮而晚。幾點殷紅漁火，掩映在江岸的蘆葦中，這是江南水鄉的朦朧夜景，在我們看來，頗富畫意。但對羈留在外的詞人來說，望漁燈閃爍、停泊休憩，是否會引起對家這個溫馨港灣的懷想呢？詞中也沒有說。對於「舟人」來說，漁船的停靠，在提示他們該找個夜泊之處。故下面轉入敘事：「兩兩舟人語。道去程今夜，遙指前村煙樹。」三言兩語，便把船夫商量的情態、說話的內容以及手勢動作，描繪得如在目前，真切而生動。通過動作表明，他們決定到前村那個如煙似霧的樹木蔥蘢處停泊。上闋寫舟行由白天至日暮，由日暮而至夜晚，景物隨時空流動而變化，雖未直接說愁說怨，但已隱隱透露出孤獨寂寞情懷。

詞的上闋寓情於景，下闋便將前面未加明言者，一氣說出。「遊宦成羈旅」，放置於換頭處，似乎顯得突兀，實則是一種積蓄已久的情感迸發，是內心深沉的感慨。前面的寫景也好，此處的情感迸發也好，究竟是在何種情況下的所見所思？「短檣吟倚閒凝竚」，始回答這一問題。說短檣，而不說危檣，說明船隻不大，載人不多，沒有「商旅相呼」的熱鬧，顯得較為岑寂；說「倚」檣，勢必是在雨停之後，故可以一邊佇立凝望，一邊吟詠詩詞。以結構而言，是一種倒敘，前所「望」景物及引發的感慨皆閒中倚檣凝佇時發生之情事。下面就「羈旅」之情繼續生發「萬水千山迷遠近，想鄉關何處」與「日暮鄉關何處是？煙波江上使人愁」（崔顥〈黃鶴樓〉）同一思致。「萬水千山」寫宦遊經歷，既包括本詞所寫見聞，更包括本詞外的所見所聞，羈旅鄉愁也非自今日始。「自別後、風亭月榭孤歡聚」，承上「鄉關」。因別後天各一方，不知有多少回辜負了那風亭月榭的美景。此處寫別後的憾恨，實也暗含有與分別之前的對比，含有對從前「歡聚」情景的美好回憶，更反襯出眼前的淒涼。「剛斷腸、惹得離情苦。」緊承上意，點明此時心緒。「聽杜宇聲聲，勸人不如歸去。」

更深進一層，本已滿懷「離情」，又聽杜宇催歸，真是「苦」上加苦，苦到極致。杜宇，本無知之物，催人歸去，似覺有情，而人明明無法返鄉，卻依舊勸人歸去，亂人心魄，又似無情。通過聽覺引發所感，寫出一種欲歸而不得歸的複雜心態。此處雖以情結，但情中含景，「杜宇聲聲」二句，以「聽」字領起，遂化實為虛。此等筆墨，極精健圓融。

柳永的羈旅之詞，多以秋天為背景，而此詞所寫，卻為春日。對春天的景物，只寫到「拾翠汀洲」、「雙雙鷗鷺」、江岸「蒹葭」；寫經歷只說「萬水千山」；寫「鄉關」佳景，只說「風亭月榭」；寫旖旎柔情，只以「歡聚」二字概括。故清鄧廷楨《雙硯齋詞話》評此詞「通體清曠，滌盡鉛華」可謂的當。

18 晝夜樂

柳永

洞房❶記得初相遇。便只合、長相聚。何期小會幽歡，變作離情別緒。況值闌珊❷春色暮。對滿目、亂花狂絮。直恐好風光，盡隨伊歸去。　一場寂寞憑誰訴。算前言、總輕負。早知恁地❸難拚❹，悔不當時留住。其奈風流端正外，更別有，繫人心處。一日不思量，也攢眉❺千度。

【詞牌】〈晝夜樂〉，又名〈真歡樂〉。此調創自柳永，見《樂章集》。雙調，九十八字，上闋六仄韻，下闋五仄韻，屬仄韻格。此處所錄除下闋第五句「其奈風流端正外」一句不入韻外，其餘句式、格律，上下闋均同。其他人詞作亦有於下闋多押一韻者。參見《詞律》卷十五、《詞譜》卷二十六。

【注釋】❶洞房　深邃之內室。後亦有以新婚之室稱「洞房」者。❷闌珊　將殘；將盡。白居易〈詠懷〉詩：「詩情酒興漸闌珊。」❸恁地　這般；這麼。❹拚　割捨。❺攢眉　皺眉。

【語　譯】記得在洞房初次幽會，便只應當長時相聚。豈料短暫的幽會歡愉，轉眼化作別離情緒。況且正值春意闌珊，面對滿目紛亂飛花、狂舞柳絮。只恐怕美好風光，都隨著他歸去。　一場寂寞向誰傾訴。想來對許下的諾言，輕易有所辜負。早知道這麼難以割捨，很後悔當初沒有將他留住。怎奈他除了風流瀟灑、相貌端正外，更別有一種繫人心魂處。即使一日不思量，也會皺眉千百度。

【研　析】這是一首以女性口吻書寫的代言之作，用內心獨白的方式，表達對所愛者的深切情意和未能珍惜的遺憾與痛苦。

「洞房記得初相遇。便只合、長相聚」二句，從回憶入手，把美好的記憶和現在的理性認識相結合。洞房初次遇合，自然是極為纏綿繾綣、柔情萬種的，因此也是刻骨銘心的，故首句即以「記得」二字提起。既然情感如此熱烈，我們就該長相廝守。二者之間本來是很自然的一種因果關係。至「何期小會幽歡，變作離情別緒」二句陡轉，豈料事實卻和理所當然的結果相反，歡愉是如此地轉瞬即逝，轉化成了別離情緒。此二句以「何期」二字領起，感到事出意外，顯現出前後情緒上的極大落差。以上數句主要是追憶過去，並伴有某種理性的思考。「況值闌珊春色暮」，承上啟下，一方面表示由追憶轉到眼前，另方面也是以暮春景物烘托愁苦。「滿目亂花狂絮」是「闌珊春色」的具體化，以「亂」、「狂」加以形容，顯見風勢之猛烈，殘花敗絮之狼藉，以示春之將盡，而春盡又暗示著美好年華的消逝。所謂「亂」與「狂」，不僅是寫風中花絮，亦是對女主人公心緒不寧、心亂如麻情狀的形容。故接著直抒情懷：「直恐好風光，盡隨伊歸去。」伊，即他，指所愛之人。伊，可指女性，亦可指男性。因為所愛遠離，韶華虛擲，好像是他把美好的春色帶走了。這兩句亦即屈原「惟草木之零落兮，恐美人之遲暮」(〈離騷〉)之意。這段細寫心曲，用了「何期」、「況值」、「直恐」等虛詞轉折、推進，傳達出極為細膩而又複雜的感情，同時又以暮春之景映襯，對美好事物的消逝，流露出深深的憾恨。

下闋進一步細寫曲折的內心活動。「一場寂寞凭誰訴。」是由上闋轉向下闋的過渡。滿腔的心事竟無人可以訴說，為什麼？從詞的發端「初相遇」，可推知這大概是一次初戀，他們的「小會幽歡」帶有一種私密的性質，因此內心激盪起來的情感波瀾，難於啟齒向別人傾訴，只能獨自承受痛苦的煎熬。接著她對造成這種分離的局面先作了一番反思：「算前言、總輕負。」「前言」是什麼？也許是他曾有何要求，也許是她曾有何承諾，總之是所說過的話沒能兌現，責任在自己一方，這當是導致分離的一個原因。在反思之後，深覺後悔。當時對他不是特別珍視，只有失去了他才感到萬分惋惜。沒有了他的日子，是這麼難以自持，當時應該千方百計將他挽留，「早知恁地難拚，悔不當時留住」然而現在為時已晚，令人追悔莫及。他為何那麼教人難以忘懷？那麼令人難以割捨？是因為他實在是一位很有魅力的男性，不僅風流倜儻，長得帥氣，且「別有繫人心處」。這「繫人心處」是什麼？沒有說，自然是指性格、才情等等。在那個社會，在一般人心目中，男才女貌，是最理想的愛情基礎，是最佳的伴侶組合。由此亦可看出這位女子的戀愛觀，其核心不在重視外貌，而在看重才學、情性。正因為這位男士太值得自己去愛，所以「一日不思量，也攢眉千度」，即使不去想他，也會整天愁眉不展，表明愛到深處、愛到極處，化為了無時不在的意識。與蘇軾〈江城子〉「不思量，自難忘」之句，正是同一機杼。

柳永不愧是寫通俗歌曲的能手，在這首詞中，把一個痴情女子的感情表達得極為細膩、深切，結構雖多轉折，卻脈絡清晰，語言純用白描，流暢、明淺，正如劉熙載所評：「細密而妥溜，明白而家常。」（〈詞概〉）這些優長正是柳詞得以廣為流傳的重要原因。

19 一叢花令

張先

傷高懷遠幾時窮？無物似情濃。離愁正引千絲[1]亂，更東陌、飛絮濛濛。嘶騎漸遙，征塵不斷，何處認郎蹤？雙鴛池沼水溶溶❷，南北小橈❸通。梯橫畫閣黃昏後，又還是、斜月簾櫳❹。沉恨細思，不如桃杏，猶解❺嫁東風。

【作　者】張先（西元九九〇—一〇七八年），字子野，烏程（今浙江湖州）人。天聖八年（西元一〇三〇年）進士。曾知吳江縣，任嘉禾判官、永興軍通判。皇祐四年（西元一〇五二年）知渝州，嘉祐四年（西元一〇五九年）知虢州。中間曾知安陸，故有「張安陸」之稱。治平元年（西元一〇六四年）以尚書都官郎中致仕，悠遊杭州、湖州間，與蘇軾等相往還。有《張子野詞》。其詞與柳永齊名，得到時人高度評價，晁補之《評本朝樂府》云：「時以子野不及耆卿（柳永）。然子野韻高，是耆卿所乏處。」在北宋詞的發展中具有承先啟後作用，清人陳廷焯云：「張子野詞，古今一大轉移也。」（《白雨齋詞話》）近人吳梅云：「子野上結晏、歐之局，下開蘇、秦之先。」（《詞學通論》）

【詞　牌】〈一叢花令〉，又名〈一叢花〉。雙調，七十八字，上下闋各七句，四平韻，為平韻格。《詞律》卷十一列秦觀詞，《詞譜》卷十八列蘇軾詞，名〈一叢花〉，無〈一叢花令〉名稱。

【注　釋】❶千絲　指柳絲。❷溶溶　水波輕漾的樣子。❸橈　楫之短者。此代指小舟。❹簾櫳　窗之櫺木。❺解　懂得。

【語　譯】登高傷感、懷念遠人，何時能有窮盡？沒有其他事物勝似情濃。離愁牽惹千萬柳絲繚亂，更何況東邊陌路，飛絮濛濛。嘶鳴的坐騎漸行漸遠，路上飛揚的塵土不絕，再從哪裡去辨認情郎行蹤？　雙鴛嬉戲於池塘水波上，南北小舟相通。黃昏後華美樓閣梯橫，又還是斜月映照簾櫳。仔細想來，怨恨深沉，不如桃花杏花，還懂得嫁與東風。

【研　析】此詞寫閨怨，別具一格。它以抒情為發端，以詰問為發端，看似突兀，實從千迴百折中來。因有無限的懷念，無限的傷感，鬱結於心，無可排解，故有「傷高懷遠幾時窮」的發問，有此爆發式的宣洩。「幾時窮」實際是說無窮無盡，沒法窮盡。下面答以「無物似情濃」，運用比較法，突出「情濃」在人生中無可比擬的分量，一如他在另一首〈木蘭花〉詞所說：「人生無物比多情，江水不深山不重。」這個開頭隱去了主語，它既是個人的情感體驗，也是具有普遍意義的情感體驗，如同柳永〈雨霖鈴〉「多情自古傷離別」一樣，由個別上升為一般，便具有了哲理的意味。其分量簡直與元好問〈邁陂塘〉「問世間、情是何物？直教生死相許」的發問相同。

究竟是什麼使主人公如此感傷呢？是「離愁」。以下分數層抒發：第一層「離愁正引千絲亂，更東陌、飛絮濛濛」將情與景綰合一處。本是風吹柳絲繚亂，未曾繫住行人，卻說是離愁引發柳絲繚亂，以此加強主觀情感力度，再用「更」字推進一層，以飛絮濛濛的惝恍之境寓示其思緒的迷離。第二層「嘶騎漸遙，征塵不斷，何處認郎蹤」三句，將事與情綰合一處。人愈行愈遠，以至消失，惟見塵土飛揚，不禁感歎郎蹤難覓，後會難期。第三層「雙鴛池沼水溶溶，南北小橈通」於空間轉換中將今與昔綰合一處。主人公的眼光由伸向遠方的楊柳東陌轉向庭院中的池塘。池塘、雙鴛，既是眼前所見，也當是昔時駢肩徘徊之地、攜手共賞之景，池中「雙鴛」與岸上的一對璧人曾相映成趣，而今，雙鴛戲水，卻成了自己形單影隻的反襯；還有那往來於南北的小舟，曾承載過多少快樂與歡笑，而今嬉遊的場景已成過眼煙雲。第四層「梯橫畫閣黃昏後，又還是、斜月簾櫳」於時間轉換中含今昔對照意。畫閣登梯，憑欄看月，該有多少旖旎情事，如今黃昏、斜月依舊，惟有自家登樓獨對，情何以堪！黃昏、斜月，本是容易引發人懷遠的時刻，用一「又」字，便不止一次，而是多次，在同一景觀的反覆中便含有一種時間悠長的歎息。同時，這兩句還表明主人公的登眺時間之長，由白天而黃昏、而月上，足見離愁終日縈懷，難以開釋。

愁情積之過深，便生怨懟，故詞末以激烈的情語作結：「沉恨細思，不如桃杏，猶解嫁東風。」桃花、杏花，在東風吹拂中綻放，在東風吹拂中飄落，相伴始終，遠勝人的有始無終。這一結尾想像新奇而曼妙，桃杏、東風，本無情之物，賦予人之情感，用一「嫁」字將二者聯繫，尤富情趣。在當時，歐陽脩曾激賞之，稱張先為「『桃杏嫁東風』郎中」。清賀裳《皺水軒詞筌》認為這一結尾與唐李益〈江南曲〉「嫁得瞿塘賈，朝朝誤妾期。早知潮有信，嫁與弄潮兒」一樣，「皆無理而妙」。

此詞寫閨情，以情起，以情結，首尾呼應，中間的鋪寫簡潔而意豐，既具情感衝擊力，又富含言外意。與柳永的「鋪敘展演，備足無餘」相比，更耐人咀嚼，富於韻致。

20　天仙子

時為嘉禾小倅、以病眠不赴府會

張　先

〈水調〉❶數聲持酒聽，午醉醒來愁未醒。送春春去幾時回？臨晚鏡，傷流景❷。往事後期空記省。

沙上並禽❸池上暝，雲破月來花弄影。重重簾幕密遮燈，風不定，人初靜。明日落紅應滿徑。

【詞　牌】〈天仙子〉，唐教坊曲名，用作詞調。唐五代詞均為單調，三十四字，至宋始有雙調，六十八字。本詞為雙調，上下闋各六句，五仄韻，句式、格律均同，為仄韻格。此調以七言為主，句式多為仄起，押的又是仄聲韻，故仄聲字（三十九）大大多於平聲字（二十九），音聲顯急促而帶拗峭特點。參見《詞律》卷二、《詞譜》卷二。

【注　釋】❶水調　曲調名，相傳為隋煬帝開汴河時所製。❷流景　流年似水。❸並禽　成雙成對的鳥，此指鴛鴦。

【語　譯】手持杯酒，將〈水調〉樂曲聆聽，午睡起來，酒醒而愁未醒。送走春天，春離去後何日再回？天色漸晚，攬鏡自照，感傷流年似水。回首過去，往事成空，瞻望未來，後期無定。　天色已暗，水鳥在沙上棲宿相並。晚風吹開雲層，萬里月明，花枝搖曳，舞弄清影。窗戶重重簾幕，嚴密擋風護燈。風兒一陣緊似一陣，喧鬧人聲歸於寂靜。明朝落花，當鋪滿園中小徑。

【研　析】此詞之小序云：「時為嘉禾小倅、以病眠不赴府會。」張先在嘉禾（今浙江嘉興）做判官大約在慶曆元年（西元一〇四一年），時年五十二歲。詞人年過半百仍做著副職的地方小官，身體欠安，心情欠佳，全然缺乏赴官府宴會與同僚應酬的興致，寧可獨自聽曲飲酒，以消愁解悶。故詞一開始，即敘述自己「〈水調〉數聲持酒聽」。聽曲，而言「數聲」，說明這音樂沒有長久持續，無法消解他那百無聊賴之感。且〈水調〉本身並非歡快之音，據張君房《麗情集》載：「〈灼灼〉能歌〈水調〉，為幽咽怨懟之音。」則此幽咽怨懟之音不僅未能解憂，反增愁悶。他喝了不少酒，以致沉醉，甚而要通過睡眠來解醉。但「午醉醒來愁未醒」，一方面說明飲酒聽曲乃是上午發生的事情，另一方面表明飲酒並未能如前人所說「一醉解千愁」，而是恰如李白所言：「舉杯銷愁愁更愁。」（〈宣州謝朓樓餞別校書叔雲〉）由此可見，這「愁」非一般之愁，而是積澱在心底的一種難以排解的深愁。下面四句可說是對「愁」的具體解答。「送春春去幾時回」原來是傷春！但當我們聯繫詞人的年歲和處境來思考，就能體驗到詞人的傷春，有別於一般的傷春。這裡的「送春」，除了表明春光正在消逝，是一種現實的季節轉換，也包含著詞人對青春年華流逝的無奈。「春去幾時回」？這一問所含情感較為複雜：從季節概念的春而言，今年的春天走了，明年還會再度來臨；從人生概念的春而言，春的消逝，卻是一去不返！因此在這一問中實含有深沉感歎。故下接以「臨晚鏡，傷流景」以示「春去幾時回」非泛泛設問。唐杜牧〈代吳興妓春初寄薛軍事〉詩有「自悲臨曉鏡，誰與惜流年」之句，張詞用其意而加以變化，改原詩「曉鏡」為「晚鏡」，情感內涵便大不相同。這一「晚」字既代表著一天中的時間推移，也透露出人生暮年的信息。流年水逝，人生還剩幾何？往事已成空憶，未來空勞夢想。「往事後期空記省」與前面「愁未醒」相應，說明此「愁」和人的過去與未來相關，是牽繫到人的一生之愁。這種臨老傷春，遠非一般少男少女的傷春可比，它顯得特別地深邃和沉重。

詞的上闋重在抒寫白天到黃昏時的內心活動，下闋轉寫夜間景物，透過景物顯示出情緒的微妙變化。夜幕降臨，水上嬉遊的鴛鴦已開始歇息。鴛鴦的成雙成對、雙棲雙宿，反襯出詞人煢然獨處的孤寂。「沙上並禽池上瞑」是靜態的描寫，下面「雲破」句則為動態的描畫。剛入夜時，雲層較厚，隨著夜風的吹拂，終於雲開月出，映照著花枝婆娑舞影。面對此情此景，詞人不免會油然生出一種恬適欣悅之情。「雲破月來花弄影」，成了千古傳誦的名句。在當時即有人稱作者為「『雲破月來花弄影』郎中」(《苕溪漁隱叢話》引《遯齋閒覽》),明沈際飛謂其「心與景會,落筆即是,著意即非,故當膾炙」(《草堂詩餘正集》)近人王國維在談境界時指出:「『雲破月來花弄影』,著一『弄』字而境界全出矣。」(《人間詞話》)或賞其心與景會,出於天然,或稱其善用擬人化的動詞描繪出優美的境界,均有見地。綜合言之,其妙處是:首先是它符合一種因果遞進關係:風吹(暗寫)——雲破——月來——花弄影,故覺自然而然。其次是「破」、「弄」兩動詞下得極好,試將「雲破」改為「雲散」,則審美效果將很不一樣,「破」帶有一種突發性,而「散」帶有一種漸進性,前者帶給人的是一種突然而來的欣喜,後者帶來的是預想性的效果。和前面孤獨暗淡的情懷相聯繫,這種突發的欣喜在情緒的變化上顯得更為強烈。再說「弄」字,帶有擬人化特點,是詞人眼中的、心中的舞弄,因此就體現出了一種物(花)與人之間的親近感;這個「弄」的賓語是「影」,作者不去寫花枝花葉本身在月照下的色彩和隨風搖曳,只寫花的弄影,便化質實為靈動清虛。再次是從境界言,這一句的動態描繪,呈現出一種特有的靜謐與空靈。它優美如畫,卻又非畫筆所能繪出。這句雖未直接寫到「風」,卻包含有風的描寫,為下面由室外轉換到室內的敘寫作了準備。以下所寫,皆與風相關。「重重」一句寫簾幕重設是為防止燈被風吹滅。「風不定」,時大時小,也是從燈光的搖曳而感知的。夜漸深,此時喧鬧的人聲,已然安靜。詞人進入了沉思,想像著因夜風的猛烈,「明日落紅應滿徑」。用一「應」字,即帶擬想性質。這種用法詞中常見,如李後主的「雕闌玉砌應猶在」(〈虞美人〉)、李清照的「知否?知否?應是綠肥紅瘦」(〈如夢令〉),均是。詞的這一結尾仍然歸結到「送春」,與上闋的傷春意緒緊相呼應。前後聯繫起來看,可知詞人寫的不是片刻的情緒,而是鎮日揮之不去的傷感。

詞由午前、午後寫至傍晚、入夜,脈絡井然。而在不同的時空,寫法也有變化:上闋偏重抒情、下闋偏重寫景,這種寫法有異於一般詞作先景後情的格局。

這首〈天仙子〉和晏殊的〈浣溪沙〉很相似:「一曲新詞酒一杯,去年天氣舊亭臺。夕陽西下幾時回?無可奈何花落去,似曾相識燕歸來。小園香徑獨徘徊。」同樣聽歌、飲酒、徘徊,感歎花落滿徑、時光流逝，但因兩人處境不同（晏係達官），情感內涵便有所區別。晏殊的感傷，更多的是一種宇宙無窮、人生有限的遺憾；張先的傷春，帶有更多現實生活中的缺失所帶來的悵惘。

詞人善以「影」字入詞，集中用「影」字多達二十餘處，因此詞有「雲破月來花弄影」句，再加上「簾幕捲花影」（〈歸朝歡〉）、「墮飛絮無影」（〈剪牡丹〉），號「張三影」。（陳師道《後山詩話》）南宋劉過〈天仙子〉詞有「君須聽，低唱月來花弄影」之句，可見此詞之影響。清乾隆年間所編《九宮大成譜》收錄有此詞曲譜，道光年間謝元淮等所編《碎金詞譜》轉載，近人錢仁康更以德國民歌〈真實的愛〉曲調與之相配。人們的喜好、樂壇的流傳，也說明了該詞所具有的藝術魅力。

21 千秋歲

張　先

數聲鶗鴂❶，又報芳菲歇。惜春更把殘紅折。雨輕風色暴，梅子青時節。永豐柳❷，無人盡日飛花雪。

莫把幺絃❸撥，怨極絃能說。天不老，情難絕。心似雙絲❹網，中有千千結。夜過也，東窗未白凝殘月。

【詞牌】〈千秋歲〉，又名〈千秋節〉。雙調，常用者有七十一字、七十二字兩式。或上去聲通押，或押入聲韻，為仄韻格。本詞七十二字，押入聲，上闋七句五仄韻，下闋八句五仄韻。另有八十字、一百二十字之體式。參見《詞律》卷十、《詞譜》卷十六（《詞譜》列本詞作者為歐陽脩）。

【注釋】❶鶗鴂　杜鵑鳥，又名子規。❷永豐柳　洛陽城中有永豐坊，坊之西南角園有垂柳，唐白居易曾有〈楊柳枝〉題詠。此處泛指柳樹。❸幺絃　琵琶的第四絃，引起最細，故名。❹絲　「思」的諧音。

【語譯】幾聲杜鵑啼叫，又報道芳菲消歇。珍惜春光，再把殘花採折。細雨霏微，風力強勁，已到梅子轉青時節。永豐園柳，靜寂無人，整日飛花如雪。　不要彈撥小絃，哀怨之極的情懷，小絃能訴說。青天不老，情難斷絕。心如雙絲編織的網，中間有千千結。夜已過去，東窗天色未白，惟見高空凝佇一鉤殘月。

【研析】此詞既有對青春虛度的感慨，又充滿對兩情相悅的堅定信念，故與一味惋歎怨懟之詞有別。詞之上闋圍繞「惜春」二字加以鋪寫。起始二句「數聲鶗鴂，又報芳菲歇」，從聽覺著筆，化用屈原〈離騷〉「恐鵜鴂之先鳴兮，使夫百草為之不芳」語意，報道「匆匆春又歸去」（辛棄疾〈摸魚兒〉）。「又報」，表明所報已非一次，而是多次，可知是年復一年，因此，其中包含了一個頗長的時間跨度，令人想見主人公不斷的期待，不斷的落空，不斷的失望，不斷的歎息，雖不直接言情，但「惜春」之意已然寓含於內。故下面點明「惜春更把殘紅折」。「更把殘紅折」，係推進一層，充滿惋惜與留戀，後來的周邦彥〈六醜〉詞寫薔薇凋謝，亦有「殘英小、強簪巾幘」之語，二者用意正自相同。「殘紅」，係園中景，乃具寫「芳菲歇」，但此處係即事敘景，屬虛寫。以下「雨輕風色暴，梅子青時節」從正面寫。暮春三月，仍是料峭春寒，春雨綿綿，風力強勁，它一方面摧折花卉使之凋殘，一方面又催發著梅樹「綠葉成蔭子滿枝」，形成綠暗紅稀、春光衰謝的景觀。歇拍之「永豐柳，無人盡日飛花雪」續寫園林景色，楊柳「飛花雪」與「風色暴」相呼應，其用語則與謝道韞「未若柳絮因風起」，以飛絮擬雪有關。雪花如飛絮，柳花如飛雪。這兩句用白居易〈楊柳枝〉詩意：「一樹春風萬萬枝，嫩於金色軟於絲。永豐西角荒園裡，盡日無人屬阿誰？」楊柳是那麼繁茂，枝條是那麼柔軟，色澤是那麼明麗，隨風起舞，婀娜多姿，但卻被棄置於荒蕪之地，無人欣賞，如今已是柳絮飄綿，一任其自生自滅，它不正是自己遭遇的一種象徵嗎？可以說，詞的上闋所寫「芳菲歇」的自然景觀，是對人事的一種象徵，「惜春」是對韶華流逝的一種惋歎。

下闋開頭「莫把幺絃撥，怨極絃能說」語轉憤激，似顯突兀，但因有上闋情境的鋪墊，細想也屬自然。主人公對人事的乖違、對與戀人的空間阻隔所帶來的深沉憾恨，至此才明白點示。幺絃，為琵琶四絃中之小絃，白居易〈琵琶行〉有「大絃嘈嘈如急雨，小絃切切如私語」的描寫，可見其最適合表現呢喃爾汝之情。詞人〈更漏子〉詞亦曾有「重抱琵琶輕按。迴畫撥，抹幺絃」的描寫。在這裡作者用了一個「莫把」的否定句式，一方面使「怨極」之情得到特別的強調（後來李清照〈醉花陰〉「莫道不消魂」，用的也是此法），同時也表明，主人公曾經有過撥絃排愁愁更愁的體驗。如果將「莫」改為「自」或其他的字，含情都不能如此豐厚。再者，以「絃」寫怨情，比直接說愁說怨靈動得多。以下四句「天不老，情難絕。心似雙絲網，中有千千結」是一大轉折。雖怨極，卻並不悲觀，眼前雖不免有深深失落，對未來卻滿懷信心。「天不老」，化用李賀「天若有情天亦老」詩意，但用法有所不同。天長地久，天是不會老的，用自然的恆久不變襯托人的「情」之「難絕」。而且這「情」不是單方面的執著，而是雙方共同的堅定，猶如「千千結」的「雙絲網」，堅韌無比，無論何種人、何種力量，都解不開，折不爛。詞寫至此，情感達致高潮。最後，以「夜過也，東窗未白凝殘月」作結，一夜無眠，直至東方欲曉，在全詞結構上係用逆挽（倒敘）之法，明以上所寫均為春夜所憶、所思、所感。

詞中沒有提供究竟是什麼原因使兩個相愛的人中間產生如此大的阻隔，它所側重表達的是一種堅不可摧的信念，空間的距離，時間的延宕，雖會帶來憾恨，卻不會使深濃的愛情褪色，從而將那份堅貞、執著，展示於世人之前。其情感的表達，前段偏於婉約，後段趨於激越，清代陳廷焯評張先詞：「有含蓄處，亦有發越處。」（《白雨齋詞話》卷一）此詞可謂含蓄與發越兩相結合之作。

22 醉垂鞭

張先

雙蝶繡羅裙。東池宴，初相見。朱粉❶不深勻，閒花淡淡春。

細看諸處好，人人道，柳腰身。昨日亂山昏，來時衣上雲。

【詞牌】〈醉垂鞭〉，首見張先《張子野詞》。雙調，四十二字，上下闋各五句，三平韻，兩仄韻，為平仄韻轉換格。但前三句押平仄韻位置，有所不同，上闋第一句用平聲韻，二、三句用仄聲韻，下闋一、二句用仄聲韻，第三句用平聲韻。參見《詞律》卷三、《詞譜》卷四。

【注釋】❶朱粉　胭脂與妝粉。

【語譯】雙飛的蝴蝶繡在絲羅裙上。這是在東池宴會上，初次相見的情景。她的面容不深施朱粉，有如幽閒的花朵，透出淡淡的春光。　仔細打量，各方面都恰到好處，人人誇說，腰如楊柳，身段勻稱。昨日亂山昏暗，她來時衣上還帶著那氤氳的浮雲。

【研析】此係贈妓之作。先從視覺形象寫起，首先映入眼簾的是這女子繡著蝴蝶的羅裙。絲羅，已給人柔美之感，再繡上「雙蝶」，更是錦上添花。蝴蝶，又是一種美好的象徵，古代婦女常將其繡於衣裙之上，如李賀〈謠俗〉云：「上林蝴蝶小，試伴漢家君。飛向南城去，誤落石榴裙。」鄭谷〈趙璘郎中席上賦蝴蝶〉云：「王孫深屬意，繡入舞衣裳。」女子羅裙上的雙蝶似也寓含其內心的美好嚮往。這一發端為逆入，至「東池宴，初相見」，方點出見到的地點與時間，同時也點明這女子的身分，是當筵唱歌佐酒的歌女。以下仍就「初相見」的印象加以描寫，先由羅裙轉寫她的面龐：「朱粉不深勻，閒花淡淡春。」她並不刻意打扮自己，僅薄施脂粉，自有天然國色。這令人想起唐玄宗時承恩的虢國夫人，「卻嫌脂粉汙顏色，淡掃蛾眉朝至尊」（張祜〈集靈臺〉）在對自己的美貌充滿自信這一點上，二者極為相似。北宋時的歌女，多半「施朱傅粉」（柳永〈少年遊〉），「綠娟紅深」（柳永〈瑞鷓鴣〉）。慣看綺羅叢中的豔麗，眼前的歌者似有若無的淡妝，尤令詞人感到賞心悅目，如同在百花園的萬紫千紅中，偶然瞥見一朵並不奪人眼目的閒花，那份清新淡雅、獨特風致，使人心靈為之震顫。「閒花淡淡春」，不僅僅是比喻，更是一種心靈的感動、詩意的聯想。

身著雙蝶羅裙、面頰薄施朱粉，還只是乍看時的重點目擊處，已是印象極佳。「細看諸處好」，再深進一層，「細看」與「初相見」相呼應。她豈止是著裝美麗、面目姣好，而是「諸處好」，無一不佳、無一不恰到好處。且不止「我」一人稱許，而是參與宴會者「人人」都誇讚她「柳腰身」。在古代，一般都以體態婀娜為美，而「腰如束素」是其重要標誌，故白居易讚賞其歌妓有「楊柳小蠻腰」之句，劉禹錫〈楊柳枝〉有「花萼樓前初種時，美人樓上鬭腰肢」之語，溫庭筠〈南歌子〉有「轉眄如波眼，娉婷似柳腰」的形容。此詞中的「柳腰身」突出的是視覺形象，「諸處好」強調的是整體感覺，兩相結合，更令人想見其「豆蔻梢頭二月初」的婷婷裊裊之態。詞的結尾以「昨日亂山昏，來時衣上雲」補寫她的衣著，與發端的「雙蝶繡羅裙」相映照。這位歌女的上衣有雲彩般的花紋，引起了詞人美妙的想像：昨天山雲飛湧，使峰巒變得混亂不清，顯出一片莽蒼朦朧，她從雲靄中飄然走來，今天衣上還帶著飛捲的一團團雲彩。如此寫來，似真似幻，直令人疑其為仙矣。運筆如此清虛靈動，大氣渾茫中帶輕盈曼妙，教人擊節歎賞不已。

此詞描寫歌妓，頗能脫俗。那種描摹物事時所帶有的空靈之趣與詩意聯想，我們在後世詞人如姜夔等人的作品中，能找到他的影響。

23 青門引

春思

張先

乍暖還輕冷，風雨晚來方定。庭軒❶寂寞近清明，殘花中酒❷，又是去年病。

樓頭畫角❸風吹醒，入夜重門❹靜。那堪更被明月，隔牆送過秋千影。

【詞牌】〈青門引〉，毛先舒《填詞名解》云：「《三輔黃圖》云：『長安東出南頭第一門，門色青，曰青門。』〈蕭相國世家〉云：『召平種瓜長安城東』，而阮籍詩：『昔聞東陵侯，種瓜青門外』，語亦可證，詞取以名。」雙調，五十二字，上闋五句三仄韻，下闋四句三仄韻，為仄韻格。參見《詞律》卷七、《詞譜》卷九。

【注釋】❶庭軒　庭院與房窗。❷中酒　病酒。❸畫角　角，古軍樂器，其外飾以彩繪者，稱畫角。❹重門　多重門戶。

【語譯】天氣剛由寒轉暖又還輕冷，風雨到傍晚方才止息。臨近清明時節，庭院、軒窗一片岑寂，面對殘花，飲酒過度，依舊是去年的心病。　風送樓頭畫角聲聲，將酒吹醒，入夜重重門戶關閉，愈顯寂靜。哪禁得更被明月朗照，隔牆送過盪鞦韆的身影。

【研析】此詞抒寫內心失意情懷，情境與前面〈天仙子〉詞約略相似，但表達更為簡約，結尾尤富韻致。詞首先從暮春氣候著筆：「乍暖還輕冷，風雨晚來方定。」清明前後，素多雨水，所謂「清明時節雨紛紛」是也，有時還雜以斜風，故此時的氣候特點是「乍暖還寒」，但畢竟不是嚴寒，故說「輕冷」。第一句寫對季候的感受，第二句具寫一天的氣候變化：白天還風吹雨灑，到傍晚風雨「方定」。兩句之間，有著果與因的關係，因風雨交加，故覺料峭春寒。但白天的氣候特點，我們是由「風雨晚來方定」推知的，可見作者用筆的簡淨與蘊蓄。由下闋的風吹酒醒，又可知此處重點是說雨停。下面接以「庭軒寂寞近清明」，承上啟下，一方面點明上述季候的時節，另一方面推出環境及身處此環境中人的「寂寞」感受。「寂寞」二字，是解讀全詞的關鍵。寂寞，不僅是指「庭軒」這一具體的空間環境的寂寥，更是指心靈的孤獨與落寞。面對清明風雨，面對眼前被摧折的「殘花」，深感春光又將消逝，流年又成虛度，心緒更加惡劣，故借酒澆愁，以致「中酒」。這種孤獨與落寞的困擾，非止今朝，非止今年，而是由來已久，「又是去年病」，便透露了個中消息。

以上所寫係白天情事。但主人公究竟在何處聽風聽雨？在何處看花飲酒？在何處感受「庭軒寂寞」？至下闋開頭方始點出：立於「樓頭」。這是詞中常用之倒敘法，前面所寫稱之為「逆入」，以下所寫依時間順序，謂之「平出」。「畫角風吹醒」，一方面點明時間推移至黃昏。古時傍晚，城樓吹角，用以報時，如溫庭筠〈更漏子〉詞：「背江樓，臨海月，城上角聲嗚咽。」秦觀〈滿庭芳〉詞：「山抹微雲，天連衰草，畫角聲斷譙門。」另一方面將自然與人事結合，寫出此時晚風拂面、吹送畫角聲聲，終將自己從病酒中驚醒的狀態。但這種「醒」，只是酒醒，正如其〈天仙子〉詞所云：「午醉醒來愁未醒。」下面接以「入夜重門靜」，時間由黃昏推移至夜晚。由黃昏至入夜的時間段，對於心事重重的人來說，惟是更增黯淡而已，何況自己此時被閉置於靜寂的重重門戶之內，這「庭院深深深幾許」的環境，更襯托出心靈的孤獨感與壓抑感。此處的夜「靜」，既與白天的「寂寞」相呼應，又為後面的動態描寫作了鋪墊。正當感傷之際，風吹雲散，月掛中天，但這種景象並沒有使自己的情緒得到緩解，相反，「那堪更被明月，隔牆送過秋千影」從環境描寫言，以動襯靜，從情感表達言，則是推進一層，以他人（「秋千影」實為人影）之歡悅反襯自己之愁懷，以見欣戚之殊。詞人不直接寫「隔牆」的人，只寫飄蕩的、幽微的「秋千影」，不僅運筆輕靈，且韻致悠遠！故清黃蓼園評曰：「末句那堪送影，真是描神之筆，極希（遠）窅渺之致。」（《蓼園詞評》）這種清虛之筆對後世詞人亦不無影響，清先著、程洪《詞潔》指出：「子野淡雅處，便疑是後來姜堯章（夔）出藍之助。」

詞中寫一種孤獨、壓抑的心緒，但又始終不說透。大體是「棄我去者昨日之日不可留，亂我心者今日之日多煩憂。」（李白〈宣州謝朓樓餞別校書叔雲〉）當然這心緒與詞人不得意的人生遭際密切相關。此詞末句尤受人稱賞，「影」字的運用起了重要作用。張先對「影」字的使用有所偏好，其所作一六〇多首詞，「影」字的使用多達二十三次；張先也善於使用「影」字，如「中庭月色正清明，無數楊花過無影。」（〈木蘭花〉）「猶有花上月，清影徘徊。」（〈宴春臺慢〉）等等，均具輕靈空濛之美。

24 宴春臺慢

張先

東都❶春日，李閣使❷席上

麗日千門，紫煙❸雙闕❹，瓊林❺又報春回。殿閣風微，當時去燕還來。五侯❻池館頻開。探芳菲、走馬天街❼。重簾人語，轔轔❽繡軒❾，遠近輕雷❿。雕觴霞灩，翠幕雲飛，楚腰⓫舞柳，宮面妝梅⓬。金猊⓭夜暖，羅衣暗裛香煤⑭。洞府⑮人歸，放笙歌、燈火下樓臺。蓬萊⑯。猶有花上月，清影徘徊。

【詞牌】〈宴春臺慢〉，即〈燕春臺〉，又名〈夏初臨〉、〈燕臺春〉。始見張先《張子野詞》。雙調，九十七字（一作九十八字），上闋十句，五平韻；下闋十一句，五平韻，為平韻格。《詞律》卷十一、《詞譜》卷二十六均以本詞為正體。因宋人詞作押韻、句式不盡相同，《詞譜》另列三種為「又一體」。

【注釋】❶東都　即北宋時汴京。❷閤使　職官名稱。當係閤門使之簡稱。❸紫煙　日照下的瑞氣。❹雙闕　宮門兩側之樓觀。又稱魏闕。❺瓊林　樹木之美名。❻五侯　原指公、侯、伯、子、男五等諸侯，後借指王公貴族。❼天街　指京都街市。❽轔轔　車聲。杜甫〈兵車行〉：「車轔轔，馬蕭蕭。」❾繡軒　掛有繡幌之美車。❿輕雷　形容車的聲音。司馬相如〈長門賦〉云：「雷殷殷而響起兮，聲象君之車音。」⓫楚腰　細腰。《韓非子》載：「楚靈王愛細腰，而國中多餓人。」⓬妝梅　即梅花妝，以梅花貼額。《初學記》載，宋武帝女壽陽公主人日臥含章殿簷下，梅花落額上，成五出之花，拂之不去，留之。後遂有梅花妝。⓭金猊　銅製狻猊獸形香爐。⓮裛香煤　化妝品香氣襲入衣裳。裛，沾染。香煤，化妝品之一種，色黑，畫眉所用。⓯洞府　神仙之居所。此指富貴人家。⓰蓬萊　海上仙島。此指水中小洲。

【語譯】豔陽照耀千門，紫煙繚繞雙闕，樹木轉青，又報春日歸來。殿閣春風輕拂，去年歸燕又回。王公貴族人家的臨池樓館，一一打開。探看芳菲世界，紛紛騎馬踏上天街。從重簾中傳出人語，懸掛繡幌的車輛轔轔，遠近傳出輕雷之聲。

舉著雕鏤精美的酒杯，斟上霞光瀲灩的美酒，觀看翠幕前彩雲飄飛，舞女細腰如風柳擺動，面部如宮人打扮貼上妝梅。入夜，金猊香爐煙裊，暖意融融，香煤暗襲絲羅衣裳。觀者漸漸返回華貴的居所，笙歌消散，燈火隨著移下樓臺。此時看池中洲渚，還有明月清影，在花上徘徊。

【研析】在柳永的詞中，已有描寫帝都風光、春日勝遊的作品，對往昔詞作題材狹窄的格局是一種突破。張先此詞狀物寫情在北宋詞中亦稱得上是別具一格。冬去春來，帝都景觀為之一變，生意蓬勃，氣象萬千，眾人欣喜地投入大自然懷抱，盡享春神賜予的美妙風光。詞的上闋大體可分兩層：第一層為「麗日千門」至「池館頻開」六句，著重寫「春回」。起筆即用對句：「麗日千門，紫煙雙闕」，僅用四個偏正結構詞語的組合，即寫出帝都的非凡氣派，「麗日」、「紫煙」字樣更在氣候佳勝中透露出祥瑞。接著總寫一句：「瓊林又報春回。」宮樹枝葉轉青，報道著「春回」信息，一個「又」字，流露出難以掩飾的喜悅之情。以下具寫「春回」情景：「殿閣風微，當時去燕還來。五侯池館頻開。」春風和煦，燕子歸來，冷峻的殿閣顯得有些溫馨，王公貴族的池館也紛紛開放，欣然迎接春的重歸大地。此數句極力鋪寫「春回」時生意盎然的帝都，氣象瑰麗、閎大。第二層為「探芳菲、走馬天街。重簾人語，轔轔繡軒，遠近輕雷」四句，由春景轉而寫人事。此處重在寫天街馬蹄雜沓，車轉轔轔，一路上車馬絡繹，馬嘶人語，可見出遊之盛況與欣悅之情懷。

如果說上闋重在以空間為主，將帝都春日壯麗、熱鬧、繁華景象展示於人，下闋則以時間為線索，具寫人的盡情歡樂之狀。先寫白天：「雕觴霞灩，翠幕雲飛，楚腰舞柳，宮面妝梅。」一邊用精美的酒杯，啜飲清香的醇酒，一邊欣賞著翠幕前，歌兒舞女的精彩表演。這幾句是作者特別著力之處，連用了兩組對仗。前一組上聯雖然只寫杯之精與酒之美，省略了人稱、動作，但卻顯示出欣賞者不同於普通百姓的高貴身分；下聯不直接寫舞蹈，只用「雲飛」來比喻，實是暗用李白〈宮中行樂詞〉「只愁歌舞散，化作彩雲飛」詩意，寫舞者之飄逸輕盈。後一組承「雲飛」，具現妓人入時的妝扮、婀娜的體態與柔美的舞姿。次寫入夜：「金猊夜暖，羅衣暗裛香煤。」宴會歌舞夜以繼日，但不從正面寫，只寫春夜雖寒，但金猊香鼎，仍覺暖意融融；因時間很長，聽歌觀舞者的衣裳，甚至染上了歌兒舞女妝粉的香氣。再次敘寫宴會結束：「洞府人歸，放笙歌，燈火下樓臺。」此處用「洞府」，再次點明觀者非同尋常的身分，同時以「樓臺」表明宴會舉行的場所。最後以宴會後的餘興作為收束：「蓬萊。猶有花上月，清影徘徊。」笙歌已散，興猶未盡，步下樓臺，踱至池塘中的美麗小島，觀賞夜月春花，那月亮清影在花上徘徊之景，令人賞心悅目，那輕靈靜美之境，令人留連不已。這一結尾與南唐馮延巳〈拋球樂〉所寫「酒罷歌餘興未闌，小橋秋水共盤桓」，如出一轍。但馮詞直率，張詞含蓄。

俞陛雲在《唐五代兩宋詞選釋》中評此詞：「善狀帝城春景之盛。天家之宮闕，五侯之池館，士女之車馬以及飛觴舞袖，香獸羅衣，粲然咸備。」所評甚是。張先此詞寫帝城春色，反映出北宋承平時期汴京的繁華與士人的享樂之風。從結構上看，上闋重在寫題中「東都春日」，下闋所寫與「席上」宴飲之事相關。與柳永寫平民的遊樂不同，此詞偏重於寫王公貴族的遊宴與雅興，故用語頗為整飭，辭藻偏於瑰麗，詞風顯得莊重，氣象透出華貴。

25 繫裙腰

張先

惜霜蟾照❶夜雲天。朦朧影、畫勾闌❷。人情縱似長情月，算一年年，又能得、幾番圓？

欲寄西江題葉字❸，流不到、五亭❹前。東池始有荷新綠，尚小如錢。問何日藕❺、幾時蓮❻？

【詞牌】〈繫裙腰〉，又名〈繫雲腰〉。始見張先《張子野詞》。雙調，有五十八字、五十九字、六十一字數種體式。本詞係六十一字體，上闋五句，四平韻，下闋五句，三平韻，為平韻格。《詞律》卷九以魏夫人詞〈燈花耿耿漏遲遲〉五十八字者為正體；《詞譜》卷十三以張先本詞為正體，所列魏夫人詞，注明為〈芳草渡〉。

【注釋】❶蟾照　月照。傳說后羿之妻姮娥竊食西王母之仙藥而奔月，是為蟾蜍。後轉為月之喻。❷勾闌　欄杆。❸題葉字　用唐代紅葉題詩故事。有宮中女子不得寵幸者題詩於落葉，隨御溝水流出。後宮女放外，竟與得詩之某生結合。❹五亭　未詳，或為一具體地名；或指有五亭景觀之處，其〈傾杯〉詞有「浮玉無塵，五亭爭景」之句，可證。❺藕　諧音「偶」。如〈子夜四時歌〉：「同絲有同藕，異心無異菂。」❻蓮　諧音「憐」。如〈子夜四時歌〉：「乘月採芙蓉，夜夜得蓮子。」

【語　譯】愛惜秋夜的明月，高照雲天。映畫出欄杆朦朧的形影。人情縱然與長是多情的圓月一樣，算來一年年，又能夠有幾番圓？　想將題有情詩的紅葉寄往西江，卻又流不到五亭之前。東池的荷葉已開始綻放新綠，只是還小如銅錢。問何日能長成藕，幾時能結成蓮？

【研　析】此詞寫人生情感遭遇的遺憾：聚少離多。其使用的藝術方法多為借景發揮。詞的發端即從秋月著筆，描繪其高掛雲天，澄明朗照，輝映大地。所謂「朦朧影、畫勾闌」，一方面在強調月的明亮，另方面借此點出主人公的居處環境。這秋月是一輪圓月，象徵著人事的美滿，愛侶的團圓。首句第一字「惜」，帶有領字性質，表露出對圓月及其象徵意義的愛賞。下面議論：「人情縱似長情月，算一年年，又能得、幾番圓？」圓月有情，月的團圓可以無止境地反覆延綿，故說「長情」。人生有限，人的生活，不是以年計，也不是以月計，而是以日計，每天，都面臨某種具體的生活現實，面臨人的聚散離合。如果只能是月圓時才擁有團聚的歡樂，而天有時還有陰晴雨雪，一年能有幾回圓月，人能擁有多少次的團聚呢？那年復一年，相加起來，一生總共能有多少回的團圓呢？自然界月圓無限，而人生團聚苦少，因而留下莫大的憾恨。此處即景抒情，生發議論，這議論乃形象化的議論，它已超出個人一時的際遇，具有普遍的意義，富含理趣，可謂是熔情、景、理於一爐。

如果說，詞的上闋由月的長圓，而引發人生聚少離多的憾恨的話，則下闋具寫眼前分離的失落與期盼。主人公欲效古時紅葉題詩故事，主動寄情給漂泊「西江」一帶的所愛，但她很理智地判斷：「題葉字，流不到、五亭前。」這一想法既被否定，只好放棄。現在能做的惟有等待。但等待到何時呢？看看眼前的「東池」，那荷葉剛剛綻出新綠，「尚小如錢」。而由嫩葉長成亭亭荷蓋，再到開花、結成蓮子、長成藕節，還需要一段漫長的時間。故禁不住發問：「何日藕、幾時蓮？」何日才能出雙入對，幾時才能依倚愛憐？連連的詰問，表現出內心的焦灼與等待承受的煎熬。詞的上闋所寫蟾月係秋日夜景，當係人生經歷中感受過的最深刻的情境；此段所寫荷葉新綠則係夏日白天景象，應為眼前所見所思。

相對於張先其他詞作的講究韻致，此詞比較特殊，一是對情愛的追求表現激烈、急切，尤其是上下闋末尾均用反詰句，更具一種獨有的感情的衝擊力；二是具有民歌風味，除表情直率外，還運用了民歌中常用的諧音，讀來有一種清新感，清先著、程洪《詞潔》即曾評曰：「以『憐偶』字隱語入詞，亦清便可人。」

26 鵲踏枝

晏殊

檻❶菊愁煙蘭泣露。羅幕輕寒，燕子雙飛去。明月不諳❷離恨苦，斜光到曉穿朱戶❸。

昨夜西風凋碧樹。獨上高樓，望盡天涯路。欲寄彩箋兼尺素❹，山長水闊知何處？

【作者】晏殊（西元九九一－一〇五五年），字同叔，撫州臨川（今江西撫州）人。幼孤獨學，七歲能文，真宗景德初年，十四歲以神童薦，賜同進士出身。天禧四年（西元一〇二〇年）拜翰林學士。仁宗朝，曾先後任樞密副使、御史中丞、兵部侍郎、翰林侍讀學士、參知政事等職。慶曆三年（西元一〇四三年），自檢校太尉刑部尚書同平章事，加同中書門下平章事，集賢殿學士，兼樞密使。次年遭彈劾罷相，先後出知潁州、陳州、許州。皇祐二年（西元一〇五〇年）知永興軍，五年，自永興軍徙知河南府，兼西京留守，遷兵部尚書，封臨淄公。卒，諡元獻。《宋史》本傳載：「文章贍麗，應用不窮，尤工詩，閒雅有情思」。詩文集今已不傳。有《珠玉詞》三卷。其詞與歐陽脩齊名，合稱「歐晏」，其子晏幾道亦以詞名，合稱「二晏」。其詞專意小令，閒雅深婉，宋王灼《碧雞漫志》評云：「晏元獻公、歐陽文忠公，風流蘊藉，一時莫及，而溫潤秀潔，亦無其比。」

【詞牌】〈鵲踏枝〉，唐教坊曲名，用作詞調。又名〈鳳棲梧〉、〈蝶戀花〉、〈黃金縷〉、〈卷珠簾〉、〈一籮金〉

等。原有齊言單調（如敦煌曲）、雜言雙調之分。至五代，通用者為雜言雙調，六十字，上下闋各五句，四仄韻，為仄韻格。亦有平仄韻互叶者。參見前柳永〈鳳棲梧〉「詞牌」介紹。

【注　釋】❶檻　欄杆。❷諳　熟悉；解會。❸朱戶　朱門；赤色的門。❹尺素　指書信。漢樂府〈飲馬長城窟行〉：「客從遠方來，遺我雙鯉魚。呼兒烹鯉魚，中有尺素書。」後以尺素指書信。素，生絲織成的絹，古人寫信，多書於絹。

【語　譯】欄杆邊煙籠的菊花，顯出愁容，凝露的蘭花，哭泣流淚。微寒中，絲羅簾幕捲起，燕子雙雙飛去。明月不懂人的離恨悲苦，斜光到曉，穿過朱門照人無寐。　昨夜西風使碧樹凋殘。獨自登上高樓，眺望通向天涯路的盡頭。想寄去寫上詩句的彩箋和傳遞信息的書信，山是如此綿長，水是這樣闊遠，不知寄往何處？

【研　析】此係懷人之作。詞的發端寫清晨所見庭院中景物：「檻菊愁煙蘭泣露。」此句係互文見義，煙靄曉露中的菊花、蘭花皆帶愁容，傷心落淚。「蘭泣露」語本李賀「幽蘭露，如啼眼」（〈蘇小小墓〉）。蘭、菊本無知之物，而曰「愁」曰「泣」，係移情於物。因懷人而心生愁苦，又因懷著愁苦心情觀物，故眼中之物亦著我之色彩，此即王國維所說之「有我之境」。秋菊、秋蘭，除表明季節外，還暗示懷人者品德的芳潔。菊花有傲霜的品格，古人以比君子；蘭花不以無人而不芳，古人以喻高逸，屈原〈離騷〉即有「紉秋蘭以為佩」之語。將蘭、菊合寫，當本於漢武帝〈秋風辭〉：「蘭有秀兮菊有芳，懷佳人兮不能忘。」故亦暗含有懷人之意。如此起筆，涵蘊豐厚。下面「羅幕輕寒，燕子雙飛去」由室外轉寫室內，由靜態轉為動態。寫的仍係清晨景物，此時氣溫微寒，等打開堂前簾幕，燕子便穿越而去。此處寫燕，強調的是「雙飛」，自然也隱含雙宿，從而與人的獨處形成鮮明對照。以下「明月不諳離恨苦，斜光到曉穿朱戶」，乃回憶昨宵情景。明月的斜光到曉猶照射離人，使人難以入夢，表明主人公因思念遠人而一夜無眠。明月本無知之物，而責之以不諳離恨，看似無理，而於情可通。在此，通過寫景帶出「離恨」。離恨，實為一篇之主。以上寫景，與一般寓情於景的寫法有所不同，多採用移情於物之法，故帶有頗強的主觀色彩，感情顯得特別強烈。

「昨夜西風凋碧樹」，承上啟下。昨夜不僅有明月斜光相照，還聽到西風勁吹，樹葉鏗然墜落。「凋」字在此處帶有使動詞性質，「碧」是翠綠而美麗的色彩，西風使美麗的碧樹凋殘，帶有一股令人傷感的肅殺之氣，故此句是對昨夜氣候、景物描寫的補充。同時「凋碧樹」又為下面遠眺提供了必要的條件，使視野更加開闊。主人公因離恨縈繞於心，遂欲借登眺加以排解。「獨上高樓，望盡天涯路。」至此，方以「獨」字點明孤獨處境，與前面的「燕子雙飛」相映照。因為樓高，又因無遮擋，故所望遠及「天涯」。「望盡」二字，既有望遍的空間含義，也有久望的時間含義。「獨上高樓」，本為排解愁懷，不意在望遠之中更添思念，雖然「望盡天涯路」，也不見所思者的蹤影，於是打算捎寄詩、書：「欲寄彩箋兼尺素」。緊接著陡轉折進：「山長水闊知何處？」所思之人不僅空間阻隔闊遠，且久無音問，竟不知其行蹤所在，連書信也無由寄達，留下無盡的遺憾與懸念。

此詞寫居室，只寫到房「檻」、「羅幕」、「朱戶」，寫庭景只涉及蘭、菊，可知居者乃一高貴雅潔之人。再從「燕子雙飛去」看，暗示出主人公是一位孤獨的女性，則所表現的應是閨情。但晏殊的詞與南唐馮延巳詞有相似處，或者說受到馮延巳詞的影響，在這類詞中往往寄託了自己的情思。因此，這首詞雖是寫閨人念遠，但也融匯了自己懷人之情。其詞境，前段顯細密，後段顯疏闊。王國維在《人間詞話》中，稱「古今之成大事業、大學問者，必經過三種之境界。『昨夜西風凋碧樹。獨上高樓，望盡天涯路』，此第一境也」從中衍生出一種「高瞻遠矚」的哲理。

27 清平樂

晏　殊

紅箋❶小字，說盡平生意。鴻雁在雲魚在水❷，惆悵此情難寄。

斜陽獨倚西樓，遙山恰對簾鉤。人面不知何處❸，綠波依舊東流。

【詞　牌】〈清平樂〉，唐教坊曲名，用作詞調。又名〈清平樂令〉、〈憶蘿月〉、〈醉東風〉。雙調，四十六字，上闋四句、四仄韻，下闋四句、三平韻，為平仄韻轉換格。亦有上下闋均押仄韻者。參見《詞律》卷四、《詞譜》卷五。

【注　釋】❶紅牋　紅色箋紙。❷鴻雁在雲魚在水　古有雁足傳書、魚傳尺素之說。前者見《漢書・蘇武傳》，蘇武羈匈奴多年，漢與匈奴和親，求武，匈奴詭稱蘇武已死。漢使依常惠言，稱天子於上林射獵，得雁，足繫帛書，言蘇武在某澤中。由是武得以歸漢。後以此典指書信或信使。後者見古詩〈飲馬長城窟行〉：「呼兒烹鯉魚，中有尺素書。」❸人面不知何處　指不知所想望之人的蹤跡。唐崔護〈題都城南莊〉詩：「人面不知何處去，桃花依舊笑春風。」

【語　譯】在紅箋上寫滿小字，說盡了平生的情意。鴻雁在天，魚兒在水，然而此情難寄，令人惆悵不已。

斜陽照射，獨自依倚西樓，遠望遙山，恰好對著簾鉤。人面杳遠不知何處，唯有綠波依舊東流。

【研　析】此係懷人之作，風致極婉孌。上闋重在抒情。以「紅牋小字，說盡平生意」為發端，已令人覺其深情款款。紅箋，往往與風流、旖旎情事相關。如《開元天寶遺事》載，長安有平康坊，妓女所居之地，每年新進士，以紅箋名紙遊謁其中。故宋王禹偁〈寄朱九齡〉詩有「風流名紙寫紅箋」之句。又如，唐薛能〈牡丹〉詩：「去年零落暮春時，淚溼紅牋怨別離。」「紅牋」已帶情思，復用「小字」書寫，密密麻麻滿紙，詳細地加以傾訴，真是「說盡平生意」。「平生意」，說明愛戀非是一時，而是傾慕已久，愛得專一，愛得深沉。把信寫好以後，想託雁足傳書，想託鯉魚傳遞尺素，可是魚沉雁杳，欲寄無由。實則亦「欲寄彩箋兼尺素，山長水闊知何處」之意。因此，「惆悵此情難寄」。寫信是為了真情表白，希望引起對方的心靈感應，如今竟無此機緣，以致對方渾然不知，怎不令人「惆悵」！

「斜陽獨倚西樓」，至下闋開頭，點明時間、地點、自己獨自倚欄的形態。對於上闋的情事而言，是一種倒敘，即以上所思皆此時此地發生之情事。這種方法在南唐馮延巳詞中最為常用，其好處是避免平鋪直敘。這種句式詞中亦常見，「斜陽」在這裡只是時間狀語，並非主語，「獨倚」前面，實際省略掉了一個「我」字。

「斜陽」，表明夕陽西下、臨近黃昏，這是最易惹人懷遠的時刻；而「獨倚」，既是外在的孤獨身影，也暗含內心的孤寂；至於「西樓」（西方之樓），詩詞中常用，又往往和眺望有關，如唐韋應物〈寄李儋元錫〉詩：「聞道欲來相問訊，西樓望月幾回圓。」又如李煜〈相見歡〉詞：「無言獨上西樓，月如鉤。」而登眺又往往懷有某種期待，詞中主人公的「獨倚西樓」，正是如此。然而看到的是「遙山恰對簾鉤」。遙山，一方面遮擋了遠眺的視線，另方面它與西樓的簾鉤相對，構成一個闊大的空間，一方面有望而不見的憾恨，另方面空間的闊大更反襯出自己的孤單。這兩句看似作純客觀的描寫，然而內心波瀾迭起，並不平靜。「人面不知何處」，既是「獨倚西樓」遙望的結果，也是自己情感世界「風起雲湧」的原因，並與前面的「此情難寄」相呼應。此句用崔護〈題都城南莊〉現成詩語，令人聯想「人面桃花相映紅」的描寫，那人該是何等的美麗！最後以「綠波依舊東流」收束，說明登眺所見，不僅僅是「斜陽」、「遙山」，還有「東流」的「綠波」。但於「綠波」「東流」其間嵌進「依舊」二字，便不僅包含目前，也包括從前，以自然界的不變反襯人事的變化，景中含情，悠悠然不盡。

此懷人之詞深情款款，但不同凡俗，尤其能將深細之情融入闊遠之境，故覺婉麗而又清雅。

28 採桑子

晏　殊

時光只解催人老，不信多情。長恨離亭❶，淚滴春衫酒易醒。

梧桐昨夜西風急，淡月朧明❷。好夢頻驚，何處高樓雁一聲。

【詞牌】〈採桑子〉，唐教坊曲有〈楊下採桑〉，調名本此。又名〈醜奴兒〉、〈醜奴兒令〉、〈羅敷媚〉、〈羅敷媚歌〉、〈忍淚吟〉等。雙調，四十四字，上下闋各四句、三平韻，為平韻格。由於上下闋的第二、三句均為四言，亦有用作疊句者。另有四十八字、五十四字體。參見《詞譜》卷五。

【注　釋】❶離亭　送別之處。古代設於道路，十里一長亭，五里一短亭，供休憩、送別之用。❷朧明　月明的樣子。在此處含有朦朧意。

【語　譯】時光只懂得催人老，不信多情之人總是離分。長恨離亭惜別，淚滴春衫，醉酒易醒。　昨夜西風緊急，梧桐葉墜，淡月照射，光影朦朧。好夢不斷驚醒，何處高樓，傳來一聲雁的啼鳴。

【研　析】晏殊的詞有不少涉及到對宇宙與生命的思考，這種思考帶有某種理性的成分，但卻能通過最合適的藝術形象來加以表達，這首詞即是其中之一。詞的起始即直抒胸臆：「時光只解催人老」，這是一個擁有豐富閱歷的人對人生短暫的一種感悟。他不止一次地歎息：「可奈光陰似水聲，迢迢去未停。」（〈破陣子〉）「春花秋草，只是催人老。」（〈清平樂〉）在一首〈漁家傲〉詞中，甚至不厭詞語的重複說：「畫鼓聲中昏又曉，時光只解催人老。」可見，人生苦短，是緊緊纏繞他的一個心結。人在光陰不斷流逝中老去，這是無法抗拒的規律，而更令人傷感的是短暫的人生，還有許多的憾恨，本來不相信多情的人總會處於離別之中，然而現實生活中卻常常遭遇分手的悵恨。故下面有「長恨離亭，淚滴春衫酒易醒」的情感噴發。在長亭送別時，本來希望以酒精來麻醉自己的靈魂，忘卻別離的苦痛，然而酒又「易醒」，愁情依舊，以致「淚滴春衫」。「淚滴春衫」，以一個特寫鏡頭把這種傷感放大，使讀之者不能不引起極大的心靈震撼。「春衫」，係春日所著衣服，可知送別乃春天發生之情事。又此二句以「長恨」二字領起，遂化實為虛。以上數層意思：歎光陰之催人易老，設想多情之人長相歡聚，轉抒長亭離別之憂傷，可謂一環緊扣一環；寥寥數語，由一般議論抒情而至具體事件的描寫，一層一層深進，寫出了人生無法迴避的無奈。

「梧桐昨夜西風急，淡月朧明」轉入對昨宵夜景的回憶。前句從聽覺寫風聲，西風迅猛，梧桐葉葉飄墜，含有「蕭瑟兮草木搖落而變衰」（宋玉〈九辯〉）之悲感，表明時節已屆涼秋；後句從視覺寫秋月，說月「淡」，有西風吹雲掩映的客觀因素，也含有秋空慘淡的主觀感受，因為係「淡月」，故不是特別明亮，而是略顯朦朧，李煜（一作李冠）〈蝶戀花〉詞有「朦朧淡月雲來去」的描寫，情景庶幾似之。這裡寫所見所聞，表明詞人昨宵夜不成寐；視、聽中的景物呈現的季節特色，又表明和「離亭」送別、「淚滴春衫」有一段時間距離。但無論是空間的阻隔，還是時間的漫長，都沒有使這份親情或友情有所消減，故下面說「好夢頻驚」。日有所思，夜有所夢，夢到什麼，沒有具體描述，只以「好」字加以概括。好夢，也就是美夢，應該是和親人、朋友歡聚、重逢，吟詩飲酒，賞聽笙歌之類，但這夢斷斷續續，不斷驚醒，說明心魂不定，與外在的「西風急」、「桐」葉墜、「月朧明」也有關聯。而「何處高樓雁一聲」，更令人驚心動魄。以此景語結情，韻味悠長。這「一聲」掠過高樓的，是孤雁的鳴叫，其音淒厲而悠遠，它是否引發了聽者更加強烈的懷遠之情，是否更加深了內心的悵惘與傷感，詞人沒有說，留給讀者去想像。而以這樣一個高遠之境結尾，與發端對年光與人生的重大問題的思考，也是遙相映照的。

這首詞雖然也寫離恨，但由於放置於一個大的背景下來寫，便提升了它的意義，使它帶有了一種哲思的意趣：人生易老而又憾恨多多。就全詞寫法而言，多用虛筆，以虛寫實，虛中見實，不僅上闋的「離亭」送別是「長恨」的場景，即下闋的「昨夜」的情景均屬今朝之回憶，詞中沒有出現主人公的任何形跡，但我們分明感受到了一個「沉思者」形象的存在。

29 踏莎行

晏 殊

小徑紅稀，芳郊綠徧。高臺樹色陰陰❶見。春風不解禁楊花，濛濛亂撲行人面。

翠葉藏鶯，朱簾隔燕。爐香靜逐遊絲❷轉。一場愁夢酒醒時，斜陽卻❸照深深院。

【詞　牌】〈踏莎行〉，又名〈芳心苦〉、〈踏雪行〉、〈瀟瀟雨〉等，添字者名〈轉調踏莎行〉。雙調，五十八字，上下闋各五句、三仄韻，為仄韻格。詳見前寇準〈踏莎行〉「詞牌」介紹。

【注　釋】❶陰陰　隱約不明的樣子。❷遊絲　本指懸掛於空中的蟲絲，此處用以比喻煙的升騰飄漾。❸卻　正。

【語　譯】小路上的紅花已經稀疏，鋪滿芳草的原野已經綠遍，透過樹色，高樓隱隱可見。春風不懂得禁止楊花，以致飛絮紛落迷濛，亂撲行人臉面。　黃鶯藏於翠綠樹葉間，紅色簾幕擋住了飛燕，爐中香煙靜裊升騰，如追逐遊絲旋轉。因消愁而飲酒而入夢，待到酒醒時，斜陽正照射深深庭院。

【研　析】此詞抒寫離情。其寫法較為特別，與一般單從女性或男性角度寫離別之苦不同，而是從行者與留者雙方著筆，互相映照。詞之上闋寫行者。「小徑紅稀」，應該是他的出發地，他告別所愛之人，穿過園林，小路上的紅花已經稀落，寓示著別離時節正是暮春，其凋殘之象寓示著心情的蕭索。步出園林，他進入了廣闊的原野。這裡是青草芊綿，「芳郊綠徧」。淮南王〈招隱士〉云：「王孫遊兮不歸，春草生兮萋萋。」白居易〈賦得古草原送別〉云：「又送王孫去，萋萋滿別情。」行者眼中滿目萋萋芳草，雖不言離情，而離情自含景中。當他步入郊原後，仍不時回過頭來，瞻顧她所在的妝樓，想像她現在孤寂的光景，而那掩映在綠樹中的高臺，只隱約可見。「高臺樹色陰陰見」，只寫回顧所見景物，那份依依不捨的留戀之情，那份對對方的溫馨關切，全都包蘊在回望這一動作中了。「春風不解禁楊花，濛濛亂撲行人面」，轉寫沿途景物。春風本無知之物，而責以不懂得拘禁楊花，致使飛絮濛濛，亂撲到行人的身上、臉上。看似無理，而貴有情。自己獨行遠道，已感淒涼寂寞，再加離思縈懷，多少煩憂，多少惱恨，飛絮濛濛之象，實乃自己紛亂情思的外化，正所謂「撩亂春愁如柳絮」也。這一段幾乎是純景物的描寫，行者的視線有如攝影鏡頭，由近景（小徑紅稀）而遠景（芳郊綠徧），而鏡頭反轉（高臺），再特寫（濛濛亂撲行人面），字面上並沒有情緒的直接流露，但我們在鏡頭的連接轉換中，既感受到了人物的行動，也領味到了他的心情，真可謂「不著一字，盡得風流」（司空圖《詩品》）。

花開兩枝，另表一朵，故詞之下闋，轉寫留者。「翠葉藏鶯，朱簾隔燕」，係庭院居室所見之景。相對於行人視野的開闊，郊原景象的闊大，要顯得小巧有致。這裡用「翠葉」寫密林，用「朱簾」寫陳設，不僅色彩對比鮮明，也顯得氣象華貴。「藏鶯」、「隔燕」，是從聽覺來寫鶯燕的啼鳴，以動寫靜，具有「鳥鳴山更幽」的效果，襯托出庭院的寂寥。室內也是靜悄悄的：「爐香靜逐遊絲轉。」通過視覺寫爐香裊裊上升，如遊絲般旋轉，觀察入微，描寫精細。此係以爐煙渲染環境氛圍。寂寥的庭院，靜謐的居室，映襯出留者處境的孤獨，心境的落寞。詞的結拍「一場愁夢酒醒時，斜陽卻照深深院」，則將景、事、情綰合一處。至此，方以「愁」字點醒心緒。留者因愁而飲酒，試圖以此排解憂愁。那酒確實也曾麻痺了自己的神經，暫時進入夢境，忘卻了痛苦。待到酒醒，已到了夕陽西下的時刻。酒醒了，愁醒了嗎？沒有回答，應是如張先所說「午醉醒來愁未醒」（〈天仙子〉）。「斜陽卻照深深院」，以景結情，意味深長。「斜陽」二字，一方面說明其愁悶時間之長，從白天一直延續到黃昏；另一方面，它又是一種引人懷遠的景象，行將日暮，不免念及行人種種：他已抵達何處？是否正在尋宿？等等。「深深院」不僅在空間上與「翠葉藏鶯，朱簾隔燕」相映照，那「庭院深深深幾許」的環境也進一步烘托出內心的寂寞。

此詞分別寫行者、留者雙方，這就表明離別所帶來的痛苦，是雙方的，相互之間有一種特別的心靈感應，正如李清照在〈一翦梅〉中所說，是「一種相思，兩處閒愁」。而對「兩處閒愁」的抒寫，其表現手法既有相同處，又有不同點。相同處是：以景語寫情，全詞除了「一場愁夢酒醒時」為敘事外，均為景語，清吳衡照《蓮子居詞話》云：「言情之作，必借景色映托，乃具深美流婉之致。」此詞可謂得之。不同點是：寫行者重在時間中的空間轉移，寫留者重在空間中的時間變化，花開兩枝，各具面貌。全詞雅致含蓄，與柳永式的發露大異其趣。

晏殊這類詞作重在寫一種感情形態，似無特指，給人留下想像的空間，作男女離情看，可；作一般別情看，亦可。

此詞近人錢仁康將其與英國A·哈里松〈黃昏來臨〉曲調相配，使其可歌。

30

山亭柳

贈歌者

晏殊

家住西秦❶，賭博藝❷隨身。花柳❸上，鬭尖新。偶學念奴❹聲調，有時高遏行雲❺。蜀錦纏頭❻無數，不負辛勤。

數年來往咸京❼道，殘杯冷炙❽謾消魂。衷腸事，託何人？若有知音見採，不辭徧唱〈陽春〉❾。一曲當筵落淚，重掩羅巾。

【詞牌】〈山亭柳〉，又名〈遇仙亭〉，有平韻、仄韻兩格。平韻格見晏殊《珠玉詞》，雙調，七十九字，上闋八句、五平韻，下闋八句、四平韻。仄韻格見杜安世《壽域詞》。參見《詞律》卷十一、《詞譜》卷十八。

【注釋】❶西秦　在今陝西西部一帶。❷博藝　廣通藝文。《孔子家語・弟子行》：「好學博藝，省物而勤，是冉求之行也。」❸花柳　用以指代歌舞技藝。❹念奴　唐歌女名。五代王仁裕《開元天寶遺事》載，念奴者，有姿色，善歌唱，每囀歌喉，則聲出於朝霞之上，雖鐘鼓笙竽嘈雜而莫能遏。❺高遏行雲　《列子・湯問》載，秦青「撫節悲歌，聲振林木，響遏行雲」。後以高遏行雲喻歌聲、樂聲之高亢嘹亮。❻蜀錦纏頭　以蜀錦作為纏頭。蜀錦，蜀人善織錦，濯絲於錦江而織之，精緻鮮美。纏頭，古時舞者，以錦纏頭。舞罷，賓客贈羅錦為彩，謂之纏頭。後多以財物代之，俗因用為對伎賞賜之稱。❼咸京　咸陽、長安一帶。❽殘杯冷炙　杜甫〈奉贈韋左丞丈二十二韻〉：「殘杯與冷炙，到處潛悲辛。」殘杯，餘杯。冷炙，冷的燒烤食物，此處指剩下的菜羹。❾徧唱陽春　唱遍〈陽春〉一類的高雅歌曲。宋玉〈對楚王問〉：「〈陽春〉、〈白雪〉，國中屬而和者不過數十人」。後以曲高和寡的〈陽春〉〈白雪〉喻樂音之高雅者。

【語譯】家住西秦，以廣博的才藝與人競爭。在歌舞才能技巧上，與他人爭比新穎別致。偶然學作念奴聲調，有時高亢阻遏行雲。獲取賞賜的蜀地錦緞無數，不曾辜負平日的辛勤。　多年以來，往來於咸陽、長安一帶，以殘羹剩飯度日，徒然痛苦悲辛。心中設想的美好未來，可以託付何人？若能被知音接納，即使唱盡〈陽春〉雅調，也在所不辭。她為賓客歌唱一曲，在酒筵上落淚，幾次手舉羅巾，遮掩淚痕。

【研析】此詞標題為「贈歌者」，通過歌女之口，自道其平生遭遇。上闋為歌者憶昔之辭，先道其里籍：西秦，次言其擁有之廣博技藝：「賭博藝隨身」。「賭博藝隨身」五字，係一、四音節。因為技藝高超而具有極強的競爭力，因此敢於和同行「賭」鬭，言語中透露出一種自豪、自傲之情。以下分別從「賭」與「博藝」兩方面作具體描寫。「花柳上，鬭尖新」二句具寫「賭」。花柳，是對歌唱技巧的形象說法，應包括在歌唱中對聲音的處理，如高下、強弱、疾徐，以至於對滑音、顫音的運用等技巧，即在如何字正腔圓、以聲傳情方面，有很深的功夫。在這些方面和同行相比，能別出心裁，別具一格。尖新，即別致，如柳永〈浪淘沙令〉即有「妙盡尖新。曲終獨立斂香塵」之語。「偶學念奴聲調，有時高遏行雲」二句具寫「博藝」。念奴，為唐代女性歌手中之最有名者，姿色出眾，歌聲高亢、圓轉，連有的曲調都以「念奴嬌」命名。我偶爾不經意間學她歌唱，也能聲振林木，使行雲為之「駐足」。由此可見其聲音之嘹亮、音質之美妙。既有天然的「金嗓子」，又有高超的藝術技巧，這兩者完美結合，就很了不得，在西秦一帶當擁有「歌星」的聲望，因而每次表演完畢，「蜀錦纏頭無數」。無數纏頭，既是受歡迎賞識的物質報償，也是成功的標誌。對於歌者來說，這是值得引為驕傲的事情。自己其所以能取得如此的成功，是因為曾經付出了艱辛的勞動，終於「不負辛勤」，內心感到了極大的安慰。古來女性歌者，一般都色藝俱佳，此處雖未涉及容貌的描寫，但從聽者的歡迎、喝彩、賞賜來看，除了她的歌藝外，當也與青春煥發、姿色非凡有關，故而能滿足大家的視、聽要求。

前段的憶昔，將過去的成功、榮耀、喜悅、自豪，表現到了極至，情緒十分高昂。至過遍「數年來往咸京道，殘杯冷炙謾消魂。」寫眼前遭遇，陡然來了個一百八十度的轉彎。這些年來奔走於咸京一帶，雖然歌唱技藝並未減退，但因年歲漸老，容色漸衰，已沒有了昔日的照人光彩，故遭人冷落，只能以「殘杯冷炙」度日。消魂，是極度痛苦，謾消魂，是徒然痛苦，是無可奈何。這真是以色藝事人的歌女的悲劇！面對這種世態炎涼，人情淡薄，唯一的出路是找一個合意的人出嫁。「衷腸事，託何人」？內心想找到如意的歸宿，安然度過後半生，但這種事又有何人可以託付？只問不答，答案盡在不言中，其悲苦又添一層。下面轉寫一種假設，也是她的期待：「若有知音見採，不辭徧唱〈陽春〉。」她的出嫁還是有條件的，即希望能找到「知音」，希望找一個懂得自己價值的人，如有「知音」接納自己，願意為之付出自己的全部才情，願意為他唱遍最美、最高雅的歌曲。從詞的發端至此，全都是歌者的自白。我們從自白中，能感受歌者情緒的起伏變化：由自信、自愛、自豪到失落、悲切，再到希冀、嚮往，但歌者的行為動作一直沒有出現，直至詞末，詞人才作客觀的形象描述：「一曲當筵落淚，重掩羅巾。」在宴會上歌唱一曲後，因為傷感而落淚，為了掩飾自己，不得不反覆用羅巾遮擋。但從事實發生的過程而言，應該是歌女淚落在前，然後才有賓客好奇的發問，再後才有歌者的敘述。詞人其所以不依事實發展順序直敘，而作如此布局，意在突出歌者的不幸遭遇。

為了突出歌者的不幸，除了布局的別出心裁外，作者還運用相反相成的藝術辯證法（即矛盾的雙方愈是各自向相反的方向強化，則欲表達的感情便愈顯強烈）。為了反襯現實的落魄潦倒，作者不惜花大量筆墨寫她過去的輝煌，先揚後抑，今昔對比，真有如雲泥之隔。

詞中歌者的悲劇性遭遇，對於所有以色藝事人的妓人來說，是有代表性的。由歌者的經歷，很容易使我們想起白居易〈琵琶行〉中的琵琶女。琵琶女當年也是「曲罷曾教善才伏，妝成每被秋娘妒。五陵年少爭纏頭，一曲紅綃不知數。……今年歡笑復明年，秋月春風等閒度」，而後是「門前冷落車馬稀，老大嫁作商人婦」，古往今來，同一命運。

妓人的命運有時也會啟發士人對自己命運的思考，二者實有相通之處。白居易在〈琵琶行〉中曾發出感歎：「同是天涯淪落人，相逢何必曾相識。」作為詠歌者的晏殊呢？他這首詞既寫到「西秦」，當是由權傾朝廷的宰相，外放至永興軍（今西安）時所作，今昔對比，與歌者命運何其相似！歌者的希望「知音見採」，何嘗不是自己的心願！因此這首詞實是作者借他人之酒杯，澆自己胸中之塊壘。其情緒之激盪，與其他嫻雅婉麗之作，大異其趣。

31 破陣子

春景

晏　殊

燕子來時新社❶，梨花落後清明❷。池上碧苔三四點，葉底黃鸝一兩聲。日長❸飛絮輕。

巧笑東鄰女伴，采桑徑裡逢迎。疑怪昨宵春夢好，元是今朝鬬草❹贏。笑從雙臉生。

【詞　牌】〈破陣子〉，唐教坊曲名，用作詞調。又名〈十拍子〉。雙調，六十二字，上下闋各五句、三平韻，句式、平仄均同，屬平韻格。由於第一、二句均為六言，三、四句均為七言，有時可用為對仗，如本詞之上闋。《詞律》卷九、《詞譜》卷十四均以晏殊詞為正體。

【注　釋】❶新社　指春社。古有祭社神（土地神）之日，立春後第五戊日曰春社（在春分之後、清明之前）。❷清明　二十四節氣之一，農曆多在三月，古稱三月節，西曆則為四月四日或五日。❸日長　二十四節氣中有春分、秋分，是白天夜晚時間平分的日子。秋分後白日漸短，夜晚漸長；春分後，夜晚漸短，白日漸長。因已至清明時節，故說「日長」。❹鬬草　古有鬥百草的習俗，《荊楚歲時記》載：「五月五日有鬬百草之戲。」婦女、兒童多喜為之，大約採集各種草名吉祥者互相賭鬥。《紅樓夢》六十二回記載清明鬥草情景：「大家採了些花草來兜著，坐在花草堆中鬬草。這一個說：『我有觀音柳。』那一個說：『我有羅漢松。』那一個又說：『我有君子竹。』這一個又說：『我有美人蕉。』這一個又說：『我有星星草。』那一個又說：『我有月月紅。』」可供參考。

【語　譯】燕子歸來時，正是春社日，梨花飄落後，正是清明節。池塘中綴有綠苔三四點，密葉裡傳來黃鸝啼叫一兩聲。白天變長，飛絮輕揚。

笑得迷人的東鄰女伴，恰在採桑路上相逢。怪不得我昨宵做了個美夢，原來是今朝鬥草贏。笑容從雙頰上浮現。

【研　析】此詞題標為「春景」，含景物與人的活動，人事亦「春景」中的一部分。首先用一對句「燕子來時新社，梨花落後清明」寫季候。古時稱燕子為「社燕」，春社飛來，秋社歸去。春社又是一個祭社祈禳豐收的日子，婦女這一天也「放假」出遊，有「社日停針線」之說；梨花的開落在春分前後，梨花落後，即到清明。清明是祭掃墳塋的日子，也是眾人、包括婦女在內，踏青挑菜的節日。這裡提到的兩個節日，都與女性的活動相關。從春社到清明有四十多天的時間，這是一個春花相繼綻放、草樹日漸蔥蘢、春光日益燦爛的時刻，到處充滿勃勃生機。以下接著又用一聯對仗「池上碧苔三四點，葉底黃鸝一兩聲」寫園林中景色。兩句之中，一寫水中，一寫岸上；一寫植物，一寫動物；一寫靜態，一寫動態；一寫色彩，一寫聲音。高下相須，動靜相宜，聲色映襯，環境和諧。前一句本身即具畫意，由點與面、水光與碧苔組合成一幅美妙的寫生畫；後一句寫密葉藏鶯，黃鶯雖未出現於畫面，但能令人想見黃鸝與綠葉的組合，色彩是多麼明麗。最後以「日長飛絮輕」加以收束。這個時候白天變得長了，清明時節，時屆暮春，柳絮飛綿，正在春風中輕颺。這三句選取的是園林的一角，既生意盎然，又帶靜美特色。它既為下面人物的出場作鋪墊，也體現了詞人對自然景物的審美好尚。

以上所寫，雖然沒有直接出現花草，但寫到季候、寫到了「碧苔」、「葉底」、「飛絮」，那花的繽紛、草的茂密，自然也就在不言中了。故下面人的活動與花草相關。「巧笑東鄰女伴，采桑徑裡逢迎」應該是一個風和日麗的日子，這個女孩子，正想找人遊玩，恰好在採桑的路上，遇到了東邊鄰舍的女伴。女伴帶著迷人的微笑，一副很開心的模樣，看來心情不錯，可以邀她一道玩耍了。這兩句屬於倒裝，「巧笑東鄰女伴」是「逢迎」的賓語。她們玩什麼？鬥草。鬥草之戲，南朝時即有記載，可見起源很早。唐宋時仍頗盛行，詩詞中常有描寫，如白居易〈觀兒戲〉詩云：「弄塵復鬬草，盡日樂嬉嬉。」柳永〈木蘭花慢〉詞云：「盈盈。鬬草踏青。人治豔，遞逢迎。」賀鑄〈減字浣溪沙〉詞云：「芳徑與誰尋鬬草，繡床終日罷拈針。」晏殊此詞亦寫到這種習俗。兩個人鬥草，本應該有一個過程，但這一過程在詞中省略了，只寫了鬥草的結果：女孩子贏了。而贏了也不直接寫，而是通過她的心理活動加以表現，虛寫一筆：「疑怪昨宵春夢好，元是今朝鬬草贏。」怪不得昨晚做了一個好夢呢，原來那是今天鬥草贏的預兆啊！她不僅如此圓夢，還可能把這種想法告訴了同伴。而那份內心的得意，隨即表露到臉上，一副笑盈盈的模樣：「笑從雙臉生。」一個女孩子因為鬥草贏了，便如此得意、高興，說明她是多麼的天真和單純！許昂霄《詞綜偶評》認為此三句極生動，「如聞香口，如見冶容」，這段寫兩個女孩子的鬥草，為整個春景增添了生動活潑之趣。

唐五代與宋代的詞中，多傷春之作，晏殊的詞也不例外，如：「滿目山河空念遠，落花風雨更傷春。」（〈浣溪沙〉）「昨日探春消息，湖上綠波平。無奈繞堤芳草，還向舊痕生。」（〈相思兒令〉）但此詞卻一變尋常面目，展示的是春天的盎然生意，活潑生機，讀之令人精神為之一振，在詞中實難得一見，因而特別可貴。在創作上也注意講究工易互見的藝術辯證法，上闋寫景，用兩聯對仗，整飭、工麗、凝練，節奏相對較慢；下闋敘事，全為散行，節奏偏快，一氣流走。如此，能顯示出行文的變化。其作法類似於南唐李煜〈破陣子〉詞（四十年來家國）。

32 玉樓春

春恨

晏殊

綠楊芳草長亭❶路，年少拋人容易去。樓頭殘夢五更❷鐘，花底離情三月雨。

無情不似多情苦，一寸❸還成千萬縷。天涯地角有窮時，只有相思無盡處。

【詞牌】〈玉樓春〉，又名〈玉樓春令〉、〈惜春容〉等。毛先舒《填詞名解》與《詞譜》認為調名來源於五代顧敻詞「月照玉樓春漏促」、「柳映玉樓春日晚」句與歐陽炯詞「春早玉樓煙雨夜」、「日照玉樓花似錦，樓上醉和春色寢」句。張夢機《詞律探源》則謂牛嶠詞已名〈玉樓春〉，嶠年高於顧敻，故此調非始於顧。此為雙調，五十六字，上下闋各七言四句，押仄聲韻，為仄韻格。但五代及宋代各家詞句式與押韻不盡相同，四句之中，句式有三仄起、一平起者，有二仄起、二平起者，押韻則有三仄韻者，有兩仄韻者，故《詞譜》卷十二列有四體。《詞律》不列〈玉樓春〉調，而在卷七將其附於〈木蘭花〉詞調下，說明「又名〈玉樓春〉」。晏殊此詞上下闋均押三仄韻，八句中平起與仄起相間。

【注　釋】❶長亭　古時道路十里一長亭，五里一短亭，供人休憩與送別之用。此指送別地。❷五更　一夜分為五個時段，一更為晚八時，二更為晚十時，三更為夜十二時，四更為晨二時，五更為晨四時。❸一寸　一寸見方大小，指心。

【語　譯】在送別的長亭，在綠楊飄拂、長滿芳草的道路，所愛戀的人拋下我，絕塵遠去。五更的鐘聲，敲醒我在樓頭的殘夢，離情恰似三月的雨水摧折落花滿地。　無情的人不似多情的人痛苦，心上煩愁散亂成千萬縷。天涯地角尚有窮盡之時，只有相思綿延不斷沒有盡處。

【研　析】題為「春恨」，具寫女主人公春日五更夢醒時的所思所恨。詞從回憶離別場景入手，「綠楊芳草」，既是攝取暮春之景，又含離別之意。楊，即楊柳。柳與「留」諧音，故古人有折柳贈別之習。《三輔黃圖》載，霸橋在長安東，跨水作橋，漢人送客至此橋，折柳贈別。芳草，亦與離情相關，淮南王〈招隱士〉云：「王孫遊兮不歸，春草生兮萋萋。」本為見芳草而思遠遊未歸之人，此處則含「又送王孫去，萋萋滿別情」（白居易〈賦得古草原送別〉）之意。在長滿綠楊芳草的長亭路上送別，「年少拋人容易去」，對所愛之人深含責怪之意，竟然視離別為等閒輕易之事，何等的薄情！一個「拋」字尤顯其自身的委屈，自己好像是被他拋棄了。在責備對方的「拋人容易」時，也就反襯出自己對愛情的珍重，視離別為人生中的重大缺陷，因而對離別承受著非凡的痛苦。關於此詞中的「年少」二字，宋趙與時《賓退錄》載，晏幾道曾說，「先君未嘗作婦人語也」，有人舉「年少拋人容易去」為例，謂「豈非婦人語乎」？晏幾道舉白居易詩語「欲留所歡待富貴，富貴不來所歡去」駁之，意謂「年少」即白氏「所歡」（少年時光）意。其實，詞中「年少」即指少年郎，本係「婦人語」，正不必為之諱言。這兩句對離別的回憶與感受，可說是致夢之由。

「樓頭殘夢五更鐘，花底離情三月雨」，用一對句寫夢醒時情景。白天在長亭路依依送別，夜深方於妝樓悠悠入夢，所夢為何？未作交代，自然是歡聚之夢，正當纏綿旖旎之際，竟被五更鐘驚醒，不免有很強烈的憾恨；而此時春雨淅瀝，花落枝頭，地上狼藉，春花所遭受的摧殘打擊，不是和相愛之人被生生拆散極為相似嗎？那零亂之象，不也是自己心緒紛亂的象徵嗎？樓頭五更鐘，花底三月雨，與殘夢、離情聯結，即景生情，情致悠然不盡。這一聯對仗極為工致，除「樓頭」、「花底」係方位短語外，其餘均為偏正結構的名詞，中間不用一個動詞連接，與溫庭筠「雞聲茅店月，人跡板橋霜」（〈商山早行〉）相似，留下中間的空白，讓讀者去想像、去補充，故極精煉，極蘊蓄，耐人尋繹。

詞的下闋純然抒情。「無情不似多情苦」，是女主人公情感體驗的理性昇華，如同柳永〈雨霖鈴〉詞「多情自古傷離別」一樣，由個別體悟上升為一般的規律。後來的司馬光〈西江月〉詞有「有情何似無情」之句，蘇軾〈蝶戀花〉詞有「多情卻被無情惱」之語，與晏詞的議論相類，或即曾受晏詞之影響。「一寸還成千萬縷」則是對「多情苦」的形象描繪。「一寸」，應是「一寸相思」的省略，李商隱〈無題〉詩有「一寸相思一寸灰」之句，語或本此。「千萬縷」與前面綠楊相呼應，這裡以「一寸」與「千萬」對舉，表明心雖方寸之地，卻充滿了千萬縷情絲，縈繞著千愁萬恨，離情在少與多的對照中得到進一步強化。下面兩句「天涯地角有窮時，只有相思無盡處」則從空間的有限與時間的無限相對照。天和地雖都闊遠，但都有盡頭，而相思卻是永遠沒有窮盡之時。讀此二句，令人想起白居易〈長恨歌〉「天長地久有時盡，此恨綿綿無絕期」的描寫，以時空的有限來反襯恨的綿長不絕，二者極為相似。前兩句強調的是相思的「深」，這兩句強調的是相思的「長」，真是把相思之苦，寫到了極致。

如果說，詞的上闋所寫是涉及到一次具體離別情景的話，下闋則由此生發，由此昇華，抒寫一種帶有普遍意義的情感體悟，引發讀者深深的心靈悸動。

33　浣溪沙

晏　殊

一曲新詞酒一杯，去年天氣舊亭臺。夕陽西下幾時回？無可奈何花落去，似曾相識燕歸來。小園香徑獨徘徊。

【詞牌】〈浣溪沙〉，唐教坊曲名，用作詞調，首見唐韓偓詞。又名〈浣紗溪〉、〈小庭花〉、〈滿院春〉等。雙調，七言六句，四十二字。上闋三句、三平韻，下闋三句，兩平韻，下闋前兩句例用對仗，為平韻格，如本詞。平韻格尚有四十四字、四十六字、四十八字體（此體又稱〈攤破浣溪沙〉、〈山花子〉）。又有押仄韻一體，見李煜詞（紅日已高三丈透），但詞中僅此一首。參見《詞律》卷三、《詞譜》卷四。

【語譯】聆聽一曲新製歌詞，啜飲一杯清香美酒，依舊是去年的天氣，在去年的亭臺。夕陽西下，幾時能再回來？

春花凋落，深感無可奈何，燕子歸來，卻是似曾相識。我在小園花徑，惟有獨自徘徊。

【研析】此詞歎流光之易逝，感歲月之不居。作者為朝廷重臣，曾位至宰相，不僅物質生活優裕，還善於追求高雅的精神享受，家中常宴賓客，每以歌樂相佐，且善自製新詞，令家伎配樂而歌，自己則持酒聆聽，那份愜意真是非比尋常。詞的發端「一曲新詞酒一杯」，便是這種閒適風雅生活的真實寫照。正當他一邊飲酒、一邊聽歌之時，忽然回憶起去年此時光景：「去年天氣舊亭臺。」此句寫去年風和日麗的天氣，去年的亭臺樓閣，也是寫眼前的天氣，眼前的歌臺。而眼前的「一曲新詞酒一杯」也同時是去年的情事。天氣、地點、歌酒都沒有變化，變化的是時間有今年與去年之別，倏忽間跨越了兩個年頭，不免有「年年歲歲花相似，歲歲年年人不同」（劉希夷〈代悲白頭翁〉）之感。唐鄭谷〈和知己秋日傷懷〉詩有「流水歌聲共不迴，去年天氣舊亭臺」之語，當為晏詞所本，但晏殊對年光流逝的感喟，只隱藏在敘述中，故極蘊蓄。下面緊接著發問：「夕陽西下幾時回？」夕陽西下，是眼前景，是一天即將結束的時刻，詞人即景生情，發出「幾時回」的疑問，結論自在不言中。即使是明天新的一輪太陽升起，再度出現夕陽西下，那自然界輪迴的景象雖同，卻已是流年暗中偷換。因而這一問中，即已包蘊惋惜、遺憾之情。

至詞的下闋，進一步將情景綰合一處：「無可奈何花落去，似曾相識燕歸來。」花落，表明時屆暮春，美好的春天即將過去。花落與夕陽西下一樣，是不可抗拒的自然規律，非人力所能挽回、所能逆轉，故有「無可奈何」的歎息。春天海燕歸來，尋覓梁間舊巢，帶來了活潑生氣，看著牠們，有幾分「似曾相識」的親切之感。但即使是去年舊燕，春來冬去，今又春來，亦是此時非彼時也，雖有欣然之意，亦不免含有幾分感歎。這兩句係一聯對仗，可謂是天然奇偶。其特點大約有三：一是即景生情。花落、燕歸，皆眼前景，觸物興感，自然而然，無做作之態，無矯飾之情。二是虛（「無可奈何」、「似曾相識」）與實（「花落去」、「燕歸來」）的結合恰到好處，既熔情景於一爐，又覺氣機流暢。宋胡仔《苕溪漁隱叢話．後集》引《復齋漫錄》載，晏殊久已得上聯，而苦未得對句。一日，遇江都縣尉王琪，王以「似曾相識燕歸來」應之，遂成此佳對。不管故事的真實性如何，但可以肯定，此聯係精心錘鍊所得。清劉熙載在〈詞概〉中評云：「詞中句與字有似觸著者，所謂極鍊如不鍊也。晏元獻『無可奈何花落去』二句，觸著之句也。」所謂「觸著」正是指虛的、難以捉摸的「情」，讓人能從實實在在的景物中感覺得到，虛中寓實，虛實相生。三是它的輕倩靈動，表現了詞語的典型特色。作者本人極愛此聯，曾將其寫入律詩。清張宗橚在《詞林紀事》卷三中曾評價說：「此聯的是倚聲家語，若作七律，未免軟弱矣。」胡薇元《歲寒居詞話》亦云：此聯「一入詞即成妙句，在詩中即為不工。此詩詞之別」。所評均極允當。作者在敘寫眼前所見所感後，最後陷入了沉思：「小園香徑獨徘徊。」這時他已停止了飲酒聽歌的活動，獨自在鋪滿落花的園林小路上漫步，凸顯在人們眼前的，是一個沉思者的形象。他在思索什麼？聯繫前面描繪的情景，無疑是與時光、生命相關的問題，應是有「人生幾何」的歎息，有「人生苦短」的傷感。

晏殊詞以「珠玉」名集，確是珠圓玉潤。此詞純用白描，語言平易，而那份閒雅之餘的淡淡哀愁、內心失落，從眼前境遇的描寫中自然流出，婉約、空靈、蘊藉，耐人尋味，因而膾炙人口，廣為流傳。

34 玉樓春

春景

宋 祁

東城漸覺風光好，縠皺❶波紋迎客棹❷。綠楊煙外曉寒輕，紅杏枝頭春意鬧。

浮生❸長恨歡娛少，肯❹愛千金輕一笑。為君持酒勸斜陽，且向花間留晚照。

【作者】宋祁（西元九九八—一〇六一年），字子京，開封雍丘（今河南杞縣）人。父為應山令，僑居安陸（今屬湖北），遂占籍。仁宗天聖二年（西元一〇二四年）與兄宋郊（後更名庠）同登進士第，奏名第一。章憲太后以為弟不可先兄，乃擢郊為第一，置祁第十，時號「大小宋」。歷官大理寺丞、國子監直講、史官修撰，遷左丞，進工部尚書，拜翰林學士承旨。卒，諡景文。宋魏泰《東軒筆錄》載：「子京博學能文章，天資蘊藉，好遊宴，以矜持自喜。」曾參與修《新唐書》。有《宋景文集》六十二卷。《全宋詞》收詞六首，斷句一。宋李之儀評其詞「風流閒雅，超出意表」（〈姑溪題跋〉）。

【詞牌】〈玉樓春〉，又名〈木蘭花〉。詳見前晏殊〈玉樓春〉「詞牌」介紹。

【注釋】❶縠皺　如縠之皺紋。縠，縐紗。此處形容波紋。❷棹　船槳之長者，此指船。❸浮生　謂人生在世一切虛浮無定。《莊子・刻意》：「其生若浮，其死若休。」❹肯　豈肯。

【語譯】東城春日風光，漸覺美好，江中波紋恰似縠皺，迎迓客船飛棹。煙外楊柳青青，清晨尚帶輕寒，紅杏枝頭花開爛漫，一派春意喧鬧。　虛無不定的浮生，長恨歡娛太少，豈肯因愛惜千金，而輕棄難得的一笑。替君持酒規勸斜陽，暫且在花間留下晚照。

【研析】此詞題為「春景」，實寫春遊所見所感。在早春時節，冰雪剛剛溶化，花草尚在萌芽狀態，到二、三月，則鶯飛草長，春花綻放，故此詞開頭說「東城漸覺風光好」。「漸覺」，不僅包含了景物漸變的過程，也帶出主觀的喜悅之情，景物之美以「好」字加以形容，已融進了詞人的主觀評價。風光既好，遂引發出一番遊興。此時微風吹拂，江波縠皺，便先作舟行，划槳前進。「縠皺波紋迎客棹」，看那春水粼粼，正在笑迎遊客，一方面將物擬人，物亦有情，實乃人情歡悅的投射；另方面又將舟遊作為春水迎接的對象，把實際行動虛化，極顯靈動。其情致與南唐馮延巳〈抛球樂〉詞「芳草迎船綠未成」，有相似之處。以下「綠楊」二句當係捨舟登陸、步入芳郊所見。此時拂曉餘寒猶在，霧靄輕籠，看煙外楊柳，已非「嫩於金色軟於絲」（白居易〈楊柳枝〉），而是青蔥一片，生機勃勃；再看紅杏枝頭，千朵萬朵，競相吐豔，爭獻芬芳，熱鬧非凡。這兩句寫景，合而觀之，色彩極為絢爛，單獨觀之，又各具特色。寫綠楊雖亦寫色調，但因在煙外，有一定空間距離，帶有一種朦朧美。寫紅杏不僅突出其色調，更在暖色調（和凝〈菩薩蠻〉詞有「暖覺杏梢紅」的描寫）中透出一股生命活力，因而產生「鬧」的感覺，由視覺的爭鮮鬥豔，轉換為聽覺的喧鬧，此即藝術表現中的所謂「通感」。這句受到時人的擊賞，以致作者被人稱為『「紅杏枝頭春意鬧」尚書』。（《詞林紀事》卷三）近人王國維在《人間詞話》中特為指出：「『紅杏枝頭春意鬧』，著一『鬧』字而境界全出。」為什麼說著一「鬧」字而境界全出呢？是因為它不僅凸顯出杏花的「形」，更攝取了杏花的「神」，具形神兼備之美。

上段從水陸兩方面把「風光好」寫足，詞的下端便轉入抒情。「浮生長恨歡娛少」，詞人的這種感歎，是一個古老的命題，〈古詩十九首〉中即有「生年不滿百，常懷千歲憂」的抒寫，李白〈春夜宴桃李園序〉亦有「浮生若夢，為歡幾何」的歎息。既然人生如此短促，又難以把握命運，即須抓住眼前的機遇，追尋快樂，享受生命，故緊接著說：「肯愛千金輕一笑。」化用南朝梁王僧孺〈詠寵姬〉詩：「一笑千金買」語意，千金的價值與「一笑」的快樂相比，孰輕孰重？詞人用反詰語氣回答這一問題，表現出一種豪縱的氣概。為了讓快樂更加持久，還要把時光留住，「為君持酒勸斜陽，且向花間留晚照」，詞人可與時光對話，請它停住腳步，把斜暉留在花間，與人共度良時，斜陽在詞人筆下竟成了有靈性之物。唐李商隱〈寫意〉詩有「日向花間留晚照」之句，當為宋詞所本，但李詩係客觀描寫，而宋詞卻是擬人，帶有很強的主觀色彩，尤帶幾分浪漫情調。由「為君」二字，可知遊覽係結伴而行，非獨遊也。那上面的感慨與豪言，既是主觀情感的抒發，也似是與同伴的對話。

讀宋祁此詞，僅賞其「紅杏枝頭春意鬧」一句，是不夠的。在多數詞人沉溺於抒寫傷春情調時，在被動地哀歎春歸不返時，詞人對大自然的賞賜，採取了一種積極主動的迎接態度，在自然之物中，體驗到了一種生命的歡快，不僅如此，他還希望用主觀的力量去阻止時光的飛駛，體現出一種豪快的意氣。因此可以說，這是一首帶有浪漫氣質的詞作。至於對人生的理解，對快樂、對享受的追求，這是宋代文人的普遍心態，是他們對生命意識感悟的一種體現。但這並非他們精神生活的全部，對人生價值的實現，他們還有別樣的追求。別樣的追求，多體現於其他的文體。

35 離亭燕

張昇

一帶江山如畫，風物向❶秋瀟灑❷。水浸碧天何處斷？翠色❸冷光相射。蓼❹嶼荻❺花洲，掩映竹籬茅舍。

雲際客帆高挂，煙外酒旗低迓❻。多少六朝❼興廢事，盡入漁樵❽閒話。悵望倚危欄，寒日無言西下。

【作者】張昇（西元九九二—一〇七七年），一作張昪，字杲卿，韓城（今屬陝西）人。真宗大中祥符八年（西元一〇一五年）進士。歷戶部判官，開封府推官，知秦州。仁宗嘉祐三年（西元一〇五八年）遷參知政事，樞密使。以彰信軍節度使同中書門下事判許州，改鎮河陽。以太子太師致仕。卒，贈司徒兼侍中，諡康節。《全宋詞》錄其詞二首。此首黃昇《唐宋諸賢絕妙詞選》作孫浩然詞。

【詞牌】〈離亭燕〉，一作〈離亭宴〉。用此詞牌始於宋人張先，因詞中有「隨處是、離亭別宴」句而得名。〈離亭燕〉為雙調，通用者為七十二字體，上下闋各六句、四仄韻，為仄韻格。句式全部為仄起式，故仄聲字多於平聲字，音律具拗峭特色。另有七十七字一體。參見《詞律》卷十、《詞譜》卷十八。

【注　釋】❶向　到。❷瀟灑　形容風物疏闊大氣。唐杜甫〈玉華宮〉詩：「萬籟真笙竽，秋色正蕭灑。」❸翠色　山色。❹蓼　草本，秋日開花，呈淡紅或白色。❺荻　草本，亦秋時開花，呈黃白色。白居易〈琵琶行〉：「潯陽江頭夜送客，楓葉荻花秋瑟瑟。」❻低迓　猶言低垂迎接。❼六朝　指在金陵（今江蘇南京）建都的東吳、東晉、宋、齊、梁、陳。❽漁樵　打魚與砍柴之人，借指尋常百姓。

【語　譯】眼前一帶江山美麗如畫，景物在秋光中盡顯大氣瀟灑。水中倒映碧透藍天，何處是盡頭？青翠山色與淒冷波光相互照射。開滿蓼花荻花的沙洲島嶼，掩映著竹籬相圍的茅舍。　天邊客船，風帆高掛，迷離煙外，酒旗低垂迎迓。六朝興亡的許多往事，如今都已成為漁人樵子的閒話。依倚高欄眺望，心懷悵惘，默默無語，直到寒涼秋陽漸漸西下。

【研　析】此詞寫金陵懷古，係作者倚樓眺望時的所見所感。全詞可分三層，第一層重在寫金陵之形勝。金陵，為「龍蟠虎踞」之地，自古為帝王之州，氣象自是非凡，今值秋日登覽，天高氣清，景觀更顯疏朗闊遠，故詞即以「一帶江山如畫，風物向秋瀟灑」為發端，寫出總體印象：江山映帶，壯美如畫，氣勢遼闊，雍容大氣，清高脫俗，遠非格局凡近、狹促之景觀所可比擬。金陵北岸的長江，素有「天塹」之稱，故下面寫景轉向以江流為中心，「水浸碧天何處斷」？江天合寫，用一反詰語讚歎長江的浩渺之勢與楚天的闊遠無際。寫碧天，不從正面著筆，而用「浸」字寫水中倒影，極為清虛，又能見出長江之澄澈、悠遠。此係遠景。「翠色冷光相射」，則江山合寫。重巒青翠逶迤，波光閃著幾分寒意。二者相互映照，構成中景。所謂「冷」實為詞人對氣候的主觀感受，與前面之「秋」的季候相應。因此，闊大之景中又帶有蒼涼之感。至「蓼嶼」二句，視線轉向江中小洲及島上人家，於是景物與人事有了關聯，為下面「漁樵」埋下伏筆。下面「雲際客帆高挂，煙外酒旗低迓」二句，用一同聲對寫江中與江岸之景，晴嵐中，客舟來往於天邊雲際，酒旗懸掛迎迓行人過客，仍帶往昔繁華蹤影。後來王安石〈桂枝香〉詞有「歸帆去棹殘陽裡，背西風、酒旗斜矗」的描寫，與此頗相彷彿。形勝依舊，繁華似昔，而秋感淒涼，為轉入第二層作勢。

第二層為「多少六朝興廢事，盡入漁樵閒話」二句，轉入懷古。金陵雖擁有天然形勝，而於此建都的六朝並不能江山永固而相繼滅亡，其興盛衰亡非由天險，而繫乎人事。其盛衰之跡，如過眼煙雲，成了尋常百姓的閒談之資。這正是詞人深有感觸處。讀這兩句詞，很容易使我們想起明代楊慎〈臨江仙〉詞所寫：「白髮漁樵江渚上，慣看秋月春風。一壺濁酒喜相逢，古今多少事，都付笑談中。」二者頗有相類處，只是楊慎顯得更加超然。

第三層為「悵望倚危欄，寒日無言西下」二句，主人公至此方始出場，詞人既是景物的觀賞者，又是歷史冷峻的思考者。他何以在「望」中感到「悵」然，當是所思者深，所慮者遠，能無追昔撫今之意乎！詞人默默無語，佇立良久，直至太陽漸落西山。「寒日無言西下」，以景結情，韻味悠長。有人評價，這一結尾，與秦觀〈滿庭芳〉「憑闌久，疏煙淡日，寂寞下蕪城」意境相若，「而張詞尤極蒼涼蕭遠之致」（《歷代詞人考略》）。

從全詞結構言，係採用逆入法，即不依時間順序描寫，而是將後發生之事（觀景，抒感）置前，先發生之事（倚欄）置後，從而使章法顯出變化。范仲淹〈蘇幕遮〉（碧雲天）：「明月樓高休獨倚」，柳永〈八聲甘州〉（對瀟瀟暮雨灑江天）：「倚闌干處」出現於篇末，均與此同一機杼。從表現手法言，係以寫景為導引，以人事為落腳點。寫景重宏觀亦不忽略微觀，遠近結合，頗具尺幅千里之勢。感懷人事，暗思成敗之由，卻不直說，比王安石〈桂枝香〉：「念往昔、繁華競逐。歎門外樓頭，悲恨相續」，似更顯含蓄，耐人尋繹。

以金陵懷古為題，在詞中，張昇似為首創，開啟了其後王安石〈桂枝香〉（登臨送目）、周邦彥〈西河〉（佳麗地）、元代薩都剌〈滿江紅〉（六代豪華）等相類題材的創作。但張詞為中調，其他為長調，因形式有異，表現亦有別，各有特色，讀者可對照參閱。

36 賀聖朝

留別

葉清臣

滿斟綠醑❶留君住，莫匆匆歸去。三分春色二分愁，更一分風雨。花開花謝，都來❷幾許？且高歌休訴。不知來歲牡丹時，再相逢何處？

【作　者】葉清臣（西元一〇〇〇—一〇四九年），字道卿，蘇州常州（今江蘇境內）人。天聖二年（西元一〇二四年）進士，簽書蘇州觀察判官事，歷光祿寺丞、集賢校理，遷太常丞，同修起居注，權三司使。皇祐元年（西元一〇四九年）知河陽，旋卒。《全宋詞》收詞二首。

【詞　牌】〈賀聖朝〉，唐教坊曲名，用作詞調。始見於南唐馮延巳《陽春集》。馮詞四十七字，葉氏此詞在馮詞基礎上加二字，四十九字，雙調，上闋四句、三仄韻，下闋五句、三仄韻，為仄韻格。詞中四個五言句音節均為上一下四。另有六十一字等體式。參見《詞律》卷五、《詞譜》卷六。

【注　釋】❶綠醑　美酒。❷都來　算來。

【語　譯】斟滿美酒挽留你，且莫匆匆歸去！三分春色中，有兩分是離愁，更有一分是風雨。花開花落，算來能有多少回呢？暫且盡情高歌，不要訴說離情別緒。不知明年牡丹開放時，再在何處相聚？

【研　析】此詞題作「留別」，寫分別時的挽留。宋人詞作常體現出強烈的生命意識。在人生中，除了建功立業、追求功名富貴外，享受親情、友情、愛情，往往成了生活中的重中之重。此詞通過留別，表現出深濃的友情與珍惜生命之意。全詞可分為四層：

第一層為「留」，美酒滿斟，言辭懇切，一片殷勤挽留之意。第二層進一步抒寫離愁。心知留也無益，勸也無用，離愁終難排解。作者對離情的表達，卻是別出心裁，想像奇特，他將春色分作三分，其中兩分是離愁，一分是風雨，而這分風雨實也是助人離愁的，寫景而實寫情。同時，也借此點明分別的時節，乃多風雨之暮春。唐代詩人徐凝〈憶揚州〉詩將天下明月分作三分，有「天下三分明月夜，二分無賴是揚州」之語，葉詞之「三分春色」，或許受此啟發。第三層，情緒陡轉。「花開花謝」，承上寫暮春之景，暗含時光流駛、人生有限之歎，又韓偓〈謫仙怨〉詞有「花開花謝相思」之句，故亦含離別相思之意。下面用一反詰語：「都來幾許？」作者並不直接作答。實則含有深沉的感喟。愈是強調這種人生的遺憾，下面的轉折愈顯得有力：且把這許多的人生憾恨拋擲一邊，對酒高歌吧！何等的灑脫，何等的豪邁！實也是一種對生命的愛惜。此等處尤能見出作者的性情。現代歌曲〈何日君再來〉，有「好花不常開，好景不常在」、「人生難得幾回醉，不歡更何待」之語，似與此情相若。第四層，再作轉折，由眼前轉向對別後重逢的期待，但以「不知」二字領起，又充滿一種再聚難期的悵惘。中間的「牡丹」二字很值得注意。此次的餞別應是在牡丹開放之時，與所寫暮春時節相應，是對前面景物描寫的補充，並由眼前之牡丹推想「來歲牡丹」，使時間由現在時態轉向將來時態。又，牡丹以中州（今河南一帶）為盛，可以推知，此詞當作於作者任職汴京之時。

與朋友離別，自不免傷感，但對於不得不別，又敢於正視，所能期待的是下一次的再聚。把聚會當成一次分手，把分手當成再會的期盼，在傷感中懷有一線美好的希望。因此，詞作顯得深情、豁達、飄逸。這種詞風不同於婉約詞的淒切哀怨，而帶有士大夫的清逸高雅。大體同時的歐陽脩所填〈浪淘沙〉詞與此詞極為相似：「把酒祝東風，且共從容。垂楊紫陌洛城東。總是當時攜手處，遊遍芳叢。聚散苦匆匆，此恨無窮。今年花勝去年紅。可惜明年花更好，知與誰同？」不同的只是有一段對昔時「洛城」「攜手」、「遊遍芳叢」的回憶。二者可互相參讀。

此詞其所以寫得如此深情飄逸，與作者運用層轉抑揚之法有關。詞之上闋，是層進的關係，強調的是分離的傷感，寫得頗為充分。從表情而言，是抑。下闋開頭的「休訴」，對於前面所述情懷，帶有否定的性質，是情緒的高揚。末尾二句是現時與未來的時空轉折，顯示出一種高情遠致。同時，作者以情韻帶景，春色、風雨、花開、牡丹，是詞人眼中之景，更是詞人心中之景，不作具體描摹，不著色相，空靈有致，故使人覺其詞不斤斤於瑣屑，而呈顯大氣。特別是「三分春色」兩句的奇妙想像，連蘇軾也無法拒絕接受它的影響，在〈水龍吟〉詠楊花詞中寫出了「春色三分，二分塵土，一分流水」這樣富有詩意的語句。

清初所編《曲譜大成》收錄有此詞曲譜，乾隆年間所編《九宮大成譜》轉載時對樂譜稍有修訂，道光年間謝元淮等所編《碎金詞譜》亦予轉載，上世紀李叔同亦曾為譜曲。由此可見，此詞極為人所喜愛，傳播頗為廣遠。

37 採桑子

歐陽脩

群芳過後西湖❶好，狼籍殘紅。飛絮濛濛，垂柳闌干盡日風。笙歌❷散盡遊人去，始覺春空。垂下簾櫳❸，雙燕歸來細雨中。

【作者】歐陽脩（西元一〇〇七—一〇七二年），字永叔，號醉翁，晚號六一居士，廬陵（今江西吉安）人。幼年喪父，家貧力學。天聖八年（西元一〇三〇年）登進士第，初，為西京留守推官，與錢惟演、梅堯臣、蘇舜欽等詩酒唱和，遂以文章名天下。歷知滁州、揚州、潁州，擢知制誥、翰林學士，累遷禮部侍郎、樞密副使、參知政事。熙寧四年（西元一〇七一年）以太子少師致仕。卒，諡文忠。《宋史》有傳。修詩詞文並工，文為「唐宋八大家」之一。有《歐陽文忠公文集》，集中有長短句三卷，別出單行，稱《六一詞》，又有《醉翁琴趣外篇》六卷。其詞以小令擅場，與晏殊齊名，合稱「歐晏」。其詞深雅俊朗，亦不避俗，雅詞、豔曲並存，在北宋詞壇具有一定影響，清馮煦《蒿庵論詞》謂其詞「疏雋開子瞻（蘇軾），深婉開少游（秦觀）。」

【詞牌】〈採桑子〉，見前晏殊〈採桑子〉（時光只解催人老）「詞牌」介紹。

【注　釋】❶西湖　指潁州西湖，在今安徽阜陽境內。❷笙歌　本指合笙之歌，此處指奏樂歌唱。笙，為一種有十三簧的器樂，此處代指樂器。❸簾櫳　本指竹簾與窗格，此處指簾幕。

【語　譯】百花萎謝以後，西湖風景正好，地上處處零亂殘紅。楊花飛絮，一片迷濛，欄杆邊的垂柳，整日搖漾在風中。　隨著奏樂歌唱的結束，遊人已經離去，才感到春天已顯空寂。放下簾櫳，有雙燕從細雨中歸來居室。

【研　析】作者於仁宗皇祐元年（西元一〇四九年）曾知潁州（今安徽阜陽），甚愛其民風景物，「於時慨然已有終焉之意」（〈思潁詩後序〉）。神宗熙寧四年（西元一〇七一年），以觀文殿學士、太子少師致仕，終償夙願，歸潁州私第居住。潁州西湖在北宋時期，廣袤清澈，歐公時往遊覽，曾先後作〈採桑子〉詞十三首，詠景物之美、遊樂之趣。在此組詞前，作〈西湖念語〉以記其情云：「雖美景良辰，固多於高會；而清風明月，幸屬於閒人。並遊或結於良朋，乘興有時而獨往。鳴蛙暫聽，安問屬官而屬私；曲水臨流，自可一觴而一詠。……因翻舊闋之辭，寫以新聲之調，敢陳薄伎，聊佐清歡。」可見其遊逸之興，自適之情。

〈採桑子〉組詞多以「西湖好」為發端，前面或冠以「輕舟短棹」、「畫船載酒」，或冠以「春深雨過」、「清明上巳」、「荷花開後」、「殘霞夕照」、「天容水色」等。此詞寫西湖，則是在「群芳過後」，且以「好」作為評價，並以此貫穿全篇。詞之上闋寫西湖暮春景物，先作靜態描寫：群花凋落，殘紅滿地。對於一般人來說，面對此種光景，必然引發出一種傷春之情、遲暮之歎，而作者與眾不同，內心別有解會。下面寫垂柳，則變化為動態，視線由地上轉換到空中：「飛絮濛濛，垂柳闌干盡日風。」由於春風吹拂，楊花在漫天翻舞，柳枝在欄杆邊搖動。綠楊、飛絮與「殘紅」構成了一幅暮春圖景。尤可注意的是，謂與垂柳相伴的只有「盡日風」，由此令人聯想到白居易筆下的永豐柳「盡日無人屬阿誰」（〈楊柳枝〉）的詩句，詞中展示的也是一種「無人」的境界。詞的上段在靜態描寫與動態描寫的結合中，展現的西湖自然景觀，是一片衰殘的、靜寂的世界。

詞的下闋由自然景觀轉寫人事。西湖既然春事凋殘，笙歌熱鬧之象便也隨之消失，遊人也懶於光顧，故說「笙歌散盡遊人去」。前面所寫為已見，此處所寫為未見，但未見中包括了從前的所見，含有前後對照之意。自然環境的靜寂，加之遊人的離去，「始覺春空」，這時頓然領悟到繁華的消歇，已是自然人事兩寂寥。以上所寫為暮春遊西湖之所見所感。遊罷歸來，應該已至薄暮，故下面有雙燕歸巢的描寫：「垂下簾櫳，雙燕歸來細雨中。」這兩句為倒敘，應該是雙燕歸來，再垂下簾櫳。「細雨」，既是眼前景，也是對前面景物描寫的補充，則「殘紅」、「飛絮」、「垂柳」，以至整個西湖，都為霏微細雨所籠罩，西湖所呈現的不僅是靜寂美，還帶朦朧之美。

詞人愛賞此寂寥之境，定與心靈的某一方面有一種深深的契合。劉永濟在《唐五代兩宋詞簡析》中指出：「此詞雖意在寫暮春景物，而作者胸懷恬適之趣，同時表達出之。作者此詞皆從世俗繁華生活之中滲透一層著眼。蓋世俗之人，多在群芳正盛之時遊覽西湖；作者卻於飛花、飛絮之外，得出寂靜之境。世俗之人皆隨笙歌散去；作者卻於人散、春空之後，領略自然之趣。」解會可謂深契詞人之心。

38 訴衷情

眉意

歐陽脩

清晨簾幕卷輕霜，呵手❶試梅妝❷。都緣自有離恨，故畫作遠山長❸。

思往事，惜流芳，易成傷。擬歌先斂，欲笑還顰❹，最斷人腸。

【詞牌】〈訴衷情〉，唐教坊曲名，用作詞調。又有〈訴衷情令〉、〈桃花水〉、〈步花間〉、〈一絲風〉等名稱。有單調、雙調兩種。此處所錄為雙調，四十五字，上闋四句、三平韻，下闋六句、三平韻，為平韻格。雙調另有四十一字、四十四字等體式。參見《詞律》卷二、《詞譜》卷五。

【注　釋】❶呵手　呵口中氣使手發熱。❷梅妝　即梅花妝。相傳南朝宋武帝女壽陽公主人日臥於含章殿簷下，梅花落於額上，成五出之花，拂之不去，自後有梅花妝。❸遠山長　謂眉如遠山。舊題劉歆《西京雜記》載，「（卓）文君姣好，眉色如望遠山。」❹顰　皺眉。

【語　譯】清晨捲起窗簾，有輕微霜寒襲入，用熱氣呵手，嘗試化梅花妝。都因本有滿懷離恨，故將雙眉畫成長長遠山模樣。　回想往事，惋歎年光如流，最易使人感傷。歌聲未發，雙眉已蹙，想露笑容，卻還眉皺，最令人憐惜，為之斷腸。

【研　析】此詞題為「眉意」，寫歌女之眉及眉間流露的感傷之情。通常，有眉目傳情之說，眉傳遞的情感信息有時不亞於目傳遞的情感信息。眉，在唐宋詞中出現的頻率很高，常起著重要的表情作用。如和凝《春光好》：「窺宋深心無限事，小眉彎。」韋莊《女冠子》：「忍淚佯低面，含羞半斂眉。」張先《雙燕兒》：「芳心念我，也應那裡，蹙破眉峰。」蘇軾《減字木蘭花》：「殢主尤賓，斂黛含顰喜又嗔。」脈脈含情、忍淚含羞、喜怒悲愁，無不通過眉的形狀加以表現。歐陽脩的這首詞對眉意的描寫更顯相對集中。首先從清晨的氣溫寫起：霜薄寒輕。窗簾一捲，就有一陣微寒撲面而來，因微寒而引出下面呵手的動作。而呵手，是為了便於化妝，她所化的又是特別美的梅花妝。通過一系列動作，顯示出了這位歌女的嬌媚，也為下面眉的描畫作好了準備。畫眉，是化妝的一道重要程序，對化妝的好壞具有點睛的重要作用。溫庭筠《菩薩蠻》寫女性的無心打扮，只說她「懶起畫蛾眉」，朱慶餘《閨意獻張水部》詢問妝化得如何，只問：「畫眉深淺入時無？」可見，畫眉是一件很鄭重的事情，如何畫？畫成何種形狀？又與人的心情有密切關係。故下面接寫「都緣自有離恨，故畫作遠山長」，那麼「離恨」與「遠山長」究竟有何關係？它固然與古人以長眉為美的審美觀念有關，但這裡寫的是故意為之，當包含有與所愛之人相隔水遠山長之意。

下闋轉寫其內心活動：往昔的良辰美景，很多賞心樂事，湧上心頭，然而隨著時光的流逝，如今只能在意念中重溫了，這是何等令人傷感的事情！可是作為歌女，在人前歌唱時，又須噎淚裝歡。因為有這些心事，難以掩飾，故表情極不自然。還沒開口歌唱，眉毛就先緊蹙起來，想裝出一副笑臉，眉毛不聽指揮，難以舒展。她眉尖的細微變化，都是她情緒的表徵。而聽歌者透過她眉尖的變化，感受到了她的內心活動，因而引起了一片憐惜之情，以至於為之銷魂失魄。以旁觀者的同情，補足歌女的離恨。

此詞主要從眉的描畫、眉的形變來寫人的內心情緒，選取的角度較為獨特，體察細緻入微，故讀來如見其人。詞人在下闋以「擬歌先斂，欲笑還顰」寫歌女的面部表情，一連用了擬、先、欲、還四個虛詞，可謂善能傳神。作者寫「眉意」，選擇歌女作為對象，可說是最為合適的。一是因為歌女不同於閨秀、貴婦的矜持含蓄，她們的情緒更容易外露，不加掩飾地表露在眉尖上；還有更重要的一點是眉毛與歌唱有密切的關係，「擬歌先斂」固然與自己的情緒有關，當與歌唱的內容也有一定的關係，斂眉與揚眉，都是歌唱時經常出現的「小動作」。

眉，屬於人體的一部分。吟詠身體的某一部位，此前尚有李煜的〈一斛珠〉詠美人口：「晚妝初過，沉檀輕注些兒個。向人微露丁香顆。一曲清歌，暫引櫻桃破。……爛嚼紅絨，笑向檀郎唾。」極為傳神。歐詞詠歌女之眉，亦能形神兼備。二者都是通過詠口、詠眉，即詠人體的局部，寫出整個人的神情、心態，使讀者的注意力，沒有停留於人體的某一部位，而是集中在這個可愛或可憐的人身上，因而它們是成功之作。南宋時期，劉過有詠「美人指甲」、「美人足」之詞，則是將有關典故與有關情事湊泊而成，缺少人的靈魂，因而遣人譏笑。至若清代朱彝尊《茶煙閣體物集》詠「乳」、詠「腸」、詠「膽」等作，則更不堪入目矣！

39 踏莎行

歐陽脩

候館❶梅殘，溪橋柳細。草薰風暖❷搖征轡❸。離愁漸遠漸無窮，迢迢不斷如春水。

寸寸❹柔腸，盈盈❺粉淚。樓高莫近危闌❻倚。平蕪❼盡處是春山，行人更在春山外。

【詞牌】〈踏莎行〉，見前寇準〈踏莎行〉（春色將闌）「詞牌」介紹。

【注釋】❶候館　迎候接待賓客之館舍。❷草薰風暖　語出南朝梁江淹〈別賦〉：「閨中風暖，陌上草薰。」薰，香氣。❸征轡　騎馬遠行。征，遠行。轡，馬的轡繩。❹寸寸　形容柔陽寸斷。❺盈盈　美好的樣子。❻危闌　高處的欄杆。❼平蕪　平野茂密的草地。

【語譯】旅舍的梅花已經凋殘，溪橋邊的柳樹已生發嫩芽。我揮著馬鞭遠行，和暖的春風吹送草香。離愁因愈行愈遠而漸至無窮，有如遠流不斷的春水。　想你因傷心正柔腸寸斷，那妝扮的美麗面龐流下眼淚。樓高切莫去憑欄遠眺。因為平蕪盡處連著春山，而行人更在春山之外。

【研　析】在北宋早期的令詞中，從男性角度寫離別相思之情者，尚不多見，歐陽脩此詞以其情深意遠及細膩婉曲，在這類作品中，占有重要的一席。

詞之上闋從己方著筆，先寫沿途所見。「候館」，係其留宿之處，是旅途中間的停靠站，也是一天的出發地；「溪橋」，是其經行之處。此時梅花已經凋謝，柳樹已綻出新芽。通過視覺，展現了孟春時節的盎然生意。不僅如此，一路上和暖的春風吹拂，送來陣陣草的芳香。「草薰風暖」，係通過觸覺、嗅覺，來表現春光的融和溫煦。「梅殘」、「柳細」、「草薰」、「風暖」，皆是「搖征轡」之時所見所聞所感。他騎馬搖鞭，一路行來，一路觀賞。沿途景物，真個是生機勃勃，暖意融融，令人賞心悅目！然而，對此良辰美景，內心卻引發出深深的遺憾：竟不能與心愛之人共度同賞，實在有負於大自然的恩賜，「離愁」在心頭湧動，以至一發而不可收拾。「離愁漸遠漸無窮，迢迢不斷如春水」，離愁本為抽象之情，正如曹植所說：「愁之為物，惟惚惟怳。」（〈釋愁文〉）但在這裡「離愁」似乎有了無限延伸的長度，人愈行愈遠，離愁愈是沒有盡頭，這樣來形容還嫌不足，進一步以眼前的流水不斷來喻愁之綿延不絕。離愁在這裡被具象化了，不再恍惚，似乎可見，似可摸觸。此處的「春水」與前面的「溪橋」相呼應，由此可以推知「搖征轡」一直是傍溪而行。這裡的即景取譬，信手拈來，似乎比李後主的「問君能有幾多愁？恰似一江春水向東流」（〈虞美人〉）來得更加自然。

下闋從女方著筆，但純然是行者的想像。「寸寸柔腸，盈盈粉淚」，一方面寫她的深情，因悲傷以致肝腸寸斷，淚流滿面，另方面又顯示出她的美麗，「盈盈粉淚」的描寫，令人想見「一枝梨花春帶雨」（白居易〈長恨歌〉）的形容。「樓高莫近危闌倚」，想像對方因懷念行者而登樓遠眺，因而對之加以勸慰，你別去痴痴地傻望了！為什麼呢？因為「平蕪盡處是春山，行人更在春山外」，你看到的只是平蕪，而遙接平蕪是遠處的春山，而行人的蹤跡更在春山以外，你是無法看到他的。字裡行間，充滿了對女方的關愛，使「離愁」更顯纏綿悱惻，一往情深。這兩句不僅是「莫近危闌倚」的原因，還寫出了行者漸行漸遠的身影，已由「草薰風暖」的平蕪，越過「春山」，進入了一個更為遙遠的空間，從而使「離愁漸遠漸無窮」的表述更加具象化。因此，清陳廷焯認為「平蕪」二句「較後主『離恨恰如春草，(更行更遠還生)』二語，更綿遠有致。」（《詞則・大雅集》）

這首詞從自己與對方兩方面著筆，令人聯想到柳永〈八聲甘州〉詞的抒寫：「歎年來蹤迹，何事苦淹留？想佳人、妝樓顒望，誤幾回、天際識歸舟。爭知我、倚闌干處，正恁凝愁。」先從自己著筆，再設想對方，然後回到自己，歐陽脩此詞頗為相似，同樣具有「照花前後鏡，花面交相映」（溫庭筠〈菩薩蠻〉）的藝術效果，但更顯凝煉、蘊藉，耐人回味。

40 南歌子

歐陽脩

鳳髻❶金泥帶❷，龍紋玉掌梳。走來窗下笑相扶。愛道畫眉深淺、入時無❸。

弄筆偎人久，描花試手初。等閒❹妨了繡功夫。笑問雙鴛鴦字、怎生❺書。

【詞　牌】〈南歌子〉，唐教坊曲名，用作詞調。又名〈春宵曲〉、〈水晶簾〉、〈碧窗夢〉、〈南柯子〉、〈風蝶令〉等。〈南歌子〉有單調、雙調兩式，雙調又有平韻格、仄韻格兩式，平韻格又有五十二字、五十四字兩體。本詞為雙調平韻格，五十二字，上下闋各四句、三平韻。前二句均為五言，多用為對仗。參見《詞律》卷一、《詞譜》卷一。

【注　釋】❶鳳髻　鳳凰形的髮髻。❷金泥帶　以屑金塗飾的髮帶。❸畫眉深淺入時無　唐人朱慶餘〈閨意獻張水部〉詩中句。入時，合乎新潮。❹等閒　無端；白白地。❺怎生　怎麼。

【語　譯】她梳著鳳凰形髮髻，束著金色髮帶，頭上插著刻有龍紋的掌形玉梳。來到窗下帶笑扶新郎，問道：「畫眉深淺合乎新潮嗎？」　剛剛試著描花繪朵，撫弄手中畫筆，與人久久偎依。不要無端耽誤了繡花功夫，笑問：「雙鴛鴦字當如何書畫？」

【研　析】此詞寫一新婚女子與夫婿的旖旎纏綿之情。詞主要從女子的角度著筆，對其音容笑貌、嬌憨活潑情態描繪得令人如見如聞。對人物的描繪，先從其妝扮入手極寫其美麗。她梳著鳳髻，裊裊婷婷，本已夠美的了，上面又束上一根泥金的髮帶，尤增風韻，再插上一把刻有龍紋的玉掌梳，則更是錦上添花。層層相疊，不僅通過形（龍、鳳）、質（金、玉）寫出她作為新嫁娘妝飾的華美，還營造出一種吉祥的喜慶氣氛。這裡省略了她化妝的過程，只呈現出結果，但我們從這一結果中，可以看出她的得意，她的喜悅心情。她青春嫵媚，光彩照人，希望能得到夫婿的首肯與欣賞，故此有下面描繪的行為。如果說，前面兩句重在頭部的精雕細刻，屬靜態描寫的話，至三四句則轉入動態描寫，以刻畫其笑貌神情。「走來窗下笑相扶」，寫了她化完妝，輕盈地從梳妝臺走到窗下的行動，寫了她帶著欣喜笑容的面部表情，寫了她扶靠著夫婿的親昵動作，將這位女子的形象寫得十分活脫。更妙的是下面那句「畫眉深淺」問話的運用，朱慶餘原詩是：「洞房昨夜停紅燭，待曉堂前拜舅姑。妝罷低眉問夫婿，畫眉深淺入時無？」本是用比興手法問水部郎中張籍：參加科考，你看我的文章是否合乎主考官的要求？是以新嫁娘的身分借男女之情表現另外一種意思，但歐詞用在此處，可謂是恰到好處，更為新嫁娘增添了一段嫵媚柔情。

下闋轉寫她練習刺繡的閨中生活，但這種生活現象是「賓」，借此表現其風情萬種和長相廝守的願望才是「主」。她要繡花，必先描圖。描圖時，擺弄著手中的筆和夫婿偎依在一起，完全是一副小鳥依人的可人形象。可是，這樣廝磨久了，耽誤了時間，會妨礙刺繡，便笑問「雙鴛鴦字」的寫法。這裡的「雙鴛鴦字」是她要刺繡的圖案，而非她要習字的內容。「雙鴛鴦字」，據說是一種「鴛」字在上順寫、「鴦」字在下倒寫組合而成的橢圓形圖案。這位新嫁娘要繡「鴛鴦」字樣，含有一種永作情侶的暗示。詞的前後闋都用了一個「笑」字，但含情不盡相同，前面的「笑相扶」之「笑」更多表現的是一種親昵，此處的「笑問」之「笑」更多地是一種幸福感的洋溢。對這段描摹，清賀裳極為稱賞，其《皺水軒詞筌》云：「詞家須使讀者如身履其地，親見其人，方為蓬山頂上。如……歐陽公『弄筆偎人久，描花試手初』……直覺儼然在目前，疑於化工之筆。」

明人沈際飛評此詞云：「前段態，後段情，各盡（其妙），不得以蕩目之。」（《草堂詩餘》卷二）所評甚為通達。在封建社會，即使是夫婦之間亦強調端莊，講究禮數，如舉案齊眉之類。而在歐陽脩筆下，卻塑造出這樣一個舉止活潑、嬌媚殢人的可愛新嫁娘形象，實在難得。這除了體現出作者的通脫外，也反映了宋代對男女之情持有比較開放的觀點。

41 臨江仙

歐陽脩

柳外輕雷池上雨，雨聲滴碎荷聲❶。小樓西角斷虹❷明。闌干倚處，待得月華生。燕子飛來窺畫棟，玉鉤垂下簾旌❸。涼波不動簟紋平。水精❹雙枕，傍有墮釵橫。

【詞牌】〈臨江仙〉，唐教坊曲名，用作詞調。又名〈雁歸後〉、〈謝新恩〉、〈畫屏春〉、〈庭院深深〉、〈採蓮回〉、〈玉連環〉等。詞調有五十六字、五十八字、六十字、六十二字、七十四字等多種體式。本詞採用者為使用頻率最高的一種，雙調，五十八字，上下闋各五句、三平韻，為平韻格。參見《詞律》卷八、《詞譜》卷十。

【注釋】❶柳外輕雷池上雨二句　化用唐李商隱〈無題〉詩「颯颯東風細雨來，芙蓉塘外有輕雷」句意。❷斷虹　一段彩虹。❸簾旌　原本指簾子上面所綴簾額，此指簾幃。❹水精　同「水晶」。

【語譯】從柳外傳來陣陣輕雷，池上飛雨，滴落荷葉，發出碎雜聲響。陣雨過後，一抹彩虹掛在小樓西角，分外明亮。依憑欄杆，望見月兒冉冉上升。　燕子飛來窺看華美樓堂，主人取下玉鉤將簾兒垂放。簟紋平整有如不動的涼波，從頭上滑落的玉釵，橫斜在成對的水晶枕畔。

【研析】此詞寫的是一位女性對夏日美景的沉醉和她生活中的一個片斷。夏日的天氣多變，景色宜人。在傍晚的時分，先從「柳外」、從較遠處傳來隱隱雷聲，雷聲過後，接著是雨聲。夏日的陣雨，不是那種「潤物細無聲」的霏微小雨，往往是如豆粒般的稀疏急雨，那淅瀝之聲作用於人的感官，首先是聽覺。因此女主人公的注意力主要不在雨的視覺印象，而是在聲音。由於雨是隨從「柳外輕雷」而來，首先飛渡的是那美麗的荷塘，她最先聽到的是雜亂地滴落在荷葉上的雨聲。荷葉面積較他葉為大，且懸空有一定高度，那淅淅颯颯的聲音聽起來別有一番韻味，特富有詩意，甚至有一種樂音的感覺。要不，唐代詩人李商隱何以要「留得殘荷聽雨聲」呢？「雨聲滴碎荷聲」，是由於雨的稀疏雜亂，故有「碎」的感覺。雨聲，屬聽覺，碎，屬視覺，這種描寫實際上是藝術表現中視、聽相通的所謂「通感」。陣雨是短暫的，雨過天晴，此時一道彩虹掛上西邊的藍天。這位女子立於樓頭，樓角遮擋了她部分視線，她只看到彩虹的一部分。那「斷虹」顯得分外絢爛明麗，耀人眼目。她倚著欄杆，先沉迷於雨聲，後又沉迷於虹彩，直到遙遙望見明月從東邊冉冉升起，自然又沉迷於這美麗的月色。時間在推移，景物在變換，顯示出夏日風光的無比美妙！而這種迷人的風光，正需要有懂得美的人來欣賞，詞中的這位女主人公是深愛自然美、懂得欣賞自然美的人，人與自然，在這裡得到了深深的契合。

詞的下闋由室外轉入室內，時間由傍晚逐漸轉入夜間。女主人公在欄杆旁賞月良久，步入室內，放下簾櫳，燕子歸來，欲窺其華美居室，已不可得矣。「畫棟」、「玉鉤」，居室器用，無不華麗精美，則主人之姣美亦可想見矣。結尾三句，並不直接寫人，只將幾件器物加以組合。這裡的每一件物品也都精美異常：如波之簟紋不僅平整，且靜靜地生出涼意；上面放置之雙枕，係由珍貴的水晶製作；枕旁之墮釵，雖未點明何種質地，但非金即玉，「墮」字，尤令人充滿遐想，醉其芬芳。周邦彥〈六醜〉詞有「釵鈿墮處遺香澤」之語，由此「墮」字可以聯想其遺留之芳香，由此芳香聯想起鬆散的髮髻，由鬆散的髮髻而推想伊人放鬆的睡姿，而這種放鬆的睡姿，又和她心境的恬適有關，那心境是長久沉醉於夏日美景後進入的一種精神狀態。這一結尾呈現的是三樣器物的特寫鏡頭，形象極為突出，它們的組合構成了一個清涼精美的微觀環境，它不僅暗示出人之美，也透露出人的輕快心情。其後蘇軾〈洞仙歌〉詞寫夏夜，亦有類似描寫：「繡簾開、一點明月窺人，人未寢、欹枕釵橫鬢亂。」二者神理約略相似。

此詞用了輕雷、雨聲、綠柳、紅荷、彩虹、明月、飛燕、畫棟、玉鉤、紋簟、水晶、玉釵等一系列意象，令人目不暇接。意象之密集，辭藻之華美，均與溫庭筠詞相似，但時空脈絡清晰，遠比溫詞流動暢達。

有的版本在此詞下標題為「妓席」，當是受筆記小說所載故事的影響。宋王楙《野客叢書》載：「舊說謂歐公為郡幕日，因郡宴，與一官妓荏苒（因纏綿而延誤），郡守得知，令妓求歐詞以免過，公遂賦此詞。」這便是被一些人視為寫風流韻事的重要依據。此小說家言，恐不足為信。前人已指出，此詞意或祖於李商隱之〈偶題〉詩：「小亭閒眠微醉消，山榴海柏枝相交。水紋簟上琥珀枕，旁有墮釵雙翠翹。」（謝朝徵《白香詞譜箋》）今人亦多以妓情說為非。

42 浪淘沙

歐陽脩

把酒祝東風，且共從容。垂楊紫陌❶洛城東。總是當時攜手處，遊遍芳叢。

聚散苦匆匆，此恨無窮。今年花勝去年紅。可惜明年花更好，知與誰同？

【詞牌】〈浪淘沙〉，唐教坊曲名，用作詞調。始為七絕體，二十八字，至李後主始作雙調長短句。又名〈浪淘沙令〉，另有〈賣花聲〉、〈過龍門〉等名稱。五十四字，上下闋各五句、四平韻，句式、格律均同，為平韻格。宋代詞人多用此體式。另有五十四字仄韻格、五十二字平韻格等體式。參見《詞律》卷一、《詞譜》卷七。

【注釋】❶紫陌　指帝京之道路。此指洛陽街衢，北宋時洛陽為西京。

【語譯】持酒祝願東風，且與遊人一道，從容地盤桓。洛城東邊的紫陌，垂柳依依的所在，總是當時攜手之處，共同遊遍繁花盛開的地方。

相聚又分手，太過匆匆，離恨無窮。今年的春花，勝過去年的鮮紅。可惜明年花會更好，又知與誰共步花叢？

【研析】此詞作於詞人任西京（今洛陽）留守推官之時。其時與梅堯臣等詩人唱和，甚為相得，朋友離任他往，不免別情依依，遂寄之於詞。故此詞乃抒寫友情之作。這首詞牽涉到三個時間段，即去年（過去時態）、今年（現在時態）、明年（將來時態）。詞之上闋先寫眼前：「把酒祝東風，且共從容。」這裡省略了與朋友宴飲歡樂的具體細節，只以「把酒」的動作表示宴會的進行，十分簡潔。同時即事敘景，將「東風」帶出，點明季候。這兩句係襲用唐司空圖〈酒泉子〉詞語：「黃昏把酒祝東風，且從容。」原意是希望東風不要步履匆匆，暫且留連，帶有愛惜好風，留住光景之意。歐陽脩此詞在「且從容」中添加了一個「共」字，不僅保留了原意，更豐富了內涵。與誰相「共」呢？是與人相共啊！東風與人，都從容不迫，共享宴遊之樂，讓歡情得以延伸。此處將無知之東風人格化，帶有一股豪俊之氣，從中能透視歐詞的某種特色。然後寫宴遊之地：「垂楊紫陌洛城東。」在京城東邊的道路上，風景佳勝，垂楊在東風中搖漾，充滿生機。這句景語，今昔綰合，它既是眼前之景，也是去年遊覽之地。洛陽素以園林之勝著稱，此時百花盛開，千紅萬紫，將園林裝點得色彩斑斕，豔麗奪目。這園林中的美景，這遍地的「芳叢」，既是眼前所見，也是去年所遊賞。故下面說：「總是當時攜手處，遊遍芳叢。」「當時」，亦即下闋所說的「去年」。這是我們去年曾親密攜手，縱情欣賞的滿園春色。眼前，也當盡興遊賞，莫辜負這難得的一刻相聚。因此，不獨「垂楊」一句係今昔綰合，此兩句亦是「當時」與現在合寫。由此可以推知，詞人與朋友在去年「遊遍芳叢」之後，有過一段別離，現在重聚，自然很是歡欣，特別珍惜。但面臨的卻是「又把聚會當成一次分手」，這一點，此處並未加明示，我們是從下面的「聚散苦匆匆」的感歎得知的。

詞的下闋轉入抒情。正因為又一次面臨分手，故引發「聚散苦匆匆，此恨無窮」的慨歎。這裡的「聚散」，指的是由聚而散，「苦匆匆」，強調的是「聚」的短促。勞生有限，而會少離多，這真是人生的憾事。這兩句表達的雖係由眼前離別引發，但又並非只是一次具體的情感體驗，而是一種累積起來的情感體驗。它不僅僅是詞人個人的，也是人所共有的，就如同柳永的「多情自古傷離別」（〈雨霖鈴〉）、晏殊的「無情不似多情苦」（〈玉樓春〉）一樣，帶有普遍的意義。以下三句一氣貫下：「今年花勝去年紅。可惜明年花更好，知與誰同？」去年花紅之時，我們「攜手」「遊遍芳叢」；今年春花比去年更紅，剛剛相聚，卻又要天各一方；尤可遺憾的是明年春花會比今年更好，那時會和誰同遊共賞呢？用紅花把去年、今年、明年加以貫串，紅花一年比一年更好，而人事一年一年地愈來愈乖隔，層層遞進。如此便將「無窮」之「恨」，通過愈來愈美的樂景的反襯，通過時間向未來的延續，表現得入木三分。三句中，「花」字兩見，「年」字三見，讀來不覺其重複，反覺在流動中有回環往復之妙。

此詞情感深摯而語帶疏俊，意味雋永。俞陛雲極為稱賞，其《唐五代兩宋詞選釋》評云：「因惜花而懷友，前歡寂寂，後會悠悠，至情語一氣揮寫，可謂深情如水，行氣如虹矣。」

以詞抒寫友情，發軔於南唐馮延巳，至北宋張先、歐陽脩，始發揚之。故歐陽脩此類詞作對後來的蘇軾、黃庭堅等人，均頗有影響。

此詞《和文注音琴譜》存有古曲譜。

43 生查子

歐陽脩

去年元夜❶時，花市❷燈如晝。月到柳梢頭，人約黃昏後。今年元夜時，月與燈依舊。不見去年人，淚滿春衫袖。

【詞牌】〈生查子〉，唐教坊曲名，用作詞調。又名〈綠羅裙〉、〈楚雲深〉、〈梅和柳〉、〈晴色入青山〉等。最早用此調填詞者為晚唐韓偓，其後因格律有異而體式較多，又有添字、攤破等體式，當屬變體。參見《詞譜》卷三、《詞律》卷三。本詞雙調，四十字，上下闋各四句、兩仄韻，為仄韻格。

【注釋】❶元夜　即元宵，正月十五日為元宵節。❷花市　燈花照耀之鬧市。

【語譯】回想去年元宵節時，火樹銀花，將鬧市照耀如同白晝。當明月升上柳樹梢頭時，我與情人相約幽會於黃昏之後。

今年的元宵節，明月、燈火輝映依舊。但已不見去年之人，傷心的淚水，滴滿了我春衫的襟袖。

【研析】此詞用對比手法抒寫幽歡不再的悵惘之情。宋代的元宵節，是所有節日中最為熱鬧的一個節日，是夜，燈火極盛，女性亦靚妝出遊，活動相對比平日自由，這些在詞中多有反映。如歐陽脩〈御帶花〉詞寫節日心理：「青春何處風光好，帝里偏愛元夕。」張先〈玉樹後庭花〉詞寫燈：「華燈火樹紅相鬬，往來如晝。」寫女性活動者，如李清照〈永遇樂〉詞：「中州盛日，閨門多暇，記得偏重三五。鋪翠冠兒，撚金雪柳，簇帶爭濟楚。」而辛棄疾〈青玉案〉詞更有「東風夜放花千樹，更吹落、星如雨。寶馬雕車香滿路。鳳簫聲動，玉壺光轉，一夜魚龍舞。 蛾兒雪柳黃金縷，笑語盈盈暗香去」的描寫。此詞從回憶入手，敘寫去年元夜時之前塵影事。「花市燈如晝」，這是一種極為概括的寫法，也是元宵最具特色的景觀。由於女性在這一天社交活動較為自由，故有「人約黃昏後」之舉。但這種幽會畢竟帶有某種私密性，故不能在明月輝映之時、華燈如晝之鬧市進行，而是在黃昏之後，「月到柳梢頭」之時，明月尚未當頂的朦朧之際，於較隱蔽處卿卿我我。這種舉動，在當時可說是既浪漫，又大膽，它是宋人追求情感自由的文化心理的反映。後人誤以為此詞係朱淑真所作，並以此為據，指責她行為失檢，有損婦德，實在是一種可笑的道學家眼光。

以上係追憶幽會之樂。但詞這種文體，歷來以傷感為美，快樂只是傷感的一種反襯，此詞亦然，故下闋轉寫眼前的失落與傷心。時間過了一年，燈、月、花、柳等景物依舊，而人事已非。對往昔快樂的回憶，對那人溫馨的懷想，只能增添眼前的憾恨，因而不禁潸然淚下。情感表達在「去年」與「今年」的兩相對照中完成。去年、元夜、月、燈、人，在四十字的小詞中均兩次出現，而不覺其複沓，反造成了一種回環往復之妙，加之語言質樸、明快、暢達，因而帶有民歌風味。唐崔護〈題都城南莊〉詩云：「去年今日此門中，人面桃花相映紅。人面不知何處去，桃花依舊笑春風。」歐詞在表現手法上與其相似，或受其啟發歟？

〈生查子〉以五言而押仄韻，給人以古樸之感。因韓偓起始即用來寫男女愛情，故後人多因之。如五代牛希濟詞：「春山煙欲斂，天淡稀星小。殘月臉邊明，別淚臨清曉。 語已多，情未了，回首猶重道：『記得綠羅裙，處處憐芳草。』」十分有名，歐陽脩此詞亦是其中特出的一例。

此詞今人翁清溪曾為譜曲。

44 玉樓春

歐陽脩

別後不知君遠近，觸目淒涼多少悶。漸行漸遠漸無書，水闊魚沉❶何處問。

夜深風竹敲秋韻❷，萬葉千聲皆是恨。故欹❸單枕夢中尋，夢又不成燈又燼❹。

【詞牌】〈玉樓春〉，見前晏殊〈玉樓春〉（綠楊芳草長亭路）「詞牌」介紹。

【注釋】❶水闊魚沉　漢樂府〈飲馬長城窟行〉：「客從遠方來，遺我雙鯉魚。呼兒烹鯉魚，中有尺素書。」此處用其意，謂有阻隔，音信不通。❷秋韻　秋聲。❸欹　斜靠。❹燼　燭燒完的剩餘之物。

【語譯】別後不知你行蹤的遠近，眼目所見皆淒涼之境，心頭充滿多少愁悶。你漸行漸遠，越發沒有了書信，江水闊遠，魚潛水中，不知向何處探問。　夜深西風吹竹，敲出秋的音韻，萬葉千聲，聲聲都帶愁恨。故依靠著單枕，想到夢中尋訪，誰知夢又不成，燈燭已成灰燼。

【研析】此詞寫閨怨。它完全摒棄了前人對華美的閨閣、器用以及人物的服飾、妝扮、表情的具體描寫，只刻畫女主人公的內心活動，顯得極為深婉幽微、纏綿細膩。上闋寫對「別後」的回想，有 個較長的時間段。古時之人外出，或舟行，或騎馬，道里難以精確計算，加上婦女出門、尤其是出遠門的機會有限，難以像現今一樣有較豐富的地理知識，因此開始說「別後不知君遠近」。但這裡實際上包含了對空間的想像：心愛的人你現在已抵達何處？距離我究竟有多遠？用一「君」字，便帶有與對方對話的性質。「不知」，實際上是想知，其中蘊含有深切的關懷和思念。然後轉寫自己，又似告訴對方：「觸目淒涼多少悶。」從詞的下闋「敲秋韻」，我們知道懷人的時間是在秋季，這「觸目淒涼」之感，既來自所處的居室環境，也來自周圍的自然景色。因為是令詞，必得如此凝練。李清照〈聲聲慢〉所寫「尋尋覓覓，冷冷清清，悽悽慘慘戚戚」、「滿地黃花堆積」、「梧桐更兼細雨，到黃昏、點點滴滴」，也許可以作為它的注腳。本已相思意切，面對的環境又如此淒涼，心情更愁悶到極點，故說「多少悶」。「多少」，強調的是「多」，是很多。下面轉為對對方的埋怨：「漸行漸遠漸無書，水闊魚沉何處問。」前面的「不知君遠近」，主要是指不知具體方位，但無疑是距離自己越來越遠，尤令人可惱的是「漸無書」，書信愈來愈少，以至於無。「水闊」，是「遠」的象徵，「魚沉」，是「無書」的託意。音信如此杳然，連探問消息都不能夠，幾至令人絕望了。

下闋由回想別後情景轉寫夜間相思。「夜深風竹敲秋韻，萬葉千聲皆是恨」，夜已深沉，仍難成寐，耳聽西風吹竹，簌簌作響，似在傳遞著「秋」的韻律。這裡用了一個「敲」字，那聲音似乎是風敲打出來的，風本無形，而「敲」則須由棍棒之類的有形之物與他物接觸方能發出聲響，故此「敲」字用得極妙，化無形為有形；不僅如此，對於不寐的人來說，還有一種特別刺激聽覺的作用，或者說是由聽覺受到強烈刺激，因而產生「敲」的感覺。從環境烘托而言，此句一方面以動寫靜，寫出秋夜的靜寂，同時又把前面的「觸目淒涼」再加拓展，即耳聞亦是淒涼之聲。故在女主人公聽來，那無數竹葉翻騰所傳來的不絕於耳的雜亂聲音，都夾帶著我綿綿不斷的愁恨和撩亂不安的心緒。儘管現實如此無情，令人不堪，但女主人公仍然懷有一線希望，就是到夢中與心愛的人相會，因為夢魂的翅膀可以任意翱翔，突破空間的阻隔。「故攲單枕夢中尋」，至此方出現人的行為動作，「單枕」是眼前之物，表明獨宿閨中之處境，實也含有與從前並枕雙宿對照之意，昔樂今愁之情於此可以想見。攲枕是為了尋夢，可是「千山萬水不曾行，魂夢欲教何處覓」（韋莊〈木蘭花〉），故下面緊接著來一陡轉：「夢又不成燈又燼。」入夢不成，連最後的一點希望也破滅了，而燈焰也隨之熄滅，化成了灰燼，從而把一腔悲怨寫到了極致。

此詞寫閨怨，以秋日為背景，由別後不知其處的想念，到漸行漸遠、漸無消息的埋怨，再到欲夢不成的憾恨，層層遞進，逐層轉深。雖係代言，卻能體察女性幽微心理，將她們內心的苦悶與哀怨，用深婉之筆，傳達以出。

又，作者選用〈玉樓春〉這一詞牌，似與這一詞牌的特點相關，它所用的是整齊的七言，所押又為仄聲韻，音韻不以悠遠為長，而相對顯得急促，因此不適宜鋪敘，卻適合抒發情思、感悟。這首詞即充分發揮了它適合抒發情思的功能。在歐陽脩詞集中用〈玉樓春〉詞牌填詞，多達三十餘首，其中「人生自是有情癡，此恨不關風與月」、「便須豪飲敵青春，莫對新花羞白髮」、「未知何處有知音，常為此情留此恨」、「強將離恨倚江樓，江水不能流恨去」、「今宵誰肯遠相隨，惟有寂寥孤館月」，等等，都是錦言妙語。晏殊的〈玉樓春〉詞，三、四句均用對仗，歐陽脩多半不用，在急促中多帶有流動的特點。

45 浣溪沙

歐陽脩

堤上遊人逐畫船❶，拍堤春水四垂天。綠楊樓外出鞦韆。白髮戴花君莫笑，〈六么〉❷催拍盞頻傳。人生何處似尊前❸？

【詞牌】〈浣溪沙〉，見前晏殊〈浣溪沙〉（一曲新詞酒一杯）「詞牌」介紹。

【注釋】❶畫船　有彩飾的船隻。❷六么　唐琵琶曲名。一作綠腰、錄要。白居易〈琵琶行〉：「輕攏慢撚抹復挑，初為〈霓裳〉後〈六么〉。」❸尊前　即酒樽前。

【語譯】堤上遊人熙攘，追逐畫船，拍著堤岸的春水，連接四周下垂的遠天。綠楊掩映的樓外，少女們盪出鞦韆。

我的白髮插著花朵，請你不要譏笑，在〈六么〉曲調的催促下，頻頻傳杯飲啜，人生何時能像在酒樽前這般快樂？

【研析】此詞寫遊覽潁州西湖之樂。從「白髮」來看，當係晚年居潁時作。詞之上闋寫湖上春景。「畫船」係詞人所在處，以此為中心觀景，首先寫堤岸上的遊人如織，追隨畫船擁擠前行。為什麼要「逐畫船」呢？因為畫船所載非尋常人物，是曾經當過副宰相的朝廷重臣，又是大家心儀已久的當代大文豪，他的出現，是湖上一道特殊的風景，遊人自不免有一種特別的好奇心。蘇軾做地方長官下鄉視察時也曾遇到這樣的情景：「旋抹紅妝看使君，三三五五棘籬門，相排踏破蒨羅裙。」至於像歐陽脩處於那樣崇高地位的人，則更可以想見人們對之一睹風采的興致了。因此，遊人興致的高漲，不僅僅是因為有自然美景的吸引。「堤上遊人逐畫船」這一句只是紀實，中間當也含有一種精神的慰安與欣喜。再放眼四周，所見是「拍堤春水四垂天」，春雨過後，春水新漲，故水拍堤岸，四周的雲天似乎下垂到水面上，極寫湖水之遼闊浩淼。「四垂天」語本唐韓偓〈有憶〉詩「淚眼倚樓天四垂」（後柳永〈少年遊〉有「目斷四天垂」之句），因與「春水」相連，便寫出了一派水天相接的景象。如果說「堤上」一句是一個中鏡頭的話，那麼「拍堤」一句可說是遠鏡頭。兩句中因有人物的活動、水浪的拍擊，便都帶有動感與充滿生意。下面「綠楊樓外出鞦韆」則為一近鏡頭：在綠楊掩映下的樓臺，突然出現女孩子盪鞦韆的裊娜身影，那種彩衣與翠柳相映襯的絢麗，那種笑語喧嘩的活潑之趣，不免使人有一種意外的驚喜。唐王維〈寒食城東即事〉詩有「鞦韆競出垂楊裡」句，馮延巳〈上行杯〉詞有「柳外秋千出畫牆」語，當為歐詞所本。寫鞦韆均用「出」字，又都與楊柳相關，便將自然界的生機勃勃與人事的歡娛之情結合在一處。但王國維認為與馮詞比較，「歐語尤工」（《人間詞話》），想來正是那種意外的驚喜，為歐詞所特有，而為馮詞所無。詞的上闋寫湖上之景，處處春意盎然，係以樂景寫樂情，情融景中。

下闋轉入抒情。「白髮戴花」，這裡出現了詞人灑脫不羈的形象。男性戴花，一般少見，但宋代有的文人常以此舉表現自己的風流浪漫，如蘇軾〈惜花〉詩寫道：「沙河塘上戴花回，醉倒不覺吳兒咍。」白髮老頭戴花，更顯反常，是要惹人笑話的，故詞人提出：「君莫笑」，我是生性樂天、疏放如此啊！此時「〈六幺〉催拍盞頻傳」，船中急管繁絃，傳杯擊盞，宴會在音樂聲中正熱鬧地進行，渲染出一派歡樂的氣氛。這兩句係對仗，但不覺其為對，妙在用「六幺」（綠腰）與「白髮」相對，係用借對。最後抒發感慨：「人生何處似尊前？」還有什麼能比杯酒之間聽樂賞景更適意的呢？這裡的發論，一方面體現了作者豪縱的性格特點，與另一首〈朝中措〉詞「文章太守，揮毫萬字，一飲千鍾。行樂直須年少，尊前看取衰翁」表達的感情，有相通之處，同時又是一種經歷了無數世事風波、向任情適性的心境回歸，實有許多的言外之意。

這首詞描摹景物、敘寫人事，都帶有很強的可視性，令人有親臨其境、目睹其人之感，而詞人獨特的自我形象，在環境的烘托中，在直抒胸臆的議論中，得到了完成。

46 西江月

司馬光

寶髻❶鬆鬆挽就，鉛華❷淡淡妝成。青煙翠霧罩輕盈，飛絮遊絲無定。
相見爭❸如不見，有情何似無情。笙歌散後酒初醒，深院月斜人靜。

【作　者】司馬光（西元一〇一九－一〇八六年），字君實，號迂夫，晚號迂叟，世稱涑水先生，陝州夏縣（今屬山西）人。寶元元年（西元一〇三八年）進士，簽判武成郡，累遷大理寺丞、起居舍人、同知諫院。神宗初，官翰林學士、御史中丞，與王安石不合，出知永興軍，判西京御史臺。後閒居洛陽，專修《資治通鑑》。哲宗立，元祐元年（西元一〇八六年）拜尚書左僕射兼門下侍郎，在相位八個月，卒，贈太師、溫國公，謚文正。有《司馬文正公集》八十卷。《全宋詞》錄詞三首。

【詞　牌】〈西江月〉，唐教坊曲名，用作詞調。用此調填詞始於五代歐陽炯。又名〈白蘋香〉、〈步虛詞〉、〈江月令〉等。唐李白〈蘇臺覽古〉詩有「只今惟有西江月，曾照吳王宮裡人」之句，或即為調名所本。雙調，五十字，上下闋句式同，各四句，兩平韻，一仄韻（用上去聲，用去聲字音節更響亮），為平仄韻通押格。此調上下闋前二句均為六言，平仄相對，故一般用為對仗。另有五十一字、五十六字等體，又有平仄韻轉換格。參見《詞律》卷六、《詞譜》卷八。

【注　釋】❶髻　古代婦女挽髮盤之於頂的一種髮型。❷鉛華　搽臉的粉。❸爭　怎。

【語　譯】美麗的髮髻，鬆鬆地隨意綰結，臉上薄施脂粉，淡淡妝成。飛旋的青綠舞衣，如煙似霧般籠罩著她輕盈的身影，舞姿柔秀活潑，如飛絮遊絲般的飄蕩無定。

相見還不如不見，有情怎比得上無情。宴飲之後，笙歌散盡，人酒醉剛醒，此時深深庭院，明月相照，悄無人聲。

【研 析】詞寫舞妓之形容、舞藝，纖美婉約；抒己之情思，旖旎溫厚。這位女子是天生麗質，她無需刻意打扮自己，故梳掠草草，化妝隨意，自有一股照人的光彩，給人留下難忘的印象。而她的舞藝更是曼妙無比。作者用了兩個比喻：青煙翠霧、飛絮遊絲，來形容其舞姿的輕盈，令人眼花繚亂，不僅柔美，且又空靈。對於這樣一位色藝雙全的妙齡女子，觀之者能不有動於衷乎！且愛美之心，人皆有之，詞人也不例外。他也許很想上去親近她、擁抱她，甚至擁有她，但自己畢竟有為人的道德準則、行為規範，可發乎情而必止於禮義。但這份情在心中激盪，直教人難以自持，尋思要是沒見到她，就不會有這種情感波瀾，故有「相見爭如不見」的感歎。因為自己有情，所以感到煩惱，對方渾然不覺，故沒有痛苦，所以說「有情何似無情」。有情真還不如無情來得輕鬆瀟脫！這種情感體驗雖來自於眼前的境遇，卻又有所昇華，因而帶有普遍的意義，和晏殊在〈玉樓春〉詞中所說「無情不似多情苦，一寸還成千萬縷」相類，後來的蘇軾在〈蝶戀花〉詞中有「多情卻被無情惱」之句，或由此脫胎而來。以上所憶所思發生在何時呢？是當宴會、歌舞結束之後，酒醉初醒之時。「初醒」二字用得極妙，人有點清醒，又還有點模糊，心中有美的回味，又有些失落，情絲還在繚繞，理智尚未達致巔峰。而此時正值「深院月斜人靜」，既點出所在環境，又是以景結情，令人有無窮回味。故此詞在章法上亦能有所變化，將所見所思置之於前，把所憶所思之人置之於後，用的是詞人慣用的逆挽法，以避免平鋪直敘。

此詞屬於豔詞的範圍，但豔得雅，有真情流露，而絕無輕薄之嫌。其中的「相見爭如不見，有情何似無情」二句，尤其道出了人生中一種普遍的情感體驗，帶有某種哲理意味。北宋趙令畤《侯鯖錄》謂其「風味極不淺」。但亦有人以道學眼光看待司馬光的詞作，認為司馬光乃高才全德之人，「此詞絕非溫公作。宣和間，恥溫公獨為君子，作此詞誣之耳」（姜明叔語）殊不知此乃宋代文人的一種風氣，溫公偶一染指，即出手不凡，表達此種情感體驗，正反映出其內心活動豐富複雜的一面。

〈西江月〉詞調上下闋前面兩句多用對仗，後面轉韻，既有整飭之美，又往往帶輕靈活潑之趣。其中對仗用實詞易，用虛詞難，此詞上闋「寶髻」二句寫實，固然工整，但不足為奇，下闋「相見」二句則用虛詞，用一種比較的方法發表議論，於流動中蘊含哲理，實屬不易，故覺可寶。

47 鳳簫吟

韓縝

鎖離愁，連綿無際，來時陌上初熏❶。繡幃人念遠，暗垂珠露，泣送征輪❷。長行長在眼，更重重、遠水孤雲。但望極樓高，盡日目斷王孫❸。消魂❹。

池塘別後，曾行處、綠妒輕裙。恁時❺攜素手，亂花❻飛絮裡，緩步香茵。朱顏❼空自改，向年年、芳意長新。遍綠野、嬉遊醉眼，莫負青春。

【作者】韓縝（西元一〇一九—一〇九七年），字玉汝，靈壽（今屬河北）人。慶曆二年（西元一〇四二年）進士。英宗朝，歷淮南轉運使。神宗朝，累知樞密院事。哲宗朝，拜尚書右僕射、兼中書侍郎，罷知潁昌府，以太子太保致仕。卒，贈司空、崇國公，謚莊敏。《宋史》有傳。《全宋詞》錄詞一首。

【詞牌】〈鳳簫吟〉，又名〈芳草〉、〈鳳樓吟〉。雙調，一百字（依《詞譜》），上闋十句、四平韻，下闋十句、五平韻，為平韻格。《詞律》卷十七以〈鳳簫吟〉為此調本名，以晁補之詞一百一字者為正體，《詞譜》卷二十八則以〈芳草〉為本名，以韓縝詞為正體，可參閱。

【注釋】❶初熏　春草始發出香味。❷征輪　遠行人所乘車。唐王維〈觀別者〉詩：「揮涕逐前侶，含淒動征輪。」❸王孫　本指王孫公子，此指遠行之人。❹消魂　因痛苦而精魂消散。❺恁時　那時。❻亂花　紛繁的春花。白居易〈錢塘湖春行〉詩：「亂花漸欲迷人眼，淺草才能沒馬蹄。」❼朱顏　年輕時紅潤的容顏。

【語譯】深鎖離愁，已是連綿無際，而來時的路上，春草剛發出芳馨。懸掛繡簾的閨閣，有人懷遠，暗垂如露之珠淚，泣送遠去的車輪。長久行走，芳草時時在眼，更有重重遠去的流水、飄蕩的孤雲。伊人在高樓極目眺望，但盡日不見王孫。　失魄銷魂。自從在池塘別後，曾經路過之處，草的翠綠，嫉妒輕盈柔美的羅裙。那時牽攜雪白的纖手，在亂花飛絮中，漫步如地毯般的草坪。面對年年春意長新，年輕的紅潤面龐，將白白地平添皺紋。處處綠野，正須醉眼嬉遊，不要辜負青春。

【研　析】此詞詠草，關合離情。詞人運用許多與草相關之典故，但能不著痕跡，意境圓融。詞之發端：「鎖離愁，連綿無際，來時陌上初熏。」用南朝梁江淹〈別賦〉「閨中風暖，陌上草熏」語義，係從男女雙方著筆，但其中包含了時間的變化。從時間順序而言，這兩句實為倒裝，即王孫來的時候，陌上春草才吐露芳香，而今王孫離去，芳草已是連綿無際，包圍著、深鎖著閨中人滿腹的離愁。

下面分寫閨中與陌上。「繡幃人念遠，暗垂珠露，泣送征輪。」寫閨人。王孫即將乘車遠行，伊人留戀惜別，暗自垂淚泣送。珠露，一則寫清晨草上的露水，表明送別的時間，一則用以擬寫人的眼淚。以「珠」形容其「淚」，又暗示出其人之美。用一「垂」字，化靜為動，頗能傳草露之神。「長行長在眼，更重重、遠水孤雲」從行者角度寫。王孫愈行愈遠，處處春草，時時入人眼目，俯仰之間，與草地相映襯的，還有重重無盡的遠水與天上孤飛的白雲。一方面寫春草無盡，水天遼闊，另一方面以長時間處於闊大的空間，反襯行者的孤獨，那「孤雲」實也是漂泊者的象徵。「但望極樓高，盡日目斷王孫」二句，又轉寫閨中，自從「泣送征輪」之後，整日高樓縱目遠眺，惟是滿目芳草，不見王孫蹤影，暗用淮南王〈招隱士〉「王孫遊兮不歸，春草生兮萋萋」之典。由「盡日」「望極」，可想見其相思之深，由「目斷」，又可想見其人之失望與悵惘。閨中、陌上，互相映襯，別情無限，正是「一種相思，兩處閒愁」（李清照〈一翦梅〉）！

詞之下闋，先點出「消魂」二字，承上概寫雙方情愫，此處用江淹〈別賦〉「黯然銷魂者，惟別而已矣」之意，均因分別而陷入極度的痛苦。然後分寫雙方別後情景：「池塘別後，曾行處、綠妒輕裙。」從閨中著筆。「池塘」，用南朝宋謝靈運〈登池上樓〉「池塘生春草，園柳變鳴禽」詩意，「綠妒輕裙」，用五代牛希濟

〈生查子〉「記得綠羅裙，處處憐芳草」詞意。為排遣愁情，伊人漫步園林，經行池塘邊的春草地，那份青翠，對其身上所著綠色輕倩羅裙也生出妒意。將草擬人，既展露出芳草的色澤，也寫出羅裙之美，襯托出所著羅裙人之靚麗。「恁時攜素手，亂花飛絮裡，緩步香茵」係王孫對往昔樂事的回憶，在絮飛花亂的時節，牽著她那雪白的纖手，緩緩地走在如茵的芳草地上，那時是何等愜意、開心！以昔時之樂襯今日之愁。

下闋的後半段，轉而發抒議論，表達離人共同的心願。首先揭示出人生有限與春意反覆長新的矛盾：「朱顏空自改，向年年、芳意長新。」春草一年一年地枯而復生，而人卻一年一年地衰老，亦即有「年年歲歲花相似，歲歲年年人不同」（劉希夷〈代悲白頭翁〉）之慨。既然如此，即當在春草綠遍郊原時，一同縱酒嬉遊，共度美好韶光。「遍綠野、嬉遊醉眼，莫負青春」這種願望的實現，對於離人來說，是一種最大的精神安慰。詞寫至此，情緒由低沉而高昂，由悲苦轉向樂觀，難以排解的灰暗離情在希望的亮色中結束。

自漢淮南王〈招隱士〉「王孫遊兮不歸，春草生兮萋萋」之語出，芳草往往與離情結下不解之緣，詩中有唐顧況的〈春草謠〉、白居易的〈賦得古草原送別〉；詞中有李煜的著名比喻：「離恨恰如春草，更行更遠還生。」（〈清平樂〉）至宋代則有林逋的〈點絳脣〉、梅堯臣的〈蘇幕遮〉、歐陽脩的〈少年遊〉等專門詠草篇什。然前人以詞詠草皆用小令，韓縝此作則為慢詞（長調），可鋪敘展衍，用大開大闔之筆，時間上有過去、現在、未來的交錯，空間上有閨閣、園林與陌上、原野的轉移，而又能融匯古典，處處關合春草，從而抒發出一段纏綿繾綣的離情，實為宋代早期詠物詞中的佳篇，因而受到時人的稱賞。

關於此詞，前人曾記其本事，謂宋神宗元豐中，作者出使契丹，有愛姬能詞，作〈蝶戀花〉云：「香作風光濃著露。正恁雙棲，又遣分飛去。密訴東君應不許，淚波一灑奴衷素。」姬詞傳入內庭，神宗遣兵馬帶她追送韓縝。縝初不知帝旨因何而出，後知姬詞為帝密知，遂作此詞以留別。（清沈雄《古今詞話》卷一引《樂府紀聞》）帝王多情為送家室，雖不必為事實，亦詞壇流傳之一佳話耳。

48　桂枝香

王安石

登臨送目。正故國❶晚秋，天氣初肅❷。千里澄江似練❸，翠峰如簇。歸帆去棹❹殘陽裡，背西風、酒旗斜矗。綵舟雲淡，星河鷺起❺，畫圖難足。

念往昔、繁華競逐。歎門外樓頭❻，悲恨相續。千古憑高，對此謾嗟榮辱。六朝❼舊事隨流水，但寒煙、芳草凝綠。至今商女，時時猶唱，〈後庭〉遺曲❽。

【作　者】王安石（西元一〇二一—一〇八六年），字介甫，撫州臨川（今屬江西）人。慶曆二年（西元一〇四二年）進士。先後任簽書淮南判官、三司度支判官、翰林學士兼侍講等職。宋神宗熙寧二年（西元一〇六九年），拜參知政事，主持變法。次年拜同中書門下平章事。七年出知江寧府。次年再相，復罷。元豐二年（西元一〇七九年），拜尚書左僕射，封荊國公。晚年退居江寧（今江蘇南京）城外半山園，自號半山老人。工詩擅文，皆稱大家，文列唐宋八大家之一，有《臨川先生集》一百卷。亦能詞，唐圭璋輯《全宋詞》收錄二十九首。宋王灼《碧雞漫志》評曰：「王荊公長短句不多，合繩墨處，自雍容奇特。」清劉熙載〈詞概〉稱其詞「瘦削素雅，一洗五代舊習」。

【詞　牌】〈桂枝香〉，清毛先舒《填詞名解》以為其名出於唐裴思謙狀元及第後所賦詩「夜來新惹桂枝香」及唐懿宗咸通中袁皓登第後作詩「桂枝香惹蕊珠香」。又名〈疏簾淡月〉。雙調，一百零一字，上下闋各十句，五仄韻，以押入聲韻者為多，亦可上去聲通押，為仄韻格。《詞律》萬氏注云：「此調舊譜分南北，如用入聲韻則名〈桂枝香〉，用去上聲韻始可名〈疏簾淡月〉。」《詞律》卷十六、《詞譜》卷二十九均以王安石本詞為正體。

【注　釋】❶故國　指金陵（今江蘇南京）。❷肅　肅殺，指秋日樹木縮栗、空氣凝寒狀態。❸澄江似練　晉謝朓〈晚登三山還望京邑〉詩：「澄江靜如練。」練，白綢。❹棹　搖船的用具，此代指船。❺星河鷺起　長江中有白鷺洲。李白〈登金陵鳳凰臺〉詩：「三山半落青天外，二水中分白鷺洲。」洲在金陵西長江中。❻門外樓頭　唐杜牧〈臺城曲〉有「門外韓擒虎，樓頭張麗華」的詩句，為詞語所本。所寫史實為：隋將韓擒虎率軍攻陷臺城，於井中擒獲張貴妃（麗華）與陳後主，張被殺。事見《陳書・張貴妃傳》。門外，指韓擒虎攻金陵時由朱雀門外進入。樓頭，指陳後主、張麗華尋歡作樂於臨春閣、結綺閣。❼六朝　指在金陵建都的東吳、東晉、宋、齊、梁、陳六個朝代。❽至今商女三句　用杜牧〈泊秦淮〉詩意：「商女不知亡國恨，隔江猶唱〈後庭花〉。」商女，歌女。〈後庭花〉，指陳後主所作〈玉樹後庭花〉，後被人視為亡國之音。

【語　譯】登臨金陵縱目四望，正值故國晚秋時節，天氣開始轉為肅殺。千里長江清亮好似白綢，翠峰聳立如箭頭尖削。江中船隻在斜陽裡往來如織，岸上酒旗在西風從背面吹來時高高飄拂。水上彩舟映襯淡淡白雲，星河中的白鷺似在翩翩起舞，即使是畫圖也難將其瑰偉寫足。　　感念昔日競相追逐豪華，喟歎門外樓頭，史實演變不斷，悲恨每相接續。千載之下登高，對此徒然嗟歎，榮辱轉換迅疾。六朝舊事已隨流水而去，只見寒煙中的芳草，凝成一片淒碧。至今歌女，還在時時唱著，陳後主製作的〈後庭花〉曲。

【研　析】金陵形勝，虎踞龍蟠，有帝王氣象。可是在此建都的王朝沒有一個長久的，尤其是六朝相繼更迭，只有三百多年的歷史，教訓多多，因而引起了無數後人的沉思，也引發了許多騷人墨客的詠歎。在詞中亦不乏為人所傳誦之佳作，如宋代周邦彥〈西河〉（佳麗地）、元代薩都剌〈滿江紅〉（六代豪華）、〈念奴嬌〉（石頭城上），均是名篇，而其中尤以王安石此詞拔居上頭。王氏以其政治家的眼光，站在歷史的高度，來審視這段史跡，憂虞社會現實，自是不同凡響。

這首詞的上闋重在寫金陵之形勝，也暗示出北宋社會表面的繁榮。一上來就是「登臨送目」，顯示出一種高瞻遠矚的氣勢，接點登臨時節，乃「天氣初肅」之「晚秋」，故所見極為闊遠。「千里」二句寫江山之壯美。秋日江水明淨，故有「澄江似練」之形容，所謂「千里」者，寫其遙接天涯之感，亦即辛棄疾〈水龍吟〉詞

「楚天千里清秋，水隨天去秋無際」之境界；「翠峰如簇」，則寫青山之高聳入雲，所謂「如簇」乃是青山與白雲相映的感覺。雖未寫雲天，然江山與雲天已渾然一體，展現的是一幅雄闊的江山萬里圖。這兩句寫的是遠景。「歸帆去棹」二句為中景，前句寫江中運輸、行旅，一片繁忙，後句寫江邊酒肆林立，招徠顧客的酒旗飄揚，商業繁榮。「西風」與前面「晚秋」相呼應。「綵舟」二句為秦淮河一帶近景，用一對句來寫金陵夜生活的開始：彩繪的船隻相映著淡淡的碧雲，密集的燈光倒映於水面，景象恰似星河，詞人再將秦淮河出口處的白鷺洲一併攬入畫圖，化靜態為動態，如此通過現實描寫與美麗想像的結合，通過動與靜的相融，通過色彩的渲染，便把秦淮一帶的迷人風光和金陵都市的繁華呈現於讀者的眼前，而「星河」「綵舟」也為結尾的「商女」「猶唱〈後庭〉遺曲」埋下伏筆。「畫圖難足」一句，是對金陵形勝的總括，承上啟下。

上闋從空間著筆，真個是「視通萬里」，金陵的氣派、城市的繁華盡呈筆底。下闋從時間著筆，「思接千載」而又回歸現實。詞人對金陵的氣象固然充滿讚歎，但最終的落腳點是對歷史與現實的沉思。「念往昔、繁華競逐」，即點出六朝相繼敗亡的原因，亦即孟子所言「生於憂患，死於安樂」之意，令人警醒！在六朝敗亡史跡中，詞人只拈出陳後主與張麗華的奢靡腐朽作為代表，所謂「門外樓頭」的結局，其實是六朝統治者所共同遭遇的命運，故詞中有「悲恨相續」的感歎。這種感歎與杜牧在〈阿房宮賦〉中所說「秦人不暇自哀，而後人哀之。後人哀之而不鑑之，亦使後人而復哀後人也」，一脈相承，而歷史的每一次輪迴，幾乎都是驚人地相似。對這種歷史教訓，腐敗的統治者不引為鑑，因此由極尊榮轉而遭受凌辱，必不可免，我「千古憑高，對此」也只有「謾嗟」空歎而已。「六朝舊事隨流水」，「流水」與前面「澄江」相呼應，種種往事已被江水無情淘洗湮滅，眼前還能看到的是什麼？是晚秋的「寒煙」，是寒煙下的「芳草」，是芳草的「凝綠」，一種令人傷心慘目的淒綠。此處的寫景一改上闋的清壯明麗，色彩轉為黯淡，既是為悲慨弔古，也是為下面的傷今情懷作鋪墊。雖然詞的上闋也暗示出金陵的表面繁榮，但詞人的敏銳，使他感受到了一種社會的危機。指出「至今商女，時時猶唱，〈後庭〉遺曲」多數人並不居安思危，而是醉生夢死，商女固然不知亡國恨，而醉心於這種歌聲者豈不更是麻木不仁！作者提醒世人：不要重蹈六朝覆轍！用前人詩意作為結束，有餘不盡。

王安石此詞一出，轟動詞壇，據宋楊湜《古今詞話》載：「金陵懷古，諸公寄詞於〈桂枝香〉，凡三十餘首，獨介甫最為絕唱。東坡見之，不覺歎息曰：『此老乃野狐精也。』」宋末張炎《詞源》亦讚其「清空中有意趣，無筆力者未易道」所謂清空者，不膠著於物象，對外物的描寫遺其貌而取其神；所謂意趣者，指其思想高妙，餘味曲包，耐人尋味。張氏之評，堪稱的當。今人周汝昌更從宋詞史的角度，肯定「其筆力之遒勁，其境界之朗肅，兩宋名家竟無二手，真不可及也」（《宋詞鑒賞辭典》）。

49 千秋歲引

秋景

王安石

別館❶寒砧❷，孤城畫角❸。一派秋聲入寥廓。東歸燕從海上去，南來雁向沙頭落。楚臺風❹，庾樓月❺，宛如昨。無奈被些名利縛，無奈被他情擔閣❻。可惜風流總閒卻❼。當初謾留華表語❽，而今誤我秦樓約❾。夢闌❿時，酒醒後，思量著。

【詞牌】〈千秋歲引〉，又名〈千秋歲令〉、〈千秋萬歲〉。《詞譜》謂「此即〈千秋歲〉調，添字、減字、攤破句法，自成一體。……其源實出於〈千秋歲〉。」雙調，八十二字，上闋八句、四仄韻，下闋八句、五仄韻，為仄韻格（或押入聲，或上去聲通押）。《詞律》卷十、《詞譜》卷十九均以本詞為正體。另有八十四、八十五、八十七字等體式。

【注釋】❶別館　旅途客店。❷寒砧　涼秋中的搗衣聲。❸畫角　古以吹角報時，此指角上有彩繪者。❹楚臺風　指雄風、快哉風。楚宋玉〈風賦〉載，楚襄王遊於蘭臺之宮，宋玉、景差陪侍，有風颯然而至，王乃披襟而當之曰：「快哉此風！」❺庾樓月　指吟賞秋月。南朝宋劉義慶《世說新語．容止》載，太尉庾亮在武昌時，使吏殷浩等秋夜於南樓賞月，見庾亮來，欲避之。庾亮說：「諸君稍住，老子於此興復不淺！」遂據胡床，與共吟謔。❻擔閣　即耽擱。❼卻　動詞詞尾。❽華表語　舊題陶潛《搜神後記》載，丁令威得道成仙，化為白鶴，停於華表柱頭，無知少年想舉弓射擊，鶴忽作人語：「有鳥有鳥丁令威，去家千年今始歸。城郭如故人民非，何不學仙冢壘壘。」此指所說離家久而歸來遲之語。華表，在宮殿、城垣或陵墓等前作為標誌和裝飾用的大柱。❾秦樓約　指男女間的盟約。漢劉向《列仙傳》載，秦穆公有女弄玉，好音樂，嫁善吹簫之蕭史，公築鳳樓使居。夫婦二人吹簫，有鳳凰來集，一同乘鳳鸞升仙而去。❿夢闌　夢回；夢醒。

【語　譯】在旅店聞涼秋的搗衣聲，在孤城聽嗚嗚畫角，一派秋聲盪漾在遼闊空間。燕子從海上向東歸去，南飛大雁降落在沙灘。過去楚臺的雄風，南樓的明月，宛如發生於昨天一般。　回想往昔，無奈被些名利束縛，也無奈被世俗情感耽擱。可歎的是風流心性，未得展示，總被閒著。當初空留離家回歸之語，耽誤了與佳人相會的盟約。夢回之時，酒醒之後，我在深深地思索。

【研　析】王安石係有雄才大略的政治家，富有積極進取的精神與行事果敢的作風，在北宋神宗朝曾大刀闊斧地推行新法，以圖實現其「兼濟天下」之志，所謂「風虎雲龍，興王祇在笑談中」（〈浪淘沙令〉）充分表現了他的雄心與自信。但世事是複雜的，政治往往有太多的變數，人的內心也必不可免地產生許多矛盾，功名誤身的觀念、急流勇退的打算，不時地會湧上心頭。這首詞表達的正是後一方面的心理與體悟。

此詞題為「秋景」，故先用一對句「別館寒砧，孤城畫角」，寫不同地點的秋聲。一是人在旅途，寄居別館，已懷漂泊之感，而寒風又送來陣陣搗衣之聲。古人秋日在砧上搗衣，是為縫製寒衣寄給遠人，聞聽此聲，更添一層淒寂。一是遠離親人的戰士，駐守孤立無援的邊城，恰聞黃昏嗚嗚畫角之聲，便益增一種蒼涼之感，令人想起范仲淹〈漁家傲〉詞所寫「四面邊聲連角起。千嶂裡，長煙落日孤城閉」的景象。然後總以「一派秋聲入寥廓」，一派，既包括砧聲、角聲，也包括砧聲、角聲以外的種種聲音。秋聲，本屬無形，而謂之「入寥廓」，則化而為有形，充塞於天地之間。這三句從聽覺寫秋聲，但並非眼前之實景，而是對平常積累印象的一種集中概括，因而是虛寫，然虛中有實。「東歸燕從海上去，南來雁向沙頭落」二句，轉從視覺寫秋景。古時稱燕為「海燕」，即春天從海上飛來，秋天回歸海上；大雁春天北飛，秋日南來，相傳至衡陽回雁峰而止。故詞人通過燕、雁這兩種候鳥寫秋日景象。兩句係七言對仗，用三、四（細分則為一、二、一）的節奏，極為工整。在秋聲和燕、雁的描寫中，似都暗含有一種在外「思歸」之意。故這裡描繪的秋景，與通常所見凋殘衰敗的景象、與通常表達悲秋情緒的慘淒，有所不同，它似帶有象徵意味，那是一種人生經歷、體驗的象徵。故以下「楚臺風，庾樓月」，轉入對自身經歷的回憶，自己曾享受過雄爽的清風，欣賞過秋夜的明月。這一聯三言對仗運用了兩個典故，顯得古雅、蘊蓄，能令人引發許多相關的聯想，其中楚王面對「快哉風」的得意，庾亮不凡的功業與儒雅的風度，當也暗喻著自己的昔日風光。「宛如昨」，總寫一句，這一切記憶猶新，宛如昨日發生之事，但又畢竟已成過去。這三句在全詞結構上，具有承上啟下的作用，係由寫景向抒情的過渡。

「無奈被些名利縛，無奈被他情擔閣」，對曾為名韁利鎖、曾為世俗之情所累感到很「無奈」，對自己未能抵擋某種外力的誘惑，進行反省，含有深深的自責：這本是人生所不當追求的一方面。而對人生所應當追求的方面，卻又有所忽略：「可惜風流總閒卻。」風流自賞，飲酒吟詩，追求性愛，是宋代文人精神生活的重要組成部分，我何嘗不心性「風流」，可惜總為名利、世情所干擾、所貽誤。下面「當初謾留華表語，而今誤我秦樓約」，是風流「閒卻」的具體情事。這兩句亦用對仗（三、四字不甚嚴格），兩句之間，是因果關係，屬流水對，即「當初」如何如何，故「而今」便如何如何。且運用兩個與神仙有關的典故，便顯得有些迷離惝恍。當初說的去家久遠而歸來遲遲，已毫無用處，故說是「謾留」，結果是使我和心愛人的約會被耽誤了。此處抒發的去家歸遲的後悔之情，與前面秋景包蘊的在外思歸之意遙相呼應。而所言的「秦樓約」，卻未必實有其事，當是對自己所嚮往境界的一種象徵。清黃氏《蓼園詞評》謂「意致清迥，翛然有出塵之致」意或近似。詞之結拍，逆挽一筆，點出以上所寫乃是在「夢闌時，酒醒後，思量著」之情事。當入「夢」之時，醉「酒」之中，人的頭腦尚處迷糊朦朧狀態，而當夢闌酒醒時，則有明晰的思考，表明自己的回望人生，是屬於理智的判斷。

思歸，懊悔歸遲，是詞的情感凝聚點。在人生道路上，經歷了幾番搏擊之後，在經歷了宦海風波的驚險後，希望超然世事、回歸平靜、安居家園，實也是很自然的思想傾向。詞的表達也頗有特點，寫法上有虛有實，虛實相生，景物不限於一時一地，清虛遼闊；情思開闔動盪，空靈有致，引人遐思妙想。全詞用三言、四言、七言對仗五組，極具工飭之美，正所謂以「詩人句法」入詞，運筆老到。

王安石詞作不多，但往往能別開境界，此詞亦是，將仕人出處進退的矛盾心情，寫得出神入化，勁峭奇特，實前所未見。

50 水龍吟

章楶

燕忙鶯懶花殘，正堤上、柳花飄墜。輕飛點畫青林，誰道全無才思？閒趁遊絲❶，靜臨深院，日長門閉。傍珠簾散漫，垂垂欲下，依前被，風扶起。

蘭帳❷玉人❸睡覺，怪春衣、雪霑瓊綴。繡床旋滿，香毬無數，才圓卻碎。時見蜂兒，仰粘輕粉，魚吹池水。望章臺❹路杳，金鞍遊蕩，有盈盈❺淚。

【作　者】章楶（西元一〇二七—一一〇二年），字質夫，建州浦城（今屬福建）人。英宗治平二年（西元一〇六五年）進士，試禮部第一，知陳留縣。歷提點湖北刑獄、成都路轉運使。哲宗朝，先後知慶州、渭州，守邊有功。徽宗立，拜同知樞密院事，逾年力請罷。授資政殿學士、中太乙宮使。卒，諡莊簡。《宋史》有傳。《全宋詞》錄存詞二首。

【詞　牌】〈水龍吟〉，見蘇軾《東坡樂府》。又名〈小樓連苑〉、〈水龍吟令〉、〈水龍吟慢〉、〈龍吟曲〉、〈鼓笛慢〉等。雙調，體式甚多，字數不一，句讀有異，韻腳亦多寡不同。宋詞人多使用一百零二字蘇軾體（首句或六言、或七言）。上下闋各四仄韻（下闋亦有五仄韻者），為仄韻格。參見《詞律》卷十六、《詞譜》卷三十。

【注　釋】❶遊絲　在空中盪漾的蟲絲。❷蘭帳　帳之美稱。❸玉人　指美女。❹章臺　漢長安章臺下街名，舊時用為妓院等地的代稱。❺盈盈　水清淺的樣子。此處形容淚水。

【語　譯】燕子忙碌，鶯唱已懶，百花凋殘，此時堤上柳花，正在飄墜。輕盈飛舞，點畫青翠樹林，誰說全無才能情思？隨意地碰撞著遊絲，靜悄悄地飄臨深院，閨門卻在白天長長關閉。緊靠珠簾飄散，漸漸地將要飄落，依舊如前，又被風吹起。　玉人在蘭帳中醒來，驚奇地看到春衣上，雪花霑著，瓊玉點綴。繡床上旋即鋪滿，團成香毬無數，才圓又碎。不時看見蜂兒，仰起來黏著輕粉，魚兒在池水中張嘴吹著柳絮。放眼遠望章臺，道路遙遠，想情郎正騎著金鞍駿馬，在那兒遊蕩，因而滴下清淚。

【研　析】此係詠柳花之詞，蘇軾曾與之唱和，和詞尤發清響，故原唱、和作均極有名。蘇軾謫居黃州時寄章楶信中提到：「柳花詞妙絕，使來者何以措詞！」又有「公正柳花飛時出巡案」之語，可知章楶此詞大約作於元豐四年（西元一〇八一年）出任荊南湖北路提點刑獄的不久之前，或即此年春夏間。

詞之起唱，即入手擒題：「燕忙鶯懶花殘，正堤上、柳花飄墜。」先以三樣最有代表性的動植物狀態，點出時間已進入暮春，在這一時間、在「堤上」這一空間，柳花飛揚、墜落。寫「堤上」，是因為視野相對開闊，寫「飄墜」，是因為有春風的推助，以下便由此生發開去，一層一層由遠而近。「輕飛」二句為一層。「輕」是柳花的特點，因輕，故而能「飛」。「輕飛點畫青林」，寫柳花那一點一點淡淡的色彩與青翠的樹林相映襯，恰似一幅美麗的圖畫，而且是動靜結合的圖畫，具有生動活潑之趣。「點畫」二字，十分傳神。能給大自然增添畫意，能給人帶來美感，這是怎樣的一種才情！故緊接著發議論：「誰道全無才思？」是用反詰語氣強力加以肯定，同時也是對韓愈〈晚春〉詩「楊花榆莢無才思，惟解漫天作雪飛」的一種反駁。此處用典極為自然，用典而不覺其為用典。「閒趁遊絲，靜臨深院，日長門閉」又為一層。柳花由「青林」轉向庭院。它們像小精靈一樣，穿過樹林，偶爾會與遊絲相撞一下，又靜靜地飛到深深的庭院，想闖入人家裡，窺探其中奧祕，可是卻吃了閉門羹。此處用「閒趁」、「靜臨」寫柳花，是一種主動的行為，故帶擬人化特點。「日長門閉」，既寫出春末白天變長的特點，又暗伏下面出現的「玉人」。「傍珠簾散漫，垂垂欲下，依前被，風扶起」復為一層。既然不得其門而入，便散漫地徘徊在珠簾之旁，眼看漸漸下墜，依舊又被風兒輕輕托起。其實詞的上闋所寫柳花的種種形態，都離不開「風」，但至此方用「依前被，風扶起」，明白點出。此層狀柳花，尤為人所稱道，如宋魏慶之認為「曲盡楊花妙處」（《魏慶之詞話》）。

室外柳花的描寫可說已窮形盡相，故下闋轉寫閨中美人眼中、心中的柳花。「蘭帳玉人睡覺，怪春衣、雪霑瓊綴」，玉人正在酣睡，這時柳花隨風潛入室內，它像雪花，又像美玉，點綴在春衣上，故當玉人醒來時，不免感到驚異。隨著時間推移，柳花越來越多，「繡牀旋滿，香毬無數，才圓卻碎」，柳花成團，旋即又散，真是刻畫入微。又，柳花本無所謂香，雖然李白〈金陵酒店留別〉詩有「風吹柳花滿店香」之句，但重點是寫酒香，連帶著柳花似也帶有香味。此處說「香毬」，應是沾染了繡床之香，故帶有一種香閨的旖旎色彩。寫罷玉人醒來的片刻所見，接著寫她起來將目光投注於室外：「時見蜂兒，仰粘輕粉，魚吹池水。」從旁面寫柳花，一寫空中之蜂採花，一寫水中之魚吞絮，展現出一派活潑生機，也顯示出柳花的無所不在。但自然界的活潑生機卻反襯出玉人的寂寞，在寂寞中有所期盼，有所等待。「望章臺路杳，金鞍遊蕩，有盈盈淚」，她把目光轉向了心愛人的冶遊之處——章臺。章臺，與冶遊有關，漢代張敞即有「走馬章臺」的故事；章臺又係妓女聚居之地，且與柳相關。孟棨《本事詩》載，唐代長安有妓柳氏，後許配韓翃，韓外任而置柳都下。逾三載，韓寄以詞：「章臺柳，章臺柳，昔日依依今在否？」章臺，對於風流的男性來說，無疑是一個充滿誘惑力的地方，以致走馬嬉遊，樂而忘返。如今玉人遙望章臺，杳不可見，充滿悵惘與愁恨，以致流下了點點清淚。所謂「盈盈淚」，係一語雙關，既是寫晶亮的珠淚，又關合墜落的柳花。

全詞圍繞「飄墜」二字、特別是「飄」字寫柳花，極盡刻畫形容能事，既注意層層鋪敘，又注意從不同角度著筆，或正面描寫，或側面烘托，或摹寫其狀，或攝取其神，形神兼備。在後半段雖注入一段閨閣柔情，但能始終緊貼柳花，故仍是一個有機整體。在詠物詞中點綴些閨房之趣，本是宋代詞人的寫作習慣。宋末沈義父在《樂府指迷》中曾總結說：「作詞與詩不同，縱是花卉之類，亦須略用情意，或要入閨房之意。」章楶此詞亦不例外。

後蘇軾有和作，可謂「後出轉精」，但似不應因此而貶低章詞。若無章詞的引發，可能也不會有蘇軾的高唱。俞陛雲評曰：「此詞雖不及東坡和作，而『珠簾』四句、『繡牀』三句賦本題極體物瀏亮之能，若無名作在前，斯亦佳製。」（《唐五代兩宋詞選釋》）是為公允之論。

51　減字木蘭花

春情

王安國

畫橋❶流水，雨溼落紅❷飛不起。月破黃昏，簾裡餘香馬上聞。

徘徊不語，今夜夢魂何處去。不似垂楊，猶解❸飛花入洞房❹。

【作者】王安國（西元一〇三〇—一〇七六年），字平甫，臨川（今江西撫州）人，王安石之弟。熙寧元年（西元一〇六八年），賜進士出身，除西京國子教授、崇文院校書。熙寧七年，為大理寺丞、集賢校理。坐鄭俠事，於次年放歸田里。有《王校理集》，不傳。唐圭璋所編《全宋詞》錄詞作三首。

【詞牌】〈減字木蘭花〉，於〈木蘭花〉（五十二字體）本調減少八字，又名〈減蘭〉、〈木蘭香〉。雙調，四十四字，上下闋各兩平韻，兩仄韻，句式、格律均同，為平仄韻轉換格。參見《詞律》卷七、《詞譜》卷五。

【注釋】❶畫橋　通常指朱橋或赤欄橋。❷落紅　落花。❸解　懂得。❹洞房　深邃的內室。洞，深。

【語譯】赤欄橋下流水潺湲，雨水打溼的花瓣落地難飛。此時明月當空，衝破黃昏氛圍，在馬上聞到簾內飄出芳菲。來回漫步，默默無語，今夜我的夢魂歸屬何處。直恨自己不能像那垂楊，還懂得飛揚花絮進入深邃閨房。

【研 析】歷來詞作，多從女性角度寫相思戀情，而此詞則從男性角度寫一種渴慕與追求。他在旅途中深感孤寂，希望得到異性的體貼與溫馨。詞從薄暮時分的景物寫起，他騎著馬兒，映入眼簾的是畫橋流水，傳入耳中的是流水潺潺和自己的馬聲得得，一派旖旎的風物，一種充滿詩情畫意的場景。這和晏幾道在〈木蘭花〉中所描寫的「紫騮認得舊游蹤，嘶過畫橋東畔路」的情景頗為相似。此時陣雨剛過，纖塵不起，道上惟有落紅數點，更覺空氣清新宜人，心情悠閒恬適。時間在逐漸推移，由薄暮至黃昏，又由黃昏至月出，這是特別引惹鄉愁的時刻，是旅人倍感落寞的時刻。他在馬上突然聞到從簾櫳飄散出來的脂粉芳香，心頭不免陡然一震，激盪起陣陣波瀾，因此引出了下面的無限心事。

詞之下闋，主要從心事著筆。男主人公騎著馬徘徊，但徘徊只是外在的行動，實際是在徘徊中焦慮地思索，不免生出非非之想：這個夜晚將做一個稱心的美夢，去與那簾內之人幽會。詞中運以「何處去」的疑問口吻，實則早已答案在心，結拍兩句便是確鑿的證明。可幽會之事卻是可想而不可即的啊，故不免心生遺憾，不免嫉羨起那可自由飛舞的楊花來。楊花可入洞房與伊人親密，而自己卻惟有單相思而已。如此以人花對比，使所傳之情更加深切；如此設想楊花，尤為無理而妙！有趣的是類似寫法前已有之，如馮延巳〈點絳脣〉詞從女性角度寫道：「意凭風絮，吹向郎邊去。」歐陽脩〈漁家傲〉詞從男性角度寫道：「安得此身如柳絮，隨風去，穿簾透幕尋朱戶。」一個是希望憑藉風絮到達郎邊，一個是遺憾自己不能如柳絮般到達朱戶內的玉人身邊，而此詞則是怨恨自己不能像楊花那樣，具有進入洞房的勇氣。因為思念的對方身分不同：有的是名正言順的郎君，有的是心有靈犀的戀人，有的是渾然未覺的女性，故寫法各異。此詞題為「春情」，所攝取之落紅、垂楊、飛花，皆暮春時景物；作者抒情將其安放於春日由薄暮至月出的時間段，最為恰當；而其中的兩個人物，一個徘徊於外，一個隱形室內，一個有情，一個無情，把單戀之苦寫得入木三分，令人想起蘇軾的〈蝶戀花〉詞：「牆裡鞦韆牆外道。牆外行人，牆裡佳人笑。笑漸不聞聲漸悄，多情卻被無情惱。」二者何其相似！

〈減字木蘭花〉每兩句一轉韻，一轉一意，如此詞，首二句寫雨後之景，三、四句寫時間推移中發生之事，五、六句轉寫徘徊時的內心活動，七、八句再進一層具寫不能與香閨中人相見相親的苦惱，每兩句又各自獨立成意。全詞脈絡井然，一氣貫注。

52 臨江仙

晏幾道

夢後樓臺高鎖，酒醒簾幕低垂。去年春恨卻❶來時。落花人獨立，微雨燕雙飛。記得小蘋❷初見，兩重心字羅衣。琵琶絃上說相思。當時明月在，曾照彩雲歸。

【作　者】晏幾道（西元一〇三〇？—一一〇六年？），字叔原，號小山，撫州臨川（今屬江西）人，晏殊第七子。曾任太常寺太祝。熙寧七年（西元一〇七四年），鄭俠因反對新法被治罪，因其與鄭友善受株連下獄，不久獲釋。元豐五年（西元一〇八二年）為潁昌府許田鎮監官，未幾辭官，退居京師賜第。黃庭堅〈小山詞序〉謂其「磊隗權奇，疏於顧忌。文章翰墨，自立規模。常欲軒輊人，而不受世之輕重……遂陸沉於下位。」有《小山詞》一卷，〈自序〉云：填詞「乃續南部諸賢續餘」，「期以自娛，不獨敘其所懷，兼寫一時杯酒間聞見，所同遊者意中事」。唐圭璋《全宋詞》收錄其詞近二百五十首。擅長小令。宋王灼《碧雞漫志》稱其詞「秀氣勝韻，得之天然」。詞與父齊名，世稱「二晏」，或稱「大小晏」。

【詞　牌】〈臨江仙〉，唐教坊曲名，用作詞調。調式甚多，此為五十八字體，上下闋均五句，三平韻。前兩句六言和後兩句五言，平仄相對，可用為對仗，如此詞一、二兩句，四、五兩句。詳見前歐陽脩〈臨江仙〉「詞牌」介紹。

【注 釋】❶卻 重；再。❷小蘋 歌女名。

【語 譯】夢回之後，高高樓臺已經鎖閉，酒醒之時，只見簾幕低低垂地。去年春恨重來的時候，正值一人獨立於落花之中，惟見雙燕在微雨中上下翻飛。 記得初見小蘋時，她身著兩重心字的羅衣。彈奏琵琶，傳達情意，訴說相思。當時的明月，今天還在，那月光曾照彩雲飛歸而去。

【研 析】這首〈臨江仙〉是小晏的名作之一。其〈小山詞自序〉云：「始時沈十二廉叔、陳十君龍，家有蓮、鴻、蘋、雲，品清謳娛客，每得一解，即以草授諸兒，吾三人聽之，為一笑樂而已。而君龍疾廢臥家，廉叔下世，昔之狂篇醉句，遂與兩家歌兒酒使俱流轉人間。」可知此詞寫於三人風流雲散、歌兒舞女流落他方之際，是作者對歌女小蘋的思念之詞。詞用對起法：「夢後樓臺高鎖，酒醒簾幕低垂。」二句互文，寫笙歌散盡後的寂寥。張有「簾幕」的「樓臺」，係當時笙歌歡娛之處，而今低垂、高鎖，已是人去樓空，悄無聲息。由此沉寂冷清之狀，暗示出當時是何等的熱鬧歡狂。「夢後」、「酒醒」，點明憶念乃是在午夜夢醒、宿酒初醒之時，含有前塵影事如夢如幻之意。這兩句是對朋友或臥疾、或下世後景況的回憶，充滿悵惘情懷，重點在憶昔。雖未點明特別憶念之人，但歌舞樓臺已暗伏所憶念之對象。下面「去年春恨卻來時」一句，承上啟下，轉入今時，但係今昔綰合。「春恨」，與季節相關，一般指男女相思之情，如唐王昌齡〈西宮春怨〉詩：「西宮夜靜百花香，欲捲珠簾春恨長。」溫庭筠〈菩薩蠻〉：「春恨正關情，畫樓殘點聲。」這種春恨，去年即已存積心頭，今時猶在延續，時間如此漫長，正見出思念之深切，同時說明「樓臺高鎖」、「簾幕低垂」已是去春的情事。以下復以「落花人獨立，微雨燕雙飛」的對句，具寫今春之景。落花、微雨，時節已屆暮春，景物淒美，暗寓感傷之情，而有情之人獨立，無情之燕雙飛，尤形成一種鮮明的對照。借景寫情，含而不露，柔厚婉轉。清譚獻《復堂詞話》曾稱賞曰：「名句千古，不能有二。」俞陛雲《唐五代兩宋詞選釋》

亦稱其「論風韻如微風過簫，論詞采如紅蕖照水」，其實，此二句乃襲用前人成語。五代翁宏〈春殘〉詩云：「又是春殘也，如何出翠幃？落花人獨立，微雨燕雙飛。寓目魂將斷，經年夢亦非。那堪向愁夕，蕭颯暮蟬輝。」翁宏此詩並不著稱於世，以其有句無篇，而一經小晏引入詞中，竟能渾然一體，恰到好處，放出異彩，故吳世昌讚其能「點鐵成金」（《詞林新話》）。

詞的上闋五句即用了兩聯對仗，工煉整飭，時間上有兩度轉折，即由往昔、而今昔、而今春，可謂善能折進。至下闋則放筆直抒，以「記得」二字領起，一氣貫注。「記得小蘋初見，兩重心字羅衣」，寫初見時的印象。那第一印象特別深刻的，是她羅衣上的「兩重心字」。關於「兩重心字」，解說不一，或謂衣領如重疊之篆體心字，或謂羅衣上繡有重疊之篆體心字。不管是何種情況，心字相疊，帶有一種心心相印的象徵意味，暗含少女對美好情感的追求，也是引發詞人怦然心動的因由，可謂是一見傾心。作者雖未寫其容貌，但透過著裝能令人想見她那「娉娉嫋嫋十三餘，豆蔻梢頭二月初」（杜牧〈贈別〉）的風致。接著以「琵琶絃上說相思」寫她的技藝高超，其彈奏能傳達出相思之情，真如白居易〈琵琶行〉所寫：「低眉信手續續彈，說盡心中無限事。」顯示出小蘋色藝俱佳。「說相思」，既透露出彈者的內心情愫，也是詞人的心靈感應。最後以「當時明月在，曾照彩雲歸」，寫歌舞晚會結束後她的倏忽離去。「彩雲歸」，化用李白〈宮中行樂詞〉「只愁歌舞散，化作彩雲飛」詩意。以彩雲指代小蘋，突出其輕盈美麗。她當時是踏著月色歸去的，而今明月依舊高懸，只是月在人杳。物是人非，中含多少失落，多少遺憾！相思縈繞，揮之不去。至此，將「春恨」寫足，將「春恨」原因點透。而「明月」之景，又與起首之「夢後」、「酒醒」的時間相呼應。

清先著《詞潔》評小晏之情詞「輕而不浮，淺而不露，美而不豔，動而不流」，此詞正可當之。李煜曾作有內容大體相同的〈菩薩蠻〉詞：「銅簧韻脆鏘寒竹，新聲慢奏移寒玉。眼色暗相鉤，秋波橫欲流。 雲雨深繡戶，未便諧衷素。宴罷又成空，魂迷春夢中。」兩相比較，雅俗自判，前者深婉沉著，後者淺顯發露。

53 蝶戀花

晏幾道

醉別西樓❶醒不記，春夢秋雲，聚散真容易。斜月半窗還少睡，畫屏❷閒展吳山❸翠。

衣上酒痕詩裡字，點點行行，總是淒涼意。紅燭自❹憐無好計，夜寒空替人垂淚。

【詞牌】〈蝶戀花〉，本名〈鵲踏枝〉，唐教坊曲名，用作詞調。晏殊據梁簡文帝〈東飛伯勞歌〉詩句「翻階蛺蝶戀花情」改此名。雙調，六十字，上下闋各五句，四仄韻，為仄韻格。詳見前柳永〈鳳棲梧〉「詞牌」介紹。

【注釋】❶西樓　西方之樓。詩詞中常用，如韋應物〈寄李儋元錫〉詩：「聞道欲來相問訊，西樓望月幾回圓。」李煜〈相見歡〉詞：「無言獨上西樓，月如鉤。」❷畫屏　有彩繪的屏風。❸吳山　古吳地（今江蘇、浙江一帶）的山，此借指江南的山。❹自　卻。

【語譯】醉別西樓的情景，醒來時已經忘記。恰似春日夢幻、秋空浮雲，由聚而散真太容易。斜月低照半窗，醒時多而睡時少，惟見畫屏，閒靜地展現吳山的青翠。

看看衣上酒痕，詩裡字句，點點行行，都是淒涼意。紅燭卻也遺憾沒有好計，夜間寒涼，只能徒然替人垂淚。

【研析】此係感慨人生聚少離多之詞。詞中所涉及之聚散當與上篇提及之好友或病或亡、歌兒舞女風流雲散相關，心中積澱無限失落，以致產生出一種近乎麻木的混沌之感，故首句「醉別西樓醒不記」，實乃從千迴百轉中來。「西樓」乃當日聚會之所，持酒聽歌，當筵觀舞，深情款款，心醉神迷！而今樓空人杳，一切似乎變得很遙遠、很模糊了。故接著發出「春夢秋雲，聚散真容易」的感歎。這兩句用晏殊〈木蘭花〉「長於春夢幾多時？散似秋雲無覓處」詞意，而晏殊之詞又係從白居易〈花非花〉「來如春夢不多時，去似朝雲無覓處」變化而來。以溫馨春夢之虛幻短暫，柔美秋雲之易隨風飄散，來比喻聚散離合之變幻無常，這是詞人對人生缺陷的一種感悟，充滿了無奈和歎息。正如詞人在〈小山詞自序〉中所云：「合離之事，如幻如電，如昨夢前塵，但能掩卷憮然，感光陰之易逝，歎境緣之無實也。」可移來作此數句之詮釋。前面二句抒情，係用逆入法，至「斜月半窗還少睡，畫屏閒展吳山翠」，方轉入對主人公所在時空的描寫。「斜月半窗」，月漸西斜，僅及半窗，可見夜已深沉。「還少睡」者，乃因心事重重，難以入寐，用一「還」字，以見無眠之久。而此時與己相對者惟有室內燭光映照之「畫屏」，在詞人看來，這畫屏正閒靜悠然地展現著峰巒的蒼翠，實是以客觀之物的「閒」，反襯自己內心的不平靜。

上闋由情而景，由虛轉實。至下闋更將「少睡」時的情境推進一層。「衣上酒痕詩裡字，點點行行，總是淒涼意」具寫此時情懷。當時暢飲，衣上留下的點滴酒痕，筵宴之中，興酣筆落寫下的詩句，都是昔日歡聚留下的表記，由此又與發端之「醉別西樓」相呼應，在「醒不記」的狀態中，喚醒了內心深處的難忘印象。只是而今大家天各一方，有的幽冥兩隔，撫今追昔，睹物思人，無一不引起淒涼傷感之意。而此種情懷，無人撫慰，相伴者惟紅燭而已。故結拍云：「紅燭自憐無好計，夜寒空替人垂淚。」這兩句源於唐杜牧的〈贈別〉詩：「蠟燭有心還惜別，替人垂淚到天明。」二者所用均為擬人法，「紅燭」、「蠟燭」，皆為有情之物，燭淚實即人之傷心淚。杜詩重在惜別，比較直質，但自然而然；晏詞重在寫愁懷難遣，所謂「紅燭自憐無好計」，實是自己無計排遣，先用一「自」字加以轉折，後面再用一「空」字，強調垂淚亦是枉然，便帶有折進層深的特點。且用「夜寒」二字補寫「斜月半窗」時的氣候，進一步渲染環境氛圍，故表情顯得尤為曲折、細膩。這也許正體現了詩詞的某種差別。

這首詞表情淒切悲涼，在一定程度上得力於虛字的運用，如「真容易」之「真」、「還少睡」之「還」、「閒展」之「閒」、「總是淒涼意」之「總是」、「自憐」之「自」、「空替」之「空」，都起到了加強感情力度的作用。對於此詞的用字之妙，陳廷焯曾有「一字一淚，一字一珠」之評（《大雅集》卷一）。

54 蝶戀花

晏幾道

碧玉❶高樓臨水住。紅杏開時，花底曾相遇。一曲〈陽春〉❷春已暮，曉鶯聲斷朝雲❸去。

遠水來從樓下路，過盡流波，未得魚中素❹。月細風尖垂柳渡，夢魂長在分襟❺處。

【詞牌】〈蝶戀花〉，見前首介紹。

【注釋】❶碧玉　指楊柳。唐賀知章〈詠柳〉詩：「碧玉妝成一樹高，萬條垂下綠絲絛。」❷陽春　曲名。宋玉〈對楚王問〉曰：「客有歌於郢中者，其始曰〈下里〉、〈巴人〉，國中屬而和者數千人；其為〈陽阿〉、〈薤露〉，國中屬而和者數百人；其為〈陽春〉、〈白雪〉，國中屬而和者不過數十人。……是其曲彌高，其和彌寡。」後以〈陽春〉指格調高雅之曲。❸朝雲　宋玉〈高唐賦序〉答楚襄王問曰，先王遊高唐，晝寢夢中幸一婦人。婦去而辭曰：「妾在巫山之陽，高丘之阻，旦為朝雲，暮為行雨。」後以朝雲指代所戀女子。❹魚中素　古樂府〈飲馬長城窟行〉：「客從遠方來，遺我雙鯉魚。呼兒烹鯉魚，中有尺素書。」此指書信。❺分襟　別離。

【語譯】居住在臨水的高樓，楊柳掩映。紅杏開時，曾在花底相遇。歌唱一曲〈陽春〉，正值春光將盡，拂曉時的鶯聲已經停歇，朝雲倏忽離去。

遠水自高樓下面流淌而來，流波過盡，竟得不到魚中書信。在月兒彎細、風兒涼浸的時刻，相別於垂柳渡，別後魂牽夢繞，長時逗留此處。

【研析】此詞寫離別相思之情，別有風致。先從那人的居處寫起：「碧玉高樓臨水住。」所居高樓，有綠柳掩映，已見環境清幽。以碧玉代柳，用賀知章詩中字面，不僅突出其色澤之美，也顯出幾分典雅。「臨水」而居，又能引出許多遐想，於是流水便成為全篇的結構線索。首句是詞人眼中之景，為伊人的出場作了準備。

「紅杏開時，花底曾相遇」，轉入敘事，兼寫景物，描寫一次不尋常的邂逅。紅杏在枝頭競放，色彩無比絢麗，那是熱情奔放的象徵，也是她美豔的映襯。在如此充滿生氣的環境中，兩人相遇於花底，四目相對，心有靈犀。用一「曾」字，表明事情係過去時態。這個「曾」字，實際貫串到下面兩句：「一曲〈陽春〉春已暮，曉鶯聲斷朝雲去。」「一曲〈陽春〉」，一方面描寫伊人技藝，表明她不是普通的市井通俗歌手，她能歌唱高雅的〈陽春〉曲，技藝非凡，同時表明她歌者的身分。這裡還含有一層深意，即聽者是能欣賞〈陽春〉曲之人，亦屬有音樂修養的雅士，從這個意義上來說，他們又是真正的知音。「春已暮」，一則點明季節，再則也含相見恨短之意，春天即將過去，好時光所剩無幾，故下一句緊接著轉寫別離。「曉鶯聲斷」，一語雙關，既是寫春暮景象，亦是喻歌聲消歇。「朝雲去」，有兩方面的含義，一是用宋玉〈高唐賦序〉中典故，示意所戀之人已經離自己而去；一是用白居易〈花非花〉詞「去似朝雲無覓處」意，暗示她如雲彩飛散，蹤跡杳然。故此詞上闋應為男性之口吻。

上闋寥寥數語描繪了由相遇而至繾綣情深、又轉瞬分離的過程，不免感歎歡愉何其短暫。下闋則轉寫女子別後之長久相思。男主人公離開後，去到遙遠之處，其地在同一江水之濱，只是一在上游，一在下游，故有「遠水來從樓下路」的聯想，流水既打從她的樓前經過，按理說應該有他傳遞來的信息，但是「過盡流波，未得魚中素。」竟然音信杳然，因而倍極惆悵。這種寫法令我們想起李之儀的〈卜算子〉：「我住長江頭，君住長江尾。日日思君不見君，共飲長江水。　此水幾時休？此恨何時已？」都是以水為線索表達憾恨之情，只是李詞更明白如話，具有回環往復之致，而晏詞則是運用轉折強化失望之情，二者各有特點。詞之結拍「月細風尖垂柳渡，夢魂長在分襟處。」寫其既盼來書無望，別離場景時在心頭。離別時間是在拂曉，弦月在天，景物依稀，晨風吹來，尚有清涼之感。詞語有時不避尖新，這裡用「細」形容月，用「尖」形容風，即體現了這一特點。由於離開時係舟行，故於植有垂柳的渡口分手。「垂柳」二字與發端之「碧玉」相呼應，可見沿堤皆植楊柳也。分手時當有千種叮嚀，萬般依戀，這一切都被作者省略，留給讀者去想像。那別離場景不獨今時讓人念念不忘，而是夢魂長時縈繫，是長相思。正如作者的〈長相思〉詞所說：「長相思，長相思。若問相思甚了期，除非相見時。」

此詞寫豔情，流露的是雙方的感應。但在作法上除了開篇三句為實寫外，其餘均帶迷離惝恍特色，幾於無跡可求，如煙如夢，似真似幻，故陳廷焯評說：「淒婉欲絕，仙耶鬼耶？」（《閒情集》卷一）厲鶚曾作詩云：「鬼語分明愛賞多，小山小令善清歌。世間不少分襟處，月細風尖喚奈何。」（《論詞絕句》）讚其愛賞鬼語，而風尖、月細之形容，尤為奇峭，為他人所不能道。

55 鷓鴣天

晏幾道

彩袖殷勤捧玉鍾❶，當年拚卻❷醉顏紅。舞低楊柳樓心月，歌盡桃花扇底風。

從別後，憶相逢，幾回魂夢與君同。今宵賸❸把銀釭❹照，猶恐相逢是夢中。

【詞牌】〈鷓鴣天〉，明楊慎《詞品》卷一謂取唐鄭嵎「春遊雞鹿寨，家在鷓鴣天」句意為調名。又名〈思越人〉、〈思佳客〉、〈千葉蓮〉、〈半死桐〉、〈驪歌一疊〉、〈醉梅花〉等。雙調，五十五字，上闋四句三平韻，下闋五句三平韻，為平韻格。第三、四句一般用為對仗，如本詞。《詞譜》卷十一以本詞為正體。

【注釋】❶玉鍾　玉製之酒杯，酒杯之美稱。❷拚卻　情願；甘願。❸賸　盡。❹銀釭　以銀為飾的燈具。

【語譯】當年她穿著彩色衣裳，手捧玉製酒杯懇切相勸，我甘願飲酒，致醉顏紅潤。她不斷起舞，直至楊柳映襯的樓臺當頂的月亮低沉，不斷歌唱，直到桃花扇底的風兒消歇飄散。

自從分別後，長時回憶相逢情景，幾回在夢魂中相聚，和你相同。今晚相見，拿著銀燈照來照去，還懷疑是在夢中相逢。

【研析】此詞寫久別重逢之喜。全詞可分為三層：前歡、別後、重逢。上闋回憶昔時歡愉，先從酒宴寫起：「彩袖殷勤捧玉鍾，當年拚卻醉顏紅。」「彩袖」，指代勸酒的妙齡女子，係以局部代整體，由彩袖可知所穿為繡有花紋的羅衣，又由其穿著可想見其人之美麗。她雙手所捧為精美的玉鍾，由此酒鍾之美可想見所盛酒之醇香，況且勸時又極殷勤，真是人美、酒美、情美！面對如此情境，豈能有所辜負，能不醉飲乎！故說「拚卻醉顏紅」。「醉顏紅」，又何嘗不是自己酒酣情熱的外在形象！故敘述中實已暗含兩情相悅之意。既是酒宴，自當有歌舞相佐，故緊接著用一聯極為精美的對仗寫春夜的歡歌妙舞：「舞低楊柳樓心月，歌盡桃花扇底風。」兩句將敘事與寫景相結合。以敘事言，寫出樓臺歌舞進行時間之長：舒展彩袖舞至當空的月亮漸至低沉，輕啟檀口將桃花扇上的歌兒唱盡。古時歌女所用為團扇，上面書寫歌名，也可以用作道具，便於障面遮羞，為使扇面更美，另一面描繪鮮豔紅色桃花。她唱至最後，那聲音在空中隨風飄蕩，以至漸趨消失。從寫景言，又有虛寫與實寫之分。掩映樓臺的「楊柳」與明「月」，係實寫；而「桃花扇底風」之「桃花」、春「風」亦是春景，但係從敘述中帶出，係實景虛寫。在柳綠桃紅的春日，在清風明月的夜晚，一方盡情以輕歌曼舞酬謝知己，一方懷著對青春少女的深情，欣賞著對方奉獻的才藝，當年歡愉，至此寫足。將當年的歡愉寫足，才更襯托出別後的難堪，形成一種鮮明的對照。

下闋前面三句寫別後。上闋寫歡愉之情，辭藻極為華美，對仗極為精工，辭情相稱。至此則用白描：「從別後，憶相逢，幾回魂夢與君同。」充滿了歎息與感慨。別離的時間已很長久，自從分手，即不斷憶念相逢時的情事，期盼重逢，因為憶念太深，故多次在夢中相聚。「與君同」三字，在行文中顯得有變化。「君」，係第二人稱，是說你常作著相聚的夢，我也與你相同，如此可避免處處是「我」的口氣，表情便也多了一層曲折。實際是我常夢相聚，推己及人。

結拍「今宵賸把銀釭照，猶恐相逢是夢中」寫今宵重逢之驚喜。因為過去「幾回魂夢與君同」，故今日「乍見翻疑夢」（司空曙〈雲陽館與韓紳宿別〉），還懷疑是在夢中相見，故擎燈照來照去，想證實一下究竟是真還是幻。由驚而疑，由疑幻而求真，把重見時的心態寫得極為細膩。杜甫〈羌村〉詩有「夜闌更秉燭，相對如夢寐」之語，唐圭璋《唐宋詞簡釋》謂小晏用老杜詩意，「然有『賸把』與『猶恐』四字呼應，則驚喜儼然，變質直為宛轉空靈矣。上言夢似真，今言真似夢，文心曲折微妙」。一質樸，一靈動，所謂詩詞之別亦由此可見。

小晏這類情詞多半為歌舞妓即〈小山詞自序〉中提及之蓮、鴻、蘋、雲而作，情感深摯，對她們絕無歧視狎侮之心，而多相惜相憐之意。小晏平生「仕宦連蹇，而不能一傍貴人之門」，「論文自有體，而不肯作一新進士語」，「人百負之而不恨」（黃庭堅〈小山詞序〉），故有人謂其為人與《紅樓夢》中賈寶玉相似，堪稱言之有理。或者應該說，賈寶玉的為人有著晏幾道的身影。

令詞的創作根據詞牌的特點，有時講究工整與流動的結合，講究工飭與平易相結合的藝術辯證法，此詞上下闋的變化，正體現了此一要求。而「舞低楊柳樓心月，歌盡桃花扇底風」一聯尤富豔精工，非貴冑公子、詞中作手不能道，故宋趙令畤評曰：「可知此人不生在三家村中也。」（《侯鯖錄》）

本詞曾被列入宋金十大名曲之一，傳唱甚廣。今人則有羅忠溶等為之譜曲。

56 鷓鴣天

晏幾道

醉拍春衫❶惜舊香，天將離恨惱疏狂❷。年年陌上生秋草，日日樓中到夕陽。

雲渺渺，水茫茫，征人❸歸路許多長。相思本是無憑語，莫向花牋❹費淚行。

【詞牌】〈鷓鴣天〉，見前首介紹。

【注釋】❶春衫　春日所著衣衫。❷疏狂　狂放不羈之人。❸征人　遠行之人。❹花牋　紙之精緻華美者，以供題詠書札之用。

【語譯】酒醉時輕拍春衫，珍惜上面留下的舊香，老天偏拿離恨，使疏狂之人煩惱。行經的路上，年年生長秋草，居住的樓中，天天夕陽臨照。

天空白雲渺渺，陸地江水茫茫，奔走在外的行人，歸路何等漫長。相思原本是沒有憑據的話語，不要向花箋空費淚行。

【研　析】此詞以羈旅者口氣抒寫相思之情，與他詞相較，一改溫婉面貌，顯得情思激盪，意境闊遠，別具一格。主人公與相愛之人的分別是在春天，分別前曾有過十分的依戀，對方身上的芳香襲入了他的衣衫，這芳馨正是昔時歡樂的遺澤。如今久別，剩下的惟是刻骨相思，故借酒澆愁，醉時撫拍春衫，由舊香可重溫昔時繾綣，暫得心靈安慰，故而對之特別珍惜。此即發端「醉拍春衫惜舊香」之意。但這短暫的溫馨、遙遠的回憶如何能慰藉一顆長久寂寞淒涼的心，故接著推進一層，發出「天將離恨惱疏狂」的怨忿：埋怨老天如此殘忍，讓離恨使我這疏放不羈之人陷於煩惱的境地！「惱」，在此作使動詞用。古時人們在精神痛苦至極又無可奈何之時，往往將原因歸罪於天，如《詩經・邶風・北門》即有「天實為之，謂之何哉」的呼喊，即今人也難免有呼天搶地的現象。其實呼天天不應，只不過是一種發洩的方式而已。以下用一對句具寫自己剪不斷的離愁：「年年陌上生秋草，日日樓中到夕陽。」從春到秋，由朝至暮，日日年年，無時無刻不在思念中。「陌上」與自己作為「征人」（見下闋）的行路相關，「樓中」與其止息相關，「秋草」、「夕陽」，皆遲暮衰瑟之景，更映襯出自己的淒涼之情。雖為景語，實即情語。

至下闋開頭，由念遠轉寫思歸。「雲渺渺，水茫茫」，係旅途所見景物，俯仰天地之間，惟見白雲無際，遠水茫茫。空間如此遼闊，反襯出征人的無比孤單。置身如此情境，怎不思念故園，怎不懷想愛戀之人！人愈走愈遠，歸路愈來愈長，相見的希望益發顯得渺茫，故感歎「征人歸路許多長」至此，方點出自己「征人」身分。此時此際，思緒繚亂，甚而生出極端之想：既然相思如此綿長深切，卻又不能相見相親，這份相思又有何用？它只不過是一些沒有憑據的話語罷了。既然「相思本是無憑語」，我又何必耗費精力在書信中，枉訴衷腸，空拋眼淚，還是「莫向花牋費淚行」了吧！看來詞人曾反覆作書花箋，流下行行熱淚，然而都是白費功夫，令人失望之極。故現在作此決絕語，似是勘破紅塵，了悟情緣，實則是內心極沉痛、情感極深至的一種特殊表達。詞人在〈采桑子〉詞中也有「長情短恨難憑寄，枉費紅牋」之語，係同一含義。

此詞寫相思，純用白描，情多憤激，與前首（彩袖殷勤捧玉鍾）相比，風格迥異。

57 木蘭花

晏幾道

鞦韆院落重簾暮，彩筆❶閒來題繡戶。牆頭丹杏雨餘花，門外綠楊風後絮。朝雲❷信斷知何處，應作襄王春夢❸去。紫騮❹認得舊遊蹤，嘶過畫橋東畔路。

【詞牌】〈木蘭花〉，唐教坊曲名，用作詞調。分齊言、雜言兩體，並見《花間集》、《尊前集》。宋詞多用齊言體，雙調，五十六字，上下闋均七言四句，三仄韻，為仄韻格。其句式以平起、仄起相間者為多，亦有第一、二句均為仄起，三、四句平起仄起相間者。第三、四句多用為對仗，如本詞。格律與〈玉樓春〉無甚差別，故宋人又稱〈玉樓春〉，二調名並行不廢，實為同調異名。故《詞律》卷七在〈木蘭花〉五十六字體下注明：「又名〈玉樓春〉。」參見晏殊〈玉樓春〉「詞牌」介紹。

【注釋】❶彩筆　典出《南史‧江淹傳》。江淹晚年文思減退，夢郭璞向其索筆，「淹乃探懷中，得五色筆一以授之。爾後為詩，絕無美句」。後以彩筆喻才思文筆佳勝者。❷朝雲　宋玉〈高唐賦序〉答楚襄王問曰，先王遊高唐，晝寢夢中幸一婦人。婦去而辭曰：「妾在巫山之陽，高丘之阻，旦為朝雲，暮為行雨。」後以朝雲指代所戀女子。❸襄王春夢　指宋玉〈高唐賦〉所敘楚王夢中遇巫山神女故事。❹紫騮　一種駿馬。唐李益〈紫騮馬〉詩：「爭場看鬬雞，白鼻紫騮嘶。」

【語譯】有著鞦韆的院落，日暮時重重簾幕遮蔽，閒來在繡簾懸掛的窗前，用彩筆題寫詩句。牆頭紅杏，在雨後剩留的花朵十分豔麗，門外綠楊，風吹過後的柳絮飄飛空際。

朝雲已音信渺茫，不知人在何處，應是飛到了襄王夢裡去。我騎的紫騮馬還認得舊時的遊蹤，嘶鳴著踏過畫橋東邊的道路。

【研　析】此詞係憶念歌女蓮、鴻、雲、蘋一類人物之作。詞人在一次出遊時，經過那樹有鞦韆架的舊時院落，那院門在黃昏時簾幕重重，顯示出人去樓空的冷清。「鞦韆院落重簾暮」這一發端與〈臨江仙〉詞所寫「樓臺高鎖」、「簾幕低垂」同一情境。看著這寂寥的院落，想像當年居住於此的她，曾「彩筆閒來題繡戶」。「彩筆」，顯示出她具有非凡的文才，閒來臨窗題寫詩文，又寓示她情趣的高雅，所居以「繡戶」加以形容，則暗示其人之美麗。前一句實寫所見，此句則為擬想之詞，虛中有實，帶有「如幻如電，如昨夢前塵」（〈小山詞自序〉）之特色。以下「牆頭丹杏雨餘花，門外綠楊風後絮」，用一對仗，轉寫院外暮春時節景物，但景中寓情，帶有象徵意味。雨後之花，雖不似雨前之繁茂，但杏花著雨，色澤更加明豔，那不正是她美麗容顏的象徵嗎？柳絮隨風，飄飛盪漾，不正是她行蹤飄忽不定的象徵嗎？他有首〈清平樂〉詞寫道：「暫來還去，輕似風頭絮。縱得相逢留不住，何況相逢無處。」正可作「綠楊風後絮」的注釋。在音韻方面，「牆頭」一句，亦有所講究，作者用「丹杏」，而不用「紅杏」，一則「丹」較之於「紅」略顯雅致，再則是因其音屬陰平，聲調略高，如果用「紅」，則一句之中加上「牆頭」、「餘」，四字均屬陽平，聲調會顯得低沉。此等處正宜細加體會。

　　詞之上闋已隱含追念之情，但多寓情於景。至下闋則承「重簾暮」、「風後絮」，直抒別後懷想：「朝雲信斷知何處，應作襄王春夢去。」詞人的朋友君龍、叔廉或病或亡之後，能歌善舞的少女已是風流雲散，不知淪落何方，詞人只能揣想其如同巫山神女「旦為朝雲」，飛到楚王的美夢中去了。不說其流落市井，下嫁平庸，而是巧妙運用神話傳說，不僅靈動，且能給人帶來幾分縹緲的遐想。詞之結拍，「紫騮認得舊游蹤，嘶過畫橋東畔路」，乃是倒敘，點明前面所見所思，是騎著駿馬經過她的舊居時發生的情事。從整個詞的結構言，用的是逆挽之法。從表現手法言，一是透過一層，曲折傳情，不說自己曾騎馬到此留連歌酒，與「朝雲」互傳衷素，而只說紫騮馬認得「舊游蹤」，因而發出懷舊的嘶鳴之聲，馬尚有情，而況人乎；二是今昔綰合，「畫橋東畔路」，既是今時馬踏之處，也是昔時經過之地，景物依舊，而人事已非，含有無限感歎；三是虛實結合，紫騮嘶鳴係實寫，「畫橋東畔路」從敘事中帶出，是為虛寫，但虛中有實，令人如見。以此收束全詞，真令人感到情真意厚，韻味無窮。清沈謙《填詞雜說》謂結句須是「或以動盪見奇，或以迷離稱雋」，此詞可謂能以動盪見奇者矣。

全詞有蘊藉處，有空靈處，含英咀華，味之無極。詞人另有一首〈御街行〉：「晚春盤馬踏青苔，曾傍綠陰深駐。落花猶在，香屏空掩，人面知何處。」所寫情景相類，但情韻似不及遠矣。

58 菩薩蠻

晏幾道

哀箏一弄❶〈湘江曲〉❷，聲聲寫盡湘波綠。纖指十三絃❸，細將幽恨傳。

當筵秋水❹慢❺，玉柱❻斜飛雁。彈到斷腸❼時，春山❽眉黛低。

【詞牌】〈菩薩蠻〉，唐教坊曲名，用作詞調。唐蘇鶚《杜陽雜編》載：「大中初，女蠻國入貢，危髻金冠，瓔珞被體，號菩薩蠻隊。當時倡優遂製〈菩薩蠻〉曲，文士亦往往聲其詞。」又名〈菩薩鬘〉、〈重疊金〉、〈子夜歌〉等。雙調，四十四字，前後闋各四句，兩仄韻，兩平韻，為平仄韻轉換格。參見《詞律》卷四、《詞譜》卷五。

【注釋】❶一弄　演奏一曲。❷湘江曲　關於舜之二妃投湘江而死的樂曲。❸十三絃　箏，古時五絃，唐以後，增為十三絃。❹秋水　謂眼波明如秋水。白居易〈箏〉詩：「雙眸剪秋水。」❺慢　眼神凝視。❻玉柱　箏柱之美稱。❼斷腸　形容痛苦到極點，肝腸寸斷。❽春山　指眉。舊題劉歆《西京雜記》載，「(卓)文君姣好，眉色如望遠山」。

【語譯】哀怨的箏聲，演奏一支〈湘江曲〉，聲聲傳達出湘波的碧綠。纖纖玉指彈奏十三絃，細細地將幽愁暗恨傳達。

在宴會上彈著如雁陣的十三絃，明如秋水的目光漸次凝定。彈到最哀傷時，美麗的雙眉緊蹙。

【研析】此詞作者亦作張先，今依唐圭璋《全宋詞》之考訂作晏幾道詞。此詞描寫一位樂伎的哀怨愁情。上闋主要寫她的演奏善於傳情，先從她演奏的樂曲寫起：「哀箏一弄〈湘江曲〉，聲聲寫盡湘波綠。」箏之音色低沉，長於怨調慢聲，此處以「哀」形容，便為整個演奏定下了感傷的基調。其所奏之〈湘江曲〉，與舜妃娥皇、女英投水殉情有關，因其事淒楚，其情哀切，故樂音悲涼。而她的彈奏不僅使人感受到了湘水的流動，甚至使人感受到了它那碧綠的顏色、遠山的映襯，可見其技藝是何等高妙。在這裡，作者用了「寫盡」二字，她似乎是用聲音把「湘波綠」全描摹出來了，由聽覺轉換為視覺感受。這種寫法，作者常用，如「秦箏算有心情在，試寫離聲入舊絃。」（〈鷓鴣天〉）「幺絃寫意，意密絃聲碎。」（〈清平樂〉）不用「彈」、「奏」，而用「寫」，不僅用辭新穎、別致，也使聲情化為空靈。「湘波綠」，在這裡不僅是寫江流，更包含有與之相關的情事。總之，曲情哀怨，且關合自己的遭遇。故緊接著寫道：「纖指十三絃，細將幽恨傳。」這個彈箏的人，是男是女，前面沒有交代，至此方出現一個特寫鏡頭：「纖指」，由此可知是一個妙齡女子。十指纖纖，在十三絃上彈撥飛動，在視覺上給予人的是一種妙不可言的美感，而指尖所到處發出的樂音，恰是在細訴滿腔的幽愁暗恨。「細將」與「寫盡」呼應，極言其善於以聲傳情。

詞的下闋承「幽恨」，側重寫她的表情，又分兩層。「當筵秋水慢，玉柱斜飛雁」為第一層。「斜飛雁」是對「十三絃」的形象描寫，謂其排列如斜飛的雁陣，更以「玉柱」讚其精美，此係從旁面襯托其技藝的精湛。「當筵」，點出她演奏的場合。她的「幽恨」愈彈愈深，眼神愈來愈顯凝重。「秋水慢」又是一個特寫鏡頭，一則寫出她眸子的明澈，再則眼睛是心靈的窗戶，以「慢」表現出她情感的變化。結拍「彈到斷腸時，春山眉黛低」再推進一層，情感已達痛苦的極點，此時雙眉緊鎖。在古詩詞中，眼睛是心靈的窗戶，雙眉也是心靈的表徵。如徐凝〈憶揚州〉詩：「桃葉眉長易覺愁」。韋莊〈女冠子〉詞：「忍淚佯低面，含羞半斂眉。」張先〈雙燕兒〉詞：「芳心念我，也應那裡，蹙破眉峰。」故此處再用一「眉黛低」的特寫鏡頭，突出她的「幽恨」，並以「春山」形容其眉之美麗。

在這首詞中作者沒有寫彈箏女的衣著、體態，只寫到了「纖指」、「秋水」、「春山」的局部，但我們已感受到了她的鮮嫩靚麗。這麼一位青春少女，這麼一位彈箏的高手，為何有如此深沉的幽恨，作者沒有明示。

是悵恨有情人難成眷屬，還是感歎知音難覓、虛度青春？其〈浣溪沙〉詞寫彈箏女：「悵恨不逢如意酒，尋思難值有情人。可憐虛度瑣窗春。」〈虞美人〉詞亦云：「未知誰解賞新音，長是好風明月、暗知心。」彼此間或有某種聯繫。清黃蓼園評此詞時亦提出：「寫箏耶？寄託耶？」（《蓼園詞評》）這些都留給讀者去想像，去思索。我們讀這類作品，總能感受到作者對有才情少女的深切關懷，充滿對她們人生結局的思慮。她們是那個時代的弱者，無法把握自己的命運，因此在這裡，我們似乎能體察到作者那一顆溫潤的同情心。

59 阮郎歸

晏幾道

天邊金掌❶露成霜，雲隨雁字長。綠杯❷紅袖趁重陽❸，人情似故鄉。

蘭佩紫，菊簪黃，殷勤理舊狂。欲將沉醉換悲涼，清歌莫斷腸。

【詞牌】〈阮郎歸〉，又名〈醉桃源〉、〈宴桃源〉、〈好溪山〉、〈碧桃春〉、〈濯纓曲〉等。南朝宋劉義慶《幽明錄》載，東漢剡縣人阮肇、劉晨同入天台山，遇二仙女，被邀至其處，淹留半年，及歸，子孫已歷七世。調名或即本此。雙調，四十七字，上闋四句四平韻，下闋五句四平韻，為平韻格。此調下闋兩個三言句一般用為對仗，如本詞之「蘭佩紫，菊簪黃」。參閱《詞律》卷四、《詞譜》卷六。

【注釋】❶金掌　指漢武帝所作承露盤上之銅製仙人掌。《三輔故事》云：「建章宮承露盤高二十丈，大七圍，以銅為之，上有仙人承露盤」。此處借漢時京城景物寫宋代都城。❷綠杯　杯中綠酒。❸重陽　古以「九」為陽數之極，故以農曆九月九日為重陽。

【語譯】伸入天邊的金掌，承接的露水已化秋霜，空中的雲彩，隨著大雁的飛翔而拖長。趁著重陽佳節，身著紅衣的少女，手捧綠酒勸飲，人情如同在故鄉。

她們身佩紫莖的芳蘭，頭上插著黃色的菊花，我殷切地梳理舊時的清狂。想通過沉醉換除昔日的悲涼，請別再唱清歌，令人斷腸。

【研　析】此詞自抒難以排遣的悲涼情懷。詞從寫京城秋日景物入手：「天邊金掌露成霜，雲隨雁字長。」首句借漢武帝時的天邊金掌指宋代都城汴京。借古寫今，為詩詞中常用的手法，如白居易〈長恨歌〉「漢皇重色思傾國」，借漢寫唐，趙企〈感皇恩〉詞「騎馬踏紅塵，長安重到」，借長安指宋代都城，均是。故此處景物屬虛寫。「露成霜」用《詩經・秦風・蒹葭》「蒹葭蒼蒼，白露為霜」語意，點出季節。涼秋時節，西風勁峭，秋雲易散，此時北雁南飛，成陣排雲，將秋雲也拉長了。空間高曠闊遠，氣溫已顯寒涼，正是重陽前後的物候特點。如此物色，已略帶淒涼之意。古時重陽佳節，或宴飲，或登高，詞人似少登高雅興，乃趁時參加宴飲。故下面接寫「綠杯紅袖趁重陽」，此句上承景物，下啟人情。「綠杯」、「紅袖」係句中對，以紅袖代勸酒佳人，以綠杯代清洌美酒，酒香人美，說明宴會非同一般，而是極為清雅溫馨，故而有「人情似故鄉」之感。作者的故鄉在臨川（今江西境內），今雖客居京城，卻感受到了故鄉的親切溫暖情味。聯繫詞人的經歷，可知這是他經歷了長久的世態炎涼、長久與世格格不入的落寞之後，領略到的精神慰藉。全詞情緒，在此稍稍振起。但這種欣慰對詞人來說，是極為短暫的，故詞的下闋轉入了對往昔更深沉的回望與思索。

「蘭佩紫，菊簪黃」二句承上「紅袖」，寫其應時的妝扮。前句語出《楚辭・離騷》：「紉秋蘭以為佩。」及《楚辭・九歌・少司命》：「秋蘭兮青青，綠葉兮紫莖。」後句語出杜牧〈九日齊山登高〉詩：「菊花須插滿頭歸。」這裡具寫勸酒者用蘭花、菊花裝飾自己，一方面為酒宴增添歡樂氣氛，另方面也是從旁面補寫重陽景物。但這種場景引發的是詞人的重重心事，故說要「殷勤理舊狂」。舊時的清狂，除了以歌詞草授諸兒、持酒聆聽、共為笑樂之情事外，更有「仕宦連蹇，而不能一傍貴人之門」、論文「不肯作一新進士語」、「人百負之而不恨」（黃庭堅〈小山詞序〉）等痴怪之性情，這一切，而今要重新打起精神，將其梳理。況周頤認為此句有三層意：「狂者，所謂一肚皮不合時宜，發見於外者也。狂已舊矣，而理之，而殷勤理之，其狂若有甚不得已者。」（《蕙風詞話》卷二）而他回望與思索的結果，是無盡的「悲涼」。故在結拍直言：「欲將沉醉換悲涼，清歌莫斷腸。」我現在享受殷勤的款待，溫暖的人情，乃是想以新的醉酒排除鬱積於心的悲涼。但醉酒是暫時的，悲涼是難以「換」掉的，因此希望歌者不要再唱斷腸之曲，增重悲涼之情。由「殷勤理舊狂」到「欲將沉醉換悲涼」，再到「清歌莫斷腸」，層層推進，步步深入。「悲涼」二字，是全詞情感的聚焦點。對此詞末句「清歌莫斷腸」，吳世昌云：此「乃慰藉歌者之意，謂我但欲藉爾清歌，助我沉醉而已，求我沉醉以忘悲涼而已。爾莫因歌斷腸，使我更增悲涼也。蓋不欲因己之悲涼，引起歌者之斷腸也。仁人用心隨處可見，此小山得天獨厚處。」（《詞林新話》）亦可謂別有解會，可以參看。

這首詞對作者來說，帶有回顧一生的總結性質，他的悲涼是正直、孤傲、不趨炎附勢、不苟同流俗的性格使然，帶有一種崇高的性質。他的另一首〈玉樓春〉詞寫道：「儘教春思亂如雲，莫管世情輕似絮。古來多被虛名誤，寧負虛名身莫負。勸君頻入醉鄉來，此是無愁無恨處。」表達的人生態度與精神感悟，與此詞有相似處，可互相參閱。

60 浣溪沙

晏幾道

午醉西橋夕未醒，雨花❶淒斷不堪聽。歸時應減鬢邊青。

衣化客塵❷今古道，柳含春意短長亭❸。鳳樓❹爭❺見路旁情。

【詞牌】〈浣溪沙〉，唐教坊曲名，用作詞調，首見唐韓偓詞。又名〈浣紗溪〉、〈小庭花〉、〈滿院春〉等。雙調，四十二字，為平韻格，如本詞。另有增字數體，又有押仄韻一格。詳見前晏殊〈浣溪沙〉「詞牌」介紹。

【注釋】❶雨花　言雨如花落。語出李白〈登瓦官閣〉詩：「漫漫雨花落，嘈嘈天樂鳴。」❷衣化客塵　晉陸機〈為顧彥先贈婦〉詩：「辭家遠行遊，悠悠三千里。京洛多風塵，素衣化為緇。」此處指旅途的塵灰使素衣變黑色。❸短長亭　古時於道路設亭供行人休憩或送別，十里一長亭，五里一短亭。❹鳳樓　指禁內之樓觀。南朝宋鮑照〈代陳思王京洛篇〉：「鳳樓十二重，四戶八綺窗。」❺爭　怎。

【語　譯】中午在西橋喝醉，臨晚尚未酒醒，雨聲淅瀝不斷，淒涼已極，不堪聆聽。想像歸去之時，應會減少鬢髮青青。　今古道上奔走的人，素衣被旅途的風塵化為黑色，滿含春意的柳樹，植滿路上的短長亭之間。深居鳳樓者，又怎能見到路旁的情景。

【研　析】此詞抒發仕宦奔走的痛苦情懷。作者於元豐五年（西元一〇八二年）左右為潁昌府許田鎮（今河南境內）監官，或即作於此時。詞中極道仕途奔波之苦，沉鬱之中尤帶激越。上闋主要抒寫自己抑鬱寡歡。「午醉西橋夕未醒」，一開始即寫自己長醉不醒狀態，起筆突兀。何以飲酒，何至於由午醉而至夕醺，都未作交待，實是心中鬱悶積澱已久，不得不借酒澆胸中壘塊，故此句敘事的背後實有無限苦衷。次句「雨花淒斷不堪聽」，從聽覺寫景。人在半醉半醒狀態中，又聽到雨的淅瀝之聲，或者說，是由於雨聲及其帶來的寒涼，使他從醉酒中有了幾分清醒。由雨聲而想像百花被摧折的淒慘情景，深感美好春光又將消逝，心緒更為惡劣，故說「不堪聽」。精神如此備受折磨，久而久之，人必呈衰象：「歸時應減鬢邊青。」「歸時」，係將來時態，故「減鬢邊青」前用一「應」字，帶揣想之意。如果詞僅寫到此，則還意義有限，不過悲歎一己之遭遇而已，它的價值更在於推己及人，由個別體驗而上升為普遍情感。

「衣化客塵今古道，柳含春意短長亭」，用一聯對仗抒發深長感喟：從古到今，有多少來往奔波仕途之人，風塵僕僕，以致「素衣化為緇」；從古到今，多少回在春意濃時折柳送別，淚灑長亭短亭。綿綿「今古道」、悠悠「短長亭」、青青楊柳樹，都是這種苦情的見證者。如此便從眼前生發開去，把這種悲情推向邈遠時空，使之帶有一種普遍的意義。對仗亦極工妙，看似前句寫人是主，後句寫景是輔，實則二者並列，寫出兩種不同場景，而前句「今古」的時間概念，實亦貫穿至下句。在音節上用一、三、三的結構方式，讀來別有一種音樂的美感。結句「鳳樓爭見路旁情」，情轉激烈，那些高居鳳閣、蛾眉爭繞、養尊處優、發號施令之人，哪知這些小吏的奔競之勞，離別之苦？又豈有放眼天下、俯仰今昔之懷？如此收束，頗帶高屋建瓴之勢，非一般牢騷可比。

其〈玉樓春〉詞有「古來多被虛名誤，寧負虛名身莫負」之句，這是他的人生態度。他的痛苦正是仕宦的實踐與這種人生態度矛盾衝突的結果。

61 思遠人

晏幾道

紅葉黃花❶秋意晚，千里念行客。飛雲過盡，歸鴻無信❷，何處寄書得。

淚彈❸不盡臨窗滴，就❹硯旋研墨。漸寫到別來，此情深處，紅牋❺為無色。

【詞牌】〈思遠人〉，見晏幾道《小山詞》，因詞之次句為「千里念行客」，故名。雙調，五十一字（《詞譜》作五十二字），上闋五句二仄韻，下闋五句三仄韻，為仄韻格。宋詞中僅存晏幾道此首。參見《詞律》卷六、《詞譜》卷九。

【注釋】❶黃花　即菊花。❷歸鴻無信　《漢書·蘇武傳》載，蘇武被囚於匈奴，匈奴詭言武死。漢使依常惠言，謂天子射獵上林中，得雁，足繫帛書，言武在某澤中。後以鴻雁代書信。❸彈　流。❹就　向。賀鑄〈愁風月〉詞：「欲遽就牀眠，解帶翻成結。」❺紅牋　紅色箋紙。

【語譯】滿眼紅葉黃花，呈現晚秋意態，我思念的行人，遠在千里之外。西風吹逐，飛雲過盡，北雁南歸，不曾捎信，又能向何處寄達情書。　流不盡的眼淚，臨窗而滴，向著硯臺旋即磨墨。漸漸寫到別後情景，至別情深處，紅色信箋變得不見顏色。

【研析】此詞代女性寫閨思。詞的上闋寫室外所見所思。「紅葉黃花秋意晚」一句寫景，具有高度的概括性。

「黃花」，為庭院中近景；「紅葉」，範圍擴大為中景、遠景；「秋意晚」，不僅包含了紅葉、黃花，也包括了紅葉、黃花之外的種種秋日景物帶來的季節感受。黃花、紅葉，雖色彩斑斕，畢竟是一年中盛極而衰的最後亮色。一種時間流逝之感、淒涼之情已包孕於景物描寫中。由於這句景觀視野極為闊大，故引發了「千里念行客」的綿遠情思。晚秋來臨，天漸轉涼，遠行的親人，羈旅在外，衣裳能否禦寒？獨自客居，是否孤寂？一個「念」字，包含了無限關懷。此詞極簡省、空靈，雖無「倚欄」、「登樓」等具體方位、行動的描寫，但我們卻能從景物的呈現中感受到主人公的所在位置與行為動作：她正在登樓遠眺。以下「飛雲過盡，歸鴻無信，何處寄書得」，為仰望秋空所見所盼。「飛雲」、「歸鴻」係晚秋景物描寫的補充，而「過盡」，則表明瞭望時間之久；「無信」，是期盼中的失望。因為失望而含有十分的焦慮，故有「何處寄書得」的詰問，情緒轉為激烈。「何處寄書得」，係「得（以向）何處寄書」的倒裝。這一詰問承上啟下，由念遠盼書轉入自己寫信，故下闋轉入室內，備述寫信情景。

盼信不得，書不得寄，遂步入室內，獨坐窗前，「淚彈不盡臨窗滴」，至此方出現女主人公淚流不止的畫面，說明內心痛苦已極。雖然得不到對方消息，無由寄達書信，還是要動筆訴說相思，用文字加以宣洩。「就硯旋研墨」，用「就」和「旋」的虛字，顯示出動作的迅疾，流露出心情的急切。「漸寫到別來，此情深處，紅牋為無色」，寫信有一個過程，故用一「漸」字。信的內容可能包括噓寒問暖等等，寫到別後自己的魂牽夢繞、情極深處，悲不自勝，淚水浸透紅箋，使紅箋失去顏色，其情景與其另一首〈蝶戀花〉詞「欲寫彩牋書別怨，淚痕早已先書滿」相似。其情之深、之痴，寓於敘事之中，一氣呵成，可謂一片神行。近人唐圭璋評此詞下闋：「滴淚研墨，真痴人痴事。末二句，不說己之悲哀，而言紅牋都為無色，亦慧心妙語也。」《唐宋詞簡釋》極為的當。

全詞主要運用白描，不事藻飾，可謂語淡而情深。此詞為小晏創調，似信手寫來，一氣呵成，末句「紅牋為無色」五字，前四字均為平聲，後一字為短促的入聲字，於詩為拗律，而用於詞，具有由平緩而轉急促的音樂效果。

62 賣花聲

題岳陽樓

張舜民

木葉下君山❶，空水漫漫。十分斟酒斂芳顏。不是渭城西去客❷，休唱〈陽關〉❸。

醉袖撫危欄❹，天淡雲閒。何人此路得生還？回首夕陽紅盡處，應是長安❺。

【作　者】張舜民（生卒年不詳），字芸叟，號浮休居士，又號矴齋，邠州（今陝西邠縣）人。治平二年（西元一〇六五年）進士。元豐四年（西元一〇八一年）隨軍征西夏，掌機密文字，曾作詩譏議邊事，有「白骨似沙沙似雪，將軍休上望鄉臺」等句，次年坐罪謫監郴州酒稅，途經岳陽，作〈賣花聲〉二首。後除祕閣校理，監察御史，累擢吏部侍郎。坐元祐黨，貶商州，卒。為人剛直敢言，議論雄邁，葉夢得稱其「尚氣節而不為名」（《巖下放言》）。能詩能畫，著有《畫墁錄》、《畫墁集》。《全宋詞》錄其詞四首。

【詞　牌】〈賣花聲〉，即〈浪淘沙〉。又名〈浪淘沙令〉、〈過龍門〉等。五十四字，上下闋各五句、四平韻，句式、格律均同，為平韻格。詳見歐陽脩〈浪淘沙〉「詞牌」介紹。

【注　釋】❶木葉下君山　《楚辭・九歌・湘夫人》：「嫋嫋兮秋風，洞庭波兮木葉下。」此用其意，寫樹葉在秋風中飄落君山。君山，在洞庭湖中。相傳舜妃湘君遊此，故名。❷渭城西去客　王維〈送元二使安西〉詩：「渭城朝雨浥輕塵，客舍青青柳色新。勸君更盡一杯酒，西出陽關無故人。」指王維在渭城所送為西去客。❸陽關　即指王維〈送元二使安西〉詩，後人唱此送別，遂成驪歌。❹危欄　高欄。❺長安　此處代指宋都城汴京。

【語　譯】樹葉被西風吹落君山，遼闊水天，一片漫漫。歌女滿滿地斟酒，收斂起歡愉的容顏。我非由渭城向西去的行客，不要歌唱〈陽關〉。

酒醉時以衣袖撫靠高高欄杆，只見天容淡淡，白雲悠閒。有誰經歷此路得以生還？回首看那夕陽紅處的盡頭，應是都城長安。

【研　析】張舜民剛直敢言，又寫詩譏諷邊事，終以言獲罪，貶謫郴州。由汴京至郴州（今湖南南部），洞庭湖乃必經之地，登岳陽樓乃必有之舉。正如范仲淹〈岳陽樓記〉所云：「北通巫峽，南極瀟湘，遷客騷人，多會於此。」詞人以所謂「戴罪」之身於岳陽樓登眺，自有無限感觸。詞之發端即寫登眺所見：「木葉下君山，空水漫漫。」此番路過，正值秋季，天高氣爽，空明澄澈，故所見極遠。寫景點面結合，君山是浩淼湖中一點，更襯托得水天相接的洞庭湖，空闊無邊。而「木葉」紛飛，又帶肅殺秋氣。遼闊的空間反襯出人的孤獨，肅殺的秋氣映襯出人的落寞情懷。「十分斟酒斂芳顏」，轉入敘事。此處侍女閱人多矣，自然善於觀言察色，她將酒杯斟得滿滿的，對眼前借酒澆愁的遷客，自然會收斂起平常的笑容。詞人這樣寫，實際上是借他人的表情寫自己心中的悲戚。接著用王維〈送元二使安西〉的詩意反襯自己的遭遇。元二係奉朝廷之命出使安西，而自己是獲罪南遷，無須唱「西出陽關無故人」一類的驪歌送別，故云「不是渭城西去客，休唱〈陽關〉」，這裡既強調自己現在的身分，同時也含有與昔日曾從征西夏情景相對照之意，不免含有幾許悲涼。

換頭「醉袖撫危欄」，出現詞人自己的形象。「醉袖」，即醉酒人的衣袖，係以局部代整體；岳陽樓高踞於洞庭湖邊的城牆之上，故說「危欄」；作者不說「倚」，而說「撫」，因為「倚」偏重於靜態，而「撫」則偏重於動態，更能顯示出內心的激盪。此句連接上下，前面景物乃撫欄所見，是為倒敘，下面所見所思，皆為撫欄時情事，是為平出。撫欄仰望天空，「天淡雲閒」，悠悠白雲，在明淨的秋空靜靜飄飛。這種景觀無疑是對自己情緒的一種反襯：雲絮輕柔而我心沉重！雲自悠閒而我心動盪！故下面發出「何人此路得生還」的疑問。這種心情和韓愈〈左遷至藍關示侄孫湘〉：「一封朝奏九重天，夕貶潮陽路八千。……知汝遠來應有意，好收吾骨瘴江邊。」表達的心情有相似處。南方瘴癘之地，蠻夷之鄉，死於貶所之遷客，不知凡幾。這一句既包含有悠遠的歷史感，又是對自己現實命運的擔憂。在擔憂未來命運的同時，詞人對京城仍然充滿依戀。「回首夕陽紅盡處，應是長安」，係化用白居易〈題岳陽樓〉「夕波紅處近長安」詩意。詞人撫欄良久，直至夕陽冉冉西下，那紅霞的盡頭，應是自己朝思暮想之地「長安」——汴京吧。帝都，是君國的象徵，那裡也曾是自己發揮才能、實現人生價值之地，今後，是否還有可能回到那裡一睹君顏、一展自己的襟抱？依戀中不免含有一種黯然情懷。

詞人另有一首〈賣花聲〉云：「樓上久踟躕，地遠身孤。擬將憔悴弔三閭。自是長安日下影，流落江湖。……」據周煇《清波雜志》載，二詞均題於岳陽樓。詞中雖多哀戚之感，但哀而不傷，含有一種清遠之氣。

63 卜算子

送鮑浩然之浙東

王　觀

水是眼波橫❶，山是眉峰聚❷。欲問行人去那邊，眉眼盈盈❸處。　才始送春歸，又送君歸去。若到江東趕上春，千萬和春住。

【作　者】王觀（生卒年不詳），字通叟，海陵人，一作如皋人（二地均今江蘇境內）。嘉祐二年（西元一〇五七年）進士，任大理寺丞，知江都縣。累官翰林學士。因作應制詞〈清平樂〉有「折旋舞徹〈伊州〉，君恩與整搔頭」之句，宣仁太后認為褻瀆神宗，被罷職，遂自號「逐客」。王灼《碧雞漫志》載：「王逐客才豪，其新麗處與輕狂處，皆足驚人。」有《冠柳集》，不傳。《全宋詞》收詞十六首。

【詞　牌】〈卜算子〉，又名〈卜算子令〉、〈缺月掛疏桐〉、〈百尺樓〉、〈眉峰碧〉、〈楚天遙〉等。雙調，四十四字，上下闋各四句，兩仄韻，係仄韻格。每句均為仄起（第二字為仄聲），格律同近體詩律句。另有添字或增韻之體式，字數有四十四字至四十六字不等，叶韻有上下闋為三仄韻者。參見《詞律》卷三、《詞譜》卷五。

【注　釋】❶水是眼波橫　本言女子目光轉盼，如水之橫流，此處反過來說，水如女子之眼波流盼。漢傅毅〈舞賦〉：「目流睇而橫波。」❷山是眉峰聚 漢劉歆《西京雜記》載：「（卓）文君姣好，眉色如望遠山。」本以遠山形容女性眉之美好，此處則反言之，謂山如美女之眉。❸盈盈 美好的樣子。

【語譯】那兒的水是美人的眼波流盼，那兒的山是美人的眉峰簇聚。要問遠行的人去哪裡，正去那眉眼姣好之處。

剛剛送走美好的春天，而今又送你返回江南。要是到江南趕上春色，千萬和春相隨相伴。

【研析】此係送別之詞，題為「送鮑浩然之浙東」。浙東乃山青水秀之地，又或鮑氏愛妾居住於該處，故詞即以山水為發端，並暗寫其愛妾的美貌與愁容。從寫山水之美的角度而言，詞人不用顏色字面，也不作態勢的描摹，如詞中常見的「春來江水綠如藍」（白居易〈憶江南〉）、「春水碧於天」（韋莊〈菩薩蠻〉）、「重疊暮山聳翠」（柳永〈訴衷情近〉）、「春山好處，空翠煙霏」（蘇軾〈八聲甘州〉）等等描寫，一概不用，而以美人之眉眼為喻，不獨新穎，亦且空靈，令人在聯想中去領略、去品味那山水的秀麗。而此種寫法的俏皮處，尤在於寫出了那愛人的明澈秋波和因思念等待而緊蹙的眉彎。是以此番江南之行，既有山容水態的吸引，更有所愛者的熱切期待。以下用問答形式點明去向，用「眉眼盈盈處」一語雙關地做一個總結。

下闋所寫，是送者的一分悵惘，是送者對行者的一番祝願。送走生命勃發的春天，本已難以為情，又送朋友遠行，更添一分失落。用「才」、「又」兩個虛詞，把季節和人事聯繫在一起，又用兩「歸」字，賦予兩件不同性質的事情以同一性，從而加重別情的分量。下面的祝願是通過擬想來體現的。前人有「斷腸春色在江南」（韋莊〈古別離〉）之說，詞人或受其啟發，設想江南之地春色仍在，囑咐朋友千萬不要辜負這大好春光。這裡的春，既代表一年中的美好時光，又代表著人事中的花好月圓。有了這囑咐，調子便由輕快轉而為高揚。

此雖送別之詞，運筆卻是一片神行，設想奇巧，新鮮、活潑、詼諧，情趣盎然，最能體現王觀詞作俏皮、幽默，善能作不經人道語的特色。

64 菩薩蠻

魏夫人

溪山掩映斜陽裡，樓臺影動鴛鴦起。隔岸兩三家，出牆紅杏花。

綠楊堤下路，早晚❶溪邊去。三見柳綿❷飛，離人猶未歸。

【作者】魏夫人（生卒年不詳），名玩，字玉汝，襄陽（今湖北境內）人，魏泰之姐，曾布之妻，博涉群書，工詩。詞多寫閨情，《全宋詞》收詞十四首。在宋代，其詞作往往與李清照並稱，如朱熹云：「本朝婦人能詞者，惟李易安、魏夫人二人而已。」黃昇云：「李易安、魏夫人，使在衣冠之列，當與秦七（秦觀）、黃九（黃庭堅）爭雄，不徒擅名於閨閣也。」（《古今詞話·詞話》上卷）

【詞牌】〈菩薩蠻〉，唐教坊曲名，用作詞調。又名〈菩薩鬘〉、〈重疊金〉、〈子夜歌〉等。雙調，四十四字，前後闋各四句，兩仄韻，兩平韻，為平仄韻轉換格。詳見前晏幾道〈菩薩蠻〉「詞牌」介紹。

【注釋】❶早晚　時常；日日。舒亶〈鵲橋仙〉詞：「兩堤芳草一江雲，早晚是、西樓望處。」❷柳綿　柳絮。

【語譯】在斜陽裡，溪流與青山互相掩映，樓臺倒影搖漾，鴛鴦雙雙遊戲。對岸三兩戶人家，紅豔的杏花伸出牆外。

踏過青青柳堤下的道路，時常到溪邊去。三度看見柳絮飄飛，而離人還沒有回歸。

【研析】此詞寫閨情，純用白描。全詞以溪流為線索，首先以樓臺為立足點，構築了一個優美的、立體的環境。樓前溪水流淌，青山蜿蜒，斜陽映照，山明水亮。此時春風乍起，溪水興起波浪，樓臺的倒影也在晃動，戲水的鴛鴦在黃昏臨近時也在準備上岸。物物都帶動感，充滿了活力。然後由此岸轉到對岸：「隔岸兩三家，出牆紅杏花。」由動態轉入靜態。此地並非鬧市，也不靠近碼頭，人家疏落，故溪的對面，人家稀少，顯示出一片恬靜。但恬靜中有特別的亮色，那就是出牆的杏花以它絢麗的火紅，照亮了人的眼睛。它與臨水人家映襯，濃淡相須，充滿詩情畫意，顯示出詞人對色彩的敏感，對畫意的善於捕捉。景物所包含的內蘊，很容易使人聯想起南宋葉紹翁〈遊小園不值〉的詩句：「春色滿園關不住，一枝紅杏出牆來。」此詞中突出關不住的春色，描畫春光的美妙，反襯的正是女詞人內心的落寞，景愈樂而情益哀。關於「出牆紅杏」，這是一種很爛漫的景觀，詩詞家尤愛攝取，並非魏夫人首創，此前，如馮延巳〈浣溪沙〉即有「一梢紅杏出低牆」之句，其後陸游〈馬上作〉詩也有「楊柳不遮春色斷，一枝紅杏出牆頭」的描寫，可見，人們視它為春色的重要象徵。它與牆加以組合，又用「出」字表現它的一種主動性，便更顯示出了一種頑強的生命力。魏夫人用在詞中，恰到好處。至於今天我們用「紅杏出牆」指婦女不守婦道，則是賦予了別樣的新含義。

詞的下闋則將景物與人事綰合於一處。「綠楊堤下路，早晚溪邊去」，當年於此堤上折柳贈別，於堤下的溪邊分手，如今時常去到那裡回憶臨別依依，殷勤囑咐，更希望於此看到行人歸來的身影，重新相聚。日復一日、年復一年的等待，每一次都是失望而歸。故結句總寫：「三見柳綿飛，離人猶未歸。」「柳綿」，呼應堤上「綠楊」，如今已是三見，離人還遠在他鄉。作者只是如實寫景，只是如實敘事，沒有表情的描寫，沒有怨恨的言辭，而悲苦情懷自蘊其中，正所謂「不著一字，盡得風流」。

此類詞作屬於溫柔敦厚的雅正之音，「怨而不怒」，與李清照「莫道不消魂，簾捲西風，人比黃花瘦」（〈醉花陰〉）之類的激越，大異其趣。於宋詞中另備一格。還有可注意者，女詞人頗注重對和順與拗峭相結合的音律美的追求。〈菩薩蠻〉詞調的起首兩句格律為「平（可仄）平仄（可平）仄平平仄（韻腳）」，其中四個平聲字，第一句「溪山」用陰平，「斜陽」用陽平，第二句「樓臺」用陽平，「鴛鴦」用陰平，中間兩個仄聲字「掩映」、「影動」均用上去聲，令人讀來感到十分和順。而上下闋的末句五言後三字均為「平仄平」：「紅杏花」、「猶未歸」，又帶拗峭韻味。這種對音律美的追求，無疑受到晚唐溫庭筠詞的影響。

65 水龍吟

次韻❶章質夫楊花詞❷

蘇軾

似花還似非花，也無人惜從教❸墜。拋家傍路，思量卻❹是，無情有思。縈損柔腸，困酣嬌眼，欲開還閉。夢隨風萬里，尋郎去處，又還被、鶯呼起。

不恨此花飛盡，恨西園❺、落紅難綴。曉來雨過，遺蹤何在？一池萍碎。春色三分，二分塵土，一分流水。細看來，不是楊花，點點是離人淚。

【作　者】蘇軾（西元一〇三七—一一〇一年），字子瞻，一字和仲，號東坡居士，眉州眉山（今屬四川）人。嘉祐二年（西元一〇五七年）進士。熙寧年間，先為判官告院，因與王安石政見不合，出為杭州通判，知密州、徐州。元豐二年（西元一〇七九年）因寫詩被人構陷而罷「烏臺詩案」，責授為黃州團練副使。哲宗立，除起居舍人，遷中書舍人，翰林學士知制誥，後出知杭州、定州。紹聖元年（西元一〇九四年）被貶惠州（今廣東境內），四年，再貶儋州（今海南境內）。建中靖國元年卒於常州。蘇軾乃藝文通才，詩、詞、文、書、畫，均卓然大家。著有《東坡全集》一百一十五卷，《東坡樂府》三卷。其詞作別開新境，「指出向上一路，新天下耳目」（王灼《碧雞漫志》），「一洗綺羅香澤之態，擺脫綢繆宛轉之度，使人登高望遠，舉首高歌，而逸懷浩氣，超然乎塵垢之外」（胡寅〈題酒邊詞〉），對詞的發展產生過重大影響，與南宋辛棄疾並稱為「蘇辛」。

【詞　牌】〈水龍吟〉，見蘇軾《東坡樂府》。又名〈小樓連苑〉、〈水龍吟令〉、〈水龍吟慢〉、〈龍吟曲〉等。雙調，體式甚多，字數不一，句讀有異，韻腳亦多寡不同。宋詞人多使用一百零二字蘇軾體（首句或六言、或七言)。上下闋各四仄韻(下闋亦有五仄韻者),為仄韻格。參見《詞律》卷十六、《詞譜》卷三十。

【注　釋】❶次韻　依次用他人韻腳字押韻。❷楊花詞　見前章楶〈水龍吟〉(燕忙鶯懶花殘)詠楊花詞。❸從教　聽任。❹卻　還。❺西園　泛指園圃。

【語　譯】楊花似花,又不似花,因此無人愛惜,一任它飄墜。離開枝頭、依傍道路,仔細思量,貌似無情,卻有思致。因愁縈繞導致柔腸受到損傷,酣困的嬌眼,想要睜開又還閉著。在夢中隨風飄飛萬里,尋找情郎去處,又還被鶯兒呼起。　不恨楊花飛盡,恨西園落花,再難枝頭相綴。一場曉雨過後,楊花遺蹤何在?只見一池浮萍細碎。春色三分,其中二分歸為塵土,一分隨流水而去。仔細看來,不是楊花,點點是離人淚水。

【研　析】蘇軾此詞作於貶謫黃州時期。其〈與章質夫〉信中說:「〈柳花〉詞妙絕,使來者何以措詞。本不敢繼作,又思公正柳花飛時出巡按,坐想四子(指其所愛之美人),閉門愁斷,故寫其意,次韻一首寄去,亦告不以示人也。」其寫作初衷似帶戲謔之意,但蘇軾畢竟為詞中之聖者,出手不凡,詠物形神兼備,意境圓融,讀之者無不擊節歎賞,王國維甚至認為:「東坡〈水龍吟〉詠楊花和韻而似原唱。章質夫詞原唱而似和韻。才之不可強也如是。」(《人間詞話》)

「似花還似非花」,起筆即點出楊花特色。楊花與百花一道點綴春光,隨百花凋零送走春天,故「似花」;但它沒有美麗的花瓣與芳香,故又「似非花」。梁元帝〈陽雲樓檐柳〉詩,即曾有「楊柳非花樹,依樓自覺春」的描寫。就「花」而言,在似與不似之間。蘇軾的這首詠楊花,亦物亦情,似花似人,迷離惝恍,故劉熙載認為「此句可作全詞評語,蓋不離不即也」(〈詞概〉)。因為楊花「似非花」,所以「也無人惜從教墜」,這是一種常見的普遍現象。

以下「拋家傍路,思量卻是,無情有思」三句是一轉折,即詞人在別人不經意的楊花飛雪的現象中,有一種新的發現與感悟:你看它從枝頭飄飛,竟依傍著道路,豈不是看似無情、卻富有思致嗎。「無情」,用韓愈〈晚春〉「楊花榆莢無才思，惟解漫天作雪飛」詩意，但係反用，即貌似無情，而實有情。「有思」，則正面用杜甫〈白絲行〉「落絮游絲亦有情」詩意。下面便將楊花的「無情有思」具象化、擬人化：「縈損柔腸，困酣嬌眼，欲開還閉。」思婦愁懷縈繞，損壞了柔腸，她困倦已極，眼睛想睜開，又還合上了。柳葉初生時，欲舒猶捲，稱柳眼，後面兩句，能引發人關於柳葉的聯想。因為困倦，漸入夢鄉，「夢隨風萬里，尋郎去處，又還被、鶯呼起」，此處化用金昌緒〈春怨〉「打起黃鶯兒，莫教枝上啼。啼時驚妾夢，不得到遼西」詩意，不僅夢境輕盈曼妙，且又極為形象地描繪出楊花隨風翩翩飄舞，欲墜又起的情狀。花態花魂，混融為一。

將楊花飛舞之形態、情思寫罷，便轉向楊花之蹤跡。換頭「不恨此花飛盡，恨西園、落紅難綴」，謂楊花飛盡，百花零落，已屆暮春時節，令人愁恨。此處「恨西園」云云，是對「不恨此花飛盡」的陪襯，所謂「不恨」，是反語。使用「不恨」、「恨」，便使暮春之景化實為虛，極為靈動。此花既已飛盡，那它的蹤跡呢？「曉來雨過，遺蹤何在？一池萍碎」，原來經過一場晨雨，已化為一池浮萍。蘇軾舊注云：「楊花落水為浮萍，驗之信然。」其〈再次韻曾仲錫荔枝〉詩亦有「柳花著水萬浮萍」之句，此說其實不確，浮萍為另一種水生植物。不過這無礙情意的表達，作為詩詞，不必拘泥。以下「春色三分，二分塵土，一分流水」，設想甚奇。前人有將月色分為三分者，如唐代徐凝〈憶揚州〉詩：「天下三分明月夜，二分無賴是揚州。」宋代葉清臣的〈賀聖朝〉詞云：「三分春色二分愁，更一分風雨。」蘇軾可能更直接受葉詞的影響，所寫「塵土」、「流水」與前面楊花的「拋家傍路」、「一池萍碎」緊緊相扣，充滿「流水落花春去也」的惋歎之情。至結拍更是畫龍點睛：「細看來，不是楊花，點點是離人淚。」夢又不成，春又歸去，感傷悲怨，淚滴成珠，仔細看來，那陸地、那池塘的點點斑斑，竟是離人眼淚。花耶？人耶？亦花亦人，渾然一體。此段係設想楊花落盡之後，尤富奇情異彩，故宋末張炎評曰：「後片愈出愈奇，真是壓倒今古！」（《詞源》）

詠物之詞，濫觴於五代，如詠燕之類。宋初有林逋、梅堯臣、歐陽脩的詠草之什，但古淡簡約，尚少奇思妙想。至蘇軾此詞出，創造出一種「似花還似非花」的不黏不脫（即不膠著於物、又不脫離於物）、離形得似的藝術境界，堪稱經典。後人評詠物詞，往往以此作為標準。清鄒祇謨《遠志齋詞衷》認為「詠物故不可不似，尤忌刻意太似，取形不如取神」。近代蔡嵩雲《柯亭詞論》亦云：「詠物詞，貴有寓意，方合比興之義」，「須具手揮五絃，目送飛鴻之妙，方合」，蘇軾此詞早為這種創作理論提供了創作範本。此後宋代詠物詞之寄託日益深化，在寫作方法上無疑受到蘇軾的影響。

66 水調歌頭

蘇軾

丙辰中秋，歡飲達旦，大醉。作此篇，兼懷子由

明月幾時有，把酒問青天。不知天上宮闕❶，今夕是何年。我欲乘風歸去，又恐瓊樓玉宇❷，高處不勝寒。起舞弄清影，何似在人間。轉朱閣，低綺戶，照無眠。不應有恨，何事長向別時圓。人有悲歡離合，月有陰晴圓缺，此事古難全。但願人長久，千里共嬋娟❸。

【詞牌】《水調歌頭》，又名〈元會歌〉、〈凱歌〉、〈臺城游〉、〈水調歌〉。隋煬帝將幸江都，製〈水調歌〉，唐大曲亦有〈水調歌〉。《詞譜》謂〈水調歌頭〉乃宋人裁截〈水調〉大曲之歌頭（首段），另倚新聲。雙調，九十五字，上下闋均四平韻，為平韻格。各家填此調者，斷句不盡相同。此詞調用仄聲作句腳處較多，並有數處用拗律（如本詞「天上宮闕」、「何事長向」之平仄平仄），因而音顯拗怒，但押的是平聲韻，音韻又帶和諧，二者互相調節，拗峭中繞和婉，故近人龍榆生《詞曲概論》稱該調聲情「有清壯之美，顯出剛柔相濟的妙用」，清曠、豪放詞人尤喜用之。另有減字、增字數體。參看《詞律》卷十四、《詞譜》卷二十三。

【注釋】❶宮闕　皇宮兩旁的高樓。此指月宮。❷瓊樓玉宇　指月中宮殿。《拾遺記》載：「翟乾祐於江岸玩月，或問：『此中何有？』翟笑曰：『可隨我觀之。』俄見月規半天，瓊樓玉宇爛然。」❸千里共嬋娟　南朝宋謝莊〈月賦〉：「美人

邈兮音塵闕，隔千里兮共明月。」嬋娟，姿態美好的樣子，此處指月。唐孟郊〈嬋娟篇〉詩有「月嬋娟，真可憐」之語。

【語譯】手持杯酒向青天發問：明月起始於何時？不知天上月宮，而今是何年？我想乘風飛歸天上，又擔心去到瓊樓玉宇，禁受不了侵人的高寒。我在月光下起舞嬉弄自己的清影，那月宮哪裡比得上人間。　月光轉過紅色樓閣，漸漸西沉到雕花窗戶，照射無法入睡之人。月亮不應有愁恨，為何總是在人分離時顯得特別團圓？人有悲歡離合，月有陰晴圓缺，這是自古以來難求的周全。惟願互相健康長壽，千里之內能共賞娟娟明月！

【研析】這首詞前面有小序介紹了詞作背景：「丙辰中秋，歡飲達旦，大醉。作此篇，兼懷子由（蘇轍之字）。」丙辰係宋神宗熙寧九年（西元一〇七六年），其時作者知密州（今山東諸城）。蘇軾原本在京師做官，由於與王安石政見不合，請求外放。做地方官雖係自請，但畢竟心懷悒鬱，對人事擾擾、官場紛爭，有厭倦之感。而此時與同胞手足蘇轍分離已七年之久，思親之情，時繞心頭。中秋之夜，對月抒懷，一方面在探尋宇宙奧祕中融進了人生出、處的矛盾心態，另一方面，又對現實生活中的離別在憾恨中作曠達之想。

詞的上闋一開始即發奇思妙想，破空而來：「明月幾時有，把酒問青天。」這種質疑的精神當係承繼屈原〈天問〉而來，但具體來說卻與李白的〈把酒問月〉詩：「青天有月來幾時？我今停杯一問之。」有直接的傳承關係。二者均用倒裝句法將所提問題置之於前，但李詩較為舒緩，而蘇詞則顯峭拔。以下繼續發問，「天上宮闕」，承上「明月」，「今夕是何年」承上「幾時有」。上下關聯緊密，可謂細針密線。唐人韋瓘（假託牛僧孺之名）的小說《周秦紀行》有詩句：「共道人間惆悵事，不知今夕是何年。」蘇詞移後面一句說天上事，渾然無痕。天體有如此多的神奇奧祕，人們無法一一得知，但有關月宮的神話傳說，卻引人生出許多美麗的遐想，故詞人接寫「我欲乘風歸去」的意願。「歸去」二字，謂自己或即傳說中下凡之文曲星，本係名列仙班，上天只是歸位罷了。旋即陡然轉折：「又恐瓊樓玉宇，高處不勝寒。」這裡所說「不勝寒」並非如今日之科學測定，知月球氣溫為攝氏零下一百五十多度，而是由秋夜之清涼推知空明之月的高寒，更是由於傳說故事給詞人帶來的想像。鄭處誨《明皇雜錄》載，某方士帶唐玄宗遊月宮，玄宗感到異常寒冷，難以禁受。又《天寶遺事》載，明皇遊月宮，見牓曰「廣寒清虛之府」。世又稱月為「廣寒宮」。這些都給詞人增添了寒涼的印象。以下「起舞弄清影，何似在人間」二句，再轉一層：與其去到那縹緲的高寒之境，不如在月下起舞，與清影相戲，人間之樂未必遜於天上。這兩句無疑受到李白「舉杯邀明月，對影成三人」、「我歌月徘徊，我舞影零亂」（〈月下獨酌〉）的影響，清虛之境、曠逸之懷，極為相似。從「我欲乘風歸去」至此，有兩度轉折，這裡寫的似是對欲飛騰天上和執著於人間二者的權衡，卻隱然流露出作者出世與入世的內心矛盾，一方面是官場的紛擾爭鬥使人厭倦，故生遠離塵世之想，另一方面作為有理想的士人，又豈能置現實於不顧！回歸現實必然是內心矛盾的終極結果。這種矛盾心態不一定是作者在詞中有意表露，但有此潛在意識，又會不經意地自然流出。近人況周頤《蕙風詞話》談詞的創作時指出：「詞貴有寄託。所貴者流露於不自知，觸發於弗克（不能）自已。身世之感，通於性靈。即性靈，即寄託，非二物相比附也。」蘇軾中秋詞，當屬此種境界。

上闋融神話傳說與奇妙想像於一處，故前人謂其為「天仙化人之筆」（清先著《詞潔》），下闋寫對月懷人則著眼人間憾事，運筆頓挫，故覺峰迴路轉。作者既「歡飲達旦」，則月亦隨時而轉移，「轉朱閣，低綺戶，照無眠」，即是對月所作的動態描繪。「無眠」之人，既是作者自己，也包括其他人在內。其所以無眠，是因月圓人未圓之故。以下直接向月發問：你不應有恨，為何卻偏偏在人各天涯之時顯得特別圓呢？視無情月為有知物，問得無理，卻自有情。以下推開一層說：「人有悲歡離合，月有陰晴圓缺，此事古難全。」由眼前之事推及古今常理，於是便超越具體人事而蘊含深刻的哲理。這就是詞中的理趣，融哲理於藝術形象之中，是形象化的哲理。從情感的表達言，由人生之憾恨轉而為曠達：世事既難十全十美，惟有堅強地面對。詞的結尾再折進一層：「但願人長久，千里共嬋娟。」由人事有缺憾的理念中生發出一種願望：人能長久健康地活著，千里之內共賞娟娟明月，也是一種幸運。由憾恨，到寬解，到希望，層層轉折，一轉一妙，愈轉愈深。宇宙無窮，人生有限，而有限的人生中還有著許多的憾事，詞人筆下並未有悲切之態，卻充滿著一種透視天、人的達觀精神，這正是常人所未能達致的獨特之處。而深厚的同胞手足之情亦在此漸趨高揚的曲調中流溢而出。它所體現的又絕不限於兄弟情意，而帶有一種普遍的意義，故「但願人長久，千里共嬋娟」，成了家喻戶曉的千古名句。

這首詞格調高遠，清超曠逸，筆力夭矯，姿態橫生，頓挫變化，波瀾莫測，故歷來倍受稱賞，南宋胡仔《苕溪漁隱叢話・後集》曰：「中秋詞自東坡〈水調歌頭〉一出，餘詞盡廢。」張炎《詞源》認為「此詞清空中有意趣，無筆力者未易到。」近人王國維《人間詞話》讚其「佇興之作，格高千古，不能以常調論也。」這些讚譽，蘇詞均當之無愧。

這首〈水調歌頭〉曾是當時的流行歌曲之一。宋蔡絛《鐵圍山叢談》曾記載歌者袁綯在金山山頂之妙高臺歌唱此詞，令人有神仙之感。清人所編《碎金詞譜》收有此詞曲譜，今人也有為該詞譜曲者，仍是傳唱頗廣的古詞之一。

67 念奴嬌

赤壁懷古

蘇軾

大江東去，浪淘盡、千古風流人物❶。故壘西邊，人道是、三國周郎❷赤壁。亂石穿空，驚濤拍岸，捲起千堆雪。江山如畫，一時多少豪傑！　遙想公瑾❸當年，小喬❹初嫁了，雄姿英發❺。羽扇綸巾❻，談笑間、強虜❼灰飛煙滅。故國❽神遊，多情應笑我、早生華髮。人間如夢，一尊還酹❾江月。

【詞牌】〈念奴嬌〉，又名〈酹江月〉、〈大江東去〉、〈百字令〉、〈百字謠〉、〈壺中天〉、〈淮甸春〉、〈湘月〉

等，別名多達二十餘種。此調首見宋沈唐詞作中。《開元天寶遺事》載：「念奴者，有姿色，善歌唱。」「每轉聲歌喉，則聲出於朝霞之上，雖鐘鼓笙竽嘈雜而莫能遏。宮伎中帝之鍾愛也。」調名或即本此。雙調，一百字，有平韻格、仄韻格兩類。蘇軾此詞上下闋各十句，四仄韻（用入聲），為仄韻格。參見《詞律》卷十六、《詞譜》卷二十八。

【注　釋】❶風流人物　優秀傑出的歷史人物。❷周郎　三國時吳國的周瑜（西元一七五—二一〇年）二十四歲時被孫策命為建威中郎將，軍中呼為「周郎」。❸公瑾　周瑜之字。❹小喬　孫策攻荊州，得喬公二女，皆國色，孫策納大喬，周瑜納小喬。❺英發　才智俊偉，顯現於外。蘇軾〈送歐陽推官〉詩：「知音如周郎，議論亦英發。」❻羽扇綸巾　手持羽扇，頭戴綸巾，是當時文士常有的打扮。綸巾，配有青絲帶的頭巾。❼強虜　指強大的敵軍。❽故國　指古戰場赤壁。❾酹　將酒灑地表示奠祭。

【語　譯】大江東流而去，浪濤淘洗盡多少傑出的英雄人物。舊時的軍營壁壘西邊，聽人說道，是三國周郎指揮戰爭的赤壁。亂石刺穿長空，令人驚悚的波濤拍擊江岸，捲起千堆雪浪。江山如畫，鏖戰赤壁之時，有多少豪傑！　遙想公瑾當年風華正茂，小喬初嫁，姿態雄威，議論英發。手揮羽扇，頭戴綸巾，談笑之間，強敵在烈火中灰飛煙滅。我神遊古代戰場，應笑自己過於多情，早早地生出花白頭髮。人間之事如一場夢幻，灑一杯酒奠祭江中明月。

【研　析】漢末建安十三年（西元二〇八年）周瑜以弱勝強，破曹操大軍於赤壁，為歷史上一次著名的戰役，古戰場在今湖北赤壁市境內。蘇軾此詞作於神宗元豐五年（西元一〇八二年）貶謫黃州期間，所寫為黃州赤壁。題為「赤壁懷古」，實乃借題發揮，發思古之幽情，抒寫自己對事功的嚮往和現實的落拓情懷。視野開闊，筆力雄健，清代徐釚評謂：「自有橫槊氣概，故是英雄本色。」（《詞苑叢談》卷三）是蘇軾豪放詞著名的代表作之一。

「大江東去，浪淘盡、千古風流人物」，起筆不凡，高瞻遠矚，由空間的闊遠轉化為時間的綿長，悠遠的歷史長河中有多少傑出的英雄人物，都被浪花淘盡，杳無蹤影。對「風流人物」成為匆匆過客，既充滿無限感慨，對他們曾經建立的功業又不免含有欣羡之情。正因為有後面這一層意蘊，下面人物的出場才不覺突兀。接著由本地古跡，聯想到八百多年前這裡發生的一場著名戰爭及其年輕有為的指揮官：「故壘西邊，人道是、三國周郎赤壁。」黃州也曾發生過戰爭，故還保有舊時的營壘。但赤壁之戰的真實地點在嘉魚（今屬湖北赤壁市），以詞人之博學，豈能不知古戰場赤壁之所在，故在這裡說是聽到別人的傳言，此地乃周郎指揮赤壁之戰的所在。「周郎赤壁」預伏下闋青年才俊的出場及其赫赫戰功的描寫。

「亂石穿空，驚濤拍岸，捲起千堆雪」，轉寫赤壁之形勝，從視覺、聽覺，從仰視、遠觀等不同角度加以描繪，寫「石」而曰「亂」，寫「濤」而曰「驚」，更以「穿」、「拍」、「捲」等字眼，作動態描寫，壯麗奇崛，氣勢雄偉，以此為古戰場刷色。然後以「江山如畫」加以總括。江山如此壯美，當時在此聚集了各路爭霸的高手，包括了孫權、劉備、曹操等英雄人物，故說「一時多少豪傑」！此句承上「千古風流人物」，是截取「千古」中的一個片斷；同時啟下，以便於此「一時」之中，選取了一個最為傑出的、令詞人崇仰羡慕的英豪。

這個「一時」中最為出類拔萃、年輕有為的指揮官便是周瑜。故下闋的前半部分著力描寫其丰采及指揮若定的風度：「遙想公瑾當年，小喬初嫁了，雄姿英發。羽扇綸巾，談笑間、強虜灰飛煙滅。」以「遙想」二字領起，一氣貫下。前三句意在突出其風流峻拔。「當年」二字，既可作時間概念看，也可理解為正當美好盛壯年華；周瑜娶「小喬」時二十四歲，指揮赤壁之戰時三十四歲，如按實際時間計算，娶小喬已經十年，但作者並未拘泥於實際，而說「初嫁」，正在於以美人襯托英雄；更以「雄姿英發」強調其儀容俊美威武，善於言辯。這是從外形、才智、佳人匹配諸方面寫其「風流」。而他的「風流」更是體現在對戰爭的指揮上，「羽扇綸巾」的儒生打扮，何等的心閒氣定！「談笑間」，正如李白所言：「談笑靜胡沙」（〈永王東巡歌〉），何等的從容自若！而強勁的敵軍瞬間「灰飛煙滅」，那「舳艫千里，旌旗蔽空」的盛大軍容，已化為烏有，那「釃酒臨江，橫槊賦詩」（均見〈前赤壁賦〉）的一世之雄曹操，不得不敗走華容道。孫吳雄踞江東的局面由此奠定，真是戰功赫赫，名震天下！

詞人如此讚美周瑜，可以視為是給自己樹立一個實現人生價值的座標，即少壯之年，盡節應命，建不朽之功業，留萬世之英名，但又絕非一介赳赳武夫，而是舉止瀟灑，神情閒淡，欬唾珠璣，一派風流儒雅。詞人對周瑜的揄揚，又是反襯自己的落拓。此時詞人已經四十六歲，以戴罪之身，謫居黃州，理想、功業，從何談起？不免懷著一種淒苦的心情自嘲道：「故國神遊，多情應笑我、早生華髮。」「故國神遊」係「神遊故國」的倒裝，「多情應笑我」，係「應笑我多情」的倒裝。當我的神思飛越八百多年，進入古戰場的情境時，自笑對事功的追求想得太多，不免自作多情，以致早添白髮。但詞人畢竟是超然曠達之士，至詞之結拍一轉：「人間如夢，一尊還酹江月。」在無窮宇宙中，人生何其短暫，只不過是天地間的一瞬，不獨自己所經歷的一切有如一場夢幻，即「千古風流人物」何嘗不也是過眼雲煙，這是詞人對人生的一種感悟。他在〈西江月〉詞中云：「世事一場大夢，人生幾度秋涼。」「休言萬事轉頭空，未轉頭時皆夢。」〈南鄉子〉詞亦云：「萬事到頭都是夢，休休，明日黃花蝶也愁。」既然人間萬事皆夢，又何必認真計較！於是舉起酒杯，祭奠江月。水雖有漲落，月雖有盈虧，卻是千古不變，對照如夢人生，它們是值得尊崇與羨慕的。這一結尾不僅表現出精神上的超脫，即從意象來說，又與發端的「大江」呼應，並點明赤壁之遊係明月朗照之時。

此詞題為「赤壁懷古」，實是為自己而發，正如黃蓼園所評：「周郎是賓，自己是主。借賓定主，寓主於賓。是主是賓，離奇變幻，細思方得其主意處。」（《蓼園詞評》）所評極是。在結構上，如漁翁撒網，然後步步收緊，先言「千古風流人物」，然後集中於「赤壁」之戰「一時多少豪傑」，最後聚焦於雄姿英發、指揮若定的「周郎」。在描寫手法上，則虛實結合，眼前的江山為實，但寫黃州赤壁而說「人道是」，則又化實為虛；對歷史人物周瑜的風流、功業的讚頌，以「遙想」領起，是為虛寫，然又虛中有實，令人如見。虛實交相為用，給人變幻莫測之感。南宋胡仔稱此詞「語意高妙，真古今絕唱」（《苕溪漁隱叢話・前集》卷五九），誠非虛譽。其中的「大江東去」成了豪放風格的代表（與「曉風殘月」、「小橋流水」相對），成了宏大精神的載體，成了歷史變遷的象徵，後人不僅有「滾滾長江東逝水，浪花淘盡英雄」（明楊慎〈臨江仙〉）的襲用，還有「看取大江東去，把酒淒然北望」（南宋劉辰翁〈水調歌頭〉）等等的抒發，然各有所側重。

此詞《九宮大成譜》載有曲譜，《碎金詞譜》轉錄，現代亦有多人為之譜曲，可見其備受讀者喜愛，傳唱廣遠。

68

西江月

蘇軾

頃在黃州，春夜行蘄水❶中，過酒家飲。酒醉，乘月至一溪橋上，解鞍曲肱❷醉臥少休。及覺，已曉。亂山攢擁，不謂塵世也。書此詞橋柱上

照野瀰瀰❸淺浪，橫空隱隱層霄。障泥❹未解玉驄❺驕，我欲醉眠芳草。

可惜一溪明月，莫教踏碎瓊瑤❻。解鞍欹枕綠楊橋，杜宇❼一聲春曉。

【詞牌】〈西江月〉，唐教坊曲名，用作詞調。用此調填詞始於五代歐陽炯。又名〈白蘋香〉、〈步虛詞〉、〈江月令〉等。唐李白〈蘇臺覽古〉詩有「只今惟有西江月，曾照吳王宮裡人」之句，或即為調名所本。雙調，五十字，上下闋句式同，各四句，兩平韻，一仄韻（用上去聲，如用去聲字則音節更響亮），為平仄韻通押格。此調上下闋前二句均為六言，平仄相對，故一般用為對仗。另有五十一字、五十六字等體，又有平仄韻轉換格。參見《詞律》卷六、《詞譜》卷八。

【注釋】❶蘄水　亦稱蘄河，在今湖北浠水縣境，至蘭溪入長江。❷曲肱　彎曲胳膊。肱，手臂的上半部，由肩至肘的一段。❸瀰瀰　水流的樣子。《詩經・邶風・新臺》：「河水瀰瀰」。❹障泥　即馬韉，繫於馬腹兩側以擋蔽泥土，或以布或以錦或以細竹簾為之。❺玉驄　良馬名。❻瓊瑤　美玉。此處指月照之水光。❼杜宇　即杜鵑。杜宇本周末蜀主望帝之名，自亡去，化為鳥，故以杜宇名之。

【語　譯】月照曠野溪水，淺淺流淌，遠山橫空，隱約矗立層疊的雲霄。障泥未解，良馬驕縱，我已醉酒，想

臥眠芳草。　一溪明月十分可愛，不要讓馬蹄踏碎瓊瑤。解開馬的鞍韉，斜枕於綠楊橋上，一聲鵑啼，已是春天的拂曉。

【研　析】詞前小序提及蘄水，說明該詞作於貶謫黃州期間。宋詞的傳播方式，可以是歌女的演唱，可以是書面的傳遞，有時則書寫於牆壁或刻於碑石上，蘇軾此詞則書寫在橋柱上，過路人等皆可觀賞。從小序所記可以看出係夜晚醉酒時所作。古人出行，隨身帶有筆墨，意興所到，即刻揮毫，故知此為一時興到之作，非刻意為之，流露的是真性情，描繪的是夜醉清狂之態與超曠情懷。

解讀這首詞當與詞前小序相聯繫，二者既是互補，但又不雷同。詞之發端「照野瀰瀰淺浪，橫空隱隱層霄」，寫春夜蘄水、山巒。序中只說「乘月」「夜行蘄水」，此處說「照野」云云，省略了主語「月」。但是第一，補寫了蘄水的環境，它蜿蜒在遼闊的曠野，形成曲線與面的組合；第二，補寫水的動態，有微風吹拂，故興起淺淺波浪，因為前面有一「照」字，故能令人想見其波光粼粼之狀。序中說，曉見「亂山攢擁」，而詞中則隱去了「山」的主語，但能令人想見月照下綿亙的青山隱隱，與遙天相接。下面「障泥未解玉驄驕，我欲醉眠芳草」兩句敘事兼寫景。「障泥」一句係用《世說新語・術解》中典故：王武子「嘗乘一馬，著連錢障泥，前有水，終日不肯渡。王云：『此必是惜障泥。』使人解去，便徑渡。」此處謂障泥未解，玉驄不受人操控，拒渡溪橋，從側面襯托溪水；「我欲醉眠」，用李白〈山中與幽人對酌〉「我醉欲眠卿且去」詩語，帶放任灑脫意趣，由自己的欲眠之地，又帶出曠「野」之「芳草」，與序中的「春夜」、「溪橋」、「酒醉」相呼應。詞的上闋，從景觀而言，是由遠而近，由遙山曠野而溪橋駿馬，最後聚焦於人。

上闋的寫景，雖含愛賞之意，但字面上未有明顯的表示，下闋的寫景，則感情色彩鮮明：「可惜一溪明月，莫教踏碎瓊瑤。」月光映照曲折溪流，遠看似練，近看如玉，它不以豔麗取勝，而以晶瑩剔透為美，作者以「可惜」二字表達了自己對這種空明澄澈境界的愛好與沉醉。下一句與前面「玉驄」呼應，千萬不能讓馬蹄踏碎那一片瓊瑤，以此進一步加深「可惜」之情。「瓊瑤」是對「一溪明月」的美妙比喻，但在這個句子中，卻是一種借代。這裡的「可惜」二字，應上延至前面的景物刻畫，「一溪明月」即是「照野瀰瀰淺浪」景觀的再現，只是一為實寫，一從「可惜」中帶出，係虛寫，故雖境界相同，因寫法有異而不覺其重複。「一溪明月」其所以特別突出，又是因為有月下曠野與遠山的映襯。故前後所寫的春夜之景都令人流連。

既然「我欲醉眠」，既然夜景如此迷人，於是便有「解鞍欹枕綠楊橋」之舉。在綠楊橋上，解開鞍韉，彎曲手臂，斜枕其上。醉臥天地之間，真是任情適性，能不悠然入夢！此處「綠楊橋」的「綠楊」二字也不可忽視，它裊娜於橋頭，是春日景物中的一部分。「綠楊橋」當時並非橋名，自蘇軾題詞於此，當地人遂稱此橋為「綠楊橋」。詞末以「杜宇一聲春曉」，作為結束。作者省去了酣然入睡的過程，只寫醒來時的景物，其情境與孟浩然「春眠不覺曉，處處聞啼鳥」(〈春曉〉)的描寫頗為相似，詞人醒來聞杜宇之聲，或者說是「一聲杜宇」將詞人驚醒。早晨曦光漸露，夜間的朦朧之景，變為清晰，只見「亂山攢擁」，越發感到「不謂塵世也」，平日心靈的塵埃也為之滌盡，一片清朗。俞陛雲評曰：「下闋四句，清狂自放，有『萬象賓客』之概。」(《唐五代兩宋詞選釋》)極為的當。

從〈念奴嬌〉中，我們看到了蘇軾對遭受貶謫而不能一展懷抱的苦悶；在這首詞中，我們感受到了他任情適性的超曠情懷，後者往往是治療人生精神苦悶的良藥。

69 卜算子

蘇軾

黃州定慧院❶寓居作

缺月挂疏桐，漏斷❷人初靜。時見幽人❸獨往來，縹緲孤鴻❹影。驚起卻❺回頭，有恨無人省❻。揀盡寒枝不肯棲，寂寞沙洲冷。

【詞牌】〈卜算子〉，又名〈卜算子令〉、〈缺月掛疏桐〉等。雙調，四十四字，係仄韻格。詳見前王觀〈卜算子〉「詞牌」介紹。

【注　釋】❶定慧院　原在黃州府城東清淮門外，作者元豐三年（西元一〇八〇年）至黃州寓居此院。現已不存。❷漏斷　漏滴之聲已停，指夜已深。漏，為古代以壺貯水滴漏以計時之器。❸幽人　指幽居之隱者。❹孤鴻　失群之鴻雁。❺卻　還；又。❻省　省察；了解。

【語　譯】半輪缺月，懸掛於稀疏桐樹間，漏斷之時，人的喧鬧歸於寂靜。不時地瞧見幽人獨自往來，依稀恍惚間似是孤鴻形影。　孤鴻被驚起，還又回頭，內心有恨，無人解會。揀盡樹上寒枝不肯停宿，寧願棲息在寂寞寒冷的沙洲。

【研　析】此詞作於貶謫黃州期間，是一首義含比興寄託的著名作品。詞從寫秋夜景物入手，首先推出「缺月挂疏桐」的鏡頭。由下面「漏斷人初靜」的時間推斷，此月係上弦月，故入夜可見。上弦月，又可稱新月、眉月、彎月，或說「月如鉤」等等，這些形容詞作者一概不用，偏用「缺月」。這個「缺」是與「圓」相對的，即所謂「月有陰晴圓缺」。詞人所強調的正是它的殘缺，不僅氣象與小巧的眉月、彎月不同，即流露的孤獨感也明顯強烈。又因為是缺月，周邊景物便帶有幾分迷濛。「疏桐」，說明桐葉稀少，節屆深秋。中間用一「挂」字將上述兩種景物加以組合，在疏朗中透露出幾分蕭索。這時，更漏已斷，人歸夜宿，已沒有了黃昏時的喧囂，如此便為人物的出場營造了一個朦朧的、靜謐的環境。

「時見幽人獨往來，縹緲孤鴻影」，「時見」是不時地見到，表時間之長。究竟是誰見？此處無主語，似是有人見到，而實際是詞人自寫形跡。在此環境中，幽居之人獨自來往徘徊，依稀隱約似孤鴻之影。從外形來說，這是一種飄忽的、幽隱的自我感覺；從內心來說，是一種強烈孤獨感的外洩。

詞的下闋用擬人手法轉寫孤鴻：「驚起卻回頭，有恨無人省。」孤鴻受過很多驚嚇，有相當高的警覺性，故一受驚，即回頭審視。作為失群孤鴻，牠曾有過特殊苦難的經歷，心頭積壓了很深的怨恨，然而卻無人理解，更添一層悲涼。此係寫鴻，抑或寫人？是寫鴻，也是寫人。詩人曾寫詩諷刺王安石推行新法，因小人構陷而經歷了「烏臺詩案」的冤獄，雖與死亡擦肩而過，但心靈創傷很深，至今心有餘悸，如臨深淵，如履薄冰，「驚起卻回頭」，正是這種心態的隱約流露。詩人心懷鬱悶，既因詩獲罪，自難以詩表達，又有誰能理解自己的苦悶？因無人理解，而陷入一種精神無助的境地。「有恨無人省」，不正是自己的寫照嗎？

孤鴻雖然經歷過許多苦難，但牠仍然保持著高潔的品行與操守，請看：「揀盡寒枝不肯棲，寂寞沙洲冷。」鴻雁本棲息於蘆葦溼地，而不高宿於樹枝，詞人之所以說牠不願棲息於寒枝之上，是一種藝術化的處理，有意稱其有此習性，而以「不肯」二字，突出其寧願露宿沙洲，忍耐寂寞寒冷，頗有「君子固窮」之概。

詞中寫人寫雁，雁中有人，妙在離合之間，若遠若近，可喻可不喻。作為詞人來說，以雁抒情，未必有意為之，但有此潛在意識，便不期然而然地流露其中。正如況周頤所云：「流露於不自知，觸發於弗克自已。」（《蕙風詞話》卷五）而其意境空靈、超拔，尤為人所稱道，宋黃庭堅謂此詞「語意高妙，似非吃煙火食人語。非胸中有萬卷書，筆下無一點塵俗氣，孰能至是」（〈跋東坡樂府〉），清黃蓼園稱其「格奇而語雋，斯為超詣神品」（《蓼園詞評》），近人陳匪石讚其「通首空中傳恨，一氣呵成，亦具有『孤鴻縹緲』之象」（《宋詞舉》）。

此詞清代《碎金詞譜》配有曲譜，上世紀黃自亦曾為譜曲。

70 鷓鴣天

蘇軾

林斷❶山明竹隱牆，亂蟬衰草小池塘。翻空白鳥時時見，照水紅蕖❷細細香。

村舍外，古城❸旁，杖藜❹徐步轉斜陽。殷勤昨夜三更雨，又得浮生❺一日涼。

【詞　牌】〈鷓鴣天〉，又名〈思越人〉、〈思佳客〉等。雙調，五十五字，為平韻格。第三、四句一般用為對仗，如本詞。詳見前晏幾道〈鷓鴣天〉「詞牌」介紹。

【注　釋】❶林斷　樹林斷絕處。❷紅蕖　紅色荷花。❸古城　指黃州。❹杖藜　拄杖。杖，作動詞用。藜，以堅韌之藜莖作杖。❺浮生　人生世上一切虛浮無定。《莊子・刻意》：「其生若浮，其死若休。」

【語　譯】樹林斷處，青山顯露，翠竹叢中隱現房牆，樹間蟬兒在亂叫，衰草圍繞小池塘。在空中翻飛的白鳥時時可見，映水的紅色荷花飄送細細清香。　村舍外，古城旁，我拄著藜杖緩步行走，正值天轉斜陽。老天殷切，昨夜三更送雨，使浮生又得一日清涼。

【研　析】此詞作於貶謫黃州期間，抒發隱居中的孤獨、無奈之感。上闋描寫夏末秋初之景，展示自己的生活環境。發端兩句「林斷山明竹隱牆，亂蟬衰草小池塘」，寫法由遠而近。林斷處，可見遠處的青山，這是一個遠鏡頭。寫山以「明」形容，而不是煙籠霧罩，可見這是一個晴天，而此時的山巒還是一派青蒼，日照下有一種鮮明的色彩感。「竹隱牆」，鏡頭拉近，房舍隱映於一片翠竹之中。這房舍應該即是詞人的居所。竹，為詞人所素愛，寧可食無肉，不可居無竹，選擇青竹環繞之地建造居所，當也寓示有自己的喜好與性情。下面接寫房舍前的景象，「亂蟬」係從聽覺寫，此時樹間蟬鳴聒噪，故以「亂」形容，顯示出聽者的煩心。小池塘周圍因為無人打理，布滿雜亂的衰草。「小池塘」，則預伏下面「紅蕖」。這兩句寫了樹林、遠山、翠竹、房舍、亂蟬、衰草、池塘七種景物，除「亂蟬」為聽覺外，其餘都訴之於視覺，層次分明，富有畫意。如果說，這兩句偏重於靜態描寫的話，接下來的一聯對仗「翻空白鳥時時見，照水紅蕖細細香」，則偏重於動態。前句寫仰視所見，時有白鳥翻飛而過，顯示出自然界生命的活躍，且與藍天相映襯，形成點、面的組合，不僅空間闊大，還能給人一種特殊的美感；後句轉寫池塘，紅荷與碧水相映，不僅色彩鮮麗，還飄送淡淡清香，令人賞心悅目。因此上闋的景物描寫，可以說是很成功的，遠近高低，極有層次，既有疏闊處，又有細密處，既有明亮處，又有幽深處，青山、綠樹、翠竹、泥牆、白鳥、藍天、紅蕖、碧水，構成一幅色彩斑斕的夏末秋初的村居圖畫。雖然有「亂蟬」、「衰草」帶來視聽的不悅，但總的來說，環境清幽、靜謐，仍然富有生機。在遷謫生涯中，精神上備受壓抑，能夠欣賞到這樣的景致，也會帶來心靈的愉悅。但同時我們也能從這種安靜的氛圍中感受到詞人心靈上的孤獨。

詞的下闋出現了詞人的形象：「村舍外，古城旁，杖藜徐步轉斜陽。」在斜陽中，拄著藜杖慢慢行走於村舍外、古城旁的道路上，出現在我們眼前的是一個孤獨的老者形象。作者創作此詞時年四十六，在今天看來生理年齡不算老，但在宋代，一些不稱意的文人，帶有牢騷，常會故意將自己說得「老」一些，如歐陽脩寫〈醉翁亭記〉年方四十，即以「翁」自稱。蘇軾「杖藜徐步」的描寫是否也有這種用意呢？或者是病後虛弱的真實寫照？不管如何，這一形象與「莫聽穿林打葉聲，何妨吟嘯且徐行。竹杖芒鞋輕勝馬，誰怕。一蓑煙雨任平生」（〈定風波〉）的形象，有所不同，精神上不是處於一種高揚的狀態。詞之結拍歸結到感謝上蒼恩賜：「殷勤昨夜三更雨，又得浮生一日涼。」夏末秋初之際，長江中游沿岸的天氣還很酷熱，一場夜雨過後，次日天氣變得略微涼爽。「殷勤」二字，運用的是擬人的手法，帶有一種感恩的意味，前面省略了「上天」的主語。「又得浮生一日涼」，語本李涉〈題鶴林寺僧舍〉：「因過竹院逢僧話，又得浮生半日閒。」由此「一日涼」，可知平日苦熱之狀。在虛浮無定的人生中暫時得此一日之涼，頗覺身心舒泰，正不可放過這一刻的享受。這是「杖藜徐步轉斜陽」時的心態。

這首詞與其他寫於黃州之作相比較，心態似乎顯得比較平和，有佳景便欣賞佳景，有清涼便享受清涼，表現出一種隨遇而安的情態。但在隨遇而安的背後，卻又明顯地流露出內心的無比孤寂和莫可奈何之情。

71 定風波

蘇軾

三月七日，沙湖❶道中遇雨。雨具先去，同行皆狼狽，余獨不覺。已而遂晴，故作此詞。

莫聽穿林打葉聲，何妨吟嘯且徐行。竹杖芒鞋❷輕勝馬，誰怕。一蓑煙雨任平生。料峭春風吹酒醒，微冷。山頭斜照卻❸相迎。回首向來蕭瑟處，歸去。也無風雨也無晴。

【詞　牌】〈定風波〉，教坊曲名，用作詞調。又名〈定風波令〉、〈定風流〉。雙調，六十二字，上闋五句，三平韻，二仄韻；下闋六句，四仄韻，二平韻，平仄韻交錯，龍榆生《唐宋詞格律》稱之為「平仄韻錯叶格」。令詞中尚有六十字、六十三字者，押韻格式不盡相同。此外尚有慢詞一體，如柳永之〈定風波〉。參見《詞律》卷九、《詞譜》卷十四。

【注　釋】❶沙湖　在黃岡縣東三十里。❷芒鞋　草鞋。❸卻　又；還。

【語　譯】休要聽那春雨穿林打葉之聲，何妨吟唱長嘯緩步徐行。拄著竹製手杖，穿著草鞋，輕捷勝似騎馬，誰怕？一任平生在一蓑煙雨中度過。　春日料峭寒風將酒吹醒，微冷。此時山頭斜照又相迎。回頭看看剛才風吹雨打的清冷狼狽之處，也沒有風雨，也沒有天晴。

【研　析】此詞寫於貶謫黃州時期。詞前小序記載，與同伴出行，遇雨而後晴。詞人由此自然界陰晴風雨的變化，領略到了一種超凡的人生境界：「不以物喜，不以己悲。」（范仲淹〈岳陽樓記〉）

一般來說，對於突然襲來的暴雨，眾人會如同驚弓之鳥，四處奔逃，以速求避雨之所，但是詞人卻說：「莫聽穿林打葉聲，何妨吟嘯且徐行。」便已顯現出與「同行皆狼狽」的不同，而是處驚不變，神態安閒。這裡寫雨，只寫其聲音，由「穿林打葉」可知其來勢猛烈，由於有「莫聽」二字，便化實為虛，實景虛寫。「莫聽」，就是不要去管它，依舊我行我素。又「吟嘯且徐行」前用「何妨」二字，語帶反詰，悠然自適之感更得到增強。下面接以「竹杖芒鞋輕勝馬，誰怕」，行裝雖然簡陋，卻帶山野之趣，且輕捷勝馬，雨打風吹，又何足懼哉！更添一層勇氣。故上闋結以「一蓑煙雨任平生」，此句係即景生情。其中的「一蓑」並非實寫，因詞前小序已明言「雨具先去」。「一蓑煙雨」，既與眼前遭遇的風雨相關，但更帶象徵意味，再由「任平生」

而歸結到一種人生態度。從表層意看，任自己一生在「一蓑煙雨」中度過，似乎有點甘處漁樵、草野，不求聞達的意味，但聯繫蘇軾宦海風波中的遭遇，特別是經歷「烏臺詩案」下獄的驚險，這「煙雨」當有更深的內涵，乃是指人生中經歷的種種憂患。對此，我履險如夷，泰然自若。於是，尋常景物，在此引發出不尋常的人生態度。

詞之下闋前三句轉寫氣候的變化：「料峭春風吹酒醒，微冷。山頭斜照卻相迎。」一場暴雨過後，氣溫有些下降，兼之春風料峭，故覺「微冷」，酒也醒了。古人出遊，往往食具隨行，飲酒賦詩，為其風雅生活中的一部分。「酒醒」係補敘此番出行的飲酒之樂，可知前面「吟嘯」、「徐行」，正帶著幾分醉意，在安然自適中又顯示出一種曠放的風采。「春風」漸漸吹散烏雲，傍晚時分，雨過天晴，太陽露出了笑臉，在山頭遠遠相迎。此係樂景，按常理說，夕陽有情，人心亦爽，但詞人卻另有解會。此時踏上歸途，再「回首」剛才經歷疾風驟雨的「蕭瑟處」，那雨也好，晴也好，對我而言，都沒有區別：「也無風雨也無晴。」我自為我，超然萬物之外。這裡表達的是一種憂樂兩忘的精神境界。而此自然界之晴朗風雨與人生得失、宦海浮沉，實有相通之處。無論是榮是辱，是喜是憂，我心平靜，波瀾不驚。可以說，它是詞人面對挫折表現出的剛強，也是對遭遇不平時的心理對抗。詞人在〈獨覺〉詩中，也曾寫道：「回首向來蕭瑟處，也無風雨也無晴。」可見對這種境界的追求，不斷地伴隨著詞人，成為他困厄中的重要精神支柱。

此詞能於尋常事件與景物中，即興生發，以道自己胸懷與修養，似淺而深，似直而曲。近人鄭文焯評曰：「此足徵是翁坦蕩之懷，任天而動。琢句亦瘦逸，能道眼前景。以曲筆直寫胸臆，倚聲能事盡之矣。」（《手批東坡樂府》）

72 賀新郎 夏景

蘇軾

乳燕飛華屋❶。悄無人、桐陰轉午，晚涼新浴。手弄生綃❷白團扇，扇手一時似玉。漸困倚、孤眠清熟。簾外誰來推繡戶？枉教人、夢斷瑤臺曲❸。又卻是，風敲竹。

石榴半吐紅巾蹙❹。待浮花、浪蕊❺都盡，伴君幽獨。穠豔一枝細看取，芳心千重似束。又恐被、秋風驚綠。若待得君來向此，花前對酒不忍觸。共粉淚❻，兩簌簌❼。

【詞牌】〈賀新郎〉，又名〈賀新涼〉、〈乳燕飛〉、〈風敲竹〉、〈金縷歌〉、〈金縷曲〉、〈金縷詞〉、〈金縷衣〉、〈貂裘換酒〉、〈風瀑竹〉，清人又有名〈雪月江山夜〉者。首見蘇軾《東坡樂府》。雙調，體式甚多，本詞為通用調式，一百一十六字，上下闋各十句，六仄韻，為仄韻格（可上去聲通押，亦可單押入聲）。此調全為單句，宜一氣貫注。又係用仄聲韻，句腳字全為仄聲，故聲情清壯頓挫。用入聲韻，顯激盪雄壯，用上去聲韻，顯淒斷沉咽，故豪放詞人尤喜用之。參見《詞律》卷二十、《詞譜》卷三十六。

【注釋】❶華屋　華美之房屋。❷生綃　未經搗煮的生絲織物。❸瑤臺曲　仙人居所的深處。瑤臺，相傳為仙人王母所居之處。❹蹙　皺。形容榴花尚未全開之狀。❺浮花浪蕊　指庸常的浮浪花朵。❻粉淚　敷粉的臉上流的眼淚。❼簌簌　紛紛墜下的樣子。

【語譯】雛燕飛入華美的房屋。靜寂無人，桐樹的陰影轉至正午，傍晚時分漸涼，佳人剛剛沐浴。以手玩弄生綃製作的團扇，團扇與手都似白玉。漸漸困倦倚床，獨自睡得恬靜酣熟。外面何人將掛有繡簾的門推開？徒然使人從瑤臺深處的夢境驚覺。又還是那南風敲擊翠竹。　石榴開到一半，有似皺起的紅巾。待到平庸浮浪之花紛紛落盡，便來相伴幽獨佳人。佳人擇取一枝濃豔，細加觀察，只見千重芳心似束。又還擔心被秋風驚動它的葉綠。如若等待相愛的人來此，在花前對酒，不忍摸觸。花瓣與粉淚，一同簌簌下落。

【研　析】此詞題為「夏景」，作者側重選取美人與榴花兩種既有區別又相聯繫的物事加以描寫。夏景不單純是自然景物，即人事的活動也是夏景的一部分。

詞的上闋重在寫人，人與景結合。先以「乳燕飛華屋」數句勾畫出一個靜寂的境界，分三層描寫：一是高大華屋之內，悄無人聲，初生乳燕自在飛來飛去，時間應是白天；二是室外陽光朗照，一直到「桐陰轉午」，桐樹的陰影隨著陽光的移動，轉到了正午時分，樹影也越來越小，而漸成直立之狀；三是夕陽西下，到了「晚涼」時刻。此數句是從時間推移中描寫夏景，以動襯靜，以靜景襯托主人公之孤獨。

「晚涼」之後，正面寫「新浴」之人。夏日浴後，還有點餘熱，故而手弄團扇，從而引出她的雙手。其手與團扇一樣潔白如玉，此係以局部寫人，由此可推知其整個人之冰肌玉骨，光彩照人。人在浴後，不免犯困，以致斜歪床上，「孤眠清熟」，進入酣恬狀態。至此始點出「孤」獨字面。「簾外」以下數句將人與景合寫。女主人公於酣睡中正夢入瑤臺深處，卻被清風吹醒。「枉教人、夢斷瑤臺曲」，不免帶點惱意，因為對於此夢的延伸，還含有進一步的期待。此處寫夢寫風，亦能變化。前面「簾外誰來推繡戶」是似醒非醒時的疑問，用擬人法；後面「又卻是，風敲竹」則是夢醒時的判斷，係實寫。此處實化用了唐代李益〈竹窗聞風寄苗發司空曙〉「開門復動竹，疑是故人來」詩意，而用「敲」字，極為靈動。

下闋以夏景中的榴花為主，花與人結合。寫榴花，先寫其半開時情狀：「石榴半吐紅巾蹙。」紅巾，用白居易詩語「山榴花似結紅巾」（〈題孤山寺山石榴花示諸僧眾〉），既突出其鮮豔色彩，又具女性特點，預伏下面「伴君幽獨」。蹙，皺褶未展之狀，極為形象。石榴為何半吐？原是有所等待：「待浮花、浪蕊都盡，伴君幽獨。」此則用擬人手法，用榴花口吻說話：等到那些浮浪之花都已開盡，我將以盛裝出場，與幽獨的你相伴。以見榴花靈心慧性，善解人意，品行芳潔。此處「伴君」的「君」，係指女主人公，與詞末「待得君來向此」的「君」，指女主人公所思之人有異。榴花對人如此有情，而人對榴花亦是心細如髮：「穠豔一枝細看取，芳心千重似束。」李白〈清平調〉有「一枝穠豔露凝香」之句，此處「穠豔一枝」係襲用其語，形容似「紅巾」展開的榴花，恰到好處。「芳心千重似束」，亦花亦人，我的芳心一如榴花緊束，不得舒展。她面對如此穠豔的榴花，又生出幾分憂慮：「又恐被、秋風驚綠。」秋風起，綠葉將被摧殘，榴花的生命也將隨之終結，對榴花所懷焦慮，也正是對自己生命遲暮的恐懼。詞之結尾把這種內心的憂慮更向前推進一層：「若待得君來向此，花前對酒不忍觸。共粉淚，兩簌簌。」前面用一「若」字領起，則以下為假設想像之辭。等待「君」歸時，再對花飲酒，花已凋零，哪忍碰觸，否則，石榴花瓣與我的粉淚，同時紛紛下墜。花的美好，人的韶華，都將消逝。

此詞寫人寫花，人花融合，境界迷離惝恍。從表面看，佳人的幽獨，殷切的期待，對青春流逝的憂傷，似寫閨情，細味其意，又似隱隱關合詞人自己的某種心態和對生命意識的體悟，比興之意，正在可解不可解之間。詞中所詠榴花，由「半吐」寫到花開花謝，雖係作為人物情感的襯托，卻能形神兼備，意趣高遠，從詠物角度言，可謂能臻於妙境。從詞的風格而言，此詞又與「大江東去」等作大異其趣，幽思曲想，細膩纏綿，清婉雅致，脫盡塵俗。

73 洞仙歌

蘇軾

僕七歲時，見眉山老尼，姓朱，忘其名，年九十歲，自言：嘗隨其師入蜀主孟昶宮中。一日，大熱，蜀主與花蕊夫人，夜納涼摩訶池❶上，作一詞。朱具能記之。今四十年，朱已死久矣，人無知此詞者。但記其首兩句，暇日尋味，豈〈洞仙歌令〉乎，乃為足之云

冰肌玉骨❷，自清涼無汗。水殿❸風來暗香滿。繡簾開、一點明月窺人，人未寢、欹枕釵橫鬢亂。

起來攜素手❹，庭戶無聲，時見疏星渡河漢❺。試問夜如何，夜已三更，金波❻淡、玉繩低轉❼。但屈指、西風幾時來，又不道、流年暗中偷換。

【詞牌】〈洞仙歌〉，唐教坊曲名，用作詞調。又名〈洞仙歌令〉、〈羽仙歌〉、〈洞中仙〉、〈洞仙詞〉、〈洞仙歌慢〉。雙調，有令詞（八十三字至九十三字）、慢詞（一百十八字至一百二十六字）兩種。蘇軾此詞屬令詞，八十三字，各本句讀略有參差。上下闋均三仄韻，為仄韻格。此調句式全為單行，某些地方又便於運用虛字呼應、轉換，故頗具流動之美。參見《詞律》卷十二、《詞譜》卷二十。

【注釋】❶摩訶池　池名，在四川成都城內。❷冰肌玉骨　謂肌體如冰之瑩潔、玉之溫潤。《莊子・逍遙遊》：「肌膚若冰雪，綽約若處子。」❸水殿　濱水或為水環繞之殿宇。❹素手　潔白的手。〈古詩十九首〉：「纖纖擢素手。」❺河漢　銀河。❻金波　指月光。❼玉繩低轉　指夜深。玉繩，星名，在北斗第五星（玉衡）的北面。玉繩星越低，夜越深。

【語　譯】美麗的肌膚冰瑩玉潔，原本清涼無汗。清風吹拂，水殿幽香溢滿。繡簾開處，一點明月在窺看室內之人，人未入睡，斜靠枕上，寶釵橫斜，鬢髮散亂。　　從臥榻起來讓人牽著素手，步入庭院，四圍寂靜無聲，不時仰見疏星飛渡河漢。問這夜晚已到什麼時刻，夜已三更，玉繩低降，月光漸淡。屈指掐算，西風何時來到，不能不感歎年光在暗中偷偷移換。

【研　析】這首詞前面的序言，述作詞緣起，由序言可知此詞作於四十七歲貶謫黃州期間，乃詠孟昶與花蕊夫人納涼摩訶池本事兼帶抒發自己對生命意識的感悟。

詞的開頭兩句，乃前人現成語，寫女性之美，用「冰肌玉骨」很是雅致，給人冰清玉潔之感，如用花容月貌、百媚千嬌之類形容，就易落入俗套。「清涼無汗」，又與「冰玉」相關。正因其清麗，故使詞人四十年後猶銘記在心，並置於詞首。「冰肌玉骨」所體現的晶瑩剔透，似也成了這首詞的藝術靈魂。下面一句轉寫摩訶池中的殿宇，作者不寫其形、質，只寫其中浮動的「暗香」。寫暗香實際是寫池中的夏日荷花。令人想見紅裳翠蓋圍繞水殿，清風吹拂，幽香遠漾，那是何等美麗的景致！月色映照池荷，又呈現出一番怎樣的清雅！前人亦曾有類似的描寫，如南朝陳徐陵〈奉和簡文帝山齋〉詩：「荷開水殿香。」唐李白〈口號吳王美人半醉〉詩：「風動荷花水殿香。」他們都寫得很直接，似都不及蘇詞將荷花隱去更令人飛馳神想。以下「繡簾開」數句由月及人。先說月的寫法頗具特點，一是以「一點」加以形容，這是室內人從窗櫺外視，對天清高曠時圓月的感覺，是一種點與面對比產生的印象；二是運用擬人手法，月亦有情，似在無聲地「窺人」探祕。如此寫月，極為靈動，然後用頂針句法引出「人未寢」的情態。這裡的「人」與發端之「冰肌玉骨」相應。實則「暗香」、「明月」，皆人之所聞所見。夏之夜晚畢竟炎暑侵人，一時難以入睡，人亦未免慵散，「欹枕釵橫鬢亂」，正是欲眠未眠時的形象描繪。上闋重在寫水殿中之人及荷月夜景，殿中人其實不只一個，但詞作隱去了他人，只突出其中的女性，這樣更符合詞須旖旎近情的要求。

下闋空間轉至室外，可分三層：第一層「起來攜素手」三句，寫其庭院納涼，欣賞夜色。明月風荷，如此良辰美景，豈可辜負！他們起來攜手步入中庭，感受萬籟無聲的寂靜，領略流星劃過天空飛渡銀河的迷人景象。這一層重在以動寫靜，描繪出一種夜的靜美，「時見疏星渡河漢」，尤為神來之筆。第二層為「試問夜如何」三句，以問答形式寫夜轉深沉。因迷醉夜景之美，而不覺時間之流動，已然失卻了時間的概念，此時突然驚悟：是否夜已很深啊？故而有「夜如何」之問，答以「夜已三更」，依據什麼來判斷呢？是依據天象：「金波淡、玉繩低轉。」這個天象同時也是寫景，星迴斗轉，是帶有動感的景物。寫到這裡，觀賞夜景的人應該可以回屋歇息了，蜀主孟昶與花蕊夫人納涼摩訶池的故事也已結束了，但卻又從中引出一種新的思慮：「但屈指、西風幾時來，又不道、流年暗中偷換。」此為下闋之第三層。因感夏之炎熱，盼有涼風吹來，然而待到西風來時，夏已過去，秋又來臨，一年的時光溜走大半，人生的光陰就這麼悄悄地流失，能不令人擔憂！作者把對人生命意識的思考作為詞的結束，便深化、提高了這首詞的意義。

把一個聽來的故事演化成詞，自己進入角色，周汝昌先生認為：「這種創作的動機和方法，似乎已然隱約地透露出『代言體』劇曲的胚胎醞釀。」（《宋詞鑒賞辭典》）指出蘇軾這首詞在方法上頗具創意，這是很有見地的。依具體表現方法而言，還有值得補充處：其寫景具玲瓏剔透、時空盪漾之美，唐張若虛有詩曰〈春江花月夜〉，蘇軾此詞真可用「夏池花月夜」來作為詞題；其行文具行雲流水之美，詞中又使用頂針格：「明月窺人，人未寢」，問答式：「夜如何，夜已三更」，運筆靈活，有如貫珠，在詞末的轉折處用了「但」、「又」

兩個虛詞，使文氣轉折中意脈相連，具流走之勢。就詞的風格言，雖寫男女納涼之事，卻無俗豔之病，而具清超之美。

在宋代，即有詩話記載蘇軾乃據花蕊夫人詩而作〈洞仙歌〉。詩曰：「冰肌玉骨清無汗，水殿風來暗香滿。簾開明月獨窺人，欹枕釵橫雲鬢亂。起來瓊戶啟無聲，時見疏星渡河漢。屈指西風幾時來，只恐流年暗中換。」謂蘇詞櫽括此詩，所言不確，實則係時人櫽括蘇詞為〈玉樓春〉詞。由此亦可見蘇詞為世人所賞愛之情形。

74 八聲甘州

寄參寥子❶

蘇軾

有情風、萬里卷潮來，無情送潮歸。問錢塘江❷上，西興浦口❸，幾度斜暉？不用思量今古，俯仰昔人非。誰似東坡老，白首忘機❹。

記取西湖西畔，正春山好處，空翠煙霏。算詩人相得❺，如我與君稀。約他年、東還海道，願謝公、雅志莫相違❻。西州路，不應回首，為我沾衣❼。

【詞牌】〈八聲甘州〉，又名〈甘州〉、〈瀟瀟雨〉等。首見柳永《樂章集》。雙調，九十七字，為平韻格。另有九十五字、九十六字、九十八字數體。詳見前柳永〈八聲甘州〉「詞牌」介紹。

【注釋】❶參寥子　佛教僧道潛，字參寥。能文，尤喜為詩，為蘇軾摯友。子，男子之美稱、尊稱。❷錢塘江　江名。發源於浙、皖、贛邊境的蓮花尖，流至杭州閘口始稱錢塘江，由此注入杭州灣。江口成喇叭狀，潮漲潮落，最為壯觀。❸西興浦口　在今浙江蕭山縣西十二里，為吳越通津。❹忘機　泯除機心。機心，巧詐之心。❺相得　相互契合。❻約他年二句用東晉謝安故事，謂不要違背早已立下的歸隱山林的志願。《晉書・謝安傳》載，謝安雖受朝廷重用，但歸隱東山之志始終不變。及鎮守廣陵時，便「造汎海之裝，欲須經略粗定，自江道還東。雅志未就，遂遇疾篤。」還都時，入西州門（今江蘇鎮江市境內），以為本志未遂，深自慨歎。隨即下世。雅志，早已立下的志願。❼西州路三句　用羊曇痛哭謝安事，囑參寥子不要像羊曇一樣，回車為我流淚。《晉書・謝安傳》載，謝安死後，其所愛重的外甥羊曇不願過西州門。一次醉中偶然至此，悲詠曹植詩句：「生存華屋處，零落歸山丘。」痛哭而返。

【語　譯】有情風從萬里之外捲潮而來，無情送潮水歸去。試問在錢塘江上、西興浦口，我們幾度在夕陽中，共看潮起潮落？不用思量從古到今，俯仰之間，歷史人物已成過往煙雲。有誰像我東坡老，滿頭白髮，已泯滅機巧權變之心。　記得西湖之西，正是春山妍麗，空間嵐翠煙霏。推究起來，詩人最相契合如你我者，真是稀少。將來我會像謝安一樣，從海道東還，不違背歸隱東山之夙願。你也不必像羊曇過西州路一樣，為我淚溼沾衣。

【研　析】元祐六年（西元一〇九一年），作者由知杭州召為翰林學士承旨，與參寥子作別時填此詞相贈。起筆「有情風、萬里卷潮來，無情送潮歸」，即氣勢非凡，清末鄭文焯稱其「突兀雪山，卷地而來，真似錢塘江上看潮時，添得此老胸中數萬甲兵，是何氣象雄且傑」（《手批東坡樂府》）。寫錢塘江的潮起潮落，是他們共同觀賞過的壯景，但以「來」而「有情」與「歸」而「無情」對比，即暗含有別離情在。以下「問錢塘江上，西興浦口，幾度斜暉」？以「問」字領起，引出對往昔交情的回憶，實事虛寫。「錢塘江上」、「西興浦口」，皆共同觀潮之地。「幾度」，表明多次；而「斜暉」則與晚潮有關，但這並不等於說只限於觀晚潮，只是舉其作為代表罷了。錢塘江潮是杭州最具特色的景觀之一，抓住這一特色景觀具寫兩人的交誼，尤能突出其情之深厚。

下面轉入議論，從潮起潮落轉向回眸歷史，再歸結到自身，突出個人胸懷的坦蕩。「不用思量今古，俯仰昔人非」，以「不用」二字貫串兩句。說不用思量古今的無數歷史人物，正如王羲之所云：「俯仰之間，已為陳跡。」（〈蘭亭集序〉）這裡既含有對古今人物的慨歎，同時又以古今人物襯托自己：「誰似東坡老，白首忘機。」用一反詰語突出自己的與眾不同：數十年的歷練，世事洞明，胸無點塵，術無巧詐，寧靜淡泊，高迴脫俗，如此人格，真可傲視千古矣！詞人為此深感自豪。

至詞之換頭，復又補寫舊遊之樂：「記取西湖西畔，正春山好處，空翠煙霏。」詞的發端所寫，為錢塘觀潮快意情事，此處轉寫共賞西湖一帶優美空濛山水。以「記取」二字領起，便化實為虛。西湖春遊，重點寫西湖西邊那煙霧迷濛中的青翠遠山，雖未直接寫西湖，但無疑是從西湖角度眺望所見，湖光山色，相映成趣，充滿詩情畫意，洋溢歡樂情懷。下面「算詩人相得，如我與君稀」，直抒二人交誼非同一般。參寥為詩僧，蘇軾稱「其詩句清絕」，二人互有唱和。蘇軾謫居黃州，參寥竟不遠數千里前往探訪、相隨。蘇軾知杭，參寥遷居杭之智果精舍，飲茶、賦詩，過從甚密。後來蘇軾遷謫海南，又欲渡海訪之。如此榮辱不忘的朋友，世上有幾？故此二句語言極為平實，而情感至為真切，大有「人生得一知己足矣」的感慨。

詞之結拍則預想今後，用東晉謝安故事，一方面以謝安自喻，表示將來一定要實現退隱山林的夙願；另方面以羊曇喻參寥，謂其不必擔憂我有違「雅志」而傷感、抱憾。蘇軾詞多次提到謝安，他之以謝安自喻，是希望「一旦功成名遂，準擬東還海道」（〈水調歌頭〉），渴慕的是功成身退。這首詞的結尾用謝安之典，側重表明將來希望歸隱田園、悠遊林下，與好友共享以鷗鷺為伴、以漁樵為友的閒適生活。這種期望正是過去、現在契合無間的友情向未來的延伸。

這首詞的重點在抒發與好友參寥的深厚感情，同時又抒寫了自己幾經波折後的人生感悟與精神提升。境界壯闊，波瀾老成，沉鬱中帶豪放，層折中帶流走。還須特別提及的是該詞的音樂性，除了格律完全依遵柳永同調詞（對瀟瀟、暮雨灑江天）的範式外，十分注意對去聲字的運用，領字多用此響亮之聲，以高揚所表達的情緒，如「問錢塘」之「問」、「不用」之「用」、「誰似」之「似」、「記取」之「記」、「正春山」之「正」、「算詩人」之「算」、「願謝公」之「願」等，均是；又，在上去聲的搭配上，力避上上、去去連用，除「俯仰」二字為上上連用外，其他如「萬里」、「幾度」、「記取」、「雅志」、「為我」等，或去上連用，或上去連用，造成抑揚亢墜的音樂效果。有人評蘇詞豪放不入律呂，但讀此詞，卻感到音律和諧流暢，特別是諸多領字的連綴，使情感的抒發帶有一瀉千里之勢。

此詞《和文注音琴譜》有古琴曲，標為「送人」。

75 江城子

乙卯❶正月二十日夜記夢

蘇軾

十年生死兩茫茫。不思量，自❷難忘。千里孤墳，無處話淒涼。縱使相逢應不識，塵滿面，鬢如霜❸。

夜來幽夢忽還鄉。小軒窗❹，正梳妝。相顧無言，惟有淚千行。料得年年腸斷處，明月夜，短松岡。

【詞牌】〈江城子〉，又名〈江神子〉，有單調、雙調之分。唐五代詞為單調，雙調始見於蘇軾《東坡樂府》，七十字，上下闋各八句（《詞譜》斷為七句），五平韻，為平韻格。亦偶有押仄聲韻者。參見《詞律》卷二、《詞譜》卷二。

【注釋】❶乙卯　為熙寧八年（西元一〇七五年）。❷自　卻。❸如霜　形容白髮如霜雪。❹軒窗　廊下之窗。

【語譯】十年生死相隔，兩者茫茫不見。雖不思量，卻是難忘。她的孤墳遠在千里之外，無法相與訴說淒涼。縱然相逢，當也不會相識，因為我已塵埃滿面，鬢髮如霜。

夜來幽夢忽然返回故鄉。廊下的小窗前，她正在梳妝。兩人四目相對，沒有言語，唯有淚下千行。料想她年年腸斷之處，是那明月之夜，長著矮小松楸的山岡。

【研析】此係悼亡之詞。題曰某年某月某日「記夢」，此係真夢，非託夢以言他事之作。據蘇軾〈亡妻王氏墓志銘〉載：其妻王弗為眉州王方之女，十六歲嫁蘇軾，治平二年（西元一〇六五年）五月，卒於京師，次年葬於眉州彭山縣安鄉鎮。卒時年僅二十七。熙寧八年（西元一〇七五年），蘇軾知密州（今山東境內），此時，距王氏亡故恰是十年。故詞之發端「十年生死兩茫茫」，即從十年幽明兩隔寫起，「兩茫茫」用白居易〈長恨歌〉「上窮碧落下黃泉，兩處茫茫皆不見」語意。王弗十六歲出嫁，二十七歲亡故，與蘇軾共同度過了青春年少的十一年，其間有過多少繾綣旖旎情事，有多少令人回味的花前月下的呢喃爾汝，故王氏離世雖已十年，詞人仍懷戀不已，用「不思量，自難忘」兩個短句加以概述：即使不去想她，卻仍然時繞心頭，漫長的時間並沒有沖淡深意濃情，那份思念真可謂是刻骨銘心。

以上主要從時間距離生發，「千里孤墳，無處話淒涼」，則強調空間距離，造成了難以逾越的障礙，無法共處一處，訴說各自的淒涼。生者與死者對話，本是一種超現實的幻想，即使近在咫尺，也無由實現，詞人卻歸咎於空間的阻隔，雖於理未通，卻能見出一片痴情。「千里」二字，既是寫二者的距離，也是將「孤墳」置於一闊大的空間，強化亡者的孤獨，中含無限的悲惘。以下再進一步設想：「縱使相逢應不識，塵滿面，鬢如霜。」即使真的相逢，由於時間的淘洗，人事的磨難，我已變得面目全非，你應當不會認識我了。在此，又糅合進了自己的人生經歷與感慨。其實，此時作者年紀尚不足四十。在此十年中，他先在京師任職，因與當道者政見不合，請求外放，先為杭州通判，後又知密州，輾轉南北，說「塵滿面，鬢如霜」，既是寫自己外表的變化，更多的是流露出一種抑鬱情懷。

上闋抒寫懷念之深，係致「夢」之由，下闋則具寫夢境。「夜來幽夢忽還鄉」，承上啟下。用一「忽」字，幽夢還鄉，似帶偶然，實則因為「難忘」，本屬必然。「小軒窗，正梳妝」，夢中出現的這種生活細節，正是昔時閨房之樂的再現，看著她當窗對鏡，梳理雲鬟，青絲綰結，斜插玉釵，只覺得風情萬種，令人蜜意融心。雖只寫對方動作，但使人感到愛賞者即在其旁。故以下有兩人「相顧無言，惟有淚千行」的敘寫。久別重逢，本有千言萬語，欲訴衷腸，但一時竟不知從何說起，惟有以淚洗面。如此寫情，正是「此時無聲勝有聲」。

詞之結尾「料得年年腸斷處，明月夜，短松岡」，轉寫夢醒之後，從對方著筆，想像她在明月冷清之夜，荒蕪的短松山岡，無限孤寂，因思念遠人而肝腸寸斷，從而賦予亡妻以豐富的情感，實則是借對方表達自己內心的憂傷。其法與杜甫「今夜鄜州月，閨中只獨看」（〈月夜〉）、柳永「想佳人、妝樓顒望，誤幾回、天際識歸舟」（〈八聲甘州〉）相同。此處的「短松岡」，與前面的「孤墳」相呼應，營造出一個極為荒寂的環境，更使悼亡籠罩一層濃重的淒涼色彩。

悼亡之詩，古已有之，以潘岳、元稹之作最為有名。悼亡之詞，則始於李煜，但寫得較為隱晦，知之者少。至蘇軾此詞出，情思真摯，沉痛感人，成為詞史上悼亡名篇之一。

76 蝶戀花　春景

蘇軾

花褪殘紅青杏❶小。燕子飛時，綠水人家繞。枝上柳綿吹又少，天涯何處無芳草❷。

牆裡鞦韆牆外道。牆外行人，牆裡佳人笑。笑漸不聞聲漸悄，多情卻被無情惱。

【詞牌】〈蝶戀花〉，唐教坊曲名。本名〈鵲踏枝〉，由晏殊改今名，採梁簡文帝蕭綱〈東飛伯勞歌〉「翻階蛺蝶戀花情」詩句為調名。又名〈黃金縷〉、〈卷珠簾〉、〈明月生南浦〉、〈鳳棲梧〉、〈一籮金〉、〈魚水同歡〉等。雙調，六十字，為仄韻格。參見《詞律》卷九、《詞譜》卷十三。

【注釋】❶青杏　未成熟的杏實。❷天涯何處無芳草　〈離騷〉有「何所獨無芳草兮」之句，語當本此。

【語譯】殘花顏色變淡，小小青杏枝頭綴滿。燕子來去翻飛，綠水環繞人家流淌。東風吹拂，枝上柳絮愈來愈少，天涯地角，何處沒有芳草。　牆裡的人在盪鞦韆，行人走在牆外道。牆外的行人，聽到牆裡的佳人在歡笑。笑聲漸遠以至無聞，多情人卻被無情人惹出煩惱。

【研 析】蘇軾紹聖元年(西元一〇九四年)被貶惠州，此詞很可能作於貶惠途中或貶惠期間。張宗櫹《詞林紀事》引《林下詞談》云：

子瞻在惠州，與朝雲閒坐，時青女(主霜雪之神)初至，落木蕭蕭，淒然有悲秋之意。命朝雲把大白(酒杯)，唱「花褪殘紅」。朝雲歌喉將囀，淚滿衣襟。子瞻詰其故，答曰：「奴所不能歌，是『枝上柳綿吹又少，天涯何處無芳草』也。」子瞻翻然大笑曰：「是吾政悲秋，而汝又傷春矣。」遂罷。

由此則記載，可知此詞的春景描寫含有「傷春」之意，致使朝雲歌唱為之中斷。

詞之上闋摹寫暮春景色。「花褪殘紅」，謂花已凋零，「青杏小」謂杏已結子。杏實初夏成熟，其果初胎，恰是暮春時節。下面「燕子」二句，與上句的靜態描寫不同，轉入動態描繪。燕舞蹁躚，綠水流繞，又顯出一片活潑生機。此處的「燕子飛時」與晏殊〈破陣子〉「燕子來時新社」所寫時節有所不同，晏詞所寫為仲春時節燕之歸來，此則寫晚春時燕之上下飛舞。「綠水人家繞」，是「綠水繞人家」的倒裝，頗富畫意，「繞」字，尤富動感，令人想起王安石〈題湖陰先生壁〉詩中「一水護田將綠繞」的詩句。「人家」的出現，又為下闋的「牆裡鞦韆」、「佳人」的描寫作了鋪墊。以下兩句寫景，既體現暮春景物特色，又含有深沉的感歎，但寫法各具特點：「枝上柳綿吹又少」，有似一近鏡頭，柳花兒在柳樹上已稀疏得差不多看不見了，中間嵌一「又」字就蘊含有光陰似水流的歎息，經歷了一個暮春又一個暮春，人生還能有多少個春天？「天涯何處無芳草」用一反詰句，表示芳草已無處不在，這裡用的是一個遠鏡頭。無論遠景，還是近景，傳遞的都是一片春歸的信息。怪不得朝雲唱至此處，潸然淚下。上闋雖然是感歎春逝，但暮春景象並非一片枯寂，而是仍然保有幾分生氣、幾分活力，這正是蘇軾超曠豁達情懷的體現。在他看來，春去夏來，本是一種自然的法則，是時間鏈的銜接，並非是彼死此生的截然分割，夏日佳景有一部分乃是暮春有生命力景物的延續。可見，即使是感傷春逝，作者也沒有失去對於生命的熱情。

詞的下闋承上「人家」，以牆為分界，寫出兩種不同的心境。牆裡邊無憂無慮的女孩子在盪著鞦韆，她們一邊戲耍，一邊嬉笑，一派天真。牆外的行人在諦聽、在想像，他在旅途跋涉中，在單調的行程中，在內心深處潛沉有壓力的精神狀態中，很希望能感染她們的歡樂，放鬆心靈的負累，減輕行色匆匆的勞頓。但她們絲毫不理會行人的這種心境，玩得盡興了，就走了，走得越來越遠，以至再聽不到她們的聲息了，她們真是「無情」啊！「多情」人被她們冷落、棄之不顧，引發出十分的煩惱。其實呢，是佳人無意，行人枉自多情。這裡用的是一種反襯的方法，以「無情」反襯「有情」，以「佳人」反襯「行人」。意在強調「行人」的失落寡歡心態。這種心態無疑已超出了傷春的範圍，而可能和政治上的失意有著某種聯繫。黃蓼園謂此數句「寄情四溢也」（《蓼園詞選》）。「多情卻被無情惱」這一句和司馬光〈西江月〉詞中「有情何似無情」相似，既是一種情感體驗，又超出情感體驗，富含理趣。下闋的寫法相對於上闋而言有很大不同，它帶有較強的敘事成分，在敘事中作者注意引而不發。如只寫「鞦韆」，並不寫人，而人作鞦韆之戲的活動，自然進入讀者的想像。又，作者接連用了兩個「牆裡」、「牆外」的對比句式，並運用頂針格：「佳人笑。笑漸不聞」，讀來有累累如貫珠的流動之感。另外在詞語運用上，不忌重複，「牆裡」、「牆外」、「笑」、「情」、「人」均兩次出現，與上闋的雅俗相和不同，下闋更近於俚俗。這些地方顯示出蘇軾詞的創作不拘格套。

雖說上下闋之意各有偏重，但就整首詞而言，是一個有機的整體，描寫的是暮春的情境。但是暮春，並非一派衰暮，而是同時又顯示出一種自然與人事的活力，其中表露的「行人」的感情也比較複雜，有對春光流逝的惋歎，也有對自然季候變化的豁達，在他人歡樂的反襯下，也深懷一種失望與落寞。含義比一般的晚春詞顯得更加豐厚。

蘇詞的風格，歷來被目為豪放、超曠，但他亦善柔情旖旎之作。此詞即是最好的證明。清王士禎評曰：

「『枝上柳綿』，恐屯田（柳永）緣情綺靡，未必能過。孰謂坡但解作『大江東去』耶？（蘇）髯直是軼倫超群！」（《花草蒙拾》）

此詞上世紀有錢仁康為之配曲。

77

永遇樂

彭城❶夜宿燕子樓❷，夢盼盼，因作此詞

蘇　軾

明月如霜，好風如水，清景無限。曲港跳魚，圓荷瀉露，寂寞無人見。紞如❸三鼓❹，鏗然一葉，黯黯❺夢雲驚斷。夜茫茫❻，重尋無處，覺來小園行徧。

天涯倦客，山中歸路，望斷故園心眼。燕子樓空，佳人何在？空鎖樓中燕。古今如夢，何曾夢覺，但有舊歡新怨。異時對，黃樓❼夜景，為余浩歎。

【詞牌】〈永遇樂〉，有平韻格、仄韻格兩式，平韻格又名〈消息〉。仄韻格始見柳永《樂章集》。蘇軾此詞為通用之仄韻格。雙調，一百零四字，上下闋各四仄韻。此調以四言為主，全詞二十二句中，四言占了十六句，因此多處可用為對偶。第一、二句例用對仗。因此調可用對仗處多，善駢偶者可騁其才力，極工麗之美，但如處處對偶，又易呈板滯之病，在乎作者依表情需要合理運用，以整飭與流利之美結合為佳。參見《詞律》卷十八、《詞譜》卷三十二。

【注釋】❶彭城　徐州治所。在今江蘇境內。❷燕子樓　樓名。唐貞元中張愔鎮徐州，築此樓以居愛妾關盼盼。張卒，盼盼樓居十五年，不嫁，後不食而亡。❸紞如　擊鼓聲。《晉書·鄧攸傳》：「紞如打五鼓，雞鳴天欲曙。」❹三鼓　夜十二時，三更。程鉅夫〈寄閻子靜唐靜卿二翰長〉詩：「燭徹宮蓮三鼓後」。❺黯黯　不明的樣子。❻茫茫　廣大的樣子。❼黃樓　樓名，蘇軾在徐州時修建。蘇軾曾作〈黃樓賦〉敘述帶領百姓戰勝水災後建黃樓之經過。築樓堊以黃土，因名「黃樓」。

【語譯】明月皎潔如霜，好風清涼如水，清空的景致美好無限。曲折的港灣魚兒跳躍，團圓的荷葉流瀉珠露，卻寂寞無人見賞。一葉墜落，鏗然作響，有如三更鳴鼓，迷濛中夢如煙雲般驚斷。夜色茫茫，醒來行遍小園，重尋夢境未見。　我這天涯倦客，登望遙遠山中歸路，無法實現返回故園心願。燕子樓空蕩靜寂，佳人何在？如今惟有燕子飛來飛去。古往今來，都如一夢，何曾夢醒，牽繫人心的只有舊歡新怨。在異時，他人面對黃樓夜景，也會為我發出長歎。

【研　析】此詞作於元豐元年（西元一〇七八年）十月，作者知徐州時。詞前小序言：「夜宿燕子樓，夢盼盼。」但詞中只說「夢雲驚斷」，並無有關於夢盼盼的具體描寫，疑此詞中之「夢」非實在之夢，而只是對過往影事的一種憶想，由此而生發出人生如夢、歷史如煙的感慨。

詞從寫燕子樓夜景入手，先從大處落墨：「明月如霜，好風如水，清景無限。」月光皎潔，一片空明，銀光瀉地，有如清霜。前人寫月常以「霜」形容，如梁蕭綱〈玄圃納涼〉詩有「夜月似秋霜」之句，李白〈靜夜思〉有「床前明月光，疑是地上霜」的描寫。不僅月明，還有好風，這夜風清涼如水。前句重在視覺，此處重在觸覺，然後總以「清景無限」。清景，既包括已寫的風月，也包括風月之外的種種佳景，一併予以讚歎。然後具寫水中景物：「曲港跳魚，圓荷瀉露，寂寞無人見。」如果說，發端所寫景物，境界闊遠，此處則體物入微，有聲有色，描繪細膩。魚躍曲港，潑喇有聲，露瀉圓荷，色澤瑩亮；其構圖也很別致，曲港跳魚，是曲線與點的結合，圓荷瀉露，是面與點的組合。而露已成珠，又表明時間已至深夜。如果說，發端的寫景偏重於靜態，則此處偏重動態，但係以動寫靜，於是更襯托出周圍籠罩在一片夜的靜謐之中。如此夜間佳景（包含明月、好風），竟無人欣賞，於是發出「寂寞無人見」的感歎。無人見，是說無他人見，無他人欣賞，惟自己見之、賞之，亦即惟靈心善感之人見之而能賞之。

面對如此清景，當引起許多遐思妙想。往昔居於燕子樓的盼盼，似翩然而來，她的故事一幕幕在腦海中放映。正入神處，「紞如三鼓，鏗然一葉，黯黯夢雲驚斷」，一葉墜落，竟鏗然如三更鼓聲，更突出夜的靜寂，正是這一聲音，將夢從迷濛中驚醒。對夢，詞人只用「夢雲」二字帶過，那夢如雲煙縹緲，似真似幻。下面「夜茫茫，重尋無處，覺來小園行徧」三句，寫夢醒之後，走遍小園追尋夢中蹤跡，竟杳不可得。那麼，前面所描繪的小園「清景無限」，究竟是引起詞人對如煙往事回憶的誘因呢？抑或是夢醒後「小園行徧」所見呢？二者實難分辨、坐實，似是亦此亦彼，使這首詞也帶上迷離惝恍的色彩。

詞之下闋就關盼盼事生發感慨。首先是感歎自己困於宦海、難釋鄉情：「天涯倦客，山中歸路，望斷故園心眼。」作者自熙寧四年（西元一〇七一年）為杭州通判，後又改知密州、徐州，遠離政治中心，故鄉亦迢遙千里，故自稱「天涯倦客」。這個「倦」，不僅是勞碌奔波之倦，也是對仕宦生涯的厭倦。詞人移守密州時即曾表達「何日功成名遂了，還鄉」（〈南鄉子〉）的心願，並有「故山猶負平生約。西望峨嵋，長羨歸飛鶴」（〈醉落魄〉）的慨歎。此時，故鄉之思愈趨強烈，但是，登望故園，山路迢迢，惟令人興歎而已。再看眼前樓臺：「燕子樓空，佳人何在？空鎖樓中燕。」早已是人去樓空，往事已成陳跡。這三句寫一段旖旎情事，言簡意賅，歷來為人所稱道。宋晁無咎云：「三句說盡張建封（按：應為張愔）燕子樓一段事，奇哉。」（徐釚《詞苑叢談》卷三）清鄭文焯稱其詠古「超宕，貴神情不貴跡象」（《手批東坡樂府》）。

以下就歷史遺跡與自己遭遇進一步發論。「古今如夢，何曾夢覺，但有舊歡新怨」三句，就平日「人生如夢」的觀點再作發揮，不獨對於某一個人來說，是一場夢幻，即就歷史長河中所有的人（包括英雄人物）來說，都是一場夢幻。與他所說「大江東去，浪淘盡、千古風流人物」（〈念奴嬌〉）、「蘭亭修褉事，當時坐上皆豪逸。到如今、修竹滿山陰，空陳跡」（〈滿江紅〉）同一意思。人之所以未從夢中醒來，是因為被種種「舊歡新怨」所牽繞。自己雖然領悟到這一層道理，但實際上也未能擺脫這種困境，所以結尾說：「異時對，黃樓夜景，為余浩歎。」我今對燕子樓發出如此歎息，將來他人面對黃樓，也同樣會為我放聲長歎。所發感慨亦即王羲之〈蘭亭集序〉所言：「後之視今亦猶今之視昔。」詞中即景懷古，即事發論，歸結到「古今如夢」，雖不免帶有超塵出世的消極意味，但對於蘇軾來說，這常是解脫現實中精神苦悶的一種方式。

蘇軾詞的特點之一在於能「思接千載，視通萬里」，寫眼前而能拓展及過去與未來，寫個人情事而能提升至一般規律，即善於熔景、情、理於一爐，寓哲理於藝術形象之中。此詞即是典型之一。又，此詞中呈現的清幽靜謐的境界，給人以特殊的美感，敘事的空靈、意境的迷離，則給人留下想像的餘地。胡仔評曰：「（此類詞作）皆絕去筆墨畦徑間，直造古人不到處，真可使人一唱而三歎。」（《苕溪漁隱叢話・後集》卷二六）至於行文的整飭美與流動美的結合尤值得一提。〈永遇樂〉詞牌與〈望海潮〉相似，即四言句很多，便於駢偶與散行相結合。詞中用了五聯對仗：「明月如霜，好風如水」、「曲港跳魚，圓荷瀉露」、「紞如三鼓，鏗然一葉」、「天涯倦客，山中歸路」、「燕子樓空，佳人何在」，或並列，或倒裝，或似流水對，變化多端，後面或加概寫，或接以敘事，或抒發感慨，手法絕不雷同。至於所發議論，則多轉折，但因用了「何曾」、「但有」、「對」等虛字連接，便覺有行雲流水之妙。

此詞清代謝元淮等所編《碎金詞譜》為之譜曲。

78 浣溪沙

蘇軾

簌簌❶衣巾落棗花，村南村北響繰車❷。牛衣❸古柳賣黃瓜。

酒困路長惟欲睡，日高人渴漫❹思茶。敲門試問野人家❺。

【詞牌】〈浣溪沙〉，唐教坊曲名，用作詞調。又名〈浣紗溪〉等。雙調，四十二字，為平韻格。另有其他體式及仄韻格。詳見前晏殊〈浣溪沙〉「詞牌」介紹。

【注釋】❶簌簌　紛紛下墜的樣子。元稹〈連昌宮詞〉：「風動落花紅簌簌。」❷繰車　一種將蠶繭紬繹成絲的器具，因其有輪旋轉以收絲，故稱。❸牛衣　牛所被之衣以保暖，以亂麻或草為之。《漢書・王章傳》：「章疾病，臥牛衣中。」此處當即指蓑衣之類。❹漫　隨意；隨隨便便。❺野人家　鄉野間的人家，即農家。

【語譯】棗花紛紛墜落衣裳與頭巾，村南村北發出響聲的是繰絲車。有人身披牛衣，在古柳下賣黃瓜。道路很長，酒後困倦，惟想睡覺，太陽當頂，口中乾渴，隨意思茶。試著敲門，求助野人家。

【研　析】此詞作於元豐元年（西元一〇七八年）春末，時知徐州。詞前有小序云：「徐門石潭謝雨（天旱祈雨，得雨後，謝神），道上作五首。潭在城東二十里，常與泗水增減，清濁相應。」可知此五詞係蘇軾謝雨至農村所作，是其集中著名的農村風物詞之一。在唐五代，孫光憲即有描寫農家耕織之作：「茅舍菫籬溪曲，雞犬自南自北。菰葉長，水葓開，門外春波漲綠。聽織，聲促，軋軋鳴梭穿屋。」（〈風流子〉）為詞開一新境，古雅淡樸。蘇軾繼起，以聯章體描寫農村風物，如詩如畫，刻畫人物神情，如在目前。寫農村婦女爭看地方官是：「旋抹紅妝看使君（古太守或州郡使之稱），三三五五棘籬門。相挨踏破蒨羅裙。」寫農村雨後光景是：「軟草平莎過雨新，輕沙走馬路無塵。……日暖桑麻光似潑，風來蒿艾氣如薰。」寫從事蠶桑勞作的繁忙是：「誰家煮繭一村香，隔籬嬌語絡絲娘。」寫農村風俗是：「老幼扶攜收麥社（借土地祠打麥子），烏鳶翔舞賽神村（祭神之村莊）。」比之孫光憲所作，更為豐富、生動。此處所錄為五首中之第四首。

詞的上闋三句各寫一事。首句「簌簌衣巾落棗花」，是「棗花簌簌落衣巾」的倒裝，寫路途景觀。詞人前往石潭謝雨，正是棗花紛紛墜落之時。此句主要從視覺寫，但亦含嗅覺在內。郭邦彥〈村行〉詩有「棗花初落路塵香」之句，可見棗花亦帶芬芳。棗花落於自身衣巾之上，自當有香氣氤氳。同時點明春末夏初時節。次句「村南村北響繅車」，側重從聽覺寫。「響繅車」，是「繅車響」的倒裝。村南村北，係詞人經行之地。繅絲，主要由女性操作，可見此時家家農婦的繁忙，傳統的男耕女織分工，亦由此可見。而行至道旁古老柳樹下，則有人在向行人出售黃瓜。「牛衣古柳賣黃瓜」，又是一景。詞人在「日高人渴漫思茶」的狀態下，說不定也買上幾條，一啖以解燃眉之急。賣瓜者披著牛衣，自非富裕之人，賣瓜以換取幾文油鹽錢，體現了當時小農經濟的特色。作者寥寥幾筆，便勾勒出一幅動態的農村景象，既和平寧靜，又勞作有序，令人如見如聞。但所寫景物又極為尋常，妙在於尋常中見奇特。今人周汝昌認為，「以最尋常最普通最不『值得』入詠的景物風光寫之為詞，此真奇外之奇」（《宋詞鑒賞辭典》）。

下闋轉寫自身。此番外出，不是乘興遊覽，而是在履行地方官的職責。騎馬（由另一首「輕沙走馬」句推知）奔波，酒困路長，十分疲憊，欲睡而不可得；又值春末夏初，太陽烤炙，口乾舌燥，想隨便討幾口水以解渴。所謂「酒困路長惟欲睡，日高人渴漫思茶」，是此時身心的真實寫照。「人渴漫思茶」，當本於皮日休〈閒夜酒醒〉詩「酒渴漫思茶」之句，而略加變化。由於急欲解除難忍的焦渴，於是「敲門試問野人家」。蘇軾〈偶至野人汪氏之居〉詩亦有「酒渴思茶漫叩門」之語，此段所寫情景亦頗似之。「試問」二字，帶有商量的口氣，全無趾高氣揚之態。詞寫至此，戛然而止。至於敲門試問的結果如何，留待讀者去想像。作者作為州郡長官出行，完全沒有「千騎擁高牙。乘醉聽簫鼓」（柳永〈望海潮〉）的排場與氣派，甚至連茶水亦未曾具備，由此可見其平民化的色彩。其對農村的關切，對農民的態度，尤閃爍著民本思想的火花。

79 浣溪沙

蘇軾

遊蘄水❶清泉寺。寺臨蘭溪，溪水西流

山下蘭芽短浸溪，松間沙路淨無泥。蕭蕭❷暮雨子規❸啼。

誰道人生無再少？門前流水尚能西。休將白髮唱黃雞❹！

【詞牌】〈浣溪沙〉，唐教坊曲名，用作詞調。又名〈浣紗溪〉等。雙調，四十二字，為半韻格。另有其他體式及仄韻格。詳見前晏殊〈浣溪沙〉「詞牌」介紹。

【注釋】❶蘄水　亦稱蘄河，在今湖北浠水縣境，至蘭溪入長江。❷蕭蕭　同「瀟瀟」。象聲詞。❸子規　即杜鵑鳥。❹休將白髮唱黃雞　謂不要像白居易那樣在生了白髮時歌唱「黃雞與白日」，感歎時光的易逝。白居易〈示伎人商玲瓏〉詩云：「誰道使君不解歌？聽唱黃雞與白日。黃雞催曉丑時鳴，白日催年酉前沒。腰間紅綬繫未穩，鏡裡朱顏看已失。玲瓏玲瓏奈老何，使君歌了汝更歌。」

【語譯】山下浸溪的蘭芽還很短，松樹間的沙路乾淨無泥。杜鵑在瀟瀟暮雨中鳴啼。

誰說人生不能再變得年少？門前流水還能汩汩向西。休要在頭白之時，歌唱白日與黃雞！

【研析】此詞作於元豐五年(西元一〇八二年)三月貶謫黃州之時,遊覽中因見溪水西流,而生發出一種達觀的議論。全詞以蘭溪為中心,先用一聯對仗寫蘭溪周圍之景。「山下蘭芽短浸溪」寫水中,可知蘭溪係依山而流。蘭溪,本由蘭花多而得名,杜牧〈蘭溪〉詩即有「蘭溪春盡碧泱泱,映水蘭花雨發香」的描寫。此時溪中的蘭草嫩芽尚短,加上剛剛下過一場雨,溪水有所上漲,故蘭芽浸在溪水之中。蘭芽嫩綠,在溪水中輕漾,令人賞心悅目。「松間沙路淨無泥」寫岸邊,經過雨水的沖洗,泥塵盡去,顯得特別潔淨,那路邊松樹當也顯得特別翠綠,空氣分外清新。此時正值「蕭蕭暮雨子規啼」。前兩句側重於視覺,此句側重於聽覺,以動襯靜,具有「鳥鳴山更幽」的效果。「蕭蕭暮雨」又與前面的景物有密切關係。雨中遊清泉寺,觀賞蘭溪,很安靜,很乾淨,很愜意,是一種美的享受,令人擁有一種特別的好心情,因此,下面的發論高響入雲。

中國的地勢由西向東傾斜,故水流走勢一般都是向東,匯聚入海。詩詞中常有描寫,如杜甫〈石犀行〉:「自古雖有厭勝(以詛咒之術壓伏人)法,天生江水向東流。」李煜〈虞美人〉:「問君能有幾多愁?恰似一江春水向東流。」等等。但也有例外,蘭溪即其中之一,西流而後匯入長江。蘇軾抓住自然界這一反常特點,即景抒懷,以之比照人生,既然本應東流之水可以向西,那麼,人生當也可由衰老再返回年少。「誰道人生無再少?門前流水尚能西」,用一反詰語,運用一種反常的異向思維,發出不同尋常的、振聾發聵的高唱,然後再用一否定句式「休將白髮唱黃雞」,批駁白居易式的消極歎老觀念,以強化自己的論說。自然,這種議論未必符合人的生理實際,但從精神層面上來說,卻是積極的、樂觀的。詞人在遷謫期間,有如此的高唱,正是其坦蕩放達情懷的表露。

〈浣溪沙〉這一詞牌,一般在下闋開頭兩句用為對仗,蘇軾用此調填詞大多如此,此首卻是例外,其對仗置之於首二句,用以寫景,工麗、清新。而下闋發議論,則用散句,且用「誰道」、「尚能」、「休將」等虛字連綴,一氣流走。此等處,可見蘇軾創作中,藝術手段運用的靈活性。

80　卜算子

李之儀

我住長江頭，君❶住長江尾。日日思君不見君，共飲長江水。此水幾時休？此恨何時已❷？只願君心似我心，定不負相思意。

【作者】李之儀（西元一〇四八—？年），字端叔，號姑溪居士，滄州無棣（今屬山東）人，後徙楚州山陽（今江蘇淮安）。約二十歲左右登進士第。哲宗元祐年間，除樞密院編修官，從蘇軾於定州幕府，通判原州。徽宗初，提舉河東長平，後坐為范純仁草遺表、作行狀，編管太平州，徙唐州。終復朝請大夫。年八十餘卒。著有《姑溪居士前集》、《後集》。詩、詞、文並工，尤工尺牘。詞集名《姑溪詞》。《全宋詞》收錄九十餘首。明毛晉稱其詞「長於淡語、景語、情語」（《宋六十名家詞・姑溪詞跋》），清馮煦《蒿庵論詞》評其「長調近柳，短調近秦，而均有未至」。

【詞牌】〈卜算子〉，又名〈卜算子令〉、〈缺月掛疏桐〉、〈眉峰碧〉、〈楚天遙〉等。雙調，為仄韻格。一般為四十四字，但本詞末句變五字為六字，遂為四十五字。詳見前王觀〈卜算子〉「詞牌」介紹。

【注釋】❶君　古時妻妾稱夫曰「君」。此處當指所愛之人。❷已　停止。

【語譯】我住在長江上游，你住在長江下游。我天天思念你卻見不到你，但我們卻是共飲長江的水。長江水幾時枯竭？我的離恨何時止歇？只希望你的心和我的心一樣，一定不辜負相思情意。

【研析】此詞以長江為中心，圍繞綿長無盡的江水，抒發永不枯竭的相思意，通俗、曉暢、樸實，行文回環往復，富有民歌意趣，同時又顯得空靈、悠遠，令人有無窮回味。

「我住長江頭，君住長江尾」，用對起法，以長江起興，一頭一尾，強調「我」與「君」二者空間距離的遙遠，同時又以「長江」作為紐帶，將二人聯繫在一條線上。雖然互相看不見，卻因有江水作為媒介，我所見之東流江水，亦即你所見之江水，又使兩人的心似乎靠得很近。這兩句所蘊含的情意比較深婉，至「日日思君不見君，共飲長江水」，承上意，再加伸說。兩句中有兩層轉折：因為距離遙遠，我雖日日念君，卻不能見君，心頭有幾多遺憾，是一層；雖不能見君，有很多遺憾，但我們又共處長江之濱，共飲一江之水，在飲水時，上游的我會想到下游的你，下游的你也會想到上游的我，因而在精神上又帶來某種慰藉，是又一層。在層轉中見深情，在古樸中見渾厚，故毛晉認為這幾句「直是古樂府俊語」（《宋六十名家詞・姑溪詞跋》）。

「此水幾時休？此恨何時已」？就江水生發，進一步抒寫別恨。先詰問長江之水何時停歇？只問不答，答案正在不言中。再詰問我的離恨何時終結？此句含情較為複雜，一方面表明主觀上熱切希望立即終結「此恨」，另方面又深知「此恨」在現實中無法立即終結。在兩詰問之間，又情景相關，「此恨」實由愛極而生，此愛，正如「此水」之奔流不息，悠長無盡。結拍「只願君心似我心，定不負相思意」，既是「我」自抒情懷，也是對「君」的期盼。我心堅貞，我愛深摯，希望你也和我一樣，永不動搖，永不變心，用一句流行語來說，要共同「將愛情進行到底」。兩句的第一字，又都用虛字呼喚：「只」，強調是首要的、唯一重要的，「定」，強調是堅定的、永不變易的，以此強化「我」的心願。儘管空間距離迢遙千里，但能彼此相思，便是對長恨不已時的一種精神補償與安慰。

在唐宋詞中，寫離愁別恨中的對方，多半用第三人稱，如「衣帶漸寬終不悔，為伊（她）消得人憔悴」（柳永〈鳳棲梧〉）、「記得小蘋初見，兩重心字羅衣。琵琶絃上說相思。當時明月在，曾照彩雲歸」（晏幾道〈臨江仙〉）等等。亦偶有用第二人稱者，如五代顧敻〈訴衷情〉：「換我心，為你心，始知相憶深」。李之儀此詞通篇用第二人稱，似乎是面對面的交談，不僅縮小了空間的距離感，更縮小了心靈的距離感，顯得特別由衷、懇切。又，全詞除了長江水外，全是情語，且不忌用字重複（「長江」三見，「君」四見，「我」、「住」、「此」、「水」、「心」、「思」、「時」均兩見），回環婉轉，峭拔獨特，對這類詞作，前人曾以「婉峭」（《四庫全書簡明目錄》）二字評之。

81

臨江仙

登凌歊臺❶感懷

李之儀

偶向❷凌歊臺上望，春光已過三分。江山重疊倍銷魂❸。風花飛有態，煙絮墜無痕。

已是年來傷感甚，那堪舊恨仍存！清愁滿眼共誰論？卻應臺下草，不解憶王孫❹。

【詞牌】〈臨江仙〉，唐教坊曲名，用作詞調。有多種體式，字數不一。本詞為六十字，雙調，上下闋各五句、三平韻，為平韻格。詳見前歐陽脩〈臨江仙〉「詞牌」介紹。

【注釋】❶凌歊臺　在太平州（今安徽當塗境內），南朝宋武帝曾建離宮於此。❷向　到。❸銷魂　魂魄銷散，形容精神極度痛苦。江淹〈別賦〉：「黯然銷魂者，惟別而已矣。」❹卻應臺下草二句　淮南王〈招隱士〉云：「王孫遊兮不歸，春草生兮萋萋。」本意為盼望出遊的王孫歸來，此處則反用其意，謂臺下芳草，不懂得呼喚王孫歸來。卻，還。王孫，即公子，此處係自指。

【語譯】偶爾登上凌歊臺眺望，春光已逝去三分。看到江水長流、遠山重疊，加倍銷魂。隨風的飛花翩躚有態，如煙的柳絮墜落無痕。

近年來已是極為傷感，更兼之舊恨還在心頭！滿眼所見惟是引起清愁，又有誰能與共論？還應該是臺下萋萋青草，不懂得憶念遠遊的王孫。

【研析】宋徽宗初年，詞人因替范純仁草遺表獲罪，編管（貶謫）太平州（今安徽當塗），詞即作於此一時期的某個春天。此時作者已年近花甲，遠離京都，與親人乖隔，心境的孤獨與悲涼，可想而知，再審視自身遭遇，對宦海風波的險惡，感受尤為深切，種種情懷，概借詞發之。

凌歊臺為當地名勝，其地勢較高，登眺極目，所望甚遠，李白〈凌歊臺〉詩云：「曠望登古臺，臺高極人目。疊嶂列遠空，雜花間平陸。」當塗臨靠長江，故登臺時，江水、船隻，亦能收於眼底。作者有時也會登臺望遠，故詞之發端云：「偶向凌歊臺上望。」說「偶向」，即非常去，這是因為心情欠佳、少登臨之興的緣故。接著以「春光已過三分」點明登臨季節。昔人有將明月分為三分的，如唐代徐凝〈憶揚州〉詩：「天下三分明月夜，二分無賴是揚州。」有將春色分為三分的，如宋代葉清臣的〈賀聖朝〉詞云：「三分春色二分愁，更一分風雨。」蘇軾〈水龍吟〉詞云：「春色三分，二分塵土，一分流水。」此詞謂「春光已過三分」，無疑受其影響，即謂春光已盡，已是暮春時節，「已過」二字，並含有對時光流逝的歎息。此時遠望所見，是「江山重疊」，伴隨不盡長江流水的是無數的重巒疊嶂。這一闊遠的空間既是對自己孤獨的反襯，也是實現己願重重阻隔的象徵，不免更增去國懷鄉之感，故有「倍銷魂」的精神痛苦。他的另一首〈憶秦娥〉詞寫道：「不知今是何時節，凌歊望斷音塵絕。音塵絕。帆來帆去，天際雙闕。」可作為此句的注釋。

「風花飛有態，煙絮墜無痕。」用一對句轉寫近景，輕柔、細膩，的是詞語。從季節言，花飛、絮墜的景物，呼應前面的「春光已過三分」。但細加玩味，二物高低有別，境遇各異，實義含比興，別有幽約怨悱之情。前一句暗含有對於善於隨風轉舵、飛黃騰達者的譏諷，後一句則暗喻被迫害者遭遇的冷落境遇。此等處，極婉約，極沉鬱。

詞之上闋，借景婉轉抒情，下闋則直抒胸臆。「已是年來傷感甚，那堪舊恨仍存」，前句指近年來貶謫太平州給心靈帶來的傷痛，後一句當指深受黨爭之害，詞人曾因被蘇軾辟為幕僚而停止官職。用「已是」、「那堪」之虛詞連綴，以遞進之法加強傷感的程度。然而還有更令人難堪的事，即「清愁滿眼共誰論」？登眺本是為消減愁情，但事實恰恰相反，愁情似乎彌漫氤氳於整個空間，而這「清愁滿眼」又無人可與共論，詞人用反詰語氣出之，將傷感、孤獨情懷再推進一層。至結拍復歸寫景，即景抒懷：「卻應臺下草，不解憶王孫。」春草生兮萋萋，本是王孫歸來的時刻，此處反用其意，謂我之所以流落在外，不得歸去，應該是因為青草不解憶念王孫。這裡「臺下草」從議論中帶出，屬實景虛寫，詞人將無知之青草視為有知之物，而加怪罪，本屬無理，而實含情。由於中間用了一個「應」字，又帶有某種揣想的成分。故此處反用〈招隱士〉中之古典，極為靈活。

李之儀的這首小令，實際上是一首政治抒情詩。其悲憤之情，反映了北宋時期某些士人在險惡的政治風波中的不幸遭遇。在寫法上，也能注意講求前後的變化，上闋寓情於景，凝練蘊蓄，至下闋則放筆直抒，於層進中，呈一氣流走之勢。

82 一落索

舒亶

蔣園和李朝奉❶

正是看花天氣，為春一醉。醉來卻不帶花歸，誚❷不解、看花意。　試問此花明媚，將花誰比？只應花好似年年，花不似、人憔悴。

【作　者】舒亶（西元一〇四一—一一〇三年），字信道，號懶堂，明州慈溪（今屬浙江）人。英宗治平二年（西元一〇六五年）進士。神宗時，以按治鄭俠擢太子中允，提舉兩浙常平。元豐初，與李定劾蘇軾作詩誹謗朝政，鍛煉成「烏臺詩案」。後拜給事中，權直學士院。徽宗時知南康軍，累進龍圖閣待制。有《信道詞》。王灼《碧雞漫志》評其詞「思致妍密，要是波瀾小」。

【詞　牌】〈一落索〉，或作〈一絡索〉，本係宋人俗語，猶言「一大串」，後用為詞調。又有〈金落索〉、〈洛陽春〉、〈玉連環〉等名。雙調，四十六字，上下闋各四句，三仄韻，為仄韻格。另有四十四字至五十字不等多種體式。參見《詞律》卷四、《詞譜》卷五。

【注　釋】❶朝奉　宋朝有朝奉郎，朝奉大夫。亦以為士人、富翁之通稱。❷誚　責備；譏嘲。

【語　譯】正是觀賞百花的天氣，因愛似錦繁花而圖一醉。醉後卻不帶花歸來，被人譏笑不懂看花意趣。試問百花如此明媚，有誰可與花比？只想花兒年年都應似這般好，花不像人隨年光流逝而憔悴。

【研析】此詞係春日遊蔣園時與李朝奉唱和之作，寫賞花、愛花，純用白描，極輕倩、靈動。起筆即點出「正是看花天氣」。這裡寫的不僅是一種風和日麗、適宜於看花的氣候，更為重要的，表明這是一個有花可看、花值得看的時節。雖未直接寫繁花似錦，但能令人想見那百花競放、遊人如織的熱鬧景象，而詞人和朋友正是遊人中的一部分。面對絢爛的春光，神怡心曠，於是對花飲酒，醺然欲醉，故緊接著有「為春一醉」的描述。此句極為簡淨，卻流露出詞人對春的禮讚，對花的愛賞，也透出幾分文人的風流。至此，即將看花之意寫完。下面「醉來卻不帶花歸，誚不解、看花意」，用一頂針格接寫歸來情景。通常看花的人會摘幾枝帶回來，供入瓶中繼續觀賞，但詞人一反常態，以致遭人譏笑，說他不懂得看花意。這裡有一個常人和自己的對比，究竟是誰更解看花意呢？在詞人看來，折花者所滿足的是供一己觀賞之需要，而不折花者，讓花留在枝頭，更長久地開放，讓春光持續，讓更多的人觀覽，立足點不是顯得更高嗎？故「不帶花歸」，正是自己愛花之意極深的表現。

寫罷看花、愛花，便轉入評花、盼花。「試問此花明媚，將花誰比」？以「試問」二字提醒，掂出一個令人思考的問題。「此花明媚」一方面是補寫前面「看花」之「花」的絢麗，另方面是為引出下一句的疑問，「將花誰比」，是「將花比誰」的倒裝。一般來說，人們會以花比美人，或以美人比花，詞人提出這一問題，恰好與常人相反，認為人，包括美人，是無法與花相比的。花開明媚，雖有凋謝之時，但明春還會再度來臨，而人，包括美人，韶華消逝，卻不會復返。詞人在詰問中，實已暗藏答案。結尾兩句，再將此意具體加以引申：「只應花好似年年，花不似、人憔悴。」希望百花年年在春天奉獻它的鮮豔、明媚，不要像人年華似水，變得愈來愈憔悴。這幾句與唐代劉希夷〈代悲白頭翁〉詩「年年歲歲花相似，歲歲年年人不同」意蘊相同。

這首小詞不僅表露了詞人的愛花、惜花之情，尤為可貴的是通過人、花對比，上升到哲理的高度：人生有限，而自然的循環無窮。其用語則明白如話，沈際飛曾以「疏亮」二字評之《草堂詩餘四集・別集》。又，全詞八句之中，七句帶有「花」字，頗帶回環往復之妙。舒亶人品不足取，而小詞尚有可觀者。

83 清平樂

黃庭堅

春歸何處，寂寞無行路。若有人知春去處。喚取❶歸來同住。

春無蹤迹誰知？除非問取黃鸝。百囀無人能解❷，因風飛過薔薇。

【作　者】黃庭堅（西元一〇四五—一一〇五年？），字魯直，號涪翁，又號山谷，洪州分寧（今江西修水縣）人。治平四年（西元一〇六七年）登進士第，為葉縣尉，歷祕書郎、著作郎、起居舍人。與張耒、秦觀、晁補之同遊蘇軾門，被稱為「蘇門四學士」。紹聖初，坐修神宗實錄失實，貶涪州別駕，黔州安置。靖中建國初，召還，知太平州。除名，編管宜州。有《豫章集》、《山谷詞》。其詞具清剛峭拔之氣。清劉熙載評其詞「用意深至，自非小才所能辦」（《藝概》），近人夏敬觀引蘇軾語評山谷詞：「超逸絕塵，獨立萬物之表；馭風騎氣，以與造物者遊。」（《手批山谷詞》）

【詞　牌】〈清平樂〉，又名〈清平樂令〉、〈憶蘿月〉、〈醉東風〉。雙調，四十六字，上闋四句，四仄韻，下闋四句，三平韻，為平仄韻轉換格。參見《詞律》卷四、《詞譜》卷五。

【注　釋】❶取　動詞語尾。有「著」、「得」意。❷解　曉悟；理解。

【語　譯】春去到何方，到處一片沉寂沒有歸路。若是有人知其蹤跡，喚她回來與我們同住。　春已杳然，有誰知其蹤跡？除非向黃鸝打聽消息。黃鸝反覆鳴啼，無人能領會其意，因為風起，牠飛過薔薇而去。

【研　析】此係留春詞。春，在詞中，往往代表生命的勃發、旺盛時期，代表著人生最美好的年華，代表著世間的美好事物。故在詞人筆下，對於春歸，往往流露出惋惜悵惘之情，如張先：「自欲賸留春住，風花無奈飄飄。」（〈清平樂〉）晏殊：「無可奈何花落去，似曾相識燕歸來。小園香徑獨徘徊。」（〈浣溪沙〉）此詞寫留春、覓春，活潑靈動，別有一番情味。它完全不借助於風雨、落花等意象來寫春之消逝，而是將「春」擬想為「人」，視其為一種具體的存在，因而是可以追蹤尋找的。詞便以此為思路展開想像。詞之發端沒有任何鋪墊，沒有任何渲染，即破空而來提出問題：春歸何處？接著是一種揣想式的回答。「寂寞」乃詞人之感受，猜想「春」在沉寂的環境中應該是沒有路可歸去的，因此還存在著尋覓她的可能。故下面兩句提出一種假設：如能找到她，一定要挽留她。語氣堅定，不容置疑，透露出詞人對春的無限留戀與深情。

可是詞人在理智上，又知春實無法挽留。此時春花業已凋零，惟有黃鸝在婉囀歌唱，打破了周圍的靜寂，那就問問黃鸝可知春的蹤跡？然而，黃鸝自顧歌唱，毫不理會人的心情，風兒一吹牠就飛過薔薇花離開了。花開到薔薇，表明季候已至春末夏初。南宋張炎在其〈高陽臺〉詞中曾悵惋地寫道：「東風且伴薔薇住，到薔薇、春已堪憐。」可作為「因風飛過薔薇」一句的注腳。詞人連最後這一點渺茫的希望也破滅了。此詞結尾寫法和馮延巳（一作歐陽脩）〈蝶戀花〉詞「雨橫風狂三月暮，門掩黃昏，無計留春住。淚眼問花花不語，亂紅飛過鞦韆去」，十分相似，以花鳥之無情反襯人之有情。

此首小詞，中含幾度曲折：由問春轉到留春，再轉到尋春，最後轉到希望破滅，層層推進，逐層轉深，從而把惜春的情思寫足寫透。中間有提問，有假設，有推想，有否定，一環緊扣一環，其間運用「若有」、「除非」等虛詞，行文既緊湊，又靈活。詞之構想奇峭，或受王觀〈卜算子〉詞「才始送春歸，又送君歸去。若到江東趕上春，千萬和春住」的影響，但能青勝於藍。南宋辛棄疾〈摸魚兒〉詞有「更能消、幾番風雨？匆匆春又歸去。惜春長恨花開早，何況落紅無數。春且住！見說道、天涯芳草無歸路。怨春不語……」的描寫，惜春、留春、怨春，寫法當受黃詞影響，但另有寄託，已是別開新境。

由於黃庭堅此詞通俗、流利、有趣，頗為人所喜愛，故上世紀三四十年代陳田鶴曾為配曲，今人亦有為之譜曲者，以便於愛好者歌唱。

84

鷓鴣天

坐中有眉山隱客史應之❶和前韻❷，即席答之

黃庭堅

黃菊枝頭生曉寒，人生莫放酒杯乾。風前橫笛斜吹雨，醉裡簪花❸倒著冠。
身健在，且加餐，舞裙歌板盡清歡。黃花白髮相牽挽，付與時人❹冷眼看。

【詞牌】〈鷓鴣天〉，又名〈思越人〉、〈思佳客〉、〈半花桐〉等。雙調，五十五字，為平韻格。詳見前晏幾道〈鷓鴣天〉「詞牌」介紹。

【注釋】❶史應之　名鑄，隱者，為作者遷謫戎州（今四川宜賓）時所交朋友，二人多有詩詞唱和。❷前韻　指作者〈鷓鴣天〉詞：「萬事令人心骨寒，故人墳上土新乾。淫坊酒肆狂居士，李下何妨也整冠。　金作鼎，玉為餐，老來亦失少時歡。茱萸菊蕊年年事，十日還將九日看。」❸簪花　插花於頭上。❹時人　指官場構陷、暫時得勢之人。

【語譯】枝頭黃菊綻放，清晨霜露生寒，人生應當暢飲，切莫讓酒杯乾。在風前橫吹竹笛，秋雨斜飛，於醉中簪花頭上，帽子倒戴。　趁身體還健在，姑且努力加餐，看舞裙飄舉、聽歌板擊節，盡享清歡。黃花與白髮互相牽挽，展示給時人冷眼相看。

【研析】作者於紹聖二年（西元一〇九五年）至元符三年（西元一一〇〇年）先後在黔州、戎州度過五年多的遷謫生涯，此詞大約作於將離戎州東歸之時，係與朋友唱和感懷之作。從「前韻」之「茱萸菊蕊年年事，十日還將九日看」看，係作於重陽節之後，故首句「黃菊枝頭生曉寒」即點明季節、氣候。此時已屆深秋，氣溫轉低，清晨花上的霜露未晞，更生寒涼之感，以此烘托環境氛圍，隱約透露出作者感光陰之易逝的遲暮心境。既然年光如流，人生短促，而在短促的人生中還有許許多多的厄難，何不痛飲沉醉，享受生活，忘卻煩憂，故接著以「人生莫放酒杯乾」直抒情懷。詞人不僅要狂放地縱酒，還有種種傲世脫俗、甚至怪誕的行

為：「風前橫笛斜吹雨，醉裡簪花倒著冠。」前一句較為模糊，是秋風使秋雨斜飛？還是臨風吹笛，引發一種「斜飛雨」的感受呢？兩者都有可能，或者說，兩意俱有，秋風秋雨，是對環境氛圍的進一步渲染，而於此淒清環境中，昂然吹笛，樂音瀏亮，高入雲表，由樂音的聽覺轉換為景觀的視覺，似令雨亦為之斜飛。在這裡，詞人借助風、雨這兩種意象和吹笛的行為，充分表露了自己在逆境中的高曠與逸興。後一句進一步寫疏放不羈之態。重陽節，古來有登高、飲菊花酒、戴花等習俗。杜牧〈九日齊山登高〉詩即有「菊花須插滿頭歸」的描寫，蘇軾〈千秋歲〉詞有「美人憐我老，玉手簪黃菊」的記敘，黃庭堅此詞說自己「醉裡簪花」，這些都屬風流浪漫之舉。又，晉朝山簡守襄陽醉酒而歸，有歌謠云：「日暮倒載歸，酩酊無所知。復能騎駿馬，倒著白接䍦（倒戴著白色的帽子）。」（劉義慶《世說新語・任誕》）「倒著冠」，本此，凸顯出詞人不拘小節、頹然自放的形象。如此寫來，實際是對自我個性的張揚，也是對世俗禮法的一種反動。黃蘇謂「『斜吹雨』、『倒著冠』，則有傲岸不平氣在」（《蓼園詞評》）所言極是。

詞之上闋重在通過特立獨行，表露出精神上的高揚，下闋則緊貼現實生活，表現出與官場醜惡的強烈對抗。「身健在，且加餐，舞裙歌板盡清歡」，意謂我等狂狷不羈之人，雖身遭不幸，無法實現自我的人生理想與價值，但幸喜身體尚健，正當努力加餐，聽歌觀舞，盡情享受人間的清雅歡樂。「舞裙」、「歌板」，均係以局部代替某一整體的活動；「清歡」，強調的是高雅的樂趣，不同於流俗，尤其有異於奔競之徒以構陷為手段、打擊異己換來的升遷之喜。結尾的「黃花白髮相牽挽，付與時人冷眼看」，就「醉裡簪花」的行為進一步發揮議論。作者此時年紀已過半百，垂垂老矣，按常理說，白髮插花，招人笑話，似有未宜，他在一首〈南鄉子〉詞中曾寫道：「花向老人頭上笑，羞羞。」但同時，他又不屈從於常規，在另一首〈南鄉子〉詞中說：「莫笑插花和事老，摧頹。卻向人間耐盛衰。」以此展示生命力的頑強。在這首詞中強調「黃花」與「白髮」互相牽挽，緊密膠著，正是要突出自己「耐盛衰」的精神，進也好，退也好，榮也好，辱也好，我都能安然面對，應付自如。當然這裡特別強調的是對付來自惡勢力的種種打擊與羞辱。我偏要以我的傲岸、倔強，我的特立獨行，向暫時得勢的「時人」示威，讓你們「冷眼」相看，讓你們心裡感到不舒服，讓你們感到有如芒刺在背。詞寫至此，真叫痛快！

在北宋新舊黨爭中，蘇軾、黃庭堅等大批文人被目為「舊黨」而長期遭受打擊，投荒千里萬里，除了生活的艱難，與之相伴的是心靈的孤獨與悲涼，精神的憤怒與屈辱。正是因為有老莊思想、狂放不羈的堅強性格支撐，才未導致精神崩潰。在這一點上，黃庭堅與蘇軾頗為相似。

85 驀山溪

贈衡陽妓陳湘

黃庭堅

鴛鴦翡翠❶，小小思珍偶。眉黛斂秋波，儘❷湖南、山明水秀。娉娉嫋嫋，恰近十三餘❸，春未透。花枝瘦，正是愁時候。

尋花載酒，肯❹落誰人後。祇恐遠歸來，綠成陰、青梅如豆❺。心期得處，每自不由人，長亭❻柳，君知否？千里猶回首。

【詞牌】〈驀山溪〉，又名〈上陽春〉、〈新月照雲溪〉、〈弄珠英〉。雙調，八十二字，上下闋各九句，押仄聲韻，但各體韻腳疏密不一。本詞上闋五仄韻，下闋六仄韻。因韻腳較密，句式相對短促，比較適宜表現一種內心的激盪情緒。參見《詞律》卷十二、《詞譜》卷十九。

【注釋】❶翡翠　鳥名。《本草附錄》曰：「雄為翡，其色多赤；雌為翠，其色多青。」❷儘　同「盡」。❸娉娉嫋嫋二句　唐杜牧〈贈別〉詩：「娉娉嫋嫋十三餘，豆蔻梢頭二月初。」娉娉嫋嫋，形容女子身段窈窕婀娜。❹肯　豈肯；怎肯。❺祇恐遠歸來二句　用杜牧〈歎花〉詩意：「自恨尋芳到已遲，往年曾見未開時。如今風擺花狼藉，綠葉成陰子滿枝。」關於此詩有一傳說：杜牧遊湖州，遇一十餘歲面目姣好女子，與其母相約，過十年來娶。十四年後，牧為湖州刺史，女子已嫁人三年，生二子。因感其事而有作。衹，同「只」。❻長亭　古代道旁十里一長亭，五里一短亭，供行人休憩與送別。

【語譯】羨慕鴛鴦成雙、翡翠成對，小小年紀思得佳偶。眉黛微蹙，秋波流盼，絕似湖南山的青亮、水的柔秀。年紀恰近十三餘，體態婀娜嬌美，如早春綻放的鮮嫩花朵，應是春心蕩漾、充滿渴望的時候。尋訪佳人載酒醉飲，我豈肯落在他人後。只恐怕從遠方歸來，你已如紅花落盡、綠葉成陰、青梅如豆。心中期待稱意之處，每每不隨人意。在長亭折柳送別後，你可知道？遠行千里，我還在頻頻回首。

【研析】此係贈妓傷懷之作。崇寧三年（西元一一〇四年）作者赴宜州（今廣西境內）貶所，路經衡陽，邂逅歌舞妓陳湘，意有所屬。陳湘亦曾向作者學書求字。作者在另一首〈驀山溪〉中稱許其「林下有孤芳，不（似）忽忽、成蹊桃李」、「斜枝倚，風塵裡，不帶塵風氣」。在〈阮郎歸〉詞中讚其「弄妝仍學書」，「歌調態，舞功夫，湖南都不如」。甚至想望「他年未厭白髭鬚，同舟歸五湖」。由此可見作者對她的賞識與眷慕。他的偶遇陳湘，並非是通常所說的豔遇，而是在遷謫途中精神抑鬱時，從她那裡獲得了一種心靈的安慰。

詞的上闋集中寫陳湘，可分幾個層次。第一層為起首二句，寫少女懷春，先以「鴛鴦翡翠」起興。鴛鴦、翡翠，均係不離不棄的偶禽，人見之而思佳侶，對於情竇初開的少女來說更其如此，因此下面接以「小小思珍偶」，揭示其內心湧動的嚮往與追求。第二層為「眉黛」二句，寫其容貌。寫容貌只取其眉眼：「眉黛斂秋波」，因為眼是心靈的窗戶，眉是情感的外化。以秋波喻眼，是一種傳統的寫法，如「秋波橫欲流」、「秋波常似笑」等，詩詞中屢見；寫青黑色的眉毛而著一「斂」字，乃是一種有所思的狀態。如果僅僅只是這樣描寫，就顯得很普通，妙就妙在作者就近取譬，以湖南明秀的山水作比，極自然貼切，又暗合古代以遠山眉為美的要求。還值得注意的是作者的用辭，他不用現成的「山青水秀」，而改用為「山明水秀」，「青」與「明」，同屬平聲字，不存在平仄要求的考慮。這種改變實係作者的用心之處，一則是避免用過熟的字，似帶有「陳言務去」之意；再則「明」比「青」含義更豐富，青，重在一種色彩感，明，除了已含春山青翠的色彩外，還帶有一種光亮感，這種光亮應該是陽光照射下產生的，以之形容少女之眉更加嫵媚。這兩句有點類似王觀〈卜算子〉詞「水是眼波橫，山是眉峰聚」的描寫，但黃詞顯得更為活脫。第三層為「娉娉」五句，描繪其體態與神韻。「娉娉嫋嫋，恰近十三餘，春未透。花枝瘦」，即化用杜牧「娉娉嫋嫋十三餘，豆蔻梢頭二月初」詩意。所謂「春未透」也就是指「二月初」，「花枝瘦」，是說她像在春風中搖曳於梢頭、含苞乍放的美麗花朵。宋邵雍詩有「好花開到半開時」之語，也就是指這種狀態。一個十三四歲的少女，不獨體態苗條婀娜，而且顯得特別水靈鮮嫩，故令人賞心悅目，心旌搖盪。「正是愁時候」，與起首二句相應照，謂這個花季少女正處於春心蕩漾、充滿幻想、有所思慮的年紀。這樣描寫歌兒舞女的體態神韻，不著色相，便顯示出空靈輕倩、流麗婉轉的特色。對此數句，田同之《西圃詞說》曾以「新俏」二字評之。詞的上闋對人物的描繪不追求形似，而重在神似，以動物、植物、山水為比為興，引人進入一種似可捉摸又不易捉摸的美妙想像，享受到一種似與不似之間的特殊美感。

下闋抒寫己情。「尋花載酒」二句說自己也是杜牧式的風流人物。杜牧〈遣懷〉詩「落魄江湖載酒行，楚腰纖細掌中輕。」可以作為「尋花載酒」的注腳。「尋花」二字緊承上闋，意謂你的美麗、你的純潔、你的神采、你的魅力，正合乎我所追尋的理想紅粉佳人形象。這兩句顯得情緒高揚，特別是「肯落誰人後」，帶有幾分豪氣。但「載酒」二字隱含「落魄江湖載酒行」的意味，雖然生性豪宕如此，但我的境遇卻難遂人願，故至下面「衹恐遠歸來」二句，情緒陡轉。待到我從貶所歸來時，恐怕你已另嫁他人，如梅之綠葉成陰子滿枝了，言語中充滿悵惘、惋惜。由此再歸結到對人生命運的感歎，「心期得處，每自不由人」，心中期待得到的往往不能如願，而得到的卻並非自己所期待的，這些都不能由自己來主宰。人在太多的時候總是受命運的捉弄，受某種外在力量的擺布，正如蘇軾在〈臨江仙〉詞中所感歎的「長恨此身非我有」！這裡所透露的已不僅僅是詞人個人的感受，實在是那一特定歷史時期很多文人共有的哀歎。他們都是封建專制和北宋黨爭的受害者、犧牲者。這些話語，千載之後，讀之猶令人感慨生哀。詞的末尾，又一層轉折，設想別後情景。既然人事多乖，再見難期，真是黯然銷魂，別情無極！詞人終歸要踏上茫茫前路，不得不在長亭與所喜愛的女子分手。想到未來等待自己的是謫居的淒涼、寂寞，沒有柔情的撫慰，感受不到女性的溫馨，心中怎不萬分留戀憐惜眼前之人？故去去千里，頻頻回望，千里之外還在回首。真是把那份依依別情寫得力透紙背。

周濟《宋四家詞選目錄序論》評秦觀〈滿庭芳〉（山抹微雲）說：「將身世之感打并入豔情，又是一法。」用此評語評價黃庭堅的這首詞也頗恰切。因此，這不是通常所說的豔情詞，我們也不能當作一般的贈妓詞來讀，它有深層的政治背景，蘊含有一種教人心靈震顫的人生悲劇因素。詞人性格中有豪爽曠達的一面，但也有柔情旖旎的一面，從這首詞中我們看到的正是後者。

86 望海潮

秦　觀

梅英疏淡，冰澌❶溶洩，東風暗換年華。金谷❷俊游❸，銅駝❹巷陌，新晴細履平沙。長記誤隨車。正絮翻蝶舞，芳思交加。柳下桃蹊，亂分春色到人家。

西園❺夜飲鳴笳❻。有華燈礙月，飛蓋❼妨花。蘭苑❽未空，行人漸老，重來是事❾堪嗟。煙暝酒旗斜。但倚樓極目，時見棲鴉。無奈歸心，暗隨流水到天涯。

【作　者】秦觀（西元一〇四九—一一〇〇年），字少游，一字太虛，揚州高郵人。元豐八年（西元一〇八五年）登進士第，授定海主簿，未赴任，調任蔡州教授，除宣教郎、太學博士，遷祕書省正字，兼國史院編修官。與黃庭堅、晁補之、張耒同遊蘇軾門，人稱「蘇門四學士」。紹聖元年（西元一〇九四年），坐元祐黨籍，出為杭州通判，途中再貶監處州酒稅，徙郴州，編管橫州，又徙雷州，卒於藤州（今廣西藤縣）。有《淮海集》，工詩、詞、文，尤以詞著稱。宋張炎《詞源》稱其詞「體制淡雅，氣骨不衰，清麗中不斷意脈，咀嚼無滓，久而知味」，近人夏敬觀〈吷庵手校淮海詞跋〉謂「少游詞清麗婉約，辭情相稱，誦之迴腸盪氣，自是詞中上品」。

【詞牌】〈望海潮〉，始見柳永《樂章集》。因詞詠錢塘勝景，而錢塘又以觀秋潮為有名，調名當取其意。雙調，一百零七字，為平韻格。兩四字句相連處較多，多用為對偶。詳見前柳永〈望海潮〉「詞牌」介紹。

【注釋】❶冰澌　流冰；解凍之冰。❷金谷　地名，在今河南洛陽東。晉石崇曾築園於此，清泉茂樹，景物佳勝，世稱金谷園。❸俊游　賢俊之流。❹銅駝　洛陽有銅駝街。俗語云：「金馬門外集眾賢，銅駝陌上集少年。」表明此地人物之盛。❺西園　三國時曹操曾於臨漳西築西園，題詠甚多。曹植〈公宴詩〉：「清夜遊西園，飛蓋相追隨。」此處借指汴京宴會之所。❻鳴笳　吹奏音樂。笳，胡笳，笛之一種，此處代指樂器。❼蓋　指車篷。❽蘭苑　本指植有蘭花之苑囿，此處指花木扶疏之園林。❾是事　事事；凡事。

【語譯】梅花已稀疏色淡，溶冰正在隨水流動，年華在東風中暗暗變換。在金谷園中、銅駝巷陌與俊侶結伴遊賞，趁著新晴緩步於大道平沙。長久記得誤隨他人寶車。當時正柳絮飄舞、彩蝶翩躚，心頭青春歡樂交加。只見柳樹籠陰、桃花夾道，春色亂分到各戶人家。　西園在音樂伴奏中舉行夜宴。有華燈明亮的光芒妨礙月亮的照射，有迅疾奔馳的車輛碰撞路旁的鮮花。園林花木依舊繁茂，而行人年歲漸老，重來事事都令人歎嗟。在薄暮煙靄中酒旗斜飄。惟是倚樓極目遠眺，不時見到歸鴉。無可奈何，我的歸心暗隨流水馳向天涯。

【研析】作者進入官場後，曾在汴京供職五年。元祐七年（西元一〇九二年）春，參加了一次文酒盛會，其〈西城宴集〉詩小序載：「三月上巳（農曆初三日）詔賜館閣官花酒，以中澣（月之中旬）日遊金明池、瓊林苑，又會於國夫人園。會者二十有六人。」作者對此盛會積久難忘。元祐九年（後改紹聖元年），新黨得勢，黜廢元祐黨人，作者被外放杭州通判，此詞即作於離開汴京之前重遊西郊園林之時。

詞用對起法先寫遊覽所見景物：「梅英疏淡，冰澌溶洩。」梅為報春花，它的疏淡預示著百花的盛開，冰的融化表明氣候轉暖，呈現出一片春回大地景象。由此眼前景而引發出「東風暗換年華」的感歎，東風，既是寫景，也代表春光，冬天已逝，春又來臨，年光不知不覺地便溜走了。年華暗換，不僅是季節的更迭，更含有人事的變遷，不勝今昔之感。

以下轉入對往日盛事的回憶，用「長記」二字領起。這首詞的結構較為特殊，一是受詞牌文字對偶要求的限制，不得不將「長記」字樣置於「金谷俊游」三句之後，一是打破上下闋的界限，所「長記」內容延續至下闋的前段。因此從「金谷俊游」至「飛蓋妨花」十一句所寫皆係其追憶中之事。其所「長記」者可分為兩層：

第一層是對昔日遊覽園林高興的回味。「金谷俊游，銅駝巷陌，新晴細履平沙」，趁著新晴的美好天氣，和俊侶漫步在被雨水沖洗的平坦沙路上，遊覽風景優美的園林和繁華熱鬧的街道。金谷園、銅駝街均在洛陽，洛陽為北宋時的西京，此處借指汴京的金明池、瓊林苑。借彼地指此地，詩詞中常用，如唐詩中借漢之昭陽殿指唐宮、宋詞中借「長安」指汴京等等，均是。詞人在回憶遊覽的過程中，還特別記起了一次難忘的豔遇：「長記誤隨車。正絮翻蝶舞，芳思交加。柳下桃蹊，亂分春色到人家。」在車輛絡繹、人潮湧動的道路上，「誤隨車」的事情很容易發生，韓愈〈嘲少年〉詩即有「只知閒信馬，不覺誤隨車」的描寫，詞人所作〈寄孫傳師著作〉詩亦有「誤隨遊轂柳花中」的記載，用一「誤」字，表明屬無心之舉。而五代張泌〈浣溪沙〉詞所寫「晚逐香車入鳳城，……便須佯醉且徐行」，所寫則為有心跟隨，不免帶有獵豔的輕狂。在「誤隨車」的過程中，一路上「絮翻蝶舞」，大自然充滿無限活力與生機，故青春的歡樂在胸中湧動。再看綠柳掩映之中，桃花爛漫之地，處處人家，無不春色盎然。以一「亂」字形容春色，表現其無處不在。陳廷焯評「柳下」二句云：「思路幽絕，其妙令人不能思議。」（《白雨齋詞話》卷一）景語即情語，此處正是以樂景寫樂情。

第二層是對宴飲之樂的回憶：「西園夜飲鳴笳。有華燈礙月，飛蓋妨花。」上面所憶為白天的俊遊之樂，此處轉寫夜宴之盛。夜宴在西園舉行，首先是燈飾極為豪華，它的光輝使月亮都黯然失色，參加宴會者的車輛多而迅急，路邊的花木都為之折損。這是宴會舉行的前奏，已渲染出不同尋常的氣派與排場。然後是在悠揚的音樂伴奏聲中，品嘗珍饈美饌，相互擊盞傳杯。那種熱鬧的場面，那種歡快的心情，至今記憶猶新。

以上回憶極力渲染昔日之歡愉，以下則轉寫今日「重來」之深沉感慨：「蘭苑未空，行人漸老，重來是事堪嗟。」園林依舊花木扶疏，而人事已非，同時以園林之未變反襯自己的「漸老」。這「老」既是指生理上的變化，更是指心理上與過去相比形成的巨大落差。詞人自稱「行人」，即漂泊於道途之人，實際是指不能自己主宰命運之人。以從前「蘭苑」的種種歡愉，對照今日之落寞，能不「是事堪嗟」！下面「煙暝酒旗斜。但倚樓極目，時見棲鴉。」承前面的白日之遊，表明已流連至日暮，此時獨自登樓眺望，惟見煙靄紛紛，酒旗斜蕩，倦鳥歸巢。心緒本已孤獨、消沉，又值暮色來臨，對於「行人」來說，尤易引起「日暮鄉關何處是」的愁懷，又時見棲鴉，歸思更強烈地襲上心頭，令人無可奈何，故結尾說：「無奈歸心，暗隨流水到天涯。」流水，是眼前景，與前面「冰澌溶洩」相呼應，同時又把「歸心」帶向一個遙遠的地方。

此詞除了在結構上今昔交錯之外，還運用了相輔相成、相反相成的藝術辯證法。從以樂景表歡情、哀景表愁情來說，是相輔相成；從以昔樂襯今愁來說，則是相反相成。愈是將昔樂描繪得淋漓盡致，愈是反襯出今愁的無法排遣，這是此詞的突出特點。周濟評此詞「兩兩相形」《宋四家詞選眉批》，即是指這一特色。具體而言，「金谷」、「銅駝」與酒「樓」，「蝶舞」與「棲鴉」，「芳思」與「歸心」，「人家」與「天涯」，「夜飲鳴笳。有華燈礙月，飛蓋妨花」與獨自「倚樓」、「煙暝酒旗斜」，都形成極為鮮明的對照。而在語言運用上，駢偶與散行交錯，尤見整飭與流動結合之美。

87 水龍吟

秦觀

小樓連遠橫空，下窺繡轂❶雕鞍❷驟。朱簾半捲，單衣初試，清明❸時候。

破暖❹輕風，弄晴微雨，欲無還有。賣花聲過盡，斜陽院落，紅成陣、飛鴛甃❺。

玉佩丁東別後，悵佳期、參差❻難又。名韁利鎖，天還❼知道，和❽天也瘦。
花下重門，柳邊深巷，不堪回首。念多情、但有當時皓月，向人依舊。

【詞牌】〈水龍吟〉，見蘇軾《東坡樂府》。又名〈小樓連苑〉、〈水龍吟令〉、〈水龍吟慢〉、〈龍吟曲〉等。雙調，體式甚多，字數不一，句讀有異，韻腳亦多寡不同。本詞一百零二字，仄韻格。詳見前章楶〈水龍吟〉「詞牌」介紹。

【注釋】❶繡轂 掛有繡簾的車輛。❷雕鞍 有雕飾的馬鞍。❸清明 二十四節氣之一，在春分、穀雨之間，一般在農曆的三月初，陽曆的四月三日至五日。❹破暖 破凍送暖。❺鴛甃 指井壁。因井壁之磚兩兩相對，故稱。❻參差 錯過。❼還 如果。❽和 連。

【語譯】在連著遠空聳立的小樓，俯瞰雕鞍駿馬駕著華美的車輛飛奔馳驟。紅色簾幕半捲，剛剛試穿單衣，正是清明時候。輕風破凍送暖，微雨逗弄晴天，想要隱形於無，卻又還有。賣花聲已經過盡，斜陽照射的院落，落紅成陣，紛紛飛向井臺。

　　自從玉佩丁冬作響、分手之後，悵恨佳期，錯過再難重遘。被名利羈勒牽鎖，天如知道，連天也瘦。那花木掩映的重門，楊柳邊的深巷，令人不堪回首。心念多情之人，只有當時明月，向人照耀依舊。

【研析】南宋胡仔《苕溪漁隱叢話・前集》引《高齋詩話》云：「少游在蔡州，與營妓婁琬字東玉者甚密，贈之詞云『小樓連苑橫空』，又云『玉佩丁東別後』者是也。」如所記屬實，則此詞當作於蔡州教授任上，被召入京之時。

　　詞寫離別之情。上闋從女方著筆，「小樓連遠橫空，下窺繡轂雕鞍驟」，先敘述她在高樓目送相戀之人駕車疾馳而去。雖然沒有「執手相看淚眼」的纏綿，但內心無疑充滿了無奈與惆悵。然後點明季候：「朱簾半捲，單衣初試，清明時候。」分手時正是暮春時節。「朱簾」一句係補寫「小樓」情景，「單衣」一句既是表明氣候由料峭春寒逐漸轉暖，也是補寫樓上人的衣著。以下則寫樓上之人長久佇立所見所感。「破暖輕風，弄晴微雨，欲無還有」，係從氣候變化寫時間的推移。她穿著單衣感受到了輕風的和煦，而輕風將烏雲漸漸吹散，太陽從雲縫中鑽出，那殘留的微雨似有若無，在逗弄著晴暉。「弄晴」係用擬人手法。「賣花聲過盡」，係從聽覺寫時間的漫長。「斜陽院落，紅成陣、飛鴛甃」，從視覺寫時間的變化和感傷之情。落紅成陣的景物，夕陽西下的時刻，是一個特別引人傷感的時空，而從白天的微雨弄晴，至斜陽院落，尤顯示出凝望之久，眷戀之深。

下闋則從自身著筆，寫別後相思之情。「玉佩丁東別後」，係詞中一大轉折，句中將婁琬之字「東玉」嵌入其內，而不著痕跡。以下抒別後情懷：「悵佳期，參差難又。」古時之人，因交通不便，又沒有便捷的聯絡手段，往往一別，便難重會，故有此再見難期之歎。為什麼會造成別離呢？那是因為「名韁利鎖」，為名利所牽繫。古時士人就是如此矛盾，一方面厭恨名韁利鎖，另方面又無法擺脫名利的束縛，不得不為之四處奔波，內心十分痛苦。柳永曾感喟「名牽利役，歸期未定」（〈紅窗聽〉）、「驅驅行役，苒苒光陰，蠅頭利祿，蝸角功名，畢竟成何事」（〈鳳歸雲〉）。這種苦悶又有誰能理解？「天還知道，和天也瘦」，此兩句化用李賀「天若有情天亦老」（〈金銅仙人辭漢歌〉）詩意，但語言已被「詞化」，天若有知，天也會為之變得消瘦，以此假設之詞強化苦悶的深沉，是為「情極之語」（楊慎《草堂詩餘》）。雖然自己的車駕已經離開了連遠橫空的「小樓」，但對那「花下重門，柳邊深巷」仍頻頻回首。每一回首，都令人感到心傷。詞的末尾：「念多情、但有當時皓月，向人依舊。」以景結情。「多情」既指多情的人，當也指「皓月」。我懷念多情之人，卻愈來愈迢遞遠隔，不變的只有當時皓月，它曾多情地照耀我們共度良辰，同賞佳景，然而現在，它光照的只是我這個行旅孤獨之人。內心的寂寞淒涼，溢於言外，令人覺其餘音裊裊。

這首詞表達的情感，屬「豔科」一路，但已融入某種身世之感。與柳永詞有相似處，卻顯得多幾分雅致，其風致正在雅俗之間。此詞之所以出名，與前人的幾段評語有關。一是此詞的開頭「小樓」二句，曾被蘇軾譏誚「十三個字，只說得一個人騎馬樓前過」（俞文豹《吹劍三錄》），附和者，亦以為有「辭餘於意」之憾。

但亦有為秦氏抱不平者，如清人鄭方坤作詩讚云：「小樓連苑傷春意，高蓋妨花弔古懷。」《論詞絕句》今人亦有不以蘇軾之說為然者，認為除了騎馬，還有「繡轂」，寫到了車。另一段是道學家程頤評「天還知道」二句說：「高高在上，豈可以此瀆上帝？」（陳鵠《耆舊續聞》）此種評議，當然是出於一種道學家的眼光。從詞的創作言，此二句恰是倚聲家語。

88 八六子

秦觀

倚危亭❶。恨如芳草，萋萋剗❷盡還生。念柳外青驄❸別後，水邊紅袂❹分時，愴然暗驚。無端❺天與娉婷。夜月一簾幽夢，春風十里柔情。怎奈向❻、歡娛漸隨流水，素絃❼聲斷，翠綃❽香減，那堪❾片片飛花弄晚，濛濛殘雨籠晴。正銷凝❿，黃鸝又啼數聲。

【詞牌】〈八六子〉，又名〈感黃鸝〉，見《尊前集》所載杜牧詞。雙調，為平韻格。字數不一，有八十四、八十八、八十九、九十、九十一字等多種體式。本詞八十八字，上闋六句三平韻，下闋十句五平韻。《詞律》卷十三以秦觀本詞為正體，《詞譜》卷二十二以杜牧詞為正體，二書均列「又一體」多種。

【注釋】❶危亭　高亭。❷剗　同「鏟」。❸青驄　毛色白黑相間之馬。❹袂　衣袖。❺無端　沒來由。❻怎奈向　怎奈；奈何。❼素絃　白色琴絃。❽翠綃　綠色的薄絲織物。此處指被子。❾那堪　怎堪。❿銷凝　謂傷感而出神。

【語譯】依倚高亭遠眺。恨如萋萋芳草，將其鏟盡，又還叢生。回憶於柳樹邊乘坐青驄離別之後，在水邊與紅袖分手之時，內心淒愴震驚。

感謝上蒼無端賜予娉婷美女。夜月朦朧中一簾美好幽夢，柔情有如十里春風。無奈歡娛之情漸隨流水遠去，素色琴絃彈奏的樂音已斷，翠綠絲綢被蓋香味已滅，怎堪片片飛花逗弄暮色，濛濛殘雨籠罩晴空。正傷感凝神之際，又傳來黃鸝啼鳴數聲。

【研　析】詞係懷念歌女之詞。首先總寫自己情懷：「倚危亭。恨如芳草，萋萋剗盡還生。」用重筆為全詞感情定下基調。即在危亭憑眺之時，滿懷無法排解的離恨。離恨是抽象的，作者在此用了一個比喻，使抽象的東西具象化。這個比喻本於李煜〈清平樂〉詞：「離恨恰如春草，更行更遠還生。」本詞說「剗盡還生」，喻恨縈繞心頭，揮之不去。又，萋萋芳草，應是倚危亭所見，係即景取譬。

以下轉入回憶。一是回憶分別時的情景，用「念」字領起一對句「柳外青驄別後，水邊紅袂分時」，柳外、水邊，互文見義。楊柳依依、春水粼粼，互相映襯，明媚美好；青驄、紅袂，色彩對比鮮明。在這種境況中分手，折柳送別，情何淒哀！故此處實是以穠麗之景寫哀怨之情。又，從去年之水邊、柳外，至眼前之芳草萋萋，時間已過了很久，故總說「愴然暗驚」，回憶引起的是心靈的震撼與悲戚。二是回憶兩情繾綣情景：「無端天與娉婷。夜月一簾幽夢，春風十里柔情。」這裡顯用杜牧〈贈別〉詩意：「娉娉嫋嫋十三餘，豆蔻梢頭二月初。春風十里揚州路，捲上珠簾總不如。」「娉婷」即用杜詩前二句意，形容歌女年輕貌美，身段裊娜，而她又是上天賜予，不僅強調其美若天仙，也強調了二人特別的緣分。「夜月」二句用一對仗具寫旖旎柔情，又是夜月，又是簾幕，境界朦朧、幽隱，對現實中的美好情事，比之為「夢」，是因為「夢」往往比現實美好，詞人在〈鵲橋仙〉詞中也有「佳期如夢」的比喻；此處的「春風十里」已變換了杜詩的原意，而作為對「柔情」的修飾，使這份情意顯得十分軟媚、綿長。這兩句情景交煉，又極空靈，那種美好，使人感到惟可意會，難以言傳。如此寫情，真可謂臻於神境，故為人所喜愛，以致作家瓊瑤取「一簾幽夢」作為其小說篇名與電視劇片名。

以下「怎奈向」三句由憶往轉寫眼前，但實際是今昔綰合。以「怎奈向」三字領起，先總寫「歡娛漸隨流水」。「歡娛」是對往事的情感體驗，但已如逝水一去不返。「素絃聲斷，翠綃香減」，用一對句分寫兩事。

前句寫奏樂、聽樂的歡娛，也顯示出對方是色藝俱佳的女子，而如今樂音聲斷，惟是一片岑寂；後句承「一簾幽夢」，寫曾經香熏繡被、共度良宵的歡情，然而現在人已難覓，香已消滅。因此這兩句既是現在的感歎，也是對往事的補充。作為「往事」，從否定中帶出，化實為虛。下面用一對句「片片飛花弄晚，濛濛殘雨籠晴」，轉寫眼前之景。「片片飛花」與前面「萋萋芳草」相呼應，皆係暮春時景物，從一天來說，已由白天至傍晚，天氣由霏微細雨而漸轉晴，面對暮春傍晚時的飛花、細雨、斜照，更增念遠的悵恨迷惘，令人難以為情，故說「那堪」。因係「那堪」二字領起，景物亦化實為虛。從表情而言，則又推進一層。「正銷凝，黃鸝又啼數聲」，以景結情，以動襯靜，幾聲鳥啼打破周圍的靜寂，驚醒了自己極度傷神時的沉思，有悠然不盡之意。

此詞融情入景，以景襯情，景物迷濛（如「夜月」、「飛花弄晚」、「殘雨籠晴」）而雜穠麗（如柳外、紅袂、翠綃、黃鸝等），情感因之而更顯深婉、柔厚、幽微、淒美，加之以「無端」、「怎奈向」、「那堪」等虛字提頓，其情又不乏激盪。從詞的結構言，今昔交錯，由今而昔，復由昔轉今，且詞中的憶往，並不依時間次序，而是將後來之分離置前，原先的會合置後，同時打破上下闋的界限，說明秦詞在結構上已注意運用騰挪跳盪的手法，打破柳永詞作以時間順序為線索的直線結構，這一點對後來周邦彥詞的創作無疑有某種啟示作用。再從行文言，可謂善能將整飭美與流利美相結合。詞中用了六言對仗三組，四言對仗一組，語言雅煉、對仗精工，以致沈際飛有「長短句偏入四六（指駢文）」（《草堂詩餘正集》卷三）之評。同時又善用虛字轉換、推進，特別是詞的下闋，韻腳較疏，一氣說下，有如行雲流水。

89　滿庭芳

秦　觀

山抹微雲，天連衰草，畫角❶聲斷譙門❷。暫停征棹❸，聊共引離尊❹。多少蓬萊舊事❺，空回首、煙靄紛紛。斜陽外，寒鴉萬點，流水繞孤村。銷魂❻！

當此際，香囊暗解，羅帶❼輕分。謾贏得、青樓薄倖名存❽。此去何時見也？襟袖上、空惹啼痕。傷情處，高城❾望斷，燈火已黃昏。

【詞牌】〈滿庭芳〉，唐吳融〈廢宅〉詩有「滿庭芳草易黃昏」句，調名當本此。又名〈江南好〉、〈滿庭花〉、〈滿庭霜〉、〈鎖陽臺〉、〈滿庭芳慢〉等。有平仄韻兩式。本詞為平韻格，九十五字，上下闋各押四平韻，有的下闋首句第二字入韻，則為五平韻，如本詞。平韻格尚有九十三字、九十六字等體式。參見《詞律》卷十三、《詞譜》卷二十四。

【注釋】❶畫角　古樂器名。形如竹筒，本細末大，外加彩繪，故名。❷譙門　城門。城門上之樓，謂譙樓。❸征棹　行船所用槳一類的工具。此指行船。❹引離尊　連續舉杯飲餞別酒。引，有延長牽連意。尊，酒杯，此處指代酒。❺蓬萊舊事　胡仔《苕溪漁隱叢話・後集》卷三十三引《藝苑雌黃》云：「程公闢守會稽，少遊客焉，館之蓬萊閣。一日席上有所悅，自爾眷眷不能忘情，因賦長短句。」會稽舊有蓬萊閣，在龍山下。此處未必實指，或以之借代會稽之地。❻銷魂　指極度痛苦使魂離體。江淹〈別賦〉：「黯然銷魂者，惟別而已矣。」❼羅帶　指絲羅帶紐成的同心結。❽謾贏得句　用杜牧〈遣懷〉「十年一覺揚州夢，贏得青樓薄倖名」詩意。謾，徒然。青樓，指妓院。❾高城　用歐陽詹〈初發太原途中寄太原所思〉「高城已不見，況復城中人」詩意。

【語譯】微雲抹上山巒，衰草遠連天空，譙門吹奏的畫角聲已停。暫時止歇船行，聊且共飲餞別，頻頻舉起酒盅。多少發生在蓬萊的舊事，如今枉自回首，如煙靄紛紛。遙望斜陽外，有寒鴉數點，流水繞孤村。令人銷魂！正當此際，暗自取下香袋相贈，解開羅帶輕易離分。我徒然贏得青樓薄倖郎的名聲。此番分手，何時再見？只是淚流，空惹衣襟袖上，留下啼痕。傷情時候，漸行漸遠，回望不見高城，已是燈火初上的黃昏。

【研析】此詞寫離情，是秦觀的名作之一，據葉夢得《避暑錄話》載，宋神宗元豐間（西元一〇七八—一〇八五年）「已盛行於淮、楚」，可知作於進士及第之前。

詞之發端用一對句寫景「山抹微雲，天連衰草」，即展示一闊大之秋日景觀，極富畫意。首句尤妙，試想，薄如輕紗的白雲飄浮於青色的山腰，是何等樣的景致，正如周汝昌所說，「宛如一幅『橫雲斷嶺』圖」（《唐宋詞鑒賞辭典》）。故前人稱此句「通畫理」。其中之「抹」字用得尤妙。「抹」，帶有掩蓋意，但又不是嚴實的掩蓋，在這裡帶有一種隨意的、輕巧的意味，即隨意地輕輕一抹，與底色青山相映成趣，自然天成。由於此句帶有特殊的意趣而名噪一時，妓女以能歌唱此詞而自豪，秦觀以此被蘇軾戲稱為「山抹微雲君」，又，據蔡絛《鐵圍山叢談》載，秦觀之婿溫元一次參加貴人家會，頗受冷落，及酒酣歡洽，侍兒始問，「此郎何人焉」？溫遽起，叉手而對曰：「某乃『山抹微雲』女婿也。」聞者多絕倒。由此可見，此句臻於絕妙的描畫在當時給作者帶來的名聲，以及給詞壇、歌壇帶來的震盪。此一對句所寫之遼闊空間，寓示著行者將遠赴山之外、天之涯，而處處衰草，亦不免令人心情黯淡，故景中含情。下面接以「畫角聲斷譙門」，則點明此時已近黃昏。古時於城樓吹角以報時，如范仲淹〈漁家傲〉「四面邊聲連角起」、姜夔〈揚州慢〉「漸黃昏，清角吹寒」等都是。前兩句從視覺著筆，此句從聽覺著筆，角聲嗚嗚然，復增淒厲之感。既已近黃昏，夜行船即將出發。但此刻相戀之人，萬分不捨，總想拖延離別的時間，故要求「暫停征棹」，以便「聊共引離尊」，他們頻頻傳盞，一杯復一杯，在對飲中，許多美好的旖旎情事湧上心頭。故下面從眼前宕開，轉向回憶往昔，所謂「多少蓬萊舊事」即指往日之兩情相悅、溫柔繾綣。但回憶已是枉然，那些「舊事」已如幻如電，如夢如煙。「煙靄紛紛」，既是指往事已變得虛無縹緲，亦是寫黃昏時刻的暮靄氤氳，既是實景，又含比興。歇拍承「煙靄紛紛」再轉寫遠景：「斜陽外，寒鴉萬點，流水繞孤村。」此數語本於隋煬帝詩：「寒鴉飛數點（一作「千萬點」），流水繞孤村。斜陽欲落處，一望黯銷魂。」明王世貞《藝苑卮言》認為「語雖蹈襲，然入詞尤是當家」，略經詞人點化，恰到好處。從寫景言，承上臨晚時刻。從境界言，有人認為與元代馬致遠〈天淨沙〉的「枯藤老樹昏鴉，小橋流水人家。古道西風瘦馬，夕陽西下，斷腸人在天涯」相似，故從蘊意言，其中的歸鴉，反襯出自己行旅在外的漂泊者的境遇，而「孤村」中人家的安定、溫馨，也正是自己嚮往之所在。故此三句當亦含有原詩「一望黯銷魂」之意，非泛泛寫景也。

下闋具寫別離情景。「銷魂」二字總領別離情緒。「香囊暗解，羅帶輕分」，用一對句，寫分手時的細節。解下自己身上佩戴的香袋給對方留作紀念，希望對方睹物思人，故「香囊暗解」當係寫實；過去用絲羅帶紐成同心結，是一種恩愛的象徵，此處說「羅帶輕分」，是象徵著恩愛之人分手太輕易。二句一實一虛，雙方合寫。至「謾贏得、青樓薄倖名存」，則單從己方著筆。此處用杜牧「十年一覺揚州夢，贏得青樓薄倖名」詩意，杜詩本身含有很深的人生感慨，即才情長期無所施展，只在歌樓妓館贏得薄倖名聲，意含怨憤。詞人也是滿腹經綸，常以杜牧自比，謂「往吾少年，如杜牧之彊志盛氣，好大而見奇」（陳師道〈秦少游字序〉），可是應考竟名落孫山，碌碌風塵，只能在歌兒舞女處得到暫時的精神慰藉，每一次的奔波，都會辜負她們的深情愛意。其境遇與杜牧相似，甚至更糟，其感慨之深不亞於杜牧。清代周濟說秦觀往往「將身世之感打并入豔情」（《宋四家詞選目錄序論》），指的正是這類詞作。以下「此去何時見也？襟袖上、空惹啼痕」，再轉入雙方，寫再見難期的悵恨，即使淚沾襟袖，也是枉然。最後以自己的別後回望作結：「傷情處，高城望斷，燈火已黃昏。」傷感之情延續到分手之後，船隻起航，頻頻回首，漸行漸遠，再回首來處，已不見高城，況城中之人哉！此時天色漸暗，燈火已在人家閃爍，等待自己的將是什麼？是漫漫長夜與煢煢獨處。如此以景結情，饒有餘味。

清人馮煦《蒿庵論詞》謂秦觀「古之傷心人也」，其傷心處，實別有懷抱，故對此首不可作單純豔情詞看待。又，作為慢詞，既講究情感的條貫，又講究結構的縱橫變化，此詞上闋重在景與情的融合、今與昔的交錯，下闋重在事與情的交融、雙方合寫與己方單寫的交錯，其手法可謂能變化多端。

90 江城子

秦觀

西城❶楊柳弄春柔。動離憂，淚難收。猶記多情，曾為繫歸舟。碧野朱橋當日事，人不見，水空流。　韶華❷不為少年留。恨悠悠，幾時休？飛絮落花時候、一登樓。便做❸春江都是淚，流不盡，許多愁。

【詞牌】〈江城子〉，又名〈江神子〉，有單調、雙調之分。唐五代詞為單調，雙調始見於蘇軾《東坡樂府》，七十字，上下闋各八句（《詞譜》斷為七句），五平韻，為平韻格。本詞下闋第四句，變四言、五言兩句為九言句，較為特別。另有仄韻一格。參見前蘇軾〈江城子〉「詞牌」介紹。

【注釋】❶西城　指汴京西城一帶園林。❷韶華　美好的年華。李賀〈嘲少年〉詩：「莫道韶華鎮長在，髮白面皺專相待。」❸便做　即便；縱使。

【語譯】西城楊柳在春天舞弄柔軟之姿。引發離憂，淚水難收。還記得它的多情，為我繫住歸舟。當時在綠野紅橋有多少樂事，但是現在人已不見，惟有水在空流。　美好的年華流逝，不會為少年停留。心頭之恨悠悠不盡，幾時能夠休止？飛絮落花時候，登上高樓。即便春江之水都是淚，也流不盡，許多的愁。

【研析】此詞初讀，感到極為空靈，又極為沉重，何以憂傷至此？如從詞內求詞，似有難以捉摸之感，當還需從詞外求詞，方能有較為明瞭的答案。原來紹聖元年（西元一〇九四年）春，哲宗親政，新黨重新上臺，作者等一千人被列為元祐黨人遭受排擠打擊，即將被貶逐出京。作者憂心忡忡，重遊城西金明池等舊地，憶昔傷今，感傷無限，因而有作。這類詞借「離憂」、「愁」、「恨」，託寓某種時變的憂傷，但從藝術表現來說，卻能不著痕跡，意境圓融。因此，即使不知其創作背景，不知其另有寄託，作為一首抒寫離恨的作品來讀，也無不可，其妙處正在可解不可解之間。

詞以楊柳起興：「西城楊柳弄春柔。」西城的園林，春風輕拂，柳條搖漾，以柔軟之姿舞弄春色。作一「弄」字，用擬人手法，柳枝便有了生命，有了情感，似在以柔情撩撥人的情思，與王雱〈眼兒媚〉「楊柳絲絲弄輕柔，煙縷織成愁」詞意相近，故緊接著有「動離憂，淚難收」的抒寫。以下轉入回憶：「猶記多情，曾為繫歸舟。」當年分別時，承它多情，繫歸舟於柳蔭下。由分別而又憶及此前同遊之樂「碧野朱橋當日事」，「當日事」是什麼？沒有具寫，但我們由「碧野」那芳草遍地、生機勃勃的景致可以想見遊春的歡愉與愜意，我們由「朱橋」可以想見憑欄觀景、臨流引觴的種種快事。「碧野」、「朱橋」係句內對仗，色彩豔麗，對比鮮明，形成萬綠叢中一抹紅的美麗景觀，樂景中蘊含樂情。以下陡轉：「人不見，水空流。」同遊之人，風流雲散，惟有橋下水在靜靜地流淌。追昔撫今，能不傷感！

詞之下闋，由流水而引發對時光不能倒轉的歎息：「韶華不為少年留。」人生美好的歲月已經過去，未來還有多少光陰？未來的光陰中又將有多少不如意之事？想到這點，不免「恨悠悠」，這恨如此綿長，無有止歇，「幾時休？」用一反詰語加以強調。下面「飛絮落花時候、一登樓」，點明登樓是在暮春時節，是偶一為之，而非常來。就整首詞而言，是倒敘，即前面所見、所思、所憶均係登樓時情事，所用為逆入法。結拍「便做春江都是淚，流不盡，許多愁」，承上闋「淚難收」、「水空流」。心上之愁外化為眼中之淚，而眼中之淚和江中之水有相通之處，故作者突發奇想：如果滔滔不盡的春江流水都是眼淚的話，能流盡心中的這許多愁嗎？結論是否定的。之前以江水喻愁者，有李後主的「問君能有幾多愁？恰似一江春水向東流」（〈虞美人〉），有歐陽脩的「離愁漸遠漸無窮，迢迢不斷如春水」（〈踏莎行〉），都是用明喻和肯定的語氣。秦觀無疑受其啟示，但由於使用了「便做」二字，便成為一種假設，一種虛擬，且從否定的一面著筆，不僅所表達的「愁」之深廣更甚於李、歐，用筆亦更為靈動。

詞中所寫的「離憂」，表面上看，似是寫男女離別情懷，但聯繫詞人所處的特定歷史環境，可知實是借此寫同道友朋之別，與政治中心的汴京之別。其中的生命遲暮之恨、春江流不盡的深廣之愁，不僅由「飛絮落花」、「水空流」之眼前景物所引發，更與政局的變化有密切關係。本詞當可與〈望海潮〉（梅英疏淡）對讀，只是一為小令，一為慢詞，各有特色，各有所宜。

此詞有今人陳田鶴等為之譜曲，多作為驪歌加以歌唱。

91 鵲橋仙

秦觀

纖雲弄巧，飛星傳恨，銀漢❶迢迢暗度。金風玉露❷一相逢，便勝卻、人間無數。

柔情似水，佳期如夢，忍❸顧鵲橋歸路？兩情若是久長時，又豈在、朝朝暮暮❹。

【詞牌】〈鵲橋仙〉，此調始自歐陽脩，因詞中有「鵲迎橋路接天津」語，取為調名。又名〈鵲橋仙令〉、〈金風玉露相逢曲〉、〈廣寒秋〉、〈憶人人〉等。雙調，五十六字，前後各五句，兩仄韻，為仄韻格。上下闋首二句為兩個四言句，平仄相同，一般用作同聲對，如本詞。另有五十七字、五十八字、八十八字等數體。參見《詞律》卷八、《詞譜》卷十二。

【注釋】❶銀漢　銀河。❷金風玉露　秋風白露。唐李商隱〈辛未七夕〉詩：「由來碧落銀河畔，可要金風玉露時。」❸忍　怎忍。❹朝朝暮暮　語出宋玉〈高唐賦序〉：「妾在巫山之陽，高丘之阻，旦為朝雲，暮為行雨，朝朝暮暮，陽臺之下。」

【語譯】輕柔彩雲變幻出種種新巧圖案，閃爍的星星在傳遞久別的離恨，牛郎織女將寬闊銀河暗度。在金風玉露時刻相逢，便勝過人間無數次的歡聚。　柔情似水悠悠不斷，歡會佳期卻短暫如夢，怎忍回顧鵲橋的歸路？兩情相悅如能長久不衰，又豈在乎朝朝暮暮廝守一處。

【研析】漢魏以來，即流傳牛郎、織女七夕鵲橋相會的神話故事。《風俗記》載，織女七夕當渡河，使鵲為橋。《續齊諧記》載，七月七日，織女當渡河，暫詣牽牛，世人至今云：「織女嫁牽牛也。」《文選》曹丕〈燕歌行〉注「牽牛為夫，織女為婦。織女牽牛之星各處一旁，七月七日得一會同矣」所說皆牛女渡鵲橋相會故事。詠七夕事，詩中早已有之，如〈古詩十九首〉云：「迢迢牽牛星，皎皎河漢女。……河漢清且淺，相去復幾許。盈盈一水間，脈脈不得語。」以後詠七夕之詩作甚多。宋詞中，自歐陽脩以〈鵲橋仙〉詠七夕後，蘇軾、黃庭堅等相繼有作，其中當推秦觀七夕詞最為有名。

秦觀此詞特點之一，是善能將外物情感化。牛、女故事本身即帶有人與神二重性質，故將其人格化、賦予人的感情是很自然的。不僅如此，詞中還將天空之群星、雲彩賦予人情，此詞發端的寫景，即是如此。「纖雲弄巧」，是說那輕柔多變的雲有意變幻出各種巧妙的花樣，來裝扮這節日的喜慶與祥瑞。當然這種景象也會引發人們的聯想：它或許就是織女「纖纖擢素手，札札弄機杼」（〈古詩十九首〉）織出的美妙圖案吧！「飛星傳恨」，則謂長空飛度的流星在為其傳遞那積久的別恨，對他們的處境充滿同情。這樣，便為牛、女的出場營造出一種美好的氛圍，逗引出下面一句「銀漢迢迢暗度」。這句敘事兼寫景，寥寥六字，極具凝煉、含蓄之美。牛、女乘著夜色，不遠千里渡越迢迢河漢於鵲橋相會，其路途之遙遠，跋涉之艱難，不正體現出他們情之深長、愛之執著嗎！以下就牛、女一年一度相會情事生發議論：在「金風玉露」的高爽秋夜，能在天上銀河擁有這樣一次難得的歡會，比人間千百次的平常相聚都要美好珍貴啊！作者的眼光很獨特，站立的高度也顯得超凡。因為有了這一議論，便使牛、女相會故事的意義，得到了昇華。作者在這裡用「金風玉露」來寫節日風光，不僅襯托出環境的美好，還包含有另一層深意，即以「金」「玉」之質，映襯出他們這份情感的堅貞、純潔與高尚。

下段的「柔情似水」，承「銀漢迢迢」而來。銀河本是星系，但「河」會令人產生水的聯想，如李賀〈天上謠〉：「天河夜轉漂迴星，銀浦流雲學水聲。」此處是即景設喻，十分自然。這個比喻在於以悠悠不斷的流水來形容牛、女間的情深意長，以表現歡會的高潮。至「佳期如夢」，乃一轉折，感歎歡愉一霎，如夢一般虛幻短暫。他們回想兩相乖隔的日子，唯有在夢中可以相見，那夢中的溫存帶來的只是瞬間的快慰，今日佳期無異平日之夢幻啊！分手的時刻終於到了，「忍顧鵲橋歸路」，讓我們看到了那一步一回頭的戀戀不捨情狀。

「忍顧」用一反詰語氣，倍增其難以割捨之情。至詞之末尾，又一轉折，「兩情若是久長時，又豈在、朝朝暮暮」，似是對牛、女不得不分離的安慰，更是融進了作者的情感體驗。他除了說明真情是時間空間阻斷不了的這層意思外，似也符合我們今日所說之距離產生美的觀點，保持一定的時空距離，會給下一次的相見帶來更新鮮的感覺。這裡的議論已上升到一種人生哲理的高度，因此是名句，是經典。從行文來說，前面的不忍分離，卻又不得不分離，是情緒的一個低潮，帶有濃重的悲劇性質，至此峰迴路轉，情緒高揚，使人為之一振。沈際飛評讚曰：「七夕以雙星會少別多為恨，獨謂『情不在朝暮』，化臭腐為神奇。」（《草堂詩餘正集》卷二）

此詞其所以成為詠七夕之名篇，與其突出的特點有關。其特點：一是浪漫的想像與現實人生的結合，它既是寫天上，也是寫人間，既是寫星，也是寫人，可謂是「天人合一」。將星、雲視之為人，將神話故事世俗化，消弭了人神之間的距離，使人產生親切感。他寫的神話故事中的精義，既屬於天上，更屬於人間。二是熔情、景、理於一爐。以景襯情，融情入景，因情發論，以理論情，三者渾然一體，意境圓融。這裡要特別提出的，是這首詞的議論。它上下兩段均以議論結尾，自然而然，有如水到渠成，其特點是寓議論於形象之中，是形象化的議論，因此我們絲毫不覺得有「以議論為詞」之弊端。更難得的是，它能給予人以美的深刻啟示，能使人得到感情的淨化、精神的提升。其所體現的思想感情的高度，可以說超越了歷代詠七夕的無數詩詞，後之詠七夕之詩詞，似亦未有能出其右者，因此，顯得特別難能可貴。還有一點須提及者，是這首詞的語言。作者是婉約詞派中的巨匠，是語言運用的高手，他描繪的七夕佳節，不論是景語、情語，還是議論語，無不精美雅煉，真正做到了如張炎《詞源》所說：「字字敲打得響。」這裡還要特別提及此詞所具的音律美，全詞上下闋均五句，韻腳二處，仄腳二處，平腳一處。首二句均為四言，平仄相同，故可用為同聲對，其所用仄腳字，分別為「巧」、「恨」，「水」、「夢」，雖同為仄聲，卻注意上、去之分，使句與句之間，顯得抑揚有致。押韻之句均用去聲：「度」、「數」、「路」、「暮」，這類字之聲調，雖然高揚，但因係合口呼，發聲並不洪亮，用以表現離別憾恨之情，頗為合適。但詞的歇拍與結拍卻用了「便勝（卻）」、「又（豈）在」的響亮字聲作為轉折，因而整首詞在表達憾恨情感的同時，最終將人的情緒引向高遠，帶來心靈震撼。故此詞讀來尤覺情韻、音律兼美，二者相得益彰。

此詞有當代人林聲翕等為之譜曲。

92 千秋歲

秦觀

水邊沙外，城郭❶春寒退。花影亂，鶯聲碎。飄零疏酒盞，離別寬衣帶。人不見，碧雲暮合空相對❷。

憶昔西池會❸，鵷鷺❹同飛蓋❺。攜手處，今誰在？日邊清夢❻斷，鏡裡朱顏❼改。春去也，飛紅萬點愁如海。

【詞牌】〈千秋歲〉，或名〈千秋節〉。宋吳曾《能改齋漫錄》卷二云：「南方釋子作〈漁父〉、〈撥櫂子〉、〈漁家傲〉、〈千秋歲〉唱道之辭。」可知此調在宋代多用於道曲。雙調，七十一字，上下闋各八句，五仄韻，為仄韻格，如本詞。亦有上闋五仄韻、下闋六仄韻者。另有七十二字一體。參見《詞律》卷十、《詞譜》卷十六。

【注釋】❶城郭　謂內城與外城。❷人不見二句　語本南朝梁江淹〈休上人怨別〉詩：「日暮碧雲合，佳人殊未來。」❸西池會　秦觀〈西城宴集〉詩序載：「元祐七年（西元一〇九二年）三月上巳（農曆初三日）詔賜館閣官花酒，以中澣（月之中旬）日遊金明池、瓊林苑，又會於國夫人園。會者二十有六人。」會中互有詩歌唱和，此係一次文酒盛會。❹鵷鷺　二鳥名。因其飛行有序，用以喻朝官行列。❺飛蓋　疾馳的車輛，語本曹植〈公宴詩〉：「清夜遊西園，飛蓋相追隨。」蓋，指車篷。❻日邊清夢　用李白〈行路難〉「閒來垂釣碧溪上，忽復乘舟夢日邊」詩意。日邊，古以「日」喻君，日邊即帝都。❼朱顏　年少時的容顏。

【語譯】在水邊與沙灘外，內城與外城，春寒已退。日照花影凌亂，林中鶯聲細碎。飄零在外，很少飲酒，因為離別，漸寬衣帶。不見所思之人，碧雲在暮色中相合，惟有獨自相對。　回憶往昔的西池會，朝官如鵷鷺成行，車輛來往迅疾。當時攜手處，如今還有誰在？回到君王身邊的清夢，已經斷絕，鏡裡年少的容顏已改。春光已經消逝，飛紅萬點，愁情如海。

【研析】此詞作於紹聖二年（西元一〇九五年）被貶監處州（今浙江麗水市）酒稅期間。詞以春天作為背景加以貫串，由今而昔，由昔而今，由今而後，通過三個時段，寫出了自己作為遷謫者的不幸命運與內心的痛苦以至於對前途的絕望。

詞之上闋寫今。「水邊沙外，城郭春寒退」，從氣溫寫起，城中、郊外，都變得暖和，春寒已經消退。「花影亂，鶯聲碎」，從視、聽兩方面寫景。這兩句化用杜荀鶴〈春宮怨〉詩句：「風暖鳥聲碎，日高花影重。」秦詞更為簡潔，只說「花影」，而令人想見日光，再著一「亂」字，令人想見春風，花因迎風搖曳而影亂，富有動感。「鶯聲」有異於「鳥聲」，一是帶有時間特點，黃鶯的活躍主要在春天；二是具有色彩，令人想見黃鶯深藏於綠葉間，有一種斑斕的色彩感。「碎」字，則帶有柔細、斷續的意味，運用的是通感，即化聽覺為視覺。眼前的春光如此美好，而詞人的內心並沒有因此而感到亢奮，相反，引發的是孤獨飄零之感，可說是以樂景襯哀情，故下面有「飄零疏酒盞，離別寬衣帶」的描述。對於京城來說，是飄零於偏遠之地，對於故鄉而言，是飄泊於異域，故倍感孤寂，本來飲酒可以消愁，但現在連飲酒的興致也大為減退，可見情緒之低沉；因為和所愛者分離，和親近的朋友遠隔，心懷抑鬱，人愈來愈消瘦、衣帶愈來愈顯寬鬆。「離別寬衣帶」，語本〈古詩十九首〉之一：「相去日已遠，衣帶日已緩。」「飄零」二句係一對仗，用語樸質，與一般詞語的柔靡有異，故明人沈際飛有「是漢魏人詩」（《草堂詩餘正集》卷二）的評價。歇拍「人不見，碧雲暮合空相對」，承「離別」再推進一層，突出一己之孤獨形象。此處用江淹〈休上人怨別〉「日暮碧雲合，佳人殊（猶）未來」詩意。「佳人」原指美人，用於此處，似在專候所愛人之到來，是在寫一段失望的戀情，其實中間也包含了對志同道合朋友的盼望，這正是詞的迷離之處，妙在含糊，因而意義非止一重。這一段寫眼前，將政治上的失意與離情相綰合，既委婉，又沉鬱。

下闋轉入憶昔。三年前的君王賜宴，盛況空前的西城文酒之會，是一生中最難忘懷的樂事。故這裡首先寫「憶昔西池會，鵷鷺同飛蓋」，眾多官員，排列有序，而車輛成行，絡繹飛奔，同赴西池，何等的氣派！何等的歡愉！當時的園林景物亦如眼前，花繁葉茂，處處啼鳥，令人賞心悅目啊！以下陡然轉折：「攜手處，今誰在？」參與盛會者或被貶官，或遭遠謫，眾多師友、同僚，風流雲散，天各一方。今昔對比，不啻霄壤，因而在情緒上形成極大落差。更令人傷感的是「日邊清夢斷，鏡裡朱顏改」，前句反用李白〈行路難〉「忽復乘舟夢日邊」詩意，雖然自己有為國建功立業的遠大志向，但再難返回帝京，得到朝廷任用，美夢隨之破滅，因而充滿絕望之情；後句感歎時光流逝，容顏衰老，又帶有許多的無奈。這一對句表達的政治失意，在感情上遭受的打擊，與「離別」帶來的悵恨相比，顯得尤為沉重。結拍總寫，使全詞的情緒達致高潮：「春去也，飛紅萬點愁如海。」前面寫到「春寒退」，表示夏之將臨，此處言「春去也」，表示春之將盡，前面說「花影亂」，此處說「飛紅萬點」，是季節變換的趨勢。這是從自然界的變化言，但這裡的「春去也」，實與李後主「流水落花春去也」相似，它具有一種象徵的意義，象徵著曾經的美好事物和美好時光的一去不返，充滿無可挽回的深深憾恨。「飛紅萬點愁如海」，係化用杜甫〈曲江〉「一片花飛減卻春，風飄萬點正愁人」詩語和孟郊〈招文士飲〉「醒時不可過，愁海浩無涯」詩句，形容此愁如海之浩瀚無邊、深不可測。以海喻愁之深廣，比之李後主以「一江春水向東流」喻愁之深遠不盡，則又過之，境界更為淒厲。

此詞所寫遷謫之恨，反映的不僅僅是個人的不幸，也是北宋新舊黨爭中部分在職文人遭受新黨殘酷迫害的共同遭遇，故深深地引起了這部分人的共鳴，一時和者甚眾。當時，蘇軾、李之儀、孔半仲、邱崇、王之道、釋惠洪等，均有和作。蘇軾詞有「一萬里，斜陽正與長安對」之句，李之儀有「地偏人罕到，風慘寒微帶」之語，同樣流露了遷謫者的心態。黃庭堅、晁補之在其去世後，亦有和作，只是已成悼詞矣。當時的曾季貍《艇齋詩話》記載：「今人多能歌此詞。」至南宋，范成大赴處州，因慕其「花影鶯聲」之句，建「鶯花亭」，並賦詩六絕記秦觀平生。由此可見該詞在當世與後世的影響。

93 踏莎行

秦觀

霧失樓臺，月迷津渡。桃源❶望斷無尋處。可堪❷孤館閉春寒，杜鵑❸聲裡斜陽暮。

驛寄梅花❹，魚傳尺素❺。砌成此恨無重數。郴江幸自繞郴山❻，為誰❼流下瀟湘❽去？

【詞牌】〈踏莎行〉，又名〈芳心苦〉等。雙調，五十八字，上下闋各五句，三仄韻，為仄韻格，如本詞。另有六十四字、六十六字體。詳見前寇準〈踏莎行〉「詞牌」介紹。

【注釋】❶桃源　一說指陶淵明筆下之武陵（湖南境內）桃花源，一說為郴州蘇仙嶺（唐孫會有「何異武陵之境」之說）。但此處未必實指某一具體地點，當係指一種美好的理想境界。❷可堪　哪堪；怎堪。❸杜鵑　鳥名。傳說為蜀王望帝杜宇所化，啼聲悲戚，動旅客歸思。又名「思歸」。❹驛寄梅花　語本《荊州記》：「吳陸凱與范曄善，自江南寄梅花詣長安與曄，並贈詩曰：『折梅逢驛使，寄與隴頭人。江南無所有，聊贈一枝春。』」❺魚傳尺素　漢樂府〈飲馬長城窟行〉：「客從遠方來，遺我雙鯉魚。呼兒烹鯉魚，中有尺素書。」尺素，指書信。素，生絲織成的絹，古人寫信，多書於絹。❻郴江幸自繞郴山　郴江源出郴州，至黃岑山，北流入耒水，至衡陽東入湘江。幸自，本自；本是。❼為誰　為何。❽瀟湘　本為瀟水與湘水的合稱，此指湘江。

【語譯】樓臺在茫茫霧靄中消失，渡口在朦朧月色中隱沒，桃源看望不到，無可尋處。哪堪在孤寂的旅館被春寒閉鎖，在杜鵑聲裡看到夕陽西下，轉為暮色蒼茫。

好友託驛使寄來梅花，由遠方捎來書信，堆砌此恨，有無法計量的重數。郴江本來圍繞郴山，為何要流下瀟湘去？

【研析】紹聖三年（西元一〇九六年），詞人被人羅織罪名，由處州徙往郴州（湖南南部）編管（編置於所謫地，令所在地地方官吏管束），削去了所有官職與俸祿，其內心的悲憤可想而知。此詞作於次年春天，為秦觀的名篇之一，也是蜚聲詞壇的千古絕唱。

詞之發端即描繪出美好境界的迷失：「霧失樓臺，月迷津渡。桃源望斷無尋處。」首先用一對句，以「樓臺」喻美好的神仙境地，以「津渡」喻達到仙境的通道，然而在茫茫霧靄中、迷濛月色中，都已隱約模糊，逐漸消失，以致看不見了。下面的「桃源」更是象徵著一種美妙的理想境界，心嚮往之、追求之。詞人在早年所作〈自警〉詩中曾寫道：「桃源長占四時春，漾漾華池（傳說中的昆侖山上的仙池）真水碧。乘槎擬欲扣金扃，巨浪洪波依舊隔。」在〈閒燕堂聯句〉中亦云：「天明又出桃源去，仙境何時再問津？」可見，「桃源」仙境，是詞人一貫的嚮往與追求，但如今已是無由到達，更是杳不可尋了。這一切，令人感到惘然若失，甚至無比絕望。我們聯繫下面寫到的「可堪孤館閉春寒，杜鵑聲裡斜陽暮」，可推知此處所寫並非實景，亦非倒敘，即詞人閉於孤館，直到夜幕降臨，不可能又在月夜步至渡口。故這一發端是詞人遭遇遷謫痛苦心態的象徵性描繪，霧靄、樓臺、夜月、津渡，都屬虛構之境，亦即王國維《人間詞話》所說之「造境」，是詞中的比興體。以下「可堪」二句轉寫實際的處境。「孤館」，顯示環境的空寂與內心的孤獨；「春寒」，既是寫氣候的料峭春寒，也是對淒涼心境的烘托。中間用一個「閉」字，使人想到關閉，甚至感到有一種囚禁的意味。而在此極為難堪的境遇中，又聽到杜鵑泣血的悲鳴，深深觸動自己的歸思，這種聲音伴隨自己從白天直至夕陽西下、暮色來臨，「斜陽」「暮」色，益發牽惹鄉愁，令人難以為懷。二句以「可堪」二字領起，不僅在反詰語氣中強化自己的情感，且又將實景化為虛寫，運筆靈動。這兩句感情色彩極為強烈，王國維稱其為「有我之境」（物皆著我之色彩），又說：「少游詞最為淒惋。至『可堪孤館閉春寒，杜鵑聲裡斜陽暮。』則變而為淒厲矣。」（《人間詞話》）

詞之上闋借景抒情，下闋則重在從旁面襯托。一開頭運用兩個典故，一個是陸凱自江南託驛使捎梅花與長安范曄的故事，表示友情的深厚，一個是鯉魚傳遞書信的故事，表示親友的關懷。這種友誼、關懷，無疑使遷謫南蠻之地的詞人在感情上得到某些慰藉，但同時也引起了內心的離別之恨、思鄉之念，而造成這種友朋、親人乖隔的原因，又與君王的昏昧，小人的「黨同伐異」、殘酷打擊相關，故心頭之恨非止一端，而是無數。「砌成此恨無重數」，「恨」可以一重一重地砌，砌到沒有極限，於是抽象的「恨」具象化了，它有了重重的體積，似乎可以摸觸，故此「砌」字用得極妙。又，「砌成」，非一朝一夕之事，還帶有日積月累之意。結拍借郴江抒發內心情愫：「郴江幸自繞郴山，為誰流下瀟湘去？」這一發問，無疑含有望遠思鄉之情，語本唐戴叔倫〈湘南即事〉詩：「沅湘日夜東流去，不為愁人住少時。」郴江北注湘江，流向洞庭，匯入長江，那遙遠的江東之地，正是詞人的故鄉。故近人陳匪石《宋詞舉》云：「夫『郴江』之入『瀟湘』，以水言之，是為就下，以遷客言之仍是歸途。」而用「為誰（何）」詰問語氣出之，實起增強表情力度的作用。也有人認為這一發問是以江水為喻，對自身進行反思，謂我本如郴江安居於故土，卻偏要背井離鄉去向遠方謀求自身的發展，誰知竟然捲入一場政治漩渦，以致遠謫遐方異域。此說自亦可通。形象大於思想，讀者可作不同理解。蘇軾當有感同身受，「絕愛其尾兩句，自書於扇曰：『少游已矣，雖萬身何贖。』」（胡仔《苕溪漁隱叢話．前集》卷五〇引《冷齋夜話》）

此詞雖屬小令，但作者運用造景、寫境、比興、用典等多種手法，把一腔悲憤寫得力透紙背，因而備受推崇。後人將少游之詞、米芾書寫之字、蘇軾之跋合刻成碑，樹於郴州蘇仙嶺上，人稱「三絕碑」。

該詞押韻所用「渡」、「處」、「暮」、「素」、「數」、「去」，屬「御」「遇」韻部之字，即清人所言之合口與撮口，詞之中間又用了很多合口、撮口字，如「霧」、「無」、「孤」、「杜」、「魚」等，還用了不少齊齒呼的字，如「迷」、「閉」、「裡」、「驛」、「寄」、「砌」等，聲音難以洪大。同時詞中用了大量帶介音的字，如「源」、「望斷」、「館」、「鵑」、「花」、「傳」、「江」、「瀟湘」等，使聲音顯得較為緩慢悠長。故吟唱此詞，真使人感到幽咽低回，愁腸千迴百轉，甚至為之淚下。其聲情與詞情可謂融合無間，結合完美。

此詞今人有為其譜曲者，或為歌曲，或帶戲曲風味。

94 浣溪沙

秦觀

漠漠❶輕寒上小樓。曉陰無賴❷似窮秋❸。淡煙流水畫屏幽。
自在飛花輕似夢，無邊絲雨細如愁。寶簾閒挂小銀鉤。

【詞牌】〈浣溪沙〉，又名〈浣紗溪〉、〈小庭花〉等。雙調，常見者為七言六句，四十二字，為平韻格，如本詞。平韻格尚有其他字數不同之體式，又有押仄韻一格。詳見前晏殊〈浣溪沙〉「詞牌」介紹。

【注釋】❶漠漠　彌漫廣大的樣子。韓愈〈同水部張員外曲江春遊寄白二十二舍人〉詩：「漠漠輕陰晚自開，青天白日映樓臺。」❷無賴　無聊；可厭。南朝徐陵〈烏棲曲〉：「惟憎無賴汝南雞，天河未落猶爭啼。」❸窮秋　指九月。南朝鮑照〈白紵歌〉：「窮秋九月荷葉黃，北風驅雁天雨霜。」

【語譯】輕寒彌漫，侵入小樓。清早陰沉令人可厭，恰似秋到盡頭。牆上懸掛淡煙流水的畫屏，顯得分外清幽。

自在的飛花如夢一般輕柔，無邊的絲雨細似內心憂愁。將珍貴的門簾靜靜捲起，用那小小的銀鉤。

【研析】此詞抒發一種幽隱淡遠的愁思。先從早晨氣溫著筆，在廣闊的地域彌漫著「輕寒」，且湧入小樓。著一「輕」字，說明已非料峭春寒，而只帶微微的寒意。不僅如此，天氣也顯得陰沉，像晚秋時節的景況，令人生厭。「輕寒」，係人的觸覺感受，「無賴」，是人的情緒發洩，故雖未直接寫人，而樓中之人已宛然在目矣。此時在室內所見者是牆上的畫屏，那「淡煙流水」的意境，令人生發出一種縹緲悠遠的閒靜清幽之感。詞之上闋不直言人之孤獨、人之愁悶，只營造一個微寒、陰暗、幽寂的環境氛圍，已烘托出主人公鬱悶不樂的情懷。

下闋由室內轉向室外，由環境氛圍的渲染轉入正面寫愁。先用一對句描寫室外所見之景和引發的幽微感受：「自在飛花輕似夢，無邊絲雨細如愁。」這兩句由於將眼前景與心中情相融合，使抽象之情化而為帶可視性的具體形象，曾被梁啟超評為「奇語」（《飲冰室評詞》）。近人沈祖棻《宋詞賞析》對其「奇」處，尤有極為精闢的分析：「第一，『飛花』和『夢』，『絲雨』和『愁』，本來不相類似，無從類比，但詞人卻發現了它們之間有『輕』和『細』這兩個共同點，就將四樣毫不相干的東西聯成兩組，構成既恰當又新奇的比喻。第二，一般的比喻，都是以具體的事物去形容抽象的事物，或者說，以容易捉摸的事物去比喻難以捉摸的事物，……但詞人在這裡卻是反其道而行之。他不說夢似飛花，愁如絲雨，而說飛花似夢，絲雨如愁，也同樣很新奇。」其奇巧還在於，形容恰到好處，飛花之「自在」，漫天飛舞，任情任性，象徵著「夢」之無有拘檢，任意所之；絲雨之「無邊」，紛紛飄灑，無邊無際，象徵著「愁」之廣遠，均極貼切、精當。又，下闋之景物與前面所寫氣候密切相關，「飛花」與「輕寒」（天氣漸暖）有關，「絲雨」與「曉陰」有關，表明了時間的變化與延續。主人公內心原本有「夢」和「愁」，對此暮春景象，豈不又添新愁？最後一句「寶簾閒挂小銀鉤」是倒敘，即飛花也好、絲雨也好，乃捲簾所見。其人所用器物為「寶簾」、為「小銀鉤」，精緻小巧，而曰「閒挂」，靜靜地捲起，是對岑寂氛圍的進一步渲染。

詞是善於表現「心緒」的一種文體，秦觀這首詞，可以說將這一特點發揮到極致。人的內心幽思單緒、淡淡哀愁，本是抽象的，但作者憑藉環境的烘托、物象的比擬，使其具象化，令人可感甚而可視。前人謂「他人之詞，詞才也。少游，詞心也」（《白雨齋詞話》卷六引喬笙巢語）以「詞心」體驗幽微感情，善於化無形為有形，此正少游之高超處。此詞輕柔、幽細、縹緲、婉曲，味之有餘不盡，是典型的「婉約」之作。

95 滿庭芳

秦觀

曉色雲開，春隨人意，驟雨才過還晴。古臺芳榭❶，飛燕蹴❷紅英。舞困榆

錢❸自落，秋千外、綠水橋平。東風裡，朱門映柳，低按❹小秦箏❺。 多情，
行樂處，珠鈿❻翠蓋❼，玉轡❽紅纓❾。漸酒空金榼❿，花困蓬瀛⓫。豆蔻梢頭⓬舊
恨，十年夢⓭、屈指堪驚。憑闌久，疏煙淡日，寂寞下蕪城⓮。

【詞　牌】〈滿庭芳〉，見秦觀前首〈滿庭芳〉「詞牌」介紹。

【注　釋】❶榭　建於高臺上之房屋，以供遊觀之用。❷蹴　踢。❸榆錢　指榆莢，色白而小，狀似錢而成串，俗稱「榆錢」。❹按　彈奏。❺秦箏　一種彈絃樂器，多為十六絃。相傳為秦人蒙恬改製，故名。❻珠鈿　珠寶；車上飾物。❼翠蓋　以翠羽裝飾的車篷。❽玉轡　以玉為飾的韁繩。❾紅纓　馬身上由紅絲線編成的狀似流蘇的飾物。❿金榼　華美的酒杯。⓫蓬瀛　蓬萊與瀛洲，傳說中的海上仙山。此借指遊覽之地。⓬豆蔻梢頭　喻美麗少女。用杜牧〈贈別〉詩意：「娉娉嫋嫋十三餘，豆蔻梢頭二月初。」⓭十年夢　用杜牧〈遣懷〉詩意：「十年一覺揚州夢，贏得青樓薄倖名。」⓮蕪城　指揚州。經北魏南侵及南朝宋竟陵王劉誕之亂後，城邑荒蕪，鮑照曾作〈蕪城賦〉憑弔，後世因稱揚州為蕪城。

【語　譯】天色破曉，雲開日出，春光明麗，合乎人意，急雨才過，旋即轉晴。古臺芳榭，春燕穿梭飛舞，踢落枝上紅英。榆錢隨風搖盪，倦而自落，鞦韆外，綠水升漲，與橋齊平。東風吹拂，翠柳相映朱門，中有人輕輕地彈奏小秦箏。

我這多情人的遊樂處所，有乘坐珠鈿、翠羽華美車輛的仕女，有手持玉轡騎著紅纓寶馬的王孫。玩賞多時，杯中美酒漸空，蓬瀛花朵鮮豔漸失。和佳人的離別舊恨湧上心頭，十載風流綺夢，屈指算來令人心驚。憑欄久立，惟見西斜淡日、薄暮煙靄，獨自寂寞地步下蕪城。

【研　析】此係春日遊賞抒懷之作，寫於赴通判杭州任離開汴京路經揚州之時。詞的上闋寫春日雨過天晴後的美景，生意盎然。詞人從拂曉寫起，「曉色雲開，春隨人意，驟雨才過還晴」三句寫出了雨過、雲開、天晴的天氣變化過程，寓示著經雨水洗刷後陽光照射下景致的清明，為下面活躍的景物描寫作鋪墊。「春隨人意」置於此處，一是為了與第一句四言相對，另外也是為了突出人的愉悅心情，但它的作用不限於此處，而帶有統

領上闋情緒之意。以下分三個層次寫遊覽之地。第一層：「古臺芳榭，飛燕蹴紅英。」謂此地非泛泛之處，這裡有保存歷史遺跡的高臺，高臺上的建築物，繁花似錦，飛燕起舞，時有花墜，用一「蹴」字，尤為傳神，古雅之中帶有活潑之趣。第二層：「舞困榆錢自落，秋千外、綠水橋平。」視線由近而遠。「榆錢」一句，係近景，富有動態，「舞困」二字暗伏下面之「東風」，因榆錢係春末之景，又暗示出遊覽時節。「秋千」係中景，暗示出此地有人家，預伏下面之「朱門」。「綠水」一句遠景，與前面「驟雨才過」相呼應，一場春雨過後，溪水上漲，以致與橋齊平。放眼望去，種種景物，清新可喜，令人心曠神怡。章法上前呼後應，用針細密。第三層：「東風裡，朱門映柳，低按小秦箏。」由景物過渡到人事，從視覺轉入聽覺，由低按秦箏的音樂飛聲，暗示出揚州本為繁華歌舞之地，文人風流浪漫之鄉，從而引出下闋之「舊恨」。

上闋寫景，景中含情，意興不淺。下闋轉入抒情，情緒漸趨淒黯。「多情」數句進一步寫春遊之盛。多情，係自指。此遊樂之地，香車寶馬，道路絡繹，貴婦王孫，沉浸於一片歡悅之中。「漸酒空金榼」二句，寫到正午之時，遊樂由高潮而漸轉為困倦，華貴的酒杯空了，鮮豔的花朵被晒得打不起精神了。而對於詞人來說，樂極而生出一份深深的哀愁。這輕歌曼舞之地，溫柔浪漫之鄉，引起了他對昔時一段旖旎生活的懷想，那真個是「夜月一簾幽夢，春風十里柔情」（秦觀〈八六子〉）！可是這段情戀卻中斷了，那難堪的別離，使他感到無限的悵恨，自己辜負了那豆蔻年華的少女，像杜牧一樣「十年一覺揚州夢，贏得青樓薄倖名」，不覺心驚而深感愧疚。作者用「豆蔻梢頭舊恨，十年夢、屈指堪驚」表達這種情感，既切合本人昔時經歷，又切合今之遊歷地揚州。借古語表今情，可謂言簡而意賅。詞的結尾，時間由正午推移至薄暮時刻。詞人不再飲酒賞花，而是「憑闌」眺望，沉吟良久，直至夕陽西下，淡靄浮空，才懷著孤寂的心情走下蕪城。《草堂詩餘雋》謂此數句「就遠處描出春情，城郭隱然如無」。

這首詞的上闋重在橫寫，時間相對集中在「曉色雲開」之後，人的眼睛有如攝影鏡頭，從不同的角度、不同的距離，攝入動態的、靜態的種種景物，只有最後一句「低按小秦箏」才訴諸聽覺。下闋重在豎寫，帶有時空流轉的特色：由上午的「行樂處」至午間的「酒空」、「花困」，再到薄暮時的「疏煙淡日」，而其情感亦隨時空流轉而變化。以整首詞而言，係按時間次序寫來，屬於線性結構，故脈絡分明；其中的「春隨人意」、「多情」，是理解全詞情感的關鍵詞語，我們從中既能感受到當時士大夫流連光景的閒情逸致，又能體察到他們生活中的某種失落情懷。秦觀是詞的語言運用的高手，這首詞的上闋寫景不用典故，可說都是在日常語言基礎上加工的文學語言。下闋為了渲染遊樂之盛，則用了「珠鈿翠蓋」及「玉」、「紅」、「金」等顯示華貴的字眼；為了用簡省的語言表達某種情感，而化用了前人的詩句。詞中兩處用「困」字：「舞困榆錢自落」、「花困蓬瀛」，以擬人手法寫無知覺之客觀景物，亦饒姿態。俞陛雲《唐五代兩宋詞選釋》以「流利輕圓」評此詞，頗能道其特色。

96 桃源憶故人

秦　觀

玉樓❶深鎖薄情種，清夜悠悠誰共？羞見❷枕衾鴛鳳，悶即和衣擁。無端❸畫角❹嚴城❺動，驚破一番新夢。窗外月華❻霜重，聽徹❼〈梅花弄〉❽。

【詞牌】〈桃源憶故人〉，又名〈胡搗練〉、〈虞美人影〉、〈轉聲虞美人〉、〈桃園憶故人〉、〈醉桃園〉、〈杏花風〉等。首見歐陽脩《歐陽文忠公近體樂府》。雙調，四十八字，上下闋各四句，四仄韻，格律相同，為仄韻格。另有四十九字一體。參見《詞律》卷五、《詞譜》卷七。

【注釋】❶玉樓　樓之美稱。李白〈宮中行樂詞〉：「玉樓巢翡翠，珠殿鎖鴛鴦。」❷羞見　怕見。❸無端　沒來由；無緣無故。❹畫角　古軍樂。❺嚴城　防守嚴密之城。❻月華　月光。❼徹　從頭至尾演奏一遍。❽梅花弄　曲名，即〈梅花三弄〉。該曲詠梅之傲雪精神，主調出現三次。故名。

【語譯】被薄情之人深鎖於玉樓，這淒清長夜有誰來與共度？怕見鴛鴦繡被、鳳凰雙枕，煩悶時便和衣擁衾而臥。無端傳來的畫角聲打破嚴城寂靜，驚醒一場新夢。窗外月光清明、夜霜濃重，從頭至尾地聽人演奏〈梅花三弄〉。

【研析】此寫閨怨之詞。詞之首句，即點出女主人公的居處、性情、際遇。玉樓，以居所之華美，映襯其人之美麗。她不僅美麗，又且多情，這位美豔多情女子卻遭遇了人生中的遺憾，恩愛的缺失，被薄情的郎君閉鎖於深閨之中。這裡的「深鎖」係指被對方拋撇、遺忘，而男方或因某種原因不得已而遠行。「薄情」而曰「種」，固然有押韻的需要，同時也是加重語氣，強調女主人公既恨之極又愛之極的心理。接著感歎：「清夜悠悠誰共？」因為獨處，又因秋夜清冷，更感到時間特別漫長，更思念遠方之所愛。李清照〈醉花陰〉詞有「玉枕紗廚，半夜涼初透」之句，亦是夜涼懷人之語。但李詞說得含蓄，此詞則明言「誰共」，表情不僅直截，且更顯強烈。以下具寫獨宿難堪景況。她的床上用品「枕」與「衾」上所繡圖案非一般動植物，而是成雙成對的鴛鴦、形影不離的鳳凰，牠們代表著一種不離不棄、長相廝守的美好願望，而今卻成了自己煢煢獨處的反襯，故而不願、害怕看到牠們的形象。煩悶久了、睏了，也懶得寬衣解帶，隨意擁衾而臥。這兩句通過有特定意義的物象和極具特徵性的動作，表現人物內心活動，令人如見如睹。

詞之下闋寫驚夢與夢醒之後。由獨宿而引發相思之情，由相思而入夢，是極自然之事。此詞亦循此脈絡寫來。但作者不去著力寫夢境，只寫夢被畫角驚醒。所驚之夢乃是「新夢」，此「新」字頗值得玩味。由此可知夢非一次，乃無數次。無數次的夢，便有無數次的短暫歡欣；無數次的夢醒，便有無數次的長久失望。在無數次失望的基礎上，今又添上新的夢醒、新的失望，便使我們對「玉樓深鎖」四字有了真切深刻的感受。詞的結尾「窗外月華霜重，聽徹〈梅花弄〉」，由室內轉入室外，從視覺、聽覺、感覺幾方面將清夜獨處的難堪之情，再推進一層。窗外月明，必是團圞之月。明月高樓是最易引起思婦懷人念遠的時空。霜重，自非眼所能見，乃是寒氣襲人時之感受。這樣，便將夜之淒清寫足。於此淒清之夜，女主人公難以入睡，遠處傳來的〈梅花弄〉，她從起曲聽至末曲。悠悠琴聲，漫漫長夜，以動寫靜，把一懷孤寂、滿腹憂怨寫得悠遠而又深重。以景結情，尤耐人尋味。

秦觀詞以淡雅清麗著稱，此詞卻是雅俗相和。上闋偏於俗，像「薄情」、「羞見」、「悶即和衣擁」等語，近俚俗；下闋偏於雅，如「無端畫角」、「窗外月華」等句，清雅而不遠俗。這種雅俗相和之歌詞，尤適宜於歌唱，故當代有古月為之譜曲。作家瓊瑤所作歌詞常取自於秦觀詞意詞語，如電視劇《一簾幽夢》（按：此劇名即取自秦觀〈八六子〉詞：「夜月一簾幽夢」）的主題歌〈一簾幽夢〉：「我有一簾幽夢，不知與誰能共？」片尾曲〈浪花〉：「我曾細細寫夢，夢裡有你相共。」簡直可以說是對這首〈桃源憶故人〉詞更為細膩的演繹。可見秦詞不僅對後世詞人有深遠影響，即對當代小說、電視劇創作的影響，也不容忽視。

97 南鄉子

秦觀

妙手寫徽真❶。水翦雙眸❷點絳脣❸。疑是昔年窺宋玉，東鄰。只露牆頭一半身❹。

往事已酸辛。誰記當年翠黛顰❺。盡道有些堪恨處，無情。任是無情也動人❻。

【詞牌】〈南鄉子〉，唐教坊曲名，用作詞調，又名〈莫思鄉〉、〈仙鄉子〉、〈蕉葉怨〉等。見《花間集》歐陽炯詞。有二十七字、二十八字兩體，至馮延巳已疊作雙調。宋人所用多為雙調，五十六字，上下闋各五句，四平韻，為平韻格。如本詞。另有五十四字、五十八字兩體。參見《詞律》卷一、《詞譜》卷一。

【注釋】❶寫徽真　寫真，指描繪人物肖像。徽真，指美女畫像。徽，美。一謂為崔徽畫像。❷水翦雙眸　形容美人眼睛如水清澈明亮。白居易〈箏〉詩：「雙眸剪秋水，十指剝春蔥。」❸絳脣　朱脣；紅脣。❹疑是昔年窺宋玉三句　化用宋玉〈登徒子好色賦〉中故事：「天下之佳人，莫若楚國；楚國之麗者，莫若臣里；臣里之美者，莫若臣東家之子。東家之子，增之一分則太長，減之一分則太短，著粉則太白，施朱則太赤。眉如翠羽，肌如白雪，腰如束素，齒如含貝。嫣然一笑，惑陽城，迷下蔡。然此女登牆窺臣三年，至今未許也。」❺翠黛顰　皺眉。翠黛，古代女子以青色黛石畫眉，故以代指眉毛。❻任是無情也動人　羅隱〈牡丹〉詩：「若教解語應傾國，任是無情也動人。」

【語　譯】丹青妙手描畫美女真容，雙眸如翦秋水一般明澈，朱紅輕點雙脣。疑是昔年偷窺宋玉的東鄰，在牆頭上只露出半身。　回想往事已覺酸辛，誰還記得當年眉翠蹙緊。那神情表明，有些令人生恨處，顯得無情。但任憑是無情也覺得動人。

【研　析】此係題畫詞，其畫為一美女的半身像。此畫中美女原型究為何許人？或曰即一般之無名美人。或謂「徽」係指唐代崔徽，事見元稹〈崔徽歌〉題下注：「崔徽，河中府娼也。裴敬中以興元幕使蒲州，與徽相從累月。敬中使還，崔以不得從為恨，因而成疾。有丘夏善寫人形，徽托寫真寄敬中……。」後蘇軾得此圖，寫有〈章質夫寄惠崔徽真〉詩為謝。秦觀作為蘇之門下士，當有機會得觀此圖，故作是詞。此說當亦可通。不管其原型為何，從作品本身言，這是一首成功的題寫人物畫之佳作。

詞以「妙手寫徽真」為發端，入手擒題，既讚美了畫師畫藝的高超，又強調了畫像中人物的美麗。然後以「水翦雙眸點絳脣」具寫其美，此處只選取五官中最有代表性的兩處，一是眼睛，如水翦秋波，眸子清亮；又，眼睛是心靈的窗戶，聯繫下闋所寫情懷，似含幽怨之情。二是雙脣，昔以櫻桃小口為美，故朱紅只輕輕一點，顏色鮮亮，耀人眼目。其面目之姣好已然令人想見。至於其他，因受篇幅的限制，無法細加鋪寫，聰明的作者靈活地運用了一個眾人皆知的「東鄰窺宋」的典故：「疑是昔年窺宋玉，東鄰。只露牆頭一半身。」因為登牆窺宋，只露出半身，以此點出「徽真」只是半身像；前面只寫到她的眼睛和絳脣，固然已顯示出她面龐的美麗，但還嫌不足，這裡進一步說與「東鄰」相似，是對前所未能描繪之處作一補充，不僅是面目姣好，即其他方面也恰到好處，高矮肥瘦，肌膚眉黛等等，均無可挑剔，且魅力過人。這樣便將千年前的古典美人，和眼前的畫中美人疊印在一起，形象更為完美。用「疑是」二字籠括，令人感到似真似幻，若遠若近，引發出許多美妙的聯想。前面實寫，此處虛寫，虛實結合，已不覺其為畫，而是如見其人。

前面描繪肖像形貌，以下則轉而刻畫其內心活動。「往事已酸辛。誰記當年翠黛顰」，這裡特為拈出「往事」，內涵應該是比較複雜的，曾有令人回味的繾綣情深，纏綿悱惻，而後又有不堪忍受的離別、乖違，故而令人感到辛酸，黛眉為之緊蹙，用一反詰語，有誰還能記起？惟有獨自在內心品味，故此辛酸更倍於尋常。無人記取，內中含有對對方的埋怨之情。自然，這是作者由畫面表情的細微處引發出來的聯想，故接著說：「盡道有些堪恨處，無情。」詞人從那眸子中的幽怨神情感受到了她心中的不平，因而顯得「無情」。最後陡然宕起：「任是無情也動人。」人帶如花笑靨，是一種美，情帶哀怨、憂傷，也是一種美。畫中美人屬於後者。即使無情，也令人疼愛，動人心魄，這是一種加倍的寫法。如此，將畫中人之美，寫到了極致。

這首題畫詞，將畫內與畫外相結合，將實寫與想像相交融，如同優秀的詠物詞，具有不黏不脫、形神兼備之妙。

98 青門飲

寄寵人

時彥

胡馬❶嘶風，漢旗翻雪，彤雲❷又吐，一竿殘照。古木連空，亂山無數，行盡暮沙衰草。星斗橫幽館，夜無眠、燈花空老。霧濃香鴨❸，冰凝淚燭，霜天難曉。

長記小妝纔了，一杯未盡，離懷多少。醉裡秋波，夢中朝雨❹，都是醒時煩惱。料有牽情處，忍思量、耳邊曾道。甚時躍馬歸來，認得迎門輕笑。

【作者】時彥（？—西元一一〇七年），字邦彥，開封（今屬河南）人。元豐二年（西元一〇七九年）進士第一。簽書潁州判官，歷官集賢校理、祕閣校理、提點河東刑獄。徽宗立，拜吏部侍郎、開封尹，終官吏部尚書。《全宋詞》錄詞一首。

【詞牌】〈青門飲〉，又名〈青門引〉（非令詞體）。見秦觀《淮海居士長短句》。《填詞名解》云：「《三輔黃圖》云：『長安城東初南頭第一門，門色青，曰青門。』……詞取以名。」雙調，一百零七字，仄韻格。本詞為一百零六字。參見《詞律拾遺》卷五、《詞譜》卷三十四。

【注釋】❶胡馬　胡地所產之馬。胡，指塞外民族。❷彤雲　紅雲。❸香鴨　鴨形香爐。❹朝雨　即朝雲暮雨。宋玉〈高唐賦序〉引神女云：「妾在巫山之陽，高丘之阻，旦為朝雲，暮為行雨，朝朝暮暮，陽臺之下。」後以朝雲暮雨喻男女豔情。

【語譯】胡馬在北風中嘶鳴，旗幟在飛雪中翻舞，紅色雲彩又出現天邊，一竿高的夕陽映照。古老的樹木連著天空，眼見亂山無數，暮色中踏盡沙漠衰草。星斗橫照幽靜館舍，夜裡無眠，只見燈花不斷燃燒。鴨形爐中熏香霧濃，冰凍使燭淚凝結，布滿寒霜的天空令人難以挨到拂曉。　長記你隨意梳妝結束，一杯尚未飲盡，已是不勝離愁。你醉時的秋波轉盼，我夢中的朝雲暮雨，都在醒時帶來煩惱。料想你有牽情思量處，怎忍回憶，曾在我耳邊輕輕說道：何時躍馬歸來，認得我門口迎候時的盈盈輕笑。

【研析】這是一首具有特殊風格的戀情詞，既有融入北國風光的深裘大馬之風，又有輕靈旖旎的柔婉之趣，當係作者寫於任提點河東（黃河之東，今山西省）刑獄之時。

詞之上闋先寫白天氣候的變化與邊境的荒涼，極力渲染自己的辛苦與勞頓。「胡馬嘶風，漢旗翻雪」，用一對句，描繪自己騎著高頭大馬、隨行人員高舉旗幟，行進於風捲雪飛的迷濛世界，有聲有色，富於動態，苦寒中帶有雄壯之氣。「風」與「雪」，互文見義。「漢旗」，即宋旗。「彤雲又吐，一竿殘照」二句，表天氣由雪而晴。寫天空出現彩雲，用「吐」字，妙，似有一含茹過程；謂夕陽離地平線很近，則以「一竿」形容。二句均係四言，本可作同聲對，但作者改用散行，以示變化，否則易顯板滯。「古木」三句，轉寫夕照下環境的荒涼，但「古木連空，亂山無數」這一對句描繪的景象，卻令人想起范寬的〈谿山行旅圖〉，沉雄壯偉，確係晉中風光。由於詞人的心境偏於苦寒的一面，寫樹突出其古老的一面，寫山突出其凌亂的一面，故此雄闊之境，竟成了孤苦的一種反襯。然後再以「行盡暮沙衰草」補足一天行跡和環境的衰瑟，時間則由白天、殘照，而至薄暮黃昏。

白天遭遇如此，夜晚又如何呢？「星斗橫幽館，夜無眠、燈花空老」，無眠，是整夜的狀態。因無眠而覺館舍過於幽寂，而見窗外星斗橫空轉動，而睹室內燈花長時的閃爍。寫燈花而曰「空老」，有時間白白流逝之意，融入了自己的主觀感受。北方的深夜，愈來愈冷，眼看「霧濃香鴨，冰凝淚燭」，在寒冷、孤淒中愈覺「霜天難曉」。

白天的荒寒、勞頓，夜晚的無眠、獨宿，都會令人懷想美人在側的溫馨。故上闋所寫正是為下闋的抒情蓄勢。換頭「長記小妝纔了，一杯未盡，離懷多少」轉入對別離時的回憶。伊人只是隨意打扮一下，便覺楚楚可憐，其美可知；又且多情，飲酒至半，已是不勝離情滿懷。「醉裡秋波，夢中朝雨，都是醒時煩惱」，再從別後己方著筆，每當夢醒，回想伊人醉中的秋波轉盼，回憶夢中的兩情繾綣，引惹無限煩惱。以下從對面落想：「料有牽情處，忍思量、耳邊曾道。甚時躍馬歸來，認得迎門輕笑。」數句一氣流轉，伊人也如同自己一樣，情思萬縷，牽繫遠方，並設想她不忍心回憶別離的一幕和臨別的叮嚀，因為這只能增重自己的失望與悲傷。那分手時的囑咐，其實也正是詞人自己深刻的記憶，那聲音似乎還在耳邊縈繞，對「躍馬歸來」未能如願以償，充滿深深憾恨，但把這段記憶再寄給「寵人」，也表明自己念念在心，充滿期盼。如此回環往復，把一腔柔情寫得千迴百轉，溫婉無限。

宋代詞人筆下抒寫戀情的作品，多以江南水鄉作為背景，而以北方的蒼茫、雄壯景觀作為情感抒發的大背景者，則甚為稀少，而這正是本詞異於常人之處。在作法上，時空流轉，今昔交錯，前段能於整飭中層進，後段能於流動中反覆，節奏疾徐有致，亦可謂善能變化者。

99

水調歌頭　中秋

米芾

砧聲❶送風急，蟋蟀思高秋。我來對景，不學宋玉解悲愁❷。收拾淒涼興況，分付尊中醽醁❸，倍覺不勝幽。自有多情處，明月挂南樓❹。　悵襟懷，橫玉笛❺，韻悠悠。清時良夜，借我此地倒金甌❻。可愛一天風物，徧倚闌干十二❼，宇宙若萍浮。醉困不知醒，欹枕❽臥江流。

【作　者】米芾（西元一〇五一－一一〇七或一一〇九年），字元章，太原（今屬山西）人，徙居襄陽，又徙居吳。自號鹿門居士，又號海嶽外史。以母侍宣仁后藩邸恩，補校書郎、太常博士，出知無為軍。徽宗召為書畫博士，擢禮部員外郎，知淮陽軍。為北宋著名畫家、書法家。有《寶晉英光集》八卷，《硯史》、《畫史》、《書史》各一卷。《全宋詞》錄其詞十七首。

【詞　牌】〈水調歌頭〉，又名〈元會歌〉、〈臺城游〉、〈水調歌〉等。雙調，九十五字，上下闋均四平韻，為平韻格。另有減字、增字數體。詳見蘇軾〈水調歌頭〉「詞牌」介紹。

【注　釋】❶砧聲　以木杵在石上搗衣之聲。❷宋玉解悲愁　宋玉〈九辯〉：「悲哉秋之為氣也，蕭瑟兮草木搖落而變衰。」❸醽醁　美酒。❹明月挂南樓　《世說新語・容止》載，庾亮在武昌，秋夜氣佳景清，使吏殷浩等登南樓理詠，聞庾公來，欲避之。公徐曰：「諸君少住，老子於此處興復不淺。」因便據胡床，與諸人詠謔。竟坐甚得任樂。❺玉笛　《西京雜記》載：「秦咸陽宮有玉笛，長二尺三寸，二十六孔，吹之則見車馬，山林隱隱相次。」此處用為笛之美稱。李白〈春夜洛城聞笛〉詩有「誰家玉笛暗飛聲？散入春風滿洛城」之句。❻金甌　金製之甌或黃金色之甌。此處為酒杯之美稱。❼十

二　形容數量多。歐陽脩〈少年游〉：「闌干十二獨憑春。」❽欹枕　斜靠在枕上。

【語　譯】聞砧聲感知秋風吹送緊急，聽蟋蟀想到已至高曠的清秋。我面對此情景，不學宋玉解悟秋日悲愁。收拾淒涼興味，託付杯中美酒，加倍感到無限清幽。自然有多情之處，是明月高掛南樓。　惆悵情懷如何排解，橫吹玉笛，音韻悠悠。良夜清時，借給我此處一傾金甌。面對一天美好風物，倚遍欄杆，只覺宇宙似水上萍浮。醉困不知酒醒，斜倚枕上臥於江船，一任水流。

【研　析】南宋胡仔曾說：「中秋詞，自東坡〈水調歌頭〉一出，餘詞盡廢。」（《苕溪漁隱叢話・後集》卷三九）自有道理，但也不盡然，他人中秋詞雖不能比肩，但亦有可觀者，米芾此詞即自具特色。《宋史・米芾傳》載，「芾為文奇險，不蹈襲前人軌轍」，此詞可說是「不蹈襲前人軌轍」之一例。

詞從寫景入手：「砧聲送風急，蟋蟀思高秋。」急風吹送石上的搗衣聲與牆角蟋蟀的鳴叫聲，構成了秋之韻律，聞其聲而感知高秋來臨。詞人在此強調的是聽覺，本來是風急送砧聲，卻說是砧聲送風急，本是高秋時節聞蟋蟀，卻說是聞蟋蟀而思高秋，故起筆即有異於尋常，但它又合乎常理，符合人的形象思維習慣，即先聞其聲，而後做出理性判斷。這種秋聲秋韻一般很容易引起人的悲秋之感，自宋玉以來，在詩文中幾乎形成了一種傳統，如劉禹錫〈秋詞〉所言：「自古逢秋悲寂寥。」在宋代，歐陽脩曾寫過悲秋的〈秋聲賦〉，在詞中，柳永曾多次詠歎：「景蕭索，危樓獨立面晴空。動悲秋情緒，當時宋玉應同。」（〈雪梅香〉）「晚秋天，……淒然。望江關，飛雲黯淡夕陽間。當時宋玉悲感，向此臨水與登山。」（〈戚氏〉）但詞人卻一反常態：「我來對景，不學宋玉解悲愁。」顯示出一種不同流俗的精神境界。但是砧聲也好，蟋蟀聲也好，聽起來總不免含有淒涼況味，我的「不學」云云，是指情緒不為其所左右，而善能排解，故下面說：「收拾淒涼興況，分付尊中醽醁，倍覺不勝幽。」讓尊中美酒化解淒涼況味，倍覺清幽無限。用「收拾」、用「分付」，都具有極強的主動性與主觀性。「淒涼」可以「收拾」，將抽象之情化為具體之物；「醽醁」可以「分付」，化無情之酒為有生命之物。於是主觀精神在此得到充分的張揚。至歇拍「自有多情處，明月挂南樓」方點出中秋題意。雖然清秋時節有淒切的聲音，但更令人情緒高漲的是一輪明月，高懸於南樓的上空。這裡暗用庾亮登武昌南樓與眾人一道吟詠、娛樂的典故，謂我輩多情，對此清風皓月，豈能辜負！在「倍覺不勝幽」的基礎上，欣喜之情更向前推進一層。詞的上闋主要運用以掃為生之法，即先掃去悲秋之意，然後生出欣悅之情，亦即歐陽脩寫潁州西湖「群芳過後西湖好」（〈採桑子〉）之筆法。

下闋承「明月挂南樓」寫月下登樓情事，可分數層。第一層是「悵襟懷，橫玉笛，韻悠悠。清時良夜，借我此地倒金甌」數句，所謂「悵襟懷」，應是超越悲秋的一種人生感慨，這種感慨正須借此良夜加以排解。一方面是通過情韻悠揚的音樂來轉移，在月下的高樓「橫玉笛」，讓清亮的樂音在夜空中飄漾，那是一種怎樣美妙的令人沉醉的情境！另一方面對此清光傾倒金甌，澆心中的塊壘，又是何等痛快！這還只是表層意，實際上詞人是要借「橫玉笛」、「倒金甌」突出自己的高情雅韻和豪邁情懷。前面已寫道「分付尊中醽醁」，此處又說「倒金甌」，看似犯複，實則前者係虛寫一種心理活動，後者方屬實寫。第二層是「可愛一天風物，徧倚闌干十二，宇宙若萍浮」，音樂和美酒的迷醉，消除了人世間的一切煩惱，由於迷戀「可愛一天風物」，竟然「徧倚闌干十二」，歷時良久，讓人進入了一個超越塵世的境界，整個宇宙只不過好似萍葉漂浮於浩淼無垠的水面上。「宇宙若萍浮」，以小視大，是何等眼界、何等胸襟！似已進入一種哲思的境地，令人想起蘇軾從變化的角度觀天地的說法：「自其變者而觀之，則天地曾不能以一瞬。」（〈前赤壁賦〉）則是以瞬間視天長地久。二者有相類處。第三層為結拍：「醉困不知醒，攲枕臥江流。」是由沉醉引發出的遐想，轉入虛擬的境象，其情景有類於〈前赤壁賦〉結尾的描繪：「肴核既盡，杯盤狼藉，相與枕藉乎舟中，不知東方之既白。」以此收束全詞，韻味無窮。下闋寫中秋之月，不寫月的光華，月的移動，只寫人的活動、人的情思，但月卻無處不在，故顯得無比空靈、超曠。

米芾此詞顯然受到蘇軾中秋詞的影響，用調亦同，但又能自出機杼。宋王明清《揮麈後錄》記其為人「不拘繩檢，風神蕭散」，這首中秋詞也頗能體現其性格特點。

蝶戀花

趙令時

欲減羅衣❶寒未去。不捲珠簾，人在深深處。紅杏枝頭花幾許？啼痕止❷恨清明❸雨。

盡日沉煙❹香一縷。宿酒❺醒遲，惱破春情緒。飛燕又將歸信誤❻，小屏風上西江❼路。

【作　者】趙令時（西元一〇六四－一一三四年），字德麟，宋太祖次子燕王德昭玄孫。元祐中，簽書潁州公事。坐與蘇軾交通，罰金，入黨籍，被廢十年。高宗紹興初，官至右監門衛大將軍、營州防禦使，同知行在大宗正事。贈開府儀同三司。有《侯鯖錄》八卷。詞集名《聊復集》，今不傳，有趙萬里輯本。況周頤評其詞「婉約風流，置之子野、少游集中，亦不失為合作。」（《歷代詞人考略》）《全宋詞》錄其詞三十七首，斷句一。

【詞　牌】〈蝶戀花〉，本名〈鵲踏枝〉，又名〈鳳棲梧〉、〈黃金縷〉等。通用者為雙調，六十字，上下闋各五句，四仄韻，為仄韻格。詳見前柳永〈鳳棲梧〉「詞牌」介紹。

【注　釋】❶羅衣　用綺羅所製之衣。❷止　僅。❸清明　二十四節氣之一，在春分、穀雨之間，一般在農曆的三月初，陽曆的四月三日至五日。❹沉煙　沉香之煙。沉香，名貴香料，以沉香木心能沉於水而得名。❺宿酒　昨夜所飲酒。❻飛燕又將歸信誤　化用飛燕傳書故事。五代王仁裕《開元天寶遺事》載，長安女紹蘭，其夫任宗於湘中經商，數年不通音問。因作詩一首，繫於燕足。燕飛至荊州，泊於任宗肩上。宗解書讀之，於次年歸。❼西江　指西邊的江。

【語　譯】想減去羅衣而春寒未退。不將珠簾捲起，人在居室深深處。紅色杏花在枝頭還有多少？有如淚痕點點，只恨那清明時節雨。　整日裡只有沉香煙裊一縷。昨夜飲酒沉醉，今朝醒來較遲，被春情煩惱透頂。

歎飛燕又把情人歸信耽誤，目光轉向小屏風上通往西江的道路。

【研析】此詞寫閨情。清明前後，是一個寒暖不定的時候，故起筆即寫氣溫：「欲減羅衣寒未去。」想脫去羅衣，又不敢脫，因為怕經受不起料峭春寒的侵襲。由此令人聯想到李清照〈聲聲慢〉「乍暖還寒時候，最難將息」的描寫，表明身體較為瘦弱。不僅如此，還「不捲珠簾，人在深深處」，連簾幕也不捲起，將身子藏於房間的深處。為什麼？從表面上看，似是因為畏寒，但細想，當是別有隱情。因為對戀人的回歸有些絕望，所以沒有捲簾以待，只是一個人在那兒獨自忍受著孤寂況味的折磨。以下想像室外景象：「紅杏枝頭花幾許？啼痕止恨清明雨。」那紅杏枝頭的花兒遭受清明雨的打擊已所剩無多，那花上的雨水，恰似離人的淚痕點點，那淚又非一般的淚，而是帶著血痕的淚。這兩句是寫花，亦是寫人，乃客觀之景與主觀之情的融合。以反詰語出之，更增強了對摧殘美好事物勢力的忿恨。將清明雨與杏花兩種意象組合，表現愁情，是傳統詞中常用的手法。如溫庭筠〈菩薩蠻〉：「南園滿地堆輕絮，愁聞一霎清明雨。雨後卻斜陽，杏花零落香。」馮延巳〈鵲踏枝〉：「滿眼游絲兼落絮，紅杏開時，一霎清明雨。濃睡覺來慵不語，驚殘好夢無尋處。」趙令畤此詞更為精彩，因屬想像之辭，係虛寫一筆，不僅靈動，且人花合一，言簡意豐。

詞之下闋具寫室內景象。「盡日沉煙香一縷」，整日伴隨女主人公的只有一縷裊裊的沉香，可見其孤寂處境與情懷。寫煙，只是「一縷」，連煙也是孤伶的，更把那份孤獨襯托到了極致。此情此景，與後來李清照描寫的「薄霧濃雲愁永晝，瑞腦消金獸」(〈醉花陰〉)的情境相似，但更顯簡潔。主人公為排遣寂寞春愁，昨夜飲了很多的酒，以致醒來很遲。可是「酒醒愁未醒」，春愁帶來的煩惱更甚於前，所謂「惱破春情緒」，是說超過了忍受的極限。以上寫了自己的處境，暗示了自己的淚痕，敘述了自己以酒澆愁，最後爆發為惱人的「春情緒」，但釀成此「春情緒」的原因究竟是什麼呢？直至詞之結拍方加以透露。「飛燕又將歸信誤」，先反用飛燕傳書典故，點明自己既無法見到心上之人，則退而求其次，希望得到他從遠方捎來的書信，然而這一點也終歸失望，轉而責怪飛燕。飛燕本無知之物，今責之誤事，於理未合，於情可通。最後以景結情：「小屏風上西江路。」主人公的目光轉向屏風，那上面所繪的西江之路，是當時所愛者遠行的路線，自己的思緒正沿著這條路線，追尋著他的行蹤。詞寫至此，戛然而止，留有餘味。故沈際飛評曰：「末路情景，若近若遠，低徊不能去。」（《草堂詩餘正集》）

此詞係代言體，抒寫女性寂寞深閨的惱恨，「類不出乎綺怨」，但寫得旖旎深婉，有餘不盡，頗能代表詞人令詞的風格。由於作者受黨禍牽連，政治上長期遭受打擊，亦有人認為此係借閨怨抒發政治苦悶，聊可備一說。

101 芳心苦

賀鑄

楊柳回塘，鴛鴦別浦❶。綠萍漲斷蓮舟路。斷無蜂蝶慕幽香，紅衣❷脫盡芳心苦。

返照❸迎潮，行雲帶雨。依依似與騷人❹語。當年不肯嫁春風，無端❺卻被秋風誤。

【作　者】賀鑄（西元一〇五二—一一二五年），字方回，號慶湖遺老，衛州共城（今河南輝縣）人。宋太祖孝惠后族孫。曾出監趙州臨城縣酒稅，官和州管界巡檢。後以李清臣、蘇軾薦，改入文階，為承直郎。復以宣議郎通判泗州，遷宣德郎，改判太平州。大觀三年（西元一一〇九年）以承議郎致仕，居蘇州、常州。政和元年（西元一一一一年），以薦起，官承議郎、朝奉郎。宣和元年（西元一一一九年）再致仕。著有《慶湖遺老集》九卷。自編詞集曰《東山樂府》，今存者名《東山詞》。其詞剛柔兼備，色彩絢爛。同時代人張耒稱道其詞「盛麗如游金、張之堂，而妖冶如攬嬙、施之袪，幽潔如屈、宋，悲壯如蘇、李」（〈東山詞序〉）。王灼《碧雞漫志》謂「世間有〈離騷〉，惟賀方回、周美成時時得之」。

【詞牌】〈芳心苦〉，即〈踏莎行〉，據本詞「紅衣脫盡芳心苦」改名。又名〈踏雪行〉、〈瀟瀟雨〉、〈惜餘春〉等，雙調，五十八字，上下闋各五句，三仄韻，為仄韻格。詳見前寇準〈踏莎行〉「詞牌」介紹。

【注釋】❶別浦　指江河支流的出口。❷紅衣　指紅色荷花。❸返照　夕陽的餘暉。❹騷人　指屈原一流人物。蕭統〈文選序〉：「楚人屈原，含忠履潔。……騷人之文，自茲而作。」❺無端　沒來由。

【語譯】楊柳圍繞曲折池塘，鴛鴦遊戲於江水出口，綠色浮萍增漲，遮斷蓮舟通路。絕無蜂蝶愛慕幽香，荷花已脫盡紅色衣裳，留下的芳心很苦。　斜陽迎照潮水，行雲帶著疏雨，紅荷姿態柔婉，似向騷人親密訴說。當年不肯嫁與春風，無端卻被秋風耽誤。

【研析】此係一首詠物詞，所詠為荷花。先從荷花所處環境著筆：「楊柳回塘，鴛鴦別浦。」二句對仗，互文見義，即回塘、別浦均是楊柳環繞、鴛鴦成對，嬉遊於水。周圍景物不可謂不美好，但對於幽獨的荷花來說，那鴛鴦的形影相隨，卻成了一種孤苦的反襯。而綠萍的瘋漲，又阻斷了蓮舟的來路，因此也沒有人來光顧，無人欣賞她的綽約風姿，惟有顧影自憐而已。荷花之香歷來備受人稱賞喜愛，常倫有詩讚曰：「棹發千花動，風傳一水香。」（〈採蓮曲〉）蘇軾〈洞仙歌〉詞亦有「水殿風來暗香滿」的描寫，既然蓮舟被阻斷，這暗香自然也是無人領味的。不僅無人領味，連蜂蝶也從不來光顧：「斷無蜂蝶慕幽香」，其獨處孤寂之情，又更增進一層。接以「紅衣脫盡芳心苦」，此句乃一篇點睛之筆，語本趙嘏〈長安晚秋〉詩：「紅衣落盡渚蓮愁。」但詞出藍勝藍，用「脫」更帶「人」的特點，後面連接「芳心苦」三字更妙，它不僅寫出了荷花的狀態，還寫出了變化的過程。此句用擬人手法，係人花合寫，形神兼備。從花的形態說，是荷花脫盡了紅色的花瓣，結出了苦味的蓮心。從人的形象來說，這是一位靚麗的美人，她褪去了青春的鮮豔，心中充滿無限愁苦。由此又可知，前面所寫荷花之冷落處境，亦即此美人遭遇的寂寥境遇，大有「養在深閨人未識」之歎。

以下轉寫荷之情性、節操。先以「返照迎潮，行雲帶雨」的對句營造出一種光潔空明的氛圍，夕陽餘暉映照水面，波光粼粼，偶有雲團飄過，飛灑一陣疏雨，波光映襯紅荷，雨點琳琅翠葉，何等純淨、美麗！接著以「依依似與騷人語」，刻畫荷之神理。此句係從李白「荷花嬌欲語」（〈淥水曲〉）變化而來，又由於屈原〈離騷〉有「製芰荷以為衣兮，集芙蓉以為裳」之句，故荷花被屈原一流騷人引為知己，樂與傾談，中間用一「似」字，仍是用擬人之法。荷花，出淤泥而不染，本性高潔，而傾談對象又是騷人，尤見風雅。而此荷之情性、節操，亦即美人之標格。

詞之結拍「當年不肯嫁春風，無端卻被秋風誤」，深進一層，抒寫一種懊惱的心理活動。自思自忖，原本不願在春風中與百花爭豔，而是在百花凋零後的夏日盛開，可是到了秋季，卻又意想不到地在西風中凋殘，含有不合時宜的歎息。

詞人筆下的荷花，高潔、芳馨、風雅，卻無人賞識，遭遇冷落，超凡脫俗，卻又不合時宜。詞中義含比興，且比興非止一層。比擬美人是一層，這裡寫的既是自然界的荷花，又是擬人化的荷花，荷花的不幸，即美人的不幸。以美人遭遇暗喻自己政治上的失意，是又一層。前人的詠物，或者於中抒發羈旅離愁，如林逋的〈點絳脣〉、梅堯臣的〈蘇幕遮〉詠春草；或於中點綴豔情，如章楶〈水龍吟〉的詠楊花。至蘇軾的〈卜算子〉詠孤雁之作出，始寄寓有政治失意中潔身自好、獨立不移之情，賀鑄詠荷的內涵與蘇詞有相似處，即自持芳潔，不趨時媚俗，因而才華埋沒，感慨良深。但賀詞用的是傳統的香草美人比興手法，自有特點，當世的張耒稱其詞「幽潔如屈、宋」（〈東山詞序〉），南宋王灼稱「世間有〈離騷〉，惟賀方回、周美成時時得之。」（《碧雞漫志》）當即是指這類作品。而清代陳廷焯對此詞尤給予高度評價：「通首如怨如慕，如泣如訴，有多少惋惜，有多少慨歎！淋漓頓挫，一唱三歎，真能壓倒古今。」（《雲韶集》卷三）

102 橫塘路

賀鑄

凌波❶不過橫塘❷路。但目送、芳塵❸去。錦瑟華年❹誰與度？月橋花院，瑣窗❺朱戶❻，只有春知處。飛雲冉冉❼蘅皋❽暮。彩筆❾新題斷腸句。若問閒愁都❿幾許？一川⓫煙草，滿城風絮，梅子黃時雨。

【詞牌】〈橫塘路〉，即〈青玉案〉。漢張衡〈四愁詩〉：「美人贈我錦繡段，何以報之青玉案。」調名本此。又名〈西湖路〉等。雙調，六十七字。上下闋各六句，五仄韻，為仄韻格。上下闋的兩個四字句一般須作同聲對，如本詞。另有六十六字、六十八字等體式，六十七字體亦有押韻不盡相同者。參見萬樹《詞律》卷十、《詞譜》卷十五。

【注釋】❶凌波　喻美人步履輕盈。曹植〈洛神賦〉：「凌波微步，羅襪生塵。」❷橫塘　地名，在蘇州城外。賀鑄有別墅在蘇州盤門外，名橫塘。❸芳塵　步行處有微塵細馥隨之。❹錦瑟華年　此指美好的青春時期。語出李商隱〈錦瑟〉詩：「錦瑟無端五十絃，一絃一柱思華年。」❺瑣窗　雕花窗戶。❻朱戶　紅色的門。❼冉冉　雲飄動的樣子。❽蘅皋　滿植香草的水邊高地。蘅，杜蘅，香草。❾彩筆　典出《南史・江淹傳》。江淹晚年文思減退，夢郭璞向其索筆，「淹乃探懷中，得五色筆一以授之。爾後為詩，絕無美句。」後以彩筆喻才思文筆佳勝者。❿都　算來。⓫川　平川；平原。

【語譯】伊人步履輕盈，卻不蒞臨橫塘路。只有目送她的形影飄然而去。她美好的青春年華與誰共度？她住在擁有月橋花院、雕花窗戶和朱紅大門的華美居室吧，只有春光才知她的住處。　天上碧雲在緩緩飄動，暮色降臨長滿香草的水邊高地。我的彩筆徒然題寫著斷腸的詩句。若問閒愁算來有多少？恰如平川的煙草，滿城飛舞的柳絮，梅子黃時的霏霏細雨。

【研析】此詞在當時廣為傳播，作者甚至為此獲得了「賀梅子」的稱號；在歷代讀者中，亦久負盛名。從表面上看，詞中所寫似是一位男性對一位偶然路過的美人的單相思，但聯繫作者生平遭際，當另有深意在焉。詞一開始以「凌波不過橫塘路。但目送、芳塵去」，寫對方的美若仙姝和自己的悵惘。作者寫女性之美，不去描摹其眉眼笑靨，而重在取其神韻，只用「凌波」、「芳塵」四字加以形容。由於用語取自曹植〈洛神賦〉「凌波微步，羅襪生塵」，便會進一步引起對她「翩若驚鴻，婉若游龍」、「彷彿兮若青雲之蔽月，飄飆兮若流風之回雪」的美妙聯想，步履輕盈，體態婀娜。但這樣一位嬌美的女子，竟然對自己毫不動情，對橫塘視若無睹，只管自個兒飄然而去，自己只能用目光追隨她的蹤影，看著她消失於視線之外，內心不免悵然若失。此二句屬實寫，以下則為「愛而不見，搔首踟躕」時生出的種種遐想：她會寂寞嗎？她可有適意的郎君？她的青春年華什麼人與之共度？她住的地方在哪兒？想必那裡有月橋花院供她漫步遊憩，有瑣窗朱戶的華美居室供她歇宿，這些大概只有與之相伴的春光才可能知曉啊！在詞人的想像中，只有「月橋花院，瑣窗朱戶」這樣美好的環境才能與之相配，只有絢麗的春光才有可能知道她的行蹤。這樣，詞的上闋不僅把已見的形象展現出來，又用想像把未見的加以補充、豐富，使得這位美人更顯得嫻靜、優雅，且帶上幾分神祕。

愈是覺得對方可愛，愈是多了幾分期待。期待而不可實現，便增添了許許多多的「閒愁」。這正是詞人意欲抒發的情愫。故下闋一開頭，筆墨便由描寫對方轉向自身。「飛雲冉冉」一句一則是描寫眼前景色，點明時間、地點，同時用了兩個典故，別寓深意。一是用南朝江淹〈休上人怨別〉詩意：「日暮碧雲合，佳人殊未來。」詞人有所待，而直至暮色降臨之時，猶未見所待之人，進一步補足前面「凌波不過」之意；二是用曹植〈洛神賦〉「爾乃稅駕（解開馬的勒韁）乎蘅皋，秣駟（餵馬以糧草）乎芝田」語意，因為曹植當年就是在曠野蘅皋、芝田美地休息時遇到洛神的，希望自己也能碰上這樣的機遇。寫景中暗喻自己由等待到失望的心緒，也因此才有下面「彩筆新題斷腸句」的行為出現。詞人自詡有江淹懷抱彩筆的富豔才華，現在因為極端痴情而用它題寫傷感至極的斷腸詩句。結拍則承「斷腸」而具寫「閒愁」。在詞作中，「閒愁」有時指一種莫可名狀的、難以言說的愁情，有時是詞人故意將一種無法排遣的、沉重的憂愁輕以言之。賀詞屬前者，而像辛棄疾的「閒愁最苦」（〈摸魚兒〉）、「我來弔古，上危樓、贏得閒愁千斛。」（〈念奴嬌〉）則屬後者。賀詞寫閒愁用問答以相呼應：「若問閒愁都幾許？一川煙草，滿城風絮，梅子黃時雨。」後面三種景物乃是「閒愁」之喻體。宋周紫芝《竹坡詩話》載：「賀方回嘗作〈青玉案〉詞，有『梅子黃時雨』之句，人皆服其工，士大夫謂之『賀梅子』。」但詞中比喻之佳處不獨在於「梅子黃時雨」一句，更在於「蓋以三者比愁之多也，尤為新奇。兼興中有比，意味更長。」（羅大經《鶴林玉露》）「以三者比愁之多」，是為博喻。昔時民歌、民間詞中時有所見，但文人詞中似為首見。文人詞中有以水喻愁者，如李後主「問君能有幾多愁？恰似一江春水向東流」（〈虞美人〉），有以雨喻愁者，如秦觀「無邊絲雨細如愁」（〈浣溪沙〉），有以草喻恨者，如李後主「離恨恰如春草，更行更遠還生」（〈清平樂〉），有以重量言愁言恨者，如蘇軾「無情汴水自東流，只載一船離恨，向西洲」（〈虞美人〉）、李清照「只恐雙溪舴艋舟，載不動、許多愁」（〈武陵春〉）。而賀詞卻同時以三種景物喻愁，故能給人以「新奇」之感。而這種「新奇」又是自然而然，它們都取自於眼前。「煙草」、「風絮」、「梅雨」，皆屬暮春景物，都帶有一種紛亂迷離的特點，恰到好處地表現了詞人淒迷繚亂的心緒。而「一川」、「滿城」、漫天（梅雨）所擁有的廣大空間，更顯示出愁情的無處不在、充塞於天地之間而難以排遣。此即所謂「興中有比，意味更長」。從表現方法而言，三種景物作為「愁」的喻體，是虛寫，但它們取自眼前，又屬實寫，它們既是客觀之景，又蘊寓主觀之情，因此是亦虛亦實，亦景亦情，亦比亦興，數者融成一片，極為形象，極為精警。歷來受人稱道，實非偶然。

張耒評賀鑄詞「幽潔如屈、宋」，即認為其詞有寄意香草美人之特色。此詞當亦屬這一類型。從表層意看，乃寫自己深深戀慕一美人卻得不到任何響應，因而滿懷愁緒，若聯繫作者具有文才武略卻長期沉淪下僚的遭際看，內心的失意與牢騷有意無意流露於戀情詞中，也是極自然之事，故而這種傷感帶有了更深一層的意義。黃庭堅曾作詩云：「少游醉臥古藤下，誰與愁眉唱一杯。解作江南斷腸句，只今惟有賀方回。」（跋少游〈好事近〉）則謂秦觀之後，能寫傷心之詞者，惟有賀方回了。

103 薄倖

賀鑄

淡妝多態。更的的❶、頻回眄睞。便認得、琴心❷相許，與綰宜男雙帶❸。

記畫堂、斜月朦朧，輕顰微笑嬌無奈❹。便翡翠屏❺開，芙蓉帳❻掩，與把香羅偷解。自過了收燈❼後，都不見、踏青❽挑菜❾。幾回憑雙燕，丁寧深意，往來翻恨重簾礙。約何時再？正春濃酒暖，人間晝永無聊賴。厭厭❿睡起，猶有花梢日在。

【詞牌】〈薄倖〉，見賀鑄《東山樂府》。杜牧〈遣懷〉詩：「十年一覺揚州夢，贏得青樓薄倖名。」調名或由此而來。雙調，一百零八字，上下闋均五仄韻，為仄韻格。句式散行為主，惟上闋第七、八句須用對仗，如本詞。亦有一百零七字者。參見《詞律》卷十九、《詞譜》卷三十五。

【注釋】❶的的　明亮。吳融〈西陵夜居〉詩：「漏永沉沉靜，燈孤的的清。」❷琴心　以琴音達意。《史記・司馬相如列傳》載，卓王孫之女卓文君新寡，好音，相如「以琴心挑之」。後以指戀情的表達。❸與綰宜男雙帶　將宜男錦製成的雙帶扭成同心結。❹無奈　可愛。❺翡翠屏　有翡翠圖案的屏風。❻芙蓉帳　繡有荷花圖案之帳。白居易〈長恨歌〉：「芙蓉帳暖度春宵。」❼收燈　元宵節後。金盈之《醉翁談錄》卷三載，正月「十八日，謂之『收燈』」。❽踏青　春日郊遊。時間一般在三月三日或清明節。❾挑菜　至野外拾菜。二月二日為挑菜節。❿厭厭　猶「懨懨」，悒鬱不樂。

【語譯】薄施粉黛，容態姣媚。更眼波明如秋水，頻頻顧盼投以青睞。便領悟到琴心已然相許，相與紐結宜男羅帶。記得畫堂斜月朦朧，微皺雙眉、面帶淺笑，真個可愛。便移開翡翠畫屏，讓芙蓉帳遮掩，將香羅衣衫暗解。

自從過了元宵節後，一直未見所思念的人踏青挑菜。有幾回憑藉雙燕，囑託轉達深意，又恨被簾幕重重阻礙。相約何時再度良宵？而今正值春濃酒暖，人間晝長，百無聊賴。睡起時無情無緒，太陽還照著花梢搖曳窗外。

【研析】此係一首豔情詞。詞之上闋回憶了一次難忘的歡會，寫得很大膽、直白，頗帶「柳七（永）風味」。

詞中的女性貌美、率真。因為天生麗質，即使是淡妝，也顯得風情萬種；她對異性有好感，毫不掩飾，眼波流盼傳情，故被人一眼看穿她的內心活動。她不僅貌美、率真，而且追求情愛在行動上表現很勇敢，絲毫沒有閨閣小姐的矯情與扭捏。可以想見，這位女性該是受禮教束縛較少的平民女子。這些在男主人公眼中，都是她極其可愛之處。而寫幽會的歡愉，則用「翡翠屏」、「芙蓉帳」的美好裝飾，加以烘托。這次幽會令他長久難忘，她的音容笑貌、活潑嬌媚，深刻於自己的腦海中，他因此時刻思念著這位「故人」，更渴望重溫舊情。詞的上闋從男性的角度寫歡情，全用賦法，又用「更」、「便」、「記」等虛字連綴，顯得一氣呵成。

詞的下闋寫分手之後的等待，每天都在時刻翹首企盼，然而：「自過了收燈後，都不見、踏青挑菜。」對於情人而言，「一日不見，如隔三秋」，如今是一兩個月的時間不見，更顯得何等的漫長，幾如百年千載。等待的煎熬令人難耐，遂又囑託雙燕傳遞信息，但卻遇到障礙重重。這首詞多用直敘，但此處的「幾回憑雙燕，丁寧深意，往來翻恨重簾礙」，卻含有比興。「雙燕」的雙宿雙飛對兩相阻隔之人，即帶有反襯之意，「重簾礙」，喻示兩人之間的結合遇到了不小的阻力。雖遇到阻力，仍存有一線渺茫的希望，故下面說「約何時再」。以上所寫似應為男女雙方的內心活動。至「正春濃酒暖，人閒晝永無聊賴」才轉到眼前，刻畫女子的心境，點出此時恰是春濃時節，春意濃而情受阻，自然界與人事之間是多麼不協調！因為心中充滿失望、愁恨，故覺時間過得太慢，白天顯得特別地長，不知如何打發，感到百無聊賴，因此只好借酒解悶。待到酒困「厭厭睡起」，「猶有花梢日在」，太陽依然照在花梢上，還沒有落山，這和後來李清照〈聲聲慢〉詞中所寫「守著窗兒，獨自怎生得黑」的時間感受如出一轍。

詞以「薄倖」為題（屬自製詞），並非指責某方的「薄倖」，而恰恰是流露了雙方的濃情蜜意，遺憾於中遭遇阻隔，故陳廷焯評此詞：「意味極纏綿，而筆勢極飛舞」（《雲韶集》卷三）詞中所寫可能是作者本人的一次豔遇。除了這首〈薄倖〉外，另據吳曾《能改齋漫錄》載，賀鑄戀一姝，別久，互有詩詞酬唱，作「柳色黃」詞（按：調名〈石州引〉）云：「……畫樓芳酒，紅淚清歌，頓成輕別。已是經年，杳杳音塵多絕。欲知方寸，共有幾許清愁，芭蕉不展丁香結。枉望斷天涯，兩厭厭風月。」由此可見，他與結髮妻子雖然伉儷情深，寫過像「重過閶門萬事非，同來何事不同歸？梧桐半死清霜後，頭白鴛鴦失伴飛」（〈半死桐〉）的悼亡詞，但也不免和當時的許多文士一樣，有過不止一次的婚外情，且這種婚外情常令他刻骨銘心。也許這正體現了宋代文人婚戀的特色吧。

104　半死桐

賀鑄

重過閶門❶萬事非，同來何事不同歸？梧桐半死❷清霜後，頭白鴛鴦失伴飛。

原上草，露初晞❸，舊棲新壠❹兩依依❺。空牀臥聽南窗雨，誰復挑燈夜補衣！

【詞牌】〈半死桐〉，即〈鷓鴣天〉，又名〈思越人〉、〈思佳客〉等，賀鑄依本詞中有「梧桐半死清霜後」之句改名，《詞律》、《詞譜》均不載。雙調，五十五字，上闋四句三平韻，下闋五句三平韻，為平韻格。詳見前晏幾道〈鷓鴣天〉「詞牌」介紹。

【注釋】❶閶門　即閶闔門，蘇州城之西門。❷梧桐半死　指梧桐一半枯亡。枚乘〈七發〉：「龍門之桐，半死半生。」後以梧桐半死代指喪偶。如白居易〈為薛台悼亡〉詩：「半死梧桐老病身。」❸露初晞　喻指夫人新近離世。語本樂府古辭〈薤露〉：「薤上露，何易晞！露晞明朝更復落，人死一去何時歸？」晞，乾。❹新壠　新的墳丘。❺依依　思慕之意。《楚辭・九思・傷時》：「志戀戀兮依依。」

【語譯】重過閶門萬事都已變化，為何與愛妻同來卻不同歸？秋日清霜之後連理梧桐半死，成對的白頭鴛鴦失卻了伴侶。　原上的草，露水初乾，不論是舊日棲居還是新壘墳塋，兩處都引人柔情縷縷。在空床上，臥聽南窗雨聲，思慮今後有誰為我挑燈夜補衣裳！

【研析】宋詞中多寫婚外戀情，涉及婚內情者極少。亦偶見「寄內」、「代內」之作，都寫得較為莊重，一般來說，少有特色。但宋代卻有著名的悼亡詞，篇幅短小，而情極深婉，最著名者為蘇軾之〈江城子〉（十年生死兩茫茫），可與之相媲美者則惟賀鑄此詞。

賀夫人趙氏出身皇族，係貴族千金小姐。與賀鑄結為夫婦，能勤儉持家，任勞任怨，伉儷之情甚篤。大約在詞人近五十歲時北遊歸來之前，夫人辭世，這對詞人在感情上是一個極大的打擊。故詞的發端：「重過閶門萬事非，同來何事不同歸？」即發出一聲震撼人心的悲號，我離家時經過閶門，當我再度經過閶門時，已是物是人非，幽明兩隔，因此發出為什麼「同來」卻「不同歸」的詰問，為何你獨自先我而去？這是問天嗎？天不應答；這是問趙氏夫人嗎？夫人在地下豈能應對？如此呼天搶地，讀之者亦不免為之動容，甚至同聲一哭。孫光憲《北夢瑣言》曾記江淮名倡徐月英送別情人詩云：「惆悵人間萬事違，兩人同去一人歸。」賀鑄此詞發端寫法或本於此，而悲情則大過之。下面以「梧桐半死清霜後，頭白鴛鴦失伴飛」，抒寫自己的悼念之情、孤淒之狀。前句用典，以梧桐之半死以喻喪偶，而以「清霜後」，秋日的蕭索、清冷氣氛，表達內心的落寞悲涼；後一句以鴛鴦為喻，鴛鴦形影不離，古稱「匹鳥」，後以喻夫婦，盧照鄰〈長安古意〉詩：「得成比目何辭死，願作鴛鴦不羨仙。」而今失伴，形單影隻，煢煢獨處。「頭白」二字，語意雙關，一是鴛鴦頭上本有白毛，李商隱〈石城〉詩即有「鴛鴦兩白頭」的描寫；二是對自己的形容。此時詞人年近半百，當已是兩鬢如霜。由此頭白，可以推知他們同甘共苦，度過了三十來年的歲月，長期相濡以沫，對方一朝仙去，痛何如之！還需注意的是，這兩句按照詞牌的要求，一般用為對仗，但詞人為表達情感的需要，並未拘泥於此種形式，而是打破常規，用單行句式，具有更強烈的表情效果。

上闋偏重於直抒情懷，下闋偏重於在寫實中抒情。先轉寫郊野夫人新的墳塋：「原上草，露初晞，舊棲新壠兩依依。」前兩句用樂府古辭〈薤露〉：「薤（草名）上露，何易晞！露晞明朝更復落，人死一去何時歸？」詩意，〈薤露〉是挽歌，詞借古詩悼挽死者，十分貼切。「露初晞」之「初」字，下得準確，這固然有平仄（此處需用平聲）的要求，但主要是說明新近喪偶。下一句原意在寫郊原上的「新壠」，但連帶寫到了

「舊棲」，形成句中對。不論是舊居之地，還是新墳之上，兩處都引惹起無窮的思念與萬分的依戀。情極哀切，意致纏綿。詞之結拍「空牀臥聽南窗雨，誰復挑燈夜補衣」承上「舊棲」，如今獨宿空床，本已悽惶，加之雨叩南窗，更助淒涼，何能入睡！在此不眠之夜，夫人挑燈補衣情景，歷歷如在目前。詞人在三十歲左右曾寫過一首〈問內〉詩：「庚伏厭蒸暑，細君（古稱妻曰「細君」）弄針縷。烏綈百結裘，茹蒻加彌補。」妻在炎騰暑熱的夏日，用絲線修補冬日所穿裘皮衣裳，未雨綢繆。關於這一點，詩中有一段精彩的對話，凸顯出貧賤夫妻的伉儷情深。故「挑燈夜補衣」是往昔實有之生活細節，此處用「誰復」的反詰語發問，化實為虛，感歎再也沒有如此之人、如此之情境。真個是長歌當哭，沉哀至極！特別是它描繪的生前死後的不同情景帶有某種普遍性，能引發有類似經歷者的強烈共鳴，故而能令讀者低徊、唏噓不已。

相對於蘇軾〈江城子〉的悼亡，旖旎有所未及，而沉痛則過之。陳廷焯稱讚此詞「最有骨，最耐人尋味」（《雲韶集》卷三）。

105 行路難

賀鑄

縛虎手❶，懸河口❷。車如雞棲馬如狗❸。白綸巾❹，撲黃塵。不知我輩，可是❺蓬蒿人❻！衰蘭送客咸陽道，天若有情天亦老❼。作雷顛，不論錢❽。誰問旗亭❾，美酒斗十千❿？

酌大斗，更為壽。青鬢常青古無有⓫。笑嫣然⓬，舞翩然。當壚秦女，十五語如絃⓭。遺音能記〈秋風曲〉⓮，事去千年猶恨促。攬流光，繫扶桑⓯。爭奈愁來，一日卻為長⓰。

【詞　牌】〈行路難〉，即〈小梅花〉。原名〈梅花引〉，又名〈將進酒〉、〈貧也樂〉。雙調，有兩體，一為五十七字，一為一百一十四字，本詞屬後者。前後闋各十三句，五仄韻，六平韻，為平仄韻轉換格。《詞譜》卷十二列入〈梅花引〉一目。《詞律》、《詞譜》均無〈行路難〉詞牌名。

【注　釋】❶縛虎手　赤手可縛猛虎。賀鑄〈留別龜山白禪老〉詩自稱：「剛陽憤激際，赤手縛豺虎。」❷懸河口　善言辭；口若懸河。語出《世說新語・賞譽》：「王太尉（衍）云：郭子玄（象）語議如懸河瀉水，注而不竭。」❸車如雞棲馬如狗　以車馬規格低下喻地位卑微。《後漢書・陳蕃傳》引三府諺曰：「車如雞栖馬如狗，疾惡如風朱伯厚。」❹白綸巾　配有白色絲帶的頭巾。象徵處士、隱者之高潔。白居易〈訪陳二〉詩：「曉垂朱綬帶，晚著白綸巾。」❺可是　豈是。❻蓬蒿人　隱沒於草野之人。李白〈南陵別兒童入京〉詩：「仰天大笑出門去，我輩豈是蓬蒿人！」❼衰蘭送客咸陽道二句　係用李賀〈金銅仙人辭漢歌〉成句。原意為感歎漢、魏易代，將金銅仙人由長安遷往洛陽，花草為愁，天為衰老。此處喻己奔走風塵，無人賞識的悲憤。❽作雷顛二句　《後漢書・雷義傳》載，義嘗救人免死罪，被救者以金二斤酬謝，義不受。金主默投其居所天花板上，後修葺房舍，乃得之，而金主已故。義將金付縣曹。義歸，舉茂才，不赴，佯狂披髮逃走。❾旗亭　酒樓。❿美酒斗十千　語本曹植〈名都篇〉：「歸來宴平樂，美酒斗十千。」斗，為一種量器。十千，指十千錢。⓫青鬢常青古無有　自古以來，沒有青色鬢髮長青之人。韓琮〈春愁〉詩：「金烏長飛玉兔走，青鬢常青古無有。」⓬嫣然　巧笑貌。宋玉〈登徒子好色賦〉：「嫣然一笑，惑陽城，迷下蔡。」⓭當壚秦女二句　語本韓琮〈春愁〉詩：「秦娥十六語如絃。」當壚，指賣酒。壚，酒肆。秦女，即秦娥，指善歌者。語如絃，指配樂之歌聲優美。⓮秋風曲　指漢武帝行幸河東時所作〈秋風辭〉。中有「秋風起兮白雲飛，草木黃落兮雁南歸」、「歡樂極兮哀情多，少壯幾時兮奈老何」等語。⓯繫扶桑　留住日光。《淮南子・天文訓》：「日出於暘谷，浴於咸池，拂於扶桑，是謂晨明。」⓰爭奈愁來二句　語本李益〈同崔邠登鸛雀樓〉詩：「愁來一日即為長。」爭奈，怎奈。

【語　譯】擁有縛虎的武功，口若懸河的辯才。但出行車似雞籠、馬如小狗。白色綸巾，撲滿黃土。不知我等，豈是隱沒於蓬蒿之人！碌碌風塵而無人見賞，內心有如衰蘭於道上送別金銅仙人時的悲涼，天若有情，天亦為之衰老。學作雷義式的顛狂，不重金錢。誰去詢問酒樓美酒一斗價值十千？　用大斗斟酒，以再增壽。青青鬢髮得以常青，古來無有。秦女笑盈盈，舞翩躚，當壚賣酒，年紀十五，歌音如琴，清圓婉轉。前代遺音，她還能記誦〈秋風曲〉，事情已過千年，我依然如作者一般恨少壯時間過短。攬取流光，繫住白日，怎奈愁上心頭，一天還又變得很長很長。

【研　析】詞人係文武全才，先任武官，後轉任文官，因秉性剛直，不肯阿附權貴，一生屈居下僚，只做到泗州、太平州通判。此詞大約作於泗州通判期間。詞牌雖用〈梅花引〉體格，卻標以古樂府〈行路難〉之名，與所抒寫內容相吻合。漢魏以來，用此題寫詩者甚眾，李白所作三首尤為有名。李白詩中「大道如青天，我獨不得出」、「彈劍作歌奏苦聲，曳裾王門不稱情。淮陰市井笑韓信，漢朝公卿忌賈生（誼）。……行路難，歸去來」等詩句，直抒才士不得重用的憤激與牢騷。賀鑄用此樂府古題，無疑受到前人詩作影響。他運用大量相關古典，一改婉約、蘊藉的風氣，用直筆抒寫一腔不平之氣，在北宋詞壇上，可謂別開生面。

詞的發端即氣勢不凡，以「縛虎手，懸河口」突出自己的才情，手能縛虎，口若懸河，如此文武雙全，世間有幾？實乃稀有人才。按理說，如此才俊，當得重用，可是竟然屈居下位。「車如雞棲馬如狗」，是一種極為形象的說法，與達官顯貴所乘坐之華車寶馬相對照，形同霄壤。這裡顯示出才能與地位之間的巨大反差，揭示出用人者的昏聵，暗示出仕宦場中的不公甚至醜惡。以下「白綸巾，撲黃塵。不知我輩，可是蓬蒿人」，係回憶自己的志向與經歷。當年懷著如同李白「仰天大笑出門去，我輩豈是蓬蒿人」的豪情，希望有機會一展自己才華，並為此忙碌奔走，以致白綸巾上撲滿黃塵（此處暗用陸機〈為顧彥先贈婦〉「京洛多風塵，素衣化為緇」詩意）但詞人在「我輩」句前用了「不知」二字，又不免帶有前路茫然之感。果然，對追求這種理想所作的努力，並沒有得到預期的結果，而是道途荊棘叢生，屢屢受阻，如此際遇，令人痛徹肺腑，心上鬱積之「恨」，其深切與金銅仙人辭漢時無異：「衰蘭送客咸陽道，天若有情天亦老。」面對如我的遭遇與積恨，老天若是有情的話，想它也會因此而衰老。

以上宣洩內心的不平、苦悶與憤怒，至「作雷顛」三句情緒陡轉，變而為雄放、爽朗。自己像當年雷義那樣，不慕官爵，不愛金錢，連旗亭美酒斗十千的價格都不屑於一問。此數句的轉折顯示出情緒的變化，同時引逗出下闋之意，是上下闋之間的過渡。

但人生短促，青春年華轉瞬即逝，「青鬢常青古無有」，故「酌大斗，更為壽」，通過飲酒，來延長壽命。不僅如此，還要充分地享受生活，一邊飲酒，一邊欣賞世間美好的事物：「笑嫣然，舞翩然。當壚秦女，十五語如絃。」看那賣酒的少女，巧笑倩兮，多麼甜美，翩翩起舞，何等輕盈，唱起歌來，琴樂相配，清音悅耳。她給人帶來了視聽的審美愉悅。此刻，暫時忘卻了煩憂，拋開了怨憤。而至「遺音能記〈秋風曲〉」，內心又起波瀾。這當壚女子很是特別，不僅美麗，能歌善舞，且具有一定的文化修養，居然還能記誦漢武帝的〈秋風辭〉。在記敘中不乏讚歎，但讚歎是次要的，或者說是附帶的，最主要的是因為〈秋風辭〉感歎時光流逝，尤其是「歡樂極兮哀情多，少壯幾時兮奈老何！」引起了詞人強烈的共鳴，雖然時隔千年，身處異代，那樂極生哀、老之將至之感，卻是一脈相通的。由此又生出一種時間的緊迫感，因而要「攬流光，繫扶桑」，抓緊時間做出一番事業。情緒又高揚起來。至詞之結句又急轉直下：「爭奈愁來，一日卻為長。」那鬱積在胸的愁情無奈揮之不去，一天的時間都顯得特別漫長。時間的長或短，原本是客觀的存在，不依人的意志而變化，但人的感覺，卻會因快樂而感到短暫，因為愁悶而覺其悠長。詞人這時的感覺正屬於後一種情狀。

此詞共用八韻，一韻一轉，一轉一意，或翻進，或層轉。詞中既展示了「行路難」的不平現實，又側重抒發了「行路難」的深沉悲憤。既直抒胸臆，又波瀾起伏，變化多端，在悲憤之中，又不失豪雄之氣。同時大量運用前人故實、語典，驅遣無不如意，正如賀鑄本人所說：「吾筆端驅使李商隱、溫庭筠，常奔命不暇。」（葉夢得《石林居士建康集》卷八）這是其詞創作藝術追求的一個方面，也是這首詞藝術風格的特點之一。這種氣勢，這種風格，是對蘇軾豪放詞的繼承與發展，對南宋的雄傑之作，曾產生過不小影響。近人夏敬觀即謂「稼軒豪邁之處，從此脫胎」（龍榆生《唐宋名家詞選》）。

106

伴雲來

賀鑄

煙絡橫林，山沉遠照，邐迤黃昏鐘鼓。燭映簾櫳❶，蛩催機杼❷，共苦清秋風露。不眠思婦，齊應和、幾聲砧杵❸。驚動天涯倦宦，駸駸❹歲華行暮。

當年酒狂❺自負。謂東君❻、以春相付。流浪征驂❼北道，客檣南浦❽。幽恨無人晤語❾。賴明月、曾知舊游處❿。好伴雲來，還將⓫夢去。

【詞牌】〈伴雲來〉，即〈天香〉，因本詞有「好伴雲來」句，因取為名。此詞調名《詞律》、《詞譜》均不載。〈天香〉係雙調，有九十六字、九十五字、九十四字數種，又因句式、押韻不同而有多種體式，上去聲通押，為仄韻格。本詞為通用之九十六字一格，上闋十句，五仄韻，下闋八句，六仄韻。兩四言相連處，多用對仗。參見《詞律》卷十四、《詞譜》卷二十四。

【注釋】❶簾櫳　掛著簾子的格子窗，此指窗簾。❷蛩催機杼　溫庭筠〈秋日旅社寄義山李侍御〉詩：「寒蛩乍響催機杼。」蛩，蟋蟀，又名促織。機杼，織布的梭子。俗諺云：「促織鳴，懶婦驚。」❸砧杵　搗衣石與捶衣棒。此處指搗衣聲。❹駸駸　馬疾行的樣子。此處形容時光流逝之速。❺酒狂　《漢書・蓋寬饒傳》載，蓋自語「我乃酒狂」，即嗜酒狂放之人。❻東君　古以五方配四季，以「東君」為司春之神。❼征驂　出行在外所駕車馬。驂，車前兩側的馬。❽南浦　本指南邊水濱。後常指送別之地，如謝朓〈隋王鼓吹送遠曲〉：「南浦送佳人。」江淹〈別賦〉：「送君南浦，傷如之何！」❾晤語　相對說話。《詩經・陳風・東門之池》：「彼美淑姬，可與晤語。」❿舊游處　指與妓纏綿處。⓫將　偕。

【語譯】煙靄縈繞橫列林帶，遠處夕陽已落山外，接著傳來黃昏鐘鼓之聲。燈燭映照窗簾，蛩聲正在催織，於此清秋風露之夜，與我同感愁苦。此時未眠的思婦，一齊應和著傳來斷續搗衣聲。驚動了天涯倦於宦遊之人，年光迅疾，很快又將到達年終。　當年以「酒狂」自負，認為春神，以美好春光相付。不料現在流浪，一時駕車馳騁於北方道路，一時又將客船泊於南浦。心中幽恨，無人相對傾訴。幸賴有明月，曾知我舊遊之處，伊好伴雲來，還隨夢飛去。

【研　析】此係宦遊羈旅、懷念伊人之作。詞從描寫登樓所見景物入手：「煙絡橫林，山沉遠照，邐迤黃昏鐘鼓。」前兩句對起，從視覺著筆，用字鍛句極為講究。首句即類「平林漠漠煙如織」（李白〈菩薩蠻〉）的意境，但詞人寫「煙」的氤氳，沒有用現成的「織」，也沒有用含意相同的「繞」，而是用不常見的「絡」，顯得別出心裁。次句「山沉遠照」，是「遠照沉山」的倒裝。寫太陽落山，用一「沉」字，似在水中沉落，於是遠處的山峰給人以波浪起伏之感。景物在「絡」與「沉」的連綴中，富有動態感，並寓示著時間的推移。後面一句則從聽覺著筆，在此暮色來臨之際，又漸漸傳來黃昏報時的鐘鼓之聲，難免引起內心的悸動。因為日暮黃昏時刻，最易引發懷人之感、鄉關之思。此數句境界闊大、蒼茫，孤獨、寂寥之情，已蘊寓其中。至「燭映簾櫳，蛩催機杼，共苦清秋風露。」轉寫室內情景，時間已由黃昏而至夜晚。燭光映照窗上簾帷，令人聯想到旅人的形影相弔、煢煢獨處；而牆角、床下的蟋蟀聲此起彼伏，似在催人織布，則是以此蛩鳴，烘托秋夜的靜寂氛圍、淒涼境界。下一句總寫，謂與自己相伴者惟此燭光與蛩聲，在這清秋風露之夜，是它們和我共同承擔著那份淒苦。至此，方以一「苦」字，明白道出自己心情。而正當淒苦難堪之際，又聽到「不眠思婦，齊應和、幾聲砧杵」，令人想見「斷續寒砧斷續聲。無奈夜長人不寐，數聲和月到簾櫳」（李煜〈搗練子〉）的情景。古代婦女秋夜月下搗衣，是為了給遠行的親人縫製寒衣，這搗衣聲自然引起客心的震驚，故說「驚動天涯倦宦」。「天涯倦宦」點出了自己的身分：一個為仕途奔走而飄泊天涯之人，因碌碌無為而深感厭倦之人。詞人由清秋之夜的風露、鳴蛩、寒砧，想到「駸駸歲華行暮」，一年又快到盡頭。仕途既前路渺茫，而又歲月不居，時不我待，年華虛度，這真是人生的莫大悲哀！

以下「當年酒狂自負。謂東君、以春相付」數句先轉入回憶，當年少時，大斗飲酒，狂放不羈，志向高遠，豪氣沖天，以此自負，並認為春神會對我特別眷顧，以美好的春色相付。「春」，義含比興，寓示仕途的通達、前程的美妙。至「流浪征驂北道，客檣南浦」，轉折到眼前，表明理想失落，事與願違，領悟到當年的自負是何等的天真、愚妄。這兩句分寫陸行、水載，地涉南北，用語古樸，對仗工穩；「流浪」二字乃是總寫，是對現實的形象概括，與「以春相付」形成強烈對照。理想與現實之間的巨大反差，給精神帶來沉重的打擊。人在懷有滿腔憂憤時，總希望向人傾訴、宣洩，然而「幽恨無人晤語」，惟有獨自面對、承受，更覺難以為懷。宋代文人在淪落天涯時，常會從溫柔的異性那裡，尋找心靈的慰藉，賀鑄亦不例外，故此詞結拍云：「賴明月、曾知舊游處。好伴雲來，還將夢去。」明月，眼前景，係對前面夜景描寫的補充，前頭冠以「賴」字，則又化實為虛。這月，也是舊時之月，「當時明月在」（晏幾道〈臨江仙〉），曾照我與伊人兩情繾綣。如今，在月光引領下，伊人伴雲飛來，重溫似水柔情，又還帶著春夢歸去。此處實暗用宋玉〈高唐賦序〉所載楚王幸神女故事：楚王嘗遊高唐，怠而晝寢，夢中幸一婦人。婦去而辭曰：「妾在巫山之陽，高丘之阻，旦為朝雲，暮為行雨，朝朝暮暮，陽臺之下。」如此抒情，顯得極為縹緲、空靈。全詞以情作結，餘音裊裊，味之無極。

在此前的詞人中，柳永是寫宦遊羈旅之情的高手，但淒涼之感多，風雲之氣少。賀鑄的這類詞作無疑受到柳詞的影響，同樣抒發飄泊之感、宦倦之情，追求異性給予的溫馨與關愛，不同處是賀詞滲入了一種對人生價值的追求，帶有自己豪邁的個性，頗具清剛之氣。因此清末朱孝臧對此詞有「橫空盤硬語」的評價（手批《東山樂府》）。

107

臺城游

賀鑄

南國❶本瀟灑❷，六代❸浸豪奢。臺城❹游冶，襞箋❺能賦屬宮娃❻。雲觀❼登臨清夏，璧月❽留連長夜，吟醉送年華。回首飛鴛瓦❾，卻羨井中蛙。訪烏衣❿，成白社⓫，不容車。舊時王謝，堂前雙燕過誰家⓬？樓外河⓭橫斗⓮掛，淮上潮平霜下，檣影落寒沙。商女篷窗罅，猶唱〈後庭花〉⓯。

【詞牌】〈臺城游〉，即〈水調歌頭〉，因本詞有「臺城游冶」句，因易此名。雙調，九十五字，原調為平韻格（詳見前蘇軾〈水調歌頭〉「詞牌」介紹）。但賀鑄此詞除換頭「訪烏衣」一句外，句句押韻，即凡原調押平韻處，均用平聲韻，原調句腳字用仄聲者，用仄聲押韻，全詞幾句句平仄韻通押。王易《詞曲史・構律韻》指出：「平仄通叶之詞亦多，……（〈水調歌頭〉）通體仄聲落句處皆與平韻相叶，幾於無句無韻，是又其特例矣。」

【注釋】❶南國　指江南。《楚辭・九章・橘頌》：「受命不遷，生南國兮。」❷瀟灑　大氣。杜甫〈玉華宮〉詩：「萬籟真笙竽，秋色正瀟灑。」❸六代　指定都於金陵的東吳、東晉、宋、齊、梁、陳。❹臺城　原為晉建康宮城，後以指金陵。❺襞箋　他本作「擘箋」，即裁剪箋紙。襞，原意為折疊，此處疑與「擘」相通。❻娃　美女。❼雲觀　指陳後主時所建齊雲觀。❽璧月　月如圓形之玉璧。❾飛鴛瓦　指蓋有鴛鴦瓦的宮殿被焚毀。❿烏衣　指烏衣巷。晉南渡，王、謝諸名族居此。因其子弟多著烏衣，故名。在秦淮河南。⓫白社　洛陽地名。晉高士董京淪為乞丐，宿於白社。此借指貧者所居。⓬舊時王謝二句　用劉禹錫〈烏衣巷〉詩語：「舊時王謝堂前燕，飛入尋常百姓家。」⓭河　指銀河。⓮斗　指北斗。⓯商女篷窗罅二句　語本杜牧〈泊秦淮〉詩：「商女不知亡國恨，隔江猶唱〈後庭花〉。」商女，賣唱之歌女。一說指商人之婦。

後庭花，歌名。《隋書・五行志》載，陳後主作新歌，辭甚哀怨，令後庭美人習而歌之。辭曰：「玉樹後庭花，花開不復久。」時人以為歌讖，此其不久兆也。

【語　譯】江南本來大氣瀟灑，六代君王沉浸於豪奢。在臺城遊冶尋樂，裁剪箋紙、能賦詩之事屬於宮中美女。清夏時節，登臨齊雲觀，如璧明月相伴，長夜流連，在飲酒吟詩中送走年華。待到城破日，回看宮殿灰飛煙滅，反而羨慕井中之蛙。　探訪烏衣巷，今成白社，道路狹窄，無法通車。舊時王謝堂前雙燕，如今飛進誰家？樓外銀河橫斜，北斗高掛，秦淮河上潮平，清霜已下，桅檣影落寒沙。賣唱歌女在篷窗空隙，還唱著前朝的〈後庭花〉。

【研　析】此係金陵懷古之詞。首先由地利而入人事：「南國本瀟灑，六代浸豪奢。」南國雖指江南，但此處實指南國之金陵。金陵形勝，虎踞龍蟠，又有長江天塹，作為天然屏障，氣勢非凡。此即所謂「瀟灑」者。故自東吳始，即先後有若干朝代將其作為帝王之都。既然「本瀟灑」，理應可以長久固守。但是六朝君王尤其是末代之君無不荒淫腐朽，耽於享受糜爛的生活。後面一句係從劉禹錫〈金陵五題〉之〈臺城〉詩「臺城六代競豪華，結綺臨春（兩宮殿名）事最奢」變化而來，改用「浸」字，有浸泡、沉溺意，強調其主觀心理的偏斜，已種下災禍的根柢。故六朝相繼於此建都，又相繼迅即土崩瓦解。

以下便從六朝中，選取一個最具代表性的陳後主作為典型，又可分為兩層：第一層為「臺城游冶」五句。前兩句側重描寫宮中夜宴尋樂的新鮮花樣，《南史・陳後主本紀》載，後主荒於酒色，「常使張貴妃、孔貴人等八人夾坐，江總、孔範等十人預宴，號曰『狎客』。先令八婦襞采箋，製五言詩，十客一時繼和，遲則罰酒，君臣酣飲，從夕達旦，以此為常」，所謂「襞箋能賦屬宮娃」，即指此。後面三句更擴大時間範圍，「雲觀登臨清夏，璧月留連長夜」，寫其夏季登臨高處的齊雲觀以避暑，月圓之夜通宵達旦地在宮苑等處留連玩樂，一年四季、日日夜夜，不知有憂虞之將至。然後總以「吟醉送年華」。第二層為「回首飛鴛瓦，卻羨井中蛙。」寫金陵城破時陳後主的狼狽。《南史・陳後主本紀》載，隋軍攻入金陵，文武百官皆逃遁，惟尚書僕射袁憲、後閤舍人夏侯公韻侍側。袁憲勸其端坐殿上，正色以待之。後主不聽，與張貴妃、孔貴人，逃入井中，被隋軍擒獲。這兩句寫陳之滅亡，揭示出前後的因果關係。

上闋通過陳後主的典型事例，揭示了三百多年間六朝先後滅亡的普遍規律。下闋則追昔撫今，抒發憂時之感。「訪烏衣」五句，以今昔變化，發歷史興亡感慨。東晉尊榮顯貴一時的烏衣巷，如今已成平民居所，當年可行高車大馬的通途，已變為狹不容車的小道。舊時王謝堂前的雙燕，已不知飛向誰家？以下「樓外河橫斗挂，淮上潮平霜下，檣影落寒沙」，轉寫眼前景物，從「樓外」二字，可知以上所寫為登樓時所思所憶。此時正值秋季，夜深時，銀河自東南至西北橫斜於天，北斗之柄指北，下垂若掛，此係仰觀所見；再遠望秦淮河，夜潮已平，而夜霜已降；近看河濱，船之桅檣影落寒沙之上。境界空明闊大，而又略帶淒寒，是由懷古轉向當今的過渡。其中的「檣影」引出船中商女：「商女篷窗罅，猶唱〈後庭花〉。」這一結尾與王安石金陵懷古的〈桂枝香〉「至今商女，時時猶唱，〈後庭〉遺曲」相同，通過商女歌唱亡國之音，感歎許多權勢人物與芸芸眾生沒有社會危機感，而在享受所謂的歌舞昇平，誰又能料想到將來不會重蹈六朝的覆轍呢？今之視昔，亦猶後之視今，豈不深足為戒！

在宋代的金陵懷古詞中，以王安石〈桂枝香〉最為著名，廣為人傳誦。二十多年以後，賀鑄又以〈臺城游〉寫相似的內容。二者都表現了相同的社會憂患意識，都總結了有如孟子所說「生於憂患，死於安樂」的歷史教訓。因有王詞在前，賀詞要出新意，須另闢蹊徑，以避免雷同。兩相比較，其相異處，一是詳略的重點不同，王詞所詳者，賀詞從略，王詞所略者，賀詞從詳，以避免重複。如王詞對金陵形勝作了遠近縱橫全方位的描繪，賀詞只以「蕭灑」二字概括；王詞於六朝中僅以「門外樓頭」四字概括陳後主、張麗華的可悲結局，而賀詞則對其奢靡大力加以鋪陳。王詞清空有致，賀詞典重古雅。二是賀詞在音律方面十分講究，別出心裁，將〈水調歌頭〉平韻格，變化為句句押韻的平仄韻轉換格，具有極強的音樂感。龍榆生曾讚此詞：「全首用『麻』韻，『而又以『麻』、『馬』、『禡』三聲通叶。麻韻本為發揚豪壯之音，宜寫悲歌慷慨，激昂蹈厲，弔古傷今之情，更以『馬』、『禡』之上去聲韻，相間互叶，輕重相權，何等嘹亮亢爽！聲調組織之美，吾於賀氏此作……真有『觀止』之歎。」（〈論賀方回詞質胡適之先生〉）

108

菩薩蠻

賀鑄

綵舟載得離愁動，無端更借樵風❶送。波渺夕陽遲❷，銷魂❸不自持。
良宵誰與共？賴有窗間夢。可奈❹夢回時，一番新別離！

【詞牌】〈菩薩蠻〉，唐教坊曲名，用作詞調。又名〈菩薩鬘〉、〈重疊金〉、〈子夜歌〉等。雙調，四十四字，前後闋各四句，兩仄韻，兩平韻，為平仄韻轉換格。詳見前晏幾道〈菩薩蠻〉「詞牌」介紹。

【注釋】❶樵風　此處借指順風。孔靈符《會稽記》載，射的山南有白鶴山，此鶴為仙人取箭。漢太尉鄭弘嘗採薪，得一遺箭。傾有人覓，弘還之。問弘何所欲？弘曰：「常患若耶溪載薪為難，願旦南風，暮北風。」後果然。故若耶溪風至今猶然，呼為鄭公風。❷遲　緩慢。❸銷魂　因痛苦而精魂離體。江淹〈別賦〉：「黯然銷魂者，惟別而已矣。」❹可奈　怎奈。

【語譯】有彩繪的船隻，能載得離愁動，更沒來由地借得順風相送。江水波瀾渺渺，夕陽緩緩西下，魄失魂銷，以致恍惚不能自持。

美好夜晚誰與共度？惟賴有船窗間的美夢。無可奈何的是夢醒時，又是一番新的別離！

【研析】此詞從男性角度寫男女別情，能自出新意。詞人沒有渲染別離的場面，也沒有以景物加以烘托，一開始即抒發沉重的離愁：「綵舟載得離愁動」，顯得陡然而起，突兀而來，一上來就給人帶來一種感情上的衝擊力。以舟載愁的描寫，始自蘇軾〈虞美人〉詞：「無情汴水自東流，只載一船離恨、向西洲。」原本抽象的離愁，似乎有了體積，有了重量。賀鑄詞無疑受到蘇詞的啟示，但又有所區別。第一，寫舟用了「綵」字加以修飾，便增添了一份旖旎的色調；第二，「載得離愁動」之「動」，側重的是重量，句中似省略了「居然」

二字，即艅舟「居然」能載得離愁動，有意外之感，便使這份離愁顯得更加沉重。後來李清照有「只恐雙溪舴艋舟，載不動、許多愁」（〈武陵春〉）之句，或許即從賀鑄詞脫胎而來。第二句「無端更借樵風送」，也有始料不及之意，即順風相送，真是沒來由，沒想到，語帶埋怨。兩句加以整合，便使人有舟行太過迅疾之感，以致與送行者的距離愈來愈遠。此情此景，與周邦彥所寫「愁一箭風快，半篙波暖，回頭迢遞便數驛。望人在天北」（〈蘭陵王〉）頗為相似。「波渺夕陽遲，銷魂不自持。」寫行舟水上情景。前面的「樵風」係寫景，但為即事敘景，為虛寫。至此則轉為實寫。江波浩淼，空間遼闊，襯托出艅舟之渺小，更映襯出舟中人的孤獨。而此時夕陽正在西沉，「遲」是一種緩慢感。剛怨樵風太急，此時又覺夕陽太「遲」，不同的時間，有不同的感受，剛才還在為相離太速而傷感，此時又因獨處而覺時間過慢。人的精神因為愁苦過度，也變得有些迷糊恍惚，以致不能自持、把握不住自己了。

下闋轉寫夜間情思：「良宵誰與共？」此句實是今昔綰合，昔時有佳人共度良宵，或駢肩花前月下，或對飲笑談，或似鴛鴦同宿……，而今孤燈獨對，影隻形單，形成鮮明對照，昔樂反襯今愁，令人難以為懷，故在「誰與共」的詰問中，情帶怨懟。接著又自我安慰：「賴有窗間夢。」雖然現實無人「與共」，但還可以躺臥篷窗，在夢中與伊人相見，繾綣纏綿。繼而再轉念一想：「可奈夢回時，一番新別離！」怎奈待到夢醒時，夢中的歡會又散，釀成了新的別離，不是更令人難堪嗎？描寫情思，如此層層轉折，尤顯婉曲、細密。

詞之上闋疏快，下闋細膩，小令能有如此變化，誠為難得。其中的心理活動描寫，複雜而又真切，精細而又新穎，故近人夏敬觀極為稱賞，謂「未經人道過」（鍾振振校注《東山詞》）。

109 擁鼻吟

賀鑄

別酒初銷，憮然弭櫂❶蒹葭浦❷。回首不見高城，青樓❸更何許！大艑❹軻峨❺，越商❻巴賈❼。萬恨龍鍾❽，篷下對語。指征路，山缺處，孤煙起，歷歷聞津鼓❾。江豚吹浪，晚來風轉夜深雨❿。擁鼻微吟，斷腸新句。粉碧羅牋，封淚寄與⓫。

【詞牌】《擁鼻吟》，即〈吳音子〉。《晉書・謝安傳》載，安為洛下書生詠，因有鼻疾，故其音濁。名流愛其詠而弗能及，或以手掩鼻以效之。後人稱之為「擁鼻吟」。唐彥謙〈春陰〉詩：「天涯已有銷魂別，樓上寧無擁鼻吟？」賀鑄本詞有「擁鼻微吟」句，因易此調名。雙調，七十九字，上闋八句，四仄韻，下闋十句，六仄韻，為仄韻格。此調名《詞律》、《詞譜》均不載。

【注釋】❶弭櫂　停止划船。櫂，划船用之工具。❷蒹葭浦　長滿蒹葭的水濱。蒹葭，水草名。《詩經・秦風・蒹葭》：「蒹葭蒼蒼，白露為霜。」❸青樓　指妓女所居。❹大艑　大船。吳地稱船曰「艑」。❺軻峨　高聳。❻越商　南越（今廣東、廣西一帶）商人。❼巴賈　巴蜀（今四川一帶）的生意人。❽龍鍾　失志潦倒的樣子。❾津鼓　渡口報時的鼓聲。❿江豚吹浪二句　語本許渾〈金陵懷古〉詩：「江豚吹浪夜還風。」《至順鎮江志》卷四載：「江豚，生揚子江中。狀如豚，黑色。出沒波濤間，鼻中作聲。其出必有大風，土人以此占候。」⓫粉碧羅牋二句　用《麗情集》中灼灼故事。灼灼，錦城麗人，御史裴質與之善。裴質召還，灼灼每遣人以軟紅絹聚紅淚為寄。粉碧羅牋，以彩色綢絹作為信箋。

【語譯】餞別的酒意剛剛消退，悵然停舟，泊於蒹葭浦。回首不見高城，何況青樓，更不知其處！大船高聳，上有南越、巴蜀一帶的商賈。我有無窮愁恨，落魄潦倒，在篷下與人聊天對語。　指看經行的道路，山巒斷處，有孤煙裊裊，又清楚聽到報時的津鼓。江中河豚吹浪有聲，晚來風轉，夜深下雨。擁鼻輕輕吟哦，肝腸寸斷的新句。用彩色絲羅作為信箋，將淚水封好，一併寄與。

【研析】此詞大約作於中年赴江夏錢官任途中，過金陵溯長江西向之時，抒寫天涯羈旅之恨、失意倦宦之情。詞撇開了離別的場面，而從別後著筆，寫長江舟行停泊時種種情事。辭別金陵不久，因躲避狂風巨浪，停舟於水濱。依時間次序，迤邐寫來。「別酒初銷，憮然弭櫂蒹葭浦」，從「別酒」可知出發前舉行了一次餞別宴會，詞人為排解離愁，喝了很多酒，至停舟蒹葭浦時，酒意初醒，內心悵然若失。此時回望所離開之地，「不見高城，青樓更何許」！此處係化用歐陽詹〈初發太原途中寄太原所思〉詩語：「高城已不見，況復城中人。」表明離開金陵已有很長一段距離，並點明所回望者係青樓女子，說明詞人在漫漫寂寞旅途中，曾與喜愛的青樓女子有過一段難忘的親密，故而戀戀不捨。至「大舶輕峨，越商巴賈。萬恨龍鍾，篷下對語」，轉寫舟中情景。因為船很高大，聚集了來自各地的商人。自己雖然心蟠萬恨，精神沮喪，為排解寂寞、愁悶，還是在船篷中與他們一道聊天。

至過片轉向對周邊環境的描寫：「指征路，山缺處，孤煙起，歷歷聞津鼓。」前面三個三言短句係手之指向處，向誰「指」？當然是同船的商賈等人。江岸遠山連綿，山與山之間的平坦處，有單家獨戶，此時已屆晚炊之時，故有孤煙裊裊。這裡寫的既是自己所見，也當是與同行者「對語」的內容。「孤煙起」有兩層含義，一是引起「家」的感覺，雖是單家獨戶，卻擁有親人相聚的溫馨，反襯自己的羈旅；一是顯示時間，表明黃昏來臨，故下一句緊接著從聽覺寫渡口傳來報晚的鼓聲。「江豚吹浪，晚來風轉夜深雨」，前一句應該是「弭櫂」的原因，因為江豚鼻中作聲，吹起江浪，是大風來臨的先兆，起著「天氣預報」的作用，只能停泊避風。後面一句具寫氣候的變化，時間的推移，先是風，後是雨，至夜深則是風雨交加。雨打篷窗，風聲勁疾，夜不能寐，回憶起青樓女的萬種風情、溫婉撫慰，心頭不禁波瀾湧起，故有「擁鼻微吟，斷腸新句」之舉。由「擁鼻微吟」，可見其風雅襟度，與「越商巴賈」大異其趣；「微吟」，則又與夜深人靜的環境、與其吟詠的內容相關，自不能大聲朗吟，也不能恣意張揚；由「斷腸」，可知詞人對於此次分離懷有極度的痛苦；由「新句」可知詞人吟詠離情別緒，非止一次，而是多次。多次的分離，多次的傷感，是宦遊飄泊帶來的心靈之痛。詞之末尾再推進一層：將斷腸新句，用「粉碧羅箋，封淚寄與」，此處用灼灼紅綃聚淚典故，尤覺柔情旖旎。後面一句，語本杜甫〈因許八奉寄江寧旻上人〉詩：「封書寄與淚潺湲。」自然而然。

此詞寫宦遊羈旅之情，只截取別後短暫的一段時間，主要運用賦的手法，雖結構無多變化，但寫景、敘事，令人歷歷如見，富有生活氣息。善從大處落墨，蒼勁老成，質樸無華，格調古雅。雖偶涉麗情，然已脫軟媚。

110 鴛鴦夢

賀鑄

午醉厭厭❶醒自晚，鴛鴦春夢初驚。閒花深院聽啼鶯。斜陽如有意，偏傍小窗明。

莫倚雕闌懷往事，吳山楚水❷縱橫。多情人奈物無情。閒愁朝復暮，相應兩潮❸生。

【詞　牌】〈鴛鴦夢〉，即〈臨江仙〉。因賀鑄本詞有「鴛鴦春夢初驚」句，易為此名。此調因字數不等，有多種體式。本詞六十字，上下闋各五句、三平韻，為平韻格。詳見前歐陽脩〈臨江仙〉「詞牌」介紹。

【注　釋】❶厭厭　同「懨懨」。無精打采狀；病態。❷吳山楚水　指長江中下游一帶山水。❸兩潮　指早潮與晚潮。

【語　譯】午間醉酒病懨懨地，醒來自是很晚，鴛鴦雙宿的美夢，剛剛被驚醒。深院靜靜花開，聽黃鶯婉轉啼鳴。斜陽似乎於我有意，偏偏依傍小窗，顯示光明。　不要憑倚雕花欄杆懷念往事，曾經的吳楚之地山水縱橫。多情人奈何不了物無情。閒暇中湧來的愁情由朝至暮，相應早潮與暮潮而生。

【研　析】此詞寫漂流孤寂之感，但頗含蓄。上闋所寫靜的境界，當受到方棫（一作陳後主）失題詩「午醉醒來晚，無人夢自驚。夕陽如有意，長傍小窗明」的影響，但又有所變化，有所豐富。寫午醉加入「厭厭」兩字，則情態、心緒顯露；寫夢，為「鴛鴦春夢」，夢境帶有纏綿旖旎色彩，此夢之驚醒，帶來無限惆悵。雖然都寫「午醉」，寫夢被驚醒，但詩偏於客觀描寫，詞則在敘事中含情。特別要提到的是中間「閒花深院聽啼

「鶯」一句，為詩中所無，在詞中則至關重要。第一，「閒花」、「啼鶯」，點出季節，說明前面的「春夢」既是美夢，也是春日之夢；第二，以動寫靜，原本閒花之「閒」、深院之「深」，都帶有安靜之意，鶯啼打破這岑寂，具有「鳥鳴山更幽」的效果；第三，「春夢初驚」與鶯啼有關，暗用金昌緒〈春怨〉「啼時驚妾夢」詩意。下面「斜陽如有意，偏傍小窗明」兩句，與原詩相同的是，都用擬人手法寫陽光，並顯示午後時間的推移，但兩句中的第一字都有變化。詞以「斜陽」代「夕陽」，構成「平平平仄仄」的韻律，更為美聽；以「偏傍」代「長傍」，後者強調的是時間的緩慢，前者更進一步強調斜陽的「有意」。斜陽偏偏有意相伴，正說明無人可與相陪。上闋後面三句的寫景體現出來的是「靜美」，也是對前面人物孤獨情懷的映襯，顯得渾然一體。由此可見，賀鑄極善融化前人詩語，如同己出。

上闋所寫為室內，下闋轉向室外。詞人在中年，曾任職和州（今安徽境內）等地，奔走於吳楚之間。回想這些形跡，帶給人的只是精神上的不快。因此說：「莫倚雕闌懷往事，吳山楚水縱橫。」用一否定句式寫倚欄所思，便化實為虛，其情緒如同李後主〈浪淘沙〉詞「獨自莫憑欄，無限江山」一樣，大有不堪回首的意味。「往事」是什麼？沒有明說，當與「鴛鴦春夢」中的人物有一定關係，而由於縱橫交錯的吳楚山水的阻隔，造成了長久的分離。故下面由眼前所思所憶生發開去：「多情人奈物無情」，由個人的情感體驗上升為一般的規律。吳山楚水，帶來的是離恨，是浪跡天涯的漂泊感，故說「物無情」。多情的人面對無情之物，只能徒喚奈何。這一句屬於帶哲理性的議論，自然天成。物本無情，物之有情與無情之感，與主人公的主觀情緒有密切關係，如前面的「斜陽如有意」，視夕陽為有情，而此處的縱橫山水，在詞人眼中卻是無情。故物之有情與無情，實係作者主觀情感的折射。最後以「閒愁朝復暮，相應兩潮生」收束全詞。閒愁，指無端而來的愁情，其實是一種沉積於內心、揮之不去的憂愁。這種愁情的折磨由朝至暮，有如早潮與暮潮的應時而生，循環往復。以「兩潮生」喻愁之反覆不斷，激盪起伏，新穎別致，並透出一股雄放之氣，令人聯想到蘇軾的「有情風、萬里卷潮來，無情送潮歸」（〈八聲甘州〉）的氣象。

「閒愁朝復暮」，是詞中的點睛之筆。上闋所寫重在「朝」，其所以飲酒而至於「午醉」，乃是以酒澆愁，醒來時已是夕照明窗；下闋所寫重在「暮」，薄暮倚欄，回首往事，心潮起伏，愁恨難平。詞中的這種閒愁，無疑與「鴛鴦春夢」及與夢中人的「往事」相關。但宋代有的詞人往往「將身世之感打并入豔情」（周濟《宋四家詞選目錄序論》），賀鑄此詞亦是，從詞題看，是「鴛鴦夢」，從字面看，表露的是豔情，而內中實包含了一種宦遊飄泊的失意人生感慨。

111 減字浣溪沙

賀鑄

樓角初銷一縷霞，淡黃楊柳暗棲鴉。玉人❶和月摘梅花。

笑撚粉香歸洞戶❷，更垂簾幕護窗紗。東風寒似夜來些❸。

【詞牌】〈減字浣溪沙〉，即〈浣溪沙〉。〈攤破浣溪沙〉四十八字，〈浣溪沙〉減去其上下闋的三字結句，成四十二字，故名。惟見《賀鑄詞集》。〈浣溪沙〉有多種名稱，多種體式。詳見前晏殊〈浣溪沙〉「詞牌」介紹。

【注釋】❶玉人　美女。❷洞戶　洞房；深邃之閨房。❸東風寒似夜來些　張相《詩詞曲語辭匯釋》：「似，猶於也，意則猶過也。」「夜來，猶云昨日也。……『東風寒似夜來些。』猶東風較昨日寒也。」些，一點兒。

【語譯】樓角剛剛消失最後一縷晚霞，淡黃楊柳樹上烏鴉暗暗棲息。美人趁著月色摘取梅花。　臉帶笑意，手撚透著粉香的梅花回到深閨，再放下簾幕遮護窗紗。東風吹入，比昨日要寒冷一些。

【研析】令詞因受篇幅限制，往往無需大開大闔，也無法多方鋪敘，更便於抒發情思之一縷，感悟靈光之一現，也便於攝取場景一角，或截取生活中的一個片斷。這首詞不是詞人自抒情懷，也不屬為人代言，而是對景物一角及人物生活片斷，作動態的描繪，如同一組連續的鏡頭，透出一種特殊的美感。

詞從寫景入手：「樓角初銷一縷霞，淡黃楊柳暗棲鴉。」這應是夕陽西下時人在園林徜徉所見景觀。遙望西天，透過樓頭一角，看著晚霞漸漸隱退，直至最後一縷也已消失。由「初銷」可想見前之未銷、漸銷的景象，其間有一時間過程。這一景觀從構圖來說，有近景、遠景，富有層次感；從色彩來說有明有暗，特別是天邊的霞彩，絢麗奪目，是景觀中的主色調。它展示在人們面前的是一幅壯麗的晚景圖，套用王維「詩中有畫」的說法，此詞起句堪稱「詞中有畫」。下面一句寫庭園近景，「淡黃楊柳」，暗示正處於早春時節，楊巨源〈城東早春〉詩：「詩家清景在新春，綠柳才黃半未勻。」白居易〈楊柳枝〉寫早春之柳，亦有「嫩於金色軟於絲」之句。「楊柳暗棲鴉」，語本梁簡文帝〈金樂歌〉：「槐香欲覆井，楊柳正藏鴉。」但以「暗」字代「正」，則含意不盡相同。除了表明時近黃昏外，還顯示出環境的清幽。隨之暮色來臨，接著月亮東升。於是出現了「玉人和月摘梅花」的鏡頭。玉人、月亮、梅花，三者無一不美。玉人，令人想見其冰清玉潔的溫潤之美，月下梅花，引人聯想到「疏影橫斜水清淺，暗香浮動月黃昏」（林逋〈山園小梅〉）的美妙景象。玉人踏著月色，先是細細觀賞俏麗的梅花，並且沉醉於它淡淡的芳香，然而早春之夜，不能久留，可是又興猶未足，遂伸出纖纖玉手，摘取幾枝梅花。她之月夜賞梅、摘梅，是因為特別地鍾情於梅，應是為梅的外在美和不畏風寒的氣質美所吸引。玉人和月摘梅花，是一個極富詩意的鏡頭，既顯玲瓏剔透，又覺風雅絕塵。南宋的姜夔在詠梅的〈暗香〉詞中，也曾寫道：「舊時月色，算幾番照我，梅邊吹笛。喚起玉人，不管清寒與攀摘。」或曾由此得到啟示。

下闋寫返回深閨，用一流水對：「笑撚粉香歸洞戶，更垂簾幕護窗紗。」連續寫撚、歸、垂、護幾個動作，一氣呵成，令人有流水行雲之感。她手撚梅花，心裡非常高興，因此臉帶開心笑容，故說「笑撚」。「粉香」以代「梅花」，又是對梅花暗香浮動的補充。這個「粉」固然和女性用的脂粉香味有關，但似乎還暗示著梅的粉紅色彩。回到閨房，她急切地將簾幕垂下，嚴實地把窗紗遮蔽。最後以「東風寒似夜來些」，以早春時節的氣候感受作結。此時仍是料峭春寒，今天的夜晚，東風吹襲，又比昨天的夜晚更冷一些。這一句不僅關涉到急於垂下簾幕的動作，也綰合了前面月下觀梅、摘梅時刻的氛圍，前後映照。

此詞氣息清新，境界淡雅，悠遠有致，唐圭璋云：「此首全篇寫景，無句不美。……瀟灑出塵之致耳。」《唐宋詞簡釋》有人稱它為「水彩畫中的淡墨小品」（艾治平）。動人春色不須多，有此一點，即令人愛賞不已。

112 南歌子

仲殊

十里青山遠，潮平路帶沙。數聲啼鳥怨年華，又是淒涼時候、在天涯。

白露❶收殘暑，清風襯晚霞。綠楊堤畔鬧荷花，記得年時❷沽酒、那人家。

【作者】仲殊（生卒年不詳），字師利，俗姓張，名揮，仲殊為法號，安州（今湖北安陸）人。嘗舉進士，後棄家為僧，居蘇州承天寺、杭州寶月寺。與蘇軾等交遊。徽宗崇寧中自縊卒。蘇軾稱其「能文，善詩及歌詞，皆操筆立成，不點竄一字。」（《東坡志林》卷二）詞七卷，名《寶月集》，不傳，今有趙萬里輯本。長於小令，風致清婉。

【詞牌】〈南歌子〉，唐教坊曲名，用作詞調。有單調、雙調兩式，雙調又有平韻格、仄韻格兩式，平韻格又有五十二字、五十四字兩體。本詞為雙調平韻格，五十二字，上下闋各四句、三平韻。詳見前歐陽脩〈南歌子〉「詞牌」介紹。

【注釋】❶白露　二十四節氣之一，時在農曆八月。此時陰氣漸重，露凝而白。❷年時　當時；那時。

【語譯】綿延十里的青山杳遠，江中潮平路帶河沙。聽數聲鳥啼，心怨年華暗換，又是在淒涼時候，流落天涯。

白露時節，殘暑漸消，清風吹拂樹梢，遙襯天邊晚霞。綠楊堤畔，水中荷花紅豔繁盛，還記得當時沽酒的那戶人家。

【研　析】仲殊此詞作於何時，不可得知，從表達的飄泊天涯情懷看，當作於出家之前外出遊歷之時。詞之發端描寫途中景物，並帶出自己形跡。「十里青山」，為所見遠景，綿延不斷的山巒隱約在目，近處的秋江，平靜地流向遠方，這兩句單從寫景言，令人想起杜牧「青山隱隱水迢迢」（〈寄揚州韓綽判官〉）的詩句，帶有一種悠遠不盡的意味。但有了「路帶沙」三字，便帶出沿江而行的人，沙路，既是寫景，也是寫自己行履之道路。人行沙路之上，發出的輕微嚓嚓聲，顯示出路途的寧靜，起到了以動寫靜的作用。試想，一人行旅於此闊遠無盡的靜寂之境，兼之前路漫漫，能不生出一種孤獨情懷！下面一句「數聲啼鳥怨年華」，進一步以鳥鳴數聲突出境界的靜謐、漫漫旅程的單調、孤寂，無休止的勞累奔波，如此消耗時日，心生年華虛度之怨恨，是勢所必然。後面一句「凄涼時候、在天涯」，承上啟下，既是對上闋情景的小結，又開啟下闋描繪的情境。值得注意的是前面冠以「又是」二字，則此種浪跡「天涯」的經歷、「凄涼」的感受，已非止一次，而是再次或者多次了。

上闋所寫，乃白天所見所感，至下闋轉寫傍晚時分，情緒略有變化，在「凄涼」的「天涯」行旅中，也有賞心悅目之景。「白露收殘暑」，點明此行季節，露凝呈白，暑氣方消，恰是不冷不熱時候。此時夕陽西下，「清風襯晚霞」，天際霞光，色彩絢爛，近處清風吹拂綠柳，相互映襯，層次分明，景觀壯麗。還有更令人心旌搖盪的「綠楊堤畔鬧荷花」。此處的「鬧」，當受宋祁「紅杏枝頭春意鬧」（〈玉樓春〉）的啟示，運用由視覺轉為聽覺的通感，極寫荷花之繁茂豔麗，南宋姜夔當又受本詞的影響，其〈念奴嬌〉詞寫荷花之盛即以「鬧紅」加以形容。綠柳映襯紅荷，在清風中搖曳生姿，別有一番風致。風景宜人，情緒稍稍振起，但為時畢竟短暫。結句轉入敘事：「記得年時沽酒、那人家。」前一次的旅行曾在「那人家」買酒，現在那酒家依然在目。當年沽酒，是為了消解旅途的疲勞、寂寞，今日重見，心緒仍復相似。以「記得」二字領起，化實為虛，並與上闋末句「又是凄涼時候、在天涯」相呼應。

這首小令如同一支帶凄涼意味的抒情短曲，中間略加變奏，顯得有高低起伏，無單調之病，而具變化之美。全詞純用白描，善融情入景，清雅婉曲，頗能代表詞人作品的風格特色。

113

摸魚兒

東皋寓居❶　晁補之

買陂塘❷、旋栽楊柳，依稀淮岸江浦。東皋嘉雨❸新痕漲，沙觜鷺來鷗聚❹。堪愛處，最好是、一川夜月光流渚❺。無人獨舞。任翠幄張天，柔茵藉地，酒盡未能去。

青綾被❻，莫憶金閨❼故步。儒冠曾把身誤❽。弓刀千騎❾成何事？荒了邵平瓜圃❿。君試覷，滿青鏡⓫、星星⓬鬢影今如許！功名浪語⓭。便似得班超，封侯萬里，歸計恐遲暮⓮。

【作　者】晁補之（西元一〇五三—一一一〇年），字無咎，濟州鉅野（今山東鉅野）人。神宗元豐二年（西元一〇七九年）舉進士第一。哲宗元祐元年（西元一〇八六年）以太學正召試，授祕書省正字，遷校書郎，以祕閣校理通判揚州。紹聖初之齊州，後坐元祐黨貶監處、信二州酒稅。徽宗立，先後召拜吏部員外郎、出知河中府，徙湖州。因黨爭又起，退居金鄉（今山東金鄉）八年。補之為蘇門四學士之一，詩詞文皆工。有《雞肋集》，詞集名《晁氏琴趣外篇》。元好問稱其詞「吟詠性情，留連光景，清壯頓挫，能啟人妙思」（〈新軒樂府引〉）。

【詞　牌】〈摸魚兒〉，又名〈摸魚子〉（唐教坊曲名）、〈買陂塘〉、〈邁陂塘〉、〈陂塘柳〉、〈山鬼謠〉、〈安慶摸〉、〈雙蕖怨〉。首見晁補之《晁氏琴趣外篇》。雙調，一百一十六字。上闋十句六仄韻，下闋十一句七仄韻，為仄韻格。句式以散行為主，上下闋除前二句有異外，其餘相同。此調韻腳極密，且句腳字除上下闋倒數第三句為平聲外，其餘均為仄聲，又有幾處運用拗律，音律顯拗峭，適於寫慷慨、沉鬱之情。另有增韻、增字數種體式。參見《詞律》卷十九、《詞譜》卷三十六。

【注釋】❶東皋寓居　作者在閒居濟州金鄉時，曾葺東皋歸來園，樓觀堂亭，盡用陶淵明〈歸去來兮辭〉中語命名。東皋，田野或高地的泛稱。〈歸去來兮辭〉：「登東皋以舒嘯，臨清流而賦詩。」❷陂塘　堤塘；池塘。❸嘉雨　好雨。❹沙觜鷺來鷗聚　語本皇甫松〈浪淘沙〉詞：「宿鷺眠鷗飛舊浦，去年沙嘴是江心。」沙觜，向水中伸出的沙地。❺渚　江中小洲。❻青綾被　漢制，尚書郎值夜，供新青縑白綾被，尚書係宮中掌管文書之職，因以自喻。❼金閨　指金馬門。本漢代宮門名，為文學侍從聚集地。此借指自己元祐中官祕書事。❽儒冠曾把身誤　語本杜甫〈奉贈韋左丞丈二十二韻〉詩：「紈袴不餓死，儒冠多誤身。」儒冠，儒者之冠，指代文士。❾弓刀千騎　指達官顯宦出行時侍從之多。柳永〈望海潮〉詞有「千騎擁高牙」之語。千騎，指馬隊陣勢之盛。❿邵平瓜圃　邵平，一作召平。《史記・蕭相國世家》載，召平者，故秦東陵侯。秦破，為布衣，家貧，種瓜於長安城。瓜美，世稱東陵瓜。此處以邵平自喻。⓫青鏡　青銅所製之鏡。司空圖〈酬李端校書見贈〉詩：「青鏡流年看髮變」。⓬星星　喻白色。左思〈白髮賦〉：「星星白髮生。」⓭浪語　虛語；空話。⓮便似得班超三句　《後漢書・班超傳》載，班超年輕時志在學張騫等，建功異域，以取封侯。後果立功西域，封定遠侯。在外三十餘年，年老上表乞歸，曰：「臣不敢望到酒泉郡，但願生入玉門關。」七十一歲歸洛陽，次年卒。便，即使；縱使。

【語譯】購買池塘，旋即栽上楊柳，彷彿如淮河堤岸、長江水濱。東皋園地，好雨之後水痕新漲，沙嘴鷗鷺紛紛相聚。令人愛賞，最妙的是一江夜月的光華閃耀在江渚。沒有他人，獨自起舞。一任那綠色的帷幕張天，柔軟的褥墊鋪地，我雖酒已飲罷，也不願離去。　不要回憶當年金閨夜值時蓋青綾被的往事。有才情的文士曾把美好年華耽誤。弓刀千騎相擁，有何意義？倒是荒廢了邵平瓜圃。君試看，銅鏡中，如今滿是白色鬢影！功名，只不過是一句虛語。即使像班超那樣，封侯萬里之外，歸鄉之計的實現，恐怕已是人到遲暮。

【研析】詞人因在新舊黨爭中被目為元祐黨人，屢受打擊，遂於徽宗崇寧元年（西元一一〇二年）秋冬之際，退守金鄉家園，長達八年之久。在此期間，慕陶淵明之為人，以超然物外、隨緣自適為高，以忘情仕進、回歸自然為喜，此詞便是這種情懷的抒發。

詞的上闋以「陂塘」為中心空間，極寫回歸自然之樂。詞以「買陂塘」作為發端，說明此事極為重要，是回歸金鄉首先做的第一件事。「買」之後，「旋栽楊柳」，以美化環境。「買」和「栽」兩個行動之間，用一

「旋」字，表時間之迅疾。這兩件事情完成以後的效果如何？「依稀淮岸江浦」，和曾經見過的淮河堤岸、長江水濱相彷彿，在波光渺渺中尤帶江淮麗色。詞人欣賞的目光和喜悅的心情已躍然紙上。「東皋嘉雨新痕漲，沙觜鷺來鷗聚」兩句，再進一層，老天似亦有情，降下好雨，池塘水平升高；鷗鷺也來湊趣，紛紛飛聚於沙嘴。水波粼粼，點綴著沙鷗白鷺，更為陂塘錦上添花，這是白天景象。至夜晚，又別是一番光景：「堪愛處，最好是、一川夜月光流渚。」明月升空，映照水面與江洲，月光隨著水波盪漾在「流」動。著一「流」字，靜中有動，畫面皆活。陂塘之夜，如此空明，如此靜謐，如此美妙，令人心曠神怡，自個兒禁不住手舞足蹈，「無人獨舞」，正是「我舞影零亂」（李白〈月下獨酌〉）、「起舞弄清影」（蘇軾〈水調歌頭〉）的浪漫形象。詞人在何處起舞？當然是在陂塘的岸邊。「任翠幄張天，柔茵藉地」，至此方推出岸上的景物。綠色樹木如同帷幕籠罩於上空，柔軟的青草如褥墊般鋪於地上，草木繁茂，欣欣向榮，富有生命活力。前面寫景，係實寫，此處用一「任」字領起，則化實為虛，但虛中有實，以此顯行文的變化。在樹影斑駁的月下飲酒、舞蹈，留連不返，「酒盡未能去」。酒已喝完了，還不願離去，是因為這一遠離世俗塵囂的境界太令人沉迷了。詞的上闋使我們想起陶淵明「木欣欣以向榮，泉涓涓而始流」，「引壺觴以自酌，眄庭柯以怡顏」（〈歸去來兮辭〉）那種超然自適、陶醉於大自然的情境。這種情境，和政局的波詭雲譎、官場的爭鬥構陷形成鮮明的對照。

詞的下闋進入對仕途往事的反思，抒發新的人生感悟。「青綾被，莫憶金閨故步」二句，係「莫憶金閨青綾被（的）故步」的倒裝。作者在元祐中授祕書省正字、遷校書郎，和蘇軾、秦觀等人詩酒酬唱，曾有過一段很愜意的生活，令人回味。但朝政動盪，好景不長，四處播遷，又受黨禍牽連，遭受貶謫，在年過半百之時，以廢黜之身退返金鄉家園。那一段和師友唱和的日子，曾經是生活中的美好回憶，而今故人或已辭世（如蘇、秦），或貶南荒（如黃庭堅），已是不堪回首，故說不要再去回憶了。並由自身的經歷得出結論：「儒冠曾把身誤。」認同了兩百多年前杜甫「儒冠多誤身」的說法，其〈即事一首次韻祝朝奉十一丈〉詩亦云：「儒冠成自誤，歸去無片瓦。」飽學之士無法發揮自己的才能，且因性情耿直，不善奉迎，仕宦途中受阻，長年碌碌風塵，精神備受壓抑，虛度寶貴年光，令人感歎不止。下面「弓刀千騎成何事？荒了邵平瓜圃。」說自己雖也曾任職知州，有陣營盛大的侍從跟隨，那又如何？有何意義？用一反詰語，對這種富貴加以否定，並補充其後果是荒廢了我樂為經營的「瓜圃」。詞人〈西歸七首次韻和泗州十五叔父〉詩之四云：「東陵種瓜事，富貴寧可必！」二者表意相同。「儒冠曾把身誤」，視富貴如虛空，是內心的體驗，外在形象又如何呢？「君試覷，滿青鏡、星星鬢影今如許！」如今已是兩鬢白髮蕭疏，人已進入老境。所謂「功名」，只不過是一句空話罷了。結拍再推進一層：「便似得班超，封侯萬里，歸計恐遲暮。」即使像班超取得封侯的最高榮譽與地位又怎樣，至七十一歲始從西域歸老，次年即亡故，不也是人生悲劇嗎！潛臺詞是與其位高權重而遲暮歸死，不如早離官海享受田園樂趣，與上闋所寫遙相呼應，渾然一體。

詞人從年輕時代追求功名，到老來視功名為虛幻不足取，在思想觀念上發生了很大的變化。其實，這是封建時代許多文人的普遍心態，面對政局變幻，宦海浮沉，逐漸勘破紅塵，心懷厭倦，嚮往歸隱，追求恬適。作者用如椽之筆，或描繪眼前景物，抒發任情適意高懷，或縱覽今古，生發議論，感「今是而昨非」。大開大闔，收縱自如，既蘊含深沉感慨，又挾帶豪雄之氣。其所抒情懷引發不少人的共鳴，如南宋胡仔讀此詞，即說自己「性閑樂退，一丘一壑，蓋將老焉，二詞〈按：另一首指呂居仁〈滿江紅〉詞〉能具道阿堵中事，每一歌之，未嘗不擊節也。」（《苕溪漁隱叢話．前集》卷五一）其流動恣肆與雄邁之氣對後之詞人創作亦頗有影響。劉熙載評曰：「無咎詞，堂廡頗大。人知辛棄疾〈摸魚兒〉『更能消、幾番風雨』一闋，為後來名家所競效。其實辛詞所本，即無咎〈摸魚兒〉『買陂塘、旋栽楊柳』之波瀾也。」（〈詞概〉）

114 憶少年　別歷下❶

晁補之

無窮官柳❷，無情畫舸❸，無根行客。南山❹尚相送，只高城人隔。罨畫❺園林溪紺碧❻，算❼重來、盡成陳迹。劉郎鬢如此，況桃花顏色❽。

【詞牌】〈憶少年〉，又名〈十二時〉、〈桃花曲〉、〈隴首山〉，見晁補之《晁氏琴趣外篇》。雙調，四十六字，上闋四句兩仄韻，下闋四句三仄韻，為仄韻格。另有四十七字添字體一種。參見《詞律》卷四、《詞譜》卷六。

【注釋】❶歷下　古邑名，在今山東濟南西，因城在歷山下而得名。❷官柳　原指官廳前庭所植之柳，後泛指大路官道旁柳樹。❸畫舸　有彩繪鏤飾的大船。舸，《方言》第九：「南楚江湘，凡船大者謂之舸。」❹南山　指歷山。歷山在歷城南邊。❺罨畫　彩色畫。楊慎《丹鉛總錄》：「畫家有罨畫，雜彩色畫也。」❻紺碧　深青透紅的顏色。❼算　料想。❽劉郎鬢如此二句　語本劉禹錫〈再遊玄都觀并引〉：「余貞元二十一年（西元八〇五年），為屯田員外郎時，此觀未有花，是歲出牧連州，尋貶朗州司馬。居十年，召至京師，人人皆言有道士手植仙桃滿觀，如紅霞，遂有前篇，以志一時之事。旋又出牧。今十有四年，復為主客郎中，重遊玄都觀，蕩然無復一樹，惟兔葵燕麥動搖於春風耳。」意謂初到與重到，時隔很久，景物亦大變。

【語譯】官道旁的柳樹沒有窮盡，畫有彩繪的大船顯得無情，在旅途中的行客如無根的飄萍。連綿的南山還在相送，只是高城已不見，與知心的人相隔。　如五彩繽紛圖畫的園林，深青透紅的溪水，料想重來時，都成陳跡。如同劉郎重到，鬢髮已經如霜，更何況桃花的顏色。

【研析】紹聖元年（西元一〇九四年）夏，作者抵知齊州（今山東濟南）任所，勤政愛民。由於時局變幻，次年初貶通判應天府（今河南商丘）。此係其仕途中遭遇的第一次挫折，情緒波動，難以平抑，作此詞以抒發留戀之情與前路茫茫之感。

詞一開始即用排比句抒寫離開齊州旅途的孤寂情懷。「無窮官柳」，寫陸路的單調，所見僅楊柳而已，且是「無窮」，則道路漫長可知，含有前路遙遙之歎；「無情畫舸」，寫水路的寂寥，謂「畫舸」「無情」，係用擬人手法，畫舸本無情之物，視其為有情，而責之以無情，則尤見己情之無聊賴；「無根行客」，由水陸兼程落到行人，沒有根柢，沒有著落，只能四處飄泊，喻示無法掌握自己的命運。三句各寫一事，但又相互聯繫。前兩句寫景，景中有人，景中含情。後一句直接寫人，總綰其情。後來用此調者不乏其人，然用排句者，均不能出此詞之右。如曹組詞：「年時酒伴，年時去處，年時春色。」万俟詠詞：「隴雲溶洩，隴山峻秀，隴泉嗚咽。」或固定寫一時，或固定寫一地，均不及晁詞之高妙。「南山尚相送，只高城人隔」兩句，寫依依回首之情。歷山綿延向遠，與人相伴，送別行人，仍用擬人之法。寫山有情，實寫自己萬分留戀之意。漸行漸遠，再回望歷城，「高城已不見，況復城中人。」（歐陽詹〈初發太原途中寄太原所思〉）令人眷戀的高城與送行之人均被空間阻隔。

詞之下闋由告別歷下轉向對別後情景的擬想。「罨畫園林溪紺碧」，乃歷城春日景色。詞人離開歷城時，正值春天，景物已呈爛漫之象，園林青草翠柳，百花爭豔，萬紫千紅，故有「罨畫」的形容；歷城又是泉水處處之地，今猶有「泉城」之稱，泉流入溪，因而有溪流的描繪，由於花柳的映襯，故色青而帶紅。如此美景，「算重來、盡成陳迹」，若干年後重來時，料想已無跡可尋了。詞之結拍「劉郎鬢如此，況桃花顏色」，運用劉禹錫貶謫、外放二十多年後重遊桃花觀，感昔日花繁盛景已經一片荒涼的典故，設想自己重到時，已由中年邁入老境，一如劉郎鬢髮如霜，更何況豔麗的桃花呢，早該是面目全非了。前人論結句，謂須如「泉流歸海，要收得盡，又似不盡而盡者」（沈雄《古今詞話》），此詞「況桃花顏色」一句係用劉禹錫〈再遊玄都觀并引〉中語意，表層意是說桃花的凋零，實是借桃花的凋零暗示春日麗景的消失，而麗景的消失，又寓蘊有時移世改的感歎，故稱得上是「又似不盡而盡者」。

作者為山東鉅野人，齊州亦屬山東，均屬古齊魯地域，而此次的貶謫，又不同於往日的出行應考與漫遊，因而懷有深深的鬱憤，對桑梓之地表露出一種特別的留戀。詞雖短小，而能情帶沉鬱，造語新鮮。清先著、程洪《詞潔》卷一稱：「晁補之〈憶少年〉『無窮官柳，無情畫舸，無根行客』，『花無人戴，酒無人勸，醉也無人管』（按：此三句為無名氏〈青玉案〉詞中語），與此詞起處同一警絕。唐以後，特地有詞，正以有如許妙語，詩家收拾不盡耳。」

115

滿江紅

寄內

晁補之

月上西窗，書幃靜、燈明又滅。水漏澀、銅壺香燼❶，夜霜如雪。睡眼不曾通夕閉，夢魂爭❷得連宵接？念碧雲❸、川路❹古來長，無由越。

鸞釵重，青絲滑。羅帶緩❺，小腰怯。伊多感，那更❻恨離傷別。正是少年佳意氣，漸當故里春時節。歸去來❼、莫教子規啼，芳菲歇❽。

【詞牌】〈滿江紅〉，又名〈上江虹〉、〈念良游〉、〈傷春曲〉。有平仄韻兩體，通用者為仄韻體，首見柳永《樂章集》。多押入聲韻，亦可上去聲通押。雙調，九十三字，上闋八句四仄韻，下闋十句五仄韻。另有八十九字、九十一字、九十二字、九十四字、九十七字等數體。〈滿江紅〉平韻格為南宋姜夔所創製，字句與仄韻格相同。參見《詞律》卷十三、《詞譜》卷二十二。

【注釋】❶水漏澀句　前五字為「銅壺水漏澀」的倒裝。古以銅壺注水，於壺箭刻節以計時。澀，指聲音不滑溜。香燼，指熏香已燒成灰燼。❷爭　怎。❸碧雲　用江淹〈休上人怨別〉「日暮碧雲合，佳人殊未來」詩意。❹川路　水路。用謝莊〈月賦〉語：「川路長兮不可越。」❺羅帶緩　語本〈古詩十九首〉：「相去日已遠，衣帶日已緩。」緩，寬鬆。❻那更　怎奈。❼歸去來　為六朝習用語，義猶歸來。陶淵明有〈歸去來兮辭〉。❽莫教子規啼二句　化用屈原〈離騷〉「恐鵜鴂之先鳴兮，使夫百草為之不芳」詩意。子規，又名鵜鴂，鳴於夏初，時眾芳皆歇。

【語譯】月亮照射西窗，書房幃幕寂靜，油燈由明而滅。聽銅壺漏滴，聲音凝澀，熏香已成灰燼，窗外夜霜如雪。睡眼不曾通宵緊閉，夜夢如何才能不斷連接？念碧雲暮合而佳人不來，水路古來即無限悠長，無法跨越。鸞鳳形的金釵顯重，從青青的髮絲下滑。羅帶日漸寬鬆，細腰怯於承受。伊人多愁善感，怎奈恨離傷別。正是少年意氣風發之時，又漸值故鄉當春時節。及早歸來，莫讓子規啼鳴，芳菲消歇。

【研析】 宋人豔情詞多寫婚外戀，特別是與歌兒舞女之間的戀情，寫得柔情旖旎，纏綿悱惻。至於婚內情，偶然附帶有所涉及，如柳永之〈八聲甘州〉的「想佳人、妝樓顒望，誤幾回、天際識歸舟」。而令人迴腸盪氣的則為悼亡之詞，如蘇軾的〈江城子〉（十年生死兩茫茫）、賀鑄的〈半死桐〉（重過閶門萬事非）。晁補之也寫了不少豔情詞，但他同時又有標題為「代內」、「寄內」的幾首詞作，表明伉儷情篤，此首〈滿江紅〉即為其中之一。

此詞寫春夜懷內，思念情深。上闋從己方著筆，輾轉反側，夜不成寐。先從視覺、聽覺兩方面描寫夜色，渲染夜的靜寂，暗示時間推移。「月上西窗」，帶有「低綺戶，照無眠」（蘇軾〈水調歌頭〉）的意味，表明夜已深沉；而室內「書幃靜、燈明又滅」，更顯示出長夜漫漫、寂寥孤獨。而銅壺的漏滴，在詞人聽來是「水漏澀」，顯得不流暢，時間似乎有些凝固了，變得緩慢了。這種「澀」的感覺，帶有很強的主觀性。隨著夜深，燃香已成灰燼。看著地上的月光，「疑是地上霜」（李白〈靜夜思〉），想像室外正是「夜霜如雪」，更增添了一層清涼之感。以下「睡眼不曾通夕閉，夢魂爭得連宵接」用一對句承上啟下。前面的夜景乃是眼睛「不曾通夕閉」時所見、所聞，而面對難熬長夜，希望魂魄不斷入夢，以減輕精神上的落寞與苦悶，然而事實卻與願望相左。前一句是寫實，後一句用虛筆。「爭得」恰恰是未得時的想望，從而將思緒引向一個難以逾越的空間。「念碧雲、川路古來長，無由越」，這裡連用兩典，用法有異。「碧雲」，用「日暮碧雲合，佳人殊未來」詩意，但只出現「碧雲」二字，其蘊含之意，讓人去聯想、去補充，是詞中常用的「留」之一法；「川路古來長，無由越」，則襲用謝莊〈月賦〉中語，古為今用，恰到好處。兩句用一「念」字領起，似是思考無由相會於夢中的緣由，又確實是一種遙遙阻隔的客觀存在。

自己思念伊人，推己及人，想伊人也正懷念自己。故換頭轉從對方著筆。以兩組對句「鸞釵重，青絲滑。

羅帶緩，小腰怯」描寫她的身形容貌，頭髮因懶於精心打理，以致鸞鳳形的金釵似乎顯得很重，從那青青的髮絲中溜滑下來了。因為內心愁苦而變得消瘦，以致衣帶愈來愈寬鬆，小腰變得弱不勝帶了。用一「怯」字，將小腰擬人化，實是表現人在瘦損時的驚悚心情。這裡雖重在寫對方的愁苦，但我們從鸞釵的裝飾、從青絲、小腰的描寫，仍能感受到她的青春美麗。這種美麗在另一首詞中得到印證：「碧羅雙扇擁朝雲。粉光先辨臉，朱色怎分唇。」（〈臨江仙〉）下面「伊多感，那更恨離傷別」，又轉寫自己對她的擔憂。在擔憂中一方面表露了自己的殷勤關切，另方面也透露出伊人在青春美麗之外，更兼多情善感。既然彼此如此牽掛，我為何還要滯留在外？我們為什麼不趁年少意氣佳茂之時，享受美麗的青春和大自然的美好？「正是少年佳意氣，漸當故里春時節」，傳達的便是這種心態。結拍更推進一層，作正面表達：「歸去來、莫教子規啼，芳菲歇。」歸來，是行動指向，莫教芳菲歇，是為留住春光之意。留住春光，語意雙關，既是留住自然之春，也是希望永保愛情之春。

從「正是少年佳意氣」看，此詞當係詞人早年之作，寫得情深意切，真摯感人。風格有異於一般狎邪的豔情詞，顯得端莊婉麗。在行文的虛實結合、轉折變化方面，在用典和七言對仗講究虛詞的運用方面，都具有特色。但因係年少之作，追琢鍛煉的功夫，無疑尚有所欠缺。

116

風流子

張耒

木葉亭皋下❶，重陽近，又是擣衣❷秋。奈愁入庾腸❸，老侵潘鬢❹，謾簪黃菊，花也應羞。楚天晚，白蘋❺煙盡處，紅蓼❻水邊頭。芳草有情，夕陽無語，雁橫南浦❼，人倚西樓。

玉容，知安否？香箋共錦字❽，兩處悠悠。空恨碧雲離合❾，青鳥❿沉浮。向風前懊惱，芳心一點，寸眉兩葉，禁甚閒愁。情到不堪言處，分付東流。

【作　者】張耒（西元一〇五四—一一一四年），字文潛，號柯山，楚州淮陰（今江蘇淮陰）人。熙寧六年（西元一〇七三年）登進士第。元祐年間，仕至起居舍人。紹聖初，以直龍圖閣知潤州，尋坐黨籍，謫監黃州酒稅。徽宗朝，歷知兗州、潁州、汝州。後坐元祐黨籍，復貶房州別駕、黃州安置。尋得自便，移居陳州。有《柯山集》。存詞僅六首，另有斷句數則。

【詞　牌】〈風流子〉，教坊曲名，用作詞調。又名〈內家嬌〉。唐五代時為單調小令，宋為慢詞。雙調，一百一十字，為平韻格。《詞律》卷二以本詞為正體，《詞譜》卷二以周邦彥詞〈楓林凋晚葉〉為正體，另列增字、減字者若干為「又一體」，可對照參看。

【注　釋】❶木葉亭皋下　化用南朝梁柳惲〈擣衣詩〉語：「亭皋木葉下」。木葉，樹葉。亭皋，水邊平地。❷擣衣　以杵於石上擣絲棉織品，為製寒衣作準備。❸愁入庾腸　北朝庾信寫有〈愁賦〉。此以自況。❹潘鬢　此指代斑鬢。潘岳〈秋興賦序〉：「余春秋三十有二，始見二毛。」❺白蘋　水中浮草，夏秋間開小白花。❻紅蓼　草本，或生水中，或生岸邊、原野，花紅色。❼南浦　泛指送別之水濱。江淹〈別賦〉：「送君南浦，傷如之何！」❽錦字　蘇蕙因思念遠貶的丈夫竇滔，織錦為迴文旋圖詩以寄。此指書信。❾碧雲離合　用江淹〈休上人怨別〉「日暮碧雲合，佳人殊未來」詩意。❿青鳥　指信使。《漢武故事》載：「七月七日，忽有青鳥飛集殿前，東方朔曰：『此王母欲來。』有頃王母至，三青鳥侍王母旁。」李商隱〈無題〉詩有「青鳥殷勤為探看」語。

【語　譯】水邊平地樹葉飄落，重陽節近，又到擣衣秋季。奈何愁入肝腸，斑白侵入髮鬢，休要徒然簪上菊花，否則花也感到羞愧。楚天已晚，暮色侵入白蘋煙霧盡頭，水邊紅蓼花際。芳草看來含情，夕陽西下無語，大雁橫斜於送別水濱，人在西樓欄杆憑倚。　閨中佳麗，不知安否？芳香箋紙傳遞思念的書信，使兩處都愁緒悠悠。空恨碧雲由離而合，佳人未來，信使亦無蹤跡。想你正在風前懊惱，芳心一點，寸眉兩葉，怎禁得起閒愁擾襲。情到無法言說時，只好付之東流江水。

【研　析】此係詞人流離在外所寫懷內之作，寫作應是中年之後，黃蘇《蓼園詞選》認為係「坐黨籍，謫官，晚監南岳廟」時所寫。發端寫景，「木葉亭皋下」，令人聯想「嫋嫋兮秋風，洞庭波兮木葉下」（《楚辭・九歌・湘夫人》）、「無邊落木蕭蕭下」（杜甫〈登高〉）的景象，秋風吹掃落葉，水邊平地遙伸，綿遠而又蕭瑟，主觀之情已融景中。「重陽近，又是擣衣秋」，秋日近重陽之時，復聞擣衣之聲，更激起念遠之情。重陽，有與家人飲酒登高之習，「遙知兄弟登高處，遍插茱萸少一人」（王維〈九月九日憶山東兄弟〉），此處含有不能與家人團聚的遺憾；擣衣，係閨中女子之事，為製作寒衣作準備，以寄遠方之離人，用一「又」字，則可知離別已久，非止一秋。以下直抒己情，「奈愁入庾腸，老侵潘鬢」，連用兩典，寫愁寫老，而老又與愁相關，用一「奈」字領起，以明人之變化不依自己主觀意志為轉移，其中包括自然之法則，也包含人事的打擊。「謾簪黃菊，花也應羞」，亦即「年老簪花不自羞，花應羞上老人頭」（蘇軾〈吉祥寺賞牡丹〉）之意。此兩句緊承「潘鬢」，又映照「重陽近」，因重陽有插戴菊花之習，如杜牧〈九日齊山登高〉詩云：「菊花須插滿頭歸。」黃庭堅〈南鄉子〉詞云：「亂折黃花插滿頭。」

以下「楚天晚，白蘋煙盡處，紅蓼水邊頭」點所在楚地，並緊扣「亭皋」，寫臨晚水上、岸邊之景，只用名詞與方位詞組成對仗，色澤鮮明，夕嵐籠罩，略帶淒美。再接以「芳草有情，夕陽無語，雁橫南浦，人倚西樓」兩組四言對句，視野更加開闊，思緒更為綿邈。芳草萋萋，與別情相關，「王孫遊兮不歸，春草生兮萋萋」（淮南王〈招隱士〉）、「又送王孫去，萋萋滿別情」（白居易〈賦得古草原送別〉）由芳草引發念遠相思，故說「有情」；夕陽西下，時間暗換，雖感慨叢集，而無可傾訴，惟默然相對而已，故曰「無語」。此時大雁群飛，字橫南浦送別之地，尤令人生不堪之情，逗引出下闋玉容可安好之問，從前後關聯言，又應照前面之「楚天晚」。末句點出主人公所在之地，從詞之結構言係倒敘，明以上所見所感，皆「人倚西樓」情事。四句之中，「有情」與「無語」相對，雁飛與人立相對，有與無，動與靜，互相映襯，人情物景，高度融合。對此四句，況周頤評曰：「景語亦復尋常，惟用在過拍，即此頓住，便覺老當渾成。」（《餐櫻廡詞話》）

上闋情融於景，下闋則直抒情愫。「玉容，知安否」，從對方著筆，「玉容」，溫潤姣美，已然含情，探問「安否」，尤見關切。「香牋共錦字，兩處悠悠。」則兩人合寫，回憶別後伊人曾有香箋寄語，詩文傳情，引惹起「一種相思，兩處閒愁」（李清照〈一翦梅〉）。以下復寫己之憾恨：「空恨碧雲離合，青鳥沉浮。」碧雲暮合，佳人未來，音信沉沉，更增思念。此處連用兩典，自然貼切，雖用對仗，卻不覺其為對仗。「向風前懊惱，芳心一點，寸眉兩葉，禁甚閒愁」，又從對面著筆，雖屬想像，卻虛中有實，伊人迎著秋風佇立，心懷期盼，然而「過盡千帆皆不是」，徒增懊惱，更添閒愁，此「閒愁」正如李清照所言：「才下眉頭，卻上心頭。」（〈一翦梅〉）但詞人卻用「芳心一點，寸眉兩葉」來表達，顯得更為形象，並以此補足「玉容」之義。寫情從對方著筆者，有杜甫的「今夜鄜州月，閨中只獨看。……香霧雲鬟溼，清輝玉臂寒」（〈月夜〉），有柳永的「想佳人、妝樓顒望，誤幾回、天際識歸舟」（〈八聲甘州〉），此亦用其法，以增其「照花前後鏡，花面交相映」的藝術效果。結拍：「情到不堪言處，分付東流。」是深進，是總言，情既難以言表，惟有付之東流，此處用李後主「自是人生長恨水長東」（〈相見歡〉）之意，悠然無盡。

此詞寫遷徙中之念遠情懷，疏朗俊逸，別具風神，無脂粉之氣，含深窈之情，堪稱同類詞作中之佳構。其章法、用語正如萬樹所評：「抑揚盡致，不板不滯，用字流轉可法，真名手也。」（《詞律》卷二）作者本人在〈倚聲制曲三首序〉中云：「予自童時即好作文字，每於他文，雖不能工，然猶能措詞，至於倚聲制曲，力欲為之，不能出一語。」實為自謙之詞。

117 瑞龍吟

周邦彥

章臺❶路。還見褪粉梅梢，試花桃樹。愔愔❷坊曲❸人家，定巢燕子，歸來舊處。

黯凝竚❹。因念箇人❺癡小❻，乍窺門戶。侵晨❼淺約❽宮黃❾，障風映袖，盈盈笑語。

前度劉郎重到❿，訪鄰尋里⓫，同時歌舞，唯有舊家秋娘⓬，聲價如故。吟牋賦筆，猶記燕臺句⓭。知誰伴、名園露飲⓮，東城閒步？事與孤鴻去⓯。探春盡是，傷離意緒。官柳⓰低金縷⓱。歸騎晚，纖纖池塘飛雨。斷腸院落，一簾風絮。

【作　者】周邦彥（西元一〇五六－一一二一年），字美成，自號清真居士，錢塘（今浙江杭州）人。始以布衣入京師，遊太學，因獻〈汴都賦〉擢為太學正。元祐、紹聖年間，出為廬州教授，調溧水令，後任國子主簿，授祕書省正字。徽宗政和二年（西元一一一二年）出知隆德府（今山西長治），六年進徽猷閣待制，提舉大晟府（今亦有學者考證未曾擔任此職）。有《清真集》。周邦彥妙解音律，能自度曲，所作渾厚和雅，典麗縝密，所表現者多為「常人之境」，故傳唱極廣，陳郁《藏一話腴外編》云：「二百年來，以樂府獨步。貴人學士、市儇妓女知美成詞為可愛。」陳廷焯《白雨齋詞話》指出，周詞「前收蘇（軾）、秦（觀）之終，復開姜（夔）、史（達祖）之始」，歷來被認為是「詞家正宗」，是詞史上集大成的作家。

【詞　牌】〈瑞龍吟〉，見周邦彥《清真集》。此調一百三十三字，為仄韻格，共三疊，前兩疊六句，三仄韻，句式相同，格律除第二句後四字有異外，其餘均同。黃昇《花庵詞選》稱此調前兩段屬雙拽頭。第三疊十七句，九仄韻。另有押韻相異或減字者不同體式。參見《詞律》卷二十、《詞譜》卷三十七。

【注　釋】❶章臺　本為戰國時秦宮內之臺，在長安。漢時猶存，下有章臺街。唐代某妙妓柳氏配韓翃，韓翃寄其詞有「章臺柳，章臺柳」等語，許堯佐作有〈章臺柳傳〉，後人遂以章臺為妓女聚居之所。❷愔愔　安靜的樣子。❸坊曲　一作「坊陌」，指妓女聚居處。唐代長安諸倡家謂之「曲」；其選入教坊者，居處則曰「坊」。❹黯凝竚　張相《詩詞曲語辭匯釋》：「凡云黯凝佇，均為黯凝魂或黯銷魂義，總之為出神至極之辭。」❺箇人　那人。❻癡小　稚嫩天真。❼侵晨　拂曉。❽淺約　薄薄敷上。❾宮黃　古代宮中婦女的一種妝式，額間塗黃以為飾。❿前度劉郎重到　一是用劉義慶《幽明錄》所載東漢劉晨、阮肇入天台山故事。二人入桃溪，遇二仙女，相與繾綣，令人忘憂。居半年始歸。後復去，則女已不知何往。二是用劉禹錫〈再遊玄都觀〉詩「種桃道士歸何處？前度劉郎今又來」語意。⓫訪鄰尋里　古以五家為鄰，十家為里。此處泛指訪尋附近人家。⓬秋娘　係唐代貞元、元和時代負有盛名的一位妓女，其名屢見白居易、元稹詩中。後以之作為名妓的代稱。⓭燕臺句　李商隱作有〈燕臺〉詩，洛陽女子柳枝聞人吟詠，驚為絕世才，遂對商隱生愛悅之意。「柳枝丫鬟畢妝，抱立扇下，風障一袖」，約以歡會，引出一段神魂迷離的故事。（李商隱〈贈柳枝〉詩序）李商隱〈贈柳枝〉詩云：「長吟遠下燕臺句，惟有花香染未消。」此處以李商隱的才情、風流自比。⓮露飲　脫帽露頂飲酒。⓯事與孤鴻去　語本杜牧〈題安州浮雲寺樓寄湖州張郎中〉詩：「恨如春草多，事與孤鴻去。」⓰官柳　大道上的柳樹。⓱金縷　形容柳條如金線。

【語　譯】行走於章臺路上，還看到梅樹梢頭花兒凋謝，桃樹初開花朵。靜靜的歌兒舞女人家，定巢的燕子，已回到舊處。　黯然銷魂。因而憐念那人天真爛漫，剛剛開門向外探看。拂曉時，額上薄敷宮黃，用衣袖遮擋晨風，說話面帶美好笑容。　前度劉郎重到，尋訪附近人家，找她同時的歌侶舞伴，惟有當時的秋娘，聲價依舊。那時我於吟箋上寫下詩行，還記得她吟誦「燕臺」句。現在知是誰陪伴她，在名園露頂而飲，在東城閒行漫步？往事與孤鴻一道悠然而去。探訪春的消息，盡是傷離意緒。大道楊柳金縷低拂。騎馬晚歸，池塘上飛灑纖纖春雨。令人斷腸的院落，惟見一簾風吹的柳絮。

【研　析】詞人自元祐三年（西元一〇八八年）外任瀘州教授到紹聖四年（西元一〇九七年）重返京城為國子主簿，已歷時十年，此詞所寫為重返京城尋訪舊跡、不見當日情人的傷春意緒。其題材是古來已有的「懷舊」，故清人周濟說它「不過桃花人面（按：指崔護〈題都城南莊〉「去年今日此門中，人面桃花相映紅。人面不知何處去，桃花依舊笑春風」），舊曲翻新耳」（《宋四家詞選目錄序論・附錄》），近人吳梅亦認為「其宗旨所在，在『傷離意緒』一語耳」（《詞學通論》），但細按詞意，似又不止於此，還暗含有一種人事變遷的寥落滄桑之感。但是否另有深層的政治寄託，尚可斟酌。明代李攀龍說：「此詞負才抱志，不得於君，流落無聊，故託以自況。」（《草堂詩餘雋》引）今人亦有引申其說者，以為詞中處處運用比興，含有政治託喻。其說可供閱讀時參考。

詞之首疊寫重到所見。「章臺路」，點出舊遊之地；「還見褪粉梅梢，試花桃樹」兩句，第一，梅花凋謝、桃樹始花，表明時間流動，已是春臨大地；第二，用「還見」領起，則今日之眼前景，亦即昔日之所見，今昔綰合；第三，「褪粉梅梢，試花桃樹」，對仗精工，用辭講究，「褪粉」之「褪」，「試花」之「試」，均係精心鍛鑄而出。以下「愔愔坊曲人家，定巢燕子，歸來舊處」，仍是「還見」的景象。坊曲人家還在，只是靜悄無聲，人蹤已杳，但定巢的燕子並不因主人的變化而遷移，依然回歸舊處。以燕的不變，包括前面的風景依舊，反襯出人事的變化。物是人非，給自己的重到帶來了悵然若失的傷感。這種感慨，並不直言，只是在景物描寫中隱隱透露，故極蘊蓄。

次疊回憶往事，以「黯凝竚」承上啟下，由景及人。因為訪舊不遇而令人黯然銷魂，因銷魂而沉思往昔伊人之音容笑貌。以「因念」二字領起，直貫「盈盈笑語」。「箇人癡小」，是從整體印象寫其人的天真爛漫，略帶幾分稚氣。「乍窺門戶」，打開門戶是為了接客，而「乍窺」，應是初次開門招攬顧客。以下寫她的裝扮、動作與神情。她天然秀美，無需多施脂粉，故一大早只以淺黃塗額。春日晨風尚帶寒意，故用衣袖遮擋。「障風映袖」，當亦本於李商隱詩序中「風障一袖」的描寫。雖用衣袖障面，但仍可聽到她招呼客人的嬌嫩聲音，看到她美麗面龐露出的盈盈笑意。寥寥幾筆，繪聲繪色，人物活脫，栩栩如生。

詞的前面兩疊，結構對稱、勻整，一寫景，一寫人；一寫今，一憶昔；一實寫，一虛寫，已含撫今追昔之意。至第三疊則今昔交錯，細針密線地抒寫內心的失落感與傷離意。

「前度劉郎重到」，是整體結構上的重要一筆，對前面兩疊來說係逆敘，即前面所寫皆「重到」所見所思，這也正是詞人在鋪敘中講究騰挪之處。此句係兩典合用，即語本劉禹錫「種桃道士歸何處？前度劉郎今又來」詩句，事本《幽明錄》所載劉晨入天台山於桃溪遇仙女故事，均與「桃」相關，以與前面「試花桃樹」相呼應。

下面「訪鄰尋里，同時歌舞，唯有舊家秋娘，聲價如故」數句今昔綰合。由同時歌舞者「唯有」「秋娘」尚在，可確認「箇人」已離此遠去；由「秋娘，聲價如故」，又襯托出「箇人」當時的聲價與技藝的不凡。「吟牋賦筆，猶記燕臺句」轉入憶昔，作者以李商隱的才情、風雅自比，而對方也如同洛陽柳枝一樣，具有解會詩詞的素養，能夠吟誦「燕臺」句，兩人惺惺相惜，互相傾慕，情愫非比尋常，故對此特別難以忘懷。「知誰伴、名園露飲，東城閒步」數句則又今昔綰合。昔時與她共度良辰，意興遄飛，無羈灑脫，在名園露頂而飲，懷著蜜意柔情，在東城駢肩閒步，如今呢，有誰在陪伴著她？細想兩情相悅之事，兩人別後之情，一切的一切，如今都已成為過眼煙雲，故以「事與孤鴻去」加以歸結。詞人重到，本是想重見故人，重溫舊情，誰知「人面不知何處去」，大感失望，因之以「探春盡是，傷離意緒」，總述此時心情。

詞之最後以抒寫歸晚心緒作為結束。他在舊地流連很久，整個白天都在此徘徊，看看天色漸晚，不能不踏上歸途。「官柳低金縷」，乃歸途中所見。下面一句「歸騎晚」，依時間次序，應置於「官柳」句前，詞中顛倒，是為了顯示出行文的順逆變化。「纖纖池塘飛雨。斷腸院落，一簾風絮」，以景結情。池塘的霏微小雨，院落的一簾風絮，既是寫變換的景物，也是迷濛、紛亂心緒的象徵，而總以「斷腸」，表明痛苦至極。對此結語，沈義父《樂府指迷》極為稱賞：「結句須要放開，含有餘不盡之意，以景結尾最好。如清真之『斷腸院落，一簾風絮』……之類是也。」

此詞寫重訪舊遊之地，人物、布景都極具可視性，語語如在目前；主人公的內心活動抑揚起伏，精細而又沉鬱；而在時空的交錯、順逆轉折方面的安排，尤富匠心，具有頓挫往復之妙；詞中多處用典，能如鹽著水，不露痕跡，充分體現出詞人善於融化前人詩句、形成典雅風格的特點。

118

鎖窗寒

周邦彥

暗柳啼鴉，單衣佇立❶，小簾朱戶。桐花半畝，靜鎖一庭愁雨。灑空階、夜闌❷未休，故人剪燭西窗語❸。似楚江暝宿，風燈零亂❹，少年羈旅。

遲暮。嬉遊處，正店舍無煙，禁城百五❺。旗亭❻喚酒，付與高陽儔侶❼。想東園、桃李自春❽，小脣秀靨今在否？到歸時、定有殘英，待客攜尊俎❾。

【詞牌】〈鎖窗寒〉，又作〈瑣窗寒〉，見周邦彥《清真集》。因詞有「靜鎖一庭愁雨」、「故人剪燭西窗語」句，取以為名。雙調，九十九字，上闋四仄韻，下闋六仄韻，為仄韻格。由於此調有三處四言或兩句、或三句相連，故詞人往往用為對仗。另有九十八字、一百字者數種。參見《詞律》卷十六、《詞譜》卷二十七。

【注釋】❶佇立　久立。❷夜闌　夜將盡。❸故人剪燭西窗語　用李商隱〈夜雨寄北〉詩意：「何當共剪西窗燭，卻話巴山夜雨時。」❹風燈零亂　杜甫〈船下夔州郭宿雨溼不得上岸別王十二判官〉詩：「風起春燈亂，江鳴夜雨懸。」❺正店舍無煙二句　指寒食節。冬至後一百零五日，或謂一百零六日，禁火三日。禁城，指京城，昔京城禁止夜行，故云。❻旗亭　指酒樓。李賀〈開愁歌〉：「旗亭下馬解秋衣，請貰（賒）宜陽一壺酒。」❼高陽儔侶　謂酒徒。典出《史記・酈生陸賈列傳》，酈食其欲見劉邦，謂「吾高陽酒徒也，非儒人也」。後指嗜酒而放蕩不羈之人。高陽，地名，故址在今河南杞縣西。❽想東園桃李自春　阮籍〈詠懷詩〉：「嘉樹下成蹊，東園桃與李。」東園，泛指花園。❾尊俎　盛酒肉的器皿。

【語譯】柳色幽暗，內藏啼鴉，我身著單衣，在紅門珠簾下久立。庭院半畝桐花，靜靜地為愁雨鎖閉。雨灑空寂庭階，夜深仍未止息，令人想見故人剪燭西窗話舊情景。又似少年羈旅在外，長江中夜宿，風吹春燈搖晃不定。

可歎人已遲暮。人們盡興嬉遊時，店鋪房舍無煙，正值京城寒食。酒樓中高聲呼酒，付與豪宕不羈的酒侶。而我卻在想念東園桃紅李白，自成春色，不知那帶有小唇秀靨的麗人還在否？待返回故里時，桃李枝頭還留有殘花，定有人攜帶食具款待遠來歸客。

【研析】此詞寫寒食節對景生愁，似作於官汴京之時。寒食節在清明節前一天或兩天。幽蘭居士《東京夢華錄・清明節》載：「自此三日，皆出城上墳，但一百五日最盛。」節日間「四野如市，往往就芳樹之下，或園囿之間，羅列杯盤，互相勸酬。都城之歌兒舞女，遍滿園亭，抵暮而歸」，可見北宋時期寒食、清明期間掃墓、嬉遊風氣。但此詞所寫不在嬉遊之盛，而在寫自己旅食京華臨老未歸的淒黯心情。詞從寫景入手：「暗柳啼鴉」，柳色深濃，已可藏鴉，表明已進入暮春時節，景物色彩略顯暗淡，已隱隱透露出詞人的落寞情懷。下面隨即點明自己所處位置：「小簾朱戶」，並謂在此穿著「單衣」站立多時矣（有人指出，此「單衣」非通常所言之無裡單衣，北方之地在寒食節尚冷，無穿單衣之理，此「單衣」指官服或朝服）。由此可知，前面之暗柳、啼鴉乃係「竚立」時之見聞，以下所寫亦「竚立」時之所見所聞所感。此在結構上謂之「順入」。這時正是桐花開放的季節，又值「清明時節雨紛紛」，故作者眼前是「桐花半畝，靜鎖一庭愁雨」。這種描寫，很容易使我們想起李後主筆下的「寂寞梧桐、深院鎖清秋」（〈相見歡〉）的意境，所用意象「梧桐」、「庭院」相同，且同用一「鎖」字，顯得有一種無所不在之感，所強調的都是「靜」和「愁」。只不過一寫暮春、一寫清秋。以上寫白天，以下轉寫昨夜雨中感受。寫夜雨重在聽覺，「灑空堦、夜闌未休」，聯繫前面梧桐，正是「一葉葉，一聲聲，空階滴到明」（溫庭筠〈更漏子〉）的光景。夜雨淅瀝，令人想起李商隱所寫巴山夜雨、剪燭西窗話舊的詩句，要是有朋友與自己對雨夜話該有多好！然而這只是奢望。這種雨中寂寥的境況，引起了他的聯想：恰「似楚江暝宿，風燈零亂，少年羈旅」，三句從眼前宕開一筆，轉入追憶少年流蕩楚江、淒風苦雨相侵、茫茫黑暗之中惟見孤燈搖晃情景，其況味與眼前何其相似！以「似」字領起，屬於虛寫，虛中有實，富有畫意。此三句歷來倍受稱賞。周濟《宋四家詞選目錄序論・附錄》以「奇橫」二字評之；夏孫桐《手批本清真集》謂「情中帶景，所以不薄」。

上闋由今而昔，下闋復由昔而今。以「遲暮」二字開頭，承上啟下，與上面「少年」相對，心境與「少年羈旅」相似，而人已進入衰暮之年；同時引出下面寒食節的種種現實人事與懷想。「嬉遊處」五句，描繪京城節日遊樂之盛。可分兩層：「店舍無煙，禁城百五」，一方面點明寒食節，另一方面寫寒食街市不像平日熙熙攘攘，是暗示人們的活動場所已由市區轉向了城郊。「旗亭喚酒，付與高陽儔侶」二句重在寫城郊「嬉遊」之樂，詞人只選取旗亭呼酒，痛快豪飲的場面作為代表，充分表現出遊眾興致的高漲。但他人的歡樂，只是對詞人落寞情懷的反襯，更引發出對家園、對所愛的思念，對於故舊酣暢對飲場面的渴慕。「想東園」以下直至詞末，以「想」字領起，擬想今後，亦可分兩層：一是追想故鄉庭園的明麗景色以及可心的妙人。東園桃李，乃前人慣用詩語，徐彥伯〈餞唐永昌〉詩：「鬥雞香陌行春倦，為摘東園桃李花。」李白〈古風〉：「桃花開東園，含笑誇白日。」而詞中謂「東園、桃李自春」，「自」者，言其自成春色，無人觀賞，含有被冷落之意，其實這是詞人落寞主觀情感的投射。他懷著忐忑的心情想望那位麗人：「小脣秀靨今在否？」他們之間當曾有過柔情似水的繾綣，但分離太久，且自己已屆遲暮，她會情深依舊、苦苦等待嗎？十二分的想念，卻又有幾分擔憂。二是想像歸時的情景以作為詞的結束：「定有殘英，待客攜尊俎。」如果及早歸去，桃李枝頭尚未飄落的花朵會歡迎我，故里之人定會拿出酒食款待我這久別遠歸之「客」。唐圭璋《唐宋詞簡釋》認為：「『待客』之『客』字，從『笑問客從何處來』之『客』字悟出，頗有意味。」其說可謂別有解悟。此數句皆為詞人「竚立」所「想」，有疑慮，有肯定，有層次，有轉折，將久旅思鄉之情，寫得迴腸盪氣。

周邦彥的慢詞，與柳永詞多依時間順序寫來的線性結構不同，而多騰挪跳盪，善於變化。即如此詞由今而昔，由昔轉今，由今而後，幾度轉折，而轉折又多暗轉，即少用轉折的關聯詞，故讀來不像讀柳詞那麼一目了然。這也正是周詞的特點，留下一些空白讓人去探尋、去思考、去補充。同時周詞無論是寫景、述事，無論是實寫、虛寫，均具有極強的形象性、畫面感，不同的空間，出現的不同畫面，令人目不暇接。而時間由少年而遲暮，空間由京城而楚江、而江南，亦可謂能大開大闔矣！

周詞音律要求嚴格，講究四聲運用，對於去聲字的使用尤為注意，如此詞上闋第六句「夜闌未休」之「未」字、第八句「似楚江暝宿」之「似」字、下闋第三句「正店舍無煙」之「正」字（上二句五言音節均為上一下四）、第七句「桃李自春」之「自」字，均用去聲，使聲調抑揚有致。又，兩仄聲相連時，力避上上、去去連用，全詞除「店舍」二字屬兩去聲連用外，其餘「暗柳」、「半畝」、「靜鎖」、「喚酒」、「付與」、「李自」、「在否」、「定有」等，多以去上或上去相連。萬樹《詞律・發凡》云：「上聲舒徐和軟，其腔低；去聲激勵勁遠，其腔高。相配用之，方能抑揚有致。大抵兩上兩去，在所當避。」這是萬樹對詞的音律美的感悟，也是對前代詞人創作（包括此詞）四聲合理搭配經驗的總結。

119　渡江雲

周邦彥

晴嵐低楚甸❶，暖迴❷雁翼，陣勢起平沙。驟驚春在眼，借問何時，委曲❸到山家？塗香暈色❹，盛粉飾、爭作妍華。千萬絲、陌頭楊柳，漸漸可藏鴉。

堪嗟。清江東注，畫舸❺西流，指長安日下❻。愁宴闌❼、風翻旗尾，潮濺烏紗❽。今宵正對初弦月❾，傍水驛❿、深艤⓫蒹葭⓬。沉恨處，時時自剔燈花⓭。

【詞牌】〈渡江雲〉，又名〈三犯渡江雲〉。見周邦彥《清真集》。杜牧〈江樓〉詩有「誰驚一行雁，沖斷過江雲」句，調名或本此。雙調，一百字，上闋十句四平韻，下闋十句四平韻、一仄韻（押同部仄韻）。另有全押仄韻一格和全押平韻一格。參見《詞律》卷十、《詞譜》卷二十八。

【注釋】❶楚甸　此泛指楚地。甸，古代郭外稱郊，郊外稱甸。❷暖迴　衡陽有回雁峰，雁秋日南飛至此而止，春暖即北歸。❸委曲　委婉曲折。❹暈色　敷色。❺畫舸　有彩繪鏤飾的大船。❻長安日下　《世說新語・夙慧》：「晉明帝數歲，坐元帝膝上。……因問明帝：『汝意謂長安何如日遠？』答曰：『日遠。不聞人從日邊來，居然可知。』明日，集群臣宴會，告以此意，更重問之。乃答曰：『日近。』元帝失色，曰：『爾何故異昨日之言邪？』答曰：『舉目見日，不見長安。』」此處用指進入京城接近君王。❼宴闌　酒宴結束。❽烏紗　指烏紗帽。東晉時宮官著烏紗帢，即烏紗帽，至唐始為官服，宋因之。❾初弦月　指農曆初七、八日的月亮，因形似弓弦，故稱。❿水驛　水路驛站。⓫艤　停船靠岸。⓬蒹葭　原指初生或未長穗的蘆葦，此處指水草。⓭自剔燈花　古時以粗的棉線或燈芯蘸油燃燒照明，燈花糾結，則燈火易滅，故須剔除以利繼續燃燒。

【語　譯】晴日嵐煙低籠楚地，春天轉暖，大雁展翅回歸，從平緩沙灘飛起，成行成陣。驟然驚異，春光已映入眼目，借問何時，曲折迤邐到達山家？百花噴香著色，極力裝扮，爭著呈現妍麗芳華。路邊楊柳千絲萬縷，漸漸可以藏鴉。　令人嗟歎。清江滔滔向東流去，而彩繪大船卻向西駛，朝著那君王所在的京都。憂愁酒宴散後，江風翻捲旗幟尾部，潮水飛濺烏紗官帽。今宵正對上弦彎月，船靠水邊驛站，深泊蒹葭。心懷沉重愁恨，時時獨自挑剔燈花。

【研　析】此詞創作時間，或即由江南溧水縣令，調任國子主簿之時。詞人離開京城已經十年，在此期間，朝廷經歷了一個由舊黨替代新黨主政、再到新黨復出、嚴厲打擊舊黨的變局，政壇可謂是波詭雲譎。此時入京任職，心中自有一份驚喜之情，但對未來可能出現的變數，不免懷有幾分忐忑與戒備。詞中所表露的正是這種複雜的心情。

詞之上闋重在寫舟行沿途所見楚地風光。「晴嵐低楚甸」，起勢不凡，境極遼闊。古代楚地，並不限於荊楚，包括長江中下游一帶，辛棄疾在〈水龍吟〉詞寫登臨所見，即云：「楚天千里清秋，水隨天去秋無際。」故此處的「楚甸」亦應是指長江中下游一帶地域。一望無際的綠野晴嵐，令人賞心悅目，胸懷舒暢。此時正是萬物復甦、春暖花開時節，遂先用「暖迴雁翼，陣勢起平沙」寫大雁北歸。雁為候鳥，寒冷季節，牠們棲息於南方平沙之地，如今春暖，群起沖天，組成陣勢，冉冉向北方飛去。如此的動態描繪，極具視覺衝擊力。

下面「驟驚春在眼，借問何時，委曲到山家」，從詞的表達順序來說，應置於上闋的最後。因是只見平原花團錦簇，未見山家氣象，故有此問，作此推想。「驟驚春在眼」，流露的是一種喜悅之情，與此時進京的心理正相吻合。將這種提問置之於前，正是作者鋪排中騰挪跳盪的特點。以下「塗香暈色，盛粉飾，爭作妍華。千萬絲，陌頭楊柳，漸漸可藏鴉」，四句承「暖迴雁翼」，由空中動物而轉向陸地的植物描繪，視角由仰觀而轉向平望。寫花，運用擬人手法，花之香、色，本係天然，卻說是有意塗飾、噴灑的，故意作盛裝打扮，爭著展示自己的光豔芳華。寫柳，則又化為平實，其中雖暗用孟郊〈古離別〉「楊柳織別愁，千條萬條絲」、梁簡文帝〈金樂歌〉「槐香欲覆井，楊柳可藏鴉」詩語，但顯得天然流暢。無論是雁陣，還是花柳，都是「春在眼」的具象。春天，萬物復甦，生命活躍，孕育著美好的希望，它映襯出詞人踏上歸返帝京之路時的高揚情緒。

但詞人畢竟不是初出茅廬、少不更事的小青年，新舊黨爭的激烈、政壇的風雲變幻、你方唱罷我登場的人事更迭、宦海浮沉，已經使他看到了前途可能遇到的種種險象，故下闋一開頭即禁不住發出感歎：「堪嗟。」下面「清江東注，畫舸西流，指長安日下」具寫心中所思：江水東流，而自己卻是溯流西向，駛向那時勢變幻莫測的帝京，是否有些不合時宜？這既是「堪嗟」心理活動的具體化，又是詞章結構中運用的逆筆，可知上闋所寫景物皆「畫舸西流」時所見。以下再進一步抒發自己的憂慮：「愁宴闌、風翻旗尾，潮濺烏紗。」宴會，應是歡娛的，但宴會散了以後，又會怎樣呢？說不定是風雲突變，大禍臨頭。所謂「風翻旗尾，潮濺烏紗」是一種形象的描繪，一種含蓄的表達。葉嘉瑩釋此兩句云：「『旗』字可以使人聯想到一種權勢黨派的旗幟，『烏紗』更可使人體味到政治上的官職和地位，而曰『風翻』、『潮濺』，則暗喻此種權勢和地位一旦傾覆的危險。」（《唐宋詞鑒賞辭典》）解說極為到位。兩句以「愁」字領起，表明此行充滿疑懼與惶恐。

「今宵正對初弦月，傍水驛、深艤蒹葭」，至此方點出一天的具體時間、地點、周圍景物。弦月光尚朦朧，蒹葭又遮擋視線，不便於走出船艙眺望，只能獨自在艙內沉思默想，故最後以「沉恨處，時時自剔燈花」結束全詞。至此方始出現主人公「沉恨」時的行為動作。「時時自剔燈花」，表明「沉恨」時間之久。「自剔」，表明沒有旁人，說明在旅途還要承擔一份難堪的孤寂。詞人用「沉恨」二字表達此時心情，想來是因為內心充滿矛盾，雖有欣悅之情，更多的是心存憂懼，想得很深、很遠。

詞中所寫為此番進京的複雜心態，寫欣悅之情多融會於景物描寫之中，寫疑懼之心則逐層深進：由「堪嗟」而「愁」而「沉恨」。全詞所用方法則為層層逆敘，上闋所寫「楚甸」之景係白天所見，至下闋方以「畫舸西流」表明觀景之時地；而下闋前面所寫種種思慮，又係夜泊水驛蒹葭時發生之情事，極具轉折頓挫之妙。同時又能虛實相生（上闋多實寫，下闋先虛後實，虛中有實），抑揚有致（情緒先揚後抑），曲直相交（有直言處，有託喻處），在篇章結構上可謂極盡變化之能事。其筆力極顯勁健，脫盡軟媚氣息。

120 滿庭芳

夏日溧水無想山作

周邦彥

風老鶯雛，雨肥梅子，午陰❶嘉樹❷清圓。地卑山近，衣潤費鑪煙。人靜烏鳶❸自樂，小橋外、新綠濺濺❹。凭欄久，黃蘆苦竹❺，擬泛九江❻船。

年年，如社燕❼，飄流瀚海❽，來寄修椽❾。且莫思身外，長近尊前❿。憔悴江南倦客，不堪聽、急管繁絃。歌筵畔，先安簟枕，容我醉時眠。

【詞牌】〈滿庭芳〉，又名〈滿庭花〉、〈滿庭霜〉、〈鎖陽臺〉等。有平仄韻兩式。本詞為平韻格，九十五字。平韻格尚有其他體式。詳見前秦觀〈滿庭芳〉「詞牌」介紹。

【注釋】❶午陰　正午的日影。❷嘉樹　即佳樹。❸烏鳶　此處指鳥類。烏，烏鴉。鳶，一種猛禽。❹濺濺　水聲。梁武帝〈遊鍾山大愛敬寺詩〉：「幽谷響嚶嚶，石瀨鳴濺濺。」❺黃蘆苦竹　語本白居易〈琵琶行〉：「住近湓江地低溼，黃蘆苦竹繞宅生。」黃蘆，黃枯蘆葦。苦竹，植物名，筍可食，味苦。❻九江　白居易曾左遷九江（今江西境內），此以白氏處境自喻。❼社燕　燕子春社（春分前後祈穀的祭祀日）時由南飛北，秋社（立秋後第五戊日收穫後以酬土神）時由北飛南，故稱。❽飄流瀚海　昔時認為燕從海上飛來，又稱「海燕」。梁吳均〈詠燕〉詩：「一燕海上來，一燕高堂息。……問予來何遲，山川幾紆直。答言海路長，風駛飛無力。」（《淵鑑類函》）❾修椽　承屋瓦的長椽。❿且莫思身外二句　語本杜甫〈絕句漫興〉：「莫思身外無窮事，且盡生前有限杯。」

【語　譯】熏風使雛鶯變老，夏雨催梅子長肥，正午日影下，綠樹亭亭，清潤美好。地勢低窪，靠近山巒，衣裳潤溼，烘乾多費爐煙。人極安靜，鳥兒自得其樂，小橋外，新漲綠水，聲響濺濺。久久憑欄，只見黃蘆苦竹，擬像白居易一樣浮泛九江船。　年年如同社燕，從瀚海漂流中，來此寄居修椽。暫且莫思身外之事，長與酒樽相伴。憔悴江南倦客，不願聆聽急促繁雜的管絃。在歌舞酒宴中，先將竹簟涼枕安放，容我醉時睡眠。

【研　析】此詞作於元祐八年（西元一〇九三年）至紹聖三年（西元一〇九六年）任溧水縣令期間（溧水在今南京市東南，背靠無想山），作者遠離政治中心已近十年，自己已年近不惑，頗有飄泊流離之感，而又不得不作隨遇而安之想，複雜心情，一寄之於詞。

「風老鶯雛，雨肥梅子」，詞用對起法，這也是〈滿庭芳〉詞牌的要求。一從聽覺寫，一從視覺寫，「老」與「肥」係形容詞作使動詞用；從用語來說，分別化用杜牧「風蒲燕雛老」（〈赴京初入汴口曉景即事先寄兵部李郎中〉）、杜甫「紅綻雨肥梅」（〈陪鄭廣文遊何將軍山林〉）詩句。下面接以「午陰嘉樹清圓」，化用劉禹錫「日午樹陰正」（〈晝居池上亭獨吟〉）句意，陽光燦爛，正午樹影亭亭。所寫為初夏時景物，富有生氣。春去夏來，並沒有傷春之感，反帶幾分歡愉之情。「地卑山近，衣潤費鑪煙」兩句，由眼前景轉寫此地氣候特點，雖然今天豔陽高照，但平時由於與山靠得很近，地勢低窪，空氣潮溼，烘衣比他處都要多費柴薪，這一點和白居易在潯陽「住近湓江地低溼」的境況很相似，情緒也隨之帶有一種潦落的黯淡。以下「人靜烏鳶自樂，小橋外、新綠濺濺」，復轉眼前，以動寫靜。這裡遠離塵囂，人事靜寂，但自然界卻很活躍，鳥兒上下翻飛，自得其樂，橋下新漲溪水，濺濺有聲。「新綠」與前面「雨肥梅子」之「雨」相呼應。眼前的種種自然景物，明媚的陽光、肥碩的梅子、青翠的樹蓋、自樂的飛鳥、潺湲的溪水，都能引發人的愉悅之情。但眼前的愉悅，對於詞人僻處一隅的長長歲月來說，只是短暫的瞬間，那長時折磨自己的是另一種淪落天涯的感覺，至歇拍即進一步透露出個中消息。先以「凭欄久」逆挽一筆，即前面之景、事，皆久久憑欄時所見所思。然後總以「黃蘆苦竹，擬泛九江船」，表明自己的處境與當年左遷九江、淪落天涯的白居易何其相似。

如果說上闋還只是以白居易的處境暗喻自己的淪落，至下闋的開頭，則明以飄泊的海燕喻己：「年年，如社燕，飄流瀚海，來寄修椽。」自己飄泊流離，滯留於此，只不過是如海燕暫時的棲息罷了。此處的「飄流」二句用一流水對，而讀來不覺其為對，此亦詞人運筆高明處。杜甫〈燕子來舟中作〉詩有「可憐處處巢居室，何異飄飄託此身」句，憐燕與自己遭遇相似，而周詞卻是以燕喻己，側重點不同，作法有異。下面一轉，復作自我安慰：「且莫思身外，長近尊前。」用杜甫「莫思身外無窮事，且盡生前有限杯」詩意，謂身外的得失、成敗、榮辱、毀譽等等，暫且都不必考慮，還是飲酒於醉中求樂吧。可是詞人對自己的落寞處境終究無法忘懷，故以下又一轉：「顦顇江南倦客，不堪聽、急管繁絃。」作者係錢塘人，故以「江南倦客」自稱，表明對這種僻地的仕宦生涯已深感厭倦，對為此空耗年華感到痛惜，在如此境地中煎熬，自己已然形容憔悴。因為心緒惡劣，對於絲竹演奏於前已了無興趣，宴會上的急管繁絃，只能引人傷悲。結拍再轉：「歌筵畔，先安簟枕，容我醉時眠。」歌筵尚未開始，即預先安排好臥具，以便醉臥其間。從詞意言，上承「且莫思身外，長近尊前」，從用語言，則本《南史・陶潛傳》：「（陶）潛若先醉，便語客：『我醉欲眠卿可去。』」此處用陶語，似有欲效陶淵明的超然、率性之意。而從詞人內心來說，終究難以忘懷世事，超然物外，他的「醉」與陶淵明的「醉」，有所不同，那只是暫時忘卻愁悶的一法，故貌似曠達而實為暫時的心靈躲避。

此詞上闋樂景與苦情交錯，以白居易左遷境況自喻，顯得含情婉曲；下闋則直抒情懷，但又層層轉折，反映出內心的痛苦與掙扎，可謂迴腸盪氣。正如清陳廷焯所評：「此中有多少說不出處，或是依人之苦，或有患失之心，但說得雖哀怨，卻不激烈，沉鬱頓挫中別繞蘊藉。」（《白雨齋詞話》卷一）又，詞人以善於熔化唐人詩句而著稱，此詞化用杜甫、白居易、劉禹錫、杜牧等人詩語，渾然天成，音調雅煉，氣格蒼勁，歷來為人所稱道。

121 過秦樓

周邦彥

水浴清蟾❶，葉喧涼吹，巷陌馬聲初斷。閒依露井❷，笑撲流螢，惹破畫羅輕扇❸。人靜夜久憑闌，愁不歸眠，立殘更箭❹。歎年華一瞬，人今千里，夢沉書遠。空見說、鬢怯❺瓊梳❻，容銷金鏡❼，漸懶趁時勻染。梅風❽地溽，虹雨❾苔滋，一架舞紅都變。誰信無憀，為伊才減江淹❿，情傷荀倩⓫。但明河⓬影下，還看稀星數點。

【詞牌】《過秦樓》，見《樂府雅詞》載宋李甲詞，因詞中有「曾過秦樓」語，取以為名。李詞押平聲韻，一百零九字。周邦彥詞押仄聲韻，一百一十字，故被稱之為仄韻〈過秦樓〉，又名〈選冠子〉、〈蘇武慢〉、〈惜餘春慢〉。上下闋各四仄韻，以四、六言為主，可用為對仗處甚多，故此調極具整飭工麗之美。參見《詞律》卷十九、《詞譜》卷三十五（該書以周邦彥此詞作為〈選冠子〉之正體）。

【注釋】❶清蟾　古代神話傳說謂月中有蟾蜍，故以清蟾稱月。❷露井　無覆蓋之井。❸笑撲流螢二句　語本杜牧〈秋夕〉詩：「輕羅小扇撲流螢。」❹更箭　即更漏。古計時器有漏壺，上設箭頭以指時。❺怯　心驚。❻瓊梳　梳之美稱。❼金鏡　銅鏡。❽梅風　《風俗通義》載，五月有落梅風。❾虹雨　指夏天的陣雨，虹與雨同時出現的景象。❿才減江淹南朝梁江淹以文章著，後夢一丈夫索取懷中五色筆，自此才思銳減，人謂之江郎才盡。⓫情傷荀倩　三國魏荀奉倩與妻感情深篤，妻亡，痛悼不已，歲餘亦亡，年僅二十九，時人謂之神傷。⓬明河　銀河。

【語　譯】清明月亮在溪水中沐浴，樹葉在涼風吹拂中喧響，巷陌的馬聲剛剛停息。隨意在露井旁邊，帶著歡笑撲捉流螢，以致弄破畫羅輕扇。夜深人靜憑倚欄杆，愁情困擾毫無睡意，佇立至更箭將殘。感歎年華瞬間即逝，而今伊人遙隔千里，好夢難覓，書信難傳。　徒然聽說，怕用瓊梳梳理稀疏鬢髮，鏡裡容顏日見消瘦，漸漸懶於追逐時尚將鉛粉勻染。落梅風起，地氣潮溼，虹雨過後，莓苔滋生，一架紅花都已飄盡。有誰相信為伊百無聊賴，我恰如才減的江淹、傷情的荀奉倩。如今只有在銀河影下，看疏星數點。

【研　析】此詞為懷人相思之作。詞從回憶入手，回憶的是一個風光美好、充滿賞心樂事的秋夜。作者先用「水浴清蟾」三句營造一個優美的環境。「水浴清蟾」是「清蟾浴水」的倒裝，將月與水的意象組合成一個空明澄澈的境界，重在光色；「葉喧涼吹」是「涼（風）吹葉喧」的倒裝，重在聲響，順帶點出秋時季節。「浴」和「喧」都帶擬人特色，設想頗妙，由此可見作者煉字鍛句的功夫。下面緊接「巷陌馬聲初斷」，寫人聲初靜，從時間言，與月出相應，從環境言，和「葉喧」相關，因人馬靜寂方能聽到樹葉的沙沙聲。此等描寫真個是非常細密！以下「閒依露井」三句轉寫秋夕人事。伊人笑著手持「輕羅小扇撲流螢」，在追逐中因為忘情以致把羅扇也弄破了。這是一個多麼歡樂且令人難以忘懷的生活片斷！這個生活片斷是兩情相悅幸福洋溢的代表。這是憶昔，虛事實寫，歷歷如在目前，但詞人不用「記」、「憶」之類的字眼領起，這正是周詞的特點。「人靜夜久凭闌」三句才轉入眼前。夜深久久憑欄，直至更殘漏盡。這幾句係全詞的中心，從結構言，前面所憶乃是夜深憑欄時情事，由此可知詞人使用的是倒敘的逆入法；從表情言，「愁不歸眠」之「愁」乃是全詞情緒的聚焦點。故以下就「愁」加以抒發。「歎年華一瞬，人今千里，夢沉書遠。」詞人感慨人生有限，而人事多乖。當時「笑撲流螢」之「人」，遠在千里之外，夢魂難到，音書難達，從而揭示出「愁」之因。

至下闋，先以「空見說」領起，轉寫對方。因為「夢沉書遠」，只聽到傳聞，伊人為思念我變得容顏憔悴，頭髮也漸顯稀疏，連追逐時尚打扮的心情也沒有了。自己和對方都為情所苦，正如李清照〈一翦梅〉詞所云：「一種相思，兩處閒愁。」作者用「鬢怯瓊梳，容銷金鏡」來形容對方，她的梳妝用品如此精美，使人感到即使是容銷鬢怯，那也依然未改其美人的形象。寫罷對方，轉入夏天景物的描寫：「梅風地溽，虹雨苔滋，一架舞紅都變。」先用一組精工的對仗描寫氣候，這兩句是互文，梅風、虹雨使地面變得潮溼，使苔蘚滋生，這正是夏日——特別是江南夏日的季候特徵。讀這兩句詞，使我們想起了作者在〈滿庭芳〉詞中寫到的江南溧水夏日情景：「風老鶯雛，雨肥梅子，午陰嘉樹清圓。地卑山近，衣潤費鑪煙。」二者頗有相似處。再由下面「舞紅都變」可知，這裡寫的是從春到夏的過程，這也是詞人無時無刻不在思念的過程。這種思念的愁苦帶來怎樣的身心變化呢？才情如江淹般衰退，精神如荀奉倩那樣傷情恍惚，真是「衣帶漸寬終不悔，為伊消得人憔悴」！因音信阻隔，伊人可知這一切都是為了她？這裡所用江淹、荀奉倩之典，既切合作者身分，又符合其心情，可謂恰到好處。最後以景結情：「但明河影下，還看稀星數點。」這是「人靜夜久凭闌」所見之景，夜是那麼靜謐，空間是那麼廣闊，人的孤獨、心的寂寥，從景物中透露出來，是景語，也是情語。

周邦彥詞突破柳永詞多用線性結構的特點，騰挪跳盪，富於變化，由此詞亦可見出端倪。今與昔，人與我，互相交錯，在時空的轉換中完成情感的傳遞。整首詞語言精美得令人驚歎，情愛深摯得令人感動，故陳廷焯《雲韶集》評曰：「婉約芊綿，淒豔絕世。滿紙是淚，而筆墨極盡飛舞之致。」

122 蘇幕遮

周邦彥

燎沉香❶，消溽暑❷。鳥雀呼晴，侵曉❸窺簷語。葉上初陽乾宿雨❹，水面清圓，一一風荷舉。故鄉遙，何日去？家住吳門❺，久作長安❻旅。五月漁郎相憶否？小楫輕舟，夢入芙蓉❼浦。

【詞　牌】〈蘇幕遮〉，唐教坊曲名，用作詞調，又名〈鬢雲鬆〉。據《宋史・高昌傳》載，高昌語稱所戴油帽為「蘇幕遮」。雙調，六十二字，上下闋各七句，四仄韻，句式、格律均同，為仄韻格。詳見前范仲淹〈蘇幕遮〉「詞牌」介紹。

【注　釋】❶燎沉香　燃燒沉香。沉香，名貴香料，以沉香木心能沉於水而得名。❷溽暑　潮溼悶熱。❸侵曉　拂曉。❹宿雨　昨夜之雨。❺吳門　原指蘇州閶門，此處代指吳地之作者家鄉錢塘。❻長安　代指宋代都城汴京。❼芙蓉　芙蓉有木芙蓉與水芙蓉，此指後者，即荷花。

【語　譯】焚燒沉香，以消除潮溼暑熱。鳥雀在晴天呼叫，拂曉即在簷間窺視、言語。旭日升起，荷葉上的宿雨已乾，在水面上顯得清潤圓正，隨風一一飄舉。　故鄉遙遠，何日歸去？家住江南吳門一帶，卻久在長安羈旅。五月捕魚的少年郎，可還記得當時的同伴？短小的船槳、輕巧的漁舟，駛向芙蓉淺水，我正進入美好夢鄉。

【研　析】此詞抒寫羈旅之愁與故鄉之思。詞用對起法：「燎沉香，消溽暑。」所用為流水對，係寫室內細細焚香，消除溼氣，顯示出夏日的季候特點。這應該是昨天夜晚的情事。「鳥雀呼晴，侵曉窺簷語」，通過聽覺，運用擬人手法，從側面寫出由雨而晴的氣候變化。鳥雀在清晨太陽初升時，歡呼鳴叫，在簷間跳躍，一邊窺視室內，一邊嘰嘰喳喳說著話兒，描寫極為生動。「窺」和「語」，給牠們賦予了人的情感，似在有意向人報道久雨初晴的消息，傳遞的實際是人的自我喜悅之情。以下三句「葉上初陽乾宿雨，水面清圓，一一風荷舉」，集中寫紅日漸高時的池中之荷，時空有了變化，但用的是隨步換形的暗轉法。此處的「宿雨」，方點出是雨後初晴。宿雨已乾，荷葉在陽光照耀下，在綠水的映襯下，顯得特別青翠圓潤，亭亭玉立，清風吹來，搖曳婀娜。雖然只寫到荷葉，為避免與下闋重複而未出現於筆下的荷花，實也在視野之中。那荷的鮮豔色彩、那水中的波光倒影、那風中舞蹈的姿態，構成了一幅明麗清新的活動圖畫。此三句寫荷，王國維以為「此真能得荷之神理者」（《人間詞話》），寫得出荷之神理，正體現出詞人獨特的審美視角和捕捉形象的高超技巧，同時也蘊含了詞人賞心悅目的欣喜之情。

但這種欣喜並沒有長久的持續，因為眼前之荷，使他聯想到故鄉之荷，引發對故鄉的思念、羈旅異鄉的愁情，故下闋情緒陡轉：「故鄉遙，何日去？家住吳門，久作長安旅。」詞人自二十三歲由錢塘入京，在太學的時間長達五、六年，只因獻〈汴都賦〉才升任九品的太學正，仕途毫無進展，前程渺茫，對「久作長安旅」深感厭倦，而故鄉錢塘的美景和自由恬淡的生活，曾留下了深刻的記憶，至今猶有無盡的回味。何時能回到故鄉？現在身不由己，惟有歎息。以下「五月漁郎相憶否」轉入回憶，但不說自己憶念，而從對面設想，問當時一道捕魚的少年郎可還記得一起度過的快樂時光？便多了一層曲折。「小楫輕舟，夢入芙蓉浦。」是快意的往事化為了夢境。錢塘西湖，正如柳永〈望海潮〉所寫：「有三秋桂子，十里荷花。」詞人夢中划著小船，輕快地前進，進入那美麗的荷花浦，融入那片恬適的自由天地。用虛筆將今昔綰合，極為輕盈而富詩意，自是詞家手段。上闋歇拍寫荷葉，此處結拍寫芙蓉，無犯複之病，一實一虛，上下映襯，運筆綿密。

整首詞的底色是「愁」，但生活是紛繁複雜的，有時也有樂，正如此詞上闋所寫。下闋透露的是鄉愁，但鄉愁還只是表，究其底裡，仍是人生的失意。詞人以令詞形式，將這種思緒寫得跌宕起伏，意味雋永。又，詞人作品素以「富豔精工」著稱，而此詞全用白描，毫無雕飾，在《清真集》中可謂別具一格。

123 浣沙溪

周邦彥

樓上晴天碧四垂❶，樓前芳草接天涯。勸君莫上最高梯。

新筍已成堂下竹，落花都上燕巢泥。忍❷聽林表杜鵑❸啼！

【詞牌】〈浣沙溪〉，即〈浣溪沙〉，原為唐教坊曲名，用作詞調。雙調，四十二字。上闋三句、三平韻，下闋三句、兩平韻，下闋前兩句例用對仗，為平韻格，如本詞。另有字數不同之體式數種，又有押仄韻一體。詳見前晏殊〈浣溪沙〉「詞牌」介紹。

【注釋】❶碧四垂　謂碧雲遠連地平線，似垂之於地。❷忍　怎忍。❸杜鵑　又名杜宇，其鳴似「不如歸去」，故用為思歸或催歸意。

【語譯】晴天樓上觀望，四周碧雲下垂於地，樓前芳草連綿，遠接天涯。勸君不要登上最高的樓梯。堂前的新筍已長成修竹，地上落花都和泥築入燕巢。怎忍聽林梢杜鵑「不如歸去」的啼鳴！

【研析】此係羈旅思鄉之作。起筆即寫登樓遠眺，境界闊遠，氣勢不凡。因是晴天，極目所見，那無邊的藍天，似由高而低，垂之於地，也就是古〈敕勒歌〉所寫「天似穹廬，籠蓋四野」的景象。「垂」字極妙，為詩詞家所喜用。杜甫〈旅夜書懷〉詩有「星垂平野闊，月湧大江流」的描寫，寫出星夜原野之遼闊，韓偓〈有憶〉詩有「淚眼倚樓天四垂」句，宋魏夫人〈阮郎歸〉詞有「夕陽樓處落花飛，晴空碧四垂」語，當為周詞所本。首句「樓上晴天碧四垂」偏重於由仰視而遠觀，次句「樓前芳草接天涯」則由俯視而遠看，芳草萋萋，綠遍天涯。芳草，是由「王孫遊兮不歸，春草生兮萋萋」（淮南王〈招隱士〉）演化而成的意象，它出現在詩詞中，便和飄遊在外、羈旅不歸、離恨、鄉愁相聯繫。白居易〈賦得古草原送別〉詩有「遠芳侵古道，晴翠接荒城。又送王孫去，萋萋滿別情」的抒寫，范仲淹〈蘇幕遮〉詞有「山映斜陽天接水，芳草無情，更在斜陽外」的描繪，秦觀〈八六子〉詞有「恨如芳草，萋萋剗盡還生」的形容。周詞在形象上取「遠芳侵古道，晴翠接荒城」之意，表明千里迢迢，與故鄉空間遙隔，在用意上取「王孫遊兮不歸」，表明自己長久羈旅漂流在外。詞人的鄉愁已然融進這無邊的萋萋芳草中了。下面「勸君莫上最高梯」再翻進一層，如今樓上遠眺已經引發出無限愁思，不要再上最高梯了。否則，只會看得更遠，讓鄉愁越發難以收拾。「勸君」，在此處實是勸自己。此處著一虛筆，而能令人生出對未見之景、可能觸發之情的種種揣想，意在言外。王之渙有「欲窮千里目，更上一層樓」（〈登鸛雀樓〉）的高瞻遠矚之想，詞人此處則反用其意，各有攸宜。

上闋樓頭憑欄臨遠，從大處落筆，至下闋將視線收回，轉作近景描繪。「新筍已成堂下竹，落花都上燕巢泥」，用一對句，寫堂前院落、梁間燕巢。新筍已長成修竹，落花已都融入燕泥。所攝取之景與孫光憲〈浣溪沙〉詞「粉籜半開新竹徑，紅苞盡落舊桃蹊」頗為相似，只是表意各不相同。此聯與上闋「芳草接天涯」相呼應，表明時序已屆暮春，不禁令人感歎年華暗換，久滯於外。恰在此時，林梢又傳來「不如歸去」的杜鵑啼聲，更喚起一片歸心。「忍聽」句由視覺轉為聽覺，但用一「忍」字，則化實為虛，實景虛寫；再則形成反詰語調，強化了情感力度，歸心既激切，表現又極委曲。

全詞以「樓上」為立足點，如同鏡頭的設置，隨角度的調整作遠近高低的空間轉換，將景物收於眼底，經過詞人詩化的過濾，情感並融其中，深婉、蘊蓄，耐人尋味。而在一首小令中，能達致虛實相生，可謂善能變化。在用韻方面，作者亦有講究，正如周篤文所說：「拈取了綿密低徊的齊齒聲字回環相押，這對於表現淒迷婉轉的鄉情，真有笙磬之合。」（《唐宋詞鑒賞辭典》）

124 少年遊

周邦彥

并刀❶如水，吳鹽❷勝雪，纖手破新橙。錦幄❸初溫，獸煙❹不斷，相對坐調笙❺。

低聲問、向誰行❻宿，城上已三更。馬滑霜濃，不如休去，直是少人行❼。

【詞牌】〈少年遊〉，又名〈少年遊令〉、〈小闌干〉、〈玉臘梅枝〉。雙調，平韻格有四十八字、五十字、五十一字、五十二字數體，另有四十九字體之仄韻格。本詞五十一字，上下闋各五句二平韻。詳見前柳永〈少年遊〉「詞牌」介紹。

【注　釋】❶并刀　又稱并刀剪，古時并州所產，以鋒利著稱。❷吳鹽　吳地所產的鹽，以潔白著稱。李白〈梁園吟〉：「吳鹽如花皎白雪。」❸錦幄　錦製的帷幕。❹獸煙　獸形爐中的香煙。❺笙　一種竹製管樂器。❻誰行　誰邊；誰家。❼直是少人行　謂即使有人行，人也很少。張相《詩詞曲語辭匯釋》：「（直，）與就使、即使之『就』、『即』字相當，假定之辭。」

【語　譯】并刀明亮似水，吳鹽潔白勝雪，纖纖手指破開新橙。錦製的帷幄開始變暖，獸形香爐煙裊不斷，兩人相對，她吹奏笙的管樂。　她低聲詢問，向誰邊住宿，現在城上已三更。不如休去，路上霜濃馬滑，即使有人行，人也很少。

【研　析】這首詞有的版本題為「感舊」，應是詞人回憶青年時代一次難忘的豔遇。先從她的殷勤招待寫起，起筆即用一對句突出所用工具與調味品。那工具是閃亮的并州快剪刀，說它「似水」，或受杜甫「焉得并州快剪刀，剪取吳松半江水」（〈戲題王宰畫山水圖歌〉）的啟示，那調味的吳鹽，比雪更晶瑩潔白，以此襯托其人之清朗，然後才出現「纖手破新橙」的特寫鏡頭，親自操作以示鄭重。更以「纖手」的局部，顯示其秀美。然後接寫室內環境。由後面的「霜濃」，可知正值冬季，氣候寒冷，這時室內燃香，溫度漸升，故說「獸煙不斷」，「錦幄初溫」，營造出極為溫馨的氛圍。「錦幄」「獸煙」，於「如水」、「勝雪」的淡語後，略著濃色，以示變化，並以此用具之精緻，襯托主人公之姣好。在這樣一個融和宜人的環境中，兩人相對而坐，互含脈脈溫情。她應是一位藝伎，善於樂器演奏，故調試笙管，為他一人吹奏。吹奏什麼曲調，沒有說，當可想見是如晏幾道所云「琵琶絃上說相思」（〈臨江仙〉）吧。由手破新橙至此，其親密更進一層。

在音樂的陶醉中，在柔情蜜意的融化中，時間過得很快，轉瞬即到了半夜，詞人正面臨去留兩難的境地，這時她用柔和的探詢的口氣，「低聲問」：「向誰行宿，城上已三更。馬滑霜濃，不如休去，直是少人行。」強調時間已晚，夜霜濃重，路途易致馬滑，行人稀少，向哪裡住宿？最後歸結到：「不如休去」。她雖意在挽留，卻不直說「休去」，而說「不如休去」，言語極有分寸。數句一氣貫注，何等暢達！但又極為婉轉含蓄，旖旎柔情自見。同時，通過她的「低聲問」，描述了室外的寒冷、霜凍、行人稀少的景象，與室內的溫馨形成鮮明對照，則留者的纏綿多情，欲去者的猶豫不定，便在情理之中了。毛稚黃評此下闋，謂「只以『低聲問』三字貫徹到底，蘊藉裊娜，無限情景，都自纖手破橙人口中說出，更不必別著一語，意思幽微，篇章奇妙，真神品也」（王又華《古今詞話》）。

刻畫人物，令人如見，表情溫婉，止於當止，是本詞特色。故被周濟稱為「本色佳製」，並認為：「本色至此便足，再過一分，便入山谷惡道矣。」（《宋四家詞選目錄序論‧附錄》）

125

夜遊宮

周邦彥

葉下斜陽照水，捲輕浪、沉沉❶千里。橋上酸風射眸子❷。立多時，看黃昏，燈火市。古屋寒窗底，聽幾片、井桐飛墜。不戀單衾❸再三起。有誰知，為蕭娘❹，書一紙。

【詞　牌】〈夜遊宮〉，又名〈新念別〉、〈念彩雲〉。見毛滂《東堂詞》。雙調，五十七字，上下闋均六句四仄韻，為仄韻格。宋人用此調，字、句、韻相同，但句式音節、平仄小異。參見《詞律》卷八、《詞譜》卷十二。

【注　釋】❶沉沉　蒼茫中的煙波浩淼貌。❷橋上酸風射眸子　語本李賀〈金銅仙人辭漢歌〉：「東關酸風射眸子。」酸風，刺人的寒風。❸單衾　單薄的被子。❹蕭娘　唐代以「蕭娘」為女子之泛稱，對稱男子為蕭郎而言。

【語　譯】樹葉下的斜陽映照水面，捲起輕輕波浪，浩淼千里。站立橋上，刺人的寒風吹射眸子。站立多時，看黃昏中的燈火街市。　睡臥古舊房屋的寒窗下面，聽到幾片井邊的桐葉飛墜。不戀單薄的被子，再三起來。有誰知道，是為了蕭娘，寄來書信一紙。

【研　析】此詞寫秋日相思之情。發端用逆入法，先描繪眼中所見江水，寫江水由近而遠，富有層次。「葉下斜陽照水」，屬近看。堤岸有楊柳一類樹木，掩映著斜陽照射水面，一片波光粼粼。在我們看來，這句寫的景觀有層次，有光影，富有畫意，但詞人之意並不在此。他由此為起點，將目光伸向遠方：「捲輕浪、沉沉千里。」由眼前所見「輕浪」，而想見煙波浩淼，江流伸向千里之外。「沉沉千里」，從空間而言，極為闊遠，象徵著遙遠的阻隔；從時間而言，「沉沉」二字還包含了由「斜陽」而漸入蒼茫暮色的變化，如柳永〈雨霖鈴〉即有「暮靄沉沉楚天闊」的描寫。至「橋上酸風射眸子」，始是人物出場，倒敘一筆，則前面所描繪景物乃立於橋上所見，且以「酸風」點出季節，時屆深秋。此句將李賀〈金銅仙人辭漢歌〉中的現成語，順手拈來，恰到好處。由於李賀詩所寫為長安金銅仙人辭漢之事，聯繫其他有關作品來看，當也暗示此詞之寫作地點與長安相關。「立多時，看黃昏，燈火市」，站立橋上，非一時片刻，而是「多時」。這個「多時」，和「橋上」的空間位置一樣，貫穿著前後的景物描寫，由斜陽而至黃昏而至夜色來臨。前面之景為「逆入」，後面之景為「平出」。「看黃昏，燈火市」，表面看來，詞人似乎專注於「燈火市」，然則「燈火市」又有何可觀？痴痴久立，無非是心中別有所思，街頭風景只不過是眼前的浮光罷了。

上闋描寫佇立橋頭所見，既有茫茫江水引發的「綿綿思遠道」，又有呆望街市的沉思，處處融情入景。下闋則轉入室內，時間進入深夜。「古屋寒窗底，聽幾片、井桐飛墜」，他睡臥在古屋的寒窗下，輾轉反側，窗外的井邊梧桐，飄墜幾片樹葉，都清晰入耳，從而突出夜的寂靜。這種寫法令人想起蘇軾「紞如三鼓，鏗然一葉」（〈永遇樂〉）的深夜描寫，以動襯靜。在靜夜，詞人不僅難以入眠，而且是一而再、再而三地起來，「中夜起徘徊」，卻又說是「不戀單衾」，出語委折。可是這一切究竟是為了什麼？詞的結拍方始揭示：「有誰知，為蕭娘，書一紙。」即楊巨源〈崔娘詩〉所寫「風流才子多春思，腸斷蕭娘一紙書」，只不過是「春思」在這裡變成了秋思。蕭娘書中所寫為何？為什麼引人情思如此的激盪？詞中不曾提及，但又能令人想見。此等處不說破，謂之能「留」。詞人感歎這種難以排解的秋思「有誰知」，不僅一般人不知，連對方也未必知，惟有獨自品嘗這份愁苦而已。

全詞的核心在於「為蕭娘，書一紙」，橋上「立多時」，古屋「再三起」，都是圍繞這一中心，被周濟稱為「層疊加倍寫法」（《宋四家詞選》）。周邦彥詞中屢屢提及「蕭娘」，如〈浣沙溪〉詞：「不為蕭娘舊約寒（寒，帶冷落意），何因容易別長安。」說匆匆離開長安，是為了赴蕭娘之約，以免冷落了她。又〈四園竹〉詞亦云：「奈向燈前墮淚，腸斷蕭娘，舊日書辭。猶在紙。」可推知蕭娘在詞人所結交的異性中，當有專指，是一個被詞人時常牽掛的美人，她的書信能令人動情如此，想來是一個具有一定文化素養的女子，故而詞人對她有一種特別的愛戀。

126 解語花 元宵

周邦彥

風銷絳蠟❶，露浥紅蓮❷，花市❸光相射。桂華❹流瓦。纖雲散，耿耿素娥❺欲下。衣裳淡雅。看楚女、纖腰❻一把。簫鼓喧，人影參差，滿路飄香麝❼。

因念都城放夜❽。望千門如畫，嬉笑游冶。鈿車❾羅帕。相逢處，自有暗塵隨馬❿。年光是也。唯只見、舊情衰謝。清漏移，飛蓋⓫歸來，從⓬舞休歌罷。

【詞牌】〈解語花〉，見周邦彥《清真集》。王仁裕《開元天寶遺事》卷下載：「明皇秋八月，太液池有千葉白蓮數枝盛開，帝與貴戚宴賞焉。左右皆歎羨。久之，帝指貴妃示於左右曰：『爭如我解語花？』」調名本此。雙調，體式有數種，句讀略有差異。此譜所錄為一百字，上闋九句五仄韻，下闋九句六仄韻，為仄韻格。另有九十八字、一百零一字者數體。參見《詞律》卷十六、《詞譜》卷二十八。

【注　釋】❶絳蠟　一作「焰蠟」，紅蠟燭。蘇軾〈次韻代留別〉詩：「絳蠟燒殘玉斝飛。」❷紅蓮　一作「烘爐」，荷花燈。歐陽脩〈驀山溪〉：「新正初破，三五銀蟾滿。纖手染香羅，剪紅蓮、滿城開遍。」❸花市　宋時元宵節，以懸掛各色花燈、堆疊燈山為慶，「於是華燈寶炬，月色花光，霏霧融融，動燭遠近」（孟元老《東京夢華錄・十六日》）。❹桂華　傳說月中有桂，故以桂華代月色。❺素娥　指月宮仙女。據《龍城錄》載，唐明皇遊月宮，見「素娥十餘人，皆皓衣乘白鸞往來，舞於大樹下」。❻楚女纖腰　謂女子腰細。《韓非子・二柄》：「楚靈王好細腰，宮中多餓人。」❼香麝　雄麝臍部有香腺，可作香料。❽都城放夜　唐代京城禁夜行，惟正月十五日夜弛禁，前後各一日，謂之「放夜」。《東京夢華錄・十六日》載，北宋正月十五至十九日收燈，「五夜城闉不禁」。❾鈿車　以金、銀、介殼等物嵌鑲的華美車輛。❿暗塵隨馬　塵土暗隨馬蹄揚起。語本蘇味道〈正月十五夜〉詩：「暗塵隨馬去，明月逐人來。」⓫飛蓋　指飛馳的車輛。曹植〈公宴詩〉：「清夜遊西園，飛蓋相追隨。」⓬從　任；聽憑。杜甫〈徐步〉：「把酒從衣溼。」

【語　譯】紅色蠟燭在風中消融，荷花燈籠被露水潤溼，街市上的花燈相互映射。月光流照屋瓦。彩雲散，月更明，仙娥起舞似欲向人間飛下。遊觀女子衣裳淡雅。她們窈窕，擁有如楚國的宮女纖腰一把。簫鼓樂聲熱鬧喧闐，人影雜亂，滿路飄漾撲鼻香麝。

因而回憶京城放夜情景：望千門萬戶，如同白晝，萬眾嬉笑遊冶。乘坐華美鈿車，女人揮舞羅帕。與她們相逢處，自然有塵土暗隨馬蹄揚起。年光節日相同，只是我舊日情懷已經衰減。滴漏清晰，已至深夜，自己驅車歸來，一任他人舞休歌罷。

【研　析】周濟《宋四家詞選》云：「此美成在荊南作。」作者青年時期在汴京度過了一段頗為得意的歲月。元祐初出任廬州教授，隨後流寓荊南（湖北江陵），此時正值三十餘歲的壯年時期，內心自不無失意之感。這首元宵詞正透露了箇中消息。

元宵，是開年第一個月圓之夜。元宵張燈，起自唐代，又叫「燈節」。在宋代元宵更是一個盛大的節日，不獨京城，域中各地無不以燃燈、觀燈為樂。此詞之上闋寫荊南元宵。可分為三層：第一層寫燈。開首用一對句：「風銷絳蠟，露浥紅蓮」，蠟燭在風中消融，荷燈被露水潤溼，顯見得燃燈已久，夜已很深了。「花市光相射」一句，總寫。第二層寫月。元宵燈火所照限於街市，故寫月則是「桂華流瓦」，由天空傾瀉而下。燈光與月光上下輝映，這是怎樣的一派光明境界！更妙的是詞人想像耿耿月色中「素娥欲下」，月裡仙娥似欲飛向人間，與人們共度佳節。寫至此，天上、人間，打成一片，凡境、仙境，渾然一體。第三層轉寫人事。元宵節是一個全民性的節日，無論男女老幼，都可出來觀燈，特別是婦女，平日不能隨意出門，這一夜成了特例，可至紅衢紫陌自由觀賞。故作者先寫女性。女人是怎樣的裝扮呢？「衣裳淡雅」。周密《武林舊事・元夕》載：「婦人皆戴珠翠、鬧娥、玉梅、雪柳……，而衣多尚白，蓋月下所宜也。」天上之素娥仙姬、街市之淡衣女子，互相映襯，何等超凡脫俗！與濃妝豔抹相較，真乃別是一番風景。這些南方的女子也許還有古楚國風習的遺留，一個個都窈窕可人，令人賞心悅目。「簫鼓喧」，由視覺轉向聽覺。街市不僅華燈朗照，更有喧天的鼓樂之聲增添了節日的熱鬧氣氛，刺激鼓舞了人們的興奮之情。故接以「人影參差」。作者寫月光燈光下的人流，不直接描寫人們如何摩肩接踵，只從「影」著筆，便顯得很空靈。「滿路飄香麝」，承「人影」，由視覺轉寫嗅覺。人們攜帶香囊之類的飾物或穿著香熏的衣裳，表明了對這個節日的高度重視。

上闋寫燈、寫月、寫人，寫光、寫色、寫聲、寫味，把荊南元宵的光明、熱鬧，把遊人的興致、狂歡，渲染得無以復加。可這一切對詞人來說，只是落寞情懷的反襯。街市滿歡聲，「斯人獨憔悴」，續讀詞的下闋，便可知端底。「因念」數句是一大轉折，由眼前元宵轉憶京都元宵。京都元宵怎樣？詞人先用「千門如晝，嬉笑游冶」總寫其燈火輝煌與遊人之樂，然後從中拈出那令人心旌搖盪的浪漫場面：「鈿車羅帕。相逢處，自有暗塵隨馬。」男女青年平日沒有相會的自由，但元宵例外，歐陽脩〈生查子〉不是有「月上柳梢頭，人約黃昏後」的描寫嗎？這裡寫的年輕女子乘坐華美的車輛揮舞羅帕，年輕男子騎馬踴躍相隨，互相表示傾慕，惟有元宵才有這樣的機緣，因而印象也就特別深刻。詞人自己當年也是「嬉笑游冶」中的一員，那時興高采烈，心情舒暢，仕途前景似也充滿一片光明。但世事並非如人所料。「年光是也」一句由追憶折回現實。節序無殊，而心情有異。下句「舊情衰謝」乃是點睛之筆，是此篇主旨。詞之結拍仍回到今夕觀燈。「清漏移」與首二句「風銷」、「露浥」相應，謂夜已深沉。自己再無雅興，別人如何縱情遊樂，與我無涉，隨他們去吧！用他人反襯，進一步將「舊情衰謝」寫足。對於此詞的寫作，陳廷焯《雲韶集》所評甚為的當：「因元宵而念京城夜放時，屈指年光，已成往事。此種著筆，何等姿態，何等情味，若泛寫元宵衣香燈影如何豔冶，便寫得工麗百二十分，終覺看來不俊。」

此詞雖主要抒發「舊情衰謝」之懷抱，但它同時也為我們描繪了一幅宋代元宵節日的風情畫卷。故張炎《詞源》讚其「不獨措辭精粹，又且見時序風物之盛，人家宴樂之同」。

127 花犯

梅花

周邦彥

粉牆低，梅花照眼，依然舊風味。露痕輕綴。疑淨洗鉛華❶，無限佳麗。去年勝賞❷曾孤倚。冰盤❸同宴喜❹。更可惜、雪中高樹，香篝❺熏素被。

今年對花最匆匆，相逢似有恨，依依愁顇。吟望久，青苔上、旋看飛墜。相將見、脆丸❻薦酒❼，人正在、空江煙浪裡。但夢想、一枝瀟灑，黃昏斜照水。

【詞牌】〈花犯〉，又名〈繡鸞鳳花犯〉。見周邦彥《清真集》。雙調，一百零二字，上闋十句六仄韻，下闋九句四仄韻，為仄韻格。宋人填此調，另有押韻略有不同和減字者數體。參見《詞律》卷十五、《詞譜》卷三十。

【注釋】❶鉛華　搽臉的粉。曹植〈洛神賦〉：「芳澤無加，鉛華弗御（用）。」❷勝賞　美而可觀之景色。❸冰盤　盛食品的精美果盤。❹同宴喜　指喜樂的宴會有梅花相陪伴。❺香篝　內燃香料，用以熏蒸衣物之熏籠。❻脆丸　青梅。❼薦酒　進酒。

【語　譯】白色粉牆低矮，梅花耀眼，依然是舊時情味。露水痕跡，輕輕點綴。疑是洗淨脂粉，有如無限姣美的佳麗。去年在景致優美的園林，曾獨自依倚。在宴會上，與梅花欣喜共度。尤其可愛者，是雪中高樹，暗香如熏籠襲入素被。　今年對花太匆忙，相逢似乎有恨，梅花依依顯得憂傷憔悴。久久低吟觀望，青苔上旋即看到花瓣飛墜。即將見到，青梅進酒，但人正在空闊江中的煙浪裡。惟有夢想一枝瀟灑的梅花，黃昏中斜映在水。

【研　析】此詞詠梅，時態含過去、現在、未來，反覆詠歎，隱含身世流離之感。全詞可分為四層。「粉牆低，梅花照眼，依然舊風味。露痕輕綴。疑淨洗鉛華，無限佳麗」為第一層。前面三句今昔綰合，側重從人的感受描寫。梅花在白色粉牆映襯下，特別耀眼。梁武帝〈子夜四時歌·春歌〉有「階上香入懷，庭中花照眼」之句，「照眼」，有乍見驚豔的意味，雖不言其色澤如何，但可令人想見其絢麗明媚。說其風味依舊，即與去年所見相同，情味不減，如此便將去年觀梅之感一併包含。後面三句承「照眼」，對梅作具象描寫。花瓣上還點綴著露珠，則在豔美之中又添晶瑩亮麗。再用擬人手法推進一層，疑似人之不施脂粉，素面朝天，而自擁天然國色。有類於美麗之洛神「芳澤無加，鉛華弗御」，楊貴妃之姐虢國夫人「卻嫌脂粉汙顏色」（張祜〈集靈臺〉）。從而將梅花之美形容到了極致。用一「疑」字領起，則花與人正在恍惚之間。

「去年勝賞曾孤倚。冰盤同宴喜。更可惜、雪中高樹，香篝熏素被」為第二層，為回憶之詞，重點寫梅之孤標與芳潔。詞人於佳美的園林中獨倚梅樹，可見對梅情有獨鍾，有如鮑照〈梅花落〉詩所云：「中庭雜樹多，偏為梅咨嗟。問君何獨然，念其霜中能作花。」詞人其所以鍾情者，以其雪中作花，兼有雪魄與芳魂，故梅能在宴會上增添清雅喜氣，還能越窗度戶香熏素被。如果說第一層重在寫其外在之美，則此層在強調其精神、品質之美，同時用「孤倚」、「宴喜」、「可惜」等詞語，糅合了詞人的愛賞之情。

至下闋轉入「今年」，是為第三層。此層以時間為線索，先說「相逢」：「今年對花最忽忽，相逢似有恨，依依愁顇。」「最忽忽」，既是說對花時間倉促，也是說自己行色匆忙。所謂梅花「有恨」，有依戀憔悴憂傷之態，實是以己之情，移之於物，如此表情便多了一層曲折。但此番觀梅，相對於去年，時間似乎較晚，故接著說：「吟望久，青苔上、旋看飛墜。」雖然「最怱怱」，但仍然懷著詩人的情思凝望很「久」，將「依依」二字再具象化。眼看著梅花旋即飄墜於青苔上，預知它的生命即將進入另一個新的階段：「相將見、脆丸薦酒，人正在、空江煙浪裡。」青梅佐酒為古人節令性的宴飲習俗，鮑照〈代挽歌〉有「憶昔好飲酒，素盤進青梅」的描寫。詞人由眼前的梅花飄墜，設想梅樹即將子滿枝頭。然而待到青梅薦酒時，我已踏上了另一段新的旅程。此數句係擬想之辭，極為形象，尤其是「空江煙浪」，景中寓情，充滿了一片悵惘與迷茫。這一層寫「今年」，又包含眼前和別後，極具頓挫之妙，「依依愁顇」四字，是其中的點睛之筆，情緒轉為低迷。

詞之結拍又一轉，為第四層。「但夢想、一枝瀟灑，黃昏斜照水」設想來年情景，情緒亦隨之揚起。此處用林逋〈山園小梅〉「疏影橫斜水清淺，暗香浮動月黃昏」詩意，運用「瀟灑」字樣，則梅在美麗、孤高之外，別具一段灑脫出塵之姿。以「但夢想」領起，化實為虛。在虛幻的夢想中，又含有一線重見的希望。

全詞極力鋪陳，時間的跨度由去年、今年而來年；以梅而言，寫其容色、品格、神態的多方面，以及由照眼而愁悴、而飄墜的全過程；以人而言，則抒寫了由愛梅、賞梅、別梅的情感經歷，擬想面對來年之梅的欣喜。作者運用回環往復、頓挫抑揚、虛實相生、以人擬物等章法與手法，使數者之間，達致渾然一體。而詞人的主觀之情，身世漂流之感，暗然在詞中湧動。故黃蘇《蓼園詞評》評此詞謂：「總是見宦跡無常，情懷落寞耳。忽借梅花以寫，意超而思永。」

128

六醜

落花

周邦彥

正單衣試酒❶，恨客裡、光陰虛擲。願春暫留，春歸如過翼❷。一去無跡。

為問花何在？夜來風雨，葬楚宮傾國❸。釵鈿墮處遺香澤❹。亂點桃蹊，輕翻柳陌。多情為誰追惜？但蜂媒蝶使，時叩窗隔❺。東園❻岑寂。漸蒙籠❼暗碧。靜遶珍叢❽底，成歎息。長條故惹行客。似牽衣待話，別情無極。殘英小、強簪巾幘❾。終不似一朵，釵頭顫裊，向人欹側。漂流處、莫趁潮汐。恐斷紅、尚有相思字❿，何由見得⓫。

【詞牌】〈六醜〉，周邦彥自度曲，見《清真集》。周密《浩然齋雅談》載，周邦彥向宋徽宗奏稱：「此曲犯六調，皆聲之美者，然絕難歌。昔高陽氏有子六人，才而醜，故以比之。」雙調，一百四十字，上闋十四句八仄韻，下闋十四句（《詞譜》斷為十三句）九仄韻，為仄韻格。他人填此調惟句式略有小異。參見《詞律》卷二十、《詞譜》卷三十八。

【注釋】❶試酒　試嚐新釀之酒。❷過翼　如鳥飛過般迅疾。杜甫〈夜〉二首之二：「城郭悲笳暮，村墟過翼稀。」❸楚宮傾國　原指楚宮中美人，此指落花。楚宮，因楚靈王愛細腰，故特為提及。傾國，漢武帝時，李延年歌曰：「北方有佳人，絕世而獨立。一顧傾人城，再顧傾人國。寧不知傾城與傾國，佳人難再得。」後以「傾城傾國」形容女子極為美麗。❹釵鈿墮處遺香澤　《新唐書‧楊貴妃傳》載，每十月，唐明皇幸華清宮，五宅眷屬皆從，車過處，「遺鈿墮舄，瑟瑟璣琲，狼藉於道，香聞數十里」。此處喻落花遺香。釵，婦女插於髮上的首飾。鈿，將金屬、寶石等嵌鑲在上的飾物。❺窗隔　窗之疏櫺；窗格。❻東園　泛指園圃。❼蒙籠　草木茂盛的樣子。❽珍叢　尚存的薔薇枝叢。❾巾幘　頭巾；以幅巾製成的帽子。❿恐斷紅句　用紅葉題詩故事。劉斧《青瑣高議‧流紅記》載，唐僖宗時，儒士于祐晚步京衢間，於御溝拾得一紅葉，上題詩曰：「流水何太急，深宮盡日閒。殷勤謝紅葉，好去到人間。」因復題二句於紅葉上：「曾聞葉上題紅怨，葉上題詩寄阿誰。」後于祐得與題詩宮人成婚。孟棨《本事詩》亦有類似記載，事體相同而人與詩有異。斷紅，飄零的花瓣。⓫見得　得見；能見。

【語譯】正著單衣試酒，悵恨客居在外，光陰枉然拋擲。願春光暫時留下，可是春光溜走，如鳥飛般迅疾。一去杳無蹤跡。因問花何在？夜間風吹雨打，已將無比美麗的花朵摧折。花瓣飄灑於道路，留下芬芳氣息。

或亂點桃花蹊徑，或輕飛楊柳塵陌。誰為之多情追憶惋惜？只有媒人般的蜜蜂、使者般的蝴蝶，時時輕叩窗隔。　東園靜寂。草木漸漸繁茂，形成深濃碧色。花瓣靜繞殘留的薔薇枝底，令人歎息。長長枝條故意招惹行客。好似牽著衣裳打算說話，有著無盡的離情別緒。枝上殘留的花朵很小，摘下一朵，勉強簪上頭巾。終究比不上盛開的薔薇，在釵頭裊裊顫動，向人斜側。漂流時，不要趁著潮汐流走。恐怕飄零的花瓣，尚有相思詩句，如果漂走，如何能夠見得。

【研　析】此詞詠「落花」，一題作「薔薇謝後作」。借落花以惜春，借惜春以歎年華虛度。故詞之起筆「正單衣試酒，恨客裡、光陰虛擲」，即以著裝、試酒點出春末夏初時節，抒發客裡虛度光陰的感歎。以下「願春暫留，春歸如過翼。一去無跡。」先倒敘一筆，即在春未歸去之時，有留春的強烈願望，譚獻《詞辨》稱之為「逆入」；但主觀願望卻敵不過自然規律，現實卻是春歸迅疾，了無蹤跡，後面兩句譚氏稱之為「平出」，即依次寫來。至此，惋惜自然之春歸、慨歎人生年光虛擲的心跡已然明白坦露。但此處所寫偏重於思理的結果，是情感的高度濃縮，究竟是什麼引發詞人作如此的悠長歎息呢？是眼前的落花。故以下就落花從多方面層層鋪寫。

下面一連用了兩組問答，以「問」提醒，以「答」坐實。第一問係「為問花何在」數句，寫落花遺蹤。枝上薔薇在夜晚遭遇了風雨的襲擊，落紅滿地，用詩人之語，則是「夜來風雨聲，花落知多少」（孟浩然〈春曉〉），但詞人卻不直言，而說「葬楚宮傾國」，用一「葬」字，又以腰肢裊娜、傾城傾國的美人比擬，便覺無限淒美；雖說已經飄落，但芬芳猶在，續用唐明皇攜春幸華清宮、道遺釵鈿之典，形容其遺留之香澤，仍是用擬人手法。徐夤〈薔薇〉詩有「晚風飄處似遺鈿」的描寫，詞人或受此啟發。此等處極能引人遐思妙想，最能體現出作者辭藻修飾的匠心獨運。緊接的「亂點桃蹊，輕翻柳陌」，用一對句，再補寫風中花瓣飄飛之勢。散行中雜以儷句，典麗中雜以常語，以示變化。第二問為「多情為誰追惜」三句，由落花而轉入人情。有誰追想花的風采，憐惜它的命運？答以惟有蜂蝶猶慕芬芳，時叩窗隔，反襯出無人「追惜」，而在無人追惜、遭遇冷落的感歎中，正暗含有自己最深情的憐念。

詞至此，似已將落花形態、香澤以及人的惋歎之情一一寫出，至換頭處：「東園岑寂。漸蒙籠暗碧。靜遶珍叢底，成歎息。」再補寫薔薇所處地點、環境。草木繁茂而百花凋謝，季節物候的轉換，是一種無法扭轉的自然規律，故面對圍繞薔薇枝底的花片，惟有歎息而已。「成歎息」三字，陳洵評云：「用重筆，蓋不止惜花矣。」（《海綃說詞》）所見極是，感歎落花，亦即歎息自己。詞寫落花，至此已經完成，然而到「長條故惹行客。似牽衣待話，別情無極」又轉出一層新意。前面是人惜花，此處則是花戀人。這幾句擬人，極為真切、形象。薔薇枝頭有刺，掛住衣裳，故說「牽衣」。儲光義〈薔薇〉詩即曾有「高處紅鬚欲就手，低邊綠刺已牽衣」的描寫。「牽衣待話」，似有千言萬語欲說，無限依依！花之戀人，實為人之戀花，表情極為婉曲。近人陳匪石《宋詞舉》評曰：「無情之物，又似有情，是人心所造之境，極無中生有之妙。」以下「殘英小、強簪巾幘。終不似一朵，釵頭顫裊，向人欹側」數句，是為又一層出人意外的轉折，寫人戀花，惟殘花可戀。花雖已殘，聊勝於無，勉強插於頭巾上，心存留春之意。但殘花終究無法與鮮豔之花相比，沒有了那份在女性釵頭欹側、顫裊的風致，思緒仍又回歸到對盛開之花的「追惜」。詞之結拍更是「節外生枝」，突發奇想：「漂流處、莫趁潮汐。恐斷紅、尚有相思字，何由見得。」詞人由紅葉題詩故事，揣想花瓣上可能題有詩句，勸其不要隨流水漂去，以免造成人間有情人難成眷屬的遺憾。結得何等旖旎、纏綿！再次呼應前面「願春暫留」之意。

此詞之寫落花，美豔異常，又千迴百折，思深意苦，似是一場人花之戀，而終以無奈的分離而告終。「流水落花春去也」（李煜〈浪淘沙〉），人生進入遲暮，寥落鮮歡，惟令人發出一聲悠長的「歎息」。對這首詞前人給予很高評價，因情意沉厚，陳廷焯讚其「如泣如訴，語極嗚咽，而筆力沉雄，如聞孤鴻，如聽江聲」（《雲韶集》）。由於章法善於層轉，錢基博以為「頗得歌行以氣承轉之意」（《中國文學史》）。由於通首多用比興，黃蘇更有全面的評析，謂其「自歎年老遠宦，意境落寞，借花起興。以下是花是自己，比興無端。指與物化，奇情四溢，不可方物。人巧極而天工生矣」（《蓼園詞評》）。

129

蘭陵王

柳

周邦彥

柳陰直，煙裡絲絲弄碧。隋堤❶上，曾見幾番，拂水飄綿❷送行色。登臨望故國❸。誰識，京華❹倦客？長亭❺路，年去歲來，應折柔條過千尺。

閒尋舊蹤跡。又酒趁哀絃，燈照離席。梨花榆火❻催寒食。愁一箭風快，半篙波暖，回頭迢遞便數驛。望人在天北。

悽惻，恨堆積。漸別浦❼縈回，津堠❽岑寂。斜陽冉冉❾春無極。念月榭❿攜手，露橋聞笛。沉思前事，似夢裡，淚暗滴。

【詞牌】〈蘭陵王〉，唐教坊曲名。詞調始見周邦彥《清真集》。宋王灼《碧雞漫志》釋此調：「《北齊史》及《隋唐嘉話》稱，齊文襄之子長恭，封蘭陵王。與周師戰，嘗著假面對敵，擊周師金墉城下，勇冠三軍。武士共歌謠之，曰〈蘭陵王入陣曲〉。今越調〈蘭陵王〉凡三段，二十四拍，或曰遺聲也。」此調三疊，首疊十一句七仄韻，次疊八句五仄韻，末疊十句六仄韻，為仄韻格。另有增字及押韻多寡不同者數體。參見《詞律》卷二十、《詞譜》卷三十七。

【注釋】❶隋堤　隋煬帝開通濟渠，沿河築堤植柳，謂之隋堤。此處指汴河堤。❷飄綿　柳絮飄飛。❸故國　指故鄉。❹京華　京城之美稱。京城乃人文薈萃之地，故稱。❺長亭　古時道路十里一長亭，五里一短亭，供人休憩、送別之用。❻榆火　古之寒食節（在農曆清明前三日），有禁火之習，然後多以榆柳重新取火，李嶠〈寒食清明日早赴王門率成〉詩：「槐煙乘曉散，榆火應春開。」❼別浦　送別的水邊。浦，大水有小口別通。❽津堠　渡口上供瞭望的土堡。❾冉冉　漸進的樣子。❿月榭　月下臺榭。榭，敞屋。

【語譯】河堤柳陰成一直線，晴嵐中絲絲舞弄碧綠顏色。隋堤上，曾幾番見到，柳條拂水、柳絮飄綿，送人行旅出發。登高眺望故鄉，誰了解，京城倦於仕宦的行客？長亭路，年去歲來，折取柔柳枝條應已超過千尺。閒靜地尋思舊蹤跡。又值飲酒聽奏哀傷的音樂，燈光照耀離別的宴席。梨花開放時節，榆木燃起的新火，催促將臨的寒食。風吹船行如射箭般快速，船篙在暖波中半露，回頭一看，便遙遙駛過幾個驛站，望送行者已在天北，真令人感到愁戚。　淒慘悲傷，離恨堆積。漸漸地送別的水邊波浪縈回，渡口的土堡變得靜寂。此時斜陽逐漸移動，春色無邊無際。回憶和戀人月下樓臺攜手，清露橋上共同聽笛。沉思往事，有如夢裡，淚水暗滴。

【研析】此詞雖題為「柳」，卻非詠物之詞，實是借柳起興，抒寫別情，歸結到京華倦客情懷。詞之首疊，重點寫柳，發端「柳陰直」，寫景從大處著眼，此當為正午之柳，太陽直射，望中河堤柳陰由近而遠呈一橫向直線，線條應是由粗而細，帶有類似繪畫中的透視效果。接著作細部描寫：「煙裡絲絲弄碧。」如絲的柳條在晴日嵐煙中舞弄，似在炫耀自己碧綠的色彩，明媚而富有生氣。古來有折柳送別之習，以「柳」諧「留」之因。故以下由眼前之柳轉入昔時折柳送別的回憶：「隋堤上，曾見幾番，拂水飄綿送行色。」至此點出柳枝所在地「隋堤」，由隋堤引出汴水，而我在此已經多次地看到柳枝拂水、柳絮飄綿送走離開汴京之人。接著由多次客中送客引發出自己的故鄉之思：「登臨望故國。誰識，京華倦客？」登臨堤上，遙望江南，懷想故國，充滿對久客京華的厭倦，而以「誰識」反詰，似帶不平之氣。詞人一生先後三入汴京，六十二歲時任祕書監。對於自己「久作長安旅」（〈蘇幕遮〉），深懷厭倦之意，故在送別行人之時，自然觸發起這種感念。以下仍圍繞「柳」作前後映照的具體描繪：「長亭路，年去歲來，應折柔條過千尺。」「長亭」與「隋堤」相應，「年去歲來」與「曾見幾番」相應，「應折柔條」句與「拂水飄綿」句相應，「過千尺」，語帶誇張，欲以形容其多也。在藝術表現上造成回環往復的特點，同時這兩組句式、字數、平仄完全相同，一前一後，在散行中穿插對稱美。此等處足可見出詞人注意在一疊之中結構上的思力安排。

首疊回憶昔時之別，次疊轉寫今番之別。「閒尋舊蹤跡」，這一句既是對追憶往昔送別情景的結語，又引領出下面的回想。「又酒趁哀絃，燈照離席。梨花榆火催寒食」，在多次送別之後，在梨花開放時節、寒食即將來臨之際，又參加餞別晚宴，在燈光下，聽奏驪歌，感傷無限。用「又」字領起，是對前面「幾番」送別的呼應。以下「愁一箭風快，半篙波暖，回頭迢遞便數驛。望人在天北」，從行者一方著筆，以「愁」字領起，想像對方憂慮船行之速。此數句寫篙點江波，乘風疾駛，霎時間便飛過數驛，回看送行的人已在遥遠的天北，一氣流走，如駿馬注坡，如飛箭脫手。雖屬虛寫，卻富有實感，水陸兼攝，令人如見。從愁情表達言，有推己及人之意；從藝術表現言，則多了一層曲折。此疊重在寫當筵觀感，寫法與首疊有所不同，在散行中用了兩組精工的四言對仗：「酒趁哀絃，燈照離席」、「一箭風快，半篙波暖」，駢散相間，具流利與整飭結合之美。

末疊寫別後情景，轉為從己方著筆。人漸遠去，傷感至極，故說「悽惻」，再以「恨堆積」形容其愁之濃重。說「堆積」，恨似有了體積，與秦觀「砌成此恨無重數」（〈踏莎行〉）相類，將抽象之恨化為具體可視之象。接著用一對句描寫眼前景象：「漸別浦縈回，津堠岑寂。」船啟航之後，江水波浪縈回，依依惜別之語猶在空中迴響，但漸漸地渡口變得一片寂靜，與前疊所寫「一箭風快，半篙波暖，回頭迢遞便數驛」的景況相互映照，寫出獨自徘徊、凝望的過程。以下「斜陽冉冉春無極」，係徘徊之際，舉目四望所見景觀。斜陽冉冉，表明此次送行時間是在午後，且表明自己的徘徊、凝望，有一時間移動過程。「春無極」，既包含已出現的江河、岸柳，也包含其外的曠野、花草、田舍等等。景觀壯麗而帶蒼涼，故梁啟超評此句「綺麗中帶悲壯」（《飲冰室評詞》）。綺麗中正帶有盛極將衰之象，以情緒而言，則易引發出一種人生遲暮之悲。在此情境中，最易引發憶往懷舊，從前那「月榭攜手，露橋聞笛」的纏綿溫馨場面，尤其令人刻骨銘心。以「念」字領起，回應前面的「閒尋舊蹤跡」，亦是下面所寫對「前事」的「沉思」。這些美好情事都已如電如幻，如過眼雲煙，故說「似夢裡，淚暗滴」，惟令人惆悵感傷而已。此疊亦用兩組對仗，但用韻較密，給人以情轉急促之感。

此詞以柳起興，借傷離恨別，抒寫嚮往故國、留滯京華的厭倦情懷，極盡吞吐之妙，首疊之「曾見幾番」、「年去歲來」便已寓淹留之意，後面兩疊正如陳廷焯所評：「只就眼前景物約略點綴，更不寫淹留之故，卻無處非淹留之苦。直至收筆云『沉思前事，似夢裡，淚暗滴』，遙遙挽合，妙在才欲說破，便自咽住，其味正自無窮。」（《白雨齋詞話》卷一）

此詞為周邦彥創調，音律和婉中見拗峭。詞中多用拗句，如「飄綿送行色」、「柔條過千尺」、「閒尋舊蹤跡」、「燈照離席」、「一箭風快」、「迢遞便數驛」、「人在天北」、「月榭攜手」等均是；又運用了一些半拗半律（平仄仄平或仄平平仄）的詞句，如「曾見幾番」、「年去歲來」、「半篙波暖」、「露橋聞笛」；結句六字「似夢裡，淚暗滴」，全用仄聲。這些處理，顯示出周詞對音律的獨特追求，以拗句的大量使用打破單純的和順。但此處所說的「拗」，對於詞的歌唱來說，應當恰恰是「順」。故此詞的歌唱流傳很廣，在南宋紹興年間詞唱多半失傳的情況下，猶有人能歌此詞。毛幵《樵隱筆錄》載：「紹興初，都下盛行周清真『詠柳』〈蘭陵王慢〉，西樓南瓦皆歌之，謂之〈渭城三疊〉。以周詞凡三換頭，至末段聲尤激越，惟教坊老笛師能倚之以節歌者。」又，近人龍榆生《詞學十講・第四講》載：「〈蘭陵王〉的曲譜，現仍留于日本，灌有留聲機片。」

130 蝶戀花　秋思

周邦彥

月皎驚烏棲不定。更漏❶將殘，轣轆❷牽金井❸。喚起兩眸清炯炯，淚花落枕紅綿❹冷。

執手霜風吹鬢影。去意徊徨❺，別語愁難聽。樓上闌干橫斗柄❻，露寒人遠雞相應。

【詞牌】〈蝶戀花〉，本名〈鵲踏枝〉，唐教坊曲名，用作詞調。晏殊據梁簡文帝〈東飛伯勞歌〉詩句「翻階蛺蝶戀花情」改名〈蝶戀花〉。此外還有〈鳳棲梧〉、〈黃金縷〉、〈卷珠簾〉等名稱。詳見前柳永〈鳳棲梧〉「詞牌」介紹。

【注　釋】❶更漏　古時以漏滴計時，依漏壺中水的刻度觀察更點。❷轆轤　原指紡車，此處用指井上拉吊桶的滑車。一謂指汲水轉輪的轉動聲。❸金井　井口用鐵欄作圍，故稱。❹紅綿　淚花打溼了絲綿所製枕心，因胭脂妝粉浸潤而變紅。❺徊徨　彷徨。梁武帝〈孝思賦〉：「晨孤立而縈結，夕獨處而徊徨。」❻闌干橫斗柄　謂北斗之柄已經橫斜，表明已至拂曉時分。闌干，橫斜的樣子。斗柄，北斗星之柄，即第五至第七的三顆星。

【語　譯】月光皎潔，驚醒棲烏睡不安穩。更漏將殘，已近天明，轆轤轉動，正汲水於金井。人被聲音喚醒，兩眸清亮炯炯，淚花滴落枕上，胭脂紅浸絲綿已冷。　相互執手難捨，霜風吹拂鬢影。欲行未行，彷徨不定，別時言語令人憂愁難聽。站立樓頭，看天上斗柄已經橫斜，露水寒涼，行人遠去，只有雞啼在晨空呼應。

【研　析】此詞題為「秋思」，亦有題作「早行」者，寫離別情思。起三句從聽覺寫拂曉時聲響，一是烏啼之聲，「月皎」只是引發烏啼之因；二是將殘的漏滴之聲；三是汲水的轆轤轉動聲。數種聲音的交織既報導著天之將曉，又將纏綿中的戀人驚醒。「喚起兩眸清炯炯」尤其傳神，它不同於剛從美夢中醒來時的迷離恍惚，而是原來已知分離在即、猛地突然驚醒的神態：沒想到分離的時刻這麼快地到來。雖不忍分離，又不得不分離，情語綿綿，悲切難忍，淚落枕上，以致胭脂染紅了枕心。淚花湧出而致「紅綿冷」，可知非一時半刻所釀成，主人公長時間淚水斷臉橫頤之象可以想見，則夜不成寐之情亦可推知。用一「冷」字，也還寓示著心境的淒涼。此段寫情極婉曲，以拂曉時之片斷寫盡傷離悱惻之情。

既已拂曉，無再留戀之理，不得不讓行者踏上征程，故下闋轉向室外。先出現難以割捨的分手場面，「執手霜風吹鬢影」，令人歷歷如見，此時依然「月皎」，在霜風吹拂下，可見鬢影輕飄。兩人「執手」依依，含情注目，當有多少叮嚀，多少囑託。此句送者、行者合寫。「去意徊徨」，則從行者著筆，情知不得不去，而又實在不忍去，真是「去又如何去，住又如何住」！「別語愁難聽」，則從女方著筆，對方雖說了一些安慰甚至約定後期等話語，但聽起來使人心酸、令人傷感。以下轉寫別後：「樓上闌干橫斗柄，露寒人遠雞相應。」

聚焦於女子，從分手地登樓眺望。從視覺、觸覺、聽覺諸方面，表現她的內心感受。隨著「闌干橫斗柄」的時間推移，人已遠去，所見者是天地的空闊，所感受者是秋露的寒涼，所聞者惟是報曉的雞啼，失落、孤獨、痛苦之情盡在不言中。正所謂「不著一字，盡得風流」。

此詞寫離情，只截取一個時間片斷，運用白描，寫出別前、別時、別後情景，極深至，極沉著。

131 夜飛鵲

別情

周邦彥

河橋送人處，良夜何其❶？斜月遠墮餘輝。銅盤燭淚已流盡，霏霏❷涼露霑衣。相將散離會，探風前津鼓❸，樹杪參旗❹。花驄❺會意，縱揚鞭、亦自行遲。迢遞路回清野，人語漸無聞，空帶愁歸。何意重經前地，遺鈿❻不見，斜逕都迷。兔葵燕麥❼，向殘陽、影與人齊。但徘徊班草❽，欷歔❾酹酒❿，極望天西。

【詞牌】〈夜飛鵲〉，又名〈夜飛鵲慢〉，見周邦彥《清真集》。曹操〈短歌行〉有「月明星稀，烏鵲南飛」句，調名或本此。雙調，一百零六字，上闋十句五平韻，下闋十一句四平韻，為平韻格。另有句式略異者一體。參見《詞律》卷十九、《詞譜》卷三十四。

【注釋】❶良夜何其　語本《詩經・小雅・庭燎》：「夜如何其？」良夜，深夜。何其，到了什麼時候。❷霏霏　飄灑的樣子。❸津鼓　渡口催喚顧客或報時的鼓聲。❹參旗　星名。《晉書・天文志》：「參旗九星，在參西，一曰天旗，一曰天弓。」參星橫空之時為初秋時節。❺花驄　駿馬名。❻遺鈿　此處指女性遺落的首飾。《新唐書・楊貴妃傳》載，每十月，唐明皇幸華清宮，五宅眷屬皆從，車過處，「遺鈿墮舄，瑟瑟璣琲，狼藉於道，香聞數十里」。❼兔葵燕麥　均草名。兔葵花白莖紫；燕麥形似麥，亦名雀麥。劉禹錫〈再遊玄都觀并引〉：「重遊玄都觀，蕩然無復一樹，惟兔葵燕麥動搖於春風耳。」❽班草　布草而坐。謝惠連〈相逢行〉：「行行即長道，道長息班草。」❾欷歔　指哀而不泣。❿酹酒　以酒澆地。

【語　譯】河橋送人之處，深夜到了何時？斜月已經遠墮餘輝。銅盤中的燭淚已經流盡，飛灑的清涼露水沾衣。離別的聚會即將散去，打探風中渡口催喚行人的鼓聲，察看樹頂上參旗星的位置。花驄也解會人意，縱然是揚鞭催促，也自是行步遲遲。　行過遙遠路程，回到清曠原野，漸漸不聞人語聲，只是空帶愁歸。懷著何種心情又重經前番送別之地，不見遺落的釵鈿，歪斜的小路也都迷離難辨。兔葵燕麥，向著斜陽，影與人齊。只是徘徊於布草而坐處，感歎欷歔，以酒澆地，極目遙望天西。

【研　析】此詞寫重經舊地對一次送別的回憶。詞用逆入法，上闋至換頭處均屬憶昔送別情景，至後段方點出今日重臨之感慨，在時空流轉的構思上，頗具特點，需細心加以尋繹，方能得其要領，可說是詞人講究章法騰挪跳盪的代表作之一。

「河橋送人處，良夜何其？斜月遠墮餘輝」一開始既點出送人地點：「河橋」，可知行者係由水路出發。在即將出發之前的月夜相送，夜已深沉，時刻擔心耽擱了上船的時間，故有「夜何其」之問，因為此時月亮已經偏斜，只遠遠地射出餘輝，離拂曉起航的時光已很接近了。至「銅盤燭淚已流盡，霏霏涼露霑衣」兩句，一則寫送者、行者依依惜別時間之久，再者融深情於客觀景物。在此暗用李商隱〈無題〉「春蠶到死絲方盡，蠟炬成灰淚始乾」及杜牧〈贈別〉「蠟燭有心還惜別，替人垂淚到天明」詩意，將依戀之情、離別之苦寓於形象的燭淚之中，而「涼露霑衣」的氣溫變化與感受，使傷感的心境更籠罩上一層淒涼。燭淚已盡，涼露沾衣，離啟程的時間越來越近，離別在即，更不敢大意，故說「相將散離會，探風前津鼓，樹杪參旗」，此處用一對仗，一寫聽覺，一寫視覺，以「探」字領起，語極清峭，描述極為形象。探聽的結果是不得不走。從離會處到渡口當還有一段路程，須騎馬相送，此時，「花驄會意，縱揚鞭、亦自行遲」，所謂「花驄會意」云云，實為詞人主觀上希望延緩這一段路程的時間，希望馬兒走得慢些，而馬竟亦能解會主人之意。如此寫欲別未別之留戀心態，便多了一層曲折。句中用了「縱」、「亦自」的虛詞，在轉折語氣中更加重了這種情感的分量。

上闋已將送別經過寫畢，換頭三句「迢遞路回清野，人語漸無聞，空帶愁歸」，轉寫別後，感覺與送別時大異，同一段路程，送時感到距離太短，故緩緩而行，歸時則覺曠野空闊，路途遙遠；去時情話綿綿，在渡口相互呼應，歸時獨行，不聞人語，一片岑寂。總以「空帶愁歸」，歸時心懷失落，愁情縈繞，淒涼慘淡。

以上均為憶往之辭，至「何意重經前地」乃全詞一大轉折，由過去時態轉為現在時態。「何意」，帶疑問語氣，似乎並沒有特意來尋舊跡的意圖，但內心深處的懷念使自己不由自主地重來「前地」。來到這裡，想尋覓舊的蹤跡，但「遺鈿不見」。「遺鈿」係用楊貴妃等尊貴女眷赴華清宮於道路遺釵墮鈿的典故，雖然前面也曾以「燭淚」暗示被送者的女性身分，但還不很分明，至尋覓「遺鈿」，方明確所送者為一女子。現在不僅釵鈿香澤的遺留不見不聞，連「斜逕都迷」，路也找不到了。只有「兔葵燕麥，向殘陽、影與人齊」，送別時，從「涼露霑衣」、「樹杪參旗」看，應是初秋時節，而今已是次年春季，正如劉禹錫所描寫「惟兔葵燕麥動搖於春風耳」，郊野已是雜草叢生，在斜陽中影子與人一般高。「殘陽」二字，點出此番「重經前地」之時間，含有一獨立蒼茫的淒然之感。雖遺蹤盡失，而情猶不能自已，「但徘徊班草，欷歔酹酒，極望天西」，在曾經布草而坐之處，懷想前塵往事，當時何等繾綣情深！如今已成追憶，令人感歎欷歔，惟有朝她遠去的天西酹酒，祝願她過得美好平安。沒有怨恨，惟有祝福，使人感到這位送行者既深情，又豁達。

此詞以時間流轉為主要線索，上闋連同換頭是一個時段的連續推移，下闋是大幅度的跳躍。空間則在時間的大跳躍中景換物非，與人事變化互相映襯。在大開大闔中給人以雄厚之感。又意致綿邈，情融景中，不直言惜別，而斜月、燭淚、涼露、津鼓、晨星、寶馬、清野、人靜，無一不流露惜別之情；不直言懷舊，而前路、遺鈿、斜逕、殘陽、班草、天西，無一不流露出懷舊之情。讀之，令人覺其回味無盡。黃蘇《蓼園詞評》稱其「層次井井，而意致綿密，詞彩穠深，時出雄厚之句，耐人咀嚼」，誠非虛語。

132 卜算子

陳　瓘

身如一葉舟，萬事潮頭起。水長船高一任伊，來往洪濤裡。
潮落又潮生，今古長如此。後夜開尊獨酌時，月滿人千里。

【作　者】陳瓘（西元一〇五七—一一二四年），字瑩中，號了翁，又號了齋、了堂，沙縣（今屬福建）人。元豐二年（西元一〇七九年）進士。曾為祕書省校書郎，出通判滄州，知衛州。徽宗朝，歷右司諫、權給事中，崇寧中，以黨籍除名，編隸台州，移楚州。紹興中，賜諡忠肅。著有《尊堯集》。有《了齋詞》一卷，近人趙萬里輯。

【詞　牌】〈卜算子〉，又名〈卜算子令〉、〈缺月掛疏桐〉等。雙調，四十四字，上下闋各四句，兩仄韻，係仄韻格。詳見前王觀〈卜算子〉「詞牌」介紹。

【語　譯】人的身形如一片樹葉般的小船，萬種情事都隨潮頭起伏。潮水上漲，船即升高，只能任其擺布，來往於洪濤裡。
　潮落又潮漲，古往今來長是如此。後半夜舉杯獨自飲酒時，月亮團圓，而人置身在千里空明之內。

【研　析】作者在朝，原以「致君（堯舜）事業」（〈蝶戀花〉）為己任，剛正耿介，以敢於直言著稱，受到當朝權臣蔡卞、章惇等人排斥、打擊，被削除官職，遷謫南方。其性格豁達、曠放，對宦海風波泰然處之。這首詞正是在看透政壇的波詭雲譎的情況下寫作的。此詞上闋用比興方法，作形象化的議論。前面兩句以一葉扁舟與潮水的關係，比喻個人的命運和政治風波的關係。一葉舟，是江海潮中的一個點，而起伏的潮水則是一個遼闊的面，這個點和面形成了一個強烈的對比，顯示出個人力量的弱小。正因為個人力量弱小，往往無法把握自己的命運，只能是「水長船高一任伊，來往洪濤裡」，「水長船高」是以偏概全，其中也包括了水落船低；「一任伊」，即全憑潮起潮落。故個人也只能在洪濤中任其顛簸。其〈減字木蘭花〉云：「世間拘礙，人不堪時渠（它）不改。」另一首〈卜算子〉云：「去住總由天，天意人難阻。」也都是抒發個人命運不由人的感歎。

這種命運不由人的感歎，固然和北宋新舊黨爭的政治背景密切相關，但它對整個封建社會的士大夫來說，又何嘗不帶有普遍性呢？故以下由眼前境遇推開，將其上升為古往今來的共同規律：「潮落又潮生，今古長如此。」面對這種社會人生規律，詞人沒有秦觀式的悲觀，而是持有蘇軾式的曠達：「後夜開尊獨酌時，月滿人千里。」一任潮起潮落，扁舟顛簸，我自為我，開尊獨酌，自得其樂，後半夜時，月圓朗照，真個是「灩灩隨波千萬里，何處春江無月明」（張若虛〈春江花月夜〉），置身於此空靈明澈的寥廓境界，人與物化，物我兩忘，「洪濤」於我何有哉！超脫塵囂，嘯傲天地，精神上別具一番高境，如椽大筆，可謂波瀾老成。

陳瓘之詞多屬此類，多人生了悟語。其詞風通俗，所存二十多首詞作，時帶詼諧、調侃，接近滑稽通俗一派。

133 感皇恩

趙企

騎馬踏紅塵❶，長安❷重到。人面依前似花好❸。舊歡才展，又被新愁分了。未成雲雨夢，巫山曉❹。

千里斷腸，關山古道。回首高城似天杳❺。滿懷離恨，付與落花啼鳥。故人何處也，青春老。

【作　者】趙企（生卒年不詳），字循道，南陵（今屬安徽）人。神宗朝登進士第，大觀年間（西元一一〇七－一一一〇年）為績溪令。重和時（西元一一一八－一一一九年）通判台州。厲鶚所輯《宋詩紀事》卷三十八載：「（企）以長短句得名；所為詩亦工，恨不多見。」《全宋詞》錄存詞一首。

【詞牌】〈感皇恩〉，唐教坊曲名，用作詞調。又名〈感皇恩令〉、〈疊蘿花〉、〈人南渡〉。雙調，六十七字，上下闋各七句（除首句外，句式、格律相同），四仄韻。此調體式較多，有平韻格，有仄韻格（如本詞），字數多寡不一，有六十字、六十五字、六十七字、六十八字等體式。參見《詞律》卷九、《詞譜》卷十五。

【注釋】❶紅塵　指繁華的街市。❷長安　指代北宋都城汴京。❸人面依前似花好　用崔護〈題都城南莊〉詩意：「去年今日此門中，人面桃花相映紅。人面不知何處去，桃花依舊笑春風。」❹未成雲雨夢二句　用宋玉〈高唐賦序〉所述楚襄王與巫山神女歡會事。❺回首高城似天杳　用歐陽詹〈初發太原途中寄太原所思〉：「高城已不見，況復城中人。」詩意。

【語譯】騎馬踏上繁華街市，我又重到京城。見到親愛的人，依舊擁有昔時姣好花容。但重溫舊情才開始，又被離別新愁占據心胸。巫山雲雨夢還未實現，天色已亮又將登程。　踏上千里關山古道，相思令人腸斷。回望高處京城，已如天際般遙遠。滿懷離恨，都付與了途中落花啼鳥。親密的故人在何處，人的青春由於離別，容易變老。

【研析】此詞寫乍相聚、又分手的憾恨之情。北宋的汴京，是一個繁華熱鬧的都城，街衢縱橫，店鋪林立，歌樓伎館，日夜笙歌；文人雅士，時相過飲，聽歌觀舞，相與唱酬，詞人在這裡應該有過一段美好浪漫的生活。故「騎馬踏紅塵，長安重到」，有一種特別的欣喜與親切感。更令人感到寬慰和高興的事情是曾經愛戀的人依然是人面桃花。在這裡作者對崔護的〈題都城南莊〉詩是反用其意。崔詩所寫是重來時只見桃花，不見人面；而這裡卻說是「人面依前似花好」，和崔護詩的悵然若失不同，這裡所洋溢的是故人相見的喜悅之情。

「舊歡才展」以下是全詞情緒的一大轉折。「舊歡」與「新愁」對舉，前者總上，後者啟下。詞中用了「才」、「又」兩個虛詞，不僅表現出情感由樂而愁之轉折，且表現出這種轉折之迅急。人們在生活中，往往會有這樣的體驗，由極度快樂陡然轉為悲愁，心理上是最難以承受的。「舊歡才展，又被新愁分了」即透露了這種難以承受的心態。所謂「新愁」者為何？又可分汴京憾事與千里斷腸兩個部分。作者寫京城憾事運用了宋玉〈高唐賦序〉寫楚襄王與巫山神女歡會的典故，詞中以「未成雲雨夢」的否定句式反用其意，謂自己欲與「人面花好」者盡歡會之樂已成為泡影；而「巫山曉」則是將神話與現實相結合，「巫山」是神女所在地，「曉」字寓示著天亮，到了啟程分離的時刻，此等處是對典故的活用。「長安重到」的喜悅至此已一掃而光。從詞的發端至此，情緒大起大落，形成了極大的反差。

詞之下闋，放筆寫「千里斷腸」。此番分手，遠隔千里，恐怕再無見期，真個是生離死別！本是此去千里關山，獨行古道，為之斷腸，可詞人偏說「千里斷腸」，把「斷腸」二字提至前面，特別加以強調（當然也有平仄安排的需要），使這種傷感更加凸顯。當他驅馳一段路程，再回顧京城所愛之人時，已然天隔地遠，杳不可見。此處用歐陽詹詩意，但字面上只用「高城已不見」句，「況復城中人」之意自含其中。此係用典而又能「留」者。辛棄疾〈水龍吟〉：「可惜流年，憂愁風雨，樹猶如此！」用《世說新語・言語》載桓溫過金城見自己所種柳樹已長到幾圍粗時的感歎語：「木猶如此，人何以堪！」只用前半，而「人何以堪」之意，自含其中。此處使用的亦是類似的用典法。下面「滿懷離恨」二句亦情亦景，寫旅途孤寂，滿懷離恨無法向人傾訴，途中相伴者唯是「落花啼鳥」，自己的離愁融入啼鳥聲中，化進落花的凋殘景象中，在視、聽中花似含愁，鳥亦帶恨。「付與落花啼鳥」，實乃移情於物的表現方法。從行文而言，前後呼應，「滿懷離恨」承上「斷腸」，明斷腸之由，「落花啼鳥」承「千里」「關山古道」，是對關山古道景物的補充描寫；從情景關係處理而言，是以情帶景，即前人所謂「即事敘景」者，不獨立寫景，而讓景物在抒情中帶出。以上把「新愁」寫足寫夠，最後發出一聲無奈的歎息：「故人何處也，青春老。」不僅不能與故人常相聚首，而且再見無期，要在長期的分離中消磨青春歲月，在離恨不斷咬噬心靈中迎來人生的遲暮，這是何等的遺憾！又是何等的悲哀！

歡愉短暫，憾恨長留，是這首詞所抒發的情感。內容雖不脫男女戀情，寫作自有特點。一是主要用「賦」的手法，直陳其事，直抒其情，不刻意追求含蓄蘊藉，又所用詞牌句式均為單行，沒有對偶，故讀來有一氣直下的流動感。二是語言明淺，用典靈活。如「長安重到」、「舊歡才展，又被新愁分了。」直如口頭語；它的用典，除了巫山雲雨一典外，像「人面依前似花好」、「回首高城似天杳」，均不覺其用典。前人論用典，以不覺其用典為佳，此詞頗能得其要領。

134　虞美人令

李　廌

玉闌干外清江浦❶，渺渺天涯雨。好風如扇雨如簾，時見岸花汀❷草、漲痕添。
青林❸枕上關山路，臥想乘鸞❹處。碧蕪千里思悠悠，惟有霎時涼夢、到南州❺。

【作　者】李廌（西元一〇五九－一一〇九年），字方叔，號濟南，華州（今陝西華縣）人。元豐中謁蘇軾於黃州，以文章知名，為「蘇門六君子」之一。屢試不第，定居長社（今河南長葛東）。有《濟南集》，自《永樂》大典輯出。《全宋詞》錄存詞四首。

【詞　牌】〈虞美人令〉，即〈虞美人〉，唐教坊曲名，用作詞調。又名〈巫山十二峰〉、〈一江春水〉、〈玉壺冰〉、〈憶柳曲〉等。雙調，五十六字，上下闋各四句，兩仄韻，兩平韻，為平仄韻轉換格。另有五十八字一體。參見《詞律》卷八、《詞譜》卷十二。

【注　釋】❶浦　水邊。❷汀　水中小洲。❸青林　指夢境。語本杜甫〈夢李白〉詩：「魂來楓林青，魂返關塞黑。」❹乘鸞　乘鸞鳳之鳥，飛翔仙境。此指舊遊處。❺南州　泛指南方之地。陳子昂〈春臺引〉：「採芳蓀於北渚，憶桂樹於南州。」

【語　譯】精美欄杆外的清江水岸，雨灑空際，渺渺直到天涯。好風如扇，飛雨如簾，不時瞧見岸花汀草處，漲痕新添。　枕上進入夢幻之境，踏上關山之路，臥想曾經共同遊樂處。千里碧蕪遠隔，離思悠悠，惟有霎時的清涼之夢到達南州。

【研　析】此係閨中懷人念遠之作。伊人居處有「玉闌干」的裝飾，以物襯人，人之姣美可知。她透過玉欄杆，看到清江流水，可見其所居樓閣係臨江而立。這時正值雨季，抬望遙空，煙飛雨灑，一片迷濛，一直蔓延至天的盡頭。其境闊遠，已暗伏後面情愫。「好風如扇雨如簾」，用兩個比喻，寫自己的愜心感覺。春夏之交，輕風如扇，「扇」字，作為喻體，用為名詞，但又包含有扇動生風的感覺，故極妙。況周頤認為「絕新，似乎未經人道。」（《蕙風詞話》卷二）至若「雨如簾」，亦屬閨人的獨特感覺，雨飛如線，恰似每日所見的懸掛珠簾。此句語言極平易，其中所寓常人之感，一經詞人道出，便覺清新撲面。下面由雨而及江水：「時見岸花汀草、漲痕添。」由「時見」，可知所見非一時，說明登樓望江非僅眼前，而是多次。每一次雨下，漲痕都有所上升。「岸花汀草」，是春夏之交帶特徵性的風物，成了測量水痕的標尺。它以細美與闊美形成對照，使闊大之景帶上幾分柔麗，體現出詞境的特點。上闋寫景，實是以天闊水長起興，抒發念遠之情。

下闋由景入情。現實的空間阻隔，引起無限的思念，卻又無法和所愛者形影相隨，便託之於夢幻：「青林枕上關山路，臥想乘鸞處。」青林，係由杜甫〈夢李白〉詩句「魂來楓林青」變化而來，此處指精神處於一種夢幻的狀態。夢幻是可以跨越空間、超越現實的。故伊人在「枕上」「臥想」，飛渡關山，來到昔日「乘鸞」的處所，重溫那神仙眷屬般的日子。小令畢竟受篇幅限制，回憶昔日的美好只能以「乘鸞」加以形容，讓人去發揮想像，加以補充，若是慢詞，則可如周邦彥那樣，用「月榭攜手，露橋聞笛」（〈蘭陵王〉）加以具寫，形象如在目前。此等處，小令慢詞，各有攸宜。臥想往昔，一切都已如幻如影，故詞之結拍仍又回到現實：「碧蕪千里思悠悠，惟有霎時涼夢、到南州。」前句用淮南王〈招隱士〉「王孫遊兮不歸，春草生兮萋萋」之典，謂如今青草已是千里萬里，綠遍天涯，而心上人猶未歸來，閨中人憂思綿綿無盡，只有在片刻的夢中和遠在南方的郎君歡聚。夢本歡愉，何以稱為「涼夢」？這是女主人公醒時的判斷，夢是如此短暫，醒來依舊一片淒涼，這夢真是不作也罷！實為深進一層的寫法。

以往的詞作寫閨思綺怨，多眉蹙粉啼、情緒懨懨的描寫，而此詞卻「極淡遠清疏之致」（況周頤評語），別具風神。

135　千秋歲

謝　逸

楝花❶飄砌，蔌蔌❷清香細。梅雨過，蘋風❸起。情隨湘水遠❹，夢遶吳峰❺翠。琴書倦，鷓鴣喚起南窗睡。

密意無人寄，幽恨憑誰洗？修竹畔，疏簾裡。歌餘塵拂扇❻，舞罷風掀袂。人散後，一鉤淡月天如水。

【作　者】謝逸（？－西元一一一三年），字無逸，號溪堂，臨川（今江西撫州）人。再舉進士不第，遂絕意仕進，終身隱居，以詩文自娛。列名《江西詩社宗派圖》。著有《溪堂集》。詞存集中，有《溪堂詞》別出單行。前人評其詞「標致雋永」（《詞統》卷四）、「輕倩可人」（毛晉〈溪堂詞跋〉），亦有謂其骨力不足者，「如刻削通草人，都無筋骨」（王灼《碧雞漫志》）。

【詞　牌】〈千秋歲〉，或名〈千秋節〉。雙調，七十一字，上下闋各八句，五仄韻，為仄韻格，如本詞。亦有上闋五仄韻、下闋六仄韻者。另有七十二字一體。詳見前秦觀〈千秋歲〉「詞牌」介紹。

【注　釋】❶楝花　楝為落葉喬木，春夏之交開花，淡紫色。《東皋雜錄》載：「花信風，梅花風最先，楝花風最後。」❷蔌蔌　花落的樣子。元稹〈連昌宮詞〉：「風動落花紅蔌蔌。」❸蘋風　水面上吹來的微風。宋玉〈風賦〉：「夫風生於地，起於青蘋之末。」❹情隨湘水遠　岑參〈春夢〉詩：「洞庭昨夜春風起，遙憶美人湘江水。」湘水，即湘江，源出廣西，自南而北縱貫湖南流入洞庭湖。❺吳峰　泛指長江下游江南諸山。❻歌餘塵拂扇　劉向《別錄》載，魯人虞公，能歌動梁塵。形容歌聲高亢動人。

【語　譯】楝花隨風飄落石階，傳來清香細細。霏霏梅雨已過，夏日蘋風初起。情隨湘水流向遠方，夢魂縈繞青翠吳山。彈琴看書已感疲憊，南窗小睡，又被鷓鴣啼聲喚起。

隱祕的心事無人可寄，滿懷幽恨靠誰來

浣滌？在竹林邊，疏簾裡，故人高亢的歌聲驚動梁塵，依然輕拂羅扇，舞後的清風仍在掀動衣袖。眾人散後，一鉤淡月出現在如水天際。

【研析】此詞所寫，不是傷春，而是初夏懷遠。詞一入手，即攬夏景於筆端，涉及三種相關景物：一是楝花飄落飛香。古有二十四番花信之說，楝花風，為最後一番風信，至此春天結束，夏日來臨。詞中雖未直接出現「風」字，但「飄」、「香細」已暗示「風」在。二是暮春三月的梅雨已過，此係虛寫一筆。三是寫水上之風掠過青蘋，令人有「南風熏兮」之感。總此三景，已展示出夏日季候特色。以下由室外轉入室內，由寫景轉入抒情。「情隨湘水遠，夢遶吳峰翠」，用一對句寫自己對故人的夢繞魂牽。這種情懷當係由室內屏風畫面引起，如晏幾道〈蝶戀花〉詞有「畫屏閒展吳山翠」的描寫。湘水、吳山，含有相隔邈遠之意，且這種邈遠不一定是空間的距離，而是帶有再難親近的深深遺憾。同時這裡也是以江南的佳山秀水喻示所思者之美豔動人，王觀〈卜算子〉詞即有「水是眼波橫，山是眉峰聚」的比喻。詞人為相思所苦，遂欲以琴書自解，但彈一會兒琴，看一會兒書，就已倦怠了。乾脆在南窗下睡一覺，可是剛剛睡下，又被鷓鴣聲喚醒。鷓鴣聲有類「行不得也哥哥」，正暗示著行人不該遠去，令人後悔沒有執意將她留住。

上闋的抒情部分較多景物的暗示，下闋則多直抒。「密意無人寄，幽恨憑誰洗」兩句，直抒胸臆，前一句重在寫自己的密意，既沒法向對方訴說，也無法請他人轉達；後一句重在說由此造成的憾恨無法消解，「憑誰洗」，即無人可以滌除。下面「修竹畔，疏簾裡」，始點明居住地之內外環境。室外有修竹相伴，表明係一清幽所在；詞人所讀、所睡、所思、所恨等情事都發生在掛有疏簾、放置有山水屏風的居室中，這種生活環境似也符合作者的隱居身分。但隱居者並非不食人間煙火之人，也有七情六欲，對年輕貌美的女子也會心有所動。故他對那位能歌善舞之女性念念不忘。雖然歌舞宴會已然結束，但她那清亮的歌聲仍餘音裊裊，歌塵在繞扇輕飛，她的舞袖好似還在隨風飄蕩。這裡對歌塵舞袂的懷想也可說是對前面「密意」的一種補充。結拍寫人在離散後，留下一片靜寂，只見一鉤淡月高懸於一碧如洗的天空，以景結情，餘韻不絕。

這首詞主要運用「賦」的手法，用明白曉暢的語言，描寫由白天至夜晚終日惶惶不安的心緒，以見出對所思者的一往情深。黃蘇讚其「筆墨瀟灑，自饒一種幽俊之致」（《蓼園詞選》），尤為難得的是，在一首七十一個字的詞中，居然用了五組對仗（「梅雨過，蘋風起」、「情隨湘水遠，夢遶吳峰翠」、「密意無人寄，幽恨憑誰洗」、「修竹畔，疏簾裡」、「歌餘塵拂扇，舞罷風掀袂」），而不覺其板滯，說明作者駕馭詞語的能力相當熟練。

136 臨江仙

晁沖之

憶昔西池❶池上飲，年年多少歡娛。別來不寄一行書。尋常相見了，猶道不如初。

安穩錦屏❷今夜夢，月明好渡江湖。相思休問定何如？情知春去後，管得落花無？

【作　者】晁沖之（生卒年不詳），字叔用，晁補之從弟，濟州鉅野（今屬山東）人。曾從陳師道學詩，名列《江西詩社宗派圖》。有才華，舉進士不第，授承務郎。紹聖初（西元一〇九四年），廢居具茨山下（今河南境內），人稱具茨先生。政和間（西元一一一一－一一一七年），為大晟府丞。有《晁具茨先生詩集》十五卷。近人趙萬里輯有《晁叔用詞》一卷。《全宋詞》錄存詞十六首，多清雋可喜。

【詞　牌】〈臨江仙〉，唐教坊曲名，用作詞調。雙調，有五十六字、五十八字、六十字、六十二字、七十四字等多種體式。本詞採用者為常用的六十字體，上下闋各五句、三平韻，為平韻格。詳見前歐陽脩〈臨江仙〉「詞牌」介紹。

【注　釋】❶西池　指汴京城西的金明池。❷錦屏　繡屏。

【語　譯】回憶往昔在西池宴飲，年年都是何等歡娛。分別之後，竟然不寄一行書。若是尋常相見了，又說親密不似當初。　在置有錦屏的房中，今晚安穩入夢，乘著月明好飛渡江湖。相思不要問一定結果何如？心中知曉，春天去後，還能管得住落花麼？

【研　析】此係政治抒情詞。作者為「蘇門四學士」之一晁補之從弟，亦曾從蘇軾遊，他們在政治觀點上傾向於「舊黨」，在元祐年間，與蘇門中人共同在京城度過了一段詩文酒會的愜意歲月。紹聖初他們同時遭受「新黨」打擊、迫害，有的遷謫，有的外放，詞人亦被迫隱居，昔日同好風流雲散，遙相阻隔。詞人的一腔悲憤、無限懷想以及某種理念的判斷，盪漾在字裡行間。

詞從回憶美好的事物入手。元祐年間某年的三月上巳（農曆初三日）皇帝賜遊金明池、瓊林苑，同人互有詩歌唱和，那真是一次難忘的文酒盛會，深印於人的腦海。故此詞一開頭即說「憶昔西池池上飲」。那盛況秦觀曾有具體描寫：「西園夜飲鳴笳。有華燈礙月，飛蓋妨花。」（〈望海潮〉）「憶昔西池會，鵷鷺同飛蓋。」（〈千秋歲〉）這種一道宴飲、共相唱和的歡樂之情，持續一段相當長的時間，故緊接著深情回味：「年年多少歡娛。」但政海狂潮，詭譎莫測，新黨登場，風雲突變，同好一一遭受無情打擊，蘇軾及黃庭堅、秦觀、張耒、晁補之均遭貶謫，自己也受牽連。眾人憂讒畏譏，分手之後，連書信也只好斷絕，所謂「別來不寄一行書」，實有萬不得已之情。至此，由歡娛轉為愁寂，情緒一落千丈。以下兩句「尋常相見了，猶道不如初」，應為設想之辭，如今即使像平常一般相見了，因為有很多避忌，那份熱情、親密與當初不會一樣了。由此可見，政壇的黨同伐異、殘酷打擊，給異己者的精神所帶來的沉重創傷與痛苦。

下闋寫對故人的思念，深沉而執著。現實中和故人間有人為的空間阻隔，但夢幻中的相會卻是無人可以限制的。看看室內錦屏的裝飾，窗外明亮的月光，這是一個多麼美好的夜晚！心中燃起了熾熱的希望：「安穩錦屏今夜夢，月明好渡江湖。」正可安穩地讓夢魂乘著月的光華飛渡江湖，到達所思故人身邊。「月明」一句當受李白「一夜飛度鏡湖月」（〈夢遊天姥吟留別〉）的啟示。此二句景美、情深，情緒突然高揚。以下又陡然跌落：「相思休問定何如？」相思的結果怎樣？不必問詢，那是可想而知的。結尾二句更明確作答，先運用比興手法作出理智的判斷：「情知春去後，管得落花無？」這份情緣正如春光已經消歇，已是「無可奈何花落去」，無可挽回。正如秦觀詞所抒發的，是「春去也，飛紅萬點愁如海」（〈千秋歲〉），留下的是無盡的遺憾與憤恨。

先揚後抑，陡起陡落，「發音吐想，出人意表」（張泰來《江西詩社宗派圖錄》），歡樂與痛苦，希望與失落，對比強烈；所思所感，細膩真切。黨禍之慘烈造成的心靈傷害，由此可見一斑。這首詞寫的是北宋，但令人聯想到的不僅僅是北宋，而是所有專制高壓下的社會中的士人心態。故許昂霄《詞綜偶評》稱讚此詞「淡語有深致，咀之無窮」。

137 惜分飛

富陽僧舍代作別語

毛滂

淚溼闌干❶花著露，愁到眉峰碧聚。此恨平分取❷，更無言語空相覷❸。

斷雨殘雲無意緒，寂寞朝朝暮暮❹。今夜山深處，斷魂分付潮回去。

【作者】毛滂（西元一〇六〇—一一二四年？），字澤民，衢州江山（今浙江境內）人。曾以「文章典麗」受蘇軾器重，得到舉薦。元符二年（西元一〇九九年），知武康縣，易官舍「盡心堂」名為「東堂」，因以為號。歷官祠部員外郎。政和元年（西元一一一一年）罷官歸里。後知秀州。工詩文。著有《東堂集》。詞集名《東堂詞》。《四庫總目提要》評其詞「情韻特勝」。

【詞牌】〈惜分飛〉，又名〈惜雙雙〉、〈惜芳菲〉、〈惜雙雙令〉。雙調，五十字，上下闋各四句四仄韻，為上去聲通押之仄韻格（如本詞）。另有五十二字、五十四字、五十六字等體式。參見《詞律》卷六、《詞譜》卷八。

【注　釋】❶闌干　橫斜的樣子。❷取　動詞詞尾。略有「得」、「著」意。❸相覷　相視。❹斷雨殘雲無意緒二句　化用宋玉〈高唐賦序〉「旦為朝雲，暮為行雨，朝朝暮暮，陽臺之下」語句與語意。

【語　譯】眼淚橫斜，有如花枝帶露，愁眉蹙黛，恰似遠山聚簇。離恨重重，兩人平分，徒然互相對視，默然無語。

面對斷續雨點、零落殘雲，全無意緒，朝暮相伴的惟是寂寞。今夜住宿深山，我的淒黯靈魂會隨著潮水再流回去。

【研　析】此詞題為「富陽僧舍代作別語」（一本後綴「贈妓瓊芳」四字），周煇《清波雜志》對詞之本事簡介云：「元祐間，（滂）罷杭州法曹，至富陽，所作贈別也。」知此為別妓之作，但它是一首有別於一般別妓的詞作，應該說是一首深摯的戀情詞。

男女情深，分別在即，後會難期，於是這位女子送了一程又一程，從杭州送至百里之遙的富陽。「送君千里，終須一別」，終於不得不分手了，心頭傷如之何？故詞之開頭，即寫女子之哀傷表情。先寫她流淚，以帶露的花朵加以形容，這種寫法無疑脫胎於白居易〈長恨歌〉中的詩句：「梨花一枝春帶雨」，但卻脫化無痕。次寫其眉之緊蹙如遠山凝碧，此則又脫胎於張泌〈思越人〉詞中語：「黛眉愁聚春碧」，亦能渾化無跡。更妙的是，花露、峰碧，亦係寫眼前景，並由之透露出分別在春季的消息。因此，又可以說，其取譬對象與眼前景物相關。眼是心靈的窗戶，眉傳心靈的消息，通過眉、眼，把她內心的別恨表露無遺。前面二句主要從女方著筆，三四句則轉寫雙方。「此恨」並非只屬於女方，它是雙方互愛至深的產物，有我的一半，也有你的一半。「此恨平分」，用語甚新，而又自然而然。正因為都有一分無法排解的離恨，對未來的重聚又深感渺茫無望，故四目相對，不知說什麼好，一如柳永〈雨霖鈴〉詞所寫：「執手相看淚眼，竟無語凝噎。」而此情此景，恰是無聲勝有聲！

下闋設想別後之情。前二句雙方合寫。「斷雨殘雲」等語，化用前人「旦為朝雲，暮為行雨」語意，以人神之戀的美好，比喻自己與瓊芳的戀情；但冠以「斷」、「殘」字樣，又是以殘缺之景，暗示人事的乖違，渲染別後的孤獨淒涼。接著以「無意緒」直抒其情。因為兩相離隔，以致對任何事情都失去了興趣。此種孤單寂寞之感，無時無刻不充溢於心，朝朝暮暮無有片時歡悅。這樣便把離恨之無法排解說到了極致。結拍轉說自身。在絕望之餘，不免生出一種美妙的幻想：今夜在山深處留宿，我的身形雖無法重返，但淒斷的魂魄卻是自由的，可以隨著富春江水返回親愛的人的身邊。晏幾道的〈鷓鴣天〉詞曾有「夢魂慣得無拘檢，又踏楊花過謝橋」之語，寫的是一種情有所鍾的自然結果。此詞所寫，則是一種顯意識的明確追求，這是愛到深處的痴情語，可謂極盡纏綿悱惻。以此收束全詞，韻味無窮，當時曾受蘇軾激賞。

此詞寫情，對男女雙方，時而分寫，時而合寫，既各具特色，又形成互動；在時間上，由眼前設想別後，將兩情相悅，依依難捨情狀，寫得入木三分。在情景關係處理上，運用即事敘景之法，在抒情中帶出江南春景。花之帶露綻放、山之連綿聚簇、水之清波流蕩、天容雨態變化等秀美景物被溶解在情的敘寫之中，更增情之旖旎，可謂別具一格。周煇在《清波雜志》中評此詞，讚其「語盡而意不盡，意盡而情不盡」。

詞中寫的這段戀情，對詞人來說，終身難忘。光陰荏苒，歲月悠悠，多少年過去了，詞人已屆垂暮之年，當其再到富陽時，仍會激動地回憶起這段刻骨銘心的往事。他在〈菩薩蠻〉詞中寫道：「春潮曾送離魂去，春山曾見傷離處。老去不堪愁，憑闌看水流。」真可謂一往情深矣！

清道光年間謝元淮等人編撰之《碎金詞譜》收錄有此詞曲譜，可見其為人所愛賞與傳唱。

138 賀新郎

葉夢得

睡起流鶯語。掩青苔、房櫳❶向晚，亂紅無數。吹盡殘花無人見，惟有垂楊自舞。漸暖靄、初回輕暑。寶扇重尋明月影，暗塵侵、尚有乘鸞女❷。驚舊恨，遽如許！

江南夢斷橫江渚。浪黏天❸、葡萄❹漲綠，半空煙雨。無限樓前滄波意，誰采蘋花❺寄取❻？但悵望、蘭舟❼容與❽。萬里雲帆❾何時到？送孤鴻、目斷千山阻。誰為我，唱〈金縷〉❿？

【作　者】葉夢得（西元一〇七七—一一四八年），字少蘊，先世烏程（今浙江吳興）人，徙吳縣（今江蘇蘇州）。葉清臣曾孫。紹聖四年（西元一〇九七年）進士。累官中書舍人、翰林學士、吏部尚書、龍圖閣直學士、帥杭州。高宗朝，除尚書左丞、江東安撫使，兼知建康府行宮留守，致全力於抗金防務。移知福州，提舉洞霄宮。居吳興弁山石林谷，自號石林居士。贈檢校少保。著作甚豐，有《建康集》、《石林詩話》、《避暑錄話》等，詞集名《石林詞》。《四庫全書簡明目錄》評其詞：「初以穠豔見長，晚年刊落浮華，乃頗類蘇軾。」

【詞　牌】〈賀新郎〉，首見蘇軾《東坡樂府》。又名〈賀新涼〉、〈乳燕飛〉、〈風敲竹〉、〈金縷歌〉、〈金縷曲〉、〈金縷詞〉（以上三名均據葉夢得此詞末句而改）等。雙調，體式甚多，本詞為通用調式，一百一十六字，上下闋各十句，六仄韻，為仄韻格。詳見前蘇軾〈賀新郎〉「詞牌」介紹。

【注　釋】❶房櫳　房之通稱。張協〈雜詩〉：「房櫳無行跡，庭草萋以綠。」❷乘鸞女　指團扇上所繪仙女。據《龍城錄》載，唐明皇遊月宮，見「素娥十餘人，皆皓衣乘白鸞往來，舞於大樹下」。❸浪黏天　黃庭堅〈四月末天氣陡然如秋遂御袷衣游北沙亭觀江漲〉詩有「遠水黏天吞釣舟」之句，或為所本。❹葡萄　比喻水的碧綠。李白〈襄陽歌〉：「遙看漢水鴨頭綠，恰似葡萄初醱醅。」❺蘋花　採蘋花以寄所思。劉希夷〈江南曲〉八首之三：「果氣時不歇，蘋花日自新。以此江南物，持贈隴西人。」❻取　動詞語尾，略有「得」、「著」意。❼蘭舟　木蘭製作的船。❽容與　從容；舒緩。❾雲帆　謂帆大如雲。李白〈行路難〉：「長風破浪會有時，直掛雲帆濟滄海。」❿金縷　指杜秋娘所唱〈金縷衣〉：「勸君莫惜金縷衣，勸君惜取少年時。花開堪折直須折，莫待無花空折枝。」

【語　譯】睡起聽到流鶯的啼鳴。傍晚時分，房前庭院青苔滿地，亂花無數。無人瞧見殘花被風吹盡，惟有垂楊自個兒飄舞。煙靄漸暖，輕微暑氣初回。重尋如明月影般的寶扇，暗塵輕蒙，上面隱現乘鸞仙女。驟然驚起如此的舊恨！　江南美夢已斷，中間橫隔江渚。波浪與天相接，漲湧的江濤有如葡萄般碧綠，半空濛濛煙雨。樓前滄波搖盪，含無限懷遠之意，伊人可會採蘋花寄贈與我？惟有心懷惆悵向遠處眺望，希望看到她乘坐蘭舟緩緩而來。萬里雲帆何時到達？目送孤鴻，直到被千山阻隔再看不見蹤影。有誰為我，唱〈金縷衣〉的歌曲？

【研　析】劉昌詩《蘆浦筆記》卷十引葉夢得之孫葉筠語，「謂賦此詞時年方十八。而傳者乃云為儀真妓女作（按：南宋洪邁《夷堅丁志》載，此為詞人在潤州為妓所作），詳味句意，毫不相干，或是書此以遺之耳」。據其詞風，可推斷係宋室南渡前之作。

詞從男性角度寫纏綿思緒，別具風神。發端「睡起流鶯語」，敘事與寫景相結合，流鶯的啼鳴驚醒了睡夢。流鶯語，既是睡醒的原因，又對後面的景物描寫，起著以動襯靜的作用。而「睡起」，直貫上下闋，所見所感，皆睡起後情事。所用為「順入法」。以下「掩青苔、房櫳向晚，亂紅無數。吹盡殘花無人見，惟有垂楊自舞」數句，係「睡起」走向室外庭院所見。時已近晚，說明「睡」是午睡。對地面青苔覆蓋，散落花瓣無數，作靜態描繪，色彩斑斕，富有畫意；對熏風吹拂，殘花飄飛，垂楊自舞，則從動態著筆，以動襯靜，具有輕柔的特點。一方面，表明春事業已凋殘，另方面以「無人見」（無他人見）、以「垂楊自舞」突出環境的靜寂和一己的幽獨情懷。至「漸暖靄、初回輕暑」，承上景物描寫，以「漸」字領起，點明時屆初夏，以引出下面的寶扇。「寶扇重尋明月影，暗塵侵、尚有乘鸞女」兩句轉寫人事。首句為「重尋寶扇明月影」的倒裝，寶扇為團扇，與圓月同形，故以明月相比；但「重尋」的還不限於此，應包含有持寶扇在明月下形影相隨的美妙活動。因為團扇棄置已久，扇面已蒙上一層薄薄灰塵，但還可依稀辨認上面的素衣仙女。至此，團扇上的仙女與自己思念的佳人便已合而為一了。由「乘鸞女」而觸發一腔「舊恨」，這「舊恨」乃是昔時的離別之恨，此「恨」實由愛極而生。沒想到舊恨帶來如此巨大的感情衝擊力，故歇拍云：「驚舊恨，遽如許！」以情語作一小結。

下闋承「舊恨」，神思飛越，進入一個想像的境界，「江南夢斷橫江渚。浪黏天、葡萄漲綠，半空煙雨」。江南，是自己和美若天仙的女子佳會幽歡之處，美夢中斷，如今空間阻隔，中「橫江渚」。這江渚浪高、水綠、煙雨空濛，一派迷離、緲茫，更增淒迷之感。此處描寫空間的遼闊，運用了類似於繪畫技法中的點染法。「橫江渚」是點，「浪黏天、葡萄漲綠，半空煙雨」是染，如此，使之更加形象化，具有色彩感。「無限樓前滄波意，誰采蘋花寄取？」轉而設想對方，伊人樓前，滄波湧起，流向天際，引人無限懷遠之意，她會採折江渚上的蘋花寄來與我嗎？這裡只有提問，沒有作答，結論自在不言中。「但悵望、蘭舟容與」，再折回寫自己的願望，希望看到她的蘭舟冉冉而來，但這願望分明只是自己的一廂情願，不免帶有惆悵情懷，故說「悵望」。「萬里雲帆何時到？送孤鴻、目斷千山阻」進一步寫悵望的焦慮和失望的結果。「雲帆」和「萬里」、「孤鴻」與「千山」對舉，構成了點與面的結合，以點襯面，顯示出空間的無限闊遠，從而流露出一己的無限深情。結拍之「誰為我，唱〈金縷〉？」以詰問收束全詞。在詰問中，將今昔綰合。往日在江南，伊人低唱〈金縷曲〉，風情萬種，旖旎纏綿，至今留下了難忘的美好回憶。而今煢煢獨處，面對的惟有孤單冷寂。昔樂今愁，對比何等鮮明！下闋所寫為想像中之境界，但虛中有實，又一連用了幾個反詰語句，層層推進，既顯示出感情的強烈，又顯得氣機流暢。

此詞寫多情男子對一歌妓的懷戀，情深意切，婉雅空靈，寫豔情而能不著色相，「如明鏡中不著塵沙一點也」（俞陛雲《唐五代兩宋詞選釋》），殊為難得。張侃《拙軒詞話》載：此「平日得意之作也，名振一時，雖遊女亦知愛重。……雖然豪逸而迫近人情，纖麗而搖動閨思。」可見時人評價之高，流播之廣。《行都紀事》甚至載有這樣的趣事：某郡守宴請楊萬里，有官妓歌此詞送酒，歌至「萬里雲帆何時到」，楊萬里即答：「萬里昨日到。」郡守大慚，以處罰歌妓了事。

139

水調歌頭

葉夢得

秋色漸將晚，霜信報黃花❶。小窗低戶深映，微路繞欹斜。為問山翁何事，坐看流年輕度，拚卻❷鬢雙華？徙倚❸望滄海，天淨水明霞。

念平昔，空飄蕩，遍天涯。歸來三徑重掃，松竹本吾家❹。卻恨悲風時起，冉冉❺雲間新雁，邊馬怨胡笳❻。誰似東山老，談笑靜胡沙❼！

【詞牌】〈水調歌頭〉，又名〈元會歌〉、〈臺城游〉、〈水調歌〉等。雙調，九十五字，上下闋均四平韻，為平韻格。另有減字、增字數體。詳見前蘇軾〈水調歌頭〉「詞牌」介紹。

【注釋】❶黃花　菊花。❷拚卻　帶有甘願意。問句則有「豈甘」、「不甘」意。卻，動詞詞尾。❸徙倚　猶低徊。《楚辭・遠遊》：「步徙倚而遙思兮。」❹歸來三徑重掃二句　語本陶淵明〈歸去來兮辭〉：「三徑就荒，松菊猶存。」❺冉冉　形容雁飛動的樣子。❻胡笳　樂器名。胡地所傳之吹笳，木管，長二尺四寸，有三孔。❼誰似東山老二句　語本李白〈永王東巡歌〉十一首之二：「但用東山謝安石，為君談笑靜胡沙。」東山老，指東晉謝安（字安石）。安石居會稽東山，故稱。談笑靜胡沙，指謝安在弈棋談笑中，指揮擊退前秦苻堅進攻的百萬大軍於淝水。胡沙，指北方邊地和西域胡人（少數民族）的居地，以其多為沙漠地帶，故稱。此處指占領北方的女真貴族。

【語譯】秋色漸至晚期，寒霜信息傳報菊花開放。黃花深映小窗低戶，欹斜圍繞小路。詢問山翁有何心事，坐看年光輕度，豈甘使花白頭髮生於兩鬢？徘徊觀望滄海，天空明淨，水映霞彩。　思念往昔，只覺空自飄蕩，足跡遍及天涯。如今歸來，重新打掃三徑，松竹成列，本是吾家。但恨悲風不時急吹，新雁於雲間冉冉南飛，邊馬在怨憤北地傳來的聲聲胡笳。有誰像東山再起的謝安，在談笑間打敗北方地帶的敵軍！

【研　析】靖康之難後，南宋高宗對作者委以重任，紹興初起為江東安撫大使，兼六州宣撫使，八年（西元一一三八年）除江東安撫制置大使兼知建康府，行宮留守，一度頗有建樹，是一名積極抗擊金兵南侵的重臣。紹興十一年（西元一一四一年）宋金議和、抗戰名將岳飛被殺，不久作者被徙知福州兼福建安撫使，後退休居吳興。此詞即作於退居吳興期間。雖退居山林，卻仍心憂天下，情繫國家興亡，這首詞即是詞人情志的形象表達。

詞從描寫深秋景物入手：「秋色漸將晚，霜信報黃花。」深秋漸至，霜降已臨，傲霜之菊正昂然綻放。在「黃花」前用一「報」字，則實景化而為虛，此等處正見出用筆之靈動。在晚秋時節中，特為拈出黃花，它既是深秋景物中的亮色，又往往能引人聯想起「採菊東籬」的隱者行為。接著寫黃花與自己的密切關係：「小窗低戶深映，微路繞攲斜。」自己的居所被小路上「攲斜」的黃花所圍繞，自己的居室透過「小窗低戶」為黃花所映照，這真是幽隱的美好所在！而黃花的孤傲，正與隱者的心靈相契合。這不正是一個真正的隱者所期待的環境嗎？對滿目黃花，作者無疑也懷有欣悅之情。但這種愜意的環境，對於懷有更高功業期待的詞人來說，只是一種陪襯。因為作者恰恰非一般追求退隱山林之人，在這個特殊的時代，恬適、幽靜，決非他人生的終極追求。在他平靜的外表下躍動著的是一顆激動不安的心，故下面陡轉：「為問山翁何事，坐看流年輕度，拚卻鬢雙華？」以「為問」提起，是何原因令自己年華虛度，鬢生華髮？只問不答，用的是「敲問」法，答案自在其中。提問中即充滿無奈與憤激，正包含著對決策者向敵屈膝求和、讓步誤國的深深責難。至歇拍又一轉，他走出「小窗低戶」的居所，面向遼闊的太湖：「徙倚望滄海，天淨水明霞。」吳興在太湖之南，徘徊湖畔，那浩渺無際的湖光和絢爛彩霞的投影，讓人進入了一個明淨、空靈的世界，詞人獲得了暫時的心靈平靜與快慰。但這種平靜與快慰轉瞬即逝，那積澱已久的家國之愁畢竟難以消解。

換頭的「念平昔，空飄蕩，徧天涯」是詞人對自己一生的回顧，又似是對前面「為問」的回答。「流年輕度」，是從時間的角度而言，此處的「徧天涯」則從空間角度敘說。詞人一生奔走大江南北，為北宋朝廷效力二十餘年；北宋滅亡後，又為穩固南宋的半壁江山而獻力。而今南宋朝廷卻用屈辱的條約換取暫時的苟安，自己一生的天涯飄蕩，付之東流，能不令人痛心疾首！「飄蕩」前下一個「空」字，沉痛無比。以下「歸來三徑重掃，松竹本吾家」呼應開篇的景觀，用陶淵明〈歸去來兮辭〉中語意，由「平昔」轉入眼前的退隱田園，意謂這原本是我心嚮往的歸宿，言內不無欣悅之情。但黃花、松竹，終無心細賞。身在山林，心懷國事，故時時觸景生情：「卻恨悲風時起，冉冉雲間新雁，邊馬怨胡笳。」秋風而曰「悲風」，南飛大雁的鳴叫亦帶淒涼，似在傳送著邊馬對胡笳的怨恨，眼前可見可聞可感之景，想像中的未見之物，無不帶有「悲」與「恨」的印記。此數句以手法言，係移主觀之情於客觀之物，故物無不著我之色彩；從上下意的銜接言，則又形成情感的陡轉。詞之結拍由憂愁生發出一種強烈的願望：「誰似東山老，談笑靜胡沙！」希望有傑出的才能之士，如謝安石一樣，在從容鎮定、談笑自若的指揮下，擊潰來犯之敵，進而掃清河洛，收復中原。這才是自己日夜魂牽夢繞的心事。

身處江湖之上，心憂家國之事，這是南宋很多被迫退隱山林的愛國志士的心態，葉夢得此詞是具有代表性的詞作之一。由於現實和願望之間存在著巨大的反差，行文處處陡頓轉折，詞風清壯頓挫，既充滿雄傑之氣，又透出幾分沉咽之悲。

140 小重山

汪藻

月下潮生紅蓼❶汀。淺霞都斂盡，四山青。柳梢風急墮流螢。隨波處，點點亂寒星。

別語寄丁寧。如今能間隔，幾長亭❷？夜來秋氣入銀屏❸。梧桐雨，還恨不同聽。

【作者】汪藻（西元一〇七九—一一五四年），字彥章，饒州德興（今屬江西）人。崇寧五年（西元一一〇六年），登進士第。高宗朝，累官中書舍人，拜翰林學士。紹興八年（西元一一三八年），以顯謨閣學士歷知徽州、宣州，徙永州。有《浮溪集》。《全宋詞》錄詞四首。

【詞牌】〈小重山〉，又名〈小重山令〉、〈小沖山〉、〈柳色新〉等。雙調，五十八字，平韻格，如本詞。亦有押仄聲韻者。另有五十七字、六十字兩體。參見《詞律》卷八、《詞譜》卷十三。

【注釋】❶紅蓼　草本植物，多生於水濱，花色紅。❷長亭　古時道路，十里一長亭，五里一短亭，供行人休憩或送別之用。❸銀屏　鑲銀的屏風。

【語譯】月光下，潮水拍擊長滿紅蓼的沙洲。淺色霞光都已收斂，四圍山色青青。柳梢風急，搖墜流螢。隨波飛掠，點點如零亂寒星。　臨別時話語叮嚀。如今相隔，路途多少長亭？夜來秋氣侵入銀屏。雨滴梧桐，還恨不能同聽。

【研析】此詞係代言，寫閨中寂寞相思之情。上闋主要通過視覺圍繞江水描繪月夜景象，營造出空明之境，以襯寂寞之情。從時間順序言，應是「淺霞都斂盡，四山青」在前，即眼見夕陽西下，霞彩盡收，周圍山色再無斜暉映照，由淺淺金光而漸漸轉為青色。此時方是「月下潮生紅蓼汀」：圓月東升，輝映江中潮起潮落。在這裡作者寫潮生，重點放在紅蓼汀，與紅蓼多於秋季開花有關，顯示季節特徵。至「柳梢」句，則轉向堤岸。秋風勁疾，柳梢搖曳，流螢由高處飛向低處，用一「墮」字，妙，是由快速造成的印象。以下「隨波處，點點亂寒星」，寫流螢與波光相映，如天上星斗閃耀，而以「亂」字，突出其上下翻飛之態，尤為形象。這是閨中人眼中之景，在動態中顯示出時間的流走，在靜觀中顯示出一己的孤獨，可謂不著一字，盡得風流。而在景物描寫中又講究色彩的變化、點與面的映襯，頗富畫意。

下闋抒寫別後情懷。先從回憶別時寫起：「別語寄丁寧。」分手時，千叮嚀，萬囑咐：早早歸來！然後轉向眼前的空間阻隔：「如今能間隔，幾長亭？」庾信〈哀江南賦〉云：「十里五里，長亭短亭。」李白〈菩薩蠻〉詞云：「何處問歸程，長亭連短亭。」所謂長亭短亭，即寓遙遠之意，「幾長亭」，意亦相同。至「夜來秋氣入銀屏」一句，是詞中對女主人公的一個關鍵性的交代，可知上闋所寫係於月下憑欄觀景，繼而歸房歇息，涼氣襲人，夜不成寐。「秋氣入銀屏」類似於李清照「玉枕紗廚，半夜涼初透」（〈醉花陰〉）的感受，氣候的變化，也是環境氛圍對主觀情感的烘托。此詞結尾「梧桐雨，還恨不同聽」，尤妙。「秋氣入銀屏」重在觸覺，「梧桐雨」重在聽覺。秋夜雨滴梧桐，尤易引發淒涼之感，如溫庭筠〈更漏子〉寫道：「梧桐樹，三更雨，不道離情正苦。一葉葉，一聲聲，空階滴到明。」李清照〈聲聲慢〉寫道：「梧桐更兼細雨，到黃昏、點點滴滴。」而此詞一反常態，恨不能與良人一道來賞聽雨滴梧桐之聲，則又別開新面。故黃蘇《蓼園詞評》曰：「前闋不過寫閨中寂寞耳。次闋始入懷人，末句妙在『梧桐』二字。」

此詞寫閨情，無穠麗辭藻，無脂粉氣息，重在寫一種感受，故風神秀麗清朗。

141 相思會

曹組

人無百年人，剛❶作千年調。待把門關鐵鑄，鬼見失笑。多愁早老，惹盡閒煩惱。我醒也，枉勞心，謾❷計較。粗衣淡飯，贏取❸暖和飽。住箇宅兒，只要不大不小。常教潔淨，不種閒花草。據見定、樂平生，便是神仙了。

【作　者】曹組（生卒年不詳），字元寵，潁昌（今河南許昌）人。六舉未第。宣和三年（西元一一二一年），特令就殿試，中第五甲，賜同進士出身，官至閤門宣贊舍人，睿思殿應制。以召對敏捷得徽宗幸。有《箕潁集》二十卷，今不傳。趙萬里輯有《箕潁詞》一卷。善謔詞，王灼《碧雞漫志》稱其為「滑稽無賴之魁」。

【詞　牌】〈相思會〉，即〈千年調〉（辛棄疾據曹組此詞「剛作千年調」句改），又名〈神仙會〉。有七十五字、七十七字兩體，上下闋各九句，四仄韻，為仄韻格。本詞為七十七字體（末句較辛詞多兩個襯字）。參見

《詞律》卷十一〈千年調〉、《詞譜》卷十七〈千年調〉，二書均以辛棄疾詞為正體。

【注釋】❶剛　偏偏。白居易〈惜花〉詩：「可憐夭桃正當時，剛被狂風一夜吹。」❷謾　徒然。❸取　動詞詞尾，有「著」、「得」意。

【語譯】人生沒有百歲之人，偏偏還唱著千年調。想把門關用鐵鑄就，鬼見了都禁不住笑。人生愁悶太多，容易提早衰老，還惹盡閒煩惱。我現在已經醒悟，不去枉然勞心，也不去徒然計較。穿著粗布衣裳，吃著清淡飯菜，贏得暖和飽。住個房屋，只要不大不小。常常讓它整潔乾淨，不種多餘花草。據此認定，快樂平生，便是神仙了。

【研析】這首詞當是其所作諧謔詞之一，口吻帶有調笑意味，說的卻是大實話，表現出知足常樂的人生態度和達觀情懷。詞的發端「人無百年人，剛作千年調」，寫的既是自己原來的人生態度，也是自古以來常人的人生態度。〈古詩十九首〉即有「生年不滿百，常懷千歲憂」的抒寫，表達了這種共同的心態。宋代詞人在作品中對生命意識有更深的體認和憂慮，憂慮之餘，往往會轉而寄情於歌酒與婦人，如「一向（長久）年光有限身」，「酒筵歌席莫辭頻」，「不如憐取眼前人」（晏殊〈浣溪沙〉）、「行樂直須年少，尊前看取衰翁。」（歐陽脩〈朝中措〉）帶有人生短促，須及時行樂之意。面對有限的生命，人們往往想盡各種辦法來延長壽命，甚至追求長生不老，但這一切終歸無濟於事，故詞人緊接著說：「待把門關鐵鑄，鬼見失笑。」鬼門關是人人必過的，誰也躲不掉。既然如此，就該面對現實，如果為此而滿腹憂愁，只會適得其反，老得更快，還會引起很多無謂的「煩惱」。詞人自己已由原來的迷惑轉而為現在的醒悟：「我醒也，枉勞心，謾計較。」

人生既然不滿百年，那麼，該如何對待呢？那就是不要有過多的生活奢求，不要有過高的期望。有粗茶淡飯可飽口腹，有粗衣以蔽體禦寒，有不大不小的房屋遮陽擋雨，有潔淨的庭院舒展身體，也就很滿足了。能享受這種平靜、安定的生活，也就不亞於神仙了。這裡表達的是一般平民的安居願望。作為士大夫，對人生價值的追求，當然遠不止於此，但在失意時，這種生活也不失為是對心靈的一種安頓。

此詞風格通俗詼諧，寓含有人生哲理，讀來能令人在輕鬆中領略理趣。後來的辛棄疾受曹組詞影響，寫有兩首〈千年調〉，其一云：「卮酒向人時，和氣先傾倒。最要然然可可，萬事稱好。滑稽（酒器）坐上，更對鴟夷（酒器）笑。寒與熱，總隨人，甘國老（可配其他任何藥的甘草）。　少年使酒，出口人嫌拗。此箇和合道理，近日方曉。學人言語，未會十分巧。看他們，得人憐，秦吉了（善學人言之鳥）。」詼諧中夾雜對趨炎附勢、鸚鵡學舌不良世風的深刻嘲諷。

142 昭君怨

万俟詠

春到南樓❶雪盡，驚動燈期❷花信❸。小雨一番寒，倚闌干。　莫把闌干倚，一望幾重煙水。何處是京華❹？暮雲遮。

【作　者】万俟詠（生卒年不詳），字雅言，自號大梁詞隱。生活於南北宋之交。遊上庠不第，放意歌酒。徽宗朝，曾任大晟府制撰，與晁次膺按月律進詞。紹興五年（西元一一三五年）補下州文學。有《大聲集》五卷，不傳。唐圭璋所編《全宋詞》收詞作二十九首。詞多應制，頗有新譜。其詞在當時頗受歡迎，據王灼《碧雞漫志》載：「每出一章，信宿（連宿兩夜）喧傳都下。」

【詞　牌】〈昭君怨〉，又名〈一痕沙〉、〈宴西園〉、〈明妃怨〉、〈洛妃怨〉、〈一葉舟〉等。北宋蘇軾始以此調填詞。調名本於王昭君遠嫁匈奴事。四十字，雙調，上下闋字數、句數、格律均同，兩平韻兩仄韻遞轉，為平仄韻轉換格。另有三十九字一體。參見《詞律》卷三、《詞譜》卷三。

【注　釋】❶南樓　此處無特指，一般指南面之樓或南向之樓。❷燈期　指農曆正月十五日，此日盛行燃燈，是為燈節。❸花信　指開花的消息。昔時，江南一帶有二十四番花信之說，此處之花信當指梅開後的迎春花發之類。❹京華　指汴京。

【語　譯】春已來到南樓，冰雪業已溶化。元宵燈節，風兒驚醒了沉睡的春花。霏微小雨帶來一陣寒涼，我正依倚欄杆眺望。　休要倚欄憑眺，極目所見惟有數重煙水。何處是帝京啊？視線卻被重重暮雲遮蔽。

【研　析】此詞寫遠遊思歸之情。在宋代，尤其在北宋，遠離帝京，滯留他鄉，極易生出孤獨落寞之感。京城之值得留戀，除了它的繁華可任人恣情享樂外，重要的是它乃政治中心，靠近皇權，與自身得到賞識重用等有密切關係。万俟詠這首詞寫思念帝京，即隱隱透露出一種失意情懷。全詞寫得很凝練、蘊蓄。先從一特定的時節景物入手：時值早春，又逢元宵佳節，冰雪消融，春花迎風開放。對此良辰美景本當興致高漲，情緒歡悅，然而卻暗啟歸心，他不禁由此地之春而念及彼地之春。「小雨」句，從寫景言，是一轉折，初春雖萌動生意，卻還料峭春寒；從表情言，則是深進一層的抒發，微寒小雨，又加重了客心悲涼。「倚闌干」一句，對整個上闋而言，所用為逆挽之法，至此，方點明前面所見所感，乃倚南樓欄杆時發生之情事。

下闋的寫法，頗能變化。「莫把闌干倚」，承接「倚闌干」係陡轉。「莫把」二字，以否定語氣寫倚欄無益，是在否定中寫已經發生之事，係以虛寫實，虛中有實。欄干頻倚，顯見思歸之切；惟見煙水重重，乃失望之甚。以下轉用問答形式，京華何以難見？係因暮雲遮蔽之故。這一結尾暗含有李白〈登金陵鳳凰臺〉詩「總為浮雲能蔽日，長安不見使人愁」之意，非單純景語，實有比興意在。陳廷焯讚此結語為「宛約小令正宗」（《詞則．別調集》卷二）。

短幅之中，筆法能如此變化多端，誠為難得。全詞不著一「歸」字，而無處不流露出歸心似箭，此正其手法高明之處。黃昇《唐宋諸賢絕妙詞選》謂「雅言之詞，詞之聖者也。發妙音於律呂之中，運巧思於斧鑿之外，平而工，和而雅，比諸刻琢句意而求精麗者遠矣。」用以評價此詞，尤為的當。

令詞有如詩中之絕句。「收拾光芒入小詩」，這是前人對絕句的要求。令詞也是如此，能收拾一點光芒即可。像万俟詠這首詞，寫的只是元宵佳節倚欄時被觸發的一縷思緒。把這縷思緒凝聚在四十個字的小詞中，何等精練、含蓄，耐人尋味！

143

臨江仙

陳克

四海❶十年兵❷不解，胡塵直到江城❸。歲華銷盡客心驚。疏髯渾似雪，衰涕欲生冰。

送老虀鹽❹何處是？我緣應在吳興❺。故人相望若為❻情？別愁深夜雨，孤影小窗燈。

【作　者】陳克（西元一〇八一—一一三七年），字子高，自號赤城居士，臨海人（今浙江境內）。僑寓金陵（今江蘇南京）。呂祉辟為右承事郎都督府準備差遣。紹興七年（西元一一三七年），隨呂祉前往廬州（今安徽合肥）節制諸軍，酈瓊叛，與呂祉同時遇害。有《天台集》，不傳。趙萬里輯其《赤城詞》一卷。陳振孫稱其詞「格頗高麗，晏、周之流亞也」（《直齋書錄解題》），陳廷焯讚其詞「婉麗閒雅，暗合溫、韋之旨」（《白雨齋詞話》卷一）。

【詞　牌】〈臨江仙〉，唐教坊曲名，用作詞調。又名〈雁歸後〉、〈謝新恩〉、〈畫屏春〉等。詞調體式甚多，本詞採用者為使用頻率最高的一種，雙調，六十字，上下闋各五句、三平韻，為平韻格。詳見前歐陽脩〈臨江仙〉「詞牌」介紹。

【注　釋】❶四海　四方。《論語・顏淵》：「四海之內，皆兄弟也。」❷兵　指戰爭。❸胡塵直到江城　紹興四年（西元一一三四年），金兵糾合劉豫政權南下，一度進逼建康。胡塵，指金兵。胡，原指北方與西北地區的少數民族，此指女真族。江城，指建康（今南京）。❹虀鹽　原指切碎了的醃菜，此處指代最低生活需求。❺吳興　今浙江湖州。❻若為　如何。

【語　譯】四方十年戰爭不息，胡塵直逼江城。年華在戰爭中銷盡，客居異地內心驚悚。稀疏的鬢髯，全然似雪，衰老臉上流涕，幾欲成冰。

以蔬食送老當在何處？我的緣分應在吳興。此地的朋友遙遙相望，何以為情？深夜雨聲中，小窗燈下的孤影，應是別愁滿胸。

【研　析】詞的發端「四海十年兵不解，胡塵直到江城」，直陳時勢，高度概括。徽宗宣和七年（西元一一二五年）金兵大舉南侵，兩年之後北宋宣告滅亡。高宗立位，建立南宋，偏安江南一隅，時時遭到來自北方金兵的襲擾。紹興四年（西元一一三四年）金兵與劉豫軍隊聯合進攻，直逼建康。此時呂祉鎮守建康一帶江防，詞人亦在「差遣」之列，曾上奏議，力主抗擊金兵，無奈朝廷昏庸，措施不力，因而敵兵得以乘勝南進。這一局面，正是詞人寫作此詞的背景，詞人在痛憤之餘，不免心生悲涼之感，故下面說：「歲華銷盡客心驚。」此時詞人已五十三歲，因而有「歲華銷盡」之歎；自己的故鄉在臨海，今身在金陵，故稱自己為「客」；「心驚」，固然有對歲月流逝的震撼，更含對國勢不振的憂慮。然後用一對句具體描繪自己的身形容貌：「疏髯渾似雪，衰涕欲生冰。」鬚髯似雪，重在突出年已老邁；衰涕生冰，重在突出對國勢的殷憂。「似雪」、「生冰」，均給人以寒涼之感，透露出心境的蕭瑟。但詞人並沒有因此放棄自己的職責，依然勇往直前，積極參與軍事策劃與軍事行動，以致三年之後被敵人加害，以身殉國。

詞的下闋，全為對未來的設想之辭。過片「送老齏鹽何處是？我緣應在吳興」，以問答形式，設想將來的退隱生活。「送老」承上「歲華銷盡」，退隱中只求粗茶淡飯，沒有過分奢求；其所以緣分在吳興，大概是因為水鄉秀美、風景宜人的緣故，且距前線有一段距離，能保持一定的安穩。用一「應」字，係帶揣想口吻，只是一種設想而已。當自己離開金陵後，那將是一番怎樣的情景？「故人相望若為情」，從友人一方著筆，他們會憑高眺望，由於距離遙遠，望而不見，該是如何的難以為情。結尾「別愁深夜雨，孤影小窗燈」則於己方落墨，是全詞的精彩處。首先是這聯對仗全用名詞組成，由聲光組合，營造出一個安頓「別愁」的淒清寂寞的環境，寫法類似於溫庭筠的「雞聲茅店月，人跡板橋霜」（〈商山早行〉）。其次運用層層遞進的方法渲染「別愁」，這裡突出的是「孤影」，是小窗燈照下的孤影，是一個深夜小窗燈下的孤影，是一個雨聲淅瀝的深夜小窗燈照下的孤影，如此，便將這份愁情寫得別樣淒苦。以情景綰合，收束全詞。雖屬虛寫，虛中有實，令人如見如聞。

詞人在抗敵前線，有如此情懷，相對於情緒高昂的軍將，似乎顯得有些消極，但寫在詞中的往往只是詞人情感的一個側面，似不能以偏概全。南宋的很多愛國志士，因為朝廷的昏庸，才能無法發揮，志向難以實現，有時也會選擇退隱，這是一種較為普遍的現象，連抗金名將韓世忠都會發出「年邁衰殘，鬢髮蒼浪骨髓乾。不道山林有好處，貪歡。只道痴迷誤了賢」（〈南鄉子〉）的感慨，對此詞中流露的情緒也就容易理解了。

陳克的詞以「婉麗閒雅」聞名，此詞卻感激蒼涼，別具一格。

144 鷓鴣天

陳克

小市橋彎更向東，便門❶長記舊相逢。踏青❷會散鞦韆下，鬢影衣香怯晚風。

悲往事，向孤鴻❸，斷腸腸斷舊情濃。梨花院落黃茅店，繡被春寒此夜同。

【詞牌】〈鷓鴣天〉，又名〈思越人〉、〈思佳客〉、〈千葉蓮〉、〈半死桐〉等。雙調，五十五字，為平韻格。詳見前晏幾道〈鷓鴣天〉「詞牌」介紹。

【注釋】❶便門　指出入方便之側門。❷踏青　春日郊遊。古代踏青，因時因地而異，或在農曆二月二日，或在三月三日。後世多以清明出遊為踏青。❸悲往事二句　語本杜牧〈題安州浮雲寺樓寄湖州張郎中〉詩：「恨如春草多，事與孤鴻去。」

【語譯】在小小街市的橋彎處更向東，長記舊時在便門相逢。踏青的集會已散，人立於鞦韆之下，鬢影衣香怯於寒涼的晚風。

悲傷往事，已如遠去孤鴻，斷腸腸斷，因為舊情太過深濃。你居住的梨花院落，我落腳的黃茅旅店，在繡被之中，在春寒之夜，兩情相同。

【研　析】這是一首懷人的愛情詞。上闋憶昔，對方住的地方不是深宅大院，而是一幢平常住宅，它靠近彎橋的街市東邊，故男主人公得以在便門和她相逢。由此可知此女子的身分，並非深閨貴族小姐，而屬市井平民。這種身分的女子對愛情的追求，相對來說，較少封建禮教的束縛，因而比較大膽，和男主人公一見鍾情，相互間「心有靈犀一點通」。男女間最初的印象往往是最為深刻的，因此多年之後都難以忘懷，故說「便門長記舊相逢」，就像俄國詩人普希金說的「我記得那美妙的一瞬」。以下轉寫踏青後情景：「踏青會散鞦韆下，鬢影衣香怯晚風。」在此省略了踏青的過程。在宋代，踏青是一個全民的盛會，孟元老《東京夢華錄・收燈都人出城探春》一節有「香輪暖輾，芳草如茵，駿騎驕嘶，杏花如繡，鶯啼芳樹，燕舞晴空，紅妝按樂於寶榭層樓，白面行歌近畫橋流水，舉目則鞦韆巧笑，觸處則蹴踘疏狂，尋芳選勝，花絮時墜，金樽折翠簪紅，蜂蝶暗隨歸騎」的描寫，男女間在遊玩中也不加迴避，這一過程雖然詞中有所省略，但他們在便門相遇之後，定當有一段緊相追隨的遊覽，而詞人只寫「踏青會散」，她站立鞦韆下，無疑她曾盪過鞦韆，當她穿著彩衣將鞦韆盪出綠楊之上時，那是何等輕盈、美妙、令人目眩神迷的景象！她不僅多情，而且活潑，更覺可愛。踏青一般在下午三、四時結束，而他們在鞦韆下依依相對多時，直到臨晚，她的鬢影衣香已不堪晚風的吹襲。能看到她的鬢影，聞到她的衣香，感受到她的難禁風寒，說明他們挨得很近，也表明男主人公的細心體貼。這時，二人已不得不分手，種種難捨之情與無奈，盡在不言中。

上闋憶往，是逆入。下闋傷今，為順寫。「悲往事，向孤鴻，斷腸腸斷舊情濃」，令人追戀的往事，已如孤鴻飛遠，杳不可尋，但這份「舊情」卻沉摯深濃，令人有無窮回味，也有無限傷痛，故說「斷腸腸斷」。「斷腸」與「腸斷」意思相同，反覆言之，加重傷痛的分量。詞的結尾：「梨花院落黃茅店，繡被春寒此夜同。」寫的是「一種相思，兩處閒愁。」（李清照〈一翦梅〉）雖然你我距離遙遠，但隔山隔水不隔情，值此料峭春寒之夜，你在橋東的梨花院落思念我，我在羈旅中的黃茅店裡思念你。一個「同」字，表明心心相印，而非一方的單相思，這是「舊情濃」的新的延續，是時間沖不淡的色彩絢爛的麗情。

詞從男性角度寫旅途懷人之情，全用白描，語淡情深，空靈雅致，咀嚼無滓。周濟謂「子高不甚有重名，然格韻絕高」（《介存齋論詞雜著》）。即指此類詞作。

145

念奴嬌

朱敦儒

插天翠柳，被何人，推上一輪明月？照我藤牀❶涼似水，飛入瑤臺瓊闕❷。霧冷笙簫❸，風輕環佩❹，玉鎖無人掣❺。閒雲收盡，海光天影相接。

誰信有藥長生❻，素娥❼新鍊就，飛霜凝雪。打碎珊瑚❽，爭❾似看、仙桂扶疏橫絕❿！洗盡凡心，滿身清露，冷浸蕭蕭⓫髮。明朝塵世，記取⓬休向人說。

【作　者】朱敦儒（西元一〇八一—一一五九年），字希真，河南（今河南洛陽）人。早歲隱居故里，屢薦不起。紹興五年（西元一一三五年），賜進士出身。為祕書省正字、擢兵部郎中。十四年（西元一一四四年）遷兩浙東路提點刑獄。十六年被劾罷官。秦檜晚年，喜獎用騷人墨客以粉飾太平，起用希真教子詩，復除鴻臚少卿。檜死，亦罷廢。有《巖壑老人詩文》一卷，不傳。有詞三卷，名《樵歌》。其詞清超曠逸，間有豪語。

【詞　牌】〈念奴嬌〉，又名〈酹江月〉、〈大江東去〉、〈百字令〉等，別名多達二十餘種。雙調，一百字，有平韻格、仄韻格兩類。此詞上下闋各十句，四仄韻（用入聲），為仄韻格。詳見前蘇軾〈念奴嬌〉「詞牌」介紹。

【注　釋】❶牀　安身之几坐。❷瑤臺瓊闕　指月中宮殿。《拾遺記》載：「翟乾祐於江岸玩月，或問：『此中何有？』翟笑曰：『可隨我觀之。』俄見月規半天，瓊樓玉宇爛然。」瑤、瓊，美玉。闕，指宮殿兩旁的高樓。❸笙簫　兩種管樂器名。此處代指音樂。❹環佩　佩玉。後用為指女性之飾物。❺掣　拉開。❻誰信有藥長生　古有月中白兔搗長生藥之說。李白〈把酒問月〉詩：「白兔搗藥秋復春，姮娥孤棲與誰鄰？」❼素娥　指月宮仙女。據《龍城錄》載，唐明皇遊月宮，見「素娥十餘人，皆皓衣乘白鸞往來，舞於大樹下」。❽打碎珊瑚　《世說新語・汰侈》載，西晉武帝之舅王愷與富豪石崇鬥富，不勝。武帝出珊瑚樹，高三尺，助愷。崇將其擊碎，帝欲其賠償。崇以高六七尺者賠之。珊瑚，熱帶海底的腔腸動物，能分泌出石灰質，聚集成相連的骨骼，形似樹枝。❾爭　怎。❿仙桂扶疏橫絕　傳說月中有桂樹。扶疏，茂盛的樣子。橫絕，意為橫渡，《史記・留侯世家》：「羽翼已就，橫絕四海。」⓫蕭蕭　蕭條。杜牧〈懷吳中馮秀才〉詩：「長洲苑外草蕭蕭」。⓬取　動詞詞尾，有「得」、「著」意。

【語　譯】高聳入雲的翠柳，被何人，推上一輪明月？照著坐臥的藤牀清涼似水，我飛入月宮的瓊臺瑤闕。在涼霧中笙簫聲漸飄漸遠，清風輕輕搖動仙女環佩，可惜宮門玉鎖無人開脫。轉看閒散的浮雲都已收盡，只見海光天影遙遙相接。　誰會相信有長生之藥，是月中仙女新煉就的飛霜凝雪。打碎珊瑚樹枝，怎比得上欣賞月中仙桂，樹影扶疏橫跨圓月！洗盡凡心，滿身清露，冷浸蕭疏鬢髮。明朝回到塵世，記得不要向人敘說。

【研　析】此詞寫秋月清景，是宋詞中詠月名篇。詞從描寫月亮冉冉升起入手：「插天翠柳，被何人，推上一輪明月？」寫的本是「月上柳梢頭」的情景，但觀景的角度不同，一為仰視，一為平視，即此詞中的詞人係躺臥於藤牀之上仰看「翠柳」，故有「插天」之感；而月之初升，先在柳樹之外，漸升漸高，直至高出柳樹之上，這一自動的過程，在詞人看來，似是被人「推」上來的。「被何人」「推上」，便融入了詞人的主觀想像。張端義評此兩句：「自是豪語。」（《貴耳集》）下面「照我藤牀涼似水」，點出「我」觀月的角度，並特別強調了秋月的輝光與清涼，由此引起對廣寒宮殿的聯想和探視的願望，於是有了「飛入瑤臺瓊闕」的「神行」。以下便馳騁想像，轉寫月宮所見、所聞、所感。

「霧冷笙簫，風輕環佩」二句，從視覺、聽覺、觸覺寫月宮內外情景。霧冷、風輕，構成了一個霧起雲湧、清泠縹緲的神仙世界，在此聞聽「瓊闕」中傳來的音樂演奏，還有仙女伴舞輕輕的環佩聲，自有一種飄飄欲仙之感。這兩句為四言對仗，作者不說「冷霧」、「輕風」，而說「霧冷」、「風輕」，作為形容詞的「冷」字、「輕」字，又置於「笙簫」、「環佩」之前，便使景、事之間有了密切的關係，令人聯想到那音樂在霧的氤氳中漸飄漸遠，那環佩聲音在風的吹拂中愈來愈輕，顯示出有一賞聽的時間過程。詞人欲親臨其境，目睹其人，然而「玉鎖無人掣」，沒有人打開宮門，終不可得。於是只好轉而縱目海天之間，此時「閒雲收盡，海光天影相接」，海天一色無纖塵，呈現在眼前的是一片無邊無際的空明澄澈。

過片「誰信有藥長生，素娥新鍊就，飛霜凝雪」，承「海光天影」轉發議論，先否定有玉兔搗就長生藥之說，「誰信」，語帶反詰，表示無人相信，其中也包含了詞人對人生所持的現實態度；然後肯定飛霜凝雪、空明澄澈，那是仙女們新煉就而成的境界。下面再用一個世俗的故事與月中賞桂的仙界活動加以對比：「打碎珊瑚，爭似看、仙桂扶疏橫絕！」那種打碎枝丫參差的珍貴珊瑚的炫富行為，又怎能比得上觀賞仙桂樹影扶疏行為的高潔呢！以「爭似」二字領起，將賞桂之事化實為虛。上闋寫月宮之事，多從實處落墨，此段寫月宮之事，多從虛處著筆，可謂善能變化。但無論實寫、虛寫，都是由詞人主觀幻化出來的境界。

以下由「飛入瑤臺瓊闕」再返回到人間：「洗盡凡心，滿身清露，冷浸蕭蕭髮。」身處如此無邊無際的明澈空間，凡俗之念，被洗滌一淨，而身體髮膚也感到清涼無限，身心都得到了洗滌與昇華。這種感覺真是美妙無比，它是一種獨特的體驗，是常人難以領略的高情逸趣，不可為世俗人道，故結拍說：「明朝塵世，記取休向人說。」以此收束全詞，含有餘不盡之意。

此詞詠秋月，清空飄逸，語意豪放，詞人展開想像的翅膀，上天入地，並靈活運用與月有關的神話傳說，創造出一個空靈縹緲、純淨清涼的世界。阮元稱其「詞意奇絕，似不食煙火人語」（《樵歌題記》）。這個澄澈純淨世界的反面，便是世俗的塵囂與汙濁，因此它反映了詞人精神上對塵俗的厭棄，對淨美境界的追求。

146

水調歌頭

朱敦儒

淮陰作

當年五陵❶下，結客❷占春遊。紅纓翠帶❸，談笑跋馬水西頭。落日經過桃葉❹，不管插花歸去，小袖挽人留。換酒春壺❺碧，脫帽醉青樓❻。

楚雲❼驚，隴水散❽，兩漂流。如今憔悴，天涯何處可銷憂？長揖飛鴻舊月，不知今夕煙水，都❾照幾人愁？有淚看芳草，無路認西州❿。

【詞　牌】〈水調歌頭〉，又名〈元會歌〉、〈凱歌〉、〈臺城游〉、〈水調歌〉。雙調，九十五字，上下闋均四平韻，為平韻格。另有減字、增字數體。詳見前蘇軾〈水調歌頭〉「詞牌」介紹。

【注　釋】❶五陵　原指漢代五陵（長陵、安陵、陽陵、茂陵、平陵）附近，少年豪俠聚集之地，此處代指北宋西都洛陽。❷結客　結交任俠之客。❸紅纓翠帶　紅色帽帶與青色腰帶，為少年遊俠的裝束。❹桃葉　桃葉渡，在今江蘇南京秦淮河畔。此處指代有青樓的渡口。❺春壺　春酒。杜甫〈寄劉峽州伯華使君四十韻〉詩：「宴引春壺酒，恩分夏簟冰。」❻青樓　妓女居所。杜牧〈遣懷〉詩：「十年一覺揚州夢，贏得青樓薄倖名。」❼楚雲　原指楚地之雲，詩中使用此辭常與女性相關，如張謂〈贈趙使君美人〉詩：「紅粉青娥映楚雲，桃花馬上石榴裙。」此處用以暗示所思女子。❽隴水散　用梁鼓角橫吹曲〈隴頭流水歌〉：「隴頭流水，流離四下」意。隴水，發源於隴山（今陝西隴縣西北）。❾都　算來。❿無路認西州　《晉書・謝安傳》載，謝安死後，其所愛重的外甥羊曇極為悲痛，一次醉中，偶然經過謝安扶病還都時經過的西州門，痛哭而返。此處借指朝中無謝安一類能人。

【語　譯】當年在五陵之地，結交豪俠享受快樂春遊。結紅纓，束翠帶，騎馬談笑，涉過河水西頭。落日時分，經過桃葉渡口，美人不管我們插花歸去，用小袖極力挽留。她頻頻向壺中傾換美酒，我們脫帽醉倒青樓。

楚雲驚散，隴水流離，兩處漂流。如今憔悴，天涯地角，何處可以銷憂？長向飛鴻舊月恭揖，不知今夕煙水，照著發愁的人算來究竟多少？有淚看著芳草，無路辨認西州。

【研　析】此詞係宋室南渡後，詞人漂泊於淮陰（今江蘇境內）時作。追昔撫今，悲慨無限。作者的青壯年時期係在北宋的西都洛陽度過，特別是青年時代有過一段豪縱浪漫、令人回味的生活，詞之上闋便是對這段愜意生活的回憶。發端「當年五陵下，結客占春遊」二句提綱挈領，首句點明時間、地點。當年，是一個相對太平、朝野追求享樂的時代，何況又是在西都洛陽。詩詞中常借漢唐以喻今，「五陵」為漢朝帝陵，是富貴人家聚居之地，豪俠少年遊樂之所，以此借指當時的洛陽，令人想見西都繁盛豪華的風貌。次句寫少年時代結客享受春日冶遊之樂，其中暗用樂府詩〈結客少年場行〉中的遊樂描寫，如走馬、鬥雞、飲酒、射獵等。以下具寫一次遊樂活動。大家「紅纓翠帶，談笑跋馬水西頭」，著遊俠之裝，揚鞭縱轡，遠遠地直抵河的西頭，無所顧忌地縱談大笑，個個意氣風發。「落日經過桃葉」五句，轉寫歸途情景。眾人盡興酣遊，直至日落踏上歸程，行至桃葉渡口，又被多情的女子挽留。桃葉，令人想起王獻之的〈桃葉歌〉：「桃葉復桃葉，渡江不用楫。但渡無所苦，我自來迎接。」暗含旖旎柔情。「小袖」（指美人，以局部代整體）「不管插花歸去」，用虛筆補寫歸途中頭上插戴野花的形象，表示浪漫而不拘形跡。戴花，出現在男性身上，往往帶有罔顧世俗的曠放之意，如杜牧〈九日齊山登高〉詩即有「塵世難逢開口笑，菊花須插滿頭歸」的抒發，黃庭堅〈鷓鴣天〉詞有「風前橫笛斜吹雨，醉裡簪花倒著冠」的描寫。此詞中表達的亦是一種放浪不羈的意趣。「換酒春壺碧，脫帽醉青樓」，執壺者多情，殷勤勸酒；飲酒者盡興，醉倒青樓。「脫帽」之舉，亦是一種放肆無忌的行為。總之，上闋極力渲染豪情逸興，寫得酣暢淋漓，又以紅粉佳人的多情作為陪襯，暗伏下闋之遙遠思戀。這段可與其〈雨中花〉所寫「故國當年得意，射麋上苑，走馬長楸。對蔥蔥佳氣，赤縣神州。好景何曾虛過，勝友是處相留。向伊川雪夜，洛浦花朝，占斷狂遊」加以對讀。

西元一一二七年的靖康之難，招致天翻地覆，國破家亡，詞人不得不去國離鄉，倉皇南下，如無根浮萍漂泊於淮陰。這不僅是詞人個人的災難，更是整個民族的災難。故詞之換頭來一陡轉：「楚雲驚，隴水散，兩漂流。」首句暗用「紅粉青娥映楚雲」意，以示多情的「小袖」，被無情戰火驚散，次句以隴水的流離比喻自己的漂泊遐方，然後總以「兩漂流」。寫的是自己的經歷，但「個別」中正寓含著「普遍」。「如今憔悴，天涯何處可銷憂？」轉從己方著筆，詞人此時年近半百，艱辛歷盡，逃亡輾轉，淪落天涯，說形容「憔悴」，完全是寫實。李清照在其〈永遇樂〉詞中亦云「如今憔悴」，「憔悴」二字，是北人南逃帶普遍性的寫照。詞人的憔悴，不僅來自於奔波勞頓，更來自於心靈的創傷，天地之大，竟無處可銷解憂愁。「長揖飛鴻舊月」三句承上推進一層。鴻雁，曾是傳遞書信的使者；舊月，曾是美好情事的見證。對之「長揖」，是希望得到遠方的音訊，是希望舊日情愛的回歸。「舊月」，即是今夕所見之月，因亦係昔時所見，故稱其為「舊月」。下面兩句「不知今夕煙水，都照幾人愁？」係由今「月」生發。煙水，係月照下景物。月照煙水，月與煙水照著愁人，「都照幾人愁？」表明詞人關注的對象，不僅僅限於個人，而是同命運的千千萬萬同胞。結拍用一對句發出「有淚看芳草，無路認西州」的深沉感歎，前句與上闋所寫「占春遊」形成昔樂今愁的鮮明對照，同是春日、芳草，如今惟有淚眼相對；下句運用東晉羊曇過西州痛哭而返的典故，慨歎國中無謝安一類挽狂瀾於既倒的重臣，慨歎中也含有對出現中興名將的期盼。詞之下闋可說是情愈轉愈苦，而思愈轉愈闊。

此詞由大喜而大悲，寫出兩種不同境遇、不同情懷，映照出時代的巨變，歷史的翻覆。由個人的不幸，而慮及民眾的痛苦，透露出詞人的寬廣胸懷。

147 臨江仙

朱敦儒

直自❶鳳凰城❷破後，擘釵❸破鏡❹分飛。天涯海角信音稀。夢回遼海❺北，魂斷玉關❻西。

月解重圓星解聚，如何不見人歸？今春還聽杜鵑啼❼。年年看塞雁❽，一十四番回。

【詞牌】〈臨江仙〉，唐教坊曲名，用作詞調。有多種體式，字數不一。本詞為六十字，雙調，上下闋各五句、三平韻，為平韻格。詳見前歐陽脩〈臨江仙〉「詞牌」介紹。

【注釋】❶直自　竟然自從。直，竟然，含意外驚訝語氣。❷鳳凰城　原為漢唐都城長安的美稱，以漢時有鳳凰闕得名。此處指北宋都城汴京。❸擘釵　分釵。釵為婦女首飾，歧出如股。白居易〈長恨歌〉：「釵留一股合一扇，釵擘黃金合分鈿。」❹破鏡　謂夫妻失散。孟棨《本事詩》載，陳太子舍人徐德言娶陳後主之妹樂昌公主，值時亂，恐不相保，乃破鏡各執其半，作為他日相見之信物。後陳亡，果離散。歷經周折，終得破鏡重圓。❺遼海　原指遼東渤海之地，此指邊遠地區。❻玉關　玉門關，在今甘肅西北部。❼杜鵑啼　杜鵑啼聲似「不如歸去」。❽塞雁　邊地之雁。

【語譯】竟然自從在鳳凰城破之後，分離釵股，打破圓鏡，勞燕分飛。你遠在天涯海角，音信稀少。在遼海北和你相會的夢已醒，追隨你到玉關西的魂魄已斷。　月缺能解重圓，星散能解重聚，為何不見遠人歸來團聚？今春還聽到杜鵑催歸的啼鳴。年年看邊塞之雁歸來，已經有一十四回。

【研析】從詞末的「年年看塞雁，一十四番回」看，此詞作於靖康之難後的十四年（紹興十一年，西元一一四一年）詞中道中原不幸淪陷，親人長期乖隔，抒發金甌殘缺之痛。詞一開始「直自鳳凰城破後，擘釵破鏡分飛」即點出京城陷落的重大歷史變故，打破了以往寧靜、幸福、美滿的生活，導致夫婦的勞燕分飛。這裡雖未直接描述從前，但已包含與從前的對比。擘釵，用〈長恨歌〉李隆基與楊玉環死別後之典，破鏡，用徐德言與樂昌公主生離之典，在被迫分離時相互間都有約定，即期待很快會合，希望釵能合股，破鏡重圓。可是分手之後，「天涯海角信音稀」，對方遠在天涯、海角，相距空間無比闊遠，不通音問。所謂信音稀，實則是沒有消息。此句為中間過渡，因為沒有音信，故日夜思之，以致魂牽夢繞。歇拍「夢回遼海北，魂斷玉關西」用一對句刻畫這種思戀、焦慮的精神狀態。「遼海」之北，「玉關」之西，都是形容極為遙遠的邊地。前句與「海角」呼應，後句與「天涯」呼應。但「夢回」與「魂斷」係分寫兩種不同狀況，前者是寫夢中與所思歡會，醒後只覺得是一場空歡喜，與南唐李璟「細雨夢回雞塞遠」（〈山花子〉）的描寫相似；後者表露的是尋而不得的絕望之情。

上闋重在寫空間距離的遙遠，下闋重在寫等待時間的漫長。「月解重圓星解聚，如何不見人歸？」月缺月圓，一月一輪迴，牛郎織女星之由分手而至七夕相聚，一年一輪迴。看了多少回圓月，經歷了多少次牛郎織女的歡會，一月又一月，一年又一年，星月尚且能解會圓、聚，如何卻不見人歸來團圓？以二者關係言，係用前者襯托後者，以自然界的星月襯托人事。以句式言，後句用反詰，帶責難語氣，但這並不能視為對對方的指責，其深層意是對南侵的金國女真統治者的一種控訴。「今春還聽杜鵑啼」，那一聲聲「不如歸去」的催促啼鳴，更令人懷有一種期盼，「聽」前著一「還」字，可見是年年都在聽這種催歸之聲，年年都在期盼遠人的歸來。「年年看塞雁，一十四番回」，每年看著邊地的鴻雁由北飛南，總以為牠們會帶來令人興奮的消息，然而每次都是失望，從「鳳凰城破」到如今，已經是第十四回了。結得悠遠，結得沉痛！

詞人的寫法頗為奇特，主人公的身分難以確定，從口吻來看，似為女性，頗類於唐五代詞中的閨人懷想征夫之作。但從詞人所處江南之地看，又應是對北地淪陷區親人的懷想，這種懷想我們還能從其他詞作中找到印證，如：〈鷓鴣天〉詞：「西風挹淚分攜後，十夜長亭九夢君。」〈驀山溪〉詞：「鴛鴦散後，供了十年愁，懷舊事，想前歡，忍記丁寧語。」也許正是這種模糊性擴大了詞的容量，它所表現的已不限於一己的遭遇，而是千千萬萬民眾在這場民族災難中被迫背井離鄉、親人阻隔的境況。再作更為深層的思索，筆者以為這首詞包含有某種比興寄託，即以夫婦之分離比喻中原的淪陷，以致地分南北；而以「人歸」比喻中原的收復；在對北方遼闊地域直至邊陲的追尋中，寄寓著深濃的故國情懷；在漫長的焦灼等待中，包含有對南宋統治者無能的責難與歎息。當然，也許「作者之用心未必然」，但「讀者之用心何必不然」。

148

鷓鴣天

西都作

朱敦儒

我是清都❶山水郎，天教分付與疏狂。曾批給雨支風券，累上留雲借月章。

詩萬首，酒千觴❷，幾曾著眼看侯王。玉樓金闕❸慵歸去，且插梅花醉洛陽。

【詞牌】〈鷓鴣天〉，又名〈思越人〉、〈思佳客〉等。雙調，五十五字，為平韻格。第三、四句一般用為對仗，如本詞。詳見前晏幾道〈鷓鴣天〉「詞牌」介紹。

【注釋】❶清都　傳說中天帝的宮闕。《列子・周穆王》：「清都紫薇，鈞天廣樂，帝之所居。」❷觴　酒器。❸玉樓金闕　指天上宮殿。

【語譯】我是天都管山水的郎官，老天分付讓我疏狂。曾經批准給雨支風的證券，我累累遞上留雲借月的奏章。寫詩萬首，飲酒千觴，幾時著意用眼去看侯王。天帝之都懶於歸去，暫且插上梅花醉酒洛陽。

【研析】朱敦儒早歲隱居洛陽（西都），《宋史》本傳載：「志行高潔，雖為布衣，而有朝野之望。靖康中，召至京師，將處以學官，辭曰：『麋鹿之性，自樂閒曠，爵祿非所願也。』固辭還山。」他遠離官場，不問世事，飲酒賦詩，與鷗鷺為盟、漁樵為友，儼然神仙中人。此詞即為當時縱情山水、灑脫不羈的生活與性情的生動寫照。詞之發端「我是清都山水郎，天教分付與疏狂」，即明示自己的「疏狂」特性。說自己不屬於人世的凡夫，而是屬於天宮中人物，擔任著「山水郎」的職務。山水郎，官職中本無此名目，屬詞人杜撰，大意是管領山水的職位，以此強調自己對山水的鍾情和放浪山水的行跡。且我的「疏狂」是老天賦予，是天帝分付，誰也拘管不著，誰也無權干預。不僅如此，天帝對我還特別眷顧，「曾批給雨支風券」，給雨支風，任由我驅遣；而我也毫無顧忌地向祂「累上留雲借月章」，留雲借月，任我流連。我徜徉於大自然中，心靈與之契合，情性與之相融。如此寫來，雖則與歷來的山水隱逸詩人，同樣是耽於山水，超然世外，在精神上息息相通，但表達極具特色，帶有強烈的主觀意識，富有浪漫主義色彩。

這份「疏狂」不僅表現於流連山水、風月，更與一般世俗的眼光相左，與世俗的追求大異其趣：「詩萬首，酒千觴，幾曾著眼看侯王。」我在詩的天地中展翅翱翔，視通萬里，思接千載，領略創作的美妙樂趣；我在美酒中進入醉鄉，無憂無慮，遠離塵世的紛爭。擁有幾多騷情雅意，何等超曠風流！對於富貴視如浮雲，對於侯王視如糞土，何曾屑於一顧！真是「疏狂」到極點！在這裡，詞人強調的特立獨行，突出的是個人的主觀意志，追求的是精神自由，帶有擺脫現存秩序的束縛，追求個性解放的傾向。這種「疏狂」還不僅表現於對人間秩序的傲視，就是對上天也毫不在乎：「玉樓金闕慵歸去，且插梅花醉洛陽。」天上的玉樓金闕也懶得歸去，我暫且在洛陽流連醉酒，再在頭上插上梅花。前面所寫，強調的是一種精神狀態，至此，方出現詞人疏狂的具體形象。這一具體形象又蘊含有一種特殊的品格。洛陽以牡丹名聞天下，詞人不說「且插牡丹」，而說「且插梅花」，自然是別有用心。牡丹是富貴的象徵，而梅乃是「澹然獨傲霜雪」（〈念奴嬌〉）之花，詞人自引以為同調。詞人對梅的喜愛還可從其晚年的「曾為梅花醉不歸」（〈鷓鴣天〉）的回憶中找到印證。黃蘇《蓼園詞選》云：「希真梅詞最多，性之所近也。」正可作「插梅花」的注腳。末句中的「且」字也不容忽視，它與前面的「清都山水郎」相映照，終究要回歸「玉樓金闕」，故說插梅醉酒係暫且為之。雖屬小令，亦注意講究綿密。

這是詞人早年的代表作，表露的是處於太平時期的精神追求。一旦山河破碎，國勢危殆，詞人再也無法高唱「山水郎」那種超然世外的神仙風致，也會發出「奉天威，掃平狂虜，整頓乾坤都了」（〈蘇武慢〉）的吶喊。

149 相見歡

朱敦儒

金陵❶城上西樓❷，倚清秋。萬里夕陽垂地、大江流。

中原亂，簪纓❸散。幾時收？試倩❹悲風吹淚、過揚州。

【詞牌】〈相見歡〉，教坊曲名，用作詞調。又名〈烏夜啼〉、〈月如鉤〉、〈上西樓〉、〈秋夜月〉、〈月上瓜洲〉等。雙調，三十六字，上闋三句三平韻，下闋四句兩仄韻、兩平韻，為平仄韻轉換格。句式以三言、九言為主。參見《詞律》卷二、《詞譜》卷三。

【注釋】❶金陵　今江蘇南京。❷西樓　西向之樓。❸簪纓　古代官吏的冠飾，此處借指官員。❹倩　請。

【語譯】登上金陵城的西樓，依欄眺望清秋。眼前萬里夕陽垂地，大江奔流。　中原陷入戰亂，官員驚逃四散。何時可收復淪陷的地域？試請悲風吹淚，送達揚州。

【研析】西元一一二七年發生靖康之難，北宋滅亡，徽、欽二帝被擄，官員、士大夫四散逃亡，詞人亦隨逃亡大潮南下，先從洛陽到淮陰，再抵達金陵，之後又輾轉嘉禾（浙江嘉興）、洪州（江西南昌）、南雄州（廣東南雄）等地。此詞作於建炎二年（西元一一二八年）逃難金陵之時，境極壯闊，情極沉鬱，筆調蒼涼。

上闋寫登樓遠眺所見，因正值清秋時節，故所見極遠、極闊：「萬里夕陽垂地、大江流。」眼前是萬里江山，夕陽漸漸西下，垂於地平線上，長江正滾滾東流，既富於動態，又十分壯麗。但作者選擇了臨暮的時刻、「夕陽」的意象，便使它籠上了一層悲涼的色彩，帶上了特殊時代的印痕。與其〈減字木蘭花〉詞「萬里東風，國破山河落照紅」的情境相同。此等景語實即情語。

面對如此壯美江山，自然會引發出對國家現狀與命運的思考與憂慮，故詞之下闋轉寫靖康之變所帶來的深重民族災難：「中原亂，簪纓散。幾時收？」中原戰亂，既有女真族士兵的鐵蹄對山河的蹂躪，和他們對廣大平民百姓肆無忌憚的擄掠，也包含各地抗金將士、義勇軍的不斷頑強抵抗。但這裡側重說的是前者，因為金兵南侵，特別是汴京陷落，皇帝被俘，隨之百官也四散逃亡。由百官的離散，更可想見許多無辜百姓的流離失所、淪落天涯。面對這種殘破的局面，詞人表達了收復中原的強烈願望，因而提出「幾時收？」以疑問語出之，實是因為現狀令人有太多的憂虞。結句更顯沉痛：「試倩悲風吹淚、過揚州。」宋高宗於建炎元年（西元一一二七年）五月於南京（商丘）即位，對金統治者一再忍讓以求苟安，對投降派幾乎是言聽計從，而對抗金將領李綱、宗澤以及民眾抗金活動則一再打壓，次年又退至揚州。面對如此只求自保的昏君豈能不痛心疾首！但詞人似乎仍懷有一線希望，想請「悲風」將憂慮、痛苦的淚水，吹向皇帝的駐蹕之地揚州，讓他了解民心，有所醒悟。自然這只是詞人的一廂情願。這一句一連用了「倩」、「吹」、「過」的動詞，顯得極為流暢，同時又極蘊藉。「風」，是前面景物描寫的補充，冠以「悲」字，是自己心境無限悲涼的表露。可是自己的痛苦與憂慮無法直陳，故透過一層，說「試倩悲風」傳送。「風」本無情物，說「試倩」，視其為有情，所用為擬人之法。「過揚州」，究是為何？終不說破。言簡意豐，耐人尋繹。

陳廷焯評曰：「此類皆慷慨激烈，髮欲上指。」（《白雨齋詞話》卷六）詞人同時所作〈朝中措〉詞：「登臨何處自銷憂，直北看揚州。朱雀橋邊晚市，石頭城下新秋。　昔人何在，悲涼故國，寂寞潮頭。箇是一場春夢，長江不住東流。」可與此詞對讀。

150 醉落魄

周紫芝

江天雲薄❶，江頭雪似楊花落。寒燈不管人離索❷，照得人來，真個睡不著。

歸期已負梅花約，又還春動空飄泊。曉寒誰看伊❸梳掠❹？雪滿西樓，人在闌干角。

【作　者】周紫芝（西元一〇八二—一一五五年），字少隱，自號竹坡居士，宣城（今安徽宣城）人。從李之儀、呂本中遊。紹興十二年（西元一一四二年）以廷對第三同學究出身。十七年，為樞密院編修官，二十一年，知興國軍（治所在今湖北陽新）。後退隱廬山。有《太倉稊米集》及《竹坡詩話》、《竹坡詞》。

【詞牌】〈醉落魄〉，為〈一斛珠〉之別名，又名〈醉落拓〉、〈怨春風〉。雙調，五十七字，上下闋各五句，四仄韻，為仄韻格。參見《詞律》卷八、《詞譜》卷十二。

【注釋】❶薄　迫近。❷離索　離群索居之略語。❸伊　人稱代詞，指彼、他、她。此處指她。❹梳掠　梳理。

【語譯】江天雲層迫近，江頭雪飄似楊花飛落。寒燈不管人離群獨處，照得行人，真個睡不著。　歸期已辜負了約定的梅開時節，如今春意已動，又還在無益地飄泊。寒冷的清晨，有誰看她梳裹？雪滿西樓，她依然在欄杆角盼望等候。

【研析】此係羈旅懷內之詞，簡潔而情深。詞從室外景物描寫入手：「江天雲薄，江頭雪似楊花落。」從後面的「春動」，可知這裡寫的是早春時節，寫的是春雪。詞人注目的是江流上空的凍雲低壓，是江上正紛紛揚揚的飄雪，「楊花落」係化用謝道韞「未若柳絮因風起」詩意，說明其臨時住地臨近江河，暗示行走的路線即是水道。詞人此刻絕無賞雪的雅興，而是憂心忡忡，因為天氣的惡劣，漫天的飛雪將給船行帶來阻力，影響返鄉的時間。下面「寒燈」二句轉寫夜晚，空間轉入室內。本是寒夜自處孤獨，思念親人，因而輾轉反側，夜不成寐，卻怪罪「寒燈不管人離索，照得人來，真個睡不著」，將「寒燈」擬人，而且要承擔使人不能入睡的責任，在強詞奪理中，顯出奇情異彩。前兩句用平易之語，此處則純然用口語。口語中甚至帶有一種詼諧的意味，顯得別具一格。

詞之下闋具寫「真個睡不著」的原因。因為遭遇到種種的阻滯，使自己不能及時趕回家中，以致「歸期已負梅花約」。兩人分別時自己曾允諾梅花開放時節歸來，共同踏雪尋梅，賞梅之高標，領梅之芳潔，而今竟然爽約，不免深懷愧疚。更糟糕的是「又還春動空飄泊」，冬天已過，春又來臨，我仍然一無所成地漂流在外，「君問歸期未有期」，尤為此深深自責。總之，心潮起伏，不能自已。以下從對面著筆，首先想到對方「曉寒誰看伊梳掠？」「曉寒」，是由眼前的夜寒引起的聯想；「誰看伊梳掠？」用一反詰語，是說沒人看。現在沒人看，恰恰是說明昔時有人看，昔時自己曾在一旁細細欣賞。這句真是柔情旖旎，透露出他們之間的閨房生活是何等的親密。令人想起蘇軾〈江城子〉「小軒窗，正梳妝」的細節描寫。她在曉寒中梳妝原是有所等待的，因此結拍進一步想像對方：「雪滿西樓，人在闌干角。」雖然天寒地凍，她仍然在西樓的欄杆角上瞭望，亟欲遙從天際識歸舟。

此詞篇幅短小，卻能藏無數曲折，寫羈旅愁苦，有大背景，有小環境；寫內心活動，有愧疚，有自責；寫對方，由清晨轉至白天，由室內轉至室外。在表達一懷愁緒時流露出伉儷情深，筆觸之細膩，詞中少見。孫競〈竹坡老人詞序〉稱其詞「清麗婉轉」，「豈苦心刻意而為之者哉」！所評甚是。所作不甚費力，不刻意經營，但有此感受，自然從筆端流出。

151 燕山亭 北行見杏花

趙佶

裁翦冰綃❶，輕疊數重，淡著胭脂勻注。新樣靚妝，豔溢香融，羞殺蕊珠宮❷女。易得凋零，更多少、無情風雨。愁苦。問院落淒涼，幾番春暮？　憑寄離恨重重，這雙燕，何曾會人言語！天遙地遠，萬水千山，知他故宮何處？怎不思量，除夢裡、有時曾去。無據。和❸夢也、新來不做。

【作者】 趙佶（西元一〇八二—一一三五年），即宋徽宗，神宗第十一子。元符三年（西元一一〇〇年）即位，初號建中靖國，後改崇寧、大觀、政和、重和、宣和，在位二十五年。宣和七年（西元一一二五年）金兵進逼汴京，內禪皇太子趙桓。靖康二年（西元一一二七年），為金人所俘，北去，卒於五國城。擅書法，創「瘦金體」，工花鳥，亦工長短句，近人曹元忠輯《宋徽宗詞》一卷。《全宋詞》錄詞十二首，斷句二。

【詞　牌】〈燕山亭〉，又名〈宴山亭〉，雙調，九十九字，上闋十一句五仄韻，下闋十句五仄韻，為仄韻格。參見《詞律》卷十五、《詞譜》卷二十七。

【注　釋】❶冰綃　白絹之薄者。此處形容花瓣的冰清玉潔。❷蕊珠宮　飾以花蕊珠玉之宮殿，係神仙所居。❸和　連。晏幾道〈阮郎歸〉：「夢魂縱有也成虛，那堪和夢無。」

【語　譯】裁剪冰清玉潔的絹綢，數層輕輕重疊，淡淡色著胭脂，均勻凝注。新鮮的亮麗妝扮，漾溢美豔，融入芳香，使蕊珠宮女也感羞愧。容易凋零，更有多少無情風雨吹打。令人愁苦。試問院落淒涼，經得幾番春暮？　欲憑雙燕寄去重重離恨，可牠們，何曾會人言語！天遙地遠，萬水千山，知他故宮究在何處？怎不思量舊京，除非夢裡有時曾去。毫無憑據，新近連夢也不做。

【研　析】靖康二年（西元一一二七年），汴京城破，徽、欽二宗被擄，與宗室、臣僚三千餘人被驅趕北上。此詞即作於被擄北行之際，借杏花起興，抒發國家敗亡、人身喪失自由的悲感。起首即用「工筆」從多方面細寫杏花之美，「裁翦冰綃」，突出其資質之美，裁翦，暗用賀知章〈詠柳〉「不知細葉誰裁出，二月春風似剪刀」詩意，其冰清玉潔係大自然所賜，係春風剪裁而出；「輕疊數重」，寫其形態之美，繁榮藻麗，密集成團；「淡著胭脂勻注」，讚其色澤之美，如人之面敷胭脂，輕淡勻淨，唐鄭谷〈杏花〉詩描繪其色澤曾有「不學梅欺雪，輕紅照碧池」之句，約略相似。下面再用對比法突出其外在美與內質美：「新樣靚妝，豔溢香融，羞殺蕊珠宮女。」它不僅具有新鮮豔麗的外在美，更具有融合芳馨的內質美，天上蕊珠宮的仙女面對它也會感到羞愧。至此，杏花之美已經寫足。

以下陡轉：「易得凋零，更多少、無情風雨。」感歎杏花之命運，繁榮短暫，再加上風吹雨打，真是「明媚鮮妍能幾時，一朝飄泊難尋覓」（《紅樓夢・葬花吟》），此中已含比興，是寫花，亦是寫人，是對自己不幸命運的暗示：昔日擁有帝王之尊，而今竟淪為階下之囚，變化之大，何啻霄壤！故緊接著以「愁苦」二字總攬花事與人情，承上啟下。「問院落淒涼，幾番春暮？」由眼前景宕開，所謂「院落」，實指宋室的皇家園林、宮殿，那兒曾經是「鳳閣龍樓連霄漢，玉樹瓊枝作煙蘿」（李煜〈破陣子〉），而今已淪入金人之手，又幾經花開花落，想來已是滿目殘敗、淒涼冷落。杏花零落一般在清明前後，溫庭筠〈菩薩蠻〉詞云：「南園滿地堆風絮，愁聞一霎清明雨。雨後卻斜陽，杏花零落香。」馮延巳〈鵲踏枝〉詞云：「滿眼遊絲兼落絮，紅杏開時，一霎清明雨。」故杏花零落正當暮春之時，因而有「幾番春暮」的感歎。「幾番春暮」，表面上似說幾經花事凋殘，實則是想像宋室園林、宮殿被敵人糟蹋，蹂躪，面目全非。似寫風景，實涉人事。以「問」字領起，是因未親見，係設想之辭，虛寫一筆，但虛中有實。

上闋由杏花而興起人事，由眼前而轉向故國，換頭以下又別開新面。杏開之時，燕亦歸來。鄭谷〈杏花〉詩有「小桃新謝後，雙燕卻（再）來時」之語。則詞人北行途中正遇雙燕南來，又引發一段奇想：「憑寄離恨重重」。欲寄語雙燕，希望牠們傳遞自己對故宮的思戀和離別之恨。馮延巳〈鵲踏枝〉寫閨情亦有此痴語：「淚眼倚樓頻獨語。雙燕飛來，陌上相逢（行人）否？」是因為無人可以相問，故向燕相詢，趙佶面臨的是無人可以傳遞，故遇燕突發此奇想，二者頗為相似。而「離恨重重」是需要用言語表達的，可是「這雙燕，何曾會人言語！」牠們既不會言語，又空間如此遼闊，「天遙地遠，萬水千山」，牠們怎麼可能「知他故宮何處？」一連用兩句反詰，便把這奇想否定了。但正是在這種否定中寄寓了詞人的無限悲哀，表露了他對故國的無限懷念與傷慟，暗示出他經歷「天遙地遠，萬水千山」的無限痛苦與屈辱。

以上借杏、借燕暗喻歷史的變故、世事的翻覆，蘊藉曲折。以下則直抒胸臆，感情噴薄而出：「怎不思量，除夢裡、有時曾去。」詞人昔日曾處九五之尊，擁有至高無上的權力，享盡榮華富貴，一旦歸為俘虜，生活與地位形成巨大的落差，身處困厄之境，對往昔自然懷有無限的眷戀，但富貴榮華永遠不再，惟「夢裡有時曾去」，那夢境如何，作者沒有描寫，或許如李後主所描寫的「還似舊時遊上苑，車如流水馬如龍，花月正春風」（〈望江南〉），正所謂「夢裡不知身是客，一晌貪歡」（〈浪淘沙〉），趙佶的「夢裡」「曾去」，也可能得到短暫的精神慰藉，求得一時的痛苦解脫。然而這一時半會的解脫，也極少可能，因為「無據。和夢也、新來不做」，只在夢裡曾去，實已堪哀，而近來連夢也不做，其悲哀更進一層。

趙佶此詞描繪在北行途中的所見所感，極為真實、細膩，且能婉曲傳情。即使作者曾是一個無道昏君，我們對他在被押解至僻遠北方的途中遭遇的種種不幸，仍然懷有深深的同情。因為他的無限淒楚與悲痛，既是個人的恥辱，又超出了個人的範圍。故楊慎曰：「詞極淒惋，亦可憐矣。」（《詞品》卷五）王國維亦云：「（李）後主之詞，真所謂以血書者也。宋道君皇帝〈宴山亭〉詞亦略似之。」（《人間詞話》）

152 六么令

次韻和賀方回金陵懷古，鄱陽席上作

李綱

長江千里，煙澹水雲闊。歌沉〈玉樹〉❶，古寺空有疏鐘發。六代❷興亡如夢，苒苒❸驚時月。兵戈❹凌滅。豪華銷盡，幾見銀蟾❺自圓缺。

潮落潮生波渺，江樹森如髮。誰念遷客❻歸來，老大傷名節？縱使歲寒❼途遠，此志應難奪❽。高樓誰設？倚闌凝望，獨立漁翁滿江雪❾。

【作　者】李綱（西元一〇八三－一一四〇年），字伯紀，邵武（今屬福建）人。徽宗政和二年（西元一一一二年）進士。歷官太常少卿。欽宗時，授兵部侍郎、尚書右丞。高宗即位，拜尚書右僕射，兼中書侍郎。為御史所劾，罷為觀文殿大學士、知潭州、荊湖南路安撫。卒，諡忠定。著有《梁谿集》，有《梁谿詞》一卷。劉克遜稱其詞「豪宕沉雄，風流蘊藉」。（〈梁谿詞跋〉）

【詞　牌】〈六么令〉，唐教坊曲名，用為詞調。又名〈綠腰〉、〈錄要〉、〈樂世〉、〈宛溪柳〉。見柳永《樂章集》。雙調，九十四字，上下闋各九句五仄韻，此為通用格式。亦有上闋六仄韻、下闋七仄韻者，亦有句式小有變化者。參見《詞律》卷十四、《詞譜》卷二十三。

【注釋】❶玉樹 指陳後主所製歌曲〈玉樹後庭花〉。《隋書・五行志》載，陳後主作新歌，辭甚哀怨，令後庭美人習而歌之。辭曰：「玉樹後庭花，花開不復久。」時人以為歌讖，此其不久兆也。後被人視作亡國之音。❷六代 指建都金陵的東吳、東晉、宋、齊、梁、陳六個朝代。❸苒苒 同「冉冉」。漸進的樣子。屈原〈離騷〉：「老冉冉其將至兮。」❹兵戈 干戈，轉為戰爭之義。❺銀蟾 月亮。傳說月中有蟾蜍，故云。銀，形容月色。❻遷客 遭受貶謫之臣。❼歲寒 語出《論語》：「歲寒然後知松柏之後凋也。」❽此志應難奪 語出《論語》：「匹夫不可奪志也。」❾獨立漁翁滿江雪 用柳宗元〈江雪〉「千山鳥飛絕，萬徑人蹤滅。孤舟蓑笠翁，獨釣寒江雪」詩意。

【語譯】長江浩浩千里，澹煙籠罩水雲遼闊。〈玉樹後庭花〉的歌聲已經湮沒，而今空剩古寺清疏的鐘聲。潮落潮生，六代興亡如同夢幻，歲月消逝令人驚悚。被戰爭消滅。豪華都已銷盡，屢見月亮自圓自缺。

水波浩淼，江岸遠樹，密集如髮。有誰念及遷客歸來，年歲老大，還憂名節未立？縱使時處嚴寒、道途長遠，此堅貞志向，絕難更改。高樓何人建造？依倚欄杆凝望，如獨立漁翁，垂釣滿江寒雪。

【研析】李綱為力主抗金的主戰派，係南渡名相，但多次遭受排擠打擊，幾遭罷黜，曾遷謫至潭州（今湖南長沙）、海南等地，此詞或即作於遷謫歸途中之鄱陽（今江西境內）。詞題為「次韻和賀方回金陵懷古」（賀詞今已不存），實則借金陵懷古抒發歷史興亡之感，特別是借此表達自己矢志不渝的抗擊金人、收復中原的宏大抱負。

詞之上闋重在金陵懷古。作者在「鄱陽席上」，鄱陽在鄱陽湖東畔，鄱陽湖與長江相通，而長江自古以來即為抵抗北方來敵進犯的天塹，它更是金陵禦敵的天然屏障，故詞由長江起興，展開空間的想像與歷史的回顧。發端「長江千里，煙澹水雲闊」，用如椽大筆，突出浩浩長江奔騰千里、煙籠霧罩水天相接的雄闊氣勢，展示出金陵帝王州的背景特色。但龍蟠虎踞的天然形勝、都市無與倫比的繁華，並沒能挽救一個又一個王朝的覆滅。建都於此的六朝，就像大浪淘沙一樣，一一被長江流水沖刷而去，故下面即轉入對人事的感歎：「歌沉〈玉樹〉，古寺空有疏鐘發。」和其他某些金陵懷古詩詞一樣，作者只選取六朝中的陳後主作為典型，而其中又以〈玉樹後庭花〉歌曲的傳唱作為敗亡的代表，以小見大，以少概多。古寺疏鐘與〈玉樹〉歌沉相對，以有聲襯無聲，以長存襯短暫。以上將自然景物與歷史陳跡相對照，將變與不變相對照，以突出人事的代謝，歷史的變遷。

「六代興亡如夢」以下就歷史事件抒發感慨。六朝舊事已經過了近千年的時光，恍如夢幻，但對其更迭之速，卻頗感驚異，用「苒苒驚時月」來形容內心的感受。至歇拍「兵戈淩滅。豪華銷盡，幾見銀蟾自圓缺」，再進一步生發議論。一個朝代腐敗到極點，終將遭到戰爭的毀滅。一代豪華就此消失以盡，人事變化無常，而景物依舊，長江依舊滔滔向前，月圓月缺，仍自循環不已。

詞的上闋應題中「金陵懷古」，以下由歷史感慨過渡到抒發自身情懷。換頭「潮落潮生波渺，江樹森如髮」與發端「長江千里」相呼應，轉寫眼前所見，由江潮而及江樹，江樹在此係以靜襯動。潮漲潮落，寓示心潮起伏；波濤渺遠，寓示心事浩茫。二句亦景亦情。至「誰念遷客歸來，老大傷名節？」則直抒胸臆。用反詰語，表示對迫害抗戰派勢力的奸邪的極大憤慨，自己被逼迫在遷謫中虛度年華，既不能盡振興民族之責，名節操守也無法確立。「縱使歲寒途遠，此志應難奪」二句一轉，雖然小人得志造成重重阻力，消耗人的年光，但我毫不動搖。詞人連用「歲寒然後知松柏之後凋」、「匹夫不可奪志」的古訓，以明己志之堅定不移。其剛毅果敢之氣，百折不撓的精神，讀來令人肅然起敬！結拍再轉入形象描寫，「高樓」、「倚闌」，係外在形象，而「獨立漁翁滿江雪」，更以柳宗元詩中的漁翁形象，凸顯自己不為險境所左右的特立獨行的人格精神。

全詞上下闋分寫兩意，前段金陵懷古，意在總結歷史教訓。詞人曾作有〈金陵懷古〉詩四首，中有「龍蟠虎踞空形勝」、「〈玉樹〉歌沉月自圓」、「六代當年恨最長，兵戈陵滅故城荒。非關霸氣多消歇，自是人謀未允臧」等句，與詞中所發感慨多有相似，六朝之敗亡，非關形勝，非關霸氣，而繫乎「人謀」的好壞。由歷史上的「人謀」之失而思及當朝，由當朝而思及自身，故感慨係之，心潮澎湃。但詞人面對種種打擊，自是巋然不動，依然保持自己高遠的志向、獨立的人格、剛毅的精神，以偉岸的形象矗立於歷史的潮頭之上。這正是詞人值得當世和後人景仰之處。

153 好事近

蔣元龍

葉暗❶乳鴉啼，風定老紅猶落❷。蝴蝶不隨春去，入薰風❸池閣❹。

休歌〈金縷〉❺勸金巵❻，酒病煞❼如昨。簾捲日長人靜，任楊花飄泊。

【作　者】蔣元龍（生卒年不詳），字子雲，丹徒（今江蘇鎮江）人。約生活於南北宋之交。以特科入宮，終縣令。工樂府，有詞集行世，今不傳。唐圭璋所編《全宋詞》輯錄詞作三首。

【詞　牌】〈好事近〉，又名〈釣船笛〉、〈翠圓枝〉。雙調，四十五字，上下闋各四句，兩仄韻，以押入聲韻為宜。亦有上下闋押三仄韻者，《詞譜》稱為「變體」。參見《詞律》卷四、《詞譜》卷五。

【注　釋】❶葉暗　指樹葉濃密，日光被遮擋。❷風定老紅猶落　語本《南史・謝貞傳》所載，謝貞八歲時作〈春日閒居〉詩，有「風定花猶落」句。❸薰風　和風。指初夏時的東南風。❹池閣　臨池之樓閣。❺金縷　指〈金縷曲〉。〈金縷曲〉，原名〈賀新郎〉，因葉夢得詞有「誰為我，唱〈金縷〉」句而得名。❻金巵　酒器之美稱。❼煞　甚。

【語　譯】待哺的烏鴉，在密林中啼鳴，風已止息，衰謝的花朵仍在飄落。春已歸去而蝴蝶仍在，相隨初夏的和風飛入池閣。

勿再唱〈金縷曲〉勸酒，我飲酒成病已甚過昨日。簾幕高捲，長長白晝十分安靜，一任楊花在庭院飄泊。

【研　析】此詞寫士大夫之閒雅淡定心情。先從描繪初夏景物入手，極富動態。「葉暗」二句，重在寫色彩之綠暗紅稀，但不沉滯。葉暗，風定，都暗含有一變化過程；乳鴉啼，老紅落，一重在聽覺，一重在視覺，是在動植物對舉中作動態描寫。這兩句，如果將第二句中的「猶」字去掉，「葉暗乳鴉啼，風定老紅落」有似一副聯語；紅，以「老」形容，運用擬人手法，亦屬別出心裁。沒有風吹，殘花都要落盡了，可知春天真的是走了。春去夏臨，生命依然活躍，下面特地標舉出色彩斑斕、上下翻飛的蝴蝶。「蝴蝶」兩句，一氣貫注。前句用否定語氣，謂「蝴蝶不隨春去」，後句用肯定語氣謂其「入薰風池閣」，似欲與人相伴，將無情之蝶寫得富有人情，並點出「池閣」這一主人公之所在地，則前面所見所聞亦當在池閣之內。四句景語，前兩句整飭，後兩句流利。整飭與流利結合，正是令詞創作須講究的藝術辯證法。

以下轉寫樓閣中之人、之事。先以「休」的否定語氣寫正在發生之事，即歌女在唱著〈金縷曲〉頻頻勸酒，主人公已經喝醉了。而後才揭示勸阻她們的原因：今天比昨日還醉得厲害，便又帶出了昨天的宴飲之事。連續兩天的宴飲自非一人，歌伎所唱又為流行之〈金縷曲〉，精美的「金卮」無疑斟的是美酒，可以想見那是非常熱鬧的場面。短短十二個字，透露出許多信息。但寫宴飲的熱鬧不是目的，它是為後面的寧靜追求作鋪墊的。人往往會有一種複雜的心態：既嚮往熱鬧，在經歷了熱鬧後，又會喜歡安靜。故詞的最後由熱鬧轉歸靜謐。這靜謐主要是通過主人公眼中的景物來表現的。上闋所寫之鵶啼、落紅、蝴蝶以及此處之「任楊花飄泊」，皆「簾捲」所見，係以動寫靜，有一種「鳥鳴山更幽」的效果，復用「人靜」二字明白點出。由於閒適自得，時光似也顯得悠長。這樣，一個既風雅又閒適的文士形象便已呼之欲出。

這首詞展示的是一個「靜」的境界。靜，是透過景物和人事兩方面的動態描寫來體現的。以動襯靜，是其突出特色。主人公面對春去夏來並沒有像晏殊那樣，感歎「無可奈何花落去，似曾相識燕歸來」（〈浣溪沙〉），因而在閒雅中也就顯出了幾分瀟脫。俞陛雲以為讀此詞「如誦淵明詩，氣靜神恬，令人意遠」（《唐五代兩宋詞選釋》）。

154 燭影搖紅

題安陸❶浮雲樓❷

廖世美

靄靄❸春空，畫樓森聳凌雲渚❹。紫薇❺登覽最關情，絕妙誇能賦。惆悵相思遲暮。記當日、朱闌共語。塞鴻❻難問，岸柳何窮，別愁紛絮。　催促年光，舊來流水知何處？斷腸何必更殘陽，極目傷平楚❼。晚霽❽波聲帶雨。悄無人、舟橫野渡。數峰江上，芳草天涯，參差煙樹。

【作　者】廖世美，北宋末人，生平不詳。《全宋詞》錄存詞二首。

【詞　牌】〈燭影搖紅〉，又名〈憶故人〉、〈歸去曲〉、〈玉珥墜金環〉、〈秋色橫空〉等。吳曾《能改齋漫錄》載，王詵有〈憶故人〉詞，「徽宗喜其詞意，猶以不豐容宛轉為恨，遂令大晟府別撰腔。周美成增損其詞，而以首句（按：指王詞〈憶故人〉詞首句）為名，謂之〈燭影搖紅〉」。則此調為周邦彥所創，係將五十字之小令〈憶故人〉字句略加改動，重疊而成九十六字，押仄聲韻，上下闋各九句五仄韻。《詞律》卷六於〈憶故人〉詞牌下注明「即〈燭影搖紅〉」，《詞譜》卷七〈燭影搖紅〉以四十八字者為正體，此九十六字者為「又一體」。

【注　釋】❶安陸　在今湖北省境內。❷浮雲樓　即浮雲寺樓。❸靄靄　雲氣密集的樣子。陶淵明〈停雲〉詩：「靄靄停雲，濛濛時雨。」❹雲渚　指銀河。李賀〈河南府試十二月樂詞・七月〉：「星依雲渚冷，露滴盤中圓。」❺紫薇　指杜牧。唐代稱中書省為紫薇省，杜牧曾為中書舍人，故稱。❻塞鴻　北地飛鴻。❼平楚　平野。❽霽　雨停。

【語　譯】雲氣在春空中氤氳，畫樓高聳直插銀河。杜紫薇當年登覽牽情，有堪誇的絕妙詩賦。時光臨晚，因相思而惆悵。還記得當日，依倚紅色欄杆共語。北飛鴻雁難問，江岸柳樹無窮，別離愁緒如紛紛飛絮。年光催促匆匆而去，舊時流水知它流向何處？斷腸時節，何必更逢殘陽，舉目遠望，所見惟是平野。傍晚新晴，波聲還帶雨聲。悄然無人，有小舟橫於野渡。遙見江上數峰青青，芳草直達天涯，還有煙靄輕籠的參差遠樹。

【研　析】此係登高懷遠之詞。詞先從樓閣形勢與有關歷史人物題詠入手：「靄靄春空，畫樓森聳凌雲渚。」一是極形容其高，切樓名之「浮雲」；二是由雲氣之氤氳，暗示濛濛霏雨，伏下面之「晚霽」；三是點明季節。接著特意提到曾經登臨此樓的著名唐代詩人杜牧：「紫薇登覽最關情，絕妙誇能賦。」古人登山臨水，往往容易觸發悲傷離別之情，楚時宋玉即有「登山臨水兮送將歸」（〈九辯〉）的感歎。杜牧登此樓亦情有所繫，曾作〈題安州浮雲寺樓寄湖州張郎中〉詩：「去夏疏雨餘，同倚朱闌語。當時樓下水，今日到何處。恨如春草多，事與孤鴻去。楚岸柳何窮，別愁紛若絮。」這首詩寫念遠之情極為深摯，且用多種春天的物象加以比擬，使抽象之情具象化，味極醇厚，深得詞人稱賞，以為賦情臻於「絕妙」。因此在這首詞中，詞人多處襲用杜牧現成詩語，以表達自己的懷遠深情。

「惆悵相思遲暮」，由歷史人物轉向敘說自己的「相思」之情，登樓而又處日暮時分，「惆悵」更倍於常。「記當日、朱闌共語」，轉入憶昔，當時共倚紅色欄杆，氣氛何等溫馨！親密地傾心交談，兩情何等相得！下面「塞鴻難問，岸柳何窮，別愁紛絮」三句轉向別後，仍用杜牧詩語。分離之後，不通音問，昔有雁足傳書之說，而今由南而北的鴻雁，更無消息傳遞。江岸的楊柳一望無盡，正如劉禹錫〈楊柳枝〉所云：「長安陌上無窮樹，惟有垂楊管別離。」江柳引惹離情無限。別離愁緒繚亂紛紜，恰如眼前隨風飄飛的柳絮。這三句從寫景言，與「遲暮」的季節相應；從傳情言，既突出巨大的空間阻隔，又寫出了思緒的紛繁。

下闋「催促年光，舊來流水知何處？斷腸何必更殘陽，極目傷平楚」，仍就「相思」作進一步抒寫。見眼前流水，而思及年光催迫，又想到倚欄共語時觀賞的流水，現在不知又到了何處？正當相思腸斷之處，情本已難堪，而殘陽又冉冉來臨，用「何必」二字，似嫌其多餘，實為加倍的寫法。「斷腸」句係暗用杜牧〈池州春送前進士蒯希逸〉「芳草復芳草，斷腸還斷腸。自然堪下淚，何必更殘陽」詩意。詞人樓頭遠眺，惟見遼闊無垠的平野。闊遠的空間，映襯出一己的孤獨，故內心有一種難以抑止的傷感。

如果說，上面幾句偏重以情帶景的話，則以下偏重於以景寫情。「晚霽波聲帶雨」寫臨晚氣候變化，依次本應是「靄靄春空」，轉而「晚霽」，再露「殘陽」。晚霽，置於此處，為的是便於引出「春潮帶雨晚來急，野渡無人舟自橫」（韋應物〈滁州西澗〉）的境界，「波聲帶雨」，以動寫靜，所謂「悄無人、舟橫野渡」是將詩意加以詞化。這裡突出的乃是靜境，以映襯自己心境的孤寂。結拍再以「數峰江上，芳草天涯，參差煙樹」將「江上」、「平楚」的景物具象化，而又處處關合離別之情。首句襲用錢起〈省試湘靈鼓瑟〉「（曲終人不見，）江上數峰青」詩語，但運用了留字法，留下一個「青」字，讓人去加以補充，是對「晚靄」山色的描寫，也是對「野渡無人」靜境的延伸；次句字面上用蘇軾〈蝶戀花〉「天涯何處無芳草」，但內蘊仍是用「萋萋滿別情」（白居易〈賦得古草原送別〉）、「離恨恰如春草，更行更遠還生」（李煜〈清平樂〉）之意；第三句用杜牧〈題宣州開元寺水閣閣下宛溪夾溪居人〉「惆悵無因見范蠡，參差煙樹五湖東」詩語，於迷濛中突出距離的遙遠。融情入景，饒有韻味。

此詞最突出特點，乃是善於融化唐人詩句入詞，貫串一己的相思之情，能渾然一體，風神雅淡。況周頤曾對之大加稱賞，謂「此等詞一再吟誦，輒沁人心脾，畢生不能忘」（《蕙風詞話》卷二）。但仔細吟味，終覺空靈有餘，生活氣息欠足。

155

漁家傲

李清照

天接雲濤連曉霧，星河❶欲轉千帆舞。彷彿夢魂歸帝所❷。聞天語，殷勤問我歸何處？

我報路長嗟日暮❸，學詩謾❹有驚人句❺。九萬里風鵬正舉❻。風休住，蓬舟❼吹取三山❽去。

【作　者】李清照（西元一〇八四—一一五五年？），號易安居士，濟南（今屬山東）人。年十八，嫁太學生趙明誠。先居京師，後居青州，夫婦以研討文物、詩詞唱酬為樂。靖康之難，夫婦南渡，建炎三年（西元一一二九年）趙明誠卒。此後輾轉於金華、臨安（今杭州）兩地。有《易安居士文集》七卷，今不傳。擅詩詞，尤以詞著名，有《漱玉詞》。其詞創為「易安體」，並著有〈詞論〉，倡詞「別是一家」之說。詞作備受歷代詞評家稱賞，沈謙《填詞雜說》謂「男中李後主，女中李易安，極是當行本色」，李調元《雨村詞話》謂其「不徒俯視巾幗，直欲壓倒鬚眉」。

【詞　牌】〈漁家傲〉，此調始自晏殊，因有「神仙一曲漁家傲」句，取為調名。雙調，六十二字，上下闋各五句，五仄韻，為上去聲通押之仄韻格。詳見前范仲淹〈漁家傲〉「詞牌」介紹。

【注　釋】❶星河　銀河。❷帝所　天帝居所。❸我報路長嗟日暮　化用屈原〈離騷〉「欲少留此靈瑣（仙居之門）兮，日忽忽其將暮。……路漫漫其修遠兮，吾將上下而求索」句意。❹謾　徒然。❺驚人句　語本杜甫〈江上值水如海勢聊短述〉：「為人性僻耽佳句，語不驚人死不休。」❻九萬里風鵬正舉　典出《莊子・逍遙遊》：「鵬之徙於南冥也，水擊三千里，摶扶搖而上者九萬里。」舉，上升。❼蓬舟　輕巧之舟。❽三山　指蓬萊、方丈、瀛洲三神山。《史記・封禪書》載，三山傳說在渤海中。

【語　譯】天上雲濤相接，連著海霧，銀河似欲旋轉，中有千帆飛舞。我的夢魂彷彿回歸天帝之所。天帝殷切問我：擬歸何處？

我回報說，路極漫長，感歎日色將暮，學詩空有驚人之句。大鵬正乘九萬里風高飛遠舉，大風休要停住，將蓬舟吹向三山去。

【研　析】詞借夢境抒發難展其才的苦悶和對理想的追求。可分三層，「天接雲濤連曉霧，星河欲轉千帆舞」為第一層，寫夢遊之境。首句重在靜態描寫，但靜中有動，一「接」一「連」，遼闊而帶混茫；次句重在動態描寫，一「轉」一「舞」，點面結合，氣象萬千，引人進入一個非凡的境界，為下面「彷彿夢魂歸帝所」作了鋪墊。由「彷彿」句至「學詩謾有驚人句」為第二層，轉入人神問答，表達才情不得施展的困惑。天帝之問，極為殷切，而答以「路長嗟日暮，學詩謾有驚人句」，一方面化用〈離騷〉中「路漫漫其修遠兮」、「日忽忽其將暮」語義，懷有一種對未來的茫然之感和對人生遲暮的惶恐之感；另一方面則借「驚人句」展現自己非凡的文學才華，卻又以「謾有」二字流露出深深的憾恨。「九萬里風」三句為第三層，也是全詞的結束與高潮。詞人並沒有因為才智不得施展而陷於彷徨苦悶，以致精神不振，而是力圖突破眼前困境，乘著鵬舉的九萬里風，飛向一個更超遠的目標，抵達一個理想的境界。海上「三山」的仙境，正是詞人心目中一個沒有約束的、任其展翅翱翔的理想王國。

詞中表露的遭受壓抑的憾恨，不僅是李清照個人的悲哀，也是封建社會無數才華橫溢的女性的悲哀。她的積極追求，用今天的話來說，帶有追求個性解放、精神自由的性質，在一千多年前的封建社會，誠為難得。

這首詞運用了奇妙的想像和神話傳說、相關典故，出之以夢幻的形式，透出一種浪漫的氣質、豪邁的情懷；在結構上，問答之間，又能打破上下闋的界限，顯得氣機流暢；數層之間，一層一轉，波瀾起伏。其風神在《漱玉詞》中別具一格。故黃蘇《蓼園詞選》稱其「渾成大雅，無一毫釵粉氣」，《藝蘅館詞選》引梁啟超語，謂「此絕似蘇辛派，不類《漱玉集》中語」。

156 如夢令

李清照

昨夜雨疏風驟，濃睡不消殘酒。試問捲簾人，卻❶道海棠依舊。知否？知否？應是綠肥紅瘦。

【詞牌】〈如夢令〉，又名〈憶仙姿〉、〈宴桃源〉、〈比梅〉等。始為後唐莊宗李存勗所製，原名〈憶仙姿〉，蘇軾嫌其名不雅，因李詞中有「如夢，如夢」疊句，改為〈如夢令〉。單調，三十三字，押仄聲韻，為仄韻格。六言句的後四字多用仄平平仄，造成和婉中略帶拗峭的音樂效果。又有雙調一體，六十六字，另有押平聲韻一體。參見《詞律》卷二、《詞譜》卷二。

【注 釋】❶卻 竟。

【語 譯】昨夜雨滴疏落、風聲急驟，沉睡醒後，醉意未消。試問捲簾之人，竟說海棠依舊。知道嗎？知道嗎？應當是綠葉變肥、紅花消瘦。

【研 析】此詞寫清晨醒來的一剎那，對雨後花事的關心，流露出惜春之意與對美好事物的珍惜之情。唐代詩人孟浩然〈春曉〉詩云：「春眠不覺曉，處處聞啼鳥。夜來風雨聲，花落知多少。」韓偓〈懶起〉詩云：「百舌喚朝眠，春心動幾般。……昨夜三更雨，臨明一陣寒。海棠花在否，側臥捲簾看。」詞中所寫情境有相類處，或曾受到前人啟示，但李詞自有特色。

一是用逆入平出之法。「昨夜」二句乃今晨酒醒後回憶之辭。「雨疏風驟」係從聽覺寫昨夜室外氣候，雨雖不密集但因有急風相助，那敲擊之聲令人驚心，由此暗伏下面對花事的關切。故濃睡初醒、宿酒未消之時，急於發問。以下則轉為順寫。二是人物描寫活脫。在一首小詞中間，插入了兩個人的對話，一個是詞人自己，一個是捲簾丫鬟。一問（藏問於答）一答，而人物心情各異，人物的形象也影印在讀者心中。誠如黃蘇所言：「一問極有情，答以『依舊』，答得極澹，跌出『知否』二句來。」（《蓼園詞選》）這種描寫，頗帶戲劇的性質。南宋蔣捷的〈昭君怨〉：「簾外一聲聲叫，簾裡丫鬟入報。問道買梅花，買桃花？」寫了賣花人、通消息的丫鬟，還有未出現的女主人，人物活脫如見，或受此詞影響。三是比喻巧妙，含思淒婉。「知否？知否？應是綠肥紅瘦」是對捲簾人回答的反駁。「綠肥紅瘦」之喻，歷來受人稱賞。「綠」、「紅」係以形容詞代名詞，前人已有用之者，如唐齊己〈寄倪署郎中〉詩有「風雨冥冥春暗移，紅殘綠滿海棠枝」之句，用耀眼的色彩變化寫春意漸趨闌珊，但李詞用「肥」與「瘦」的擬人手法，比之「紅殘綠滿」更覺形象，更帶一份鮮活之感。前面用「應是」二字，帶有揣想性質，因「昨夜雨疏風驟」之時，已擔心今朝落紅無數，雖未親見，卻能想像。海棠，為宋人所愛，晏殊、蘇軾、秦觀等均有詩詞吟詠海棠，范成大每歲攜家泛湖賞海棠，陸游被人稱作「海棠顛」，其〈花時遍遊諸家園〉詩，有「為愛名花抵死狂，只愁風日損紅芳」、「海棠已過不成春」

等語。李清照實有同好，在春花中特為拈出海棠，通過對名花凋損的關切，表示對春事將殘的惋惜、對美好事物的珍視。

詞雖短小，卻能層層轉折、遞進，由「昨夜」到「試問」是一轉，由「試問」到「卻道」又是一轉，由「卻道」到「知否」又再一轉。故黃蘇讚其「短幅中藏無數曲折，自是聖於詞者」（《蓼園詞選》）。又，本詞所用為仄聲韻，除一句五言、兩個二字疊句外，其餘四句均為六言，六言句的後面四字，均為非拗非律的仄平平仄，故此詞音律偏於拗峭，有助於表達作者對花事關懷的急切心情。

157

鳳凰臺上憶吹簫

李清照

香冷金猊❶，被翻紅浪，起來慵自梳頭。任寶奩❷塵滿，日上簾鉤。生怕❸離懷別苦，多少事、欲說還休。新來瘦，非干病酒，不是悲秋。休休！這回去也，千萬遍〈陽關〉❹，也則難留。念武陵人❺遠，煙鎖秦樓❻，惟有樓前流水，應念我、終日凝眸。凝眸處，從今又添，一段新愁。

【詞牌】〈鳳凰臺上憶吹簫〉，又名〈憶吹簫〉、〈憶吹簫慢〉。《列仙傳拾遺》載：「蕭史善吹簫，作鸞鳳之響。秦穆公有女弄玉，善吹簫，公以妻之（以女嫁其為妻），遂教弄玉作鳳鳴。居十數年，鳳凰來止（居）。公為作鳳臺，夫婦止其上。數年，弄玉乘鳳、蕭史乘龍去。」調名本此。此調始見於北宋晁補之《晁氏琴趣外篇》。雙調，有九十五、九十六、九十七字數體，為平韻格。本詞為九十五字體。參見《詞律》卷十四、《詞譜》卷二十五。

【注釋】❶金猊　銅製狻猊形熏爐。猊，其形似獅。❷寶奩　精美珍貴的妝匣。❸生怕　最怕；只怕。❹陽關　指〈陽關曲〉，為送別時唱的曲子。係由王維〈送元二使安西〉「渭城朝雨浥輕塵，客舍青青柳色新。勸君更盡一杯酒，西出陽關無故人。」翻入之樂曲。❺武陵人　指離家遠行之人。本於陶淵明〈桃花源記〉：「晉太元中，武陵人，捕魚為業。緣溪行，忘路之遠近，忽逢桃花林」。又《幽明錄》載，劉晨、阮肇入天台山採藥，迷路遇兩女子，遂留半年，後懷土求歸。王渙〈惆悵詩〉有「晨肇重來路已迷，碧桃花謝武陵溪」之句，稱二人涉足武陵。詩詞中常將此二典合用，以武陵人指代遠行之愛人。武陵，湖南常德。❻秦樓　即鳳臺。見上「詞牌」調名解釋。此處將秦穆公女弄玉所居鳳臺稱秦樓，喻自己所居之閨房。

【語　譯】熏香在金猊爐中冷卻，紅錦繡被如波浪般橫斜，起來懶於梳頭。一任華貴妝奩布滿灰塵，紅日漸漸升上簾鉤。最怕離別引起的痛苦，有多少情事，想說又沒出口。新來人瘦，與飲酒成病無關，也不是因為悲秋。

　罷了罷了！這回遠別，即使歌唱千萬遍〈陽關曲〉，也將難以挽留。想到心愛的人遠去，輕煙薄霧閉鎖閨房，該是何等孤寂煩憂。只有樓前流水，應知我終日凝眸遠眺的心事。凝眸遠眺時，從此又添一段新愁。

【研　析】此詞寫臨別心情，風神搖曳，是李清照著名的代表作之一。詞的上闋隱而不露，首先從日常生活寫起，多方加以鋪敘：熏爐香盡，懶得再添香料，紅被凌亂如波，也懶於折疊，起來頭髮也懶得打理，寶奩塵滿也不願擦拭，一任太陽升得老高，總是無精打彩。通過一系列事情突出一個「慵」字，種種「慵」態，恰是情緒暗淡的外在表現。以下「生怕」二句，極盡吞吐之妙，才說「離懷別苦」，點明內心隱痛，本欲向人吐露衷腸，卻又縮了回去，多少事想說又不忍說。楊慎在《草堂詩餘》中評「欲說還休」句，謂與「怕傷郎，又還休道」同意。其所以欲說還休是因為怕增加對方的傷感和精神負累。如此細心體貼，表現出對所愛之人的無限深情。「新來瘦，非干病酒，不是悲秋」兩句，則用排除法。「瘦」的緣故，既非此，亦非彼，當別有原因，那就是離恨，然終不願直說，不願說破，這就是「留」，留給讀者去揣想。

　上闋總是隱忍不發，下闋則情感閘門頓開，具一瀉千里之勢。「休休！」這是隱忍之後的情感爆發，因為「這回去也，千萬遍〈陽關〉，也則難留」，主觀上雖有千萬個不願意，客觀上卻不得不分離。歌唱「千萬遍〈陽關〉」，可見用情之深；「也則難留」，說明分別之勢無可逆轉。是主客之間的尖銳矛盾，造成了精神上無法解脫的痛苦。「念武陵人遠」以下設想別後情景。「武陵人遠」，乃係從對方設想，用劉晨、阮肇故實，寄託千分牽繫，萬縷柔情；「煙鎖秦樓」，從自己處境著筆，用弄玉、蕭史故事，謂自己獨守秦樓，離恨無極。「煙鎖」二字，一方面表處境孤淒，另一方面表示一種空間阻隔，自己無法遙望對方，對方也難以瞭望自己。「惟有樓前流水」兩句，從情感內蘊來說，暗含有徐幹〈室思〉詩「思君如流水，何有窮已時」之意，從表情方法言，賦予無情物「流水」以有知，惟流水能感知自己「終日凝眸」之意，正如前人所評，此乃情到深至處之「痴語」。而「凝眸」前面冠以「終日」，尤見心神之專一。詞寫至此，似可作結束，然而下面又再深進一層，用頂針句法接續：「凝眸處，從今又添，一段新愁。」以與上闋之「新來瘦」相呼應。這「新愁」正是「新來瘦」的原因，婉轉幽曲，極盡吞吐之妙。

自唐五代以來，寫女性離愁別恨的愛情詞、閨怨詞，多為男性代言，至北宋雖有女性染翰操觚，作品亦有可取者，但為數寥寥。李清照與趙明誠之間的深摯愛情與風雅生活歷來被傳為文壇佳話，更可貴的是李氏的愛情詞純屬自抒情懷，其情感的真摯、熱烈，表情的婉曲、細膩，可謂無有出其右者。這首〈鳳凰臺上憶吹簫〉即具此諸般特點。它主要通過日常生活的描述和內心活動的抒寫來表達情感，詞中也有「日上簾鉤」、「煙鎖秦樓」、「樓前流水」等景物出現，但都屬虛寫，從抒情中帶出，即用所謂「即事敘景」法，雖著筆不多，但在詞中具不可忽視的作用：點明事情發生的時間、地點、環境。景、事、情交相融匯，使詞作帶有鮮明的可視性，慵懶之態、瘦弱之身、欲說還休的遲疑、「休休」的搖頭歎息、守候妝樓的凝望，均令人如見如睹，一個為離愁別恨所苦的閨中多情女子形象，便在我們心中變得鮮活起來。這就是李清照詞的藝術魅力。還須特別提到的是這首詞的語言運用，它以經過加工的日常口語為主，明淺曉暢，故清鄒祇謨以為「有元曲意」（《倚聲初集》），其中又點綴著「香冷金猊，被翻紅浪」、「武陵人遠，煙鎖秦樓」這樣的典雅精工之句，雅言與俗語結合，可謂別具一格。陳廷焯對此詞給予高度評價，認為「此種筆墨，不減耆卿（柳永）、叔原（晏幾道），而清俊疏朗過之」（《雲韶集》卷十）。

清乾隆年間編訂之《九宮大成譜》收錄有該詞曲譜，清道光年間謝元淮等所編《碎金詞譜》予以轉載，今仍有人傳唱。

158

醉花陰

李清照

薄霧濃雲愁永晝❶，瑞腦❷消金獸❸。佳節又重陽，玉枕❹紗廚❺，半夜涼初透。

東籬❻把酒黃昏後，有暗香盈袖。莫道不消魂❼，簾捲西風，人比黃花❽瘦。

【詞牌】〈醉花陰〉，首見北宋毛滂《東堂詞》。雙調，五十二字，上下闋各五句，三仄韻，為仄韻格。《詞律》卷七以李清照此詞為正體，《詞譜》卷九以毛滂詞（檀板一聲鶯起速）為正體。

【注釋】❶永晝　長長的白天。❷瑞腦　又名龍瑞腦，香料。❸金獸　獸形銅香爐。❹玉枕　瓷枕。❺紗廚　蚊帳。❻東籬　陶淵明〈飲酒〉詩：「采菊東籬下，悠然見南山。」後以東籬為種菊賞菊之地。❼消魂　人的魂魄離開軀體，指悲傷過度的精神狀態。江淹〈別賦〉：「黯然銷魂者，惟別而已矣。」❽黃花　即菊花。

【語譯】薄霧濃雲，長長白晝，令人愁悶，室內惟有金獸香爐，發散瑞腦的芬芳。又到了重陽佳節，昨夜睡於玉枕紗廚，開始感到涼氣襲人。

黃昏之後到東籬飲酒賞菊，幽香充滿襟袖。不要說不痛苦到魂離魄散，西風捲簾，請看人比黃花還要消瘦。

【研析】此係作者早期所賦之愛情詞，歷來膾炙人口。元人伊世珍在《瑯嬛記》中曾有一段有趣的記載：「易安以重陽〈醉花陰〉詞函致明誠。明誠歎賞，自愧弗逮，務欲勝之，一切謝客，忘食忘寢者三日夜，得五十闋，雜易安作以示友人陸德夫。德夫玩之再三，曰：『只三句絕佳。』明誠詰之，答曰：『莫道不消魂，簾捲西風，人比黃花瘦。』政易安作也。」易安以女性之真切細膩，親寫感受，「壓倒鬚眉」，自是固然。

詞寫的是重陽節一天的感受。先從室外氣候寫起。這一天並非秋高氣爽，而是籠罩著薄霧濃雲，有點陰沉沉的。這種灰暗的色彩形成了一種令人悒鬱的環境氛圍，它彌漫於整個白晝，很自然地引起詞人的愁懷。當然這還只是「愁」的外在因素，更深層的原因是獨處的孤寂，緊接下來對室內景物的描寫，就充分證明了這一點：與她終日相對的只有銅爐裡噴出的縷縷香煙，周圍悄無人聲，唯是一片寂靜。這一天是什麼日子呢？下面明白點出是重陽佳節。「佳節又重陽」中之「又」字，萬不可忽視！它含有兩重意義：一是表示詞人對分別已久的時間感受：又到了重陽佳節！二是含有和昔日重陽對照之意，昔時重陽是共度佳節，今日重陽卻是獨對良辰，今昔對照，真是歡愁各異啊！上闋的最後兩句回憶昨晚的氣候。重陽，已是深秋季節，故夜晚有涼氣襲人之感。但這裡寫的不是單純的氣候感受，而是對獨宿淒清況味的渲染。

詞的下闋，時間由白晝而轉入黃昏。既是重陽，似不應辜負這一佳節，於是詞人從室內踱到室外，一邊賞菊，嗅著菊的芳香，一邊啜飲杯中醇酒。「采菊東籬下」出自陶淵明〈飲酒〉詩中，詞中描寫的這一舉動很容易使我們想起陶令的風采，這也符合詞人的情性和身分。李清照不僅是閨中少婦，她同時也是一位雅士騷人。當然，詞人之飲酒賞菊，也是為了排解心中的煩悶，這與整首詞的感情基調是一致的。詞的末尾三句是全詞最為精彩的部分。其所以精彩，㈠它是感情的集中凝聚。「消魂」二字，是對前面感情的概括，作者在前面加上「莫道不」三字，乃是用否定之否定加強情感的力度。這句話是向對方說的，是有針對性的，是針對對方的疑惑說的，你不要說不銷魂，何以為證？請看：「簾捲西風，人比黃花瘦。」我是因為對你懷有刻骨相思而消瘦的啊！㈡它具有一種戲劇舞臺表演的效果。前面寫了這位閨閣女子從白天到黃昏的孤獨與百無聊賴，但我們始終未見其人，就如同劇中女主角尚未出場，在後臺亮了幾嗓子，此時觀眾渴望一睹風采，「簾捲西風」，即如同幕布陡然拉開，「人比黃花瘦」，主人公終於亮相於觀眾之前。㈢比喻的精闢。以「瘦」寫相思之深，前人已有之，如：柳永〈蝶戀花〉詞：「衣帶漸寬終不悔，為伊消得人憔悴。」以物比瘦則有秦觀（一作無名氏）〈如夢令〉詞：「依舊，依舊，人與綠楊俱瘦。」毛滂〈感皇恩〉詞：「寶熏濃炷，人共博山（香爐）煙瘦。」朱敦儒〈桃源憶故人〉詞：「今夜月明如畫，人共梅花瘦。」亦頗貼切。李清照詞以黃花比瘦，何以更顯精妙？一是即景取譬，黃花取自眼前現成景物，與詞中「東籬把酒」相應，前後縱貫；二是形似，西風中搖曳之菊花比較纖弱淒美，更便於塑造一個因愁而瘦的閨閣美人形象；三是神似，菊花有幽雅傲霜之品質，為詞人所喜，與詞人品性相合。(四)「簾捲西風」的景語，既有助於黃花比瘦形象的表現，又是對前面深秋景物描寫的補充，前後呼應，構成一種淒涼的環境氛圍。《古今詞統》評曰：「如『簾捲西風，人比黃花瘦』等句，即暗中摸索，亦解人憐，此真能統一代之詞人矣。」

李清照最善於在時空流轉中抒發感情。此詞亦然。從白晝到黃昏，時間在變化；從室內到室外，空間在轉換。她的表情也由蘊蓄變而為噴薄以出，先是融情入景，耐人尋味，最後是難以抑止的傾洩，把情緒推向高潮。故其詞具有一種特有的流動美，並帶有一種如鏡頭轉換般的可視性。

159

永遇樂

李清照

落日鎔金❶，暮雲合璧，人在何處❷？染柳煙濃，吹梅笛怨❸，春意知幾許？元宵佳節，融和天氣，次第❹豈無風雨？來相召、香車寶馬，謝他酒朋詩侶。

中州❺盛日，閨門多暇，記得偏重三五❻。鋪翠冠兒❼，撚金雪柳❽，簇帶❾爭濟楚❿。如今憔悴，風鬟霜鬢，怕見⓫夜間出去。不如向⓬、簾兒底下，聽人笑語。

【詞牌】〈永遇樂〉，有平韻格、仄韻格兩式，本詞所用為通用之仄韻格。雙調，一百零四字，上下闋各四仄韻。此調以四言為主，多處可用為對仗。詳見前蘇軾〈永遇樂〉「詞牌」介紹。

【注釋】❶落日鎔金　形容落日色彩絢麗。語本宋廖世美〈好事近〉詞「落日水鎔金」。❷暮雲合璧二句　用江淹〈休上人怨別〉「日暮碧雲合，佳人殊（猶）未來」詩意。璧，圓形中有孔的玉，此借指圓月。❸吹梅笛怨　笛中有〈梅花落〉曲。李白〈與史郎中欽聽黃鶴樓上吹笛〉詩：「黃鶴樓中吹玉笛，江城五月落梅花。」❹次第　轉眼之間。❺中州　指今河南省。❻偏重三五　指閏正月，有兩個元宵。三五，十五日，此指元宵節。❼鋪翠冠兒　以翠羽或翡翠裝飾帽子。❽撚金雪柳　插於頭上的塗金雪柳。宋朱弁《續骫骳說》載，元宵節「婦女首飾，至此一新，髻鬢簪插，如蛾蠶蜂蝶、雪柳、玉梅、燈球，裊裊滿頭」。❾帶　同「戴」。❿濟楚　整潔、美麗。⓫怕見　怕得。見，得；著。⓬向　到。

【語譯】落日如鎔金般燦爛，暮雲聚集圍繞璧月，人在何處？煙染柳色漸濃，笛吹〈梅花落〉傳達哀怨，春意知有多少？元宵佳節，恰是融和天氣，但轉眼間豈無風雨！酒朋詩侶，乘坐香車寶馬來相邀請，我一一辭謝。　記得中州繁盛之日，閨中人多有閒暇，偏偏遇上閏元宵。頭戴裝飾有翠羽的帽子，鬢髮插著撚金雪柳等飾品，簇戴裊裊於頭，爭比整齊、美麗。如今人已憔悴，髮似飛蓬，兩鬢如霜，怕得夜間出去。不如到簾兒底下，聽他人笑語。

【研析】宋張端義《貴耳集》此詞題作「元宵」。元宵，在宋代是一個全民性的狂歡節，孟元老《東京夢華錄》載，是日「開封府絞縛山棚，立木正對宣德樓，遊人已集御街兩廊下。奇術異能，歌舞百戲，鱗鱗相切，樂聲嘈雜十餘里」。北宋如此，南宋雖偏安一隅，臨安元宵節日亦熱鬧非凡，吳自牧《夢粱錄》載：是夜有舞隊、傀儡戲、龍船等表演，「家家燈火，處處管絃」，「公子王孫，五陵年少，更以紗籠喝道，將帶佳人美女，遍地遊賞。人都道玉漏頻催，金雞屢唱，興猶未已」。周密《武林舊事》載，是日燈火極盛，「大率效宣和盛際，愈加精妙」。此詞作於宋室南渡之後，詞人經歷了北宋繁盛時的元宵，今又遭遇只剩得半壁江山的南宋的元宵，世事、人事都起了巨大變化，能不感慨萬千！

詞的上闋重在描繪今之元宵物候，但又處處牽合人事。詞用對起法：「落日鎔金，暮雲合璧」，用精美偶句寫元宵臨晚之景，有點有面，長天落日，金光四射，赤紅絢爛，暮雲四合，連成一片，璧月升空。「金」、「璧」，皆珍貴美好之物，用以形容晚景，不僅顯得氣象華貴，且寓示著這一天將有一個美好的夜晚。此處所寫係樂景，以下陡轉：「人在何處？」此樂景實乃今與昔的疊印，既是眼前之景，又是往昔之景。昔時的元宵，也是如此美得令人欲醉，當時有人相與共度良宵，而今人已鶴去，杳不可尋，能不無限傷感！故發端實以樂景襯哀情。此處雖暗用「日暮碧雲合，佳人殊未來」詩意，但能不著痕跡。

發端之對句乃寫元宵這一天之景，以下「染柳煙濃」三句，則轉寫早春物候。仍用一對句，但結構較為特殊，與發端對句之主謂結構有異，以示變化。「染柳煙濃，吹梅笛怨」係「煙染柳濃，笛吹梅遠」的倒裝。寫柳之漸濃，用直敘，寫梅之銷落，則用哀怨的〈梅花落〉調曲折以達。這種句式或受杜甫「香稻啄餘鸚鵡粒」詩句的影響，因其新鮮有致，後人亦有仿效者，如南宋劉過〈柳梢青〉詞有「泛菊杯深，吹梅角遠」（杯泛菊深，角吹梅遠）之句。早春，柳絲正在轉綠，隨後將是春意盎然，這本是一個孕育著希望的時節，但她面對國破家亡，心境滿溢悲涼，感受更深的是料峭春寒，故以下又一轉折：「春意知幾許？」幾許，有時指多，此處卻是指少。

「元宵佳節，融和天氣，次第豈無風雨？」前兩句承「落日鎔金，暮雲合璧」而來，時值佳節而又擁有美好天氣，本是令人欣慰的事情，但是對於曾經擁有美好歲月而又橫遭厄運、歷經磨難的詞人來說，深感即使眼前美好，誰又能料到轉眼之間不會發生難以逆料的變故呢？氣候與人事不是有太多的相似之處嗎？

以上寫景物、寫節候、寫天氣，又處處用反詰語，抒發了自己難抑的悲情與人生感受。以下轉寫人事：「來相召、香車寶馬，謝他酒朋詩侶。」在元宵佳節，各人心態大不相同，有的詩朋酒侶，仍然駕著香車寶馬，擬作竟夕之遊。詞人已然沒有了這份興致，辭謝了他們的美意。這裡運用對比法，表現自己的情緒的低落。此處所用為倒裝句法，本是：酒朋詩侶，（駕）香車寶馬，來相召，（我辭）謝他（們）。這是慢詞中常用的特殊句法，不可不知。

詞之上闋寫今，下闋轉入憶昔，復由昔轉今。當年北宋繁盛之時，在汴京歡度元宵，有許多賞心樂事，尤其「記得偏重三五」，有一年過了兩個元宵。閏元宵，難得一遇，須三十年左右才有一次，故記憶特別清晰。宋吳禮之即有〈喜遷鶯〉詞，專詠「閏元宵」。（按：「偏重」之「重」，有人解釋為看重、重視，但此處依格律要求當作平聲，意為重複，而當時確曾有過閏正月）元宵這一天尤其是閨中少女的隆重節日，可享受平日少有的自由，故人人盛裝打扮：「鋪翠冠兒，撚金雪柳，簇帶爭濟楚。」在同性中競相比美，在異性中吸引年少「暗塵隨馬」。詞人對「中州盛日」元宵節盛況的極力鋪陳，是自己的難忘經歷，更是一段美好的歷史回憶。那時正值和平年代，平日「閨門多暇」，節日裡意興更為高揚！

「如今憔悴」以下，又轉向眼前。經歷了靖康之難的變故，經歷了丈夫亡故的慘痛，經歷了流亡顛沛的苦難，如今已是「風鬟霜鬢」，面容憔悴，體質孱弱，不僅心理上對節日意興闌珊，即連夜間外出也多有害怕。結拍一轉：「不如向、簾兒底下，聽人笑語。」既然自己無法尋求歡樂，那就暫且聽聽別人的歡聲笑語、以度元宵吧！唐圭璋評此結尾云：「從聽人笑語，反映一己之孤獨悲哀，默默無言，吞聲飲泣，實甚於放聲痛哭。」（《詞學論叢》）可謂能得其神髓。

此詞大開大闔，時空幾度轉折，在今昔對比中，既寫出詞人一己前後遭遇的變化，也反映了一段歷史的變遷，既是對自己不幸身世的哀歎，也是對國家不幸命運的歎息。以致宋末劉辰翁讀此詞，「為之涕下」，並作〈永遇樂〉託之易安自喻，有「香塵暗陌，華燈明晝，長是懶攜手去」、「宣和舊日，臨安南渡，芳景猶自如故。緗帙流離，風鬟三五，能賦詞最苦」等語，可謂解人。在語言運用上，既能精工雅致，又善運用口語，正如宋張端義所評：「『落日鎔金，暮雲合璧』，已自工致。至於『染柳煙濃，吹梅笛怨，春意知幾許』，氣象更好。後疊『於今憔悴，風鬟霜鬢，怕見夜間出去。』皆以尋常語度入音律。煉句精巧則易，平淡入調者難。」（《貴耳集》）另外在格律方面有兩處異於他人，即上下闋之第六句，他人均用「仄仄平平仄」，如蘇軾詞之「寂寞無人見」、「空鎖樓中燕」，而本詞卻用拗律：「春意知幾許」、「簇帶爭濟楚」，為「仄（第一字可平可仄）仄平仄仄」，似有意為之，於和順中以顯變化。

160 武陵春

春晚

李清照

風住塵香花已盡，日晚倦梳頭。物是人非事事休，欲語淚先流。　聞說雙溪❶春尚好，也擬泛輕舟。只恐雙溪舴艋舟❷，載不動、許多愁。

【詞　牌】《武陵春》，又名《武林春》。首見毛滂《東堂詞》。雙調，四十八字，上下闋各四句三平韻，為平韻格，《詞律》、《詞譜》均以此為正體。李清照此詞四十九字，變結句五字為六字，《詞譜》稱為「變格」。另有添字為五十四字一體。參見《詞律》卷五、《詞譜》卷七。

【注　釋】❶雙溪　水名，在今浙江金華城南。因匯合東陽、永康二水，故名。❷舴艋舟　小船。以其形似蚱蜢，故名。

【語　譯】風已停吹，花已飄盡，塵土芳香，日上三竿，仍然懶於梳頭。物是人非，事事都了無興致，想要說話，淚水先流。　聽說雙溪春光尚好，也準備前往浮泛輕舟。只恐怕雙溪的舴艋舟，承載不動許多的愁。

【研　析】此詞作於南渡之後，流寓金華之時。詞題為「春晚」，係寫暮春景物與孀居之痛。一首小詞，抑揚頓挫，中含幾度轉折。詞從景物描寫入手，一連用三個主謂結構的詞語：風住、花盡、塵香，依次寫出花事凋殘，春意闌珊，象徵著美好時節已經過去，它引起的已經不是一般的美人遲暮之感，而是對人生美好時段消逝的悲悼。首句寓情於景，次句則寓情於事，謂日頭已高而倦於梳頭，無心打理，情緒低沉可知。至「物是人非」兩句，進一步寫哀痛至極之情。風景依舊，而至親至愛之人已是幽明兩隔，自己止淪落天涯，孤苦無依，孤獨無助，因而對一切事物都已了無興趣，欲說未語，已是淚流滿面。至此，一個首如飛蓬、哀傷無告、幾至於絕望的嫠婦形象，栩栩如在目前。

上闋用層進手法，寫出情緒已低抑至冰點。至下闋的「聞說雙溪春尚好，也擬泛輕舟」，似是突然柳暗花明。聽說雙溪景物尚佳，打算泛舟去散散心。雙溪春景尚好，只是「聞說」，乃非親見，說明詞人蟄居於金華民房，未曾舉步出遊，更未遠足觀景；泛舟只是「也擬」，是心上一時閃過的念頭。這種想法倏忽即逝：「只恐雙溪舴艋舟，載不動、許多愁」，隨即把剛剛萌發的念頭給否定了。這裡用「聞說」、「也擬」、「只恐」的虛詞加以連綴，肯定、否定，傳達出瞬息變化的細膩內心活動，真可謂是「腸一日而九回」！陳廷焯謂這種表達「又淒婉，又徑直」（《白雨齋詞話》卷二）。

結拍之寫愁，尤為人所稱道。愁本抽象之情，而謂舴艋舟輕「載不動」，則愁之深重可知。此前，有以水之深廣、滔滔不絕喻愁者，有以無邊無際的萋萋春草喻愁者，有以彌漫之春雨喻愁者，至蘇軾〈虞美人〉詞有「無情汴水自東流，只載一船離恨、向西洲」之句，則愁似有了體積，至李清照之手，愁又變得有了重量，愈變愈奇。自李詞一出，後人受其影響，又生出許多變化，如董解元《西廂記諸宮調》卷六云：「休問離愁輕重，向箇馬兒上駝也駝不動。」王實甫《西廂記》云：「遍人間煩惱填胸臆，量這些大小車兒如何載得起。」張可久〈蟾宮曲〉：「畫船兒載不起離愁，人到西陵，恨滿東州。」

161 聲聲慢

李清照

尋尋覓覓，冷冷清清，悽悽慘慘戚戚。乍暖還寒時候，最難將息❶。三杯兩盞淡酒，怎敵他、晚來風急。雁過也，正傷心，卻是舊時相識。

滿地黃花堆積。憔悴損，如今有誰堪摘。守著窗兒，獨自怎生❷得黑。梧桐更兼細雨，到黃昏、點點滴滴。這次第❸，怎一箇、愁字了得。

【詞　牌】〈聲聲慢〉，又名〈勝勝慢〉、〈人在樓上〉、〈寒松歎〉、〈鳳求凰〉等。此調有平韻格、仄韻格兩體，其字數、句讀、平仄，多有不同處。平韻格見宋晁補之《晁氏琴趣外篇》，仄韻格見宋趙長卿《惜香樂府》。平韻格有九十六字、九十七字、九十九字數體，仄韻格以九十七字為正體，另有減字、添字數體。李清照此詞屬仄韻格，九十七字，上下闋均五仄韻。參見《詞律》卷十、《詞譜》卷二十七。

【注釋】❶將息　保養；調理護養。唐宋方言，唐王建〈留別張廣文〉：「千萬求方好將息，杏花寒食約同行。」宋謝逸〈柳梢青〉：「尊前忍聽，一聲將息。」❷怎生　怎麼；如何。馮延巳〈鵲踏枝〉詞：「新結同心香未落，怎生負得當初約。」❸這次第　這種種情形；這種種光景。

【語譯】向四周尋尋覓覓，惟覺冷冷清清，心頭悽悽慘慘戚戚。突然暖和又還寒冷之際，最難養息。喝上三杯兩盞薄酒，怎抵擋得住傍晚時分的風急。正傷心之時，又值北雁南來，卻原來是舊時相識。　滿地菊花枝頭堆積，容顏摧損憔悴，而今有誰會去摘它裝點鬢髮。守著窗兒，獨自一個怎麼挨到天黑。更兼細雨飛灑梧桐，到黃昏，入耳之聲點點滴滴。這種種光景，哪裡是一個「愁」字可以包容得了的。

【研析】李清照的生活與創作，可以西元一一二七年靖康之難為界，分為前後兩個時期。她的前期雖然處於北宋王朝的腐朽階段，但她的個人生活相對來說比較安定，婚姻也很美滿幸福。但隨著宋室南渡，遭遇了國破、夫死、家亡、金石書畫慘遭劫掠等一連串的不幸，獨自流落於臨安、金華一帶，孤苦無依，淒涼度日，經常以淚洗面，「物是人非事事休，欲語淚先流」（〈武陵春〉），〈聲聲慢〉即是其南渡後的作品。

詞中寫秋日由白天至傍晚、至黃昏的內心孤苦、悲淒的感受。一開始作者一連用了十四個疊字：「尋尋覓覓，冷冷清清，悽悽慘慘戚戚。」此十四疊字備受人稱賞，或以為能「創意出奇」（羅大經《鶴林玉露》），或以為有「大珠小珠落玉盤」之妙（徐釚《詞苑叢談》）。具體而言，一是層層推進。詞人心頭積澱有太多的失落感，可是這失落又似在彷彿之間，故想將所失落者找回來，因而有「尋尋覓覓」的行為，此為第一層。尋覓的結果是「冷冷清清」，這冷冷清清既是對外在環境的描寫，也是內心的感受，是為第二層。「悽悽慘慘戚戚」，是由冷清之感深進到摧肝折肺的慘痛、難以遏止的悲戚，是第三層。傅庚生評云：「似此步步寫來，自疑而信，由淺入深，何等層次，幾多細膩！」（《中國文學欣賞舉隅》）二是聲音的運用帶有情感色彩，十四個字中除了「覓覓」、「冷冷」四字外，其中十個字均為齒音，造成一種飲泣低訴的聲音效果，更增強了它的藝術感染力。「乍暖還寒時候，最難將息」，轉寫身體對氣候變化的難以適應，但這只是表層意，用的是曲筆，實則仍是寫愁。人因愁而瘦弱，「秋冷先知是瘦人」（白居易〈贈侯三郎中〉），對氣候的冷暖最為敏感。以下時間由白天推移至傍晚時分，晚風迅急，寒氣逼人，詞人飲上「三杯兩盞淡酒」，一則藉以驅寒，同時也是為了澆愁，說「怎敵他、晚來風急」，其含義與「乍暖還寒」二句相同，其深層原因乃心情、身體欠佳之故。寫法是即事敘景，將敘事、寫景、抒情三者結合。歇拍「雁過」兩句，用倒裝句法，雁過乃「正傷心」發生之事。「傷心」二字明點以上敘寫中所含情感。當此冷清傷心之際，天空突然傳來聲聲雁叫，打破了眼前的死寂。作者的故鄉在北方的濟南，今見北雁南來，自然引起無限傷感，那原本是舊時的相識啊！又，古有鴻雁傳書之說，詞人早年〈一翦梅〉詞有「雲中誰寄錦書來？雁字回時，月滿西樓」之語，雁曾為自己和親愛的人之間傳遞書信，這是「舊時相識」的另一層內涵，在故國之思外復隱含有一種未亡人錐心的傷痛。傷心、傷感、傷痛，真可謂是「砌成此恨無重數」！

如果說上闋歇拍的「雁過」是詞人仰視所見的話，那麼下闋的開頭寫「滿地黃花」則為俯視所見。這裡寫菊花的憔悴，寫人們不再採摘它作為裝飾，中間實暗含比興。詞人早期詞〈醉花陰〉有「簾捲西風，人比黃花瘦」的比喻，那時的黃花雖然纖弱，但還是鮮活美麗的，而眼前「憔悴損」的黃花與昔時富有生命力的黃花恰成對比，正含有對現時形容的自喻之意。「守著窗兒」一句承上啟下，承上明其仰視、俯視所在方位，啟下所寫發生一連串情景的位置。「獨自怎生得黑」寫出一種時間似在凝固的感受，人在高興時，常覺時間過得太快，人在悲苦時，常覺時間難挨，顯得特別漫長，這正是一種度日如年的感受。「梧桐更兼細雨」兩句，承「晚來風急」，時間轉移到黃昏，天氣又起了變化，隨急風而來的是霏霏秋雨，這秋雨聚集在枯萎的梧桐葉上，由上而下地滴落，在愁人聽來，這點點滴滴如同敲擊在自己淒苦的心坎上。這種情境與溫庭筠〈更漏子〉：「梧桐樹，三更雨，不道離情正苦。一葉葉，一聲聲，空階滴到明。」極為相似。只是一個聽著愁臥到天明，一個是發愁點滴到何時才能天黑。既包含著對時間的感受，又是一種環境氛圍的烘托。詞的結拍「這次第，怎一箇、愁字了得。」是被種種紛亂複雜的情緒，擠壓得令人透不過氣來的一次總爆發，這種種內心的苦痛已遠遠超越了女詞人的心理承受能力，要通過總的爆發來減輕一下精神的重壓。非一個「愁」字了得，又還含有更超出「愁」的心理負累。

詞人在詞中所抒發的愁情既是她個人的，又不僅僅是她個人的，它帶有普遍的性質，更具有時代的特色，是個人的悲劇，更是時代的悲劇。

這首詞其所以具有特別感動人的力量，除了情感的真摯、細膩外，還因為作者善於運用時空流轉的藝術表現方法，在時間的流動中，景物不斷變化，人的位置、動作亦隨時空而變，讀來給人以強烈的視覺衝擊，感到它有似一齣獨幕劇，讓我們看到了一位孤苦無依、處境淒涼、飽含痛楚卻又無可訴說的女主人公形象。全詞將敘事、寫景、抒情熔為一爐，次第寫來，自然而然，有一片神行之妙。語言運用和她的其他詞作一樣，善用白描，以淺俗之語，寫沉鬱之情。其運用疊字之妙，更是前無古人，後人雖有模仿，亦無人能出其右者。

162 南歌子

李清照

天上星河❶轉，人間簾幕垂。涼生枕簟淚痕滋，起解羅衣、聊問夜何其❷？

翠貼❸蓮蓬小，金銷❹藕葉稀。舊時天氣舊時衣，只有情懷、不似舊家❺時。

【詞牌】〈南歌子〉，唐教坊曲名，用作詞調。又名〈南柯子〉、〈風蝶令〉等。此詞牌有單調、雙調兩式，雙調又有平韻格、仄韻格兩式，雙調平韻格又有五十二字、五十四字兩體。本詞為雙調平韻格，五十二字。詳見前歐陽脩〈南歌子〉「詞牌」介紹。

【注釋】❶星河　銀河。❷夜何其　夜到了什麼時候？其，語助詞，表疑問。語出《詩經・小雅・庭燎》：「夜如何其？夜未央。」❸翠貼　「貼翠」的倒裝，以翠羽貼成某種圖案。❹金銷　「銷金」的倒裝，鋪金或以金線鉤成某種圖案。❺舊家　從前。

【語　譯】天上銀河轉動，人間簾幕低垂。枕頭簟席生涼，臉上淚流成痕。起來解脫羅衣，聊且探問夜到了何時？　衣上用翠羽貼的蓮蓬小小，用金線嵌成的藕葉稀疏。依然是舊時的天氣、舊時的衣裳，只有情懷不似從前。

【研　析】作者南渡之後，其夫趙明誠於建炎三年（西元一一二九年）八月亡故，此詞或即作於是年涼秋，表露了對亡夫的深情悼念。詞之上闋寫夜不成寐的情景。發端依例用對起法。「天上星河轉」，乃不眠時所見，既見其「轉」，則可見不眠時間之長；「人間簾幕垂」，係想像之詞，千萬人家垂下簾櫳，已進入黑甜夢鄉，有眾人皆睡我獨醒之意，是對自己不眠的一種襯托。以下接寫不眠時的境況，至深夜，頗覺涼氣襲人，但不直接說夜寒，而說「涼生枕簟」，何等委曲！詞人寫氣候，從來不是閒筆，而是對環境氛圍的一種渲染，是對悲涼心境的烘托。涼夜獨宿，孤淒之感、追念之情，齊襲心頭，禁不住淚流滿面，流了又乾，乾了又流。「淚痕滋」，正是不斷滋生之意。原來，大概橫豎睡不著，便和衣而臥，及至夜已深沉，始「起解羅衣」。「聊問夜何其？」未必真有被「問」對象，而是自問，是自己姑且看看夜深到了什麼時候。如此寫夜不成寐，懷念亡人，真具千迴百轉之態。

「起解羅衣」，因物興歎，羅衣既引發對曾經兩情繾綣的回味，又惹起無限的感歎哀傷，詞之下闋就此生發。「翠貼蓮蓬小，金銷藕葉稀」，這一對句寫羅衣，可謂極其精麗。從敷色看頗帶「花間」風味，但用在這裡，恰到好處。用「翠貼」、「金銷」的工藝製作的衣裳，異常華貴，它是一種美好生活的象徵；同時又運用了民歌中的諧音：「蓮」同「憐」，「藕」同「偶」，那圖案正是甜蜜愛情的象徵。故此羅衣為自己所珍愛，也為對方所欣賞，伴隨兩人度過一段難忘的時光。下面就羅衣抒感：「舊時天氣舊時衣，只有情懷、不似舊家時。」以不變反襯已變，以衣物、天氣如舊，反襯新境中情懷的惡劣。兩句中一連用了三個「舊」字，三個「時」字，不僅不覺用字「犯複」，反覺具回環往復之妙，且所用皆為日常語，能以淺顯之語發深沉之思，這一點詞人中惟李煜可與比美。

「舊時天氣舊時衣，只有情懷、不似舊家時」，固然與特定的情事密切相關，但如果聯繫詞人所處的時代，其中又何嘗不隱然寓有家國之痛！

163 一翦梅

李清照

紅藕❶香殘玉簟❷秋。輕解羅裳，獨上蘭舟❸。雲中誰寄錦書❹來？雁字回時，月滿西樓。花自飄零水自流。一種相思，兩處閒愁。此情無計可消除，才下眉頭，卻上心頭。

【詞牌】〈一翦梅〉，周邦彥詞有「一剪梅花萬樣嬌」句，因取為調名。又名〈臘梅香〉、〈玉簟秋〉。雙調，六十字，上下闋各六句，句句平收。上下闋有三平韻、四平韻、五平韻、六平韻數種。本詞為三平韻。其中兩四言相連者，可用為同聲對或並頭對、聯尾對，亦可用為疊韻。參見《詞律》卷九、《詞譜》卷十五。

【注釋】❶紅藕　荷花。❷玉簟　精美的涼簟。❸蘭舟　本指以木蘭樹製作之舟，此處為船之美稱。❹錦書　晉竇滔妻蘇氏，思遠徙流沙之夫，織錦為回文旋圖詩以贈滔（《晉書・竇滔妻蘇氏傳》）。後世多以「錦書」、「錦字」指夫婦、情侶間書信。

【語譯】荷花凋殘，芳香漸淡，精美涼席，已生秋意。輕輕撩起羅裳，獨自水上泛舟。雲中有誰寄錦書來？大雁南飛，排成字陣，此時正月滿西樓。　花依季候自然飄零，水依本性自然流淌。一種相思，引起兩處閒愁。此情無計可消除，才下眉頭，又上了心頭。

【研析】此係詞人早年抒發閨愁之作。詞從描寫秋日物候入手：「紅藕香殘玉簟秋」。前面四字令我們想起李璟的「菡萏香銷翠葉殘」（〈山花子〉）的描寫，雖是寫荷花凋謝，卻有一種莊雅的、超乎塵俗的美；後面不直說秋日寒涼之感，而說「玉簟秋」。簟，以「玉」修飾，不僅質地精美，本身即給人以清涼之感。故清梁紹任謂此七字有「吞梅嚼雪不食人間煙火氣象」（《兩般秋雨庵隨筆》卷三），陳廷焯則以為「精秀特絕」（《白雨齋詞話》卷二）。這裡的「秋」，既表明季節的變換，也是「離人心上秋」（吳文英〈唐多令〉）。為排遣離愁，白天「輕解羅裳，獨上蘭舟」，此處的「獨上」，未必是自個兒蕩槳遊湖，乃是相對昔日的共遊而言，含有今昔對照之意。至夜晚，則登樓望月，不免有月圓人缺之歎，此時大雁南飛，昔有雁足傳書之說，而今竟然無書，好不令人失望，故有「雲中誰寄錦書來」的詰問與感歎，透出深深的惦念之情。總之，日思夜想，無處非愁。

上闋主要通過寫景言事，流露出鎮日心神不寧的孤獨落寞之感，委曲蘊藉。至下闋則直抒情懷。「花自飄零水自流」承上「紅藕香殘」，表明自然界的變化無法抗拒，也含有對韶光流逝的惋歎。好景良時不能共度，實乃人生中極大的憾恨！故此景語即是情語。以下專作情語：「一種相思，兩處閒愁。」由「相思」轉化為「愁」，係深進一層；由「一種」而連及「兩處」，係推己及人。相思、閒愁，非專屬閨中之人，遠在殊方的郎君同樣情繫自己，表明這種相思，非一人之單相思，乃係兩心相印，和李之儀〈卜算子〉詞所說「只願君心似我心，定不負相思意」的希望之詞已自不同，此處用的是極為肯定的語氣，表露了詞人對愛情的自信。這兩句係二人合說。結拍「此情無計可消除，才下眉頭，卻上心頭」，轉言己方。「此情」句承上啟下，湖中泛舟也好，西樓望月也好，都無法排解相思之情。「才下眉頭，卻上心頭」（二句均為「仄（可平）仄平平」，末字均用「頭」，係聯尾對），更是「無計可消除」的形象化的說法。范仲淹〈御街行〉詞有「眉間心上，無計相迴避」之語，李詞或即由此脫胎，用於此處，真有「豹尾」的效用。

詞中表現的是世間男女普遍存在的相思情愛，它被李清照刻畫得如此傳神、細膩、深沉，讀者不能不佩服詞人所特具的靈心善感和那份擅長表達內心情感的稀有天才。這首詞得以流傳千古，至今人們仍在傳唱，正體現了它具有超越時空的恆久魅力。

164

念奴嬌

春情

李清照

蕭條庭院，又斜風細雨，重門須閉。寵柳嬌花寒食近，種種惱人天氣。險韻❶詩成，扶頭酒❷醒，別是閒滋味。征鴻過盡，萬千心事難寄。　樓上幾日春寒，簾垂四面，玉闌干❸慵倚。被冷香消新夢覺，不許愁人不起。清露晨流，新桐初引❹，多少遊春意。日高煙斂，更看今日晴未。

【詞牌】〈念奴嬌〉，又名〈酹江月〉、〈大江東去〉、〈百字令〉等。此調首見宋沈唐詞作中。雙調，一百字，有平韻格、仄韻格兩類。本詞上下闋各十句，四仄韻，上去聲通押，為仄韻格。詳見前蘇軾〈念奴嬌〉「詞牌」介紹。

【注釋】❶險韻　韻部中字少而艱僻之韻。❷扶頭酒　使人易醉之烈性酒。賀鑄〈醉厭厭〉詞：「易醉扶頭酒，難逢敵手棋。」❸玉闌干　玉石所製欄杆。此處為欄杆之美稱。❹清露晨流二句　語出《世說新語・賞譽》。初引，初生；萌發生長。

【語譯】蕭條庭院，又是斜風細雨，多重的門須加關閉。受寵的柳、嬌嫩的花，美豔非常，寒食節臨近，遭遇種種惱人天氣。依險韻寫的詩歌已成，飲用扶頭酒醉而復醒，心頭別有一種閒極無聊滋味。飛行的鴻雁已經過盡，萬千心事難寄。　樓上幾日連續春寒，簾幕懸掛四面，玉欄杆懶於憑倚。被冷香消，從新夢中醒來，不許愁人不起。清露在早晨流滴，新的桐葉剛剛萌芽，引發多少遊春之意。再看看今日是否晴朗，想像那紅日漸高，煙雲斂跡。

【研析】此詞寫春日寂寞深閨的內心活動，當係詞人前期之作。這首詞乍讀似覺線索有欠分明，但抓住了換頭首句「樓上幾日春寒」，便可迎刃而解，原來上闋所寫正是此「幾日」內發生之情事。詞用逆敘法，先追憶前「幾日」之種種光景，然後再轉寫「今日」心情。

詞之上闋分為兩層，第一層為「蕭條庭院，又斜風細雨，重門須閉。寵柳嬌花寒食近，種種惱人天氣」五句。庭院之「蕭條」，主要指冷寂，而非百花凋零，而「庭院」正恰恰暗伏下面的「寵柳嬌花」。庭院既冷寂，又加之有「斜風細雨」，冷寂又添加一層；因有飄灑的「斜風細雨」，又必得關閉重門，則整個樓閣更添冷寂，令人想起前人描繪的「庭院深深深幾許，楊柳堆煙，簾幕無重數」（馮延巳一作歐陽脩〈鵲踏枝〉）的深閨閉鎖的光景。人既閉鎖深閨，則下面的「寵柳嬌花」非眼前之景，而係平日腦中的印象再加上細雨催發時的想像，以「寵」以「嬌」形容花柳，運用的是擬人法，如同說寵姬、嬌妾，以突出其嫵媚豔麗，也流露出詞人的喜愛之情。此語極尖新，被人將其與「綠肥紅瘦」並列，以為「人工天巧，可稱絕唱」（王士禎《花草蒙拾》）。花柳如此美豔，正當盡情遊賞，但因為臨近寒食，鎮日細雨紛紛，惱人的天氣使人不能如願以償。

第二層：「險韻詩成，扶頭酒醒，別是閒滋味。征鴻過盡，萬千心事難寄。」轉寫室內的活動。既然為天氣所惱，不能外出遊賞，只能在室內有所施為，於是作押險韻之詩以騁才，詩寫成了；又飲易醉之扶頭酒，酒也醒了。剩下的真不知還該做什麼，只覺閒得發慌，百無聊賴。所謂「別是閒滋味」正是指這種心情。恰在此時，天外傳來聲聲北飛鴻雁的鳴叫，打破了閨中的沉寂，引發起內心新的波動，詞人靜聽著，一直到牠們都飛走了，以至聲音消失，又由此生發出一番感慨：古有雁足傳書之說，即使讓牠們傳遞音書，對我而言，也將是「萬千心事難寄」。

以上種種天氣、景物、人事、感受，究竟發生於何種境況？直到詞的換頭處方明確點出：「樓上幾日春寒，簾垂四面，玉闌干慵倚。」上述的這一切，所憶、所惱、所為、所思發生在這「幾日」被「春寒」所困的「簾垂四面」的「樓上」，更以「玉闌干慵倚」這一異乎尋常的情態，呼應前面對天氣的煩「惱」和「閒滋味」的懨懨心緒。

至「被冷香消新夢覺」以下，則由前「幾日」轉向今朝。凌晨，往往氣溫最低，故李後主有「羅衾不耐五更寒」（〈浪淘沙〉）之語。李清照此詞亦有「被冷香消」之感。香消，係指頭夭繡被上的熏香已漸消失，此時「新夢」也隨之醒來。既然如此，再沒有理由賴在床上，故說「不許愁人不起」。起來之後，映入眼簾的是「清露晨流，新桐初引」。這兩句襲用古典成語，用於此處，不露痕跡，恰到好處，景物何等清新，又多麼富有生氣！見此佳景，「幾日」來的臉上愁雲為之一掃，因而引發心中「多少遊春意」！結拍兩句「日高煙斂，更看今日晴未」，係「更看今日晴未，（想是）日高煙斂」的倒裝。「清露」兩句已露天晴之意，因草上、葉上之「露」，係夜間水蒸氣凝結而成，而非「斜風細雨」所造成，但還須再等一會，再看看是否果真天晴，「日高煙斂」是想像中將臨的景象。如此結尾，不僅顯得極為輕靈，亦見情緒漸轉為高揚。從全詞結構言，起句雨，結句晴，由愁寂始，以欣然終，能於變化中顯渾成。

此詞題為「春情」，一作「閨中春情」，抒發的是閨中落寞情懷。這種落寞當然與人事相關，即沒有親密的人兒相伴，而備感孤獨無聊。但詞中對此總是含而未吐，只說有「萬千心事」，只說曾作「新夢」，只自稱是「愁人」，但究竟是何種「心事」，何至於「萬千」？「新夢」當然是相對「舊夢」而言，所夢者究為何人何事？「愁人」所愁者為何？終不說透，留給人去含茹、咀嚼。比之於「一種相思，兩處閒愁」的表達，大異其趣。正如陳廷焯所評：「宛轉淒涼，情餘言外。」（《詞則・別調集》）這首詞雖涉愁情，但並非一味悲苦，也會於愁寂中尋求排解，於無聊賴中尋求快樂，在灰暗的色彩中透露出幾束亮色。這是詞人鮮活的人生，是既有苦悶又富才情、有追求的人生，因而在讀者心中留下的是一個立體的色彩豐富的人。故表現在詞的結構上，既有前後變化，又能互相映照，正如黃蘇所云：「前段云『重門深閉』，後段云『不許不起』，一開一闔，情各戛戛生新。起處雨，結句晴，局法渾成。」（《蓼園詞選》）

165

南歌子

呂本中

驛路❶侵斜月，溪橋度曉霜。短籬殘菊一枝黃，正是亂山深處、過重陽。

旅枕元❷無夢，寒更❸每自長。只言江左❹好風光，不道中原歸思、轉淒涼。

【作　者】呂本中（西元一〇八四—一一四五年），字居仁，先世萊州（今山東境內）人，後徙壽州（今安徽境內）。紹興六年（西元一一三六年），賜進士出身。歷中書舍人、權直學士院。以忤秦檜，罷職，提舉太平觀。卒，諡文清。學者稱東萊先生。有《東萊集》、《紫微詩話》、《江西詩社宗派圖》。近人趙萬里輯有《紫微詞》一卷。曾季貍《艇齋詩話》稱其晚年長短句「尤渾然天成」。

【詞　牌】〈南歌子〉，又名〈春宵曲〉、〈南柯子〉等。有單調、雙調兩式，雙調又有平韻格、仄韻格兩式，平韻格又有五十二字、五十四字兩體。本詞五十二字，上下闋各四句、三平韻。詳見前歐陽脩〈南歌子〉「詞牌」介紹。

【注　釋】❶驛路　設有驛站的道路。❷元　同「原」。❸寒更　寒夜。夜分五更，故稱。❹江左　即江東，今江蘇省等處。自北視之，江東稱江左，江西稱江右。

【語　譯】斜月照射驛路，踏著晨霜走過溪橋。矮矮的籬笆旁，還有一枝殘留的黃菊，我正在亂山深處度過重陽。

在旅館的枕上原本無夢，寒更每每顯得很長。只說江東風光如何美好，沒料想回歸中原的鄉思侵擾，情緒轉為淒涼。

【研　析】此詞作於宋室南渡之後，抒寫旅途中過重陽節時的情懷。重陽，在宋代是相當重要的節日，登高賞菊，佩插茱萸，宴飲賦詩，互贈糕點，為當時習俗。而詞人此番節日卻在亂山中度過，旅途寂寂，長夜漫漫，淒涼之感，故國之思，齊集心頭，情實有不堪忍受者。

詞以對句起：「驛路侵斜月，溪橋度曉霜。」寫曉行所見深秋景物，令人想見溫庭筠〈商山早行〉詩「雞聲茅店月，人跡板橋霜」的景象。溫詩全用名詞組成，有聲有色，道盡旅途辛苦，歷來備受稱賞；呂詞亦古樸如詩，寫「斜月」用「侵」，寫「曉霜」用「度」，更強調一種動態感，營造出行旅途中的一種淒冷氛圍，亦自具特點。接寫途中所見：「短籬殘菊一枝黃」，眼前突然閃現出一點亮色。菊花是重陽時節的特色景物，隋江總〈九月九日至微山亭〉詩：「故鄉籬下菊，今日幾花開？」唐王勃〈九日〉詩：「九日重陽節，開門有菊花。」故詞人見菊花而生出幾絲欣喜，然而只是「一枝」「殘菊」，它映襯著自己這個獨行之人，只能更增添幾分淒清落寞。從行文而言，以菊引出重陽極為自然，故緊接著敘述「正是亂山深處、過重陽」，進一步交待所處的空間位置，係「亂山」之中，且是亂山中之「深處」，在重重疊疊的山巒中獨行，與親人隔絕，與他人隔絕，更突出漫長旅途中孤寂的身影。「獨在異鄉為異客，每逢佳節倍思親」（王維〈九月九日憶山東兄弟〉），正是此時心態。

白天如此，夜晚又如何？按理說，白天旅途勞頓，夜間正當酣睡以消解疲勞，但詞人思緒萬千，輾轉反側，偏偏無法入睡，故說「旅枕元無夢」。因為夜不成寐，又感時間過得很慢，故覺「寒更每自長」。用一「每」字，則非止一夜，而是每每如此。此處仍用對句，但「長」對「夢」，係以形容詞對名詞。為何難以入睡？除了佳節思親之外，更有一份巨大的精神傷痛：「只言江左好風光，不道中原歸思、轉淒涼。」江東山青水秀，風光迷人，令人賞心悅目，但這份享受又如何抵得過中原淪陷、國破家亡的深重哀傷！兩句中先運用「只言」虛提，然後用「不道」二字轉折，含有對比、以前者襯托後者之意。他的另一首〈虞美人〉詞寫道：「春風也到江南路，小檻花深處。對人不是憶姚黃，實是舊時風味、老難忘。」表達的情意亦約略相同，但一婉約，一直率，風味有別。

此詞寫羈旅之思，融入了家國之痛，帶有特定的歷史時代的印記，因此有別於一般的羈旅詞作。雖為小令，但善能層層深進，表情由隱而顯，如剝繭抽絲，最後歸結到「中原歸思」，順理成章，井然有序。

166

鷓鴣天

建康上元❶作

趙鼎

客路那知歲序移，忽驚春到小桃❷枝。天涯海角悲涼地，記得當年全盛時。

花弄影，月流輝，水精❸宮殿五雲❹飛。分明一覺華胥夢❺，回首東風淚滿衣。

【作者】趙鼎（西元一〇八五—一一四七年），字元鎮，自號得全居士，解州聞喜（今屬山西）人。徽宗崇寧五年（西元一一〇六年）進士，累官知洛陽。高宗即位，擢右司諫，歷官至尚書左僕射，同中書門下平章事兼樞密使。紹興八年（西元一一三八年）以反對和議為秦檜所忌，罷相。謫居興化軍，徙吉陽軍，知秦檜必欲殺己，不食而卒。孝宗時，追諡忠簡，封豐國公。鼎為中興名臣，與宗澤、李綱鼎足。著有《忠正德文集》，詞集名《得全居士詞》。詞多婉麗。

【詞牌】〈鷓鴣天〉，又名〈思越人〉、〈思佳客〉、〈半死桐〉等。雙調，五十五字，上闋四句三平韻，下闋五句三平韻，為平韻格。詳見前晏幾道〈鷓鴣天〉「詞牌」介紹。

【注釋】❶上元　指正月十五日。七月十五日為「中元」，十月十五日為「下元」。❷小桃　桃之一種。陸游《老學庵筆記》卷四載：「所謂小桃者，上元前後即著花，狀如垂絲海棠。」❸水精　同「水晶」。❹五雲　具有五色的祥瑞之雲。白居易〈長恨歌〉：「樓閣玲瓏五雲起，其中綽約多仙子。」❺華胥夢　《列子・黃帝》載，黃帝晝寢而夢，遊於華胥氏之國。其國無師長，自然而已。其民無嗜欲，自然而已。後以此喻指理想中的國度與境界。

【語譯】在流落異鄉的路途，何能感知歲序的遷移，忽然驚詫春意，已萌發到小桃枝。天涯海角都是悲涼之地，還記得當年國家全盛時。

春花舞弄清影，明月流動銀輝，水晶宮殿上空祥瑞雲飛。分明只是一覺美好的華胥夢，在東風中回首往昔，淚滿春衣。

【研析】建炎元年（西元一一二七年）高宗南渡至建康，趙鼎隨行，並為之獻策，此詞或即作於次年的元宵節。詞用陡起法：「客路那知歲序移」，前面沒有任何襯墊，起筆即坦露一種特殊的心情。在由北而南的道路上，自己與宗室、縉紳之家及大量難民倉皇南渡，心思全集中於眼前的境遇與對客觀形勢的審度，哪裡顧得上注意四時季候的變化！而今無意中看到小桃花發，竟然有一種意外之感：「忽驚春到小桃枝。」小桃花發在上元前後，便極自然地引發出有關元宵的聯想；又小桃花發寓示春意不知不覺地來到了人間，但這種春意乃是自然界之春意，它的驚現帶來的不是快慰與歡欣，而是觸發出客心的無限傷感，故下面接以「天涯海角悲涼地」。建康距離汴京並非天遙地遠，但在詞人心目中，離開故都，離開故土，便是流落到了「天涯海角」。杜甫流落在成都時寫有〈登樓〉詩，中有「花近高樓傷客心，萬方多難此登臨」之句，二者表達的心情極為相似，均係在特定歷史環境中，由樂景觸發哀情。詞人之所以「悲涼」，不是因為個人的客居異地、羈旅他鄉，而是因為故國在頃刻之間已經覆亡，中原大地正遭受敵人鐵蹄的蹂躪。故國雖已不復存在，但她的歷史，她曾經擁有的繁盛卻永印心中：「記得當年全盛時。」那是一種刻骨銘心的緬懷，緬懷中又包含失落的深沉痛苦。按〈鷓鴣天〉詞牌要求，上闋的三、四句例用對仗，但此詞運用散句連結，有一氣呵成之感。

這首詞不僅打破三、四句例用對仗的常規，而且還打破上下闋的界限。前段的「記得當年全盛時」開啟後段的描寫：「花弄影，月流輝，水精宮殿五雲飛。」北宋的元宵節是一個全民的盛大節日，據孟元老《東京夢華錄》記載，是夜京城處處張燈結綵，左右禁衛之門，懸掛「宣和與民同樂」字樣，又各以草把縛成龍戲之狀，密置燈燭數萬盞，望之宛若雙龍飛走，同時鼓樂喧天，百戲紛呈。詞人並不直接描繪這些細節，只突出飄舞、流動的花影與月光，只凸顯宮殿的晶瑩華貴和繚繞的祥瑞雲彩，以空靈的筆觸畫出了「當年全盛」的影像，著墨簡省而境界全出，此等處顯示出詞人藝術手段的高超。至結拍由回憶轉入現實：「分明一覺華胥夢，回首東風淚滿衣。」昔日的繁華只不過成了一場美好的虛幻夢境，「分明」二字，是詞人面對現實的理性判斷，如今由夢初醒，內心的痛楚可想而知。節序風物依舊，世事面目全非，回首昔時繁盛，感今金甌殘缺，倍覺哀傷，不禁在「東風」中淚流滿面，滴落衣襟。最後出現在我們眼前的是一個愛國傷時的人物形象。此處的「東風」呼應前面的「小桃」花發，係上元時樂景的一部分。

「悲涼」是此詞情感的基調，「分明一覺華胥夢」，是造成此悲涼的根本原因。詞人運用以樂景寫哀情、以昔盛襯今衰的藝術手法，使這份悲涼顯得無比沉重，且具有深刻的歷史內涵，因而整首詞顯得大氣，致況周頤有「清剛沉至」（《蕙風詞話》卷二）之評。

167 秦樓月

向子諲

芳菲歇。故園目斷傷心切。傷心切。無邊煙水，無窮山色。

可堪❶更近乾龍節❷。眼中淚盡空啼血。空啼血。子規❸聲外，曉風殘月。

【作　者】向子諲（西元一〇八五—一一五二年），字伯恭，自號薌林居士，先世為開封人，後徙臨江（今江西清江）。為神宗向皇后再從侄。徽宗即位，以恩補官。宣和六年（西元一一二四年），為淮南東路轉運判官。高宗朝，歷知潭州、鄂州、廣州、江州，以徽猷閣直學士知平江府。以反對和議忤秦檜，尋致仕，歸隱十餘年。有詞集《酒邊集》二卷。前期詞作綺豔委婉，後期詞作悲憤慷慨。

【詞　牌】〈秦樓月〉，即〈憶秦娥〉。又名〈雙荷葉〉、〈碧雲深〉、〈蓬萊閣〉、〈花深深〉。有仄韻、平韻兩格。仄韻格以李白〈憶秦娥〉詞為正體，另有減字、添字及句式、押韻有異者數種。本詞為仄韻格，雙調，四十六字，上下闋均五句四仄韻，第三句為第二句末三字之重疊。參見《詞律》卷四、《詞譜》卷五。

【注　釋】❶可堪　哪堪。❷乾龍節　指北宋欽宗皇帝的生日四月己酉（十三日）。《易・乾》：「九五，飛龍在天。」乾卦以龍為象，古人往往以乾龍喻帝王。❸子規　鳥名，即杜鵑，又名杜宇。相傳為古蜀帝杜宇之魂所化，其聲淒厲，人言此鳥啼至出血乃止。白居易〈琵琶行〉云：「其間旦暮聞何物？杜鵑啼血猿哀鳴。」

【語　譯】芳菲已經消歇，看不到故園，傷心深切。傷心深切。惟見無邊煙水，無窮山色。　　哪堪時序接近乾龍節。眼中淚流已盡，還如子規徒然啼血。徒然啼血。子規聲外，惟是曉風殘月。

【研　析】此詞作於宋室南渡之後某年的暮春時節，在血淚的流淌中傳達出深沉的故國之思。詞之發端「芳菲歇」，總寫暮春之景，兼點節候。但其含義不限於客觀之景，而是兼及人事，義含比興。芳菲歇，即春光已盡，同時也是對國運繁華消逝的慨歎。故以下轉寫對故國的思念：「故園目斷傷心切。」故園，意即故鄉。詞人原本開封人，而今中原故土已淪入敵手，因此，望故園實即望故國。因為望而不見，傷心透頂。「傷心切」，反覆言之，強調傷心達於極點。故國不見，所見惟是「無邊煙水，無窮山色」。兩句中一寫山，一寫水，水以「煙」形容，山色則由近而遠，由清晰而朦朧，符合遙望中的迷濛狀態；同時由已見推知未見，以無窮無際的山水構成一個巨大的空間，這是「目斷」的客觀障礙，也是令人「傷心」的原因，因為其中的大片山河，已經淪為金人的國土，宋室只剩得半壁江山。這兩句用的是並頭對，即第一字均用「無」，同時均用「平平平仄」的格律，不僅具有一種特殊的音律美，且帶來一種悠遠綿長之感。

至下闋的開頭「可堪更近乾龍節」，由「故園目斷」再深進一層。北宋的最後一個皇帝欽宗於宣和七年（西元一一二五年）底即位，第二年（靖康元年）四月十三日，臣下請表為乾龍節。是日群臣上壽於紫宸殿，欽宗賜宴，一派熱烈的慶賀場面。詞人在暮春時節想到乾龍節臨近，前面用「可堪」二字，實包含有無限的沉痛，因為欽宗與徽宗於次年四月即被金人俘虜北上，音信沉沉，這是莫大的君恥臣辱！作為宋皇室的宗親，作為力主抗金的愛國大臣，詞人的悲憤更勝於他人，正如其〈阮郎歸〉所寫：「天可老，海能翻，消除此恨難。」但作者又深感無力回天，故有「眼中淚盡空啼血」的敘寫。眼淚流盡，繼而如子規啼血，然而流淚啼血，也是徒然，終究不能洗刷這令人扼腕的奇恥大辱，在「啼血」前著一「空」字，並再加重疊、強化，包含有多少絕望和無奈！「啼血」在此處乃暗借子規為喻，但並未出現「子規」字樣，至結拍處方始點出：「子規聲外，曉風殘月。」子規啼鳴亦係春暮時景物，屈原〈離騷〉云：「恐鵜鴂之先鳴兮，使夫百草為之不芳。」唐李中〈子規〉詩云：「暮春滴血一聲聲，花落年年不忍聽。」宋晁補之〈滿江紅〉詞亦有「子規啼，芳菲歇」之句，因此從寫景言，「子規聲」又與發端的「芳菲歇」相呼應。「子規聲」，係從聽覺著筆；「曉風殘月」，用柳永〈雨霖鈴〉詞中現成語，從觸覺與視覺著筆。後者係在「子規聲外」，如此便建構出一個遼闊而又淒冷的空間，在這空間盪漾的是無窮無盡的悲苦之情。以景結情，尤耐人尋繹。

此詞沒有出現具體的地點與人物形象，而重在抒寫一種心緒。詞人將相應的空間、聲音、色彩，由視覺與聽覺加以連綴，以達致情景交煉。景物摹寫，只突出其特徵，並不作細部刻畫，因而顯得空靈、闊大，和詞中的大悲大痛融合無間。

詞人生活在南北宋之交，前期多清麗柔婉之作，後期詞風一變，多憂時傷世之音，此詞為其後期代表作之一。

168

減字木蘭花

題雄州❶驛

蔣興祖女

朝雲橫度，轆轆車聲如水去。白草黃沙，月照孤村三兩家。　飛鴻過也，萬結愁腸無晝夜。漸近燕山❷，回首鄉關歸路難。

【作　者】蔣興祖，常州宜興（今屬江蘇）人。靖康間為陽武（今河南原陽）令，金人入侵，抗金死之。妻與長子俱死。其女有美色，被擄北去。

【詞　牌】〈減字木蘭花〉，於〈木蘭花〉（五十二字體）本調減少八字，又名〈減蘭〉、〈木蘭香〉。雙調，四十四字，上下闋各兩平韻，兩仄韻，句式、格律均同，為平仄韻轉換格。詳見前王安國〈減字木蘭花〉「詞牌」介紹。

【注　釋】❶雄州　今河北雄縣。❷燕山　即燕山府（今北京市）。

【語　譯】朝雲在天空飛度，耳聞轆轆車聲，如流水般不斷。無邊白草黃沙，月兒照著孤村，僅三兩人家。

向南的鴻雁頭上飛過，我無論白天黑夜，都是愁腸萬結。漸漸接近燕山，回望家鄉，想踏上歸路，難上加難。

【研　析】元韋居安《梅磵詩話》載：「（蔣興祖）女為賊擄去題字於雄州驛中，敘其本末，乃作〈減字木蘭花〉云云。……女方笄（古時女十五而以笄束髮），美顏色，能詩詞，鄉人皆能道之。」知蔣女為才貌雙全之人，不幸落入敵手，此詞即寫被擄北上車行中所見所聞所感，淒哀動人。

上闋記錄押解途中由朝至暮的見聞。馬車或騾車一大早就出發了，「朝雲橫度」，乃曉行所見。其原來所居的陽武之地，在今黃河以北，北上經行的地帶乃一望無際的大平原，故雖在車內也能見到闊遠的天空，看到雲飛雲捲。而雲之「橫度」，實亦兼寫秋風之勁疾。坐於車內，惟聞車聲轆轆。這車聲，既來自自己所乘車輛，也來自其他絡繹不絕的車輛，其聲不絕於耳，如流水不斷。此處運用了所謂的「通感」，即將聽覺轉化為視覺。這轆轆如水去的車聲，既承載著不幸的自己，也承載著不幸的他人，所承載的是民族和同胞的苦難。讀此兩句，思及當日情景，直欲為之涕下。車行至暮，所見為「白草黃沙，月照孤村三兩家」，反映出長年征戰所造成的華北平原的荒涼、破敗。這兩句看似平常道來，不著力氣，實則極具畫意：畫面以遼闊的大平原為背景，點綴著三兩人家，突出了村莊的孤立，而莽莽黃沙，茫茫白草，映著淒涼的月光，顯得更加慘淡。這是一幅戰後凋敝的平原村莊畫圖，恰似一幅現實主義的傑作。雖然詞人對耳聞目見只作客觀的描繪，但卻包含有巨大的歷史容量，不可等閒視之！

上闋所寫由旦至暮，從大處著筆，詞之下闋則寫其於車行中觸景生情，細說心曲。「飛鴻過也，萬結愁腸無晝夜」，此時高空大雁南飛，牠所引發的愁情日夜縈繞於心。這是因為：鴻雁由北而南，那是飛往故園、故國的方向，觸發的是深沉的故園、故國之思，此其一也；鴻雁是傳遞信息的使者，而今父死、母亡、兄故，即使寫有書信，又將遞向何人？此其二也。國恨家仇，齊集心頭，痛徹肺腑，而又無可奈何，故說是「萬結愁腸」。平日形容愁苦，是「愁腸百結」，而今說「萬結」，這種愁苦絕對是有倍於常！結拍仍緊扣車行，愈行愈遠，已經「漸近燕山」了，等待自己的將是怎樣的命運？一個如花少女，只能遭受敵人的任意蹂躪，如羔羊般任人宰割，有如另一被擄女子所寫：「奈惡因緣到，不夫不主。被擒捉去，為妾為妻。」（《梅澗詩話》）而自己離故鄉愈來愈遠，眷戀也愈來愈深，因而頻頻回望，那回歸故鄉的願望雖然十分強烈，卻已是萬萬不可能實現的了，故最後絕望地說：「回首鄉關歸路難。」蔡琰在〈胡笳十八拍〉中寫道：「戎羌逼我兮為室家，將我行兮向天涯。雲山萬重兮歸路遐，疾風千里兮揚塵沙。人多暴猛兮如虺蛇，控弦披甲兮為驕奢。」這不也是蔣家少女已臨或將臨的命運嗎？

這首小詞出自一個弱女子之手，寫的是一己的遭遇與見聞，一己的愁怨與哀傷，卻具有很強的代表性，異族野蠻的侵略戰爭帶給民眾的災難是巨大的，帶給婦女的傷害有時更難以形容。故其意義遠遠超出個人而具有「詞史」或「史詞」的意義。這首詞在描寫方面也頗具特色，不僅有層次，且富於形象，有畫面、有人物、有動作，一個鏡頭連接另一個鏡頭，令人歷歷如見。況周頤曾稱賞該詞「寥寥數十語，寫出步步留戀，步步淒惻」（《蕙風詞話續編》卷一）。

169 江梅引

憶江梅

洪 皓

天涯除館❶憶江梅，幾枝開？使南來，還帶餘杭❷、春信到燕臺❸。準擬寒英❹聊慰遠，隔山水，應銷落，赴愬❺誰？空恁遐想笑摘蕊。斷回腸，思故里。漫彈綠綺❻，引〈三弄〉❼、不覺魂飛。更聽胡笳❽、哀怨淚沾衣。亂插繁花須異日，待孤諷，怕東風，一夜吹。

【作　者】洪皓（西元一〇八八—一一五五年），字光弼，鄱陽（今江西境內）人。政和五年（西元一一一五年）進士。建炎三年（西元一一二九年），以徽猷閣待制、假禮部尚書使金。被金羈留，始終不屈，十五年後始還。除徽猷閣直學士，提舉萬壽觀，兼權直學士院。以論事忤秦檜，謫濠州團練副使，尋謫英州，徙袁州。有《松漠紀聞》一卷、《鄱陽集》十卷。後人輯《鄱陽詞》一卷。

【詞　牌】〈江梅引〉，即〈江城梅花引〉，又名〈攤破江城子〉、〈梅花引〉、〈西湖明月引〉、〈明月引〉。《詞律》卷二謂此調「相傳前半用〈江城子〉，後半用〈梅花引〉，故合名為〈江城梅花引〉，蓋取（李白詩）『江城五月落梅花』句也」。此詞牌為雙調，八十七字，押韻方式不一，有全押平聲韻者，有平仄韻通押者，如本詞上闋用平聲韻，下闋平仄韻通押（「蕊」「里」「綺」為仄聲），另有用疊韻者。參見《詞律》卷二、《詞譜》卷二十一。

【注　釋】❶除館　樓館。此指驛館。❷餘杭　即杭州。南宋臨時都城，又稱臨安。❸燕臺　相傳為戰國時燕王所築，故址在今河北易縣。此處借指北地。❹寒英　梅花。梅花在寒雪中開放，故稱。❺愬　同「訴」，告也。❻綠綺　琴名。傅元〈琴賦序〉：「楚王有琴曰『繞梁』，司馬相如有『綠綺』，蔡邕有『焦尾』，皆名琴也。」❼三弄　指〈梅花三弄〉曲。❽胡笳　樂器名。胡地所傳之吹笳。木管，上有三孔，長二尺四寸。

【語　譯】於天涯的樓館回憶江南之梅，不知有幾枝花開？宋使南來，還帶著餘杭春的信息，來到北地的燕臺。一準會捎上梅花，聊且安慰遠方的羈臣，可是遠隔山水，到此也會凋謝，如此情懷又可向誰訴說？我徒然這樣想著和家人笑摘花蕊的情景。回陽已斷，思念故里。隨意彈著綠綺琴，演奏〈梅花三弄〉的曲調，不知不覺神魂遠飛。再聽館外吹奏胡笳，心情哀怨，淚溼衣裳。頭上亂插繁花，須等待他時異日，待我獨自吟詠故園梅花，又恐被東風，一夜吹散。

【研析】 紹興十一年（西元一一四一年）十一月，宋金和議成，宋高宗對金稱臣，歲貢銀絹，並割讓大片土地；金同意送回宋徽宗棺木及高宗母韋后。洪皓在北地聽歌者唱〈江梅引〉有「念此情，家萬里」之句，又聞南方使者將至，百感交集，連夜和作四首，分別為「憶江梅」、「訪寒梅」、「憐落梅」，第四首未標題，依首句後三字標題例，應為「雪欺梅」。洪邁《容齋五筆》卷三載，因「每首有一『笑』字，北人謂之〈四笑江梅引〉，爭傳寫焉」。可見當時即流傳頗廣，為人所愛賞。此處所錄為其中的第一首。

詞人聽人歌唱之〈江梅引〉實係北宋王觀的作品。王詞即以此調詠梅，表思念故人、故鄉之情，洪皓深受其感染，亦借梅表強烈的故國之思，並依次用王觀詞韻。王詞帶有寫實性質，洪詞作於夏至日，自序曰：「此地無梅」，故屬虛擬性質。

詞之發端「天涯除館憶江梅」，一個「憶」字，即表明非寫眼前之梅，而是回憶昔日愛賞的江南之梅。同調詞「訪寒梅」記載：「春還消息訪寒梅，賞初開。夢吟來，映雪銜霜、清絕繞風臺。」這無疑是所「憶」的情景，因而引出對現在「幾枝開」的關切，如同詩中有「來日綺窗前，寒梅著花未？」（王維〈雜詩〉）的詢問。只不過王詩係向他人詢問，此處則為詞人自問。在此自問中已流露出濃烈的家國之思，雖身在天涯，心卻已在江南。以下設想使者南來情景，心情複雜動盪。「使南來，還帶餘杭、春信到燕臺。準擬寒英聊慰遠」，想像使者來此，準會帶來餘杭春信，聊以慰問遠羈北地之人。這裡暗用南朝宋陸凱與范曄故事，陸凱寄江南梅花一枝，詣長安與范曄，並贈詩云：「折梅逢驛使，寄與隴頭人。江南無所有，聊贈一枝春。」此處實是透過一層，通過南宋朝廷對己之關切，表己之愛國情深。以下是一轉折：「隔山水，應銷落，赴愬誰？」繼而轉念一想，感到自己的希望很不現實，即使攜帶梅花，也當禁不起千山萬水的折騰。柳宗元〈早梅〉詩云：「欲為萬里贈，杳杳山水隔。寒英坐銷落，何用慰遠客。」詞中化用此詩意。「準擬」、「應」都是揣想之詞。想到此，內心充滿矛盾與痛苦，可是這一切又能向誰訴說？真是幾多希望，幾多矛盾，幾多煩憂！

換頭「空恁遐想笑摘蕊」，承上啟下。所謂使者帶梅慰遠，只是一種想像，想和親人一道歡笑摘花的情景，也只是徒然。詞的重點也隨之轉入對故園、家人的思念。十幾年的阻隔，一個人獨在異邦，鄉愁之深，可想而知，故接以「斷回腸，思故里」，這是一種毫不誇張的表述。「漫彈綠綺」三句寫自己值此難堪之際，欲借彈琴排遣，用綠綺琴彈奏〈梅花三弄〉的曲調，彈至動情處，不覺魂飛故里，神歸故國。恰在此時又傳來胡笳的吹奏聲。胡笳，音偏淒切，故詩詞中多「哀笳」、「悲笳」、「愁笳」的形容，庾信〈竹杖賦〉云：「胡馬哀吟，羌笳悽囀。」岑參〈酒泉太守席上醉後作〉詩云：「胡笳一曲斷人腸，座上相看淚如雨。」都可證明胡笳往往助人淒哀。詞人在彈琴中漸漸沉浸於故園梅花的繽紛，獲取一種暫時的精神超脫，而此時胡笳聲驟起，思緒又回到了羈留北地的現實：「更聽胡笳、哀怨淚沾衣。」情緒在一漲一落中，顯出揚抑變化。但詞人並沒有絕望，相信總有一天要回歸故里，因而說「亂插繁花須異日」。「亂插繁花」語出杜甫〈蘇端薛復筵簡薛華醉歌〉詩：「安得健步移遠梅，亂插繁花向晴昊。」帶有一種豪快的情懷；「須異日」，懷有一種對未來的希望與美好憧憬。但接著情緒又轉向低迷：「待孤諷，怕東風，一夜吹。」想要獨自吟諷故園的梅花，卻又擔心它被一夜東風吹散，心潮起伏不定，不免憂心忡忡，折射出詞人對故國前途的擔憂與疑慮。

前人論詞的創作，有據實描寫與憑虛構象之分，洪皓此詞即屬於憑虛構象。使帶寒英、笑摘梅花、彈奏〈梅花三弄〉、亂插繁花、詠歎江梅，全為想像之辭。但它是詞人長期情感的積累，故具有極強的爆發力。且具體寫來，又能一波三折，不僅情緒有悲有喜，抑揚有致，並有時空的多度轉折，過去、現在、未來，天涯、餘杭、故里，回環往復，纏綿之極，亦悲壯之極、沉鬱之極，讀來令人一唱三歎。正是由於作者遭遇的特殊經歷，成就了這樣一首特殊的愛國詞作。

清人謝元淮所編《碎金詞譜》為此詞譜曲，今之崑曲家傳雪漪再為之加工，更是錦上添花，其調極為美聽，為詩詞愛好者所傳唱。

170

蘇武慢

蔡伸

雁落平沙，煙籠寒水，古壘❶鳴笳聲斷。青山隱隱，敗葉蕭蕭，天際暝鴉零亂。樓上黃昏，片帆千里歸程，年華將晚。望碧雲空暮，佳人何處❷，夢魂俱遠。憶舊遊、邃館朱扉，小園香徑，尚想桃花人面❸。書盈錦軸❹，恨滿金徽❺，難寫寸心幽怨。兩地離愁，一尊芳酒，淒涼危闌倚遍。盡❻遲留❼、憑仗西風，吹乾淚眼。

【作　者】蔡伸（西元一〇八八—一一五六年），字伸道，自號友古居士，莆田（今福建莆田）人。蔡襄之孫。政和五年（西元一一一五年）進士。宣和中，為太學博士，知濰州北海縣，通判徐州。歷知滁州、徐州、德安府、和州，後為浙東安撫司參議官，官至左中大夫。秩滿，提舉台州崇道觀。有《友古詞》。

【詞　牌】〈蘇武慢〉，即〈選冠子〉，又名〈選官子〉、〈轉調選冠子〉、〈惜餘春慢〉、〈仄韻過秦樓〉。《詞律》卷十九將其附於〈過秦樓〉之後；《詞譜》卷三十五，以周邦彥詞（水浴清蟾）一百十一字之仄韻格（上闋十二句四仄韻、下闋十一句四仄韻）為正體，另有一百零七字、一百零九字、一百十三字數體。本詞一百十一字，句數、押韻同周邦彥詞，惟結尾句式小異。

【注　釋】❶古壘　古舊的堡壘。❷望碧雲空暮二句　用江淹〈休上人怨別〉詩意：「日暮碧雲合，佳人殊（猶）未來。」❸桃花人面　語本崔護〈題都城南莊〉詩：「去年今日此門中，人面桃花相映紅。人面不知何處去？桃花依舊笑春風。」❹錦軸　用蘇蕙織錦寫回文詩故實。❺金徽　琴徽之美稱。徽，繫絃之繩。❻儘　同「盡」。皆。❼遲留　逗留。韓愈〈別知賦〉：「倚郭郛而掩涕，空盡日以遲留。」

【語　譯】大雁飛落平沙，煙靄籠罩寒水，古時堡壘鳴笳聲消歇。遠處青山隱隱，落葉飛墜蕭蕭，天際晚鴉飛歸凌亂。黃昏佇立樓上，想見片帆千里歸程，此時正值年時將晚。望碧雲在空中暮合，佳人究在何處，與夢魂都同樣遙遠。　回憶舊遊，深館朱門，小園香徑，還記得那桃花人面。書信寫滿錦軸，愁恨凝聚金徽，也難宣洩心中幽怨。兩地都懷抱離愁，今飲一尊香酒，心緒淒涼，高欄倚遍。長久逗留，依仗西風，吹乾淚眼。

【研　析】此詞抒寫羈旅懷遠之情，文辭雅煉，對仗精工，委婉地傳達出一片幽思曲想。

詞用逆入法先寫所見所聞：「雁落」二句，對起，寫水邊景物，極富視覺形象。北雁南飛，降落平沙，不僅富於動態，也暗示出秋之季節。「煙籠」二字，一方面讓景物帶上了朦朧色彩，另方面也表明時間已近暮色蒼茫，又且融入了寒涼的觸覺感受，已著上了一種淒清色彩。接以「古壘鳴笳聲斷」，則可見聽笳聲已久，笳聲悲怨，聽者淒然。此三句側重寫水濱，至「青山隱隱，敗葉蕭蕭，天際暝鴉零亂」側重寫陸地，兼及天空，寫出一派秋日的蕭條疏落，並以「暝」字點出暮色來臨。隱隱青山，遙遙天際，營造出一個極為遼闊的空間，反襯出旅人的孤獨。而「煙」「暝」、寒「鴉零亂」的時刻，尤易觸發歸鄉懷遠之思。故此種種景語，實為情語。

至「樓上黃昏，片帆千里歸程，年華將晚」方點出登樓情事，可知前面所寫均係黃昏時刻登樓所聞所見，前所描繪之遙山遠水，已暗伏歸程之「片帆千里」。「片帆」與「千里」對舉，尤見未來旅途之寂寞，前路遙遙。其所以歸心似箭，「歸思難收」（柳永〈八聲甘州〉），還因為「年華將晚」，歲末來臨。將近年關時和親愛的人相聚，本屬人之常情，何況事先可能有一種口頭的約定。故接著以眼前的遺憾點出這種心思：「望碧雲空暮，佳人何處，夢魂俱遠。」化用「日暮碧雲合，佳人殊未來」語意，進而謂人與夢魂俱遠，懷有多少失落，幾多惆悵！

由念「佳人」而引出下闋對往昔的回憶：「憶舊遊、邃館朱扉，小園香徑，尚想桃花人面。」這裡所用對句只寫共處、共遊之地，不具寫遊歷之事，是謂能「留」，即讓讀者由此美好的環境，想像其中的親密之舉、旖旎之情。「舊遊」雖然時過很久，但她面若桃花的美麗容顏，至今依然清晰地印在腦中。回憶舊情，無疑更添新愁。以下「書盈錦軸，恨滿金徽，難寫寸心幽怨」數句轉寫對方，亦推己及人之意。豈止我在思念她，她也在思念我。她又是寫信傳情，又是彈琴傳恨，但都難以輸瀉心中幽怨。這種從對面著筆之寫法當係受杜甫〈月夜〉詩「今夜鄜州月，閨中只獨看」及柳永〈八聲甘州〉「想佳人、妝樓顒望，誤幾回、天際識歸舟」描寫的影響，有著「照花前後鏡，花面交相映」（溫庭筠〈菩薩蠻〉）的藝術效果。寫罷對方，再以「兩地離愁」將雙方綰合，有如李清照所言：「一種相思，兩處閒愁。」（〈一翦梅〉）表明兩心相印，非獨單相思也。然後又轉向己方：「一尊芳酒，淒涼危欄倚遍。」以「一尊芳酒」與「兩地離愁」，組成為一工穩的對仗。「一尊芳酒」只用名詞，省卻了飲酒的動作，卻又包含有澆滅「離愁」的內蘊，此等處都體現了作者引而不發的用心，造成「留」的藝術效果。「危欄倚遍」呼應上闋之「樓上」，而以「淒涼」二字總寫情緒，點出全詞感情基調。「儘遲留、憑仗西風，吹乾淚眼」再深進一層，在長久的逗留中，要讓西風吹乾愁苦的淚水，把懷遠之情推向高潮。「西風」呼應上闋發端，是對秋日景物的補充描寫。

此詞表達的羈旅之情及創作方法，頗類柳永的〈八聲甘州〉（對瀟瀟暮雨灑江天）。但柳詞顯豁，此詞蘊蓄；柳詞用散句，帶一氣流走之勢，此詞多對仗（用四言對句五組），具整飭精麗之美。可謂各有千秋。而在時空的變化、情感的抑揚、章法的騰挪轉折、語言的琢煉方面，無疑又受周邦彥詞的影響，故馮煦謂其「幾入清真之室」（《蒿庵論詞》）。

171 賀新郎 春情

李 玉

篆縷❶銷金鼎❷。醉沉沉、庭陰轉午，畫堂人靜。芳草王孫❸知何處，惟有楊花糝❹徑。漸玉枕、騰騰❺春醒。簾外殘紅春已透，鎮❻無聊、殢酒❼懨懨❽病。雲鬢亂，未忺❾整。江南舊事休重省。遍天涯、尋消問息，斷鴻❿難倩⓫。月滿西樓憑闌久，依舊歸期未定。又只恐、瓶沉金井⓬。嘶騎不來銀燭⓭暗，枉教人、立盡梧桐影⓮。誰伴我，對鸞鏡⓯。

【作　者】李玉（生卒年不詳）。《全宋詞》據黃昇《唐宋諸賢絕妙詞選》錄其〈賀新郎〉詞一首。黃昇云：「李君之詞，雖不多見，然風流蘊藉，盡此篇矣。」（《花庵詞選》）

【詞　牌】〈賀新郎〉，又名〈賀新涼〉、〈乳燕飛〉、〈金縷曲〉、〈金縷詞〉、〈金縷衣〉、〈貂裘換酒〉等。首見蘇軾《東坡樂府》。雙調，體式甚多，通用調式為一百一十六字，押仄韻（如本詞）。詳見前蘇軾〈賀新郎〉「詞牌」介紹。

【注　釋】❶篆縷　香煙升裊作篆字形。❷金鼎　銅製鼎形香爐。❸芳草王孫　淮南王〈招隱士〉：「王孫遊兮不歸，春草生兮萋萋。」❹糝　細碎。❺騰騰　朦朧迷糊醉酒之狀。❻鎮　長久。❼殢酒　困溺於酒。❽懨懨　精神不振。❾忺　想要。❿斷鴻　孤雁。⓫倩　請人幫自己做事。⓬瓶沉金井　喻情愛斷絕。又喻毫無音信。白居易〈井底引銀瓶〉詩：「井底引銀瓶，銀瓶欲上絲繩絕。」南朝齊釋寶月〈估客樂〉：「莫作瓶落井，一去無消息。」金井，井欄之有雕飾者。⓭銀燭　銀飾燭臺中的燃燭。⓮枉教人句　傳說五代呂巖〈梧桐影〉詞：「今夜故人來不來，教人立盡梧桐影。」柳永〈傾杯〉詞：「空贏得、悄悄無言，愁緒終難整。又是立盡，梧桐碎影。」為其所本。⓯鸞鏡　有鸞鳥圖案之妝鏡。

【語　譯】銅鼎爐內香煙如篆字裊裊上升。在醉意沉沉中，樹蔭轉到正午，畫堂悄無人聲。已是芳草萋萋，王孫現在何處，惟有細碎楊花鋪灑芳徑。漸從玉枕上醒來，人尚迷蒙懵懂。簾外花已飄零，春將歸去，長久無聊，困溺於酒，懨懨似病。如雲鬢髮散亂，也沒心思梳整。江南舊事不想重新記省。難請求孤鴻遍於天涯，打探他的行蹤。月滿西樓，久久憑欄等候，他依舊歸期未定。又只怕消息全無，如瓶沉金井。蕭蕭鳴馬不來，銀燭漸暗，空使人佇立，月光下轉盡梧桐樹影。誰來相伴，看我對鏡梳妝，打扮勻淨。

【研 析】詞寫閨中女子相思之情。上闋從白天、室內寫起。發端「篆縷銷金鼎」，與李清照〈醉花陰〉「瑞腦消金獸」意思相同，顯示閨中的孤寂，所見者、相伴者惟篆煙而已。「何以解憂，唯有杜康」，她獨自飲酒以至於「醉沉沉」，直到太陽轉到正午，庭樹影子越來越小，再以「畫堂人靜」寫己之感受，與「篆縷」一句相呼應。憂愁究竟從何而來？至「芳草王孫知何處，惟有楊花糝徑」才加揭示。兩句情景兼融，前面一句明用「王孫遊兮不歸，春草生兮萋萋」之典，後一句則暗用蘇軾〈少年遊〉「楊花似雪，猶不見還家」詞意。女主人公從沉醉中瞢騰醒來，看到簾外花的零落，草的深濃，不免生出「春已透」之歎。她是在歎春，更是在歎己：韶華易逝，紅顏將老，能不感到鎮日「無聊」嗎！因之困於醇酒，打不起精神，幾至成病。因為心緒惡劣，起來以後，頭髮懶於梳理，人也懶得打扮，就如同李清照在〈鳳凰臺上憶吹簫〉所寫：「起來慵自梳頭。任寶奩塵滿，日上簾鉤。」況且，如今收拾妝扮給誰看啊？可以說，上闋是以飲酒作為軸線：醉酒——酒醒——殢酒，將客觀環境、季候、景物與主觀情思綰合於一處，令讀者有如見其人、如睹其境之感。

下闋主要從心事著筆，空間由室內轉向室外，時間由白天轉入夜晚。起首「江南舊事休重省」一句，陡頓提起往事，有破空而來之感。看來女主人公在江南與心愛之人曾有過一段浪漫的情史，旖旎溫馨，難以忘懷。正因為難以忘懷，才強迫自己不要再去回憶它，以免引起昔樂今愁之憾恨。「遍天涯」以下，層層轉折，細寫心曲。首先是想「尋消問息」，可是蹤影在哪裡？天涯海角都難覓。雖然如此，並沒有放棄等待，仍在「月滿西樓」時倚欄翹首企盼。明月高樓，在詩詞中形成了一個相對固定的含義，那就是懷人之時地，張若虛〈春江花月夜〉有「誰家今夜扁舟子？何處相思明月樓？可憐樓上月徘徊，應照離人妝鏡臺」的描寫，白居易〈長相思〉有「月明人倚樓」之句，范仲淹〈蘇幕遮〉「明月樓高休獨倚」之語，都是例證。此詞亦然。

其所以倚欄盼望，是因為當初有個約定，說大約什麼時候歸來。然而久盼無果，猜想是「依舊歸期未定」。旋即又對自己的猜想產生了懷疑，只恐怕是「瓶沉金井」，音信斷絕。雖然帶點絕望，但仍然在痴痴地等候「郎騎白馬來」，直至銀燭暗淡，直至明月西斜，直至梧桐影消失。最後才不禁發出一聲長歎：「誰伴我，對鸞鏡。」昔日對鏡梳妝，情人環繞左右，甚至一同對鏡顧盼，兩情何等繾綣！如今獨對鸞鏡，何等悽惶！此結拍與上闋之歇拍：「雲鬟亂，未忺整。」遙相呼應。

全詞以一天的時間為線索，從上午到正午，到午後，再到明月東升，到夜深，到夜盡，把一個女子的相思痛苦寫得極細膩、極深至。時空的互轉，極富電影鏡頭不斷轉換的流動感，使其中人物形象歷歷在目。其寫作方法與李清照〈聲聲慢〉（尋尋覓覓）頗有相類處。黃蘇曾評讚此詞：「情詞旖旎，風骨姍姍，幽秀中自饒雋旨。」（《蓼園詞評》）

172

憶王孫

春詞

李重元

萋萋芳草憶王孫❶。柳外樓高空斷魂。杜宇❷聲聲不忍聞。欲黃昏，雨打梨花深閉門❸。

【作　者】李重元，生平事跡不詳，唐圭璋所編《全宋詞》收〈憶王孫〉「春詞」、「夏詞」、「秋詞」、「冬詞」四首。此首「春詞」誤作秦觀詞，亦有誤作李煜詞者。

【詞　牌】〈憶王孫〉，又名〈豆葉黃〉、〈怨王孫〉、〈畫蛾眉〉、〈憶君王〉、〈闌干萬里心〉等。唐孫棨《北里志》載：「天水光遠〈題楊萊兒室〉詩曰：『萋萋芳草憶王孫。』」此詞發端全用其句，並以為調名。此詞牌為單調，三十一字，五句五平韻，如本詞。另有五十四字體，雙調，押仄韻。參見《詞律》卷二、《詞譜》卷二。

【注　釋】❶萋萋芳草憶王孫　語出淮南王〈招隱士〉：「王孫遊兮不歸，春草生兮萋萋。」本意為盼望出遊的王孫歸來，後用作思慕遠遊未歸者的典故。萋萋，草茂盛的樣子。王孫，公子。❷杜宇　即杜鵑。傳說杜鵑為戰國時蜀王望帝杜宇魂魄所化，啼聲悲切。❸雨打梨花深閉門　從唐劉方平〈春怨〉詩「梨花滿地不開門」語化用而來。

【語　譯】芳草茂密，已屆春深，思念遠遊未歸之人。向煙柳外眺望，樓高遮擋視線，空自落魄失魂。此時傳來陣陣杜鵑啼鳴，怎忍聽那哀傷的聲音。天漸晚，臨近黃昏，雨點又敲打著梨花，只好緊緊地關上門。

【研　析】此詞與詞牌本意相關，寫春日閨怨。其所寫相思之情主要通過環境氛圍加以烘托。萋萋芳草，煙柳深濃，聲聲杜宇，雨打梨花，所見所聞，無不令人傷懷魂斷，思緒難平。春草綠到天涯，人在何處遊蕩？陌上楊柳，曾為折枝送別，可還記得臨行叮嚀？杜鵑聲喚：不如歸去！可有歸期？春將消逝，芳華尚餘幾許？女主人公張望、等待，從白天一直到黃昏，時間在推移，景物在變化，愈變愈令人難以自持，而懷遠之意已透紙背矣。不僅如此，詞中所寫季節中的暮春也好，一日中的黃昏也好，都帶有一種象徵意，透露出一種美人遲暮之感，而「雨打梨花」，亦似有一種共同的身世之悲。比興意在，誠所謂紙短而情深者矣！為營造環境氛圍，詞中兩處用典，一是襲用天水光遠〈題楊萊兒室〉「萋萋芳草憶王孫」現成詩語，一是化用中唐劉方平〈春怨〉詩中「梨花滿地不開門」語意。特別是後者，詞人的化用可說勝過原詩，不僅以「雨打」加強了聽覺效果，增添了淒涼況味，更以「深閉門」強化了視覺意象，這種動作還暗寓著一種阻斷淒涼入侵的內心活動。用典自然渾成，而不覺其用典，且能青出於藍，而勝於藍。無名氏（一作秦觀，一作李清照）〈鷓鴣天〉詞中，亦用了相同意象與詞語：「無一語，對芳樽，安排腸斷到黃昏。甫能炙得燈兒了，雨打梨花深閉門。」可互相參讀。宋吳聿《觀林詩話》載：「半山（王安石）酷愛唐樂府『雨打梨花深閉門』之句。」周邦彥〈水龍吟〉詠梨花，有「傳火樓臺，妒花風雨，長門深閉」之語，史達祖〈綺羅香〉寫春雨，亦曾有「記當日、門掩梨花，翦燈深夜語」的描寫。「雨打梨花深閉門」之句，詞人反覆用之，詩人賞之，足見其含情的魅力。

在音律方面注意和婉與拗峭的結合，其中的三個仄起（第二字為仄聲）句「柳外樓高、空斷魂」、「杜宇聲聲、不（以入代平）忍聞」、「雨打梨花、深閉門」，前四字均為「仄仄平平」，音聲和順，後三字均用「平仄平」，係用拗律，連綴吟唱，具有特殊的音樂效果。

此詞被譜入琴譜，《和文注音琴譜》有載。清乾隆年間編定的《九宮大成譜》，收錄有該詞曲譜，道光年間謝元淮等所編《碎金詞譜》予以轉載。

173

小重山

春愁

吳淑姬

謝了荼蘼❶春事休。無多花片子，綴枝頭。庭槐影碎被風揉。鶯雖老，聲尚帶嬌羞。

獨自倚妝樓。一川❷煙草浪，襯雲浮。不如歸去下簾鉤。心兒小，難著許多愁。

【作者】吳淑姬，南北宋間浙江湖州人（據鄧紅梅《女性詞史》）。生平不詳。《全宋詞》錄存詞三首，斷句一。

【詞牌】〈小重山〉，又名〈小重山令〉、〈小沖山〉、〈柳色新〉、〈玉京山〉等。雙調，五十八字，上下闋各四平韻，如本詞。亦有押仄聲韻者，另有五十七字、六十字兩體。參見《詞律》卷八、《詞譜》卷十三。

【注釋】❶荼蘼　一作「酴醾」。落葉亞灌木，春末開花。花多呈黃白色。❷一川　平川；平原。

【語譯】荼蘼謝了，春天即將結束。已沒有多少花瓣，綴於枝頭。日照庭槐，樹影被風揉碎。黃鶯雖老，啼聲還帶嬌羞。

獨自依倚妝樓。只見滿川煙草如浪，遠襯雲浮。不如歸去房中，垂下簾鉤。因為心兒小，難安放許多愁。

【研　析】此詞抒寫春愁，融情入景。而作為女性，觀景自有一種獨特的視角與感受。先看上闋她眼中的庭院景物。昔有「花到酴醾春事了」之說，蘇軾亦有「酴醾不爭春，寂寞開最晚」（〈杜沂游武昌以酴醾花菩薩泉見餉〉二首之一）的描寫，那麼，詞人如何描繪這一具有季節特徵的酴醾花呢？發端的「謝了荼蘼春事休」，既是依據常識作出的理性判斷，更是充滿了莫可奈何的惋惜之情。這種判斷與惋惜是通過下面的鏡頭來體現的。如果我們將詞人的眼睛比作攝影機的話，她的鏡頭不是向下攝取已落之花，而是向枝頭攝取殘存之花：「無多花片子，綴枝頭。」不悼惜已落之花，而憐愛餘留之花，凸顯出無限的留戀之情。酴醾謝而欲留，春事欲休未休，當也暗含有對自己的青春欲逝未逝的流連。接寫庭槐，「影碎被風揉」，鏡頭則又向下，而不是向上，不攝取它的枝葉扶疏，而只寫日光下的投影，想像搖曳的光影是被風「揉」碎的，甚為新奇。而這種想像又與自己心思的凌亂不無關係。下面從聽覺寫鶯聲：「鶯雖老，聲尚帶嬌羞。」黃鶯立春始鳴，至暮春已「老」，說聲帶「嬌羞」，係用擬人手法，嬌羞乃少女之表情。不以老而失少時之嬌羞，既是寫春暮之鶯，也隱約滉漾著自己的形影。總之上闋的寫景無一不妙，無一不與己情相切，不只是眼中之景，更是心中之景。

至換頭始出現自己的身影：「獨自倚妝樓」，前面所寫庭院之景，係倚樓所見。「獨自」二字，已透露出自己的處境，那傷春惜春的情懷，那自憐自愛的心緒，都和這種處境相關。其所以「倚妝樓」，是因為心事重重，更是因為有所期待。她將目光從庭院移向遠方，只見「一川煙草浪，襯雲浮」，這種景象與前面「被風揉」的「風」相呼應，草浪與浮雲遙遙相接，闊遠而富於動態。「一川煙草」，語本賀鑄〈橫塘路〉詞，但加一「浪」字，則化靜為動。此處暗用淮南王〈招隱士〉：「王孫遊兮不歸，春草生兮萋萋」典故，表所愛之人遠遊未歸，而浮雲草浪也是詞人心神動盪不安的象徵。既然遠遊之人望而不見，不如不望，故有「不如歸去下簾鉤」的忽忽之想，再以「心兒小，難著許多愁」的情語收束全詞。這一結尾與李清照〈武陵春〉詞以「只恐雙溪舴艋舟，載不動、許多愁」，同一尖新，李詞視愁有重量，此詞視愁有體積，都貼近生活，自然天成，令人感到情韻悠悠。

詞人以「我」之眼觀物，故物多著「我」之主觀色彩，呈現為有我之境，是此詞的一大特點。又善以尋常語、口語入詞，能達致語淺而情深，語淡而味濃，堪稱詞中作手。故南宋黃昇在《唐宋諸賢絕妙詞選》中曾讚其為「女流中之黠慧者」。

174 鷓鴣天

寄李之問

聶勝瓊

玉慘花愁出鳳城❶，蓮花樓下柳青青。尊前一唱〈陽關〉❷後，別箇人人❸第五程。

尋好夢，夢難成，況誰知我此時情。枕前淚共簾前雨，隔箇窗兒滴到明。

【作　者】聶勝瓊（生卒年不詳），都城汴京妓，後為李之問妻。

【詞　牌】〈鷓鴣天〉，又名〈思越人〉、〈思佳客〉、〈半花桐〉等。雙調，五十五字，為平韻格。詳見前晏幾道〈鷓鴣天〉「詞牌」介紹。

【注　釋】❶鳳城　指京城。春秋時，秦穆公女弄玉吹簫，鳳降其城，因號丹鳳城。後以鳳城指京城。如杜甫〈夜〉詩：「步蟾倚杖看牛斗，銀漢遙應接鳳城。」❷陽關　曲名。王維〈送元二使安西〉詩：「渭城朝雨浥輕塵，客舍青青柳色新。勸君更盡一杯酒，西出陽關無故人。」因適於離筵別席演唱，成為流行歌曲，稱為〈陽關曲〉。❸人人　那人；人兒。表單數特指，尤其指親近暱愛者。

【語　譯】玉貌花顏慘然愁戚，相送郎君離開京城，此時蓮花樓下柳色青青。離筵對酒，唱一曲〈陽關〉後，送別所愛已到了第五程。　別後欲尋好夢，但好夢難成，又有誰了解我此時情衷。枕上淚水與簾前雨水共下，兩者隔著窗兒直滴到天明。

【研　析】明梅鼎祚《青泥蓮花記》載：「李之問儀曹解長安幕，詣京師改秩。都下聶勝瓊，名倡也，質性慧黠，公見而喜之。李將行，勝瓊送別，餞飲於蓮花樓，唱一詞，末句曰：『無計留春住，奈何無計隨君去。』李復留經月」，後離京飲別。此係勝瓊別後所作相思之詞。

詞用倒敘方法，上闋回憶送別情景。首寫自己別離時心情：百般難捨，萬般無賴，如花似玉的美麗面龐滿布慘淡愁容。次寫出發之地：鳳城，繁華之所在；蓮花樓，華美之居所。在這裡，他們共同度過了一段纏綿恩愛的時光，這本應是值得郎君留戀之處，可是客觀形勢迫使他不得不離開，這裡也就成了她送別的起點。再寫樓前景色，柳色青青，既點明季節，又與王維詩中「客舍青青柳色新」的景物相合，含送別之意。下面由送別起點轉向送別終點。這個終點是，她送了一程又一程，一直送到第五程。在臨別的酒宴上，她只好唱一首驪歌來表示惜別與祝願之意。那種難以割捨之情，便蘊含在這巨大的空間和相當長的時間中。在這一時空中，他們如何依戀，互相說了些什麼，都省略了，留給讀者去想像。筆墨極其簡省，含情卻很豐厚。以下由回憶轉入眼前。回憶係眼前所思，故從時間順序言，為「逆入」。

分別後的思念是折磨人的，兩地遙隔，無由相見，夢中當可歡會吧，於是有意尋夢，然而竟然無夢，有如晏幾道〈阮郎歸〉詞所寫：「夢魂縱有也成虛，那堪和（連）夢無。」見又無由，夢又不成，最令人傷的是此情此景，竟然無人知曉，一種強烈的孤獨悽惶之感，不免襲上心頭。「況誰知」三字，顯含有一種怨懟之情。夜不成寐，唯有枕前淚水與窗外雨水共同滴到天明，以無情雨襯托有情淚，以雨之有聲襯托夜之靜寂，更添幾分淒清。以夜雨襯離情，前此，有溫庭筠〈更漏子〉詞：「梧桐樹，三更雨，不道離情正苦。一葉葉，一聲聲，空階滴到明。」有万俟詠〈長相思〉詞：「一聲聲，一更更。窗外芭蕉窗裡燈。此時無限情。夢難成，恨難平。不道愁人不喜聽。空階滴到明。」溫、万俟詞中的「情」和「恨」屬主觀意緒，它們主要是運用客觀物象來加以烘托的。而聶詞的妙處是將兩種形象——枕前淚與簾前雨——疊加，將主觀與客觀融合一處，而且設想新奇：「隔箇窗兒」。因而形象更加鮮明，也更有趣味。

此詞所表達的感情十分深摯、綿遠，以致數百年後，許昂霄猶說：「風致如許，真所謂我見猶憐者也。」

《詞綜偶評》作者屬於市民階層，出入於茶樓瓦舍，故其詞之用語極為通俗，明淺易懂，甚至帶有一種民歌風味，在宋代的情詞中，可謂別具一格，這一特點曾深得況周頤稱賞，謂「純是至情語，自然妙造，不假造琢，愈渾成，愈穠粹」（《蕙風詞話》卷一）。

聶勝瓊此詞今人黃霑曾為譜曲，題為〈有誰知我此時情〉；在上世紀三四十年代有人以德國韋伯〈自由射手序曲〉的曲譜與之相配，似亦能表達其淒婉之情。

175 臨江仙

陳與義

高詠《楚詞》❶酬午日❷，天涯節序❸匆匆。榴花不似舞裙紅。無人知此意，歌罷滿簾風。

萬事一身傷老矣，戎葵❹凝笑牆東。酒杯深淺去年同。試澆橋下水，今夕到湘中。

【作者】陳與義（西元一〇九〇—一一三八年），字去非，號簡齋，河南洛陽人。登政和三年（西元一一一三年）上舍甲科。靖康中南奔避亂。紹興中，歷中書舍人，拜翰林學士，尋參知政事。以病乞祠，提舉洞霄宮。有《無住詞》。黃昇《中興以來絕妙詞選》稱其「詞雖不多，語意超絕，識者謂其可摩坡仙之壘也」。

【詞牌】〈臨江仙〉，唐教坊曲名，用作詞調。調式甚多，此為六十字體，上下闋均五句，三平韻。詳見前歐陽脩〈臨江仙〉「詞牌」介紹。

【注釋】❶楚詞　即《楚辭》，此處指屈原的作品。❷午日　即端午節，陰曆五月初五。《荊楚歲時記》載，俗謂五月五日是屈原死汨羅日，傷其死所，並命將舟楫以拯之，至今為俗。❸節序　季節的次第。❹戎葵　草名，即蜀葵，因最先產於巴蜀而得名。夏季開花，有紅、黃、粉、紫等顏色。頭年秋季播種，次春出芽，端午見花。

【語　譯】高聲吟詠《楚辭》，以度端午節，流落天涯之際，深感節序流逝匆匆。石榴花開，不似當年舞裙鮮紅。無人知會此意，吟詠完畢，只有滿簾夏日南風。　萬事集於一身，感傷年歲已老，戎葵正含笑牆東。酒杯深淺，與去年相同。試著將酒澆於橋下水，今夕應該流到湘中。

【研　析】詞人家本洛陽，靖康之難發生，乃自陳留（今河南杞縣）南奔，經襄、漢至湖湘，此詞即作於西元一一二九年流寓於巴陵（今湖南岳陽）之時。詞詠端午，發唱極為峻邁：「高詠《楚詞》酬午日」，端午是紀念楚國屈原的節日，故高詠《楚辭》以表紀念之意。詞人在此期間作有〈晚步湖邊〉詩：「楚纍（屈原不以罪死）經行地，處處餘〈離騷〉。」可見詞人對於屈原愛國精神與人格精神的崇仰，高吟屈原之作既是一種紀念，也是對自己的一種激勵。但在淪落天涯之際，鎮日憂心國事，感到「天涯節序忽忽」。這種感覺與趙鼎「客路那知歲序移，忽驚春到小桃枝」（〈鷓鴣天〉）的抒寫完全相同。「榴花不似舞裙紅」，則將眼前景與昔日事兩相對照。石榴花正值五月盛開，五月有「榴月」之稱，端午時的石榴正紅得耀眼，但在詞人眼中卻比不上昔時的舞裙紅豔。「舞裙紅」，在此乃是以小喻大，它看似只是舞蹈表演女子的一種服飾，但它卻是一個社會全盛時期的縮影。從舞裙看宴飲的歡樂，從宴飲的歡樂看社會的繁盛。因此「榴花不似舞裙紅」這一句容量極大，濃縮了對兩個不同時代的感受，既包含了對眼前國勢的深沉喟歎，又包含了對昔日繁盛的無限緬懷。歇拍「無人知此意，歌罷滿簾風」再推進一層，心懷無限憂傷、感慨，可是卻沒有人能理解，高吟過後只有裊裊餘音在滿簾夏風中迴盪，一種孤獨感不禁襲上心來。詞人南奔，久未與朝廷取得直接聯繫，未得任用，這應該是「無人知此意」的深層內涵。

正因為「無人知此意」，故過片發出了「萬事一身傷老矣」的感歎。所謂「萬事」包括了家事、國事、天下事，這些都是自己關切、憂心之事，而自己竟然不能有所作為，故有「傷老」之歎。這年詞人四十歲，今天看來，正當盛年，但在那個時代，經歷了那麼多的磨難，可能容顏真的變得衰老，他的另一首端午詞〈憶秦娥〉即稱自己為「白頭孤客」，可以印證；但想來也包括精神層面上的感歎，其所作詩〈居夷行〉亦曾有

「人事多違壯志悲，干戈未定書生老」的抒寫。可見，詞人歎老，不是嗟卑，而是憂虞天下「干戈未定」，其思想境界之高可說是倍於尋常。正當傷老之際，插入一句景物描寫：「戎葵凝笑牆東」。「戎葵凝笑」，語本黃庭堅詩：「戎葵一笑粲，露井百尺深。」（〈次韻文潛休沐不出〉）自然之物，本乃無知，而在詞人看來，戎葵花開得正歡，歡得帶笑，與自己的悽愴恰成鮮明對照，實係以樂景襯哀。以下轉入敘事性抒情。「酒杯深淺去年同」，承前啟後。回憶去年此時，也曾飲酒。去年，是靖康之難的次年，飲酒，非為取樂，乃為澆愁，所謂「酒杯深淺去年同」，實是憂時傷勢，今昔同慨。又，飲酒，乃酬午節應有之義。古時飲酒，有祭酹之習，一般以酒灑地，也有灑於水者，如蘇軾〈念奴嬌〉云：「一尊還酹江月。」遂由飲酒而轉向祭奠沉江之屈原，引出結拍：「試澆橋下水，今夕到湘中。」希望酹酒通過橋下之水，今夕流送到湘中的汨羅江。這是對屈原的紀念，也是表示自己與昔賢在精神上的共鳴。全詞以高詠《楚辭》起，以酹橋下水作結，首尾呼應。唐圭璋極賞此下闋，讚其能「大筆包舉，勁氣直達」（《唐宋詞簡釋》）。

此屬描寫節序之詞，但又不同於一般的節序詞作。它既緊扣端午節，發思古懷賢之幽情，又緊貼現實，糅合了感傷時勢、報國無門、請纓無路的悲涼。峻拔、沉著，感慨遙深。

176

臨江仙

夜登小閣，憶洛中舊遊

陳與義

憶昔午橋❶橋上飲，坐中多是豪英。長溝❷流月去無聲。杏花疏影裡，吹笛到天明。

二十餘年如一夢，此身雖在堪驚。閒登小閣看新晴。古今多少事，漁唱起三更❸。

【詞牌】〈臨江仙〉，見前首介紹。

【注 釋】❶午橋 橋名，在洛陽之南。❷長溝 長的河流。❸三更 古代將自昏至曉分為五更，三更為午夜時分。

【語 譯】回憶往昔在午橋上飲酒，坐中都是俊傑豪英。長河流月自去無聲。在杏花疏影裡，吹笛玩樂到天明。二十餘年過去，恍如一夢，此身雖在，使人感到驚心。閒逸地登上小閣，觀看新晴。感歎古往今來，多少世事，遙聽漁人歌唱，正漸入夜晚三更。

【研 析】洛陽，是北宋西京，乃詞人故鄉，他在那裡度過了青年時代，有許多值得回味的情事。此詞作於南渡之後，約紹興五年（西元一一三五年）左右，詞人四十餘歲時。詞之上闋緬懷京洛舊事，回憶往昔承平年代的豪縱、歡樂之情。開篇直敘：「憶昔午橋橋上飲，坐中多是豪英。」這一發端與晁沖之〈臨江仙〉詞：「憶昔西池池上飲，年年多少歡娛。」頗為相似。後者顯得空靈，前者更富形象，令人想見一群意氣風發的熱血青年一邊豪飲、一邊縱論古今的熱烈氣氛。「長溝流月去無聲」，轉入寫景，由「午橋」而及橋下流水，由「長溝」而及水中盪漾之月，由月之流動，顯示出時間的推移，以明歡娛之情一直持續到夜深，更以「去無聲」的靜美，凸顯出「豪英」宴飲的歡騰氛圍。誠如黃蘇所評：『「長溝流月」，即『月湧大江流』之意。言自去滔滔，而興會不歇。」（《蓼園詞評》）歇拍：「杏花疏影裡，吹笛到天明。」將良辰美景、賞心樂事，推向高潮。午橋，有美麗的杏花映襯，月照下的杏花，「疏影」朦朧，夜景真是美得醉人，而整個夜空又顯得十分遼闊，這時悠揚清亮的笛聲響起，一直吹奏到天明，聲遏行雲，飄漾遠方。可見午橋之聚是通宵達旦，徹夜狂歡！其人、其境、其事，一切都那麼美好，令人沉湎，故二十餘年後記憶猶新，令人回味不盡。

「杏花疏影裡，吹笛到天明」二句不僅辭句清麗自然，且在詞章結構中起著特殊的作用，它將昔時的歡樂推向了頂點，但任何事情到了高潮，往往便是轉向低潮的開始。故對於這二句，劉熙載曾評論說：「仰承『憶昔』，俯注『一夢』，故此二句不覺豪酣轉成悵悒，所謂好在句外者也。」（〈詞概〉）可謂別有解會。

詞之下闋由昔轉今：「二十餘年如一夢，此身雖在堪驚。」二十餘年中，詞人在北宋徽宗朝做官，經歷了一番起落，但這對士人來說，只是小有挫折，無關宏旨，最令人扼腕痛惜的是北宋王朝的覆亡，自己倉皇南渡，流落天涯，後雖入朝為官，甚至官至參知政事（副宰相），但主和聲浪甚高，實現收復中原之志渺茫，不能不感歎「人事多違壯志悲」（〈居夷行〉）。回憶二十多年間的滄桑巨變，真恍如一夢，歷盡劫波，而自己居然還活在人世，不免令人感到驚詫。以下「閒登小閣看新晴」，一轉，且撇開種種煩惱，登上小閣，觀看新晴後的景致，以回應題中的「夜登小閣」。登閣，本有觀景散心之意，但縈繞於心的仍是人事，由自己經歷的世事而聯想到古往今來的歷史，無數的歷史演義如電影般在心中一幕一幕地放映，因而感慨古今之間有太多的驚人相似之處。這一切都無須細說，用「古今多少事」一句加以概括。詞人登閣沉思許久許久，直至「漁唱起三更」，漁人臨近半夜的歌唱才把自己從歷史的沉思中拉回到現實。以景結情，有餘不盡，意味雋永。

此詞在時空上能大開大闔，既形成今與昔的強烈對比，又以不同景物為襯托，或發豪快之高調，或發感慨之淒音。特別是詞人將自身經歷與感受放置於一個大的歷史背景中，顯示出一個時代的嬗變和士人情與上的巨大落差。它所表達的，既屬個人，又超出個人，對於同時代的許多士人來說，具有典型的性質。可謂筆意超曠，蘊情深遠。明代張綖高度評價此詞，謂「豪放而不至於肆，醞藉而不流於弱，高古而不失於樸，感慨而不過於傷。其意度所在，如獨立千仞之岡，高視萬物之表」（《草堂詩餘別錄》卷二）。

此詞清代乾隆年間所編《九宮大成譜》收錄有曲譜，可見其為人所愛賞與傳唱。

177 賀新郎

送胡邦衡❶謫新州

張元幹

夢繞神州❷路。悵秋風、連營畫角❸，故宮離黍❹。底事崑崙傾砥柱❺，九地❻黃流❼亂注，聚萬落、千村狐兔？天意從來高難問，況人情、老易悲難訴！更南浦❽，送君去。

涼生岸柳催殘暑。耿斜河、疏星淡月，斷雲微度。萬里江山知何處？回首對牀夜語。雁不到、書成誰與？目盡青天懷今古，肯兒曹、恩怨相爾汝❾！舉大白❿，聽〈金縷〉⓫。

【作　者】張元幹（西元一〇九一—一一六一年），字仲宗，自號蘆川居士，福建永福（今福建永泰）人。向子諲之甥。靖康元年（西元一一二六年）曾為李綱行營屬官。高宗時官至將作少監。紹興元年（西元一一三一年）致仕。紹興中，坐以詞送胡銓，得罪除名。後漫遊江浙等地，客死他鄉。著有《蘆川歸來集》十卷、《蘆川詞》二卷。其詞風格多樣，既有慷慨磊落之作，亦有清麗婉約之詞。

【詞　牌】〈賀新郎〉，又名〈賀新涼〉、〈金縷曲〉、〈金縷衣〉等。首見蘇軾《東坡樂府》。雙調，體式甚多，本詞為通用調式，一百一十六字，上下闋各十句，七仄韻，為上去聲通押之仄韻格。詳見前蘇軾〈賀新郎〉「詞牌」介紹。

【注　釋】❶胡邦衡　即胡銓。因反對議和，請斬秦檜等三人以謝天下，連遭貶謫，直至編館新州（今廣東新興）。❷神州　戰國鄒衍稱中國曰赤縣神州，後世因稱中國曰神州。❸畫角　畫有彩繪之軍中號角，吹奏以警晨昏。❹離黍　小米禾苗茂盛。《詩經・王風・黍離》：「彼黍離離，彼稷之苗；行邁靡靡，中心搖搖。」後以黍離寓故國之思或亡國之痛。❺底事崑崙傾砥柱　《神異經》：「昆侖之山，有銅柱焉。其高如天，所謂天柱也。」砥柱，亦水中山名，此處用比崑崙天柱。底事，何事；為何。❻九地　遍地。九，形容其多。❼黃流　以洪水喻敵勢力。❽南浦　水濱。指送別之地。江淹〈別賦〉：「送君南浦，傷如之何！」❾肯兒曹句　韓愈〈聽穎師彈琴〉詩：「昵昵兒女語，恩怨相爾汝（狀親昵）。」此處反用其意。肯，豈肯。❿大白　酒杯。⓫金縷　即〈金縷曲〉，〈賀新郎〉詞調之異名。

【語　譯】夢魂縈繞神州的道路。惆悵秋風淒緊，聽到相連兵營吹奏畫角，遙想故宮禾黍繁茂。為何崑崙天柱傾折，致使遍地黃流漫溢，萬千村落聚集狐兔？天意從來高難問，何況人情老來容易悲傷而難訴說！更於南浦，送君遠去。　涼意從暗柳中透出，催送殘留溽暑。明亮銀河橫斜，疏星淡月相伴，斷雲時時輕度。萬里江山，知你將往何處？回憶我們昔曾對床夜雨。鴻雁不到回雁峰南，縱然書成，有誰寄與？極目青天，追懷今古，豈肯學兒女之態，親密地絮叨情語！舉起酒杯，聽唱〈金縷〉。

【研　析】胡銓曾被貶為威武軍（福州）通判，紹興十二年（西元一一四二年）詔除名，編管新州，他人避之惟恐不及，張元幹寓居福州，卻填詞為其送行，以壯行色。此詞即作於是年初秋。

詞的發端即從大處落墨：「夢繞神州路」。所謂「夢繞」，實乃心魂之牽繫，所牽繫者乃是整個的神州大地。故以下就「神州」景況作沉痛抒寫，作憤慨發問。神州只剩半壁江山，值此素秋，「悵秋風、連營畫角，故宮離黍」，只聽到秋風傳來「連營畫角」之聲，令人懷想那淪於金人之手的故宮，已是禾黍離離，雜草叢生，荒涼滿目。以一「悵」字領起，正包含有無限傷感。由此而引發出一連串的發問：「底事崑崙傾砥柱，九地黃流亂注，聚萬落、千村狐兔？」三句以「底事」領起，均用比喻，且呈遞進關係，所謂「崑崙傾砥柱」以喻國家之傾覆，「黃流亂注」以喻民族敵人在中原之橫行，「萬落千村狐兔」，以喻敵兵之聚集（也可理解為村落之荒蕪）。這是一種大義凜然的質問，一種悲憤情緒的噴發，顯得氣勢逼人，令人驚心動魄！

詞人質問誰？實暗指最高統治者。故以下轉曰：「天意從來高難問，況人情、老易悲難訴！」此處化用杜甫「天意高難問，人情老易悲」（〈暮春江陵送馬大卿公恩命追赴闕下〉）詩句。「天意」的內涵在詞中已有變化，非指上天，乃指朝廷。此前一年，宋金議和成，宋高宗向金稱臣，割地貢銀，愛國將領岳飛慘遭殺害。詞人對朝廷接受喪權辱國條件，損害國家尊嚴的做法，感到無比痛憤。所謂「天意從來高難問」，乃是借古語表今情，加入「從來」二字，尤可注意，非是偶然如此，而是一貫如此。國家遭受如此羞辱，本已堪悲，何況人已進入老境（這年詞人五十二歲），易生悲感，難以傾訴！情緒至此略顯低抑，此為詞中常用之跌宕法。歇拍「更南浦，送君去」，點出題中送別之意，以「更」字領起，將悲慨之情再推進一層。

下闋即轉入送別時的景物描寫：「涼生岸柳催殘暑。耿斜河、疏星淡月，斷雲微度。」此番送別當是在夏末初秋的清晨，此時岸柳生涼，殘暑漸退。「岸柳」與「南浦」呼應，且暗含折柳贈別之意。所寫晨空之景頗類蘇軾筆下的「時見疏星渡河漢」(〈洞仙歌〉)，動態中顯示出一種靜美，為送別流連時短暫靜默沉思的一種映襯，有如在激昂感慨的基調中插入幾個小節優美的旋律，別有情味。下面由眼前的別離設想未來：「萬里江山知何處？」以「萬里」與「何處」對舉，不僅顯示前路遙遙，且包含對友人跋山涉水艱難的擔憂與處境孤獨的歎息。同時，「回首對牀夜語」，昔日交往，同氣相求，親密無間，友情深篤，今日一別，何時再見？更襯托出來日思念之苦。今後惟有書信問候，可是「雁不到、書成誰與？」傳說秋日雁至衡陽回雁峰而止，故秦觀〈阮郎歸〉詞有「衡陽猶有雁傳書，郴陽和（連）雁無」之語。胡銓所謫新州更在郴州之南，寄書更是無由到達。此生離幾如死別矣！

但詞人與好友畢竟都是偉丈夫，故雖在極悲苦之時，卻能轉為超曠：「目盡青天懷今古，肯兒曹、恩怨相爾汝！」俯仰天地之間，放懷今古之事，哪能作兒女「昵昵」「爾汝」之態。可謂盡顯英雄本色！至結尾邀請朋友「舉大白，聽〈金縷〉」，勸其豪快地飲酒，聽唱自己所作〈金縷曲〉，格調更轉高昂。

詞之上闋感時抒憤，有如一篇聲討投降派的檄文。將送別置於此重大的歷史背景中，突出了此番送別非同尋常的政治意義。詞之下闋臨歧惜別，既悲慨淋漓，又激揚磊落，凸顯出作者豪邁雄傑的個性。它已非一般意義上的送別詞，而是一首含義深刻的政治抒情詩。《四庫提要》認為此詞與另一首〈賀新郎〉（曳杖危樓去）為《蘆川詞》「壓卷」之作，並評讚「其詞慷慨悲涼，數百年後，尚想其抑塞磊落之氣」。

張元幹因填此詞，而遭秦檜迫害，於紹興二十一年（西元一一五一年）被削籍下獄。但這首詞在當時民間卻廣為流傳，楊冠卿〈賀新郎〉序云：「旁有溪童，具能歌張仲宗『目盡青天』等句，音韻洪暢，聽之慨然。」可見其攝人心魄之力量。

178 選冠子

呂渭老

雨溼花房，風斜燕子，池閣晝長春晚。檀盤❶戰象❷，寶局❸鋪棋，籌畫❹未分還懶。誰念少年，齒怯梅酸，病疏霞盞❺。正青錢❻遮路，綠絲明水，倦尋歌扇❼。

空記得、小閣題名，紅牋青製❽，燈火夜深裁剪。明眸似水，妙語如弦，不覺曉霜雞喚。聞道近來，箏譜慵看，金鋪❾長掩。瘦一枝梅影，回首江南路遠。

【作　者】呂渭老（生卒年不詳），一作濱老，字聖求，秀州（今浙江嘉興）人。北宋末年，在朝做小官，南宋紹興年間尚在世。有《聖求詞》。趙師秀評其詞：「婉媚深窈，視美成、耆卿伯仲耳。」

【詞　牌】〈選冠子〉，又名〈選官子〉、〈蘇武慢〉、〈仄韻過秦樓〉等。雙調，仄韻格，有一百一十一字、一百零七字、一百零九字等數體。本詞一百零七字，上闋十二句四仄韻，下闋十一句四仄韻。詳見前蔡仲〈蘇武慢〉「詞牌」介紹。

【注　釋】❶檀盤　檀木所製棋盤。❷戰象　原指用於戰鬥之象，此處當指攻守中移動象等棋子。❸寶局　賭局。此指賭棋。❹籌畫　籌策。此處言勝負。❺霞盞　酒盞。仙酒稱為流霞。❻青錢　指如錢之小的荷葉。杜甫〈漫興〉：「點溪荷葉疊青錢。」❼歌扇　歌者所用扇，上面書寫歌名，也可以用作道具，便於障面遮羞。❽青製　疑指製作之青色匾額。❾金鋪　門上銅製叩環。此指房門。

【語　譯】細雨打溼花房，清風吹斜燕子，正值春晚，池邊樓閣白晝變長。在檀木盤上布戰，寶局中鋪棋，勝負未分，懶於繼續。有誰記掛少年，齒怕酸梅，因病疏於飲酒。正當小小荷葉遮路，絲柳水中倒影分明，厭倦尋覓歌扇。　枉自記得，為小閣題名，用紅箋貼於青色匾額，在夜深燈火中裁剪。你明眸恰似秋水，妙語如美好音樂，不知不覺曉霜已降，雞啼喔喔。聽說近來，箏譜懶看，房門長掩，如一枝梅影般瘦削，回首江南，悵恨路程遙遠。

【研析】 從詞中的「誰念少年」來看，此詞當作於青年時代。詞從男性角度寫相思之情，應是詞人一段難忘的感情經歷。詞從憶往入手，先寫晚春時節景物：「雨溼花房，風斜燕子，池閣晝長春晚。」雨溼、風斜，即非狂風暴雨，而是和風細雨，花房綴著水珠，燕子傾側飛掠，池塘水波微漾，不僅在視覺上給人美感，且顯示出一股生命的活力，係以樂景襯樂情。這種寫法可說是一反常見的暮春時節傷春惜春的套路，令人聯想晏殊筆下描繪的光景：「燕子來時新社，梨花落後清明。池上碧苔三四點，葉底黃鸝一兩聲。日長飛絮輕。」〈破陣子〉二者實有相似之處。既然室外斜風細雨，不宜外出，又值「池閣晝長」，正當有所消遣，於是「檀盤戰象，寶局鋪棋」，擺開陣勢，下棋、賭棋。但這純粹是為了娛樂，並不以爭輸贏高下為目的，隨意興所之，「籌畫未分還懶」，還未決出勝負，無心繼續，也就收場了。這段描寫，是回憶，是倒敘，兩人合寫，意在突出昔日共度良辰之樂。

以下至歇拍，由昔轉今。「誰念少年，齒怯梅酸，病疏霞盞」，轉寫自己身患小恙之狀。雖寫眼前，實含今昔對照之意，即昔時共處時曾喜品酸梅，善飲流霞，也是對昔日樂事的一種補充，而今對二事已是「齒怯」「病疏」，心情不免黯淡，希望有人關懷、安慰，故以「誰念」二字領起，在反詰語中懷有一種期盼。此時「正青錢遮路，綠絲明水」。這裡不再寫陸地之景，側重寫水中物象，表明又到了另一年的春末，景物依稀彷彿，然而卻已是「倦尋歌扇」，無心聽曲，興味索然。

換頭以下數句復由今轉昔，由一己轉而合寫雙方。前面憶昔，乃係「池閣晝長」之事，此處再以「空記得」領起，補寫「池閣」夜晚中事，先是「小閣題名，紅牋青製，燈火夜深裁剪」，兩人商量給小閣命名，議定之後，寫下貼於紅箋之上，然後裁剪，再黏貼於青色匾額上，在燈火照耀下一直忙到夜深。這是何等風雅之事！接寫兩情繾綣：「明眸似水，妙語如弦，不覺曉霜雞喚。」多從自己感受著筆。這位被鍾愛的、被思念的人究竟是何等人物？只用「明眸似水」寫她的美麗，是畫龍點睛式的寫法，眼波流盼生輝，則整個人物的生動活潑、青春煥發，已呈眉睫之前矣。不僅人美，且善言辭，時有妙語如珠，聲音又極美聽，如音樂之演奏。再聯繫前面的「檀盤戰象，寶局鋪棋」、後面的「箏譜慵看」，可知還善琴棋書畫，有相當文化素養，和這樣的可人兒共度良宵，自是只恨夜短，驚異於曉雞高唱了。這裡雖只寫自己感受，但實際上是雙方的互動。這一切的美好只留存在記憶中，故有「空記得」、枉自相憶的感歎。

昔時歡愉已經寫足，以下至結拍又復轉今：「聞道近來，箏譜慵看，金鋪長掩。瘦一枝梅影，回首江南路遠。」與上闋轉寫自己不同，這裡是從對方著筆。我是「病疏霞盞」、「倦尋歌扇」，你呢？聽說懶於看譜彈箏，房門長扃，人變得瘦削，似一枝梅影。以梅影比瘦，想像甚奇。無名氏〈如夢令〉詞有「人與綠楊俱瘦」之語，李清照〈醉花陰〉詞有「人比黃花瘦」的比喻，程垓〈攤破江城子〉詞有「人瘦也，比梅花，瘦幾分」的比擬。呂詞更翻進一層，不直接以一枝梅花比瘦，而以一枝梅影比瘦，尤顯清虛，把對方的刻骨相思寫得力透紙背。至最後一句仍歸結到自己，因為魂牽夢繞，我是多麼渴望返回江南重溫舊情，可是萬水千山阻隔，竟難如願，真是「水盡又山山又水，溫柔。占斷江南萬斛愁」（〈南鄉子〉）。

此詞在章法上講究騰挪跳盪，跌宕起伏，今昔交錯，時空流轉，避免了線性結構的單調，尤注意就虛避實，虛實相生。詞中用較多篇幅、以細膩筆觸突出昔日之樂，是為反襯今日獨處之愁。全詞除上闋歇拍的寫景與詞末的「回首」為實寫以外，其餘均用虛筆。上闋從憶昔入手，但字面不作任何交待，似是描寫眼前，實為回憶過去，乃屬虛寫。寫眼前「病」況，本屬實情，卻以「誰念」領起，化實為虛。下闋兩處轉折，分別以「空記得」、「聞道」引領，將往事與現狀再加虛化。幾乎是處處虛寫，而又處處虛中有實，令人如臨其境，如見其人。文辭雅煉，對仗工穩，是其另一特色。全詞用六組對仗，有格律對，如「雨溼花房，風斜燕子」、「齒怯梅酸，病疏霞盞」、「箏譜慵看，金鋪長掩」，有同聲對，如「青錢遮路，綠絲明水」，再以散句加以貫串，既具工飭之美，又不乏流動之趣。此等處，與周邦彥詞風更為接近，而與柳永時用俚語俗語有異。楊慎則謂此類詞作「佳處不減少游（秦觀）」（《古今詞話》）。

179

飲馬歌

此腔自虜中傳至邊，飲牛馬即橫笛吹之，不鼓不拍，聲甚淒斷。聞兀朮衛每遇對陣之際吹此，則鏖戰無還期也

曹勛

邊頭春未到，雪滿交河❶道。暮沙明殘照，塞烽❷雲間小。斷鴻❸悲，隴月❹低。淚溼征衣悄，歲華老。

【作者】曹勛（西元一〇九八—一一七四年），字功顯，號松隱，曹組之子，陽翟（今河南禹縣）人。宣和五年（西元一一二三年）賜同進士出身。靖康初，從徽宗北遷，遁歸，忤秦檜，閒居十年。後拜昭信軍節度使。孝宗朝授太尉，提舉皇城司、開府儀同三司。有《松隱集》。近人輯有《松隱樂府》三卷。

【詞牌】〈飲馬歌〉，其調源於金人。單調，三十四字，八句六仄韻，二平韻。參見《詞譜》卷二、《詞律拾遺》卷一。

【注釋】❶交河　漢車師前國地，河水分流繞城下，故名。在今新疆吐魯番西北。❷塞烽　邊塞燒狼糞以報警，其煙直上，遠處可見，謂之烽火。❸斷鴻　孤雁。❹隴月　隴山頭之月。隴山，在陝西、甘肅邊境。

【語譯】邊地春天未到，雪滿交河地帶。夕陽照亮傍晚沙原，邊塞烽火升起，在雲間顯得細小。失群孤雁鳴聲悲切，隴山月亮顯得低矮。淚水悄悄打溼征衣，感歎年歲愈來愈老。

【研析】此屬邊塞詞，在宋詞中甚為少見。范仲淹有〈漁家傲〉詞寫邊塞苦寒，但格調蒼涼中不失昂揚，此詞寫邊塞風光和戰士長年戍邊而發歎老的悲感，可謂另具一格。

這首詞所寫邊塞，並非宋代之邊地，交河當時屬遼國管轄，因此所寫應屬唐代情景。其中所寫景象，交河、飛雪、烽火、斷雁，與唐李頎〈古從軍行〉「白日登山望烽火，黃昏飲馬傍交河。……野雲萬里無城郭，

雨雪紛紛連大漠。胡雁哀鳴夜夜飛，胡兒眼淚雙雙落」的描繪，頗為相類。又，長年戍邊的歎老情懷與唐戴叔倫〈轉應曲〉「邊草，邊草，邊草盡來兵老。山南山北雪晴，千里萬里月明。明月，明月，胡笳一聲愁絕」相同。但曹勛詞寫邊塞景物卻是很有亮色的。「暮沙明殘照，塞烽雲間小」寫臨暮景象，與王維筆下的「大漠孤煙直，長河落日圓」（〈使至塞上〉）一樣闊大，同具畫意。起伏無垠的沙漠，在斜陽照射下形成以明亮為主（此處只寫「明」，而實含有沙丘另一面的「暗」）的金色光感，殘日的「點」與沙漠的「面」，構成點與面的結合；而直上的烽煙與雲天又形成了線與面的組合，煙濃雲淡，有深有淺。兩句所展現的確是塞外遼闊而帶蒼茫的風光，令人如見。又，兩句均用拗律：「仄平平平仄」，亦較特殊。「斷鴻悲，隴月低。」既寫出時間的推移，又進一步渲染出一種孤淒、悲涼的氣氛。隴山月低，照人無寐，益增故鄉之思（按：隴山與交河，本相距甚遠，但詞中均借指邊地，並不拘泥於實際的地理距離）。守邊戰士就在這人煙稀少的荒涼邊陲耗去了自己的青春年華，在不斷思念故園和親人中度過了漫長的歲月，日益變得衰老，怎不叫人淚溼征衫！

詞人按樂填詞，所寫卻是唐人的情境，是仿古之作，還是借此諷刺金兀朮之流的窮兵黷武，為承擔炮灰的老兵鳴不平呢？似難指實。但有一點可以肯定，即對垂老而仍在服兵役的下層士兵表現了深厚的同情。

180

滿江紅

登黃鶴樓❶有感

岳　飛

遙望中原，荒煙外、許多城郭❷。想當年、花遮柳護，鳳樓龍閣。萬歲山❸前珠翠繞，蓬壺殿❹裡笙歌作。到而今、鐵騎滿郊畿❺，風塵惡。

兵安在？膏❻鋒鍔。民安在？填溝壑。歎江山如故，千村寥落。何日請纓❼提銳旅，一鞭直渡清河洛❽？卻歸來、再續漢陽❾遊，騎黃鶴❿。

【作　者】岳飛（西元一一〇三－一一四一年），字鵬舉，相州湯陰（今河南湯陰）人。與金人戰，累立戰功。歷少保、河南北諸路招討使，進樞密副使，封武昌郡開國公。紹興十一年（西元一一四一年），和議成，以不附和議，為秦檜所陷，死於大理寺獄中，年三十九。孝宗初，復原官，賜諡武穆。寧宗時，追封鄂王。理宗時，改諡忠武。後人編有《岳忠武王文集》。《全宋詞》錄存詞三首。

【詞　牌】〈滿江紅〉，又名〈上江虹〉、〈念良游〉等。有平、仄韻兩格。通用者為仄韻格，多押入聲韻，亦可上去聲通押。雙調，九十三字，如本詞。另有增字、減字數體。詳見前晁補之〈滿江紅〉「詞牌」介紹。

【注　釋】❶黃鶴樓　在鄂州（今湖北武昌）長江邊上。❷城郭　謂內城與外城。❸萬歲山　亦名艮嶽。《宋史・地理志》載，政和七年（西元一一一七年）在汴京始築山，山周十餘里，置亭臺樓閣，奇花異石，供皇帝玩賞。❹蓬壺殿　指山上蓬壺堂。❺郊畿　郊外之地。潘岳〈金谷集作詩〉：「何以敘離思，攜手遊郊畿。」❻膏　人之膏血。此處名詞作動詞用，即膏血塗於鋒刃之上。❼請纓　《漢書・終軍傳》：「(漢武帝）乃遣軍使南越，……。軍自請，願受長纓，必羈南越王而致之闕下。」後以請纓為投軍報國。❽河洛　黃河、洛水。指中原一帶。❾漢陽　地名，在鄂州對岸。崔顥〈黃鶴樓〉詩：「晴川歷歷漢陽樹，芳草萋萋鸚鵡洲。」❿騎黃鶴　《南齊書・州郡志》載：「夏口城（今武昌）據黃鶴磯，世傳仙人子安乘黃鵠過此上也。」崔顥〈黃鶴樓〉詩：「昔人已乘黃鶴去，此地空餘黃鶴樓。」

【語　譯】遙望中原，惟見荒煙外、許多城郭。想當年、繁花密遮，綠柳圍護，帝王所居樓閣。萬歲山前，歌兒舞女環繞，蓬壺殿裡，笙歌響徹雲霄。到而今，敵人鐵騎遍郊野，風塵亂擾。　士兵安在？膏血塗於敵人鋒鍔。民眾安在？屍骨填於溝壑。感歎江山依舊，而千村卻已寥落。何日請纓率領精兵銳旅，揮鞭直渡掃清河洛？重又歸來，再續作漢陽之遊，騎黃鶴。

【研　析】此詞為岳飛手書，今手跡尚存。高宗紹興三年（西元一一三三年），劉豫所立偽齊與金兵聯合，侵占襄陽等地，次年岳飛率軍一舉收復鄧州、唐州、信陽、襄陽等六郡（今湖北北部至河南南部一帶），授清遠軍節度使、湖北路荊、襄、潭州制置使，屯兵鄂州。此詞當即作於屯兵鄂州之時。

全詞可分為四層。第一層，描繪中原的現實場景：「遙望中原，荒煙外、許多城郭。」詞人登黃鶴樓遠眺，首寫其極目所見。所謂「遙望中原」，是指眺望中原的方向，黃鶴樓即使再高，也是無法看到中原的。故一起筆，即以遙望的方位寄寓了對故國的懷想。但是經過長年的戰亂，中原一帶已是一片荒涼，所見只是荒煙中許多殘破的城郭。作者本人即河南湯陰人，是戰亂的親身經歷者，是破敗景象的目擊者，這句實際也是原來經歷積累的印象。雖非目力所能及，卻是真切的現實。

第二層，轉憶昔日的繁盛：「想當年、花遮柳護，鳳樓龍閣。萬歲山前珠翠繞，蓬壺殿裡笙歌作。」當年的帝都何等繁華、氣派，正如李後主所描繪：「鳳閣龍樓連霄漢，玉樹瓊枝作煙蘿。」（〈破陣子〉）而在所築的萬歲山上，更是圍繞著滿身珠翠的歌兒舞女，在蓬壺殿裡日夜笙歌，君王盡享歡樂。在正常情況下，最高統治者糜爛的享樂生活是會遭到批判的，但是在王朝已經敗亡之後，過去的繁華、歡樂，在詞人筆下往往成了故國的象徵。岳飛此詞正是如此。

第三層，由憶昔轉寫現實，以「到而今」統領，打破上下闋界線，從兩個不同方面著筆。一是寫敵人的猖獗：「鐵騎滿郊畿，風塵惡。」昔日帝都的繁華已化為烏有，如今只有敵人的鐵騎在郊畿肆意地踐踏，呈現出一片烏煙瘴氣。雖是承上從京城的角度落墨，但卻代表了敵人整體的破壞性和殘忍性，非僅「郊畿」如此也！二是從我方遭受的巨大打擊與破壞著筆：「兵安在？膏鋒鍔。民安在？填溝壑。」無數士兵慘遭屠戮，無數民眾慘遭掠殺。用短句一問一答，激切而又充滿悲憤。總以「歎江山如故，千村寥落」，前面寫城郭荒涼，此處寫村莊蕭索，江山依舊，人事已非，中原大地，萬戶蕭疏，令人感慨無限，痛心不已。岳飛筆下的中原慘象，生活在二十世紀中期的中國人並不陌生，因為那也曾是日本侵略者肆意踐踏中國領土、四處燒殺、姦淫擄搶留下的斑斑劣跡。岳飛的詞近千年之後能引起人的共鳴，正是源於他的這種現實主義的描寫，還有那種同仇敵愾的昂揚英雄氣概。

第四層，是對自己昂揚愛國激情的表達：「何日請纓提銳旅，一鞭直渡清河洛？卻歸來、再續漢陽遊，騎黃鶴。」岳家軍收復襄陽等六郡後，本當乘勝追擊，但以宋高宗為首的主和派畏敵如虎，苟且偷安，處處掣肘。此時岳飛身在鄂州，而神往中原，希望效法漢代的終軍受長纓直驅河洛，掃清寇氛，恢復故土，重返汴京。「何日」兩句，類似律詩中的流水對（屬寬對），一氣貫注，顯得氣勢磅礴，但用的是疑問句，卻又暗含有一種難言的阻力在。結拍設想功成之後，再續作漢陽之遊，騎黃鶴作雲天之翥，其樂豈不有甚於神仙乎！雖然抗敵現實有諸多不如人意處，但並沒有消弭英雄的壯志和戰鬥豪情。

詞，有詞人之詞，詩人之詞，壯士之詞，英雄之詞，岳飛此詞即屬壯士之詞、英雄之詞。魏塘曹學士將其比作詞中之「勁松貞柏」，不同於夭桃繁杏（田同之《西圃詞說》），正是極為形象的說法。

岳飛另有一首〈滿江紅〉（怒髮衝冠），自上世紀對日戰爭爆發後，有人為之配上古曲，遂流傳眾口，具有強烈的、鼓舞人心的力量，至今傳唱不衰。本書未錄此詞，乃因該詞是否係岳飛所作，尚有較大爭議。茲錄此首〈滿江紅〉供讀者參看。

181 滴滴金　梅

孫道絢

月光飛入林前屋。風策策❶，度庭竹。夜半江城擊柝聲❷，動寒梢棲宿。

等閒❸老去年華促，只有江梅伴幽獨。夢繞夷門❹舊家山，恨驚回難續。

【作　者】孫道絢（生卒年不詳），號沖虛居士，黃銖之母。黃銖係建安（今福建建安）人，與朱熹為同門友，其母為上一輩人，或與李清照大體同時，同為中原人，盛年居孀。厲鶚《宋詩紀事》卷五十二載其「能文有詞」。《全宋詞》錄存詞八首。

【詞　牌】〈滴滴金〉，又名〈縷縷金〉。毛先舒《填詞名解》以為取菊名調。雙調，通用者為五十字，上下闋三仄韻，亦有用四仄韻者。另有增為五十一字者，如本詞。詳見《詞律》卷六、《詞譜》卷八。

【注　釋】❶策策　象聲詞，形容風聲。❷柝聲　守夜者擊柝的聲音。柝，以木為之，即梆子。❸等閒　尋常；隨便。❹夷門　指汴京。本為戰國魏都大梁城東門，故址在今開封城內東北隅，以在夷山之上得名。

【語　譯】月光飛入林前房屋。風聲策策，度過庭院叢竹。夜半擊柝聲，打破江城的寧靜，驚動棲宿於樹梢上的烏鵲。

在尋常中年華催促，人漸老去，只有江邊梅花，伴我幽獨。夢繞京城舊家山，恨夢被驚醒，再難繼續。

【研　析】此詞題為「梅」，但並非詠梅之作，只是借梅抒寫自己情懷，終極的指向仍是天涯故國之思。詞的描寫集中在冬日夜晚的時段。「月光飛入林前屋」句，從視覺寫，通過月光的移動，顯出時間的推移，與蘇軾「轉朱閣，低綺戶，照無眠」（〈水調歌頭〉）同一情境，只是蘇詞用漸進法，此處用「飛」，更顯迅疾、輕巧、靈動，這正是婉約詞家使用詞語的特點。而「林前屋」係詞人所居，表明屋前庭院植有竹木之類，月光透過林木「飛入」，或許顯得有點疏影朦朧，但心情應與晏殊「明月不諳離恨苦，斜光到曉穿朱戶」（〈鵲踏枝〉）的怨懟，大體相似。以下從聽覺寫。正當無眠之際，寒風策策有聲，正穿過庭竹，搖撼著窗櫺，晃動著帷幔，又增蕭瑟之感。不僅如此，「夜半江城擊柝聲，動寒梢棲宿」，時至午夜，街頭又傳來敲擊梆子的聲音，連棲宿在樹梢上的烏鵲也被驚動，更可見夜之靜寂。「夜半」一句提供了兩方面的信息，一是時勢並不太平，故須夜半擊柝以報平安；二是由「江城」可知詞人此時居於臨江的一座城市。「動寒梢棲宿」一句，在音節上係用上一、下四節奏（下闋末句亦同，此係詞牌要求）；「棲宿」本為動詞，此處作名詞使用，以代烏鵲。上闋寫景，全為動態，以動襯靜，動靜相宜；同時以不同之景顯時間流動，以夜間的種種視聽暗示詞人難以入寐，心事重重。

詞人究竟有何心事？「等閒老去年華促」，此時詞人已經歷喪偶、經受孤獨、痛苦的煎熬，再加上中原失陷，和縉紳之家一道倉皇南逃，流離顛沛，經歷了多少風塵勞頓，精神上又承受了從未有過的壓力。人在這種情況下顯然是容易變得蒼老的。詞人此時年歲約四十餘，在宋代四十稱老，已是司空見慣，故說「等閒老去」，當係實情。在年老無聊賴之際，「只有江梅伴幽獨」，「江梅」與「江城」相應，詞人或即臨江而居，江梅成了自己最親近的伴侶。孤高、幽潔，是自己的品格，也是江梅的特性。物性與人情的吻合，令人感到安慰。此句中的「江梅」乃即事敘景，補寫居室周邊景物，也是藉以抒發自己的清雅襟懷。但前面用「只有」二字，便包含有與過去繁華熱鬧的對照之意，也暗含有對家山淪陷的憾恨。最後終於翩然入夢，「夢繞夷門舊家山」，回到了京城舊居，重享昔時歡樂，正是「夢裡不知身是客，一晌貪歡」（李煜〈浪淘沙〉）。可是霎時驚醒，「恨驚回難續」，好夢難續，有無限失落。有此一結，便點醒全篇。靜夜無眠，歎息幽獨，不僅是感傷一己之遭歷，更是感慨於故國的失陷。個人的悲劇性命運和國運的危殆本是緊密相連的。

婉約的詞人往往將悲苦的一面呈現給讀者，悲情同樣能震撼人心。他們在表現苦難時，同時也懷有收復中原的渴望，和豪放詞人那種「何日請纓提銳旅，一鞭直渡清河洛」（岳飛〈滿江紅〉）的情懷，實有相通之處。

182 望江南

康與之

重陽日，四面雨垂垂❶。戲馬臺❷前泥拍肚，龍山❸路上水平臍。淹浸倒東籬❹。茱萸❺胖，黃菊溼齏齏。落帽孟嘉❻尋蒻笠❼，漉巾陶令❽買蓑衣❾。都道不如歸。

【作　者】康與之（生卒年不詳），字伯可，號順庵，滑州（今河南滑縣）人。高宗建炎初，上〈中興十策〉，名甚著。後諂事秦檜，為秦門下十客之一，官軍器監丞。檜死，編管欽州。紹興二十八年（西元一一五八年）移雷州，復送新州牢城。著有《昨夢錄》，詞集名《順庵樂府》。

【詞牌】〈望江南〉，又名〈憶江南〉、〈夢江南〉、〈江南好〉、〈望江梅〉、〈春去也〉等。始名〈謝秋娘〉，段安節《樂府雜錄》載：「〈望江南〉始自朱崖李太尉（德裕）鎮浙日，為亡妓謝秋娘所撰，本名〈謝秋娘〉。後改此名。」始為單調，二十七字，用三平聲韻。後來宋人將單調複疊為雙調，五十四字，如本詞。參看《詞律》卷一、《詞譜》卷一。

【注釋】❶垂垂　漸漸。杜甫〈和裴迪登蜀州東亭送客逢早梅相憶見寄〉：「江邊一樹垂垂發。」❷戲馬臺　在江蘇徐州城南，項羽所築。南朝宋武帝嘗於重陽大會群僚置酒賦詩於此，後遂成為重九登高的勝地。❸龍山　晉人孟嘉與征西大將軍桓溫重九登龍山，風吹帽落。後以龍山作為詠重九的典故。❹東籬　賞菊之地。陶淵明〈飲酒〉詩：「采菊東籬下，悠然見南山。」❺茱萸　植物名，有濃烈香味。古俗，重九佩茱萸以辟邪。❻落帽孟嘉　孟嘉重九登龍山，風吹帽落而不覺。征西大將軍桓溫目左右賓客無言，以觀其舉止。良久，如廁，溫命取以還之。（事見陶潛〈晉故征西大將軍長史孟府君（嘉）傳〉）❼蒻笠　蒲草編成的斗笠。❽漉巾陶令　南朝蕭統〈陶淵明傳〉載，淵明嗜酒，值釀熟，取頭上葛巾漉酒，漉畢，復還著之。❾蓑衣　以棕編製的雨衣。

【語譯】重陽佳節，四面漸漸雨下。戲馬臺前泥漿拍肚，龍山路上水與臍平。淹浸使東籬傾倒。茱萸肥胖，黃菊溼漉漉。被風吹掉帽子的孟嘉尋找斗笠，取頭巾漉酒的陶令急買蓑衣。眾人都道不如歸。

【研析】康與之多應制歌詞，此首為「重九遇雨，奉敕口占」（《詞苑叢談》引《鶴林玉露》語）。這是一首滑稽詞，並無深意，但讀來頗覺有趣，能博人一粲。詞之發端即點出遇雨之事，「雨垂垂」，漸漸地越下越大。接著寫水勢：「戲馬臺前泥拍肚，龍山路上水平臍。」運筆極為誇張。《讀史方輿紀要》載，戲馬臺高十仞（七尺為一仞），龍山亦屬高地突起，此處又將其擬人化，曰「拍肚」，曰「平臍」，顯得很是詼諧。所用為口語，極為通俗，同時運用兩處有關重陽的典故，故又俗不離雅。再補寫一句：「淹浸倒東籬。」則雨勢之猛烈可知。東籬乃菊花種植之地，菊又係深秋時景物，故關合重陽節候。又因陶淵明有「采菊東籬下」之句，故暗伏下闋之「陶令」。總之，既處處緊扣重陽，又處處放開手段，正可謂「宕而不野，疏而不放」（《唐宋詞鑒賞辭典》羊春秋評語）。

詞的下闋，由雨中景物轉寫人的狼狽。「茱萸胖，黃菊溼齏齏」，是以重陽景物照應前面的雨水。茱萸，因水打溼，枝丫變粗，故以「胖」形容，仍用擬人法，以增諧趣，東籬的黃菊因倒在水中，故說「溼齏齏」。兩種植物，均與重陽習俗相關。如佩戴茱萸之習，孟浩然〈九日得新字〉詩云：「茱萸正可佩，折取寄情親。」王維〈九月九日憶山東兄弟〉詩：「遙知兄弟登高處，遍插茱萸少一人。」又，重陽有賞菊飲菊花酒之習，王勃〈九日〉詩：「九日重陽節，開門有菊花。」耿湋〈九日〉詩：「更望樽中菊花酒，殷勤能得幾回沽。」而如今此二物變得如此衰瑟，令人大為掃興，還有何詩情快意！在瓢潑大雨之下，人更如落湯之雞，「落帽孟嘉尋蒻笠，漉巾陶令買蓑衣」，連帽落而顯淡定的孟嘉也在急急地尋找斗笠，那位灑脫以漉過酒的溼巾著頭的陶令也要購買蓑衣。詞人對古之先賢如此調侃，令人忍俊不禁。結尾說：「都道不如歸。」面對重陽雨水，與其去尋蒻笠，買蓑衣，還不如歸去。如此，便從眼前宕開，另轉一意，留有餘味。

劉永濟《唐五代兩宋詞簡析》將此詞列入「滑稽詞派」，並指出其與詞用口語之關係：「滑稽乃促成用口語之一原因，滑稽又為人民口頭創作中常具的性質，因之通俗詞多帶滑稽趣味。」這種詞風後來也影響到南宋某些詞人如辛棄疾、劉過等人的創作以及元曲的創作。

183

菩薩蠻 金陵❶懷古

康與之

龍蟠虎踞❷金陵郡，古來六代❸豪華盛。縹鳳❹不來遊，臺❺空江自流。

下臨全楚地❻，包舉中原勢。可惜草連天，晴郊狐兔眠。

【詞 牌】〈菩薩蠻〉，唐教坊曲名，用作詞調。又名〈菩薩鬘〉、〈重疊金〉、〈子夜歌〉等。雙調，四十四字，為平仄韻轉換格。詳見前晏幾道〈菩薩蠻〉「詞牌」介紹。

【注　釋】❶金陵　今江蘇南京。❷龍蟠虎踞　《太平御覽》卷一五六引張勃《吳錄》曰：「劉備曾使諸葛亮至京，因睹秣陵山阜，歎曰：『鍾山龍蟠，石頭虎踞，此帝王之宅。』」後多以龍蟠虎踞指南京。❸六代　指在金陵相繼建都的東吳、東晉、宋、齊、梁、陳六個朝代。❹縹鳳　淺青色的鳳鳥。❺臺　指鳳凰臺。臺在金陵鳳凰山上，相傳南宋永嘉年間有鳳凰集於此山，乃築臺。山與臺由此得名。❻全楚地　包括長江中下游的地域，含今之湖南、湖北、安徽、江蘇、浙江等地。

【語　譯】金陵郡有龍蟠虎踞之形勝，古來六朝豪華極盛。淡青的鳳鳥不來嬉遊，鳳凰臺空江水自流。登眺可望全楚地域，並有包舉中原之勢。可惜雜草連天，日照郊野惟有狐兔安眠。

【研　析】宋高宗南渡之初，在建都的問題上，曾有過一番激烈論爭。一派主張建都杭州，謂杭有重江之險；另一派如主戰的張浚等則主張定都建康（金陵），以為東南形勝莫重於建康，實為中興根本，盡可利用江、淮、閩、廣、蜀、漢之資，以圖北上恢復中原。南宋以建康作為都城維持到紹興八年（西元一一三八年）。高宗本無意恢復，畏敵如虎，在金兵不斷壓境的情勢下，急於簽訂喪權辱國的和約，早在建炎三年（西元一一二九年）即將杭州升為臨安府，修建樓閣殿堂，作建都打算，至和議將成，終於放棄建康，將首都遷於臨安。康與之詞當即作於此時，題為「懷古」，實係傷今。

既是懷古，便先從形勝之利及前朝建都的歷史說起：「龍蟠虎踞金陵郡，古來六代豪華盛。」金陵龍蟠虎踞，有王者之氣，真乃帝王之宅，又有長江作為天然屏障，自是許多江南王朝建都的首選，六朝相繼建都於此（後來的南唐亦建都於此）。遙想當年，作為六代的都城，作為其政治、經濟、文化的中心，此地的繁華真可謂是盛極一時。此前，寫金陵懷古詞者不乏其人，如王安石〈桂枝香〉、周邦彥〈西河〉等，都是名作，但他們作品的重心是在總結六朝失敗的教訓，感歎歷史興亡，而康詞的重心卻是在強調它的自然地利與人事的珠聯璧合，形勝與都會繁盛的相得益彰。下面一轉：「縹鳳不來遊，臺空江自流。」用李白〈登金陵鳳凰臺〉詩語：「鳳凰臺上鳳凰遊，鳳去臺空江自流。」鳳鳥來集，是吉兆，鳳去臺空，表示六朝的繁盛已成過眼雲煙，惟有長江之水一如既往地奔流不息。人事有代謝，自然卻永恆。上闋懷古以山起，以水結，可謂針縷甚密。

雖然六朝早已成為歷史陳跡，但金陵「帝王之宅」擁有的王氣依然未滅，它「下臨全楚地，包舉中原勢」，從金陵的角度觀看，西望兩湖、贛、皖，東擁蘇、浙，南攬北粵、閩中之地，氣象何等闊遠！而北向則有包抄攻取中原之勢，實乃極為重要的戰略要地。既有廣大、豐饒之地作為後方，又有北向掃清河洛、收復齊魯的地利，乃是江南不二選的帝王之州。而今竟然捨此而避向江南一隅的臨安，收復之事亦將付之流水，豈不令人扼腕痛惜！結拍「可惜草連天，晴郊狐兔眠」，表露的正是這種痛惜之情。龍蟠虎踞之地，本應是繁盛的帝王之都，恢復中原的最高指揮之所，如今卻是遍地荒蕪，雜草叢生，成了狐兔出沒之地。兩兩相形，對比何等強烈！

這種對比不僅是金陵形勝與當今人事的對比，甚至也包含了南宋最高統治者與六朝統治者的對比。六朝的統治者尚且能據金陵形勝、長江天險抗擊來自北方的威脅與侵擾，南宋最高統治者連這點勇氣也喪失殆盡，真令人感到莫大的憤慨與悲哀。

詞人曾向高宗上〈中興十策〉，對恢復中原抱有很大的希望，因此對苟安一隅的最高統治者表現出強烈的不滿，但又不能直說，一寄之於詞，蘊蓄以出，既具有特定的歷史內涵，而又極耐人尋味。

〈菩薩蠻〉為平仄韻轉換格，要求一韻一轉，一轉一意。此詞上下闋均兩句一轉，均先揚而後抑，上下闋之間則是由古而今的大轉折。詞雖短小，卻具相當的歷史容量。上闋末句「臺空江自流」、下闋末句「晴郊狐兔眠」，均用「平平平仄平」的拗律，於和順中增其拗峭之美，可見詞人對音律美的講究。

184

青玉案

黃公度

公之初登第也，趙丞相鼎延見款密，別後以書來往。秦益公❶聞而憾之。及泉幕任滿，始以故事召赴行在，公雖知非當路意，而迫於君命，不敢俟駕，故寓意此詞。道過分水嶺，復題詩云：「誰知不作多時別」。又題崇安驛詩云：「睡美生憎曉色催」。皆此意也。既而罷歸，離臨安有詞云：「湖上送殘春，已負別時歸約。」則公之去就，蓋蚤定矣❷

鄰雞不管離懷苦，又還是、催人去。回首高城音信阻❸。霜橋月館，水村煙市，總是思君處。

裛❹殘別袖燕支❺雨，謾❻留得、愁千縷。欲倩❼歸鴻分付與，鴻飛不住。倚欄無語，獨立長天暮。

【作　者】黃公度（西元一一〇九－一一五六年），字師憲，莆田（今屬福建）人。紹興八年（西元一一三八年）進士第一，簽書平海軍節度判官，遷祕書省正字。以與趙鼎往來，忤秦檜，誣以事罷歸。檜死復起。仕至考功員外郎。有《知稼翁集》，詞集名《知稼翁詞》。清陳廷焯評其詞「氣和音雅，得味外味。人品既高，詞理亦勝」（《白雨齋詞話》卷一）。

【詞　牌】〈青玉案〉，又名〈西湖路〉、〈橫塘路〉等。雙調，有六十六字、六十七字、六十八字等數體。上下闋各六句，為仄韻格。本詞六十六字，上闋四仄韻，下闋六仄韻。詳見前賀鑄〈橫塘路〉「詞牌」介紹。

【注　釋】❶秦益公　指秦檜。❷公之初登第也段　此段為其子黃沃所作題解。❸回首高城音信阻　化用歐陽詹〈初發太原途中寄太原所思〉「高城已不見，況復城中人」詩意。❹裛　同「浥」。濡溼。杜甫〈狂夫〉詩：「風含翠篠娟娟靜，雨裛紅蕖冉冉香。」❺燕支　同「胭脂」。❻謾　徒然。❼倩　請；央求。

【語譯】鄭雞不管離懷痛苦，又老是、催人去。回首高城，音信隔斷。行走於寒涼之霜橋，居留於月照之驛館，經過臨水的村莊、籠煙的街市，都是思君之處。　浸染胭脂的淚水，濡溼了別時的衣袖，只徒然留得、離愁千縷。想請求歸鴻分付與書信，可是鴻雁不停留。倚欄默默無語，獨立至長天入暮。

【研析】對這首詞，我們先拋開其寫作背景與意圖，就文本提供的表層意來看，無疑是一首言長意深的離情詞，其寫景敘事，無不真切，空間與人物，極富立體感。詞之發端先寫別離之前的兩情繾綣，正在纏綿之際，「鄭雞」竟然「不管離懷苦」，只管「催人去」，以雞之無情反襯人之有情。雞本無知之物，而視之為有知，並加以責難，正是痴情人的遷怒，屬於無理而妙之語。接著寫離開後的情景，極有層次。「回首高城音信阻」，係拉開一段距離之後的回望，「高城已不見，況復城中人」，高城看不見，城中人更看不見了，那時又沒有現代所擁有的通訊聯絡工具如手機之類，想問候一聲、傾訴自己的思戀都沒有可能，故對「音信阻」感到無限惆悵。然後自己踏上了漫漫旅途。「霜橋月館，水村煙市」，用排比式寫出日夜所經行、歇足的地點與景物。「橋」、「館」以「霜」、「月」修飾，帶有淒清之感，「村」、「市」以「水」、「煙」修飾，帶有迷茫之象，與行者的心境正相吻合；這四個偏正結構的詞語，用為四言句，形成兩個當句對，從音律來說，兩句四言又組成一聯同聲對，其句腳字分別用上、去聲，既具工飭之美，又具抑揚之音樂美。「總是思君處」，總寫一句，這思念日夜縈繞，無處不在。但這裡的無盡思念還未涉及到具體的情事，至下闋則將其具象化。

「裛殘別袖燕支雨，謾留得、愁千縷」，具寫分別時的難堪情景。當時兩人是何等憂傷，特別是你，淚水和著臉上的胭脂滴落下來，濡溼了我的衣袖，留下了很多印漬，而今看著它們，惟是引發離愁千縷。我是如此地思戀，如此地難以割捨，多麼希望把我的這份情意用書信傳遞與你，此時正大雁南飛，「欲倩歸鴻分付與」，可是「鴻飛不住」，牠竟不作停留，不加理睬，令人徒喚奈何。此處的埋怨「鴻飛不住」與前面的責怪「鄭雞不管」，實同一機杼。結拍「倚欄無語，獨立長天暮」出現詞人獨立倚欄形象，這是孤獨者的形象，是沉思者的形象。詞人長久倚欄而立，遙望南天，直至暮色來臨。思念的綿遠、內心的渴望，都融注到這一行為動作中了。以結構而言，使用的是逆挽之筆，即以上所憶、所思、所感皆為倚欄時情事。

此詞之寫離情，足以令人迴腸盪氣。可是它的深層意、它的不尋常處，不在於抒寫男女離情，而是借男女離情表達一種內心的難言之隱。這一點在黃公度之子黃沃為《知稼翁詞》所作題解中說得很明白：黃公度這位狀元郎曾與主戰派趙鼎關係甚密，而遭秦檜忌恨。時黃公度泉州任滿，而被詔赴臨安，本不欲往，被迫由泉州北上。（事後果如所料，為秦檜所誣而罷職）此詞借男女離情，特別是借男主角的不忍分離，對女性的萬般留戀與思念，表達自己對泉州的依依不捨，對赴臨安心存的隱憂。運用的是比興寄託的方法，正如清張惠言〈詞選序〉所言：「其緣情造端，興於微言，以相感動。極命風謠里巷男女哀樂，以道賢人君子幽約怨悱不能自言之情，低徊要眇（美好）以喻其致。」詞中運用之比興，又能做到「有寄託入」，「無寄託出」，即雖有寄託而又能不露寄託的痕跡。故深得陳廷焯稱賞，以為「氣格高遠，語意渾厚」，「洵風雅之正聲」。（《白雨齋詞話》卷八、卷一）

185

好事近

汴京賜宴聞教坊樂有感

韓元吉

凝碧舊池頭，一聽管絃淒切❶。多少梨園❷聲在，總不堪華髮。杏花無處避春愁，也傍野煙發。惟有御溝❸聲斷，似知人嗚咽。

【作　者】韓元吉（西元一一一八—一一八七年），字无咎，號南澗，開封雍丘（今河南境內）人。韓維四世孫。孝宗乾道八年（西元一一七二年），權吏部侍郎，次年權禮部尚書，充賀金生辰使。歸，除吏部尚書。後出知婺州、建安府。有《南澗甲乙稿》七十卷，已佚。有詞《焦尾集》一卷，今佚。

【詞　牌】〈好事近〉，又名〈釣船笛〉、〈翠圓枝〉、〈倚秋千〉。雙調，四十五字，上下闋各四句，二仄韻，如本詞。亦有押三仄韻者。詳見前蔣元龍〈好事近〉「詞牌」介紹。

【注　釋】❶凝碧舊池頭二句　唐鄭處誨《明皇雜錄補遺》載，天寶末，安祿山陷兩京，獲梨園弟子數百人，於長安大會凝碧池，宴偽官數十人。樂既作，梨園舊人不覺歔欷，相對泣下。樂工雷海清擲樂器於地，西向慟哭，因而被肢解。王維聞之，有〈私成口號誦示裴迪〉詩：「萬戶傷心生紫煙，百官何日再朝天？秋槐落葉空宮裡，凝碧池頭奏管絃。」❷梨園　樂部別名。唐明皇知音律，選坐部伎三百，教於梨園。❸御溝　皇城中流水溝。

【語　譯】在舊時的凝碧池頭，聽到管絃演奏，倍感淒切。多少梨園聲調仍在，總不堪聽，陡增華髮。杏花無處躲避春愁，也傍野煙開放。只有御溝流水聲斷，似知有人在嗚咽。

【研　析】宋高宗在紹興十年（西元一一四〇年）與金簽訂和議之時，曾向金帝進表，答應「世世子孫，謹守臣節。每年皇帝生辰并正旦，遣使稱賀不絕」。宋孝宗隆興二年（西元一一六四年）在金兵的威脅下又簽訂「隆興議和」，只不過將君臣關係改成叔皇帝與侄皇帝的關係，依舊年年遣使稱賀。乾道八年（西元一一七二年）十二月，派遣試禮部尚書韓元吉為正使，到金國祝賀次年三月初一的萬春節（金主完顏雍生辰），中途路過汴京（時為金之南京），金人設宴招待，詞人萬感交集，寫下此詞。

此次設宴究在何處？韓詞寫成後，曾寄陸游。陸游曾作〈得韓无咎書寄使虜時宴東都驛中所作小闋〉詩：「上源驛中搥畫鼓，漢使作客胡作主。舞女不記宣和妝，盧兒（侍女）盡能女真語。」可知係於上源驛設宴，而在北宋時，此處恰為迎餞虜使之所。這種歷史的顛倒，真乃莫大的諷刺！上源驛，即陳橋驛，又是宋代開國之君趙匡胤發動兵變奪取政權之處。回想這段歷史的翻覆，令人情何以堪！故詞之發端「凝碧舊池頭」，即將此次宴會比作唐代叛逆安祿山在凝碧池舉行的集會，這是四百年前凝碧池頭「舊」時情景的再現。宴會還有音樂演奏以助興，可在詞人聽來卻是滿耳哀音，故曰「一聽管絃淒切」。這兩句的寫作及包蘊的內涵當受到王維詩「萬戶傷心生紫煙，百官何日再朝天？秋槐落葉空宮裡，凝碧池頭奏管絃」的影響。想當年金鑾殿上百官朝拜，威儀盡顯；殿閣樓臺、園林苑囿，氣象萬千，而今江山易主，能不令人感慨生哀！管絃之音，惟是助淒涼而已。下面就「管絃」進一步生發：「多少梨園聲在，總不堪華髮。」宴會上的演奏多為梨園舊聲，當日曾為宋宮廷表演，而今卻為金國統治者服務。撫今追昔，哀感無限，陡增華髮，寫出由內心到外貌的變化。語極沉痛，心在滴血。

下闋轉寫室外之景。韓元吉頭年底從臨安出發，至汴京已是次年春天，杏花次於梅而發，花白而偏紅，多被人稱為「紅杏」。江南杏花較為少見，詞人至汴京眼見杏花，別有一番感受，故有「杏花無處避春愁，也傍野煙發」的描寫。所謂「無處避春愁」，係移己情於物，杏花也是含有春愁的啊，只是無處迴避，故仍在「野煙」中開放。「野煙」，既是寫煙籠郊野景象，又含有荒寂無人之意，與北宋詞人筆下「綠楊煙外曉寒輕，紅杏枝頭春意鬧」（宋祁〈玉樓春〉）、「豔杏燒林，緗桃繡野」（柳永〈木蘭花慢〉）的鮮活蓬勃景象，大異其趣。結拍轉向皇宮的水溝：「惟有御溝聲斷，似知人嗚咽。」御溝因遭受戰爭破壞，已經堵塞，但詞人將其人格化，它似乎知道有人嗚咽哭泣，故流水之聲已斷，以免助人淒涼。眼觀舊京風物，物物有情，無一不浸透了詞人的深哀巨痛。

梁啟超《飲冰室評詞》引麥孺博評此詞云：「賦體如此，高於比興。」給予很高的評價。

186

減字木蘭花

春怨

朱淑真

獨行獨坐，獨倡❶獨酬還獨臥。佇立傷神，無奈輕寒著摸❷人。

此情誰見？淚洗殘妝無一半。愁病相仍❸，剔盡寒燈夢不成。

【作　者】朱淑真（生卒年不詳），號幽棲居士，錢塘（今浙江杭州）人。約生活於南北宋之交。有《斷腸詩集》、《斷腸詞》。陳廷焯《詞壇叢話》稱：「宋婦人能詩詞者不少，易安為冠，次則朱淑真，次則魏夫人也。」

【詞　牌】〈減字木蘭花〉，於〈木蘭花〉（五十六字體）本調減少八字，又名〈減蘭〉、〈木蘭香〉。雙調，四十四字，上下闋各兩平韻，兩仄韻，句式、格律均同，為平仄韻轉換格。詳見前王安國〈減字木蘭花〉「詞牌」介紹。

【注　釋】❶獨倡　即獨唱。《詩經・鄭風・蘀兮》：「叔兮，伯兮，倡予，和女（汝）。」❷著摸　撩惹；作弄。❸相仍　相從；相互跟隨。

【語　譯】獨自行走，獨自坐著，獨自吟唱，獨自酬和，還獨自躺臥。久立傷神，無奈微寒撩撥人。此種孤獨情懷有誰見到？眼淚洗去妝粉，剩下不到一半。愁悶和疾病相伴而來，寒燈燈芯剔盡，也不能入夢。

【研　析】詞寫春日閨怨，一開始用一連串動作、行為突出孤獨之感，而又極富層次。先是獨行、獨坐，一會兒走著，一會兒坐著，似乎行也不是，坐也不安，表露出詞人的無所適從、百無聊賴。但詞人非一般女性，而是具有詩才詞心之女子，故借作詩來排遣孤獨，自己吟唱還嫌不足，又加以酬和。本來應是一人吟唱、他人酬和的，但她只能是「獨倡獨酬」。還有更令人難堪的是「獨臥」，孤鸞一隻，鳳枕單眠，何等悽惶！兩句十一字中，一連用了五個「獨」字，寫盡閨中孤寂之狀。且全用白描，語言通俗，一氣直下，累累如貫珠，帶有曲的韻味。其中「行」、「坐」、「臥」三種活動又是日常生活中最普通的行為，將其加以連綴，頗富視覺形象。後來的辛棄疾寫閒適之樂，有「欲行且起行，欲坐重來坐，坐坐行行有倦時，更枕閒書臥」（〈卜算子〉），雖表達的情意不同，那活動的鏡頭卻甚為相似。一連用五個孤獨的行為動作還嫌不足，下面又以「佇立傷神」再補寫獨自長久站立的情態，並以「傷神」二字，點出此時心緒。至「無奈輕寒著摸人」，才帶出此時氣候特點，人在孤苦之際，又值春帶微寒，臨近春暮，更添一份時不我待的憂傷。

上闋重在通過行為動作刻畫出白天、臨晚時的孤獨情態，下闋則重在抒寫內心的愁苦情懷，時間漸轉至夜間。「此情誰見？」自己的刻骨相思竟然得不到對方的回應與了解，有幾多失落，幾多惱恨！以反詰語出之，可見情緒之激烈。由於傷心已極，以致「淚洗殘妝無一半」。這裡呈現的，是一個女子面部的特寫鏡頭：

淚流滿面、脂粉消溶，令人想見其楚楚可憐之態。雖然痛苦不堪，「愁病相仍」，但又還懷有一絲渺茫的希望：或許夢中尚可相會，重溫舊情。而結句陡轉：「剔盡寒燈夢不成。」在寒夜中長久輾轉反側，即使將燈芯挑盡也沒能進入夢境，正如晏幾道〈阮郎歸〉所云：「夢魂縱有也成虛，那堪和（連）夢無！」令人絕望至極。

全詞除了「輕寒」、「寒燈」與「春」暮的氣候相關外，不用任何景物的襯托，全部通過行為細節的描敘和內心的獨白，將「春怨」表現得極為深切、細膩，讀來如臨其境，如見其人。

187 蝶戀花

送春

朱淑真

樓外垂楊千萬縷，欲繫青春，少住春還去。猶自風前飄柳絮，隨春且看歸何處。

綠滿山川聞杜宇❶，便做無情，莫也愁人苦。把酒送春春不語，黃昏卻下瀟瀟雨。

【詞牌】〈蝶戀花〉，本名〈鵲踏枝〉，唐教坊曲名，用作詞調。晏殊據梁簡文帝〈東飛伯勞歌〉詩句「翻階蛺蝶戀花情」改此名。雙調，為仄韻格。詳見前柳永〈鳳棲梧〉「詞牌」介紹。

【注釋】❶杜宇　鳥名。即杜鵑，暮春時啼鳴。杜宇本周末蜀主望帝之名，亡去，化為鳥，故以杜宇名之。

【語譯】樓外垂楊，千絲萬縷。想繫住青春，春光短暫停留，終究還是歸去。風前柳絮還在飄飛，隨著春天，且看它歸向何處。

翠綠已經覆蓋山川，聽聲聲杜宇。杜宇即便是無情，莫不也在擔心人為春去而愁苦。持酒送春，春竟不語，黃昏時刻卻降下瀟瀟雨。

【研析】留春、尋春、送春，是詩詞中較為常見的內容。如馮延巳（一作歐陽脩）〈蝶戀花〉詞寫留春：「雨橫風狂三月暮，門掩黃昏，無計留春住。淚眼問花花不語，亂紅飛過鞦韆去。」黃庭堅〈清平樂〉詞寫尋春：「春歸何處，寂寞無行路。若有人知春去處。喚取歸來同住。　春無蹤迹誰知？除非問取黃鸝。百囀無人能解，因風飛過薔薇。」楊萬里〈三月廿七日送春〉詩寫送春：「只餘三日便清和，儘放春歸莫恨他。落盡千花飛盡絮，留春不住欲如何。」有的是作為一種客觀的季候欲加挽留，有的將其擬人，或欲加追尋，或順應自然，都各具特點。

朱淑真此詞「送春」，亦是運用擬人法，但自有特色。一是將春的去住與楊柳的變化緊密聯繫。楊柳在仲春時節，已不再是「展盡黃金縷」（馮延巳〈鵲踏枝〉）的面貌，而是細葉漸漸轉青，枝條隨風舞動，故詞即以「樓外垂楊千萬縷」為發端，描寫它的繁茂。又想像柳條如一根根細小的絲繩，「欲繫青春」，不讓春光溜走。作為時光的「春」，本為無形，既可以柳條相繫，則化無形為有形。緊接著來一轉折：「少住春還去。」青春只稍作停留，終究還是繫不住。「猶自風前飄柳絮」，柳絮飄綿，漫天飛雪，則是春光即將消逝的象徵，正所謂「飛絮著人春共老」（范成大〈暮春上塘道中〉）也。前面用「猶自」二字，係承「欲繫青春」，顯示出留春之意的執著。但畢竟留春不住，「春」究竟要去向何方？「隨春且看歸何處」，那柳絮正在追隨春的腳步，尋覓柳絮蹤跡，便可知春光的去處。只寫追尋方式，不寫追尋結果，如此寫來，十分靈動，留下空白，引人遐想。詞之上闋，處處將春光與楊柳的變化相聯結，便使抽象的時間流動，有了具象的依託。

二是以聲響作為旁襯。先是杜宇之聲：「綠滿山川聞杜宇。」前面所寫「垂楊千萬縷」、「風前飄柳絮」，均係主人公從樓內向「樓外」張望所見不同時間之景，此處的「綠滿山川」是眺望「樓外」遠處更為遼闊的空間。郊原綠遍，報導春之將逝，杜宇啼鳴，正是春殘的標誌。杜宇鳴聲淒苦，由此而推想：「便做無情，莫也愁人苦。」即使無情，恐怕也在擔心人們為春去而傷感。透過杜宇之擔心折射出自己的傷春意緒，運筆極為婉曲。結拍尤妙：「把酒送春春不語，黃昏卻下瀟瀟雨。」以黃昏之瀟瀟雨聲助送春之淒涼。春既將歸，雖有萬般難捨，也只好持酒相送。古來即有飲酒送春之習，如韓偓〈春盡日〉詩：「把酒送春惆悵在，年年三月病懨懨。」張先〈天仙子〉詞：「〈水調〉數聲持酒聽，午醉醒來愁未醒。送春春去幾時回？臨晚鏡，傷流景。」把酒送春，春卻無語，它的默然是否也含有對人間無限的留戀？而在黃昏降臨之時，卻又瀟瀟雨下。「瀟瀟」之聲更襯托出「無語」時氛圍的冷寂，而雨之飛灑，似是依依難捨的惜別之淚。以景結情，耐人尋味。清唐瑩《論詞絕句一百首》論朱淑真詞，激賞此詞結尾：「未必《斷腸》《漱玉》似，送春風雨總憐伊。」

本是懷有一腔惜春的心情，但總不從正面著筆，時而借柳絲、柳絮極力留春，時而借杜鵑鳥的擔憂，時而借瀟瀟雨下的氣候變化，迂曲以達，使人讀來感到帶有一種特殊的韻味。晚清況周頤曾以「清空婉約」四字評價朱淑真詞（《蕙風詞話》卷四），當即指此類作品。

188

瑞鶴仙

袁去華

郊原初過雨。見敗葉零亂，風定猶舞。斜陽挂深樹，映濃愁淺黛❶，遙山眉嫵❷。來時舊路，尚巖花、嬌黃半吐。到而今、惟有溪邊流水，見人如故。

無語。郵亭❸深靜，下馬還尋，舊曾題處。無聊倦旅。傷離恨，最愁苦。縱收香❹藏鏡❺，他年重到，人面桃花❻在否？念沉沉、小閣幽窗，有時夢去。

【作　者】袁去華（生卒年不詳），字宣卿，奉新（今屬江西）人。紹興十五年（西元一一四五年）進士。善化知縣，又知石首縣。與張孝祥、楊萬里交往。有《適齋類稿》八卷、《宣卿詞》一卷。

【詞　牌】《瑞鶴仙》，又名《一捻紅》。始見周邦彥《清真集》。雙調，仄韻格，一百零二字者為常用體式，但用韻多寡不盡相同。本詞上闋七仄韻，下闋六仄韻。另有減字、增字為一百字、一百零一字、一百零三字等體式，又有仿楚辭體、獨木橋體。參見《詞律》卷十七、《詞譜》卷三十一。

【注　釋】❶黛　青色。此指山色。❷眉嫵　美眉嫵媚可愛。❸郵亭　即館驛。李郢〈送劉谷〉詩：「郵亭已送征車發，山館誰將候火迎。」❹收香　晉代美男韓壽被大臣賈充辟為司空掾，為賈之小女所愛慕，幽會時賈女將異國進貢之奇香偷偷贈與韓壽，被賈充嗅察。賈充為保名聲，只得招韓壽為婿。事見劉義慶《世說新語．惑溺》。❺藏鏡　孟棨《本事詩》載，陳太子舍人徐德言娶陳後主之妹樂昌公主，值時亂，恐不相保，乃破鏡各執其半藏之，作為他日相見之信物。後陳亡，果離散。歷經周折，終得破鏡重圓。❻人面桃花　用崔護〈題都城南莊〉詩中語：「去年今日此門中，人面桃花相映紅。人面不知何處去？桃花依舊笑春風。」

【語　譯】郊野剛剛下過陣雨。只見衰敗落葉零亂，風雖止息，仍在飛舞。斜陽懸掛高樹，映照含有濃愁的淺淺青山，遠處山巒猶如眉嫵。來時的老路，還有巖石縫中長出的花朵，嬌豔黃色半吐。到而今，只有溪邊流水，見人如故。　默默無語。驛館幽深寂靜，下馬以後，隨即尋找舊時曾題詩處。極無聊賴，倦於羈旅。感傷離恨，最為愁苦。縱然過去有收香的情分、藏鏡的約定，以後重到，人面桃花在否？思念深邃的小閣幽窗，有時夢魂飛去。

【研　析】詞人生平經歷欠詳，知在湘中做過知縣之類的小官，仕途不暢，曾遊歷荊湖江浙一帶。留下的近百首詞作，中有「看取綸巾羽扇，靜掃神州赤縣，功業小良平（張良、陳平）」（〈水調歌頭〉）的高歌，也有「功業君看清鏡裡，兩鬢於今如此」（〈念奴嬌〉）的喟歎，還有「人世高歌狂笑外，擾擾於身何得」（〈念奴嬌〉）的曠達，同時又寫有不少清麗的男女相思之作。此詞屬於後一類作品，抒寫自己的羈旅相思之愁。

詞從描寫路途景物入手，「郊原初過雨。見敗葉零亂，風定猶舞」，人行進在曠野，陣雨過後，所見是一派風吹敗葉零亂、落葉在空中飄舞的秋日衰瑟景象，而雨聲、風聲、落葉聲，更是助人淒涼，人的心情不免落寞黯淡。此時雨過天晴，「斜陽挂深樹」，給周邊景物帶來了亮色，按理說，人的精神應該為之一爽，但這並沒有給詞人帶來喜悅。「映濃愁淺黛，遙山眉嫵」，夕陽光照，青山變淺，化不開的仍是「濃愁」，而遠處連綿起伏的山巒，尤其令人想起所戀佳人美麗的雙眉，此句暗用舊題劉歆《西京雜記》所載「（卓）文君姣好，眉色如望遠山」之典。眉嫵，以局部代整體，寓含思美人之情。

以下寫今昔景物變化。「來時舊路，尚巖花、嬌黃半吐」，詞人經過此地，似非一次，記得上次來時的路上，還有從巖石縫隙中伸出的、半吐嬌豔的黃菊，令人賞心悅目。這裡沒有透露是否有佳人陪伴的消息，但情致的高揚，似乎又暗示出非孤身獨行，隱然另有人在。「到而今、惟有溪邊流水，見人如故」，今番到此，景觀已變，不見黃菊，只有溪水仍在潺湲流動。說「見人如故」，帶有擬人化特點。本是人見溪水如故，卻說是溪水見人如故，便賦予水以靈氣。兩相對照，更襯托出今日之冷落、蕭然。此數句雖均屬寫景，但前者為虛寫，後者係實寫。

上闋描繪路途之景，下闋轉向抒寫留宿郵亭之情。換頭之「無語」承上啟下，既是無人可語，亦是陷入沉思之狀。「郵亭深靜，下馬還尋，舊曾題處」，郵亭，係曾停住之所，或許也是佳人相送之處，如今「深靜」，悄無人聲，一片冷清。記得當時還在壁上或柱上題寫詩句，故下馬以後，立即尋找舊時蹤跡。至於題寫何種內容，是否已尋找到，一概省略，留給讀者去思索。「無聊倦旅。傷離恨，最愁苦」，前句總寫一路奔波的辛苦、孤寂和厭倦，後面兩句是全詞情感的聚焦點，也是本篇主旨。

「離恨」與「愁苦」，在路途、在郵亭，已有多重暗示，但具體何所指？到最後方始點明：「縱收香藏鏡，他年重到，人面桃花在否？」兩人之間，曾經何等情深意厚，一個如欣然受香之風流韓壽，一個如珍重藏鏡之美貌公主，縱然如此，異日重到，人面桃花的佳人是否還在？是否如崔護詩中所寫「人面不知何處去？」有幾多思戀，又有幾多疑慮，心神不定，和周邦彥在〈鎖窗寒〉詞所寫：「想東園、桃李自春，小脣秀靨今在否？」的心情相同。但不管如何，她總是我心之所繫：「念沉沉、小閣幽窗，有時夢去。」我時常回味那深邃小閣幽窗裡的溫馨，我的夢魂有時會去到她的身邊，重溫那份銷魂的纏綿繾綣，正是「夢魂慣得無拘檢，又踏楊花過謝橋」（晏幾道〈鷓鴣天〉）。一路寫來，層層深入，由蘊藉而漸至醒豁。

全詞主要用賦的手法，寓情於景，溫雅婉約。在南宋初期，這類詞作，仍承周、柳一脈，以其柔情旖旎，令人迴腸盪氣。

189 釵頭鳳

陸游

紅酥手，黃縢酒❶。滿城春色宮牆❷柳。東風惡，歡情薄。一懷愁緒，幾年離索❸。錯、錯、錯！ 春如舊，人空瘦。淚痕紅浥鮫綃❹透。桃花落，閒池閣。山盟❺雖在，錦書❻難託。莫、莫、莫❼！

【作者】陸游（西元一一二五—一二一〇年），字務觀，號放翁，山陰（今浙江紹興）人。三十歲試禮部，以語觸秦檜，被黜。紹興二十八年（西元一一五八年）始仕福州寧德主簿。孝宗即位，賜進士出身。任鎮江通判、隆興府通判，旋免歸卜居鏡湖三山。乾道五年（西元一一六九年）通判夔州，八年，為樞密使王炎招赴南鄭，旋轉成都府安撫司參議官。淳熙二年（西元一一七五年）四川制置使范成大入蜀，被延為幕僚。淳熙五年（西元一一七八年）出蜀東歸。曾知嚴州。後罷歸山陰，閒居十餘年。嘉泰二年（西元一二〇二年），詔修孝宗、光宗實錄，次年奉祠歸。陸游為南宋中興四大詩人之一，著有《劍南詩稿》。有詞二卷，載於《渭南文集》。南宋劉克莊《後村詩話》續集評其詞，謂「激昂慷慨者，稼軒不能過，飄逸高妙者，與陳簡齋（與義）、朱希真（敦儒）相頡頏。流利綿密者，欲出晏叔原（幾道）、賀方回（鑄）之上。」明毛晉〈放翁詞跋〉云：「楊用修（慎）云『纖麗處似淮海，雄快處似東坡。』予謂超爽處更似稼軒耳。」

【詞牌】〈釵頭鳳〉，即〈擷芳詞〉，因無名氏〈擷芳詞〉有「可憐孤似釵頭鳳」句，陸游易名為〈釵頭鳳〉。又名〈折紅英〉、〈玉瓏璁〉。雙調，六十字，押仄聲韻，上下闋前三句上去聲通押，後四句押入聲韻，末句三字為疊韻。《詞律》卷八單列〈釵頭鳳〉一調。《詞譜》卷十列於〈擷芳詞〉下。

【注釋】❶黃縢酒　一種官酒，又稱黃封酒。❷宮牆　南宋以紹興為陪都，宋高宗曾駐蹕紹興，故有宮牆。一說可能指山陰東南的龍瑞宮牆。❸離索　離散。《禮記・檀弓》：「吾離群索居，亦已久矣。」鄭玄注：「索，猶散也。」❹鮫綃　相傳南海有鮫人，水居如魚，其織品稱為鮫綃。❺山盟　指山為盟誓，以示堅貞。❻錦書　錦字書。晉竇滔妻蘇氏，思遠徙流沙之夫，織錦為回文詩以贈滔。《晉書・竇滔妻蘇氏傳》後世多以「錦書」、「錦字」指夫婦、情侶間書信。❼莫莫莫　意為算了吧、算了吧。語本司空圖〈題休休亭〉詩：「休、休、休，莫、莫、莫！」

【語　譯】紅潤柔軟的纖手，調弄黃縢酒。滿園春色映襯宮牆楊柳。東風凶猛，致使歡情短促。心中滿懷愁緒，經歷幾年離散。錯了，錯了，錯了！　春光如舊，人卻白白地消瘦。淚痕浸染胭脂溼透鮫綃手帕。桃花凋謝，池閣冷落。海誓山盟雖然還在，錦字詩書難以付託。罷了，罷了，罷了！

【研　析】南宋陳鵠《耆舊續聞》卷十載：「余弱冠客會稽，有許氏園，見陸放翁有題詞云：『紅酥手，黃縢酒……』筆勢飄逸，書於沈氏園，辛未三月題。放翁先室內琴瑟甚和，然不當母夫人意，因出之。夫婦之情，實不忍離。後適南班士名某，家有園館之勝。務觀一日至園中，去婦聞之，遣遺黃封酒果饌，通殷勤。公感其情，為賦此詞。其婦見而和之有『世情薄，人情惡』之句，惜不得其全闋。未幾，怏怏而卒，聞者為之愴然。」宋末周密《齊東野語》亦有相似記載，細節略有出入。此詞是否係陸游在紹興為唐琬所作，清代已有人質疑，如吳騫《拜經堂詩話》。當今學界亦持有不同看法，或以為係於蜀中為某妓而作，尚無定論。由於詞之本事傳播已久，又有多種藝術形式為之演繹，〈釵頭鳳〉係陸游為原配唐琬所作之說已「深入人心」，故此處仍從舊說，即所寫係詞人自己遭遇的愛情悲劇。

詞之上闋為憶昔。發端「紅酥手，黃縢酒。滿城春色宮牆柳」係由眼前黃封酒之贈，而引發對當年春日一道遊園時美好情景的懷想。先從人的局部——手著筆，紅潤、白皙、柔嫩，由此局部而令人想見其整體煥發的青春之美。以此手調弄黃縢酒，則酒亦似帶有特殊的醇香，雙方對酌更別有一番情味。而當時百花盛開，春色滿園，宮牆旁的楊柳搖曳蔥綠。這三句沒有用一個動詞，而是運用「紅」、「黃」的色澤和綠柳的組合，形成了明豔的色彩，既營造出一幅生意盎然的圖景，又融合了人美、情美的感受。這是他們結縭後的一個生活片斷，是婚姻美滿的象徵。（有人謂此三句寫眼前贈酒之事，似亦可通，但下闋之「春如舊」則無襯墊。）至「東風惡，歡情薄」，急轉直下。東風的狂暴，摧毀了這段美滿的姻緣。此處用「東風」，當與前面的春景相關。東風，本是一種美好的自然力，而至於「惡」，則成為一種破壞力，張先〈滿江紅〉詞即有「但只愁、錦繡鬧妝時，東風惡」之語。此處的「東風惡」，究竟何所指？應是代表著破壞這段美好姻緣的勢力，暗含著對其母親強行拆散恩愛夫妻的埋怨，因不便明言，故以此語含蓄表出。自被迫仳離之後，「一懷愁緒，幾年離索」，以「幾年」與「一懷」對舉，表明心靈長久地為愁苦所折磨。這種折磨主要從自己一方著筆，但實亦包含了對方。歇拍就已經發生的不幸及後果發出幾聲浩歎：「錯、錯、錯！」是誰錯？是怪罪封建婚姻制度之錯？還是悔恨自己不敢抗爭之錯？抑或是有感於這個悲劇竟然發生在人間之錯？當係兼而有之。故上闋實包含有三層意思，或者說時間可分為三個段落，即姻緣的美好、仳離的痛苦、人生大憾的感歎。

上闋重在憶昔，下闋則重在傷今。如果說「一懷愁緒，幾年離索」主要從己方著筆，則「春如舊，人空瘦」主要從對方著筆。前句承前面「滿城春色」，也是此番相逢的背景，春光依舊明媚鮮豔，但是人卻失去往日的光彩，因滿懷愁緒而變得消瘦。這樣的為情而瘦，已難改變羅敷有夫、使君有婦的既成事實，無法再續前緣，這既是你永遠的遺憾，也是我永遠的遺憾，故在「瘦」之前著一「空」字，包蘊有悠長的歎息。「淚痕紅浥鮫綃透」，是想像之辭，對方同樣是為「離索」而深感痛苦，以致淚水浸透了絲織手帕。所寫雖屬虛擬，卻極為形象，那面部的表情，那以帕拭淚的動作，以至於那手帕的質地、色彩，都令人歷歷如見。「桃花落，閒池閣」二句承上「東風惡」轉寫景物。張元幹〈蘭陵王〉詞，曾有「東風妒花惡，吹落梢頭嫩萼」的描寫，可作為「桃花落」的注釋。花事凋零，且池閣荒棄，這是被摧殘之後的園林景象，它帶有一種象喻的意味。那曾經是桃花盛開、與人面相映的情景，已隨風而逝，那充滿歡聲笑語的臨池樓閣，而今只落得一片冷清，它帶走的是兩情相悅的幸福，留下的是離索的無窮憾恨。景語中含有太多的感喟！下面再從己方著筆，自己的心靈痛楚、懷戀深情，多麼想向對方傾訴，可是「山盟雖在」，而因各有所歸，已是「錦書難託」，有如〈古詩十九首〉之詠天上雙星：「盈盈一水間，脈脈不得語。」既然如此，還能說什麼呢？還能做什麼呢？於是再次發出無可奈何的長歎：「莫、莫、莫！」還是不要想它了吧，不要為它而傷神了吧，不要為它而失魂落魄了吧！用這種貌似逃避的方式，以表滿懷絕望之情，把「一懷愁緒」推向極致。下闋的寫法有三度轉折：由對方的愁苦轉向雙方歡情的失落，再轉向自己的內心的矛盾、痛苦。總之，把一腔悲情寫得千迴百折。

詞人對於與唐琬的這段愛情，終身不忘，為此寫過很多詩作，晚年寫了〈沈園〉二首：「夢斷香消四十年，沈園柳老不吹綿。此身行作稽山土，猶弔遺蹤一泫然。」「城上斜陽畫角哀，沈園無復舊池臺。傷心橋下春波綠，曾是驚鴻照影來。」依舊是一往情深，至老不衰。直到辭世的前一年還寫了一首〈春遊〉詩：「沈家園裡花如錦，半是當年識放翁。也信美人終作土，不堪幽夢太匆匆。」對唐琬的愛戀，可謂至死不渝。〈釵頭鳳〉詞，成了陸、唐愛情悲劇的主題歌，為人所喜愛、所傳唱。清代謝元淮等所編《碎金詞譜》為之譜曲，今人為其譜曲者甚多，有帶歌曲風味者，有帶戲曲風味者。

190 卜算子

詠梅

陸游

驛❶外斷橋❷邊，寂寞開無主。已是黃昏獨自愁，更著❸風和雨。

無意苦爭春，一任群芳妒。零落成泥碾作塵，只有香如故。

【詞牌】〈卜算子〉，又名〈卜算子令〉、〈缺月掛疏桐〉等。雙調，四十四字，上下闋各四句，兩仄韻，如本詞。另有添字或增韻之體式。詳見前王觀〈卜算子〉「詞牌」介紹。

【注釋】❶驛　驛館；驛站。古代供官員住宿或換馬的交通站。❷斷橋　殘破或坍塌的橋。❸著　遭受。

【語譯】驛館外的斷橋邊，梅花寂寞地開放而無歸宿。已到黃昏時刻，獨自愁苦，更何況遭受風吹雨打。

無意與百花苦苦爭占春光，任憑群芳嫉妒。零落成泥碾作塵土，只有芳香依舊如故。

【研析】此係一首詠物詞，而含有比興寄託，名為「詠梅」，實寄寓著自己的政治遭遇與孤高、獨立的人格精神。詞的開篇即營造出梅花所處的惡劣環境，不是皇家的園林，也不是富貴人家的庭院，而是生長於驛館之外，斷橋之旁，是荒郊曠野。它更沒有主人的精心園護、刻意栽培，它在荒涼、寂寥中獨立生長、自個開放，暗吐幽香，然而卻無人光顧，無人欣賞，備受冷落。「寂寞」二字，是詞人的主觀感受，詞人的主觀感受投射於梅，便也成了梅花的感受，於是梅花在詞人筆下，也就具有了人的靈性。在黃昏來臨的時刻，梅花正因「寂寞」處境而「獨自愁」，又遭遇風雨的無情襲擊。雖然承受著巨大的壓力，它依然不顧一切地綻放，在和風雨的對陣、抗衡中，它始終沒有屈服，而成為了搏鬥中的勇者。上闋寫梅，不去描繪其色澤、姿態，而重在突出其處境的艱難、險惡和獨立、堅毅的精神，亦即其〈落梅〉詩所讚賞的「雪虐風饕愈凜然，花中氣節最高堅」。

下闋轉寫梅之高標芳潔。梅花，在百花中開放最早，在二十四番花信中，梅被置為第一候：小寒。陸游〈梅花絕句〉寫道：「高標逸韻君知否，正是層冰積雪時。」它不畏嚴寒，在層冰積雪時昂首怒放。雖然它引得百花開放，但它「無意苦爭春」，並不極力地去追求在春光中獨領風騷。儘管如此，它仍然遭到了同類的嫉妒、排擠。對此，它自保本真，泰然自若，不與計較：「一任群芳妒。」這正是它獨有的「高標逸韻」。花開花落，是自然規律，梅花也不例外。即使「零落成泥碾作塵，只有香如故」，凋零之後，與淤泥混雜，甚至成為粉塵，也不改其芳香的本性。明卓人月評曰：「末句獨見高節。」（《古今詞統》）

梅耶？人耶？亦梅亦人，是梅的詠歎，亦是人的詠歎，是感慨梅的際遇，稱賞梅的標格，也是自我遭際的暗示、人格精神的標榜。清鄒祗謨《遠志齋詞衷》云：「詠物固不可不似，尤忌刻意太似，取形不如取神，用事不若用意。」以此觀陸游詠梅詞，堪稱合作。

在宋代詠物詞中，對於梅花的吟詠最多，幾占整個詠物詞的一半。但此前的詠梅多半停留於物態花姿的外部描寫，很少融注自己的性情。即使像林逋著名的〈山園小梅〉詩：「疏影橫斜水清淺，暗香浮動月黃昏。」雖然寫出了梅的風神，也體現了自己的審美趣味，但並未注入更深層的人生感受或耐人咀嚼的理趣。

陸游對梅花有特別的喜好，他曾創作了一百多首梅詩，在〈梅花絕句〉中說：「何方可化身千億，一樹梅花一放翁。」可見其對梅花情有獨鍾。在這首詞中，他有意地運用比興寄託，借梅抒寫自己情懷。陸游長期罷職閒居的寂寞、遭受秦檜等奸臣打壓的憤懣、遭遇小人嫉恨的煩惱，以及自己始終保有的高風亮節與奮發有為的精神，見「驛外斷橋邊」的梅花而被觸發。而對梅花的描繪，又並非對思想的圖解，其形象自然渾成，其神韻蘊於中而溢於外。對於宋代的詠梅詞來說，在融注主觀情性、人格精神方面可說是一次新的提升。

191

漢宮春

初自南鄭❶來成都作

陸游

羽箭雕弓，憶呼鷹❷古壘❸，截虎平川。吹笳❹暮歸，野帳雪壓青氈。淋漓醉墨，看龍蛇❺、飛落蠻牋❻。人誤許、詩情將略，一時才氣超然。　何事又作南來，看重陽藥市❼，元夕燈山❽？花時❾萬人樂處，敧帽垂鞭。聞歌感舊，尚時時、流涕尊前。君記取、封侯事❿在，功名不信由天。

【詞牌】〈漢宮春〉，又名〈漢宮春慢〉、〈慶千秋〉。雙調，有平韻格、仄韻格兩式，九十六字（仄韻格有九十四字者），兩體押韻次數不盡相同。本詞為平韻格，上下闋各九句、四平韻。參見《詞律》卷十四、《詞譜》卷二十四。

【注釋】❶南鄭　今陝西漢中。❷呼鷹　呼鷹以尋獵物。《新唐書・姚崇傳》載，姚曰：「臣年二十居廣成澤，以呼鷹逐獸為樂。」❸古壘　古代的營壘。❹笳　胡笳。吹奏以警晨昏。❺龍蛇　喻飛動的草書字跡。李白〈草書歌行〉：「時時只見龍蛇走，左盤右蹙如驚電。」❻蠻牋　蜀地所產名貴紙箋。楊億《談苑》載韓浦〈寄弟〉詩云：「十樣蠻牋出益州，寄來新自浣花頭。」❼重陽藥市　成都九月九日為藥市。是日早，士人盡入市中，相傳以為吸藥氣癒疾，令人康寧。《歲時廣記》卷三六）❽元夕燈山　成都府元夕燈山，上為飛橋山亭，棚前積木為垣，植花卉、動物於其上，眾人旋繞觀覽。《歲時廣記》引《歲時雜記》）❾花時　指花會時節。陸游《老學庵筆記》載，「四月十九日，成都謂之浣花」，「傾城皆出，錦繡夾道。自開歲宴遊，至是而止，故最盛於他時」。❿封侯事　指漢代班超定遠封侯故事。《後漢書・班超傳》載，超家貧，嘗輟業投筆歎曰：「大丈夫無它志略，猶當效傅介子、張騫立功異域，以取封侯，安能久事筆硯間呼？」後果立功西域，封定遠侯。

【語　譯】回憶身背羽箭、手挽雕弓，呼鷹於古時營壘，截掠猛虎於平原。聽吹笳管報時，歸來野外帳幕，正雪壓青色毛氈。醉中走筆，意趣酣暢淋漓，看龍蛇飛落蠻箋。他人誤加讚許，說詩情將略，一時才氣超然。

為何又從漢中南來，觀看重陽藥市，元夕燈山？花會時節萬人歡樂處，斜側官帽，騎馬垂鞭。聞聽歌曲，感歎享樂如昔，還時時流涕在酒宴前。君須記取，獲取功名的封侯事終會來到，不信只是由天。

【研　析】陸游乾道八年（西元一一七二年），應四川宣撫使王炎的邀請，襄贊軍務，入駐漢中，靠近西北前線。作為愛國志士，情緒空前高漲，以為收復中原有望，作詩云：「國家四紀失中原，師出江淮未易吞。會看金鼓從天下，卻用關中作本根。」（〈山南行〉）又填詞云：「多情誰似南山月，特地暮雲開。灞橋煙柳，曲江池館，應待人來。」（〈秋波媚〉）但駐漢中僅八個月的時間，又「細雨騎驢入劍門」（〈劍門道中遇微雨〉），不得不隨王炎移駐成都，從前線返回後方，情緒為之黯然。此詞即作於次年春日。

詞之上闋為回憶南鄭的豪快之舉、愜意之事，可分三層。一是「呼鷹古壘，截虎平川」的壯舉。詞人在此戰爭氣氛濃郁的前線，已然變成了威風凜凜的武士，在古戰場策馬呼鷹，雕弓射虎，頗有斬獲。同時寫的〈書事〉詩亦有「雲埋廢苑呼鷹處，雪暗荒郊射虎天」的描寫。這是對個人勇氣與力量的昭示，也是抗擊前線敵人的一場演習。它是詞人一生中最為得意的一段生活，因此，終身難忘，若干年後，仍在回味：「投筆書生古來有，從軍樂事世間無。」（〈獨酌有懷南鄭〉）「樓船夜雪瓜洲渡，鐵馬秋風大散關。」（〈書憤〉）第二層：「吹笳暮歸，野帳雪壓青氈。」寫邊地野營生活，日暮在胡笳聲的催促中歸來，住的是野外搭的簡陋帳篷，青氈蓋的篷頂上還布滿了殘雪。其苦寒之狀，可想而知，但詞人卻安之若素，情緒高揚，這種精神狀態由下面的第三層可以看出：「淋漓醉墨，看龍蛇、飛落蠻箋。」詞人興會飆舉，乘醉走筆於蠻箋之上，只見龍蛇飛舞，雲起風生。詞人的「醉墨」狂草，不是為了消閒，而是以酒使氣，以筆為「戈」，是他抒發心靈志意的一種特殊方式。其〈題醉中所作草書卷後〉詩云：「酒為旗鼓筆刀槊，勢從天落銀河傾。端溪石池濃作墨，燭光相射飛縱橫。須臾收卷復把酒，如見萬里煙塵清。」可作為此兩句的注腳。歇拍「人誤許、詩情將略，一時才氣超然。」對前面所寫加以收束，通過他人之口，讚許其文武兼備。詞人聞之應是暗中頗有得色，然卻用「誤許」二字領起，以示謙遜。實際上陸游對自己的將才、詩書都是相當自豪的，如說武略：「士生抱材願少試，誓取燕趙歸君王。」（〈松驥行〉）如說草書：「堂堂筆陣從天下，氣壓唐人折股釵（欲其曲折圓而有力）。」（〈醉中作行草數紙〉）此處不過借他人之口表出之。這段越是寫得意氣高揚，便越是反襯出下段情緒的低抑。

換頭「何事又作南來，看重陽藥市，元夕燈山？」陡然轉折。成都是天府之國的富庶之地，三國時的蜀國、十六國的西蜀、五代十國時的前蜀、後蜀都曾建都於此，在南宋亦是西方的重鎮，政治、文化的中心。因為少有戰亂的襲擾，社會相對安定，百姓遊樂風氣較盛。詞中的「重陽藥市，元夕燈山」以及「花時」的遊賞，都是當地的風習。在常人看來，能從刀光劍影的前線回到這個歌舞昇平的都市，乃是一件求之不得的樂事，然而對於一心「誓取燕趙」的愛國志士來說，卻是令人感憤不已的憾事，故有「何事又作南來」的憤激之語。「看重陽藥市，元夕燈山」，以「看」字領起，用一對仗寫不得已的隨俗嬉遊，前句係秋日之事，為虛寫，後句乃春日之事，為實寫。下面「花時萬人樂處，欹帽垂鞭。」再加延伸，浣溪花會，萬人空巷，達到遊樂高潮，官員們也隨百姓緩轡徐行，側帽放誕，「與民同樂」，如此便將成都樂事寫到了極致。而詞人卻以「何事」二字反駁，便在心理上顯示出嚴重的抗拒。故「聞歌感舊，尚時時、流涕尊前」是此時真情的自然流露。「聞歌」，總寫眼前逸樂之事，「感舊」，憶念南鄭的豪情壯舉，前者非所願而卻無所遁逃，後者已所樂而弗能如願，悲不自勝，故而「流涕尊前」。流涕尊前非是一次、兩次，而是「時時」，可知悲憤之深廣。

至詞之結拍，心理上似又柳暗花明，詞人相信這種處境終究不會長久，故沛然而生奮起之意：「君記取、封侯事在，功名不信由天。」如漢代班超那樣建功立業，定遠封侯，是陸游最高的人生願望，在詞中多次唱歎「自許封侯在萬里」（〈夜遊宮〉），「當年萬里覓封侯，匹馬戍梁州」（〈訴衷情〉）。雖然現實中有很多失望，但又感到希望仍然在前，事在人為，而非天定。這年詞人四十九歲，仍是雄心勃勃。所謂「君記取」，既是要他人相信未來的美好前景，更是自己的一種堅強信念。故俞陛雲評云：「人樂而我悲，愴然懷舊，而封侯夙志，尚欲以人定勝天，可謂壯矣。」（《唐五代兩宋詞選釋》）

此詞分三個時段：過去、當今、未來。以昔襯今，以樂襯愁，最後意氣轉為高揚。憶昔豪舉，則大筆淋漓，飽滿酣暢；述今逸樂，則迤邐寫來，風調婉約；寫尊前感慨，形象淒然；設想將來，情緒復振。它是詞人一段陡起陡落的生活（從抗敵禦侮的層面言）與感情的真實記錄，也是他高尚人格精神與強烈愛國思想的一次張揚。透過這首詞，使我們了解的不僅僅是詞人本身的志意與悲喜，它還反映了南宋王朝無意進取、不思恢復的消極國策，而詞人定遠封侯的願望，在這種現實面前也就顯得很渺茫了。

陸游創作以詩為主，難免將作詩之法帶入詞中，故此詞有的地方顯得直質，而少蘊藉。

192 鵲橋仙

陸　游

一竿風月，一蓑煙雨，家在釣臺❶西住。賣魚生怕近城門，況肯到、紅塵❷深處。潮生理棹❸，潮平繫纜，潮落浩歌歸去。時人錯把比嚴光❹，我自是、無名漁父。

【詞　牌】〈鵲橋仙〉，又名〈金風玉露相逢曲〉、〈廣寒秋〉等。雙調，有五十六字（如本詞）、五十七字、五十八字、八十八字等數體，為仄韻格。詳見前秦觀〈鵲橋仙〉「詞牌」介紹。

【注　釋】❶釣臺　指漢代嚴光垂釣處。嚴光釣臺在今浙江桐廬富春江畔。❷紅塵　指熱鬧繁華的世俗之地。❸櫂　划船工具。❹嚴光　《後漢書・嚴光傳》載，嚴光，字子陵，會稽餘姚人，有高名。少時與漢光武帝同遊學。光武即位，思其賢，令人訪之。嚴光變姓名，隱身不見，披羊裘釣澤中。帝遣使聘之，三請而後至。除為諫議大夫，不屈，乃耕於富春山。

【語　譯】煙雨中身著蓑衣，風朝月夕一竿垂釣，家住釣臺之西。賣魚生怕靠近城門，更哪裡肯到繁華塵世的深處。　潮生時划船出發，潮平時繫定纜繩，潮落時高歌歸去。當今的人錯把我比嚴光，我本是無名的漁父。

【研　析】由詞中「家在釣臺西住」，可推知此詞大約作於嚴州（治所在今浙江建德）任上。陸游淳熙五年（西元一一七八年）自蜀中東歸，除短期赴建安、撫州任，於山陰閒居五載有餘。淳熙十三年（西元一一八六年），詞人已經六十二歲，被招至臨安，曾上書孝宗，請北伐中原收復失地，孝宗避而不答，命其赴嚴州任，並謂：「嚴陵山水勝處，職事之暇，可以賦詠自適。」僅視陸游為風雅詩人。在嚴州，陸游一方面慷慨高歌：「安得鐵衣三萬騎，為君王取舊山河！」（〈縱筆〉）另一方面又厭棄官場、嚮往隱逸之樂：「一官正爾妨人樂，只合滄浪狎釣翁。」（〈病起小飲〉）「曠懷不耐微官縛，擬脫朝衫換釣舟。」（〈自郊外歸北望醮樓〉）並仿張志和作〈漁父〉五首，有「拈棹舞，擁蓑眠，不作天仙作水仙」、「雲散後，月斜時，潮落舟橫醉不知」等語。這首〈鵲橋仙〉詞正是後一種情懷的抒發。

首二句「一竿風月，一蓑煙雨」，用對起法，既是同聲對（仄平平仄），又是並頭對（第一字相同），前句重在寫美好的光景，重在晴天，可以說是風朝月夕，也可以說是春風秋月，總以垂釣作生涯。「一竿」貫穿第二句，即也身披蓑衣在煙雨中垂釣。前句極為空靈，後句則富畫意，正是張志和「青箬笠，綠蓑衣，斜風細雨不須歸」（〈漁父〉）所描畫的圖景，帶有一種水墨暈染的朦朧縹緲。兩句為全詞定下基調：絕塵脫俗。「家在釣臺西住」，不僅表明自己所在的方位，更為重要的是表示自己的行為與歷史上的著名隱者嚴光有一脈相承的關係。

「賣魚」二句，抒發自己遠離塵囂、避開世俗的情懷。既是漁翁，須將魚賣出一部分以換取其他生活用品。「賣魚生怕近城門」，因為城門乃是紅塵的入口處，靠近城門已有沾染世俗的危險，「況肯到、紅塵深處」，深處更是汙淖齷齪之地，豈可涉足！將遠離塵俗之意再推進一層。所謂「紅塵」，實為一種象喻，係指代烏煙瘴氣的官場、爾虞我詐的人事關係。同時期寫的詩歌：「時人正作市朝夢，老子已成雲水身。」（〈寒夜移疾〉）可作為此二句的注腳。

下闋開頭具寫垂釣生涯：「潮生理櫂，潮平繫纜，潮落浩歌歸去。」潮生、潮平、潮落，是自然規律，漁父生活順應自然，潮生時划船撒網捕魚，潮頭平穩時，穩坐船頭垂釣，潮落時高聲唱著漁歌盡興而歸，無憂無慮，了無牽掛，幾多自在，何等飄灑！真是「長安拜免幾公卿，漁父橫眠醉未醒。」（〈漁父〉）又如李後主〈漁父〉詞所言：「萬頃波中得自由！」三句的寫法，均以「潮」字開頭，有累累如貫珠之感。前面二句亦是運用並頭對與同聲對，但格律為「平平仄仄」，與前闋用「仄平平仄」有異，以示變化。

最後以「時人錯把比嚴光，我自是、無名漁父」收束。「嚴光」承上「釣臺」。我非嚴光，而被人誤以為是嚴光。嚴光是聲名藉藉之隱者，曾披羊裘垂釣，形象特殊，而我與普通的披蓑垂釣者無異，本是一介無名漁父。言外之意，是嚴光尚有求名之心，而我的「無名」是一種更高層次的追求，精神層面上更勝嚴光一籌，《詞綜》評曰：「真是高隱之筆。」（沈雄《古今詞話・詞辨》）上下闋的收束，都運用層進的方式，上闋用詰問，此處用直陳，以顯變化。

寫隱逸詩詞者，有真隱、神隱之分，陸游這首詞屬於後者，是抒寫自己對精神自由的追求，未必是自己的現實生活。但由於他生活於江南水鄉，曾有過類似的生活體驗，因而寫來不僅感情充沛，且極為形象、真切。俞陛雲對之有很高的評價，謂「〈漁父〉詞以張志和數首為最著，此作可奪席矣」（《唐五代兩宋詞選釋》）。

193

訴衷情

陸游

當年萬里覓封侯❶，匹馬戍梁州❷。關河夢斷何處？塵暗舊貂裘❸。胡❹未滅，鬢先秋，淚空流。此生誰料，心在天山❺，身老滄洲❻！

【詞牌】〈訴衷情〉，唐教坊曲名，用作詞調。又名〈桃花水〉、〈畫樓空〉、〈步花間〉等。有單調、雙調二種。雙調又有四十一字、四十四字、四十五字數體，為平韻格。本詞為雙調，四十四字，上闋四句三平韻，下闋六句三平韻。參見《詞律》卷二。《詞譜》卷二〈訴衷情〉條目下未列四十四字一體。

【注釋】❶封侯　用漢代班超定遠封侯故事。《後漢書・班超傳》載，超家貧，欲效傅介子、張騫立功異域，以取封侯。後果立功西域，封定遠侯。❷梁州　歷代所置地域多有不同。三國蜀置梁州，在今陝西南鄭。此處即指西北前線南鄭。❸塵暗舊貂裘　《戰國策・秦策》載，蘇秦十上說秦王書，其計策不被採納，所著黑貂裘已破舊不堪。此處用以比擬自己遭遇。❹胡　秦漢以前專指匈奴，後為塞外民族之泛稱。此指金國女真統治者。❺天山　即祁連山。匈奴語呼「天」為「祁連」。此處借指前線。❻滄州　猶言江湖，喻高士隱居之地。南朝齊謝朓〈之宣城郡出新林浦向板橋〉詩：「既歡懷祿情，復協（合）滄州趣。」

【語譯】當年行程萬里，前往覓取封侯，單人匹馬直向梁州。歷經關隘江河，何處夢斷？征塵使舊貂裘變得灰暗。

胡敵尚未殲滅，鬢髮已如秋霜，眼淚空流。誰料此生，心在天山前線，而身卻老於滄洲！

【研析】此詞當作於老年退隱山陰之時。詞用逆入法，即從回憶昔日的壯圖遠志入手，為全詞定下豪雄、悲慨的基調。效法後漢班超的定遠封侯，是詞人一生孜孜不倦的追求。但陸游的「覓封侯」，並非終極目的，收復中原故土，才是真實的意圖。為了實現這一目的，不惜單人匹馬，越過萬里江山，奔赴梁州前線。「匹馬」

與「萬里」對舉，形成空間點與面的強烈對比，襯托出志意的壯偉、行動的果毅。而這段短暫的「戍梁州」的歲月，也就成了終生難忘的記憶。其〈憶山南〉詩曰：「貂裘寶馬梁州日，盤槊橫戈一世雄。」其〈謝池春〉詞云：「壯歲從戎，曾是氣吞殘虜。陣雲高，狼煙夜舉。朱顏青鬢，擁雕戈西戍。」

孰料好景不長，「戍梁州」未及一年，又重返後方，致難償「封侯」夙願。「關河夢斷何處」之「夢斷」，通常釋為夢醒，但這裡應是指理想幻滅。歷盡關河險阻，理想幻滅於何處？在詰問之中含有無限悲涼。有心報國，卻報國無門，有心抗敵，卻請纓無路。想當年，羽箭雕弓，披堅執銳，何等雄姿英發！看如今，卻是「塵暗舊貂裘」，歲月消磨，形象落拓，恰似當年蘇秦般潦倒。上闋以大開大闔之筆，由昔轉今，在今昔對照之中，情緒大起大落，一腔英雄豪氣化為悲慨淋漓。

詞的下闋承上「夢斷」、「塵暗」進一步抒發感慨，先用一組排句（亦是帶鼎足形式的三言對句）「胡未滅，鬢先秋，淚空流」，通過外在形象，表達自己壯志未酬的悲憤。「鬢先秋」之「秋」，係因秋日白露為霜，草葉枯黃，呈衰頹之象，故詞人用以形容人之鬢白，表人之遲暮，空靈而又能觸發人的聯想。三句中，用「未」、「先」、「空」三個虛詞，呈遞進之勢，悲鬱感慨，愈轉愈深，特別是「淚空流」，顯然寓含有對當朝統治者不思進取、消極偏安的譴責。

結拍「此生誰料，心在天山，身老滄洲！」是對悲劇性一生的總結。「此生誰料」，係「誰料此生」的倒裝，「誰料」二字兼領後面的一組四言對句，表明現實與願望的距離相差十萬八千里。天山，從地理位置來說，與西北前線靠近，代表沙場之意；再則天山（祁連山，包含南祁連與北祁連——今新疆境內之天山）也與班超定遠封侯事相關。「心在天山」，代表著畢生報效疆場、收復中原的壯志，即使在退居山陰、甚至安度晚年之時，仍是魂牽夢繞，念念不忘，在詩中多次寫道：「稽山剡曲雖堪樂，終憶祁連古戰場。」（〈新年〉）「慨然此夕江湖夢，猶繞天山古戰場。」（〈秋思〉）「一身寄空谷，萬里夢天山。」（〈感秋〉）可是現實卻是如此殘酷，此生竟不得不在閒居退隱生活中虛度光陰，日漸衰老。這是南宋英雄志士的悲劇，也是歷史的、時代的悲劇。

南宋劉克莊評陸游詞，以為「其激昂感慨者，稼軒不能過」（《後村詩話》續集卷四）當即指此類作品。此詞語言表達兼有精粹與流利之美，雖用班超、蘇秦等典，但能活用而無「掉書袋」之病。

194 蝶戀花

范成大

春漲一篙添水面。芳草鵝兒，綠滿微風岸。畫舫夷猶❶灣百轉，橫塘❷塔近依前遠。

江國❸多寒農事晚。村北村南，穀雨❹纔耕遍。秀麥連岡桑葉賤，看看嘗麵收新繭。

【作　者】范成大（西元一一二六—一一九三年），字致能，號石湖居士，吳縣（今江蘇蘇州）人。紹興二十四年（西元一一五四年）進士。曾任校書郎、吏部郎官、禮部員外郎、起居郎等職。乾道六年（西元一一七〇年），假資政殿大學士充金祈請國信使，使金不屈，幾遭殺害。後任中書舍人、四川制置使，權吏部尚書，拜參知政事。卒，諡文穆。有《石湖詩集》，詩與楊萬里、陸游、尤袤齊名，號「中興四大詩人」。詞集名《石湖詞》。

【詞　牌】〈蝶戀花〉，本名〈鵲踏枝〉，又名〈鳳棲梧〉、〈一籮金〉等。雙調，六十字，為仄韻格。亦有平仄韻互叶者。詳見前柳永〈鳳棲梧〉「詞牌」介紹。

【注　釋】❶夷猶　從容的樣子。張耒〈泊長平晚望〉詩：「川隱夷猶棹，春歸杳靄天。」❷橫塘　地名，在蘇州城外。❸江國　謂國中多江河。此處指江南水鄉。杜甫〈泊岳陽城下〉詩：「江國逾千里，山城僅百層。」❹穀雨　二十四節氣之一，時在春末，在陽曆四月十九至二十一日之間。

【語　譯】春水上漲有一篙深，加大了水面。芳草滿地，鵝兒覓食，微風吹拂，綠滿堤岸。彩繪船隻，從容划過，水灣百轉，在橫塘中，看看離塔很近，一會又如先前一般遠。　水鄉之地，偏於寒冷，農事活動較晚。村北村南，到穀雨時節才農田耕遍。下垂的麥穗布滿山岡，桑葉繁盛價格低賤，看看又到了嘗麵、收取蠶繭的時候。

【研　析】此詞寫春日江南農村風光，詞人作於退居蘇州石湖之時。詞之上闋寫春意盎然之景。因係江南水鄉，故圍繞春水加以描繪。「春漲一篙添水面」，幾場春雨過後，池塘水漲，已達一篙深淺，水面也因之變得開闊，為下面的「畫舫」的出現作鋪墊。接著寫岸邊的景物，實則為乘坐畫舫所見：「芳草鵝兒，綠滿微風岸。」堤岸芳草如茵，嫩黃的雛鵝正在水濱嬉遊覓食，岸邊的青枝柳葉，在微風中搖漾。低拂的青草、遊蕩的黃鵝、婆娑的綠葉，構成色彩明麗的圖畫，且極富動態，與粼粼碧水相互映襯，更加顯得生機勃勃。作者雖沒有直接寫天氣陰晴，但無疑是久雨後的風和日麗。雖沒有直接描述人的心情，但景中已透露出無限歡欣。以下進一步通過人在畫舫上的感覺寫橫塘水的曲折：「畫舫夷猶灣百轉，橫塘塔近依前遠。」人坐畫舫，緩緩行進，觀賞兩岸風光，處處賞心悅目。而遠處能看到的帶有標誌性的建築物，則為高塔，而橫塘之水曲折多灣，眼看駛近高塔了，塘灣一轉，又離塔遠了。所謂「依前遠」，則所轉非止一次，而是多次。由此可見春色之迷人、遊興之高漲。

詞之下闋轉向農事，應是上岸察看所見所感。范成大不僅是一個風雅的詩人，更是一個關心民生疾苦的官吏，他曾寫過〈四時田園雜興〉六十首，對農事勞作、農民的憂喜表現出深切的關懷。在這首詞中也不例外。「江國多寒農事晚。村北村南，穀雨纔耕偏」，這是水鄉的特點，因雨水相對較多，氣溫較低，水田的農事勞作較早地為晚。其〈春日田園雜興〉詩云：「高田二麥接山青，傍水梯田綠未耕。」故至農曆三月下旬的穀雨時節，水田才耕遍，而插秧往往要延遲到夏初，以致詞人在其〈夏日田園雜興〉詩中有「五月江湖麥秀寒，移秧披絮尚衣單」的描寫。對農事觀察的細膩，對勞作時節的熟悉，並將其形之於詩詞，在宋代惟范成大最為突出。而村南村北耕遍的水田，或縱橫如枰，或高下如梯，一片片、一層層似明鏡般在陽光下閃耀，也正是無限春光的一個組成部分。目光再轉向山岡，滿是垂實的麥子，豐收在望；桑葉茂密，價格便宜，正所謂「秀麥連岡桑葉賤」。由麥秀而想到可嘗新鮮麵食，由桑葉而聯想到將要收穫新繭，「看看嘗麵收新繭」，充滿由衷的喜悅之情。這種情感與農民息息相通。

在宋詞中，描寫農村風光的詞作，范成大之前有蘇軾，之後有辛棄疾，均有所作，少而且好，故特別可寶。此詞非專寫農事，而是將農事作為春光的一部分，其寫法與晏殊的〈破陣子〉約略相同：「燕子來時新社，梨花落後清明。池上碧苔三四點，葉底黃鸝一兩聲。日長飛絮輕。　巧笑東鄰女伴，采桑徑裡逢迎。疑怪昨宵春夢好，元是今朝鬬草贏。笑從雙臉生。」晏詞將人事作為春景的一部分，范詞以農事作為春光的內容，如出一轍，但范詞的視野更為闊大，又非晏詞可比。

195 好事近

楊萬里

七月十三日夜登萬花川谷望月作

月未到誠齋❶，先到萬花川谷❷。不是誠齋無月，隔一林修竹。

如今纔是十三夜，月色已如玉。未是秋光奇絕，看十五十六。

【作　者】楊萬里（西元一一二七－一二〇六年），字廷秀，號誠齋，吉州吉水（今屬江西）人。紹興二十四年（西元一一五四年）進士。曾出知漳州、常州、筠州，光宗朝，歷祕書監，出為江東轉運副使。寧宗朝，以寶謨閣學士致仕。卒，諡文節，贈光祿大夫。有《誠齋集》。詞有後人輯本《誠齋樂府》。

【詞　牌】〈好事近〉，又名〈釣船笛〉、〈翠圓枝〉。雙調，四十五字，上下闋各四句，兩仄韻，以押入聲韻為宜。亦有上下闋押三仄韻者，《詞譜》稱為「變體」。詳見前蔣元龍〈好事近〉「詞牌」介紹。

【注　釋】❶誠齋　楊萬里曾為零陵丞，時張浚謫居永州，勉以正心誠意之學，因自號誠齋。此處則係指自己的書齋或居室。❷萬花川谷　作者擁有的花圃名。

【語　譯】月光還沒照到誠齋，先照到萬花川谷。不是誠齋沒有月光，而是因為中間隔了一片成林修竹。如今才是十三的夜晚，月色已是如玉般的晶瑩潔白。這還算不上最奇絕的秋光，請看十五、十六的月亮。

【研　析】此詞寫望月，別具風神，頗富奇趣。詞人寫月，不直接寫形之圓缺，也不用「烘雲托月」之法，也不寫月下懷人之思，上闋只寫「望」中它照向何處。首先用一否定句，說月「未到誠齋」，然後用一肯定句，說月「先到萬花川谷」。接著再用一否定句：「不是誠齋無月」，由此否定之否定，則又說明誠齋本該有月，其所以說「未到」，是因為「隔一林修竹。」由此可以感知：第一，此月正處於東升之時，尚未達到當頂之際；第二，從地理位置言，萬花川谷在東，誠齋在西，一林修竹橫於其中；第三，雖然未直接寫到月光，但東邊之月映照竹林，其疏朗之影，搖曳之狀，自可想見；第四，這裡有詞人平日站在誠齋角度賞月的經驗積累，否則難以得出「不是誠齋無月，隔一林修竹」的結論。又由此可知，詞人既有登萬花川谷望月之舉，也有平日於誠齋望月之好尚，詞人對月的親近與愛賞之情，便由此流露以出。同時，我們從詞中涉及的竹林，可判斷出誠齋所處的環境，有竹林傍其側，則詞人之愛竹，詞人所仰慕之風節，亦於中可以窺知。

詞之下闋，始寫到月色：「如今纔是十三夜，月色已如玉。」月色如玉般溫潤、潔白、晶瑩。「纔」十三夜，「已」是如此，便為下面的翻進一層作了準備。「未是秋光奇絕，看十五十六」，十三夜的秋光還不是最佳境界，到十五十六才出現最奇絕之景。前兩句係寫眼前之月，後兩句是想像未來之景，前者映襯後者。但作者既著眼於今日之月，則後者亦是對前者的映襯。二者之間，不獨互相輝映，亦含有未來更美好之意趣。

詞人之望月，是出於愛月，而其所以愛月，正在於它的「如玉」之堅美、高潔，而月之與花谷、與修竹、與誠齋相映襯，更勾畫出一個空明、幽雅的環境，而詞人之崇尚、性格，亦即寓於其中矣。前段畫出空間的開闊，後段寫出時間的流轉，雖小詞亦善能變化；而語言之明快、活潑，淺語中饒情趣，又是其詩作特色在詞中的顯示。《歷代詞話》卷七引《續清言》云：「楊萬里不特詩有別才，即詞亦有奇致。……昔人謂東坡詞是曲子中縛不住者，廷秀詞又何多讓！」所評極是。

196

六州歌頭

張孝祥

長淮❶望斷，關塞莽然❷平。征塵暗，霜風勁，悄邊聲❸。黯銷凝❹。追想當年事，殆天數，非人力，洙泗上，絃歌地❺，亦羶腥。隔水氈鄉❻，落日牛羊下❼，區脫❽縱橫。看名王❾宵獵，騎火一川明，笳鼓悲鳴，遣人驚。

念腰間箭，匣中劍，空埃蠹，竟何成！時易失，心徒壯，歲將零。渺神京。干羽方懷遠❿，靜烽燧⓫，且休兵。冠蓋使⓬，紛馳騖，若為情！聞道中原遺老，常南望、翠葆霓旌⓭。使行人到此，忠憤氣填膺，有淚如傾。

【作　者】張孝祥（西元一一三二—一一六九年），字安國，號于湖居士。歷陽烏江（今安徽和縣）人。系唐代詩人張籍之後。紹興二十四年（西元一一五四年）廷試第一。孝宗朝，累遷中書舍人、直學士院、領建康留守。張浚北伐失敗，罷。乾道元年（西元一一六五年）起知靜江府兼廣西經略安撫使，罷。乾道三年，復起知潭州，次年遷荊南湖北路安撫使。尋請祠歸。有《于湖居士文集》，詞集名《于湖詞》。宋陳印行〈于湖先生雅詞序〉評其詞，「託物寄情，弄翰戲墨，融取樂府之遺意，鑄為毫端之妙詞，前無古人，後無來者」。

【詞　牌】〈六州歌頭〉，見宋初劉潛、李冠詞作。《詞譜》引程大昌《演繁露》：「〈六州歌頭〉，本鼓吹曲也。近世好事者倚其聲為弔古詞，音調悲壯，又以古興亡事實文之。聞其歌使人慷慨，良不與豔詞同科，誠可喜也。」六州，明楊慎《詞品》云：「唐人西邊之州伊州、梁州、甘州、石州、渭州、氐州也。」唐教坊有〈涼（梁）州〉、〈伊州〉等大曲，或即由其歌頭演變而成。雙調，自一百三十三字至一百四十四字不等，體式繁多。或平仄韻通押（如賀鑄詞），或押平聲韻（如本詞）。其調句短韻密，適於表現激昂慷慨情懷。參見《詞律》卷二十、《詞譜》卷三十八。

【注釋】❶長淮　即淮河。❷莽然　草盛的樣子。❸邊聲　邊塞的各種聲音，如牛鳴馬嘶聲、人的呼應聲等。❹銷凝　謂傷感而出神。❺洙泗上二句　洙泗，二水名，流經山東曲阜，指孔子故鄉。絃歌地，指孔子講學處。《論語・陽貨》：「子之武城，聞絃歌之聲。」❻氈鄉　指北方少數民族所居氈毛做的帳篷。❼落日牛羊下　用《詩經・王風・君子于役》「日之夕矣，牛羊下來」語意。❽區脫　指金兵所築用作偵察、防守之土室。❾名王　此處指金國將帥。《漢書・終軍傳》載：「粵地及匈奴名王有帥眾來降者。」❿干羽方懷遠　據說舜修禮樂，曾使有苗來歸。後以喻文德教化。《尚書・大禹謨》：「帝乃誕（大）敷文德，舞干羽於兩階。」干，盾牌。羽，翟羽，即雉雞毛，皆舞者所執。懷遠，懷柔遠方少數民族。⓫烽燧　邊境用以警報敵情的烽火。⓬冠蓋使　指派出講和的使者。冠蓋，仕宦之冠服車蓋。⓭翠葆霓旌　指南宋皇帝車駕。翠葆，用翠鳥的羽毛結為繖形，覆於車上。霓旌，彩色旗幟。

【語譯】瞭望淮河，惟見關塞一片平曠草莽。戰塵暗淡，霜風勁疾，邊聲靜悄。黯然神傷。追想當年靖康之難，大概是天數，非人力所致，如今洙水、泗水之濱，昔時絃歌之地，也充滿牛羊羶腥之味。隔水的毛氈篷帳錯落，落日時分，牛羊下山，所築土室交錯縱橫。看金兵將帥夜間狩獵，騎兵舉火，淮河之水都被照明，傳來淒厲的吹笳擊鼓之聲，使人震驚。　感念腰間弓箭，鞘中寶劍，空蒙塵埃、被蟲蛀蝕，竟然一無所成！良時易失，雄心徒壯，歲月消磨殆盡。歎息汴京杳遠。欲執盾牌、舞雉羽，安撫北方少數民族，使戰火熄滅，暫且休兵。冠蓋使者，紛紛奔走，何以為情！聽說中原遺老，常常瞻望南方的翠葆霓旌。使過路的人到此，忠憤之氣填胸，淚下如傾。

【研析】此詞究竟作於哪一年，說法不一，或謂作於紹興三十二年（西元一一六二年）春，即前一年冬季虞允文率軍抵抗金兵南侵，於采石（今安徽境內）大捷之後；或謂作於隆興元年（西元一一六三年），詞人任建康（今南京）留守之時，宋無名氏《朝野遺記》曾記載：「（張孝祥）一日，在建康留守席上作〈六州歌頭〉，張魏公（抗金統帥張浚）讀之，罷席而入。」（《唐宋名家詞選》引《歷代詩餘》）但有一點可肯定，即作於隆興議和（西元一一六四年）之前，主戰、主和兩派爭議十分激烈之時。詞人對南宋只剩得半壁江山的形勢表露出無比的悲憤，並極力反對議和，而力主抗金北伐，意氣激昂。

詞之上闋重在描寫形勢，可分三層。第一層：「長淮望斷，關塞莽然平。征塵暗，霜風勁，悄邊聲。」起筆「長淮望斷」，境界闊遠，蘊意深厚，既包含對前線廣大地域的關注，又充滿了屈辱的歷史感。二十多年前的紹興和議中的投降條款規定宋金以淮水中流畫疆，致使邊界南移，淮河成了邊境，詞人對此充滿無限感慨。同時代的楊萬里亦曾在詩中感歎：「船離洪澤岸頭沙，人到淮河意不佳。何必桑乾方是遠，中流以北即天涯。」（〈初入淮河〉四絕句之一）而這一廣大的邊塞地域，只見遍地荊榛草莽，悄無聲息，惟有強勁的秋風吹過，一片荒涼，說明南宋武備何等鬆懈，能不令人感慨！故接以「黯銷凝」，以此時傷感神情作為過渡，承上啟下，轉入第二層：「追想當年事，殆天數，非人力，洙泗上，絃歌地，亦羶腥。」此數句以「追想」二字領起，一氣貫下，是對北宋滅亡歷史的回顧。靖康之難，徽、欽二帝被擄，本是朝廷昏庸腐敗所致，而說大概是天數使然，顯得委婉，避免直質。滅亡之後，昔日的聖賢之鄉，詩歌絃誦之地，文化發達之區，成了牛羊放牧之所，充滿羶腥之氣，真是令人百感交集。第三層再轉向描寫淮水對岸敵占區白天與夜晚的情景：「隔水氈鄉，落日牛羊下，區脫縱橫。看名王宵獵，騎火一川明，笳鼓悲鳴，遣人驚。」氈帳星散，落日時分，驅喚牛羊，儼然一派遊牧民族之鄉。而金兵戒備森嚴，大量構築土室，以偵查、防範我軍，與我方的「關塞莽然平」形成鮮明對照。而至夜間，金兵將帥率領騎兵，打著火把，將邊境線的淮水照得通明，更以笳鼓之聲助威，名為狩獵，實帶有軍事演習性質，含有強烈的進犯意識。這種狀況，能不令人警惕、驚悚！上闋對歷史的回顧與對前線、邊防的觀察，可謂視野闊遠，高屋建瓴。

下闋抒寫對主和派的感慨與憤激，亦可分為三層。「念腰間箭，匣中劍，空埃蠹，竟何成！時易失，心徒壯，歲將零」為第一層，寫自己空懷壯志，報國無門。詞人一直力主北伐，隨時準備為國效命，但因南宋朝廷一直安於和議現狀，故得不到朝廷重用，因而有弓箭、寶刀虛設的歎息，壯志成空、虛度年華的感慨。至「渺神京」，是一轉折。神京，不僅是一個地理名詞，更是一個王朝的代表；所謂「渺」，不僅是感歎空間距離的遙遠，更包含有一種時間的悠遠感，北宋王朝的覆滅已經過去了三十多個年頭。三十多年，本來有許多復國的機會，可是苟安的南宋王朝卻在金國面前一再屈辱投降，多次坐失良機。三個字中，包含有無限的扼腕痛惜！「干羽方懷遠，靜烽燧，且休兵。冠蓋使，紛馳騖，若為情」為第二層，對朝廷的出賣國土、喪失尊嚴的和議，進行深刻的諷刺與有力的鞭笞。此處運用古代舜帝舞干羽以使苗族來歸的典故，表面看來似乎是說南宋王朝欲以文德使北方女真貴族統治者歸順，從而結束戰爭，實際上這是屈辱投降的反義語，是一種反諷。由於議和，稱臣納貢，紛紛派出使者，奔馳於南北道路間。堂堂華夏大國，居然落得如此卑微低下，尊嚴何在？教人何以為情！「聞道中原遺老，常南望、翠葆霓旌。使行人到此，忠憤氣填膺，有淚如傾」為第三層，通過中原遺老的渴望，申言北伐的急切。中原淪陷雖已三十多年，遺民並未忘記自己原來的歸屬，仍熱切希望從異族的屈辱統治下解脫出來，正如陸遊〈秋夜將曉出籬門迎涼有感〉詩所言：「遺民淚盡胡塵裡，南望王師又一年。」收復中原，乃北方民心之所向。面對遺民的渴求，再看眼前的局勢，二者之間的差距，不知凡幾！每思及此，無不義憤填膺，悲痛欲絕。「使行人到此」一語，係〈六州歌頭〉詞中常用，如北宋劉潛詠「項羽廟」：「遺行人到此，追念痛傷情，勝負難憑。」李冠詠「驪山」：「使行人到此，千古只傷歌，事往愁多。」行人，字面上是過路之人，實際上既指他人，也包括自己，是借此抒發自己的忠憤之氣和悲痛之情。

此詞述形勢、書感念、表忠憤，可謂大氣磅礴，悲慨淋漓，驚心動魄，振聾發聵，故使重臣為之罷席。同時的王之道受其感染，曾作和詞，有「堪歎中原久矣，長淮隔、胡騎縱橫。問何時，風驅電掃，重見文明」的呼應，說明當時同仇敵愾、同氣相求者，正不乏其人。此詞不刻意追求形式的工飭典麗，而是健筆淩雲以氣勝，令人有搖華岱、撼河嶽之感。千餘年後的陳廷焯評此詞曰：「淋漓痛快，筆飽墨酣，讀之令人起舞。」

《白雨齋詞話》卷六）近人薛礪若亦稱賞其境界不凡：「縱筆直書，如鷹隼臨空，盤旋夭矯而下，詞中極少此種境界。」（《宋詞通論》第五編第二章）

197

念奴嬌

過洞庭

張孝祥

洞庭青草❶，近中秋、更無一點風色。玉鑑瓊田三萬頃，著我扁舟一葉。素月分輝，明河❷共影，表裡俱澄澈。悠然心會，妙處難與君說。

應念嶺海❸經年，孤光❹自照，肝肺皆冰雪。短髮蕭騷❺襟袖冷，穩泛滄浪❻空闊。盡吸西江❼，細斟北斗❽，萬象為賓客。扣舷❾獨笑，不知今夕何夕。

【詞牌】〈念奴嬌〉，又名〈酹江月〉、〈大江東去〉、〈百字令〉等。雙調，一百字，有平韻、仄韻兩格。本詞用入聲韻。詳見前蘇軾〈念奴嬌〉「詞牌」介紹。

【注釋】❶洞庭青草　湖名。南名青草，北名洞庭。杜甫〈宿青草湖〉詩：「洞庭猶在目，青草續為名。」❷明河　即銀河。❸嶺海　指兩廣之地，北倚五嶺，南臨南海。詞人曾任靜江知府兼廣西經略安撫使，屬嶺海之地。❹孤光　遠照獨明之光。蘇軾〈西江月〉：「中秋誰與共孤光，把盞淒然北望。」❺蕭騷　蕭條淒涼，此處形容頭髮稀疏。❻滄浪　此處指清波。《楚辭・漁父》：「滄浪之水清兮，可以濯吾纓。」❼盡吸西江　此處借禪語表現自己的豪氣。語出《景德傳燈錄》。襄州居士龐蘊之江西，參問馬祖：「不與萬法為侶者是什麼人？」祖云：「待汝一口吸盡西江水，即向汝道。」西江，西來的江水。❽細斟北斗　語本《楚辭・九章・東君》：「援北斗兮酌桂漿。」北斗，星名，七星排列如斗。此處想像將其作為人間的酒斗。❾舷　船邊。

【語　譯】洞庭青草湖中，接近中秋，更無一點風的跡象。湖水如玉製鏡子、白玉良田，寬闊三萬頃，托起我小舟一葉。皎潔月色向洞庭分其光輝，銀河與湖光互相照影，裡外都明朗澄澈。愉快地心領神會，奇妙之處，難與君說。　理應回想，在嶺海經過一年，明月孤光自照，肝肺明潔有如冰雪。短髮稀疏，襟袖寒冷，穩穩地在空闊清波中泛舟。吸盡西來之江水，慢慢地用北斗斟酌，以自然萬物為賓客。敲打船邊，悠然獨笑，不知今夕為何夕。

【研　析】孝宗隆興二年（西元一一六四年）宋金和議成，再割讓唐州、鄧州等六州土地，由向金稱臣改稱侄皇帝。詞人在此前，因堅持抗戰，忽而被起用，又忽而遭罷免。和議次年，即乾道元年（西元一一六五年）七月，詞人起知靜江府（治所在今桂林）兼廣西經略安撫使，第二年五月以「專事遊宴」罪名遭劾罷。此詞作於罷職東歸經過洞庭湖之時。國家大形勢及個人遭遇如此，其心情抑鬱難紓，可想而知。然而詞人自問，無愧於心，故又極豁達超曠。

此詞入手擒題：「洞庭青草，近中秋、更無一點風色。」時近中秋，又無風浪，浩渺的洞庭湖是怎樣的一番光景？「玉鑑瓊田三萬頃，著我扁舟一葉」，從水平面視之，光滑如鏡，從其浩瀚無垠看，有如白玉鋪就的三萬頃良田。於此靜謐安詳、晶瑩遼闊的湖面，漂蕩起詞人乘坐的一葉扁舟，點與面之間，恰似滄海之一粟，人在大自然面前難免有渺小之感。人雖渺小，但胸襟卻與大自然相融，故下面接寫：「素月分輝，明河共影，表裡俱澄澈。」湖面既如玉鑑瓊田，天上又有潔白月光投射，銀河照耀湖水，湖水倒映銀河，霄壤之間，呈現的是一個無限空明清澈的世界。這一境界實亦詞人審美主體光明磊落心胸的寫照，天與人在此合而為一。黃蘇《蓼園詞選》對這段描寫有極精微的評說：「寫景不能繪情，必少佳致。此題詠洞庭，若只就洞庭落想，縱寫得壯觀，亦覺寡味。此詞開首，從『洞庭』說至『玉界瓊田三萬頃』，題已說完，即引入『扁舟一葉』，以下從舟中人心跡與湖光映帶，寫隱現離合，不可端倪。鏡花水月，是二是一。自而神采高騫，興會洋溢。」歇拍「悠然心會，妙處難與君說」，對前面描寫作一小結，心物交融，興會飆舉，有許多妙處。可是

「妙」在何處，又說難以言表。二句與陶淵明詩「此中有真意，欲辨已忘言」相似，所不同者，正如繆鉞所言：「陶淵明是超曠的玄想，而張孝祥則是政治的憤慨。」（《靈谿詞說》）

至下闋便轉而描述自己心跡，先是回憶年來的光景，以「應念」二字領起「嶺海經年，孤光自照，肝肺皆冰雪」，詞人本胸懷磊落，光明正大，在廣西經略安撫使任上，「治有聲績」（《宋史》本傳），今遭人無端彈劾，不免心懷憤懣。這種情思在詞中化作了巧妙的藝術形象。所謂「孤光」，係由眼前景觸發，想年來亦是皎月高照，照出我肝膽皆如冰雪，潔淨無瑕。以此作為對自己受到不公平非議的一種回擊。繼而再轉向眼前：「短髮蕭騷襟袖冷，穩泛滄浪空闊。」詞人這年三十五歲，正當壯年，不應是「短髮蕭騷」，但宋代的詩人、詞人在不得意時往往會把自己的形象向衰老的一方面加以誇張、強調，如歐陽脩四十歲時自號「醉翁」，蘇軾三十九歲，說自己「塵滿面，鬢如霜」（〈江城子〉）等，均是證明。「襟袖冷」，固然有氣候的原因，但也帶有心理上的蕭瑟感。雖屬外形的描繪，卻曲折地反映了內心的情愫。然而詞人是一個胸襟開闊之人，人生的失意原不足掛懷，故而能「穩泛」於萬頃湖波之上，很有「任憑風浪起，穩坐釣魚船」的意味。以下更放筆馳騁浪漫的想像：「盡吸西江，細斟北斗，萬象為賓客。」要把西江之水當酒吸盡，以天上北斗為酒具細斟慢酌，以自然界的萬物作為我的賓客，想像何其瑰偉，氣魄何其宏大，形象何其瀟灑！特別是人的主體性在這裡得到了最為充分的張揚：萬物皆備於我，萬物皆為我所用。故唐圭璋有「筆勢雄奇」（《唐宋詞簡釋》）的評讚。結拍「扣舷獨笑，不知今夕何夕」呼應前面的「悠然心會」，前句將這種內心感受通過行為與表情加以外化，後句則是對這種情感的進一步延伸。「不知今夕何夕」，語本古代〈越人歌〉：「今夕何夕兮，搴洲（舟）中流。」蘇軾〈念奴嬌〉詞亦曾寫道：「起舞徘徊風露下，今夕不知何夕。」是說內心歡悅得不知道今天是什麼日子了，極言其樂。詞寫至此，愈唱愈高，清壯嘹亮，迴然超乎塵垢之外。

清查禮評《于湖詞》：「聲律宏邁，音節振拔，氣雄而調雅，意緩而語峭。」（《銅鼓書堂詞話》）以之評此詞尤為的當。

張孝祥此類詞作風氣，無疑受到蘇軾詞風的影響，興會淋漓，形神飄逸，超然清曠，均有相似處，故《四庫全書總目》謂「陳應行、湯衡兩序，皆稱其詞寓詩人句法，繼軌東坡。觀其所作，氣概亦幾近之」，而張氏所處時代不同，忠憤慷慨之氣或有過之者。

198

摸魚兒

淳熙己亥，自湖北漕❶移湖南，同官❷王正之置酒小山亭❸，為賦

辛棄疾

更能消、幾番風雨？匆匆春又歸去。惜春長恨花開早，何況落紅無數。春且住！見說❹道、天涯芳草無歸路。怨春不語。算只有殷勤，畫簷蛛網，盡日惹飛絮。

長門事❺，準擬佳期又誤。蛾眉曾有人妒❻。千金縱買相如賦，脈脈此情誰訴？君莫舞，君不見、玉環❼飛燕❽皆塵土！閒愁最苦。休去倚危欄❾，斜陽正在，煙柳斷腸處。

【作者】辛棄疾（西元一一四〇—一二〇七年），字幼安，號稼軒，歷城（今山東濟南）人。紹興三十一年（西元一一六一年）耿京聚兵山東，節制忠義軍馬，為掌書記。次年，奉表歸宋。使還，張安國叛，害耿京。棄疾帶人徑闖金營，縛張安國，帥義兵歸。宋孝宗乾道年間，通判建康府，出知滁州，曾上〈九議〉、〈美芹十論〉言恢復大計。淳熙元年至八年（西元一一七四—一一八一年），先後知江陵府兼湖北安撫使、知隆興府兼江西安撫使、湖北湖南轉運副使、知潭州兼湖南安撫使，再知隆興府兼江西安撫使。被劾落職後，卜居江西上饒帶湖十年。至光宗紹熙二年（西元一一九一年）起為福建提點刑獄、知福州兼福建安撫使。復被劾，家居瓢泉八年。復起知紹興府、知鎮江府、知江陵府。開禧三年卒。恭宗德祐初，贈少師，諡忠敏。著有《稼軒詞》，亦名《稼軒長短句》。宋劉克莊評其詞「所作大聲鞺鞳，小聲鏗鍧，橫絕六合，掃空萬古，自有蒼生

以來所無。其穠芊綿密者亦不在小晏、秦郎之下」（〈辛稼軒集序〉）。《四庫提要》謂其詞「慷慨縱橫，有不可一世之概，於倚聲家為變調，而異軍特起，能於剪紅刻翠之外，屹然別立一宗，迄今不廢」。在詞史上與蘇軾並稱為「蘇辛」，對後世影響很大。

【詞　牌】〈摸魚兒〉，又名〈摸魚子〉、〈買陂塘〉、〈邁陂塘〉、〈陂塘柳〉、〈山鬼謠〉等。雙調，一百一十六字，仄韻格。另有增字者數體。詳見前晁補之〈摸魚兒〉「詞牌」介紹。

【注　釋】❶漕　轉運使的簡稱。❷同官　王正之時任湖北轉運判官，辛棄疾任湖北轉運副使，故稱「同官」。❸小山亭　在湖北轉運使治所鄂州（今武昌）的衙門內。❹見說　聽說；聞說。❺長門事　《昭明文選・長門賦序》載，漢武帝陳皇后（阿嬌），時得幸，頗妒，打入長門宮，聽說司馬相如工為文，遂奉黃金百斤，為相如、文君取酒，請作解悲愁之辭。相如為文以悟主上，皇后復得幸。❻蛾眉曾有人妒　用屈原〈離騷〉：「眾女嫉予之蛾眉兮，謠諑謂予以善淫」語義。蛾眉，蠶蛾之觸鬚細長而曲似人眉。此處用作美女的代稱。❼玉環　楊貴妃小字。得幸，為唐玄宗專寵。安祿山反，以誅楊國忠為名，賜縊於馬嵬坡。事見《太真外傳》。❽飛燕　趙飛燕，漢成帝時皇后，善歌舞，與其妹專寵十餘年。事見《趙飛燕外傳》。❾危欄　高處的欄杆。危，高。

【語　譯】更能經受幾番風雨？春又匆匆歸去。因惜花而常怕花開太早，更何況而今落花無數。春且留住！聽說芳草已滿天涯，沒有歸路。埋怨春光不語。算來只有畫簷蜘蛛，勤懇地織網，挽住飛絮。　長門宮皇帝再幸之事，大概是佳期又被耽誤。美人曾有人嫉妒。縱使花費千金買得相如賦，此脈脈柔情向誰傾訴？你們休得太過得意了，君不見，玉環、飛燕都已化為塵土！閒愁最苦。不要去依倚高處欄杆，因為斜陽正照著煙靄中的楊柳，那是令人腸斷之處。

【研　析】此詞作於淳熙六年（西元一一七九年），詞人由湖北轉運副使調為湖南轉運副使（掌管一路財賦的官職）。這年詞人四十歲，正當盛壯之年。詞人本是一個充滿民族憂患意識、富有強烈的歷史使命感，具雄才大略和軍事指揮才能的文武兼備的愛國志士，由北南來，本意在銳意恢復、掃清河洛，但最高統治者從未提供他相應的機會，政敵奸小又常設置障礙、甚至構陷。如今只做一介管錢糧的地方官，且由湖北調往離前線更遠的湖南，不免憂愁國勢，心懷憤激，遂發而為詞。

詞之發端「更能消、幾番風雨？匆匆春又歸去」係從千迴百折中轉出，一個「更」字，便包含有許多「前奏」：「春」，曾經受了多少回風吹雨打；同時又含有對來日的擔心，還能承受怎樣的打擊？對春的歸去，在詞人的主觀感覺中又是太「匆匆」，令人想起李後主的「林花謝了春紅，太匆匆，無奈朝來寒雨晚來風」（〈相見歡〉）的描寫與歎息。當然，二者的深層內涵並不相同，李詞更多的是對美好事物轉瞬即逝的惋歎，而辛詞則是借春歸暗示國勢的衰頹。其中用一「又」字，則表示非止一回，而是春歸多次，更加重傷感。以下由「春歸」折回，依次寫「惜春」：「惜春長恨花開早，何況落紅無數。」在群花未開之時，即擔憂花兒開得太早，因為早開，必然早謝，何況現在已是百花凋零呢，用加倍寫法，其惋惜之情更進一層；「留春」：「春且住！見說道、天涯芳草無歸路。」用擬人手法挽留春天，呼喚春天收住腳步，因為聽說芳草已經遍及天涯，遮擋住了你的歸路；「怨春」：「怨春不語。」春竟然不予回答，便悄然地溜走了。落紅無數，草綠天涯，春已踏上歸途，如今還能見到的是：「算只有殷勤，畫簷蛛網，盡日惹飛絮。」只有畫簷下的蜘蛛，還在殷勤地編織絲網，黏住飛絮，似乎要把春光留住。但這點力量是何等微弱！

這首詞描寫的暮春究竟是誰眼中的景物？原來是一位被打入冷宮的女性對春光消逝的惋歎，流露的是美人遲暮之感。故下闋開頭即以「長門事」承上啟下，作為過渡。失寵的皇后本有再獲皇上青睞的機會，但是「準擬佳期又誤」。原因何在？是因為「蛾眉曾有人妒」。此句用〈離騷〉「眾女嫉予之蛾眉兮，謠諑謂予以善淫」語義，謂有人因嫉妒我的美貌，而在君王面前進獻讒言加以離間。面臨這種疏離處境，不免懷有深深憾恨，甚至情帶絕望：「千金縱買相如賦，脈脈此情誰訴？」即使花費千金買得司馬相如辭藻華美、動人心魄的文賦，也是枉然，我的萬種柔情，能與何人訴說？以下由絕望轉為憤激，向嫉予「蛾眉」之人發出嚴重警告：「君莫舞，君不見、玉環飛燕皆塵土！」你們這些以進讒言為挑撥能事的小人，休得太猖狂得意了！你們不見，當年的楊玉環、趙飛燕雖得寵於一時，但終究都化為了塵土，其下場不正是你們的前車之鑑嗎？詞寫至此，以「閒愁最苦」加以小結。曰「閒愁」，似乎是一種隨意的、無足輕重的愁情，實是寓濃情於淡語中；說「最苦」，正表明憂愁之深，難以解脫。結拍「休去倚危欄，斜陽正在，煙柳斷腸處」以景結情。斜陽、煙柳，既是呼應前面的暮春景物，更是以此迷濛景色，作為時勢衰微的象徵。而在前面用一否定語：「休去」，則表明曾經有過這種悲愁情感的體驗，同時又將景物描寫化實為虛，運筆極顯靈動，富有感染力。清沈澤棠評此結語云：「樹樹皆秋色，山山惟落暉，傷心人別有懷抱，令人讀不成聲。」（《懺庵詞話》）

這首詞運用香草美人的比興方法，一方面借春之衰暮以表對國勢危殆的憂慮；同時又借古代美人的際遇暗示自己遭受的疑忌與排斥，而對於得勢奸小則給予無情的諷刺與鞭撻。其情緒極為憤激而出之以柔婉蘊蓄，即用最不激昂的方式，表現最為激昂的情緒，寄勁於婉，摧剛為柔，故夏承燾曾以「肝腸似火，色貌如花」（《唐宋詞鑒賞辭典》）八字評之。它所帶給人們心靈的震撼力與衝擊力，絕不亞於那些劍拔弩張狂呼大叫的作品，故陳廷焯有「詞意殊怨，然姿態飛動，極沉鬱頓挫之致」的評語（《白雨齋詞話》卷一），近人梁啟超亦讚歎其「迴腸盪氣，至於此極」（《飲冰室評詞》）。據說宋孝宗見此詞，頗為不悅，但終未加害。大概與其藝術表現的幽微隱約有關。

該詞堪稱詞中之〈離騷〉，詠春詞作之典範。其比興寄託的創作方法、其摧剛為柔的藝術風格、其給春之意象所賦予的政治內涵，對於後世詞的創作影響極為巨大，特別在國勢危殆之時、江山易代之際，詞人多借「春」抒發感慨。如宋末有「送春」、「寒春」、「春感」之作，明清之際有「春恨」、「春去」、「春歸」之歎，晚清外敵侵凌、國勢危如累卵之時有「留春」、「餞春」、「尋春」之詞唱，至抗日戰爭時期，面對國土淪喪，亦有「春去」、「春殘」之感慨。由此可見，辛棄疾的〈摸魚兒〉詞，始終以深沉的時代憂患意識和獨特的藝術魅力感染著、啟迪著後世的無數讀者與作者。

199

水龍吟

登建康賞心亭❶

辛棄疾

楚天❷千里清秋，水隨天去秋無際。遙岑遠目，獻愁供恨，玉簪螺髻。落日樓頭，斷鴻❸聲裡，江南游子。把吳鉤❹看了，欄干拍徧❺，無人會、登臨意。

休說鱸魚堪鱠，儘西風、季鷹歸未❻？求田問舍，怕應羞見，劉郎才氣❼。可惜流年，憂愁風雨，樹猶如此❽！倩❾何人、喚取❿紅巾翠袖，揾⓫英雄淚？

【詞牌】〈水龍吟〉，又名〈龍吟曲〉、〈鼓笛慢〉等。雙調，體式甚多，字數不一，句讀有異，韻腳亦多寡不同。宋詞人多使用一百零二字蘇軾體（首句或六言、或七言，本詞首句用六言）。為仄韻格。詳見前章楶〈水龍吟〉「詞牌」介紹。

【注釋】❶賞心亭　北宋丁謂重建，在建康下水門城上，下臨秦淮河。遺址在今南京水西門。❷楚天　古時長江中下游一帶屬楚地。❸斷鴻　孤雁。❹吳鉤　刀名，似劍而曲。《吳越春秋・闔閭內傳》載，吳王闔閭命國中作金鉤，以百金賞善作鉤者。有人殺其二子，以血釁金，成二鉤，獻於闔閭，神妙異常。❺欄干拍徧　王闢之《澠水燕談錄》載，劉孟節往往憑欄靜立，懷想世事，吁唏獨語，或以手拍欄杆。為詩曰：「讀書誤我四十年，幾回醉把欄干拍。」語本此。❻休說鱸魚堪鱠二句　南朝宋劉義慶《世說新語・識鑒》載：「張季鷹辟齊王東曹掾，在洛，見秋風起，因思吳中菰菜羹、鱸魚膾，曰：『人生貴得適意爾，何能羈宦數千里以要名爵？』遂命駕便歸。」此處反用其意，謂己未曾為求個人安適而歸故里。❼求田問舍三句　《三國志・魏書・陳登傳》載，許汜忿然告知劉備，有聲望的陳登對他不以禮相待。劉備回答說，你在國勢危難之際，只顧添置田產、經營房屋，理應受到冷遇。此處借此言己非許汜鼠目寸光之流。❽樹猶如此　語出《世說新語・言語》篇：「桓公北征，經金城，見前為琅琊時種柳，皆已十圍，慨然曰：『木猶如此（庾信〈枯樹賦〉為「樹猶如此」），人何以堪！』

攀枝執條，泫然流淚。」此處借此歎時光流逝之速。❾倩　請。❿取　動詞詞尾，有「得」、「著」等義。⓫搵　揩拭。

【語　譯】瞭望楚天千里清朗秋光，見水隨天去、秋色無邊無際。舉目遙看遠處山巒，如美人頭上的玉簪、螺形的髮髻，向人獻愁供恨。江南遊子，在落日斜照的樓頭，在孤雁的哀鳴聲裡，手把吳鉤看來看去，將欄杆拍遍，卻無人領會，登臨之意。　不要說鱸魚能做成美味佳饌，如今遍地西風，飄泊在外的季鷹歸來沒有？如果懷有許汜購置田地房舍之意，恐怕應該羞於面對，劉郎的雄傑才氣。可歎惜的是憂愁風雨飄搖，而年光如流，樹猶如此，何況人事！請何人，喚得衣著美麗的歌女，用紅巾揩拭英雄淚水？

【研　析】作者曾數次登建康賞心亭，此詞具體作於何時，一說作於乾道四年至六年（西元一一六八－一一七○年）通判建康任上，一說作於淳熙元年（西元一一七四年）重至建康之時。作者自北南來，本懷有一腔掃清河洛、收復中原的壯志，然多年來，僅輾轉於地方任上，志不獲騁，且遭疑忌，故發而為詞，慷慨磊落，清壯沉鬱。

詞從登臨所見清秋景物入手：「楚天千里清秋，水隨天去秋無際。」以「千里」狀楚天遼闊，寫出江南秋高氣爽特色，係由已見推知未見；後句以「水隨天去」帶出秦淮、長江水天相接的混茫壯闊景象，「秋無際」不僅包含水天一色，更包含有水天之外的種種景物與斑斕色彩。江南秋景確有值得讚美之處，但詞人此時的登樓不在於欣賞美景，而在於感念國家形勢與個人遭際，故下面於此「無際」景觀中將目光投射於邊地連綿的山巒。「遙岑遠目」係「遠目遙岑」的倒裝，「目」為名詞，用為動詞，作「望」解；「獻愁供恨，玉簪螺髻」，係「玉簪螺髻，獻愁供恨」的倒裝。以玉簪螺髻比喻山峰，古已有之，如韓愈〈送桂州嚴大夫同用南字〉詩：「江作青羅帶，山如碧玉篸（簪）。」劉禹錫〈望洞庭〉詩：「遙望洞庭山水翠，白銀盤裡一青螺。」望山則愁滿於山，因群山連綿處即江淮前線，更北即廣大中原地區，大片江山淪落，能不痛心疾首！在詞人眼中，眾山似充滿無限愁恨。此係用移情之法，從而使表情多了一層曲折。憂國傷時，暗伏下之「登臨意」。

以下「落日樓頭，斷鴻聲裡，江南游子。把吳鉤看了，欄干拍徧，無人會、登臨意」六句一氣貫注。此處亦用倒裝句法，「江南游子」乃是佇立「樓頭」的人物，是聞「斷鴻」之聲的主體。詞人自稱「江南游子」，實帶有某種諷刺的意味，從表面看，係指自己由北地而來，但深究其因，自己回歸南宋，乃是以宋室為家，欲為宋室效力，然卻遭到朝廷疑忌，此心在南而被疑為北，能不憂戚乎！從詞的前後關係言，則開篇的景觀描寫、感慨抒發，運用的是逆入法，至此方點出登亭瞭望的主人公。「落日樓頭，斷鴻聲裡」，有如柳永〈夜半樂〉詞中「斷鴻聲遠長天暮」的景象，以所見所聞，渲染氛圍的蒼涼、悲壯。「落日」、「斷鴻」的意象，尤帶有象徵意味，前者象徵時代的衰微，後者象徵自身的飄零孤獨。在國勢衰頹之際，自己本思有所作為，而竟請纓無路，只能獨自手把吳鉤翻來覆去地觀看。吳鉤，本是一種精良的武器，但在這裡，又非單純的武器，它代表著一種戰鬥的意志與渴望，李賀〈南園〉詩云：「男兒何不帶吳鉤，收取關山五十州。」這才是「把吳鉤看了」的深層內涵。手把吳鉤，將「欄干拍徧」的動作，則是一種不平之氣的宣洩。時空展示的情境，行為動作透露的內心激盪，已然將一個失意的愛國志士的形象凸顯於讀者眼前。「無人會、登臨意」，直抒情懷，感歎自己一片丹心、滿腔愛國熱忱，竟無人理解，既以此小結上片詞意，又點出一篇主旨。詞人所作〈鶴鳴亭絕句〉四首之一云：「有時思到難思處，拍碎闌干人不知。」可與此互相參讀。

至詞之換頭，接連運用兩個典故對朝中的疑忌，作出反駁。「休說鱸魚堪鱠，儘西風、季鷹歸未」用詰問，反用晉張翰（季鷹）秋日思江東鱸鱠、蓴羹，命駕即歸的故事，表明自己並未為貪圖個人享受而回歸故里，詞人提出「季鷹歸未？」並不作答，而答案自在其中。「求田問舍，怕應羞見，劉郎才氣」則從正面說明自己絕非三國時許汜一流人物，僅為一己之私的目光短淺之輩。這兩個典故的運用，同時也在說明自己用志之宏大、目光之高遠、胸懷之磊落。

下面由慷慨陳詞轉為掩抑歎息：「可惜流年，憂愁風雨，樹猶如此！」詞人南來日久，如今已屆中年，竟未能一騁挽狂瀾於既倒之才，實現「整頓乾坤」（〈水龍吟〉）之志，心中積有多少憾恨！「憂愁風雨」四字，可用「更能消、幾番風雨？匆匆春又歸去」（〈摸魚兒〉）作為注釋，是憂虞國勢的形象描繪。此處對時光流逝迅疾的感歎，用桓溫「樹猶如此，人何以堪」的前面一句，有人稱之「作半面語」，但卻包含了後一句的意思，前人稱之能「留」，即留下後面的含義，讓人補充、思索。結拍「倩何人、喚取紅巾翠袖，揾英雄淚」再一伸悲慨之情，以補足「無人會、登臨意」。但此處以「倩何人」領起，全用虛筆，因無人解會心意，故欲喚取歌女為之拭淚，而喚取歌女拭淚，又不知有「何人」可請，真是孤獨到了極點！這淚又非一般離人之淚，而是英雄之淚。英雄之淚，而以「紅巾翠袖」拭之，以美人襯托英雄，則於悲壯之中，又添幾分旖旎，令人不得不歎服，此真乃驚人的神來之筆！

全詞於大開大闔中縱橫變化，上闋多用「倒捲」之法，形成幾度盤旋，慷慨之氣、鬱勃之情、悲涼之意，盡含其中；下闋連用數典，借古說今，申說己志，含蘊深厚，貴在能「留」，曲終的感慨尤為沉重。詞中把民族憂患感、英雄失路的孤獨感融合一處，給人以強烈的心靈震撼。

200

念奴嬌

書東流❶村壁

辛棄疾

野棠❷花落，又匆匆、過了清明時節。剗地❸東風欺客夢，一夜雲屏❹寒怯。曲岸持觴，垂楊繫馬，此地曾輕別。樓空人去，舊遊飛燕能說。聞道綺陌❺東頭，行人長見，簾底纖纖月❻。舊恨春江流未斷，新恨雲山千疊。料得明朝，尊前重見，鏡裡花難折。也應驚問：近來多少華髮？

【詞牌】〈念奴嬌〉，又名〈酹江月〉、〈大江東去〉、〈百字令〉等，別名多達二十餘種。此調首見宋沈唐詞作中。雙調，一百字，有平韻格、仄韻格兩式。本詞用仄韻格。詳見前蘇軾〈念奴嬌〉「詞牌」介紹。

【注　釋】❶東流　舊縣名，在今安徽省南部。❷野棠　甘棠，二月開花，暮春花落。李玫〈白衣叟途中吟〉：「春草萋萋春水綠，野棠開盡飄香玉。」❸剗地　無端。❹雲屏　雲母所製屏風。❺綺陌　繁華街市。❻纖纖月　喻美人眉，或謂喻美人足。

【語　譯】野棠花飄落，又匆匆過了清明時節。沒來由地東風驚醒客夢，一夜在雲屏後怯於寒冷。記得在曲岸舉杯，垂楊之下繫馬，在此地曾輕易離別。而今人去樓空，當時情景，惟有舊遊飛燕能說。　聽說繁華街市東頭，有行人曾經瞧見，簾底纖纖眉月。舊的離恨如春江流淌不斷，新的離恨如入雲山峰千疊。料想明朝，在酒筵前重見，她在鏡裡的頭上花枝難摘。對方也當向我驚問：近來頭上增添多少華髮？

【研　析】此詞當作於壯年遊歷吳楚之時，憶昔懷人，風情婉孌，在辛詞中別具一格。詞人在遊歷中曾有過一次難忘的豔遇，而離別的地點應該即為東流縣，故舊地重遊，不免勾引起對那人的深深憶念與懷想，以至於夢繞魂牽。

詞之發端即點明重經故地之時，清明節已過，已是暮春三月，野海棠花已經凋落。「又忽忽」三字頗耐人尋味，聯繫後面的「垂楊繫馬」，可知當日分手之時，正值春天，也當是過了清明的時節。因此起拍既是寫眼前，亦綰合了昔日的別離情景。所謂「忽忽」，正是離人的感受，不忍分離之人惟恨時間流逝之速。「剗地東風欺客夢，一夜雲屏寒怯」，接寫因懷人而成夢，但夢醒之後，竟不成寐，輾轉反側。詞人怪罪「東風」欺夢，無理而妙；又謂「寒怯」，固與料峭春寒的氣候相關，實亦係思念之深所致，用筆極為蘊蓄。

以下轉入對別離時的回憶：「曲岸持觴，垂楊繫馬，此地曾輕別。」先用一對句寫離別場景，從行者、送者兩方著筆，一方欲騎馬遠行，一方於江邊折柳送別，殷勤勸酒，簡潔而富視覺形象。「曲岸」、「垂楊」，而今風景依舊，真懊悔當時「輕別」，留下許多憾恨。「樓空人去，舊遊飛燕能說」二句轉向眼前，用語無疑受蘇軾「燕子樓空，佳人何在？空鎖樓中燕」（〈永遇樂〉）的影響。她曾居住的樓閣而今已是人去樓空，兩情相悅的往事已悄然消逝，惟有舊時的燕子能見證我們的親密旖旎。舊燕能說的情事，實是自己記憶中的深藏，只是託之於燕罷了，委曲以達。

換頭承「樓空人去」，探尋伊人蹤跡：「聞道綺陌東頭，行人長見，簾底纖纖月。」以「聞道」領起，是為虛寫，然虛中有實：先點出她的住地乃一繁華之所在，故多行人來往；行人路過之時，常透過簾幕隱約見到她那裊裊婷婷的曼妙身影。「纖纖月」，係以人的部分代替整體，全詞寫對方形象，僅見於此，引人無限遐想。汪中評此數語云：「其人尚在，不言尋覓，而託之行人曾見，尤為靈虛。」（《宋詞三百首注析》）由此聽聞，可知她風華依舊，又由此引發出無限感傷：「舊恨春江流未斷，新恨雲山千疊。」舊時的愁恨，有如李後主所言：「恰似一江春水向東流。」（〈虞美人〉）無有盡時，如今又添「新恨」，層層如雲山千疊，如秦觀所言：「砌成此恨無重數」（〈踏莎行〉）。舊恨綿長不斷，新恨又極為高遠，將抽象之恨，化為時空中可視的具象，有了長度與體積，形象而帶誇張。

結拍設想明朝重見情景，全用虛筆：「料得明朝，尊前重見，鏡裡花難折。也應驚問：近來多少華髮？」從己方而言，想她如今已另有歸屬，豈能再得親近！「花難折」，用杜秋娘〈金縷衣〉詩「花開堪折直須折，莫待無花空折枝」詩意。「鏡裡花難折」，則有鏡花水月之歎，可見而不可即，如此寫來，顯得無比空靈。從對方來說，她肯定也在牽掛自己，會驚異於我頭上華髮的增添。寫己方帶肯定語氣，寫對方，則用「也應」，係帶擬想口吻。雖然分離已久，但依舊兩心相印，互相關切。然情事有變，惟發乎情，止乎禮義而已。

全詞沒有濃麗的色彩，沒有脂粉的氣息，更沒有俗豔的細節，只有樸素的描寫，流動的筆勢（運用「又」、「聞道」、「料得」、「也應」等虛詞連綴），在同一空間的時間流轉中，開闔有致，刻畫出一段難忘的柔情，一份持久的愛慕。雖亦屬「人面桃花」的舊曲翻新，但不同於周邦彥〈瑞龍吟〉的回環頓挫，精微細膩，而具高朗脫俗、靈動清雋的特色，緬懷中帶有悲壯的色彩。這類作品被清譚獻稱為「大踏步出來，與眉山（蘇軾）同工異曲」（《復堂詞話》）。另有人聯繫詞人一生追求完成恢復大業而壯志不酬，受主和派、投降派壓抑、打擊，認為此詞寄予了自己的政治感慨，如梁令嫻於《藝蘅館詞選》引梁啟超云：「此南渡之感。」亦可備一說。

201 菩薩蠻　書江西造口❶壁

辛棄疾

鬱孤臺❷下清江❸水，中間多少行人淚！西北望長安❹，可憐無數山。

青山遮不住，畢竟江流去。江晚正愁予，山深聞鷓鴣❺。

【詞牌】〈菩薩蠻〉，唐教坊曲名，用作詞調。又名〈菩薩鬘〉、〈重疊金〉、〈子夜歌〉等。雙調，四十四字，為平仄韻轉換格。詳見前晏幾道〈菩薩蠻〉「詞牌」介紹。

【注釋】❶造口　即皂口。在今江西萬安西南六十里，有皂口溪，水自此流入贛江。❷鬱孤臺　在今江西贛縣西南。王象之《輿地紀勝》載：「鬱孤臺……隆阜鬱然，孤起平地數丈，冠冕一郡之形勝，而襟帶千里之山川。」❸清江　袁江與贛江合流處，舊稱清江，此處當指贛江。❹長安　指代北宋都城汴京。❺鷓鴣　鳥名。鳴聲淒切，易觸動羈旅之愁。

【語譯】鬱孤臺下流淌清江水，中間含有多少流亡人之淚！遙向西北眺望長安，可惜所見只是無數青山。

青山遮不斷江水，清江畢竟奔流東去。臨江已晚正使我滿腹愁情，此時又聽到淒惻的鷓鴣聲。

【研析】此詞作於淳熙二、三年（西元一一七五—一一七六年）辛棄疾出任江西提點刑獄之時，因駐贛州，時經造口，故有是作。《宋史・后妃傳》載，隆祐太后（宋哲宗皇后，徽宗之嫂、高宗之伯母）是一個見識高遠、善能維繫人心、顧全大局的女性，為人所尊重。金人在建炎三年（西元一一二九年）南侵，隆祐太后先被追迫至洪州（今南昌），後次吉州（今吉安），金人追急，轉至太和縣，復由萬安至皂口，捨舟登陸，至虔州（今贛州），並未如羅大經《鶴林玉露》所言，被金人追至皂口。但金人在窮追過程中，曾大肆騷擾贛西一帶，給百姓帶來巨大災難。詞人有感於國脈如縷之際的錐心往事，即以「鬱孤臺下清江水，中間多少行人淚」為發端，言語平易而沉痛至極。行人，既包括眾多流亡的百姓，也包括隨行太后逃亡被殺害的兵衛、落水的宮人，贛江流水似乎還夾帶有當年的血淚。這是對四十多年前歷史的憑弔，依然悲憤難抑。陳廷焯評曰：「血淚淋漓，古今讓其獨步。」（《雲韶集》卷五）

詞人在造口，距贛縣的鬱孤臺有較大空間距離，非目力所能見到。其所以從鬱孤臺落筆，是與內在心理活動密切相關的。故第二韻即轉寫「西北望長安，可憐無數山」，由對歷史的憑弔轉向對故國的懷想。唐代李勉為虔州刺史時，曾登鬱孤臺北望，慨然曰：「余雖不及子牟，而心在魏闕（指朝廷）一也。」遂改「鬱孤」為「望闕」。後蘇軾〈虔州八景圖〉詩有「倦客登臨無限思，孤雲落日是長安」之句，再加發揮。「西北望長安」當係用李勉「望闕」語意。長安係指北宋故都汴京，詞人身在江南而心懷故國，魂繫中原。次句一大頓挫，可望見的只是無數山峰，令人無限惋歎，亦即李白「長安不見使人愁」（〈登金陵鳳凰臺〉）之意。

如果說詞之上闋語多悲憤，至過片則情緒轉為高揚：「青山遮不住，畢竟江流去。」運用自然物象，比擬恢復事業的發展如同滾滾江流，滔滔東注，非千迴百折之青山所能阻擋。雖將遭遇諸多阻力，但仍對前途充滿堅定信念。語帶議論，義含比興，顯得大氣淋漓，「畢竟」二字，尤為有力，足以警頑起懦。此處的青山、江流，並不拘限於眼前，而是就長江流勢而言，故可說是從眼前宕開或說從眼前延伸（贛江北流入鄱陽湖，匯入長江），大處落墨，深含哲理意味。

但詞人對現實有著清醒的認識，恢復大業的完成，由於有投降派的掣肘，談何容易！這又是詞人憂慮重重的原因。故詞之結拍以「江晚正愁予，山深聞鷓鴣」加以收束。「江晚」、「山深」，實寫眼前景，暮色蒼茫中，我正愁苦之際，又傳來「行不得也」的淒苦鷓鴣啼鳴，心情又不免轉為沉鬱、黯然。「正愁予」，語本《楚辭・九歌・湘夫人》：「目眇眇兮愁予。」內心本已憂傷，更借《楚辭》中語，以增其哀怨之色調。

詞人自是大手筆，於〈菩薩蠻〉小令中能大開大闔，善將歷史與現實，眼前景物與萬里江山融合為一整體，傳達出豐富的信息，顯現出鳥瞰世事、透視前行中暗礁的眼光，其闊大的胸襟、堅定的意志以及內心難抑的哀傷，都在四十多字的詞中噴發以出。故梁啟超稱賞云：「〈菩薩蠻〉如此大聲鏜鞳，未曾有也。」（《藝蘅館詞選》）此調為平仄韻轉換格，其意正宜一韻一轉。四韻之中，每有大的轉折，有的一韻之中，尚有小轉折，亦可謂極盡沉鬱頓挫之能事。

202

祝英臺近　晚春

辛棄疾

寶釵分❶，桃葉渡❷。煙柳暗南浦❸。怕上層樓，十日九風雨。斷腸片片飛紅，都無人管，更誰勸、流鶯聲住。

鬢邊覷❹。試把花卜歸期❺，纔簪又重數。羅帳❻燈昏，嗚咽夢中語。是他春帶愁來，春歸何處。卻不解、帶將❼愁去。

【詞　牌】〈祝英臺近〉，又名〈英臺近〉、〈祝英臺〉、〈寶釵分〉、〈月底修簫譜〉、〈燕鶯語〉等。首見蘇軾《東坡樂府》，調名取自梁山伯、祝英臺故事。此調有平、仄韻兩格，本詞為仄韻格。雙調，七十七字，上下闋八句，四仄韻（亦有上闋第二句不入韻者）。參見《詞律》卷十一、《詞譜》卷十八。

【注　釋】❶寶釵分　釵係由兩股簪子組合成的一種首飾。古人有分釵贈別習俗。南朝梁陸罩〈閨怨〉詩：「自憐帶斷日，偏恨分釵時。」唐白居易〈長恨歌〉詩：「釵留一股合一扇，釵擘黃金合分鈿。」❷桃葉渡　在今南京秦淮河畔。王獻之有妾名桃葉，送其渡河時歌曰：「桃葉復桃葉，渡江不用楫。」後因以桃葉為渡名。❸南浦　水邊送別地。《楚辭・九歌・河伯》：「送美人兮南浦」。江淹〈別賦〉：「送君南浦，傷如之何。」❹覷　偷看。❺花卜歸期　以所簪花朵數目，試卜所思之歸期。❻羅帳　絲織物製作之蚊帳。❼帶將　帶得。將，用於方言助句，有「得」意。

【語　譯】分寶釵一股與行人，送他至桃葉渡。濃密柳蔭使南浦變得幽暗。怕上層樓觀望，十日有九天颳風下雨。落花點點，令人腸斷，都沒人管，更有誰勸流鶯不再啼喚。　側眼瞧髮鬢，將簪花取下，試著用來占卜歸期，剛剛簪上又重數。昏暗燈光照著羅帳，睡夢中哽咽著說：是他春帶愁來，春歸何處，卻不懂得將愁帶去。

【研析】南宋張端義《貴耳集》載，辛棄疾此詞為逐妾而作，似不可信。這是一首閨人傷春怨別之詞。詞之發端一連用了釵分、桃葉、南浦三個送別的典故，渲染昔時別情，並以「煙柳」表明暮春時節，暗含折柳送別意，中間著一「暗」字，寓示心情黯淡，正所謂「黯然銷魂者，惟別而已矣。」（江淹〈別賦〉）

以下寫閨人別後所見、所聞、所感。「怕上層樓」，層樓即高樓，這一句很值得玩味。這表明她已多次登上層樓。古詩詞中女子之登樓往往心懷期盼，有所等待，如梁元帝〈蕩婦思秋賦〉：「登樓一望，惟見遠樹含煙。平原如此，不知道路幾千。」溫庭筠〈望江南〉詞：「梳洗罷，獨倚望江樓。過盡千帆皆不是，斜暉脈脈水悠悠。」詞中女主人公在幾經登樓眺望之後，每每感到失望，故生出「怕」的心理。南宋鄭文妻在〈憶秦娥〉詞中所寫：「畫眉樓上愁登臨。愁登臨。海棠開後，望到如今。」可作為這一「怕」字的注腳。這個「怕」還有一層意思，即是借傷春抒發「恐美人之遲暮」之感。因為登樓所見是「十日九風雨」，是風雨吹打的「片片飛紅」；所聽到的是「流鶯」的一聲聲啼喚，所謂「暮春三月，鶯飛草長」，正預示著春將歸去。春歸人老，故令人為之「斷腸」。風雨落花、群鶯亂飛，均為自然物象，非人力所能扭轉，而女主人公偏怪怨「都無人管」，希望有「誰」來加以阻攔。這種要求似乎無理，卻表達了她留住韶光的急切願望。

下闋一開始轉寫女主人公一種可笑卻痴情的行為：先側眼瞧瞧自己的鬢髮，再取下插在上面的花朵，一朵一朵地數著，來卜算遠人的歸期，數完了插上去，剛剛插好，又擔心數錯了，重新把它們取下來，再數一遍。「覷」、「卜」、「纔簪」、「重數」，一連串動作，令人歷歷如見，心理刻畫極為細膩。陳匪石謂「輾轉反側之情，傳神阿堵，語極痴，情極摯」（《宋詞舉》）。由「怕上層樓」至此，係寫日間之情事。

以下寫夜間夢囈。「羅帳燈昏」一句，既是時間轉折，又是環境渲染，朦朧之境映襯迷離之夢。女主人公日有所思，夜有所夢。夢裡無限傷心，連夢囈都帶「嗚咽」之聲。她在夢中埋怨：「是他春帶愁來，春歸何處。卻不解、帶將愁去。」認為春既將愁帶來，春之歸去，也應將愁帶走，而今卻是春歸而愁留，令人情何以堪！這幾句脫胎於趙彥端〈鵲橋仙〉詞：「春愁元自逐春來，卻不肯、隨春歸去。」趙氏詞又或受楊無咎〈醉花陰〉詞「回首問春風，爭得春愁，也解隨春去」的啟示。但辛詞能青出於藍而勝於藍，顯得更加流動、婉轉。一番春愁託之於夢囈，使之蒙上了一層飄忽綿邈之感。

此詞上下闋寫法有所變化。上闋以景帶情，下闋敘事含情。由於上下闋的結尾由三個短句組成，其中七言句中間還帶「讀」，故須一意貫注，有如行雲流水。辛詞尤能得其神理，具有流走之勢。語言運用亦有特色，除起首用典外，餘均明白而暢達，係從口語提煉而出，故覺切近人情。

辛棄疾以雄傑之詞著稱於世，亦能為柔麗嫵媚纏綿悱惻之詞，〈祝英臺近〉便是其中的代表之一。沈謙《填詞雜說》評曰：「稼軒詞以激昂奮厲為工，至『寶釵分，桃葉渡』一曲，昵狎溫柔，魂銷意盡，才人伎倆，真不可測。」至若張炎認為「景中帶情而存騷雅」（《詞源》），黃蓼園以為「必有所託」（《蓼園詞選》），係感韶光之易逝，歎君臣遇合之難，似亦可通。正如王夫之《薑齋詩話》所言：「作者用一致之思，讀者各以其情而自得。」

203 水龍吟

為韓南澗❶尚書壽甲辰歲❷

辛棄疾

渡江天馬南來❸，幾人真是經綸手❹？長安父老❺，新亭風景❻，可憐依舊。

夷甫諸人，神州沉陸，幾曾回首❼？算平戎萬里，功名本是，真儒事、君知否？

況有文章山斗❽。對桐陰❾、滿庭清晝。當年墮地，而今試看，風雲奔走。

綠野風煙❿，平泉草木⓫，東山歌酒⓬。待他年，整頓乾坤事了⓭，為先生壽。

【詞牌】〈水龍吟〉，又名〈龍吟曲〉、〈鼓笛慢〉等。雙調，體式甚多，字數不一，句讀有異，韻腳亦多寡不同。宋詞人多使用一百零二字蘇軾體（首句或六言、或七言，本詞首句用六言）。為仄韻格。詳見前章案

〈水龍吟〉「詞牌」介紹。

【注　釋】❶韓南澗　韓元吉，字無咎，開封雍丘（今河南許昌）人，孝宗初年，曾任吏部尚書，主抗金，政績、文學俱有名。晚年退居信州（今江西上饒西北）。❷甲辰歲　淳熙十一年（西元一一八四年）。❸渡江天馬南來　此指宋室南渡。西晉亡，晉元帝司馬睿攜四王南渡，在建康建立東晉王朝。時童謠云：「五馬浮渡江，一馬化為龍。」（《晉書・元帝紀》）❹經綸手　指治國人才。❺長安父老　此指金人統治下的百姓。晉桓溫率軍北伐，途經長安。當地父老攜酒相勞，感泣曰：「不圖今日復見官軍。」（《晉書・桓溫傳》）❻新亭風景　東晉初，南渡士大夫常聚會新亭，觸景生情，無限感慨，周顗曰：「風景不殊，正自有山河之異！」眾皆相對而泣。惟王丞相（導）愀然變色曰：「當共戮力王室，克服神州，何至作楚囚相對！」（《世說新語・言語》）此用其事。新亭，三國時吳國所建，在今江蘇南京。❼夷甫諸人三句　西晉王衍字夷甫，官居相位，崇尚清談，不理朝政，導致西晉滅亡。死前曰：「向若不祖尚浮華，戮力以匡天下，猶不可至今日。」桓溫北伐時亦曾感慨曰：「遂使神州沉陸，百年丘墟，王夷甫諸人不得不任其責。」（《晉書》王衍、桓溫二傳）此用其事，影射當朝相關重臣誤國。沉陸，大陸沉淪，非由洪水，而由人造，以喻世亂之甚。❽文章山斗　文壇泰山北斗。❾桐陰　韓元吉家為北宋望族，在汴京府門前廣植桐樹，世稱「桐木世家」。韓元吉有《桐陰舊話》記其家世舊事。❿綠野風煙　唐宰相裴度，因宦官橫行，退隱山林，於洛陽建綠野別墅，號綠野堂。⓫平泉草木　唐宰相李德裕曾於洛陽建平泉莊別墅。園內廣植花木，建築臺榭。⓬東山歌酒　東晉謝安早年隱居會稽東山，攜妓以遊，歌酒自娛。⓭整頓乾坤事了　語本杜甫〈洗兵馬〉詩：「二三豪俊為時出，整頓乾坤濟時了。」

【語　譯】自天馬渡江南來，有幾人是真正的治國能手？中原百姓盼望王師北上，南渡士人依舊聚集新亭，發出感歎。如王夷甫之誤國大臣，對中原的淪陷，幾曾有過自責反省？算來驅逐金人，收復中原，建立功名，本是真正的儒者之事，君可知此？　何況你如文壇泰山北斗。昔日曾面對桐陰夾道，滿庭清陰白晝。當年呱呱墜地，而今試看，為國操勞，風雲奔走。眼前恰似隱居於綠野堂的裴度，享受平泉草木的德裕，流連東山歌酒的謝安。待到他年，把整頓乾坤的大事了結，再為君祝壽。

【研　析】此係為韓元吉祝壽之詞。韓元吉為南宋力主抗戰的中堅，時退居上饒，與同時被迫退居上饒的辛棄疾過從甚密，二人心氣相通。甲辰歲值韓氏六十七歲之際，辛氏（時年四十五歲）填詞以賀。

詞之發端「渡江天馬南來，幾人真是經綸手？」破空而來，發論驚挺，指出南渡之後，朝廷所倚仗者少治國之良才，而真正有遠志高才者，卻得不到重用，甚或遭到排擠與打擊，如你我之輩遭遇即是如此。韓元吉與辛棄疾都曾上書朝廷，向君王建言，加強財力、武備，以進軍中原，完成恢復之大業，故「經綸手」之稱，自當之無愧。「長安父老，新亭風景，可憐依舊。夷甫諸人，神州沉陸，幾曾回首」數句具寫令人悲憤的現狀，分別寫出不同空間、不同身分人的幾種狀態：一是借桓溫北伐收復長安，百姓簞食壺漿以迎的故事，寫中原百姓對南宋王師北上的期盼；二是借東晉士人新亭對泣的典故，表現愛國之士對山河破碎的憂憤；三是借王夷甫空談誤國的史實，對當朝無所作為、貽誤國事的權要，進行嚴厲的指責。這種種狀況，與真正「經綸手」的不得重用，密切相關。因此歌拍云：「算平戎萬里，功名本是，真儒事、君知否？」所謂「真儒事」，本於《荀子·儒效》：「大儒者……用百里之地，而千里之國莫能與之爭勝；笞捶暴國，齊一天下，而莫能傾。」此處以「真儒」比喻元吉與自己，以平戎萬里，直搗黃龍，建立蓋世功名，為應盡之責任。激昂勁切，可謂豪氣干雲！

上闋用如椽大筆，「以掃為生」。先寫大形勢的不如人意，然後點出形勢的急切需要。所用典故均與東晉有關，因為在歷史上，江南的漢族政權與北方少數民族政權對峙，惟東晉與南宋，二者頗多相似之處，故用來極為貼切。

下闋則承「真儒事」具寫韓元吉的才學、門第及昔日功勞，以及對他未來的期盼。換頭「況有文章山斗」，盛讚其才學。《新唐書·韓愈傳》：「至愈之沒，其言大行，學者仰之如泰山北斗云。」此以韓愈比擬元吉。元吉有《南澗甲乙稿》七十卷，黃昇稱他「政事文學為一代冠冕」（《花庵詞選》），如此比擬，亦為有據。「對桐陰、滿庭清晝」，則寫其出身世家。元吉為北宋韓億（曾任參知政事）的五世孫，其先人京師第門庭植有桐木，故云。「當年墮地，而今試看，風雲奔走」三句則讚其平生為國奔忙，政績斐然。下面「綠野風煙，平泉草木，東山歌酒」，用三個歷史上著名人物的寄情林泉，投閒置散，比擬元吉眼前的境遇，也寓含有以三位名相建立的不世功勛激勵元吉之意。這裡寫唐代賢相裴度、李德裕與東晉謝安的隱居，並不直接點出人名，僅用其事，全部通過名詞的組合加以暗示，極為形象，極為蘊蓄；三句句式相同，第一、二句形成格律對，第二、三句形成同聲對，又顯得極為工飭。此等處尤能見出稼軒驅使古典、駕馭文字的深厚功夫。在詞人看來，元吉的隱退是暫時的，是「志在千里」的「老驥伏櫪」，是蓄勢待發，故結拍調轉高昂：「待他年，整頓乾坤事了，為先生壽。」等到掃清河洛、恢復中原、統一華夏之日，再乾杯痛飲，為你祝壽！由此見出詞人眼界之闊、志節之高：沒有大環境的安寧，豈有小我的歡樂！亦即霍去病「匈奴未滅，無以家為」之意。

以詞祝壽當自北宋柳永始，或為帝王慶生辰，或為皇子祝壽誕，係為應制。後人繼之，亦有所作，至宣和、政和間，士大夫爭為獻壽之詞，以歌功頌德者為多，被吳衡照稱為「以諛佞之筆，闌入風雅」（《蓮子居詞話》卷三）。至南宋，繼軌此風，至若魏了翁，則專事壽詞創作，所作占集中十之八九，其數量之多，在宋代無有過之者，但值得稱道者寡。辛棄疾此詞在宋代眾多壽詞中超塵拔俗，頗有「一洗萬古凡馬空」之概。張炎《詞源》云：「難莫難於壽詞，倘盡言富貴則塵俗，盡言功名則諛佞，盡言神仙則迂闊虛誕。」此詞則不主故常，全無張氏所言弊病，「壽今日反言壽他年」，於中評時事，言恢復，論功業，既是對他人的祝願，也是對自己襟抱的抒發，沉鬱而兼豪快，因而在壽詞中「合踞上座」（沈際飛《草堂詩餘正集》卷五）。

明代流傳的《魏氏樂譜》，有本詞之曲譜，可見曾一度為人傳唱。

204 青玉案 元夕

辛棄疾

東風夜放花千樹，更吹落、星如雨。寶馬雕車香滿路。鳳簫❶聲動，玉壺❷光轉，一夜魚龍舞❸。

蛾兒雪柳❹黃金縷❺，笑語盈盈暗香去。眾裡尋他千百度，驀然回首，那人卻在，燈火闌珊❻處。

【詞牌】〈青玉案〉，又名〈西湖路〉、〈橫塘路〉等。雙調，六十七字，仄韻格，如本詞。另有六十六字、六十八字等體式。詳見前賀鑄〈橫塘路〉「詞牌」介紹。

【注釋】❶鳳簫　此處喻簫聲美若鳳鳴。《列仙傳》載，春秋時蕭史善吹簫，秦穆公以女弄玉妻之，為築鳳臺。蕭史吹簫引來鳳凰，與弄玉升天而去。❷玉壺　指燈。周密《武林舊事・元夕》載：「福州所進（燈），則純用白玉，晃耀奪目，如清冰玉壺，爽徹心目。」❸魚龍舞　魚龍形狀的燈。舞，指燈光閃耀而呈舞動狀。吳自牧《夢粱錄・元宵》載：「以草縛成龍，用青幕遮草上，密置燈燭萬盞，望之蜿蜒，如雙龍飛走之狀。」❹蛾兒雪柳　二者均為宋代婦女元宵所戴頭飾。❺黃金縷　指以金為飾的雪柳。李清照〈永遇樂〉詞：「撚金雪柳」。宋朱卞《續骫骳說》載，元宵節「婦女首飾，至此一新，髻鬢簪插，如蛾蠶蜂蝶、雪柳、玉梅、燈球，裊裊滿頭」。❻闌珊　零落；衰殘。

【語譯】東風之夜，千樹燈花開放，更吹落，閃爍明星流空如雨。名貴的馬、華美的車飛馳而過，留下香風滿路。如鳳鳴的簫聲飄漾夜空，晶瑩的玉燈旋轉，一夜魚龍光焰飛舞。　婦女頭戴蛾兒雪柳黃金縷，儀態姣美，帶著歡聲笑語，散發暗香而去。在眾人中，尋找他千百次，突然回頭，那人卻在燈火零落稀少處。

【研析】宋人歌詠元宵的詞作很多，名作亦復不少，如歐陽脩〈生查子〉（去年元夜時）借元宵寫少女幽會的歡樂和失戀的痛苦，周邦彥〈解語花〉（風銷絳蠟）於繁華熱鬧的映襯中寄寓自己的孤獨失意之感，李清照〈永遇樂〉（落日鎔金）於憶昔之繁盛中抒發流寓他鄉的故國之思，等等，均是。而辛棄疾此詞卻又別出心裁，另闢新境，被梁啟超稱為「自憐幽獨，傷心人別有懷抱」（《藝衡館詞選》）。

詞之上闋集中描寫元宵燈會之盛。元宵張燈，起自唐代，又叫「燈節」，宋代尤盛。南宋元夕，更「競出新意」，「燈之品極多」（周密《武林舊事・元夕》）。此詞「東風夜放花千樹，更吹落、星如雨」，「玉壺光轉，一夜魚龍舞」極寫其品種之多，光耀之通宵達旦。「花千樹」、「星如雨」，係參用岑參「忽如一夜春風來，千樹萬樹梨花開」（〈白雪歌送武判官歸京〉）、蘇味道「火樹銀花合，星橋鐵鎖開」（〈正月十五夜〉）、盧照鄰「接漢疑星落」（〈十五夜觀燈〉）等詩語，而以「東風」的景物貫串，用「放」、「吹」連接，顯得一氣流走。下接「玉壺光轉」、「魚龍舞」，進一步凸顯其動態之美，並在動態中暗示出時間的變化，更以「鳳簫聲動」，管絃齊發，增添節日熱鬧氣氛。元宵華燈耀彩，是供遊人觀賞的，令人想見道路絡繹，人聲鼎沸，詞人於中只突出「寶馬雕車香滿路」。「寶馬」、「雕車」，富貴人家所乘，暗塵隨馬，香氣飄空。以上種種，總以「一夜」，從視覺、聽覺、嗅覺諸多方面，把元宵的繁盛景況具現於讀者的眉睫之前。

上闋所寫可說是人物活動的背景，下闋轉而寫人：「蛾兒雪柳黃金縷，笑語盈盈暗香去。」燈會將散，簇戴整齊的婦女盡興而歸，在歡聲笑語中散發暗香漸行漸遠，於是整個街市漸歸岑寂。這眾多女性，無疑也是自己注目的對象。此處的描寫，正是為下面結穴的重筆作為鋪墊。「眾裡尋他千百度，驀然回首，那人卻在，燈火闌珊處」，點出全篇主旨，千百度的追尋，竟無由覓得，卻得於無意之一瞥中。「那人」與眾人大異其趣，不慕繁華，自甘寂寞幽獨，顯得孤高脫俗。「那人」，係一象徵性的形象，或者說即是詞人自身情懷的寄託。梁啟超「傷心人別有懷抱」的評論，似偏重於政治方面，即己之志意不被理解、遭人疑忌，故獨抱清高。此自是一說。我們也不妨將其視為對某種審美情趣的追求，正如歐陽脩欣賞「群芳過後西湖好」、「笙歌散盡遊人去」（〈採桑子〉）的寂靜、恬適。從世俗繁華生活之中透過一層著眼，這是一種異於常人的獨特心境。

此詞從風格言，屬於婉約一路，但曲終奏雅，落想出奇，意含比興，別饒韻味，故能引發人聯想，以致王國維在《人間詞話》中將「驀然回首，那人卻在，燈火闌珊處」，稱為古今之成大事業、大學問的第三種境界，即不斷努力追尋，最終在不經意中，得到了意想的結果，賦予它以某種哲理的意味。當然，這並非作者本意，但詞作的形象提供了這種聯想的依據。所謂形象大於思想，即此之謂歟？

此詞明末《魏氏樂譜》收有曲調，今人顧彤曾為配曲。

205

水龍吟

過南劍❶雙溪樓❷

辛棄疾

舉頭西北浮雲❸，倚天萬里須長劍❹。人言此地，夜深長見，斗牛光焰❺。我覺山高，潭空水冷，月明星淡。待燃犀下看，凭欄卻怕，風雷怒，魚龍慘❻。峽束蒼江對起，過危樓、欲飛還斂。元龍老矣，不妨高臥❼，冰壺涼簟。千古興亡，百年悲笑，一時登覽。問何人又卸，片帆沙岸，繫斜陽纜。

【詞牌】〈水龍吟〉，又名〈龍吟曲〉、〈鼓笛慢〉等。雙調，仄韻格，體式甚多，字數不一。宋詞人多使用一百零二字蘇軾體，如本詞。詳見前章楶〈水龍吟〉「詞牌」介紹。

【注釋】❶南劍　宋代州名，州治在南平（今福建南平）。❷雙溪樓　在南平城東，因有劍溪環其左、樵川帶其右，二水在此匯合而得名。❸西北浮雲　此處喻指中原淪陷。語出曹丕〈雜詩〉：「西北有浮雲，亭亭如車蓋。」❹倚天萬里須長劍　語本宋玉〈大言賦〉：「方地為車，圓天為蓋，長劍耿耿倚天外。」❺人言此地三句　事見《晉書・張華傳》。傳載，張華見牛星、斗星之間有紫氣，遂請教識天文之雷煥。煥謂係寶劍之精氣上徹於天，其應在豐城。煥於豐城掘地，得二劍，一曰「龍泉」，一曰「太阿」。煥與華各執其一。後張華被誅，劍失。雷煥卒，其子持劍過延平津，劍忽於腰間躍出，墮水。使人入水取之，惟見兩龍，各長數丈。人出，須臾，光彩照水，波浪驚沸，於是失劍。❻待燃犀下看四句　用晉溫嶠故事。《晉書・溫嶠傳》載，嶠至牛渚磯（在江蘇南京城南），水深不可測，人云其下多怪物，嶠遂燃犀角照之，須臾見水族滅火，各呈奇形異狀。❼元龍老矣二句　《三國志・魏書・陳登傳》載：許汜曰：「陳元龍（登）湖海之士，豪氣不除。」「昔遭亂，過下邳，見元龍，元龍無客主之意，久不相與語，自上大床臥，使客臥下床。」劉備曰：「君有國士之名，今天下大亂，帝主失所，望君憂國忘家，有救世之意。而君求田問舍，言無可采，是元龍所諱也，何緣當與君語！」此處以氣豪志遠的陳元龍自比。

【語　譯】抬頭瞭望西北，斫去浮雲須用萬里倚天長劍。有人說此地夜深時，長見牛星、斗星光焰。我感覺山峰高矗，潭空靈而水寒涼，月明而星淡。想燃燒犀角，憑欄往下探看，卻害怕風雷怒吼，魚龍慘烈凶暴。

峽口緊束青綠江水，兩山對起，流過高樓，水勢欲急速飛奔卻還收斂。元龍已老，不妨高臥百尺樓頭，飲玉壺美酒，躺清涼竹簟。千古興亡之事，百年悲歡之情，只是一時登覽之感。問何人，駕船駛向沙岸，在斜陽中，卸下一片船帆，繫上繩纜。

【研　析】詞人在江西上饒閒居十年之久後，於宋光宗紹熙三年（西元一一九二年）被起用為福建提點刑獄，次年知福州兼福建安撫使，但不久被人彈劾，於紹熙五年罷官，此詞或即作於罷官北上過南劍州之時。南劍州屬閩北往來交通要道，其間的雙溪樓不僅負山水之勝，且多文人騷客題詠，黃裳〈延平閣記〉云：「延平之有閣，素以山水之勝知名於士大夫之間，往來登臨，吟詠唱酬，興盡而歸去，蓋與滕王閣、岳陽樓之得山水無以異也。」辛棄疾胸積滿懷悲憤，至此登樓，觸景生情，特別是圍繞龍泉、太阿寶劍於延平津化龍的傳說，抒發自己抑鬱難平的感慨。

詞之起筆「舉頭西北浮雲，倚天萬里須長劍」，從登樓切入，引發聯想，峻偉雄奇。「浮雲」，本為自然現象，在古詩詞中漸演變成了一個含義特殊的語碼。〈古詩十九首〉云：「浮雲蔽白日（李善注：以喻邪佞之毀忠良），遊子不顧返。」李白〈登金陵鳳凰臺〉云：「總為浮雲能蔽日，長安不見使人愁。」成了貶義詞。此處的「西北浮雲」則用以指代淪陷的中原。欲收復中原，驅除金統治者，正須用萬里之倚天長劍，既用宋玉「長劍耿耿倚天外」之語，又暗用《莊子・說劍》「上抉浮雲，下絕地紀，此劍一用，匡諸侯，天下服矣」之意。倚天長劍既是實現高遠目標的手段，而延平津恰是傳說中失落寶劍的所在，正當就地取材，從而生出尋找寶劍的衝動。先借「人言此地，夜深長見，斗牛光焰」的傳說，作為覓劍的依據。但才欲行動，便已縮手：「我覺山高，潭空水冷，月明星淡。」以「我覺」二字領起，寫出自己感受。以「山高」、「潭空」、「水冷」、「月明」、「星淡」，營造出一種寒涼、淒清的環境氛圍，其中既有寫實的成分，如山、潭、水，也有擬想的物象，如「月明星淡」（係承上「人言夜深」而來）。這種種自然物象所構成的環境氛圍，正是自己所處凶險政治環境的象徵。歇拍「待燃犀下看，凭欄卻怕，風雷怒，魚龍慘」，將這種心態進一步深化。在「怒」、「慘」字樣前面著一「怕」字，流露出的正是憂讒畏譏、惶恐不安的心情。周濟《宋四家詞選目錄序論》評此上闋云：「欲抉浮雲，必須長劍，長劍不可得出，安得不恨魚龍？」

上闋借與延平津雙劍有關故事抒懷，說「人言」、「我覺」、「待燃犀」，純用虛筆，借歷史傳說抒發恢復大志與憤懣抑鬱情懷，至換頭方轉入對樓臺景觀的正面描寫：「峽束蒼江對起，過危樓、欲飛還斂。」「峽束」句，語本杜甫〈秋日夔府詠懷〉：「峽束蒼江起」。劍溪、樵川二水在雙溪樓合流，由此匯入閩江，江流兩岸青山（有九峰山、玉屏峰）對峙，故云。其水勢因繞樓處江面狹窄而湍飛流急，至合流寬闊處漸變為緩慢，故有「欲飛還斂」的形容。「欲飛還斂」四字，固然是形容江水，但似別含深意，當也是一種心境的寫照。故下面接以「元龍老矣，不妨高臥，冰壺涼簟」，如果說，「舉頭西北浮雲，倚天萬里須長劍」是「飛」，則此數語可說是「斂」，由心懷遠志、遭遇阻力，轉而作超脫之想。此時詞人年五十五，南來已三十多年，竟壯志難酬，不免有「老矣」之歎，擬學元龍高臥百尺樓上，於涼簟之上執冰壺細酌，優哉游哉。此處所用「高臥」之典，係將元龍在國難當頭之際，對求田問舍的許汜表露的傲岸，轉義為悠閒，帶有反諷的意味。在這種歎息與超然出塵之想中，實隱含著人生莫大的悲哀。詞人既以歷史人物自況，又接以歷史人物興感，「千古興亡，百年悲笑」。在「一時登覽」之際，心頭掠過千年無數的成敗興亡，再回顧人生百年，又有多少悲愁歡樂。思想及此，不免心潮起伏，深感人事無常。結拍「問何人又卸，片帆沙岸，繫斜陽纜」，以景結情。在斜陽中卸帆繫纜，暗含有自己處境迷茫、即行歸隱之意，顯得幽微隱約。

此詞固有雄放的一面，如陳廷焯所評：「詞直氣盛，寶光焰焰，筆陣橫掃千軍。雄奇之景，非此雄奇之筆，不能寫得如此精神。」（《雲韶集》卷五）尤有紆曲沉鬱的一面，即運用許多相關的歷史典故、比興的手法，委折地表達難以直言的主觀與客觀相衝突造成的矛盾，以及由此矛盾帶來的悲憤情懷。葉嘉瑩對此曾有

詩評說：「少年突騎過江來，老作詞人究可哀。萬里倚天長劍在，欲飛還斂慨風雷。」（《靈谿詞說・論辛稼軒詞》）

206

鷓鴣天

代人賦

辛棄疾

陌上柔桑破嫩芽，東鄰蠶種已生些❶。平岡細草鳴黃犢，斜日寒林點暮鴉。

山遠近，路橫斜，青旗沽酒有人家。城中桃李愁風雨，春在溪頭薺菜❷花。

【詞牌】〈鷓鴣天〉，又名〈思越人〉、〈半死桐〉、〈醉梅花〉等。雙調，五十五字，為平韻格。詳見前晏幾道〈鷓鴣天〉「詞牌」介紹。

【注釋】❶些　一點兒。❷薺菜　十字花科，一二年生草本。春天開花，花小色白，耐旱力強，野生於田野。

【語譯】田埂上細柔的桑條，已冒出嫩芽，東家鄰居的蠶種，已孵化出一些幼蠶。在細草茸茸的平坦山崗，小黃牛歡快地鳴叫，夕陽中尚帶寒意的樹林，上有點點暮鴉。

山巒有遠有近，道路曲折橫斜，青旗飄處，正是賣酒的人家。城中的桃李正在愁煞風雨，而春光已到溪頭的薺菜花。

【研析】此詞題為「代人賦」，實為自抒情懷。詞中描繪出一派農村春意蔥蘢的圖景。詞的上闋除了「東鄰蠶種已生些」一句係敘述農事外，其餘均為對初春景物的描繪，極富畫意。田埂上柔桑初破的嫩芽，平岡上的細草、黃犢，形成鮮明的色彩對比，成片的樹林與點點歸鴉之間，構成了點與面的相互映襯，而「斜日」更給景物抹上了一道金色的亮光。著一「寒」字，則透露出此時係早春的天氣。雖還有點料峭春寒，但處處充滿生命的活力。在表現春的活力時，特別得力於動詞的運用，如「桑破嫩芽」的「破」，突出自然物生命的律動；「鳴黃犢」之「鳴」，突出動物解凍後外出的欣喜；「點暮鴉」之「點」，以樹作為背景描摹出群鴉的飛落點綴之狀。

詞的上闋所展示景物，好比用的是攝影時的中鏡頭，至下闋鏡頭更向遠處延伸：「山遠近，路橫斜，青旗沽酒有人家。」由遠而近的青山與田野之間，有曲折的道路蜿蜒其間，而在彎彎曲曲的道旁再突出一個點，那就是酒店，不僅有酒旗飄揚，還有沽酒的人來往其間。形成多層次的面與曲線、曲線與點的組合，展現的是恬靜的山鄉畫面和閒適的農村生活場景。上闋的寫景多為平列，各自獨立成畫，此處的寫景則多互相關聯，因而具流走之勢。最後兩句：「城中桃李愁風雨，春在溪頭薺菜花」，是全詞的點睛之筆。城中的桃李雖則嬌豔華美，卻在憂愁風雨的打擊，而不起眼的、生命力極強的薺菜花，卻在溪頭洋溢著盎然的春意。這不僅是城鄉風光的對比，更是一種形象化的人生體驗。詞人已經厭棄城市中官場的表面風光，暗地裡卻勾心鬥角、爾虞我詐的醜惡，嚮往的正是充滿生意的鄉村和恬靜純樸的田園生活。

這首小詞不僅具有優美的畫意、洋溢生命的活力，更難得的是蘊含有詞人經歷種種風波之後，獲取的一種人生體驗。又所用詞語極為渾樸，意趣超塵脫俗，在同調詞中，大異於他人的剪紅刻翠之作，同蘇軾的〈鷓鴣天〉詞（林斷山明竹隱牆）一樣，令人有耳目一新之感。

207 賀新郎

別茂嘉❶十二弟。鵜鴂、杜鵑實兩種，見〈離騷〉補註

辛棄疾

綠樹聽鵜鴂❷。更那堪、鷓鴣❸聲住，杜鵑❹聲切。啼到春歸無尋處，苦恨芳菲都歇。算未抵、人間離別。馬上琵琶關塞黑❺，更長門、翠輦辭金闕❻。看燕燕，送歸妾❼。將軍百戰身名裂。向河梁、回頭萬里，故人長絕❽。易水蕭蕭西風冷，滿座衣冠似雪。正壯士、悲歌未徹❾。啼鳥還知如許恨，料不啼清

淚長啼血。誰共我，醉明月。

【詞牌】〈賀新郎〉，又名〈賀新涼〉、〈乳燕飛〉、〈金縷曲〉、〈金縷詞〉等。雙調，一百一十六字，為仄韻格（可押入聲，如本詞，亦可上去聲通押）。詳見前蘇軾〈賀新郎〉「詞牌」介紹。

【注釋】❶茂嘉　詞人之堂弟。❷鵜鴂　此處指伯勞。伯勞在夏至前後啼鳴，聲甚壯。〈離騷〉云：「恐鵜鴂之先鳴兮，使夫百草為之不芳。」❸鷓鴣　鷓鴣聲似「行不得也哥哥」。❹杜鵑　傳說係蜀王望帝失國後魂魄所化，悲鳴啼血，聲像「不如歸去」。❺馬上琵琶關塞黑　用王昭君出塞遠嫁匈奴單于事，令琵琶馬上作樂，以慰其道路之思。❻更長門句　用漢武帝陳皇后被打入長門宮事。翠輦，以翠羽裝飾的車駕。金闕，金飾的宮殿，此指帝王所居。❼看燕燕二句　用衛莊姜送歸妾事。《詩經・邶風》有〈燕燕〉詩：「燕燕于飛，差池其羽，之子于歸，遠送于野。」《毛詩》以為此詩為「衛莊姜送歸妾也」。衛莊公以其妻莊姜無子，遂以其妾戴媯之子完為子。完即位未久，在一次政變中被殺，戴媯被遣返。莊姜送於野，作〈燕燕〉詩以別。❽將軍百戰身名裂三句　用漢武帝時李陵作別蘇武的故事。抗擊匈奴的名將李陵，以五千兵力抵抗匈奴數倍之眾，終因兵盡糧絕而投降。「將軍百戰身名裂」指此。蘇武奉命出使匈奴，持節不降，於北海牧羊十九年，終得歸漢。蘇武歸時，李陵餞別河梁，有「異域之人，一別長絕」之語。向，到。河梁，即河橋。長絕，永別。❾易水蕭蕭西風冷三句　用荊軻離燕赴秦故事。《史記・刺客列傳》載，戰國末年，燕太子丹命荊軻出使秦國，相機刺殺秦王，在易水邊送別。送者皆著白色衣冠，高漸離擊筑，荊軻和而歌曰：「風蕭蕭兮易水寒，壯士一去兮不復還。」易水，在今河北易縣。未徹，未完。

【語譯】已聽綠樹中傳來鵜鴂之聲，更哪能忍受鷓鴣之聲剛停，又聞杜鵑「不如歸去」的悲切。牠們啼到春歸無尋處，苦恨芳菲都已消歇。但算來，再苦也抵不上人間的離別。如出塞的昭君馬上聽奏琵琶，行行直到關塞天黑，更有陳皇后被貶長門宮，乘著翠羽裝飾的車子辭別金闕。還有莊姜看燕燕參差飛舞，遠送歸妾。

抗擊匈奴身經百戰的將軍李陵，因投降而名聲敗裂。到河橋送別蘇武，回頭看他萬里歸漢，故人就此訣別。寒涼的西風蕭蕭吹掠易水，滿座衣冠似雪。壯士荊軻正悲歌未歇。啼鳥如知人間有這許多離恨，料想不會啼流清淚，而會啼流鮮血。有誰共我一道，在明月下飲酒沉醉。

【研析】此詞題為「別茂嘉十二弟」，但卻撇開眼前分離情事，歷數古來的離愁別恨，幾成一篇微型「別賦」。昔江淹〈別賦〉鋪寫父母與愛子的骨肉分離之情、夫婦山河阻隔之苦、友朋南浦分手之怨，極寫暫離之狀，永訣之情。辛棄疾此詞寫法或受其影響，但絕不雷同，自抒情懷，自具特點。

詞以啼鳥起興，鵜鴂、鷓鴣、杜鵑，啼聲淒切，且層層遞進，一聲聲催促春的歸去，以致芳菲都歇。由此而引發美人（英雄）遲暮之感，並暗示出送別的季節，渲染出悲情的氛圍。

「算未抵、人間離別」一句，為詞中轉捩的關鍵，將人事之悲情與啼鳥之悲鳴作一對比，於抑揚之中，更突出人間離別的悲苦。以下遂轉而放筆鋪寫古往今來的種種人事別離。

詞中列舉離別人事有五。上闋先列三事：第一事「馬上琵琶關塞黑」，寫漢元帝時王昭君遠嫁匈奴王呼韓單于，辭別漢宮，一步一回頭，在寂寞的長途跋涉、行經黑暗的關塞時，惟有馬上演奏琵琶以慰寂寥；第二事「更長門、翠輦辭金闕」，寫漢武帝陳皇后阿嬌失寵，被貶長門宮，心懷滿腔委屈與痛苦，乘車辭別金殿；第三事「看燕燕，送歸妾」，寫衛莊姜遠送失去兒子的歸妾戴媯，在郊野目送其人，以致「瞻望弗及，泣涕如雨」（《詩經・邶風・燕燕》）。這三件恨事都與苦命的女性相關。詞之後段打破上下闋界線，續寫人間離別悲情，但由女性轉為失敗的將軍與壯士。第四事「將軍百戰身名裂。向河梁、回頭萬里，故人長絕」，乃寫漢武帝時李陵與蘇武在匈奴的訣別。蘇、李原是要好的朋友，但後來一為歸附匈奴之降將，一為歸漢之守節忠臣，河梁相送，終成永訣。第五事「易水蕭蕭西風冷，滿座衣冠似雪。正壯士、悲歌未徹」，寫荊軻刺秦出發時，燕太子丹等人於易水送別的悲壯情景。此五事，或蒼涼淒切，或深懷怨懟，或依依難捨，或沉重絕望，或慷慨激昂，寫盡人間種種離別苦楚。作者拈出這些歷史人物與故事，我們似不能只是單純地視為抒發別恨，當也同時寄託了自己對弱女子的同情，對將軍、壯士的失敗懷有深深的憾恨。周濟《宋四家詞選》更有上半「北都舊恨」，下半「南渡新恨」之說，以為寫女子之離恨暗示北宋后妃被擄入金的淒慘，寫將軍、壯士的失敗，暗示南渡豪傑之士的悲涼，自亦可通。

以下「啼鳥還知如許恨，料不啼清淚長啼血」，再作承轉，既綰合別恨，又回應前面啼鳥。啼鳥本無知物，卻被視為有情，牠們只知有「芳菲都歇」的「春歸」之恨，卻不知人間尚有如此種種的離別悲情，如果知道的話，應是一聲聲啼鳴，一聲聲流血。於形象的議論中，溶注了自己對人世間種種遺憾的深切感受。

以上所寫，可以說都是為此番離別作勢，但詞人始終不直接涉筆此番離別，直至結尾，始以「誰共我，醉明月」暗示：你的遠離，使我失去了在月下飲酒的伴侶，以致造成了無人對月共飲沉醉的遺憾。有此二句，便不離本題，顯得開闔有致，別出心裁。

此詞說古道今，夾敘夾議，委折多變，高古沉著，在離別詞中別具一格。陳廷焯曾以「沉鬱蒼涼，跳躍動盪，古今無此筆力」評之（《白雨齋詞話》卷一）。王國維亦謂：「章法絕妙。且語語有境界，此能品而幾於神者。」（《人間詞話刪稿》）他們就詞作本身的特點作出了中肯的評價，而陳匪石則聯繫詞人的才性，謂「稼軒以生龍活虎之才，為鑄史熔經之作，格調不憚其變，隸事不厭其多，其佳者竟成古今絕唱，卻不容學步」（《宋詞舉》）。所說極是，此詞確乎體現了作者的創作個性。

208 漢宮春

立春❶日

辛棄疾

春已歸來，看美人頭上，裊裊春幡❷。無端風雨，未肯收盡餘寒。年時燕子，料今宵、夢到西園❸。渾未辦、黃柑薦酒❹，更傳青韭堆盤❺。卻笑東風從此，便薰梅染柳，更沒些閒。閒時又來鏡裡，轉變朱顏。清愁不斷，問何人、會解連環❻？生怕❼見、花開花落，朝來塞雁❽先還。

【詞牌】〈漢宮春〉，又名〈漢宮春慢〉、〈慶千秋〉。雙調，有平韻格、仄韻格兩式，九十六字（仄韻格有九十四字者）。本詞為平韻格，上下闋各九句、四平韻。詳見前陸游〈漢宮春〉「詞牌」介紹。

【注　釋】❶立春　二十四節氣之一。每年立春在西曆二月四日或五日。❷春幡　古俗立春日，剪彩綢為花、蝶、燕等物，插於婦女鬢髮上，或綴於花枝下，曰春幡，亦名幡勝、彩勝。❸西園　北宋都城汴京西門外有瓊林苑，為皇家打獵遊賞處。❹黃柑薦酒　黃柑釀製的臘酒。❺青韭堆盤　古立春日作五辛盤，以蔥、韭、蒜、蓼蒿、介辛和食，取迎新之意。蘇軾〈立春日小集戲李端叔〉詩有「辛盤得青韭，臘酒是黃柑」語。❻解連環　《戰國策・齊策》載：秦昭王遣使齊國，贈君王后一串玉連環，曰：「齊多智，而解此環不（否）？」君王后以示群臣，群臣不知解，君王后引錐擊破之。曰：「環解矣。」此處用指解除憂愁。❼生怕　只怕。❽塞雁　指去年由北地飛來之雁。

【語　譯】春已歸來，試看美人頭上，已是春幡裊裊飄動。沒來由的風雨，還不肯收盡餘寒。舊年的燕子，料想今夜夢到西園。完全沒有置辦黃柑臘酒，更何況堆放青韭等物的五辛盤。　卻可笑東風從此，便使梅花飄送芳香、令楊柳染上青綠，更沒些閒暇。到閒時又到鏡裡，讓人轉變年輕的容顏。清愁不絕如縷，問誰會解連環？只怕見花開花落，明朝由南方北歸的鴻雁又先到來。

【研　析】立春，為春季之始，本是一個萌發生命、帶來希望的節氣，歷來的詩人多半懷著欣忭的情緒迎接這個節氣的到來，如徐陵〈春情〉詩：「風光今旦動，雪色故年殘。薄夜迎新節，當壚卻晚寒。奇香分細霧，石炭擣輕紈。竹葉裁衣帶，梅花奠酒盤。」范成大〈立春日郊行〉詩：「竹擁溪橋麥蓋坡，土牛行處亦笙歌。麴塵欲暗垂垂柳，醅面初明淺淺波。日滿縣前春市合，潮平浦口暮帆多。春來不飲兼無句，奈此金幡彩勝何。」但辛棄疾此詞卻一反常態，立春並沒有帶來歡欣，卻引出一懷愁苦。詞人由北南來，本想珍惜寸陰，以圖實現恢復大志，但現實中卻遇到很多意想不到的困難與阻力，以致蹉跎歲月，因而對季節的變化，有一種特殊的敏感。其〈郡齋懷隱庵〉詩二首之一說：「舊日醉吟渾不管，如今節物總關心。」不僅對暮春來臨多有感觸，即對新春到來亦易觸發憂愁。由此，我們對這首詞所蘊含的情感傾向也就容易理解了。

詞之發端直接入題，「春已歸來」。冬去春來，眾人歡欣鼓舞，看那「美人頭上，裊裊春幡」，正盪漾著喜悅之情。但以下隨即轉寫一己的感受：「無端風雨，未肯收盡餘寒。」從表面看來，這是寫早春氣候，但又何嘗不是政治氣候在心理上的反映呢！只是這種由物候引發的心理感受，正在有意無意之間。由早春的「餘寒」聯想到去年的燕子。「燕子來時新社」（晏殊〈破陣子〉），南飛的燕子須在一個多月之後，氣候轉暖的社日前後返回江南，故此生出一種想像：「年時燕子，料今宵、夢到西園。」料想去年的燕子，今宵在夢裡回到了昔日汴京的西園。西園，在這裡代表的已不完全是一座具體的園林，而是含有故都、故國、中原之意。說燕子「夢到西園」，其實寄託著自己對故國的思念，對故鄉的懷想，對收復中原的渴望。下面「渾未辦、黃柑薦酒，更傳青韭堆盤」，再回到節日的現實，自己在立春日裡沒有置辦臘酒、辛盤，以「渾」字、「更」字強調，說明自己全無心思，與那些為此忙碌、置辦珍饈美饌、盡情歡樂的人形成鮮明對照。

換頭再由「風雨」之「風」生發，「卻笑東風從此，便薰梅染柳，更沒些閒。閒時又來鏡裡，轉變朱顏」，以「卻笑」二字領起，東風一方面在自然界緊緊催促梅吐清香、柳垂金線，另一方面，又在促使人顏改變，青春消逝。從自然景象來說，有可喜處，從人事來說，有可悲處，而其重點是在人事。但在表達中，卻使之帶上擬人化的色彩，以輕鬆的筆調出之，運用的乃是一種「寓重於輕」的藝術手法。正因為青春易逝，容顏易老，壯志蹉跎，故有無限的憂愁，才會發出「清愁不斷，問何人、會解連環」的詰問。這裡反用齊國皇后用椎砸碎玉連環的典故，謂此愁情無人開解。結拍在東風「薰梅染柳」的基礎上再推進一層設想：「生怕見、花開花落，朝來塞雁先還。」由花開而至花落，春光的消逝實在太快，而南飛的鴻雁約在立春後的半個月即將回歸北地，可怕的是鴻雁先歸而人仍滯留南方，不得返回故鄉，內中隱含著恢復大業不能實現的殷憂悃歎。

詞題為「立春日」，所寫風俗、景物、氣候，均關合這一節氣，但其中的「風雨」、燕夢「西園」、生怕「塞雁先還」，無疑又別有託寓。因而此詞又非一般單純詠節序之作，實有比興在焉。詞人另有一首〈蝶戀花〉題為「戊申元日立春席間作」，亦寫立春日的感受：「誰向椒盤簪綵勝？整整韶華，爭上春風鬢。往日不堪重記省，為花長把新春恨。　春未來時先借問，晚恨開遲，早又飄零盡。今歲花期消息定，只愁風雨無憑準。」二者有相似處，可以互相參讀。

209

沁園春

靈山❶齊庵賦，時築偃湖未成

辛棄疾

疊嶂西馳，萬馬回旋，眾山欲東。正驚湍直下，跳珠倒濺，小橋橫截，缺月初弓。老合❷投閒，天教多事，檢校❸長身十萬松。吾廬小，在龍蛇❹影外，風雨聲中。

爭先見面重重。看爽氣❺朝來三數峰。似謝家子弟，衣冠磊落❻，相如庭戶，車騎雍容❼。我覺其間，雄深雅健，如對文章太史公❽。新堤路，問偃湖何日，煙水濛濛。

【詞牌】〈沁園春〉，又名〈洞庭春色〉、〈念離群〉、〈東仙〉、〈壽星明〉，見宋蘇軾《東坡樂府》。東漢時，明帝女沁水公主有園田，為竇憲所奪，唐人詠其事。李義府〈長寧公主東莊〉詩云：「平陽館外有仙家，沁水園中好物華。」或為調名所本。雙調，一百一十四字，另有增字、減字數體，為平韻格。上闋之四、五、六、七之四言句，下闋之三、四、五、六之四言句，一般宜用對仗，可用當句對，亦可用隔句對，前面用一仄聲字（以去聲為宜）領起。此詞調用韻較疏，便於作者放筆直書，故顯局勢開張，適於豪邁曠遠情懷的抒發。參見《詞律》卷十九、《詞譜》卷三十六。

【注釋】❶靈山　又稱靈鷲山，在江西上饒境內，有七十二峰，多險峰怪石，飛瀑流泉。❷合　應當。❸檢校　巡查；管理。❹龍蛇　狀松樹枝幹蒼勁屈曲。❺爽氣　語出《世說新語．簡傲》篇，王子猷為桓車騎參軍，桓欲委其事，子猷「初不答，直高視，以手版拄頰云：『西山朝來，致有爽氣。』」此借用其語，謂群峰送爽，沁人心脾。❻似謝家子弟二句　晉代謝家為當時望族，其子弟講究服飾儀表，風度大方俊雅。此處用以形容山峰挺秀軒昂。磊落，大方。❼相如庭戶二句　《史記・司馬相如列傳》載：「相如之臨邛，從車騎雍容閒雅甚都（漂亮）。」此處形容山勢壯觀而又從容不迫。❽我覺其間三句《新唐書・柳宗元傳》載，韓愈評柳宗元文曰：「雄深雅健，似司馬子長（司馬遷之字）。」此處以文章風格比喻群山氣象。太史公，即司馬遷，《史記》的作者，曾繼父職任太史令，自稱太史公。

【語　譯】重巒疊嶂向西馳騁，又如萬馬回旋，群峰奔走向東。山間流水驚飛直下，跳珠向上倒濺，溪上小橋橫跨，如缺月開始變成弓形。人老了理當閒散，老天卻讓人多事，管理高大的十萬青松。我居住的房屋很小，在如龍蛇的松樹影外，在松濤的聲響之中。　重重的山峰與我爭相見面。抬頭遠看，三數峰朝來的爽氣沁人心胸。好似謝家子弟，大方雅致，器宇軒昂，又似相如庭院，車馬陣勢，壯觀從容。我感覺其間，雄放、深邃、高雅、剛健，如同面對太史公的文風。新堤路上，詢問偃湖，何日能呈現煙水濛濛。

【研　析】此詞約作於慶元二年（西元一一九六年），即罷免福建安撫使後的第三年。詞人在閒散中，對青山有著一份特殊的親近感，有著一種特別的心靈契合，如〈賀新郎〉詞云：「我見青山多嫵媚，料青山、見我應如是。」〈菩薩蠻〉詞云：「青山欲共高人語，聯翩萬馬來無數。」此詞寫青山，尤善凸顯其神韻，並達致心物交融的境界。

詞之發端先由大處落墨，漸次收到「吾廬」。「吾廬」當即題中的「齊庵」，故詞中所寫即齊庵周圍之環境及由此觀景生發之種種奇思妙想。「疊嶂西馳，萬馬回旋，眾山欲東」，詞人筆下之山，化靜為動，謂西馳，謂回旋，謂欲東，姿態各異，富有生命的活力。這種想像氣勢雄闊、飛騰，都帶有詞人情性、經歷的烙印。接著用「正」字領起「驚湍直下，跳珠倒濺，小橋橫截，缺月初弓」的隔句對，前兩句描寫山崖瀑布，奔流飛瀉，水珠四濺，晶瑩剔透；後兩句寫山下溪流，有弓形小橋，橫跨其上，用一「截」字，似將溪水一分為二，係遠觀之感。二者一動一靜，顯得有張有弛。從構圖言，在群山大背景下，可見萬壑爭流，下有溪橋點綴，以小襯大，整個畫面無比雄渾。

至「老合投閒，天教多事，檢校長身十萬松」三句，將景物與人事綰合。人老了本該閒散，這是一般的道理，但聯繫詞人的志向與遭遇，細味起來，實帶反諷意味。「天教多事」，老天並不讓我閒散，卻讓我檢閱、察看十萬青松。雖不能帶領千軍萬馬馳騁疆場，在此檢校成行列隊的身材高大的松樹，不也是一樂嗎！語帶詼諧，深層中卻不免含有一種苦澀。同時，即事敘景，群山樹木的蒼鬱蔥翠，在此作了補寫。歇拍「吾廬小，在龍蛇影外，風雨聲中」點出自己居所。相對西馳又忽而東去的群山萬壑，齊庵顯得很不起眼，故言「小」，實係以小襯大。房屋處在虯曲的蒼松之中，月夜賞龍蛇之影，聽松濤之聲，真乃樂在其中！

換頭轉寫早起時刻面對群山的感受：「爭先見面重重。看爽氣朝來三數峰。」群峰在朝霧的飛動和消失中，一個個露出頭來，爭先與人相見，何等親切！而山峰一早帶來的爽氣，撲面而來，尤覺沁人心脾，令人感到無比舒暢。以下詞人一連用三個比喻，描寫群山的儀態、氣質：「似謝家子弟，衣冠磊落，相如庭戶，車騎雍容。我覺其間，雄深雅健，如對文章太史公。」一是謂其如晉代謝家子弟的儀表，俊雅脫俗，器宇非凡；二是稱其如漢代的著名賦家司馬相如歸鄉時，車馬絡繹，華貴從容；三是讚其蘊含的意味，這意味不是看出來的，而是讀出來的，是涵泳出來的，就如同讀太史公的文章，感受到了「雄深雅健」的特殊風格。如此以歷史人物的儀態、以古時風流人物的車馬陣勢、以太史公的文章風格比擬重巒疊嶂，不獨空靈，且氣韻生動，真可謂別開新面！楊慎曾激賞之，曰：「且說松（應為「峰」）而及謝家、相如、太史公，自非脫落故常者，未易闖其堂奧。」（《詞品》卷四）結拍「新堤路，問偃湖何日，煙水濛濛」，回應題中「築偃湖未成」。面對意趣如此深濃的靈山，如再有煙水濛濛的湖光相映襯，則齊庵之景將更為增色。

詞人既無法施展自己的軍事才能，實現收復中原的志向，在政壇上又屢屢遭人攻擊、暗算，無可奈何，不得不轉而寄情山水。此詞中表露的既有欣悅之情，也不乏自我嘲諷的意味。

辛棄疾的詞常有強烈主觀意識的滲透，本詞尤其如此，令讀之者覺其有一種鮮活的生命躍動其間，有一種人文氣息氤氳其中。還需特為提出的是，本詞上下闋除隔句對十分工穩外，對領字尤注重運用去聲，如上闋的「正」、「在」，下闋的「看」、「似」、「問」，故覺其暢達之外，音節亦頗瀏亮。

210

破陣子

為陳同甫❶賦壯詞以寄之

辛棄疾

醉裡挑燈看劍，夢回吹角連營。八百里❷分麾下❸炙，五十絃❹翻塞外聲。沙場秋點兵。

馬作的盧❺飛快，弓如霹靂弦驚❻。了卻君王天下事，贏得生前身後名。可憐白髮生！

【詞牌】〈破陣子〉，又名〈十拍子〉。雙調，六十二字，屬平韻格。上下闋的兩句五言、兩句七言，可用為對仗。詳見前晏殊〈破陣子〉「詞牌」介紹。

【注釋】❶陳同甫　陳亮。❷八百里　牛名。《世說新語・汰侈》篇：「王君夫（愷）有牛，名八百里駮，常瑩其蹄角。」❸麾下　在主帥的旌麾之下，即部下。❹五十絃　指瑟。古瑟用五十絃。此指軍樂。❺的盧　一種烈性快馬。❻弓如霹靂弦驚　《南史・曹景宗傳》：「景宗謂所親曰：『我昔在鄉里，騎快馬如龍，與年少輩數十騎，拓弓弦作霹靂聲，箭如餓鴟叫，……』」此處用其語。

【語譯】夜裡酒醉挑燈看劍，夢醒猶聽號角響徹相連的軍營。部下分吃八百里牛肉，軍樂演奏雄渾悲壯之聲。戰場上正在檢閱部隊陣容。

戰馬馳騁似的盧飛快，開弓射箭，弦如霹靂令人震驚。完成君王託付的天下大事，贏得生前身後的美名。可歎息的是白髮添生！

【研析】詞人與陳亮志同道合，兩人曾於淳熙十五年（西元一一八八年）同遊鵝湖，共酌瓢泉（上饒境內），相從十日，互有唱酬，有〈賀新郎〉詞數首，互訴「元龍臭味」（以天下為己任的志趣），互表「試手」「補天」志向。此詞作於鵝湖相會之後，再「賦壯詞」以寄陳亮，既是表露自己心跡，亦是以此與對方共勉。但是幾十年來經歷的種種挫折，又使詞人深覺壯志難酬，故伴隨著英雄激烈的壯懷，又充滿失志的無限悲涼。讀之不禁令人愴然涕下。

此詞發端即推出一個獨特的鏡頭，「醉裡挑燈看劍」。夜飲微醉，在燈光下反覆觀劍。高言曾有詩曰：「男兒慷慨平生事，時復挑燈把劍看。」詞人〈送劍與傅巖叟〉詩亦云：「鏌邪三尺照人寒，試與挑燈仔細看。」挑燈看劍，和「把吳鈎看了」（〈水龍吟〉）一樣，流露的是高遠的心志，激昂的情懷，是對征戰的嚮往。

因為有此情懷，遂漸次進入夢境。自「夢回吹角連營」直至下闋的「贏得生前身後名」，都是詞人夢醒時對夢境的回憶。又可分三層：第一層是「八百里分麾下炙，五十絃翻塞外聲。沙場秋點兵」，寫出征前檢閱軍隊的場面。一一相連的營帳，號角聲聲，無數的戰士披掛整齊蜂擁而出。他們所食用的乃是珍貴的八百里烤肉，蘇軾〈約公擇飲是日大風〉詩云：「要當啖公八百里，豪氣一洗儒生酸。」此處正是以此精美的食品襯托出軍士非凡的豪氣。同時，更以雄壯的軍樂，鼓舞他們昂揚的鬥志。在如此雄渾悲壯的音樂聲中，在秋高馬壯的季節，於沙場檢閱這樣精壯的軍隊，作為將領該是何等自豪，對戰鬥更是充滿必勝的信念。第二層是「馬作的盧飛快，弓如霹靂弦驚」，寫戰鬥場面，極為簡省，只寫馬奔的快速，張弓射箭發出的雷霆之聲，便將衝鋒陷陣的勇猛之狀、所向披靡的氣勢，形象地呈現於讀者眼前。第三層為「了卻君王天下事，贏得生前身後名」，實現詞人追求的最高人生理想，即從天下而言，忠君之事，完成恢復大業；從個人而言，由功成而名就，流芳千古。寫夢打破上下闋界限，一氣呵成。

以上所寫夢境，場面何等波瀾壯闊，氣勢何等磅礴雄放，理想的實現更是帶來無限欣忭。這首詞中的夢境究竟是「真」、是「幻」？應是亦真亦幻。借「夢」來表達自己的理想、希望，是宋代詩人、詞人常用的表現方法，如陸游記夢詩有九十多首，趙翼《甌北詩話》指出，「人生安得有如許夢，此必有詩無題，遂託之於夢耳」，辛詞實亦借夢表其心志。

結句「可憐白髮生」是詞中轉折的一大關紐。夢境中場面愈是壯烈，戰果愈是輝煌，結局愈是美滿，便愈是與現實形成巨大的反差。這一聲悠長的歎息，幾乎把理想擊得粉碎。有英雄之志，卻報國無門，年華虛度，徒增白髮，人生悲哀之大，莫過於此，與「追往事，歎今吾，春風不染白髭鬚。卻將萬字平戎策，換得東家種樹書。」（〈鷓鴣天〉）係同一感慨。

詞的藝術辯證法中有抑揚互轉一法，矛盾的雙方愈是向各自的方面強化，反襯的效果愈是強烈。此詞即是如此。這首詞還運用了四組對仗，有助於對於場景和情緒的渲染，且使詞作帶有工飭之美。然小令中對仗過多，有時易致板滯，但詞中的第一組對仗「醉裡挑燈看劍，夢回吹角連營」，在時間鏈上先後有序，甚或帶有因果關係，在最後一組「了卻君王天下事，贏得生前身後名」，又用了流水對，以作為調劑，故在工飭中又不乏流動之美。

此詞極沉雄悲壯，被陳廷焯讚為「如驚雷怒濤，駭人耳目，天地巨觀也」（《放歌集》卷一）。

211 永遇樂

京口北固亭❶懷古

辛棄疾

千古江山，英雄無覓，孫仲謀❷處。舞榭❸歌臺，風流總被，雨打風吹去。

斜陽草樹，尋常巷陌，人道寄奴❹曾住。想當年，金戈鐵馬，氣吞萬里如虎❺。

元嘉草草，封狼居胥，贏得倉皇北顧❻。四十三年，望中猶記，烽火揚州路❼。可堪回首，佛狸祠❽下，一片神鴉❾社鼓❿。憑誰問：廉頗老矣，尚能飯否⓫？

【詞牌】〈永遇樂〉，雙調，一百零四字，有平韻格、仄韻格兩式，本詞為仄韻格。詳見前蘇軾〈永遇樂〉「詞牌」介紹。

【注　釋】❶北固亭　在今江蘇鎮江市北固山上。❷孫仲謀　孫權，字仲謀（西元一八二—二五二年），為三國時吳主。❸舞榭　歌舞樓臺。榭，建在高臺上的敞屋。❹寄奴　南朝宋武帝劉裕（西元三六三—四二二年），字德輿，小字寄奴。其高祖隨晉渡江，即居丹徒縣之京口里。為南朝宋的建立者，號宋武帝。❺想當年三句　指劉裕當年兩度揮戈，北伐南燕、後秦，有氣吞萬里之勢。鐵馬，披甲之馬。❻元嘉草草三句　指宋文帝劉義隆（劉裕之子）於元嘉二十七年（西元四五〇年）草率北伐，意欲僥倖成功，結果大敗而歸。元嘉，宋文帝年號。封狼居胥，本指漢代霍去病追擊匈奴，至狼居胥（今內蒙自治區西北部），封（築臺祭天）山而還。此處指宋文帝聞主戰之臣王玄謨北伐之言，謂「使人有封狼居胥意」。倉皇北顧，宋文帝北伐失敗，北魏太武帝乘勝追至長江邊，揚言欲渡江。宋文帝登烽火樓北望，後悔不已。（參見《南史》宋文帝本紀、王玄謨傳）倉皇，慌忙。北顧，宋文帝在元嘉八年滑臺之戰失敗後，曾作詩云：「惆悵懼遷逝，北顧涕交流。」（《宋書・索虜傳》）此三句有借古戒今意。❼四十三年三句　詞人於紹興三十二年（西元一一六二年）奉表南歸，至開禧元年（西元一二〇五年）任鎮江知府，恰是四十三年。南歸前一年，金國完顏亮南侵，揚州一帶烽火不斷。❽佛狸祠　北魏太武帝拓跋燾小字佛狸，元嘉二十七年追宋軍至長江北岸瓜步山，並建行宮，後成廟宇，人稱佛狸祠。❾神鴉　祭社時飛來求食之鴉。❿社鼓　社日祭祀的鼓聲。社，古有春社、秋社日，以祭社（土地）神。⓫憑誰問三句　《史記・廉頗藺相如列傳》載，趙國為秦國所困，趙王思良將廉頗，派使者探視廉頗尚可用否。「廉頗為之一飯斗米，肉十斤，被甲上馬，以示可用」，但使者為廉頗仇人所收買，還報趙王曰：「廉將軍雖老，尚善飯，然與臣坐頃之，三遺矢（大便三次）矣。」趙王聽之，終不用。此處以廉頗自況，雖老而雄風不減，然不為朝廷所用。

【語　譯】千古江山依舊，但如英雄孫仲謀輩，已無法找尋。當時的歌舞樓臺，傑出人物的雄風壯采，被歷史風雨吹洗一盡。斜陽照著草叢樹木的尋常巷陌，聽人說曾是寄奴住所。遙想當年，劉裕北伐，金戈鐵馬，氣吞萬里如虎。　元嘉年間，草率進軍北伐，欲效法霍去病封狼居胥，結果只贏得倉皇北顧。四十三年前南來，還記得揚州一帶，烽火滿目。豈堪回首，如今佛狸祠下，只見神鴉飛舞，聽到聲聲祭祀的鑼鼓。有誰探問，廉頗老了，還能飲食如常否？

【研　析】此詞係稼軒詞作名篇，作於開禧元年（西元一二〇五年）詞人知鎮江府、出鎮江防要地京口之時，即南宋開禧北伐的前一年。詞人登上北固亭，望長江滾滾，思神州大地，數千年往事湧上心頭，故題曰「懷古」。但懷古實為傷今，是為抒發自己滿腔忠憤。

詞之發端即從眼前景生發開去：「千古江山，英雄無覓，孫仲謀處。舞榭歌臺，風流總被，雨打風吹去。」詞以「千古江山」開篇，以闊大的時空，為英雄活動提供了一個大舞臺，此地曾演繹過轟轟烈烈的龍爭虎鬥。但是江山依舊，而歷史的風風雨雨，吹洗掉了傑出英雄人物的霸業與其光華風采。此種寫法類似於蘇軾〈念奴嬌〉之開篇：「大江東去，浪淘盡、千古風流人物。」此詞所寫緊扣本地風光。西元三世紀的二十年代，孫權以其傑出的才能和英雄的氣魄，在年輕時繼承父兄基業，建都於京口（後移建業），即與強有力的曹魏抗衡，稱霸江南，是何等人物！詞人的仰慕之情，如其〈南鄉子〉詞所寫：「年少萬兜鍪（頭盔，代指兵士），坐斷東南戰未休。天下英雄誰敵手？曹劉。生子當如孫仲謀！」英雄的功績連同那時建業一帶的繁華，都已化為烏有，不免有江山寂寞、時勢蕭條之意。下面接寫另一與京口相關的歷史英雄：八百年前的劉裕。劉裕出身寒微，曾居京口。其當年居住之處，如今已是「斜陽草樹，尋常巷陌」了，其中暗用劉禹錫〈烏衣巷〉「朱雀橋邊野草花，烏衣巷口夕陽斜。舊時王謝堂前燕，飛入尋常百姓家」詩意，自英雄去後，此地已呈一片荒涼之象。但其功績卻永載史冊。劉裕自掌握了東晉大權後，出兵滅南燕，收巴蜀，滅後秦，所向披靡，戰功赫赫。這也正是詞人所敬佩的氣魄和嚮往的功業，故對其雄大的氣魄發出由衷的讚美：「想當年，金戈鐵馬，氣吞萬里如虎。」詞人在讚歎這兩位千百年前古代英雄的同時，也是感慨朝中無此整頓乾坤的重量級人物，特別是暗中流露了對南宋王朝不思進取，苟且偷安，畏敵如虎，俯首稱「臣」的強烈不滿。

上闋所舉兩位歷史人物，是功業顯赫的「英雄」，寄託著自己的嚮往與感慨。至換頭則擷取一個失敗的典型事例：「元嘉草草，封狼居胥，贏得倉皇北顧。」開禧元年（西元一二〇五年）韓侂胄總領軍政大權，準備北伐。此事固然令人鼓舞，但軍事準備不足，又令人為之擔憂。此處借宋文帝元嘉二十七年北伐失敗的歷史教訓，表露自己的隱憂，帶有借古戒今之意。而次年北伐的失敗結果，恰好證明了詞人的憂慮，乃是一種高明的預見。

「四十三年，望中猶記，烽火揚州路」，由眼前的懷古轉入對自身當年奉表南來時情景的回憶。想當年，二十三歲的自己，「壯歲旌旗擁萬夫，錦襜突騎渡江初。燕兵夜娖銀胡䩮，漢箭朝飛金僕姑」（〈鷓鴣天〉）。是何等的英雄氣概！從所經過地域而言，由於前一年，金帝完顏亮的南侵，揚州、京口一帶尚留有戰禍造成的慘象。想當年的勇猛威武，也頗具「氣吞萬里如虎」之勢。這段經歷是詞人一生中最為得意的濃墨重彩的一筆，其光彩使其後來數十年的遠離前線做地方官及長期的賦閒生涯黯然失色。詞人特別點出「四十三年」，不僅僅是回憶往事，更含歎息數十年來年華虛度之感。

「可堪回首，佛狸祠下，一片神鴉社鼓」三句，由四十三年前轉到眼前，以「可堪回首」作為過渡。隨著完顏亮南侵時被殺，宋金之間畢竟還進行過幾場激戰。但自隆興和議（西元一一六四年）後，南宋以割地、稱「侄皇帝」的屈辱和約，換取了數十年的苟安。如今的百姓，已忘卻往昔悲慘屈辱的歷史，鬆懈了抗金的鬥志，竟然在敵國所建行宮一帶鼓樂喧天地祭神，又過起了太平民的生活，不禁感慨係之。

詞人這年已經六十六歲，雖已年邁，但雄風未減，仍希望為國效力，雖明知其不可為，仍於詞末表其心志：「憑誰問：廉頗老矣，尚能飯否？」他以趙之良將廉頗自況，可是又有誰來探問呢？用一反詰語收束，正含有為人詬病、不得重用的無限感歎。果如其所料，這年秋天，連知鎮江府的職位也被取消，即奉祠西歸。對此，詞人有「葉公豈是好真龍」（〈瑞鷓鴣〉）之譏，又故作遠離世事之態：「悠悠興廢不關心」、「卻趁新涼秋水去」（〈玉樓春〉）。今讀之者，不能不感慨生哀，歎惜不已。

詞題為「懷古」。所懷有千年遠古，有百年近史，兼有眼前現實，數者交融，組成了一首大聲鏜鞳的雄壯的愛國樂章。所寫雖多為本地風光，卻折射出一個世紀的時代悲哀。將其稱之為「詞史」，不亦宜乎！

此詞用典較多，確實給閱讀者帶來吟味的困難。這一點，在詞人生前已有人為之指出，如岳珂（岳飛之孫）在詞人徵集意見時即謂：「微覺用事多耳。」辛棄疾認為「實中予痼」，欲作修飾，而「累月猶未竟」（《桯史》），也許詞人有不得已者，殆非如此不能傳其情、抒其感。

又，此調以四言為主，全詞二十二句中，四言占了十六句，且多處相連，可用為對仗（按詞律要求，第

一、二句例用對仗），因此前人（如蘇軾、李清照）用此調，多運用對偶以增其工麗，使整飭與流利之美相結合。但辛棄疾此詞全用散句，無一對偶，其中牽涉到五個歷史人物，還有詞人自己的經歷，除了換頭「元嘉草草」用陡接外，其餘幾處用了「人道」、「想當年」、「可堪回首」、「憑誰問」等詞語連接，便能給人以氣機流暢之感。陳匪石《聲執》謂其「如黃河東來，雖微遇波折，仍一瀉千里者」。詞人非不善對仗，但此詞所追求者非工飭之美，而是奔放遒勁的力度美。稼軒詞風之與眾不同，大概正體現在此等處。

212 清平樂

博山❶道中即事

辛棄疾

柳邊飛鞚❷，露溼征衣重。宿鷺窺沙孤影動，應有魚蝦入夢。一川明月疏星，浣紗人影娉婷。笑背行人歸去，門前稚子啼聲。

【詞牌】〈清平樂〉，又名〈清平樂令〉、〈憶蘿月〉、〈醉東風〉。雙調，四十六字，上闋四句，四仄韻，下闋四句，三平韻，為平仄韻轉換格。詳見前晏殊〈清平樂〉「詞牌」介紹。

【注釋】❶博山　地名，在江西上饒。《輿地紀勝》：「博山在永豐四十二里，古名通元峰，以形似廬山香爐峰，故改今名。」❷鞚　馬勒。

【語譯】柳樹林邊勒馬飛馳，露水打溼行人衣裳，使其增重。水邊孤眠的白鷺影兒晃動，應是有魚蝦進入夢境。一川溪水，倒映明月疏星，見浣紗人影美好輕盈。笑著背對行人歸去，此時聽到門前小兒的哭聲。

【研析】博山乃風景秀美之地，山中多清泉、奇石，林谷幽深，有博山寺、雨巖等名勝。詞人退居帶湖時，對此地幽景情有獨鍾，常於此流連、夜宿，寫下不少詞作，成為膾炙人口的名篇，如〈醜奴兒〉（少年不識愁滋味）、〈醜奴兒近〉（千峰雲起）、〈清平樂〉（遶牀飢鼠）等。這首〈清平樂〉寫博山道中夜行所見所聞，充滿詩情畫意。

詞用平入法，從寫自己夜行入手：「柳邊飛鞚，露溼征衣重。」此兩句透露了幾點消息：一是策馬飛馳之地，乃是柳樹成行的道上，有成行柳樹處多為河堤，所謂「楊柳岸」是也，暗伏下面的「一川明月」。二是柳樹上的露水打溼了征衣，表明這是在夏季，其〈醜奴兒近〉詞云：「只消山水光中，無事過這一夏。」可作為佐證；而成行的柳樹，在明月映照下，露光閃閃，也當是一道美麗的風景。三是詞人流連山光水色的時間不短，以致露水打溼衣裳，明顯感到增加了重量。詞人流連山水之意、沉迷夜色之情，已然透露以出。

前行時，目光轉向沙灘上正在夜宿的孤鷺。「宿鷺窺沙孤影動」，觀察細緻入微。這裡的「孤影」和下面的月光有關，這影子輕晃的鏡頭被詞人捕捉到了。由「影動」而聯想到牠正眯著眼睛「窺沙」。窺沙，騎在馬上是無法看到的，只能是詞人的猜想。更妙的是由此引出後面奇妙的想像：「應有魚蝦入夢。」該是夢見魚蝦了吧。白鷺以魚蝦為食，夢見魚蝦自然心動，因而在迷濛中微睜雙眼窺看沙灘，想探個究竟，於是身子也隨之晃動。詞人非鷺，豈能知有魚蝦入夢，在這裡用了一個「應」字，即帶揣想之意。而這種揣想帶擬人化特色，尤覺其有心物相通之感。

下闋由景而人，以「一川明月疏星」為過渡。星月倒映溪流，空明澄澈，簡直是「江天一色無纖塵」（〈春江花月夜〉）。這句一則補寫夜行之景，正因為有星月照耀，方能「柳邊飛鞚」，如果是夜色茫茫，何能策馬飛奔！由此令人想見「（待）踏馬蹄清夜月」（李煜〈玉樓春〉）的情景，馬蹄敲擊路面，在靜夜中發出有節奏的聲響，對詞人來說，既在視覺上享受月色溪光之美，又在聽覺上享受樂音般的馬蹄嗒嗒之聲。再則又由「一川明月」引出「浣紗人影娉婷」。月光之下，清流之中，映照出浣紗人輕盈美麗的身影，這是多麼富有詩情畫意的鏡頭！寫人，只寫影之娉婷，人之清新窈窕可以想見。

以下再隨浣紗女的行動將目光轉向清溪岸邊的農家：「笑背行人歸去，門前稚子啼聲。」浣紗女見有陌生人來，低頭羞澀地一笑，背對著行人，向自己家中走去，顯示出村婦的靦腆與純樸。同時，聽到那人家的門前傳來小孩子的哭聲。正是「稚子啼聲」，召喚著浣紗女歸去。這些細節的連綴，流溢出濃郁的農家生活氣息。那溪邊山腳的農舍、村落，也進入了詞人的視野。

詞人體物細膩入微，寫人遺貌取神，一首小詞寫活了溪山夜景。因運用移步換形之法，由柳岸而沙洲，而清溪，而明月，而浣紗女，而農家，宛如一幅溪山夜色長卷圖畫，又如一組連續的電影鏡頭，其中有光、有聲、有色，令人如聞如見。雖不著一句情語，但情融景中，對大自然的親近與沉醉，對農家尋常生活與純樸農婦的愛賞，盡在不言中。

辛棄疾之詞既有大聲鏜鞳之什，亦有小巧有致之篇，此詞即屬於後者。

213

酷相思

程 垓

月掛霜林寒欲墜。正門外、催人起。奈離別、如今真個是。欲住也、留無計。欲去也、來無計。

馬上離魂衣上淚。各自箇、供憔悴。問江路、梅花開也未？春到也、須頻寄。人到也、須頻寄。

【作　者】程垓（生卒年不詳），字正伯，眉山（今屬四川）人。蘇軾表兄弟程之才之孫。南宋淳熙十三年（西元一一八六年）嘗遊臨安。紹熙三年（西元一一九二年），已五十許，楊萬里薦以應賢良方正科，未果。有《書舟詞》（一名《書舟雅詞》）。馮煦《蒿庵論詞》謂其詞「淒婉綿麗」，陳廷焯《白雨齋詞話》認為「淺薄者多，高者筆意尚閒雅。」

【詞　牌】〈酷相思〉，見程垓《書舟詞》。雙調，六十六字，上下闋各五句，四仄韻，一疊韻（用於結句），多六字折腰體。此調宋詞僅見此首。參見《詞律》卷十、《詞譜》卷十五。

【語　譯】月亮低掛經霜樹林，在寒冷中即欲下墜。正在此時，門外催人早起。奈何如今真的是要離別了。想要留住，可是沒有留下的好計。想去了之後再來，也沒來的好計。　馬上的人滿懷離魂，送行的人衣上留有淚痕。各自使人憔悴。詢問江邊的路上，梅花開放沒有？春天到了，須常常寄。人到了，須常常寄。

【研　析】程垓雖生平不詳，但可斷定是流落不偶，因此不免流連坊陌，與歌兒舞女們有較多的感情瓜葛，故其《書舟詞》中對這類感情描寫甚多，如：「舊時心事，說著兩眉羞。長記得、凭肩遊。緗裙羅襪桃花岸，薄衫輕扇杏花樓。幾番行，幾番醉，幾番留。」（〈最高樓〉）「愁緒多於花絮亂，柔腸過似丁香結。問甚時、重理錦囊書，從頭說。」（〈滿江紅〉）「傷心處，卻憶當年輕別。」「又誰料而今，好夢分胡越。不堪重說。但記得當初，重門鎖處，猶有夜深月。」（〈摸魚兒〉）等等，寫得極為纏綿旖旎。這首〈酷相思〉寫離別，卻又別具一格，是《書舟詞》中之名篇，歷來為人所稱賞。明代毛晉在《宋六十名家詞・書舟詞跋》中甚至認為「秦七（觀）、黃九（庭堅）莫及也」。

詞的發端即交待分離的時刻。古代人們出門的時間要麼是傍晚，要麼是早晨，而陸行以早晨為多，如馮延巳有「早是出門長帶月，可堪分袂又經秋」（〈浣溪沙〉）的抒寫，如牛希濟有「嘶馬搖鞭何處去，曉禽霜滿樹」（〈謁金門〉）的描述。此詞「月掛霜林寒欲墜」，寫的正是即將天曉時刻，明月西沉，似懸掛於霜樹之上，似要從霜樹之上往下墜落。以「霜」、「寒」點出季候，用「掛」字將「月」與「霜林」組合，圖景顯得格外蕭疏，映襯出離人的暗淡情緒。而「欲墜」的感受，更含有時間流逝迅疾之悵惘。詞中僅此句寫景，淒清氛圍籠罩全篇。接著以「正門外、催人起」述別離之事。以下便放筆直抒離別情懷。

「奈離別、如今真個是」，是「奈如今真個是離別」的倒裝。原來兩情繾綣，老是想拖延分手的時間，而如今門外已催人早起，雖然一千個一萬個不願意，真的是不得不分離了，只有徒喚奈何。但內心還是想「賴」著不走，可是「欲住也、留無計」，實在是無計可施。既留無計，便勢在必行。既然非走不可，便寄希望於走了後很快回來再重溫舊情，可是「欲去也、來無計」，想再來也無計可施。也許今生再見無期，這真是一場令人絕望到極點的離別，這場生離，也許就是永訣。

上闋從行者一方著筆，下闋則從雙方著筆。「馬上離魂衣上淚」，這次分離不僅僅是男方的依戀，而是雙方相互的難以割捨。男方固然是黯然銷魂，女方尤其涕下如雨，淚溼衣襟。正是「各自箇、供憔悴」，此係寫別離場景。

下面設想別後：「問江路、梅花開也未？」梅花固然有開在江邊、路邊者，但亦有開於庭院、山間者，此處特為提出「江路」梅花，一則與歷來的審美情趣有關，梅與水相映成趣，空靈絕俗，如張謂〈早梅〉詩云：「一樹寒梅白玉條，迥鄰村路傍溪橋。不知近水花先發，疑是經春雪未消。」殷堯藩〈友人山中梅花〉詩：「臨水一枝春占早，照人千樹雪同清。」林逋〈山園小梅〉亦有「疏影橫斜水清淺」之句，都是證明。再則「江」與「路」，都是通向遠方的途徑，為下面委託驛使寄梅作勢。故接言寄梅之事：「春到也、須頻寄。人到也、須頻寄。」此處用南朝宋陸凱〈贈范曄〉詩意：「折梅逢驛使，寄與隴頭人。江南無所有，聊贈一枝春」借贈梅表相思之意。不僅是寄，還要多寄，要頻繁地寄。這兩句應是對別後雙方的寄望，你無忘我，我也無忘你。殷殷囑託，情意深濃。

用〈酷相思〉詞調寫作，詞史上惟此一首，應是詞人創調，係依所詠內容取名。此調有幾個特點，和表情密切相關。一是除了兩個七言句、兩個八言句外，其餘六個六言句，均為折腰體，八言句也是上三下五音節。由於使用大量三言音頓，再加韻腳極密，上下闋的結尾又運用了疊韻，造成了一種急促的音節，便於表現一種焦急繚亂的情緒。二是詞中用了很多相重的詞語，如「欲（住）也、（留）無計。欲（去）也、（來）無計」、「（春）到也、須頻寄。（人）到也、須頻寄」。又運用了「住」、「留」、「去」、「來」相對立的動詞，造成一種回環往復的藝術效果，尤便於表現難以分捨的纏綿糾結之情。三是在緊要處運用了虛詞「也」字，帶有現代語中「啊」的韻味，好似發出一聲聲悠長的歎息。另外此詞使用的語言純用白描，將相思之「酷」（極），寫得如此悠然不盡，實為難得。故許昂霄評曰：「人人之所欲言，卻是人人之所不能言，此之謂本色。」（《詞綜偶評》）

此詞在語言表達及回環往復的形式上，似透露出某種曲的意趣，特別是結尾的疊韻，令人想起元代張養浩〈山坡羊〉：「興，百姓苦；亡，百姓苦。」

214 水龍吟

春恨

陳亮

鬧花深處層樓，畫簾半捲東風軟。春歸翠陌，平莎茸嫩，垂楊金淺。遲日❶催花，淡雲閣❷雨，輕寒輕暖。恨芳菲世界，游人未賞，都付與、鶯和燕。

寂寞憑高念遠。向南樓❸、一聲歸雁。金釵鬭草❹，青絲勒馬，風流雲散。羅綬分香❺，翠綃封淚❻，幾多幽怨。正銷魂，又是疏煙淡月，子規❼聲斷。

【作　者】陳亮（西元一一四三—一一九四年），字同甫，號龍川，婺州永康（今屬浙江）人。淳熙中，詣闕上書，鼓吹恢復，被目為狂怪，數度入獄。光宗紹熙四年（西元一一九三年），策進士，擢第一，授簽書建康府判官公事，次年未至而卒。端平初，謚文毅。有《龍川文集》三十卷。詞集名《龍川詞》。詞作慷慨悲涼，每一章就，輒自歎曰：「平生經濟（經世濟民）之懷，略已陳矣！」（葉適〈書龍川集後〉）

【詞　牌】〈水龍吟〉，又名〈龍吟曲〉、〈鼓笛慢〉等。雙調，體式甚多，字數不一。宋詞人多使用一百零二字蘇軾體（首句或六言、或七言，本詞首句用六言），為仄韻格。詳見前章楶〈水龍吟〉「詞牌」介紹。

【注　釋】❶遲日　春日晝長，故曰「遲日」。《詩經・豳風・七月》：「春日遲遲」。❷閣　同「擱」。止。❸南樓　此處泛指南向之樓，應前句「憑高」。《晉書・庾亮傳》載，庾亮在武昌，其佐吏殷浩等乘秋夜共登南樓。不久庾亮亦至，浩等欲起而避之。亮曰：「諸君少住，老子於此處興復不淺。」便坐交椅之上，與眾共談笑。❹鬭草　古有鬥百草的習俗，《荊楚歲時記》載：「五月五日有鬭百草之戲。」婦女、兒童多喜為之，大約採集各種草名吉祥者互相賭鬥。《紅樓夢》六十二回記載清明鬥草情景：「大家採了些花草來兜著，坐在花草堆中鬭草。這一個說：『我有觀音柳。』那一個說：『我有羅漢松。』那一個又說：『我有君子竹。』這一個又說：『我有美人蕉。』這一個又說『我有星星草。』那一個又說：『我有月月紅。」」可供參考。❺羅綬分香　指以香羅帶贈別。❻翠綃封淚　以綠色絲巾聚存淚水。《麗情集》載，錦城官妓灼灼善歌舞，御史裴質與之善。後裴召還，灼灼以軟綃聚紅淚為寄。❼子規　即杜鵑鳥，相傳為古蜀帝杜宇之魂所化，啼聲淒苦。

【語　譯】百花鬥豔深處的層樓，彩繪的簾子半捲，東風吹拂和軟。春已回歸翠綠的阡陌，半野的莎草如茸細嫩，垂柳搖盪淺黃金縷。春日遲遲催開花朵，淡雲浮空阻擋雨下，此時天氣正輕寒輕暖。恨如此芳菲的世界，遊人未曾欣賞，都付與了鶯和燕。　寂寞之中登高念遠。一聲歸雁的鳴叫，傳到南樓。以金釵為賭資的鬥草，用青絲帶作轡繩勒馬，種種活動已經風流雲散。以香羅帶贈別，用翠綃聚存眼淚，有多少幽怨。正值傷魂失魄之際，又見夜空輕煙淡月，而子規啼聲已經停歇。

【研　析】陳亮詞作以斬截痛快、雄放恣肆為主體風格，同時也有婉約柔秀之作。這首〈水龍吟〉即屬於後者。詞題為「春恨」，所恨者何？似是春光虛度，別久疏離，細加研味，又似別有寄託。

「鬧花深處層樓，畫簾半捲東風軟」，開篇寫主人公的居處。鬧花，語本宋祁「紅杏枝頭春意鬧」。但此處描寫繁花鬥豔的場景，一則在於襯托百花叢中層樓的深邃，再則也是以「鬧」反襯東風輕拂「畫簾半捲」樓中人的孤寂。從層樓周圍景物及其用具看，主人公似為一位女性，但詞中所寫，又突破了女性的眼光，因此，解讀此詞，正不必拘泥於人物的性別。下面用「春歸翠陌，平莎茸嫩，垂楊金淺。遲日催花，淡雲閣雨，輕寒輕暖」六個四言句鋪寫所見所感，透露出一派盎然的春意。前三句重在視覺，先以「春歸翠陌」總寫，春歸大地，流露出喜悅之情，並帶出綠色的田疇，後面用一同聲對，將鋪滿茸茸嫩草的原野、江堤的金黃垂柳加以展現。後三句重在寫感覺，卻是先以對句置前，從地面來說，遲遲春日在催促春花開放，從高空來說，淡淡雲彩正阻止春雨下落，而總以「輕寒輕暖」，氣候有輕微的寒意，有時又有些微暖和，欲雨還晴，破寒風軟。春的色彩如此繽紛美麗，春的感覺如此美好宜人，正當作俊遊勝賞。至歇拍陡轉：「恨芳菲世界，游人未賞，都付與、鶯和燕。」「芳菲世界」是對上面景物描繪的總括，前面著一「恨」字，以「恨」字領起，所恨者何？如此美妙的春光本應是遊人賞愛的對象，然而能賞的遊人卻未賞，無法賞的「鶯和燕」卻在享受，能不令人深感痛惜！故清代的劉熙載從中領悟到了其中所蘊含的言外之旨，在《藝概》中指出：「言近旨遠，直有宗（澤）留守大呼渡河之意。」結合作者一生都在不斷追求實現恢復中原的理想，這種理解，是很深切、很到位的。故這首詞的上闋所寫的春光，不僅僅是眼前景物，更含有一種象徵的意味，象徵著中原的大片美好河山，正在遭受敵人的踐踏，因而引發主人公的滿腔悲憤。

換頭「寂寞憑高念遠」，回應開篇。「憑高」與「層樓」相呼應。至此方點出「寂寞」字樣。因為寂寞，故而懷念遠人。正在此時「向南樓、一聲歸雁」，此處用前人「鄉心正無限，一雁度南樓」（《佩文韻府》）詩語。正當高樓念遠之際，傳來的雁叫打破了眼前的沉寂，令人心驚。歸雁，指由南方向北飛去的大雁。於是「念遠」的心思與「歸雁」的去向便有了某種聯繫，意味著所思所念正是大雁飛歸的北方中原地區。

下面復用六個四言句回憶昔時的歡樂與離散的痛苦：「金釵鬬草，青絲勒馬，風流雲散。羅綬分香，翠綃封淚，幾多幽怨。」前三句先用一同聲對分寫二事，以金釵、青絲的華美之物相映襯，極寫春日鬥草、冶遊之樂，然後接以「風流雲散」，用頓挫之筆，表明美好的情事而今已一去無跡。後面三句也是先用一對仗，但係依次寫分離及分離之後的情景，然後進一步總以「幾多幽怨」。詞之上闋所寫，是「芳菲世界」不能遊賞的可悲現實，此處所寫，乃是昔日繁華勝事的遠去和離散的淒哀。從表層意看，似寫男女離情，從深層意探究，又覺其中蘊含有一種悠遠深沉的歷史喟歎。

詞之末尾以景結情：「正銷魂，又是疏煙淡月，子規聲斷。」月夜的迷濛煙景、子規聲斷的靜寂，使正魂銷魄失的人，又增添了幾分寂寥與迷惘。尤可注意者，此處用了一個「又」字，則遭遇此種情景已非一次，而是多次，甚至是無數次，知其銷魂難堪之情，可謂深而遠矣！

這首詞的表現手法與辛棄疾的〈摸魚兒〉（更能消幾番風雨）頗為相似，即暗含比興，摧剛為柔，柔中寓剛，但又各具風采。此詞借大好春光，發北方淪陷之歎，借回憶昔時之樂，感繁盛之一去不返，極耐人尋味。所用詞語，亦極講求整飭工麗，在陳詞中別具一格。故清代王弈清所編《歷代詞話》卷八引《詞苑》評此詞云：「陳同甫開拓萬古之心胸，推倒一世之豪傑，而作詞乃復幽秀。」

215

滿庭芳

促織兒❶

張鎡

月洗高梧，露溥❷幽草，寶釵樓❸外秋深。土花❹沿翠，螢火墜牆陰。靜聽寒聲斷續，微韻轉、淒咽悲沉。爭求侶，殷勤勸織，促破❺曉機心。

兒時，曾記得，呼燈灌穴，斂步隨音。任滿身花影，猶自追尋。攜向華堂戲鬬，亭臺❻小、籠巧妝金。今休說，從❼渠❽牀下，涼夜伴孤吟。

【作　者】張鎡（西元一一五三—一二一一年），字功甫，又字時可，號約齋，西秦（今陝西省）人，後居臨安（今浙江杭州）。張俊曾孫。孝宗淳熙五年（西元一一七八年），直祕閣通判婺州。寧宗慶元年間，任司農寺主簿、司農寺丞等職。開禧三年（西元一二〇七年），為司農少卿，後坐事除名象州編管。曾卜築南湖，服玩豪侈，為天下冠。有《南湖集》、《玉照堂詞》，並佚。後人有輯本《南湖集》十卷，詞集名《南湖詩餘》。

【詞　牌】〈滿庭芳〉，又名〈滿庭花〉、〈滿庭霜〉、〈鎖陽臺〉、〈滿庭芳慢〉等。有平仄韻兩式。本詞為平韻格，九十五字。平韻格尚有九十三字、九十六字等體式。詳見前秦觀〈滿庭芳〉「詞牌」介紹。

【注　釋】❶促織兒　即蟋蟀。民諺有云：「促織鳴，懶婦驚。」❷溥　露多的樣子。《詩經・鄭風・野有蔓草》：「野有蔓草，零露溥兮。」❸寶釵樓　本為咸陽古跡，邵博《邵氏聞見後錄》卷十九載：「予嘗秋日餞客咸陽寶釵樓上。」此處借指當時宴飲的張達可家。❹土花　蘚苔。❺破　盡。❻亭臺　指置放籠子的小臺。❼從　任；聽。❽渠　他；牠。

【語　譯】月光沐浴挺拔梧桐，露水團團聚於幽草，寶釵樓外正深秋時節。蘚苔沿牆腳鋪現翠綠，螢火蟲兒飄落牆陰。靜聽蟋蟀在寒秋中鳴聲斷續，聲韻轉為低微、顯得淒咽悲沉。爭求伴侶，殷切勸織，促盡織婦早起勤織之心。　曾記得兒時，呼燈照耀，用水灌穴，輕提腳步，跟隨蟋蟀聲音。任滿身花影，仍無所顧忌不斷追尋。攜向華美廳堂，以鬥蟋蟀為戲，亭臺小小，將其置於金飾精巧籠中。而今休說，一任牠在床下，寒涼之夜，伴我孤吟。

【研　析】關於這首詞的創作背景，姜夔在〈齊天樂〉詠蟋蟀詞的小序中曾有如下描述：「丙辰歲（宋寧宗慶元二年，西元一一九六年）與張功父會飲張達可之堂，聞屋壁間蟋蟀有聲，功父約予同賦，以授歌者。功父先成，辭甚美。予裴回末利花間，仰見秋月，頓起幽思，尋亦得此。」可知此詞為即興詠物之作。

蟋蟀，「晝闃宵喧」、「身隱而聲彰」（楊萬里〈放促織賦〉），又常藏於秋日夜露草叢，前人有「蛩（蟋蟀）聲泣露驚秋枕」（《淵鑑類函》引《詩餘》）的描寫。故此詞詠蟋蟀，先從周圍環境著筆：「月洗高梧，露溥幽草」，用一主謂結構的工對，描繪出夜空的明淨與月夜的清涼，為蟋蟀的鳴響構置了一個幽寂的環境，並預伏詞末之「涼夜」，同時以「寶釵樓外秋深」點出宴飲之所與聞蛩的時節，以寶釵樓的古跡比喻張達可之居所，以增其古雅之趣。對此大環境作出交代後，便轉入對蟋蟀出沒小環境的描寫：「土花沿翠，螢火墜牆陰。」青色的苔蘚沿著牆根鋪成一線，這正是蟋蟀棲息之處，同時以視覺中螢火的明滅作為陪襯。以下正面寫其聲音：「靜聽寒聲斷續，微韻轉、淒咽悲沉。」蟋蟀的鳴聲起於夏末初秋，大體不同時節，出入於不同地點，故《詩經・豳風・七月》有「六月莎雞（蟋蟀）振羽，七月在野，八月在宇，九月在戶，十月蟋蟀入我床下」的描述，而詩人筆下的蛩鳴，一般都令人生淒哀之感，如杜甫〈促織〉詩云：「促織甚微細，哀音何動人。」楊萬里〈促織〉詩曰：「一聲能遣一人愁，終夕聲聲曉未休。」此詞比詩的描繪更為細膩，不僅寫出鳴聲之「斷續」，且以鳴音之「微韻轉」，寫出聲音的變化，由此而覺其「淒咽悲沉」。這種悲淒之感是詞人的主觀感受，它與「秋深」的季節有某種連繫，中國文人自宋玉開始，即逐漸形成「悲秋」的傳統，秋，往往令人產生由盛而衰的悲涼感，而秋夜蟋蟀的斷續微吟，更覺其有助人淒涼之意。這種感受，也只能來自於具有某種人生經驗者，懵懂的童稚是不會有這種體味的。歇拍再由人的主觀感受轉向蟋蟀鳴叫的本意：「爭求侶，殷勤勸織，促破曉機心。」一是求侶，一是促織，農家婦女夜織而困頓，聽蟋蟀鳴聲，又鼓起勁來繼續織布，直至拂曉。

換頭轉向對兒時的回憶，那時候哪有淒哀之感，只覺得捕捉蟋蟀是一件極為快樂有趣的事情。「兒時，曾記得」，係「曾記得，兒時」的倒裝。「呼燈灌穴，斂步隨音。任滿身花影，猶自追尋」，因為蟋蟀藏於洞穴，匿身草叢，知有人捕捉，還會跳躍躲避，這裡寫了追捕蟋蟀的一連串動作，繪形繪影，極為傳神。賀裳《皺水軒詞筌》評此數語：「形容處，心細如絲髮。」而「滿身花影」，又暗示出那是一個如同眼前一樣的月夜。接著寫捕捉到以後的活動：「攜向華堂戲鬭，亭臺小、籠巧妝金。」據顧文薦《負暄雜錄》載，「鬭蛩之戲，始於天寶間。長安富人鏤象牙為籠而蓄之，以萬金之資，付之一啄。」（《淵鑑類函》）宋時此習尤盛，姜夔《齊天樂》詞小序云：「蟋蟀，中都（汴京）呼為促織，善鬭。好事者或以三、二十萬錢致一枚，鏤象齒為樓觀以貯之。」又，五代王仁裕《開元天寶遺事》載：「每至秋時，宮中妃妾輩，皆以小金籠捉蟋蟀閉於籠中，置之枕函畔，夜聽其聲。庶民之家皆效之。」故詞中所述在「華堂」作蟋蟀戲鬥，置其於「妝金」巧織的籠中，正是當時富家子弟的一種玩樂活動。以上所寫均以「曾記得」領起，純用虛筆，然虛中有實，令人如見，從中領略天真、頑皮童趣。

詞人極力鋪寫兒時捕鬥蟋蟀之樂，是為了反襯今之孤寂情懷。作者寫此詞時，年四十四，已是經歷了許多世事、憂患的中年，雖然物質生活優裕，但精神上有時也難免有孤獨之感，遂以「今休說」轉折，發出「從渠牀下，涼夜伴孤吟」的歎息。張隨《蟋蟀鳴西堂賦》寫蟋蟀的特性云：「背暑而出爾草間，驚寒而入我床下。」詞人本處寒涼之夜，正值「孤吟」之時，又聽蟋蟀在床下發出悲鳴，其情之難堪，可想而知。

劉熙載《詞概》云：「昔人詠古詠物，隱然只是詠懷，蓋其中有我在也。」此詞詠蟋蟀，實寄寓了「我」的一種人生感受，非泛泛詠物。但其最突出的特點，還在於體物入微，尤以盎然童趣引人入勝，故周密評曰：「〈功甫〉『月洗高梧』一闋，乃詠物之入神者。」（《古今詞話・詞評》上卷）

216

沁園春

寄稼軒承旨

劉過

斗酒彘肩❶，風雨渡江，豈不快哉。被香山居士❷，約林和靖❸，與東坡老❹，駕勒吾回。坡謂西湖，正如西子，濃抹淡妝臨鏡臺❺。二公者，皆掉頭不顧，只管銜杯。

白云天竺❻去來。圖畫裡、崢嶸樓閣開。愛東西雙澗❼，縱橫水遶，兩峰南北❽，高下雲堆。逋曰不然，暗香浮動，爭❾似孤山❿先探梅。須晴去，訪稼軒未晚，且此徘徊。

【作　者】劉過（西元一一五四—一二〇六年），字改之，號龍洲道人，吉州太和（今江西太和）人。四舉不第，終身布衣，流落江湖間。嘗伏闕上書，陳恢復方略，不報。曾從辛棄疾遊。有《龍洲集》、《龍洲詞》。宋黃昇《花庵詞選》謂其「詞多壯語，蓋學稼軒者也。」清劉熙載《藝概》稱其詞「狂逸之中，自饒俊致，雖沉著不及稼軒，足以自成一家。」

【詞　牌】〈沁園春〉，又名〈洞庭春色〉等，雙調，一百一十四字，另有增字、減字數體，為平韻格。上闋之四、五、六、七之四言句，下闋之三、四、五、六之四言句，一般宜用對仗，可用當句對，亦可用隔句對。詳見前辛棄疾〈沁園春〉「詞牌」介紹。

【注　釋】❶斗酒彘肩　《史記・項羽本紀》載，樊噲闖入項羽帷帳，怒目視項王。項羽按劍問來者何人，張良答以係沛公（劉邦）之參乘。項王曰：「壯士！賜之卮酒！」則與斗卮酒。噲立而飲之，項王曰：「賜之彘肩！」則與一生彘肩。噲「拔劍切而啖之」。斗酒，多量之酒。彘肩，豬的前腿。❷香山居士　白居易之號。❸和靖　北宋詩人林逋卒，仁宗賜諡「和靖先生」。❹東坡老　蘇軾自號東坡居士。❺坡謂西湖三句　用蘇軾〈飲湖上初晴後雨〉「欲把西湖比西子，淡妝濃抹總相宜」詩意。❻天竺　山名。在杭州城西。❼東西雙澗　即南澗、北澗。《杭州府志》載，南澗發源五雲山，北澗發源西源峰，至龍跡橋匯合。❽兩峰南北　指北高峰（靈隱山最高處）、南高峰（在杭州西邊）。❾爭　怎。❿孤山　在西湖裡外湖之間，一嶼聳立，亦名「孤嶼」，處士林逋隱居於此。

【語譯】攜著大量的酒，帶著豬的前腿，在風雨中渡江，豈不快哉。卻被香山居士，邀約林和靖與東坡老，強拉我回來。東坡曰：「西湖正如西子，對妝鏡打扮，淡妝濃抹都美。」白公、林公都轉頭不顧，只管飲酒傳杯。

白香山說：「去遊覽天竺，置身圖畫，觀賞山勢崢嶸，樓閣軒敞。愛縱橫的南北二澗，東流西繞，聳立的南峰北峰，上下雲遮。」林和靖則曰：「不然，怎比得上暗香浮動，到孤山先探訪梅花。」等到天晴時，再去探訪稼軒，不算為晚，暫且於此徘徊。

【研析】此詞題目，《全宋詞》標為「寄稼軒承旨」，他本作「寄辛承旨，時承旨召，不赴」。《宋六十名家詞》題作「風雪中欲詣稼軒，久寓湖上，未能一往，因賦此詞以自解」。劉過作此詞，係寧宗嘉泰三年（西元一二〇三年）辛棄疾被起知紹興府兼浙江安撫使之時，而辛氏進樞密都承旨乃在開禧三年（西元一二〇七年），未赴任而卒。故「寄稼軒承旨」之題當係後人所加。

辛棄疾邀請劉過去紹興相會，正值劉過在杭州有事，不能前往，故作此詞以復。這首詞寫得極為詼諧風趣。一開始寫自己興高采烈，攜帶斗酒彘肩作為助飲之資，在風雨中渡越錢塘江，擬赴紹興之約。這裡用了樊噲飲斗酒、食彘肩之典，已顯豪氣十足，又謂在風吹雨打中渡江，更覺意氣飛揚。這樣既突出了自己強烈的主觀願望，又表明了對這次約會的重視。

可是，不料事與願違，竟然不能成行。原來是「被香山居士，約林和靖，與東坡老，駕勒吾回」，他們三人聯手硬是強制我轉回。「駕勒吾回」即「勒吾駕回」的倒裝。詞人在這裡穿越時空，把百多年前甚至幾百年前的古人拉扯到一起。但這三人有兩個共同點，一是都與杭州有關，白居易曾做過杭州刺史，蘇軾曾兩度在杭為官，而林逋則「梅妻鶴子」隱居於杭州孤山；二是都為聲名遠播的詩人。這兩個特點都與詞人的身分、停留地點有相應的關係，故並不覺其牽強，雖然有人戲說「白日見鬼」，但我們讀來感到構想奇巧，妙趣橫生。

這三位詩人既然將詞人強行羈留，自然各有道理。首先是東坡老，吟味他的得意名作：「水光瀲灩晴方好，山色空濛雨亦奇。欲把西湖比西子，淡妝濃抹總相宜。」表明西湖之美，太值得愛戀。但這時白、林二公「皆掉頭不顧，只管銜杯」，他們不理會東坡，是因為他們有他們的理由。白居易在杭時，流連山水，遊歷靈隱、天竺、南北二澗，當時即寫有不少詩作，離開後亦多有憶念之辭，如「樓殿參差倚夕陽」（〈西湖晚歸回望孤山寺贈諸客〉）、「湖上春來似畫圖」（〈春題湖上〉）、「東澗水流西澗水，南山雲起北山雲」（〈寄韜光禪師〉）。詞中說「白云天竺去來。圖畫裡、崢嶸樓閣開。愛東西雙澗，縱橫水遶，兩峰南北，高下雲堆」，其用語亦皆取自白詩。白居易的挽留理由與東坡有異，重在杭州的山峰溪澗之美。而林逋又對白公之議，以為「不然」。他酷愛梅花，其詩以〈山園小梅〉著稱於世，中有膾炙人口的名句：「疏影橫斜水清淺，暗香浮動月黃昏。」故提出：「暗香浮動，爭似孤山先探梅。」遊西湖也好，遊天竺、東西澗也好，都比不上去孤山訪梅更富情趣。寫三位古人，突出各自相關的詩作，又通過他們的爭議、挽留，擺出了自己難以成行的「理由」。

既然被他們「駕勒吾回」，又有如此的湖光山色等待我去觀賞，那麼我想，等「風雨」停了，「須晴去，訪稼軒未晚」，就暫且於此逗留吧！

劉過以布衣之身，用遊戲筆墨，以詞代柬，回覆雄踞浙江的地方官之邀，本身即為不拘禮數的豪放之舉。而辛棄疾收到此詞後，也不以為忤，據岳珂《桯史》載，竟然「大喜」，「邀之去，館燕彌月，酬倡亹亹」。並贈錢若干，以作為求田之資，而劉過竟耽於酒，續流浪江湖。由此可見二人性情之相近，藝術趣味之趨同。

在宋代詞壇上，北宋已有一些滑稽戲謔之作，辛棄疾更為開放，往往打破人與物的界限，與之對話、交友，如〈沁園春〉云：「杯汝來前！……與汝成言，勿留亟退，吾力猶能肆汝杯。杯再拜，道『麾之即去，招則須來。』」又如〈西江月〉：「昨夜松邊醉倒，問松：『我醉何如』。只疑松動要來扶，以手推松曰：

『去！』」劉過此詞實亦受辛詞之影響，不僅與古人交遊，寫得神氣活現，充滿諧趣，在寫法上也打破上下闋界限，詞中除「縱橫水遶」與「高下雲堆」形成隔句對外，全用散句，又用了「豈不快哉」、「謂」、「云」、「曰」等大量詞語，帶有散文化特點，故被岳珂稱為「傚辛體」。

217 糖多令

劉過

安遠樓❶小集，侑觴歌板之姬黃其姓者，乞詞于龍洲道人，為賦此〈糖多令〉。同柳阜之、劉去非、石民瞻、周嘉仲、陳孟參、孟容。時八月五日也

蘆葉滿汀❷洲，寒沙帶淺流。二十年、重過南樓。柳下繫舟猶未穩，能幾日？又中秋。

黃鶴斷磯頭❸，故人今在否？舊江山、渾是❹新愁。欲買桂花同載酒，終不似，少年遊。

【詞牌】〈糖多令〉，即〈唐多令〉，又名〈南樓令〉、〈箜篌曲〉。雙調，六十字，上下闋各五句、四平韻，為平韻格。另有六十一字、六十二字之體式。參見《詞律》卷九、《詞譜》卷十三。

【注釋】❶安遠樓　即武昌南樓，在黃鶴山上。非東晉時庾亮賞月之城南南樓。❷汀　水中小洲。❸黃鶴斷磯頭　指黃鵠磯。《武昌市地方志》載，黃鵠磯位於武昌城區西部，為蛇山西端突入江中的磯石。在今長江大橋下方。❹渾是　全是。

【語譯】蘆葉布滿汀洲，寒涼中沙灘有淺水緩流。二十年後，重過南樓。在柳下繫船還未穩當，能有幾日？又到了中秋。　臨江的黃鵠磯頭，故人如今還在否？江山如舊，心頭卻一片新愁。想買桂花和朋友一同泛舟飲酒，畢竟不似少年時的勝遊。

【研析】詞人本懷報國雄心，可是屢試不第，長期流落江湖，既常往返吳越之地，亦時放浪荊楚之間，或求

晉升之階以便實現夙願，或作形勢之考察以備戰鬥。此詞即晚年作於過武昌時，為應席間侑觴歌姬之求而作，卻出手不凡，蒼涼悲壯，震撼人心。

詞用一對句「蘆葉滿汀洲，寒沙帶淺流」從眼前景寫起。此時已屆仲秋時節，從南樓俯瞰，岸遠沙平，蘆葦滿眼，一帶淺灘，秋水緩流。中間著一「滿」字，不免帶有秋景蕭瑟之感，著一「寒」字，則不僅是觸覺的感受，更是心靈的悵惘。武昌，為接近前線的重鎮，是詞人曾經來往考察的常駐之地，如今國勢日蹙，恢復無期，「依舊塵沙萬里，河洛染腥羶」（〈八聲甘州〉），能不心寒！雖是景語，卻蘊深情。以下「二十年、重過南樓」轉為敘事，將今昔綰合。二十年前，來到南樓，正值青壯年時期，自己滿懷宏願，意氣風發，性格豪縱，生活多彩。那時嚮往的是：「拂拭腰間，吹毛劍在，不斬樓蘭心不平。」（〈沁園春〉）是「刀明似雪，縱橫脫鞘，箭飛如雨，霹靂鳴弓。威撼邊城，氣吞胡虜，慘淡塵沙吹北風。」（〈沁園春〉）且那時廣交英傑，生活也充滿浪漫情調：「醉游太白呼峨岷，奇才劍客結荊楚。」（〈多景樓醉歌〉）「黃鶴樓前識楚卿，彩雲重疊擁娉婷。席間談笑覺風生。」（〈浣溪沙〉）孰料漫長的二十年已經過去，年華等閒虛度，今度劉郎重到，已是垂垂老矣，令人感歎唏噓！於巨大的時空中，抒發極為深沉的感慨。此番重來，「柳下繫舟猶未穩，能幾日？又中秋」，一方面感慨自己依舊漂泊不定、浪跡天涯，繫舟未穩，又將他往；另方面惋歎時間流逝之迅疾，「中秋」前面用一「又」字，並含有今昔對照、今非昔比之意。三句中用「猶」、「能」、「又」幾個虛字，加以連綴，一氣流走，為重到的寥落失意心情，更抹上了一層蒼涼的色彩。

過片：「黃鶴斷磯頭，故人今在否？」由眼前景物轉向對故人的懷念。「黃鶴斷磯頭」，以此點出安遠樓所在之地。磯為臨江的山崖，「斷」字，當係指山崖臨江水而斷，是否別有他意？有人釋為「有殘山剩水的淒涼意味」，亦可參考。曾在此樓相聚的高朋俊侶、歌兒舞女，他們如今是否還在呢？故人究指何人，難以確考，但曾經與之相戀的徐楚楚應是其中之一，詞人在武昌曾作〈西江月〉詞云：「樓上佳人楚楚，天邊皓月徐徐。……圓少卻因底事，缺多畢竟何如。」如今正值月缺（八月五日）之時，不見桃花人面，當日所寫，真成詞讖。詞人於此，下一問句，並非欲尋訪故舊，而是感歎昔日同遊已是風流雲散。以下接以「舊江山、渾是新愁」，江山依舊，而今更添「新愁」，且「渾是」新愁。既說新愁，自是與舊愁相對。舊愁者何？詞人青壯年時期，正值南宋簽訂屈辱的隆興議和條約之後，又是自己力圖報效國家而屢屢受挫的時期，家國之憂、不遇之感，多少悲憤集於心頭，而今光陰水逝，頭已垂白，真乃又添一段新愁。其〈賀新郎〉詞曾寫道：「為問武昌城下月，定何如、揚子江頭柳。追往事，兩眉皺。」兩者表達的情愫頗有相似之處。

結拍：「欲買桂花同載酒，終不似，少年遊。」筆鋒一轉，生出新的念頭，希望一邊欣賞香桂、一邊飲酒，泛舟中流，以解脫眼前的愁苦。桂花，呼應前面「又中秋」的時節。繼而再轉，載酒中流再如何歡樂，終究無法與二十年前的「少年遊」相比啊！這種曲折細膩的內心活動，與李清照「聞說雙溪春尚好，也擬泛輕舟。只恐雙溪舴艋舟，載不動、許多愁」（〈武陵春〉）所寫，如出一轍，抑而後揚，揚而復抑，終歸於愁之難遣，極盡沉鬱頓挫之妙。

劉過詞以豪放著稱，而此詞卻蘊蓄、沉著，令人味之無盡，盪氣迴腸。當時「楚中歌者競唱之」（徐釚《詞苑叢談》卷三引《山房隨筆》）。宋末劉辰翁〈唐多令〉詞小序云：「丙子（西元一二七六年）中秋前，聞歌此詞者，即席借『蘆葉滿汀洲』韻。」次韻之作多達七首。明李攀龍以為詞意「悽愴」，讀至「繫舟猶未穩」、「舊江山、渾是新愁」，為之「下淚」。（《草堂詩餘雋》）可見其感人力量之深。

218　四字令

劉過

情高意真，眉長❶鬢青。小樓明月調箏。寫春風數聲。

思君憶君，魂牽夢縈。翠綃❷香暖雲屏❸，更那堪❹酒醒。

【詞牌】〈四字令〉，即〈醉太平〉，又名〈淩波曲〉、〈醉思凡〉等。有平韻格、仄韻格兩式，又有三十八字、四十五字、四十六字數體。本詞為平韻格，雙調，三十八字，上下闋各四句，四平韻，格律相同。參見《詞律》卷二、《詞譜》卷三。

【注釋】❶眉長　古以長眉為美。崔豹《古今注》云：「魏宮人好畫長眉。」司馬相如〈上林賦〉云：「長眉連娟，微睇綿藐。」❷翠綃　綠色絲絹被面，指被子。❸雲屏　雲母石製作的屏風。❹那堪　怎堪；何堪。

【語譯】情感深摯，心意真誠，長眉娟秀，鬢髮烏青。明月相照，獨坐妝樓彈箏，指間流瀉樂音飄蕩夜空，有如和煦春風。　思君念君，無時不魂牽夢縈。夢回時香熏翠綠綢被暖意融融，彌散於屏風，怎堪此時宿酒已醒。

【研析】此詞寫一年輕貌美女子的相思別恨。先從人品與外貌寫起，「情高意真」，表明品德高潔，氣質、意態非凡俗之輩可比；「眉長鬢青」，突出其年輕而又容顏姣美。可說是內美與外美交相輝映，相得益彰。「小樓明月調箏」，寫景兼敘事。前人詩作常寫及月夜懷人，南朝宋謝莊〈月賦〉更發出「美人邁兮音塵闕，隔千里兮共明月」的浩歎，因而明月往往和懷人聯繫在一起，而樓臺乃女性之居所，小樓和明月的組合，構成一個女性懷人的環境氛圍。而這位女性其所以「調箏」，乃是欲借音樂來排遣寂寞，表達情悰。她能在彈奏中傳達出「春風」的信息，顯示出她具有高超的音樂技巧。這也是補寫其才藝，使人物更加完美。「春風」二字寫音樂效果，讓人生發出春風駘蕩、柳絲裊娜、花枝搖曳、生意盎然的想像，並暗示出懷人的季節。

春光如此美好，無人相與共賞，實在是辜負了這良辰佳景。她對相戀的郎君日思夜想，幾至銷魂失魄，為了減輕、消解精神的痛苦，便以喝酒來麻醉自己的靈魂。一覺醒來，翠綃香暖，芬芳四溢，這本該是與郎君溫存的時刻，現在卻形單影隻，獨對雲屏，而宿酒已醒，更難以為懷，正是酒醉「醒來愁未醒」。全詞主要運用白描手法，語言平易精煉，而表情卻細膩深摯。詞人在運用白描的同時，又注意有所變化，「寫春風數聲」對音樂效果的描寫，即非常空靈，給人留下想像的空白；詞末又以「更那堪」作推進一層的描述，從而加強了表情的力度。詞雖短小，卻富於韻味。

此詞非自抒情懷，亦非為他人代言，係客觀地描述一美麗的妙齡女子，在美好的春天懷人的情景，有似一篇微型小說，小巧玲瓏，旖旎婀娜，別具一格。從音律來說，多用拗句，四言句及前後闋末句五言（上一下四）的後四字，均用「平平仄平」，而仄聲字又多用去聲，故此特顯拗峭，其中雜一平仄相間的六言，則於拗峭中又能不失和諧。沈澤棠《懺庵詞話》評此詞「又旖旎，又幽峭」。

219 點絳脣

丁未冬過吳松❶作

姜夔

燕雁❷無心，太湖❸西畔隨雲去。數峰清苦，商略❹黃昏雨。第四橋❺邊，擬共天隨❻住。今何許？凭闌懷古，殘柳參差舞。

【作者】姜夔（西元一一五五—一二二一年），字堯章，號白石道人，饒州鄱陽（今江西境內）人。青年時期，南歷瀟湘，北遊淮楚，知遇著名詩人蕭德藻，並受南宋四大詩人中的楊萬里、范成大的稱賞。後流寓江浙，出入貴胄張鑒之門。曾免解，與試禮部，不第，遂以布衣終身。六十歲以後，旅食金陵、揚州等地，晚境困頓。著有《白石詩集》、《詩說》各一卷，《白石道人歌曲》六卷，別集一卷。精通音律，能自製曲，其《白石道人歌曲》有十七首詞綴有旁譜，係現存宋詞樂曲最為珍貴的資料。姜夔為南宋詞壇開宗立派的名家，與北宋周邦彥並稱為「周姜」。宋張炎《詞源》推崇其詞「如野雲孤飛，去留無跡」，「不惟清空，又且騷雅，讀之使人神觀飛越」，故後人即以「清空」、「騷雅」標舉白石詞風，南宋後期詞人多受其影響。清初之浙西詞派崇奉姜夔、張炎，出現了「家白石而戶玉田」的盛況。

【詞牌】〈點絳脣〉，又名〈點櫻桃〉、〈南浦月〉、〈沙頭雨〉、〈萬年春〉等。始見五代馮延巳《陽春集》。江淹〈詠美人春遊〉詩：「白雪凝瓊貌，明珠點絳脣。」調名取此。雙調，四十一字（如本詞），為仄韻格。另有四十三字一體。參見《詞律》卷三、《詞譜》卷四。

【注釋】❶吳松　即今江蘇蘇州所屬吳江縣。❷燕雁　北地飛來之雁。燕，泛指北方。❸太湖　在今江蘇省南部。❹商略　醞釀；商量。❺第四橋　指吳江城外的甘泉橋。乾隆《蘇州府志》：「甘泉橋一名第四橋，以泉品居第四也。」❻天隨　晚唐詩人陸龜蒙自號「天隨子」，隱居松江甫里。

【語譯】北地飛來大雁沒有心機，隨著太湖西邊的飛雲而去。遠處幾座山峰蕭疏暗淡，正在醞釀著黃昏雨。

徘徊第四橋邊，我企盼追隨天隨子一道居住。而今是何景況？我憑欄懷想古人，只見殘柳在隨風亂舞。

【研析】此詞作於丁未年，即宋孝宗淳熙十四年（西元一一八七年），詞人來往於湖州、蘇州之間，過吳縣之時。吳縣，乃晚唐詩人陸龜蒙隱居之地，而陸氏乃詞人心儀已久的一位詩人，於此停留，自有很深的感慨。

詞之上闋寫景，境界闊大。前兩句放眼天際，惟見湖波浩淼，水雲相接，大雁南飛，隨雲而去。「無心」，謂其沒有機心，任其自然而已。其〈雁圖〉詩云：「萬里晴沙夕照西，此心惟有斷雲知。」亦謂雁飄蕩隨雲，雲本無心，雁亦如之。故雁之行蹤無定，正是自己行無定所、四處飄泊的寫照，如陸龜蒙〈歸雁〉詩所云「北走南征象我曹」。說雁「無心」，係用擬人手法，實係自己心情對外物的投射。太湖在吳縣西面，故說「太湖西畔」。「數峰清苦，商略黃昏雨」二句，轉向遠視，幾座山峰不僅呈蕭瑟之狀，且冬雲靉靆，在黃昏時刻垂垂欲雨。所謂「清苦」，所謂「商略」都注入了詞人自己的主觀感受，正如俞陛雲所云：「欲雨而待『商略』，『商略』而在『清苦』之『數峰』，乃詞人幽渺之思。」（《唐五代兩宋詞選釋》）如此寫景狀物，真可謂不著色相，而情思杳遠，清空之極！

下闋轉入抒情。晚唐詩人陸龜蒙，自號天隨子。天隨，語出《莊子．在宥》：「神動而天隨」，意謂精神每動而隨順天然。陸氏本有經世濟民抱負，而身處唐代末世，應考不第，流落江湖，隱居松江甫里，寫詩、著述。詞人志意、遭際與其相似，故陸氏為其所崇仰的對象，他在〈三高祠〉詩中曾將范蠡、張翰與陸龜蒙比較：「甫里閒居耕釣樂，范張高處陸尤高。」陸之所以更高，是因為他不僅是江湖隱者，更是詩人、著作家。另一首〈三高祠〉詩明確說：「沉思只羨天隨子，蓑笠寒江過一生。」還有一首〈除夜自石湖歸苕溪〉詩亦云：「三生定是陸天隨，又向吳松作客歸。」故詞中由眼前景轉向緬懷古人：「第四橋邊，擬共天隨住。」表示企盼追隨陸龜蒙的行跡，於寒江蓑笠中度過此生。中間用一「擬」字，一方面流露出熱切的嚮往，另方面又意識到畢竟二人異代不同時，無法跨越時間的阻隔。下面再用「今何許」三字提唱。何許，有何時、何處、如何等義，今何許，有今世竟是如何之意，由懷想古人回到眼前。「凭闌懷古，殘柳參差舞」是對「今何許」的回答。「凭闌」，係用詞中常見的逆挽之法，即前面所見所思，皆憑欄時發生情事，以時間順序言，本當置前，而卻於詞末倒敘以出，以見章法之錯綜。俯仰天地古今之際，惟見「殘柳參差舞」，以景結情。柳本柔弱，又呈殘敗之象，在寒風中飄來舞去。比照辛棄疾〈摸魚兒〉「斜陽正在，煙柳斷腸處」的結尾，二者實有相通之處，景中寓情，蘊含比興，象喻著國勢的衰微，聯繫前面的「數峰清苦」，更覺充滿蒼涼悲壯之感。陳廷焯評此詞「感時傷事，……『凭欄懷古』下僅以『殘柳』五字詠歎了之，無窮哀感，都在虛處。」（《白雨齋詞話》卷二）

近人蔡嵩雲指出：「作小令，須具納須彌於芥子手段，於短幅中藏有許多境界。」（《柯亭詞論》）此詞正可當之。自然、人生、懷古、傷今，諸多境界，皆融於四十一字之中，可謂言少而意豐，耐人尋繹。

220

踏莎行

姜　夔

自沔東來，丁未元日至金陵❶，江上感夢而作

燕燕輕盈，鶯鶯嬌軟❷。分明又向華胥❸見。夜長爭得❹薄情❺知，春初早被相思染。

別後書辭，別時針線。離魂暗逐郎行❻遠。淮南❼皓月冷千山，冥冥❽歸去無人管。

【詞牌】〈踏莎行〉，又名〈芳心苦〉、〈踏雪行〉、〈瀟瀟雨〉等，添字者名〈轉調踏莎行〉。雙調，五十八字，上下闋各五句、三仄韻，為仄韻格（如本詞）。另有六十四字、六十六字兩體。詳見前晏殊〈踏莎行〉「詞牌」介紹。

【注釋】❶金陵　今江蘇南京。❷燕燕輕盈二句　指詞人在合肥的戀人。蘇軾〈張子野年八十五尚聞買妾〉詩：「詩人老去鶯鶯在，公子歸來燕燕忙。」❸華胥　指夢中。《列子・黃帝》載：「（黃帝）晝寢而夢，遊於華胥氏之國。」❹爭得　怎得。❺薄情　對戀人的暱稱。❻郎行　情郎那邊。❼淮南　指今安徽合肥，宋時屬淮南路。❽冥冥　幽暗，此處指夜行。

【語譯】燕燕體態輕盈，鶯鶯聲音嬌軟。分明又在夢中相見。夜間很長，如何讓薄情郎知道，春初早被繚亂春色將相思染。

常細讀別後書辭，檢視臨行時所縫針線。離魂遠遠暗自跟隨在郎邊。淮南冷月朗照千山，在幽暗寂寥中歸去竟無人管。

【研析】詞人年輕時，即與一合肥妓相戀，一生情係於此，可是離多聚少。但感情並未因空間的距離而有所疏離，常因思念成夢，於夢中相會，如四十多歲所作〈鷓鴣天〉詞云：「肥水東流無盡期，當初不合種相思。夢中未比丹青見，暗裡忽驚山鳥啼。　春未綠，鬢先絲，人間別久不成悲。誰教歲歲紅蓮夜（元夕夜），兩處沉吟各自知。」即可為證。這首〈踏莎行〉作於宋淳熙十四年（西元一一八七年）正月初一，詞人自漢陽（宋時沔州）東下至金陵，未能在途中折向合肥與戀人相聚，深感遺憾，日有所思，夜有所夢，夢中情景，夢醒懷念，一一形諸筆端。

關於這首詞的結撰，由於多用跳接，行為主體有時不甚分明，讀時難免感到迷離。今人吳世昌《詞林新話》云：「全篇除首三句作者述夢外，其下文全為代夢中人設想之辭。」可為讀此詞之引導。

詞之上闋寫夢境。起筆即以「燕燕輕盈，鶯鶯嬌軟」，描繪夢中人。燕燕與鶯鶯，指代妙齡女郎，固然與蘇軾詩作有關，但詞人在運用時又善於抓住各自特徵，燕以飛掠輕俊為特點，鶯以鳴聲婉轉見長，用以比喻戀人的體態、聲音，貼切而又形象。二者活躍於春天，故令人感到充滿青春氣息。「分明又向華胥見」，中間著一「又」字，說明夢中相會非止一次，而是多次，以見其思戀之深。又以「分明」二字形容，則夢境如現實般真切。

「夜長爭得薄情知，春初早被相思染」，這是夢中戀人對自己的埋怨與傾訴。離人最苦的是相思念遠，夜不能寐，倍感夜長，這種痛苦如何才能讓你這薄情郎了解？由埋怨之語氣可想見其嬌憨之態。後面一句再申說相思非止一時，而是自入春以來，即為濃郁的春之氣息所感染、所觸發，不獨相思之苦，亦見相思時間之長。此處用一「染」字，令人生出一種色彩感，似是春的綠意把相思也染濃了。

過片：「別後書辭，別時針線。」回憶分別時密縫遊子身上衣，一針一線都縫進了自己的萬縷柔情；分別後時寄書信以慰遠念，一行一字都裝載著自己的刻骨相思。如今又「離魂暗逐郎行遠」，離魂，用《離魂記》故事，謂魂魄離身來到遠方情郎的身邊。用三個時段：別時、別後、而今，表明長相依戀，意重情濃。結拍「淮南皓月冷千山，冥冥歸去無人管」，設想其歸去情景，返回淮南，須經歷冷月千山，路途如此迢遙，兼之寒氣逼人，一魂來去，踽踽獨行，情何以堪！境界闊遠、清空，而愛憐之情，盡流瀉於中。王國維並不欣賞白石詞，但對此二句卻頗愛賞。其《人間詞話》云：「白石之詞，余所最愛者，亦僅二語，曰：『淮南皓月冷千山，冥冥歸去無人管。』」今人夏承燾謂白石善以「健筆寫柔情」，特標舉此二句以為例證。

白石的愛情詞有異於他人豔情詞之處，正在於摒棄了綺貌華服等外在之物的描寫，而側重於刻畫靈犀相通的一面，意象清空，措辭尚雅，因而獨樹一幟。

221

慶宮春

姜夔

紹熙辛亥❶除夕，予別石湖❷歸吳興，雪後夜過垂虹❸，嘗賦詩云：「笠澤❹茫茫雁影微，玉峰重疊護雲衣。長橋寂寞春寒夜，只有詩人一舸歸。」後五年冬，復與俞商卿❺、張平甫❻、銛朴翁❼自封禺❽同載詣梁溪❾，道經吳松❿，山寒天迥，雲浪四合。中夕⓫相呼步垂虹，星斗下垂，錯雜漁火，朔吹凜凜，卮酒不能支。朴翁以衾自纏，猶相與行吟，因賦此闋，蓋過旬塗稿乃定。朴翁咎予無益，然意所耽，不能自已也。平甫、商卿、朴翁皆工于詩，所出奇詭，予亦強追逐之。此行既歸，各得五十餘解。

雙槳蓴⓬波，一蓑松雨，暮愁漸滿空闊。呼我盟鷗，翩翩欲下，背人還過木末⓭。那回歸去，蕩雲雪、孤舟夜發。傷心重見，依約眉山，黛痕低壓。　采香徑⓮裡春寒，老子婆娑，自歌誰答。垂虹西望，飄然引去，此興平生難遏。酒醒波遠，政⓯凝想、明璫⓰素襪⓱。如今安在？唯有闌干，伴人一霎。

【詞牌】〈慶宮春〉，又名〈慶春宮〉。雙調，一百零二字。有平韻、仄韻兩格。平韻格始自北宋，仄韻格始自南宋。本詞為仄韻格，上下闋均四仄韻。此調首二句例用對仗。詳見《詞律》卷十七、《詞譜》卷三十。

【注釋】❶辛亥　指宋光宗紹熙二年（西元一一九一年）。❷石湖　指南宋詩人范成大。范居石湖（位於今蘇州西南，與太湖通），號石湖居士。❸垂虹　吳江利往橋，建於北宋慶曆年間，東西千餘尺，氣勢宏大，裝飾華美，上有垂虹亭。蘇舜欽有詩云：「長橋跨空古未有，大亭壓浪勢亦豪。」❹笠澤　松江一名笠澤，自太湖分流。❺俞商卿　俞灝，字商卿，居杭州。❻張平甫　張鑒，字平甫，張俊之孫。❼銛朴翁　葛天民初為僧，名義銛，字朴翁。居西湖。❽封禺　封山、禺山之合稱。在今浙江德清境內。❾梁溪　水名，在今江蘇無錫城西。舊時無錫亦別稱梁溪。❿吳松　指松江，即今吳江。⓫中夕夜半。⑫蓴　蓴菜，生於湖澤中，可食用。⑬木末　樹梢。《楚辭・湘君》：「搴芙蓉兮木末。」⑭采香徑　指蘇州香山旁的小溪。《蘇州府志》載：「采香徑在香山之旁，小溪也。吳王種香於香山，使美人泛舟於西以采香。……俗名箭涇。」⑮政　同「正」。⑯明璫　明珠作耳飾。江總〈宛轉歌〉：「鏡前含笑弄明璫。」⑰素襪　白色羅襪。曹植〈洛神賦〉：「凌波微步。羅襪生塵。」

【語　譯】雙槳划過長滿蓴菜的水波，披著蓑衣穿過雨打的松林，日暮的愁情漸漸充滿空闊。呼喚我曾有盟約的鷗鳥，翩翩飛舞似欲向下，可是背人又飛向樹梢。那回歸去湖州，蕩開如雲煙雪，夜乘孤舟出發。如今傷心重見，隱隱約約如眉山峰，青黛之色低壓。　在采香徑裡，尚春寒料峭，老子盤旋，白歌自唱，不管他人相答。西望垂虹，情思飄然引去，這種興致平生難以遏止。酒醒時、江波上舟行已遠，工在凝想，那人耳墜明璫、足著白襪。如今伊人竟在何處？惟有欄杆，與人相伴一霎。

【研　析】此詞序中對寫作背景已作交待，即紹熙二年（西元一一九一年）除夕，詞人曾別范成大於石湖，攜其所贈歌姬小紅，雪夜過垂虹橋歸湖州家中，當時曾作〈除夕自石湖歸苕溪〉十絕，序中所引「笠澤茫茫雁影微，玉峰重疊護雲衣」，即其中之一。同時作〈過垂虹〉詩：「自作新詞韻最嬌，小紅低唱我吹簫。曲中過盡松陵路，回首煙波十四橋。」五年之後（西元一一九六年）的冬天，又與俞灝、張鑒等由浙江德清的封禺前往梁溪（今江蘇無錫）張鑒的別墅，由苕溪入太湖經吳松江。行駛方向與前次正好相反。此番重返舊地，夜遊垂虹，與眾吟詩，因憶及昔時好友（范成大已逝世三年）、歌姬，懷想古代人事，別有許多感慨，遂吟成此闋。

詞從描寫眼前景象入手：「雙槳蓴波，一蓑松雨，暮愁漸滿空闊。」先用一雅煉的對句寫日暮時分行舟於江湖之上，划開水上漂浮的蓴菜，又值松風吹來陣陣急雨，敲打篷窗，寫得有聲有色。而愁情隨之愈來愈濃，以至漸漸充滿遼闊的空間。用一「漸」字，正顯示出有一時間的推移過程。三句意境開闊、清曠，而又以「暮愁」溶注其間，為全詞定下一個基調。因係舊地重遊，沙鷗也是曾有盟約的舊時相識，於是「呼我盟鷗」，看似「翩翩欲下」，但終究「背人還過木末」。以人相擬，上下翻飛，忽又翩然遠去，摹寫生動傳神。

以下轉入回憶：「那回歸去，蕩雲雪、孤舟夜發。」五年前歸向湖州，冒著飛雪，夜間乘舟出發。當時陪伴自己的有能倚聲而歌的小紅，如今竟不知她的行蹤何在？傷感之情不免襲上心頭，再將此情與眼前景綰合：「傷心重見，依約眉山，黛痕低壓。」傷情處，重見的惟是一派遠山，隱約如其美眉，而且將黛眉壓得很低，亦似有悲愁之意。此處所用為移情之法，乃移己主觀之情於客觀之物。

換頭再轉一境，情緒由低抑而高揚：「采香徑裡春寒，老子婆娑，自歌誰答。」舟行到了采香徑，這是一處著名的古跡，乃古代西施等美女活動之地，這時雖然天氣寒冷，但老子興復不淺，徘徊盤旋，只管自個兒歌吟高唱，不管有誰和答。凸顯行為浪漫，襟期灑落。此行乃冬季，而此處言「春寒」，或即借春而言冬。采香徑裡已是激情如此，至舟過垂虹，更是興會飆舉，「垂虹西望，飄然引去」，西邊雄偉壯麗的垂虹橋已經在望，風帆鼓動，飄然而去，又如序中所云，夜步垂虹，星斗下垂，漁火錯雜，詩思泉湧，故總以「此興平生難遏」。

垂虹過後，「酒醒波遠」，陷入沉思：「政凝想、明璫素襪。」明璫、素襪，女性所用，故所思為美麗的女性，既可能指昔時一同歸去的小紅，也可能指曾嬉遊於采香徑裡的西施，或者即二者兼指。她們「如今安在？唯有闌干，伴人一霎」，古人固然遙遠無可追蹤，而今人亦不知何往，令人感傷悃悵。而今伴人一霎者，惟有欄杆而已。真乃不勝今昔之感，與發端之「暮愁」遙相呼應。

既有重遊之喜，又有今昔之歎，既有興會淋漓之舉，又懷寂寞感傷之情。詞中雖未直接表達對范成大的悼念之意，但涉及范氏所贈之小紅，實亦暗含懷舊之想。其詞結構之錯綜，情思之抑揚頓挫，摛藻之雅煉秀逸，均非凡手所能及。據詞序云：「過旬塗稿乃定」，可見其為精心結撰之作。

222

齊天樂

姜　夔

丙辰歲，與張功父❶會飲張達可之堂，聞屋壁間蟋蟀有聲，功父約予同賦，以授歌者。功父先成，辭甚美。予裴回末利花間，仰見秋月，頓起幽思，尋亦得此。蟋蟀，中都❷呼為促織，善鬬。好事者或以三二十萬錢致一枚，鏤象齒為樓觀以貯之

庾郎❸先自吟〈愁賦〉。淒淒更聞私語。露溼銅鋪❹，苔侵石井，都是曾聽伊處。哀音似訴。正思婦無眠，起尋機杼❺。曲曲屏山❻，夜涼獨自甚情緒。

西窗又吹暗雨。為誰頻斷續，相和砧杵❼。候館❽迎秋，離宮❾弔月，別有傷心無數。豳詩❿漫與⓫。笑籬落呼燈，世間兒女。寫入琴絲⓬，一聲聲更苦。

【詞　牌】〈齊天樂〉，原為教坊樂曲名，後流演為詞調名。又名〈齊天樂慢〉、〈五福降中天〉、〈如此江山〉、〈臺城路〉。見宋周邦彥《清真集》。雙調，一百零二字，上下闋各五仄韻，有的首句入韻，則為六仄韻，如姜夔此詞。調中頗多四言句，兩兩相連處，多用為對仗。另有增為一百零三字、一百零四字者。參見《詞律》卷十七、《詞譜》卷三十一。

【注　釋】❶張功父　即張鎡。❷中都　指汴京。❸庾郎　庾信，本仕南朝梁，梁滅，留北周。詞賦家，曾著有〈愁賦〉，今本庾集不載。《海錄碎事》卷九下引有〈愁賦〉「攻許愁城終不破，蕩許愁門終不開」等語。❹銅鋪　用來銜托門環的銅製品，象龜蛇等形。❺正思婦無眠二句　民諺有云：「促織鳴，懶婦驚。」蟋蟀，有促織之名。思婦，念遠憂愁之婦。機杼，織布的梭子。❻屏山　屏風上山形彩繪。❼砧杵　搗衣器具。❽候館　客店。❾離宮　皇帝行宮。❿豳詩　指《詩經》中涉及寫蟋蟀的豳風。《詩經・豳風・七月》：「七月在野，八月在宇，九月在戶，十月蟋蟀入我床下。」⓫漫與　即景賦詩。杜甫〈江上值水如海勢聊短述〉：「老去詩篇渾漫與」。漫，隨意。⓬寫入琴絲　作者自注：「宣政間（北宋徽宗政和、宣

和年間），有士大夫制〈蟋蟀吟〉。」

【語譯】庾郎原本在夜吟〈愁賦〉，更何況又聞蟋蟀淒淒私語。露水打溼銅鋪，苔蘚滿布石井，都是曾聽蟋蟀鳴處。哀音似在訴說淒苦。正值思婦無法入睡，鳴聲催促她起來尋找織布梭子。看著屏風上的曲折遠山，夜深獨自一人是甚情緒。　暗雨又吹過西窗。那悲鳴與遠處搗衣聲相唱和，是在為誰時斷時續。在客館對秋吟詠，在離宮對月哀傷，應是別有傷心無數。隨意創作如豳詩那樣的篇章，笑看世間兒女，呼燈於籬落邊將蟋蟀抓捕。那哀音被譜入琴絃，一聲聲更覺淒苦。

【研析】丙辰歲（宋寧宗慶元二年，西元一一九六年），詞人與張鎡在張達可（張鎡本家兄弟）家同賦蟋蟀，而張詞先成，「辭甚美」。在此情況下，如何別出機杼，實為不易。張詞幽美清雋，寫景狀物，「心細如絲髮」（賀裳《皺水軒詞筌》），寫兒時抓捕蟋蟀的天真活潑情趣尤為工細、傳神，教人歎為觀止，而詞末之寂寞淒苦的喟歎，亦令人為之動容。姜夔則另闢蹊徑，從人的聽覺入手，從蟋蟀的聲音著筆，將其中哀怨感加以普遍化，又將自己的人生淒涼況味寄寓其中，故尤為獨特。

詞以「庾郎先自吟〈愁賦〉」為發端，即為全詞定下了淒哀的基調。庾信歷梁朝之滅亡而流寓北周，雖官位甚高，而終不免心懷亡國之痛與羈旅之悲，故其詩賦含深哀沉痛，杜甫有「庾信平生最蕭瑟，暮年詩賦動江關」（〈詠懷古跡〉）的評語。下一句「淒淒更聞私語」帶出蟋蟀鳴聲。私語，用擬人法，且形容其聲細碎而帶幽咽之特色，因此有「淒淒」之感。「更聞」與「先自」相呼應，推進一層。這兩句主要依時間先後敘寫，但也順帶出蟋蟀之所在：靠近騷人書窗。「露溼銅鋪」三句，具寫蟋蟀啼鳴之處：門之角落，井臺草叢，從而轉入較為廣闊的空間，以便展開更廣泛的人事。作者用一對句，極為工致。前一句不僅點出地點，且以「露溼」暗示時間已至夜深。「哀音似訴」，總寫聽者之感受，令人情動。杜甫〈促織〉詩：「促織甚微細，哀音何動人。」張隨〈蟋蟀鳴西堂賦〉：「清韻晝動，哀音夜繁。」所感相同。此句承上啟下，由音聲過渡到人事。「正思婦無眠」四句，融入「促織」之意，寫思婦之情，貼切而細膩。閨中婦女正在思念遠人，無法入睡，聞蟋蟀之聲起來尋梭織布。她看著屏風上的連綿遠山，更念及千山萬水之外的夫君，涼秋已至，何以禦寒？織布縫衣，何由寄達？「夜涼」（一作「夜深」）獨處，自是思緒淒哀，詞人用一反詰語句，更增強了這種情感色彩。

詞之下闋再進一步以其他景物加以烘托，將哀怨之情推向更闊遠的空間。過片「西窗又吹暗雨」一句，在上下闋之間，是一轉折，但曲斷而意不斷。從空間言，由室內轉向室外，「又吹暗雨」與「夜涼」相關聯，深夜更兼寒風涼雨，是一種層進的環境渲染。宋末張炎《詞源》論填詞云：「最是過片，不要斷了曲意，須要承上接下。」對這一句的評價是：「此則曲之意脈不斷矣。」下面「為誰頻斷續，相和砧杵」，更將蟋蟀哀音與斷續寒砧加以組合，再夾雜著風聲、雨聲、機杼聲，構成了秋夜淒涼曲之大合奏，令聽之者情難自持。但這兩句由「為誰」的疑問領起，便又化實為虛，顯示出運筆的變化。「候館」三句，乃空間、人事的進一步拓展，作者於此處亦先用精工對句，分寫兩種不同身分的人：客於館舍的行人，閉鎖於離宮的后妃、宮女，他們都受蟋蟀哀音的感染，無論是吟詠秋日旅途的愁懷，還是對月感傷身心孤獨，都「別有傷心無數」，後面這一句是總寫。上面從多方面將世人的哀怨寫足，至「豳詩漫與」三句，轉寫自身。始說我隨意草成了這首詠蟋蟀的詞作，故意說得很輕巧，實則寫眾人之淒哀，即是抒己之淒哀。然後是「笑籬落呼燈，世間兒女」（係「笑世間兒女，籬落呼燈」的倒裝句），乍一看，這似是詞中的一個不甚和諧的音符，但這個小插曲，實另有深意，正如陳廷焯《白雨齋詞話》所評：「以無知兒女之樂，反襯出有心人之苦，最為入妙。」詞的結尾，「寫入琴絲」，由生活中的蟋蟀哀音轉入藝術化的音樂之聲，那感染力更為強烈：「一聲聲更苦」，從而在悲切的高潮中結束全詞。

在詠物詞的發展史上，通過吟詠某物寄託身世之感，甚或寄託家國之思，提升詠物詞的價值與品位，姜夔的詞是作出了重要貢獻的。這首詞之詠蟋蟀無疑融入了自己一生流落不偶的淒涼情緒，因而較之一般詠物詞之點綴一些閨房之意有更為深刻的內涵。龍榆生聯繫詞前小序，更認為詞之「題旨是在借這小蟲兒發抒國家興亡的感慨。由於北宋末期的汴梁（開封）首都，君臣上下相習於驕奢淫逸的豪侈生活，置強敵壓境於不顧，致遭汴京淪喪、『二帝蒙塵』的無比羞辱。單只這一玩蟋蟀的小事情，就可以反映南（按：「南」，疑為「北」字之誤。）宋王朝的荒淫腐化，足夠導致亡國之慘」（《詞學十講・第七講》）。

此詞在寫法上亦可謂能別開生面，選取了一個很獨特的角度，正如賀裳所言：「蟋蟀無可言，而言聽蟋蟀者，正姚鉉所謂賦水不當僅言水，而言水之前後左右也。」（《皺水軒詞筌》）還要在此提及的是〈齊天樂〉這一詞牌可用對句者有四處，姜詞僅用兩處，因此係以散行為主，又運用了「先」、「更」、「正」、「都」、「又」等一系列虛詞，顯示出一波未平，一波又起，層層遞進，極富流動之感。

223

一萼紅

姜　夔

丙午人日❶，予客長沙別駕❷之觀政堂。堂下曲沼，沼西負古垣❸，有盧橘❹幽篁，一徑深曲。穿徑而南，官梅❺數十株，如椒❻、如菽❼，或紅破白露，枝影扶疏。著屐蒼苔細石間，野興橫生，亟命駕登定王臺❽。亂湘流入麓山❾，湘雲低昂，湘波容與❿。興盡悲來，醉吟成調。

古城陰。有官梅幾許，紅萼未宜簪。池面冰膠，牆腰雪老，雲意還又沉沉。翠藤共、閒穿徑竹，漸笑語、驚起臥沙禽。野老⓫林泉⓬，故王臺榭⓭，呼喚登臨。

南去北來何事，蕩湘雲楚水，目極傷心。朱戶黏雞⓮，金盤簇燕⓯，空歎時序侵尋⓰。記曾共、西樓雅集，想垂楊、還裊萬絲金。待得歸鞍到時，只怕春深。

【詞　牌】〈一萼紅〉，見曾慥《樂府雅詞》錄北宋無名氏詞，有「未教一萼，紅開鮮豔」之句，故名。雙調，一百零八字。無名氏所用為仄韻格。姜夔及其他南宋詞人用平韻格。平韻格另有一百零七字一體。參見《詞律》卷十九、《詞譜》卷三十五。

【注　釋】❶丙午人日　宋孝宗淳熙十三年（西元一一八六年）正月初七日。人日，即正月初七日。❷別駕　宋代通判的別稱。❸古垣　古牆。❹盧橘　金桔的別稱。❺官梅　官府種植之梅。杜甫〈和裴迪登蜀州東亭送客逢早梅相憶見寄〉詩：「東閣官梅動詩興」。❻椒　花椒，春日開小白花，熟則色赤裂開。此謂紅梅似椒色。❼菽　豆之總稱。此謂梅蕾大小如豆。❽定王臺　在長沙城東。漢定王劉發至長沙，築臺以望母，故名。❾麓山　嶽麓山，在長沙湘江西岸。❿容與　從容舒緩的樣子。⓫野老　村翁。詩人多有自稱野老者，如杜甫〈哀江頭〉：「少陵野老吞聲哭」。⓬林泉　山林泉石，隱遁之所。⓭臺榭　建在高臺上的敞屋。⓮朱戶黏雞　舊時人日風俗。《荊楚歲時記》：「人日貼畫雞於戶，懸葦索其上，插符於旁，百鬼畏之。」朱戶，指富貴人家。⓯金盤簇燕　係立春風俗。《武林舊事》載，立春供春盤，有「翠縷紅絲，金雞玉燕，備極精巧」。金盤，富家華貴器皿。⓰侵尋　漸進，引申為流逝。

【語　譯】古城牆下，有官梅數株，紅萼尚小，不宜簪戴。池面冰凍，如膠黏合，雪積牆腰，時間已久，雲層較厚，意似沉沉。與友朋一道，從容穿過翠藤、竹徑，漸漸笑語聲高，驚起閒臥沙禽。彼此呼喚，探訪村翁居住的林泉，登臨定王所築臺榭。

　為何南去北來，飄蕩於湘雲楚水之間，極目眺望，總是傷心。人日富貴人家，畫雞黏於門戶，玉燕簇於金盤，空歎時光漸漸流逝。記得曾一道在西樓雅集，想像而今垂楊，一如往昔，在風中飄蕩萬絲金。等到歸鞍到達之時，只怕已到春深。

【研　析】此詞作於淳熙十三年（西元一一八六年）人日，其時詩人蕭德藻任長沙通判，姜夔依其客居於此。長沙府內景致甚佳，有古牆曲池、幽篁金桔，紅梅數十株正含苞待放，透出一片誘人的早春氣息，詞人遊興亦由此而被觸發。因而出府登上城東定王臺。定王臺在唐宋時為遊覽勝地，地勢較高，可以眺遠覽勝。袁去華、朱熹、張栻、張孝祥等均曾於此遊覽，並有詩詞創作。袁去華〈水調歌頭〉寫其形勝：「雄跨洞庭野，楚望古湘州，何王臺殿，危基百尺自西劉。」又有「登臨處，喬木老，大江流」等描寫。朱熹〈登定王臺〉詩抒發感慨曰：「千年餘故國，萬事只空臺。日月東西見，湖山表裡開。」可見定王臺是宋代文人登覽、歌吟的重要名勝地。姜夔此詞所寫為登定王臺前後的情景。

解讀此詞須與詞前序言兩相對照。發端「古城陰。有官梅幾許，紅萼未宜簪」三句，即序中所言：「官梅數十株，如椒、如菽，或紅破白露，枝影扶疏。」或者說是對散文加以詩化。雖只寫景，但覺春意萌生，令人欣欣然，特別是「紅萼未宜簪」，即暗示有欲簪之意，已然流露出一片愛憐之情。「池面冰膠，牆腰雪老，雲意還又沉沉」三句，接寫早春物候。前面運用對句，冰膠，以「膠」形容其堅牢，尚無解凍之象；雪老，以「老」擬人，形容其積久未消。如此屬對，清泠勁峭，別具一格，故元代陸輔之《詞旨》將其列為工對之一。水上、陸地寒凍如此，再加之天空「雲意還又沉沉」，垂垂欲雪。氣候雖不如人意，但這並沒有影響詞人和朋友的遊興。先是官府園庭的穿越：「翠藤共、閒穿徑竹，漸笑語、驚起臥沙禽。」「翠藤」一句，應是「共閒穿翠藤、徑竹」的倒裝，「徑竹」與序中的「幽篁」呼應。由於談笑風生，聲調漸高，以致將睡臥在沙灘上的禽鳥也驚動起來了。「笑語」是正寫，驚禽是旁襯，以見興致由漸高而轉為豪快。然而園庭景觀畢竟有限，視野相對狹小，何能盡其豪興！遂進一步渴求登高遠眺：「野老林泉，故王臺榭，呼喚登臨。」此三句應是「呼喚登臨，故王臺榭，（訪）林泉野老」的倒裝。呼登定王臺榭是主，「野老林泉」，乃為陪襯。上闋寫景，前半段多實寫，而情融景中，後半段多即事敘景，運用虛筆，以求變化。而情緒則呈遞增之勢，一浪高過一浪。

換頭：「南去北來何事，蕩湘雲楚水，目極傷心。」用挺接之法，大幅度跳盪，不獨省略了登臨觀覽的過程（這一點由序中描述：「命駕登定王臺。亂湘流入麓山，湘雲低昂，湘波容與。」作為補充），而且情緒上前後形成巨大落差。周爾墉《周評絕妙好詞》云：「石帚（應為「白石」）詞換頭處，多不放過，最宜深味。」所言極是。詞人極目湘水分流（中間有綿延十里的橘子洲）、湘雲上下飛湧、湘水緩緩而流，觸緒紛繁，正如序中所言「興盡悲來」。詞人這年三十二歲，自己年少即有名翰墨場，但十多年來，或居漢陽，或歷淮楚，或客湖南，如同「湘雲楚水」飄蕩無定，引發出懷才不遇的無限傷感，正所謂「文章信美知何用，漫贏得、天涯羈旅」（〈玲瓏四犯〉）。沈澤棠更謂其「一雙冷眼，一腔熱血，如陳伯玉（子昂）登幽州古臺，狂歌涕下」（《懺庵詞話》）。下面接用「朱戶黏雞，金盤簇燕」的工整對句，寫當時習俗，以應題中「人日」。門戶的裝飾，盤中的點綴，精美異常，引人注目，但詞人絲毫沒有感受到節俗帶來的歡快，反而「空歎時序侵尋」。時光流逝迅急，惟覺前路茫茫，令人慨歎，在「歎」字前面著一「空」字，尤覺沉重。

宋代文人在人生失意時，往往會從溫柔的女性身上尋覓某種精神的安慰，姜夔本是深於情之人，故在此極目傷心之際，特別思念遠方的合肥戀人：「記曾共、西樓雅集，想垂楊、還嫋萬絲金。」回憶昔時飲酒按拍西樓，兩情歡悅，正是早春時節，樓外垂楊正飄舞萬縷金絲，如今應是風景依舊。此處寫景，今昔綰合，但景同而情異，所以可歎。結句設想：「待得歸鞍到時，只怕春深。」此處用「歸鞍」字樣，表示以合肥戀人處為歸宿，可謂深情款款。「春深」字樣，與前面早春時節相呼應。但這裡所表達的，主要還不是早春與暮春時間差的概念，而是一種落寞時的深沉喟歎，是對後會難期的無限傷感。事實也是如此，次年（丁未）詞人「自沔東來」，「元日至金陵」（〈踏莎行〉「燕燕輕盈」小序），也未能至合肥與其一見，即是實證。

詞人觸景生情，於揚抑之間，將感情的變化寫得出神入化。既有春信帶來的欣喜，又有人生流蕩、無所依歸的感慨，更有對遠方戀人溫馨的懷想與相見無期的悵惘。〈一萼紅〉之調雖為無名氏所創，但變仄韻為平韻，則自姜夔始，故有創體之功，而詞筆勁健、老到，尤為此詞特色。

224 八歸

湘中送胡德華

姜夔

芳蓮墜粉，疏桐吹綠，庭院暗雨乍歇。無端抱影銷魂處，還見篠牆❶螢暗，蘚階蛩❷切。送客重尋西去路，問水面、琵琶誰撥❸？最可惜、一片江山，總付與啼鴂❹。長恨相從未款❺，而今何事，又對西風離別。渚寒煙淡，櫂移人

遠，縹緲行舟如葉。想文君❻望久，倚竹❼愁生步羅襪❽。歸來後、翠尊❾雙歛，
下了珠簾，玲瓏閒看月。

【詞牌】〈八歸〉，雙調，有平仄韻兩格。仄韻格首見姜夔《白石詞》，《詞譜》卷三十六謂為姜夔自度曲，一百一十五字，上下闋各四仄韻，共八韻。平韻格首見高觀國《竹屋癡語》，一百一十三字（《詞律》作一百一十一字）。姜、高二詞押韻雖異，但體格大體相同。參見《詞律》卷十九、《詞譜》卷三十六。

【注釋】❶篠牆　竹牆。篠，小竹。❷蛬　蟋蟀。❸問水面句　化用白居易〈琵琶行〉送友人故事：「忽聞水上琵琶聲，主人忘歸客不發。」❹啼鴂　杜鵑，啼聲悲切。屈原〈離騷〉：「恐鵜鴂之先鳴兮，使夫百草為之不芳。」❺未款　未能盡敘情誼。款，親切。❻文君　即卓文君，與司馬相如兩情相悅，結為夫婦。此處借指胡德華的妻子。❼倚竹　用杜甫〈佳人〉詩意：「天寒翠袖薄，日暮倚修竹。」此借指其夫人倚竹而望夫歸。❽步羅襪　化用李白〈玉階怨〉「玉階生白露，夜久侵羅襪」詩意。❾翠尊　青綠色玉製酒器。

【語譯】粉蓮成熟，花鬚脫如墜粉，疏朗的桐樹，風吹綠葉，庭院微雨剛剛停歇。沒來由地抱著自己孤影，正銷魂時候，還見竹牆螢火變暗，聽苔蘚階梯蛬聲淒切。送客重尋西去道路，問水面，誰在彈撥琵琶？最可惜，一片江山，總是付與了啼鳴的鵜鴂。　長恨未能暢敘友情，而今為何，又在西風中面臨離別。眼看沙渚寒涼，江波煙淡，船槳移動，人影漸遠，行舟縹緲如葉。想像文君在家期望已久，身倚修竹遠眺，久未得見而生愁，致露侵羅襪。歸來後，舉玉尊共飲，還放下珠簾，悠閒地隔簾觀看玲瓏秋月。

【研析】此詞寫送別友人胡德華的悵惘之情，創作時間應大體與〈一萼紅〉登長沙定王臺同時。發端用一工對「芳蓮墜粉，疏桐吹綠」寫景，點出離別季節。蓮子結成鬚落之時，梧桐尚存綠葉之際，應是初秋時節。「墜」與「吹」都與風有關，暗伏下闋之「西風」。「庭院暗雨乍歇」一句，則具寫一天之氣候，知分別之時先是秋雨霏微，又突然雨停，可想見天空煙靄濛濛的陰沉之象，從而為送別營造出慘淒的氛圍。以下「無端

抱影銷魂處，還見篠牆螢暗，蘚階蛩切」轉寫夜景。「銷魂」，用江淹〈別賦〉「黯然銷魂者，惟別而已矣」語意。因友人即將離去而魂不守舍，獨自抱影，有形影相弔之感。而此時牆邊的螢火由明而滅，耳畔又傳來淒切的寒蛩聲，更助人淒涼之感。所謂別情依依、感傷無已，都融入到了這日夜的環境氛圍之中。

下面轉寫送別之情：「送客重尋西去路，問水面、琵琶誰撥？」送客西去之路，而曰「重尋」，表明於此送客非止一次。朋友此行，係走水路，恰如當年白居易潯陽江頭送客情景，故用〈琵琶行〉「忽聞水上琵琶聲，主人忘歸客不發」詩意，表依依難捨之情。詞人用「問」字領起，化實為虛，用典靈活。歇拍由眼前景宕開：「最可惜、一片江山，總付與啼鴂。」詞人送別是初秋，而鶗鴂之鳴發生在暮春，故「啼鴂」係用〈離騷〉「恐鶗鴂之先鳴兮，使夫百草為之不芳」的詩意，其中既含有年光流逝之歎，也有對美好江山未能同遊共賞的遺憾。其用語與陳亮的「恨芳菲世界，游人未賞，都付與、鶯和燕」（〈水龍吟〉）相似，境界極闊，又隱然有一種傷時之感。

換頭在前面鋪墊的基礎上，才明白點出離別之恨：「長恨相從未款，而今何事，又對西風離別。」這番相見，似乎有點倉促，還未來得及暢敘友情，「又把聚會當成一次分手」（歌曲〈思念〉），因而感到無比悵恨。「西風」呼應詞首之「墜粉」、「吹綠」。下面接寫在岸上目送行者情景：「渚寒煙淡，櫂移人遠，縹緲行舟如葉。」前兩句寫江面情景，係用對仗，且是當句對，「渚寒」對「煙淡」，偏重靜態；「櫂移」對「人遠」，偏重動態。前者渲染江面蒼茫淒寒氛圍，境界較闊；後者是江面中移動的「點」，且愈來愈小。二者相襯，不僅具有畫意，尤其突出了詞人的那份難捨之情。至於「縹緲行舟如葉」更是久望的景象，「孤帆遠影」，幾至於「碧空盡」矣。

其下又為對方設想，全用虛筆。第一層從女方著筆：「想文君望久，倚竹愁生步羅襪。」設想其愛妻正在急切等待他的歸來，用「文君」之典，突出其貌美情痴，運用杜甫「天寒翠袖薄，日暮倚修竹」語意，以形容其志行高潔，用李白「玉階生白露，夜久侵羅襪」句意，明其盼望之切、等待之久，以見情深。第二層兩人合寫：「歸來後、翠尊雙飲，下了珠簾，玲瓏閒看月。」設想兩人相見後的欣悅，以「翠尊」的精美酒具對飲表歡愉之情，復用李白〈玉階怨〉「卻下水晶簾，玲瓏望秋月」的詩境，描繪二人之間的旖旎婉孌之態，用一「閒」字，便帶有輕鬆安適之趣。行人在旅途難免有孤單寂寞之感，如此種種設想是對行人的心靈安慰。作為詞人，是對友人的細緻關切。而其中運用前人詩語表情，信手拈來，無不貼切。

送別友人之詞，其作當始於南唐馮延巳，宋代蘇軾、晁補之、辛棄疾等均有所作，各有風致。姜夔此詞由別前、別時寫至別後，由送者、行者而寫至行者之家室，有細膩處，有開闊處，有實寫之景觀，亦有曼妙之想像，正如唐圭璋所評：「全篇一氣舒卷，極沉著而和婉。」（《唐宋詞簡釋》）

225 揚州慢

姜夔

淳熙丙申至日❶，予過維揚❷。夜雪初霽❸，薺麥彌望。入其城，則四顧蕭條，寒水自碧，暮色漸起，戍角❹悲吟。予懷愴然，感慨今昔，因自度此曲。千巖老人❺以為有黍離之悲❻也。

淮左名都❼，竹西❽佳處，解鞍少駐初程。過春風十里❾，盡薺麥青青。自胡馬窺江去後❿，廢池喬木，猶厭言兵。漸黃昏，清角吹寒，都在空城。　杜郎⓫俊賞，算而今、重到須驚。縱豆蔻詞工，青樓夢好⓬，難賦深情。二十四橋⓭仍在，波心蕩、冷月無聲。念橋邊紅藥，年年知為誰生？

【詞牌】〈揚州慢〉，姜夔自度曲，見《白石道人歌曲》。雙調，九十八字，押平聲韻，為平韻格。詳見《詞律》卷十五、《詞譜》卷二十六。

【注釋】❶淳熙丙申至日　宋孝宗淳熙三年（西元一一七六年）冬至。❷維揚　揚州之別稱。❸霽　雨止，雪停。❹戍角　戍樓號角，用以警晨昏。❺千巖老人　詩人蕭德藻之號。❻黍離之悲　《詩經・王風・黍離》首句「彼黍離離」，詩寫周大夫過西周舊都，見宮室長滿禾黍，而生故國之思。❼淮左名都　宋時維揚屬淮南東路，故稱「淮左」，揚州係淮左名城。❽竹西　指竹西亭，為揚州古跡。❾春風十里　此處借指昔日繁華。杜牧〈贈別〉詩：「娉娉嫋嫋十三餘，豆蔻梢頭二月初。春風十里揚州路，捲上珠簾總不如。」❿自胡馬窺江去後　宋高宗建炎三年（西元一一二九年）金兵初犯揚州，紹興三十一年（西元一一六一年）又背盟南侵，揚州遭到嚴重破壞。⓫杜郎　指唐詩人杜牧，曾在揚州詩酒清狂，寫下許多詩作。郎，男子之美稱。⓬縱豆蔻詞工二句　前句指❾中「豆蔻梢頭二月初」等詩語，後句指其在揚州的浪漫生活，如〈遣懷〉詩所寫：「落魄江湖載酒行，楚腰纖細掌中輕。十年一覺揚州夢，贏得青樓薄倖名。」⓭二十四橋　揚州名勝之一，亦名紅藥橋。杜牧〈寄揚州韓綽判官〉詩：「二十四橋明月夜，玉人何處教吹簫。」

【語　譯】淮南東路之名都，竹西亭的佳勝之處，卸下馬鞍，於此初到處，稍事歇息。經過昔日繁華的十里長街，所見盡是一片野麥青青。自金兵侵擾長江一帶之後，惟存廢棄的池塘、野生的喬木，至今猶厭棄談論戰爭。漸至黃昏，淒清戍角在寒風中吹響，飄蕩在空城。　風流遊賞的杜郎，料想而今重到，也應感到心驚。縱然有寫出精工的豆蔻詩篇、青樓夢好的才智，也難描述悲憤之情。當年的二十四橋仍在，惟見波心搖盪冷月，岑寂無聲。感歎橋邊紅豔的芍藥，知它年年在為誰生？

【研　析】揚州自隋唐以來，即為繁華的都市，北宋時期為全國五大都會之一，但自金兵數次南侵，慘遭劫掠，滿目瘡痍。姜夔淳熙三年（西元一一七六年）東遊江淮，來到這個著名的都會，雖然距最近的一場戰禍已過去十多年，眼前仍是一派傷心慘目的亂象，令人百感交集，寫下了這首流傳千古的自度曲。

詞以「淮左名都，竹西佳處」對起，點出其重要的地理位置、非凡的歷史地位以及昔日歌管遊樂之繁華。竹西佳處，融入了杜牧〈題揚州禪智寺〉「誰知竹西路，歌吹是揚州」詩意。「過春風十里，盡薺麥青青」，前句本於杜牧詩語，用於此處，極為空靈，令人浮想聯翩：十里長街，樓閣林立，風簾翠幕，遊人絡繹，……。後句實寫眼前景象，令人如見。以昔日名都之繁盛反襯今日之蕭瑟淒涼，所謂黍離麥秀之哀，已流露在此對比中矣。以下：「自胡馬窺江去後，廢池喬木，猶厭言兵。」由眼前進入到對一個歷史時段的回顧。自建炎三年（西元一一二九年）金兵初犯揚州至今，已有四十七年，自紹興三十一年（西元一一六一年）金兵再犯揚州至今，已有十五年，而被敵人摧毀的名都，始終處於殘破之中，故連廢棄的池塘、野生的喬木，都在厭惡談及昔年災難性的兵燹，樹猶如此，何況乎人！用擬人手法，寫沉痛之情，更深進一層。陳廷焯評曰：「『猶厭言兵』四字，包括無限傷亂語。他人累千百言，亦無此韻味。」（《白雨齋詞話》卷二）歇拍：「漸黃昏，清角吹寒，都在空城。」從時間言，由白天的「少駐」到「過（春風十里）」，漸至黃昏時刻；從寫景言，由視覺轉入聽覺。戍樓吹角以報時，聲音在寒涼中迴盪於空城，此係以有聲寫無聲，一個「空」字，表明這座城市的死寂。吳世昌《詞林新話》指出，「都在空城」是全詞的重點，「清角吹寒，也是白費，因空城中已無人聽，吹寒吹暖更有何人領略乎？」也可以說「空城」即是對前面寫景的小結，語極沉痛。

換頭轉借古人抒情。晚唐杜牧曾做淮南節度使掌書記，在揚州有過一段風流浪漫的生活，並寫下了許多有名的詩篇。詞人先借杜牧之眼觀今日之蕪敗之城：「杜郎俊賞，算而今、重到須驚。」以昔日「俊賞」時的揚州與今日之揚州對照，形成霄壤之別，當會大感驚詫。然後欲借杜牧之才，來寫今日之慘象：「縱豆蔻詞工，青樓夢好，難賦深情。」然小杜雖能寫出「豆蔻梢頭」、「青樓薄倖」這樣旖旎浪漫的詩句，可謂是生花妙筆，但他卻無法表達出今日的悲摧掩抑之情。前面作正面抒寫，此處則從否定方面言之，以示變化。雖借言杜牧，實為自寫情懷，暗含有以杜牧自喻之意。

以下復轉寫景物，景由時移而變：「二十四橋仍在，波心蕩、冷月無聲。」二十四橋，是揚州的一處名勝，最早出現於杜牧詩中，宋詞中也是經常被描寫的對象，如賀鑄〈南鄉子〉：「二十四橋游冶處，留連。攜手嬌嬈步步蓮。」周邦彥〈玉樓春〉：「萋萋芳草迷千里，惆悵王孫行未已。天涯回首一銷魂，二十四橋歌舞地。」曾覿〈朝中措〉：「如今霜鬢，愁停短棹，懶傍清尊。二十四橋風月，尋思只有消魂。」可知二十四橋乃冶遊歌舞、熱鬧繁華之所在，而今只有冷月照於河面，水波空自盪漾，周遭一片岑寂，今昔對照，何啻霄壤，令人感慨萬千。結句：「念橋邊紅藥，年年知為誰生？」再由二十四橋的冷落，進一步感歎橋邊紅藥年年都在自個兒開放，可是人們都在戰亂中或者傷亡、或者逃散，又有誰來觀賞呢？劉永濟《唐五代兩宋詞簡析》指出：此係「傷『俊賞』無人也。」所言極是。「年年」，與「自胡馬窺江去後」相呼應，是一個漫長的時間段，因此這一感歎意味極為深長悠遠。

此詞運用反襯、對照之法，以昔日之繁華反襯戰亂後之衰敗，以「戍角悲吟」之有聲反襯蕪城之空寂，又以眼前的「冷月無聲」襯托出昔日的歌吹鼎沸，兩兩相形，昔勝今衰之感，憫時傷亂之懷，浸透紙背。在憶昔繁華時，又多處運用前人詩句，不僅引人種種聯想，兼使詞章更趨精雅。張炎《詞源》評此詞：「不惟清空，又且騷雅，讀之使人神觀飛越。」清空者，謂其能攝取事物神理，不瑣瑣於具體色相，留給人以想像的餘地；騷雅者，謂其具有騷人之心、變雅之義，意趣深遠，故能引人遐思，神馳塵瑣之外。

詞人精通音律，此係自度曲，故於音律方面亦很講究。整首詞作既講究音律的和婉，又注意在緊要處用響亮的去聲字加以振起，如「過」、「盡」、「自」、「漸」、「算」、「縱」、「念」等字的運用，有助於形成音調的抑揚抗墜、高下相須之美。

226

長亭怨慢

姜　夔

予頗喜自製曲，初率意為長短句，然後協以律，故前後闋多不同。桓大司馬云：昔年種柳，依依漢南。今看搖落，悽愴江潭。樹猶如此，人何以堪❶。此語予深愛之

漸吹盡、枝頭香絮❷。是處人家，綠深門戶。遠浦❸縈回，暮帆零亂向何許❹？閱人多矣，誰得似、長亭❺樹？樹若有情時，不會得、青青如此！　日暮。望高城不見❻，只見亂山無數。韋郎去也，怎忘得、玉環分付❼。第一是、早早歸來，怕紅萼、無人為主。算空有并刀❽，難剪離愁千縷。

【詞牌】〈長亭怨慢〉，又名〈長亭怨〉為姜夔創調，詞意與調名、小序相合。雙調，九十七字，前後闋均

押五仄韻，為仄韻格。後之周密、張炎所作，押韻次數略有不同，《詞譜》列為「又一體」三種。參見《詞律》卷十五、《詞譜》卷二十五。

【注　釋】❶桓大司馬云七句　東晉桓溫為大司馬都督中外軍事，率兵北征時，見昔所種柳樹皆已老大，感慨地說：「木猶如此，人何以堪！」（《世說新語・言語》）序中所引「昔年種柳」六句見於庾信〈枯樹賦〉，非桓溫原話，或係姜夔誤記。❷香絮　柳絮。白居易：「一團香絮枕，倚坐穩如人。」（〈能無愧〉）❸遠浦　伸向遠處的河道。浦，指水邊。❹何許　何處。❺長亭　古代送行或旅人休憩之處。《唐宋白孔六帖・驛館》：「十里一長亭，五里一短亭。」❻望高城不見　語本歐陽詹〈初發太原途中寄太原所思〉詩：「高城已不見，況復城中人。」❼韋郎去也二句　范攄《雲谿友議》載，唐韋皋遊江夏，止於姜使君之館，有侍女曰玉簫，與韋皋有情。韋歸覲，約以五至七年為期，必來迎娶，並留一玉指環為信物。韋逾八年未至，玉簫絕食而死。後韋得一歌姬，酷似玉簫，中指肉隆起隱然如玉環。此處化用其事。❽并刀　并州（今山西太原）產剪刀，以鋒利著稱。

【語　譯】春風漸漸吹盡柳枝香絮，到處的人家，門前柳陰濃綠。伸向遠處的河道曲曲彎彎，日暮時的帆船左彎右拐，駛向何處？閱人離別已多，有誰比得上長亭旁的樹木？樹若有情的話，不會青翠如此！　天已昏暮。回望高城不見，只見亂山重疊無數。韋郎離去，怎會忘記手戴玉環戀人的吩咐：第一重要的是、早早歸來，擔心紅萼開放，無人為主。算來即使擁有并刀也是枉然，難以剪斷離愁千縷。

【研　析】此詞抒寫與合肥戀人的別離之情，夏承燾《姜白石詞編年箋校》定為宋光宗紹熙二年（西元一一九一年）作。詞人離別時，正「漸吹盡、枝頭香絮。是處人家，綠深門戶」，恰當暮春時節。而戶戶垂楊，又是合肥具有的特色景物。其〈淒涼犯〉詞小序云：「合肥巷陌皆種柳」，可見，是處人家，青柳掩映，係實寫其景，其中自亦包含戀人之家。此發端係借柳起興，再從詞前小序引前人語：「樹猶如此，人何以堪」看，亦含年光易逝之歎。「遠浦縈回，暮帆零亂向何許？」二句寫別後，係從送者的角度觀之。情郎日暮乘舟，河道曲折地向遠方伸展，船行忽而左轉，忽而右折，故有「暮帆零亂」之感，又質疑「向何許」，更含有去路茫茫的牽掛。總之，雙方都充滿不欲別離而又不得不分手的矛盾與痛苦。因此，引出下面類似於「天若有情天亦老」的聯想與詰問：「閱人多矣，誰得似、長亭樹？樹若有情時，不會得、青青如此！」詞人此處係即景生發。「閱人多矣」，用《左傳》中文姜語：「妾閱人多矣，未有如公子者。」長亭之柳，見送者、行者無數，不知多少回看執手言別、揮淚分袂，如果長亭樹有情的話，也該感傷蒼老，不會如此青翠。數語極沉著、峭拔，為歷來情詞中所未有。陳廷焯評曰：「白石諸詞，惟此數語最沉痛迫烈。」（《白雨齋詞話》卷八）夏承燾、吳無聞謂「轉折拗怒，尤為奇作。」（《姜白石詞校注》）上闋以柳起，以柳結，貫串一氣。

下闋從己方著筆。「日暮」，此處「暮」字，帶有動詞性質，即漸行漸遠，暮色漸濃。在舟中回望戀人所在的合肥城，正如歐陽詹〈初發太原途中寄太原所思〉詩中所云：「高城已不見，況復城中人。」眼前所見，惟是兩岸重重疊疊的「亂山」而已，包圍自己的是一片孤寂與冷清。在煢煢獨處中深味臨行情景：「韋郎去也，怎忘得、玉環分付。第一是、早早歸來，怕紅蕚、無人為主。」此處化用韋臯與玉簫故事，臨行以玉環為信物贈與戀人，預定來期相見。行者牢記戀人臨別最緊要的囑咐：早早歸來。她以待開的「紅蕚」自喻，擔心如花開豔美，被強迫他嫁。這幾句話，真是銘心刻骨！最後以萬分的無可奈何之情收束全詞：「算空有并刀，難翦離愁千縷。」這次的分離無可迴避，算來即使有鋒利的并刀也是枉然，那千萬縷離愁如何剪斷，真是「剪不斷，理還亂，是離愁。別是一般滋味在心頭。」（李煜〈相見歡〉）據夏承燾「合肥詞事考」，詞人此別之後，曾於數月後重返合肥，而伎已他往，再未相見。（《姜白石編年箋校》「行實考」）則此別真成訣別矣！

以清健之筆寫柔情，是白石詞的一個鮮明的特色，此詞正是如此。又，此詞韻腳字「絮、戶、許、樹、暮、數、付、主」，均屬可通用之魚、虞部的上去聲，而「青青如此」之「此」，則屬「止」韻，顯係出韻，這一點或與詞人偶爾雜入贛北方言有關。

227 暗香

姜夔

辛亥❶之冬，予載雪詣石湖❷。止既月❸，授簡❹索句，且徵新聲。作此兩曲，石湖把玩不已，使工妓❺隸習❻之，音節諧婉，乃名之曰暗香、疏影。

舊時月色，算幾番照我，梅邊吹笛。喚起玉人❼，不管清寒與攀摘。何遜❽而今漸老，都忘卻、春風詞筆❾。但怪得、竹外疏花，香冷入瑤席❿。

江國，正寂寂。歎寄與路遙，夜雪初積。翠尊⓫易泣，紅萼無言耿⓬相憶。長記曾攜手處，千樹壓、西湖寒碧。又片片、吹盡也，幾時見得？

【詞牌】《暗香》，又名〈紅香〉、〈紅情〉、〈晚香〉。姜夔自度曲，見《白石道人歌曲》。詞詠梅花，以林逋〈山園小梅〉詩有「暗香浮動月黃昏」句，取為調名。雙調，九十七字，上闋五仄韻，下闋七仄韻，宋人例用入聲，後人亦有上去聲通押者。參見《詞律》卷十五、《詞譜》卷二十五。

【注釋】❶辛亥　宋光宗紹熙二年（西元一一九一年）。❷石湖　指范成大。范居石湖，號石湖居士。❸既月　滿一個月。❹授簡　授與紙箋。❺工妓　有一定職務的妓女。❻隸習　練習。隸，習。❼玉人　指美人。❽何遜　南朝梁詩人，酷愛梅花。杜甫〈和裴迪登蜀州東亭送客逢早梅相憶見寄〉詩：「東閣官梅動詩興，還如何遜在揚州。」❾春風詞筆　因何遜有〈詠春風〉詩：「可聞不可見，能重復能輕。鏡前飄落粉，琴上響餘聲。」故云。❿瑤席　精美的座席。⓫翠尊　青綠色玉製酒器。⓬耿　專一之心。

【語譯】算來舊時月色，有幾番照我，在梅花樹邊吹笛。喚起美人，不顧清寒與我一起攀摘。詩人何遜而今漸老，都忘卻了以詞筆賦寫春風之事。只是奇怪，竹外的稀疏梅花，在清涼中飄送香氣到精美座席。　江南鄉國，正顯靜寂。欲將梅花寄贈，感歎路途遙遠，夜雪剛剛鋪積。舉翠尊飲酒易化作淚水，觀看紅梅無言，一心相憶。長記曾經攜手共遊處，千樹花開，遮蔽西湖寒涼水碧。如今又片片被風吹盡，何時才能再見？

【研　析】梅花以其孤高、芳潔、不畏嚴寒的特質而為人們所喜愛、所讚美，也是歷代詩人、詞人歌詠的對象。在宋代兩千餘首詠物詞中，詠歎梅花之作幾乎占了一半，其中又以姜夔的〈暗香〉、〈疏影〉最為有名。張炎《詞源》云：「詩之賦梅，惟和靖一聯而已。世非無詩，不能與之齊驅耳。詞之賦梅，惟姜白石〈暗香〉、〈疏影〉二曲，前無古人，後無來者，自立新意，真為絕唱。」說「後無來者」未免絕對，說「前無古人」，「自立新意」，則完全當之無愧。這兩首詞作係應范成大之請而作。范成大不僅是當朝位高權重的大臣，也是當時著名的詩人之一，且是梅花的愛好者，不僅種植梅花，還研究梅花，寫有《梅譜》之類的著作。姜夔詞作完成之後，范氏「把玩不已」，可見其愛賞之程度。二詞均為詠梅，但寫法、神味各異。

〈暗香〉在結構上，以今昔為開闔，作時空之轉換，將對梅的清賞與引發的感想相交融，別具高情雅意。詞從憶昔入手：「舊時月色，算幾番照我，梅邊吹笛。」「算」，有數來、算來之意，因之前面兩句應是「算舊時月色，幾番照我」。起筆三句極具情境之美，在月光朗照下，在梅樹邊吹笛，悠揚清亮的聲音在夜空盪漾，由此聲、色構成的氛圍，何其清雅！笛聲之清越又「喚起玉人，不管清寒與攀摘」，這兩句係以美人映襯梅花，由「不管清寒」，想見其意興之高，由此意興之高，襯托出梅花對人之吸力。此情此景與賀鑄「玉人和月摘梅花」（〈減字浣溪沙〉）的意境，頗為相似，花光人影，交相輝映，美不勝收。這裡的「與攀摘」有與自己一道攀摘之意，暗伏下面對遠人之憶念。

至「何遜而今漸老，都忘卻、春風詞筆」由昔轉今，意興由高揚而轉低抑。詞人以愛梅的詩人何遜自喻，春風詞筆，也是說何遜的才情，所謂「漸老」（此時詞人三十五、六歲）、「都忘卻」，慚愧自己沒有寫出詠梅的詞章，都是自謙之辭。但此處的低抑，又是為了映襯後面情緒的揚起。「但怪得、竹外疏花，香冷入瑤席。」在自己感歎才情消減之際，卻突然聞到來自於室外的幽香，頗感驚異，遂又引發出詠梅的意興。「竹外疏花」，一樹冷豔的紅梅與青翠的竹枝相映，令人想見「竹外一枝斜更好」（蘇軾〈和秦太虛梅花〉）那種欹側優美的風致，而以「瑤席」襯冷香，則又顯出梅花的無比高雅。

至換頭，「江國，正寂寂」從眼前宕開，展現出一個極為廣闊的空間。詞人想像江南鄉國正處於寂寞的境地，由此引出對「與攀摘」的「玉人」的懷想：「歎寄與路遙，夜雪初積。」此處暗用南朝陸凱折梅贈長安友人范曄事，（其〈贈范曄〉詩云：「折梅逢驛使，寄與隴頭人。江南無所有，聊贈一枝春。」）感歎路途遙遠，無由寄達，「夜雪初積」，是對江國「寂寂」情景的具體描寫。「翠尊易泣，紅萼無言耿相憶」，轉寫自己心情，飲酒易化作淚水，亦即范仲淹「酒入愁腸，化作相思淚」（〈蘇幕遮〉）之意，面對默默無言的紅梅，心頭仍然耿耿不忘。以下復由今轉昔：「長記曾攜手處，千樹壓、西湖寒碧。」以「長記」二字領起，回想當年攜手共賞西湖之梅，那是一派何等繁盛的景象，千樹綻放，一片花海，西湖的碧水似也被它遮壓。「壓」字，極為有力，此等處，可見出姜詞勁健的特色。結拍又轉向眼前：「又片片、吹盡也，幾時見得？」梅花一片一片飄落，以至被「吹盡」，以花之衰謝、難以重見收束全詞，流露出無限的哀惋之情。以盛時起，以衰時結，前後呼應。

關於這首詞的寫作特點，近人陳匪石有一段極為中肯的評說：「此章立言，以賞梅之人為主，而言其經歷，述其思想，就梅花之盛時、衰時、開時、落時，反復論敘，無限情事，即寓其中。」即將賞梅之情與相關人事打成一片，既顯得空靈，又含情深遠。此詞從表層意看，似在抒發與「玉人」的一段難忘之情，從深層意看，當別有寄託。對其所蘊含的深意，正不必於個別的詞句上去加以解會，當從整體觀之。夏承燾謂其寓「身世之悲，盛衰之感」（《姜白石詞校注》），應當是頗為愷切的。

姜夔的詞作，有時帶有一種意識流的特色，如此詞詠梅，並不膠著於實際，剛說「香冷入瑤席」，又說「又片片、吹盡也」，如果說前句是寫實，後句便是設想，或者說是過去經歷的情境，置於此處，是為了對繁盛形成襯托，屬於景為情設的一種寫法。

228 疏影

姜夔

苔枝❶綴玉。有翠禽小小，枝上同宿❷。客裡相逢，籬角黃昏，無言自倚修竹❸。昭君不慣胡沙遠❹，但暗憶、江南江北。想佩環、月夜歸來❺，化作此花幽獨。

猶記深宮舊事，那人正睡裡，飛近蛾綠❻。莫似春風，不管盈盈❼，早與安排金屋❽。還教一片隨波去，又卻怨、玉龍哀曲❾。等恁時❿、重覓幽香，已入小窗橫幅。

【詞牌】〈疏影〉，又名〈綠意〉、〈解珮環〉、〈綠影〉。姜夔自度曲，見《白石道人歌曲》。此調與〈暗香〉同為詠梅之作，得名於宋林逋〈山園小梅〉詩：「疏影橫斜水清淺，暗香浮動月黃昏。」雙調，一百一十字，上闋五仄韻，下闋四仄韻，多押入聲，亦有少數詞人押上去聲者。參見《詞律》卷十九、《詞譜》卷三十五。

【注釋】❶苔枝　指枝幹長滿綠苔的古梅。❷有翠禽小小二句　化用與梅花相關的神話。《龍城錄》載，隋唐時趙師雄行羅浮山，日暮於林中遇一美人，與之對飲，又有綠衣童子歌舞於側。師雄醉寐，東方已白，「起視大梅花樹上，有翠羽刺嘈相顧。所見蓋花神」。所遇美人為梅花之神，綠衣童子即枝上翠羽。❸無言自倚修竹　用杜甫〈佳人〉詩語：「天寒翠袖薄，日暮倚修竹。」將梅花比擬為佳人。❹昭君不慣胡沙遠　漢元帝時王昭君遠嫁匈奴，沙漠荒寒，習俗有異，故曰「不慣」。❺想佩環句　用杜甫〈詠懷古跡〉寫昭君「環佩空歸月夜魂」詩語。此處以「佩環」指代昭君。❻猶記深宮舊事三句　化用壽陽公主故事。《太平御覽》引《雜五行書》載：「宋武帝女壽陽公主，人日臥於含章殿簷下，梅花落公主額上，成五出花，拂之不去。……宮女奇其異，競效之，今『梅花妝』是也。」蛾綠，指眉黛。❼盈盈　儀態美好的樣子。此代指梅花。❽金屋《漢武故事》載，武帝少時，對其姑母說：「若得阿嬌（姑母之女）作婦，當作金屋貯之也。」❾玉龍哀曲　指笛曲〈梅花落〉。玉龍，笛名。李白〈與史郎中欽聽黃鶴樓上吹笛〉：「黃鶴樓中吹玉笛，江城五月落梅花。」❿恁時　那時。

【語譯】綠苔梅枝點綴白玉般的花朵。有小小的翠羽鳥兒，枝上同宿。在作客時相逢，她黃昏時刻在籬笆邊，默默無言，自倚修竹。似昭君不習慣遙遠北地的荒涼沙漠，惟有暗暗懷念江南江北。想必是她魂魄月夜歸來，化作梅花，顯得嫻靜高雅。　還記得深宮舊事，那人正在睡裡，花兒飛近眉額。不要像春風，不管姣好梅花，要早早為她安排金屋。如果還讓她一片片隨波而去，卻又埋怨玉笛吹奏〈梅花落〉曲，等到那時，重覓飄颻的暗香，她已被畫入懸掛於小窗的橫幅。

【研析】〈疏影〉一詞在寫法上，與〈暗香〉有異，主要運用一連串的典故，突出其幽獨、高潔的神韻，表達當及早愛惜、呵護的熱切願望。

「苔枝綴玉」，入手擒題，令人有開門見山之感。「綴玉」之「玉」，以晶瑩白玉代替梅花，亦即沈義父《樂府指迷》對詠物詞所要求的運用「代字」。點出梅樹梅花之後，便放筆抒寫。上闋連用三個典故：「有翠禽小小，枝上同宿。」運用趙師雄羅浮山與梅花之神相遇之事典，以襯托出梅花的美麗，使梅樹帶上幻化的神祕色彩。「客裡相逢，籬角黃昏，無言自倚修竹。」運用杜甫〈佳人〉詩語，以擬人手法寫梅花之岑寂、清高。「倚修竹」，不論從形象來說，還是從神韻來說，都顯得超凡脫俗。而詞人又為之設立了「籬角黃昏」的時空，更增加了幾分寂寞、淒美色彩。詞人與之「客裡相逢」，又帶上了一種漂泊知遇的感受。至「昭君不慣胡沙遠，但暗憶、江南江北。想佩環、月夜歸來，化作此花幽獨」，則合用王昭君遠嫁匈奴、思念故土之故事與杜甫〈詠懷古跡〉寫王昭君詩語。這一設想頗為奇特，如果要以美女之魂比擬梅花的幽獨，似也可選西施、玉環、飛燕等人，何以獨選昭君，想來詞人另有依據，別有用心。劉永濟分析說：「『昭君』二句明用徽宗〈眼兒媚〉詞語（按：指「花城人去今蕭索，春夢遶胡沙。家山何處？忍聽羌笛，吹徹〈梅花〉！」）。徽宗此詞有故國之思，故曰『暗憶江南江北』。『佩環』二句，言魂歸故國，此時二帝均死於北地也。」《唐五代兩宋詞簡析》陳匪石《宋詞舉》亦舉徽宗〈燕山亭〉詞中語：「天遙地遠，萬水千山，知他故宮何處？怎不思量，除夢裡、有時曾去。」作為持此說的依據。姜夔本具愛國之心，傷時感事，在其他詞中多有表露，在詠梅之時流露出追念北宋帝妃之意，也是極自然之事。

詞之下闋轉入另一境：「猶記深宮舊事，那人正睡裡，飛近蛾綠。」用壽陽公主臥含章殿梅落額上之事典，一方面點出「梅花妝」的故事，同時也暗示梅花將遭遇飄零的命運。杜甫不是曾說「一片花飛減卻春」〈曲江〉嗎，一片梅花的飛落，也是一種預兆。因此提出應當早為防範：「莫似春風，不管盈盈，早與安排金屋。」此處用漢武帝所說，如能娶得陳阿嬌當以金屋貯之的典故，強調不能讓春風「又片片、吹盡」，而需採取萬全之策，深加護惜。否則，如果不管不問，聽之任之，「還教一片隨波去，又卻怨、玉龍哀曲。」任它花謝水流，到頭來只去埋怨玉笛吹奏〈梅花落〉曲，則將悔之晚矣。到那時，再去尋覓梅的蹤跡，它已悄然消逝，只能到「小窗橫幅」的畫圖中看到它的形影了。後面數層對愛護梅花的抒寫，從正反兩面著筆，用「莫似」、「還教」、「又卻」、「已入」等虛詞加以轉折，極具翻騰之妙。

後段對愛護梅花的議論，可以說蘊含有一種深刻的哲理：任何美好的東西，都需要精心維護。由此推之，不獨梅花如此，即其他情事，乃至於一個國家的治理均須未雨綢繆，防患於未然。它的意義已超出了賞梅的範圍，留給人的是意味深永的思考。許多詞論家聯繫宋朝國勢，論及詞中蘊含的家國興亡之感，也能給人以啟發。但筆者以為，似不必句句比附去求索其微言大義。

此詞詠梅，取神遺貌，韻味悠長，張炎《詞源》評其「清空中有意趣」，極為的當。

229

淒涼犯

姜夔

合肥巷陌皆種柳，秋風夕起騷騷❶然。予客居闔戶❷，時聞馬嘶。出城四顧，則荒煙野草，不勝淒黯，乃著此解❸。琴有淒涼調，假以為名。凡曲言犯者，謂以宮犯商、商犯宮之類。如道調宮上字住，雙調亦上字住。所住字同，故道調曲中犯雙調，或于雙調曲中犯道調，其他準此。唐人樂書云：犯有正、旁、偏、側。宮犯宮為正，宮犯商為旁，宮犯角為偏，宮犯羽為側。此說非也。十二宮所住字各不同，不容相犯，十二宮特可犯商、角、羽耳。予歸行都❹，以此曲示國工田正德，使以啞觱栗角吹之，其韻極美，亦曰瑞鶴仙影

綠楊巷陌。秋風起、邊城一片離索。馬嘶漸遠，人歸甚處，戍樓吹角。情懷正惡。更衰草寒煙淡薄。似當時、將軍部曲❺，迤邐度沙漠。

追念西湖上，小舫攜歌，晚花行樂。舊遊在否？想如今、翠凋紅落。漫寫羊裙❻，等新雁來時繫著。怕匆匆、不肯寄與，誤後約。

【詞牌】〈淒涼犯〉，又名〈瑞鶴仙影〉、〈淒涼調〉。姜夔自度曲，見《白石道人歌曲》。九十三字，上闋九句六仄韻，下闋九句四仄韻，押入聲。另有九十四字體，押韻小異。參見《詞律》卷十三、《詞譜》卷二十三。

【注釋】❶騷騷　風吹樹葉之聲。徐凝〈莫愁曲〉：「碧紗窗外葉騷騷。」❷闔戶　門戶。❸解　樂曲以一章為一解。此為配樂文學，故亦稱解。❹行都　指臨安，即今杭州。❺部曲　行伍；列隊軍人。《續漢書‧百官志》載，將軍領軍，皆有部曲。大將軍營五部，部下有曲。❻寫羊裙　此處借指給友人書信。《南史‧羊欣傳》載，羊欣年十二，夏日著新絹裙晝寢，

書法家王獻之見之，書裙數幅而去。羊欣本工書法，因此更上層樓。

【語　譯】在長滿綠楊的巷陌。秋風起，樹葉騷騷，邊城一片沉寂蕭索。馬鳴之聲漸遠，行人不知歸向何處，守邊崗樓正吹起軍中號角。情緒正十分惡劣。更兼滿眼衰草淒寒，輕煙淡薄。好似當年將軍，率領連綿軍士度過苦寒沙漠。　追念西湖上，小船划行，攜歌女遊唱，晚間在花間行樂。舊時同遊朋友在否？想如今，湖荷已是翠凋紅落。隨意書寫於羊裙，等新雁來時繫於雁足。又擔心雁去匆匆，不肯寄與，耽誤後約。

【研　析】此詞大約在紹熙元年（西元一一九〇年）作於合肥。合肥在南宋接近前線，幾經兵火，已是一片殘破荒涼景象。宋王之道〈出合肥北門〉詩寫道：「斷垣甃石新修壘，折戟埋沙舊戰場。闤闠（市巷）凋零煨燼裡，春風生草沒牛羊。」周密《齊東野語》卷五載，自合肥渡壽州抵蒙城一帶「沿途茂林長草，白骨相望，虻蠅撲面，杳無人蹤」。姜夔這首詞的上闋便是對這種慘象的詩化。合肥巷陌皆種柳，故以「綠楊巷陌」為發端。垂楊的「綠」，算是點綴這個城市的惟一亮色；同時，也因為成行的柳樹，當秋風掠過時，發出騷騷聲響，又助人淒涼。故下接以「秋風起、邊城一片離索」，承上啟下。離索，是對邊城印象的總體概括，既來自於秋聲，也來自於邊聲，既來自於聽覺，也來自於視覺。「馬嘶漸遠，人歸甚處，戍樓吹角」三句，從聽覺、視覺兩方面寫「離索」之狀，惟有漸行漸遠的馬鳴之聲，軍樓陣陣的吹角之聲，在空城迴響，而街市門戶蕭條，行人稀少。然後插以「情懷正惡」的抒情。此惡劣之心緒，正由邊城「離索」而引起，由此「離索」而聯想到戰禍、聯想到敵軍的燒殺與劫掠。「更衰草寒煙淡薄」，再補寫所見景物，遍地寒煙衰草，一片荒涼，了無生氣。自己行進於此，「似當時、將軍部曲，迤邐度沙漠」，令人想起昔日的軍帥率領部隊，逶迤曲折地走在荒無人煙的沙漠上，心境的惡劣，更進一層。

換頭由眼前折向昔日的西湖之遊：「追念西湖上，小舫攜歌，晚花行樂。」詞人在此前曾遊歷蘇州、杭州一帶，此處以「追念」二字領起，寫當日西湖遊玩之樂，白天乘小舟聽歌湖上，晚間對花飲酒吟詩，其樂與眼前冷寂形成鮮明對照。以下：「舊遊在否？想如今、翠凋紅落。」一轉，一是共遊之人不知何在，二是秋季來臨，當年湖中「接天蓮葉無窮碧，映日荷花別樣紅」（楊萬里〈曉出淨慈寺送林子方〉）的景象，想必已是紅衰翠減了。但自己仍然嚮往重溫舊日之樂，故又「漫寫羊裙，等新雁來時繫著」，擬託鴻雁傳書，向朋友轉達自己的問候與意向。結拍再轉：「怕匆匆、不肯寄與，誤後約。」又覺後約難期，生出一種渺茫之感。與上闋的情景交寫，層層推進不同，下闋可說是極盡層轉之妙，刻畫心理活動細膩入微。

這首詞上下兩段的情緒看似截然不同，但實際是一個統一體，詞人正是以回憶昔日之樂、嚮往後會之期，襯托眼前之悲涼與淒寂。俞陛雲謂「下闋以當時小舫清歌之樂，換客中西風畫角之悲，情懷更劣矣。」（《唐五代兩宋詞選釋》）所言極是。

合肥自東漢末以來，數為州郡治所，一直是江淮地區重要的行政中心和軍事重鎮，雖不及揚州繁華，卻也是重要的商業都會，曾有過昔日的繁盛，而歷經戰亂之後，竟如此「離索」，令詞人感慨不已。其所含蘊的情思與其所作〈揚州慢〉相似，抒發的是黍離麥秀之悲，體現了詞人對於國勢、民生的關懷，其中流溢的是深沉的家國之感。尤其可貴的是這類詞作為我們提供了一幅幅戰後慘象的淒涼圖畫，具有很強的寫實性。周濟說：「詩有史，詞亦有史。」（《介存齋論詞雜著》）用來形容這類詞作，不亦宜乎！

230 翠樓吟

姜夔

淳熙丙午❶冬，武昌安遠樓❷成，與劉去非諸友落之❸，度曲見志。予去武昌十年，故人有泊舟鸚鵡洲者，聞小姬歌此詞，問之頗能道其事，還吳為予言之。興懷昔遊，且傷今之離索也

月冷龍沙❹，塵清虎落❺，今年漢酺初賜❻。新翻胡部曲❼，聽氈幕❽、元戎❾歌吹。層樓高峙。看檻曲縈紅，簷牙飛翠。人姝麗，粉香吹下，夜寒風細。

此地。宜有詞仙，擁素雲黃鶴❿，與君遊戲。玉梯⓫凝望久，歎芳草、萋萋

千里。天涯情味。仗酒祓⑫清愁，花銷英氣。西山外，晚來還捲，一簾秋霽⑬。

【詞牌】〈翠樓吟〉，姜夔自度曲，見《白石道人歌曲》。詞詠武昌安遠樓，因有「層樓高峙。看檻曲縈紅，簷牙飛翠」句，故名。雙調，一百零一字，上闋六仄韻，下闋七仄韻，上去聲通押，為仄韻格。參見《詞律》卷十七、《詞譜》卷二十九。

【注釋】❶淳熙丙午　宋淳熙十三年（西元一一八六年）。❷安遠樓　即武昌南樓，在黃鶴山上。❸落之　落成。落，古時宮室建成，舉行祭典，叫做落。❹龍沙　泛指塞外之地。此指金人占領區。❺虎落　指遮蔽城堡或營寨的籬笆。❻漢酺初賜　漢代遇有慶典犒賜群臣，出食謂之酺。初賜，指宋孝宗正月八十壽辰，犒賞內外諸軍。❼胡部曲　指隋唐從西域傳來的西北各民族的音樂。❽氈幕　氈製的軍帳。❾元戎　主將；大將。❿黃鶴　一說費文褘登仙，每乘黃鶴，憩於武昌城樓，故名黃鶴樓。《寰宇記》一說仙人子安乘黃鶴經過此地，故於此建黃鶴樓。《南齊書・州郡志》崔顥〈黃鶴樓〉詩：「昔人已乘黃鶴去，此地空餘黃鶴樓。黃鶴一去不復返，白雲千載空悠悠。」⓫玉梯　光潔如玉之梯，借指高樓。盧綸〈奉陪侍中登白樓〉詩：「高樓倚玉梯，朱檻與雲齊。」⓬祓　消除。⓭西山外三句　用王勃〈滕王閣〉詩語：「畫棟朝飛南浦雲，珠簾暮捲西山雨。」霽，雨止天晴。

【語譯】塞外之地月冷夜靜，城堡的圍牆不見煙塵，今年年初犒賜群臣宴飲。新編出西涼地方樂曲，聽軍幕中主將在欣賞音樂。層樓高聳入雲，看縈繞的圍欄顏色紅豔，飛翹的簷牙顯出翠綠。歌姬美麗，夜寒風細，將她的粉香吹下。　此地，適宜於有高雅的詩人，擁白雲、騎黃鶴，與諸位遊戲。登上高樓，凝望已久，感歎芳草茂盛，遠延千里。流落天涯的情味，須仰仗飲酒驅除清愁，依靠賞花消除英才的寂寞。晚來簾幕捲起，看西山外，滿眼秋色，雨已止息。

【研析】此詞前有序言，謂此詞作於武昌安遠樓落成之時。後十年，聽朋友說，有歌姬能唱此曲，並說出本事。說明這首自度曲傳唱於民間。此序係詞人後來補寫。自宋孝宗隆興二年（西元一一六四年）與金簽訂屈辱的隆興和議後，宋金之間保持了一段相對和平的時間，宋朝君臣安於現狀，文恬武嬉，耽溺於笙歌宴飲，詞人對此深有感觸，心懷隱憂。在孝宗淳熙十三年（西元一一八六年）借武昌安遠樓落成之機，抒發了自己的情懷。

此詞發端用一對句：「月冷龍沙，塵清虎落」（應是「龍沙月冷，虎落塵清」的倒裝），寫出當時的宋金雙方處於平靜的狀態，前句通過月夜的冷寂狀金國兵營之安靜，後句以城堡的不染戰塵狀宋軍之安定。在這種形勢下，年初恰值宋高宗八十生辰壽誕，宴賜臣下，「今年漢酺初賜」，一派歡樂昇平。至若軍中，也是宴安耽樂：「新翻胡部曲，聽氈幕、元戎歌吹。」戎幕中的將帥正在聽著新編的西涼音樂。在這種形勢下建立起來的安遠樓，不僅宏偉：「層樓高峙」，且十分富麗：「看檻曲縈紅，簷牙飛翠」。狀其富麗時，用一對句加以鋪寫，而「縈」、「飛」、「紅」、「翠」等詞的運用，不僅增其色彩，更使樓臺呈飛動之勢，故明代楊慎以「奇麗」二字評之（《詞品》）。而在安遠樓落成之時，還有歌姬助興：「人姝麗，粉香吹下，夜寒風細。」華燈夜宴，歌姬佐酒，人美歌甜，粉香風細，氛圍顯得熱鬧而又溫馨。

上闋鋪寫停戰時期的太平、歡樂、安適之狀，一一呈現於讀者眼前，詞人未置一辭加以評說，但暗諷苟且偷安之意在焉，所用實為「春秋筆法」。序中所言「度曲見志」，此正為其首要的一個方面。

換頭：「此地。宜有詞仙，擁素雲黃鶴，與君遊戲。」轉入此番高樓落成之聚會。因該樓建於黃鶴山，故將有關仙人騎鶴的故事與崔顥〈黃鶴樓〉詩語合用。「宜有詞仙」，屬希望之辭。希望有駕雲騎鶴的高妙詞人、詩人，與眾人一起遊戲。至此，方點出登樓之人，乃一群文人雅士，自己亦屬其中之一。然後轉入自身：「玉梯凝望久，歎芳草、萋萋千里。」登高遠眺，而且是久望，入目者是無邊的萋萋芳草。此詞寫於冬日，而「芳草萋萋」，卻係春日景觀，想來是借用崔顥詩中「芳草萋萋鸚鵡洲」之語，但其所寫並不限於鸚鵡洲，而是更為廣闊的空間，故有「千里」的形容。前面著一「歎」字，含有無限感慨！其中又暗用淮南王〈招隱士〉「王孫遊兮不歸，春草生兮萋萋」語意，故引出「天涯情味」的羈旅之感。此詞與〈一萼紅〉（古城陰）寫於同一年，一在年頭，一在年尾。其「天涯情味」與「南去北來何事，蕩湘雲楚水，目極傷心」的感歎，應該是相同的，國勢如此，而自己又無所依歸，不免心懷失落。於是只好「仗酒被清愁，花銷英氣」，以飲酒消除心頭煩愁，以看花消解英才寂寞，帶有自我解嘲意味。此處亦用對仗，後句因意有所「留」，不好理解，故王國維曾以「隔」評之。（《人間詞話》）詞末「西山外，晚來還捲，一簾秋霽」宕開一筆，以景結情。三句從王勃〈滕王閣〉「珠簾暮捲西山雨」詩句變化而來，從詞章結構言，與前面「層樓」、「玉梯」相呼應，從情感言，則將愁悶的思緒消解於一個曠遠的晚晴空間。詞人的寫景似未拘泥於實際，序言中說安遠樓落成於冬季，而詞中又說「芳草、萋萋千里」，末尾又說「一簾秋霽」，想來只是欲借與其情感相關詩語，表達自己的意緒，如同王維「雪裡芭蕉」的繪畫，惟求表達某種情愫而已。

前人對此詞評價甚高，如陳廷焯云：「（後半闋）一縱一操，筆如游龍，意味深厚，是白石最高之作。此詞應有所刺，特不敢穿鑿求之。」（《白雨齋詞話》卷二）俞平伯則對其「有所刺」明言之曰：「其時北敵方強，奈何空言『安遠』。雖鋪敘描摹得十分壯麗繁華，而上下恬嬉，宴安酖毒的光景便寄在言外。像這樣的寫法，放寬一步即緊逼一步，正不必粗獷『罵題』，而自己的本懷已和盤托出矣。」（《唐宋詞選釋》）可謂深中肯綮。

231 滿江紅

赤壁懷古

戴復古

赤壁磯頭❶，一番過、一番懷古。想當時、周郎❷年少，氣吞區宇❸。萬騎臨江貔虎❹噪，千艘列炬魚龍怒。卷長波、一鼓困曹瞞❺，今如許！　江上渡，江邊路。形勝地，興亡處。覽遺蹤，勝讀史書言語。幾度東風吹世換，千年往事隨潮去。問道傍、楊柳為誰春，搖金縷？

【作　者】戴復古（西元一一六七－？年），字式之，天台黃巖（今屬浙江）人。家於石屏山下，因號石屏。不以仕進，嘗登陸游之門，以詩鳴江湖間。有《石屏集》。詞集名《石屏長短句》，又名《石屏詞》。

【詞　牌】〈滿江紅〉，又名〈上江虹〉、〈念良游〉等。有平仄韻兩體。通用者為仄韻體，多押入聲韻，亦可上去聲通押（如本詞），雙調，九十三字。另有增字、減字數體。詳見前晁補之〈滿江紅〉「詞牌」介紹。

【注　釋】❶赤壁磯頭　此指長江岸邊的赤壁磯。赤壁之戰的赤壁在今湖北赤壁境內，蘇軾〈念奴嬌〉所寫赤壁在今湖北黃州境內。今人將前者稱為武赤壁，後者稱為文赤壁。❷周郎　吳國周瑜，二十四歲時被孫策命為建威中郎將，軍中呼為「周郎」。❸區宇　天下；區域。❹貔虎　貔、虎，均猛獸。此處喻軍士之勇猛。❺曹瞞　曹操，字孟德，小字阿瞞。

【語　譯】赤壁磯頭，每過一次，每必懷古。想當年，周瑜年少英邁，氣勢足吞寰宇。率領萬馬臨江，如勇猛貔虎鼓噪，排列千艘戰艦點燃火炬，攪得水中魚龍發怒。捲起長波，一鼓作氣圍困曹瞞，而今竟是如此！

江上渡口，江邊道路。形勝之地，是經歷興亡之處所。觀覽遺跡，勝過閱讀史書上的言語。幾度東風吹過，時移世換，千年往事，已隨潮水而去。問道旁的楊柳，為何人展現春光，隨風搖擺金縷？

【研　析】赤壁懷古之詞，前有蘇軾〈念奴嬌〉詞，幾乎橫絕今古，如何別出新意，則當用另一副筆墨。此詞開篇即點出題面：「赤壁磯頭，一番過、一番懷古。」雖然沒有東坡詞俯瞰千古之氣勢，卻能開門見山，自然樸實。下面寫這場戰爭，其重點放在軍事指揮周瑜身上：「想當時、周郎年少，氣吞區宇。」但所強調的不是他的風流倜儻、顧曲才情，而是他在「年少」時即具有的宏偉英雄氣概。以下用一對句：「萬騎臨江貔虎噪，千艘列炬魚龍怒。」通過對戰爭場面的描寫，將「氣吞區宇」的神采具象化，前句寫陸軍的強大聲威，後句寫水上無可阻擋的陣勢，並突出此戰火攻的特點，更以水中的「魚龍怒」加以襯托。由此再加延伸：「卷長波、一鼓困曹瞞」。因赤壁之戰主要是水戰，乘風破浪，只一通鼓，便即破敵，極言其取勝之神速。曹瞞乃一世之雄，而敗於周郎之手，天下三分，由此戰而定，厥功甚偉。蘇軾〈前赤壁賦〉云：「西望夏口，東望武昌，山川相繚，鬱乎蒼蒼，此非曹孟德之困於周郎者乎？方其破荊州，下江陵，順流而東也，舳艫千里，旌旗蔽空，釃酒臨江，橫槊賦詩，固一世之雄也。」正可作詞中此數句之注腳。戴氏歌頌周瑜，如同辛棄疾〈永遇樂〉之歌頌南朝宋武帝劉裕「金戈鐵馬，氣吞萬里如虎」一樣，乃是渴盼當世有如此力挽狂瀾之英雄。而在其下陡接「今如許！」由懷古轉慨當今，歎世無傑出人物如周郎者，今古對照，含有無限感慨。上闋之寫赤壁，無疑受蘇軾〈念奴嬌〉的影響，即將重點放在指揮赤壁之戰的主帥周瑜身上，但目的有所不同，蘇軾的凸顯周瑜，是以其年輕有為與自己的坎壈無成相對照，戴氏所詠則與國勢相關，這種區別與其各自所處時代、個人遭遇相關。故「今如許」，實為詞中點睛之筆。

詞之下闋由赤壁之形勝作進一步的抒發：「江上渡，江邊路。形勝地，興亡處。」由眼前渡口、江堤，想見其形勢的險阻、地理位置的重要，故為兵家爭戰之地。由其形勝，懷想此地曾上演過的歷史劇，演繹過的成敗興亡。此前，只在書本上讀過這場以少勝多的戰爭歷史，而今「覽遺蹤，勝讀史書言語」，所謂眼見為實，增加了許多感性的體驗。以下由眼前宕開，「幾度東風吹世換，千年往事隨潮去」，前句轉折，運筆輕靈，將歷史的變換化解於眼前景物中，後句感慨沉著，亦即「大江東去，浪淘盡、千古風流人物」之意。畢竟，一場戰爭以及取得勝利的英雄人物，如果放在歷史的長河中去考量，只不過是幾朵浪花、數層波浪而已。結拍以景結情：「問道傍、楊柳為誰春，搖金縷？」如同姜夔〈揚州慢〉「念橋邊紅藥，年年知為誰生？」一樣，感歎無人欣賞，顯示出當今的岑寂，將興亡之感融入景中。「楊柳」與「東風」相呼應，而以「問」字領起，則又將景化實為虛，以顯運筆的變化，可謂能搖曳生姿。

《四庫全書簡明目錄》評戴復古詞「豪情壯采，直通蘇軾」，此詞似之。又況周頤曾謂其「以詩為詞」（《歷代詞人考略》卷三一），此詞正帶有這種痕跡，即有的地方運筆較硬，寫實有餘，空靈不足，但同時也具另一方面的優長，即筆力勁健，善頓挫轉折，特別是上闋歇拍之由懷古而傷今：「今如許！」令人感到有千鈞之力，撼人心魄。

關於此詞尚有兩點須加說明：一是創作時間。詞人〈西江月〉詞有「三過武昌臺下，卻逢三度重陽」之語，在宋寧宗嘉定十四年（西元一二二一年）曾在武昌寫作〈水調歌頭〉詞，這段時間詞人正遊歷湖湘一帶，這首〈滿江紅〉詞當作於嘉定十四年前後。二是所寫赤壁當係黃州赤壁。他從江東到武昌，曾經過黃州赤壁；從武昌到洞庭湖、長沙等地，又曾經過古戰場赤壁。但此詞所寫當是黃州赤壁。他的另一首〈滿庭芳〉詞有「赤壁磯頭，臨皋亭下，扁舟兩度經過。……三國英雄安在，而今但、一目煙波。風流處，竹樓無恙，相對有東坡」等語，首句與此詞完全相同，所寫即為黃州赤壁，可以參讀。他還有一首〈赤壁〉詩：「千載周公瑾，如其在目前。英風揮羽扇，烈火破樓船。白鳥滄波上，黃州赤壁邊。長江酹明月，更憶老坡仙。」亦可證明這一點。蘇軾〈念奴嬌〉詞用了一種圓通的說法：「人道是、三國周郎赤壁」，而戴詞則直接將黃州赤壁視為古戰場赤壁了。

232 祝英臺近

戴復古妻

惜多才，憐薄命，無計可留汝。揉碎花箋，忍❶寫斷腸句！道傍楊柳依依，千絲萬縷，抵不住、一分愁緒。

如何訴？便教緣盡今生，此身已輕許。捉月❷盟言，不是夢中語。後回君若重來，不相忘處，把杯酒、澆奴❸墳土。

【作者】戴復古妻，金伯華為其姓名，江東某富家女。

【詞牌】〈祝英臺近〉，又名〈英臺近〉、〈祝英臺〉、〈寶釵分〉等。此調有平、仄韻兩格，本詞為仄韻格。詳見前辛棄疾〈祝英臺近〉「詞牌」介紹。

【注釋】❶忍　怎忍。❷捉月　原指李白醉酒泛舟於江，捉江中月影。此處指在月影下。❸奴　古代婦女面對丈夫時的謙稱。

【語　譯】愛慕你的多才，可憐自己薄命，無計可留下你。揉碎彩色紙箋，怎忍書寫斷腸句！路邊楊柳依依，千絲萬縷，也抵不住一分愁緒。　如何訴說？即便今生緣分已盡，但此身已輕易相許。在月影下盟誓，不是夢中語。以後君若重來，不相忘時，持杯酒，澆到我的墳土。

【研　析】此詞實為一愛情悲劇中女主人公的絕筆。元陶宗儀《南村輟耕錄》卷四載：「(戴復古)未遇時，流寓江右武寧，有富家翁愛其才，以女妻之。居二三年，忽欲作歸計。妻問其故，告以曾娶。妻白之父。父怒，妻宛曲解釋，盡以奩具贈夫，仍餞以詞云……。夫既別，遂赴水死，可謂賢烈也矣。」明萬曆《黃巖縣志》卷六亦有類似記載：「復古嘗遊江右，富家翁金氏以女伯華妻之。居三年，復作歸計，伯華盡以其奩具贐之(臨離別時作為禮物贈送)，遂赴水死。比(及)復古歸，而前妻已亡。臨終題二句於壁云云(指「機番白苧和愁織，門掩黃昏帶恨吟」)。」戴復古已娶妻，隱瞞事情真相，又與他人結縭，其人品實大有可議，為人詬病。但伯華深愛其才，又有過兩三年熱烈的婚戀，竟然未加責難，表現出特有的寬容，臨別復贈以錢財以解其家庭之困頓(戴復古〈思家〉詩有「湖海三年客，妻孥四壁居。饑寒應不免，疾病又何如」之句)。她深知他們沒有未來，自己也不會另有所愛，竟然赴水了結自己年輕的生命。這件事的本身，已令人感歎萬分，再讀其絕命詞，更令人唏噓不已。

詞一開始即點出這場悲劇不可避免：「惜多才，憐薄命，無計可留汝。」多才，既是指富有才情，也是宋元俗語中對所愛的稱呼，如鄭僅〈調笑轉踏〉有「多才一去芳音絕」之語。一方面我深愛你，看重你的才情，另方面我太薄命，沒有與你長相廝守的福分。「無計可留汝」的潛臺詞是，你原本有家室，我不能因為愛戀你，而讓你的髮妻獨守空房，讓你的兒女失去父親的慈愛，因此無法留住你，分手已是必然。這幾句話已體現出這位女性情趣的高雅，她的擇偶標準，看重的不是錢財，也非潘安式的外貌，而是才情；同時也閃耀著為他人著想、自我犧牲的人格光芒。雖然明知分手不可避免，但內心仍有無限的留戀和痛苦的掙扎。她是一個有文化素養的女子，平日與夫君詩詞酬唱，臨到別時，鋪開花箋，想寫點什麼，可此時已是肝腸寸斷，如何言表？故說「揉碎花箋，忍寫斷腸句」！下面轉寫別時風景：「道傍楊柳依依」，用《詩經・小雅・采薇》「昔我往矣，楊柳依依」語意，眼前一派明媚春光，一方面以樂景反襯哀情，同時又即景生情，依依惜別：「千絲萬縷，抵不住、一分愁緒。」以「千絲萬縷」與「一分」對舉，可見愁緒之紛繁繚亂到了極點。「如何訴？」臨別時本有千言萬語，一時竟不知從何說起。以下「便教緣盡今生，此身已輕許」是詞人的內心獨白，不意今生緣分已盡，可我卻以身相許，當時何曾想到會有這般的意外。想至此，心中不免有深深的懊悔。再回憶定情時「捉月盟言，不是夢中語」，在月下山盟海誓，相約白頭到老，還歷歷在目，並不是虛幻的夢話，婚姻已是既成的事實啊！詞人內心悔恨交加，但這悔恨並沒有往對方身上發洩，一方面是自己還保有對男方的情愛，另一方面是只恨自己「薄命」，所以顯得哀而不怒。詞人對這段短暫而又情投意合的姻緣決心以死相殉，故有最後淒哀入骨的囑咐：「後回君若重來，不相忘處，把杯酒、澆奴墳土。」今日相別，已是永訣，你要是有機會重來，又還記得這段情緣的話，到我的墳上灑酒奠祭，則死亦可以瞑目了。詞人寫至此，想已是淚下如雨，而讀之者，亦是盪氣迴腸，為此愛情悲劇同聲一哭。

詞人用第一人稱，又全用白描、口語，顯得如此樸實、自然，又如此深情、溫婉，充滿理解與寬容，凸顯大度與堅貞。

十年之後，戴復古重來舊地，不忘舊情，作〈木蘭花慢〉詞，憶昔、悼亡：「鶯啼啼不盡，任燕語、語難通。這一點閒愁，十年不斷，惱亂春風。重來故人不見，但依然、楊柳小樓東。記得同題粉壁，而今壁破無蹤。　蘭皋新漲綠溶溶。流恨落花紅。念著破春衫，當時送別，燈下裁縫。相思謾然自苦，算雲煙、過眼總成空。落日楚天無際，凭欄目送飛鴻。」亦筆致綿麗，詞情哀婉。

233 綺羅香

詠春雨

史達祖

做冷欺花，將煙困柳，千里偷催春暮。盡日冥迷，愁裡欲飛還住。驚粉重、蝶宿西園❶，喜泥潤、燕歸南浦❷。最妨它、佳約風流，鈿車❸不到杜陵路❹。

沉沉江上望極，還被春潮晚急，難尋官渡❺。隱約遙峰，和淚謝娘❻眉嫵。臨斷岸、新綠生時，是落紅、帶愁流處。記當日、門掩梨花，翦燈深夜語。

【作　者】史達祖（生卒年不詳），字邦卿，號梅溪，汴（今河南開封）人。南宋寧宗朝韓侂冑為相，史為堂吏，表章及往來文字，俱出其手。開禧元年（西元一二〇五年）曾隨李壁使金。開禧三年，韓侂冑被殺，史遂貶死。有《梅溪詞》。姜夔序其詞，稱其「奇秀清逸，有李長吉之韻。蓋能融情景於一家，會句意於兩得」。尤長於詠物詞，「所詠了然在目，且不留滯於物」（張炎《詞源》）。

【詞　牌】〈綺羅香〉，調始見史達祖《梅溪詞》。唐秦韜玉〈貧女〉詩有「蓬門未識綺羅香，擬託良媒亦自傷」句，或為調名所本。雙調，一百零四字，上下闋各四仄韻（亦有下闋首句入韻，為五仄韻者），為仄韻格。另有減字一體。參見《詞律》卷十八、《詞譜》卷三十三。

【注　釋】❶西園　古有西園，此泛指一般園林。❷南浦　或指送別之地，此指水邊。❸鈿車　以螺鈿鑲嵌的車，此指華美之車。❹杜陵路　此處指京城郊外風景地。杜陵，漢代縣名。漢元帝在杜東原上築陵，故稱。❺還被春潮晚急二句　化用韋應物〈滁州西澗〉「春潮帶雨晚來急，野渡無人舟自橫」語意。❻謝娘　為唐代名妓，後用以代美人。

【語　譯】做成寒冷天氣，欺侮春花，如煙似霧，將柳圍困，千里廣袤，暗自催促春光，轉入春暮。整天陰暗迷濛，在愁裡欲飛又還稍住。蝴蝶因為驚怕花粉溼重而棲宿西園，燕子因欣喜春泥融潤而飛歸南浦。最妨礙人的風流佳會，華美車輛不得到達杜陵路。

遠望茫茫江水，還被晚來的春潮流急迷亂，難尋官家渡口。遙遠山峰隱約，好似美人流淌淚水的眉峰。臨絕壁，新的綠水上漲時，是落花帶著愁情流走之處。記得當日，雨打梨花，緊閉房門，剪除燈花，深夜共語。

【研析】此詞詠春雨，綰合愁情，精細有致，窮極工巧。發端三句以春雨擬人，融入春愁，先用對句起：「做冷欺花，將煙困柳」，一寫觸覺，一寫視覺，如寒似冷，如煙似霧，用「欺」、用「困」，明是怨雨，實為惜春。「千里偷催春暮」，拓展為無限空間，總收一句。「偷催」，帶有暗中漸進之意，花漸次凋落，柳漸次濃綠，春光漸盡，人的惜春之情寓於其中。下面直寫眼中景、心中情：「盡日冥迷，愁裡欲飛還住。」上面從一春著筆，此處從一天著眼，其與景相融的愁情與秦觀「無邊絲雨細如愁」（〈浣溪沙〉）頗為相似，只是一偏重於「冥迷」一片中的斷續，一著眼於無邊中的輕細如縷。「驚粉重、蝶宿西園，喜泥潤、燕歸南浦」則用七言對，以蝶、燕從側面烘托，二者一「驚」一「喜」，可謂善於為物設想，極為傳神。歇拍：「最妨它、佳約風流，鈿車不到杜陵路。」由愁雨轉到愁人，由於春雨連綿，道路泥濘，妨礙鈿車行駛，風情婉孌的佳期約會被耽誤，帶來許多遺憾。由此引出下闋的懷人情思。

換頭轉寫江上景象，與懷人結合：「沉沉江上望極，還被春潮晚急，難尋官渡。」目光轉向江上，盼人乘舟來會。此處化用韋應物「春潮帶雨晚來急，野渡無人舟自橫」詩語，既然春水茫茫無際，春潮晚來浪急，官家渡口難尋，則盼人之來，惟餘失望。再看遠山，「隱約遙峰」，猶如「和淚謝娘眉嫵」，用謝娘及「（卓）文君姣好，眉色如望遠山」（舊題劉歆《西京雜記》）兩典，以山擬為美人之眉，「和淚」擬雨中之態，別饒旖旎，然而可望而不可即。轉看河堤，「臨斷岸、新綠生時，是落紅、帶愁流處」，河岸漲痕新添，帶愁落紅飄遠，續將春雨與愁情綰合，並與前面的「欺花」、「愁裡」呼應，將愁情推至極深處。春雨寫至此，其義可謂盡矣，而詞人又由眼前宕開，別出新意：「記當日、門掩梨花，翦燈深夜語。」轉憶當日春雨中美好情事，「門掩梨花」，化用李重元〈憶王孫〉「欲黃昏，雨打梨花深閉門」詞語，「翦燈深夜語」用李商隱〈夜雨寄北〉「何當共剪西窗燭，卻話巴山夜雨時」語意，以見念往之情，並以昔樂反襯今愁，尤覺餘音裊裊。此下闋之後半段，曾得姜夔激賞，謂其「能融情景於一家，會句意於兩得」（《玉林詞話》）。

此詞詠春雨，言其前後左右，可謂神形畢肖，又於中融入愁情，達致情與景會。語言典雅精巧，特別是屬對工致。四言對，為詞中常見，尚不足為奇。吳梅在《詞學通論》中說：「（作詞）最難之處在上三下四對句」，並舉此詞「驚粉重、蝶宿西園，喜泥潤、燕歸南浦」、「臨斷岸、新綠生時，是落紅、帶愁流處」為例，謂「此詞中妙語也」。前一聯屬工對，後一聯屬流水對，富有變化而不雷同。

234

雙雙燕

詠燕

史達祖

過春社❶了，度簾幕中間，去年塵冷。差池❷欲住，試入舊巢相並。還相❸雕梁❹藻井❺。又軟語、商量不定。飄然快拂花梢，翠尾分開紅影。芳徑。芹泥❻雨潤。愛貼地爭飛，競誇輕俊。紅樓❼歸晚，看足柳昏花暝。應自棲香正穩。便忘了、天涯芳信❽。愁損翠黛雙蛾❾，日日畫闌獨凭。

【詞牌】《雙雙燕》，史達祖自度曲，見《梅溪詞》。詞詠雙燕，即以為名。九十八字，上闋五仄韻，下闋七仄韻，為仄韻格。另有九十六字一體。參見《詞律》卷十四、《詞譜》卷二十六。

【注釋】❶春社　古代在春分前後（西曆三月二十一日前後）祈穀的祭祀節日，燕子此時從南方飛來。❷差池　燕子飛行時羽毛舒展的樣子。《詩經・邶風・燕燕》：「燕燕于飛，差池其羽。」❸相　細看。❹雕梁　彩繪的棟梁。❺藻井　屋頂的一種井狀裝飾，中高而周邊低，如倒豎之井。上繪水藻，以壓火災。❻芹泥　燕泥。杜甫〈徐步〉詩：「芹泥隨燕嘴，花蕊上蜂鬚。」❼紅樓　女子妝樓。❽天涯芳信　古有燕足傳書之說。《開元天寶遺事・傳書燕》載，長安女紹蘭之夫，經商於湘中，數年不歸，遂以詩代書，繫於燕足。燕至湘中，夫得其書，次年歸家。芳信，佳美之信息。❾翠黛雙蛾　指美人之眉。

【語　譯】春社已過，從中間度過簾幕，來到去年塵積清冷的居處。展翅飛翔欲停留舊巢，試著雙雙重新入住。還仔細打量雕梁藻井，又呢喃軟語，商量不定。飄然飛出廳堂，快速掠過花梢，黑色燕尾剪開紅色花影。花徑的芳泥雨後融潤，愛貼地爭先恐後地翻飛，競相誇耀自己的俊美輕盈。很晚歸來紅樓，看足了昏黃時花柳的迷濛風景。應是在享受雙宿的香甜，便忘記了傳遞來自天涯的芳信。樓上美人雙眉緊鎖，愁思縈繞，日日獨倚彩繪欄杆，空自等待佳音。

【研　析】燕，冬遷南方，春飛北地，係為人們所喜愛之候鳥，故古來專門詠燕之詩作甚多。詞中涉及燕之作品也不少，如溫庭筠〈菩薩蠻〉：「音信不歸來，社前雙燕迴。」晏殊〈浣溪沙〉：「無可奈何花落去，似曾相識燕歸來。」等等，但多半只是作為情感的對照物或表明時節、渲染環境而出現於詞中的，並非專門詠燕之作。專門詠燕之作當始於北宋陳堯佐之〈踏莎行〉：「二社（指春社與秋社。此處指春社）良辰，千家庭院。翩翩又見新來燕。鳳凰巢穩許為鄰，瀟湘煙暝來何晚。亂入紅樓，低飛綠岸。畫梁時拂歌塵散。為誰歸去為誰來，主人恩重珠簾捲。」通首詠燕，「亂入紅樓」幾句寫燕亦極形象，但看得出來，「鳳凰」二句及「為誰歸去」二句，作者是有意運用比興手法，明顯地表達一種依附賢臣過晚和對對方感恩的情思。如果拿它與史達祖的詞作對照，我們會感到後者詠雙燕，更為細膩生動，形神逼肖，它所含比興在有意無意之中，具含蓄蘊藉之妙。

〈雙雙燕〉寫燕，其所以形神逼肖，是作者在手法上寫實與擬人並用。上闋多用寫實，但亦有擬人。「過春社了」三句點明來時季節、重到舊家樓堂去年所築泥巢，「度簾幕中間」，似是輕車熟路，而今「塵冷」正是與去年新築時相對照的感覺。「差池欲住」四句，用四個鏡頭，對雙燕作了連續性的動態描繪，一是「差池欲住」，作飛翔考察；二是「試入舊巢相並」，考察之後，雙雙試探入巢；三是「還相雕梁藻井」，入巢之後，轉側張望，似在打量周圍環境；四是「又軟語、商量不定」，對內在環境與外在環境考察完畢，互相久久商量，作出最後決斷，這裡有對視的、親昵的形體動作，也有呢喃溫軟的輕柔樂音。對這一組動作，詞人用了「欲」、「試」、「還」、「又」幾個虛詞加以貫串，一氣呵成。說牠們「商量不定」，只是形容商量時間之長，實際上是商量已定：「就這兒安家吧！」只不過是詞人把它省略了，而讓後面所發生的一切暗地裡作了補充說明。既定之後，牠們就快速穿出樓堂，去享受那外面的精彩世界。「飄然快拂花梢，翠尾分開紅影」，寫雙燕覓食，開始了在這裡繁忙的新生活。前一句重在寫其飛速之驚人，如箭一般掠過花梢；後一句重在寫其姿態之美妙，翠尾、紅影，交相映襯，色彩絢麗非常。

下闋寫法是擬人為主，輔以寫實。燕子覓食之外，還須重整舊巢。在百花齊放的園圃路上，雨後的融泥正適合修築燕巢之用。「愛貼地爭飛，競誇輕俊」寫燕啄春泥，何等輕捷！用「愛」、「競誇」，賦予牠們以人的情感，顯示燕的生活既充滿辛勞，又充滿歡快。勞作、嬉戲，享受大自然對春美不勝收的賜予，使牠們簡直流連忘返，直到「看足柳昏花暝」才晚歸「紅樓」。詞寫至此，將燕之定巢、活動，已然寫畢。故以下轉入人事，「應自棲香正穩。便忘了、天涯芳信」，這是紅樓中人對牠們的埋怨，埋怨牠們的樂而忘返、玩忽了傳遞信息的職責，造成了自己的獨守空閨。最後出現閨中人的形象：「愁損翠黛雙蛾，日日畫闌獨凭。」她在日日獨自憑欄等待中，愁眉不展，心情蕭索。她所居的紅樓，有雕梁、藻井、畫欄的裝飾，十分華美，如今面對的又是美麗如畫、萬物活躍的春光，良辰美景，卻是「獨坐獨行獨臥」，本已百無聊賴。眼前的雙燕，牠們的雙宿雙飛，牠們的形影不離，牠們呢喃軟語時的深情款款，牠們追逐中的快樂忘情，對她來說，都是一種獨處的反襯。沈義父《樂府指迷》云：「作詞與詩不同，縱是花卉之類，亦須略用情意，或要入閨房之意。」如蘇軾〈水龍吟〉（似花還似非花）詠楊花即是如此，因此沈氏這一觀點也適用於其他詠物詞。〈雙雙燕〉詞也符合這一創作要求。

這首詞僅從詠燕的角度言，亦可謂是「人巧極天工矣」（王士禎《花草蒙拾》）。從「要入閨房之意」看，亦極低徊旖旎，韻味悠長。如果我們再聯繫作者的經歷來看，或另有深意。劉永濟《唐五代兩宋詞簡析》指出：「觀其『紅樓歸晚，看足柳昏花暝』之句，言外蓋有所指。考邦卿為韓侂胄中書堂吏，凡韓有所作為，邦卿無不知者，其中不少昏暝之事，皆邦卿所『看足』也。」此種心事或係從不經意中流出，正是無意為比興而比興意在。

235　瑞鶴仙

史達祖

杏煙嬌溼鬢❶。過杜若❷汀洲❸，楚衣❹香潤。回頭翠樓❺近。指鴛鴦沙上，暗藏春恨。歸鞭隱隱。便不念、芳盟未穩。自簫聲❻、吹落雲東，再數故園花信❼。

誰問？聽歌窗罅，倚月鉤闌❽，舊家❾輕俊。芳心一寸。相思後，總灰盡❿。奈春風多事，吹花搖柳，也把幽情喚醒。對南溪、桃萼翻紅，又成瘦損。

【詞牌】〈瑞鶴仙〉，又名〈一捻紅〉。唐蘇頲〈龍池樂章〉有「恩魚不似昆明釣，瑞鶴長如太液仙」句，調名或本此。始見宋周邦彥《清真集》。應以周詞為正體，但南宋人填詞多依史達祖詞體式。雙調，一百零二字，上闋七仄韻，下闋六仄韻，為仄韻格。另有減字、增字數體及楚辭體、獨木橋體。參見前袁去華〈瑞鶴仙〉「詞牌」介紹。

【注釋】❶杏煙嬌溼鬢　即杏煙溼嬌鬢。語本李賀〈馮小憐〉詩：「裙垂竹葉帶，鬢溼杏花煙。」❷杜若　香草名。❸汀洲　水中小洲。《楚辭・九歌・湘夫人》：「搴汀洲兮杜若。」❹楚衣　楚國女子所著衣。楚女腰細，此形容其身段窈窕。李商隱〈效長吉〉詩：「長長漢殿眉，窄窄楚宮衣。」❺翠樓　翡翠樓之簡稱。李白〈別內赴征〉有「翡翠為樓金作梯」之句。用為對婦女華美妝樓之通稱，如王昌齡〈閨怨〉詩：「閨中少婦不知愁，春日凝妝上翠樓。」❻簫聲　《列仙傳》載，蕭史善吹簫，後娶秦穆公女弄玉，同飛仙而去。此處用以代指情郎。❼花信　自小寒至穀雨共八個節氣，一百二十日，每五日為一候，計二十四候，每候應一花信。如小寒，一候梅花，二候山茶，三候水仙。❽鉤闌　曲折之欄杆。❾舊家　從前。

李清照〈南歌子〉：「舊時天氣舊時衣，只有情懷、不似舊家時。」❿芳心一寸三句　李商隱〈無題〉詩：「春心莫共花爭發，一寸相思一寸灰。」

【語　譯】杏花煙雨打溼了嬌美髮鬢。行過長滿杜若的汀洲，身上窄窄楚衣芳香溼潤。回頭觀看，翠樓很近。手指沙上鴛鴦，心頭暗藏春恨。你此番歸家，揚鞭隱隱遠去，便不念我芳心相許，感到盟約未穩。自你的簫聲，消失在雲東，我便掐指數著你故園的花信。　有誰來問訊？我這在窗口聽歌、憑欄覩月，原本輕倩俊俏的女子。現在一寸芳心，陷入相思後，盡成灰燼。可奈春風多事，吹花搖柳，將我埋於心底的春情喚醒。面對南溪，看著紅色桃花綻放，可歎身腰又成瘦損。

【研　析】此詞係代言，寫一女子之念遠情懷。詞之發端「杏煙嬌溼鬢。過杜若汀洲，楚衣香潤」，以景物襯托，對其作動態描寫，展示出女主人公的嬌媚與風采。這是一個美麗的季節，正值「杏花春雨江南」，汀洲杜若生香。她走出樓臺，應該是出來散散心吧，紅色杏花中的濛濛煙雨打溼了她的鬢髮，她步向汀洲，杜若的芳香，熏染她那裹著苗條身材的衣裳。有香有色，雖只寫她的頭髮與衣裳，不寫她的面容與身段，但一個嬌美玲瓏的女子已出現在讀者的面前，這種側面描寫的手法，果然很是高明。「回頭翠樓近」，補敘一句，她是從「翠樓」中走出來的，顯示出她的居室也很華美。居室的華美也是對人物的一種襯托。「指鴛鴦沙上，暗藏春恨」二句承上啟下，「沙上」承「汀洲」，「鴛鴦」的成雙成對、長相廝守，則是一種反襯，故而引惹出了內心深處的「春恨」。

以下就「春恨」加以抒發，全都是女主人公的內心獨白。她恨他踏上歸途以後，便不顧及她內心的痛苦和憂慮，怨忿之情溢於言表。又借用蕭史吹簫典故，以「自簫聲、吹落雲東」的靈動之語，點明情郎東向遠行。他一離開，她就在扳著指頭數他的故園，已到了哪一番花信。也許他們之間曾經有過一個約定，要在某個時候再度相見，而現在已是杏花信風來到的時節。

詞作打破上下段的界限，下闋所寫仍是這位女子的內心獨白：現在有誰再來關愛我？我是如此孤寂，無論是「聽歌窗罅」，還是「倚月鉤闌」，都是獨自一個。這裡實暗含了一種與昔時的對比，從前可是一同欣賞音樂、並肩看月的啊！大有不勝昔樂今愁之感。如今沒有人來憐惜「舊家輕俊」了，我因苦苦相思，已由往昔的輕靈俊美而變得有幾分憔悴了。這是從自己的外形而言。從內心來說：「芳心一寸。相思後，總灰盡」，此處用李商隱「春心莫共花爭發，一寸相思一寸灰」詩意，極寫美好情愫已化成灰燼，心境無限悲涼。寫至此，情緒已跌入低谷，下面「奈春風多事，吹花搖柳，也把幽情喚醒」三句，復又振起。說芳心已化為灰燼，實際上那裡還埋伏著不滅的火星，故春風吹又生，重新燃燒起來。詞的結尾：「對南溪、桃萼翻紅，又成瘦損。」又復轉為低抑，從時間推移與人的形貌變化兩方面來寫相思的痛苦。杏花風過，接著是李花、桃花，如今桃花又將開放了，而遠方的人卻沒有信息；昔時的「輕俊」，而今「又成瘦損」，真是「為伊消得人憔悴」！「對南溪、桃萼翻紅」，係眼前景，則可知前面所寫係回憶中情事，次第寫來，虛中有實，反覆纏綿，千迴百折，尤見柔情萬種。

此詞以「春恨」為主幹，以「花信」為時間線索，以內心獨白為主要表現方式，將多情與薄情兩相對照，細膩地表現出一種哀愁美、淒怨美，其風格屬於婉約一路。

236 八歸

史達祖

秋江帶雨，寒沙縈水，人瞰畫閣愁獨。煙蓑散響❶驚詩思，還被亂鷗飛去，秀句難續。冷眼盡歸圖畫上，認隔岸、微茫雲屋❷。想半屬、漁市樵村，欲暮競然竹❸。

須信風流未老，憑持酒、慰此淒涼心目❹。一鞭南陌，幾篙官渡，賴有歌眉❺舒綠。只匆匆眺遠，早覺閒愁挂喬木❻。應難奈❼，故人天際，望徹淮山❽，相思無雁足❾。

【詞　牌】〈八歸〉，雙調，有平仄韻兩格。仄韻格首見姜夔《白石詞》，為姜夔自度曲。上下闋各四仄韻，共八韻，如本詞。平韻格首見高觀國《竹屋癡語》。詳見前姜夔〈八歸〉「詞牌」介紹。

【注　釋】❶散響　漁人散網落水有聲。❷雲屋　遠處房屋蒼黑若雲。❸然竹　燃竹。柳宗元〈漁翁〉：「漁翁夜傍西巖宿，曉汲清湘燃楚竹。」❹心目　心與眼。主要指內心。曹丕〈與吳質書〉：「追思昔遊，猶在心目。」❺歌眉　歌女之眉。❻喬木　木之高大者。此處指故鄉。江淹〈別賦〉：「視喬木兮故里，訣北梁兮永辭。」❼奈　耐。葛勝仲〈行香子〉詞：「漸老人、不奈悲秋。」❽淮山　指揚州一帶的山。揚州為當時淮南東西兩路治所。劉德仁〈送友人下第歸揚州觀省〉詩：「雨斷淮山出，帆揚楚樹移。」❾雁足　指代書信。《漢書・蘇武傳》載，漢昭帝即位後，匈奴與漢和親，漢求武等。匈奴詭言武死。後漢使依常惠之說，謂天子於射獵中得雁，足上繫帛書，言蘇武等在某澤中。匈奴不得已遂遣蘇武等歸。後以雁足指代書信。

【語　譯】秋江上空雨在飛灑，寒涼沙灘秋水縈繞，人在雕畫精美之樓閣，憂愁孤獨遠眺。煙雨中披蓑漁人散網的響聲驚動了詩思，還被飛去的亂鷗帶走，精美的詩句難以繼續。帶著冷靜的眼光，將視線盡投射於圖畫上，辨認隔岸微茫中蒼黑如雲的房屋。想來一半是屬於漁市樵村，天將暮時，競相燃燒野竹。　應當相信風流之人未老，憑持杯飲酒，安慰這淒涼心目。在南邊道路響起聲聲馬鞭，在官家渡口乘坐撐篙船隻，幸喜有歌女之美眉舒送黛綠。只是匆匆眺望遠方，早覺有閒愁懸掛於喬木。應難耐，故人遠在天際，望盡淮山，相思中沒有傳書雁足。

【研　析】此詞係羈旅之中思親念友之作。「人瞰畫閣愁獨」一句，是詞的中心，它不僅標出人之所在地點——畫閣，點出此時行為——遠「瞰」，而且明示此時心情——愁獨。全詞以此中心展開景物描寫，抒發內心感受。「秋江帶雨，寒沙縈水」，起始即用一對句寫所見江面景觀，可知畫閣臨江，正值秋季，而此時江面煙飛雨灑，氣候寒涼，水繞沙灘，從而營造出一個淒清的環境氛圍。此情此境，觸發內心詩思，正如韓偓〈曲江夜思〉詩所云：「大抵世間幽獨景，最關詩思與離魂。」然而詩思卻被意外的聲音所打斷：「煙蓑散響驚詩思，還被亂鷗飛去，秀句難續。」這聲音即是江中披蓑漁人撒網的聲音，自己的視線又被飛翔的亂鷗所吸引，故難以成篇。一方面寫詩思的中斷，所謂「被亂鷗飛去」，便將無形的情思，化而為實，令人想起姜夔「冷香飛上詩句」的描寫；同時又借詩思驚斷描寫江中景物，有聲有色，有點有面，高下相須，如圖似畫，極為清虛靈動。「冷眼盡歸圖畫上」，承上啟下，而以「圖畫」二字總之。然後視線由江中轉向對岸：「認隔岸、微茫雲屋。」在煙雨迷濛之中，看隔岸的房屋，不甚分明，只覺得有如一團團黑雲。如此寫來，十分真切。因為不能親臨其境，看個真切，只能是揣想：「想半屬、漁市樵村，欲暮競然竹。」那應該是漁夫、樵子居住、交易之處，而此時又正值日暮，是晚炊的時刻，戶戶燃竹，炊煙裊裊，更覺其煙雲微茫隱約。這種日暮競燃野竹的景象，寓示著正是家人相聚的時刻，不免觸發詞人漂泊中的思鄉之情！

詞之上闋重在融情入景，下闋則多直抒其懷。「須信風流未老」，可知作者創作此詞之時，正當中壯年，詩酒風流，興致未減，故有「憑持酒、慰此淒涼心目」之舉，借飲酒以消減眼前所見引發的淒涼況味。「一鞭南陌，幾篙官渡，賴有歌眉舒綠」三句，回想旅途情景，時或策馬揮鞭於陸路，時或乘舟撐篙於江上，水驛山程的旅途，尚有能解漂泊羈愁者，是聽歌女的演唱，欣賞她們的青春美貌。「歌眉舒綠」，係以局部之美代整體，又，突出歌唱時眉之揚斂的表情。以上「持酒」、「歌眉」等語，情緒稍稍振起。以下「只忽忽眺遠，早覺閒愁挂喬木」，再由回憶轉到眼前，「眺遠」的「隔岸」景觀引發出無限鄉愁，用「只忽忽」、「早」的虛詞遞進，以見鄉愁之深濃。所謂「閒愁」並不輕閒；「愁」本抽象之物而曰「挂喬木」，便化而為一種似乎可視之物象，其寫法或受李白〈金鄉送韋八之西京〉詩「狂風吹我心，西掛咸陽樹」之語的啟發，屬詞人浪漫的想像。結拍：「應難奈，故人天際，望徹淮山，相思無雁足。」復由對親情的渴望轉向對友情的追求，但友人遠在天際，信息渺茫，進一步將一腔羈旅孤獨之情寫足，而「望徹淮山」又與發端之「人瞰畫閣」相呼應，以見章法之嚴密。

此詞寫羈愁，運筆清疏，風神俊朗，極有韻味，唐圭璋謂：「此首寫景神似白石（姜夔）。」《唐宋詞簡釋》無疑受到白石詞創作的影響。

237 齊天樂

白髮

史達祖

秋風早入潘郎鬢❶，斑斑❷遽驚如許。暖雪侵梳，晴絲❸拂領，栽滿愁城❹深處。瑤簪謾妒。便羞插宮花❺，自憐衰暮。尚想春情，舊吟淒斷茂陵女❻。

人間公道惟此，歎朱顏❼也恁❽，容易墮去。涅❾了重緇❿，搔來更短，方悔風流相誤。郎潛⓫幾縷。漸疏了銅駝⓬，俊遊⓭儔侶。縱有黟黟⓮，奈何詩思苦。

【詞牌】〈齊天樂〉，又名〈齊天樂慢〉、〈如此江山〉、〈臺城路〉等。雙調，一百零二字，上下闋各五仄韻，有的首句入韻，則上闋為六仄韻。另有增為一百零三字、一百零四字者。詳見前姜夔〈齊天樂〉「詞牌」介紹。

【注釋】❶潘郎鬢　晉潘岳〈秋興賦序〉：「余春秋三十有二，始見二毛。」賦云：「斑鬢髟以承弁兮，素髮颯以垂領。」後以「潘鬢」指中年鬢髮初白。❷斑斑　白髮眾多的樣子。❸晴絲　原指蟲類所吐、在晴空中搖漾的絲，此處指白髮。❹愁城　愁苦境地。庾信〈愁賦〉云：「攻許愁城終不破，蕩許愁門終不開。」（《海錄碎事》卷九引）周邦彥〈滿路花〉詞：「簾烘淚雨乾，酒壓愁城破。」❺宮花　科舉時代進士及第皇帝賜宴時所戴花。❻茂陵女　指司馬相如欲娶之女。劉歆《西京雜記》載：「司馬相如將娉茂陵女為妾，卓文君作〈白頭吟〉，相如乃止。」❼朱顏　年輕時的容顏。❽恁　如此。❾涅　為礦物名，古時用作黑色染料。❿緇　黑色。⓫郎潛　指久潛（沉）於郎位。《漢武故事》載：「顏駟不知何許人，漢文帝時為郎，至武帝，輦過郎署，見駟龐眉皓髮，是問曰：『叟何時為郎，何其老也？』答曰：『臣文帝時為郎，文帝好文，而臣好武；至景帝好美，而臣貌醜；陛下即位好少，而臣已老。是以三世不遇，故老於郎署。』上感其言，擢拜會稽都尉。」⑫銅駝　洛陽街道名。《洛陽記》：「洛陽有銅駝街，漢鑄銅駝三枚，在宮西四會道相對。俗語曰：『金馬門外集眾賢，銅駝陌上集少年。』」⑬俊遊　賢俊之流。⑭黲黲　黑色。歐陽脩〈秋聲賦〉：「黲然黑者為星星。」

【語　譯】秋風早早吹入潘岳鬢髮，遽然驚異白髮眾多如此。如暖雪般侵入梳篦，如晴絲般輕拂衣領，栽滿愁城深處。玉簪空懷嫉妒。便也羞於插戴宮花，自己歎憐年老衰暮。還想到青春時的激情，曾如相如追求茂陵女子，為淒斷的歌吟所阻。　惟有頭上白髮，是人間公平之事，感歎朱顏也是這般容易消失。染髮使之重新變黑，結果用手搔來更短，才悔恨被追求風流所誤。郎潛老叟僅剩幾縷白髮。漸漸地疏遠了銅駝巷陌，賢俊儔侶。縱然有黲黲黑髮，奈何為詩思所苦。

【研　析】此詞屬詠身體類。運用慢詞（今稱「長調」）形式吟詠人體者，此前有劉過的〈沁園春〉詠「美人指甲」、「美人足」，二詞堪稱纖麗，但少情致，有的描寫被人稱為「頗乖大雅」。史氏此詞詠白髮，卻打并入身世之感，又別具一格。

詞一開始，即將秋風與白髮相聯繫：「秋風早入潘郎鬢，斑斑遽驚如許。」當是受到歐陽脩〈秋聲賦〉的影響。〈秋聲賦〉末尾云：「草木無情，有時飄零。人為動物，惟物之靈。百憂感其心，萬事勞其形。有動於中，必搖其情，……宜其渥然丹者為槁木，黲然黑者為星星（白髮）。」這段話可作為此二句之注解。秋風，是衰瑟的自然現象，也成了催人衰暮的推力。潘鬢本已早白，況又「秋風（暗自）早入」，故對白髮叢生，大感驚異。此「驚」字中，已暗含有感歎。「暖雪侵梳，晴絲拂領，栽滿愁城深處」三句，正面寫白髮情狀。前兩句為精美對仗，第一句用「雪」以狀其色，而以「暖」形容，則與人之體溫相關；第二句以「晴絲」狀其細長而帶亮色。「侵梳」、「拂領」，則將情狀次第寫來，「侵」字，狀白髮嵌入梳齒之間，尤顯精警。第三句屬於虛寫，將滿頭白髮與內心愁情相聯繫，但說「栽滿愁城深處」，既將白髮化實為虛，又將抽象愁情化為可視之具象。

以下進一步寫衰暮之感，並融入仕途坎坷不順的慨歎。先用擬人手法從旁面著筆：「瑤簪謾妒。」謂玉簪想插入黑色髮髻而不可得，故空懷嫉妒之心。「便羞插宮花，自憐衰暮」寫自身心態，用蘇軾〈答陳述古〉「人老簪花卻自羞」詩意。詞人一生，科場失意，未能進士及第，所謂「羞插宮花」，應與此相關。仕途的崎嶇、寥落，乃是導致白髮侵梳、拂領的原因。在衰暮之年，「尚想春情，舊吟淒斷茂陵女」，用司馬相如追求茂陵女、為卓文君賦〈白頭吟〉所阻故事，說自己曾有過像相如那樣的激情，有過與愛人共度韶光的美妙時刻，然而這一切都成往昔，只存於回憶之中。詞人寫有〈壽樓春〉悼亡詞，其中有「裁春衫尋芳。記金刀〈剪刀〉素手，同在晴窗」的美好記憶，有「誰念我，今無裳」、「飛花去，良宵長」幽明兩隔的悲苦。所謂「舊吟淒斷」，從所用典故上看，似指卓文君的〈白頭吟〉（「白頭」關合白髮），實際上是指自己的悼亡悲情。既有仕途的失意，又遭遇愛情之花的凋謝，人安得不白髮斑斑乎！

換頭由眼前宕開：「人間公道惟此，歎朱顏也恁，容易墮去。」由己及人，由個別上升到一般的規律。用語則本於杜牧〈送隱者一絕〉：「公道世間惟白髮，貴人頭上不曾饒。」不獨白髮如此，朱顏也同樣容易失去。這樣的生命歷程，人人都不可避免。有人想用人為的方法逆轉這一軌跡，葆其青春，享受浪漫愛情，結果只會帶來悔恨：「涅了重緇，搔來更短，方悔風流相誤。」此處用南朝宋陸展的故事，《南史・謝靈運傳》引：「陸展染白髮，欲以媚側室（妾）。」又用杜甫〈春望〉「白頭搔更短，渾欲不勝簪」詩語，用事實說話，發表議論，糅合兩典，極為渾成。

末了又由一般規律，再轉向自身愁苦：「郎潛幾縷。漸疏了銅駝，俊遊儔侶。」漢代顏駟的長期沉潛下位，只剩得白髮幾縷，恰是自己的寫照。與高朋俊友遊歷洛城風光的機會，越來越少，表明知交已漸零落。這裡係借用秦觀〈望海潮〉詞「金谷俊游，銅駝巷陌」之語，南宋之洛陽已為金人所占領。結句「縱有黟黟，奈何詩思苦」用一假設語句，再落到詩人的身分上。即使我依舊風華正茂、鬒髮青青，能苦吟出精美的詩句，顯示出非凡的文采，那又將怎樣？依舊是懷才不遇，只能徒喚奈何！如此以青髮的結局收束全詞，更顯出對白髮的無奈，反覺回味無窮。

此詞詠白髮能不黏不脫。不脫，是處處不離白髮；不黏，是處處與人生遭遇相關，甚或推而廣之，與生命意識相關，這正是其高明之處。同時，作者運用大量與白髮相關的典故，善於融化其義，使難於言表的情思，曲折含蓄以達。其整體風格又有異於他詞之芊綿工麗，在沉鬱頓挫中挾帶有一種豪放之風。

238

滿江紅

九月二十一日出京懷古

史達祖

緩轡西風，歎三宿、遲遲❶行客。桑梓❷外、耡耰❸漸入，柳坊花陌。雙闕❹遠騰龍鳳影，九門❺空鎖鴛鸞❻翼。更無人、擫笛❼傍宮牆，苔花❽碧。

天相❾漢，民懷國。天厭虜，臣離德。趁建瓴❿一舉，并收鼇極⓫。老子豈無經世術，詩人不預平戎策。辦一襟⓬、風月看昇平，吟春色。

【詞牌】〈滿江紅〉，又名〈上江虹〉、〈念良游〉等。有平仄韻兩體。通用者為仄韻體，多押入聲韻（如本詞），亦可上去聲通押，雙調，九十三字，另有增字、減字數體。詳見前晁補之〈滿江紅〉「詞牌」介紹。

【注釋】❶遲遲　緩行的樣子。《詩經・邶風・谷風》：「行道遲遲。」❷桑梓　桑樹、梓樹為古代宅邊常種樹木，後用作故鄉的代稱。❸耡耰　農具，以泛指耕種。❹雙闕　宮門兩側之樓觀。❺九門　古制天子所居有九門：路門、應門、雉門、庫門、皋門、城門、近郊門、遠郊門、關門。後泛指皇宮。❻鴛鸞　本漢宮殿名。此處當指宮殿四角上翹之處的裝飾。❼擫笛　按笛。❽苔花　苔蘚鋪地成花形。❾相　扶助。❿建瓴　瓴為盛水瓶，居高屋之上而覆其水，喻勢之易。建，傾倒。⓫鼇極　即鼇脊。喻指天下。傳說海中大鼇，能力負蓬、瀛、壺三山，九州均在鼇脊之上。⓬辦一襟　使呈露於襟前、眼前。

【語　譯】在西風中拉著韁繩緩行，感歎旅居停留三日。桑梓樹外，漸漸看到操持耡耰的農夫和柳樹村坊、花草小徑。遠遠看到皇宮雙闕上面，飛騰龍鳳的影子，宮殿空鎖，簷角飛翹鴛鴦、鸞鳥的翅膀。更沒有人，依傍宮牆吹笛，只有地上，碧綠苔蘚錯雜成花。　老天扶助漢室，民眾懷念故國。老天厭棄胡虜，它的臣下離心離德。趁高屋建瓴一舉，一併收回天下。老夫豈無經世之術，只是詩人不能參預實現平虜的計策。且辦理一襟清風明月，看昇平氣象，吟詠春色。

【研　析】開禧元年（西元一二〇五年）南宋遣李壁使金，詞人隨行。七月起行，閏八月抵中都（今北京）。九月一日賀金章宗生辰，事畢返程，於九月中旬過汴京（今河南開封），二十一日離開。汴京係北宋都城，南宋人仍然稱「京」；詞人係開封人，故汴京又是其故鄉。重過故都、桑梓，聯想當今形勢，自有許多感慨。此詞題為「九月二十一日出京懷古」，名為「懷古」，實為傷今。

詞用平入法，從「出京」寫起：「緩轡西風，歎三宿、遲遲行客。」詞人對舊京充滿留戀，故離開時，是在西風中按轡緩行。離開前，在汴京曾有三日之停留。此處「三宿」，係暗用《孟子・公孫丑下》「予三宿而後出晝（晝縣），於予心猶以為速」之語意，含有停留時間太短的遺憾。接寫郊外所見：「桑梓外、耡耰漸入，柳坊花陌。」「桑梓」語意雙關，既是眼前所見樹木，也包含對故鄉的懷想。往昔的汴京城郊有如一座大的園林，正如孟元老《東京夢華錄》卷六所載：「大抵都城左近，皆是園圃，百里之內，并無閒（閑）地。次第春容滿眼，暖律暄晴，萬花爭出，粉牆細柳，斜籠綺陌，香輪暖輾，芳草如茵，……紅妝按樂於寶榭層樓，白面行歌近畫橋流水。」而此時所見惟是農田一片，中間點綴些柳樹村坊，花草小徑，已無復昔日之繁盛，不勝黍離麥秀之感。「耡耰漸入」，係「漸入耡耰」之倒裝。行至郊野，再回頭遠遠瞻望：「雙闕遠騰龍鳳影，九門空鎖鴛鸞翼。」昔時宮殿輝煌的影像隱約還在，但卻是空寂無人，一派寥落，深含物是人非之慨。歌拍更推進一層：「更無人、擫笛傍宮牆，苔花碧。」前二句反用唐明皇時李謨竊聽偷曲故事。明皇嘗於上陽宮夜後按新翻一曲。次夕潛遊燈下，忽聞酒樓上有笛奏前夕新曲，大駭之。詰問之，答以前夕竊聽宮中度曲記其譜。故元稹〈連昌宮詞〉有「李謨擫笛傍宮牆，偷得新翻數般曲」之句。此借唐之盛時比擬宋之盛時，今已不復有此太平絲竹之音。而宮殿院落人跡不至，惟剩苔蘚滿地，錯雜成花。對此繁華消歇的荒寂之景，詞人惟餘對故國的深沉哀悼之情。

詞之上闋主要通過對汴京的景物描寫寄託故國之思，層層推進，逐步深化。至下闋則轉為直抒胸臆，既有對形勢的樂觀估計，也有對自己的計謀不為所用的牢騷。詞人先就宋金兩國的天運民心作一對比：「天相漢，民懷國。天厭虜，臣離德。」這是有事實作為依據的，當時金國正處於內外交困的境地，兵連禍結，士卒塗炭，府藏空匱，國勢日弱，群盜蜂起，賦斂日繁，民不堪命，北地有人半夜求見使者，陳述形勢，亟盼南師北伐。此時，正值韓侂冑擬舉行開禧北伐的前夜，故詞人對交戰形勢懷有一種特別的樂觀情緒。同時，也寄厚望於這場戰鬥的勝利，對一舉收拾舊河山充滿信心。故下面接著說：「趁建瓴一舉，并收鼇極。」以下陡地一轉，抒發自身的牢騷。詞人對自己的仕進不順，屈身下吏的地位，不免感到英雄氣短，既無法參預謀劃大事，不免心懷憤懣：「老子豈無經世術，詩人不預平戎策。」帶有辛棄疾「卻將萬字平戎策，換得東家種樹書」（〈鷓鴣天〉）的憾恨。結拍又一轉：「辦一襟、風月看昇平，吟春色。」雖然自己不能參加北伐戰爭的謀劃，但可以一邊欣賞滿於襟前的清風明月，一邊享受勝利帶來的無限歡欣。情緒又復振起，轉向高昂。雖涉政局變化，表達卻極為形象，亦且空靈，運筆又有異於前。

南宋凡使金經過舊京者，多半有詩詞緬懷、追悼故國。如曾覿〈金人捧露盤〉過京師感懷寫道：「記神京，繁華地，舊遊蹤。……到如今、餘霜鬢，嗟前事，夢魂中。但寒煙、滿目飛蓬。」於大起大落中表露黍離之感；范成大則寫有組詩，對汴京的滄桑之變有更具體的描繪，同時也表達了北人的願望，如其〈州橋〉詩云：「州橋南北是天街，父老年年等駕迴。忍淚失聲尋使者，幾時真有六軍來？」史達祖此詞則將家國之恨與自己的愛國熱情相結合，既沉鬱頓挫，又具慷慨磊落之氣，在《梅溪詞》中別具一格。

239

玉蝴蝶

高觀國

喚起一襟涼思，未成晚雨，先做秋陰❶。楚客悲殘，誰解此意登臨❷？古臺荒、斷霞斜照，新夢黯、微月疏砧❸。總難禁。盡將幽恨，分付孤斟。　從今，倦看青鏡❹，既遲勳業，可❺負煙林。斷梗無憑，歲華搖落又驚心。想蓴汀❻、水雲愁凝，閒蕙帳、猿鶴悲吟❼。信沉沉，故園歸計，休更侵尋❽。

【作　者】高觀國（生卒年不詳），字賓王，號竹屋，山陰（今浙江紹興）人。與史達祖同時，常相唱和，曾與陸游等人交遊。有《竹屋癡語》一卷。陳廷焯評其詞「最雋快，然亦有含蓄處」（《白雨齋詞話》卷二）。

【詞　牌】〈玉蝴蝶〉，有令詞、慢詞兩類。令詞見《花間集》溫庭筠、孫光憲詞，慢詞見柳永《樂章集》。本詞屬慢詞，九十九字，為平韻格。參見《詞律》卷三、《詞譜》卷四。

【注　釋】❶秋陰　秋日陰霾。沈佺期〈遊少林寺〉詩：「紺園澄夕霽，碧殿下秋陰。」❷楚客悲殘二句　暗用楚宋玉〈九辯〉辭意：「悲哉秋之為氣也，蕭瑟兮草木搖落而變衰。憀慄（淒涼）兮若在遠行，登山臨水兮送將歸。」楚客，此處用指漂流在外的自己。❸砧　搗衣石，此處指搗衣聲。❹青鏡　青銅所製之鏡。杜甫〈早發〉詩：「僕夫問盥櫛，暮顏靦青鏡。」❺可　豈。❻蓴汀　生長蓴菜之水塘。❼閒蕙帳句　語本孔稚珪〈北山移文〉：「蕙帳空兮夜鶴怨，山人去兮曉猿驚。」蕙帳，香帳。❽侵尋　遂往漸進之意。

【語　譯】天氣尚未成為晚雨，先做成秋日陰雲，喚起一懷淒涼思緒。楚客悲感於草木凋殘，有誰能解會這登臨之意？古臺荒廢，有斷霞斜照映射，新夢黯淡，微月朦朧中聽到斷續搗衣聲。總難以禁受淒寂。盡將幽深愁恨，交付與獨酌自斟。　從今而後，懶於照看青鏡，勳業既遲遲求而不得，豈可辜負煙谷山林。斷梗沒有依憑，歲月凋零又令人驚心。想長滿蓴菜的池塘，鏡水碧雲都愁情凝聚，香帳虛設，猿鶴為之發出悲吟。雖音信沉沉，回歸故園之計，切勿再往後延遲。

【研　析】此詞別本題作「秋思」，抒寫羈旅愁情及宦途失意之感、歸隱山林之志。詞從描寫秋日傍晚天氣入手：「未成晚雨，先做秋陰。」天空雲靄黯淡，垂垂欲雨，但終究沒有落下，故以「秋陰」加以形容，並點明時節。「未成」、「先做」，帶有擬人色彩，如此寫景，顯得活絡。又是秋天，又值日暮，面對滿天陰霾，不免「心凜凜而懷霜」（陸機〈文賦〉），內心悲涼之感被觸發，故曰「喚起一襟涼思」。接言「楚客悲殘，誰解此意登臨？」在詞中實為倒敘，點出自己客居身分與登臨活動，是人物的出場，則前面所見所感，皆登臨時情事，同時借宋玉〈九辯〉悲秋之意抒發己之情懷，更以一反詰語，以無人理解，突出自己處境的孤獨。以下用一對句再推進一層：「古臺荒、斷霞斜照，新夢黯、微月疏砧。」上聯寫天氣有了變化，陰霾漸退，而出現了斜陽、斷霞，映照著荒廢的古臺。此仍係登臨所見。雖然有了點亮色，但斷霞、斜照、荒臺的意象組合，仍充滿淒涼、悲壯之感，其意境頗類柳永筆下之「漸霜風淒慘，關河冷落，殘照當樓」（〈八聲甘州〉）。下聯則轉入夜晚，從新夢中醒來，倍覺淒黯，而入耳者，惟是斷續的搗衣聲，以動襯靜，更添寂寥。此七言對句中，「斷霞斜照」、「微月疏砧」，又各為自對，可見詞人結撰之精心。「總難禁」，總寫心緒之起伏難平。如何排遣？只能「盡將幽恨，分付孤斟」，在自斟自酌中暫且忘卻幽愁暗恨。

上闋通過秋景之變化、時間之推移，重在寫旅途漂泊愁苦、寂寞情懷。但這種愁苦的深層原因是什麼？下闋作了回答：「從今，倦看青鏡，既遲勳業，可負煙林。」這裡反用杜甫〈江上〉「勳業頻看鏡」詩意，杜之頻頻照鏡，是為了省察自己的容顏，眼見日漸衰老而不能建立勳業而焦慮歎息，而詞人卻懶於照鏡，表明已是心灰意冷。既然遲遲不能建立勳業，便當歸隱山林。用「可負」的反詰語氣，更顯示出一種決心。詞人一如其友史達祖，未能進士及第，要踏入仕途，須找到某種依靠，也許，這正是他遊歷的目的，但宦遊無果，如「斷梗無憑」，而又值此「歲華搖落」之際，尤覺時光飛逝，令人動魄「驚心」，也更堅定了歸隱的志意。「想蓴汀、水雲愁凝，閒蕙帳、猿鶴悲吟」，用一對句將「可負煙林」的心思進一步具體化。前一句暗用張季鷹在洛陽見秋風起，思吳中蓴菜羹、命駕東歸故事（劉義慶《世說新語・識鑒》），後一句用孔稚珪〈北山移文〉中語意，都是用擬人手法從旁面加以襯托，所謂「愁凝」、「悲吟」，都是自我心情對外物的投射。既然故鄉的「水雲」、「猿鶴」亟盼我之歸去，我又豈能在外久久淹留！故以「信沉沉，故園歸計，休更侵尋」作結，以示回歸的迫不及待。

黃蘇評此詞云：「總是寫宦境蕭條因而思家之意，……通首清俊。」（《蓼園詞評》）所評甚是。詞人的遭遇與心態反映了一部分南宋士人仕進無門、流落江湖的悲涼。詞中的悲秋情緒及所攝取的景象與蒼茫意境，與柳永同類題材的作品，頗有相似之處，但此詞無疑更顯清雋、典雅。

240 醉落魄

高觀國

鉤簾翠溼。寒江上、雨晴風急。亂峰低處明殘日。雁字❶成行，寫破暮天碧❷。

故人天外長為客，倚闌一望情何極！新來得箇歸消息。去棹❸回舟，數過幾千隻。

【詞牌】〈醉落魄〉，為〈一斛珠〉之別名，又名〈醉落拓〉、〈怨春風〉。雙調，五十七字，上下闋各五句，四仄韻，為仄韻格。詳見前周紫芝〈醉落魄〉「詞牌」介紹。

【注釋】❶雁字　雁群成列而飛，其形如字，故云。蘇軾〈虛飄飄〉詩：「蜃樓百尺橫滄海，雁字一行書絳霄。」❷碧　青白色。❸棹　划舟所用工具。此指船隻。

【語　譯】用輕鉤捲起打溼的翠綠門簾。清寒的江上，由雨而晴，秋風緊急。錯雜的山峰低處，閃耀落日。雁字成行，寫破日暮天空青碧。　故人在極遠處長為旅客，我倚欄眺望情何迫切！最近得知歸來的消息。看江上遠去的和歸來的舟船，數過幾千隻。

【研　析】此詞寫友情，別具一格。發端「鉤簾翠溼」，一則寫天氣，綠色門簾因雨而溼，再則門簾用鉤掛起，以便人物出場。以下具寫倚欄眺望所見。「寒江上、雨晴風急」，可見是臨江遠眺，一「寒」字透露出季節的信息，即此時正值涼秋；同時寫出氣候的變化：由雨而晴，「風急」，既與「寒」相應，又與「晴」相關，即急風吹散了烏雲。目光透過寒江，再延伸到遠處的山巒，只見「亂峰低處明殘日」，落日正在山凹處，江山樓閣，斜陽映照，淒美而又壯麗。此時仰望長空，正「雁字成行，寫破暮天碧」。大雁此時由北而南，排成字陣，與藍天相映襯，構成面與線的宏大圖案，詞人用「寫破」形容，「破」字尤覺新穎，碧空本為一整體，似為雁字所劃破。以上俯視仰視、遠觀近看的境界，在涼雨「一番洗清秋」之後，顯得極為寥廓，以便為下面「故人天外」的描寫作勢。

下闋「故人天外長為客，倚闌一望情何極！新來得箇歸消息」三句，一則用逆敘之法點明上闋所寫乃「倚闌一望」所見，再則就「情何極」的原因作出交待。其所以在雨停之後，在簾幕尚「溼」之際，急急倚欄，是因為好友在遐方異域長久為客，新近得到消息即將歸來。三句平仄相同，第四字均用去聲，又句句押入聲韻，音調急促，氣脈連貫，最能表達急切相見之情。詞人之「倚闌一望」，雖有遠近高下之分，但視線最終集中於「寒江上」，盼望「天際識歸舟」（謝朓〈之宣城郡出新林浦向板橋〉），如今已是「去棹回舟，數過幾千隻」了。詞人遙望江船，不僅是歸舟，連離開遠去的船，也一併瞭望，已經數過幾千隻而猶未見故人蹤影，頗有「過盡千帆皆不是」（溫庭筠〈望江南〉）的怨意與焦灼，但仍繼續在「望」中。

全詞以「望」為中心，通過氣候、景物的變化，數量逾千的來往船隻，以見「望」之久，由望之久，以見情之切，層層推進，脈絡井然，結尾猶能餘音裊裊。而這一切又都是通過白描（惟首句「鉤簾翠溼」有點特別）來實現的，以淺語表深情，真不愧為詞壇高手。

241

鷓鴣天

盧祖皐

庭綠初圓結蔭濃，香溝收拾舊梢紅。池塘少歇鳴蛙雨，簾幕輕迴舞燕風。
春又老，笑誰同？澹煙斜日小樓東。相思一曲臨風笛，吹過雲山第幾重？

【作　者】盧祖皐（生卒年不詳），字申之、又字次夔，號蒲江，永嘉（今屬浙江）人。慶元五年（西元一一九九年）進士。歷官祕書省正字、校書郎、著作郎，權直學士院。與永嘉四靈遊，頗工於詩。著有《蒲江詞稿》。周濟謂其小令「時有佳趣」（《介存齋論詞雜著》）。

【詞　牌】〈鷓鴣天〉，又名〈思越人〉、〈思佳客〉、〈醉梅花〉等。雙調，五十五字，為平韻格。第三、四句一般用為對仗，如本詞。詳見前晏幾道〈鷓鴣天〉「詞牌」介紹。

【語　譯】庭樹已綠初顯清圓，枝葉結成濃蔭，枝頭香紅花瓣飛落溝中，隨著流水飄零。池塘稍稍停歇令蛙鳴鼓噪之雨，簾幕因舞燕帶動之風而輕輕飄動。　春天又漸漸遲暮，堪笑誰與之相同？應是澹煙斜日籠罩之小樓東。此時竹笛臨風奏出相思曲，不知吹過雲山第幾重？

【研　析】此詞寫相思之情，清雅圓融，情韻悠遠。上闋寫暮春雨後園庭之景。一場春雨過後，樹顯得更加翠綠，枝葉更顯繁茂，故開篇即以「庭綠初圓」加以描繪，強調的是樹的色彩、形狀，不直接寫樹，而用「綠」來替代，同時用一「圓」字狀其形，再以「結蔭濃」加以強調，並暗示雨過天晴，令人想起周邦彥〈滿庭芳〉「午陰嘉樹清圓」的描寫，明麗的色彩中透露出一股生氣。第二句「香溝收拾舊梢紅」，寫另一種景象：落紅。運筆空靈活絡，不直說花之香，而說「香溝」，花墜於水中使溝水為之變香；不說梢頭之花飄落溝中，而說溝水「收拾」，溝水由被動變為主動，帶有擬人特點；流水之中，又突出花之色澤：「紅」，水光花片，十分耀眼。雖涉衰暮之象，並不特別令人傷感。與上句聯繫看，正顯示出季節的自然變化。三、四句用一七言對句，分寫聽覺與視覺，顯示暮春一日季候之變。春雨過後，蛙鳴喧鬧，楊萬里〈和聞蛙詩〉曰：「春來真底好，此輩正縱橫。身作泥中計，聲從雨後增。」寫的正是這種情景。「池塘少歇鳴蛙雨」，則寫雨停後景況。此時微風吹拂，紫燕雙飛，簾幕輕飄，而謂「簾幕輕迴舞燕風」，則簾幕之風，似與燕之飛舞相關。此等想像，極為優美，的是詞語。而「簾幕」的出現又為下闋主人公的出現作了鋪墊。

「春又老，笑誰同？」前句可說是對上闋春景的總結，「老」者，擬人之詞，春已快走到盡頭；「笑誰同」，省卻主語，又用疑問語氣出之，實是自笑與春同老，帶有自嘲意味。此人在何處？「澹煙斜日小樓東」，人在小樓之東，此時日已偏西，澹煙籠罩。從詞之結構言，明其前面所見景物係站立樓東所見，乃用逆敘之法；從寫景言，「斜日」又與前面「池塘少歇鳴蛙雨」相呼應；從時間變化言，已由白天轉變到蒼茫暮色的時刻，此時氛圍，最易觸發、加重相思之情，故此引發出下面臨風吹笛之舉。「相思一曲臨風笛，吹過雲山第幾重」，笛聲瀏亮清越，乘載春風，飄過天幕，跨越山峰，傳向遠方，它究竟吹過雲山第幾重？能否送達到所思的人的耳邊？以疑問作結，增人遐想，令人挹之無盡，覺其餘味無窮。

此詞不同於同類題材作品抒發的傷春念遠之情或美人遲暮之感，而是運用清勁之筆表露出悠遠之思，它不膠著於具體的情事，因而顯得格外空靈悠遠，情懷高曠，故能別具一格。

242 醉桃源 春景

嚴仁

拍堤春水蘸垂楊，水流花片香。弄花噆❶柳小鴛鴦，一雙隨一雙。

簾半捲，露新妝，春衫是柳黃❷。倚闌看處背斜陽，風流暗斷腸。

【作　者】嚴仁（生卒年不詳），字次山，號樵溪，邵武（今屬福建）人。與嚴羽、嚴參，號稱「邵武三嚴」。嚴仁好古博雅，工詞。《文獻通考》著錄其《清江欸乃集》一卷，已失傳。存詞三十餘首，大多情致婉孌。

【詞　牌】〈醉桃源〉，即〈阮郎歸〉。又名〈宴桃源〉、〈好溪山〉、〈碧桃春〉等。雙調，四十七字，為平韻格。詳見前晏幾道〈阮郎歸〉「詞牌」介紹。

【注　釋】❶唼　叼；銜。❷柳黃　嫩柳鵝黃色。

【語　譯】拍擊堤岸的春水蘸著垂楊，水中漂流花瓣散發芳香。嬉弄花片叼著柳絮的小鴛鴦，一雙隨著一雙。門簾半捲，伊人露出新妝，春衫顏色是柳黃。倚欄眺望，身子背著斜陽，風情萬種，暗自傷心以至斷腸。

【研　析】此詞寫春景極富畫意。詞之上闋以池塘為中心，春水拍堤，春波瀲灩，聲光組合，如在目前；堤上垂楊，柳絲倒映，數枝蘸水，更覺畫意天成。故第一句「拍堤春水蘸垂楊」，寫池塘漣漪而又帶出陸地景物，二者相映成趣，有聲有色，動靜相宜。第二句寫水中落花，表明已屆暮春時節。但「水流花片香」，卻含愉悅之情，一個「香」字透露了其中信息。與「一片花飛減卻春，風飄萬點正愁人」（杜甫〈曲江〉）、「流水落花春去也，天上人間」（李煜〈浪淘沙〉）大異其趣。不僅如此，水面上還有一雙又一雙的鴛鴦在遊弋嬉戲，鴛鴦本已令人感到可愛，而「小鴛鴦」尤令人覺其可憐可喜，牠們時而「弄花」，時而「唼柳」，悠然自得。「唼」字雖較生僻，但用得極好，尤能顯示小鴛鴦嬉遊之樂。水中的紅色花片、似錦鴛鴦，不僅成了畫面的中心，更使整幅圖畫變得明麗、鮮活起來。況周頤評說此段：「描寫芳春景物，極娟妍鮮翠之致，微特如畫而已。政恐刺繡妙手，未必能到。」（《蕙風詞話》卷二引《織餘瑣述》）此評極為的當，說它如畫，高明的畫家不能傳其聲，說它如刺繡，刺繡妙手難以傳其情。

下闋是「春景」的另一組成部分。「簾半捲，露新妝，春衫是柳黃」，伊人從樓閣中走出，半捲珠簾，露出了新妝。伊隨著季節的變化，卸下了厚重的冬衣，穿上了嫩柳鵝黃色的薄薄春衫。此處寫人，不去刻畫她的體態、面龐的嬌美，只突出她衣服的顏色。這嫩柳鵝黃，相對於厚重的冬衣，無疑令人眼前一亮，雖不直接寫人，由此明麗的色彩，可以想見其人的千嬌百媚。用筆極其簡省，真乃以少少許勝多多許！她從樓閣走出來，倚欄眺望，「倚闌看處背斜陽」，可見此時正值夕陽西下，暮色即將來臨，而黃昏最是引人念遠的時刻，可以想見她是在「天際識歸舟」（謝朓〈之宣城郡出新林浦向板橋〉），盼望遠人歸來。由「背斜陽」，又可知她眺望的方向是東邊，那正是遠人所在的方位。而結果如何？自是千分的失望，萬分的傷感，故說「風流暗斷腸」。對此女子惟以「風流」二字形容，不僅見體態之婀娜嬌媚，更在突出其心性溫柔、多情善感。當然，這些都是出自詞人的想像。

這首詞當從兩個層面來看。第一個層面是從作者的角度言，春天的美景、人物的春情，都是「春景」的組成部分。這春景既有畫意，又是多個活動鏡頭的組接，顯示的既是自然界的春意盎然，也是美少女的春情激盪。第二個層面，是景物與人情的關係，是以樂景襯哀情，是以鴛鴦的成雙成對，反襯人物的形單影隻。它的寫法頗類晏殊的〈破陣子〉（燕子來時新社），即將人物活動視為春景的一部分。不同的是，晏殊詞係以樂景襯樂情。

這類詞輕快靈動小巧有致，令人賞心悅目。

243 疏簾淡月　寓〈桂枝香〉　秋思

張輯

梧桐雨細，漸滴作秋聲，被風驚碎。潤逼衣篝❶，線裊蕙鑪❷沉水❸。悠悠歲月天涯醉，一分秋、一分憔悴。紫簫❹吟斷，素箋❺恨切，夜寒鴻起。

又何苦、淒涼客裡？負草堂❻春綠，竹溪❼空翠。落葉西風，吹老幾番塵世。從前諳❽盡江湖味，聽商歌❾、歸興千里。露侵宿酒❿，疏簾淡月，照人無寐。

【作　者】張輯（生卒年不詳），字宗瑞，號東澤，鄱陽（今屬江西）人。放浪湖山，以布衣終老。受詩法於姜夔。馮去非目為東仙。有詞二卷，名《東澤綺語債》，其詞牌，多取篇末三數字另立新名。詞風清空俊逸，頗近姜夔。

【詞　牌】〈疏簾淡月〉，即〈桂枝香〉。雙調，一百零一字，仄韻格。《詞律》萬氏注云：「此調舊譜分南北，如用入聲韻則名〈桂枝香〉，用去上聲韻始可名〈疏簾淡月〉。」詳見前王安石〈桂枝香〉「詞牌」介紹。

【注　釋】❶衣篝　熏衣之熏籠。❷蕙鑪　香爐。❸沉水　沉香之別名。❹紫簫　紫色之簫。杜牧〈杜秋娘〉詩：「金階露新重，閒捻紫簫吹。」❺素牋　白色之紙供題詠書寫之用。❻草堂　杜甫於成都西郊浣花溪畔，築浣花草堂。此處借指故鄉房屋。❼竹溪　李白與孔巢父、裴政等，居泰安徂徠山下之竹溪，日縱酒酣歌，時號「竹溪六逸」。此處借指與友朋歌酒歡樂之處。❽諳　熟悉。❾商歌　秋聲。五音中的「商」，按陰陽五行說屬金，配合四時為秋。❿宿酒　前一天晚上所喝的酒。

【語　譯】雨細飄灑梧桐，漸點滴化作秋聲，被風驚碎。衣衫潤溼讓熏籠烘乾，沉香在爐中如線一般上裊。悠長歲月在天涯沉醉，一分秋色、一分憔悴。紫玉簫聲已經斷絕，白色紙箋題寫愁恨淒切，夜晚寒冷，雁聲鳴叫。

又何苦、在客居中忍受淒涼？辜負草堂春日的濃綠，竹溪疏朗的青翠。吹送落葉的西風，吹老了幾番塵世。從前熟諳飄泊江湖的況味，現在聽到秋聲，更引發千里歸興。夜深寒露侵衣，宿酒漸醒，淡月透過疏簾，照著無眠之人。

【研　析】此詞題為「秋思」，乃寫遠遊思歸之情。詞之發端描寫秋日氣候以渲染環境氛圍：「梧桐雨細，漸滴作秋聲，被風驚碎。」令人想起李清照筆下的「梧桐更兼細雨，到黃昏、點點滴滴」（〈聲聲慢〉）的情景，但張輯的描寫尤顯空靈，帶有更多主觀色彩。用一「漸」字，顯示細雨成「滴」有一時間過程，「滴作秋聲」，將眼前聽覺感受的容量加以擴大，而「被風驚碎」更將聽覺與視覺糅合。如此寫秋風細雨，便顯得十分的新警。接著轉寫室內：「潤逼衣篝，線裊蕙鑪沉水。」因為秋雨霏霏，空氣潮溼，衣服正用熏籠烘烤，此時與自己相伴的還有爐中的裊裊香煙。以「線」形容煙裊之狀，亦覺用字新穎。二句所描繪，一如周邦彥在〈滿庭芳〉詞中所寫：「衣潤費鑪煙。」只是一寫秋日，一寫春天，均以此構建環境氛圍，以見處境之孤寂、情緒之低沉。

「悠悠歲月天涯醉，一分秋、一分憔悴」則直抒此刻情懷。長久飄泊天涯，如何打發羈旅愁情，惟有沉醉，秋意日深，憔悴日甚。這兩句情語，前實後虛，交相為用，尤為前人所稱賞，陸輔之《詞旨》、李佳《左庵詞話》均將其錄為「警句」。歇拍「紫簫吟斷，素牋恨切，夜寒鴻起」言昔時歡樂已經不再，只好提筆修封家書，傳達深切別恨，而於此情難堪之際，一聲雁過，不獨打破夜的靜寂，更將秋意加深一層，將歸思引向遠方。

上闋具寫秋景、秋情，由室外而至室內，由白天而至夜晚，由經年而至一日，景中含情，情中述景，已覺情有不堪，至下闋再深進一層。換頭「又何苦、淒涼客裡？負草堂春綠，竹溪空翠」轉入對自己的責備，以「又何苦」領起，將昔時安居之恬適、友朋遊樂之瀟灑，與今日孤旅情懷對照，以見昔樂今愁。其意與柳永「何事苦淹留」(〈八聲甘州〉)的詰問相似，但內涵更為豐富。詞人寫昔樂用一工穩對句，又用杜甫草堂、李白竹溪故實，尤顯典雅俊逸。以下再由眼前感慨加以拓展，進入對生命意識的思考與憂慮：「落葉西風，吹老幾番塵世。」前句暗用賈島〈憶江上吳處士〉詩中「秋風吹渭水，落葉滿長安」語意，突出秋日之蕭索，而重點落在西風上。西風吹走了年光，吹換了塵世，用一「老」字，以擬人之法形容時移世換，不僅有個人年歲遞增之感，更覺有一種世事滄桑之變，蒼涼而又沉鬱，因而此等語被前人視為「警句」。(陸輔之《詞旨》、李佳《左庵詞話》)下面再轉向眼前：「從前諳盡江湖味，聽商歌、歸興千里。」前句與上闋「悠悠歲月天涯醉」相呼應，長期以來，嘗盡江湖流落淒苦情味；後句推進一層，如今秋聲陣陣，更覺歸心似箭。「聽商歌」，與發端之「梧桐雨細，漸滴作秋聲」相呼應，亦與下闋之「落葉西風」相呼應，前後映照，針線綿密。最後以「露侵宿酒，疏簾淡月，照人無寐」作結，「露侵」與前面「夜寒」呼應，「宿酒」與前面的「醉」相呼應，夜深寒露侵人，宿酒已醒，臨近拂曉，淡月穿過疏簾，照著秋思縈繞、一夜無眠之人。以景結情，悠遠不盡。

詞中的羈旅情懷、思歸意緒，與柳永等人相較，並無二致，其特點是運用情與景的交錯、虛與實的互襯、今與昔的對照、前與後的呼應，造成結構上的回環往復，因而與單調的線性結構大異其趣。又運筆多能清虛靈動，引人遐想，亦與重在實寫的作品有所不同。王闓運則謂其頗得填詞用筆之法：「梧桐雨細，疏簾淡月，輕重得宜，再莽不得。」（《湘綺樓詞評》）

此詞清代謝元淮等所編《碎金詞譜》曾為譜曲。

244 釣船笛

寓〈好事近〉

張輯

載酒岳陽樓❶，秋入洞庭❷深碧。極目水天無際，正白蘋❸風急。

月明不見宿鷗驚，醉把玉闌拍。誰解百年心事，恰釣船橫笛。

【詞牌】〈釣船笛〉，又名〈好事近〉、〈翠圓枝〉。雙調，四十五字，上下闋各四句，兩仄韻，以押入聲韻為宜。亦有上下闋押三仄韻者，《詞譜》稱為「變體」。詳見前蔣元龍〈好事近〉「詞牌」介紹。

【注釋】❶岳陽樓　樓名，在今湖南岳陽境內。唐代張說守此時築，宋滕子京重修，范仲淹為之記。❷洞庭　湖名。在湖南省北部。❸白蘋　水中浮草，夏秋間開小白花，故名。

【語譯】攜酒登上岳陽樓，秋光映照深綠洞庭湖水。極目眺望，水天無際，正白蘋搖動，秋風勁急。　明月相照，不見宿鷗驚動，醉中手把玉欄杆拍。誰能解會百年心事，恰在此時，傳來釣船吹奏的笛聲。

【研析】此詞寫登岳陽樓所見所感。起筆「載酒岳陽樓，秋入洞庭深碧」順入，直點登樓、觀湖之事。岳陽樓聳立城西高臺，面臨浩淼洞庭湖，寫登樓必涉洞庭，如杜甫〈登岳陽樓〉詩云：「昔聞洞庭水，今上岳陽樓。」蕭德藻〈登岳陽樓〉詩云：「三年夜郎客，一柁洞庭秋。……猶嫌未奇絕，更上岳陽樓。」戴復古〈柳梢青〉詞云：「袖劍飛吟，洞庭青草，秋水深深。萬頃波光，岳陽樓上，一快披襟。」登樓縱覽，無不帶宏闊沉雄之氣，此詞亦如之。詞人登樓時「載酒」，即挾帶一股豪爽之氣，而秋日洞庭湖水，尤覺清明澄澈，呈現一派青碧。「極目水天無際，正白蘋風急」二句，再就「洞庭」之浩浩湯湯加以描繪，並點綴搖漾之白蘋，有點有面，有光有色，畫面雄闊而又不乏優美。雄闊之景、風急之象，非單純寫景，其中正蘊寓作者之激盪情懷，故此景語實亦情語。

上闋所寫為白天登樓情景，下闋轉入夜晚：「月明不見宿鷗鷺，醉把玉闌拍。」秋夜碧空如洗，明月當頭，也無宿鷗鷺飛，一片靜謐，但詞人卻有無限心事，激情騰湧，在醉中拍遍欄杆，欲加宣洩。此處用辛棄疾〈水龍吟〉「把吳鉤看了，欄干拍徧，無人會、登臨意」語意，表達自己的憤激情懷。故下面緊接以「誰解百年心事」，說明自己內心充滿痛苦掙扎。「百年心事」，所指者何？聯繫歷史來看，詞人大約生活於十三世紀初、中期，距北宋滅亡的靖康之難（西元一一二七年）恰約百年，因此，它是國變之恨，是金甌殘缺之痛，是不能收復中原之憾。這種「心事」，我們還可從他別的詞作找到印證，其〈月上瓜洲〉詞云：「江頭又見新秋，幾多愁。塞草連天何處、是神州。　英雄恨，古今淚，水東流。惟有漁竿明月、上瓜洲。」可說是百年心事的注腳。而更可悲者，此恨竟無人理解，尤不免有一份愛國志士的孤獨感。此句可說是詞中的高潮，末句「恰釣船橫笛」一筆宕開，以動襯靜，以景結情，思緒隨著笛聲融入邈遠的時空，情思悠悠無盡。

此詞雖短，卻氣象非凡，既沉雄磊落，又感激蒼涼。陳廷焯評之曰：「一片熱中，卻不染湖海氣息。是之為『雅正』。」（《詞則》）詞用急促的入聲押韻，似也有助於這種情緒的表達。

245　沁園春

夢孚若❶

劉克莊

何處相逢？登寶釵樓❷，訪銅雀臺❸。喚廚人斫就，東溟鯨膾，圉人❹呈罷，西極龍媒❺。天下英雄，使君與操❻，餘子誰堪共酒杯？車千乘，載燕南趙北❼，劍客奇才。

飲酣畫鼓❽如雷。誰信被晨雞輕喚回。歎年光過盡，功名未立，書生老去，機會方來。使李將軍，遇高皇帝，萬戶侯何足道哉❾！披衣起，但淒涼感舊，慷慨生哀。

【作　者】劉克莊（西元一一八七—一二六九年），字潛夫，號後村，莆田（今屬福建）人。以蔭入仕。曾任建陽令，知袁州。淳祐六年（西元一二四六年）賜同進士出身，累官至工部尚書兼侍讀，以龍圖閣直學士致仕。卒，諡文定。有《後村大全集》，詞集名《後村長短句》。其詞豪宕感激，奔放馳驟，學稼軒一路。

【詞　牌】〈沁園春〉，又名〈洞庭春色〉等。見宋蘇軾《東坡樂府》。雙調，一百一十四字（另有增字、減字數體），為平韻格。詳見前辛棄疾〈沁園春〉「詞牌」介紹。

【注　釋】❶孚若　方信孺，字孚若，福建莆田人。曾三次使金，以不屈著名。❷寶釵樓　漢武帝時建，故址在今陝西咸陽。唐宋時為著名酒樓。❸銅雀臺　曹操在鄴城所建臺，故址在今河北臨漳。❹圉人　古代管理養馬與放牧之人。❺西極龍媒　謂西邊極遠處來之神馬。《漢書・禮樂志》載〈郊祀歌〉：「天馬徠，從西極。……天馬徠，龍之媒。」❻天下英雄二句　《三國志・蜀書・先主傳》載曹操對劉備說：「今天下英雄，惟使君與操耳，本初袁紹之徒，不足數也。」此借指孚若與自己。❼燕南趙北　指河北山西之地。燕趙多慷慨悲歌之士。❽畫鼓　外加繪飾之鼓。❾使李將軍三句　《史記・李將軍列傳》載，漢文帝對李廣說：「惜乎，子不遇時，如令子當高帝時（漢高祖），萬戶侯豈足道哉！」語本此。

【語　譯】在何處相逢？登飲寶釵樓，探訪銅雀臺。喚起廚子細切，將東海鯨魚做成美味，管埋牧馬之人，牽來西極的龍媒。天下英雄，惟有使君與操，其餘的人有誰可共飲舉杯？有車千輛，載承燕南趙北的劍客奇才。

飲酒酣醉，任它畫鼓如雷。可誰相信卻被晨雞催喚驚醒。感歎年光過盡，功名未立，書生到老時，機會才來。如使李將軍，遇高祖皇帝，封萬戶侯之事，何足道哉！披衣而起，惟是感傷舊友，心境淒涼，情懷慷慨，令人生哀。

【研析】方孚若，乃作者同鄉，又係志同道合的朋友，在韓侂胄北伐失敗後，曾奉命使金，而能不辱使命，志不為敵所屈服，因而為作者所敬重，曾有詩讚美曰：「孚若如天馬，軒昂不可羈。」（〈乍歸〉）但孚若年僅四十六歲即已辭世，令人惋歎。此詞借夢悼念亡友，並借此抒發自己的滿腔愛國激情與報國無門的憤懣。

詞之上闋寫夢境，從虛處落墨，但卻虛中有實。起以問答謂相逢於中原北國：「何處相逢？登寶釵樓，訪銅雀臺。」一是登上著名的寶釵樓飲酒，一是尋訪三國時的古跡銅雀臺。此兩處一東一西，相距甚遠，但夢不受空間距離的拘限，更為重要的是，兩處名勝是在失陷的北方，於此飲酒探勝，是中原業已收復的象徵。以下用「喚」字領起，以兩組對句承接，「廚人斫就，東溟鯨膾」，承酒樓飲宴；「圉人呈罷，西極龍媒」，承尋訪古跡。以東海之鯨膾，作為佐酒之佳饌，以來自西方極遠處之龍媒為坐騎，遊賞古臺，這是何等雄邁的意氣！又是何等浪漫奇妙的想像！「天下英雄，使君與操，餘子誰堪共酒杯？」以三國時的英才霸主劉備、曹操，比喻二人整頓乾坤的英雄氣概，在收復中原問題上的志同道合，顯得何等自豪，何等自信！陳廷焯評此數語：「沉痛激烈，幾欲敲碎唾壺。」（《白雨齋詞話》卷六）至歇拍「車千乘，載燕南趙北，劍客奇才」轉而歌頌對方善待天下豪傑之士的爽朗性格。據《宋史》本傳載：「信儒性豪爽，揮金如糞土，所至賓客，滿其後車。」對其情性有紀實的一面，但謂「燕南趙北」，則又帶虛擬的性質，是與寶釵樓、銅雀臺的地域相呼應的。

換頭「飲酣畫鼓如雷」承「共酒杯」，開懷暢飲，酣醉如泥，縱使畫鼓如雷，也依然沉入醉鄉，將豪氣進一步寫足。以下「誰信被晨雞輕喚回」是詞中轉換關鈕。俞平伯曰：「過片說到醒了，就夢境前後落墨。以醉眠而入夢，以聞雞而驚覺，借極熟的典故，點出作意。」（《唐宋詞選釋》）此處暗用祖逖、劉琨「聞雞起舞」勵志的故事。既為晨雞驚醒，正思有番作為，然而現實中卻遭遇重重阻力，惟存歎息而已。歎息又分兩層，一是：「歎年光過盡，功名未立，書生老去，機會方來。」這是從個人遭遇而言，最能效力的年華已經過去，雖老來尚有機會，已無法效力。兩聯之間，似為平列，但重心實在前兩句。詞人在仕途，歷盡波折，數度罷官，中壯年時，即有「閒有功夫憂世事，老無勛業惜年華」（〈立春〉之二）的感喟；至若方信儒，不到五十，即蕭然離世。對此，自有許多感慨。二是生不逢時：「使李將軍，遇高皇帝，萬戶侯何足道哉！」兩人本有用世之志，又具李廣英武之才，如遇漢高祖時代，立功封侯，本不在話下，然而所處，卻是一個衰弱不振的時代，一個不堪一擊的王朝。事實上，在作者辭世十年後，這個王朝即在歷史上宣告滅亡。個人的悲劇，實亦時代的悲劇。故結以「披衣起，但淒涼感舊，慷慨生哀」，詞人由夢而醒，由醒而起，心潮激盪，既悲傷故人，亦慨歎自己，全詞之調由激揚高昂而轉向慷慨悲涼，傳達出一派英雄末路之感。

詞之上闋，多用虛筆，下闋偏重寫實。無論想像抑或寫實，均善融化典故，議論風發，硬語盤空，既覺波瀾壯闊，又覺唱歎縈回，「似粗豪奔放，仍細膩熨貼，正如脫羈之馬，馳驟不失尺寸也」（俞平伯《唐宋詞選釋》）。

246 滿江紅

劉克莊

夜雨涼甚，忽動從戎之興

金甲❶雕戈❷，記當日、轅門❸初立。磨盾鼻❹、一揮千紙，龍蛇猶溼。鐵馬❺曉嘶營壁冷，樓船夜渡風濤急。有誰憐、猿臂故將軍❻，無功級。　平戎策，從軍什。零落盡，慵收拾。把《茶經》❼《香傳》❽，時時溫習。生怕客談榆塞❾事，且教兒誦《花間集》❿。歎臣之壯也⓫不如人，今何及。

【詞　牌】〈滿江紅〉，又名〈上江虹〉、〈念良游〉等。有平仄韻兩體，通用者為仄韻體，多押入聲韻（如本詞），亦可上去聲通押。詳見前晁補之〈滿江紅〉「詞牌」介紹。

【注　釋】❶金甲　指鐵甲衣。❷雕戈　有彩繪之兵器。❸轅門　以轅（駕車用的直木或曲木）相向為門。後用指領兵將帥的營門。❹磨盾鼻　在盾鈕上磨墨。❺鐵馬　披鐵甲的馬。❻猿臂故將軍　指李廣。《史記・李將軍列傳》：「廣為人長，猿臂，其善射亦天性也。」❼茶經　唐人陸羽嗜茶，著有《茶經》。❽香傳　即《香譜》。《宋史・藝文志》載有侯氏《萱堂香譜》一卷、丁謂《天香經》一卷、沈立《香譜》一卷等。❾榆塞　北方邊塞。《漢書・韓安國傳》：「壘石為城，樹榆為塞。」❿花間集　五代蜀人趙崇祚所編唐五代詞集名。⓫臣之壯也　語出《左傳・僖公三十年》，燭之武對鄭伯說：「臣之壯也，猶不如人，今老矣，無能為也矣。」

【語　譯】記當日，披鐵甲之衣，執彩繪兵器，在轅門初回站立。於盾鈕上磨墨，在千張紙上揮灑，筆勢如龍蛇飛舞，淋漓還溼。鐵馬拂曉嘶鳴，營房壁壘尚冷，高大軍艦夜行，風中驚濤湍急。有誰憐惜猿臂善射的故將軍，立下戰功，卻無侯爵等級。　平定敵軍的策略，寫下的從軍詩作，已經零落散盡，懶於收拾。把《茶經》、《香譜》，時時溫習。生怕客人談邊塞之事，姑且教兒吟誦《花間集》。感歎我身之壯不如他人，今日何能有所施為。

【研　析】此詞題為「夜雨涼甚，忽動從戎之興」，令人想起陸游的某些詩題，如〈雪中忽起從戎之興〉、〈十一月四日風雨大作〉等，而陸氏的「尚思為國戍輪臺」，也正是詞人想要表達的志向。不同的是詩人更多的是悲壯，而詞人更多的是悲慨。

詞人在嘉定十一年（西元一二一八年），曾在李珏金陵幕府，參加對金兵的防禦之戰。其〈改官謝丞相啟〉曰：「頃為閫幕，偶在兵間。……任陳琳、阮瑀之事，方邊頭之告警，草檄居多。」但次年春即受謗罷歸。

此詞上闋即回憶往昔從軍之事。發端「金甲雕戈，記當日、轅門初立」，係「記當日、金甲雕戈，轅門初立」的倒裝，其所以將「金甲雕戈」置之於首，乃是以此形象凸顯自己的英武，內心的激動，終於有了親臨前線、實現報國壯志的機會。故「轅門初立」的興奮之情，印象特別深刻。詞人在戎幕的重要任務之一是起草軍書。「磨盾鼻」，即帶軍營緊急草檄的特色，唐代韓翃〈寄哥舒僕射〉詩有「群公楯鼻好磨墨，走馬為君飛羽書」的抒寫，可證。而「一揮千紙，龍蛇猶溼」，不僅顯示出倚馬可待的才情，更顯示出自己壯浪淋漓的豪氣。以下用一對句寫軍旅生活：「鐵馬曉嘶營壁冷，樓船夜渡風濤急。」一寫陸行，一寫水進，一寫曉發，一寫夜渡，令人想起陸游「樓船夜雪瓜洲渡，鐵馬秋風大散關」（〈書憤〉）的詩句。劉氏此詞聯語無疑受陸詩的影響，雖不及陸詩之闊大、厚重，但於中加進了聽覺、觸覺，更融入了自己的主觀感受，增強了戰鬥緊張、艱苦的色彩。歇拍陡轉：「有誰憐、猿臂故將軍，無功級。」用一反詰語，借歷史人物的遭遇，抒發自己受謗的不平之氣。這一結局與前面的意氣風發、鬥志昂揚，形成鮮明的對比，強化了自己在那個時代作為愛國志士的悲劇性質。

詞人雖遭此挫折，內心充滿痛苦與掙扎，但愛國激情並未消滅。在無奈中往往把這種情懷轉化為類似於玩世不恭的形象：「平戎策，從軍什。零落盡，慵收拾。」對自己苦心制定的平戎計策，耗費心血寫成的從軍詩篇，也懶於收拾，任其零落。現在「熱衷」的是「把《茶經》《香傳》，時時溫習」，詞人在退閒的實際生活中，除了將滿腹經綸、滿懷報國情志、滿腹牢愁付諸吟詠外，也確曾將部分心力付之農田、花圃中，詩詞中詠花之作亦復不少，這對詞人來說，固然是一種愛好，但更多的是出於對精神苦悶的排解。所以下面接著說：「生怕客談榆塞事，且教兒誦《花間集》。」之所以怕來客談邊塞之事，是因為國力日弱，國勢日衰，朝廷腐敗無能，壯士請纓無路，沒有振奮人心的消息，於是只好吟風弄月，轉教兒輩閱讀與國事毫不相干、剪紅刻翠的《花間集》。最後用前人成語作結：「歎臣之壯也不如人，今何及。」表面看，似為消極語，實則滿含報國無門的憤激。

詞情有高揚處，有低抑處，有得意處，有失落處，大起大落，對照鮮明。但前者只不過是後者的反襯，歸根結底，抒發的是英雄失志的痛苦與悲涼。

此詞題作「動從戎之興」，但除了上闋的回憶「當日」「金甲雕戈」、軍中草檄，充滿從戎的高昂情調外，其餘的詠歎，要麼是牢騷之語，要麼是歸里的閒適之趣，細加玩味，有的實是正話反說，表面上故意疏離邊廷、冷淡國事，暗中透露的仍是胸中燃燒的激情。此係詞人常用的一種藝術手法，如〈最高樓〉詞云：「吾衰矣，不慕勒燕然。不愛畫凌煙。……漫摘取、野花簪一朵。更揀取、小詞填一箇。晞素髮，暖丹田。羅浮杖，勝如旌節，華陽巾、不減貂蟬。這先生，非散聖，即臞仙。」與此詞後段情味，頗有相似之處。

247　賀新郎　九日❶

劉克莊

湛湛❷長空黑。更那堪、斜風細雨，亂愁如織。老眼平生空四海❸，賴有高樓百尺❹。看浩蕩、千崖秋色。白髮書生神州❺淚，儘淒涼、不向牛山滴❻。追往事，去無迹。

少年自負凌雲筆❼。到而今、春華落盡，滿懷蕭瑟。常恨世人新意少，愛說南朝狂客❽。把破帽❾、年年拈出。若對黃花孤負酒，怕黃花、也笑人岑寂。鴻北去，日西匿。

【詞牌】〈賀新郎〉，又名〈賀新涼〉、〈乳燕飛〉、〈金縷歌〉、〈金縷曲〉等。首見蘇軾《東坡樂府》。雙調，體式甚多，本詞為通用調式，一百一十六字，為仄韻格，可上去聲通押，亦可單押入聲（如本詞）。詳見前蘇軾〈賀新郎〉「詞牌」介紹。

【注釋】❶九日　即農曆九月九日，重陽節。❷湛湛　深厚的樣子。此處形容烏雲蔽空。❸四海　指天下。《孟子・梁惠王上》：「故推恩足以保四海。」❹高樓百尺　用劉備語。《三國志・魏書・陳登傳》載，許汜與劉備並在荊州牧劉表坐，表與備共論天下人。汜曰：「陳元龍（登）湖海之士，豪氣不除。」備問汜：「君言豪，寧有事耶？」汜曰：「昔遭亂，過下邳，見元龍，元龍無客主之意，久不與相語，自上大床臥，使客臥下床。」備曰：「君有國士之名，今天下大亂，帝主失所，望君憂國忘家，有救世之意。而君求田問舍，言無可采，是元龍所諱也，何緣當與君語！如小人（劉備自稱），欲臥百尺樓上，臥君於地，何但上下床之間耶！」❺神州　戰國鄒衍稱中國曰赤縣神州，後世因稱中國曰神州。❻牛山滴　用春秋時齊景公故事。《晏子春秋・內篇卷上》載，景公遊於牛山（在山東臨淄），北臨國都臨淄而流淚曰：「若何滂滂去此而死乎！」表露出貪生懼死意。杜牧〈九日齊山登高〉詩：「古往今來只如此，牛山何必淚沾衣。」❼淩雲筆　作辭賦的能手。《史記・司馬相如列傳》載：「相如既奏〈大人〉之頌，天子大悅，飄飄有淩雲之氣，似遊天地之間意。」杜甫〈戲為六絕句〉之一：「庾信文章老更成，淩雲健筆意縱橫。」❽南朝狂客　指孟嘉。東晉孟嘉重九日隨桓溫遊龍山登高，風吹孟嘉帽落而嘉不覺，桓溫命人作文嘲之。事見《晉書・孟嘉傳》。❾破帽　蘇軾〈南鄉子〉詠重九詞有「酒力漸消風力軟，颼颼。破帽多情卻戀頭」之句。

【語譯】烏雲密布，長空暗黑。更哪禁，斜風細雨，繚亂愁情如織。老眼平生目空四海，更賴有百尺高樓氣概。看千崖秋色氣勢浩蕩。白髮書生為神州分裂而流淚，盡含淒涼意，但不似牛山只為個人死生而滴。追尋往事，已是去無蹤跡。

少年時代自負有淩雲健筆。到而今，才華喪失已盡，只剩滿懷蕭瑟。常恨世人重九新意少，惟愛說南朝孟嘉曾為登臨客。將風吹破帽之事，年年拈出。如若對菊花辜負美酒，怕菊花也笑人孤單岑寂。雁鴻自北而南飛去，太陽漸漸向西藏匿。

【研析】此詞詠重九。歷來吟詠這一節序的詩詞甚多，因所處時勢不同，詩人處境有異，故各有特點。後村此詞既雄視千古，又感激蒼涼，與前人相較，確乎自出「新意」，別具一格。

詞之發端從描寫登高所望景色入手：「湛湛長空黑。」烏雲滿天，陰霾籠野，而以「黑」形容，令人有壓抑之感。下面用「更那堪」再進一層：「斜風細雨，亂愁如織。」細雨因斜風而飛舞淩亂，愁情似之，繚亂如織。秦觀曾說「無邊絲雨細如愁」（〈浣溪沙〉），此則可謂是「斜風細雨亂如愁」了。看似重在寫重九氣候，實則以「愁」字透露出心靈的感受。這種陰暗風雨的氛圍不正是所處時代的象徵嗎！而這正是其所以

「愁」的緣故。以下轉寫登高情懷，有異於一般的思親懷友，有異於慨歎人生的短暫，而是抒發自己的宏偉氣魄、開闊胸襟：「老眼平生空四海，賴有高樓百尺。」說「老眼」，表明是經歷了許多世事之後，這一生當中昂首高視，睥睨天下，一如劉備高臥百尺樓頭。再以重九日所見遠景加以渲染：「看浩蕩、千崖秋色。」無盡的重巒疊嶂，不僅帶奔騰浩蕩之氣勢，且山山秋色，盡顯斑斕，胸膽更覺恢張。下面再用春秋時齊景公登牛山為戀生懼死而流淚的故事，與自己作對比：「白髮書生神州淚，儘淒涼、不向牛山滴。」回想自己作為白髮書生，曾為神州的殘破而流下淒涼之淚，正如其詩中所寫：「憂時原是詩人職」（〈有感〉），「夜深和淚看輿圖」（〈感昔〉），但此淚是大愛大恨之淚，個人生死之小恨，何足比哉！一則進一步強化「空四海」的豪氣，再則又帶出自己憂時傷世之情，可謂一箭雙鵰。自己不僅為國憂傷，還曾親自從軍草檄，為將帥出謀劃策，在前線建立軍功，然而現在「追往事，去無迹」，一生中最值得留戀、值得回味的一頁，已經翻過去了，留下的是無窮的感歎。故此歌拍是情緒的一大轉折。

下闋首先就「白髮書生」再加發揮。「少年自負淩雲筆」，有以詞賦家司馬相如、庾信自比之意。然而「到而今、春華落盡，滿懷蕭瑟」，志意難酬，才華未展，年華等閒虛度，令人感慨無已。以下仍歸切重九節日，但側重用虛筆。「常恨世人新意少，愛說南朝狂客。把破帽、年年拈出」，評說前人吟詠重陽，毫無新意，只會拿孟嘉風吹帽落的典故說事，以此反襯出自己情性的獨特，即登高而心憂天下、神州淚灑，在精神上高出人一頭地，呼應「高樓百尺」之意。又，在重陽節，古人有飲菊花酒或對菊飲酒之習，杜牧〈九日齊山登高〉詩云：「塵世難逢開口笑，菊花須插滿頭歸。但將酩酊酬佳節，不用登臨恨落暉。」王安石〈九日登東山寄昌叔〉詩曰：「應須綠酒酬黃菊，何必紅裙弄紫簫。」詞人亦欲面對黃花，以酩酊來酬佳節，一來以應節序之習，再則也含借酒忘憂之意，但不從正面說，而是用假設口吻，將菊擬人：「若對黃花孤負酒，怕黃花、也笑人岑寂。」「岑寂」，正是詞人此時深感壯志難酬的心境。如此抒情，總不著一實筆，全從虛處透露，覺其空中盪漾，靈動有致。結拍以景結情：「鴻北去，日西匿。」回應開篇闊遠的「長空」。江淹〈恨賦〉有「遙風忽起，白日西匿。隴雁少飛，代雲寡色」之語，為此二句所本。謂「鴻北去」，是指大雁由北向南飛去，因按詞律要求，此字處須用仄聲，故用「北」字。大雁南飛，重九時節之物候，而「日西匿」顯示氣候由「細雨」而晴，由晴而日落，以見登臨之久，而「九日」情緒之起伏跌宕，盡在此時空中演化。

此詞詠節序，極富個性。豪雄悲慨，是其底色。而其表現，既有高唱，又有低吟，既發洪鐘之巨響，也雜有江南絲竹之輕音。以「斜風細雨，亂愁如織」、「怕黃花、也笑人岑寂」等語，點綴其間，陽剛之中，不乏陰柔之美。虛實交相為用，動盪騰挪，開闔有致，又善為情使事，變化莫測（百尺樓，正用；牛山淚，反用；而孟嘉落帽，則又翻用），夾敘夾議，故覺其氣象恢宏，筆力遒勁。

248 玉樓春

戲林推❶

劉克莊

年年躍馬長安市，客舍似家家似寄。青錢❷換酒日無何❸，紅燭呼盧❹宵不寐。

易挑錦婦❺機中字，難得玉人❻心下事。男兒西北有神州❼，莫滴水西橋❽畔淚。

【詞牌】〈玉樓春〉，又名〈玉樓春令〉、〈惜春容〉等。雙調，五十六字，為仄韻格。本詞上下闋均用三仄韻。平起句與仄起句相間。詳見前晏殊〈玉樓春〉「詞牌」介紹。

【注釋】❶戲林推　黃昇《花庵詞選》作「戲呈林節推鄉兄」。節推，節度推官。❷青錢　古時銅錢有青、黃兩種顏色，青色者稱青錢。杜甫〈偪仄行贈畢曜〉詩：「速宜相就飲一斗，恰有三百青銅錢。」❸無何　無所事事之意。《漢書・袁盎傳》：「（盎）能日飲，亡何，說王毋反而已。」❹呼盧　賭博。古擲骰子，五子全黑為盧，得盧者全勝，古賭博時爭叫「盧」。晏幾道〈浣溪沙〉詞：「戶外綠楊春繫馬，牀前紅燭夜呼盧。」❺錦婦　原指竇滔之妻蘇蕙。《晉書・竇滔妻蘇氏傳》載，苻堅時滔徙流沙，蘇氏思之，織錦為回文旋圖詩以贈滔，循環讀之，詞甚淒惋。此處用指林推之妻。❻玉人　美人。此指妓女。❼神州　戰國鄒衍稱中國曰赤縣神州，後世因稱中國曰神州。❽水西橋　妓女聚居處。

【語譯】年年躍馬於繁華的都市，客舍似家而家似寄居地。青錢換酒，日日無所事事，紅燭照耀賭博，通宵不寐。　視妻織錦寄情為易得不加珍惜，而難獲取美女的真情實意。男兒當志在收復西北神州之事，莫在妓女聚居處滴下傷心淚。

【研析】此係一首規箴同鄉朋友之詞。題中用「戲」字，帶有戲謔親昵的性質，但實際上詞中蘊含嚴肅的感時起懦的用意。

上闋極力渲染其豪縱的生活與情性：「年年躍馬長安市，客舍似家家似寄。」先言其長年揚鞭躍馬於鬧市，常沉醉於歌樓妓館偎紅倚翠的生活，以致客舍似家，而家反成了寄居之所。以此反常情景突出其流蕩不羈，光陰虛擲。「長安市」，一般借指南宋首都臨安，此處當指代繁華都市。「青錢換酒日無何，紅燭呼盧宵不寐」，具言其日夜縱樂情事，前句用杜甫詩意，後句用晏幾道詞意，組成一工巧對偶。前言「年年」，此言「日」、「宵」，短短四句，已將其放浪形骸的豪縱之態形容盡矣。詞人另有〈菩薩蠻〉詞云：「小鬟解事高燒燭，群花圍繞摴蒲（博戲名）局。道是五陵兒，風騷滿肚皮。　玉鞭鞭玉馬，戲走章臺下。笑殺灞橋翁，騎驢風雪中。」可互相參閱。

詞人突出其豪縱，不在於讚頌，而在於惋歎，故下闋轉出規勸之意。其規勸又能循序漸進，由家而國。「易挑錦婦機中字，難得玉人心下事」，先從辨別男女情感的真偽說起，以呼應前面「客舍似家家似寄」。妻的真情易得，卻容易拋撇在一邊，青樓美女供歡賣笑，水性楊花，又有誰個真心相付？此兩句係用反對，以便兩兩相形，加以比照。「易挑錦婦機中字」，為「錦婦挑機中字易」的倒裝，前面省略了一「視」字。挑，指刺繡圖案。如此入手，切近人情。結拍再推進一層：「男兒西北有神州，莫滴水西橋畔淚。」前句鎔鑄辛棄疾〈賀新郎〉「我最憐君中宵舞，道男兒、到死心如鐵」及〈水調歌頭〉「賤子親再拜，西北有神州」詞意，用收復神州的高遠志向，激勵放縱身心的朋友。因淪陷的中原地區處於南宋首府臨安的西北方向，故云「西北有神州」。後句勸其遠離風月場中，不要在妓女聚居之地揮霍自己的感情，作無謂的付出，浪費寶貴的年華，言辭愷切。全詞以此高唱結響，聲洪氣壯，真能振聾發聵！故近人況周頤評此二句云：「楊升庵謂其『壯語可以立懦』，此類是已。」（《蕙風詞話》卷二）

此詞規勸朋友，可謂能動之以情，曉之以理，語重心長，既令人倍感親切，又令人精神昇華。不僅是《後村長短句》中的名篇，也是宋詞同類題材中難得的佳作。

249 喜遷鶯

馮去非

涼生遙渚。正綠芰❶擎霜，黃花招雨。雁外漁村，蛩❷邊蟹舍❸，絳葉❹滿秋來路。世事不離雙鬢，遠夢偏欺孤旅。送望眼，但憑舷微笑，書空無語❺。

慵覷。清鏡裡，十載征塵，長把朱顏汙。借箸❻青油❼，揮毫紫塞❽，舊事不堪重舉。間闊❾故山猿鶴，冷落同盟鷗鷺。倦遊也，便檣雲柁❿月，浩歌歸去。

【作　者】馮去非（西元一一九二—？年），字可遷，號深居，南康軍（今江西星子）人。淳祐元年（西元一二四一年）進士。嘗為淮東轉司運幹辦。寶祐四年（西元一二五六年），召為宗學諭。理宗下詔立石，禁三學諸生上書，去非不肯書名，罷歸廬山，不復仕。年八十餘卒。《全宋詞》錄詞三首。

【詞　牌】〈喜遷鶯〉，又名〈鶴沖天〉、〈萬年枝〉等。有令詞、長調兩種。本詞為長調，一百零三字，仄韻格。其他用此調者，有的句式略有參差，用韻多寡不盡一致。另有一百零二字、一百零五字者。參見《詞律》卷八、《詞譜》卷六。

【注　釋】❶綠芰　綠色菱葉。❷蛩　即蟋蟀。❸蟹舍　漁舍。❹絳葉　紅葉。絳，深紅。❺書空無語　劉義慶《世說新語・黜免》載，殷浩被廢，終日書空作「咄咄怪事」四字。書空，以手於虛空中寫字。❻借箸　即借用筷子當籌碼，形容代人籌劃。《史記・留侯世家》：「漢王曰『何哉？』張良對曰『臣請藉前箸為大王籌之。』」❼青油　即青油幕。此指軍中帳幕。❽紫塞　長城之別名。此指邊塞。崔豹《古今注》：紫塞，秦築長城，土色皆紫，漢塞亦然，故稱紫塞。❾間闊　疏闊。❿柁　同「舵」。

【語　譯】涼氣生於遠處水中沙渚。此時正值綠色菱葉承舉清霜，菊花招惹秋雨。看著飛雁外的漁村，屋旁蟋蟀鳴叫的漁舍，紅葉秋時已布滿來時道路。世事摧折使鬢生白髮，遙遠的夢境偏欺孤獨旅客。極目遠望，惟有依憑船舷微笑，默然無語，以手在空中書寫「咄咄怪事」。　懶於偷偷看望。明鏡裡，十載征路灰塵，長使年輕容顏染上汙穢。在軍幕中借箸出謀劃策，在邊塞揮毫草檄，往事不堪重新提起。與故山猿鶴已經疏遠，對同盟的鷗鷺也已冷落。我已倦於宦遊，便讓桅檣載著飛雲、船舵載著明月，一路浩歌歸去。

【研　析】作者在寶祐四年（西元一二五六年），召為宗學諭，因不同意理宗下詔立石，禁三學諸生上書等原因，遭遇當路者排擠，以言罷官，憤然乘舟西歸故里。此詞或即作於歸途中。

作者秋日歸南康故里，詞由途中所見景物入手。「涼生遙渚」，將寒涼感受與舟行所見景物結合，似乎涼氣從遠處沙洲襲來，造語靈動，而淒冷心境亦隱然流露。「正綠芰擎霜，黃花招雨」，用「正」字領起，分寫水中、岸上菱、菊。「綠」與「黃」相映，色彩鮮明，此正江南秋日之特色風景，「霜」、「雨」之氣象呼應前面之「涼」，用「擎」、「招」表達植物的動感，貼切而又形象。「雁外漁村」三句，進一步就岸上景觀加以描畫。前面「綠芰」「黃花」皆為植物，故此處寫漁村、蟹舍，分別以「雁」與「蛩」之動物修飾空間，說「外」，說「邊」，從空間而言，乃有遠近之分，而後總以「絳葉滿秋來路」，詞至此方明點「秋」之季節，當看到來時道路兩旁漫山遍野的紅葉時，不禁想起了當年乘舟東下的情懷。以上六句寫景，雖色彩尚帶絢麗，但掩飾不了內蘊的蒼涼。

「來路」二字是由眼前轉向當年的關紐，由此回想當時懷著美好的憧憬、對國事的關切，希望大顯身手，有一番作為，而今卻被罷職放歸，內心不免五味雜陳，以下五句即具寫失落憤懣情懷。「世事不離雙鬢，遠夢偏欺孤旅」，前句重點在憶往，突出現實朝政的黑暗，以致被摧折得鬢髮飛霜；後句重點在述今，謂雖在旅途，內心仍為「遠夢」所縈繫。「夢」而以「遠」形容，便是很縹緲的了，雖屬述今，而又包含昔日之遠志。十二字中，有極大的時間跨度，有豐富的現實與情感內涵，既是總結，也含感歎，既有人生之練達，也有對理想的執著。歌拍再通過外在的行為動作表達內心情緒。「送望眼」，說明前面景觀乃望中所見，同時也含高瞻遠矚、看透世事之意。既已看透世事，對「歸去來」也就感到釋然，故有「但憑舷微笑」的動作與表情。然而心中畢竟憋有一股不平之氣，發洩於外，便是「書空無語」，如東晉時之殷浩以手書空：「咄咄怪事」。數句之中，有層進，有轉折，可見其內心的激烈掙扎。

換頭承「世事不離雙鬢」，具寫容顏與心態：「慵覷。清鏡裡，十載征塵，長把朱顏汙。」不僅鬢髮飛霜，且容顏已老，連鏡子也懶得照了。「十載」二句係化用「京洛多風塵，素衣化為緇」（陸機〈為顧彥先贈婦〉）詩意，「十載」，取其成數，言久長也。但作者內心終究難以忘懷昔日曾有過的「輝煌」：「借箸青油，揮毫紫塞」，在軍幕中為高層出謀劃策，在江北邊塞起草討伐敵軍的檄文，何等志滿意得！然而這畢竟已成陳跡，故緊接著說：「舊事不堪重舉。」經過這番內心的反覆掙扎，終於不得不接受現實的「安排」。心結既已解開，便轉而思憶故鄉山水間的「朋友」，對「間闊故山猿鶴，冷落同盟鷗鷺」懷著歉疚的心情。猿鶴，暗用南朝齊孔稚珪〈北山移文〉「蕙帳空兮夜鶴怨，山人去兮曉猿驚」語意。與猿鶴相親、與鷗鷺結盟，均為與隱居相關之典，王炎〈木蘭花慢〉即有「想北山猿鶴，南溪鷗鷺，怪我歸遲」之句，作者心情與之相類。既歸意已決，心懷欣忭，則「倦遊也，便檣雲柁月，浩歌歸去」，此結可謂一片神行，頗似陶淵明〈歸去來兮辭〉「悟已往之不諫，知來者之可追」、「舟遙遙以輕颺，風飄飄而吹衣。問征夫以前路，恨晨光之熹微」所表達的心情。此處之「檣雲柁月」，語美而極富動態，檣、柁，本為名詞，而作動詞用，檣柁穿雲戴月，何等形象、富於詩意！「浩歌歸去」，以高調結響，將前面的心上陰霾一掃而光，真乃「快哉！」

此詞極寫個人內心的痛苦掙扎，最後歸於清醒、釋然，結合寫作背景，一方面能令讀者感受到南宋末年朝政的黑暗腐敗，不得不以禁言來維持自己搖搖欲墜的統治，另一方面又反映了正直敢言之士的無奈與備受打壓。從表達來說，亦有特點，況周頤曾評價云：「此詞多矜鍊之句，尤合疏密相間之法，可為初學楷模。」《蕙風詞話》卷二）先言疏密，詞之上闋，寫景具體細密，抒情空靈疏朗；詞之下闋，述己之形容、因果變化較細緻，而寫歸去來之情懷，則又極為疏快。其間今昔交錯，極善層轉換意。次言造語嚴整精鍊，全詞先後用了六組對仗：「綠芰擎霜，黃花招雨」、「雁外漁村，蛩邊蟹舍」、「世事不離雙鬢，遠夢偏欺孤旅」、「憑舷微笑，書空無語」、「借箸青油，揮毫紫塞」、「間闊故山猿鶴，冷落同盟鷗鷺」，另有「檣雲柁月」屬句中對。各對聲律、結構、組合亦不盡相同，善能變化，為全詞增添了整飭、工麗之美。同時以散行句貫串，再以「正」、「但」、「便」等響亮的去聲字加以提挈，故亦不乏流動之美。

250 滿江紅

豫章❶滕王閣❷

吳潛

萬里西風，吹我上、滕王高閣。正檻外、楚山❸雲漲，楚江❹濤作。何處征帆木末去，有時野鳥沙邊落。近簾鉤、暮雨掩空來，今猶昨。

秋漸緊，添離索❺。天正遠，傷飄泊。歎十年心事，休休莫莫❻。歲月無多人易老，乾坤❼雖大愁難著。向❽黃昏、斷送客魂消，城頭角。

【作者】吳潛（西元一一九六—一二六二年），字毅夫，號履齋，先世宣州（今屬安徽）人，出生於德清（今屬浙江）。嘉定十年（西元一二一七年）進士第一。淳祐十一年（西元一二五一年），為參知政事，拜右丞相、兼樞密使。開慶初封許國公。以論丁大全、沈炎之奸，被劾，謫化州團練使、循州安置。卒，贈少師。有《履齋詩餘》。《四庫全書總目提要》稱其詞「激昂淒勁，兼而有之，在南宋不失為佳手」。

【詞　牌】〈滿江紅〉，通用者為仄韻格，首見柳永《樂章集》。多押入聲韻（如本詞），亦可上去聲通押。另有平韻格，為姜夔首創。詳見前晁補之〈滿江紅〉「詞牌」介紹。

【注　釋】❶豫章　漢郡名，治所南昌（今江西境內）。唐改稱洪州。❷滕王閣　唐高祖李淵之子李元嬰於貞觀十三年（西元六三九年）受封為滕王，任洪州都督時建閣，人稱滕王閣。故址在南昌贛江邊。❸楚山　指西山。❹楚江　指贛江。❺離索　離散。《禮記・檀弓》：「吾離群索居，亦已久矣。」鄭玄注：「索，猶散也。」❻休休莫莫　意謂算了，算了。司空圖〈題休休亭〉詩：「休、休、休，莫、莫、莫！」❼乾坤　本《周易》中的兩個卦名，指陰陽兩種對立勢力，陽性勢力為乾，乾之象為天；陰性勢力叫坤，坤之象為地。後引申為天地之代稱。❽向　到。周邦彥〈南浦〉：「向晚來，扁舟穩下南浦。」

【語　譯】萬里西風，吹送我上滕王高閣。欄杆外，正西山雲起，贛江濤湧。何人的行舟駛向遠處樹梢之上，野鳥在沙邊時飛時落。近簾鉤處，暮雨蔽空而降，今日情景猶如往昔。　秋聲漸緊，增添離散之感。天邊正遠，更感傷飄泊。歎息十年來的心事，還是算了算了。所剩歲月無多，人易老去，天地間雖然寬廣，愁卻無處安放。到黃昏，城頭吹角，更斷送消盡了的旅魂。

【研　析】端平元年（西元一二三四年），作者因陳九事，以直論忤時相，由權沿江制置、知建康府、江東安撫留守，調任江西轉運副使兼知隆興府，此詞當即作於此時。「萬里西風，吹我上、滕王高閣」，詞用順入法，起筆入題，用語豪快。不說自己登樓，而說西風吹我，物我相融，寫景敘事，空靈灑脫，以見登臨興致之不淺。西風而以「萬里」形容，則空間無限遼闊。以下就登樓所見加以鋪敘，遠望近觀，上下俯仰，交錯寫來。「楚山雲漲」，遠望雲湧西山，「楚江濤作」，俯瞰江流浪起；「征帆木末去」，為遠眺江上之景；「野鳥沙邊落」，則中觀沙岸之景，都富於動態，並給人空闊無邊之感。其動態又無一不與「西風」相關，視野的闊遠，又與秋天的氣爽空清相關。而「楚山雲漲」又暗伏著下面的氣候變化，風起雲湧，示意山雨欲來，故歇拍有

「近簾鉤、暮雨掩空來，今猶昨」的描寫。上闋的關於雲、雨的描寫無疑從王勃〈滕王閣〉詩「畫棟朝飛南浦雲，珠簾暮捲西山雨」之語變化而來。山雨由遠而近，直逼簾鉤。詞人登眺由白天而近暮色蒼茫，可見佇立之久，對眼前景物之沉浸。「猶昨」帶有依舊之意，與當時王勃眼中景相彷彿。

上闋融樂情入景，下闋轉抒失意之情。人的心情往往受時空變化的影響。天地如此遼闊，令人胸膽恢張，景物充滿活力，引人心潮激盪，然而暮色來臨，長空雲暗，雨撲簾鉤，不免引發興盡悲來之感。換頭用一隔句對：「秋漸緊，添離索。天正遠，傷飄泊。」表達自己孤獨羈旅之感受。但詞人的傷感並沒有停留在個人孤淒飄泊的層面，而是慨歎自己許多有益於國家的合理建議，如所上「九事」提出「實恤民力以致寬舒」、「邊事當鑑前轍以圖新功」、「廣蓄人才以待乏絕」等內容，竟不為當政者採納，更不用說付諸實施了，於心能不有戚戚焉！所謂「歎十年心事」，蓋言時間之長，而「休休莫莫」則見無可奈何之情。以下更推進一層、放開眼界從人生、宇宙角度審視：「歲月無多人易老，乾坤雖大愁難著。」前句歎年華轉瞬，人生易老，以此有限之年，欲作有為之事，而處處受阻，著實可歎！後句以天地之大與愁情對舉，無限的空間竟然無法安放愁情，則愁之深廣可知矣！詞人後來官拜宰相，直言諍諫之習，始終不改，最後終因直諫而得罪當朝君臣，以致死於貶所。他的這種結局，在中年實已種下「禍根」。其深廣愁情的發生，乃是有識之士對時勢的洞明與昏暗朝廷碰撞的必然結果。結拍「向黃昏、斷送客魂消，城頭角」以景結情，情景交融，讓羈旅愁情消解在黃昏時的畫角聲中，留有裊裊餘韻。此二句係「城頭角、向黃昏，斷送客魂消」的倒裝，其中「黃昏」，則與「暮雨」呼應。

全詞以時間為線索，由白天而暮雨、而黃昏，雖少騰挪跳盪，但能流轉暢達。上闋寫景，極為「警快」（陳廷焯評語），而其抒發的愛國傷時的情感則帶感慨蒼涼，語多沉鬱，反映的是王朝沒落時期頭腦清醒、性格剛正的士大夫的精神苦痛。

251

減字木蘭花

淮上女

淮山❶隱隱，千里雲峰千里恨。淮水❷悠悠，萬頃煙波萬頃愁。　山長水遠，遮斷行人東望眼。恨舊愁新，有淚無言對晚春。

【作　者】淮上女，不知名姓。南宋嘉定年間，約西元一二二〇年前後，被金人擄掠北上。

【詞　牌】〈減字木蘭花〉，於〈木蘭花〉（五十二字體）本調減少八字，又名〈減蘭〉、〈木蘭香〉。雙調，四十四字，上下闋各兩平韻，兩仄韻，句式、格律均同，為平仄韻轉換格。詳見前王安國〈減字木蘭花〉「詞牌」介紹。

【注　釋】❶淮山　泛指淮河一帶山峰。❷淮水　源出河南桐柏山，東流經安徽到江蘇入洪澤湖。

【語　譯】淮河一帶山峰隱約，回望千里雲峰，帶有千里悲恨。淮水東流悠悠不盡，萬頃煙波，帶有萬頃愁情。

山長水遠，遮住北上行人東望眼。滿懷舊恨新愁，人處晚春時節，惟有默默地淚流。

【研　析】據元好問《續夷堅志》「泗州題壁詞」條下記載：「興定末，四都尉南征，軍士掠淮上良家女北歸，有題〈木蘭花〉詞逆旅間云云。」興定乃金之年號，興定末即宋寧宗嘉定十四年（西元一二二一年）。此之前後金人數度進犯淮、泗一帶，大肆殺戮、擄掠，淮上女是深受其害者，是被擄掠的無數婦女中的一個。在訣別故鄉之際，這個有一定文化素養的女子，在泗州（今江蘇宿遷一帶）的牆壁上寫下這首詞，以表達她對故鄉、親人的無限眷戀和對敵人的深刻仇恨。

上闋四句，一山一水，兩兩相對，可說是一副十分工整的對聯。「淮山隱隱」，這位女子離家愈來愈遠，淮山變得愈來愈朦朧，也可以想像她是帶著迷濛的淚眼頻頻回望故鄉，故山更似在縹緲有無之間了。「千里雲峰」乃是由己見推知未見，雲峰，一則以寫其高，再則與「隱隱」之感、雲遮霧障之態相關。「千里恨」，係移主觀之情於客觀之物。後面兩句寫法相同，但對象是水：「淮水悠悠，萬頃煙波萬頃愁。」淮水流經泗州，被擄女子當係舟行。所謂「萬頃煙波」亦是由己見推知未見，「萬頃愁」，亦係移主觀之情於客觀之物。其中所含之情可分為兩個層面：一是家國之悲恨，壯美的千里雲山、萬頃江波，本是趙宋王朝之國土，而今竟遭女真統治者鐵蹄的蹂躪，故雲山均露愁容，遠水均呈恨態。二是自己被擄北上之恨。高山如此迷濛綿遠，寓示道途之無盡，前路之茫茫，未來等待自己的將是無盡的凶險。此以山峰綿亙之長，形容恨之無盡。後面寫水，則側重面積。「煙波」又與故鄉之思相關，唐代崔顥〈黃鶴樓〉詩：「日暮鄉關何處是？煙波江上使人愁。」何況而今是「萬頃煙波」，愁更因之而廣大無邊。

上闋所寫係行進途中的所見所感，融情入景，下闋承上帶有總寫的性質。「山長水遠，遮斷行人東望眼」，承上闋所繪空間景象，敘寫自己向西北方向行進，雖頻頻東望，但再也看不到故鄉的身影了，含有無限悵惘與憾恨。「恨舊愁新，有淚無言對晚春」則承上闋抒發的內心活動，所謂「恨舊愁新」，應為互文，愁亦有舊，恨亦有新，懷此沉重心情，一個弱女子雖有滿腔悲憤，也無力反抗暴力的裹挾，只有無言地吞聲飲泣。詞末「對晚春」，方點出此番被擄的時節。

此詞出自無名女子之手，語極平易而又悲恨無窮，代表了當時無數遭遇相同女性的悲慘命運與痛苦心情，讀之令人感歎唏噓。這位女子的文學素養，也值得稱道。第一，她善用對仗，除了上闋四句組成隔句對外，像「山長水遠」、「恨舊愁新」、「有淚無言」，又屬當句對。第二，「千里」、「萬頃」、「山」、「水」、「恨」、「愁」，均出現兩次，而不覺其犯複，具回環往復之妙。第三，以小令而寫闊大之境界，且能前後映照，渾然一體，實為不易。

252

湘春夜月

黃孝邁

近清明，翠禽枝上消魂。可惜一片清歌，都付與黃昏。欲共柳花低訴，怕柳花輕薄，不解傷春。念楚鄉❶旅宿，柔情別緒，誰與溫存？空樽夜泣，青山不語，殘月當門。翠玉樓❷前，惟是有、一波湘水❸，搖蕩湘雲。天長夢短，問甚時、重見桃根❹？這次第❺，算人間沒箇并刀❻，翦斷心上愁痕。

【作　者】黃孝邁（生卒年不詳），字德文，號雪舟。黃師參之子。約生於寧宗朝，與詞人劉克莊有交往。著有《雪舟詞》，今僅存詞四首。況周頤評其詞「清麗芊綿」（《蕙風詞話續編》卷一）。

【詞　牌】〈湘春夜月〉，係黃孝邁自度曲，宋詞中僅此一首。雙調，一百零二字，前後闋均四平韻，為平韻格。參見《詞律》卷十七、《詞譜》卷三十一。

【注　釋】❶楚鄉　泛指長江中下游地區。❷翠玉樓　以翠玉裝飾之樓，此處形容樓之華美。❸湘水　指湘江，在今湖南境內。❹桃根　晉王獻之妾，桃葉之妹。此處借指戀人。❺這次第　這一連串的情況。李清照〈聲聲慢〉詞：「這次第，怎一箇、愁字了得。」❻并刀　山西并州（今太原一帶）生產的鋒利剪刀。杜甫〈戲題王宰畫山水圖歌〉：「焉得并州快剪刀，剪取吳淞半江水。」

【語　譯】時近清明節，翠羽鳥兒在枝上縱聲歌唱，聞之令人銷魂。可惜一片清脆的歌聲，只是付與了黃昏。想向柳花低訴，又怕柳花輕薄，不能解會傷春。想自己在楚地羈旅夜宿，充滿柔情別緒，有誰相與溫存？夜晚對著空的酒樽悲泣，青山默然不語，殘月照耀樓門。翠玉樓前，只有一江湘水，搖盪湘雲。時間漫長，入夢短暫，問何時、能重見桃根？這一連串的情況，算來人間，沒有鋒利并刀，可以剪斷心上愁痕。

月時的情懷。

【研　析】此詞牌標為「湘春夜月」，即如張若虛之〈春江花月夜〉詩，圍繞此題，抒寫春日羈旅湘中夜晚對月時的情懷。

詞之發端先以「近清明」點明時節，在孟春與季春之間，已近暮春。以下依次描寫一天的黃昏時刻到夜月照臨時的情景。上闋著重寫暮色蒼茫時刻，先寫鳥鳴引起的感歎：「翠禽枝上消魂。可惜一片清歌，都付與黃昏。」第一句從視覺、聽覺正面寫景，美麗的鳥兒在枝頭縱情地歌唱。這本是樂景，但「消魂」二字卻融注了詞人的感受：傷感、難以為情，並引發了詞人的一聲歎息：聲音雖美，可惜都付與了黃昏。此處的「黃昏」，既代表一日之時刻，當亦隱含有傷感時事的意味。次寫柳花不解人情：「欲共柳花低訴，怕柳花輕薄，不解傷春。」以情帶景，明點傷春意緒。此處寫柳絮飄綿，隨風飛舞，全用擬人手法，並以其輕薄反襯自己傷春意緒的深沉，顯得輕倩靈動。「傷春」二字，正是全篇主旨。歇拍：「念楚鄉旅宿，柔情別緒，誰與溫存？」以「念」字領起，直抒情懷，寫得極溫婉旖旎，以反詰語出，突出羈旅異鄉的孤獨。從結構言，「柔情別緒」有開啟下闋之意。

上闋寫春花春鳥，傷春意緒，下闋寫湘江夜月，別恨愁痕。由「空樽夜泣」，可知詞人為排解「傷春」之情，曾持杯飲酒，至夜酒醒而愁未醒，以致面對空樽，抽泣淚流，其語則本於姜夔〈暗香〉之「翠尊易泣」。至「青山不語，殘月當門」，則時移景改。「殘月」，表明已至深夜。這一意象從上下文來看，象喻人事的缺憾，而從所處現實世界來說，又帶有對時勢的喟歎。在殘月照射下，惟見青山隱隱，夜空一片沉寂。謂其「無語」，純係詞人之感覺。至「翠玉樓前，惟是有、一波湘水，搖蕩湘雲」轉寫月照下的湘江與水面的雲影。可以想見，詞人深夜無眠，於樓上憑欄眺望，遙山近水，所見極為闊遠，此闊遠反襯出人之孤單、渺小。由此闊遠之境更將思緒引向心中之所思、所戀，故接以「天長夢短，問甚時、重見桃根？」用此疑問，表明雖欲重見，而希望渺茫。所謂「桃根」，正如汪中所言：「未必有此伊人。」（《宋詞三百首注析》）應是一種美好理想的代表。

春暮時節，黃昏、殘月的淒切氛圍，花鳥的不解人事，山水的默然無語，旅途的孤獨、別緒，與伊人相見的無望，在心中堆砌起了一座愁城，此愁真如庾信〈愁賦〉所言：「攻許愁城終不破，蕩許愁門終不開。……閉門欲驅愁，愁終不肯去。」（《海錄碎事》卷九引）故結以「這次第，算人間沒箇并刀，翦斷心上愁痕」。其并刀剪愁之語，本於姜夔〈長亭怨慢〉詞：「算空有并刀，難翦離愁千縷。」而變化為剪斷「愁痕」，「痕」字固然是押韻的需要，但如此一變，尤顯空靈。

詞人身處南宋末世，詞中之「傷春」意緒，與辛棄疾〈摸魚兒〉（更能消、幾番風雨）之傷春，正自相同，是對國勢的哀歎，是對時事的感傷。正如麥孟華所云：「時事日非，無可與語，感喟遙深。」（梁令嫻《藝蘅館詞選》丙卷）表達則靈動婉轉，語淡情深，幽微隱約，圓融渾成。萬樹評曰：「風度婉秀，真佳詞也。」（《詞律》）

253

水調歌頭

平山堂❶用東坡韻

方　岳

秋雨一何❷碧，山色倚晴空❸。江南江北愁思，分付酒螺紅❹。蘆葉蓬舟千里，菰菜蓴羹❺一夢，無語寄歸鴻。醉眼渺河洛，遺恨夕陽中。蘋洲外，山欲暝，斂眉峰。人間俯仰陳迹，歎息兩仙翁❻。不見當時楊柳，只是從前煙雨，磨滅幾英雄。天地一孤嘯，匹馬又西風。

【作　者】方岳（西元一一九九—一二六二年），字巨山，自號秋崖，祁門（今屬安徽）人。紹定五年（西元一一三二年）進士。累官至吏部侍郎，歷知饒、撫、袁三州，加朝散大夫。所著有《秋崖集》四十卷，《秋崖先生詞》四卷。況周頤〈秋崖詞跋〉謂其詞「疏渾中有名句，不墜宋人風格」。

【詞牌】〈水調歌頭〉，又名〈元會歌〉、〈凱歌〉、〈臺城游〉、〈水調歌〉。雙調，九十五字，上下闋均四平韻，為平韻格。詳見前蘇軾〈水調歌頭〉「詞牌」介紹。

【注釋】❶平山堂　在今揚州瘦西湖北蜀崗上。北宋歐陽脩所建，因登堂可望江南諸山，故以平山為名。❷一何　多麼。❸山色倚晴空　化用歐陽脩〈朝中措〉詞「平山闌檻倚晴空，山色有無中」句意。❹酒螺紅　用紅螺殼製成的酒杯飲酒。❺菰菜蓴羹　用張翰在洛陽見秋風起，思念家鄉蓴羹、鱸魚膾，辭官命駕東歸之典。菰，生於淺水中之茭白。蓴，生於淺水中之草本植物，又稱水葵。❻兩仙翁　指歐陽脩與蘇軾。

【語譯】秋雨之後，倚檻晴空，看山色何等碧綠。流蕩江南江北的愁思，只好交付紅螺杯中的醇酒。乘坐蓬頂小舟，穿行於千里江上蘆葉之中，欲享受菰菜蓴羹的家鄉美味，只是一夢，沒有返鄉言語寄託歸鴻。醉眼遙望渺遠的黃河洛水，遺恨盡付夕照中。　白蘋洲外，遠山將變得昏暗，有如緊蹙的眉峰。俯視仰察人間陳跡，歎息崇仰歐蘇兩仙翁。不見當時歐公所種楊柳，只有煙雨一如從前，歷史磨滅幾多英雄。在天地間獨自一聲長嘯，我又在西風中匹馬前行。

【研析】北宋歐陽脩知揚州，於慶曆八年（西元一〇四八年）築平山堂，並植柳樹。八年後劉敞出守維揚，歐公曾作〈朝中措〉詞相送：「平山闌檻倚晴空，山色有無中。手種堂前垂柳，別來幾度春風。文章太守，揮毫萬字，一飲千鍾。行樂直須年少，尊前看取衰翁。」神宗元豐六年（西元一〇八三年），蘇軾謫居黃州時寫有〈水調歌頭〉詞，長江邊之快哉亭的煙光景色令他想起平山堂的高遠空濛，故詞中有「長記平山堂上，攲枕江南煙雨，杳杳沒孤鴻。認得醉翁語：『山色有無中。』」（「山色有無中」一句實乃王維〈漢江臨泛〉詩中語）故方岳此詞追思歐、蘇二公，內容具寫登平山堂觀感，而用韻則依蘇軾詠快哉亭韻腳。

起筆從平山堂觀景入手：「秋雨一何碧，山色倚晴空。」係「山色秋雨（後），倚晴空（時）一何碧」的倒裝。山色經秋雨洗滌，更加青翠，在雨後陽光照射下，益發碧綠，用「一何」之辭，充滿讚歎。「倚」者，人也，所倚者，欄檻也。山者，指一一呈於眼底之江南金、焦、北固諸山。秋空明淨，視野開闊，應該是心曠神怡。但作者所處時代已不同於歐、蘇，其性情也有異於歐、蘇的豪曠，從江南來到揚州，生發出許多的感慨。首先總說「江南江北愁思，分付酒螺紅」，自己行蹤遍及大江南北，有許多愁思鬱積於心，需要借酒消解。究竟是何種愁情攪擾不寧？以下再分述之。一是宦遊成羈旅：「蘆葉蓬舟千里，菰菜蓴羹一夢，無語寄歸鴻。」長年乘坐蓬舟，與蘆葉相伴，勞頓、單調，不免生發出濃重的鄉愁，嚮往故家生活的恬適，透露出詞人出仕與歸隱的矛盾心情。這種心情在其他詞作中也多有反映，如〈蝶戀花〉：「雁落寒沙秋惻惻。明月蘆花，共是江南客。……菰菜蓴羹，正自令人憶。」〈賀新涼〉：「問乾坤、待誰整頓，豈無豪傑。水驛山程還要我，料理松風竹雪。」但他同時又是堅持民族立場的愛國詞人，雖倦於宦遊，眷懷故園，卻不忘故國，故歌拍由倦遊轉出另一層愁情：「醉眼渺河洛，遺恨夕陽中。」醉中北望中原，河洛渺遠，夕照餘暉，心懷遺恨，意境何其悲壯蒼涼！「夕陽」，既是登臨所見景物，表明時間推移，又暗含時代衰微的象徵。此二句與其〈水調歌頭〉：「莫倚闌干北，天際是神州。」同一感慨。中原淪陷已達百年之久，這是志士仁人永遠無法忘懷的巨痛。因此，詞之上闋展示的是詞人頗為複雜的心態，既不能忘懷國事，又難以遏止對歸隱的嚮往。他的〈滿江紅〉詞說：「宇宙一舟吾倦矣，山河兩戒（指神州分割，中原被敵侵占）天知否？」表達得更為直截，可互相參閱。

下闋由感今轉入懷古。「蘋洲外，山欲暝，斂眉峰」三句，時間承「夕陽」，景觀承「山色」，蘋洲，補寫平山堂與遠山間景物，「斂眉峰」，形容山勢連綿起伏，融入了人的感情因素，似也是人進入思索的一種狀態。由發端之「秋雨」、「晴空」至「夕陽」，再至「山欲暝」，顯示出一天時間的變化，由此進而聯想到歷史的演化，引出懷古之情：「人間俯仰陳迹，歎息兩仙翁。」前面是登平山堂所見、所感，此則寫百年前的相關人事。「人間俯仰陳迹」，係「俯仰人間陳迹」的倒裝，百年歷史，已成往事，而與平山堂有關的兩位大文豪，至今令人仰慕。「不見當時楊柳，只是從前煙雨，磨滅幾英雄」，進一步發抒感歎，風光依舊，煙雨如昔，所不見者僅為當年歐公所種楊柳，自然界的變化如此之小，而傑出的英雄人物卻被淹沒於滾滾歷史長河中。這種感歎既包括歐、蘇，又超出歐、蘇，已由個別而提升到了一般，是一種對世事變化的悠長喟歎。「天地一孤嘯，匹馬又西風」，回應前面的「江南江北」、「蘆葉蓬舟千里」，以踏上新的旅程作結。以「天地」之大與「一孤嘯」的聲音對舉，以遍地「西風」與「匹馬」對舉，以闊大的空間襯托出人之孤單與渺小，是相反相成的藝術辯證法的成功運用。

劉熙載《詞概》謂「詞有點有染」，並舉柳永〈雨霖鈴〉為例，「傷離別」為點，「更那堪、冷落清秋節。今宵酒醒何處？楊柳岸、曉風殘月」為染。此詞上闋類用點染法（繪畫中技法之一種），即先點出「愁思」，然後以仕隱矛盾、感傷家國之情渲染之。下闋則從眼前宕開，從憑弔古人入手，既有對英雄人物的仰慕，又抒發世事無常、英雄磨滅的滄桑之感。上闋重在橫寫，下闋重在縱寫。全詞於開闔縱橫中表露出豐富而複雜的感情，並帶有某種時代的印記。

254 霜葉飛 重九

吳文英

斷煙離緒。關心事，斜陽紅隱霜樹。半壺秋水薦黃花❶，香噀❷西風雨。縱玉勒❸、輕飛迅羽。淒涼誰弔荒臺❹古？記醉蹋南屏❺，綵扇❻咽、寒蟬倦夢，不知蠻素❼。

聊對舊節傳杯，塵箋蠹管，斷闋經歲慵賦。小蟾❽斜影轉東籬，夜冷殘蛩❾語。早白髮、緣愁萬縷。驚飆從捲烏紗去❿。漫細將、茱萸⓫看，但約明年，翠微⓬高處。

【作　者】吳文英（生卒年不詳），字君特，號夢窗，晚號覺翁，四明（今浙江寧波）人。大約生於十三世紀初，卒於南宋滅亡之前。原姓翁，與翁元龍、逢龍為親伯仲，過繼為吳氏後嗣。景定時，嘗客榮王邸，從吳潛等遊。一生未第，終身布衣，於蘇、杭、越州居留最久。有《夢窗甲乙丙丁稿》四卷，又名《夢窗詞》。其詞在當世被認為可與北宋周邦彥比肩，尹煥〈夢窗詞序〉云：「求詞於吾宋者，前有清真，後有夢窗。此非煥之言，四海之公言也。」沈義父《樂府指迷》亦謂其「深得清真之妙」。其詞「以綿密為尚，筆意幽邃」（杜文瀾〈夢窗詞稿序〉），但不免有生澀處。

【詞　牌】〈霜葉飛〉，又名〈鬭嬋娟〉，見周邦彥《清真集》。杜甫〈送盧十四弟侍御護韋尚書靈櫬歸上都二十韻〉詩有「清霜洞庭葉，故就別時飛」語，取為調名。一百十一字，押仄聲韻，為仄韻格。另有一百零九字、一百十二字等體式。參見《詞律》卷十九、《詞譜》卷三十五。

【注　釋】❶半壺秋水薦黃花　語本蘇軾〈書林逋詩後〉「一盞寒泉薦秋菊」。薦，訓藉。❷噀　噴。❸玉勒　金玉鑲的馬籠頭。代指駿馬。❹弔荒臺　指南朝宋武帝劉裕曾於九月九日登彭城項羽戲馬臺事。❺南屏　山名，在浙江杭州。《西湖志纂》：「南屏山當西湖之南，正對孤山，層巒聳列，翠嶺橫披，宛若屏障。」❻綵扇　歌扇，此處代指歌聲。❼蠻素　白居易二妾名。《古今詩話》：「樊素善歌，小蠻善舞。樂天賦詩有曰：『櫻桃樊素口，楊柳小蠻腰。』」此指身邊美人。❽小蟾　指重九未圓之月。❾殘蛩　深秋時的蟋蟀。❿驚飆從捲烏紗去　用九月九日孟嘉遊龍山風吹帽落故事，見《晉書・孟嘉傳》。烏紗，黑紗織物，古代官員所戴之帽多以烏紗製成，此處指帽子。⓫茱萸　植物名，味香烈，重陽配之以驅邪避災。⓬翠微　青山。

【語　譯】面對霏微煙霧，引起傷離意緒。懷有關心情事，那夕陽紅色隱去，惟見丹紅霜樹。半壺秋水憑藉菊花，在西風秋雨中噴灑香味。面對西風秋雨，縱有寶馬，輕飛如快疾鷹鳥，又有誰去淒涼地弔念古時荒臺？回憶往昔重九遊覽南屏，乘醉聞歌，但如今歌聲已如寒蟬咽住。曾經常夢見那嬌美之人，而今此夢已倦，已不知小蠻、樊素。　聊且對舊節傳杯飲酒，紙箋布滿灰塵，筆管已經蟲蛀，殘缺詞章長年懶於補綴。此時月光斜影轉向東籬，夜間寒冷，聽深秋蟋蟀啼鳴。我頭上白髮，早已是因愁萬縷。任憑驟至的狂風將烏紗捲去。隨意折取茱萸仔細觀看，只希望明年相約，登上青山高處。

【研　析】此詞係重陽節抒發懷念去妾之情。詞人原有一妾，後不知何因下堂求去，《夢窗詞》中多有懷念之作，此為其中之一。

「斷煙離緒。關心事，斜陽紅隱霜樹」，詞之發端即將重陽天氣與傷離情思綰合一處。所謂「斷煙」、「斜陽紅隱」，正是「滿城風雨近重陽」（宋潘大臨詩句）的氣候特點，而「離緒」、「關心事」，則是人當此際之情懷，具有統領全詞之作用。「半壺秋水薦黃花，香噀西風雨」，再補寫此節日相關景物。菊花，不僅是重陽節特有之傲霜花卉，更兼古人有重陽飲菊花酒或對菊飲酒之習，王安石〈九日登東山寄昌叔〉詩有「應須綠酒酬黃菊」語，李清照〈醉花陰〉詞有「東籬把酒黃昏後，有暗香盈袖」之句，故此詞亦加涉及。但吳文英的寫法比較獨特，重在將其與「秋水」配置，寫供於瓶中之菊，水借其香由西風秋雨噴飛而出，且又切重陽風雨，運筆極為靈活。陳匪石評以上景語云：「『霜樹』紅殷，『斜陽』似隱，昔人怕看斜陽，我欲見斜陽而不得，但見秋水半壺，噀黃花作雨，西風淒苦，我何以堪？」揭示其景語含情。

以上重在營造節日的淒涼氛圍，至「縱玉勒、輕飛迅羽。淒涼誰弔荒臺古？」轉抒內心「淒涼」之感。這裡運用的是假設句，面對此淒風苦雨，即使有玉勒雕鞍的寶馬，誰會像劉裕那樣在重陽去憑弔古代的走馬荒臺呢？說明自己全無劉裕式的豪興。「記醉蹋南屏，綵扇咽、寒蟬倦夢，不知蠻素」，再轉入憶昔，又分兩層。一是回憶乘醉聽歌於南屏登高之樂事，兩人的濃情蜜意，繾綣纏綿，令人始終難以忘懷；二是寫愛妾去後的心境，「綵扇」二句的標點，係從「詞譜」要求，從表意來說，應標為「綵扇咽寒蟬，倦夢不知蠻素」，前句以歌聲如寒蟬之咽住，表妾之離開他往；後句是說自己的無限眷戀，無數次入夢追尋善歌能舞之愛妾，而今夢已經倦怠，不知有蠻素之人了。說「不知」，似已忘卻，而其實仍是難以拋撇。

換頭：「聊對舊節傳杯，塵牋蠹管，斷闋經歲慵賦。」復由昔轉今。「舊節」呼應「記醉蹋南屏」節日事，即今之節日是曾經的節日。傳杯而曰「聊且」，則帶有敷衍、應付之意，無興「傳杯」，卻不得不傳杯，實為無可奈何之舉。不僅此節日毫無意興，即長時間以來，都意興索然，故紙筆荒廢，連未完成之詩文也懶於補綴成篇。故後兩句仍是回憶之詞，補敘「倦夢」時心緒。「傳杯」當係白天或傍晚面對「西風雨」情事，而至夜晚，雨後轉晴，「小蟾斜影轉東籬，夜冷殘蛩語」轉寫夜景。前句重在視覺，通過景物變化表時間之推移，同時暗用陶淵明「采菊東籬下」詩意，以「東籬」呼應前面「黃花」；後句重在聽覺與感覺。所構成者仍是淒清冷寂的氛圍。自己夜不成寐，思緒翻湧：「早白髮、緣愁萬縷。驚飆從捲烏紗去。」前句用李白「白髮三千丈，緣愁似個長」詩意，言己多愁年老。後句用孟嘉登龍山風吹帽落故事，任憑狂風吹走烏紗，即使白髮露頂亦不以為意，以顯自己不拘小節，有孟嘉式的高情勝概。

結拍再轉：「漫細將、茱萸看，但約明年，翠微高處。」由眼前轉向未來。此處用杜甫〈九日藍田崔氏莊〉「明年此會知誰健，醉把茱萸仔細看」和王維〈九月九日憶山東兄弟〉「遍插茱萸少一人」詩意，對未來重九一道登高懷有一種希冀、一種憧憬，然用「但約」字眼，又透露出希望微茫之意。但不管如何，還是給全詞的灰暗底色帶來一絲亮意。正如陳匪石所評：「雲散雨收，餘霞成綺。」（《宋詞舉》）

此詞通過重九寫「關心事」，主要表達深懷去妾之情，同時也雜有自己失意的身世之感。詞人用虛實相生之法，極盡空中盪漾之能事，交錯呈現過去、現在、未來三段時空，既開闔有致，又沉著有力。特別是善用「縱」、「記」、「對」、「漫」、「但」等響亮的虛字加以提勒，或起層進、加倍之作用（如上闋），或形成頓挫、產生折進之效果（如下闋）。至若摹景繪聲，尤善營造氛圍。陳廷焯《白雨齋詞話》謂其「淒涼處，祇一二語，已覺秋聲四起」。

255 宴清都

連理海棠❶

吳文英

繡幄鴛鴦柱。紅情密❷，膩雲低護秦樹❸。芳根兼倚，花梢鈿合❹，錦屏人妒。東風睡足交枝，正夢枕、瑤釵燕股❺。障灩蠟❻、滿照歡叢，嫠蟾❼冷落羞度。人間萬感幽單，華清慣浴，春盎風露❽。連鬟並暖，同心共結，向承恩處。憑誰為歌長恨？暗殿鎖、秋燈夜語❾。敘舊期、不負春盟，紅朝翠暮。

【詞牌】〈宴清都〉，又名〈四代好〉，始見周邦彥《清真集》。調名取自南朝沈約詩句：「朝上閶闔宮，夜宴清都闕。」雙調，一百零二字，仄韻格。亦有減字為九十九字、一百零一字者。參見《詞律》卷十七、《詞譜》卷三十。

【注釋】❶連理海棠　花木枝幹連生之海棠。❷紅情密　形容海棠紅花茂密。❸膩雲低護秦樹　用陸游〈花時遍遊諸家園〉「乞借春陰護海棠」詩意。膩雲，烏雲，似人之美髮。秦樹，宋徐積〈雙株海棠序〉：「雙株海棠者，余秦中時見也，其高皆數十尺，翛然在眾花之上。」秦，指今陝西一帶。❹鈿合　即鈿盒，金飾之盒子，兩扇相合叫鈿合。❺東風睡足交枝二句　暗用楊貴妃故事，宋惠洪《冷齋夜話》卷一：「東坡作〈海棠〉詩曰：『只恐夜深花睡去，更燒銀燭照紅妝。』事見《太真外傳》，曰：上皇登沈香亭，詔太真妃子。妃於時卯醉（長飲而醉）未醒，命力士從侍兒扶掖而至。妃子醉顏殘妝，鬢亂釵橫，不能再拜。上皇笑曰：『是豈妃子醉，真海棠睡未足耳。』」又第一句語本蘇軾〈寓居定惠院之東雜花滿山有海棠一株土人不知貴也〉寫海棠詩「日暖風輕春睡足」之句。瑤釵燕股，燕尾形之玉釵分為兩股。❻灩蠟　搖曳之燭光。❼嫠蟾　指月。嫠，無夫之婦人。蟾，傳說月中有蟾蜍，故以指月。❽華清慣浴二句　指楊貴妃被賜浴華清池，承受天恩。華清池，在陝西臨潼驪山，唐貞觀年間建湯泉宮。湯泉，即溫泉。❾暗殿鎖句　用白居易〈長恨歌〉「七月七日長生殿，夜半無人私語時」詩意。

【語譯】海棠花密匝如妍麗的帷帳，枝幹如鴛鴦並立。紅色花朵情濃意密，有濃雲低低護衛秦地高樹。芳香樹根相互依倚，花梢有如兩扇鈿合，引惹獨向錦屏之人嫉妒。相交的花枝在東風中睡足，如玉製之燕釵兩股，正夢中酣睡於枕。用物遮擋搖曳的燭光，遍照充滿歡樂的花叢，冷落孤寂的月亮也羞於移動。　人間成千上萬的人都感到幽單，而華清池賜浴，沐風沾露，春意盎然。在承恩時，相連的髮鬢並暖，同心共結。憑誰人為他們歌唱長恨？請看夜殿閉鎖，兩人在秋燈下私語。敘述舊日心期，不辜負春天盟約，紅花綠葉，相聚朝朝暮暮。

【研　析】此詞詠連理海棠。前人論詠物，認為「貴有不黏不脫之妙」，「如畫家寫意，要得生動之趣方為逸品。」（吳衡照《蓮子居詞話》）夢窗此詞不僅寫出連理海棠之形態、色澤、神韻，且處處關合人情，特別是化用楊妃與明皇生死戀故事，為詞增添許多異彩。

發端即用「繡幄鴛鴦柱」，總寫其形。「繡幄」，本閨房中之華美用物，用以喻花之茂密，便與人事相關，以「鴛鴦柱」形容枝幹，則突出其形影不離的親密。以下多方鋪寫。「紅情密，膩雲低護秦樹」前句重在色彩，而融入人情，後句用「乞借春陰護海棠」詩意，用「膩雲」字樣，則係以人之濃髮擬雲。「芳根兼倚，花梢鈿合，錦屏人妒」三句，承上「鴛鴦柱」之意，細加刻畫，亦牽合人情，復以閨中思婦之嫉妒加以反襯。「東風睡足交枝，正夢枕、瑤釵燕股」二句，人花合寫。其中用海棠春睡比擬楊妃宿酒未醒之故事，該典又為蘇軾多次化用，故「東風睡足交枝」句，語本蘇軾〈寓居定惠院之東雜花滿山有海棠一株土人不知貴也〉海棠詩「日暖風輕春睡足」，而以「交枝」突出「連理」之狀。「正夢枕、瑤釵燕股」則為詞人想像之辭，因「睡」而聯想及「夢」，由「夢」而聯想其枕上燕形玉釵呈雙股之狀。

以上寫白天，至歇拍轉寫夜晚。「障灩蠟、滿照歡叢」，用蘇軾〈海棠〉「只恐夜深花睡去，更燒銀燭照紅妝」詩意，同時用「嫠蟾冷落羞度」加以反襯。嫠者，寡居無夫之人，月中嫦娥乃獨居之神女，所謂「嫦娥應悔偷靈藥，碧海青天夜夜心」（李商隱〈嫦娥〉）是也，面對連理海棠，也羞於出現於雲端。前面用「錦屏人妒」，此處謂「嫠蟾」「羞度」，則寫出人神共羡，如此反覆渲染，將「連理海棠」之繁豔與歡情加倍寫足，在繡幄、紅情、膩雲、鈿合、瑤釵燕股等物象描繪中，一位美麗多情的女性人物形象，已呼之欲出。

上闋處處寫花而不離人情，下闋則以楊妃與明皇的愛情故事為線索，為連理海棠的神韻增添奇幻的色彩。

換頭「人間萬感幽單」，先宕開一筆，轉言千古人間之遺憾，楊鐵夫稱其為「神來之筆」（《吳夢窗詞箋釋》）。以幽情單緒乃人間普遍之存在，作為對特殊濃情蜜意的反襯。以下「華清慣浴，春盎風露」一轉，既寫楊妃賜浴承恩（即白居易〈長恨歌〉「春寒賜浴華清池，溫泉水滑洗凝脂。侍兒扶起嬌無力，始是新承恩澤時」），又綰合海棠之含風承露，美豔無比。「連鬟並暖，同心共結，向承恩處」進一步言其情意款洽，〈長恨歌〉描寫之「雲鬢花顏金步搖，芙蓉帳暖度春宵。春宵苦短日高起，從此君王不早朝」可作為注釋。而所謂「連鬟」、「同心」，亦不離海棠「連理」之意，正所謂亦人亦花也。「暗殿鎖、秋燈夜語」，用〈長恨歌〉描寫場景：「七月七日長生殿，夜半無人私語時。在天願作比翼鳥，在地願為連理枝。」有此誓言，有此心志，「憑誰為歌長恨？」用一反詰語，謂正不必為楊、李之生死相依相戀，而作長恨之歌。結尾「敘舊期、不負春盟，紅朝翠暮」，將人間情事與連理海棠綰合，人之不負春盟，如海棠之朝暮相依，海棠之紅朝翠暮，如情人之生死相戀。

此詞賦連理海棠，辭藻極為妍麗，尤能得其神理！花與人、今與古，變幻莫測，又能渾融一體，極盡不黏不脫之妙。正如陳洵所評：「用事運意，奇幻空靈；離合反正，精力彌滿。」（《海綃說詞》）

256 齊天樂

與馮深居❶登禹陵❷

吳文英

三千年事❸殘鴉外，無言倦憑秋樹。逝水移川，高陵變谷，那識當時神禹。
幽雲怪雨。翠萍溼空梁，夜深飛去❹。雁起青天，數行書似舊藏處❺。寂寥
西窗久坐，故人慳❻會遇，同翦燈語。積蘚殘碑，零圭斷璧❼，重拂人間塵土。
霜紅罷舞。漫❽山色青青，霧朝煙暮。岸鎖春船，畫旗喧賽鼓❾。

【詞牌】〈齊天樂〉，又名〈齊天樂慢〉、〈如此江山〉、〈臺城路〉等。雙調，仄韻格。有一百零二字（如本詞）、一百零三字、一百零四字者數體。詳見前姜夔〈齊天樂〉「詞牌」介紹。

【注釋】❶馮深居　馮去非之號，曾宰會稽。❷禹陵　夏禹陵墓，在浙江紹興會稽山。❸三千年事　大禹至南宋，約三千餘年歷史。❹幽雲怪雨三句　運用神話傳說渲染陵廟。《紹興府志》載，禹廟，梁時修，忽夜風雨，飄一梅梁至，乃大梅山所產也。又，宋張淏《會稽續志》卷六引《四明圖經》云，禹祠之梁，張僧繇圖龍於其上，夜或風雨，飛入鏡湖與龍鬥，後人見梁上水淋漓而萍藻滿焉。❺雁起青天二句　由雁飛成字，而聯想大禹藏書處。相傳大禹曾發山穴之書而知水理，又傳說大禹治水畢，藏書於會稽石匱山。❻慳　難得。❼零圭斷璧　指後人憑弔殘留的玉器。圭、璧，古代諸侯祭祀時用作符信的玉器。❽漫　不經意地。❾賽鼓　賽神時打鼓聲。

【語譯】遙想大禹三千年事，遠在殘鴉之外，默默無言，登臨倦倚秋樹。東流逝水已使河流改道，高山已變低谷，哪能辨認夏禹神靈。傳說梅梁趁幽雲怪雨之際，夜深飛往鏡湖與龍相鬥，歸時水溼，上留翠萍。仰看青天雁飛成字，數行書，好似禹書舊時藏處。　與故人難得相遇，今夜寂寥之中，西窗久坐，共剪燈花，一道話語。面對苔蘚覆蓋的殘碑，零星殘缺的圭璧，重為拂去人間塵土。想像秋霜染就的紅樹當停止飛舞。在不經意中，山色青青，朝霧暮煙輕覆。來年湖岸纜繫春船，畫旗招展，傳出喧天賽神鑼鼓。

【研析】此詞借吟詠夏禹相關故事，感世事滄桑之變，隱含今無夏禹其人之歎。其詞題為「與馮深居登禹陵」，但並不著意鋪寫登臨過程，而重在抒寫心靈感受。

詞之起句「三千年事殘鴉外」，即是登臨所感，夏禹治水之事跡距今已有三千多年，何等久遠！「殘鴉」天際盤旋，係眼前所見，禹之事，更在殘鴉之外，將時間的綿長化為空間的邈遠，與杜牧〈登樂遊原〉詩「長空澹澹孤鳥沒，萬古消沉向此中」所寫，同一蒼茫。「無言倦憑秋樹」，以「倦」表登臨，以「秋樹」表時節，而以「無言」狀其神情，則登臨之人陷入沉思可知。

沉思者何？首先是「逝水移川，高陵變谷，那識當時神禹」，從神禹作為客體來說，三千多年時光，已是川移谷改，哪裡還能追尋他的蹤影？這是一種理性的沉思，也是一種形象的議論，其中蘊含遙遠的歷史感和變遷的滄桑感。雖然蹤跡難尋，但相關傳說卻遷延流播，長繫人心，故下面就此生發種種奇思異想。「幽雲怪雨。翠萍溼空梁，夜深飛去」三句，係綜用種種傳說，於幽暗怪誕的雲飛雨灑氛圍中，描畫出禹廟中梅梁的神奇靈異。「翠萍溼空梁」，寫與鏡湖龍門歸來，尤為形象傳神。「翠萍」二句，係用倒裝，「夜深飛去」在前，「萍溼空梁」在後，此等處顯示出作者用語的靈活多變。又，相傳大禹得水理之書，治水畢藏書於石匱山，今書籍已杳然難覓，登臨之時正值雁過藍天，排列成字，因而由「雁起青天」，觸發出「數行書似舊藏處」之聯想。如此寫禹廟、禹跡，不作死語，極為幽窈、空靈，而憑弔之意存焉。

至換頭「寂寥西窗久坐，故人慳會遇，同翦燈語」，用李商隱〈夜雨寄北〉詩「何當共翦西窗燭，卻話巴山夜雨時」語意，轉寫與友人登禹陵歸來夜聚情景。李詩寫親情、愛情，此處借寫友情，故人難得一見，白日共登禹陵，靜夜則聚首西窗，共話遠古歷史，體現出關係之親密、友情之深厚、共同之興趣。此處的「同」字，實應上貫至發端之「倦憑秋樹」。下面「積蘚殘碑，零圭斷璧，重拂人間塵土」三句，進一步具寫二人一道審視白天登禹陵時所拾遺物。「碑」已「殘」，證年代久遠，上多「積蘚」，證久已無人拂拭；禹廟地上遺留「圭」、「璧」，證往昔諸侯常往祭祀，而曰「零」曰「斷」，明今已極荒涼。對此撫摸拂拭，不免生出對「人間」事的無窮感慨，對夏禹功績的無限緬懷。

登禹陵，懷禹跡，拂殘碑，歎人事，登臨憑樹而曰「倦」，西窗夜話而謂「寂寥」，憑弔之中充溢蒼涼沉鬱之感。這種顯得低抑的情調無疑和詞人面臨的現實有關，與夏禹治水的豐功偉績對照，不免隱含南宋國勢衰微、惜無安邦定國肱股大臣的憾恨。

詞寫至此，登禹陵之意似已可告一段落，但下面又轉出另一層新意：「霜紅罷舞。漫山色青青，霧朝煙暮。」「霜紅」一方面呼應發端的「秋樹」，而「舞」則補寫秋風，用一「罷」字，則謂眼前秋景必將消逝，不經意中代之而起的是煙霧縹緲、蒼翠蔥蘢的春色。這是自然不可移易的法則。由此進一步想像「岸鎖春船，畫旗喧賽鼓」，春日湖岸，船兒列陣，畫旗飄舞，人們在鑼鼓聲中，虔敬地祭祀夏禹的神靈。據《嘉泰會稽志》卷十三「節序」條載，三月五日，俗傳為禹之生日，禹廟遊人最盛，無貧富貴賤傾城俱出，士民皆乘畫舫，具酒食，前設歌舞，下湖而行。故此結尾乃設想來年祭禹盛況，仍不離緬懷夏禹主題。相對前面的蒼涼沉鬱，則此處顯示出一道亮色，令人情緒為之一振。詞人之運筆，真可謂變化莫測。

近人鄭文焯評此詞：「萬古精靈，空蕩幽默，懷古之作，至此乃神。」（《手批夢窗詞》）堪稱的評。

257 西平樂慢

吳文英

過西湖先賢堂❶，傷今感昔，泫然出涕

岸壓郵亭❷，路欹華表❸，隄樹舊色依依❹。紅索❺新晴，翠陰寒食❻，天涯倦客重歸。歎廢綠平煙帶苑，幽渚塵香蕩晚，當時燕子，無言對立斜暉。追念吟風賞月，十載事，夢惹綠楊絲。畫船為市❼，夭妝豔水，日落雲沉，人換春移。誰更與、苔根洗石，菊井❽招魂❾，漫省連車載酒，立馬臨花，猶認蔫紅傍路枝。歌斷宴闌❿，榮華露草，冷落山丘，到此徘徊，細雨西城，羊曇醉後花飛⓫。

【詞牌】〈西平樂慢〉，即〈西平樂〉。雙調，有仄韻、平韻兩格。仄韻始見柳永《樂章集》，平韻始見於周邦彥《清真集》。仄韻格有一百零二、一百零三字兩體，平韻格有一百三十七字、一百三十六字、一百三十五字（如本詞）數體。參見《詞律》卷十七、《詞譜》卷三十。

【注釋】❶先賢堂　周密《武林舊事》卷五載：「先賢堂名『仰高』。祠許由以下共四十人。」「中有振衣、古香、清風堂，山亭流芳，花竹縈紆，小山曲徑。」堂在西湖蘇隄南。❷郵亭　驛館。❸華表　標誌衢路之大柱。❹依依　指楊柳。《詩經・小雅・采薇》：「昔我往矣，楊柳依依。」❺紅索　鞦韆。王建〈寒食〉詩：「白衫眠古巷，紅索搭高枝。」❻寒食　寒食節。冬至後一百零五日，或謂一百零六日，禁火三日。❼畫船為市　在畫船中作交易。譚秀〈六橋晴市〉詩：「六橋開暖煙，家家水為市。」❽菊井　宋時杭州有薦菊井。❾招魂　宋玉有《楚辭・招魂》，招屈原精魂。❿宴闌　宴會結束。⓫冷落山丘四句　《晉書・謝安傳》載，羊曇為謝安所愛重。安謝世後，羊曇輟樂彌年，行不由西州路。一日大醉，不覺行至州門，悲感不已，口誦曹植詩曰：「生存華屋處，零落歸山丘。」慟哭而去。

【語　譯】驛館低壓湖岸，華表傾斜於道路，隄上楊柳依依，色彩如舊。看新晴中的鞦韆，寒食天的綠陰，流落天涯的倦客重歸。歎息荒廢綠野，平煙籠於苑囿，幽暗沙渚的草塵香氣，在晚風中飄蕩，當時的燕子，在斜暉中無言相對而立。追念十年前吟風賞月情事，絲絲楊柳牽惹夢魂。　昔時畫船交易，熱鬧非凡，衣著入時，人皆靚美，映照湖水，分外明豔，而今日色西匿，雲彩隱退，故人已換，春移時改。更有誰相與一道，在苔根邊看清泉洗石，於菊井旁招騷人吟魂，隨意想到當時連車載酒，立馬觀花，而今還能分辨傍路枝上舊時紅豔現已蔫萎的花朵。歌聲已息，宴會已殘，榮華如草上之朝露，感歎山丘零落冷寂，到此徘徊，細雨飛灑西城，惟羊曇醉酒之後，才有花飛。

【研　析】詞人在南宋都城臨安生活過一段較長的時間，相交往者有達官、文士，既有山水之樂，亦有酬唱之雅。西湖先賢堂是當時的風景勝地，當亦係經常遊歷處，故多年後，舊地重遊，時移物換，人事已非，悲從中來，故有是作。劉永濟《微睇室說詞》，謂「此詞當是夢窗晚年所作。考夢窗老壽，理宗趙昀景定（西元一二六〇—一二六四年）中尚存，其時宋室江山已岌岌可危」，所言極是。此詞抒發昔盛今衰之感，極為沉痛，含有一種世紀末的傷感與悲涼。

詞之上闋重在寫「重歸」時所見景觀，藉以抒發昔盛今衰之感。發端三句「岸壓郵亭，路欹華表，隄樹舊色依依」，先用一對句寫今之湖岸、路途景象，破敗冷寂，一派蕭然，與憶念中的昔時繁盛，形成鮮明對照。「隄樹」一句則今昔綰合，並暗伏歇拍之「夢惹綠楊絲」。「紅索」三句，倒敘「重歸」時的物候。「紅索新晴，翠陰寒食」兩句景語，係作為時間背景出現的，偏於客觀描寫，色彩亦頗鮮明，即今之所見，未嘗沒有亮色。以下「歎廢綠平煙帶苑，幽渚塵香蕩晚，當時燕子，無言對立斜暉」數句，續寫過先賢堂所見，前兩句一寫陸地苑囿荒廢、草莽叢生，一寫水中沙渚，空發塵香；後兩句則用劉禹錫〈烏衣巷〉「朱雀橋邊野草花，烏衣巷口夕陽斜。舊時王謝堂前燕，飛入尋常百姓家」詩意，盛衰之感，益發深沉。數句以「歎」字領起，遂化實為虛。歇拍「追念吟風賞月，十載事，夢惹綠楊絲」轉憶昔時盛況，實則前面寫景，處處有與「十載」前「吟風賞月」時的對照。詞人將此盛衰之感歸結為柳絲惹夢，不僅與前面堤樹「依依」互相呼應，且運筆亦極為空靈。

上闋主要通過眼前景觀抒寫昔盛今衰之感，下闋則今昔交錯，「畫船為市，夭妝豔水」，為憶昔；「日落雲沉，人換春移」，係感今。兩兩相形，對比強烈。「誰更與、苔根洗石，菊井招魂」，謂從前或於山溪潺湲、綠苔滿地之處，臨流聽泉，觀水激石，或於薦菊之井，汲泉烹茗，賦詩以招騷人之魂，何等清幽，何等風雅！以「誰更與」領起，則今已無人相與，以見風流雲散。此處用反詰句，係從「無」的方面寫，下面「連車載酒，立馬臨花，猶認蔫紅傍路枝」，則以「漫省」領起，用虛筆從正面憶昔：載酒，以見興之高揚；連車，以見人之眾多；臨花而立馬，則見春之濃麗，人之流連。而「猶認」一句，則今昔綰合，由眼前蔫萎之花，帶出往日紅豔之花。此七句描繪昔時一系列活動，用虛詞連綴，一氣流走，累累如貫珠。至結拍六句，復轉傷今。「歌斷宴闌」，既是感歎今之景況，「歌」與「宴」亦是對過去風雅活動的補充。詞人由此而又引發出對於人生的感慨：「榮華露草」，此句化用杜甫〈送孔巢父謝病歸遊江東兼呈李白〉詩「富貴何如草頭露」語意，謂榮華轉瞬，如草上朝露之易於蒸發。「冷落山丘，到此徘徊，細雨西城，羊曇醉後花飛」，則用與羊曇相關之典故。按詞意，次序應是「細雨西城，羊曇醉後，到此徘徊，（感歎）冷落山丘，（此處）花飛（係羊曇醉後栽）」。這裡主要用羊曇懷念謝安之典，傷今感昔。往日遊從宴樂，固一時之盛，今日重來，迥非昔比，故悲從中來。同時用溫庭筠〈經故翰林袁學士居〉詩「西州城外花千樹，盡是羊曇去後栽」語意，進一步表悲不自勝之意。

此詞多轉折，但多用虛詞連綴，故覺氣機流暢。全詞二十八句，四言（含領字下者）占十八句，故多處使用對仗，除前文提及上闋之二組外，下闋之「畫船為市，夭妝豔水」、「日落雲沉，人換春移」、「苔根洗石，菊井招魂」、「連車載酒，立馬臨花」，均是，有的且為自對句，此外又雜有「廢綠平煙帶苑，幽渚塵香蕩晚」的六言對，故覺流動之中又極具工飭之美。又此詞調韻腳較少，極不易填，而作者能運密於疏，虛實結合，傳達出深沉的今昔感慨，不愧為作手。

258

浣溪沙

吳文英

門隔花深夢舊遊。夕陽無語燕歸愁。玉纖❶香動小簾鉤。　落絮無聲春墮淚，行雲有影月含羞。東風臨夜冷於秋。

【詞牌】〈浣溪沙〉，又名〈浣紗溪〉、〈小庭花〉等。雙調，有平韻（如本詞）、仄韻兩格。詳見前晏殊〈浣溪沙〉「詞牌」介紹。

【注釋】❶玉纖　如玉潤之纖手。

【語譯】夢到門外花木深深的舊遊處。夕陽無語西下，雙燕歸飛含愁。用芳香的纖纖玉手拉動小小簾鉤。

柳絮飄落無聲，似春墮淚，行雲有影遮月，月似含羞。夜晚東風吹來，冷過涼秋。

【研析】此為懷人之作，但主要從對方著筆。首句「門隔花深夢舊遊」，此係詞人的回憶之辭。門外深廣之地，花繁木茂，春意融融，曾是往昔共遊之地，當時有過多少的賞心樂事，如今只有在記憶中去追尋了。雖不直言昔樂今愁，然此情已寓其中。詞人不說「憶」，而說「夢」，以增其迷離恍惚，前塵真個似電如幻。「夕陽無語燕歸愁。玉纖香動小簾鉤」二句轉寫別後對方情景。「夕陽」西下，表黃昏已漸臨近，說其「無語」，一是感時間之悄然流逝，再則也營造出一種暗淡寂寥的氛圍，襯托出伊人之孤獨。此時燕子歸來，雙飛雙宿之外物與自己處境形成鮮明對照，惟加重愁情而已。「愁」是一篇之詞眼，是情感之聚焦。及至暮色蒼茫，遂起而將簾鉤輕輕移動。此處「動」字下得很有分寸，詞人不用「放」字，也不用「掛」字（如秦觀〈浣溪沙〉「寶簾閒挂小銀鉤」），說明簾子處於半掛狀態，既可遮擋夜風，又無礙於對室外的觀察。

詞之下闋寄情於景，情景融會。「落絮無聲春墮淚，行雲有影月含羞」，這一對句極美極巧，極輕靈有致。前句寫白天所見所思。化用蘇軾〈水龍吟〉詠楊花「細看來，不是楊花，點點是離人淚」句意。柳絮輕巧，落地無聲，似乎是春為歸去而傷感落淚，將自然擬人化，是一層；將自然界的傷感比擬人情，又是一層。後句寫夜晚所見所感，月有雲彩遮掩，狀似含羞遮面，將月擬人，復以自然比擬人情，手法與前句同。「墮淚」、「含羞」，都是伊人感傷別離情緒的外露，反過來，又可說是主觀感情對外物的投射。這兩句的是倚聲家語，情景結合的輕婉、靈動，直可與秦觀的「自在飛花輕似夢，無邊絲雨細如愁」（〈浣溪沙〉）媲美。結句「東風臨夜冷於秋」仍屬想像對方之詞。「臨夜」承「夕陽」；「東風」「冷於秋」，從某種程度來說是寫實，賀鑄〈減字浣溪沙〉詞有「東風寒似夜來些」的描寫，或為此詞所本，同時又是人之主觀情感的折射，心境淒清冷落，更覺春夜東風有如秋氣之涼寒。

此詞寫法類似於杜甫的〈望月〉，懷人而從對面著筆，由「夢舊遊」而想像別後對方的情境，似真亦幻，似幻亦真，顯得「遊思縹緲，纏綿往復」（陳洵《海綃說詞》）。如此透過一層，比直抒自己如何思念對方，更覺綿邈纖穠。

259 風入松

吳文英

聽風聽雨過清明。愁草瘞花銘❶。樓前綠暗分攜❷路，一絲柳、一寸柔情。

料峭春寒中酒❸，交加曉夢啼鶯。　西園日日掃林亭。依舊賞新晴。黃蜂頻撲鞦韆索，有當時、纖手香凝。惆悵雙鴛❹不到，幽階一夜苔生。

【詞牌】〈風入松〉，又名〈風入松慢〉、〈遠山橫〉。古琴曲有〈風入松〉，相傳為晉嵇康所作。唐僧皎然有〈風入松歌〉，見《樂府詩集》。係由琴曲而入樂府，再轉而為詞調名。雙調，平韻格。此調有七十二字、七十三字、七十四字、七十六字（如本詞）數體，上下闋各六句，四平韻，句式、格律均同。參見《詞律》卷十一、《詞譜》卷十七。

【注釋】❶瘞花銘　埋葬花的銘文。南北朝時庾信曾寫過〈瘞花銘〉。❷分攜　分離。❸中酒　病酒；醉酒。❹雙鴛　以成對鴛鴦喻指女子之鞋。

【語譯】聽著風吹雨打度過清明，心懷愁苦草寫瘞花銘。樓前柳樹濃蔭夾道，正是當時分手處，一絲柳，蘊含一寸柔情。春寒料峭，飲酒至於沉醉，幾聲鶯啼，驚覺迷離曉夢。　西園林亭日日清掃，依舊欣賞雨後新晴。黃蜂頻頻撲向鞦韆索，上面凝聚有當時她纖手的芳馨。惆悵她的足跡不再到此，幽寂臺階一夜綠苔滋生。

【研析】此詞係暮春西園懷人之作。首點時節：清明。清明時節多雨，杜牧〈清明〉詩即有「清明時節雨紛紛」的描寫；兼之還有料峭春風。作者並沒有閒坐林亭觀雨的雅興，卻是在室內聽風聽雨，滿懷憂慮。因為園中百花「無奈朝來寒雨晚來風」（李煜〈相見歡〉），風雨過後總是「花落知多少」，以致「綠肥紅瘦」。故下面接以「愁草瘞花銘」。詞人因花落而生惋惜之情，因惋惜落花，不願其委於塵土遭人踐踏，希望築一座花冢將它們埋葬起來（這種情思很容易使我們聯想到《紅樓夢》中黛玉葬花的情景），並像庾信那樣寫〈瘞花銘〉一類的文字來加以悼念。這一句不一定是實寫，而是借此表達惜花的心情和傷感的意緒。這兩句主要是融情入景，至「樓前綠暗分攜路」兩句，則為情景綰合。時令節候已令人傷情，再看看「樓前」景色，道路已是綠柳成蔭（「暗」本形容詞，此處作動詞使用），回憶當時，折柳贈別，那兒正是分手之地。「一絲柳、一寸柔情」，將客觀之景與主觀之情糅合，真是柔情千萬縷，難捨難分！「料峭」二句寫法則又一變，於敘事中抒情。時值料峭春寒，加之懷遠傷離，遂飲酒驅寒、解愁，以至於酩酊沉醉，進入夢鄉。所夢為何？作者沒有明說，只說曉夢迷離，與所懷之人是可望而不可即，還是四目相對情意綿綿？留給讀者去猜想。但在拂曉時刻，夢被啼鶯驚醒，卻不免充滿惆悵。要是在唐代詩人筆下就會直抒：「打起黃鶯兒，莫教枝上啼。啼時驚妾夢，不得到遼西。」但此詞所追求者是含而不露，以不說為說，僅點到為止。從景物描寫來說，有啼鶯之聲，預示著天氣轉晴，為後面之「新晴」作了鋪墊。

上闋寫風雨清明，下闋則寫雨後新晴。前段所寫主要是樓中發生之情事，後段所寫空間轉向西園。西園，夢窗詞中屢有所見，如〈掃花遊〉：「醉西園，亂紅休掃。」〈浪淘沙〉：「往事一潸然，莫過西園。」〈風入松〉詠桂：「暮煙疏雨西園路，誤秋娘、淺約宮黃。」西園應是他和愛姬共同遊樂之地，他們曾經在此度過了一段美好而難忘的歲月。「西園日日掃林亭」，清掃園中的落葉飛花，以乾淨的環境迎接客人，說明心有所待。而「日日掃林亭」，說明等待非止一日。「依舊賞新晴」句，頗耐人尋味。「新晴」與「聽風聽雨」相對，寫出氣候的變化。久雨新晴，景物明麗，空氣清新，令人精神為之一爽，心中陰霾似亦為之一掃，故有欣賞的興致。這裡的「依舊」包含兩層意思：一是與「日日」相應，雖明知其人不能前來，仍是一往情深地天天盼望、等待；一是今時與昔日相對。昔日曾與愛姬一道，在園亭中賞景遊玩，種種情事歷歷如在目前。詞人見鞦韆之索，而思溫鞦韆之人，由溫鞦韆而思及其纖手。故下面見「黃蜂頻撲鞦韆索」，便想像那是因為「有當時、纖手香凝」，其實，時間久歷，鞦韆索上豈可再有纖手餘香？這只不過是詞人主觀情感的投射罷了！這兩句歷來備受稱賞，清譚獻《詞評》云：「是痴語，是深語。」陳洵《海綃說詞》云：「見秋千而思纖手，因蜂撲而思香凝，純是痴望神理。」睹物思人，不從正面描寫，而從側面加以表現，這正是清代詞論家劉熙載在《詞概》中所說的「不犯本位」。詞的結拍歸結到對方不來的惆悵與失望，但仍不直說，而是通過景物形象地表達抽象之情：「雙鴛不到，幽階一夜苔生。」南朝梁庾肩吾〈詠長信宮中草〉詩云：「全由履跡少，并欲上階生。」唐李白〈長干行〉詩云：「門前遲行跡，一一生綠苔。」此處化用前人詩意。人跡罕到，經過一段時間，臺階生長綠苔，此為一般之理。但詞人卻謂「一夜苔生」，是為誇張之詞。這種誇張，於理未合，於情可通，乃是盼之切、愁之深、愛之極的表現。

這是一首愛情詞，沒有偎紅倚翠之態，沒有鏤金錯彩之辭，而以清辭雋語、痴想妙思寫出一段款款深情，溫厚莊雅，回味無窮，在宋代的戀情詞中別具一格。

260 鶯啼序

吳文英

殘寒正欺病酒❶，掩沉香❷繡戶。燕來晚、飛入西城❸，似說春事遲暮。畫船載、清明過卻，晴煙冉冉吳宮❹樹。念羈情遊蕩，隨風化為輕絮。

十載西湖，傍柳繫馬，趁嬌塵軟霧❺。溯紅漸、招入仙溪❻，錦兒❼偷寄幽素❽。倚銀屏❾、春寬夢窄，斷紅溼、歌紈❿金縷⓫。暝隄空，輕把斜陽，總還鷗鷺。

幽蘭旋老，杜若還生，水鄉尚寄旅。別後訪、六橋⓬無信，事往花委，瘞玉埋香⓭，幾番風雨。長波妒盼，遙山羞黛，漁燈分影春江宿，記當時、短楫桃根渡⓮。青樓⓯彷彿，臨分敗壁題詩⓰，淚墨慘澹塵土。

危亭望極，草色天涯，歎鬢侵半苧⓱。暗點檢、離痕歡唾，尚染鮫綃⓲，嚲鳳⓳迷歸，破鸞⓴慵舞。殷勤待寫，書中長恨，藍霞㉑遼海，沉過雁，漫㉒相思、彈入哀箏柱。傷心千里江南，怨曲重招，斷魂在否？

【詞　牌】〈鶯啼序〉，一名〈豐樂樓〉，吳文英創調，見《夢窗乙稿》。《詞律》、《詞譜》均以「殘寒正欺病酒」一詞為正體。二百四十字，仄韻格，四疊。第一疊八句四仄韻，第二疊十句四仄韻，第三疊十四句四仄韻，第四疊十四句五仄韻。餘者與此小有不同，又有減字為二百三十六字者，《詞譜》卷三｜九均列為「又一體」。《詞律》卷二十調下云：「詞調最長者，惟此序。」

【注　釋】❶病酒　因飲酒而病。❷沉香　即沉水香，熏香名。❸西城　指杭州。❹吳宮　吳越時吳國宮殿，在今江蘇蘇州。❺嬌塵軟霧　喻美人車塵。❻溯紅漸句　用劉阮入天台山事。劉義慶《幽明錄》等載，剡縣劉晨、阮肇入天台山採藥迷路，沿溪而上，見二女容顏絕妙，被招入家中，居半年還。溯紅，沿著桃花徑。❼錦兒　錢塘娼家女楊愛愛侍兒。❽幽素　指紗巾羅帕類寄幽情的信物。❾銀屏　鏤銀之屏風。❿歌紈　絹綢製作的歌扇。⓫金縷　指綴有金線的舞衣。⓬六橋　西湖外湖有映波、鎖瀾、望山、壓堤、東浦、跨虹六橋，為蘇軾元祐年間知杭州時建。⓭瘞玉埋香　喻美女亡故。瘞，埋葬。⓮桃根渡　本為桃葉渡，原為晉王獻之送別愛妾之地，桃根係桃葉之妹。此處借指送別相愛者之處。⓯青樓　指妓女所居之處。⓰敗壁題詩　語本周邦彥〈綺寮怨〉詞：「當時曾題敗壁。」⓱半苧　半白。苧，白苧，莖白色。⓲鮫綃　相傳南海有鮫人，水居如魚，其織品稱為鮫綃。此指絲羅巾帕。⓳嚲鳳　指髻鬟下垂。古婦人有鳳髻。⓴破鸞　離鸞；孤鸞，係自指。鸞，指鸞鏡。鸞孤則不鳴不舞，對鏡則悲鳴而舞，故古人以鸞為鏡飾。㉑藍霞　蔚藍天空。㉒漫　徒然。

【語　譯】正值殘餘寒氣欺凌病酒之人，故用簾幕遮蔽熏香的華美居處。春燕來晚，飛入西城，似說春天景物已經遲暮。畫船載人遊覽的清明節日，已經過去，在晴日嵐煙中，只漸漸地看到吳宮春樹。感念羈情心頭遊蕩，隨風化為輕揚的柳絮。　回想十載流連西湖，曾依傍樓臺前的柳樹繫馬，隨趁美人車輛的嬌塵軟霧。沿著鋪滿落紅的道路，漸漸進入仙溪，被美人招住，還讓侍兒偷寄傳達幽情的絲羅信物。依倚閨房銀屏，春色無邊，而繾綣夢短，斷續的紅淚打溼了歌扇舞衫。臨晚的湖隄空寂，輕輕地把斜陽，全還給了鷗鷺。

幽蘭很快衰老，杜若還在生長，人尚在水鄉寄旅。分別後訪問六橋，已無音信，情事已成陳跡，香花已經萎謝，埋葬香魂玉魄，又經幾番風雨。闊遠的波浪嫉妒她的盼睞，遠處的山峰羞於與她爭比眉黛，漁燈分照人影，於春江上留宿，記得當時，搖著船槳，她送別在桃根渡。如今猶彷彿在青樓，臨分手時於敗壁題詩，心情慘淡，淚水和著墨汁滴下塵土。高亭望遠，惟見草色直到天涯，感歎雙鬢半白，暗自點檢離別悲痕、歡愉咳唾，還印染在鮫綃，可是鳳髻垂鬟的伊人，已迷失歸路，一似孤鸞的我，已懶於獨舞。懇切地想在書信中抒寫長恨，但海天遼闊，過雁沉沉，音書斷絕，空有相思，惟有將哀音彈向箏柱。千里江南，傷心至極，以哀怨曲調重為招魂，不知離散的魂靈在否？

【研析】吳文英曾於吳地戀一愛妾，愛妾去後，復於杭州戀一美妓，後因事分離，未得成娶，而妓亡故，詞人感傷不已。此詞即以西湖為背景，以悲歡離合為線索，抒寫年老飄零之感與對亡妓之緬懷追念。

詞分四疊，各有側重。首疊重在抒寫己之羈旅漂泊情懷。發端「殘寒正欺病酒，掩沉香繡戶」，從獨居環境寫起，「沉香繡戶」，居室仍帶溫馨之感，當即愛妓昔時居處，最易勾起懷舊情緒；「殘寒」點明氣候，而曰「欺病酒」，則顯淒清、孤獨，透露出鬱鬱寡歡的精神苦悶。繼而以「燕來晚、飛入西城，似說春事遲暮」，借燕之飛晚，一是點明所在之地：「西城」——杭州（以「西城」指代杭州，詞人多處用之，如〈西平樂慢〉「細雨西城」、〈齊天樂〉「漸風雨西城」），再則明示季節已屆暮春，與前面「殘寒」之氣候相應。以下又由春暮聯想到「畫船載、清明過卻」。清明節日，傾城外出祭掃、遊樂，已是壯觀，節前春遊，乘舟載酒，更是滿湖歡樂。如此熱鬧場景而今都已過去，只留下一片冷清，透過晴嵐，從所居「繡戶」向外張望，只隱隱看到遙山遠樹。所謂「晴煙冉冉吳宮樹」之「吳宮」，未必實指江蘇蘇州之吳宮，只是形容其遠罷了。這熱鬧場景、歡樂場面，當是自己昔時經歷過的，如今已是無緣，惟是形影相弔而已，因而感歎：「羈情遊蕩，隨風化為輕絮。」羈旅漂泊情懷，如同柳絮輕飛遠漾，由此引發出下段的回憶。

第二疊憶杭州與妓相遇之樂與別離之悲。「十載西湖」，總提，「十載」，取其成數，言時間之長。「傍柳繫馬，趁嬌塵軟霧」，側重寫自己的主動追尋，熱情洋溢。為尋訪她，策馬驅前，繫馬坊柳，她外出時，追隨香車左右，如護花使者，可謂殷勤備至。「溯紅漸、招入仙溪，錦兒偷寄幽素」則是女方的回應。此處用劉、阮入天台山採藥迷路，沿桃溪行、遇仙女故事。被「招入」，便有女方主動之意，而通過侍女暗通款曲，尤顯情深心細而不莽撞，故是彼此相悅，心心相印。二人之間，真乃「柔情似水，佳期如夢」（秦觀〈鵲橋仙〉）。雖是繾綣情深，卻良會恨短，故接著用兩個上三下四的七言句，靈動巧妙地抒寫這一段愛恨交加的情愫：「倚銀屏、春寬夢窄，斷紅溼、歌紈金縷。」繡房陳設銀屏，氛圍溫馨美好，於此溫柔之鄉共度良宵，曾極盡魚水之歡，但是春色無邊，而春夢有限，伊人為面臨即將到來的分離而無限傷感，淚滴舞衣歌扇。對方的傷感又何嘗不是自己的悲抑！此處的「斷紅」非指落花，而是指斷續的紅淚。淚而曰「紅」者，與女性面上的妝粉或紅潤的面頰有關。此疊歇拍「暝隄空，輕把斜陽，總還鷗鷺」則轉向眼前西湖景象。與第一疊「晴煙冉冉」相應，此時已是臨晚，故寫湖岸曰「暝隄」，「空」者，寂靜也，無人也。而照人之「斜陽」，卻轉照湖上之禽鳥。意謂遊人多於白天乘舟下湖，故斜陽長屬鷗鷺，又將大自然擬人，故曰「輕把」，曰「總還」，運筆輕靈。但這裡的寫景雖屬眼前，卻也暗含有對往昔的回憶。當日畫船之中，春陽之下，駢肩共賞湖光山色，直至夕陽西下，盡興而返，何等愜意！然而這一切都已如電似幻，一去不返。

以上兩疊從羈旅情懷入手，進而描寫與妓之相戀與生離。下面兩疊則與飄零身世結合，抒發死別之悵恨。第三疊仍從當下的羈旅寫起：「幽蘭旋老，杜若還生，水鄉尚寄旅。」幽蘭、杜若之香草皆生長於水濱，是寄居「水鄉」環境之特色，曰「旋老」、曰「還生」，形容時間更迭之快速。曰「尚寄旅」，乃言不耐寄旅時間之長。於此羈情擾人之際，希望能尋覓往昔的歡愉，但「別後訪、六橋無信，事往花委，瘞玉埋香，幾番風雨」。西湖六橋，亦是昔日共同遊樂之地，而今花謝水流，佳會難再，人已玉殞香消，長眠地下，又且經歷了幾番風雨，真是歌吟當哭，深哀入骨！以下轉憶當年分別時情景：「長波妒盼，遙山羞黛，漁燈分影春江宿，記當時、短楫桃根渡。」以「記當時」引領數句。前兩句用擬人之法極寫人物之美，兼及周圍之景，謂波光也妒其眼如秋水之明澈，遠山羞於與其蛾眉比美（此處暗用舊題劉歆《西京雜記》載「（卓）文君姣好，眉色如望遠山」之典，但係反用）。不著實筆，空靈有致。此番桃根渡之分離，應在清晨，故涉頭天夜晚「漁燈分影」宿於春江之事。寫得極為纏綿旖旎。歇拍：「青樓彷彿，臨分敗壁題詩，淚墨慘澹塵土。」再回到眼前所居「青樓」，依稀憶及渡口分離前之情景，壁上題詩，淚墨交和，心情極為慘淡。陳洵《海綃說詞》談此段章法云：「『臨分』於『別後』為倒應，『別後』於『臨分』為逆提。『漁燈分影』與『水鄉』為複筆，作兩番勾勒，筆力最渾厚。」從表情言，復由死別憶及生離，反覆其辭，總是觸緒紛來，不能自已。

第四疊復以羈情提勒，所謂「危亭望極，草色天涯」，乃以高遠闊大之境，突出孤獨之身，而「草色天涯」又暗用漢淮南王〈招隱士〉：「王孫遊兮不歸，春草生兮萋萋」之意，喻長期漂泊，而今已是「鬢侵半苧」，焉得不令人感歎衰老！在此歎老之際，尤易引起對往事的沉思默想：「暗點檢、離痕歡唾，尚染鮫綃」，離別時的淚跡，歡樂時的唾痕（類似於李煜〈一斛珠〉所寫「爛嚼紅絨，笑向檀郎唾」之類），染在鮫綃上的印痕尚在。此鮫綃見證當時悲歡離合之情，而保存至今，尤見己之不能相忘。下面「嚲鳳迷歸，破鸞慵舞」分寫幽明兩隔之人，伊是髮鬟不整，迷魂不知歸路；我則孤淒無偶，興味索然，與柳永〈雨霖鈴〉所謂「便縱有、千種風情，更與何人說」同一意緒。寫至此，看似情懷表達已足，以下卻又轉出一層新意：「殷勤待寫，書中長恨，藍霞遼海，沉過雁，漫相思、彈入哀箏柱。」既不能相見，便想在書信中表達自己對生離死別的「長恨」，可是海闊天空，過雁沉沉，又能寄往何方？只好徒然地將這份刻骨相思寄託於哀箏，借音樂加以宣洩。最後結以「傷心千里江南，怨曲重招，斷魂在否？」用《楚辭・招魂》「目極千里兮傷春心，魂兮歸來哀江南」詩意，寄書不達，而欲招魂，招魂不得，情益沉痛！此段層層深進，將一腔悲情推向極至。

劉永濟《微睇室說詞》謂「此詞共長二百四十字，殆同一小賦」、「作此調者，非有極豐富之情事，不易充實；非有極矯健之筆力，不能流轉」。陳匪石《宋詞舉》亦云：「特意須極多，否則非竭即複；氣須極盛，否則非斷即率耳。」詞人正有此情事，有此精氣，有此筆力，不僅面對一山一水，一草一木，一顰一笑，一離一合，感觸紛呈，又且大開大闔，運筆靈動，羈旅歎老之情，生離死別之感，既今昔錯綜，回環往復，又能脈絡貫穿，一氣舒卷。故此詞深受前人稱賞，陳廷焯《白雨齋詞話》甚至有「全章精粹，空絕千古」之讚歎。

探芳信

吳文英

為春瘦。更瘦如梅花，花應知否？任枕函❶雲墜❷，離懷半中酒❸。雨聲樓閣春寒裡，寂寞收燈❹後。甚年年、鬪草❺心期，探花時候？　嬌嬾強拈繡。暗背裡相思，閒供晴晝。玉合羅囊，蘭膏漬紅豆❻。舞衣疊損金泥鳳❼，妒折闌干柳。幾多愁、兩點天涯遠岫❽。

【詞牌】〈探芳信〉，一作〈探芳訊〉，又名〈西湖春〉、〈春遊〉。首見史達祖《梅溪詞》。雙調，九十字，仄韻格。本詞八十九字。《詞譜》卷二十二以史詞為正體，另列「又一體」三種。《詞律》卷十三列張炎八十九字者為正體，於調下云：「又名〈玉人歌〉。」

【注釋】❶枕函　枕套。❷雲墜　髮鬟散落。❸中酒　醉酒。❹收燈　宋時元宵前後放燈，至正月十九日收燈。❺鬪草　古有鬥百草之習，婦女、兒童多喜為之，大約採集各種草名吉祥者互相賭鬥。如《紅樓夢》六十二回記載清明鬥草情景：這一個說：「我有觀音柳。」那一個說：「我有羅漢松。」❻玉合羅囊二句　用韓偓〈玉合〉雜言詩意：「羅囊繡兩鳳凰，玉合雕雙鸂鶒。中有蘭膏漬紅豆，每回拈著長相憶。」謂玉合為羅囊裹著，內裝蘭膏浸漬的紅豆。玉合，玉製盒子。羅囊，絲袋。紅豆，相思子，王維〈相思〉詩：「紅豆生南國，春來發幾枝。願君多采擷，此物最相思。」❼金泥鳳　以金粉黏貼成鳳凰形狀。❽遠岫　遠山，兼指雙眉。

【語譯】為春天來臨而瘦。更瘦似梅花，花應該知道否？任憑雲鬟散墜於枕套上，在一懷離緒中半醒半醉。於春寒裡、樓閣中聽雨聲淅瀝，正值收燈之後、寂寞之時。為何年年在鬥草、探花時候，心懷期盼之際，無人相伴？ 嬌軟慵懶，勉強拈針刺繡。暗地裡相思，空空地讓晴好的白晝溜過。從羅囊裏著的玉盒，拈出蘭膏浸漬的紅豆。舞衣長久折疊，金泥鳳凰已經損壞，當時舞蹈，使欄杆邊的楊柳嫉妒而低折。幾多愁恨，聚集於天涯的兩點遠岫。

【研析】此係閨情詞，屬代言體。起筆「為春瘦」，籠罩全篇。春者，春花、春柳，春情、春事，均含其中。觀花柳，觸離愁，焉得不瘦。瘦成何樣？「更瘦如梅花，花應知否？」以花比瘦，詞人常用，如李清照〈醉花陰〉詞：「莫道不消魂，簾捲西風，人比黃花瘦。」程垓〈攤破江城子〉：「人瘦也，比梅花，瘦幾分。」此則直從程詞中變化而來。「花應知否」，謂花不解瘦，則春亦不解瘦，實則是說所思之人不解我瘦，已寓「離懷」落寞之意。由於處境孤獨，滿腹心事，遂欲借酒澆愁，故下面有「離懷半中酒」的描寫。半中酒，即處半醉半醒之狀，人極困乏，因而無心弄妝梳洗，一任枕墜雲鬟。「離懷」二字是情感核心，乃「瘦」之因由所在。「枕函雲墜」突出女主人公的慵懶情態，可以說，詞之上闋所寫，均係枕函上所思所感。「雨聲樓閣春寒裡，寂寞收燈後」二句，再從時節、地點、觸覺、聽覺、感覺具寫所處環境氛圍，渲染「離懷」。正月十九日收燈之後，他人多去踏青探春，熱鬧非凡，而我卻倍感寂寞，此時仍覺春寒料峭，又且獨居樓閣之中，臥聽春雨瀟瀟，最令人感到難堪。歇拍「甚年年、鬬草心期，探花時候？」情轉激烈。收燈過後，即到仲春時節，迎來的是鶯飛草長、百花爭豔的繁榮世界。如此佳景，只能獨對，焉能不生怨懟之情！此二句特點：一是用詰問加重語氣、強化情感；二是以「年年」字樣，表示時間之長，怨恨之深；三是用「留」之訣，只說鬥草、探花時候的期盼，而不說對方終究不來，留給讀者去補充。

上闋主要為女主人公的內心獨白，並以環境氛圍加以烘托，下闋則將外在行為與內心活動結合，次第寫來。換頭「嬌嬾強拈繡」是一過渡，女主人公終於起床，但仍然嬌懶，為排遣離愁，只得勉強拈針刺繡。雖然手在拈針走線，但心思並不在繡品上，而是「暗背裡相思」，以致「閒供晴晝」，把美好的晴日白白給耽擱了。「玉合羅囊，蘭膏漬紅豆」二句承「相思」，寫停下針線的一連串動作，先是打開羅囊，取出玉盒，再從玉盒中取出紅豆。紅豆是經過芳香的蘭膏浸漬的，自然十分珍貴，而盒裝囊裹，尤顯珍視，它承載的是一片深情，是無限的思戀，正如韓偓〈玉合〉所寫：「每回拈著長相憶」。接寫陷入沉思：「舞衣疊損金泥鳳，妒折闌干柳。」二句依時間言為倒置，舞蹈在前，舞衣疊損在後。「妒折闌干柳」，一則以擬人之法寫自己的舞藝高超，當年以「楊柳小蠻腰」的身段翩翩起舞，嬌軟飛旋，以致引起欄杆柳的低首與嫉妒；二則寫舞者與觀者的盡情歡樂，亦帶有「舞低楊柳樓心月」（晏幾道〈鷓鴣天〉）的勝概。既然「年年」探花時候獨處，則舞藝亦無人欣賞，故舞衣長疊，以致折疊處損壞「金泥鳳」。在此既寫出長年的寂寞，又含有對往昔歡樂的追憶，而憶昔時之歡只是更反襯出今日之愁，故結以「幾多愁、兩點天涯遠岫」，將「愁」具象化。「兩點」句，一語雙關，以人而言，指緊蹙之眉彎；以景而言，指隔絕兩人之遠處山峰。詞寫「為春瘦」，寫「離懷」，至此，已是神完意足。

此詞中主人公，既非矜持典雅之貴婦，亦非倚門賣笑之商女，而是有一定技藝且深於情的閨中少婦，我們不必追求其具體所指。此詞將主人公心思寫得如此細膩，其種種活動如在目前，用語又極為平易，運筆頓挫而不失流暢，在《夢窗詞》中可謂別具一格。

262 高陽臺

豐樂樓❶分韻得如字

吳文英

修竹凝妝，垂楊駐馬，憑闌淺畫成圖。山色誰題？樓前有雁斜書。東風緊送斜陽下，弄舊寒、晚酒醒餘。自銷凝❷，能幾花前，頓老相如❸。

傷春不在高樓上，在燈前欹枕，雨外熏鑪。怕艤❹遊船，臨流可奈清臞。飛紅若到西湖底，攪翠瀾、總是愁魚。莫重來，吹盡香緜，淚滿平蕪。

【詞牌】〈高陽臺〉，又名〈慶春澤慢〉、〈慶春宮〉。調名取宋玉〈高唐賦〉寫楚襄王遊高唐夢巫山神女事。雙調，一百字，平韻格。參見《詞律》卷十、《詞譜》卷二十八。

【注釋】❶豐樂樓　位於杭州西湖北山。原名聳翠樓，北宋政和中改名豐樂樓，南宋淳祐間重建。周密《武林舊事》載：「宏麗為湖山冠。」❷銷凝　銷魂凝思。❸相如　漢代司馬相如，常用作老病落拓之典。❹艤　停泊。

【語譯】修長青竹好似美人妝扮整齊，綠色垂楊繫著停駐的寶馬，憑欄所見如淺淺勾勒的畫圖。誰在青翠山色上題字？樓前北飛的大雁正在斜書。東風緊吹送夕陽西下，如舊時舞弄輕寒，恰是晚酒醒來之後。自個銷魂凝想，還能幾次在花前流連，已似快速衰老的相如。　傷春不在高樓之上，而在燈前斜倚枕上之時，在春雨之外爐中熏香之處。害怕停泊遊船，臨流照影，奈何形容清瘦憔悴。落花若沉到西湖底，攪起翠綠波瀾，總會使魚愁慮。不要再來登樓，到那時，柳上香綿吹盡，平原雜草叢生，將令人淚流滿面。

【研析】詞人與友人登豐樂樓會飲，拈韻題詞，拈得「如」字，故此詞所用為詩韻中的「六魚」、「七虞」二部之字（詞可通用）。詞作於晚年，地在杭州。

「修竹凝妝，垂楊駐馬」，用對句起，這也是詞牌的要求。二句所寫乃登樓所見：觀修竹而有婷婷玉立之感，故以美人「凝妝」形容之。凝妝，含整齊、高潔之意，令人想見杜甫〈佳人〉「日暮倚修竹」的形象。看垂楊繫著寶馬，令人聯想寶馬主人：手執玉轡的風雅少年。如此景觀，展現的是一幅美麗圖畫，故總以「憑闌淺畫成圖」，「憑闌」，屬逆敘。修竹、垂楊當屬中景，而「山色誰題？樓前有雁斜書」，則屬遠景。將蒼翠山色與蔚藍天空、空中斜飛大雁加以組合，有面、有線、有色，甚或有聲，是一幅更為遼闊壯美的圖畫，但詞並不再以畫圖形容，而是以問答一呼一應，動態與靜態結合，化實為虛，極空靈有致。以下始涉登臨時節與宴會：「東風緊送斜陽下，弄舊寒、晚酒醒餘。」此番登臨在春季，由「東風」可知；此時宴會早已結束，斜陽遠墜，寒氣襲人，酒意漸消。從「舊寒」二字，又可知登臨係舊地重遊，故引發出歇拍之感歎：「自銷凝，能幾花前，頓老相如。」心下自忖，衰病一如相如，還能作幾番遊？說「頓老」，而不言「漸老」，以見時間流逝之速。上闋用畫筆寫湖岸、山色之美，而以一己之蕭瑟情懷作為收束。

上闋自歎衰瑟，下闋另開新境：傷春。「傷春不在高樓上，在燈前欹枕，雨外熏鑪」，以議論口吻出之，謂傷春不必定在登樓之時，即燈前欹枕、雨外熏爐之際，亦能觸發傷春之情。本是登樓，而曰傷春不在高樓上，於陡轉之中，尤顯筆力矯健，可謂善於空際轉身。以下筆鋒轉向西湖：「怕艤遊船，臨流可奈清臞。」既自歎為「頓老相如」，則害怕船之停泊，臨流照影，凸顯自己衰瘦的形容。此處亦是即事敘景，以見湖水之清澈，畫船之游弋。以一「怕」字領起，自屬心理活動，故屬虛寫。由此又進一步想像：「飛紅若到西湖底，攪翠瀾、總是愁魚。」不僅運用鮮明的色彩對比，寫出湖水之清亮透底，更糅合了自己的傷春之情。所謂魚「愁」，實是己愁。「愁」，此處作使動詞用，「愁魚」，謂使魚發愁。如此借西湖之景抒情，真乃清虛透脫！結拍「莫重來」三句更推進一層，設想未來情景。先用一否定語，不要「重來」，再解說其原由。因為重來，只會見到「吹盡香緜」、滿目「平蕪」、春到盡頭的淒涼景況，只會引人無限傷感、淚如雨下。故此結，實含有今不如昔、後不如今之深沉感慨，其中有關春盡的景象，暗含比興，是一種時代衰落的象徵，與辛棄疾〈摸魚兒〉中的暮春意象有相通之處。

此詞寫登樓，感今追昔，歎老傷時，悲慨滿紙。劉永濟《微睇室說詞》對詞中表達的悲情性質曾論析道：「作者觸景而生之情，絕非專為一己，蓋有身世之感焉。以身言則美人遲暮也，以世言則國勢日危也。大有『舉目有河山之異』之歎。」所論十分精闢。又，此詞虛實結合，尤善化實為虛，幾度時空轉折，卻能流動自如。全詞固不乏穠麗處，但清空為其主要特色，如以「清空中有意趣」（張炎《詞源》評蘇軾〈水調歌頭〉中秋詞等作品之用語）評之，亦當之無愧。

263 八聲甘州

陪庾幕❶諸公遊靈巖❷

吳文英

渺空煙四遠，是何年、青天墜長星❸？幻蒼崖雲樹，名娃金屋❹，殘霸宮城⑤。箭徑⑥酸風⑦射眼，膩水⑧染花腥。時靸雙鴛響⑨，廊葉秋聲。

宮裡吳王沉醉，倩五湖倦客⑩，獨釣醒醒⑪。問蒼波無語，華髮奈山青。水涵空、闌干高處，送亂鴉、斜日落漁汀。連呼酒，上琴臺⑫去，秋與雲平。

【詞　牌】〈八聲甘州〉，又名〈甘州〉、〈瀟瀟雨〉、〈宴瑤池〉。首見柳永《樂章集》。雙調，九十七字，平韻格。另有減字、增字數體。詳見前柳永〈八聲甘州〉「詞牌」介紹。

【注　釋】①庾幕　宋代提舉常平倉（管理糧倉之機構）官衙中的幕僚。②靈巖　在今江蘇蘇州西。《吳郡志》載，靈巖山，即古石鼓山，在吳縣西三十里。上有吳館娃宮、琴臺、響屧廊等。③長星　巨星，即今所謂之巨大隕石。④名娃金屋　指西施及所居之館娃宮。娃，吳地對美女之稱。金屋，語本漢武帝「若得（陳）阿嬌作婦，當作金屋貯之也」（《漢武故事》）。⑤殘霸宮城　指吳王之所居。因吳敗於越王句踐，故稱「殘霸」。⑥箭徑　采香徑。吳王種香於香山，使美人泛舟於溪以採香，自靈巖山望之，溪水直如矢，因名「箭涇」，亦名「箭徑」。⑦酸風　令人感覺尖利之寒風。⑧膩水　西施與宮人洗脂濯妝於此，故云。語本杜牧〈阿房宮賦〉：「渭流漲膩，棄脂水也。」⑨時靸雙鴛響　寫響屧廊（舊云響屧廊以楩梓鋪底，西施步屧繞之有聲）之足音。靸，本為拖鞋，此處作動詞用，指行走。雙鴛，成對鴛鴦，指女子之鞋。⑩倩五湖倦客　指越國謀臣范蠡，助越王句踐成功後，即泛舟五湖而去。五湖，太湖。⑪獨釣醒醒　用《楚辭・漁父》「舉世皆濁我獨清，眾人皆醉我獨醒」語義。醒醒，清醒。⑫琴臺　靈巖山之一處古跡。

【語　譯】縱目四望，淡煙輕籠，渺遠空闊，是何年，青天墜落此巨星？幻化出蒼翠的山崖、參天的大樹，美女所藏金屋，殘霸所居宮城。箭徑吹來的酸風刺眼，洗妝脂粉的膩水熏染花腥。由響屧廊傳來的秋葉沙沙，彷彿西施著鴛鴦鞋疾走的雜沓之聲。

宮裡吳王沉醉，倦於輔佐越王的范蠡，五湖垂釣，獨自清醒。轉問滄波，無語相答，奈何山峰依舊青青，而人華髮已生。在欄杆高處，看清澈湖水涵溶天空，亂鴉飛遠，斜日冉冉落下漁汀。連連呼酒，上琴臺去，秋色與雲齊平。

【研　析】此係弔古傷今之作。詞人秋日與幕友登靈巖，而靈巖多吳王時之古跡，故觸目生感，幻化出吳越爭霸之事，發今古興亡之慨。

詞之發端即從邈遠的時空著筆，給人以異軍突起之感。「渺空煙四遠」，突出空間的無限遼闊，四望無邊無際，而又淡靄浮空，尤增渺茫之感。復由此空間的渺茫，聯想到時間的無限久遠：「是何年、青天墜長星？」想像靈巖是遠古時代天上墜落的一顆巨星，故有許多靈異之處，幻化出許許多多的景觀與故事。以下便用「幻」字領起，就吳越之事加以展衍。周汝昌釋此「幻」字曰：「幻，有數層涵義：幻，故奇而不平；幻，故虛以襯實；幻，故豔而不俗；幻，故悲而能壯。」（《宋詞鑒賞辭典》）有此「幻」字，便覺波詭雲譎，神思莫測。以下所寫直至下闋之「獨釣醒醒」皆由此「幻」字生發。「幻蒼崖雲樹，名娃金屋，殘霸宮城」，蒼崖、雲樹，當係眼前所見，而金屋、宮城，則為古代遺址，但與名娃（西施為越國所贈，意在打探吳國相關信息、消弭吳王鬥志）、殘霸（吳王終被越王句踐所敗）的歷史相聯繫，則今古相融為一體，具有豐富的內涵。「箭徑酸風射眼，膩水染花腥」二句轉寫「箭徑」之相關情事。「酸風射眼」，語本李賀〈金銅仙人辭漢歌〉：「東關酸風射眸子」。古時箭徑之處，此刻秋風勁吹，直刺人眼，令人猶覺當時西施、宮女洗脂濯妝之膩水，熏香了兩岸的花卉。此處的「腥」字，用意較為獨特，非一般意義上的難聞氣味，而是一種刺激嗅覺的獨特香氣，如詞人〈高陽臺〉（帆落迴潮）有「巖上閒花，腥染春愁」之句，用意相同。二句虛實相融，實中有虛，虛中有實。「時靸雙鴛響，廊葉秋聲」，再轉寫響屧廊。秋風中樹葉的颯颯之音，轉化為西施足踏廊板發出的嗒嗒之聲，真乃似真似幻，亦幻亦真，迷離惝恍之至。

換頭三句「宮裡吳王沉醉，倩五湖倦客，獨釣醒醒」，是在幻化中對吳越歷史的一個小結與評價。楊鐵夫明確地以「沉醉可以亡國，獨醒因以全身」（《改正夢窗詞選箋釋》）評之。上言之金屋、宮城、箭徑、響屧廊，是「吳王沉醉」溫柔富貴之鄉的具體史實，即所謂的「吳王宮裡醉西施」（李白〈烏棲曲〉），從而揭示了「逸豫可以亡身」（歐陽脩〈五代史伶官傳序〉）的真理。而范蠡作為謀臣，曾竭盡心力輔佐越王句踐，從而取得勝利，所謂「倦客」是也。但范氏深諳「狡兔死，走狗烹」的歷史教訓，故功成身退，泛舟五湖，垂釣自樂，所謂「醒醒」是也，因此而得以全身。此處「五湖倦客」前用一「倩」字，令人費解。倩，作為動詞，有請求之意。誰「倩」五湖倦客？吳王？越王？似均不可通。如果說是歷史教訓的呼喚，似又太顯曲折。以上懷古實寓傷時之意，南宋君臣之晏安耽樂，無進取之心，不是有似吳王夫差嗎！

以下由水碧山青，轉發蒼涼之感：「問蒼波無語，華髮奈山青。」前句用擬人手法，向浩渺的太湖發問。所謂問彼滄波，實暗含對自己懷才不遇遭際之感歎，故下句以青山與華髮對舉，青山依舊，而華髮漸多，只有徒喚奈何。「山青」承上之「蒼崖雲樹」，「蒼波」上承「五湖」下啟「漁汀」。下面「水涵空、闌干高處，送亂鴉、斜日落漁汀」數句，一是點出此番登高憑欄之活動，是為行文中之「逆挽」，或稱之為倒敘，前面所描畫之景觀、幻境，皆於「闌干高處」眺望時發生之情事；二是沉思良久，看水涵碧落，直至亂鴉歸巢、斜陽落下漁汀，遂由幻境轉為實景。結拍「連呼酒，上琴臺去，秋與雲平」再由眼前宕開，有「欲窮千里目，更上一層樓」（王之渙〈登鸛雀樓〉）之意。連連呼酒，可見一派豪氣，秋與雲平，則境界更為高迥。故俞陛雲評此結語「霜天曉角，愈轉愈高」（《唐五代兩宋詞選釋》）。此處之「秋」，雖與前面的「酸風」、「秋聲」相關，但又非實指某種具體景象，而是一種抽象的季候表達，但能與雲霄平齊，則又似為一種可見的實體，此正作者運筆的靈活處。

此詞懷古感今，運筆奇幻，波瀾壯闊，蒼勁老成，相對於抒寫柔情之纏綿婉轉，大異其趣。

264 唐多令　惜別

吳文英

何處合成愁？離人心上秋。縱芭蕉、不雨也颼颼❶。都道晚涼天氣好，有明月、怕登樓。

年事夢中休，花空煙水流。燕辭歸、客尚淹留❷。垂柳不縈裙帶住，漫❸長是、繫行舟。

【詞　牌】〈唐多令〉，即〈糖多令〉，又名〈南樓令〉、〈箜篌曲〉。雙調，六十字，平韻格。《詞譜》卷十三以劉過詞（蘆葉滿汀洲）為正體。本詞六十一字，《詞譜》謂第三句「也」字為「襯字」，實亦六十字體。參見前劉過〈糖多令〉「詞牌」介紹。

【注　釋】❶颼颼　象聲詞。❷燕辭歸句　語本曹丕〈燕歌行〉：「群燕辭歸雁南翔，念君客遊思斷腸。慊慊思歸戀故鄉，何為淹留寄它方。」詞中之「燕」同時指其姬人名「燕」者。淹留，久留。❸漫　徒然。

【語　譯】何處合成「愁」？是離人「心」上加「秋」。縱然不下雨，芭蕉也響颼颼。都說晚涼天氣好，天空明月相照，心中卻害怕登樓。　年來一些情事已如一夢，似花落已隨煙水漂流。燕辭歸去，寄旅之人尚在外淹留。垂柳不繫裙帶留人住，柳絲長長，徒然只繫住行舟。

【研　析】此詞寫離愁。詞之發端「何處合成愁？離人心上秋」，用拆字法，乍看有點像文字遊戲，一如「山上復有山」，合成為「出」字，「門裡安心」說「悶」字。但這裡的「秋」決不止於字形合成而已，還富含詩意。宋玉〈九辯〉云：「悲哉秋之為氣也，蕭瑟兮草木搖落而變衰。」王勃〈秋日宴季處士宅序〉云「悲夫秋者愁也」。故「秋」含帶愁意，而「心上秋」並不等同於自然之秋，縱使非秋日，也能構成「愁」。下面接以「縱芭蕉、不雨也颼颼」，以自然景物加以烘托，應是引發愁情的外在因素。雨打芭蕉，最易引人生愁，如李後主〈長相思〉詞：「秋風多，雨相和。簾外芭蕉兩三窠。夜長人奈何。」李清照〈添字醜奴兒〉詞：「傷心枕上三更雨，點滴霖霪。點滴霖霪，愁損北人，不慣起來聽。」此處乃翻進一層，即使不雨，秋風勁吹發出之颼颼聲，也令離人感到無比愁戚。「都道晚涼天氣好」，語本辛棄疾〈醜奴兒〉「卻道天涼好箇秋」，這是大家的心境，但我卻是「有明月、怕登樓」，為什麼？古人不是曾有「美人邁兮音塵闕，隔千里兮共明月」（謝莊〈月賦〉）的描繪嗎？登樓只會引惹懷人念遠，思緒難平，情懷正與范仲淹〈蘇幕遮〉「明月樓高休獨倚，酒入愁腸，化作相思淚」相同。如此，將「心上秋」作了進一步的申述，點明是離愁。

下闋開頭從眼前宕開：「年事夢中休，花空煙水流。」轉寫近年的情事。年來許多事情一如夢幻，往昔的美好，已如花落水流。人生不如意事常八九，不獨是一懷離緒也，則身世之感在焉。自己常年漂泊在外，以致「燕辭歸、客尚淹留」，「客」係自指，「燕」則一語雙關：以季節而言，燕如同鴻雁一樣，正是飛歸溫暖地帶以度寒之時，切合自然之「秋」；以情而言，則指愛侶。作者有姬人名「燕」，詞中多處涉及，如〈瑞鶴仙〉：「缺月孤樓，總難留燕。」〈絳都春〉詞小序有「燕亡久矣」之語。結拍「垂柳不縈裙帶住，漫長是、繫行舟」，即景抒情，對河岸之柳作怨懟之語。責柳不挽住「燕」之裙帶，卻空自長繫「客」之行舟，無理而妙，其意大約從劉禹錫〈楊柳枝〉：「長安陌上無窮樹，惟有垂楊管別離。」轉化而來。

這首詞歷來評價不一，稱讚者謂其「疏快卻不質實」（張炎《詞源》），「是極研煉出之者，看似俊快，其實深美」（周爾墉《周批絕妙好詞箋》）；譏彈者謂其「幾於油腔滑調」（陳廷焯《白雨齋詞話》卷二），「首二句殊劣，只是拆字先生把戲」，「『垂柳不縈裙帶住』，亦劣句，流氓氣十足」（吳世昌《詞林新話》），正所謂見仁見智。筆者以為此詞在《夢窗詞》中雖非上乘之作，但在表達羈旅思戀之情的作品中，確乎別具一格，語言平易，行文「疏快」。

265 金縷歌

陪履齋❶先生滄浪❷看梅

吳文英

喬木生雲氣。訪中興❸、英雄❹陳迹，暗追前事。戰艦東風慳借便❺，夢斷神州故里。旋小築❻、吳宮閒地。華表月明歸夜鶴❼，歎當時、花竹今如此。枝上露，濺清淚。遨頭小簇行春隊❽。步蒼苔、尋幽別隝，問梅開未？重唱梅邊新度曲，催發寒梢凍蕊。此心與、東君❾同意。後不如今今非昔，兩無言、相對滄浪水。懷此恨，寄殘醉。

【詞　牌】〈金縷歌〉，即〈賀新郎〉，又名〈賀新涼〉、〈乳燕飛〉、〈風敲竹〉、〈金縷曲〉等，首見蘇軾《東坡樂府》。雙調，體式甚多，本詞為通用調式，一百一十六字，上去聲通押，亦可入聲單押。詳見前蘇軾〈賀新郎〉「詞牌」介紹。

【注　釋】❶履齋　指吳潛。吳潛字毅夫，號履齋。先後於吳、越、江西等地擔任官職，後為參知政事，拜右丞相。❷滄浪　即滄浪亭，為蘇州名勝。原為中吳節度使孫承祐的池塘，後為北宋蘇舜欽謫官蘇州時購得，南宋時為韓世忠別墅。❸中興　再興；衰後重振。❹英雄　指韓世忠（西元一〇八九－一一五一年）。韓為綏德（今陝西境內）人，抗金屢立戰功。力主恢復，反對秦檜議和，後被解除兵權，進言不被採納，憤而自請解職，閉門謝客。❺戰艦東風慳借便　借用杜牧〈赤壁〉詩「東風不與周郎便」句意。❻小築　指滄浪亭園。❼華表月明歸夜鶴　《續搜神記》載，遼東城門華表柱，忽有白鶴來集，人或欲射之，於空中歌曰：「有鳥有鳥丁令威，去家千歲今來歸。城郭猶是人民非，何不學仙冢累累。」此處用喻世忠月夜化鶴歸來。華表，豎立指路的大柱。❽遨頭小簇行春隊　用陸游《老學庵筆記》卷八所載「四月十九日，成都謂之浣花，遨頭宴於杜子美草堂滄浪亭，傾城皆出，錦繡夾道」事。遨頭，指太守，此指吳潛。小簇行春隊，謂引領人作探春之行。❾東君　司春之神。此處兼指吳潛。

【語　譯】看高大樹木飛湧雲氣。來訪中興時的英雄陳跡，暗暗追思往事。東風吝惜不借予戰艦，提供方便，以致其恢復神州故里之夢想，終未實現。故旋即退居吳將閒置舊地，構築亭園。如若精魂月夜化鶴歸來華表，定然感歎當時花竹，今日蕭索如此。梅枝上的露水，是流濺的清淚。　太守引領人作探春之行。足履蒼苔，前往山阿尋訪幽景，問梅花開放了沒？重唱梅邊新製的曲調，將梅梢受凍的花蕊催發。此心與司春之神同一意向。歎後不如今，今又非昔，兩皆無語，相對眼前滄浪水。懷抱此恨，惟有將心寄於殘醉。

【研　析】詞人中年，曾在蘇州為倉臺幕僚，居蘇多年，此詞即作於此期間，時年約四十。吳潛長夢窗四歲，乃具有識見的憂時愛國之士，此時客遊吳中，相與同遊滄浪亭，互有唱和。

此詞以「喬木生雲氣」為發端，矯健挺拔，景觀壯偉，實乃英雄人物的象徵，於全詞則為起興之語。故緊接著說：「訪中興、英雄陳迹，暗追前事。」此係韓氏退隱後之別墅，故由景而人，追憶韓世忠南宋初期不朽之戰功，中興之業績，充滿敬仰之情。但由於昏君當道、奸佞掣肘，韓氏竟不能發揮其軍事才能，完成其恢復中原之理想，又留下令人扼腕的憾恨。所謂「戰艦東風慳借便，夢斷神州故里」，即是借助水戰的失利，對此作形象的表達。這裡詞人翻用杜牧〈赤壁〉「東風不與周郎便，銅雀春深鎖二喬」詩意。杜牧詩係作歷史翻案文章，謂如若「東風……」，便會「銅雀……」，屬於假設語氣，此處則用肯定語氣，恨東風吝惜，不肯吹助戰艦，故難成就其目的之實現。如此以自然物象暗示政壇的詭譎，便顯含蓄蘊藉，耐人尋味。「旋小築、吳宮閒地」二句承轉，既寫其憤而退隱經營別墅之事，又轉向眼前之滄浪亭。經歷百年之後，滄浪亭自是有很大變化，園林漸呈荒廢之象，而國勢亦日漸式微，但作者不作直接表述，而是借助神話，想像「華表月明歸夜鶴，歎當時、花竹今如此」，透過先賢韓氏的眼光，大有不勝今昔盛衰之感。詞人另有一首〈古香慢〉，有「把殘雲、剩水萬頃，暗熏冷麝淒苦」、「秋澹無光，殘照誰主」之語，其感受應是一脈相通的。歇拍之「枝上露，濺清淚」語意雙關，既展現梅枝上之零露，又刻畫出人之悲苦。詞寫至此，方點出題中「看梅」之意，以啟下闋之探梅、詠梅。故上闋之重點，實借與滄浪亭相關之人物，發盛衰興亡之感慨。

換頭「遨頭小簇行春隊」，始出現滄浪看梅之主體，故前面所見所思，均為逆敘，以下則為順敘。「步蒼苔、尋幽別隖，問梅開未？」以「步」、「尋」、「問」一連串動作寫園亭中活動。「問梅」句語本王維〈雜詩〉「來日綺窗前，寒梅著花未？」對這一問並未直接作答，只接言「重唱梅邊新度曲，催發寒梢凍蕊」，則可知園梅正在寒風中含苞待放，而欲以兩人重唱新度之曲，促其綻放，使其呈現一派爛漫景象。這是一種共同的心意，司春之神如此，履齋亦是如此，故云「此心與、東君同意」。如此寫眼前之梅，沒有色彩的渲染，沒有姿態的描畫，僅「寒梢凍蕊」四字涉及，而說欲以歌唱催發，可說是極為靈虛，又能顯出遊者詞人本色。細加尋味，對梅花繁盛的期盼，不也蘊含著對未來國勢中興的一種嚮往嗎？但詞人也好，履齋也好，又都對現實頗有清醒的體察，故以下陡轉「後不如今今非昔，兩無言、相對滄浪水」，由昔而今，由今而後，國勢每況愈下，夫復何言！面對眼前滄浪水，兩人只能默然無語，惟發思古之幽情而已，陳廷焯對此曾以「悲鬱而和厚」（《白雨齋詞話》卷六）評之。詞以「懷此恨，寄殘醉」作為結束，對國脈微弱深懷痛惜，對前途尤感暗淡，只好借酒麻醉心靈，卻仍不失頭腦之清醒，語極沉痛。

此詞情極悲慨沉著，語極疏快流動，有別於其他溫婉纏綿之作。

夢窗創作此詞後，吳潛即用同調次韻，中有「邂逅山翁行樂處，何似烏衣舊里。歎芳草、舞臺歌地。百歲光陰如夢斷，算古今、興廢都如此」等語，作為呼應，亦懷不勝興亡之感。

266 鷓鴣天

張園作

黃昇

雨過芙蕖❶葉葉涼，摩挲短髮照橫塘。一行歸鷺拖秋色，幾樹鳴蟬餞夕陽。

花側畔，柳旁相，微雲澹月又昏黃。風流不在談鋒勝，袖手無言味最長。

【作者】黃昇（生卒年不詳），字叔暘，號玉林，又號花庵詞客，晉江（今屬福建）人。早棄科舉，雅意讀書，間以吟詠自適，時人以「泉石清士」目之，所作詩被人讚為「晴空冰柱」。輯有《唐宋諸賢絕妙詞選》、《中興以來絕妙詞選》各十卷。存詞三十八首，馮煦《蒿庵論詞》謂其詞「專尚細膩」。

【詞牌】〈鷓鴣天〉，又名〈思越人〉、〈思佳客〉、〈剪朝霞〉、〈醉梅花〉等。雙調，五十五字，為平韻格。第三、四句一般用為對仗，如本詞。詳見前晏幾道〈鷓鴣天〉「詞牌」介紹。

【注釋】❶芙蕖　即芙蓉，荷花。

【語　譯】秋雨過後，荷葉片片帶有涼意，自己摩挲短髮，向橫塘照看影像。只見一行歸鷺拖著秋色飛向遠方，幾樹蟬鳴在為夕陽西下餞別。　在花的側畔，柳樹旁邊，天空飛著微雲，出現一輪澹月，天色逐漸昏黃。人的風流不在談鋒甚健，袖手觀景，默然無言，意味最為深長。

【研　析】由詞中「短髮」看來，此係詞人晚年之作。「張園」，當即附近之園林。詞之上闋描寫秋日雨過天晴景色，景中寓情，意境顯帶蕭疏。夏日盛開之荷花，此時業已凋零，而荷葉已漸枯萎，應是「菡萏香消翠葉殘」（李璟〈山花子〉）的光景，詞人並無「留得殘荷聽雨聲」的意興，陣雨過後，惟覺涼意向人襲來。於此之際，摩挲自己「渾欲不勝簪」（杜甫〈春望〉）的「短髮」，向池塘照影，打量自己的形容。此時心境如何？「念少日書癖，中年酒病，晚歲詩愁。已攀桂花作證，便從今、把筆一齊勾。只有煙霞痼疾，相陪風月交游。」其〈木蘭花慢〉詞中的這幾句詞當可作為注腳。美好年華已逝，「少年有志封侯，彎弓欲挂扶桑外」（〈水龍吟〉），早已成為泡影，歲月的淘洗，內心自不無感慨，然惟有流連光景而已。前面兩句用散句將景物與自身形象、清涼感受相結合，流露出衰瑟之感。下面「一行歸鷺拖秋色，幾樹鳴蟬餞夕陽」，則用對句，從視、聽兩方面對眼前景作動態描繪，前句令人想見「一行白鷺上青天」的景象，牠們映著藍天愈飛愈遠，人之視野亦隨之愈來愈闊，無限秋色似由成行白鷺「拖」出；後句由樹間的蟬鳴，而聯想到驪歌，似在為夕陽冉冉西沉而餞別。「拖」、「餞」，為詞中煉字，「餞」字尤覺尖新。此二句境界闊大，色彩絢麗，但同時也透露出幾分蒼涼。

此詞打破上下闋界限，過片「花側畔，柳旁相，微雲澹月又昏黃」，承上「夕陽」寫時間的推移。闋中的秋天，岸上仍舊花繁柳綠，人在花旁柳側徘徊，夕陽隱退，微雲遊動，澹月遙掛天空，黃昏時刻又已來臨，暮色已是蒼茫一片。以上就秋日的白天、傍晚、月出的景觀變化，次第寫來，令人歷歷如見。詞人描繪涼秋景物，又攝取殘荷、夕陽、黃昏等意象，這無疑是詞人對衰微時勢內心感受的外化。

最後兩句「風流不在談鋒勝，袖手無言味最長」以議論收束，更是全詞的點睛之筆。人之傑出峻拔，不在於多麼能言善辯，而在於你袖手旁觀、冷峻思考，能深刻洞察事物的本真。詞人早棄科舉，已對腐敗的南宋朝廷感到失望，而對於朝代的更迭，更作超脫之想：「大江東去日西墜，想悠悠千古興廢。此地閱人多矣。且揮絃寄興，氛埃之外。」（〈西河〉）對於個人的功名利祿，更是視之如浮雲，以前賢陶潛為榜樣：「柴桑心事君知否？把人間、功名富貴，付之塵垢。不肯折腰營口腹，一笑歸歟五柳。……若得風流如此老，也何妨、相對無杯酒。」（〈賀新郎〉）聯繫其他詞作，我們更能領會其「袖手無言味最長」的內涵。

在南宋王朝接近消亡之際，已少有大聲疾呼「渡河」的聲音，一部分堅守情操的士人面對朝政的腐敗，又不願同流合汙，寧願優遊山林，以詩酒自娛。黃昇可說是其中代表人物之一。

黃昇之詞，多用尋常語，平易而情深，此詞即是例證。

267 齊天樂

澤國樓❶偶賦

陳允平

湖光祇在闌干外，凭虛遠迷三楚❷。舊柳猶青，平蕪自碧，幾度朝昏煙雨。天涯倦旅。愛小卻游鞭，共揮談麈❸。頓覺塵清，宦情高下等風絮。

芝山❹蒼翠縹緲，黯然仙夢杳，吟思飛去。故國樓臺，斜陽巷陌，回首白雲何處。無心訪古。對雙塔棲鴉，半汀歸鷺。立盡荷香，月明人笑語。

【作　者】陳允平（生卒年不詳），字君衡，一字衡仲，號西麓，四明（今浙江寧波）人。大約生於南宋嘉泰年間（十三世紀初）。淳祐三年（西元一二四三年）為餘姚令，旋罷去。德祐間（西元一二七五年），授沿海制置司參議官。宋亡後，曾徵至大都，不受官，放還。著有《西麓詩稿》一卷、《西麓繼周集》一卷、《日湖漁唱》一卷。周濟《宋四家詞選》評其詞：「和平婉麗，最合世好。但無健舉之箋，沉摯之思」。

【詞牌】〈齊天樂〉，又名〈齊天樂慢〉、〈如此江山〉、〈臺城路〉等。雙調，一百零二字（如本詞），仄韻格，另有增為一百零三字、一百零四字者。詳見前姜夔〈齊天樂〉「詞牌」介紹。

【注釋】❶澤國樓　當在江蘇溧水縣，該縣西南有石臼湖，東南有芝山，縣內有雙塔。❷三楚　其說不一，一說江陵為南楚，吳為東楚，彭城為西楚。此處指楚地，溧水屬吳。❸談麈　談話時用的麈尾。麈，鹿一類的動物，用其尾作拂帚，叫麈尾。❹芝山　《讀史方輿紀要・江南・江寧府・溧水縣》載：芝山在溧水縣東南七十里。

【語譯】湖光即在欄杆之外，憑欄凌空望遠，楚地迷濛。昔時的柳樹依舊青青，平原雜草自是碧綠，都已經歷幾度朝暮煙雨。我這倦於漂泊天涯的旅客，愛稍稍停鞭駐馬，與朋友交流，共揮談麈。頓時感覺塵埃清淨，對官位高低，視如飛絮。　看芝山蒼翠縹緲，欲成神仙，如夢幻杳然，吟情向遠方飛去。回首故國樓臺，斜陽巷陌，已如白雲變幻，不知何處。我已無心探訪古跡。惟是面對雙塔上的棲鴉，半邊沙洲上的歸鷺。久久佇立，直到聞盡荷香，明月之下聽人笑語。

【研析】此詞係詞人晚年浪跡江南登溧水澤國樓時作。詞人不僅經歷了南宋的滅亡，又有過被徵至大都、不受官、放還的經歷，故登樓望遠，歷史之變、故國之思、羈旅之感、不仕元蒙的精神解脫，一併湧上心頭。

發端「湖光衹在闌干外，凭虛遠迷三楚」二句點題，憑虛視野所及，不僅有近處石臼湖之波光，更有楚地的迷茫曠野。「舊柳猶青，平蕪自碧，幾度朝昏煙雨」，於曠野中挑出楊柳與草莽，從前所見之楊柳依舊青青，平野雜草自枯自綠，借此抒發「風景不殊，正自有山河之異」的感歎，所謂「朝昏煙雨」，係用比興，借指元蒙之黑暗統治，謂已「幾度」，則為時已多年矣，深含不勝今昔之感。

下面「天涯倦旅」數句，轉寫旅途情緒，羈愁中也偶有歡愉的點綴。宋亡後，很多士人流落江湖，羈旅天涯，欲歸不得，詞人也不例外，故以一「倦」字形容厭煩、無奈之情。但其間也偶有文人的小聚。這種聚會，是漂泊中的一次精神聚餐，令人欣忭，因此說「愛小卻游鞭，共揮談塵」，大家所談為何？當有對各自遭遇的敘述，有對時移世改的感歎，自然也會涉及詞人北上大都的特殊經歷。詞人被召北上，無疑是因為有一定的名聲，而居然不受官，則又表現了不與元蒙統治者合作的民族氣節，自然受到眾人讚賞，自己內心深感安慰和自得，故說「頓覺塵清，宦情高下等風絮」，視富貴如浮雲、如飛絮，惟是冰心一片，情操何等高潔！「小卻游鞭，共揮談塵」係獨自登樓時回憶的樂事。換頭再轉向眼前情景：「芝山蒼翠縹緲，黯然仙夢杳，吟思飛去。」遙見芝山蒼翠，似在虛無縹緲中，想像有仙人隱焉，而自己成仙之夢已覺杳然，心情不免暗淡，於是一懷吟情轉而飛向他處。「仙夢杳」，實是對執著於現實世界的一種襯托。故下面接以「故國樓臺，斜陽巷陌，回首白雲何處」數句，與前面的「舊柳猶青，平蕪自碧，幾度朝昏煙雨」遙相呼應，但一實一虛，後者有更深遠的歷史內涵。首句借皇宮的樓臺殿閣，以代國家，次句借劉禹錫「朱雀橋邊野草花，烏衣巷口夕陽斜。舊時王謝堂前燕，飛入尋常百姓家」（〈烏衣巷〉）詩意，以喻朝代的嬗變，第三句的「白雲」，則用杜甫〈可歎〉「天上浮雲如白衣，斯須改變如蒼狗」詩意，喻世事變化之速。含緬懷，含悼念，家國之情、亡國之痛，充溢於字裡行間。既懷如此心緒，則已「無心訪古」，以此挽住。以下承「天涯倦旅」。「對雙塔棲鴉，半汀歸鷺」，以「對」字領起，復轉向眼前。此四言對句，一則補寫雙塔聳峙、湖中沙渚之景，再則以晚鴉可棲雙塔、白鷺可歸半汀，反襯自己的漂泊無依之苦。結拍再推進一層：「立盡荷香，月明人笑語。」從時間言，由白天至暮色來臨，復至明月東升，表明自己佇立良久；依表情言，以荷香的自然美景，以月下他人笑語的歡快，反襯自己的感傷與孤獨，確能收到以樂景襯哀、哀情倍增的藝術效果。

在個人的羈旅倦遊中，充滿緬懷故國之情，這是宋亡後士人的普遍心態，本詞作者亦不例外，傷感與低抑，是詞的主色調，但朋友的小聚以及自己拒受元官的特殊經歷，為自己的行跡添上了一道亮色。整首詞作，從時間言，以線性結構為主，但同時又穿插有今與昔、虛與實的交錯，造成往復回環之感。但此作確乏健舉之筆，有欠沉鬱之思。

268

賀新郎　西湖

文及翁

一勺西湖水。渡江來、百年歌舞，百年酣醉。回首洛陽花世界，煙渺黍離❶之地。更不復、新亭墮淚❷。簇樂紅妝搖畫艇，問中流、擊楫❸誰人是？千古恨，幾時洗？

余生自負澄清志。更有誰、磻溪未遇❹，傅巖未起❺？國事如今誰倚仗，衣帶一江❻而已。便都道、江神堪恃。借問孤山林處士❼，但掉頭、笑指梅花蕊。天下事，可知矣。

【作　者】文及翁（生卒年不詳），字時學，號本心，綿州（今四川綿陽）人，移居吳興（今浙江湖州）。登寶祐元年（西元一二五三年）進士第。咸淳元年（西元一二六五年）出知漳州，四年，以國子司業，為禮部郎官兼學士院權直，祕書少監，年末，直華文閣知袁州。德祐元年（西元一二七五年），官至資政殿學士，簽書樞密院事。元兵將至，棄官遁。宋亡，累徵不起。有集二十卷，不傳。《全宋詞》錄詞一首。

【詞　牌】〈賀新郎〉，又名〈賀新涼〉、〈乳燕飛〉、〈風敲竹〉、〈金縷曲〉等，首見蘇軾《東坡樂府》。雙調，體式甚多，本詞為通用調式，一百一十六字，上去聲通押，亦可入聲單押。詳見前蘇軾〈賀新郎〉「詞牌」介紹。

【注　釋】❶黍離　禾黍茂盛。《詩經・王風・黍離》有「彼黍離離，彼稷之苗」等語，〈詩序〉謂周大夫過周宗廟宮室，盡為禾黍，閔周室之顛覆。此處用其意。❷新亭墮淚　《世說新語・言語》載：「(東晉)過江諸人，每至美日，輒相邀新亭，藉卉飲宴。周侯（周顗）中坐而歎曰：『風景不殊，正自有山河之異！』皆相視流淚。」❸中流擊楫　《晉書・祖逖傳》載，東晉初年，祖逖統兵北伐，渡江至中流，擊楫而誓曰：「祖逖不能清中原而復濟者，有如大江！」❹磻溪未遇　相傳周朝開國大臣呂望（姜太公）未遇周文王時，於磻溪隱居垂釣。磻溪，水名，在今陝西寶雞東南。❺傅巖未起　相傳殷朝大臣傅說在未受高宗重用前，在傅巖當築牆之工奴。傅巖，在今山西平陸東。❻衣帶一江　《南史・陳後主本紀》：「隋文帝謂僕射高郤曰：『我為百姓父母，豈可限一衣帶水不拯之乎？』」以衣帶比江流之窄。❼孤山林處士　宋初林逋隱居杭州孤山，梅妻鶴子，有詠梅佳作傳世，此處化用其事。處士，指隱居之人。

【語　譯】依傍著一勺西湖水。自渡江以來，百年之中沉溺歌舞，耽於酣醉。回首洛陽繁花似錦處，如今已是煙塵彌漫的草莽荒涼之地。江南更不復有新亭墮淚之事。惟見搖著畫船，簇擁歌樂美女，試問如今有誰擊楫中流，對水發誓？千古恨，幾時可以淨洗？　我一生自負有澄清天下之志。更有誰，如呂望磻溪垂釣未遇文王、傅說築牆未受殷高宗重用？如今國事倚仗什麼？只是如衣帶之長江而已。眾人便都說，江神可以依恃。借問孤山林處士，他只是掉轉頭，笑指梅之花蕊。由此看來，天下之事究竟如何，已可預知矣。

【研　析】作者有集無存，此詞係從元代李東有《古杭雜記》中錄出。據載，此係作者登第後與同年進士一道遊西湖時，有人戲問作者故里西蜀有此景否，從而觸動了他傷時憂國的情懷，遂即席賦此詞。此作猶如一篇時評政論，也是百年歷史總結，氣勢凌厲而又悲慨淋漓。因其善於借助具體形象和相關事件加以展現，故覺其精力彌滿，讀來振聾發聵。

「一勺西湖水」，起筆不凡。宋時西湖水面近六平方公里，而以「一勺」稱之，極言其小。西湖是杭州的代表，而杭州（臨安）又是南宋之首府，醉生夢死之統治者，將此彈丸之地視為銷金福窟、快樂天堂，不思強敵壓境，國勢危殆，更不思北進，收復中原，故下有「渡江來、百年歌舞，百年酣醉」的指責，正所謂「直把杭州作汴州」也。以「一勺」的空間與「百年」的時間對舉，比照何等強烈，責難何其激憤！「回首洛陽花世界，煙渺黍離之地」二句，詞人回首中原淒涼景象，不勝今昔之感。洛陽，為北宋時西京，此處實以指代都城汴京，當年龍樓鳳閣，冠蓋如雲，工商雲集，都人絡繹，何等繁盛！如今已是煙塵渺渺，黍麥離離，狐奔兔走，滿目荒涼，這不正是當權者「百年歌舞，百年酣醉」造成的惡果嗎？面對如此可悲形勢，不獨統治者耽溺於享樂，即許多士人的精神也變得麻木不仁，「更不復、新亭墮淚」，連東晉士人面對山河之異，悲不自勝的情感也沒有了。士人尚且如此，一般普通百姓更可想而知。「簇樂紅妝搖畫艇」具寫相攜歌姬美女、歌樂西湖情景，既呼應前面的「西湖水」、「歌舞」、「酣醉」，又以湖水啟下面之詰問：「問中流、擊楫誰人是？」更有誰是祖逖輩中流擊水、誓言收復的英雄人物？答案是否定的。既然上自最高統治者、下至士子工商，都宴安耽樂，沒有危機感，已無北上抗敵、進取中原之志，這個國家還有什麼希望？滅亡之日，已是為期不遠了。由此造成的「千古恨，幾時洗？」想到此，詞人已是肝腸俱斷，痛徹肺腑。果然二十年後，歷史印證了詞人的推斷，而造成的千古遺恨，是永遠無法洗卻的。

上闋係由百年歷史推斷未來結局，下闋再轉寫當下的問題。第一是不能啟用棟梁之材，以自己為例：「余生自負澄清志。」我雖有橫掃寇氛、澄清天下的遠志，可是時運不濟，「更有誰、磻溪未遇，傅巖未起？」此處用一詰問，表示自己是屬於姜太公、傅說一流有輔佐君王成就大業的幹才，正處於待用之際，而當世卻難遇到周文王、殷高宗那樣的英主，充滿失望與憤慨。這裡雖是用「余」，實則代表了宋末一批憂國憂民的愛國志士。第二是統治者心存僥倖，盲目樂觀：「國事如今誰倚仗，衣帶一江而已。便都道、江神堪恃。」他們以為長江天險可恃，江神也會加以保祐，如此便可高枕無憂。但在詞人看來，長江之寬僅如衣帶而已，如不加強兵備，強敵跨越，易如反掌。第三是遠禍全身的避世之人，或因失望而退隱山林之人，不欲再捲入政治風波，不欲再表達政見，詞人化用北宋初之著名隱者林逋其事：「借問孤山林處士，但掉頭、笑指梅花蕊。」談到國事，他們便顧左右而言他。由此看來，國家還有何希望？有何前途？故說「天下事，可知矣」，敗亡的結局，已成必然。

此詞似一篇歷史總結，高屋建瓴，切中要害，又似一篇政論，言辭愷切，頭頭是道。所用又是〈賀新郎〉詞牌，全用散文句式，尤適於感慨陳言，議論風生。同時作者運用相關歷史典故以表今情，已覺增其厚重，而多處使用反詰句式，更將悲慨不平之氣，一波一波推向高潮。詞人由昔而今，由而今預示而後，尤顯識見深刻，揭示了「生於憂患而死於安樂」(《孟子・告子下》)的規律。清謝章鋌以「是真小雅詩人之義」(《賭棋山莊詞話》卷十)評之。作者存詞僅此一篇，亦足以傳世矣。

269

柳梢青

春感

劉辰翁

鐵馬❶蒙氈，銀花❷灑淚，春入愁城❸。笛裡番腔，街頭戲鼓，不是歌聲。
那堪獨坐青燈❹。想故國、高臺月明。輦下❺風光，山中歲月，海上心情。

【作　者】劉辰翁（西元一二三二—一二九七年），字會孟，廬陵（今江西吉安）人。景定三年（西元一二六二年）進士，廷試對策，忤賈似道，得鯁直名。以親老，請為贛州濂溪書院山長。受江萬里舉薦，主管中書省架閣庫。德祐元年（西元一二七五年），文天祥起兵勤王，曾參與江西幕府。宋亡，隱居。有《須溪集》一百卷，《須溪詞》三卷。況周頤《蕙風詞話》卷二評其詞「風格遒上似稼軒，情辭跌宕似遺山」、「間有輕靈婉麗之作」。

【詞　牌】〈柳梢青〉，又名〈雲淡秋空〉、〈玉水明沙〉、〈隴頭月〉等。有平韻、仄韻二格，字句悉同，以四言為主。本詞屬平韻格，四十九字。另有五十字者。詳見《詞律》卷五、《詞譜》卷七。

【注　釋】❶鐵馬　戰馬。❷銀花　燈花。蘇味道〈正月十五夜〉詩有「火樹銀花合」句。❸愁城　愁情堆砌之城。庾信〈愁賦〉有「攻許愁城終不破」語。此處借用，語意雙關。❹青燈　燈光青熒，故名。❺輦下　皇帝車駕之下。猶言都下、京城。

【語　譯】戰馬蒙著毛氈禦寒，銀燈點點似在灑淚，春已進入愁城。竹笛吹出番邦之腔，街頭演出異族雜戲，腔調嘲哳，不是歌聲。　哪能忍耐面對青燈獨坐。懷想故國，高樓臺榭月色明亮。人在深山空度歲月，卻遙念當日京都的無限風光，心繫海上君臣抗元之鬥爭。

【研　析】題為「春感」，實借元宵抒寫亡國悲情。詞之上闋全為擬想之詞，想像今年臨安城被蒙人占領的悲慘情景。四言六句，三句一組，結撰方式相同。「鐵馬蒙氈，銀花灑淚」，先用對句，一寫昔日香車寶馬，遊人絡繹的都城街道，正為元人鐵騎踐踏，蒙氈，既突出異族形象，又寓示早春之寒冷；一寫元宵燈火，往昔是火樹銀花不夜天，是「東風夜放花千樹」（辛棄疾〈青玉案〉），而今燈火點點，蠟淚垂流，恰似人之濺淚。「灑淚」，係用擬人手法，融入了詞人的悲憤之情。兩句之中，均含今昔對比，然後結以「春入愁城」。春，此指元夕。愁城，《海錄碎事》卷九引庾信〈愁賦〉：「攻許愁城終不破，蕩許愁門終不開。……閉門欲驅愁，愁終不肯去。」詞中「愁城」既指陷落的臨安都城實體，也指詞人心上的愁情堆砌成城。如果說，前面兩句所寫重在視覺，則下面「笛裡番腔，街頭戲鼓」之對句，重在寫聽覺：響徹街頭巷尾的，是笛裡異邦之調，戲鼓夷狄之聲，嘔啞嘲哳，不堪入耳，故以「不是歌聲」，一筆橫掃。上闋雖為擬想，卻虛中有實，令人如睹如聞，現實的愁城與心上的愁城已然融合為一。

過片「那堪獨坐青燈」，承上啟下，點出以上所寫，乃於青燈下獨坐所思。面對青燈獨坐，思緒難平，國恨家仇，齊集心頭，「那堪」，正是不堪，是難以為情。「想故國、高臺月明」，故國，指故都，念及臨安元夜，樓閣殿臺，明月朗照，而已不復為宋室之都城，大有「故國不堪回首月明中」（李煜〈虞美人〉）的遺憾與痛惜。結尾「輦下風光，山中歲月，海上心情」，抒寫自己的處境與情志。詞人此時正隱居於廬陵家鄉，故說於「山中」閒度「歲月」，但心中所念仍是當年京都繁盛的風光，情之所繫，仍是牽涉故國前程的海上鬥爭。「海上心情」，一般認為係指海上進行抗元鬥爭之事，而當代學者吳熊和認為劉氏此詞寫於南宋滅亡之後，退隱故鄉之時，已不復存在海上抗元之舉，故應是用蘇武牧羊於北海故事，謂己以蘇武為式，始終堅守民族氣節。（《唐宋詞鑒賞辭典》）亦可備一說。詞人有〈虞美人〉詞寫道：「亂山殘燭雪和風，猶勝陰山海上、窟群中。（按：前句寫己所處環境，後句指蘇武所處困境）」又有〈鶯啼序〉詞云：「聞說那回，海上蘇（武）李（陵）。……古人已矣，垂名青史，謂當如此矣。」似可作為其佐證。此三句結構相同，省略動詞，也不用連詞銜接，十分精粹，有的空白留給讀者去補充；同時，三句之間，空間跨度極大，而其人、其心、其志，卻融為一體，可謂善於鍛句。

此詞雖為小令，卻能納須彌於芥子。所寫僅為元夕感歎，而歷史的巨變，亡國的哀慟，對故國的緬懷，愛國志士的固守高節，一一包蘊其中。在表達時，又多從虛處著筆，於空靈動盪中寓沉鬱悲憤之思，尤耐人尋味。

270 蘭陵王

丙子❶送春

劉辰翁

送春去。春去人間無路。鞦韆外，芳草連天，誰遣風沙暗南浦❷？依依甚意緒？漫憶海門❸飛絮。亂鴉過，斗❹轉城荒，不見來時試燈❺處。

春去，最誰苦？但箭雁沉邊，梁燕無主。杜鵑聲裡長門❻暮。想玉樹凋土❼，淚盤如露❽。咸陽送客❾屢回顧，斜日未能度。

春去，尚來否？正江令恨別❿，庾信〈愁賦〉⓫。蘇隄⓬盡日風和雨。歎神遊故國，花記前度。人生流落，顧孺子⓭，共夜語。

【詞牌】〈蘭陵王〉，始見周邦彥《清真集》。此調三疊，為仄韻格。詳見前周邦彥〈蘭陵王〉「詞牌」介紹。

【注釋】❶丙子　宋恭帝德祐二年（西元一二七六年）。❷南浦　送別之地。《楚辭・九歌》：「送美人兮南浦。」❸海門　由海入陸之口岸。此指錢塘江濱之南宋都城臨安。❹斗　北斗。❺試燈　元宵前的張燈預賞。❻長門　漢宮名。此處借指宋之宮殿。❼玉樹凋土　此指死節之忠臣。《世說新語・傷逝》：「庾文康（亮）亡，何揚州（遜）臨葬云：埋玉樹箸土中，使人情何能已已？」❽淚盤如露　《三輔故事》載，漢武帝以銅作承露盤，高二十丈，大十圍，上有仙人掌承露。又，李賀〈金銅仙人辭漢歌〉詩序云：「魏明帝青龍元年八月，詔宮官牽車西取漢孝武捧露盤仙人，欲立置前殿，宮官既拆盤，仙人臨載，乃潸然淚下。」此處用以喻哀傷淚多。❾咸陽送客　李賀〈金銅仙人辭漢歌〉有「衰蘭送客咸陽道，天若有情天亦老」句。此用其意。❿江令恨別　江淹曾為建安吳興令，寫有〈別賦〉。⓫庾信愁賦　庾信寫有〈愁賦〉。⓬蘇隄　西湖有蘇軾為杭守時所築隄。此指代南宋都城臨安。⓭孺子　指作者之子劉將孫。

【語　譯】送春離去。春去何方？人間無路。鞦韆外，只見芳草連天，誰讓風沙蔽日，黯黯南浦？依依難捨是何意緒？滿心回憶那海門之繚亂飛絮。亂鴉掠過，北斗旋轉，帝城荒蕪，不見來時試賞燈火處。　春已遠去，誰心最苦？箭傷之雁已沉落邊庭，梁上之燕已然失主。在淒苦杜鵑聲裡，宮殿日暮。想玉樹之人，已埋入土，仙掌盤中，淚恰如露。咸陽送客，頻頻回顧。銅仙緩行，斜日尚未西落。　春已遠去，還能來否？此時心情正如江淹恨別，庾信草寫〈愁賦〉。湖上蘇隄，盡日是風和雨。感歎神遊故國，記憶前度看花。人生流落，惟與兒子，夜間共語。

【研　析】詞人寫有「送春」詞多首，此為其中之一。「春」在這裡是國家的象徵。丙子（西元一二七六年）二月，臨安陷落，隨之宋室投降，帝、后被擄北上，趙宋王朝宣告滅亡。這對於愛國詞人來說，是最為沉重的心靈打擊，因而借詞抒發悲憤難抑的哀悼。

詞分三疊。第一疊寫「春去」之別情。此番春去，是一次訣別，她已無處安生，無由再見，故一開始即直抒：「送春去。春去人間無路。」另一首〈菩薩蠻〉亦云：「春去自依依，欲歸無處歸。」意亦相同，語極沉痛。下面的景象：「鞦韆外，芳草連天，誰遣風沙暗南浦？」就「送」字抒發。芳草、南浦，均與別情相關。白居易〈賦得古草原送別〉詩云：「又送王孫去，萋萋滿別情。」李後主〈清平樂〉詞云：「離恨恰如春草，更行更遠還生。」故鞦韆外之「芳草連天」寓示著別情無極；江淹〈別賦〉云：「春草碧色，春水淥波。送君南浦，傷如之何！」南浦，乃送別傷心之地，而此番送別，尤非比尋常，是在風沙蔽日、天昏地暗的氛圍中，訣別一個自己盡忠的王朝。「風沙」，既是對元軍占領者擾亂城池、塗炭生靈的比喻，也暗示對「倉皇辭廟」之人前路的擔心，與〈沁園春〉詞「春汝歸歟，風雨蔽江，煙塵暗天」同一意蘊。「誰遣」，用詰問語氣，既有無奈，更含悲憤。送別而實難別，故說「依依甚意緒？漫憶海門飛絮」，「依依」，已表難捨之情，更具言其意緒之紛亂。恭帝、太后被擄北去乃三月間事，正是柳絮飛綿時節。「漫憶」，意為填滿記憶，滿腦子回想。而「飛絮」則寓有情思繚亂之意。此時再轉看昔日都城，只見一派淒慘與荒蕪：「亂鴉過，斗轉城荒，不見來時試燈處。」所謂「亂鴉」、「斗轉」，既是寫景，表示由白天而黃昏、而夜晚的時間推移，也是時移世改的象徵，隱含世道昏亂，國柄轉移之意。而在這年的元夕之前，尚有「試燈」之舉，而今都城破碎荒涼，試燈之處已不見蹤跡，轉瞬之間，已發生天翻地覆的巨變。都城的陷落，同樣是「春去」的內涵。

第二疊寫「春去」之苦情。「最誰苦」乃「誰最苦」之倒裝，以符合詞牌格律要求。用問句提挈，震撼人心，答以「但箭雁沉邊，梁燕無主」，前句以受傷的鴻雁，比喻作為俘虜的大批君臣，他們正被驅趕北上，後句以梁上之燕比喻南宋的子民，他們已失去主人。然後以「杜鵑聲裡長門暮」的環境加以烘托：宋室的宮殿正在啼血的杜鵑聲裡，為沉沉暮色所籠罩，尤增其淒哀氣氛。最苦者還有「玉樹凋土」，即為國捐軀的忠烈之士，他們的民族氣節與壯烈犧牲令人為之感動唏噓，人之痛惜，「淚盤如露」。歇拍「咸陽送客屢回顧，斜日未能度」，再轉向北行的君臣身上，他們一步一回頭，依依難捨，緩緩而行，以致使斜陽也似乎停止了西行的腳步。「咸陽送客」兩句，用李賀「衰蘭送客咸陽道，天若有情天亦老」詩意，表現了山河易主，痛徹肺腑之悲情。

第三疊轉寫自己的感歎。「春去，尚來否？」明知春去不可重來，而內心仍盼望她的再度來臨，故有此一問，最後終於不得不面對現實。「正江令恨別，庾信〈愁賦〉」，江淹初為建安（今屬福建）吳興令，後入齊、梁，至金陵為官；庾信為南朝梁人，後出使西魏，羈留長安，先後仕西魏、北周，故詞中注「二人皆北去」，以借喻被擄北上之君臣。江氏作有〈恨賦〉，庾氏寫有〈愁賦〉，借「愁」、「恨」表北上君臣情感之哀慟。下面再轉向故都：「蘇隄盡日風和雨。」臨安往日秀美的西湖，而今風狂雨暴，飽受摧殘。看似寫景，實寓亡國之痛。故下有「神遊故國，花記前度」的感歎。「神遊故國」，語本蘇軾〈念奴嬌〉詞「故國神遊」，故國已不復存在，惟可神遊而已；「花記前度」，化用劉禹錫〈再遊玄都觀〉詩「前度劉郎今又來」等語，謂只能回味從前看花的情景了。結語轉向自身：「人生流落，顧孺子，共夜語。」詞人正流落在外，如許哀痛，有誰可告語？惟有向隨侍的兒子訴說了。

一首詞中，慨歎「春去」，三復斯言，可見悲不自勝，沉哀入骨。三疊之中，層層深進，又運用比興、借代手法，極盡吞吐之妙，復以多番詰問，表達難抑的激盪之情。明卓人月評曰：「其詞悠揚悱惻，即以為小雅、楚騷可也。」（《歷代詞話》卷八）前此之辛棄疾〈摸魚兒〉（更能消）詞以「春歸」象徵國勢之危殆，劉辰翁此詞則以「春去」象徵國家之滅亡，賦予春的象徵意義，既有一脈相承處，又有進一步的拓展。

此詞清人謝元淮等所編《碎金詞譜》收錄有曲譜。

271 寶鼎現

春月

劉辰翁

紅妝春騎。踏月影、竿旗穿市。望不盡、樓臺歌舞，習習香塵蓮步底。簫聲斷、約彩鸞❶歸去，未怕金吾❷呵醉。甚輦路❸、喧闐且止。聽得念奴❹歌起。

父老猶記宣和❺事。抱銅仙、清淚如水❻。還轉盼、沙河❼多麗。滉漾明光連邸第。簾影動、散紅光成綺。月浸葡萄十里❽。看往來、神仙才子，肯把菱花撲碎❾？

腸斷竹馬兒童，空見說、三千樂指❿。等多時春不歸來，到春時欲睡。又說向、燈前擁髻⓫。暗滴鮫珠⓬墜。便當日、親見〈霓裳〉⓭，天上人間夢裡。

【詞牌】〈寶鼎現〉，又名〈寶鼎兒〉、〈三段子〉，首見宋范周詞。班固〈東都賦〉：「寶鼎見（現）兮色紛紜。」調名本此。三疊，一百五十七字，仄韻格。亦有一百五十八字者。詳見《詞律》卷二十、《詞譜》卷三十八。

【注　釋】❶彩鸞　此指相戀女子。《唐人傳奇集》載，書生文蕭遇女仙彩鸞，吟詩曰：「若能相伴陟仙去，應得文蕭駕彩鸞。」後遂登仙而去。❷金吾　漢官有執金吾。金吾本鳥名，主辟不祥。後天子出行，職主先導，以防不測，故執此鳥之象，因以名官。即今之警衛官一類。❸輦路　天子車駕所行之路，此指都城街衢。❹念奴　唐代天寶時之名歌女。《開元天寶遺事》載：「念奴者，有姿色，善歌唱。」「每轉聲歌喉，則聲出於朝霞之上。」❺宣和　北宋徽宗年號。❻抱銅仙句　李賀〈金銅仙人辭漢歌〉詩序云：「魏明帝青龍元年八月，詔宮官牽車西取漢孝武捧露盤仙人，欲立置前殿，宮官既拆盤，仙人臨載，乃潸然淚下。」此用其意。❼沙河　錢塘南五里有沙河塘，宋室居民甚勝，碧瓦紅簷，歌管不絕。❽葡萄十里　指西湖水。葡萄，形容水色。李白〈襄陽歌〉：「遙看漢水鴨頭綠，恰似葡萄初醱醅。」❾菱花撲碎　孟棨《本事詩》載，徐德言與樂昌公主遭遇戰亂，因破鏡，各執其半以為後會之憑證，後得破鏡重圓。菱花，鏡子。❿三千樂指　三百人的樂隊。蘇軾詩有「紅妝執樂三千指」之句。⓫燈前擁髻　《飛燕外傳》載，伶玄買樊通德為妾。樊向伶玄講趙飛燕姐妹宮廷生活，講畢，凝視燈影，擁髻而泣。此借用其事，謂談往昔而淚流。⓬鮫珠　《述異記》載，南海有鮫人室，水居如魚，其眼能泣則出珠。此用比人之淚。⓭霓裳　即〈霓裳羽衣曲〉，為玄宗天寶時代流行的歌舞曲。

【語　譯】豔裝靚麗女子，春日驅趕香車寶馬，踏著月影，緩緩行過，時有高舉的旗幟穿過街市。望不盡樓臺歌舞，蓮步起舞翩翩，習習香塵揚起。簫聲休歇，相約所愛一道歸去，毫不畏懼金吾呵斥酒醉。為何道路突然喧鬧止息？原來是聽到念奴歌喉開啟。

父老還記得宣和遺事，懷抱即將遠去的銅仙，清淚如水。又還轉盼，繁盛美麗的沙河，明亮水光盪漾，岸邊毗連雕梁畫棟。簾影閃動，紅光影射，如同美緞紋綺。月光浸潤十里葡萄綠水。看來來往往的神仙才子，怎忍將菱花鏡子撲碎？

騎竹馬的兒童，心情無比悲痛，只是光聽人說，當年演奏有樂指三千。等待多時，春不歸來，到春季來臨，又昏昏欲睡。再向他們說及往事，以致燈前擁髻，淚珠如鮫珠暗滴。即便是想像如當日目睹〈霓裳〉歌舞，也只是如天上人間夢裡。

【研　析】王弈清等撰《歷代詞話》卷八載引張孟浩語：「劉辰翁作〈寶鼎現〉詞，時為大德元年（西元一二九七年），自題曰『丁酉元夕』，亦義熙舊人（按：指陶淵明等）只書甲子之意。」詞人卒於是年，其只書甲子，而不書元之年號，表明始終不忘故國，不承認元蒙的統治。此詞之作，已是南宋滅亡二十餘年之後，而據北宋滅亡已有一百七十年之久，可見其對故國的緬懷，至死不渝。

詞分三疊。第一疊重點懷想北宋元夕盛況，極力鋪陳，從色彩、聲音、以至於嗅覺諸方面，加以渲染，且一個場面接著一個場面：有載乘豔美女子的寶馬香車，絡繹不絕於道路的熙攘景象；有旗杆在月光下高舉，突出眾人之上的景觀；有蓮步生香的歌兒舞女，在戲臺上演出的場景；有俊男、靚女竊竊私語、相攜遠去的形影；有傑出的女歌唱家在喧鬧的環境中，高歌一曲，響遏行雲，行人突然停止喧鬧，屏氣靜聽的鏡頭。這一切簡直令人眼花繚亂，將宣和盛日，再現於人們的眉睫之前。

此疊所寫全為想像之辭，但作者並未用「憶」、「念」一類詞語領起，至第二疊「父老猶記宣和事。抱銅仙、清淚如水」方點出「猶記」字樣，復化用李賀詩序「仙人臨載，乃潸然淚下」之典，表悲不自勝之情。

既然宣和盛事已是灰飛煙滅，轉而眷懷臨安湖山之美、宅第之麗。此為第二疊之重點。故以「還轉盼」領起。南宋時的沙河，與錢塘江通，為當時繁華之地，不僅樓臺彩繪，第宅連綿，並酒肆勾欄，極歌舞之盛，蘇軾〈虞美人〉詞曾有「沙河塘裡燈初上，水調誰家唱」的描寫。此詞中說：「沙河多麗。滉漾明光連邸第。簾影動、散紅光成綺。」極寫元夕燈光之美，不僅樓影倒映水中，形成絢麗之景，連簾影晃動，紅光閃耀，也會散成美麗的綺羅。以下再就月照下的西湖生發。「月浸葡萄十里」，一是寫出湖水的浩渺無際；二是寫出湖水的清亮，綠似葡萄；三是用一「浸」字，寫圓月的映照，極為精警，除了寫出月光映照湖光的空明剔透的美景外，湖中月的倒影，如白居易所形容：「月點波心一顆珠」（〈春題湖上〉），更構成一幅點與面相結合的美妙圖畫。西湖，在詞人心目中，是臨安的代表，是南宋的象徵，詞人多麼希望永保她的完美。月夜西湖波平如鏡，由此而引發出詞人的獨特的聯想：「看往來、神仙才子，肯把菱花撲碎？」化用徐德言與樂昌公主破鏡重圓故事，說來往此地之神仙才子，怎肯如徐德言、樂昌公主將此鏡子打破呢？怎肯讓國家敗亡、山河易主呢？然而事實是，來往之國戚皇親、高官美眷、風流士人等，雖不願將菱花撲碎，而他們的「百年歌舞，百年酣醉」（文及翁〈賀新郎〉），終於葬送了這美好江山。

宣和之盛、臨安之樂，那是曾經存在的國家象徵，那是詞人永遠刻骨銘心的記憶，自然也不能讓兒孫忘懷那段歷史。故第三疊向孩童講述往事，講述的過程也是再一次的深情緬懷。兒童受前輩的感染，心情沉重，故一開始，即以「腸斷」來加以形容：「腸斷竹馬兒童，空見說、三千樂指」。幼小的年紀，哪裡見過三百人的樂隊演奏的盛大場面？他們瞪大的眼睛裡充滿驚奇，感到好似天方夜譚，只是聽說罷了。以下「等多時春不歸來，到春時欲睡」兩句，前一句的「春」是虛擬，乃是指代宋代昔日的輝煌，後一句的「春」是真實的季節。老人們繼續敘說，說到心傷處，「燈前擁髻。暗滴鮫珠墜」，此處用漢代樊通德說到昔日宮中趙飛燕姐妹承恩盛事而擁髻流淚之典，亦極貼切。結以「便當日、親見〈霓裳〉，天上人間夢裡」尤為沉痛。〈霓裳羽衣曲〉的演奏，伴以歌舞，乃盛唐時的情事，是一個朝代興盛的象徵。想要目睹那時盛世景象，除非是在夢裡，而今已是天上人間，雲泥遠隔。李後主〈浪淘沙〉寫亡國之痛，有「流水落花春去也，天上人間」之語，末句用其意。

張孟浩評此詞「反反覆覆，字字悲咽，孤竹（指孤竹君之子伯夷、叔齊）彭澤（指陶淵明）之流。」（《歷代詞話》卷八）即恥於與當朝合流、始終不忘故國。此詞寫法與其他春詞有所不同，其他春詞多從「春」去入筆，而此詞卻從故國繁盛入手，極盡鋪陳之能事，色彩絢麗，聲響喧闐，從視覺、聽覺、嗅覺諸方面調動人的感官，令人產生一種立體的聯想。以樂景寫哀，尤增切膚剜心之痛。

272 永遇樂

劉辰翁

余自乙亥❶上元❷誦李易安〈永遇樂〉，為之涕下。今三年矣，每聞此詞，輒不自堪。遂依其聲，又託之易安自喻。雖辭情不及，而悲苦過之

璧月初晴，黛雲遠澹，春事誰主？禁苑❸嬌寒，湖隄倦暖，前度遽如許！香

塵暗陌，華燈明晝，長是懶攜手去。誰知道，斷煙❹禁夜，滿城似愁風雨！

宣和舊日，臨安南渡，芳景猶自如故。緗帙❺流離，風鬟三五❻，能賦詞最苦。江南無路，鄜州今夜❼，此苦又誰知否？空相對，殘釭❽無寐，滿村社鼓❾。

【詞　牌】〈永遇樂〉，有平韻格、仄韻格兩式，本詞所用為通用之仄韻格。雙調，一百零四字，上下闋各四仄韻。此調以四言為主，多處可用為對仗。詳見前蘇軾〈永遇樂〉「詞牌」介紹。

【注　釋】❶乙亥　宋德祐元年（西元一二七五年）。❷上元　元宵。❸禁苑　皇城中的園林。❹斷煙　古代寒食節有禁火之習。❺緗帙　淺黃色的書衣。此指書卷。❻三五　指十五元宵節。❼鄜州今夜　杜甫〈月夜〉詩：「今夜鄜州月，閨中只獨看。」鄜州，在今陝西境內。❽殘釭　殘燈。❾社鼓　社日祭祀的鼓聲。社，古有春社、秋社日，以祭社（土地）神，此處當指春日祈禱豐年的鼓樂聲。

【語　譯】雨後初晴，璧玉般的圓月升空，深藍雲彩，漸遠漸淡，誰是春天事物的主人？皇家園林，尚帶輕寒，湖隄微暖，人感倦意，前度來時的感受，為何驟然變化如此！昔時各色彩燈朗照，如同白晝，仕女車子輾過，香氣和著塵土飛揚，但長是懶於與人攜手同遊。有誰能解說，如今寒食未到，即斷絕煙火，禁止夜行，滿城似愁風雨將至！　舊日的宣和，南渡時的臨安，芳華景物依然如故。攜帶書卷四處飄流，元宵佳節風鬟霧鬢，偏能賦詞，心情最苦。江南無路可通故園，恰如今夜鄜州，閨中獨自看月，此種苦情又有誰能解會？與殘燈靜寂相對，無法入睡，只聽到滿村響起社鼓。

【研　析】此詞作於西元一二七八年。在乙亥年（西元一二七五年），即臨安陷落的前一年元宵，詞人已由風雨飄搖之勢預感到國之將亡，當他讀到一百多年前李清照南渡後所作〈永遇樂〉元夕詞時，不禁「為之涕下」。三年後，臨安陷落已經兩年，抗元活動仍在江南部分地區進行，詞人流落在外，其境遇、心情與當年李清照極為相似，於元宵詞中借其遭遇，抒發己之亡國悲苦。

詞從描寫元夕景物入手：「璧月初晴，黛雲遠澹」。將圓月置於雨後初晴的碧空，突出其如璧玉之晶瑩、潔白、圓潤，何等美好！但接以「春事誰主？」陡然一轉，點出國家破滅、江山易主之主題。樂景以襯哀情，倍增傷慟。下面：「禁苑嬌寒，湖隄倦暖，前度遽如許！」前兩句乃寫前度遊覽臨安之觀感，當時禁苑、湖隄，既帶輕寒，又有微微暖意，園林、湖岸，草樹初綻嫩芽，萌生春意，寓含有一種對未來的希望。然第三句又是陡轉：何曾料到突然變成如今之景況！如此湖山，竟屬他人之天下！以上兩層均用相反相成的藝術辯證法，又都運用詰問，一腔悲憤，噴薄而出。

至「香塵暗陌，華燈明晝，長是懶攜手去」則轉寫臨安昔時元夕燈火之盛與香車絡繹於道的熱鬧場景，兼及女詞人與自己的心情。李清照詞中有「來相召、香車寶馬，謝他酒朋詩侶」之句，「長是懶攜手去」指此，即山河破碎之際，無心遊樂也。此三句憶昔，後面轉今：「誰知道，斷煙禁夜，滿城似愁風雨！」而今在元蒙統治下，警戒森嚴，元夕不能舉燈，夜禁行人外出，整個城市籠罩於一片愁雲慘霧之中。本是「璧月初晴」，何能又有「風雨」？故此處之「似愁風雨」，實為一種淒黯心情的流露。此兩層中，前者憶昔，本屬虛寫，卻形象鮮明；後者言今，卻以「誰知道」領起，重在突出氛圍，抒發感歎，亦能虛中有實。此段於今昔對比中，寄託了深沉的故國之思，又將「春事誰主」加以具象化。

換頭「宣和舊日，臨安南渡，芳景猶自如故」再申「風景不殊，正自有山河之異！」（《世說新語・言語》）感慨無端。靖康之難後，北宋滅亡，宋室南渡，女詞人李清照亦隨之流落江南，「緗帙流離，風鬟三五，能賦詞最苦」是她當日經歷的具體寫照。她不僅懷有巨大的喪夫之痛，即連所攜帶的大量典籍、字畫、古玩，亦幾散佚殆盡，更造成沉重精神打擊。國破家亡，身世飄零，還有何心思梳妝打扮自己，故在元夕詞中有「風鬟霜鬢」之語，乃當時的真實形容。這種境遇對於靈心善感，並能將其豐富內心世界訴諸文辭的人，其精神相對來說，有更深的痛苦。詞序言：「託之易安自喻」，寫女詞人之「最苦」，亦為夫子自道。李清照面臨的國破家亡，與劉辰翁面對的山河易主，二人所懷情緒，正爾息息相通。

以下直接寫自己之流離之苦：「江南無路，鄜州今夜，此苦又誰知否？」戰亂之中，有家歸不得，尚流落他鄉，今夜圓月，「閨中只獨看」，對親人的思念之深，漂泊異鄉之苦，惟有自己體會最為深切。由於愁緒紛繁，夜不成寐，惟有獨對「殘釭」，臥聽「滿村社鼓」。祈豐年之鼓樂聲，一則以聲襯托夜的寂靜，再則，也是強化「能賦詞」之人「最苦」的特點。

整首詞圍繞元夕生發，跨越了長遠的時間與遼闊的空間，在抒發不同時期詞人的「最苦」情懷中，折射出歷史難以逆轉的變化。

此詞在寫法上亦受李清照元夕詞之影響，如上闋往往於四言對句之後，接以反詰句，於整飭之中見頓挫之美，下闋雖多兩句四言相連，則多用散句，以形成流動之美，顯示章法之變化；其次在用韻方面亦如李氏用「魚虞」韻部的上去聲相押，其中又以低抑之上聲為多，於蒼涼激楚中，如含嗚咽之音。當然，如從整體藝術水準來說，李作無疑更勝一籌，但正如詞人在序中所言：「雖辭情不及，而悲苦過之。」

273 曲遊春

周密

禁煙❶湖上薄遊，施中山❷賦詞甚佳，余因次其韻。蓋平時遊舫，至午後則盡入裡湖❸，抵暮始出，斷橋❹小駐而歸，非習於遊者不知也。故中山極擊節余「閒卻半湖春色」之句，謂能道人之所未云

禁苑❺東風外，颺暖絲晴絮，春思如織。燕約鶯期，惱芳情偏在，翠深紅隙。漠漠香塵隔。沸十里、亂絃叢笛。看畫船，盡入西泠❻，閒卻半湖春色。

柳陌，新煙凝碧。映簾底宮眉❼，堤上遊勒❽。輕暝籠寒，怕梨雲夢冷，杏香愁冪。歌管酬寒食。奈蝶怨、良宵岑寂。正滿湖、碎月搖花，怎生去得！

【作　者】周密（西元一二三二—一二九八年），字公謹，號草窗，其先濟南人，流寓吳興（今浙江湖州），居弁山，自號弁陽嘯翁，又號四水潛夫。曾為義烏令，入元不仕，悉心著述。有《草窗詞》、《蘋洲漁笛譜》、《齊東野語》、《癸辛雜識》、《浩然齋雅談》、《武林舊事》等三十餘種著作傳世。詞壇將其與夢窗合稱為「二窗」。戈載《宋七家詞選》稱其詞「盡洗靡曼，獨標清麗，有韶倩之色，有綿邈之思」。

【詞　牌】〈曲遊春〉，首見施岳所作詞，大約依內容而定詞牌名。周密次其韻，故實為施岳創體。但《詞律》卷十七、《詞譜》卷三十一均以周密詞一百零三字者為正體，《詞譜》列施岳一百零二字者為「又一體」。可押入聲韻，亦可上去聲通押，為仄韻格。

【注　釋】❶禁煙　寒食日（清明節前三日）有禁火之習。❷施中山　施岳，字中山，詞人，約與陳允平、周密等同時。❸裡湖　白堤和蘇堤將西湖分隔為前湖、後湖和裡湖。❹斷橋　在西湖白堤上。❺禁苑　皇家苑囿。❻西泠　為西湖十景之一，位於孤山與蘇堤間。❼宮眉　宮廷中的眉妝。此指女子。❽勒　馬頭絡銜。此指馬。

【語　譯】皇宮苑囿外，東風吹拂，飄漾起暖絲晴絮，春天思緒如織。鶯、燕相約，撩撥人的芳情，偏穿梭於翠葉紅花的空隙。近處有濛濛的香塵飄拂。十里沸騰，雜笛亂絃吹奏。看畫船，都入西泠，閒置了半湖春色。

楊柳道上，新的碧綠嵐煙輕籠。掩映簾兒底下畫著宮眉的女子、堤上縱轡遊覽的少年。臨晚微寒侵襲，擔心梨花之美如夢般消逝，杳香憂心凋謝為愁籠罩。用歌聲樂音以度寒食。奈何蝴蝶埋怨，美好夜晚如此岑寂。此時正滿湖碎月搖花，如何捨得離去！

【研　析】在研析此詞前，我們不妨先看看作者所撰《武林舊事》卷三所載遊湖景況：「西湖天下景，朝昏晴雨，四序總宜，杭人亦無時而不遊，而春遊特盛焉。……至禁煙為最盛。龍舟十餘，彩旗疊鼓，交午曼衍，粲如織錦。……都人士女，兩堤駢集，幾於無置足地。水面畫楫，櫛比如魚鱗，亦無行舟之路，歌管簫笛之聲，振動遠近，其盛可以想見。若遊之次第，則先南而後北，至午則盡入西泠橋裡湖，其外幾無一舸矣。弁陽老人（作者自稱）有詞云：『看畫船，盡入西泠，閒卻半湖春色』，蓋紀實也。」這首〈曲遊春〉所描繪的，正是南宋王朝尚未覆亡時，寒食遊覽西湖的盛況。

詞之發端即以「禁苑」，點明南宋首府臨安，而西湖是在禁苑之外。緊接著描繪寒食時之美景，在東風吹拂中「颺暖絲晴絮，春思如織」。點出天氣晴好，氣候回暖，樹上蟲絲、空中柳絮，在風中搖漾，「絲」、「絮」與「思」、「緒」諧音，絲、絮交飛，引人春思繚亂交織。王質〈滿江紅〉曾有「春緒亂，還如織」之句，語當本此。此處意在強調春情洋溢，意興高揚。下面改用擬人手法描寫鶯燕之活躍：「燕約鶯期，惱芳情偏在，翠深紅隙。」牠們似乎互相約定，偏偏在綠樹深處、紅花的空隙，來去穿梭，故意撩撥人的春情，以此顯示大自然的生命活力，並帶出一個繁花似錦、五彩繽紛的世界。

以上把氣候的美好、景物的生機盎然、人的芳情湧動寫足，為遊樂場景的出現作鋪墊。所謂「漠漠香塵隔」，係寫仕女出遊盛況，乘車捲起陣陣香塵，四散彌漫。漠漠，廣大貌，「隔」字，在此帶有充塞之意。此從嗅覺寫，重在湖岸。「沸十里、亂絃叢笛」絃管音樂之聲喧闐，十里沸騰，此從聽覺寫，重在湖舟。堤岸遊人之眾，湖中舟遊之樂，數句已陳其大概矣。時至中午，遊人逐漸返回，進入裡湖，所謂「看畫船，盡入西泠」，即是敘述此種光景。而「閒卻半湖春色」則是詞人的感受。詞人具有獨特的審美視角，能從中獲得他人所未得的閒淡清遠情趣，故獲得施中山的擊節讚賞，而詞人自己亦頗有得色，在《武林舊事》敘述寒食西湖遊樂盛況時，特為拈出。

換頭以「柳陌，新煙凝碧」提勒，轉寫裡湖堤上景致。前面的「晴絮」、「翠深」均關涉柳樹，至此方點出陌上楊柳成行，在午後的晴嵐中，呈現出特有的碧綠。由此引出堤上人物的活動：「映簾底宮眉，堤上遊勒。」在柳枝的飄拂中，映出香車中的仕女，湖堤上騎馬的少年。在此只寫「宮眉」與「遊勒」的局部，令人由局部而聯想其整體，既具畫意，又含餘味。

以下依次寫暝色來臨與月夜清景，多用虛筆。「輕暝籠寒，怕梨雲夢冷，杏香愁冪」，臨晚已有些微寒意，因而引發對美景消散的憂心。梨雲夢，原指梨花或人的香夢，此處的「梨雲夢冷」乃指梨花的由盛而衰，其所以稱「梨雲」，以梨花如雲之白也。「杏香」句，意思相同，但寫法有異，即杏花因畏凋零而生愁。均以人擬花，係移情於物。「歌管酬寒食」一句，為一日遊事之總綰。下面再轉入夜：「奈蝶怨、良宵岑寂。」遊人去後，西湖夜晚一片冷清，故蝶怨人愁。至結拍「正滿湖、碎月搖花，怎生去得！」與上闋歇拍感歎「閒卻半湖春色」，遙相呼應，更進一步惋惜遊人閒卻「滿湖」春光，惟有自己對著湖中搖漾的月色、花柳的倒影，流連愛惜，突出了自己對這種清空靜美的沉醉，與眾人醉心於熱鬧場景大異其趣。

詞人寫寒食西湖春遊，前段多實寫，色彩絢麗，情緒熱烈，後段多用虛筆，境界空靈，偏於岑寂冷清。詞作在藝術地再現臨安失陷以前寒食節傾城出遊盛況的同時，也流露出了自己獨特的審美情趣，後面這一點正是本詞超越所和原作之處。這首詞頗受前人稱賞，查禮讚其「詞句雅妙」（《銅鼓書堂詞話》），馬臻賞其紀實形象，其〈春日遊西湖〉詩云：「畫船過午入西泠，人擁孤山陌上塵。應被弁陽摹寫盡，晚來閒卻半湖春。」（《霞外集》）對我們來說，具有歷史的認識價值，南宋雖面臨嚴重的內憂外患，但臨安也曾有過令人懷念的繁華。當然，如果以嚴峻的歷史眼光來看，大概能從一個側面感受到那「一勺西湖水」，「百年歌舞，百年酣醉」（文及翁〈賀新郎〉）的情景。

274

一萼紅

登蓬萊閣❶有感

周密

步深幽。正雲黃天淡，雪意未全休。鑑曲❷寒沙，茂林煙草，俯仰千古悠悠。歲華晚、漂零漸遠，誰念我、同載五湖舟❸。磴❹古松斜，崖陰苔老，一片清愁。

回首天涯歸夢，幾魂飛西浦❺，淚灑東州。故國山川，故園心眼，還似王粲登樓❻。最憐他、秦鬟❼妝鏡，好江山、何事此時遊。為喚狂吟老監❽，共賦銷憂。

【詞牌】〈一萼紅〉，見曾慥《樂府雅詞》錄北宋無名氏詞，有「未教一萼，紅開鮮豔」之句，故名。雙調，一百零八字。無名氏所用為仄韻格。南宋詞人用平韻格。詳見前姜夔〈一萼紅〉「詞牌」介紹。

【注釋】❶蓬萊閣　閣在浙江紹興臥龍山下，五代時吳越王建。以元稹〈以州宅誇於樂天〉詩有「謫居猶得住蓬萊」句而得名。❷鑑曲　指紹興鑑湖一曲。鑑湖即鏡湖，在紹興城南。❸五湖舟　用范蠡退隱後泛舟太湖事。此處指己之泛舟。❹磴　指山路石級。❺西浦　作者自注：「閣在紹興，西浦、東州皆其地。」❻王粲登樓　王粲有〈登樓賦〉，寫於當陽縣城樓。中有「雖信美而非吾土兮，曾何足以少留」等語。❼秦鬟　紹興有秦望山，山在紹興東南。此以鬟髮形容山勢。❽狂吟老監　指賀知章。《舊唐書》本傳載：「知章晚年尤加縱誕，無復規檢，自號四明狂客，又稱秘書外監，遨遊里巷，醉後屬詞，動成卷軸，文不加點，咸有可觀。」此處借指吟朋。

【語譯】步入深幽處。此時雲色灰黃，天容淺淡，下雪之意尚未全消。見鑑湖一曲，寒氣籠沙，曠野茂林，煙霧浮草，俯仰千古，心事悠悠。歲時已晚，漂零漸遠，有誰能想到，與我一同五湖泛舟。山間石級，古松傾斜，山崖陰處，青苔已老，引人一片清愁。　回想羈旅天涯時，進入歸夢，有幾次魂飛西浦，淚灑東州。登覽故國山川，心懷故園情事，還如王粲在異鄉登樓。最憐愛那如秦鬟之山、如妝鏡之湖，如此美好江山，為何在此時遊覽？是因為想喚起狂吟的賀監，共同賦詩以消憂愁。

【研析】此詞係宋亡後詞人登紹興蓬萊閣時作。首從登閣寫起，閣在臥龍山下，州治所郡廳之後，故曰「步深幽」，謂經深幽之徑始得登樓。以下寫登樓所見所感。由下面「歲華晚」，可知此番登樓是在冬日，故此時氣候「正雲黃天淡，雪意未全休」，正值一場冬雪之後，天低雲暗，一片陰沉，此係仰視所見，其氛圍已襯托出詞人心情的黯淡。再將目光調整，遙視遠方，只見「鑑曲寒沙，茂林煙草」。鑑湖，係本地風光，又暗伏詞末之「老監」賀知章，賀之舊居即在鏡湖旁；所謂「寒沙」，乃詞人對氣溫之感覺，寫出一種寒涼的氛圍。茂林，語出王羲之〈蘭亭集序〉：「此地有崇山峻嶺，茂林修竹。」蘭亭在紹興附近，是文人雅集之地，曾有曲水流觴故事。該序中又有「俯仰之間，已為陳跡」等語。眼前茂林草地為煙靄籠罩，亦是雪意未消時的大地景象。詞人目擊一派蒼茫，更引發「俯仰千古悠悠」之感，由空間而轉向時間，轉向千古的史跡演化，包含對宋室滅亡的追悼。

詞人正是在宋室滅亡之後流落四方，故緊接著抒發漂泊的淒涼之感：「歲華晚、漂零漸遠，誰念我、同載五湖舟。」范蠡泛舟五湖，乃功成身退後的行蹤，此處借用，以無人同載，示獨遊無伴。此兩句實係以「誰念我」領起，情緒顯得激烈。下面三句寫陸行，仍是漂零生活的一部分：「磴古松斜，崖陰苔老」，攀登山路，石磴已經古舊，松樹歪斜傾倒，崖之背陰處，苔蘚斑駁雜亂，目之所見，盡呈衰象，故結以「一片清愁」。此清苦之愁，含有無限悽愴。

上面寫漂流，重在寫實，至換頭以下，轉向內心活動的抒發。「回首天涯歸夢，幾魂飛西浦，淚灑東州」，回憶羈旅中多次想到西浦、東州，激動得熱淚盈眶。詞人居湖州卞山，與紹興相隔甚近，故憶及紹興，即如同回歸所居鄉里。但從更大的範圍來說，「故國山川，故園心眼，還似王粲登樓」，思量故國河山易主，想念遙遠的北國家鄉，如同王粲〈登樓賦〉所言：「雖信（真）美而非吾土兮，曾何足以少留！」雖置身如同故里的紹興，內心深處卻難以擺脫客居之感，亦即作為宋室遺民深沉的傷慟與失落感。近人俞陛雲《唐五代兩宋詞選釋》評曰：「『山川』『心眼』二句非但句法高渾，且含無限悲涼。」所評極是。

以下再轉向眼前之景，欲緩解哀傷之情：「最憐他、秦鬟妝鏡，好江山、何事此時遊。」以「秦鬟妝鏡」形容秦望山與鑑湖，將闊遠的湖山化為閨房中的物事與形象，尤增旖旎、親近。這麼可愛的、令人賞心悅目的風物，僅我一人獨自遊觀，不是很可惜嗎？因此，「為喚狂吟老監，共賦銷憂」，要喚起如賀監那樣的吟朋，一同賦詩，來減輕內心的憂傷。欲緩解憂傷，正是因為難以緩解，故此結貌似超逸，而實則沉痛。

此詞借登蓬萊閣，抒寫淪落之感、亡國之痛，沉著深厚，而又能開闔盪漾，辭情相稱，是集中上乘之作，深得清代陳廷焯稱賞，謂其「蒼茫感慨，情見乎詞，當為草窗中壓卷」（《白雨齋詞話》卷二）。

275

高陽臺 送陳君衡❶被召

周 密

照野旌旗，朝天車馬，平沙萬里天低。寶帶金章❷，尊前茸帽風欹❸。秦關❹汴水❺經行地，想登臨、都付新詩。縱英遊，疊鼓❻清笳❼，駿馬名姬。

酒酣應對燕山❽雪，正冰河月凍，曉隴❾雲飛。投老殘年，江南誰念方回❿？東風漸綠西湖柳，雁已還、人未南歸。最關情，折盡梅花，難寄相思⓫。

【詞牌】〈高陽臺〉，又名〈慶春澤慢〉、〈慶春宮〉。調名取宋玉〈高唐賦〉寫楚襄王遊高唐夢巫山神女事。雙調，一百字，平韻格。詳見前吳文英〈高陽臺〉「詞牌」介紹。

【注釋】❶陳君衡　即陳允平。宋亡後，曾被召往大都。❷金章　金印。❸欹　傾斜。❹秦關　指潼關，在今陝西境內。❺汴水　流經汴京的汴河。❻疊鼓　小擊鼓。范成大〈晚潮〉詩：「疊鼓催船鏡裡行。」❼笳　胡笳，一種古代的吹奏樂器。❽燕山　燕然山，即杭愛山，在今蒙古人民共和國境內。此指代北方。❾隴　本指延伸於陝甘邊界的隴山，此處代指北方。❿方回　賀鑄，字方回，北宋詞人。此以方回自比。⓫折盡梅花二句　南朝人陸凱曾於江南折梅花寄與長安的范曄，並贈詩云：「折梅逢驛使，寄與隴頭人。江南無所有，聊贈一枝春。」此處化用其意。

【語譯】旌旗映照原野，車馬朝天都進發，行走於與天相接的萬里平沙。腰繫寶帶，懸掛金印，餞別宴上，茸帽在風中微欹。秦關汴水是經行之地，想登臨時，都將所見所思寫入新詩。騎著駿馬，縱轡壯遊，鼓聲不斷，笳聲響亮，並伴有美麗名姬。

酒意正濃，面對燕山飛雪，正值江河月夜冰凍，拂曉隴山雲飛。誰念江南賀方回，已是衰老殘年？東風吹拂，西湖垂柳漸綠，大雁已還，而人未南歸。最令人關情的是，梅花已經折盡，卻難寄相思。

【研　析】陳君衡被召赴大都，詞人曾為餞別。在陳氏去大都期間，詞人懷思念之情。自己既義不仕元，內心也不希望朋友為元蒙統治效力，切盼他早早歸來。同時的王沂孫亦寫有〈高陽臺〉詞唱和，詞前小序云：「陳君衡遠遊未還，周公瑾有懷人之賦，倚歌和之。」由此可知，周密此詞係懷人之作。

詞之發端即從回憶陳氏出發時的情景落筆：「照野旌旗，朝天車馬，平沙萬里天低。」旌旗獵獵，光鮮照眼，車載馬馳，沙塵滾滾，隊伍行進於天地相接的闊遠平野，何等的氣派！詞人渲染此非同尋常的出行場面，有以壯行色之意。「寶帶金章，尊前茸帽風欹」則係回憶別離場景。詞人為之餞行，陳氏佩寶帶，懸金印，表明此行的身分與緣由。在宴席上，寒風吹拂，其帽微微欹側，形象鮮明，並顯出幾分風流。欹帽，典出《北史・獨孤信傳》：「信在秦州，嘗因獵，日暮，馳馬入城，其帽微側，詰旦而吏人有戴帽者，咸慕信而側帽焉。」

以下「秦關」數句為設想之詞。一是設想路途：「秦關汴水經行地，想登臨、都付新詩。」所謂「秦關汴水」，重點在汴水，秦關只是陪襯，從地理位置言，北上大都並不經過潼關，而汴水卻是必經之地，而汴水又流經宋代都城汴京。設想友人經過這一地帶，一定會將自己所見所感寫入新的詩作。此等處，流露的恰是作者自己的故國之思。二是設想友人到達大都後的官場得意：「縱英遊，疊鼓清笳，駿馬名姬。」既得官職之後，騎著駿馬，縱轡壯遊，不僅有清笳疊鼓為之伴奏，還有美人相伴相隨，正所謂「春風得意馬蹄疾」也！

換頭接轉：「酒酣應對燕山雪，正冰河月凍，曉隴雲飛。」想像北方氣候的惡劣，當你春風得意之際，酒酣心醉之時，面對的應是燕山飛雪，正是月照冰凍江河、寒冷曉風吹襲隴山之景象。以此作為與下面江南風物之對比。「投老殘年，江南誰念方回？」則轉言自己，殘年垂老，又有誰會牽念？詞人以賀方回自比，因為方回曾有「彩筆新題斷腸句。若問閒愁都幾許？一川煙草，滿城風絮，梅子黃時雨」（〈橫塘路〉）的名句，深得黃庭堅稱許：「解作江南斷腸句，只今惟有賀方回。」（跋少游〈好事近〉）自己正是江南斷腸之人，最需要友情的撫慰。以下轉向對友人的思念：「東風漸綠西湖柳，雁已還、人未南歸。」正當北國天寒地凍之時，南方已是春風駘蕩，我們曾共遊的西湖，岸柳漸漸轉綠，大雁向北飛還，而人卻未見南歸，心中不免深懷遺憾與悵惘。至結拍更推進一層：「最關情，折盡梅花，難寄相思。」用陸凱折梅寄范曄的典故，將對友人長久不歸的擔憂傳達以出，陳詞懇切，情誼深長。

詞中抒發懷人之情，一方面表達了對朋友的關切與期盼，另方面也流露了自己對故國的緬懷。在對朋友的期盼中，又隱隱透露出不願友人與元蒙統治者合作的用意。王沂孫和詞中，有「一枝芳信應難寄，向山邊水際，獨抱相思。江雁孤回，天涯人自歸遲。歸來依舊秦淮碧，問此愁、還有誰知？」等語，其用意相同，可以參看。而陳君衡似也不負友人的期望，拒不接受元朝的官祿，以病辭歸。

此詞大開大闔，運筆有俊朗清勁處，有曲折含茹處，思致沉著，意內言外，在其詞中可謂別具一格。

276

酹江月 和❶

文天祥

乾坤能❷大，算蛟龍、元不是池中物❸。風雨牢愁無著處，那更寒蟲四壁。橫槊題詩❹，登樓作賦❺，萬事空中雪。江流如此，方來❻還有英傑。

堪笑一葉漂零，重來淮水，正涼風新發。鏡裡朱顏❼都變盡，只有丹心難滅。去去龍沙❽，江山回首，一綫青如髮❾。故人應念，杜鵑枝上殘月❿。

【作　者】文天祥（西元一二三六—一二八二年），初名雲孫，字天祥，後以天祥為名，字宋瑞，一字履善，號文山，吉州吉水（今江西吉安）人。寶祐四年（西元一二五六年）進士第一。德祐二年（西元一二七六年）

拜右丞相、兼樞密使。元兵至，奉使軍前被拘，亡入真州，泛海至溫州。益王立，拜右丞相，以都督出江西，宋祥興元年（西元一二七八年）農曆十二月兵敗被執。囚於燕京四年，不屈，元至元十九年農曆十二月初九日，遇害於柴市。有《指南錄》等集。陳廷焯評其詞「氣極深雄，語極蒼秀。其人絕世，詞亦非他人所能到」（《雲韶集》卷九）。

【詞　牌】〈酹江月〉，即〈念奴嬌〉，又名〈大江東去〉、〈百字令〉、〈壺中天〉等。雙調，一百字，有平韻格、仄韻格兩類。本詞為仄韻格。詳見前蘇軾〈念奴嬌〉「詞牌」介紹。

【注　釋】❶和　此詞應是和鄧剡同調詞〈驛中言別〉。❷能　恁；這樣。❸算蛟龍句　《三國志・吳書・周瑜傳》：「恐蛟龍得雲雨，終非池中物也。」元，同「原」。❹橫槊題詩　蘇軾〈前赤壁賦〉寫曹操率軍順流東下，旌旗蔽空，「釃酒臨江，橫槊賦詩」，意氣不可一世。此借指意氣自得。槊，長矛。❺登樓作賦　漢末王粲依荊州劉表，不得志，曾作〈登樓賦〉抒發流落不偶之情。❻方來　將來。❼朱顏　年輕時的容顏。❽龍沙　白龍堆沙漠，語出《後漢書・班超傳》：「坦步蔥（嶺）雪（嶺），咫尺龍沙。」後泛指邊塞。❾青如髮　語本蘇軾〈澄邁驛通潮閣〉詩：「杳杳天低鶻沒處，青山一髮是中原。」❿杜鵑枝上殘月　語本崔塗〈春夕〉詩：「杜鵑枝上月三更。」又，《蜀記》載，望帝杜宇死後魂魄化為子規，即杜鵑。

【語　譯】天地如此之大，算來蛟龍，原不是池中之物。風雨中滿腹憂愁，無處安放，更哪堪四壁寒蟲唧唧。當年橫槊題詩、登樓作賦之舉，萬事都如空中雪散煙消。江流如此晝夜不息，將來定然還有英傑。　可笑自己如一葉漂零，再次來到淮水，正值涼風初發。鏡裡青春顏色都已變盡，只有一片丹心難以磨滅。不斷行走去向龍沙，回首江山，見青山一線如髮。故人應念我精魂，化為杜鵑在殘月下的枝上啼血。

【研　析】文天祥於宋祥興元年（西元一二七八年）十二月在五坡嶺（今廣東海豐境內）兵敗被捕，次年四月被押送天京，與被執的同鄉好友鄧剡同行，一路互相勉勵、唱和。抵達金陵（今江蘇南京）時，鄧因病留下就醫。臨別時，鄧剡作〈酹江月〉（水天空闊）一詞相贈，詞中既抒發了欲挽狂瀾而敗北的憾恨，又含有對友人的鼓勵與期待。文天祥相和以答，可謂氣勢磅礴，雄傑而兼悲壯。

「乾坤能大，算蛟龍、元不是池中物」起勢即大筆淋漓，氣勢不凡。謂天地如此闊大無垠，該有多少傑出的英雄人物，如同非池塘淺水所困的蛟龍，你、我以及其他出類拔萃之人皆屬此類。下面接寫自己眼前境遇：「風雨牢愁無著處，那更寒蟲四壁。」如今自己被擄，憂愁滿懷，聽風雨淒淒，寒蟲鳴響，難以成寐。所謂「風雨」、「寒蟲」，從後面「涼風新發」看，當是寫實，烘托出淒切的氛圍。在無寐中，想到當年「橫槊題詩」的英氣勃勃，「登樓作賦」的才情橫溢，都已成為過去，如今這一切都已如雪化消融，自有無限的感慨。但詞人並未因自己眼下的不幸遭遇而作消極之想，相反對未來仍充滿希望：「江流如此，方來還有英傑。」看那大江東去，滔滔不絕，滾滾向前，將來定有英傑出來整頓乾坤。此歇拍又回應詞之發端，再轉高昂。此段從表達來說，具頓挫轉折之妙，從詞人眼界來說，能不局限於一時一己之遭遇，而放眼於廣闊的時空，故顯氣魄宏大，胸膽恢張。

換頭「堪笑一葉漂零，重來淮水，正涼風新發」再轉寫自己，以「堪笑」領起，今昔綰合，融入自己的經歷。宋德祐二年（西元一二七六年），作者出使元營被拘，至鎮江，伺機逃脫，「日與北騎出沒於長淮間」（〈指南錄後序〉），此番被押解北去，又經長淮間，如此巧合，歷史似乎無意間開了個玩笑。這個「笑」，是帶著傷痛的笑，是不堪回首的笑。而今如漂零之一葉，又值涼風初發，實難以把握自己的命運，心知未來有更多的凶險在等待自己。但自己的愛國心志將始終如一：「鏡裡朱顏都變盡，只有丹心難滅。」這是從心底流出的一股浩然正氣，同時也是對故人「睨柱吞嬴，回旗走懿（趙國丞相藺相如持璧睨柱，氣吞秦王的氣魄，諸葛亮卒後嚇退司馬懿的威嚴），千古衝冠髮」的鼓勵與回答。這兩句可說是全詞的重心，而在寫法上正如劉熙載所云，妙處「全在襯跌」，「若非上句，則下句之聲情不出矣」（〈詞概〉）。

以下設想別後：「去去龍沙，江山回首，一綫青如髮。」一步一步，向北地走去，愈行愈遠，回望故國江山，那遙山只如青髮一線。這是最後的訣別，多少傷慟、多少依戀，盡在不言中。作者心知，此番北去，再無生還之理，「人生自古誰無死，留取丹心照汗青」（〈過零丁洋〉）決心以死報國。果然，至燕京後，元人百般利誘勸降，並動用宋之舊臣作為說客，文天祥終不為所動，於囚室中南向而坐，以示不忘故國。四年之後，終被殺害。這是詞人早已料定的結局。故結句云：「故人應念，杜鵑枝上殘月。」設想自己即使離開這個世界，我的精魂也會如蜀王望帝一樣，化為杜鵑在殘月下的枝頭上啼鳴泣血，悼念故國，懷想故人。此係設想之辭，以「故人應念」領起，也是對朋友關懷的一種回應。作者在同時寫的〈金陵驛〉詩中也道：「從今別卻江南日，化作啼鵑帶血歸。」二者可互相印證。

這是一首與故人的訣別詞，也是一首表明自己闊大胸懷、崇高氣節的詞，如此壯詞，真能驚天地，泣鬼神！前人評詞，謂詞有「壯士，蘇、辛也」；「亦有勁松貞柏，岳鵬舉、文文山也」（田同之《西圃詞說》）。文天祥此詞實亦「壯士」之詞，英雄之詞，而具「勁松貞柏」之質，在宋末詞壇，與張炎、周密、王沂孫等人的騷雅、婉曲之詞作，大異其趣，展示了辛派詞人的耀眼光輝。

277 唐多令

鄧剡

雨過水明霞，潮回岸帶沙。葉聲寒、飛透窗紗。堪恨西風吹世換，更吹我、落天涯。

寂寞古豪華，烏衣日又斜。說興亡、燕入誰家❶？惟有南來無數雁，和❷明月、宿蘆花。

【作　者】鄧剡（西元一二三二—一三〇三年），又名光薦，字中甫，號中齋，廬陵（今江西吉安）人。景定三年（西元一二六二年）進士。端宗景炎二年（西元一二七七年）妻子十二口並死於元兵入侵。三年從端宗於厓山，除禮部侍郎，遷直學士。祥興二年（西元一二七九年），厓山兵潰蹈海，為張弘範所得，與文天祥同押北上。至金陵以病留，後得放還。有《中齋集》。

【詞　牌】〈唐多令〉，即〈糖多令〉，又名〈南樓令〉、〈箜篌曲〉。雙調，六十字，平韻格。另有六十一字、六十二字之體式。詳見前劉過〈糖多令〉「詞牌」介紹。

【注釋】❶烏衣日又斜二句　化用劉禹錫〈金陵五題・烏衣巷〉「朱雀橋邊野草花，烏衣巷口夕陽斜。舊時王謝堂前燕，飛入尋常百姓家」詩意。❷和　帶。歐陽脩〈蝶戀花〉詞：「和露採蓮愁一餉。」

【語譯】秋雨過後，水中霞彩明亮，潮落之時，岸邊沙灘顯露。樹葉聲帶寒涼，飛透窗紗，可恨西風吹換世事，更吹我流落天涯。　昔時豪華之地，化為一片寂寞，烏衣巷口，日又西斜。論及興亡，舊時王謝堂前燕子，不知今落誰家？惟有無數南來塞雁，帶著明月，露宿於蘆花。

【研析】此詞借景抒情，弔古傷今，既抒亡國之痛，亦表淪落之悲。作者被元人拘執後，與文天祥一同被押解北上，因病滯留金陵，曾作〈酹江月〉送別文天祥，此詞亦作於滯留金陵之時。從文天祥和詞「寒蟲四壁」、「涼風新發」看，他們在金陵時，正值秋季。故此詞一開始即從描寫秋景入手，先從大處落墨：「雨過水明霞，潮回岸帶沙。」雨過天晴，晚霞映照水面，明亮耀眼，顯出秋日水面之清澈；潮水退時，露出岸邊沙灘，實寫江潮的時起時落。金陵面臨長江，又有秦淮河流經城內，作者用此五言對句，寫眼前景象，有色有聲，除顯示出夕陽西下的時間外，也顯示出所在地域與季候特點。下面漸漸收攏：「葉聲寒、飛透窗紗。」落葉聲聲，寒氣透過窗紗襲來，從聽覺、觸覺寫出此時感受，所謂「一葉落知天下秋」，不僅顯示蕭索之象，更兼寫寒涼之氣。一派淒清寥落，景中帶情。

至「堪恨西風吹世換，更吹我、落天涯」則借西風，直抒感慨。「西風」，既是眼前景物，與前面「葉聲」相關，同時又含有深刻的象喻之意。在自然界，它摧殘美好景物，讓世界呈現一片肅殺，在這裡又借喻為元蒙的暴力南侵、殘忍殺戮，致使宋室滅亡，生靈塗炭。所謂「吹世換」，所謂「堪恨」均由此而來。而個人的命運與國家的命運往往是聯繫在一起的，這西風也將我吹落天涯，國已不存，家亦滅亡，而今漂泊在外，失去自由，未來命運如何？自己也無法把握。與他的另一首〈浪淘沙〉詞「井梧一葉作秋聲。誰念客身輕似葉，千里飄零」係同一感慨。國恨家仇、漂零苦痛，齊集心頭，哀痛至極。

詞之下闋，進一步由懷古轉入傷今：「寂寞古豪華，烏衣日又斜。」前句謂古來的金陵（重點指宋代）是何等繁華，然而現在已經衰歇，所見惟是一片冷清岑寂，暗示元蒙統治帶來的嚴重破壞與惡果；後句「日又斜」，化用劉禹錫詩「烏衣巷口夕陽斜」語意，用一「又」字，寫再一次的王朝更迭，突出今日的衰亡之象，並引出興亡之感。「說興亡、燕入誰家」，劉禹錫原詩是「舊時王謝堂前燕，飛入尋常百姓家」，此處卻提問：「入誰家？」是否暗含深意？劉永濟謂「似指投降之輩」，「非入百姓家而是飛入新朝也，雖不曾明言而意已顯然」（《唐五代兩宋詞簡析》）或可供參考。結拍「惟有南來無數雁，和明月、宿蘆花」則轉寫夜晚景象，實為詞人夜不成寐時，由聽覺引起的想像。因聞群雁鳴叫，叫聲漸息，而想像牠們在淒冷的明月照射下蜷宿於蘆花叢中。「明月」與發端的晚「霞」相呼應，以示時間的變化，「蘆花」與前面「岸帶沙」相映照。以淒清慘淡之景結情，將詞人的淒黯情懷更向前推進一層。全詞前後映照，渾然一體。

這首詞不以勁切、豪壯為特點，而是以蘊藉委曲之筆，寫深切的亡國傷悼之情。沈際飛評此詞特點：「詞尚微婉，故悲壯者難工。但見微婉，不見悲壯，此詞妙處。」（《古香岑批點草堂詩餘四集》）

278

水龍吟

淮河舟中夜聞宮人琴聲

汪元量

鼓鞞驚破〈霓裳〉❶，海棠亭❷北多風雨。歌闌酒罷，玉啼金泣❸，此行良苦。駝背模糊，馬頭匼匝❹，朝朝暮暮。自都門燕別❺，龍艘錦纜❻，空載得、春歸去。

目斷東南半壁，悵長淮、已非吾土❼。受降城❽下，草如霜白，淒涼酸楚。粉陣紅圍，夜深人靜，誰賓誰主？對漁燈一點，羈愁一搦❾，譜琴中語。

【作　者】汪元量（西元一二四七—一三一七年？），字大有，號水雲，錢塘（今杭州）人。以善琴事謝太后、王昭儀。宋亡，隨謝氏北行。留北十三載，回錢塘，為黃冠師。嘗入湘、蜀，後不知所終。有《增訂湖山類稿》。《彊村叢書》輯有《水雲詞》一卷。

【詞　牌】〈水龍吟〉，見蘇軾《東坡樂府》。又名〈小樓連苑〉、〈龍吟曲〉等。雙調，仄韻格。體式甚多，宋詞人多使用一百零二字蘇軾體（如本詞）。詳見前章楶〈水龍吟〉「詞牌」介紹。

【注　釋】❶鼓鞞驚破霓裳　語本白居易〈長恨歌〉：「漁陽鞞鼓動地來，驚破〈霓裳羽衣曲〉。」鞞，同「鼙」。軍中小鼓。❷海棠亭　指唐玄宗、楊貴妃遊樂之沉香亭。一日，玄宗召貴妃，貴妃酒醉未醒，侍兒扶掖而至，醉妝鬢亂，玄宗笑曰：「是豈妃子醉，真海棠睡未足耳。」（宋惠洪《冷齋夜話》卷一引《太真外傳》）此借指宋宮。❸玉啼金泣　「玉」與「金」，指嬪妃。❹駝背模糊二句　語本杜甫〈送蔡希魯都尉還隴右因寄高三十五書記〉詩：「馬頭金匼匝，駝背錦模糊。」此處形容馬隊盛大，駱駝很多。匼匝，周繞的樣子。❺燕別　同「宴別」。❻龍艘錦纜　《隋書．食貨志》載，煬帝幸江都，造龍舟鳳榻，黃龍赤艦，水工執青絲纜挽船。後以此喻帝王之奢靡。此處指帝、后所乘船隻。❼已非吾土　語本王粲〈登樓賦〉：「雖信美而非吾土兮。」❽受降城　語本李益〈夜上受降城聞笛〉詩：「受降城外月如霜。」此指元兵入臨安後，淮西帥夏貴以淮西全境降元。❾一搦　一把。李百藥〈少年行〉：「一搦掌中腰。」

【語　譯】戰鼓之聲驚破〈霓裳羽衣曲〉，海棠亭北幾多風雨。歌會已散，飲酒已畢，嬪妃啼泣，料此行極為辛苦。朝朝暮暮所見，眾多駝背模糊，馬頭周圍環繞。自從臨安城門宴別，龍舟錦纜，只空載得春歸去。

已見不到東南半壁江山，悵恨長淮一帶，已非我之故土。望受降城下，草如霜白，內心淒涼酸楚。那些穿紅著綠的女子擁擠一起，夜深人靜，怎能分清誰賓誰主？相對漁燈一點，羈愁一把，譜入琴中，彈出心中語。

【研　析】宋德祐二年（西元一二七六年）初臨安陷落，三月，作者隨謝太后、帝、后、嬪妃、宮女、侍臣、樂工等三千餘人，被押解乘舟北上。此詞係作者行至淮河聽宮人彈琴，有感而作。

詞之開篇從憶昔著筆：「鼓鞞驚破〈霓裳〉，海棠亭北多風雨。」臨安陷落之前，宮中驕奢逸樂，日夜笙歌，故此處以安史之亂發生時的唐玄宗相比，元兵的戰火燒來，驚破〈霓裳羽衣曲〉，戰爭的狂風驟雨，襲擾著享樂的海棠亭。在此「歌闌酒罷」之際，成為俘虜之時，那些「幾曾識干戈」（李煜〈破陣子〉）之宮中嬪妃惟有啼哭而已，她們已預知前路茫茫，多少苦痛在等待自己，所謂「玉啼金泣，此行良苦」，正是對此種情狀的描繪。以下「駝背模糊，馬頭匼匝，朝朝暮暮」三句，應是「此行良苦」的設想之詞，在平野上，駱駝成隊，駝人載物，遠望模糊；馬匹奔馳，環繞左右，煙塵四起，將來的朝朝暮暮，便將與牲畜為伍，在被人驅趕的屈辱中度過。但實際上，這次的北上係走水路，故下面一轉：「自都門燕別，龍艘錦纜，空載得、春歸去。」寫帝、后等一干人從都門出發，登舟水行，仍屬回憶，並用隋煬帝龍舟錦纜的典故，發出沉痛的感歎。舟中所載，雖為昔時人主，但已是臣虜身分，故說「空載得、春歸去」，以「春歸」比喻宋室的滅亡。由實而虛，承轉自然而又空靈。

上闋主要憶往，而結以「春歸去」。下闋承「春歸」，融情景於一體。離開臨安，船隻愈行愈遠，經過長江，到達淮河（宋金之間曾以淮河劃界），回望南宋半壁江山，已不在視野之中，但當時南宋地域的抗元戰爭仍在繼續，故詞人只說「目斷東南半壁」，對那片故土充滿眷戀。而現在已進入敵占區，故說「悵長淮、已非吾土」。由於淮西帥夏貴的投降，今安徽等大片土地均淪入元蒙軍隊之手，所謂「受降城下，草如霜白，淒涼酸楚」，既是敘述此一史實，又描繪了一片草衰人杳的荒涼景象，表達了自己內心的無限傷悲。

「粉陣紅圍，夜深人靜，誰賓誰主」再將目光轉向舟中。昔日宮廷等級森嚴，主賓有別，如今夜深人靜，無論何種身分，都擁擠在一起，高低貴賤，已然混雜，誰能分出是主是賓？其實無論賓、主，俘虜的身分則一。正在此時，舟中傳出琴聲：「對漁燈一點，羈愁一搦，譜琴中語。」在昏暗的漁燈下傳出琴聲，將一腔羈懷轉化為琴中旋律。此「琴中語」實即詞人心中語，這種「羈愁」雖包含有離鄉背井的漂泊之意，但嚴格地說應該是失去自由的被羈押之情。羈愁而謂「一搦」，不僅形容其多，且將抽象之情具象化為可把握的實體，用語獨特新穎。詞末點題，那難以排解的羈愁，那難以釋懷的國恨，皆由此琴聲觸發。

此詞的可貴之處，係具有很強的紀實性，臨安陷落時的惶恐，帝、后、宮人等的被俘、押解北上，皆詞人所親歷，依次寫來，令人如見，具有史料的價值。同時，詞之結撰，亦善時空流轉，今、昔、未來交錯，可謂開闔有致。至於運用古典表今情，亦能融化自然；詞中雖用了「金」、「玉」、「粉」、「紅」等替代詞，但整體來說，語言明白流暢。作為琴師，有此文學修養，實屬難能可貴。

279

滿江紅

王清惠

太液❶芙蓉，渾不似、舊時顏色。曾記得、春風雨露，玉樓金闕。名播蘭馨妃后裡，暈潮蓮臉君王側。忽一聲、鼙鼓❷揭天來，繁華歇。　龍虎散，風雲滅❸。千古恨，憑誰說。對山河百二❹，淚盈襟血。客館夜驚塵土夢，宮車曉碾關山月。問嫦娥❺、於我肯從容，同圓缺。

【作　者】王清惠（生卒年不詳），字沖華，度宗昭儀（女官名）。宋亡徙北。教授瀛國公趙顯讀書。至元十九年（西元一二八二年）隨顯赴上都（今內蒙古境內），復輾轉居延、天山等地。後歸為女道士。旋卒。

【詞　牌】〈滿江紅〉，又名〈上江虹〉、〈念良游〉等。有平仄韻兩體。通用者為仄韻體，多押入聲韻（如本詞）。詳見前晁補之〈滿江紅〉「詞牌」介紹。

【注　釋】❶太液　漢唐時宮苑中池名。❷鼙鼓　軍中所用鼓。❸龍虎散二句　《易經・乾》：「雲從龍，風從虎。」此以龍虎喻君臣，以風雲喻國家。❹山河百二　《史記・高祖本紀》載田肯語：「持戟百萬，秦得百二焉。」原意謂關中地勢險要，秦以二萬可當諸侯百萬之兵。此處借指宋代江山。❺嫦娥　古有嫦娥奔月神話故事，此指代月亮。

【語　譯】太液池中的荷花，全不像舊時顏色。曾記得承接春風雨露，在華美的玉樓金闕。名字傳播於馨香的眾后妃中，似荷花的面龐泛起紅暈，常伴隨在君王側。忽然間，戰鼓聲從天而降，繁華盡歇。　龍虎已散，風雲消失。千古憾恨，向誰訴說。面對大好河山，淚流襟上，化而為血。寄居客舍，夜驚輾轉塵土之夢，宮車曉行，碾過月照下的道道關山。試問嫦娥，對我能否從容，與同圓缺？

【研　析】臨安陷落，作者隨同后妃一道被押往大都，先由江、淮到達汴京（今河南開封）附近，住宿於夷山驛中。面對昔日蒙受君王寵，今日竟成階下囚的巨變，心中百感交集，揮筆寫下這首〈滿江紅〉，題於驛壁之上。此詞一出，「中原傳誦」（文天祥〈滿江紅〉詞小序），與之相和者，有文天祥、鄧剡、汪水雲等，引起了同時代人的強烈共鳴。

此詞發端運用比興。「太液芙蓉」，語本白居易〈長恨歌〉：「太液芙蓉未央柳，芙蓉如面柳如眉。」詞人以此自況，喻舊時容顏的姣美。然後以「渾不似、舊時顏色」陡轉，表明鮮麗容顏已然黯淡。這個開頭，用的是頓入法，顯得突兀奇絕，卻又是從千迴百轉中來。詞人落筆前即有無限痛苦與無限屈辱，正所謂筆未到而氣已吞。所寫雖屬個人形象的變化，卻暗喻著一個時代的巨變。以下轉入回憶，以「曾記得」領起，想那時在華美的鳳閣龍樓，受到君王的無比寵幸。所謂「春風雨露」，即喻指君恩。那時「名播蘭馨妃后裡，暈潮蓮臉君王側」，在芳華的后妃中名聲高出眾人之上，以特出的美貌隨侍君王。「暈潮蓮臉」是對前面「舊時顏色」的具體描寫。作者運用「金」、「玉」、「蘭」、「蓮」、「春風」等字眼，把昔時宮廷生活渲染得既富麗堂皇，又嬌媚旖旎。但逸樂中正醞釀著災難，果是樂極哀來：「忽一聲、鼙鼓揭天來，繁華歇。」形勢急轉直下，元軍以迅雷不及掩耳之勢，在震天的戰鼓聲中，進陷臨安，致使南宋王朝歸於破滅。此處的「忽」字，用得極為準確，即事先絲毫沒有心理準備。南宋滅亡前夕，賈似道獨攬朝政，一意粉飾太平，隱瞞財政困窘，謊報前線軍情，國已危在旦夕，而君臣仍「酣歌深宮，嘯傲湖山，玩忽歲月」（汪立信給賈似道信中語）。當元軍兵臨城下，才突然驚醒。這個「忽」字，是詞人的感覺，實蘊含了一段慘痛的歷史教訓。

詞的上闋所寫，與白居易〈長恨歌〉「緩歌曼舞凝絲竹，盡日君王看不足。漁陽鼙鼓動地來，驚破〈霓裳羽衣曲〉」的情景極為相似，說明一個王朝的滅亡，無不與「繁華競逐」相關。這裡不排除作者有對歷史作理性評判的成分，但更多的是對自己失去尊榮富貴的悲歎。當然，后妃的不幸，正是國家的不幸造成的。

換頭：「龍虎散，風雲滅。千古恨，憑誰說。」用四個三字句點明宋王朝的幻滅，宣洩自己無可訴語的深沉悲慨，節奏急促，感情強烈。以上都屬感慨過去，至「對山河百二，淚盈襟血」，則轉向眼前。面對長江天險，思及江南形勝之地，竟然失陷於敵手，國土淪喪，痛何如之！淚盈襟袖，眼中泣血。下面「客館夜驚塵土夢，宮車曉碾關山月」寫自己由水上轉入陸行的經歷，住在驛館中，常被噩夢驚醒，「塵土夢」指夢中重現途中被驅趕的勞苦與屈辱；乘坐的車子拂曉即從駐地出發，車輪從灑滿月光的大地上碾過。兩句為極為工整的對仗，敘事兼寫景，千里驅馳，曉行夜宿，勞頓、驚惶、辛酸、苦痛，全濃縮於兩句之中。結拍一轉，由眼前轉向未來，由痛苦追尋解脫：「問嫦娥、於我肯從容，同圓缺。」「問嫦娥」係由上面「月」引發，而問月可否與其從容同圓缺度過餘生，則表達了擺脫囚徒地位、過清靜生活的願望。上下接轉自然，而對於一個長處宮廷中的女性來說，這種微茫希望的表達，也符合她的身分。如文天祥以為應該用「算妾身、不願似天家，金甌缺」來表述，此為文氏豪傑之語，而非王清惠之本色。

清代的陳廷焯在《詞則》中，將此詞歸入《放歌集》，並說「放歌」取杜甫「放歌破愁絕」之意，鬱鬱不得志，情有所激，胥於詞發之。王氏此詞正是如此，情有所激，如骨鯁在喉，不吐不快，故感情真率、激切。尤可貴者，詞人並未停留於咀嚼個人的悲苦，而是將眼光投向淪喪的祖國山河，哀怨中有憤慨，沉痛中有深思，故能震撼人心。其表達亦能於頓挫中雜流利，直抒中間婉曲。雖同時多有和作，然「無出其右」（陳廷焯評語）者。

280 眉嫵 新月

王沂孫

漸新痕❶懸柳，澹彩穿花，依約破初暝。便有團圓意，深深拜，相逢誰在香徑？畫眉未穩，料素娥❷、猶帶離恨。最堪愛、一曲銀鉤小，寶簾挂秋冷。

千古盈虧休問。歎慢磨玉斧❸，難補金鏡。太液池❹猶在，淒涼處、何人重賦清景？故山夜永。試待他、窺戶端正。看雲外山河，還老盡、桂花影。

【作者】王沂孫（生卒年不詳），字聖與，有碧山、中仙、玉笥山人諸號，會稽（今浙江紹興）人。約生於理宗淳祐朝（西元一二四一—一二五〇年）。至元中，曾為慶元路學正。有《碧山樂府》，又名《花外集》。周濟讚其「最多故國之感」（《介存齋論詞雜著》），陳廷焯將其劃入宋代「詞壇三絕」之一：「詞法之密，無過清真。詞格之高，無過白石。詞味之厚，無過碧山。詞壇三絕也。」（《白雨齋詞話》卷二）

【詞牌】〈眉嫵〉，又名〈百宜嬌〉，見姜夔《白石道人歌曲》。雙調，一百零三字，仄韻格。參見《詞律》卷十八、《詞譜》卷三十二。

【注釋】❶新痕　新月。痕，眉痕。❷素娥　指嫦娥。❸慢磨玉斧　用月中吳剛以斧伐桂故事。《酉陽雜俎・天咫》：「月中有桂，高五百丈，下有一人，長斫之，樹創隨合。」慢磨，有「空磨」意。❹太液池　本漢唐宮苑中池名，此指宋代宮苑水池。柳永〈醉蓬萊〉詞有「太液波翻」之句。

【語譯】如眉新月漸懸於柳梢，淡淡彩色穿過花隙，隱隱打破剛來的昏暗。由此人們便生出團圓意，深深拜月，可與誰相逢在花徑？料想如今嫦娥，畫眉未穩，還帶離恨。最令人喜愛，如一曲銀鉤小小，秋冷空中將寶簾懸掛。　休問千古盈虧。感歎吳剛空磨玉斧，難補金鏡。太液池水仍在，淒涼時候，何人重賦清景？故山夜長。試著等他，端端正正窺人窗戶。看雲外山河，還老盡，月中桂影。

【研析】王沂孫長於詠物，陳廷焯云：「詠物詞至碧山，可謂空絕古今。」（《白雨齋詞話》卷七）此詞賦新月，即屬其中之一。詞大略作於宋室危殆、面臨滅亡之前夕。

詞從新月初升寫起，將視覺與感覺融為一體。「漸新痕懸柳」，一「漸」字，顯移動過程，「懸」字，極靈動，將月與柳加以組合，再與天空相映襯，構成一幅優美的圖畫，而「新痕」又暗伏下面的「畫眉未穩」。此句寫形，「澹彩穿花」則寫光影。新月投射花叢，影尚朦朧，故曰「澹彩」。雖然是「澹彩」，卻還是給夜的昏暗帶來了微弱的光明，所謂「依約破初暝」，正是詞人對光影的感受。寥寥十多個字便勾畫出了一種玲瓏美與朦朧美。下面「便有團圓意，深深拜，相逢誰在香徑？」轉用人事陪襯。人們看到新月，有拜月之舉，盼月由缺而圓，人由離而合，但是並未與所思之人相逢在花徑，人事也是充滿缺陷的。至「畫眉未穩，料素娥、猶帶離恨」又由人間轉向神話傳說，此處暗用李商隱「嫦娥應悔偷靈藥，碧海青天夜夜心」（〈嫦娥〉）詩意，想必是嫦娥因心懷離恨，畫眉未妥，故極纖細。歇拍詞人直抒己情：「最堪愛、一曲銀鉤小，寶簾挂秋冷。」由人間的生活場景生發聯想，設想清冷秋空如同簾幕，被纖小如銀鉤的新月掛起。與遙天相襯的新月，玲瓏小巧，真是太可愛了！可知此時之新月已非柳梢之新月，而是「漸」升至當空了。說此景象「最堪愛」，則表明前面的圖景也是很可愛的了，而人事與神話的映襯，更豐富了它的內涵。俞陛雲《唐五代兩宋詞選釋》評云：「上闋賦本題，人與月兼寫，描摹工雅，若一串牟尼（珠名），粒粒皆含精彩。」

上闋已將新月的形神寫足，至換頭一筆宕開：「千古盈虧休問。」從眼前之月，而思量千古之月，將時空作無限的延伸，並融入對人事的感喟，古往今來，月有盈虧圓缺，史有興亡更迭，而以「休問」二字則流露出自己對「虧」缺的憾恨之情。以下復由歎古而傷今：「歎慢磨玉斧，難補金鏡。」化用神話傳說中吳剛伐桂的故事，表示缺月難圓，縱使有玉斧修補，也難補破碎金甌。這兩句是全詞的重點，當宋末之世，因奸詐無能的賈似道當政，國家已危在旦夕，竟無人能挽狂瀾於既倒，故令人傷極痛極！昔時的盛況已經不再：「太液池猶在，淒涼處、何人重賦清景？」池苑依舊，卻已物是人非。陳師道《後山詩話》載，太祖夜幸後池，對新月置酒，命當直學士盧多遜賦詩，詩曰：「太液池邊看月時，好風吹動萬年枝。誰家玉匣開新鏡？露出新光些子兒。」周密《武林舊事》卷七載，南宋乾道年間，太上皇高宗及孝宗等至後池登舟遊覽，侍臣曾覿、張掄曾填詞，歌詠當時遊樂情景。此以昔時之盛，反襯今日之淒冷蕭索。至「故山夜永」數句再回到眼前，漫漫長夜，觀月懷古，感傷世事。再轉回到「新月」，設想今後：「試待他、窺戶端正。」由月虧而設想等待月滿情景，對未來仍懷有一絲希望，到那時，「看雲外山河，還老盡、桂花影」，曾見過無數的桂花影，到那時恐怕已是老盡了，如此將未來與過去綰合，總不離家國之念，表情含蓄，韻味悠長。詞之下闋動盪開闔，精氣貫注，深得陳廷焯稱賞，謂此段「忽用縱筆，卻又是虛筆，寄慨無端，別有天地。極龍騰虎臥之奇，海涵地負之觀」（《詞則・大雅集》）。

昔人論詠物詞，倡「不黏不脫」之說，既不脫離於物，又不膠著於物。此詞寫新月，前後映照，的是新月形神，但詞人又由新月生發開去，引出「千古盈虧」的自然、人事的哲理，抒發的是「難補金鏡」的憾恨，可謂能渾然一體。

281 水龍吟

落葉

王沂孫

曉霜初著青林，望中故國淒涼早。蕭蕭❶漸積，紛紛猶墜，門荒徑悄。渭水風生，洞庭波起，幾番秋杪❷。想重厓半沒，千峰盡出，山中路、無人到。

前度題紅杳杳。泝宮溝、暗流空繞❸。啼螿❹未歇，飛鴻欲過，此時懷抱。亂影翻窗，碎聲敲砌，愁人多少。望吾廬甚處，只應今夜，滿庭誰掃？

【詞牌】〈水龍吟〉，見蘇軾《東坡樂府》。又名〈小樓連苑〉、〈龍吟曲〉等。雙調，仄韻格。詳見前章蘇〈水龍吟〉「詞牌」介紹。

【注釋】❶蕭蕭　象聲詞。此指落葉聲。杜甫〈登高〉詩「無邊落木蕭蕭下」。❷秋杪　秋末。❸前度題紅杳杳二句　唐有紅葉題詩故事。皇宮中之宮娥有不得意者，題詩於葉隨御溝水流出。盧渥應舉時，曾得葉上絕句，置於巾箱。後娶外放宮女，即書詩者。詩曰：「流水何太急，深宮盡日閒。殷勤謝紅葉，好去到人間。」事見孟棨《本事詩》、范攄《雲谿友議》等。此反用其事。❹蛩　蟬。

【語　譯】晨霜開始籠於青色樹林，望中的故國早顯淒涼。落葉蕭蕭有聲，漸漸堆積，還在紛紛飄墜，以致門口荒涼、路徑岑寂。秋風渭水吹浪，洞庭波濤湧起，又幾番到了秋末。想匡山重重，半被淹沒，千峰盡高出其上，山中道路，無人行走。　前度紅葉題詩之事已經杳遠。回溯宮中御溝，惟有暗流空繞。寒蟬啼鳴未歇，北來飛鴻欲過，此時竟是怎樣的懷抱。落葉亂影窗前翻舞，細碎聲音敲打石級，令人有幾多愁苦。遙望故居何處，今夜應是葉落滿庭，有誰清掃？

【研　析】此詞借詠落葉，抒寫沉鬱的故國之思，兼寄自身漂流之感。「曉霜初著青林，望中故國淒涼早」，詞從未落之葉寫起，林葉尚青，但已著曉霜，預示葉之將落，而此時的故國，已呈淒涼之象。此係從題前著筆，所謂「故國」，應指已經失去的國土，包括昔時的都城。以下轉入正面描寫，「蕭蕭漸積，紛紛猶墜」，從視覺、聽覺寫地上、空中之落葉，繪形繪影，令人感受到秋風的勁疾，結以「門荒徑悄」，一片蕭疏冷寂。至「渭水風生，洞庭波起，幾番秋杪」，由已見推知未見，將空間大加擴展，化用唐代賈島〈憶江上吳處士〉「秋風生渭水，落葉滿長安」詩語與楚國屈原〈九歌・湘夫人〉「嫋嫋兮秋風，洞庭波兮木葉下」句意，二者均與落葉相關，而渭水在北，洞庭在南，表明秋風遍地，落葉滿神州。由此再引出其中的匡山。南宋首府臨安於西元一二七六年陷落後，南方的抗元戰爭仍在繼續，祥興元年（西元一二七八年）六月，陸秀夫、張世傑擁立的帝昺小朝廷，遷至海中的厓山，次年二月，宋軍大敗，陸秀夫抱帝昺投海死，南宋徹底滅亡。厓山之役，是堅持民族立場的愛國志士心中的最痛，故詞人由神州落葉思及厓山光景：「想重厓半沒，千峰盡出，山中路、無人到。」想像厓山及周圍淒寂蕭條情景。陳廷焯謂此詞：「其有慨於厓山乎？」（《詞則・大雅集》卷四）當即由此而發。

宋室既亡，惟有傷悼而已，故換頭轉向對宮苑的想像：「前度題紅杳杳。溯宮溝、暗流空繞。」反用流傳的紅葉題詩的故事，御溝之水，空流而已，不再有宮人題詩的雅事。由此反映出宮苑的荒廢，而宮廷的荒廢正暗示著一個王朝的遠去。以下「啼螿未歇，飛鴻欲過」，轉入實寫，以天上鴻雁啼鳴、地上寒蟬淒切之景，作為落葉的陪襯，又以「此時懷抱」綜前啟後，由感慨國家興亡轉向自己的漂泊之感、故園之思。「亂影翻窗，碎聲敲砌」，仍從聲與影寫落葉，但範圍收縮到眼前，收縮到自己現在居處，由下面「今夜」，又可知所寫係夜間無眠時之景象。「愁人多少」之「愁」用為使動詞，目之所接，耳之所聞，更使人生出多少憂愁。最後「望吾廬甚處，只應今夜，滿庭誰掃」遙想故園情景，以思歸作結。詞人既久滯外鄉，由眼前而聯想到故居，今夜應是落葉滿庭，可是又有誰去清掃？蕭然之景，前後處處映照。宋室滅亡後，許多士人漂泊他鄉，這種漂泊往往和故鄉被異族殘暴統治或自己遭受迫害有關，因此，這種萍漂之感和故國之思是統一在一起的。

落葉的意象，自古以來便與蕭條、飄零之感聯繫在一起。早在先秦，楚國宋玉之〈九辯〉即有「悲哉秋之為氣也，蕭瑟兮草木搖落而變衰」的概歎，晉陸機〈文賦〉有「悲落葉於勁秋」的心理描寫，唐孔紹安〈落葉〉詩有「早秋驚落葉，飄零似客心」的抒發。王沂孫作為南宋遺民詞人，借落葉呈現的蕭瑟，寄託國家敗亡後的感慨，在詞壇上也是一種新的開拓。全詞處處寫落葉，處處寄託家國之思，慘淡淒切，哀音動人。而用〈水龍吟〉詞牌（四言句占大部分），尤善流動與整飭相結合，俞陛雲亦曾讚其用語「頗警動」（《唐五代兩宋詞選釋》）。

282

齊天樂

螢

王沂孫

碧痕初化池塘草❶，熒熒野光相趁。扇薄星流，盤明露滴❷，零落秋原飛燐❸。練裳暗近。記穿柳生涼，度荷分暝。誤我殘編，翠囊空歎夢無準❹。

樓陰時過數點，倚闌人未睡，曾賦幽恨。漢苑飄苔，秦陵墜葉❺，千古淒涼不盡。何人為省？但隔水餘暉，傍林殘影。已覺蕭疏，更堪秋夜永。

【詞牌】〈齊天樂〉，又名〈齊天樂慢〉、〈如此江山〉、〈臺城路〉等。雙調，仄韻格。詳見前姜夔〈齊天樂〉「詞牌」介紹。

【注釋】❶碧痕初化池塘草　《禮記・月令》：「季夏之月，腐草為螢，飛蟲螢火也。」傳說螢為腐草所化，杜甫〈螢火〉詩：「幸因腐草出，敢近太陽飛。」❷盤明露滴　漢武帝時，曾建承露仙人掌，高二十丈，稱承露盤。見《三輔故事》。張耒〈飛螢詞〉有「影落金盤月中露」之句，或為此句所本。❸飛燐　指原野上飄動的鬼火。❹誤我殘編二句　《續晉陽秋》載，晉車胤好學家貧，「夏月則練囊數十螢火以繼日焉」。此處反用其事。❺漢苑飄苔二句　化用劉禹錫〈秋螢引〉「漢陵秦苑遙蒼蒼，陳根腐葉秋螢光」詩句。

【語譯】池塘叢草初化為碧痕，熒熒的光點錯雜地互相輝映。羅扇追撲，如星流動，露滴高盤，影明其上，在秋日原野，如零落飛燐。暗自與人的羅衣貼近。記得穿越柳條，涼氣初生，飛度荷塘，在暝色中閃耀。我用翠囊集螢閱讀殘篇，前程耽誤，空歎好夢難以實現。　在樓陰中不時飛過數點，依憑欄杆的人未睡，曾賦幽愁暗恨。漢時宮苑苔枯飄動，秦時陵墓秋葉飛墜，千古淒涼不斷。對此有誰能夠省識？惟見隔水餘暉閃爍，依傍樹林尚有殘影。此情此景已令人感到蕭疏，更哪堪忍受秋日漫漫長夜。

【研析】此詞詠螢，從腐草化螢說起，實則螢產卵於水邊草根，非腐草所化，此從傳說也。「碧痕」，狀草兼狀螢，顯其秀美。次句「熒熒野光相趁」，言其前後錯落飛舞、熒光閃耀之狀，此句係動態的總寫。下面從各個不同的角度分寫，「扇薄星流」，用杜牧〈秋夕〉詩「輕羅小扇撲流螢」句意，狀其飛之迅疾；「盤明露滴」，用承露盤故事，壯其高飛而使露滴明亮；「零落秋原飛燐」則形容其飛布廣遠，如燐火之閃爍於秋野荒原。

以上用鋪陳手法寫螢，至「練裳暗近」轉寫螢與「人」之關係。此句語本杜甫「未足臨書卷，時能點客衣」（〈螢火〉）、「簾疏巧入坐人衣」（〈又見螢火〉）詩意，由此引出「人」之感慨，「人」之憾恨。「記穿柳生涼，度荷分瞑」，以「記」字領起，屬回憶之詞，即昔時見螢度荷穿柳，「穿」字、「度」字，形容其翻飛輕巧，極為形象、貼切，而「生涼」、「分瞑」，從觸覺、視覺，將秋夜的感受與螢相聯繫，「涼」似因其穿柳而生，瞑色因其度荷而減弱，運筆極為靈活。「誤我殘編，翠囊空歎夢無準」兩句，應是「翠囊（照讀）殘編，誤我（前程），空歎夢無準」，如此造句，既有音律的要求，也有句法變化的講究。此處反用車胤囊螢夜讀故事，來表達自己的牢愁，空有詩書滿腹，竟無用武之地，惟有空歎美好理想的破滅。是誰「誤我」？作者並不說破，實是暗示時移世改，山河易主。此數句已由詠螢而漸過渡到抒寫「幽恨」，故下闋就「幽恨」進一步加以發揮。

換頭「樓陰時過數點」，以螢為陪襯，引出樓臺，再由樓臺引出「未睡」之「倚闌人」。此倚欄人實即詞人自己。自己「曾賦幽恨」，這「幽恨」不僅包含有對個人前程被耽誤的感歎，更有對歷史的回眸：「漢苑飄苔，秦陵墜葉，千古淒涼不盡。」前兩句化用劉禹錫〈秋螢引〉詩意，組成一工穩對仗，「飄苔」、「墜葉」，既與螢由腐草而生相關，又以蕭條寫亡國之象。舉秦、漢，以代表數千年之興亡更替，亦包括宋室的興亡，故有「千古淒涼不盡」的感歎，正所謂「今愁古怨，并赴毫端」（俞陛雲《唐五代兩宋詞選釋》）。但此幽恨「何人為省？」在元蒙高壓政策的統治下，既不敢明言，又少同道可以訴說，只能獨自承受這份沉重的痛苦。而此時飛過樓陰的數點螢火已飄然遠去，「但隔水餘暉，傍林殘影」，距離愈來愈遠，光影愈來愈弱，與人已顯疏離，夜已愈顯深沉。故結句云：「已覺蕭疏，更堪秋夜永。」所謂「蕭疏」，說的不僅是秋夜之景的零落，更是故國的荒涼，人世的淒楚，懷此幽恨，故覺長夜漫漫。

此詞詠螢，上闋切合本題，刻畫入微，巧於用典，工致妥貼。下闋轉抒「幽恨」，多用虛字貫串，一氣流轉，亡國之悲，遺民之恨，並寄寓其中。體物而能別有寄託，託意又能不露痕跡，最是詠物詞中之高境。周濟《宋四家詞選目錄序論》論王沂孫詞云：「詠物最爭託意隸事處，以意貫串，渾化無痕，碧山勝場也。」確是的評。

283

齊天樂 蟬

王沂孫

一襟餘恨宮魂斷❶，年年翠陰庭樹。乍咽涼柯，還移暗葉，重把離愁深訴。西窗過雨。怪瑤珮❷流空，玉箏調柱。鏡暗妝殘，為誰嬌鬢❸尚如許！　銅仙鉛淚似洗，歎攜盤去遠，難貯零露❹。病翼驚秋，枯形閱世，消得斜陽幾度！餘音更苦。甚獨抱清高，頓成淒楚？謾想薰風，柳絲千萬縷。

【詞牌】〈齊天樂〉，又名〈齊天樂慢〉、〈如此江山〉、〈臺城路〉等。雙調，仄韻格。詳見前姜夔〈齊天樂〉「詞牌」介紹。

【注釋】❶一襟餘恨宮魂斷　馬縞《中華古今注》：「昔齊后忿而死，屍變為蟬，登庭樹嘒唳而鳴，王悔恨。故世名蟬為齊女焉。」謂蟬由齊女屍化而來。❷瑤珮　玉珮，用以形容聲音之清脆。❸嬌鬢　指蟬翼。崔豹《古今注》：魏文帝時宮人莫瓊樹「制蟬鬢，縹緲如蟬」。❹銅仙鉛淚似洗三句　漢武帝鑄承露盤的金銅仙人於建章宮。魏明帝時，詔令拆遷洛陽。後因重不可致，留於霸城。李賀〈金銅仙人辭漢歌〉序云：「宮官既拆盤，仙人臨載，乃潸然淚下。」歌云：「空將漢月出宮門，憶君清淚如鉛水。」此處用其事。鉛淚，因係金銅仙人，以此表示其物性。

【語譯】滿懷餘恨，宮魂淒斷，年年棲息於庭樹綠陰之中。陡然聲咽於涼秋枝幹，又還移向密葉幽暗，重把離愁深深訴說。雨過西窗。令人驚異清脆如玉珮叮噹之聲從空中流過，如玉箏彈奏發出美妙聲響。鏡已昏暗，妝痕已殘，還為誰梳出蟬鬢嬌美如此！　金銅仙人鉛淚如洗，感歎攜盤遠去，難貯零落清露。有病的蟬翼驚悚於冷秋來臨，枯萎的形體已經閱歷許多世事，還能在斜陽中經受多少時日！臨近衰微的聲音更苦。為何獨自懷抱清高，鳴聲突然變得更加淒楚？如今只能徒然想像昔時和煦的清風，吹拂那柳絲千萬縷。

【研　析】此詞借詠蟬抒發家國之恨並身世之感。傳說蟬係由齊后蒙冤、忿恨而死屍化而來，故詞即以「一襟餘恨宮魂斷」作為發端，可謂入手擒題，而用「餘恨」、「魂斷」字眼，則帶有哀悼之意，並為全詞感情色彩定下一個愁苦基調。接寫其活動場所「年年翠陰庭樹」，始明點出「蟬」這種鳴蟲，「年年」是一個長時間的概念，既包含過去，暗伏下面的「重訴」與結句的「謾想薰風」，也包含當前。以下即對眼前之蟬從多方面加以鋪寫。

「乍咽涼柯，還移暗葉」，先用一流水對狀蟬之活動，可謂細膩入微。「柯」與「葉」，承「庭樹」，「乍」與「還」的虛字運用，表示動作的迅疾，「涼」字暗示出秋的節候，「咽」與「移」為互文見義，「咽」字，已帶哀傷感情色彩。然後總以「重把離愁深訴」，此句將蟬擬人，又與首句呼應，「重把」，則明傾訴離愁非止一回也。此處語意雙關，淒怨的蟬聲，實亦亡國的哀音。

「西窗過雨。怪瑤珮流空，玉箏調柱」轉寫秋雨過後之蟬聲。西窗，人之居所，故引出與人相關之比喻。雨後蟬鳴愈加響亮，如人身上玉珮相碰發出清脆的叮噹聲，又如人之演奏玉箏發出的優美樂音。「調柱」，本為轉柱調音，此處意為演奏。與上一層哀怨相比，至此情緒略微振起，以顯文氣之變化。

至「鏡暗妝殘」，又轉，此承「西窗」而來，所謂妝鏡蒙塵暗淡，面頰紅粉消殘，實為國破家亡的象徵，而用蟬翼之美作為反襯：「為誰嬌鬢尚如許！」用一反詰語，尤顯沉痛。

詞之上闋，主要就蟬的來由、活動、形態、聲音多方加以敷衍，以突出「離愁」抒寫亡國之恨。下闋則通過凸顯其晚秋形態的衰殘與音調的悲苦，以寓滄桑之感、傷世之情。

換頭三句「銅仙鉛淚似洗，歎攜盤去遠，難貯零露」，由「鏡暗妝殘」的微觀加以擴大，所用典故，既關合蟬的餐風飲露之習，又點出時代的巨變。漢代金人承露盤之所以被魏明帝移往洛陽，是因為漢已滅亡之故，此係以漢寫宋，借古傷今；又，歷來詠蟬的詩文均涉及蟬以露為食，如溫嶠〈蟬賦〉曰：「饑噏晨風，渴飲朝露。」盧思道〈聽鳴蟬篇〉曰：「長風送晚聲，清露供朝食。」此言「難貯零露」，即暗喻生存條件的惡劣，藉以表現遺民的失落、怨恨心態。其所感「歎」，可謂寓意深厚。下面「病翼驚秋，枯形閱世，消得斜陽幾度」，物我一體，表面上看是寫衰病之蟬，而實乃詞人自我形象之寫照。經過戰亂的血腥、世事的翻覆、生活的磨難，人已接近衰暮，未來的時日已無多矣！滿溢悲涼，故譚獻謂其「有變徵之音」（《譚評詞辨》卷一）。至「餘音更苦。甚獨抱清高，頓成淒楚」三句，再由形體轉寫衰微之聲音。所謂「更苦」，所謂「淒楚」，明寫寒蟬之聲音，實係詞人哀情的傾瀉，而「清高」歷來被認為是蟬之品格，如虞世南〈秋蟬〉詩云：「垂緌飲清露，流響出疏桐。居高聲自遠，不是借秋風。」駱賓王〈在獄詠蟬〉詩亦以「高潔」稱之。「清高」實為詞人所堅持之操守。

結拍「謾想薰風，柳絲千萬縷」呼應起首之「年年」，通過憶昔年盛時之蟬，從反面映襯，那時在濃密的柳蔭中，夏風的吹拂下，蟬的歌唱高響入雲，是何等的景象！然以「謾想」領起，則一切已成影事前塵。繁盛不再，杳不可尋，沉痛之情，至此更無以復加。

此詞詠蟬，脈絡井然，形神兼備，而又能緊密關合人情，蘊含比興寄託之旨，是詞人詠物名篇之一。宣雨蒼曾有極中肯的評價，其《詞譾》云：「詠物詞，必有寄託而後雋永。當以碧山樂府為最。其盛傳者如〈眉嫵〉之詠新月，〈齊天樂〉之詠蟬，……無不感時傷事，深契風人之旨。」

284 高陽臺

和周草窗❶寄越中❷諸友韻

王沂孫

殘雪庭陰，輕寒簾影，霏霏玉管春葭❸。小帖金泥❹，不知春在誰家？相思一夜窗前夢，奈個人、水隔天遮❺。但淒然，滿樹幽香，滿地橫斜。江南自是離愁苦❻，況遊驄古道，歸雁平沙。怎得銀箋，殷勤與說年華。如今處處生芳草，縱凭高、不見天涯。更消他，幾度東風，幾度飛花？

【詞牌】〈高陽臺〉，又名〈慶春澤慢〉、〈慶春宮〉。調名取宋玉〈高唐賦〉寫楚襄王遊高唐夢巫山神女事。雙調，一百字，平韻格。詳見前吳文英〈高陽臺〉「詞牌」介紹。

【注釋】❶周草窗　詞人周密，號草窗。❷越中　指會稽（今浙江紹興）。❸霏霏玉管春葭　古有候氣之法，以葭之灰置密室木案上十二律管中，氣至則灰飛去。此指時至春陽，葭灰從律管中飛出。❹小帖金泥　指用金泥寫的「春帖子」。❺相思一夜窗前夢二句　化用盧仝〈有所思〉「相思一夜梅花發，忽到窗前疑是君」詩意。個人，那人。❻江南自是離愁苦　《顏氏家訓》載：「別易會難，古人所重。江南餞送，下泣言離，北方風俗不屑此，歧路言離，歡笑分首。」此用其意。

【語譯】陰天庭院尚留殘雪，輕寒穿透簾影，陽春已至，玉管中的葭灰吹出。用金泥寫好小小春帖，不知春在誰家？相思一夜，窗前夢見梅花，無奈那人，水隔天遮。只令人感到淒然，聞見滿樹幽香，看到梅影滿地橫斜。　江南之人，自是為離愁所苦，更何況你正乘青驄馬奔波於古道，舟行遙見歸雁飛落平沙。如何能用泥銀精美信箋，殷切地向你訴說春日物華。如今處處長滿芳草，縱使憑高，也看不到你所在之天涯。更能消受，幾度東風來臨，幾度春花萎謝？

【研析】周密有〈高陽臺〉詞，中有「認雲中煙樹，鷗外春沙」、「歸鴻自趁潮回去，笑倦遊、猶是天涯」等語，又有「雪霽空城，燕歸何處人家」之句，當係宋亡後周密由吳興移居杭州時作。王沂孫此詞當即作於越中，以作為回應，在表達離別相思之情的同時，又隱然流露出故國之思。

　詞從描寫早春物候入手，先以「殘雪庭陰，輕寒簾影」對句寫此時殘雪尚存，天猶陰冷，前句寫實，後句為人之感受，謂寒意從簾影中透過，顯得頗為靈動。「霏霏玉管春葭」明點時節，律管中吹出蘆葦燒成的灰，表明春陽已至。在宋代立春日有寫春帖之習，《武林舊事・立春》載：「學士院轉進春帖子。帝后貴妃夫人諸閣，各有定式，絳羅金縷，華粲可觀。」士大夫家亦效之，以金泥書寫。「小帖金泥」，係對往昔盛時的回憶，即使我現在用金泥書寫春帖，「不知春在誰家」？自然界的春天雖已來臨，人世的「春」又在何處？這兩句係回應周密原詞中的「雪霽空城，燕歸何處人家」，都是感歎國已不存，「春」在詞人心中已經消逝。出語看似輕靈，實則情極沉重。以下轉寫朋友間的相思之情，巧妙地化用盧仝「相思一夜梅花發，忽到窗前疑是君」詩意：「相思一夜窗前夢，奈個人、水隔天遮。」因相思而一夜夢見窗前梅花開放，可是夢回時的現實，卻是兩人相隔錢塘江水，天遮遠道，無由相見。「但淒然，滿樹幽香，滿地橫斜」三句從字面上看是淒然回憶夢境，實是對「相思」之人居處地的具象化。周密居杭，而杭州孤山之梅又極有名，特別是林逋曾有「疏影橫斜水清淺，暗香浮動月黃昏」（〈山園小梅〉）的名句，此處即用「幽香」、「橫斜」作為杭州的代表。而寫居住之地，實懷居此之人，而梅之芬芳高潔，復折射出人品之清逸孤高。如此表懷人之意，真個幽潔空靈，如晴空冰柱。

換頭先從眼前宕開一筆「江南自是離愁苦」，離愁別恨，素為江南之人看重，點示出一般的規律。下面推進一層，設想對方行跡：「況游驄古道，歸雁平沙。」宋亡後，周密由吳興移居杭州，此處說他陸行馬馳天涯古道，水行看雁落平沙，實是回應周氏原詞中的「歸鴻自趁潮回去，笑倦遊、猶是天涯」。此三句的寫法，類似於柳永的「多情自古傷離別。更那堪、冷落清秋節」（〈雨霖鈴〉）。劉熙載《詞概》曾以繪畫技法中的「點染」評柳詞，如移用評此數語亦為的當，此處的「江南自是離愁苦」，可說是「點」，「況游驄古道，歸雁平沙」即是「染」。以下「怎得銀箋，殷勤與說年華」則從己方著筆，想覓得銀泥花箋，不惜花費筆墨為你描繪春天的景物，著一緩筆，從離情略微宕開。至「如今處處生芳草，縱凭高、不見天涯」復轉述「相思」之苦，回應周密詞中的「萋萋望極王孫草，認雲中煙樹，鷗外春沙」。周詞用淮南王〈招隱士〉「王孫遊兮不歸，春草生兮萋萋」語意，寫己之天涯倦旅。王氏和詞謂面對萋萋芳草，縱是登高遠眺，也無法見到遠在天涯的朋友，有幾多悵惘，幾多憾恨。結拍再推進一層：「更消他，幾度東風，幾度飛花？」人生短暫，還能消受幾度春來春去、花開花落？一片感傷悽愴。感傷悽愴之中，固然包含有對生命意識的體悟，但更現實的是對有限人生不能來去自由的遺憾，並隱隱流露出對未來生活品質的憂慮。而從涉及的景物來說，又與前面的「霏霏玉管春葭」及梅之「幽香」、「橫斜」相映照。前後呼應，思致細密。

王沂孫天分極高，不愧為作手，其和作大有超過原作之勢。此詞無論是寫相思之情，還是抒發故國之思、憂生之意，均表現沉鬱深婉，陳廷焯曾有「無限哀怨，一片熱腸，反復低徊，不能自已」（《詞則・大雅集》）的評價。而在表達上既不乏盪漾空靈之處，又覺有平易流暢之長，特別是詞中兩處使用並頭對：「滿樹幽香，滿地橫斜」、「幾度東風，幾度飛花」，使長調中帶有令詞的風味。

285 滿庭芳

徐君寶妻

漢上繁華，江南人物，尚遺宣政❶風流。綠窗朱戶，十里爛銀鉤。一旦刀兵齊舉，旌旗擁、百萬貔貅❷。長驅入，歌臺舞榭❸，風捲落花愁。　清平三百載，典章人物，掃地俱休。幸此身未北，猶客南州。破鑑徐郎何在❹？空惆悵、相見無由。從今後，夢魂千里，夜夜岳陽樓❺。

【作者】徐君寶妻（生卒年不詳），宋末岳州人徐君寶之妻。被元軍掠至杭，不從敵酋，自投池水而死。

【詞牌】〈滿庭芳〉，又名〈江南好〉、〈滿庭花〉、〈滿庭霜〉、〈鎖陽臺〉、〈滿庭芳慢〉等。有平仄韻兩式。本詞為平韻格，九十五字。詳見前秦觀〈滿庭芳〉「詞牌」介紹。

【注釋】❶宣政　北宋徽宗年號宣和、政和。❷貔貅　本猛獸名，常作為勇猛軍隊的代稱。❸歌臺舞榭　歌舞樓臺。榭，建在高臺上的敞屋。❹破鑑徐郎何在　徐德言娶陳後主之妹樂昌公主。陳亡，料將離亂，破鏡為二，各執其半，以為日後相認之憑證。後樂昌公主為楊素所得，幾經周折，夫妻終於破鏡重圓。事見孟棨《本事詩》。鑑，鏡。❺岳陽樓 在今湖南境內。樓在岳陽城西門上，面對洞庭湖。

【語 譯】江漢一帶的繁華，江南士人的才俊，還保留宣和、政和時代的風流。綠色窗幕、朱紅門戶，十里閃耀燦爛銀鉤。一旦刀戟武器齊舉，旌旗擁、元軍百萬貔貅。長驅直入，歌臺舞榭毀於兵火，被狂風摧捲的落花也生恨生愁。 宋室清平三百年，典章與人物，都已喪失乾淨。幸我身未驅趕至北方，還客居南州。破鏡徐郎何在？空懷惆悵，無法相見。從今以後，惟有遙隔千里的夢魂，夜夜飛到岳陽樓。

【研 析】南宋度宗咸淳十年（西元一二七四年），元軍大舉南侵，一路自東道取揚州，一路由襄陽入漢水、過長江，十二月破鄂州（武昌），次年三月破岳州。所到之處，擄掠燒殺，生靈塗炭。本詞作者即元軍破岳州城時被擄之女性。元陶宗儀《南村輟耕錄》卷三載此詞本事：「岳州徐君寶妻某氏，亦同時被虜來杭，居韓蘄王府。自岳至杭，相從數千里，其主者數欲犯之，而終以巧計脫。蓋某氏有令姿，主者弗忍殺之也。一日，主者怒甚，將即強焉，因告曰：『俟妾祭謝先夫，然後乃為君婦不遲也。君奚用怒哉？』主者喜諾。即嚴妝焚香，再拜默祝，南向飲泣，題〈滿庭芳〉詞一闋於壁上，已，投大池中以死。詞曰：『漢上繁華……。』」可知此詞係臨終前絕筆。

詞之開篇即從大處著筆，極讚南宋時期的繁盛，「漢上繁華，江南人物」，前句描繪長江、漢水一帶風物之美麗，經濟之發達，商貿之繁榮；後句寫江南人物之盛，江南，包括長江中下游廣大地區，而人物，則包含政治、文化、才藝等諸多方面的俊傑。故總以「尚遺宣政風流」，雖然地處江南一隅，但精神享受與物質生活方式，仍保留著北宋時期的流風餘韻。然後再以「綠窗朱戶，十里爛銀鉤」，對城市的「繁華」作進一步的渲染，以「綠」、「朱」、「銀」等炫人眼的色彩，突出陳設的華美精緻，令人想見「煙柳畫橋，風簾翠幕」（柳永〈望海潮〉）、「春風十里揚州路」（杜牧〈贈別〉）的光景。

將繁華寫足，下面便急轉直下，正當人們沉醉於物質、精神享受之時：「一旦刀兵齊舉，旌旗擁、百萬貔貅。」北方的強敵以不可阻擋之勢突然兵臨城下。用「一旦」，含有突如其來、毫無準備之意。強敵壓境，宋將投降，使元軍得以如破竹之勢，占領江南大片國土，故下面說「長驅入」。至於元軍的殘暴與摧毀性的破壞，詞人的表達含蓄而形象：「歌臺舞榭，風捲落花愁。」前句用省略法，後句用擬人法。歌臺舞榭，是繁華的代表，今已蕩然無存；被狂風橫掃的落花，也憂愁無限，此愁實乃詞人之愁，亦江南人物、廣大百姓之愁。

詞之上闋用如椽之筆，描述了一段歷史的巨變。詞人敘寫昔日的繁華，一方面表達自己對故國的深深緬懷，另一方面也含有對當政者耽於享樂生活、以致造成今日敗局的指責。

換頭將時間進一步拓展，「清平三百載，典章人物」，宋朝三百年，政治、經濟、文化、藝術曾有過何等的輝煌！近人王國維認為：「天水一朝，人智之活動與文化之多方面，前之漢唐，後之元明皆所不逮也。近世學術，多發端於宋人。」（《宋代之金石學》）陳寅恪指出：「華夏民族之文化，歷數千載之演進，造極於趙宋之世。」（〈鄧廣銘《宋史職官志考證》序〉）詞人雖未有後人如此理性的判斷，但她無疑是一個有相當文化素養的大家閨秀，對歷史有頗為深切的了解，因而對於宋代曾擁有的輝煌「掃地俱休」，深感痛惜。而國家的命運又和個人的命運息息相關，國家既已敗亡，自己亦遭俘虜，由岳而杭，驅馳千里。但和那些已驅趕至北地的人相比，自己還慶幸留在故國的土地上，故云「幸此身未北，猶客南州」。然遠離夫君，無由相見，又極為悵惘。「破鑑徐郎何在？」這裡運用徐德言與樂昌公主戰亂別離破鏡的典故，非常貼切，特別是徐姓相同，尤為巧合。詞人為避免受辱，決心赴死，故結尾作決絕語：「從今後，夢魂千里，夜夜岳陽樓。」雖離人世，而精神永遠不離不棄，夢魂夜夜與徐郎相伴相隨。

陳廷焯評此詞云：「言典章雖失，大義自在，今日存死而已。詞嚴義正，凜凜有生氣。」（《別調集》卷二）作為弱女子，面對異族的強暴欺凌，確能保有一種「士可殺而不可辱」的節操，可歌可泣。這是從情感表達層面來說，如果從「詞亦有史」的角度看，實亦具存史的意義。在宋代女性的詞作中，寫得如此氣象開闊，亦屬少見，故爾特別可寶。

286

一翦梅

舟過吳江❶

蔣捷

一片春愁待酒澆。江上舟搖，樓上帘招。秋娘渡與泰娘橋❷。風又飄飄，雨又蕭蕭。

何日歸家洗客袍？銀字笙❸調，心字香❹燒。流光容易把人拋。紅了櫻桃，綠了芭蕉。

【作者】蔣捷（生卒年不詳），字勝欲，號竹山，陽羨（今江蘇宜興）人。先世為宜興巨族。咸淳十年（西元一二七四年）進士。宋亡後，遁跡不仕。著有《小學詳斷》及《竹山詞》一卷。《四庫總目提要》稱其詞「煉字精深，調音諧暢，為倚聲家之榘矱（規矩）」。劉熙載〈詞概〉評其詞曰：「蔣竹山詞未極自然流動，然洗練縝密，語多創獲。」

【詞牌】〈一翦梅〉，因周邦彥詞有「一剪梅花萬樣嬌」句，取為調名。又名〈臘梅香〉。雙調，六十字，平韻格。詳見前李清照〈一翦梅〉「詞牌」介紹。

【注釋】❶吳江　在今江蘇境內，位於太湖東南。❷秋娘渡與泰娘橋　秋娘與泰娘均為唐代歌女。秋娘渡、泰娘橋，為吳江地名。❸銀字笙　即鑲嵌銀字於笙上，笙係一種多管樂器。❹心字香　形如「心」字的香。

【語譯】滿懷春愁惟待酒澆。船隻在江上搖盪，見岸上酒旗在樓上高飄。經過秋娘渡與泰娘橋，春風飄飄以吹衣，雨打篷窗聲響瀟瀟。　何日歸家能洗淨布滿征塵的客袍？聆聽銀字笙吹奏悠揚曲調，看心字香的裊裊燃燒。光陰只管流逝，對旅人漸入衰暮而不理會，使櫻桃變得更加鮮紅，使芭蕉長得更加青翠。

【研析】詞人義不仕元，常漂泊在外，此詞即寫其倦遊思歸之情。詞的開頭單刀直入，述說自己懷有難以排遣的「春愁」，直須用酒精麻醉方能忘卻。「一片」乃形容愁之塞滿胸臆；「待酒澆」謂愁濃得化不開，唯有飲酒可以稀釋，可以消解。以下具體言其所以愁之由，可分三個層次：

第一層為詞之上闋，具寫「舟過吳江」，以景襯愁。船在江上緩緩行進，惟聞啞啞的搖櫓之聲，漫漫旅途，何其單調寂寞！遙望兩岸，那酒旗在樓上高高飄揚。有酒旗處，即有人的聚集，有人的歡笑，與自己的孤寂形成強烈反差；自己以酒澆愁的願望，也因空間距離而難以實現，遂更添一分惘然若失之感。此時的船隻划過了秋娘渡，又駛過了泰娘橋，突出了詞題中的「過」字。這兩個地名係以兩位歌女的名字命名，難免會引起作者對歡歌曼舞熱鬧場面的聯想。然而從遐想中回到現實，卻是隻身流落江湖，且船篷之外，風雨交加，故倍覺淒苦。總之，這一段寫景，對「春愁」既有反面的映襯，也有環境的烘托。

第二層為「何日」三句，直接轉入抒寫自己的內心渴望。所渴望者有三事：第一件為「洗客袍」，以此寫結束羈旅生涯，很形象，當然也寫出了現在塵垢滿身的狼狽；第二件為調笙聽樂，這樂器不同一般，它上面鑲有銀字，其裝飾美暗示出其聲音美，不管是由誰來調音吹奏，其悠揚之聲都令人陶醉；第三件為燃香，這香的形象也非一般，它的形狀似一「心」字，代表著心心相印之意，正如晏幾道〈臨江仙〉所寫：「記得小蘋初見，兩重心字羅衣」一樣，這「心」字含有一種特別的意味。燒著這種香的居室，輕煙裊裊，香氣氤氳，何等溫馨！此三事以「何日歸家」統領，透露出詞人思歸的急切心情。急切思歸卻未能歸，這正是春愁難以排解的原因。

第三層為詞的結尾三句，對時光流逝的憂思。「流光容易把人拋」，亦即晏殊〈採桑子〉「時光只解催人老」之意。宇宙無窮而人生有限，流光無情，而人有情，真是「多情卻被無情惱」！春光又將離開人間，人又將向衰暮靠近一步，此亦「春愁」生成的一個重要因素。作者寫春暮，用了兩種很鮮豔醒目的色彩：紅與綠。紅、綠本為形容詞，此處作使動詞用：使櫻桃變紅了，芭蕉變綠了，一個「了」字，從動態中顯示出顏色的變化，顏色的變化暗示出時間的推移，而它們的鮮豔醒目，不僅給人留下突出印象，更能引起心靈的強烈震顫。

詞人漂泊中的「春愁」，與其所處特定的時代和人生遭遇密切相關，聯繫其〈虞美人〉詞所云：「壯年聽雨客舟中，江闊雲低、斷雁叫西風。」可知〈一翦梅〉所寫乃是其壯年時期生活的一個片斷與精神的苦痛。

蔣捷《竹山詞》中既有豪快之作，亦有柔麗之作，這首〈一翦梅〉則別具一格，清疏之中略帶沉鬱。語言則暢達明淺而又不失整飭工麗之美，特別是作者用了四組並頭對，自然而然，這在〈一翦梅〉詞中實屬少見。大體同時的張炎詞用了四組疊韻：「剩蕊驚寒減豔痕。蜂也銷魂，蝶也銷魂。醉歸無月傍黃昏，知是花村，不是花村。留得閒枝葉半存。好似桃根，不似桃根。小樓昨夜雨聲渾。春到三分，秋到三分。」雖也下了不少功夫，但終覺有些板滯。兩相比較，高下立判。

此詞在清乾隆年間編定的《九宮大成譜》中收錄有所配曲譜，道光年間謝元淮等人編撰的《碎金詞譜》予以轉載。

287 賀新郎

蔣捷

夢冷黃金屋❶。歎秦箏❷、斜鴻陣裡，素絃塵撲。化作嬌鶯飛歸去，猶認紗窗舊綠。正過雨、荊桃❸如菽❹。此恨難平君知否？似瓊臺❺、湧起彈棋局❻。消瘦影，嫌明燭。

鴛樓❼碎瀉東西玉❽。問芳悰、何時再展？翠釵難卜❾。待把宮眉橫雲樣，描上生綃❿畫幅。怕不是、新來妝束。綵扇紅牙⓫今都在，恨無人、解聽開元曲⓬。空掩袖，倚寒竹。

【詞牌】〈賀新郎〉，又名〈賀新涼〉、〈金縷曲〉、〈金縷衣〉等。首見蘇軾《東坡樂府》。雙調，仄韻格，可押入聲韻（如本詞），亦可上去聲通押。詳見前蘇軾〈賀新郎〉「詞牌」介紹。

【注　釋】❶黃金屋　劉徹（漢武帝）答長公主曰：「若得阿嬌為婦，當作金屋貯之。」（班固《漢武故事》）此處借指宮廷美人。❷秦箏　絃樂器。漢應劭《風俗通義・聲音》謂秦人蒙恬所造，故名。❸荊桃　即櫻桃。❹菽　豆類。❺似瓊臺　指玉石棋盤。魏文帝、晉夏侯惇的〈彈棋賦〉均有「局則荊山妙璞」、「局則昆山之寶，華陽之石」等描寫。❻彈棋局　彈棋盤，其形狀「隆中夷外」，中央隆起，周圍低平。彈棋，古博弈之戲，置棋於盤，以頭上角巾拂棋子。❼鴛樓　即鴛鴦樓，為樓殿名。唐孫逖有〈登鴛鴦樓應制〉詩。此指酒樓。❽東西玉　指酒，一曰指酒器。宋黃庭堅〈次韻吉老十小詩〉：「佳人斗南北，美酒玉東西。」史容注：「酒杯名。」❾翠釵難卜　釵由兩股合成，古時婦女常用來卜問吉凶。《雲謠集・鳳歸雲》：「枉把金釵卜，卦卦皆虛。」❿生綃　未經漂煮的絲織品。⓫紅牙　歌唱時所用紅牙板。⓬開元曲　盛唐時期歌曲。此處借唐代宋。開元，唐玄宗年號。

【語　譯】美人夢中黃金屋空寂淒冷。感歎秦箏如斜飛雁陣的絃柱，絲索已蒙上灰塵。美人化作嬌鶯飛歸原來居處，還認得從前綠色窗紗。恰值陣雨飛過，宮苑櫻桃，結子如豆。此恨難平君知否？似翻騰，在那高低不平的玉質彈棋盤上。看著自己的消瘦影，嫌那燭光過於明亮。　酒樓之上，杯碎酒瀉。問美好情悰、何時再現？用翠釵，也難卜消息。待我把如雲烏髮橫於額上的宮內眉妝，在絲織品上描成畫幅，只恐怕不是新時的裝束。歌唱時的彩扇紅牙，如今都在，悵恨無人，能聽懂開元歌曲。無人解會我獨自掩袖，依倚寒竹時的情緒。

【研　析】此詞運用比興寄託方法，抒發難平的亡國之痛，婉曲幽深，極盡吞吐之妙，歷來被認為是竹山詞中的「最高之作」。

詞以「夢冷黃金屋」為發端，運用漢武帝劉徹「金屋貯嬌」的典故，即暗示詞中描寫的對象，乃是皇宮中的一位美人。詞人一方面借此美人抒發自己的無限感慨，同時又把這位美人視為故國的象徵。而魂牽夢繞的黃金屋變得如此空寂、冷落，即暗含有故宮蕭索荒涼之意。「歎秦箏、斜鴻陣裡，素絃塵撲」二句具寫室內器物。美人見此彈奏過的樂器已蒙上厚厚灰塵，撫今追昔，不禁感慨萬千，故以「歎」字領起。有此「歎」

字，便將景物化實為虛。「化作嬌鶯飛歸去，猶認紗窗舊綠。正過雨、荊桃如菽」三句，融情入景，以所認舊居之紗窗，所見苑中之景物，寫出一腔懷舊之情與黍離麥秀之感。「化作嬌鶯」一句，堪稱奇幻，可謂匠心獨運。夢魂化為嬌鶯，一是嬌鶯與女性身分相稱，極為妥帖、曼妙，同時，攝取景物的鏡頭，又可隨嬌鶯的「飛歸」而自由移動，因之此句在上下聯繫上具有關紐的作用。由此可知，前面金屋冷寂之境、秦箏塵撲之景，亦係化作嬌鶯所見。

以上用幻化的境界，顯示出國家破滅的荒敗景象，內心悲恨交加。至「此恨難平君知否？似瓊臺、湧起彈棋局」，則直抒國恨，是悲憤情緒的總爆發。先以提問揭舉，強調此恨難平，然後以彈棋局比擬，將抽象之情化為具體形象。唐代李商隱詩有「莫近彈棋局，中心最不平」（〈無題〉）之句，當為此喻所本。歇拍轉寫因恨極而消瘦的形容：「消瘦影，嫌明燭。」詞人不直接寫消瘦，而寫燭光映出的消瘦影，便多了一層曲折。

上闋主要借助美人的傷感自抒情懷，抒發時移世改的荊棘銅駝之感，下闋則通過伊人對昔日繁盛的追尋，抒發自己對故國的無限緬懷之情。換頭「鴛樓碎瀉東西玉」，以酒樓杯碎酒瀉為喻，寫故國的山河破碎，國土淪喪，一切美好的東西都已風流雲散。下面「問芳悰、何時再展？翠釵難卜」，一問一答，表達了伊人對故國的滿懷眷戀、希望重溫昔日美好情悰，但又希望渺茫的複雜心態。尋覓芳悰，既已無望，便將一腔思念託之於丹青：「待把宮眉橫雲樣，描上生綃畫幅。怕不是、新來妝束。」畫幅上描繪的是舊時的宮眉，舊時的衣著，而不是新時的「妝束」。這舊時的妝束，乃是故國的象徵，寄託的是對故國悠悠不斷的懷念。此處的「宮眉」，與發端的「黃金屋」相映照。以上數層，寫國家破碎，寫渴望重見，寫希望渺茫，於是託之丹青，真可謂一層一轉，一轉一深，把故國之思寫得力透紙背。

至結尾又一轉，恨知音難覓，獨自傷懷。「綵扇紅牙今都在，恨無人、解聽開元曲」二句，言舊時之物俱在，卻已是物是人非，惟有自己聆聽盛世之音，百感交集，卻無人能夠理解。傷悼故國，已屬可悲，無人理解，更覺可歎，暗示此時懷念故國之人已越來越少。顯然，作者的這種感歎，是針對當時有的人已經出仕元朝、有的人民族意識已經淡薄的情況而發的。最後結以「空掩袖，倚寒竹」，用杜甫〈佳人〉詩「天寒翠袖薄，日暮倚修竹」語意，借竹的高風亮節映襯伊人堅貞不渝的品格，又借「空」、「寒」等字眼，流露出孤臣幽獨情懷。此結和上闋的「消瘦影，嫌明燭」互相呼應，前面寫的是「影」，此處出現的是「形」，但「形」也只寫掩袖、倚竹的動作，令人在一片空靈中感受到她的獨立與高潔。

竹山詞有的顯得豪放，有的顯得委曲，此詞屬於後者，是一首典型的婉約之作。主要是運用傳統美人香草的比興手法，借美人抒發自己的故國之思、黍離之感，突出自己孤高獨立的人格、堅持民族氣節的立場，美人實是自己靈魂的化身，美人與詞人實是二而一。因係以佳人為喻，遣詞造句，力求切合女性身分，故詞風又顯麗密。詞中借助夢境寫故宮的荒廢，亦真亦幻，境界顯得迷離惝恍。其轉換處，往往用陡頓之法，出人意外，以致令人有意識流的感覺，想來這也是作者情緒激盪在藝術上的一種表現。故陳廷焯有「處處飛舞，如奇峰怪石，非平常蹊徑」（《放歌集》卷二）的評價。用如此婉曲之筆填詞，自然有作者對藝術風格的獨特追求，但也和元朝統治者採取的文化高壓政策有密切關係。

288 賀新郎 兵後寓吳

蔣　捷

深閣簾垂繡。記家人、軟語燈邊，笑渦紅透。萬疊❶城頭哀怨角❷，吹落霜花滿袖。影廝伴❸、東奔西走。望斷鄉關知何處？羨寒鴉、到著黃昏後。一點點，歸楊柳。

相看只有山如舊。歎浮雲、本是無心，也成蒼狗❹。明日枯荷包冷飯，又過前頭小阜❺。趁未發、且嘗村酒。醉探枵囊❻毛錐❼在，問鄰翁、要寫牛經❽否？翁不應，但搖手。

【詞牌】〈賀新郎〉，見前首介紹。

【注釋】❶萬疊 一遍一遍反覆吹奏。❷角 軍中號角，發聲嗚嗚然，吹奏以警晨昏。❸廝伴 相伴。❹歎浮雲二句 喻世事變幻無常。❺阜 小山；丘陵。❻枵囊 空袋。❼毛錐 毛筆。❽牛經 有關養牛知識的書。

【語譯】深深樓閣懸掛繡簾。記得家人，在燈邊話語溫柔，面頰紅潤，笑渦甜透。而今城頭軍角一遍遍吹奏，聲音哀怨，將經霜花瓣吹落滿袖。惟有影兒相伴，東奔西走。望不見的家鄉，知在何處？羨慕寒鴉，到了黃昏後，一點點，飛歸楊柳。 相互對看的，只有青山依舊。感歎浮雲，本是無心，也化成蒼狗。明日用乾枯荷葉包裹冷飯，又經過前頭的小山。趁還未出發，姑且嘗飲村釀淡酒。醉中摸摸空袋，毛筆仍在，問附近老翁，是否要寫牛經？老翁不予應答，只是搖手。

【研 析】宋德祐元年（西元一二七五年）冬，元兵長驅直入，占領了詞人家鄉宜興及常州、蘇州一帶，於次年春攻占臨安。臨安陷落那年的秋天，詞人正流寓吳門（蘇州）一帶。詞中所描寫的是他流浪生活的真實記錄。

詞之上闋突出自己「影廝伴、東奔西走」的孤獨淒寂情懷，通過兩層對照加以表現：一是和往日幸福的家庭生活相對照。「深閣簾垂繡。記家人、軟語燈邊，笑渦紅透」三句，實均以「記」字領起，為回憶之辭。深院閨閣，繡簾垂地，在柔和的燈光下，和親人輕言細語，爾汝恩愛，談到會心處，她嫣然一笑，紅潤的面龐現出迷人的酒窩。這深窈寧靜的環境、溫馨的氛圍、可愛的面影所構成的美好回憶，和現實中的煢煢獨處、形影相弔的境遇相比較，真有雲泥之別。二是和眼前的自然之物相對照，自己在漂泊中，歸心似箭，可是「望斷鄉關知何處？」而寒鴉在黃昏之後，尚可歸巢楊柳，怎不令人生羨，產生人不如鴉之感！恰在此時，又傳來「萬疊城頭哀怨角」。在詞人聽來，城頭上反覆吹奏的號角聲充滿「哀怨」，這「哀怨」實是作者主觀感情的外射，摻和著國家破滅、家人離散的哀痛。下一句的「吹落霜花滿袖」，好像是角聲吹落霜花，實則是表明季節，角聲是和著秋風向遠處飄蕩的，很有「漸黃昏，清角吹寒」（姜夔〈揚州慢〉）的荒涼意味，是對流落天涯的環境烘托。

如果說上闋重在抒發精神痛苦的話，那麼下闋便將重點放在物質生活困頓的描寫上。換頭「相看只有山如舊。歎浮雲、本是無心，也成蒼狗」是全詞關紐。天地翻覆，世事變幻，江山易主，物是人非，詞人深沉的喟歎、亡國的痛苦，都包蘊在此景物的變與不變之中。前一句用劉禹錫貶外郡二十餘年重回長安詩「不改南山色，其餘事事新」語意，人事已改，相對的惟有青山依舊；後面兩句語本陶淵明〈歸去來兮辭〉「雲無心以出岫」和杜甫〈可歎〉詩：「天上浮雲似白衣，斯須改變如蒼狗。」喻世事變化之快。這種歷史變故及其帶來的戰亂，招致大量百姓、士人流離失所，揭示出自己漂泊天涯的原因，以下涉及的物質生活的困窘，也莫不源於此。「明日枯荷包冷飯，又過前頭小阜」，雖寫準備「明日」用乾枯荷葉包裹冷飯，轉過前頭小山去謀取營生，昨日、今日又何嘗不是如此！一個「又」字，透露了其中消息。雖然窘迫，但仍不忘苦中作樂，趁尚未出發之際，「且嘗村酒」。後面「醉探枵囊毛錐在，問鄰翁、要寫牛經否？翁不應，但搖手」寫謀生過程與結果，一氣直下，既寫出自己的失望之情，又反映出農民在戰亂中對生產興趣的淡薄。在這裡，作者抓住現實生活中的幾個典型細節，用寫實的手法加以描繪，使一系列鏡頭呈現於讀者的眉睫之前，凸顯詞人「東奔西走」時的落魄潦倒身影。描寫物質生活的匱乏，描寫貧困、飢餓，在杜甫、孟郊、賈島等人的詩中，屢有所見，但在詞中，像蔣捷這樣細緻、真切的描繪，恐怕是絕無僅有的，這也正是本詞的獨特之處。

這首詞可說是一個流浪者的悲歌，更確切地說，是一個處在新舊王朝交替時期流浪者的悲歌。詞人的流浪，物質生活的困窘，固然與戰亂有關，但他的甘心漂泊，甘心忍受物質生活的艱困，卻是他不肯屈節仕元立場的反映，其中閃耀著貧賤不能移的高尚氣節的光輝。胡雲翼在《宋詞選》中認為「其感人之深可以和（劉辰翁）《須溪詞》裡最好的作品相比」。

289 燕歸梁 風蓮

蔣捷

我夢唐宮春晝遲。正舞到、曳裾❶時。翠雲❷隊仗絳霞❸衣。慢騰騰、手雙垂❹。

忽然急鼓催將起，似綵鳳、亂驚飛。夢回不見萬瓊妃❺。見荷花、被風吹。

【詞　牌】〈燕歸梁〉，又名〈悟黃粱〉，始見晏殊《珠玉詞》。詞有「雙燕歸飛繞畫堂，似留戀紅梁」句，取為調名。雙調，有五十一字，亦有減為五十字、增為五十二字（如本詞）者，平韻格。參見《詞律》卷六、《詞譜》卷九。

【注　釋】❶曳裾　拖引衣襟。❷翠雲　指舞衣，又關涉荷葉。❸絳霞　舞衣，亦指荷花。❹手雙垂　〈霓裳羽衣舞〉中有大垂手、小垂手等名目。❺萬瓊妃　指無數美麗的宮廷舞者。

【語　譯】我夢入唐代宮廷，正值春日遲遲。〈霓裳羽衣舞〉正舞到拖曳舞衣時。如綠雲般的隊仗，個個身著紅色舞衣。慢騰騰地，手臂雙垂。　陡然之間，急促的鼓點催起舞者，她們似彩鳳，被驚駭而亂飛。夢醒之後，不見無數的美麗玉妃，只見荷花，正被風吹。

【研　析】此係詠風中荷花之作。如何吟詠動態中的荷花荷葉，刻畫其形神，並於中別有寄託？一般人難以措手，而詞人卻能別出心裁，將風荷人格化，運用奇妙想像，幻化為迷濛惝恍境界，且又搖曳生姿。

一開始，詞人即用「夢」的幻境把我們帶入了唐代富麗堂皇的宮殿，又值春日遲遲的美好時節，那裡正在表演曼妙無比的〈霓裳羽衣舞〉。〈霓裳羽衣舞〉宋代雖不可見，但有唐人的詩歌可供參考。白居易〈霓裳羽衣歌〉云：「舞時寒食春風天。」係「春晝遲」所本。「正舞到、曳裾時」，又和白詩描寫的「斜曳裾時雲欲生。煙娥斂略不勝態，風袖低昂如有情」相關，霧縠輕綃，裙裾拖地，煙繚雲繞，裊裊生情。「翠雲隊仗絳霞衣」，則寫舞蹈隊形的不斷變換，翠綠與嫣紅的絢麗色彩，在高低曲直的隊形中，變化莫測，雲騰霞蔚，真個豁人眼目，美不勝收！此處以荷葉荷花幻化為舞衣，以風中搖動的姿態幻化為隊形的變化，均極靈動。至「慢騰騰、手雙垂」，是緩歌曼舞的狀態，是白詩「小垂手後柳無力」的舞蹈形象，也是風力漸弱時的荷蓮景象。

歌樂有快有慢，舞蹈有張有弛，漸慢之時往往是「急」變的前奏。〈霓裳舞〉至入破以後，節拍轉急。詞中「忽然急鼓催將起，似綵鳳、亂驚飛」既是描寫節奏的驟變引起舞者的交錯、色彩的紛亂，也是描繪疾風驟至時，荷花荷葉如彩鳳驚飛的動盪情狀。至詞之結尾逆挽一筆：「夢回不見萬瓊妃。見荷花、被風吹。」從夢幻中回過神來，已不見成群的美麗宮廷舞者，只見眼前在風中搖盪的荷花。從創作的起因來說，是先見風荷，引發聯想，進入幻化的境界，而詞人卻將夢幻之境置之於前，即顯得奇峰突起，引人入勝。而將「謎底」置於最後，從夢幻中返回現實，令讀之者生意外之感，故在結構安排上亦可謂能別闢蹊徑。

以唐宮中的舞蹈，描繪不斷變化的風荷，有形有色，疾徐有致，姿態萬端；而以風荷幻化為唐宮舞蹈，色彩繽紛，雲煙縹緲，變化莫測，似再現數百年前宮廷樂舞盛況。不論從何種角度說，都能給人以夢幻般的藝術美感，是一首優美的詠物詞。但這裡說的還只是表層意，如果我們聯繫詞人深懷的故國之思，聯繫其他詞作如「恨無人、解聽開元曲」（〈賀新郎〉）流露的心聲，即能領悟到其中尚別有深意，即借唐喻宋，寄寓了對故國的懷想之情。還有人據「忽然急鼓催將起，似綵鳳、亂驚飛」的描寫，謂即白居易〈長恨歌〉「漁陽鼙鼓動地來，驚破〈霓裳羽衣曲〉」之意，樂極生悲，帶來亡國之痛，指責沉迷歌舞統治者不能辭其咎云云，亦可作為參考。

290 霜天曉角

蔣捷

人影窗紗。是誰來折花？折則從他❶折去，知折去、向誰家。

檐牙❷枝最佳。折時高折些。說與折花人道，須插向、鬢邊斜。

【詞牌】〈霜天曉角〉，又名〈月當窗〉、〈長橋月〉、〈踏月〉、〈山莊勸酒〉。有仄韻格、平韻格兩體。本詞押平聲韻，四十三字，上下闋各四句，三平韻。參見《詞律》卷三、《詞譜》卷四。

【注釋】❶從他　隨他；任他。❷檐牙　翹出如牙的屋簷建築裝飾。杜牧〈阿房宮賦〉：「廊腰縵迴，檐牙高啄。」

【語譯】窗紗外面人影晃動。是誰來折花？折花隨他折去，不知折取，去到誰家。　靠近檐牙的花枝最美好。折時向高處折取。向折花人說道，花兒折取後，須斜斜插向鬢髮邊。

【研析】這首詞小巧而又別致，既有敘事的特點，又有心理的刻畫。它實際上寫了三個人：女主人、折花人、侍女，但詞人都沒有作正面的描寫，而是通過女主人公的眼睛、心理活動、囑託話語表現出來的。女主人公在閨房，透過紗窗，看到有人影晃動，心想是有人來折花吧？但不知道是誰在折花，想來應是愛花的女子吧。既然愛花，便隨她折去，但不知道究竟是誰家的女子。女主人公不僅容許她來折花，而且要侍女囑咐她：「檐牙枝最佳。折時高折些。」因為下面的好花被人折得差不多了，現在靠近檐牙高處的花，才是最美的。還要囑咐她，花摘下來後，要斜斜地插向鬢邊，這樣才會把人裝點得更加美麗。這些人物在什麼場景活動？這裡雖然只寫到「窗紗」、「檐牙」，但我們卻感受到了一個幽靜、優美的環境：有檐牙的雅致居室，有紗窗的深窈閨房，房前是花木扶疏的庭院。由此，我們感知居住在這裡的女主人，是一個大家閨秀。從她對折花人所持的態度看出，她多麼善解人意，她何等豁達大度，她願意讓人分享美麗的春花，她願意將最美好的東西奉獻於人，具有高尚的精神境界。實際上，這是一首富有哲理意味的詞作，具有提升、淨化人的心靈的作用。

自來詞的傳統，或為人代言，或自抒情懷，但這首小詞運用的卻是客觀描寫的方法，頗具今日小說之特點，故顯得別具一格。在藝術表達方面，既一氣貫注，又回環往復。在小令中一般用字忌諱重複，但此詞「折」字七見，「折花」兩見，讀來並不覺其累贅，反成了造成回環往復效果的重要因素，故《詞綜》（世經堂康熙十七年殘本）批語，謂其「手如轆轤」。其用語通俗、明快，其風格輕巧，饒有情趣，這方面又受到元曲的某些影響。潘游龍評此詞「妙在淡而濃，俚而雅，雅而老」（《古今詩餘醉》），稱賞它看似平淡而實情濃，其語言雖俚俗而思致高雅，在高雅中顯出老到，是為的評。

291 南浦　春水

張炎

波暖綠粼粼，燕飛來、好是蘇堤❶纔曉。魚沒浪痕圓，流紅去、翻笑東風難掃。荒橋斷浦，柳陰撐出扁舟小。回首池塘青欲徧，絕似夢中芳草❷。和雲流出空山，甚年年淨洗，花香不了？新淥乍生時，孤村路、猶憶那回曾到。餘情渺渺。茂林觴詠❸如今悄。前度劉郎歸去後，溪上碧桃多少❹？

【作　者】張炎（西元一二四八—？年），字叔夏，號玉田，又號樂笑翁。為張俊六世孫，曾祖張鎡、父張樞均為詞家。本西秦人，寓居臨安（今浙江杭州）。宋亡，家產籍沒，流落金陵、蘇杭一帶。卒於元延祐四年（西元一三一七年）後。詞集名《山中白雲詞》。所作情曠意遠，清麗雅暢，與周密、王沂孫、蔣捷號稱「宋末四大家」。又有詞論專著《詞源》，推崇姜夔，主「清空」、「騷雅」之說，後世遂以「姜張」並稱。仇遠〈山中白雲詞序〉稱其詞「意度超玄，律呂協洽，……方之古人，當與白石老仙相鼓吹」。清初浙西詞派執掌詞壇，其詞集翻刻流傳甚廣，曾有「家白石而戶玉田」之盛。

【詞牌】〈南浦〉，《教坊記》有〈南浦子〉之曲名，宋人借舊曲名另倚新聲成此調。取《楚辭・九歌・河伯》「送美人兮南浦」句意，在教坊曲中表旅情，宋詞亦常沿之。此調有平韻格、仄韻格二式。本詞為仄韻格，雙調，一百零五字。參見《詞律》卷十七、《詞譜》卷三十三。

【注釋】❶蘇堤　蘇軾知杭時於西湖所築堤，稱蘇堤。❷夢中芳草　謝靈運思詩竟日不就，夢見族弟惠連，遂得「池塘生春草」之句。（《南史・謝惠連傳》）❸茂林觴詠　王羲之與謝安等遊蘭亭，寫了著名的〈蘭亭集序〉，中有「此地有崇山峻嶺，茂林修竹，又有清流激湍，映帶左右，引以為流觴曲水，……一觴一詠亦足以暢敘幽情」等語。❹前度劉郎歸去後二句　指東漢劉晨、阮肇遊天台山，沿桃溪遇仙女事。（《幽明錄》）

【語譯】春水波暖，碧綠清澈，燕子飛來，恰是蘇堤曉色初臨。魚沒水下，浪痕圓圓，落紅流去，反笑東風難掃。在荒僻橋邊斷絕的水灣中，柳陰下撐出小巧扁舟。回看池塘青色將滿，絕似夢中芳草。　清流和雲一道流出空山，為何年年淨洗，花香不了？回憶清澈的新水乍生時，那回曾踏上往孤村的通道。由春水引發的餘情綿長悠邈。在茂林修竹處、曲水流觴賦詩的雅事，如今已經寂悄。前度劉郎從天台山歸去後，溪邊的碧桃樹不知還有多少？

【研析】此係詞人早年詠春水之詞，在當時被人譽為「絕唱千古」，「人以『張春水』目之」（鄧牧〈山中白雲詞序〉）。前人論詠物曾以水為喻，賀裳《皺水軒詞筌》引姚鉉語「所謂賦水，不當僅言水，而言水之前後左右也」。或許這一論說即從總結張炎此詞創作而來，或許可以說張炎此詞正符合此一論說。

此詞詠春水，起筆「波暖綠粼粼，燕飛來、好是蘇堤纔曉」，即點題，波浪粼粼，點題中之水，而曰波「暖」，曰「燕飛來」，點題中之「春」，曰「蘇堤」，點明此寫西湖之水。以下具寫湖面景觀，又分兩層：一是「魚沒浪痕圓，流紅去、翻笑東風難掃」，寫魚兒沒入水中，在水面上留下圓圓的浪痕，體物極為工細。而魚的活躍，亦與氣溫有關，魚於低溫時多藏於水底，氣溫上升，躍出水面，故此句與「波暖」相關。下面一句「流紅」、「東風」均為春景，落紅隨水流去，此本自然之勢，「東風」亦無能為力，用「翻笑」「難掃」，則顯活潑有趣，別出心裁。二是「荒橋斷浦，柳陰撐出扁舟小」，王弈清有「詠春水入畫」（《御選歷代詩餘》）的評價，有偏遠小橋、斷岸柳陰的映襯，有水面與扁舟的組合，不僅具有畫意，又且富於動態，令人愛賞不已。

接著用「回首」一轉，目光投向池塘春水。「池塘青欲徧，絕似夢中芳草」一轉，此處用謝靈運夢中得「池塘生春草」詩句的典故，形容池塘之周圍，使與池水相映襯。在寫法上，則是實景虛擬，便增添了一種迷濛的意味。

然後再轉寫山溪水：「和雲流出空山，甚年年淨洗，花香不了？」湖中、江中之水，多由高山流水匯聚，此水與雲、與樹、與花相伴，一路順勢而下，今昔綰合，故曰「年年」。其間用一「甚」字，運筆極為靈動，字面上看，是問水為何不能將花香洗淨，而實是以春樹春花之美，映襯山澗春水之美。

以下轉入與水相關的人事：「新淥乍生時，孤村路、猶憶那回曾到。」此用過去時態。說還清楚地記得，昔年春水剛發生時，曾經和朋友踏過孤村的道路，一道前往某地遊覽春日勝景。這次勝遊的快樂、吟詩唱和的雅趣，至今餘韻繚繞，故說「餘情渺渺」。繼而感歎眼前：「茂林觴詠如今悄。」那時的遊樂猶如當年的蘭亭雅集，茂林修竹之中，曲水彎環之處，一觴一詠，何等風雅！但如今已經悄無聲息，不免令人傷感。最後「前度劉郎歸去後，溪上碧桃多少」，用劉晨、阮肇遊天台山沿桃溪行遇仙女的故事，以桃溪作為結束，給春水蒙上一層仙幻的色彩。

此詞寫春水，處處關合，既能開闊，又極精微，既具畫境，又顯空靈，呈現出婉約、清麗的特色，給人以美的享受。但此詞缺少耐人尋味的深意，並非詠物的上乘之作，故陳廷焯云：「（詞）自是佳作，然尚非樂笑翁壓卷，知音者審之。」（《雲韶集》）

292

高陽臺

西湖春感

張炎

接葉巢鶯，平波卷絮，斷橋❶斜日歸船。能幾番游？看花又是明年。東風且伴薔薇住，到薔薇、春已堪憐。更淒然。萬綠西泠❷，一抹荒煙。

當年燕子知何處？但苔深韋曲❸，草暗斜川❹。見說新愁，如今也到鷗邊。無心再續笙歌夢，掩重門、淺醉閒眠。莫開簾，怕見飛花，怕聽啼鵑。

【詞牌】〈高陽臺〉，又名〈慶春澤慢〉、〈慶春宮〉。調名取宋玉〈高唐賦〉寫楚襄王遊高唐夢巫山神女事。雙調，一百字，平韻格。詳見前吳文英〈高陽臺〉「詞牌」介紹。

【注釋】❶斷橋　橋名，在杭州西湖白堤上。❷西泠　橋名，位於西霞嶺麓到孤山之間。❸韋曲　在長安城南，唐代韋后母家之住地。❹斜川　在江西星子境。陶淵明有〈遊斜川〉詩記其遊。

【語譯】密葉相接處，黃鶯築巢安家，平遠的波浪，飄捲著柳絮，日斜時斷橋繫著歸船。還能作幾番遊覽？看花又須到明年。東風暫且伴隨薔薇，到薔薇開時，春已可憐。更覺淒然。遍綠的西泠一帶，上籠一抹荒煙。

當年燕子未知飛往何處？只見韋曲苔蘚深深，青草滿地使斜川變得幽暗。聽說新愁，如今也到鷗鳥身邊。無心再繼續從前的笙歌美夢，關掩重門，飲酒淺醉，臥榻閒眠。莫去揭開簾帷，因為怕見飛花，怕聽啼鵑。

【研析】此詞題為「西湖春感」，作於南宋滅亡之後，重遊西湖之時。春日之西湖，不僅是詞人昔日與同好一道遊樂之地，有許多值得回憶的賞心樂事，同時，由於它是臨安具有代表性的景點，曾經有著遊人如蟻、畫船如織、簫鼓喧天的熱鬧場景，也就代表著一個王朝的繁盛。而西湖的冷寂、蕭條，也就寓示著昔日繁華的消亡、歡愉的喪失。因此，由西湖春暮生發的感慨，正是國破家亡後的沉重哀傷。

詞之發端「接葉巢鶯，平波卷絮」，用對句寫景，語調較為平緩。前句語本杜甫〈陪鄭廣文遊何將軍山林〉詩句：「卑枝低結子，接葉暗巢鶯。」鶯可築巢而居，顯示枝葉的茂密，已傳達出時至暮春的信息；次句由陸地轉而水上，「平波」帶有水面開闊之意，柳絮飄綿，亦是春暮衰微之象。「斷橋斜日歸船」，交待以上乃舟遊時所見，日暮船歸斷橋，由外湖進入裡湖。

以下轉寫由春暮生發的感慨：「能幾番游？看花又是明年。」百花漸次凋零，還能作幾番遊？用一反詰語，實是再無遊興，要看花也須等待明年，帶有一種「傷逝」的情懷。但內心卻又希望挽留春天：「東風且伴薔薇住」，呼籲東風與薔薇相伴，但是「到薔薇、春已堪憐」，薔薇開時，已近暮春，故有「堪憐」之歎息。這兩句的寫法與表意都與周邦彥〈六醜〉「願春暫留，春歸如過翼。一去無跡」相類似。至「更悽然。萬綠西泠，一抹荒煙」再推進一層，不只是百花萎謝，即西湖周圍一帶的景物，也呈現出一派荒涼，這裡提出西泠橋一帶，係以其作為代表。萬綠，本該充滿生氣，但籠罩一抹荒煙，則顯帶寂寞荒廢之象，故內心的「悽然」之感，較之「堪憐」，又更進一層。

下面由西湖的春暮之荒寂，引發對歷史興亡的慨歎。換頭先用一問句「當年燕子知何處」提醒，此處用劉禹錫「舊時王謝堂前燕，飛入尋常百姓家」（〈烏衣巷〉）詩意，暗示世換時移，國亡家破。而「燕」又與春景密切相關，故譚獻評此句云：「換頭見章法。玉田云：『最是過片不可斷了曲意』是也。」對此問以「但苔深韋曲，草暗斜川」，作為回答。韋曲，原指唐代韋后家族聚居之地，此處指代南宋的簪纓貴胄之家，昔日的繁華轉瞬化為荒涼；斜川，為陶淵明與「二三鄰曲」同遊之地，陶氏曾作〈遊斜川〉詩記其樂，詞人借此指自己和朋友昔日勝遊之地，如今雜草叢生，無復柳暗花明之象。這一對偶運用典故，以表今情，極為工雅。世事滄桑，不僅引發人之憂傷，連鳥類也添愁恨：「見說新愁，如今也到鷗邊。」推己及物。辛棄疾〈菩薩蠻〉詞有「拍手笑沙鷗，一身都是愁」之句，此處暗用其意。因鷗為白色，與人之因愁而白頭，在顏色上有相同處，故辛氏有此聯想。張詞用「見說」，是避免過於直接，但都是借白鷗之景抒發自己之愁。

以上從大處落墨，抒寫國恨，以下轉向個人幽懷。世事如天地翻覆，繁華不再，友朋星散，自己已「無心再續笙歌夢」。「笙歌」是昔日貴公子生活的寫照，如今已成夢幻，說「無心」再續，實已是無法再續。如今只能「掩重門、淺醉閒眠」，與這個昏暗的世界相隔絕，在「淺醉」中暫時忘卻痛苦，在「閒眠」中打發難熬的歲月。結拍：「莫開簾，怕見飛花，怕聽啼鵑。」用一否定句式來表達痛苦情懷，不論是見到「飛花」，還是聽到「啼鵑」，只會引起無限的悲愁，故強調「莫開簾」。其寫法類似辛棄疾的「休去倚危欄，斜陽正在，煙柳斷腸處」（〈摸魚兒〉）。從景物描寫言，「飛花」與「啼鵑」，又可說是對前面暮春景物描寫的補充，首尾呼應，結撰謹嚴。

此詞寫景，虛筆實筆兼用，而又渾然一體，今昔之變、身世之感已自流出。在章法上，尤善翻騰作勢，或以提問振起，或以「見說」推進，或以否定句式強化，變化多端，淒哀幽咽，沉鬱深厚。

293 疏影 梅影

張炎

黃昏片月。似碎陰滿地，還更清絕。枝北枝南，疑有疑無，幾度背燈難折。依稀倩女離魂❶處，緩步出、前村❷時節。看夜深、竹外橫斜❸，應妒過雲明滅。

窺鏡蛾眉淡掃，為容不在貌❹，獨抱孤潔。莫是花光❺，描取春痕，不怕麗譙❻吹徹❼。還驚海上燃犀❽去，照水底、珊瑚疑活。做弄得、酒醒天寒，空對一庭香雪❾。

【詞牌】〈疏影〉，又名〈綠意〉、〈解珮環〉、〈綠影〉。宋姜夔自度曲，見《白石道人歌曲》。此調與〈暗香〉

同為詠梅之作，得名於林逋〈山園小梅〉詩：「疏影橫斜水清淺，暗香浮動月黃昏。」雙調，一百一十字，仄韻格，多押入聲，亦有少數詞人押上去聲者。詳見前姜夔〈疏影〉「詞牌」介紹。

【注　釋】❶倩女離魂　陳玄佑小說《離魂記》故事。張鎰有女名倩娘，與鎰甥王宙相愛。後女另許人，抑鬱而病。王宙赴京舟中，夜半倩娘忽至，同遁居蜀，五年始歸。歸來時，在床臥病之倩娘出，二者遂合為一。❷前村　齊己〈早梅〉詩：「前村深雪裡，昨夜一枝開。」❸竹外橫斜　蘇軾〈和秦太虛梅花〉詩：「竹外一枝斜更好。」❹為容不在貌　杜荀鶴〈春宮怨〉詩：「承恩不在貌，教妾若為容。」❺花光　僧仲仁，宋衡州花光山長老，善畫梅。與蘇軾、黃庭堅同時。見釋惠洪《冷齋夜話》。❻麗譙　華美之城樓。譙，古代城上建有望樓，稱譙樓。❼吹徹　吹到最後一曲。❽燃犀　《晉書・溫嶠傳》載，溫嶠至牛渚磯（即采石磯），水深不可測，人謂其下多怪物，嶠燃犀角而照之，見水族奇形怪狀。❾香雪　形容花色白而味香。溫庭筠〈春江花月夜〉詩：「十里涵空澄水魂，萬枝破鼻團香雪。」

【語　譯】黃昏時刻弦月懸空。梅影似碎陰鋪地，更比碎陰清超至極。幾度離開燈光，圍繞枝北枝南，似有疑無，難以攀折。又彷彿倩女離魂，緩緩走向前村時的輕盈飄忽。再看夜深竹外橫斜，應遭飛過的明滅雲煙嫉妒。

透窗窺鏡淡掃蛾眉，容態資質之美不在外貌，因而獨抱孤潔。莫不是花光畫師，已描繪下春的痕跡，不怕麗譙吹奏完落梅曲的音樂。還驚詫海上點燃犀角，照見水底珊瑚，疑似生命鮮活。在天寒酒醒之際，方覺種種幻影，做弄得使人空對一庭香雪。

【研　析】宋人愛梅，喜詠梅，有人統計，宋人詠梅詞多達五百餘首。但這些作品多寫梅之姿態、色、香，讚美梅之高潔品格，雖亦涉及梅之影，但「影」非專門描寫對象。宋末元初，張炎等詞人以梅影為題，顯得甚為新穎。與張炎以〈疏影〉詞調詠梅影的同時，王沂孫、周密亦有所作，當係一次帶有「應社」（詞人就詞社所出題進行創作）性的活動。三首梅影詞以張炎所作最為精彩。影，由光而生，無具體形質，有點虛無，有點縹緲，有點惝恍，有點迷離，如何寫出這種特點並能具有清新意蘊，確非易事。

樹影、花影總是由陽光或月光造成，自林逋〈山園小梅〉詩「疏影橫斜水清淺，暗香浮動月黃昏」一出，梅與月組合形成的朦朧幽雅，成了宋代詞人最崇尚的審美境界之一，如周邦彥〈品令〉：「夜闌人靜。月痕寄、梅梢疏影。」曹組〈驀山溪〉：「月邊疏影，夢到銷魂處。」姜夔〈暗香〉：「舊時月色，算幾番照我，梅邊吹笛。」均能說明這一點。故張炎詞即以「黃昏片月」為發端。「黃昏」二字有兩重意：一是表明時間，二是描繪出一種朦朧境界。「片月」係上弦月，只有上弦月才會在黃昏時刻出現，而弦月不及圓月明亮，更顯現出一種迷濛的意境。這一發端為梅影的出現作了準備，以下便從不同角度對梅影特色作多層鋪敘。

第一層：「似碎陰滿地，還更清絕」，強調其既似碎陰，又比一般碎陰更清超拔俗。「陰」係月照下的陰影，故前面著一「似」字，而「清絕」是對梅影的一種審美評價。清，包含有清逸、清高、清超、清奇等意，清而至於「絕」，臻於極致，實是作者心中的梅品對梅影的投射。第二層「枝北枝南」三句，寫詞人離開燈光幾度繞枝而行，欲摘取梅枝，而其影「疑有疑無」，難以捉摸，強調梅影在疑似之間。「幾度」繞枝，已暗示出人與梅影的關係，表明下面的「看夜深」、「還驚海上」、「空對一庭香雪」均此繞枝之人。第三層「依稀倩女離魂處，緩步出、前村時節」二句，用倩女離魂與齊己〈早梅〉詩意寫梅影之縹緲輕盈，並含有風拂枝梢搖曳的飄忽感。第四層「看夜深、竹外橫斜，應妒過雲明滅」兩句，寫深夜竹外之梅影，以竹襯托，並以雲煙作為旁襯。自蘇軾「竹外一枝斜更好」詩語出，梅、竹意象的組合，在人們心目中成了一種清逸絕塵的景觀，北宋晁沖之〈漢宮春〉詞有「瀟灑江梅，向竹梢稀處，橫兩三枝」的描寫，南宋吳潛〈疏影〉詞有「寂寞幽窗，篩影橫斜，宜松更自宜竹」的評說。張炎此詞更謂竹外橫斜之影，連過往的明滅雲煙也會嫉妒，突出其特有的清逸之美。「應妒過雲明滅」係「明滅過雲應妒」的倒裝，這當是出於格律與押韻的需要，詞所押為入聲韻，而「妒」字為去聲，故置之於前。又，這裡用了一「應」字，帶有揣想之意。第五層「窺鏡蛾眉淡掃，為容不在貌，獨抱孤潔」，眉月西移，梅影入窗窺鏡，此寫鏡中影，但其重點卻是在強調它操守的「孤潔」。作者在這裡巧妙地化用了「承恩不在貌，教妾若為容」（承恩既然不在貌美，教我如何去打扮）的詩意，「蛾眉淡掃」是「為容」，意謂並不刻意打扮，也就是說，不在「貌」上和他花爭美，而是與眾不同地保持自己的孤高芳潔。這一層和第一層的強調「清絕」互相呼應。但第一層帶有詞人客觀評價的性質，這一層用擬人手法，卻是梅影自身抱定的節操。第六層「莫是花光，描取春痕，不怕麗譙吹徹」，這一層比擬為有似花光長老筆下的畫中之影，任城樓之玉笛如何吹徹〈梅花落〉曲，也不改其本真之性，突出其堅貞精神。第七層「還驚海上燃犀去，照水底、珊瑚疑活」，乃寫水中之影。詩詞中常將梅和水的意象加以組合，如殷堯藩〈山中梅花〉詩「臨水一枝春占早，照人千樹雪同清」、歐陽脩〈次韻王適梅花〉詩「江梅似欲競新年，照水窺林意態妍」、吳文英〈暗香疏影〉詞「記五湖、清夜推篷，臨水一痕月」、陳允平〈品令〉詞「蟾光透、一簾疏影。偏愛水月樓臺近」等，均是。因此寫梅花水中影，乃題中應有之意。詞人於此處巧妙地運用了溫嶠燃犀照水的典故，將梅影比擬為橫枝旁出的珊瑚，隨著水光晃漾，水底的珊瑚（一般視其為凝固狀態）似乎也活了，從而寫出了一種水晶般的玲瓏剔透之美。

以上從多方面描繪出月下梅影的朦朧美、輕盈美、清逸美、孤潔美、堅貞美、玲瓏美，直至詞之結拍「做弄得、酒醒天寒，空對一庭香雪」，才揭示出以上種種是酒醉時的感受，待得酒醒時，徒然面對的只是滿庭淡雅的、散發幽香的梅花而已。詞人正是通過醉眼觀梅影，創造了一個似真似幻、若有若無的迷離惝恍的境界。

詞人通過詠梅影，不僅創造了一種少有的縹緲朦朧美，且寄寓了自己對梅花品格的評價與愛賞之情，對梅影清超孤潔操守的讚美，實也是自己心志的表露。作者運用了不少典故，都能恰到好處，給人以豐富的聯想，並使詞境顯得格外空靈。故陳廷焯讚其「清虛騷雅，有似白石」（《雲韶集》卷九）。

294 解連環 孤雁

張炎

楚江❶空晚。悵離群萬里，怳然❷驚散。自顧影、欲下寒塘，正沙淨草枯，水平天遠。寫不成書，只寄得、相思一點。料因循誤了，殘氈擁雪❸，故人心眼。誰憐旅愁荏苒。謾❹長門❺夜悄，錦箏彈怨。想伴侶、猶宿蘆花，也曾念春前，去程應轉。暮雨相呼，怕驀地、玉關❻重見。未羞他、雙燕歸來，畫簾半卷。

【詞　牌】〈解連環〉，又名〈玉連環〉、〈杏梁燕〉。本名〈望梅〉，始見柳永《樂章集》，因周邦彥詞有「信妙手、能解連環」句，取以為名。雙調，一百零六字，仄韻格，或押入聲韻（如柳永詞、周邦彥詞），或上去聲通押（如本詞）。參見《詞律》卷十九、《詞譜》卷三十四。

【注　釋】❶楚江　指長江中下游一帶地域。❷怳然　同「恍然」。❸殘氈擁雪　《漢書·蘇武傳》載，蘇武出使匈奴，被囚於大窖中，絕飲食，齧雪與氈毛共咽之。後來漢使依某之言，詭言漢帝射雁得書，知蘇武在澤中，單于乃使蘇武歸漢。故後來有雁足傳書之說。❹謾　通「慢」。❺長門　長門宮。漢武時陳皇后被貶長門宮。❻玉關　玉門關（今甘肅境內）。借指北方。

【語　譯】楚江上空夜晚。惆悵離群萬里，恍惚中被驚散。自顧孤影，想飛落寒塘，正值沙淨草枯，水平天遠。寫不成書，只能寄、相思一點。料想因循拖延，以致耽誤了齧雪吞氈的蘇武欲傳書信的心事。　誰憐我旅愁漸行漸濃。緩慢經過深夜靜悄的長門宮，聽錦箏彈奏哀怨之聲。心想伴侶，還棲宿蘆花叢中，也曾思念春前，應轉回返程。暮雨中相互呼叫，怕不經意中，在玉關重新相逢。不必羞愧於牠，畫簾半捲，雙燕歸來。

【研　析】此詞詠孤雁，打并入家國、身世之感，為張炎詠物名作之一，因而曾獲得「張孤雁」之稱號（孔齊《至正直記》）。

詞之發端首先設置孤雁活動的時空大環境：「楚江空晚。」即江南一帶的遼闊天空，又是夜晚的時分。以下用孤雁口吻寫其心態：「悵離群萬里，怳然驚散。」傳說北方大雁秋日南飛，至衡陽回雁峰而止，在由北向南飛翔的萬里途中，在恍惚中被驚散，獨自飛翔，無限惆悵。以「萬里」的空間對孤飛，其淒涼之情尤顯突出，與杜甫〈孤雁〉詩：「誰憐一片影，相失萬重雲。」有異曲同工之妙。因為已經入夜，欲找一個棲息之處，「自顧影、欲下寒塘」，孤雁在空中顧影伶仃，想下降到寒塘邊的蘆葦中歇息。可是「正沙淨草枯，水平天遠」，故欲下未下，空際盤旋。「欲下寒塘」，語本崔塗〈孤雁〉詩：「暮雨相呼失，寒塘欲下遲。」「沙淨」二句寫寒塘周圍之荒涼及遠處水天相接之景，為四言對偶，又句中自對，用語自然流暢，讀之音律亦美（前句為「平仄仄平」，後句為「仄平平仄」），前人論對偶，以不覺其是對為佳，此二句足以當之。下面再從雁群飛翔成字的形象生發。雁飛或呈「人」字形，或呈「一」字形，故詩詞中常有「雁字」的描述，如張耒〈楚城曉望〉詩有「風日晴明雁字高」之句，李清照〈一翦梅〉詞有「雁字回時」之語。既影像孤單，便遺憾「寫不成書，只寄得、相思一點」。由寫不成書，又想到耽誤了「殘氈擁雪」的「故人心眼」，融入雁足傳書、蘇武回漢的故事。步步深進，融入奇思妙想。鄧廷楨評此數語，謂「類皆遺聲赴節，好句如仙」（《雙硯齋詞話》）。

換頭再折回到「離群萬里」的遭遇：「誰憐旅愁荏苒。」漫漫征途，旅愁漸積漸深，「誰憐」，乃是怨無人憐惜。接著用相關典故加以渲染：「謾長門夜悄，錦箏彈怨。」前句用陳皇后被貶長門宮故事，充滿冷寂與幽怨，兼用杜牧〈早雁〉詩意：「金河秋半虜弦開，雲外驚飛四散哀。仙掌月明孤影過，長門燈暗數聲來。」後句用錢起〈歸雁〉詩意：「瀟湘何事等閒回，水碧沙明兩岸苔。二十五絃彈夜月，不勝清怨卻飛來。」將二者紐合，以動襯靜，不僅寫出遙夜空寂之境界，且哀怨之情悠遠綿邈。

以下則全為設想。由於孤苦，更思雁群，層層深進：一是設想當今，「想伴侶、猶宿蘆花」。牠們正在蘆葦叢中度此寒涼秋夜。二是設想來年春時，群雁北歸：「也曾念春前，去程應轉。」三是設想自己也在春時由南飛北，在暮雨中與同伴不期而遇，突然相逢，驚喜莫名：「暮雨相呼，怕驀地、玉關重見。」首句截用崔塗〈孤雁〉詩「暮雨相呼失」語；「怕驀地」，帶有意外驚喜交集之意；玉關，指代北地，如吳融〈新雁〉詩有「玉關搖落又南飛」之語。此數句用「想」、「也曾念」、「怕」等字連綴，一氣呵成，寫心思極為細密，虛中有實，又極為真切。雖然孤苦，但並不絕望，尚懷有一種期盼，幾分希冀。結尾再以雙燕陪襯未來重新相聚的歡悅之情：「未羞他、雙燕歸來，畫簾半卷。」到那時，團聚之欣忭不亞於「畫簾半卷」時「歸來」的「雙燕」，正不必在牠們面前有羞愧之感。至此，情緒振起，曲終以高揚結束。

南宋滅亡，詞人流落天涯，正如失群孤雁，那種孤苦無助的境地，那種淒涼寂寞情懷，那種對友情的嚮往，那種對故國的思念，都託喻在對「孤雁」形象的描繪中。人耶？雁耶？已經渾然一體，難解難分。前人論詞，倡有寄託入、無寄託出之說，即有意為比興寄託，而又能境界圓融，無湊泊之痕，無牽強之跡，張炎此詞正能臻於此境。

295　水龍吟　白蓮

張　炎

仙人掌上芙蓉，涓涓猶滴金盤露❶。輕妝照水，纖裳玉立，飄飄似舞。幾度消凝❷，滿湖煙月，一汀鷗鷺。記小舟夜悄，波明香遠，渾不見、花開處。

應是浣紗人❸妒。褪紅衣、被誰輕誤。閒情淡雅，冶姿清潤，憑嬌待語❹。隔浦相逢，偶然傾蓋❺，似傳心素。怕湘皋珮解❻，綠雲❼十里，卷西風去。

【詞　牌】〈水龍吟〉，又名〈龍吟曲〉、〈鼓笛慢〉等。雙調，體式甚多，字數不一，句讀有異，韻腳亦多寡不同。宋詞人多使用一百零二字蘇軾體（首句或六言、或七言，本詞首句用六言），為仄韻格。詳見前章楶〈水龍吟〉「詞牌」介紹。

【注　釋】❶仙人掌上芙蓉二句　《史記・孝武本紀》、《漢武故事》載，武帝作柏梁、銅柱、仙人掌之屬。仙掌擎盤，以承甘露，調和玉屑，飲之以求成仙。芙蓉，即蓮花。王建〈宮詞〉九十一：「金殿當頭紫閣重，仙人掌上玉芙蓉。」❷消凝銷魂凝神，謂因傷感而出神。❸浣紗人 指春秋越國美女西施。西施曾在家鄉苧蘿村若耶溪（在今浙江諸暨）浣紗。❹憑嬌待語 語本李白〈淥水曲〉：「荷花嬌欲語，愁殺蕩舟人。」❺傾蓋 謂停車交蓋。兩蓋稍稍傾斜。用以形容朋友相遇親切交談的樣子。《孔子家語・致思》：「孔子之郯，遭程子於途，傾蓋而語終日，甚相親。」此處形容荷花。蓋，車蓋。形似傘。❻湘皋珮解 《列仙傳》載，鄭交甫至漢水濱，見二妃配兩珠，交甫與言，願得二子之珮，二女解贈之。走了十數步，玉珮忽不見，二女亦消失。湘皋，即漢皋。此處比喻白蓮花謝落。❼綠雲 指荷葉。

【語譯】似仙人掌上的芙蓉，晶珠緩緩滴下承露金盤。輕淡的妝扮映照湖水，纖美的衣裳亭亭玉立，在風中似翩翩起舞。滿湖朦朧煙月，沙洲鷗鷺相伴，教人銷魂幾度。記得夜晚靜悄，乘坐扁舟，直覺波光澄明，幽香杳杳，全然不見蓮花開處。　應是浣紗的美麗西施在嫉妒。因而褪下紅裳，被他人耽誤。悠閒的情致何其淡雅，冶豔的姿態何其清潤，憑恃嬌嬈，依依欲與人相語。雖隔著水邊相望，偶然傾蓋似欲親切交談，傳訴衷曲。擔心白色花瓣如湘皋解珮般紛紛落下，只剩下綠雲一片，被西風捲去。

【研析】此係詠白蓮之作，作於西元一二七九年。頭年十二月，元「江南釋教總統」楊連真伽盜發宋帝后陵墓，次年張炎與王沂孫、周密、唐珏等十四人分詠白蓮、龍涎香、蓴、蟬、蟹等，編為《樂府補題》，隱指六陵被盜發事。眾人用〈水龍吟〉調詠白蓮，係詠歎后妃，有的流露傷悼情緒比較明顯，如「擎露盤深，憶君涼夜，暗傾鉛水」（周密）、「相思未盡，纖羅曳水，清鉛泣露。玉鏡臺空，銀瓶綆絕，斷魂何許」（陳恕可）、「奈香雲易散，綃衣半脫，露涼如水」（唐珏）。張炎此詞亦暗含懷念傷悼意。詠物詞講究形神兼備，不黏不脫（既要不脫離物象，又不能膠著於物象），這首白蓮詞總體來說符合這一要求。

詞一開始起勢不凡：「仙人掌上芙蓉，涓涓猶滴金盤露。」總攝其精神，用漢武帝立金莖承露盤以求長生成仙的故事，寫出了蓮花之高出塵表、超然脫俗，帶有一股仙靈之氣，同時又給我們留下了芙蓉滴露的優美形象。「輕妝照水，纖裳玉立，飄飄似舞」三句用擬人手法具寫其形質、神態，「輕妝」重在寫花之色淡，「纖裳」重在寫枝之裊娜，「照水」、「玉立」，神態儼然，卻又帶幾分空靈澄澈，微風吹來，「飄飄似舞」。是花是人？已渾然一體。於是給花注入了人的靈氣，注入了奇異的生命力。以下「幾度消凝，滿湖煙月，一汀鷗鷺」三句係用倒裝句法，應是見「滿湖煙月，一汀鷗鷺」，使人「幾度消凝」，通過人的感受寫荷花的環境氛圍。與白蓮相伴的是自在的白鷺，是閒散的沙鷗，是一片氤氳如煙如霧的濛濛月色，何等素淡，何等富有詩意！面對此景，能不心醉，能不銷魂！而令人銷魂者不是一次，而是「幾度」，可見是無數次地流連、沉迷於此如詩如畫、超然塵外的境界。下面「記小舟夜悄，波明香遠，渾不見、花開處」三句，具體寫一次蓮湖泛夜的特殊感受：夜是那麼靜謐，目之所接是月光下的波明如鏡，鼻之所聞是遠處傳來的陣陣幽香，因為素月、明波、白蓮渾然一片，已分辨不出花開的所在了。這樣寫蓮花的潔白、純淨，化實為虛，極輕靈動盪。

詞的上闋對白蓮作多方鋪敘：從正面寫其形質、神態，從側面用煙月、鷗鷺作環境烘托；從白天著筆，從夜晚描繪；有眼前之蓮，有記憶中之蓮。從詞人這一主體而言，既曾有「幾度」的迷戀，又有過一次泛夜的特殊體驗。這些描寫多與白蓮的形、色、氣相關，亦涉及其神采，但尚未能充分展開。

下闋的寫法則有變化，以層層推進手法，重在寫其神韻。首先就其色澤生發出一種遐想：「應是浣紗人妒。褪紅衣、被誰輕誤。」說白蓮本披著紅裳，只是因為被美人嫉妒，才褪紅著白的。說「應是」，帶有揣想的成分。這種想像既出人意表，又無比美妙。下面六句人花合寫，先說它卸去紅裝而著素裳，更別具一番氣質：「閒情淡雅，冶姿清潤，憑嬌待語。」這裡也用擬人手法，與上闋的擬人相比，此處更重在情韻。白蓮擁有的不僅僅是人的形貌，更是人的淡雅、清潤，而且似有一種與人交談的欲望，實際上傳達出了人花之間的精神相通與親近感。「隔浦相逢，偶然傾蓋，似傳心素」，是就「待語」加以發揮。「傾蓋」二字尤其形神逼肖，從形象來說，令人想起周邦彥〈蘇幕遮〉詞「水面清圓，一一風荷舉」的描寫，荷葉，又被人稱為翠蓋，說「傾蓋」，既是寫荷花荷葉的傾斜，又是寫人與人之間的親切交談狀，真是一語雙關！傾蓋交談，為的是要表露自己的幽微心事。如此寫來，人花之間似有一種難得的默契、一種互相難以割捨的依戀。故詞之結拍詞人流露出一種憂慮：「怕湘皋珮解，綠雲十里，卷西風去。」便是極自然之事。由顧念眼前，轉而設想今後，對其未來的凋零命運，表現出異常的關切。詞寫至此，已是神完意足。

詞詠白蓮，真能以不黏不脫之法，達致形神兼備之妙。如果不知其創作的歷史背景，將其作一般的詠物詞來讀也可。但如果聯繫其創作緣起，就能感知其中包含有更為深刻的意蘊。詞中的白蓮，代表著純潔、雅淡、高貴，乃指宋之后妃；而人花之間的親密，實則體現了詞人對舊王朝的眷戀情懷。這種情感在元代的高壓統治下是無法明確表達的，故隱約其辭。由於境界的渾融，雖有寄託而不令人覺其有寄託。

296 綺羅香 紅葉

張炎

萬里飛霜，千林落木，寒豔不招春妒。楓冷吳江❶，獨客又吟愁句。正船
艤❷、流水孤村❸，似花繞、斜陽歸路。甚荒溝、一片淒涼，載情不去載愁去❹。
長安❺誰問倦旅？羞見衰顏借酒❻，飄零如許。謾倚新妝❼，不入洛陽花
譜❽。為回風❾、起舞樽前，盡化作、斷霞千縷。記陰陰、綠徧江南，夜窗聽暗
雨。

【詞牌】《綺羅香》，調始見史達祖《梅溪詞》。秦韜玉〈貧女〉詩有「蓬門未識綺羅香，擬託良媒亦自傷」句，或為調名所本。雙調，一百零四字，仄韻格。參見《詞律》卷十八、《詞譜》卷二十三。

【注釋】❶楓冷吳江　崔信明有「楓落吳江冷」斷句。吳江，即吳淞江，流經江蘇南部至上海合黃浦江入海。❷船艤　船隻靠岸。❸流水孤村　隋煬帝詩：「寒鴉千萬點，流水繞孤村。」❹甚荒溝二句　唐有紅葉題詩故事。皇宮中之宮娥不得寵幸，常書詩於落葉隨御溝水而流。盧渥應舉時，曾得葉上絕句，置於巾箱。後娶外放宮女，即書詩者。詩曰：「流水何太急，深宮盡日閒。殷勤謝紅葉，好去到人間。」後以此典表現宮人或女子相思怨情。❺長安　借指南宋都城臨安（今浙江杭州）。❻衰顏借酒　陳師道〈除夜對酒贈少章〉詩：「髮短愁催白，顏衰借酒紅。」❼倚新妝　李白〈清平調〉詠牡丹：「借問漢

宮誰得似，可憐飛燕倚新妝。」❽洛陽花譜　歐陽脩著有《洛陽牡丹記》。❾回風　回旋的風。

【語　譯】萬里千林，清霜飛降，樹葉飄零，秋寒中的豔麗，不會招致春花嫉妒。「楓落吳江冷」，獨客又在吟詠傷心詩句。船正停泊在流水旁的孤村，斜陽映照，紅葉似花，圍繞歸路。為何荒溝一片淒涼，不載情去只載愁去？　有誰問訊京都倦旅之人？鮮豔楓葉，羞於見我這借酒改變衰顏的飄泊者。你空有趙飛燕著上新妝的麗質，終究不能列入牡丹花譜。為回風而於樽前起舞，無數丹楓化作斷霞千縷。還記得濃翠陰陰，綠遍江南，在窗前聆聽瀟瀟夜雨。

【研　析】這首詠物詞當作於宋亡之後。南宋滅亡，作為貴公子的張炎，家產籍沒，以遺民的身分四處飄流，此詞即借吟詠紅葉寄寓了深沉的家國之感與身世飄零之歎。

詞用對句起，「萬里飛霜，千林落木」，係由眼前所見推知未見，二句互文見義，萬里、千林，地域何其遼闊！飛霜、落木，景象何其蕭條！此中含有寄興，透露出詞人對大片國土易代後的淒涼心理感受，但卻不露痕跡，因為聯繫下句來看，它也是為紅葉的出現營造一個大的環境。「寒豔不招春妒」一句，便帶出紅葉，並突出其「霜葉紅於二月花」的特色。在作者心目中，寒豔，是一種獨特的美，是一種在惡劣環境中生存下來的美，正因其特立於寒霜之中，故春花無法與其抗爭。

以下將紅葉與人事綰合。「楓冷吳江，獨客又吟愁句」，借唐詩人崔信明的詩句寫自己飄零中的愁情，用典緊貼詞題。其中的「獨客」，寫自己的流落際遇，「又吟愁句」，則表明借吟詠紅葉抒發愁情已非一次，愁情揮之不去，已可推想。「正船艤、流水孤村，似花繞、斜陽歸路」復用一對句轉寫眼前，其流落途中的環境，很容易使人想起元代馬致遠〈天淨沙〉中描寫的「小橋流水人家」、「夕陽西下，斷腸人在天涯」的景象，在如此境遇中，有如花之紅葉繚繞相伴，而且與「歸路」相通，也是客中的一種安慰。至「甚荒溝」兩句，活用紅葉題詩的典故，直抒內心的愁苦。「荒溝、一片淒涼」，融入了詞人主觀感受，且與詞之發端所營造的環境氛圍相呼應。紅葉題詩本來是載情的，現在卻是「載情不去載愁去」。「載情不去」，乃「不載情去」的倒裝。這句是說我本想讓紅葉載「情」漂流而去，但它卻偏偏載「愁」而去。此「愁」與前面「又吟愁句」之「愁」是一回事，詞人不避重複，一唱三歎，實乃愁深難遣之故。又此二句用一「甚」字領起，情尤顯激切。以上數層的描寫敘述，從空間來說，是由大而小，從時間來說，是由遠而近，至「甚荒溝」兩句，雖未出現「紅葉」字面，但實際上卻包含了一片紅葉流動於荒溝的特寫鏡頭。

換頭承「愁」情，用一反詰語提挈：「長安誰問倦旅？」此句是「誰問長安倦旅」的倒裝。作者久居臨安，因之視自己為臨安人。臨安為南宋都城，故以長安指代。「倦旅」與前面「獨客」呼應。但用一「倦」字，不僅顯出情緒的萎靡，還會使人聯想到詞人形象的疲憊、憔悴。「誰問」，即無人問，更突出了孤獨感。接以「羞見衰顏借酒，飄零如許」，則以人之衰顏襯托紅葉。紅葉的豔麗，與自己飽受飄泊之苦，需要借酒來掩飾的衰顏形成鮮明對照。「羞見」，主語係紅葉。紅葉在這裡被賦予了人的情感。「衰顏」是對「倦旅」的形象補充。

以下層層轉折：紅葉雖然「似花」，但畢竟「非花」，故下面說「謾倚新妝，不入洛陽花譜」。「飛燕倚新妝」，本是李白用來形容牡丹之美的，此處藉以形容紅葉之美，它雖可豔比牡丹，但不會被載入記錄牡丹的花譜。此為第一層。然而這並不影響它的美質，當回風吹來時，它會「起舞樽前」，化作「斷霞千縷」，為飲酒驅愁的人獻上曼妙的舞蹈，上下翻飛，化為千萬縷絢麗的霞彩。此為第二層。但紅葉對於楓樹來說，畢竟只是歲晚奉獻給世人的最後美麗，這不禁令人想起它曾經有過多麼蓬勃輝煌的青春時期：「記陰陰、綠徧江南，夜窗聽暗雨。」這裡所呈現的江南夜雨中的濃陰繁翠，既是寫楓，更是寄託了對往昔繁華的眷戀，對故國的深切緬懷。用一「記」字領起，又表明昔日繁華已成過眼雲煙，不免充滿了無限的遺憾。「綠徧江南」的地域，與發端的「萬里」、「千林」相呼應。此為第三層。詞的這一結尾與王沂孫〈齊天樂〉詠蟬詞頗為相似，王詞寫眼前病翼枯形之蟬，於結拍處轉折至往昔蟬的黃金時代：「謾想薰風，柳絲千萬縷。」於中寄託自己對昔日繁華的追戀，對而今繁華消歇的傷痛，二者可謂機杼相同。如果說上闋的描寫是由遠鏡頭到中鏡頭再到一片紅葉的特寫鏡頭的話，則下闋的寫法是一層一轉，一轉一深，在折進中委曲傳情。

此詞時而紅葉，時而自己，時而人花合寫，義兼比興，託寓遙深，頗具若即若離、不黏不脫之妙。詞人既有對綠葉化為霜紅的惋歎，寄寓盛衰之感，又懷有對紅葉的讚美之情，紅葉是淒涼世界中的亮色，它們應該是代表著南宋遺民的碧血丹心吧！大約同時，以〈綺羅香〉調詠紅葉者有王沂孫詞兩首，其中一首（玉杵餘丹）與張炎詞所用為同一韻部，中有「重認取、流水荒溝，怕猶有、寄情芳語。但淒涼、秋苑斜陽，冷枝留醉舞」等語，荒涼淒冷中，亦含某種寄託，疑為一時唱和之作，可互相參閱。又張炎此詞在音律方面頗講究去聲的運用，全詞共十八句，句首字有九處為去聲（萬、正、似、甚、載、謾、盡、記、夜），占了一半。由於去聲字音節響亮，在情感的表達上能起到一種突出、強化的作用。

297 湘月

張炎

余載書往來山陰道❶中，每以事奪❷，不能盡興。戊子❸冬晚，與徐平野、王中仙曳舟溪上。天空水寒，古意蕭颯。中仙有詞雅麗，平野作《晉雪圖》，亦清逸可觀。余述此調，蓋白石〈念奴嬌〉鬲指聲也

行行且止，把乾坤收入，篷窗深裡。星散白鷗三四點，數筆橫塘秋意。岸觜衝波，籬根受葉，野徑通村市。疏風迎面，溼衣原是空翠。

堪歎敲雪門荒❹，爭棋墅冷❺，苦竹鳴山鬼。縱使如今猶有晉，無復清游如此。落日沙黃，遠天雲淡，弄影蘆花外。幾時歸去，翦取一半煙水。

【詞牌】〈湘月〉，即〈念奴嬌〉，見姜夔《白石道人歌曲》。其詞序云：「大舟浮湘，放乎中流，山川空寒，煙月交映，淒然其為秋也。……予度此曲，即〈念奴嬌〉之鬲指聲也。」雙調，仄韻格，可押入聲，亦可上

去聲通押（如本詞）。詳見前蘇軾〈念奴嬌〉「詞牌」介紹。

【注　釋】❶山陰道　今浙江紹興西南郊外一帶，風景優美。❷事奪　事忙而罷。❸戊子　元至元二十五年（西元一二八八年）。❹敲雪門荒　東晉王子猷雪夜駕舟訪戴逵，經宿方至，至門不前而返。人問其故，答曰：「吾本乘興而行，興盡而返，何必見戴。」事見《世說新語・任誕》。❺爭棋墅冷　東晉謝安與人圍棋，聞淝水捷報，默然無語。客問淮上利害，答曰：「小兒大破賊。」意色舉止，不異於常。事見《世說新語・雅量》。

【語　譯】行走一程，又停看一程，把天地間美景，收入到篷窗深處。白鷗三四點，如星散落，寥寥數筆，畫出橫塘秋意。突出水面的磯石衝擊波浪，竹籬下面堆聚落葉，一條荒僻道路通往村中集市。蕭疏的清風迎面吹來，打溼衣裳的原來是空明的翠綠。　可歎乘雪訪戴之門已經荒蕪，爭棋的別墅已經冷落，只有苦竹叢中山鬼鳴叫。縱使如今仍處晉朝，也不復有如此淒清的遊覽。落日中惟見沙呈黃色，遠天淡雲飄動，斜暉弄影蘆花之外。幾時歸去，剪取其中一半煙水。

【研　析】山陰道為風景優美之地，晉王獻之曾云：「從山陰道上行，山川自相映發，使人應接不暇。若秋冬之際，尤難為懷。」（劉義慶《世說新語・言語》）對此佳境，詞人在序言中談到，往昔過山陰道，來去匆匆，未能盡興遊覽，在南宋王朝滅亡十年之後，得與畫家徐平野、詞人王沂孫乘舟同遊，惟覺「天空水寒，古意蕭颯」，是為作此詞之緣起。而「風景不殊，舉目有山河之異」的感慨，則是此詞的深層內涵。

詞的上闋寫舟行所見。山陰道的山川如綿延的畫廊，故船隻行走一段，又停下來大家觀賞一段，想把天地間的美景，都收入眼底。「把乾坤收入，篷窗深裡」兩句，總寫一筆，大小空間對舉，顯得開闊而有氣勢。以下分寫，先水上：「星散白鷗三四點，數筆橫塘秋意。」以白鷗數點與清澈水波、藍天碧雲相映襯，如此簡潔、美妙的組合，恰似畫家用寥寥幾筆，勾勒出來的富有秋意的圖畫，運筆極空靈，令人由已見推想未見。所描摹者與詞序中的「天空水寒」相呼應。「岸觜衝波，籬根受葉，野徑通村市」三句接寫岸上：有的地方磯石突出，激起水波；有的地方民居散落，因為已入晚冬，籬笆邊已堆滿落葉，再將視野延伸，還可見到通往集市的荒僻道路。這幾句的描寫與序中的「蕭颯」相呼應，暗伏下面的「門荒」、「墅冷」。然後將筆墨轉向舟中之人：「疏風迎面，溼衣原是空翠。」迎面吹來的是淒冷的西北風，激起的浪花打溼了衣裳，此處化用王維詩「山路原無雨，空翠溼人衣」（〈山中〉）語意，王維所言係指濃密樹林的空中翠綠，此處借指飛濺的空中碧水。從上闋結構言，將人物出場放在歇拍，係運用倒敘手法，然也只用「迎面」、「溼衣」的局部來表現，總不說盡，以引人聯想。

換頭由眼前轉向「古意」：「堪歎敲雪門荒，爭棋墅冷，苦竹鳴山鬼。」往昔的會稽有多少奇人異事，王獻之雪夜訪戴，乘興而行，興盡而返，謝安石與人弈棋，坐等淝水戰果，報知得勝而安閒若素，這是何等的風流、雅量！如今這一切都已遠逝，訪戴之門業已荒蕪，爭棋之別墅已經堙沒，現在剩下的惟有叢叢苦竹，在北風呼嘯中，恰似山鬼鳴叫。這一派荒涼蕭瑟的景象，用「堪歎」二字領起，心中有多少感喟。勝跡化為了虛無，荒廢成為了現實。這種現實是一種象徵，是詞人內心感受到的異族統治下的衰敗圖景。下面由此昔盛今衰，轉發議論：「縱使如今猶有晉，無復清游如此。」即使如今猶處晉代（「有晉」之「有」字無義，往往置於朝代名稱之前，足成詞語，如「有宋一代」等），風流名士再度復活，他們也不會有如此淒清的遊覽，穿越歷史，作古今對比，使感傷之情更趨強烈。

但作者善於騰挪，以下又由「古意」轉向眼前景物：「落日沙黃，遠天雲淡，弄影蘆花外。」此番出行，天氣晴好，此時已至日落時分，仰望天空雲彩，近看沙灘金黃，遠觀白色蘆花在夕照中舞弄姿影，重又領略山陰道冬日的清秀、疏朗之美。結拍：「幾時歸去，翦取一半煙水。」則為此番遊覽之餘波。後一句語本杜甫〈戲題王宰畫山水圖歌〉：「焉得并州快剪刀，剪取吳淞半江水。」傳達出極為欣悅愛賞之情，與起首「把乾坤收入，篷窗深裡」遙相呼應。

張炎論詞倡清空騷雅之說，此詞可說是對自己主張的實踐，寫景既空靈清雅，懷古傷今又沉著深厚，陳廷焯對之尤為激賞，謂「此詞雄勁高曠，氣韻沉雄，有一片精神團聚，尤為玉田集中高作」（《雲韶集》卷九）。

298

瑤臺聚八仙

杭友寄聲，以詞答意

張炎

秋月娟娟❶。人正遠、魚雁❷待拂吟箋❸。也知游事，多在第二橋❹邊。花底鴛鴦深處睡，柳陰淡隔裡湖❺船。路綿綿。夢吹舊曲，如此山川。

平生幾兩謝屐❻，便放歌自得，直上風煙。峭壁誰家，長嘯竟落松前❼。十年孤劍萬里，又何似、畦分抱甕泉❽。中山酒❾，且醉餐石髓❿，白眼⓫青天。

【詞牌】〈瑤臺聚八仙〉，即〈新雁過妝樓〉。又名〈雁過妝樓〉、〈八寶妝〉、〈百寶妝〉。見吳文英《夢窗詞稿》，當係自度曲。雙調，九十九字（惟無名氏所作一百零六字），平韻格。其中的六字句多為拗律，如仄仄仄平平、平平仄仄仄、平平平平仄仄等。參見《詞律》卷十六、《詞譜》卷二十七。

【注釋】❶娟娟　美好的樣子。此處指月。南朝宋鮑照〈玩月城西門廨中〉詩：「未映東北墀，娟娟似蛾眉。」❷魚雁　古有魚腹藏書雁足傳信之說，因以代指書信。❸吟箋　詩箋。❹第二橋　即鎖瀾橋，為杭州西湖蘇堤六橋之一。《武林舊事・湖山勝概》載：「第二橋，通赤山麥嶺路，名『鎖瀾』。」❺裡湖　孤山路自斷橋至西泠橋，劃西湖為二，白堤南曰外湖，北曰裡湖。❻平生幾兩謝屐　《世說新語・雅量》載，晉人阮孚好屐，自己製作，嘗歎息曰：「未知一生當著幾量屐。」量，通「兩」。幾兩，即幾雙。謝屐，《宋書・謝靈運傳》載，謝靈運登山常著木屐，上山則去其前齒，下山則去其後齒。世稱「謝公屐」。李白〈夢遊天姥吟留別〉詩：「腳著謝公屐，身登青雲梯。」❼峭壁誰家二句　《晉書・阮籍傳》載，阮籍於蘇門山遇孫登，與商略終古及棲神道氣之術，登皆不應。籍因長嘯而退。至半嶺，聞有聲若鸞鳳之音，響乎巖谷，乃登之嘯也。❽畦分抱甕泉　《莊子・天地》：「子貢南游于楚，反于晉，過漢陰，見一丈人方將為圃畦，鑿隧而入井，抱甕而出灌，搰搰然，用力多而見功寡。」畦分，分區種植。抱甕，比喻安於拙陋的生活。❾中山酒　酒名，《搜神記》載：「狄希，中山人，能造中山酒，飲之千日醉。」❿石髓　即石鐘乳，可入藥。《仙經》云：「神山五百年一開，石髓出，服之長生。」❶白眼　《晉書・阮籍傳》載，阮籍能作青白眼，見凡俗之士，以白眼對之。

【語　譯】秋月美好清圓。我所思之人正在遠方，等待來信、摩挲吟箋。也知道你多半時候，遊賞在第二橋邊。觀看鴛鴦在花底深處雙雙棲宿，在裡湖淡淡柳蔭下乘著遊船。道路綿長悠遠。追憶從前吹奏的舊曲，感歎面對如此的山川。　這一生能著幾雙木屐？便應當放歌，悠然自得，直上高峰領略無限風煙。峭壁之間，是誰長嘯，音聲竟迴盪松前？十年間孤身攜劍行走萬里，反不及分畦種植、抱甕汲泉老者的安然。姑且暢飲中山酒、飽餐石髓，以白眼來看青天。

【研　析】張炎本係一介貴公子，生活於鐘鳴鼎食之家，又流連湖山，與友朋吟嘯，度過了一段愜意的青年時期。二十九歲時南宋滅亡，其後潦倒落魄，流落於蘇、皖、浙等地。從詞的內容看，可知作於宋亡之後，其時流寓於杭州以外之地。此詞題作「杭友寄聲，以詞答意」，一方面表達了對朋友的思念和對昔時遊樂生活的緬懷，另方面又對江山淪落發出無可奈何的感歎，對自己的流落遭際故作曠達之想，表顯出一種少有的激盪，與他詞相較，顯得別具一格。

詞以「秋月娟娟」的景物作為發端，一是表明季節，再則秋月，也許即創作此詞之時間，更重要的是包含有「隔千里兮共明月」的念遠深意。「人正遠、魚雁待拂吟箋」，想像對方心情，友人「寄聲」（指詞作）傳情，正在急切地等待我的回音。「也知游事，多在第二橋邊。花底鴛鴦深處睡，柳陰淡隔裡湖船」四句，以「也知」領起，設想對方遊覽西湖之樂。「多在第二橋邊」的想像，應包含有作者當年遊覽的經驗。鎖瀾橋既有花柳之勝，又與景點極多的麥嶺路相通，於此流連，理所當然。又，西湖多荷花，「接天蓮葉無窮碧，映日荷花別樣紅」（楊萬里〈曉出淨慈寺送林子方〉），夏秋之間，觀紅裳翠蓋，看鴛鴦遊息，亦為一賞心樂事。當然，這裡寫「花底鴛鴦深處睡」，只是以荷花、鴛鴦作為美景的代表，當也是作者印象最深之處。「柳陰淡隔裡湖船」乃是遊西湖的一種規律。《武林舊事・都人游賞》記載：「若游之次第，則先南而後北，至午則進入西泠橋裡湖，其外幾無一舸矣。」詞中寫船謂「柳陰淡隔」，帶一種疏略之美，也與秋日景色相吻合。數句雖為虛寫，卻虛中有實，充滿畫意；雖係想像對方之辭，卻也蘊含了自己對昔遊的追憶。「路綿綿」，與「人正遠」呼應，只是後者從對方著筆，前者從己方著筆。內中包蘊著一種由空間距離所造成的不能共享同遊之樂的深深遺憾，由此表露出相互之間的真情厚誼。至此，念遠之情已經寫足，故歇拍兩句，轉歎世事之嬗變。「夢吹舊曲」，是憶昔，係以笙歌鼎沸、都人遊樂代表昔日繁華，這是南宋遺民詞中習用的手法。用一「夢」字，表明已然一去不返。「如此山川」是感今，大好河山已淪為蒙元統治者的天下，能不令人歎息！

下闋承「如此山川」，訴說自己在江山易代後的寥落和苦悶。「平生幾兩」五句，是想當然之詞，即按理說，應該如何如何。作者一連用了與阮孚、謝靈運、阮籍有關的三個典故，謂應當如阮孚一樣將短促的人生看透；應當像謝靈運一樣享受人生，灑脫地領受大自然的賜予；應當像阮籍、孫登那樣超乎世外，長嘯山巖，讓鸞鳳之音迴盪在半山的松林之間。「十年孤劍萬里，又何似、畦分抱甕泉」兩句，是一大轉折，寫的是和想當然大相徑庭的現實。「十年」，大約之數，張詞中常有出現，如「十年心事，幾曲闌干」（〈渡江雲〉）、「十年前事，愁千折、心情頓別」（〈長亭怨〉）等。十來年間詞人孤身漂泊，輾轉萬里，既有物質生活的困頓，更有國破家亡的精神愁苦，因而覺得自己反不如分畦抱甕者的安然，不免生出對平民百姓簡陋生活的嚮往。以下結拍又一轉折，由眼前愁苦宕開一筆，轉為追求曠放，以千日醉的酒來麻痺痛苦的神經，以求仙得道來逃避可悲的現實，以阮籍式的白眼冷觀天下世變。但看得出來，在這種對曠放的追求中，既有無可奈何的悲涼，又有欲擺脫現實困擾的憤激。

這首詞的上闋寫景懷人，虛實結合，語言雅煉；下闋抒寫愁情，則借用事典，層層折進，把一個知識分子、貴家公子的遺民心態表現得千迴百轉而又帶有幾分憤激，相比其他詞作的婉曲低抑，別具一種情味。

299

沁園春

王炎午

又是年時，杏紅欲臉，柳綠初芽。奈尋春步遠，馬嘶湖曲❶，賣花聲過，人唱窗紗。暖日晴煙，輕衣羅扇，看遍王孫❷七寶車。誰知道，十年魂夢，風雨天涯！

休休何必傷嗟。謾贏得、青青兩鬢華。且不知門外，桃花何代❸，不知江左❹，燕子誰家❺。世事無情，天公有意，歲歲東風歲歲花。拚一笑，且醒來杯酒，醉後杯茶。

【作　者】王炎午（西元一二五二—一三二四年），初名應梅，字鼎翁，別號梅邊。廬陵（今江西吉安）人。咸淳間，補太學生。臨安陷，謁文天祥，毀家以助軍餉，天祥留置幕府。天祥被執，應梅作生祭文以勵其死。所著曰《吾汶稿》。《全宋詞》錄詞一首。

【詞　牌】〈沁園春〉，又名〈洞庭春色〉、〈壽星明〉等。見宋蘇軾《東坡樂府》。雙調，一百一十四字（另有增字、減字數體），為平韻格。詳見前辛棄疾〈沁園春〉「詞牌」介紹。

【注　釋】❶湖曲　湖畔。❷王孫　古代貴族子弟的通稱。❸桃花何代　用陶淵明〈桃花源記〉桃源中人「不知有漢，無論魏晉」意。❹江左　古人以江東稱江左。❺燕子誰家　用劉禹錫〈烏衣巷〉「舊時王謝堂前燕，飛入尋常百姓家」詩意。

【語　譯】又與往年一般，杏紅將要露臉，柳綠剛剛發芽。奈何尋覓春色須走向遠處，聞駿馬嘶鳴湖岸，聽賣花聲聲，有人歌唱在窗紗。和暖春日，晴煙淡淡，看遍人著輕衣，手持羅扇，王孫公子駕著裝飾華美的七寶車。有誰知道，十年來的魂夢，在風雨中飄蕩天涯！

罷了罷了，何必感傷歎嗟。只徒然贏得，兩鬢青青變成華髮。況且如桃花源中人，不知門外到了何代，也不知江東的燕子，飛向誰家。世事如此無情，天公卻是有意，歲歲吹送東風，歲歲催開春花。為拚取一笑，姑且醒時擎杯飲酒，醉後持杯喝茶。

【研　析】詞人曾毀家以助抗元戰爭，又曾參加文天祥軍幕，係堅定的抗元愛國志士。此詞作於宋亡之後，既有對昔日繁盛的緬懷，以示難忘故國，也有對眼前內心苦痛與憤懣的發洩，而又故作超曠之語，與宋末詞壇張炎、王沂孫等的婉雅詞風頗異其趣，而帶有宏闊、疏快的特點。

詞用逆入法，從回憶往昔春日勝遊入手。先以「又是年時」總領，即往年春臨大地，今年又春到人間。下面寫春日之景用漸進之法：首層言春神初至：「杏紅欲臉，柳綠初芽。」杏花正含苞待放，楊柳剛青回柳眼，「紅」與「綠」相互映襯，色澤明麗。景中已寓歡欣之情。下面的四言隔句對：「奈尋春步遠，馬嘶湖曲，賣花聲過，人唱窗紗。」有點特殊。一般來說，「奈」字係領字，引領四句對仗，但在這裡，僅引領前面兩句，即初春之際，百花尚未處處繁茂，故須到遠處尋春，而湖畔行人稀少，故馬驟嘶鳴，因而使用了「奈」何之語，因此這兩句所寫仍屬早春景象。後面兩句描述仲春時節，屬第二層，即此時已是百花盛開，故街頭巷尾，傳來陣陣賣花之聲，而女孩子也開始興奮、活躍，從紗窗內傳出她們的歌唱。首層主要通過視覺加以描繪，此層則主要通過聽覺加以表達。第三層又轉為視覺：「暖日晴煙，輕衣羅扇，看遍王孫七寶車。」所寫應是暮春三月，鶯飛草長的時候，日照煙籠，充滿洋洋暖意，人們褪去厚重的寒衣，換上薄衫，手持羅扇，王孫公子駕著華車寶馬，揚起陣陣飛塵，冶遊於城郊芳坰。如此用大量篇幅將春光寫足，為的是突出「春」的生氣與活力，人的興奮與歡愉，它的美好、繁盛，乃是故國的象徵。但這一切，如今都已灰飛煙滅，只長留於憶念之中，故至歇拍乃用頓挫之筆陡轉：「誰知道，十年魂夢，風雨天涯！」凸顯亡國前後心理上的極大落差。國家破滅之後，自己在惡劣環境中長期漂泊天涯，對故國日夜魂牽夢繞，對此又有誰了解呢？在痛苦中再加上一份孤獨，更覺難以為懷。

人在極度感傷之時，也會去尋找一種精神解脫，故換頭「休休何必傷嗟」又一轉，作自我寬解。君不見，傷嗟的結果，「謾贏得、青青兩鬢華」，不過徒然使人衰老而已。以下用「且」字領起，再推進一層：「不知門外，桃花何代，不知江左，燕子誰家。」現在如桃花源中人，不知外世是何朝代，也不知江東縉紳貴冑之家的梁燕，已飛落誰家。所謂「不知」，是不願理睬，懶得管他，表示自己超然物外，不問世事。這四句既是隔句對，也是並頭對，連用兩個不知，顯得一氣貫注。至「世事無情，天公有意，歲歲東風歲歲花」是議論，也是感慨，詞人將大自然與人世對比，朝代的更迭，歷史的興亡，不依人的主觀意願為轉移，顯得何等無情！而天公有意裝點大地，年年讓東風吹綠平野，催開似錦繁花，卻是何等有情！此處的「歲歲」與前面的「年時」相呼應，「東風」與「花」，和前面的春景相映照。人既不能改變「世事」的現實，還是「拚一笑，且醒來杯酒，醉後杯茶」，欲以醒時醉、醉時茶，拚取一笑，實則如俞陛雲所言：「作超悟語，而其心彌苦。」《唐五代兩宋詞選釋》

此詞主要運用對比法，有今昔的對比，也有人事與自然的對比，在巨大反差中，突出國家破滅的悲苦心情。同時用超然世外之態，用酒醉茶閑的生活，以表面的超曠，抒發憤懣情懷，亦覺別具一格。而運筆的開闔有致，以及形象的議論，又帶有幾分慷慨磊落之意趣。作者詞雖僅存此一首，亦可傳世矣。

300 踏莎行 閒游

劉將孫

水際輕煙，沙邊微雨。荷花芳草垂楊渡。多情移徙忽成愁，依稀恰是西湖路。血染紅牋，淚題錦句❶。西湖豈憶相思苦？只應幽夢解重來，夢中不識從何去。

【作　者】劉將孫（西元一二五七—？年），字尚友，廬陵（今江西吉安）人，劉辰翁之子。嘗為延平教官，臨江書院山長。有《養吾齋集》。《彊村叢書》輯有《養吾齋詩餘》一卷。況周頤謂其詞「撫時感事，淒豔在骨」（《蕙風詞話》卷三）。

【詞　牌】〈踏莎行〉，又名〈芳心苦〉等。雙調，五十八字，上下闋各五句，三仄韻，為仄韻格，如本詞。另有六十四字、六十六字體。詳見前寇準〈踏莎行〉「詞牌」介紹。

【注　釋】❶錦句　蘇蕙織回文詩句於錦上，寄夫竇滔。此借指題詩。

【語　譯】水面籠罩輕煙，沙灘飄灑微雨。湖中荷花盛開，岸上萋萋草青，垂楊綠滿津渡。多情人移步此境，忽然生愁，依稀恰是行走在西湖路。　鮮血濡染紅色信箋，和淚在錦上題寫詩句。西湖豈在憶念相思之苦？只有幽夢應該知道重到西湖，但夢中不知道從哪裡可到西湖去。

【研　析】作者係宋末愛國詞人劉辰翁之子，在不忘故國、深切緬懷宋室王朝方面，與其父一脈相承。如其〈八聲甘州〉詞云：「春還是、多情多恨，便不教、綠滿洛陽宮。只消得，無情風雨，斷送匆匆。」又如〈六州歌頭〉詞云：「點點梅梢殘雪，似東風、吹恨難消。」此詞題為「閒游」，引發的卻是對故國的懷想。

「水際輕煙，沙邊微雨」，用對句起（此係詞牌要求），交待「閒游」之地：湖畔、氣候特點：細雨霏微。水上、沙邊，如輕紗薄霧，一片迷濛。這種景象當令詞人想起了蘇軾「山色空濛雨亦奇」（蘇軾〈飲湖上初晴後雨〉）對西湖的評讚吧。這兩句省略了中間的動詞，至「荷花芳草垂楊渡」，具寫周邊景物，則全用名詞，寫法類似於溫庭筠的「雞聲茅店月，人跡板橋霜」（〈商山早行〉）、陸游的「樓船夜雪瓜洲渡，鐵馬秋風大散關」（〈書憤〉）。雖寫的是三種景物，卻構成了一個立體的空間：湖中荷花盛開，紅裳翠蓋，搖曳多姿，西湖不是也有「曲院風荷」嗎？楊萬里還有「接天蓮葉無窮碧，映日荷花別樣紅」（〈曉出淨慈寺送林子方〉）的描寫。堤岸芳草萋萋，渡口垂楊掩映。由此令人聯想到當年西湖遊人如織，畫舫雲集的情景。寫的雖是眼前景，可是腦中卻疊映著西湖景。所以下面說：「依稀恰是西湖路。」西湖，是杭州具有代表性的景物，也是南宋首府臨安的代表性標誌，如今的西湖，已屬他人之天下，故敏感「多情」的詞人在漫步觀景時，「愁」恨陡地湧上心來。

上闋觸景生「愁」，下闋就「愁」生發。這「愁」不是一般閒愁，而是家國淪喪的深愁大慟，現在要把這份「愁」情用詩句加以表達，真是血淚交和：「血染紅牋，淚題錦句。」紅箋、錦句，過去一般用來寫相思離別，如薛能〈牡丹〉詩：「去年零落暮春時，淚濕紅箋怨別離。」李清照〈一翦梅〉詞：「雁字回時，月滿西樓。」詞人用此抒寫家國之恨，寓剛於柔，用劉永濟論曲使用的審美理念，即帶有「陰剛」之特色。下面復推己及物：「西湖豈憶相思苦？」我如此之苦念西湖，西湖是否也念我相思之苦？將西湖擬人，欲造成二者的互動。西湖係無情之物，無憶念之事，此種設想，本屬無理，但無理而妙，苦情由此益顯鬱厚。結尾就相思之情更翻進一層：「只應幽夢解重來，夢中不識從何去。」再見西湖，重溫往事，如今恐怕只能在夢中可以實現。「應」字，帶揣想之意。但即使夢魂可去，也不知由何路徑可以到達，這不僅是因為空間的遙隔，更有許多人為的障礙。曾經是故國象徵的西湖，連夢魂也不能到達，如此更將一腔悲苦之情，推向極至。

宋末詞人多用長調抒發緬懷故國之情，劉將孫此詞卻運用小令形式，高度濃縮，言簡意深，讀來令人回味不盡。近人蔡嵩雲曰「作小令，須具納須彌（山名）於芥子手段，於短幅中藏有許多境界」（《柯亭詞論》），此詞正足以當之。

附錄

主要參考文獻（依姓氏筆劃排列）

王步高《梅溪詞校注》，天津人民出版社一九九四年版
石聲淮、唐玲玲《東坡樂府編年箋注》，華正書局有限公司一九九三年版
朱崇才編《詞話叢編續編》，人民文學出版社二〇一〇年版
沈祖棻《宋詞賞析》，上海古籍出版社一九八〇年版
吳蓓《夢窗詞彙校箋釋集評》，浙江古籍出版社二〇〇七年版
周篤文、馬興榮主編《全宋詞評注》，學苑出版社二〇一一年版
俞陛雲《唐五代兩宋詞選釋》，上海古籍出版社一九八五年版
俞平伯《唐宋詞選釋》，人民文學出版社一九七九年版
馬興榮《龍州詞校注》，江西人民出版社一九九九年版
唐圭璋輯《全宋詞》，中華書局一九六五年版
唐圭璋輯《詞話叢編》，中華書局一九八六年版
夏承燾、吳熊和《放翁詞編年箋注》，上海古籍出版社一九八一年版

夏承燾《姜白石詞編年箋校》，上海古籍出版社一九八一年版
夏承燾、吳無聞《姜白石詞校注》，廣東人民出版社一九八三年版
徐培均《淮海集箋注》，上海古籍出版社一九九四年版
孫克強編著《唐宋人詞話》，河南文藝出版社一九九九年版
孫虹《清真集校注》，中華書局二〇〇二年版
脫脫等《宋史》，上海古籍出版社、上海書局一九八六年版
萬樹《詞律》，上海古籍出版社一九八四年版
陳廷敬、王奕清等《康熙詞譜》，岳麓書社二〇〇〇年版
陳栩、陳小蝶《考正白香詞譜》，上海古籍書店一九八一年版
曹濟平《蘆川詞箋注》，上海古籍出版社二〇一〇年版
楊海明《張炎詞研究》，齊魯書社一九八九年版
楊景龍《蔣捷詞校注》，中華書局二〇一〇年版
劉永濟《唐五代兩宋詞簡析》，中華書局二〇一〇年版
劉永濟《微睇室說詞》，中華書局二〇一〇年版
劉揚忠《唐宋詞流派史》，福建人民出版社一九九九年版
鄧廣銘《稼軒詞編年箋注》，上海古籍出版社一九九三年版
繆鉞、葉嘉瑩《靈谿詞說》，上海古籍出版社一九八七年版
鍾振振校注《東山詞》，上海古籍出版社一九八九年版

◎新譯花間集

朱恒夫／注譯　耿湘沅／校閱

《花間集》是中國歷史上最早的詞集，收錄溫庭筠、韋莊等十八人的詞作共五百闋。綺靡柔豔、漫抒閒愁是「花間」特色，開啟了詞家婉約一派；而融合民間詞調，創作新曲，又奠下詞律之基。行止「花間」，觀覽繽紛之餘，亦可見其在中國韻文文學史上之樞紐地位，影響後世詞壇極為深遠。本書以南宋紹興年間的晁刻本為主，參校近人的研究成果，除注譯詳盡外，每首詞後的賞析，更可見注譯者用力之深。

◎新譯南唐詞

劉慶雲／注譯

南唐詞在詞的發展史上具有承先啟後的重要作用。宋詞的繁榮雖在數十年之後，南唐詞卻是導夫先路，開一代風氣。本書主要收錄南唐詞人馮延巳、李璟、李煜詞作一百五十餘首，除了對作品的情感內涵及藝術表現手法做出研析，尤注意其在創新方面的貢獻，如題材的開闊、意境的昇華、哲思的鎔鑄等，進而揭示出詞人的整體創作在詞發展史上的意義，既有助於讀者對作品的理解，又有助於對詞發展線索的把握。

◎新譯清詞三百首

陳水雲　昝聖騫　王衛星／注譯

清詞是千年詞史的終結，作品豐富，流派眾多，風格多樣，雖然沒有唐五代詞的清新活潑和兩宋詞的絢麗多姿，卻有一種歷經燦爛後的成熟醇厚之美。本書以反映清詞發展脈絡為主線，參照清詞的主要流派，選取清代詞家一百人，詞作三〇四首，能突出經典詞人和其經典作品，較為全面地反映清詞的真實面貌。注譯周詳到位，研析精彩深入，帶領讀者一窺清詞的精華與成就。

三民網路書店 會員
獨享好康
大放送
通關密碼：A1874
憑通關密碼
登入就送100元e-coupon。
(使用方式請參閱三民網路書店之公告)
生日快樂
生日當月送購書禮金200元。
(使用方式請參閱三民網路書店之公告)
好康多多
購書享3%~6%紅利積點。
消費滿350元超商取書免運費。
電子報通知優惠及新書訊息。

三民網路書店
www.sanmin.com.tw
超過百萬種繁、簡體書、原文書5折起